BASTEI
LÜBBE

Jutta Deegener

Der Fuchs von Rom

HISTORISCHER
ROMAN

BASTEI LÜBBE TASCHENBUCH
Band 14491

1. Auflage: Februar 2001

Vollständige Taschenbuchausgabe

Bastei Lübbe Taschenbücher ist
ein Imprint der Verlagsgruppe Lübbe

© 1997 by Bechtle Verlag Esslingen, München
Mit Genehmigung der
F. A. Herbig Verlagsbuchhandlung GmbH, München
Lizenzausgabe: Verlagsgruppe Lübbe GmbH & Co. KG,
Bergisch Gladbach
Titelillustration: Artothek
Einbandgestaltung: Manfred Peters
Satz: hanseatenSatz-bremen, Bremen
Druck und Verarbeitung: Elsnerdruck
Printed in Germany
ISBN 3-404-14491-0

Sie finden uns im Internet unter
http://www.luebbe.de

Der Preis dieses Bandes versteht sich einschließlich
der gesetzlichen Mehrwertsteuer.

INHALT

ERSTER TEIL

Der Vater

Vorspiel

Der junge Sulla stand am Ufer des Tibers und verfolgte gespannt das Geschehen auf der alten Holzbrücke. Über diesen Steg hetzte ein Mann, der seine Toga mit einem Gürtel hochgebunden hatte, um beweglicher zu sein. Trotzdem hinderte sie ihn am Laufen; die Stoffmassen wickelten sich um seine Beine, er stolperte.

Sein Sklave, der nur mit einer kurzen Tunica bekleidet war und mühelos über die glitschigen Bohlen sprang, fing ihn rasch auf, nahm seine rechte Hand und zerrte ihn weiter.

Sulla war eingekeilt in eine dichte Menschenmenge, auch auf der anderen Seite des Tibers wimmelte es von Neugierigen. Die besten Plätze hatten jedoch die Zuschauer besetzt, denen es gelungen war, die steinerne Aemilius-Brücke zu erreichen, die den Fluß kurz hinter der Holzbrücke direkt vor der Tiberinsel überspannte. Plötzlich begann einer aus der Menge zu klatschen, ein anderer pfiff, und schon johlte und schrie es aus vielen Kehlen:

»Schneller, Gracchus, schneller!«

Eine Frauenstimme kreischte: »Du lahmer Gaul!«

Begeistert nahm die Plebs von Rom diesen Ruf auf und klatschte dazu im Rhythmus:

»Du lahmer Gaul! Du lahmer Gaul!«

»Ein Pferd, gebt mir ein Pferd!« gellte es von der Brücke, »warum bringt mir keiner ein Pferd?«

Die Zuschauer lachten; das Schauspiel war nach ihrem Geschmack: Es war unterhaltsam und entbehrte nicht des Nervenkitzels. Angefeuert von der Menge, lief Gracchus um sein Leben, flehte um ein Pferd und um Hilfe. Doch keiner von der Plebs dachte daran, ihm beizustehen. Auch seinen beiden Freunden, die den Zugang zur Brücke zu sperren versuchten, kam niemand zu Hilfe. In wilder Wut und Verzweiflung schlugen sie mit ihren Schwertern auf die Soldaten ein, die Gracchus ergreifen sollten. Etliche hatten sie schon getötet, andere lagen schwer verwundet am Boden.

Sulla erschauerte, er fühlte sich in ferne Zeiten zurückversetzt:

»So muß es gewesen sein, als Cocles genau diese Brücke vor den Etruskern verteidigte«, dachte er laut, »allerdings stand er auf der anderen Seite, denn die Etrusker wollten ja Rom erobern.«

Der Mann neben ihm – er hatte struppiges Haar, schmutzige Hände und roch streng – wandte sich aufgeregt dem jungen Mann zu:

»Cocles? Kenn' ich nicht! Wann war denn das? Habe ich was verpaßt?«

»Nein«, lachte Sulla, »mach dir keine Sorgen, das ist fast 400 Jahre her, eine Geschichte aus den Anfängen Roms.«

»Nun, den Göttern sei Dank, du weißt, in Rom muß man über alles, was passiert, auf dem laufenden sein. Nur so kann man in den Tavernen mitreden und hören, bei welchem der reichen Herren was zu holen ist! Der Gracchus war als Volkstribun nicht schlecht; um den feinen Herren eins auszuwischen, hat er ja durchgesetzt, daß ich als römischer Bürger jeden Monat meine fünf Eimer Getreide für wenig Geld kriege!«

»Und warum hilfst du ihm jetzt nicht, wenn du doch ein Anhänger des Gracchus bist?«

»Ich – *dem* helfen? Wieso? Meine fünf Eimer bekomme ich auch ohne den Gracchus weiter jeden Monat, das hat der neue Consul Opimius erst gestern auf dem Forum bekanntgegeben. Und außerdem bin ich nicht lebensmüde! Weißt du denn nicht, wie viele sie in der letzten Stunde oben auf dem Aventin, beim Tempel der Diana, umgebracht haben, nur weil sie dem Gracchus helfen wollten?«

Sulla wußte es nicht. Er kam gerade vom Forum, war den Soldaten gefolgt, denen der Consul Opimius den Befehl gegeben hatte, den Aventin-Hügel zu stürmen. Mit ihm waren Zehntausende von Menschen aufgebrochen, die seit Stunden, viele die ganze Nacht lang, auf dem Forum gestanden, gelagert, gewürfelt, getrunken – gewartet hatten, daß endlich etwas geschah.

In dieser Menge kam er nur langsam voran, obwohl der Weg zum Rindermarkt am Tiber kurz war. Als er ihn endlich erreichte, waren die Kämpfe oben auf dem Aventin offensichtlich schon beendet, denn ein Trupp Soldaten bahnte sich rücksichtslos den Weg in Richtung Tiber. Sulla gelang es, in ihrem Sog das Ufer zu erreichen, und kam gerade rechtzeitig, um das »grandiose Schauspiel« – wie er es bei sich nannte – mitzuerleben.

Während des Gesprächs mit seinem Nachbarn ließ er keine Sekunde die Brücke aus den Augen. Gracchus hatte mit seinem Sklaven fast das Ende des Stegs erreicht. Plötzlich blieb er stehen und blickte zurück.

»Paß auf, Laetorius, duck dich!« rief er einem der Freunde zu.

Doch die Warnung kam zu spät. Kretische Bogenschützen waren auf das Dach eines Speichers geklettert und zielten auf die Verteidiger der Pfahlbrücke. Es war ihnen gleichgültig, ob sie dabei auch einen der Soldaten trafen, was mehrfach geschah.

Nun aber war es Laetorius, der – tödlich getroffen von

mehreren Pfeilen – auf der Brücke zusammenbrach, Sekunden später gefolgt von Pomponius, dem anderen Freund.

»Bei den unsterblichen Göttern! Ich verfluche dich, du undankbares Volk von Rom!« schrie Gracchus und warf wütend und verzweifelt die Arme in die Höhe.

Sein Sklave riß ihm den rechten Arm herunter und zog ihn weiter, während er aufgeregt auf ihn einredete. Gracchus nestelte mit der linken Hand am Gürtel der Toga; der Sklave hatte ihm offenbar geraten, sich dieses lästigen Kleidungsstücks zu entledigen. Doch nach wenigen Handgriffen hörte er auf und schrie:

»Nein, nein, ich will nicht enden wie mein Bruder Tiberius! Nur in der Tunica haben sie ihn in den Tiber geworfen! Römer! Bei unseren gemeinsamen Vorfahren! Helft mir! Gebt mir ein Pferd! Oder versperrt den Soldaten den Weg!«

Seine Stimme überschlug sich, die weiteren Worte waren nicht mehr zu verstehen.

Gaius Gracchus war unterdessen auf der anderen Tiberseite angekommen, und die Menge öffnete ihm bereitwillig eine Gasse, in die aber auch gleich seine Verfolger hineinstürzten. Sie verschwanden hinter den Lagerschuppen, die das gesamte Ufer des Flusses säumten. Sulla sah nichts mehr, hörte jedoch weiter die Plebs schreien, klatschen, pfeifen.

Ein Trompetenstoß zerriß die Luft, dann ein zweiter, bis das Brausen der Menge endlich nachließ und die Stimme eines Herolds sich durchsetzte:

»Der Consul Opimius verkündet euch: Er will das Haupt des Gaius Gracchus! Wer es ihm bringt, bekommt viel Gold – soviel Gold, wie das Haupt wiegt! Bringt dem Consul Opimius das Haupt des Gracchus! Gold für das Haupt des Gracchus!«

Der kleine, struppige Mann neben Sulla lachte:

»Hätte ich ein Schwert, würde ich jetzt sofort hinter dem Gracchus herlaufen! Aber ich mußte ja mein Schwert nach dem letzten Feldzug abgeben! Ich war übrigens in Illyrien dabei, unter dem Consul Tuditanus. Guter Mann, setzte sich nicht gern der Gefahr aus, und uns auch nicht. Man sollte nicht meinen, daß er ein Verwandter des Gracchus ist!«

Da Sulla befürchtete, mit einem Schwall von Kriegserlebnissen überschüttet zu werden, wandte er sich schnell ab und versuchte, sich einen Weg in Richtung Forum zu bahnen.

Lucius Cornelius Sulla – so lautete sein voller Name – war 17 Jahre alt. Er war von mittlerer Größe, schlank und feingliedrig. Sein Gesicht war auffallend hübsch, schmal geschnitten, die Nase gestreckt und an der Spitze rundlich, die Wangenknochen standen leicht vor. Beherrscht wurde das Gesicht von den großen blauen Augen, die einmal verträumt, dann wieder kalt und stechend blickten. Besonders stolz war der junge Mann auf seine blonden Haare, die rötlich schimmerten, wenn die Sonne auf sie schien.

Bis vor einem Jahr, solange er noch die Knabentoga trug, fielen ihm die Haare in Locken auf die Schultern, was seinem Gesicht etwas Mädchenhaftes gegeben hatte. Nachdem er aber in einer feierlichen Zeremonie zum Mann erklärt worden war, mußte er die Haare männlich kurz tragen.

Es war Sulla schwergefallen, sich mit der neuen Frisur anzufreunden, weil sie den einzigen Makel seiner sonst vollkommenen Erscheinung bloßlegte: seine leicht abstehenden, großen Ohren. Er ließ die Haare am Hinterkopf inzwischen wieder länger wachsen, damit sie über die Ohren fallen konnten.

Sulla hatte noch längst nicht den Tempel des Hercules auf dem Rindermarkt erreicht – der in runder Form errichtet war wie der Tempel der Vesta auf dem Forum –, als die Menge, in der er mitschwamm, stockte.

»Macht Platz, Römer, die Verbrecher wollen ein Bad nehmen! Macht Platz für die Verbrecher!« hörte er es rufen.
Er drängte sich vor und erschrak: Karren auf Karren, von

Ochsen gezogen, ratterte die Gasse vom Aventin herunter. Sie transportierten die Leichen der Anhänger des Gracchus, die in den Tiber geworfen werden sollten.

Die ersten Wagen hatten das hohe Ufer erreicht, das hier mühsam gegen die ständigen Überschwemmungen aufgeschüttet worden war. Sulla gelang es, bis zu den Wagen vorzustoßen, um einen Blick auf die Toten zu werfen.

Gaius Gracchus hatte einen großen Zauber auf Menschen ausgeübt; viele Adlige, Standesgenossen von Sulla, waren in seinen Bann geraten. Neugierig schaute der junge Mann auf die Leichen; vielleicht war ja das eine oder andere bekannte Gesicht darunter. Plötzlich ging ein Ruck durch seinen Körper; das Blut in seinem Kopf rauschte. Er taumelte und hielt sich an den Holzstäben des Leiterwagens fest.

»Mach dich aus dem Weg!« schrie ihn einer der Sklaven, die die Leichen in den Tiber beförderten, grob an, »oder sollen wir dich gleich mit in den Tiber schmeißen?«

Das Volk lachte wieder, es war heute in bester Stimmung, denn ein Ereignis jagte das andere.

»Gebt mir diesen Mann«, sagte Sulla und zeigte auf einen Toten, der nur mit der Tunica bekleidet war.

»Ich zahle euch gut dafür, ich gebe euch alles, was ich bei mir habe«, drängte er die Sklaven und holte aus der Falte seiner Toga einige Silberstücke, die er den Männern hinhielt. Sie zögerten, denn Sulla bot ihnen viel Geld. »Wir werden ausgepeitscht, wenn das jemand erfährt«, meinte schließlich der Vorarbeiter. »Hier sind zu viele Leute, die das sofort dem Consul Opimius berichten können. Warum liegt dir soviel an dem Toten?«

»Er ist mein Vater!«

Einen Augenblick war es ganz still; fast ehrfürchtig betrachtete die Menge diese Szene. Sie gafften, von einem Schauder ergriffen, als sei der Tote einer der Heroen aus einer griechischen Tragödie.

»Der Junge da ist wie Orest, der seinen erschlagenen Vater

Agamemnon rächen will! Er wird ja ganz rot vor Wut!« ließ sich einer der Zuschauer vernehmen.

Und er hatte gar nicht so unrecht. Denn nach dem ersten Schock löste sich die Erstarrung, und Sullas sanguinisches Temperament brach durch:

»Was schert mich der Consul Opimius! Er tanzt doch nur nach der Pfeife des Alten – und der Alte ist mein Freund. Gebt mir endlich den Toten heraus, damit ich ihn so bestatten kann, wie es in unserer Familie der Brauch ist«, schrie er und versuchte, den Leichnam vom Wagen zu zerren.

Plötzlich bekam er Hilfe. Ein bärtiger Mann mit listigen Augen packte einen Arm und hob den Kopf des Toten hoch, wobei er ihm scharf ins Gesicht blickte.

»So ein vornehmer Mann! Und so jung! Er war bestimmt keine 40 Jahre alt! Wie heißt du, und wo wohnst du?« fragte er Sulla. Als er den mißtrauischen Blick des jungen Mannes bemerkte, fügte er rasch hinzu: »Es ist nur, damit ich meinen Sklaven sagen kann, in welches Haus sie deinen ehrwürdigen Vater bringen sollen!«

»Pfoten weg!«

Zwei Sklaven hatten die Arme des Bärtigen ergriffen und rissen ihn grob vom Wagen weg.

Gleichzeitig stellte sich ein Mann von etwa 30 Jahren neben Sulla und legte ihm vertraulich den Arm um den Rücken. Er war elegant gekleidet mit einer Toga aus feinem Wollstoff, ohne Flecken. Seine regelmäßigen Gesichtszüge strahlten Kälte und Hochmut aus.

»Sage nichts mehr«, flüsterte er dem Jungen zu. Dann herrschte er mit scharfer Stimme die Sklaven bei den Leichenkarren an:

»Was gafft ihr hier wie das Volk? An die Arbeit, werft die Leichen in den Tiber! Auch den hier! Mein junger Freund hat sich geirrt; *ich* habe mir den Toten auch sehr genau angesehen: Niemals ist es sein Vater! Die Wunden haben ihn entstellt!«

Er wandte sich zum Gehen, während er Sulla weiter fest umklammert hielt.

Seinen Sklaven befahl er: »Laßt diesen jämmerlichen Spitzel los, er behindert bloß unser Fortkommen. Und jetzt zu dir, Freundchen«, sagte er und zupfte den Mann grob am Bart. »Dreckiger Grieche! Ein Betrüger bist du! Dachtest, du hättest eine fette Beute und könntest dir beim Consul Opimius eine Belohnung abholen. Aus dem Weg!«

»Aus dem Weg«, nahmen die beiden Sklaven den Ruf auf und bahnten Sulla und Sornatius – denn so hieß sein Retter – einen Weg durch das Menschengetümmel.

Publius Sornatius, ein römischer Ritter, Inhaber eines großen Bank- und Handelshauses, hatte Sullas Vater gut gekannt. So überlegen und beherrscht der Bankier sonst schwierige Situationen meisterte – jetzt fiel es ihm schwer, einen kühlen Kopf zu bewahren. Es kribbelte in seiner Magengegend, als er sich vorstellte, wie der schöne, lebenslustige Lucius Cornelius Sulla – der Junge hieß genauso wie sein Vater – im schmutzigen Wasser des Tibers verschwand, mit Hunderten von anderen Toten in der Jauche trieb.

Das mächtige Adelshaus der Cornelier, zu dem die Sullas gehörten – allerdings als kleiner, unbedeutender Zweig –, besaß große Grabstätten an den Straßen, die aus Rom hinausführten, wie an der Via Appia. Die Cornelier verbrannten ihre Toten nicht, wie es in Rom seit langem üblich war, sondern bestatteten sie in diesen Monumenten. Zuvor aber zogen Verwandte und Freunde in einem feierlichen Zug mit dem Verschiedenen zum Forum; dort hielt der älteste Sohn eine Rede, in der er die Verdienste des Verstorbenen groß herausstellte, oft über Gebühr.

Dem Leichenzug folgten die Ahnenbilder. Das waren Schauspieler, die sich die Wachsmasken berühmter Vorfahren aufgesetzt hatten, die sonst im Hause verehrt wurden.

Besonders reiche, hochstehende Römer verabschiedeten sich gern auf spektakuläre Weise: mit Gladiatorenkämpfen, zu denen auch das Volk eingeladen wurde. Das wäre bei Sullas Vater natürlich nicht der Fall gewesen; er war ja nicht einmal Mitglied des Senats.

Aber all die anderen Ehren – die Leichenrede seines Sohnes, die feierliche Beisetzung in einem der Paläste für die Toten der Cornelier, der Totenschmaus, zu dem Verwandte und Freunde festlich bekränzt erschienen wären – hätten ihm einen würdevollen Abstieg in das Totenreich ermöglicht. Statt dessen nun dieses jämmerliche Ende!

»Die Münze! Wir haben die Münze vergessen!« stöhnte Sulla plötzlich auf; es waren seine ersten Worte, seit sie den Karren verlassen hatten. »Ich habe schon daran gedacht«, erwiderte Sornatius, »aber dann hätten wir doch zugegeben, daß der Tote dein Vater ist!«

»Aber Charon, der Fährmann, wird ihn nicht über den Fluß der Toten bringen, wenn er nicht bezahlen kann!«

»Sulla, ist dein Geist krank geworden?« erkundigte sich der Bankier besorgt. »Du glaubst doch wohl nicht im Ernst an dieses Ammenmärchen vom Totenfluß und vom Fährmann Charon, der unsere Verstorbenen ins Schattenreich rudert!«

Sulla bekam einen roten Kopf. Tatsächlich hatte er, seit er sich von Sornatius durch das Gewühl leiten ließ, an nichts anderes denken können. Immer wieder sah er seinen eleganten, ständig zu Späßen aufgelegten Vater vor sich, der als blutleerer Schatten am Gestade eines dunklen Stromes entlangirrte und keine Ruhe finden konnte. Sein Geist hatte sich so vollständig auf dieses eine Bild konzentriert, daß ein anderes keinen Eingang finden konnte: die Szene auf dem Aventin. Doch jetzt standen ihm plötzlich die Soldaten vor Augen, die auf seinen Vater einschlugen oder einstachen, bis er blutüberströmt zusammenbrach.

Sulla klammerte sich stärker an Sornatius; ein Weinkrampf schüttelte ihn.

»Vielleicht lebte Vater ja noch, als sie ihn auf den Karren schmissen«, schluchzte er verzweifelt, »vielleicht hätte ich ihn retten können, wäre ich nur rechtzeitig auf dem Aventin gewesen!«

»Ich war rechtzeitig da«, versuchte der Bankier ihn zu trösten, »aber ich konnte deinen Vater weder finden und schon gar nicht retten.«

»Woher wußtest du, daß mein Vater ein Anhänger des Gracchus war?«

»Bis heute morgen war mir nichts davon bekannt.«

Und Sornatius erzählte, daß der alte Lentulus, der Lehrer und Mentor des jungen Sulla, in aller Frühe in seinem Geschäft erschienen war.

»Er sagte mir, er wisse sicher, daß dein Vater bei Gracchus auf dem Aventin ist. Er bat mich, deinen Vater von dort wegzuholen, ehe es zu spät wäre. Ich nahm also meine bewaffneten Sklaven mit – der Consul Opimius hatte ja gestern angeordnet, daß sich die Ritter mit zwei bewaffneten Sklaven auf dem Forum zu versammeln hätten. Wir liefen zum Diana-Tempel, aber in dem Menschengewimmel konnte ich deinen Vater nicht entdecken.

Trompeten dröhnten dann über den Platz beim Tempel, und mehrere Herolde schrien: ›Wer jetzt den Gracchus verläßt, wird nicht bestraft! Wer bei ihm bleibt, muß sterben. Nicht nur das: Seine Söhne werden getötet, seine Frau verliert die Mitgift. Römer, verlaßt den Gracchus! Das ist die letzte Warnung!‹

War das ein Gerenne! Sie liefen sich fast über den Haufen, so schnell wollten sie weg von ihrem geliebten Gracchus«, erzählte Sornatius weiter.

»Deinen Vater sah ich immer noch nicht; ich hoffte aber, daß er sich wie viele andere in Sicherheit gebracht hatte – falls er überhaupt bei Gracchus war. Auch für mich wurde es Zeit, zu fliehen, wenn ich nicht den Soldaten in die Arme laufen wollte, die schon die Gasse zum Tempel heraufstürmten.

Ich nahm – wie die meisten anderen auch – den Weg, der zum Circus Maximus führt. Als ich dort versuchte, mich zum Forum durchzuzwängen, hörte ich, daß die Kämpfe oben zu Ende seien – nur einige hundert hätten noch bei Gracchus ausgeharrt und seien erschlagen worden. Es drängte mich jetzt, zu sehen, ob dein Vater nicht doch bei den Toten war, und ich kam gerade noch rechtzeitig, um dich zu retten. Der schmutzige Grieche hätte dich sofort beim Consul denunziert.

Du warst damals noch sehr klein, aber als die Senatoren – unter Führung von Nasica – vor zwölf Jahren den Bruder des Gaius, den Tiberius, oben auf dem Capitol getötet hatten, wurden danach fast alle seine Anhänger ausgerottet. Und jetzt wird die Rache der Optimaten genauso fürchterlich sein.

Du bist in großer Gefahr, nur der Alte kann dir noch helfen. Ich bringe dich jetzt in sein Haus, dort bist du sicher; dann suche ich ihn in der Curia, denn ich denke, er wird noch bei den anderen Senatoren sein.«

Ein Jahr zuvor: Der Alte

Der »Alte«, wie ihn seine Freunde und Klienten liebevoll nannten, hieß mit vollem Namen Publius Cornelius Lentulus; seine Familie gehörte seit 200 Jahren zu den mächtigsten Häusern in Rom. Schon sein Vater und auch sein Großvater waren Consuln gewesen. Er selbst hatte alle wichtigen Ämter zum richtigen Zeitpunkt durchlaufen, bis er vor über 40 Jahren das Consulat erreichte.

Jetzt war er Mitte 80, immer noch eine sehr aufrechte Erscheinung, mit blitzenden wachen Augen. Sein graues Haar war sorgfältig über die kahlen Schläfen in die Stirn gekämmt, was seinem Gesicht das Kantige nahm.

Er war eitel, legte großen Wert auf ein gepflegtes Äußeres, badete täglich und putzte sich mehrmals am Tag mit einem Pulver aus Bimsstein die Zähne. Bis auf einige kleine Lükken, die kaum sichtbar waren, hatte er sich durch diese sorgfältige Pflege sein Gebiß vollständig erhalten können. Gelegentlich plagten ihn Gichtanfälle, dann wußte er, daß es wieder an der Zeit war, die heißen Quellen von Baiae in Campanien aufzusuchen.

Er liebte – wie viele Römer seines Standes – dieses Campanien, eine fruchtbare Landschaft von einzigartiger Schönheit, deren sanftes Hügelland sich bis zum Golf von Neapolis hinzog, überragt von dem hohen Vulkanberg Vesuv.

Baiae mit seinen heißen Schwefelquellen, nicht weit von den alten Griechenstädten Neapolis und Kyme, das die Römer Cumae nannten, gelegen, hatte sich in der letzten Zeit zu einem mondänen Badeort entwickelt. Viele reiche Römer jagten nach Grundstücken am Meer und versuchten, sich gegenseitig im Bau großartiger Landhäuser zu übertreffen.

Auch Lentulus besaß in Baiae einen Palast, der auf der Kuppe eines Hügels thronte. Eine Säulenhalle erstreckte sich längs des Gebäudes zur Meerseite hin, und der Alte verbrachte dort viele Stunden, auf bequemem Lager ausgestreckt, verloren in den Anblick der weiten, glitzernden, blauen Fläche.

Diese Ruhestunden auf seiner Terrasse, außerdem die lindernden Bäder in den heißen Quellen, die sich in große Marmorbecken ergossen, rüsteten ihn mit der notwendigen Energie aus – für den täglichen Machtkampf, das Intrigenspiel in Rom.

Erst spät, vor vier Jahren, hatte Lentulus den Gipfel der Senatshierarchie erreicht. Er wurde der Erste der Senatoren, der Sprecher; sein Wort hatte Gewicht in diesem Gremium, das die Welt beherrschte.

Den jungen Sulla lernte Lentulus genau ein Jahr vor den Ereignissen am Tiber kennen.

Eines Morgens, zur Stunde des Empfangs seiner Klienten, wurden ihm ein »Lucius Cornelius Sulla und Sohn« gemeldet. »Was mögen die wollen?« brummelte der Erste Senator zu seinem Hausverwalter Narcissus. Der sehr entfernte Verwandte Sulla lebte außerhalb des Machtbereichs des Alten, hatte nie versucht, sich eine politische Karriere aufzubauen. Seine Welt war die des Vergnügens; er liebte Gelage, Schauspieler, Hetären – und das Würfelspiel, bei dem er oft hohe Summen verlor. Doch Geld gab es in seinem Leben im Überfluß: Schon als sehr junger Mann hatte er die Tochter des reichen Bankiers Ancharius geheiratet. Die römischen Ritter, die als Kaufleute oder Bankiers über riesige Vermögen verfügten, schmückten sich gern mit einem adligen Schwiegersohn. Der Name »Cornelius« strahlte einen geradezu phantastischen Glanz aus, auch wenn ihn nur der Beiname »Sulla« zierte.

Lentulus wußte natürlich über diesen Verwandten genau Bescheid, denn sein Spitzelsystem funktionierte ausgezeichnet. Er hatte aber nie Lust verspürt, ihn an seine Tafel zu laden.

»Eigentlich möchte ich den Sulla nicht empfangen«, entschied der Alte, nachdem er eine Weile über diesen Besucher nachgedacht hatte, »fertige du ihn ab, Narcissus.«

»Das wäre ein Fehler«, meinte der Hausverwalter, der seit fast einem halben Jahrhundert im Dienst von Lentulus stand, »laß die beiden hereinkommen, du wirst überrascht sein.«

Der Alte mußte anerkennen, daß Sulla und Sohn die Kunst des Auftritts beherrschten. Sie waren ausnehmend schöne Menschen, doch das Gesicht des älteren Sulla war von seinen Ausschweifungen gezeichnet: Die Züge wirkten müde und verlebt; er versuchte, mit Schminke die dunklen Schatten um die Augen zu verbergen.

Der Junge erstrahlte neben ihm um so jugendlich-frischer mit seinen blonden Locken und den blauen Augen, die er bei der Begrüßung schmeichelnd zum Alten hob.

»Es fehlen nur noch Flügel, dann könnte er für einen Eros durchgehen«, dachte der Alte bei sich.

Laut sagte er: »Welch unerwarteter Besuch, Sulla. Wer hätte gedacht, daß du schon so früh am Morgen unterwegs bist!«

Sulla lief rot an, denn er verstand diese Anspielung auf seine langen Nächte sehr wohl. Er ließ sich aber nicht aus der Fassung bringen:

»O Lentulus, du bist so hoch gestiegen! Wie könnte ich es da wagen, dir deine Zeit zu stehlen – du hast ja jeden Morgen so viele Klienten abzufertigen. Heute komme ich nicht meinetwegen, sondern ich bringe dir meinen Sohn. Er hat den Wunsch geäußert, dein Schüler zu werden, und diesen Wunsch konnte ich ihm nicht abschlagen!«

Der Alte atmete tief. Eine solche Dreistigkeit hatte er schon lange nicht mehr erlebt. Nicht die Schüler suchten ihn aus, sondern er traf seine sorgfältige Wahl unter vielen Söhnen der höchsten Kreise. Hilfesuchend blickte er zu Narcissus, der aber nur Augen für den Jungen hatte.

»Du hast also den Wunsch geäußert ...!« Es fiel dem Alten schwer, angesichts der blauen Augen, die jetzt flehend auf ihn gerichtet waren, seine strenge Haltung zu bewahren.

»Lentulus, schick mich nicht fort! Nur bei dir kann ich alles lernen, um einmal ein Amt zu bekleiden. Ich bin ein Cornelier wie du, ich möchte einmal Consul werden wie so viele andere Cornelier, ich möchte wie du einmal über das Forum gehen – so geliebt und geachtet vom Volk. Wie oft habe ich dich beobachtet, wie oft habe ich mir gewünscht, neben dir zu gehen, einen Schimmer von dem Glanz abzubekommen, der dich umgibt.«

Sulla hatte mit großer Leidenschaft gesprochen, und der Alte wurde nachdenklich.

Die Verbindung mit den Anchariern hatte dem müden, fast abgestorbenen Zweig der Sullas offenbar gutgetan. Der Junge verfügte über eine Energie, die er dem blonden Lockenkopf auf den ersten Blick nicht zugetraut hätte.

»Du willst also Macht besitzen, willst über Menschen herrschen«, stellte er nüchtern fest.

Er begann nun, den jungen Sulla zu examinieren, und war erstaunt über den Redefluß, die Schlagfertigkeit und vor allem über das Wissen des 16jährigen. Der Alte mußte anerkennen, daß der von ihm wenig geschätzte Vater Sulla sich um eine umfassende Erziehung seines Sohnes bemüht hatte. Der Junge sprach nicht nur ein gepflegtes Latein, sondern auch perfekt Griechisch. Eine Zeitlang führten sie das Gespräch auf griechisch, denn Lentulus beherrschte ebenfalls diese Sprache der »Schönheit und Weisheit«, wie er sie nannte.

»Hast du vor oder nach der Schlacht von Pydna Griechisch gelernt?« wollte der Junge wissen.

»Erst später«, sagte der Alte und warf einen kurzen Blick auf seinen griechischen Verwalter Narcissus, der etwas verschämt die Augen niederschlug. Vor 45 Jahren hatte Lentulus den schönen Sklaven, der damals noch sehr jung war, so geliebt, daß er seinetwegen sogar die fremde Sprache lernte.

»Wie sprachst du damals mit dem König Perseus von Makedonien, nachdem wir Römer ihn besiegt hatten und er uns Makedonien überlassen mußte? Du warst doch in der Kommission der drei Männer, die die Verhandlungen führten.«

Der Alte staunte. Sulla hatte sich wirklich gut vorbereitet; offensichtlich packte er die Dinge, die ihm wichtig waren, gründlich an.

»Wir sprachen natürlich Latein, wie wir heute noch mit allen Griechen bei offiziellen Anlässen Latein sprechen. Latein ist die Sprache des Erdkreises, auch wenn wir bei unseren Gastmählern gern griechisch reden, um unsere Bildung zu zeigen«, spöttelte der Alte.

Er spottete auch über sich selbst; denn er hatte sich noch in mittlerem Alter viel von griechischer Bildung aneignen müssen, um seit der Schlacht von Pydna, die etwa 45 Jahre zurücklag, auf der politischen Bühne mittanzen zu können.

Viele reiche und kultivierte Griechen waren damals als Sklaven nach Rom verschleppt worden. Sie unterrichteten in den ersten Häusern den Nachwuchs und breiteten griechisches Denken, griechische Kultur über weite Kreise in Rom aus.

Der junge Sulla deklamierte aus den »Wolken« des Aristophanes ebenso fehlerlos wie aus verschiedenen Komödien des Plautus und des Terenz. Er zitierte lange Passagen aus Platons »Phaidon«, und er konnte mehrere Verfassungen griechischer Städte beschreiben, wie Aristoteles sie aufgezeichnet hatte – so die von Massilia, einer wichtigen Verbündeten Roms jenseits der Alpen.

»Bis jetzt hat er fremde Sachen vorgetragen und dir gezeigt, wie vorzüglich sein Gedächtnis ist«, ließ sich Sullas Vater vernehmen, »er dichtet aber auch selbst, singt sehr hübsch und spielt die Kithara. Wenn du erlaubst, trägt er dir noch ein Lied über unseren Ahn Rufinus vor, das er eigens für dich geschrieben hat.«

Der Alte war gerührt; dieses Lied wollte er gerne hören.

Er bat Narcissus, sich um die Klienten zu kümmern, die sich im Atrium, der großen Eingangshalle, seit dem Morgengrauen drängten. Der Alte liebte es nicht, sie über Gebühr warten zu lassen.

In vielen Häusern Roms war es inzwischen üblich geworden, die Klienten nur noch vom Hausverwalter abfertigen zu lassen. So konnte der Hausherr ein oder zwei Stunden länger schlafen. Lentulus hielt nichts von diesen neuen Sitten. Sobald es dämmerte, stand er auf, aß eine Kleinigkeit und empfing dann in würdevoller Haltung einen Klienten nach dem anderen in seinem Arbeitszimmer, dem Tablinum. Sie berichteten ihm von ihren Sorgen und Nöten; er wußte Rat oder Tadel. Sie unterrichteten ihn über die Stimmung der Plebs, über Gerüchte, über den neuesten Klatsch.

Anschließend zahlte ihnen Narcissus ihr Geld für den Tag aus und sagte ihnen, ob sie sich bereitzuhalten hätten, um Lentulus als Gefolge auf das Forum zu begleiten.

Narcissus kam aus dem Atrium zurück und fragte den Alten, ob man nicht die großen Flügeltüren öffnen könne, denn die Klienten würden auch gerne das Lied hören.

»Bist du einverstanden, Sulla?« Der Junge bekam einen roten Kopf, nickte aber tapfer.

So schob Narcissus die breiten Flügel der Holztür weit auseinander, und sofort erhob sich lauter Applaus. Sulla konnte einzelne Gesichter unterscheiden, sie waren ihm vertraut von seinen morgendlichen Beobachtungen auf dem Forum. Als er sah, daß auf den meisten Mienen ein Strahlen lag, ging ein

Ruck durch seinen Körper; er nahm die Kithara, stimmte die Saiten und begann:

> »Von meinem Ahn will ich euch singen,
> den einen nur hab' ich, mir zum Stolz ...«

Mit diesem Ahn Rufinus hatte es folgende Bewandtnis:

Vor gut 160 Jahren war er der mächtigste Mann in Rom: zweimal Consul, einmal Dictator – ein Amt übrigens, das die Römer seit 100 Jahren nicht mehr vergaben, weil es ihnen gefährlich erschien, wenn nur ein einziger Mann alle Fäden in der Hand hielt. Besser war es, jedes Jahr zwei Consuln zu wählen, die sich gegenseitig kontrollieren konnten.

Der Ahn Publius Cornelius Rufinus konnte sich rühmen, die Samnitenkriege erfolgreich beendet und damit Roms Macht über ganz Italien ausgedehnt zu haben.

> »Nach all der Mühe, nach all der Plag',
> mein Leben will ich genießen.
> Aus Schalen von Silber fortan
> der Wein an meiner Tafel soll fließen.«

So sang Sulla mit seinem schönen Tenor.

Die Zuhörer klatschten begeistert. Wenn von Wein die Rede war, kamen sie in Stimmung. Sie leckten sich leicht die Lippen und bedauerten, daß sie noch so viele Stunden bis zum ersten Becher warten mußten. Da war der Alte altmodisch-streng: Solange sie im Dienst auf dem Forum waren, durfte kein Tropfen angerührt werden.

Sullas Lied erzählte nun, daß es Rufinus nicht bei den Silberschalen bewenden ließ; weiteres Tafelgeschirr aus Silber wurde angeschafft, bis er schließlich auf die damals ungeheure Menge von zehn römischen Pfund kam.

In den anderen adligen Häusern aß man von Tongeschirr. Aus Silber waren nur das Salzfäßchen und die Schale für das Trankopfer am Hausaltar.

Prunksucht galt als nicht vereinbar mit der Würde eines Römers. Die Adligen belauerten sich gegenseitig, keiner sollte sich über den anderen erheben. Das ging so weit, daß die erwachsenen römischen Bürger sich alle einheitlich kleiden mußten: Sie trugen eine weiße Tunica und darüber eine weiße Toga. Nur die Senatoren und ihre Söhne, später alle Knaben, durften das Gewand mit einem Purpurstreifen verzieren.

Die Frauen jedoch ließen sich nicht von strengen Kleidervorschriften einzwängen: Sie flatterten als bunte Schmetterlinge durch die Straßen der Stadt. Bevorzugt waren leuchtende Farben wie Purpur, Grün und Gelb.

Sullas Ahn Rufinus zahlte teuer für seine Prunksucht: Als er kein Amt mehr bekleidete, wurde er von den Censoren, den hohen Beamten, die über Sitte und Moral wachten, aus dem Senat ausgestoßen.

»So endet ein großes Geschlecht,
von Neid und Mißgunst zu Fall gebracht!«

Sulla schloß seinen Vortrag. Tränen kullerten über seine Wangen.

»So schlimm war das doch nicht, das mit den zehn Pfund Silber«, tröstete ihn einer der Klienten.

»Wenn sich die Tafel heute nicht unter 100 Pfund biegt, bist du bei einem armen Mann eingeladen!«

»Quintus Fabius Maximus, der nächstes Jahr Consul werden will, soll sogar silbernes Tafelgeschirr besitzen, das 1000 Pfund wiegt!«

Dieses Gerücht verschlug selbst dem Alten die Sprache.

»Woher weißt du das, Sextus?«

Sextus grinste breit und genoß die Aufmerksamkeit:

»Man hört so allerlei auf dem Forum; vor nicht langer Zeit war die Sache mit den 1000 Pfund Tagesgespräch.«

»Und warum hast du mir nicht gleich darüber berichtet?« herrschte ihn der Alte an. Er nahm sich vor, heute noch mit

Maximus ein ernstes Wort zu reden. In dieser unruhigen Zeit, in der der Volkstribun Gaius Gracchus immer heftiger die Plebs gegen den Adel aufhetzte, war es mehr als ungeschickt, mit so großem Reichtum zu protzen.

»Aber nun zu dir, junger Freund«, wandte er sich liebenswürdig zu Sulla, »dein Lied hat mir gefallen, auch wenn manchmal der Stil etwas holprig war. Aber du bist noch jung, alles braucht seine Zeit. Ich nehme dich als Schüler an, die Einzelheiten über den Tagesablauf wird dir Narcissus erklären.«

Der Alte hatte kühl und sachlich gesprochen, als würde ihm jeden Tag ein Schüler wie Sulla präsentiert. In Wirklichkeit war er mehr als beeindruckt; Sulla übertraf alle seine Schüler.

Widerwillig mußte er auch die Leistung von Sullas Vater anerkennen, der sich mit Tatkraft um die Erziehung seines Sohnes gekümmert, sogar am Unterricht teilgenommen hatte, um mit ihm über schwierige Fragen, die griechische Philosophen oft aufwarfen, diskutieren zu können.

»Ich wollte auch nicht, daß er zu sehr unter den Einfluß griechischer Lehrer gerät«, sagte er jetzt bedeutungsvoll.

Lentulus verstand; er erinnerte sich an einen anderen Cornelier vom Zweig der Scipionen, allerdings adoptiert, weil dieser Zweig so verdorrt war, daß er keine eigenen Nachkommen mehr in die Welt setzen konnte. Der griechische Lehrer, der inzwischen berühmte Historiker Polybios, hatte den Jungen schon früh verführt. Bei den Griechen war es üblich, daß ältere Lehrer mit ihren jüngeren Schülern ein Liebesverhältnis anfingen; sie behaupteten, das fördere die Lust der Jungen am Lernen. Der Alte jedoch hatte sich ein Leben lang davor gehütet, eine Neigung zu einem seiner Schüler auszuleben.

In Rom schätzte man diese Art von Liebe überhaupt nicht, auch wenn sie inzwischen von der Gesellschaft toleriert wurde – wie bei diesem Cornelius Scipio, den sie nach der Zerstörung Karthagos den »Africanus« nannten.

Wer in Rom nicht mit seiner Vorliebe für Männer ins Gerede kommen wollte, kaufte sich besser junge Sklaven und trieb es mit ihnen im Schutz seiner eigenen vier Wände. So hielt es auch der Alte, obwohl die wenigen Gefühle, zu denen er noch fähig war, nur Narcissus gehörten.

Es war jedesmal wieder ein eindrucksvolles Bild, wenn der Alte seinen Einzug auf das Forum hielt. Die würdevolle, hagere Gestalt schritt an der Spitze eines großen Menschenschwarmes, der sich aus seinen Schülern und Klienten zusammensetzte.

Sklaven liefen voraus und riefen: »Macht Platz für den Herrn, macht Platz für den Ersten der Senatoren!«

Eigentlich war dieses Geschrei nicht notwendig, denn die Menge, die seit der Frühe auf dem Forum herumlungerte, stob sofort auseinander, wenn große Herren erschienen – Magistrate, Senatoren oder auch reiche Kaufleute.

Vor dem Ersten Senator wichen die Römer mit besonderer Ehrfurcht zurück.

So auch an jenem Morgen, als Sulla zum erstenmal im Gefolge des Alten als sein neuer Schüler über das Forum stolzierte. Während er versuchte, so würdevoll wie der Alte einen Fuß vor den anderen zu setzen, warf er aus den Augenwinkeln heraus Blicke auf die Neugierigen, um zu sehen, ob sie ihn bemerkten.

Doch die Beobachtungen, die sich die Plebs mitteilte, galten zunächst dem Alten: »Wie elegant heute wieder die Falten seiner Toga liegen!«

»Sein Diener Narcissus versteht es, ihm die Toga umzulegen. Übrigens scheint sie neu zu sein, sie glänzt so weiß!«

»Unsinn, das ist weiße Kreide, damit er noch besser unter den anderen heraussticht!«

»Aber er kandidiert doch nicht mehr!«

Die Umstehenden lachten, denn mit weißer Kreide pflegten nur die Bewerber für Ämter ihre Toga kenntlich zu machen.

Doch nun wurde das Getuschel aufgeregter, und einer rief: »Ein neues Gesicht unter den Schülern, ein neues Gesicht! Wie schön dieser Jüngling ist, mit seinen blonden Locken!«

Das Volk begann begeistert zu klatschen, während Lentulus geschmeichelt stehenblieb.

»Ihr habt Augen für alles«, sagte er, »mein Gefolge ist so groß, und doch fällt euch ein neues Gesicht sofort auf. Das ist mein neuer Schüler, ein Verwandter, Lucius Cornelius Sulla«, und der Alte zog den Jungen liebevoll an sich.

Allerdings war es nicht schwer gewesen, den Neuzugang zu bemerken, denn der Alte hatte Wert darauf gelegt, den Jungen an seiner Seite zu haben und ihn auf diese Weise der Plebs von Rom vorzustellen.

Die übrigen Schüler – es war ein gutes Dutzend – trippelten aufgeregt hin und her und warfen sich Blicke zu.

»Auf den müssen wir ein Auge haben«, flüsterte der junge Dolabella den anderen zu, die neben ihm standen, »taucht plötzlich aus dem Nichts auf, seine Familie gehört nicht zu unseren Kreisen, und schon wird er uns allen vorgezogen. Oder hat der Alte einen von euch so der Plebs präsentiert?«

»Wenn du keine Pickel im Gesicht hättest, könnte man dich auch vorstellen«, meinte der kleine Nasica, ein pausbäkkiger Junge mit gutmütigem Gesichtsausdruck, und alle kicherten. Nasica war erst 13 Jahre alt und eigentlich noch zu jung für die Ausbildung, aber der Alte hatte ihn gern um sich, und so durfte er gelegentlich am Morgen mitlaufen.

Obwohl Sulla nicht seit seiner frühesten Kindheit in den Häusern des Hochadels verkehrt hatte, erreichte er auf Anhieb eine Spitzenstellung unter den Schülern des Alten. Die Schüler waren junge Männer aus adligen Familien, die das Glück hatten, bei einem der bedeutendsten Optimaten jener Zeit, beim alten Lentulus, das Geschäft der Politik zu studieren. Denn hielten sich die Senatoren für die »Besten der Römer«, für die Optimaten, so war der Erste Senator natürlich der »Allerbeste«, und die Würde, die Lentulus ausstrahlte, bezog aus dem Stolz auf seine überragende Stellung ihre Kraft.

Auch auf seine Schüler fiel der Glanz seiner Position; wen der Alte in seinen Zirkel aufgenommen hatte, der konnte sich gute Chancen für den Aufstieg in hohe Ämter ausrechnen. Er lernte bei Lentulus das verwickelte Geflecht von Beziehungen begreifen, das die großen Familien untereinander verband: den Klüngel, die Cliquenwirtschaft. Er lernte, mit dem Volk umzugehen; auf die richtige Art Hände zu schütteln, nicht zu vornehm von oben herab, aber auch nicht zu leutselig-anbiedernd. Er lernte, sich dabei nach den Lebensumständen des Mannes zu erkundigen, dessen Namen ihm ein Sklave, ein Nomenclator, gerade ins Ohr geflüstert hatte.

Er lernte auch viel über die Redekunst, obwohl das ein Spezialgebiet war, zu dessen Studium die jungen Leute gern nach Griechenland gingen. Aber Lentulus war ein guter Redner, vermittelte seinen Schülern viel praktisches Wissen, nicht nur, wie man die Zuhörer durch prägnante und glänzende Wendungen faszinierte, sondern er unterwies sie sogar in kniffligen Fragen des römischen Rechts.

Um bei der Plebs bekannt zu werden, hatte es sich eingespielt, daß die jungen Männer schon mit 19 oder 20 Jahren auf dem Forum als Prozeßredner auftraten. Sie verteidigten die Klienten ihrer Väter in unbedeutenden Prozessen, die großen überließen sie lieber den Staranwälten. Als Ankläger aufzutreten war nicht sehr beliebt, denn man wollte sich in jungen Jahren nicht schon Feinde einhandeln.

Die jungen Adligen wuchsen so in ihre spätere Tätigkeit allmählich hinein, lernten vor Ort – auf dem Forum, in der Praxis und nicht aus Büchern.

Lentulus verglich seine Lehrertätigkeit gern mit der eines Bauern, der seinem Sohn das mühsame Geschäft des Pflügens mit einem Ochsen beibringt. Denn wie die meisten Leute seines Standes war er dem Landleben sehr verbunden, besaß große Güter, über ganz Italien verstreut – wurde doch der

Besitz von Land als die einzig ehrbare Geldanlage für einen Senator angesehen.

Der Alte wohnte, wie es sich für einen so reichen Patricier gehörte, im vornehmsten Gebiet Roms: auf dem Palatin-Hügel, der an das Forum grenzte. Der Palast der Lentuler lag genau an der Ecke, gegenüber dem Capitol, dem Sitz des obersten Gottes Iuppiter.

Zwischen Palatin und Capitol brandete in der Tiefe das Tosen des großen Lebensmittelmarktes im Stadtteil Velabrum, der sich zwischen Forum und Rindermarkt erstreckte. Nachdem das Forum im Laufe der Jahrhunderte zum Zentrum des politischen Lebens geworden war – mit großen Hallen, den Basiliken, in denen die Gerichte tagten, die Collegien der Bürger zusammenkamen, Bankiers ihre Geschäfte betrieben –, verlagerte sich der Verkauf von Lebensmitteln und anderen Waren in das Velabrum.

Dieses Viertel war dicht besiedelt. Die Häuser hatten meist drei oder vier Stockwerke; im Untergeschoß reihte sich Laden an Laden, und eine Schenke folgte der anderen. Der Lärm, der dort herrschte, drang nur schwach bis zum Palast des Alten hoch. Er war allenfalls auf der überdachten Terrasse zu hören, die dem Haus vorgelagert war.

Der Alte liebte es, von dieser Terrasse aus das Treiben auf dem Forum zu beobachten, und er bediente sich dabei gern der scharfen Augen Sullas, wenn es galt, Gesichter zu erspähen. Er schätzte auch Sullas scharfe Zunge, mit der dieser den Einzug verschiedener Senatoren kommentierte. Er amüsierte sich, wenn der Junge ihm die gockelhaften Auftritte der Optimaten beschrieb oder gar vorspielte, wie sie von ihren Klienten und Schülern wie von Hennen umflattert wurden.

»Wer kommt jetzt, Sulla?« fragte Lentulus, »ich bin gespannt, was dir diesmal einfällt.«

»Das Hinkebein – der Aemilius Scaurus!«

»Scaurus« bedeutete eigentlich »Klumpfuß«. Einer der

Vorfahren des Marcus Aemilius hatte wohl den Fuß nachgezogen, und dieser Beiname war nun an seinen Nachkommen hängengeblieben. Tatsächlich hatte der Senator Scaurus einen etwas schwerfälligen Gang, der aber zu seiner imposanten Gestalt paßte; ihn jedoch deswegen »Hinkebein« zu nennen, war mehr als despektierlich.

Doch dem Alten gefiel diese bissige Bemerkung; er lachte laut heraus. Narcissus, der eifersüchtig die Szene beobachtete, dachte:

»Der Alte wird kindisch. Er sollte diesen unverschämten Sulla lieber zügeln, als ihn in seinen Frechheiten zu bestärken!«

»Weiter, Sulla«, rief jedoch der Alte. Der Junge hob den Arm und stieß ihn heftig vor:

»Ich kündige dir unseren balearischen Schleuderer an!« Er meinte damit Quintus Caecilius Metellus, der vor einem Jahr – als Consul – die Balearischen Inseln unterworfen hatte. Er war der älteste Sohn eines guten Freundes des Alten, des »alten Macedonicus«, der diesen Beinamen trug, weil er vor mehr als einem Vierteljahrhundert einen Aufstand in Makedonien niedergeschlagen und danach die griechischen Landschaften als römische Provinz eingerichtet hatte. Sogar ein Triumph war ihm vom Senat bewilligt worden.

Der Macedonicus hatte vier Söhne, und nachdem der älteste das Consulat erreicht hatte, konnte sich auch der zweite, Lucius, inzwischen Aedil, gute Chancen ausrechnen, ebenso die beiden anderen.

Zum mächtigen Clan der Meteller gehörten außerdem die Söhne des verstorbenen Bruders des »alten Macedonicus«. Sie strebten wie ihre Vettern nach den Gipfeln der Macht. Der Älteste – er hieß ebenfalls Lucius mit Vornamen – hatte sogar schon die Stufe vor dem Consulat, die Praetur, erreicht.

»Und unser Praetor Metellus?« stachelte der Alte den Jungen an, als der hagere Neffe seines Freundes Macedonicus unten vorbeizog.

»Er hat die Nase eines Habichts; wenn er Beute sieht,

sticht er nieder.« So ging es weiter. Vieles, was Sulla vorbrachte, war eher verletzend als witzig, doch der Alte und der Junge unterhielten sich glänzend dabei.

Nur Narcissus stand steif und ablehnend daneben, bewahrte aber jede Charakterisierung für die Senatoren in seinem Gedächtnis, besonders jene, die ehrenrührig waren.

Der Ausguck auf dem Palatin hatte für den Alten auch den Vorteil, daß er seinen eigenen Auftritt genau abpassen konnte; denn es war wichtig, daß das Volk eine Steigerung erlebte, daß der Erste im Senat der letzte auf dem Forum war. So konnte er mit seinem Gefolge und mit der Ehrerbietung, die die Plebs ihm entgegenbrachte, die anderen Senatoren übertrumpfen.

Erst wenn Lentulus in der Curia erschien, durfte die Sitzung beginnen. Der Alte zögerte gern die Eröffnung des Senats etwas hinaus, indem er, solange es nur anging, zwischen seinen Bewunderern auf dem Forum verweilte.

Die Senatoren mußten vom erhöhten Eingang des Senatsgebäudes aus die Huldigungen des Volkes an ihn miterleben, voller Neid ihm zugestehen, daß er mehr Hände schüttelte als jeder andere von ihnen und daß sein Schweif immer größer wurde, je mehr er sich der Curia näherte.

Die Gracchen

Dieses Ritual wurde wenige Wochen nach Sullas Eintritt in das Haus auf dem Palatin empfindlich gestört.

Gaius Gracchus war zum zweitenmal zum Volkstribun gewählt worden; er vereinigte jetzt mehr Macht in seinen Händen als jemals ein Volkstribun vor ihm. Das Volk verehrte ihn wie einen Gott und liebte ihn wie einen Heros. Keiner zog solche Massen an wie er, und keiner löste solchen Jubel aus.

Die Leute, die sich an ihn drängten, schüttelten ihm nicht

nur die Hände, sie küßten sie ihm sogar – eine griechische Sitte, die den Alten mit Abscheu erfüllte.

»Es fehlt nur noch, daß sie auf den Knien vor ihm herumrutschen! Dieses Händeküssen ist verwerflich genug, völlig unrömisch – griechische Schmeichelei«, erregte er sich, »und zur orientalischen Unterwerfung ist es nur noch ein kleiner Schritt. Wenn wir den Gracchus nicht hindern, wird er sich bald zum König von Rom ausrufen lassen!«

»Wie stehen wir dann vor unseren Ahnen da, die doch die etruskischen Könige aus der Stadt vertrieben haben!« heizte Sulla die Erregung des Alten weiter an.

Es war keineswegs die Sorge um die Republik, die Lentulus mit immer größerem Haß gegen Gracchus erfüllte; er war in seiner Eitelkeit getroffen, so stark wie nie zuvor in seinem Leben. Gaius Gracchus verdarb ihm jeden Morgen den Höhepunkt seines Tages, den Auftritt auf dem Forum und den Einzug in den Senat.

Gracchus paßte genau den Augenblick ab, in dem der Alte auf dem Forum erschien, um mit seinen Leuten den Platz so zu besetzen, daß Lentulus und sein Gefolge sich nur mühsam durch die Menge hindurchzwängen konnten.

Wo sich früher für den Alten eine breite Gasse geöffnet hatte, das Volk ehrerbietig zurückgewichen war, lümmelte jetzt der Anhang des Gracchus herum und pöbelte:

»Der Erste im Senat, der Erste der Halunken!«

»Wer hat den Tiberius Gracchus getötet?« kreischte ein Langer, Dünner mit strähnigen Haaren. »Der Nasica, ein Verwandter von dir, den du angestiftet hast, Lentulus – wir wissen Bescheid!«

»Deine Tage sind gezählt, Alter, vergiß nicht, ein neues Testament aufzusetzen – für deinen Liebling Sulla als Erben!«

Lentulus kämpfte sich mühsam durch diesen »Abfallhaufen«, wie er die Plebs, die Gracchus umgab, inzwischen nannte. Ihm wurde übel inmitten der Ausdünstungen der Menge; viele hatten wohl vor Monaten zum letztenmal ein Bad genommen.

»Warum baut der Gracchus seinem Anhang keine Thermen? Die Plebs wäre erträglich, wenn sie nicht so stinken würde«, stöhnte der Alte, »statt dessen verschleudert er die Gelder aus der Staatskasse, zieht Getreidemagazine hoch und befestigt Straßen!«

»Warum habt ihr Senatoren auch den Volkstribunen soviel Macht zugestanden! Wenn ich einmal in Rom etwas zu sagen habe, werde ich dafür sorgen, daß sie nach der Pfeife des Senats tanzen!« tönte Sulla, während der Alte ihm einen mißbilligenden Blick zuwarf.

Die Volkstribune waren die Vertreter der Plebs. Aber es war nicht üblich, daß sich Bäcker oder Töpfer um dieses Amt bewarben, auch wenn sie über Geld verfügten, sondern die jungen Söhne der großen plebejischen Adelshäuser begannen oft ihre politische Laufbahn mit dem Volkstribunat.

Während ihrer einjährigen Amtszeit nannten sich die Adligen gern »Populare«, Männer des Volkes, um ihre Nähe zur Plebs zu demonstrieren. Sobald sie aber die weitere Ämterlaufbahn eingeschlagen hatten, die ihren Höhepunkt im Consulat erreichen sollte, rückten sie von der Plebs ab, wandelten sie sich zu Optimaten, hoch über dem Volk stehend.

Das Volkstribunat datierte aus den frühen Tagen der Republik, bestand nun schon seit über 370 Jahren.

Sulla hatte im Geschichtsunterricht gelernt, daß es aus den Kämpfen zwischen den Vertretern der großen Adelshäuser, den Patriciern, und der Plebs von Rom hervorgegangen war.

Diese Kämpfe hatten die römische Gesellschaft auch später noch zerrissen, bis sich die Plebejer vor 240 Jahren endlich den Zugang zum Consulat erkämpften und ihre herausragenden Familien ebenfalls zum Adel gezählt wurden – er nannte sich plebejischer Adel im Gegensatz zum patricischen.

Der Alte lachte, als Sulla diese Kenntnisse aus der Schule vor ihm ausbreitete.

»Der römische Adel hat lange an dieser Version des Ständekampfes gearbeitet«, sagte er, »und wie ich sehe, mit Erfolg, denn die Jugend nimmt diese Legende inzwischen für bare Münze!«

»Was ist denn daran derart falsch?« fragte Sulla befremdet.

»Nur eine Kleinigkeit: Es hat nie einen Ständekampf zwischen Patriciern und der Plebs gegeben!«

»Beim Hercules, das ist stark«, eiferte sich der Junge, »woher hat denn das Volk von Rom seine vielen Rechte? Doch nur im Kampf den Patriciern abgerungen! Was die Plebs in ihrer Versammlung beschließt, ist Gesetz; die Anträge für die Gesetze stellen die Volkstribune ebenso wie die Consuln.

Wenn ein Römer zum Tode verurteilt ist, kann er sich an die Volksversammlung wenden, und diese hat das Recht, das Urteil noch einmal zu überprüfen.

Und die Volkstribune als Anwälte der Plebs haben das Recht, die Magistrate zur Rechenschaft zu ziehen und gegen Beschlüsse des Senats vorzugehen.«

»Ich sehe, daß du im Geschichtsunterricht gut aufgepaßt hast«, schmunzelte der Alte, »meinen anderen Schülern mußte ich das alles erst beibringen. So sehen heute die Rechte der Plebs und der Volkstribunen aus. Aber darüber brauche ich mit dir nicht zu reden, das hieße ja, Brennholz in den Wald tragen.«

Sulla war immer neugieriger geworden, doch er zwang sich, den Alten nicht mehr zu unterbrechen, denn das hätte zu weiteren Abschweifungen führen können.

Der Alte redete nun einmal gern.

Lentulus nahm den Faden ohne weitere Verzögerung wieder auf.

»Was wir heute die Kämpfe zwischen den Plebejern und den Patriciern nennen, waren in Wirklichkeit die Kämpfe zwischen den etruskischen Adelsfamilien, die während der Herrschaft der etruskischen Könige in großer Zahl nach Rom übergesiedelt waren, und latinisch-sabinischen Familien, der

›Urbevölkerung‹ von Rom – den Patriciern, zu denen wir Cornelier ja auch gehören.

Gemeinsam hatten etruskische und latinische Adlige den letzten etruskischen König, den sie Superbus, den Hochmütigen, nannten, aus Rom gejagt, aber sie konnten sich dann nicht einigen, wie sie die Macht untereinander aufteilen sollten.

Die etruskischen Adligen riefen einen anderen etruskischen König, Porsenna, zu Hilfe, und der entschied weise, daß Etrusker und Latiner zusammen regieren sollten: Die beiden Herrscher wurden Consuln genannt, und sie wechselten jährlich, damit sie diese Machtstellung nicht ausbauen konnten.«

Sulla war fassungslos:

»Und was ist mit Horatius Cocles, der die Holzbrücke gegen den König Porsenna verteidigte und damit verhinderte, daß die Etrusker in die Stadt einziehen konnten?«

»Alles Unfug! Der Cocles mag zwar wie ein Löwe gekämpft haben, aber er ist niemals mit dem Leben davongekommen, niemals schwamm er in voller Rüstung durch den Tiber, nachdem die Pfahlbrücke zusammengestürzt war. Die Etrusker stürmten über die intakte Brücke und nahmen die Stadt ein! Rom war in ihrer Hand.

Diesen schwarzen Fleck in unserer Vergangenheit, die Tatsache, daß Rom ein zweites Mal von Etruskern erobert wurde, haben wir Patricier inzwischen ausgelöscht – aus unserem Gedächtnis und aus den Annalen. Den Göttern sei Dank, daß alle Berichte darüber vor über 260 Jahren verbrannten, als die Gallier Rom zerstörten!

Später haben wir unsere Vergangenheit mit Honig versüßt, den schlechten Geschmack überdeckt, den viele Ereignisse hatten. Nur so konnten wir unseren Kindern weismachen, daß wir immer die Sieger waren.

Porsennas weise Regelung war nicht von Dauer, zu groß war die Rivalität zwischen den latinischen und den etruskischen Familien. Es gelang den Latinern schon bald, die Etrusker wieder aus dem Consulat zu werfen. Aber so einfach ließen sich deren mächtige Familien, allen voran die Licinier, nicht beiseite drängen.

Sie schmeichelten sich bei der Plebs von Rom ein, gewannen sie als Anhang, benutzten sie, um sich die Macht zurückzuerobern. Und sie gingen sehr geschickt dabei vor: Sie hetzten die Bevölkerung auf, aus Rom auszuwandern, die Patricier allein in der Stadt hocken zu lassen!

Rom ohne Volk, vor allem ohne Soldaten, die die Patricier dringend brauchten, weil sie ständig in Kriege mit Nachbarn verstrickt waren – Rom ohne Volk also, das konnten sich unsere Vorfahren nicht leisten. So gaben sie nach und erlaubten der Plebs, ihre Interessen von zwei Volkstribunen vertreten zu lassen. Das waren aber etruskische Adlige, einer davon ein Licinier, keineswegs ›Männer aus dem Volke‹.

Über 100 Jahre gaben sich die Etrusker damit zufrieden, mit Hilfe der Volkstribunen, deren Zahl bald auf zehn anwuchs, Macht ausüben zu können. Schließlich verlangten sie auch nach den Insignien der Macht, wie dem Rutenbündel, das unsere Consuln ja wie die etruskischen Könige von Lictoren vor sich her tragen lassen – als Zeichen dafür, daß sie über Leben und Tod entscheiden können.

Wieder wurde der etruskische Anhang, die Plebs von Rom, so lange mobilisiert, bis die Patricier ihre starre Haltung aufgaben und einen Lucius Sextius sowie den Licinier Stolo als erste ›Plebejer‹ zum Consulat zuließen.

Wenn dich die sogenannten Ständekämpfe wirklich interessieren – ich habe viele Tafeln in einem geheimen Raum meines Hauses versteckt, damit wenigstens bei den Corneliern von Generation zu Generation weitergegeben wird, was sich in Wirklichkeit zugetragen hat.«

Sullas beweglicher Geist war aber bereits von etwas anderem gefesselt: »Die Licinier sind wirklich Etrusker?« wunderte er sich. »Neulich habe ich den Lucius Licinius Crassus auf dem Forum bei einer Rede gehört, und er gebärdete sich so römisch wie nur einer von uns.«

»Alle alten etruskischen Geschlechter fühlen sich nicht nur als Römer, sondern sie *sind* Römer. Sie haben in vielen Kriegen für Rom gekämpft, geholfen, Roms Herrschaft über Italien und später über große Teile des Erdkreises auszubreiten. Sie denken römisch, und sie atmen römisch!

Aber was sagtest du gerade vom jungen Crassus, dem Schüler meines Freundes Macedonicus? Du meinst doch den Crassus, der so ein erstaunliches Redetalent hat! Man prophezeit ihm eine große Zukunft!«

»Ich finde, daß er dem alten Macedonicus zu sehr nach dem Mund redet. Dauernd scharwenzelt er um ihn herum ...«

»Freundchen«, unterbrach ihn der Alte, »das sagen andere auch von dir!«

Sulla bekam einen roten Kopf, aber er mußte weitersticheln. Er ertrug es einfach nicht, daß ein anderer vom Alten gelobt wurde.

»Und außerdem scheint Crassus ein großer Anhänger des Gracchus zu sein. Er läßt keine Rede aus, habe ich mir sagen lassen. Mit offenem Mund steht er unter der Rostra, als wollte er jedes Wort trinken ...«

Diesen Pfeil hatte Sulla gut gezielt.

»Darüber muß ich mit dem Macedonicus reden«, ereiferte sich Lentulus, »es ist verwerflich genug, wenn die Plebs den Gracchus anhimmelt, als wäre er der König von Rom. Aber einer von uns wie Crassus, einer vom hohen Adel, zu dem die Licinier längst gehören – das geht entschieden zu weit! Sieht denn dieser Crassus nicht, daß Gracchus die Republik abschaffen, die Herrschaft des Senats stürzen will?«

Als Sulla merkte, daß es ihm gelungen war, den Alten gegen Crassus einzunehmen, wiegelte er scheinheilig ab:

»Sicher weiß Crassus das alles. Wahrscheinlich interessiert ihn wirklich nur das Formale an den Reden des Gracchus!«

Gaius Gracchus war 31 Jahre alt, als er mit seinem zweiten Volkstribunat auf dem Höhepunkt seiner Macht stand. Er war von kräftiger, etwas gedrungener Statur, sein Gesicht gut geschnitten; es wurde beherrscht von schwarzen Augen, über denen eine dunkle Mähne wehte, die er nur schwer bändigen konnte.

Gaius war ständig in Bewegung. Er hatte die Gabe, mehrere Dinge gleichzeitig tun zu können, und wirkte stets gehetzt, als wenn er ahnte, daß die Zeit für alles, was er in Rom erreichen wollte, viel zu kurz war. Wenn er auf der Rostra eine Rede hielt, konnte er nicht stillstehen. Er lief auf und ab und zog die Toga in seiner Erregung oft herunter.

Es war bei den Römern verpönt, daß ein Redner mit seinem Körper Unruhe verbreitete; nur mit seinen Worten sollte er aufwühlen. Ein Redner hatte beherrscht zu wirken, seine Schritte, wenn er die Tribüne betrat, gemessen zu setzen. Dazu verhalf ihm schon die Toga, deren lange Stoffbahn allzu heftige Bewegungen abbremste.

Gracchus nun schritt nicht auf die Rostra, sondern er sprang hinauf, und er machte sich nichts daraus, wenn die Toga dabei verrutschte.

Seit die Tribüne bestand, seit vielen Jahrhunderten, hatten die Redner mit dem Gesicht zur Curia hin gestanden. Wer ihnen zuhören wollte, mußte vom Forum zum Comitium hinüberwechseln, denn die Rostra hatte ihren Standort genau am Übergang von einem Platz zum anderen.

Zum Forum hin zu sprechen, also den ehrwürdigen Vätern in der Curia die Hinterfront zu zeigen, galt als ungeheuerliche Respektlosigkeit, Mißachtung der Sitten der Vorfahren, die die Republik zusammenhielten.

Gracchus tat es: Er drehte sich einfach um, wandte der Curia, dem Machtzentrum des Erdkreises, sowie den Senatoren, den mächtigsten Männern der Welt, den Rücken zu. Und er brüskierte nicht nur die lebenden Herrscher, sondern auch die toten, denn der Platz vor der Curia war geschmückt mit den Statuen großer römischer Politiker der Vergangenheit.

Diese kleine Drehung des Körpers, die die Senatoren als eine Kampfansage auffaßten, wie sie dramatischer nicht sein konnte, brachte seine Zuhörer zur Raserei. Hätte Gracchus von ihnen verlangt, ihn zum König auszurufen – sie hätten keinen Augenblick gezögert.

Aber Gracchus verpaßte diese Gelegenheit, und eine zweite wie diese bot sich nie wieder.

Gracchus kam aus dem großen plebejischen Adelshaus der Sempronier, das sich in viele Zweige teilte – so hatten die Tuditanier erst vor fünf Jahren einen Consul gestellt.

Auch der Großvater und der Vater des Gaius hatten das Consulat erlangt. An den Vater erinnerte ihn auf dem Forum ständig die große Basilika Sempronia, die der alte Gracchus als Censor vor 45 Jahren zwischen dem Tempel des Saturn und dem Tempel des Castor hatte errichten lassen.

Gaius versäumte es niemals, wenn er auf das Forum kam, der großen bronzenen Statue seines Vaters vor der Basilika einen Gruß zuzuwerfen. Sein Vater war seit fast 30 Jahren tot, Gaius hatte ihn kaum gekannt. Aber seine Mutter Cornelia, 30 Jahre jünger als ihr Mann Tiberius, hatte alles getan, um bei ihren drei Kindern die Erinnerung an den Vater wachzuhalten. Gaius war der Jüngste, sein Bruder Tiberius war neun Jahre und die Schwester Sempronia zehn Jahre älter als er.

Sempronia hatte einen wesentlich älteren Mann geheiratet, doch ihre Ehe war, im Gegensatz zu der ihrer Eltern, nicht glücklich, denn ihr Ehemann war Scipio Africanus, der nur seinen Freund Laelius liebte.

Der Bruder Tiberius schien zunächst ohne Mühe der Familientradition zu folgen, hatte alle Aussichten, einer der Ersten in der Republik zu werden. Als der Bruch mit dem Senat erfolgte, der sein Leben völlig aus der Bahn warf, hatte er bereits die Praetur, die Vorstufe zum Consulat, erreicht.

Rom war zu jener Zeit in einen verlustreichen Krieg in Hispania verwickelt. Es ging da um die iberische Stadt Numantia, und Tiberius hatte als Praetor, dem die Iberer vertrauten, einen Frieden aushandeln können, der 20 000 Legionären und dem Troß, der gleich stark war, das Leben rettete.

Der Senat jedoch hielt diesen Vertrag für eine Schande, verwarf ihn, und Tiberius verlor vor Numantia sein Gesicht. Diese persönliche Niederlage setzte ihm so stark zu, daß er beschloß, den Kampf gegen die Optimaten aufzunehmen. Und er griff die Senatoren dort an, wo er sie am empfindlichsten treffen konnte – an ihrem Landbesitz.

Nachdem die Römer Italien unterworfen hatten, war ihnen aus dem Besitz der eroberten Städte viel Land zugefallen. Diese Flächen erklärten sie zum »öffentlichen Land« – jeder, der wollte, konnte die verkommenen Äcker, die die Soldateska verwüstet hatte, wieder bepflanzen.

Der römische Adel griff mit beiden Händen zu; es entstanden, über ganz Italien verstreut, riesige Besitzungen. Wohl jeder Senator besaß irgendwo in Italien ein Landgut, das seine Familie seit Generationen als ihr Eigentum betrachtete, auch wenn es einmal »öffentliches Land« gewesen war.

Tiberius wollte nun seinen Standesgenossen keineswegs die Landgüter wegnehmen; er wollte ihnen die Latifundien nur etwas verkleinern, auf 500 Iugera beschränken. Er konnte sich dabei auf ein altes Gesetz des plebejischen Consuls Licinius Stolo stützen. Stolo hatte jedoch dieses Gesetz nie durchgesetzt, denn der Widerstand der Patricier war zu groß, und er wollte sich auf keinen Kampf mit ihnen einlassen.

Tiberius brannte zwar vor Rachsucht, und das Gesetz für die Neuaufteilung traf die Senatoren bis ins Mark. Sicherlich hatten ihn aber vor Numantia auch die Gespräche mit seinen Soldaten beeindruckt, die in Italien einen kleinen Bauernhof besaßen. Sie machten sich Sorgen, ob ihre Frauen und ihre Kinder mit der Arbeit zurechtkamen, denn die meisten konnten sich keinen einzigen Sklaven leisten, während auf den großen Gütern der Adligen Hunderte beschäftigt waren.

Und die Sorgen waren in vielen Fällen berechtigt: Viele Soldaten erhielten verzweifelte Briefe ihrer Frauen, die nach schlechten Ernten die Zinsen für ein Darlehen, das ihnen ein reicher Nachbar gegeben hatte, nicht zurückzahlen konnten. Auf diese Gelegenheit hatte der Nachbar nur gelauert. Er schickte seinen Verwalter mit einem Trupp Sklaven zu der hilflosen Frau des Legionärs und vertrieb sie mit ihren Kindern vom Hof.

»Wir leben jetzt in Rom, bei unserem Vetter Quintus. Du findest uns in der Subura. Frage in der Schenke des Sextus«, stand am Schluß eines Briefes, den ein Soldat dem Tiberius gezeigt hatte.

Diesen von Haus und Hof vertriebenen Soldaten, die die Plebs von Rom vergrößerten, wollte Tiberius mit seinem Akkergesetz zu einer neuen Existenz verhelfen.

Nachdem er Numantia verlassen hatte, ließ er sich in Rom zum Volkstribun wählen und begann den Kampf gegen die Optimaten. Das war nun zwölf Jahre her.

Der Alte hatte alle Reden mitschreiben lassen, mit denen damals der Volkstribun Tiberius Gracchus die Plebs begeistert hatte.

Eine dieser Wachstafeln mußte ihm Narcissus eines Morgens bringen, nachdem Lentulus beschlossen hatte, die Vormittagsstunden dem politischen Unterricht seiner Schüler zu widmen. Die anberaumte Senatssitzung war ausgefallen, weil zuwenig Senatoren erschienen waren. Die sommerliche Hitze lagerte schwer über Rom, obwohl es gerade April war, und die meisten Senatoren hatten ihre Landgüter am Meer oder in den Albaner Bergen aufgesucht.

Lentulus reichte Sulla die Wachstafel und wies ihn an: »Lies die Stelle mit den wilden Tieren vor.« Nach kurzem Suchen hatte der Lieblingsschüler die Passage entdeckt:

»Die wilden Tiere, die Italien bevölkern, haben ihre Höhlen, jedes weiß, wo es sich verkriechen kann. Die Männer aber, die für Italien kämpfen und sterben, haben nichts außer Luft und Licht. Ohne Heimat irren sie mit Weib und Kind durch das Land. Herren der Welt werden sie genannt und besitzen keine einzige Scholle«, trug Sulla einen Teil der langen Rede laut vor.

Dann unterbrach er sich: »Aber Tiberius hatte doch recht! Woher sollen wir all die Soldaten nehmen, die wir für unsere Kriege brauchen, wenn die Bauern ihre Höfe verlieren. Legionär kann nur werden, wer über Besitz verfügt oder Geld hat! Die Armen oder die Sklaven, die nichts haben, können auch nichts verteidigen und sind daher als Krieger nicht zu gebrauchen.«

»Das ist ein anderes Problem«, ließ sich plötzlich der kleine Nasica hören, der sich sonst an ernsthaften Gesprächen nicht beteiligte. »Und wenn die Bauern ihre Höfe schlampig führen, sich verschulden und dann ihre Schulden nicht zurückzahlen können, gibt das Leuten wie Tiberius oder Gaius Gracchus keineswegs das Recht, uns unser Land wegzunehmen.

Wir weiden dort seit Jahrhunderten Schafe oder bauen Wein und Oliven an, haben dort unsere Häuser, und viele unserer Vorfahren wurden auf den Landgütern bestattet. Tiberius wollte nur seine Rache, er wollte gar nichts für die Armen tun, und es war richtig, daß mein Großvater ihn umgebracht hat!«

Sulla sah den kleinen Nasica erstaunt an; so eine temperamentvolle Rede hatte er ihm gar nicht zugetraut. Der rundliche Publius Cornelius Scipio Nasica, ein entfernter Verwandter, war eher phlegmatisch, folgte Sulla wie ein Schoßhündchen und widersprach ihm sonst nie. Aber hier ging es um die Ehre seiner Familie.

Sein Großvater gleichen Namens war es nämlich gewesen, der dem Treiben des Tiberius Gracchus ein Ende gesetzt hatte.

»Leider konnten wir Senatoren nicht verhindern, daß das Ackergesetz des Tiberius in Kraft trat«, schilderte der Alte die weitere Entwicklung, »wir schickten zwar einen Volkstribun vor, der sein Veto gegen den Gesetzesantrag einlegte. Seit alters her war es Sitte gewesen, daß das Veto eines Volkstribunen den Antrag eines anderen zu Fall brachte. Tiberius tat etwas Ungeheuerliches, nie Dagewesenes: Er setzte unseren Volkstribun einfach ab!«

»Aber ein Volkstribun darf doch nicht angetastet, schon gar nicht aus dem Amt geworfen werden«, wunderte sich Sulla.

»Wir hätten es auch nie für möglich gehalten, daß so etwas passieren würde«, erklärte Lentulus, »aber Tiberius überzeugte die Plebs, daß unser Volkstribun nicht im Sinne des Volkes, sondern gegen es gehandelt hatte. Wir Optimaten mußten schließlich erkennen, daß dem Tiberius auf legale Weise nicht beizukommen war. Es gab nur einen Ausweg ...«

»Ihr mußtet ihn umbringen!« verkündete der kleine Nasica mit großer Geste, »bevor er noch mehr Schaden anrichten konnte.«

Der Alte schmunzelte. »Der Junge entwickelt sich zu einem solchen Hitzkopf wie sein Großvater«, dachte er. Laut aber sagte er:

»Für deinen Großvater empfinde ich heute noch großen Respekt, Nasica. Als sich der damalige Consul Scaevola nicht entschließen konnte, gegen Tiberius vorzugehen, war es dein Großvater, der die Sache in die Hand nahm.«

In Wirklichkeit aber war es der alte Lentulus gewesen, der die Fäden gezogen hatte. Obwohl er damals noch nicht als Erster Senator amtierte, hörten die übrigen Senatoren in dieser Angelegenheit auf *ihn*, und nicht auf Appius Claudius Pulcher, den offiziellen Sprecher. Denn dieser Pulcher war nicht nur ein Anhänger des Gracchus, sondern auch sein Schwiegervater.

Außerdem hatte Tiberius dafür gesorgt, daß Claudius Pulcher in die Kommission zur Landverteilung gewählt wurde, ebenso wie sein damals noch sehr junger Bruder Gaius.

Diese Kommission machte sich sofort an die Arbeit, nachdem das Ackergesetz verkündet worden war. Und ihre Mitglieder griffen scharf durch: Sie verkleinerten den Adligen die riesigen Landgüter, ließen ihnen nur noch 500 Iugera – allerdings jedem Sohn noch einmal 250.

Sulla riß den Alten aus seinen Erinnerungen: »Ihr Optimaten habt also den Tiberius umgebracht, weil er euch euer Land wegnahm?«

»Eigentlich nicht! Damit hatten wir uns schon abgefunden; es blieb ja noch genug«, brummelte der Alte, »der wahre Grund war, daß er uns den Schatz von Pergamon stehlen wollte. Der König von Pergamon hatte uns Römer zu Erben seines Reiches bestimmt, und Gesandte reisten mit vielen Geschenken für uns an. Tiberius nun war so unverschämt, alle die Geschenke für die Plebs zu fordern. Hört euch das an, was er von der Rostra ins Volk hinein schrie! Narcissus, die Tafel!« Sulla bekam eine weitere Mitschrift gereicht.

»Die Senatoren haben das römische Volk bestohlen«, las er mit seiner vollen, warmen Stimme, die seine Zuhörer sofort fesselte, »aber ich werde dafür sorgen, daß sie alles wieder herausrücken. Das Gold, der Schmuck, die kostbaren Kleider – alles gehört dem römischen Volk! Wir versteigern diese Schätze, dann haben wir genug Geld, um Saatgut für eure Felder zu kaufen, und Baumaterial für eure Häuser. Wählt mich wieder zum Volkstribun, dann bekommt ihr alles zurück, was euch gehört. Die alten Gauner aus dem Senat werden nicht mehr lange an dem Diebesgut ihre Freude haben!«

Der kleine Nasica hatte mit wachsender Erregung zugehört.

»Ich kenne diese Rede«, rief er, »mein Großvater hat sie auch mitschreiben lassen. Mein Vater hat sie mir einmal vorgelesen. Mein Großvater starb ja schon ein Jahr nach dem Tod des Gracchus. Aber mein Vater war bei dem Kampf gegen Tiberius dabei und konnte mir alles haarklein erzählen. Wollt ihr die Geschichte hören?«

Die Schüler klatschten begeistert, dieser Unterricht war nach ihrem Geschmack.

»Mein Großvater war sehr empört darüber, daß Tiberius ihn und die anderen Senatoren in aller Öffentlichkeit beschimpft hatte. Außerdem befürchtete er, daß Tiberius ihm das kostbare Diadem, das ihm die Gesandten des Königs von Pergamon geschenkt hatten, wegnehmen und für sich behalten könnte. Denn alle Welt glaubte, daß Tiberius das zweite Volkstribunat dazu benutzen würde, um sich zum König von Rom ausrufen zu lassen, und dieses Diadem konnte er dazu gut gebrauchen. So beschlossen mein Großvater und andere Senatoren, den Tiberius zu beseitigen, bevor er ein zweites Mal zum Volkstribun gewählt wurde. Am Tag der Wahlen stürmten sie zum Capitol, wo sich Tiberius mit seinem Anhang aufhielt. Sie hatten sich mit Knütteln und anderen Hölzern bewaffnet. Mein Großvater rief: ›Wer das Vaterland retten will, folge mir nach!‹ Die Menge wich ehrfürchtig vor den Senatoren zurück.

Als sie Tiberius erreichten, versuchten Freunde, ihn zu schützen, doch sie wurden niedergeknüppelt. Tiberius wollte fliehen, verlor die Toga und stolperte, nur mit der Tunica bekleidet, über einige Leichen auf dem Weg. Während er noch versuchte, sich aufzurichten, fielen zwei andere Volkstribune, die ihn haßten, über ihn her und hieben wild mit Stöcken auf ihn ein. Später stritten sie sich darüber, wer Tiberius den tödlichen Schlag versetzt hatte!

Ihr seht, mein Großvater hat den Tiberius nicht mit eigener Hand erschlagen, aber ohne seine Initiative würde Tiberius heute noch leben, als König über Rom herrschen, und wir wären alle seine Sklaven.«

Die Geschenke des Gaius Gracchus

Doch mit dem Tod des Tiberius Gracchus war die Bedrohung für den Adel längst nicht vorbei. Der Hydra wuchs ein neues Haupt, weit gefährlicher als jenes, das man ihr gerade abgeschlagen hatte: Gaius Gracchus.

Er besetzte die vakanten Stellen in der Dreierkommission zur Landverteilung sofort mit seinen Freunden Marcus Fulvius Flaccus und Gaius Papirius Carbo. Kurze Zeit nach der

Ermordung von Tiberius Gracchus war nämlich dessen Schwiegervater Claudius Pulcher gestorben, so daß Gaius Hitzköpfe, die ihm ähnelten, in die Kommission holen konnte.

Mit Vehemenz machten sie sich an die Landverteilung, schufen 75 000 neue Bauernstellen innerhalb von drei Jahren. Die Optimaten mußten sie gewähren lassen. Die Massen waren nach der Ermordung des Tiberius so erregt, daß es die Senatoren nicht wagten, das verhaßte Ackergesetz zu kassieren.

Als Italien aufgeteilt war, konnte der Adel den Gracchus für lange Zeit von Rom fernhalten. Der junge Mann mußte seinen Militärdienst ableisten, dann drei Jahre als Quaestor, als Verwalter der staatlichen Kasse, in Sardinien verbringen.

Aber während dieser Zeit außerhalb Roms entzündete sich sein Haß auf die Optimaten, die den Tod seines Bruders zu verantworten hatten, zu einer offenen Flamme.

Neun Jahre nach dem Ende seines Bruders trat er das erste Volkstribunat an. An seiner Absicht, den Bruder zu rächen, ließ er keinen Zweifel.

»Den Tiberius haben sie vor euren Augen mit Knütteln totgeschlagen«, gellte seine Stimme von der Rostra zum Volk hinunter, »seinen Leichnam vom Capitol mitten durch die Stadt geschleift und in den Tiber geworfen. Wer von seinen Freunden in ihre Hände fiel, wurde ohne Urteil hingerichtet!

Aber das schwöre ich euch: Alle, die Schuld am Tod meines Bruders haben, werden dafür büßen!«

Im Volk begann es – nach dieser und ähnlichen Reden – zu gären, und es war ein leichtes für Gaius Gracchus, Gesetze, die den Optimaten schaden sollten, durchzubringen.

Zuerst warf er einen Köder für die Plebs aus: das Getreidegesetz. Es verfügte, daß jeder Bürger Roms, wobei es sich aber nur um die erwachsenen männlichen Bürger handelte, fünf Eimer Getreide pro Monat zu einem sehr niedrigen Preis bekommen sollte. Gracchus ließ große Kornmagazine bauen und überwachte persönlich die monatliche Ausgabe des Getreides – ein weiterer Anlaß, sich vom Volk feiern zu lassen. Doch da er wußte, wie wankelmütig die Plebs von Rom war, daß sie jedem, der sie mit Getreide versorgte, ebenso zujubeln würde wie ihm, suchte er Rückhalt bei einer weiteren Schicht der Bevölkerung: den Kaufleuten und Bankiers.

Sie bildeten den Stand der Ritter, eigentlich »Reiter«, waren freie Römer mit beträchtlichem Vermögen – mindestens 400 000 Sesterzen – und daher früher einmal verpflichtet, mit einem Pferd zum Heerdienst zu erscheinen. Später wurden aber Anschaffung und Unterhalt des Pferdes aus der Staatskasse vergolten.

Vor 100 Jahren hatte der wirtschaftliche Aufstieg der römischen Kaufleute und Bankiers begonnen, und zwar mit einem Gesetz, das den Senatoren Handel und Geldgeschäfte verbot.

Kaum war dieses Gesetz erlassen, so fanden sich die ersten Schlupflöcher: Hatte bisher ein Senator allein ein einziges großes Handelsschiff ausgerüstet, so beteiligte er sich jetzt an 50 Schiffen, aber jeweils nur mit einem kleinen Anteil.

Viele Ritter gründeten Gesellschaften, die Anteile an Handelsunternehmungen verkauften. Sie rüsteten große Flotten von Kauffahrern aus, und hatte ein Senator bisher das Risiko für ein großes Schiff allein getragen, so teilte er es jetzt mit 49 anderen.

Ging ein Schiff unter, so war der Verlust leicht zu verschmerzen, denn der Senator hatte in dieses Schiff nur wenig Geld investiert; und 49 andere rauschten noch, beladen mit Öl, Wein, Spezereien und Sklaven, über die Meere – zwischen Asia und Ägypten im Osten und den hispanischen Häfen im Westen.

Solche Stückelungen der Investitionen waren inzwischen gang und gäbe, sogar legal, denn das Gesetz hatte den Senatoren nur verboten, *große* Schiffe zu betreiben. Von vielen kleinen war nie die Rede gewesen, und den erfreulichen Nebeneffekt, daß das Risiko der Seefahrt stark eingeschränkt, fast beseitigt wurde, hatte man zwar nicht vorausgesehen, aber man dankte später den Göttern dafür.

Als Sulla in den Kreis des Alten aufgenommen wurde, interessierte sich Lentulus gleich für die Geschäfte des Großvaters Ancharius, der unweit der Curia seine Bank hatte, dort, wo das Argiletum, die Hauptstraße der Subura, in das Forum mündete.

Der Alte kannte natürlich den Ancharius, denn direkt neben dessen Geschäft lag die Bank des Sornatius, bei dem Lentulus seit Jahrzehnten seine Geldgeschäfte abwickelte. Inzwischen hatte der Enkel des alten Publius, der seine ersten Einlagen verwaltet und vermehrt hatte, die Leitung der Bank übernommen.

Als sich Lentulus nach lukrativen Beteiligungsgesellschaften bei Sullas Großvater Ancharius erkundigte, hatte er keineswegs die Absicht, seinem Sornatius untreu zu werden, nur wissen wollte er, was in Rom bei anderen Bankleuten lief.

Ancharius hatte vor kurzem – bei einer öffentlichen Versteigerung auf dem Forum – die Ausbeutung von Marmorbrüchen auf der Insel Naxos gepachtet, und das versprach ein gutes Geschäft zu werden. Die Römer begeisterten sich inzwischen für Wände, die mit Marmor verkleidet waren, oder für Marmorstatuen, Kopien der aus Griechenland verschleppten Originale.

»Weißt du, wie hoch die Verzinsung ist, wenn ich mein Geld bei der neuen Steuerpacht-Gesellschaft deines Großvaters investiere?« fragte der Alte lauernd.

Aber hier mußte Sulla einmal passen. Für die Geldgeschäfte seines Großvaters hatte er sich nie interessiert, denn Geld war im Haushalt seiner Eltern in solchem Überfluß vorhanden, daß es kein Gesprächsthema bildete.

Außerdem waren die Interessen seines Vaters völlig anders gelagert; er diskutierte mit dem Sohn lieber über eine

Theateraufführung oder die Lehren des Epikur als über die Verflechtungen der Beteiligungsgesellschaften, die in der Bank des Großvaters geknüpft wurden. Als aristokratisches Aushängeschild war er zwar seinem Schwiegervater nützlich, aber allzu tief ließ ihn dieser nicht in seine Geschäfte hineinblicken.

Und Sullas Ziel war seit Jahren die große Politik und nicht das niedere Bankgewerbe. Als er sich daher einmal abfällig über die »Jagd nach den Denaren« äußerte, wurde der Alte ärgerlich:

»Wenn du so eine Einstellung zum Geld hast, kannst du deinen Plan, in Rom an die Macht zu kommen, gleich aufgeben. Wie willst du die Stimmen der Wähler bekommen, wenn du dich um ein Amt bemühst? Meinst du, die Plebs von Rom wählt dich auch nur zum Quaestor, wenn du sie nicht mit viel Geld bestochen hast?«

Lentulus ereiferte sich: »Du wirst schnell merken, daß es nicht reicht, sie charmant anzugrinsen und ihnen die schmutzigen Hände zu schütteln – sie wollen Bares sehen. Auf dem Forum schmeicheln sie dir, rühmen dein hübsches Gesicht und deine blonden Haare, aber wenn du ihnen nichts in die Hand drücken läßt, können sie sich gar nicht genug hinter deinem Rücken das Maul über dich zerreißen!«

Sulla schwieg kleinlaut und nahm sich insgeheim vor, zu seinem Großvater in Zukunft freundlicher zu sein, denn seit er im Schweif des Alten mitzog, hatte er im Geschäft des Bankmannes gern den großen Adligen herausgekehrt. Wer weiß, um wie hohe Kredite er den Großvater einmal bitten mußte!

Nachdem Gaius Gracchus durch das Getreidegesetz die Plebs auf seine Seite gezogen hatte, wandte er sich also den Rittern zu und versuchte, sie durch Geschenke für sich einzunehmen. Er übersah dabei jedoch das enge Geflecht von Beziehungen, das Ritter und Senatoren in den zahlreichen Gesellschaften verband, die Handelsflotten ausrüsteten oder die Steuern in den Provinzen eintrieben.

Die Untertanen mußten nämlich ihre Steuern an Privatleute zahlen. Die römischen Magistrate ließen die Tribute schätzen und versteigerten sie öffentlich auf dem Forum. Nach dem Zuschlag mußten die Steuersummen sofort in die Staatskasse eingezahlt werden.

Da es sich dabei in der Regel um riesige Vorleistungen handelte, hatte es sich eingespielt, daß sich viele reiche Römer in Steuerpacht-Gesellschaften zusammenschlossen. So verteilten sich die gewaltigen Summen wieder auf viele Schultern.

Versteigert wurden auf dem Forum der Zehnte für die Getreideernte ebenso wie die Ausbeutung von Marmorbrüchen und Bergwerken in den Provinzen. Außerdem die Hafenzölle vieler Städte und die Wegesteuern. Alle diese Verpachtungen brachten viel Geld in die römische Staatskasse.

Richtiger Reichtum sprudelte jedoch aus einer anderen Quelle: Die Untertanen in den Provinzen wurden so stark mit Steuern belastet, daß es schien, sie lebten und arbeiteten nur für Rom.

Die Menschen zahlten Steuern für ihren Grund und Boden, für ihr bloßes Dasein, für ihre Sklaven, für ihre Türschwellen – die Römer übertrafen sich oft selbst im Erfinden immer neuer Steuern!

Die Magistrate der Städte mußten Listen aufstellen, nach denen die Beauftragten der Steuergesellschaften, deren Vorsteher in Rom saßen, vorgehen konnten. Vor Ort waren in der Regel Freigelassene und Sklaven, die sich ihre Freilassung erst verdienen wollten, tätig. Sie hatten die Order, mit besonderer Rücksichtslosigkeit gegen die Untertanen vorzugehen.

Wie bei der Seefahrt versuchten die Ritter auch bei der Steuerpacht, das Risiko so gering wie möglich zu halten. Die Chancen standen hier weit besser, denn die Kaufleute hatten es nicht mit dem Meeresgott Neptun zu tun, der nicht daran dachte, ihnen die Schäden zu ersetzen, sondern mit Untertanen, die sie schröpfen konnten.

Fielen die Ernten in einem Teil der römischen Welt nicht so aus wie erwartet, mußten die Bauern ihr Erspartes herausrükken, um die Verluste wettzumachen. Spurten sie nicht, ließen die Bevollmächtigten der Steuerpächter sie foltern. Oder in die Sklaverei verkaufen, um auf diese Weise zu Geld zu kommen.

Unterstützung erhielten die Steuerpächter und ihre Leute stets von den Statthaltern, die über Soldaten verfügten. Natürlich ließen sich die hohen römischen Magistrate diesen Beistand anständig vergüten. Wer ohne große Reichtümer von der Verwaltung einer Provinz zurückkehrte, wurde mitleidig belächelt.

Seit Rom Provinzen besaß, seit 120 Jahren, hatte sich dieses System, Steuern einzuziehen, bewährt. Gaius Gracchus schwebte nun eine Verbesserung vor, mit der er sich die Ritter verpflichten wollte. Bisher konnten sich auch reiche Untertanen aus den Provinzen um die Pacht bewerben, so Bürger aus Sicilien bei der Versteigerung des Getreidezehnten, die auf der Insel erfolgte.

Für die neue Provinz Asia aber, eine der reichsten der römischen Welt – sie war erst vor sieben Jahren aus dem ererbten Königreich Pergamon entstanden –, traf Gracchus die Regelung, daß die Verpachtung allein in Rom zu erfolgen habe und daß nur römische Bürger auf dem Forum mitsteigern konnten.

Gracchus füllte jedoch nicht nur die Geldsäckel der Ritter gehörig auf, sondern er schmeichelte auch ihrer Eitelkeit: Er gestattete ihnen, als Symbol ihres Standes, goldene Ringe zu tragen. Wie die Senatoren an ihren purpur-verbrämten Gewändern, so sollten die Ritter an ihren goldenen Ringen zu erkennen sein.

Schon bald mußte Gracchus sich eingestehen, daß er mit der neuen Steuerpacht-Regelung nicht nur den Rittern, sondern auch den verhaßten Senatoren einen Gefallen getan hatte. So verfiel er als nächstes darauf, den Rittern ein Geschenk zu machen, das nur ihnen nützte, den Senatoren aber schadete. Und nicht nur das, es sollte eine Waffe sein, mit der er hoffte, die Eintracht zwischen Rittern und Optimaten zu zerstören.

Er stellte den Antrag für ein Gesetz, das die Senatoren aus den Gerichten werfen sollte, die über die persönliche Bereicherung der Statthalter in den Provinzen zu urteilen hatten.

Statt der Senatoren sollten in Zukunft die Ritter als Richter in dieser Spezialkommission für Räubereien wirken.

Während das Volk auf dem Marsfeld über den Antrag des Gracchus abstimmte, hatte sich der Senat zu einer Sitzung in der Curia eingefunden. Geleitet wurde die Versammlung vom Consul Fannius. Der zweite Consul Ahenobarbus war abwesend: Er führte Krieg in Gallien.

Fannius stand auf einem Podest an der schmalen Rückseite der Curia, gegenüber dem Eingang. Die Senatoren saßen auf Bänken, deren ansteigende Reihen an den beiden Längsseiten angeordnet waren.

Der Brauch wollte es, daß der Consul als ersten den Sprecher der Senatoren aufrief und nach dessen Meinung zu anstehenden Problemen befragte.

Lentulus nahm das meist zum Anlaß, um von seinem Ehrenplatz aus, in der untersten Reihe, rechts neben dem Consul, lange Reden zu halten. An diesem Tag ging es um die neue Steuerpacht-Regelung für Asia.

»Wir können dem Gracchus für das neue System dankbar sein«, jubelte der Alte den Senatoren zu, »jetzt können keine reichen Untertanen aus den Provinzen mehr mitsteigern und die Preise verderben! Das Geld bleibt in Rom! Und hat nicht jeder von euch Anteile an einer Steuerpacht-Gesellschaft?« fügte er augenzwinkernd hinzu.

Ein Bote mit Nachrichten vom nahen Marsfeld unterbrach die Ausführungen des Alten.

»Das Volk hat beschlossen, euch die Gerichte wegzunehmen – wie Gracchus es wollte!« sagte der Amtsdiener.

»Das ist Aufruhr! Das ist Umsturz! Er greift damit nach unserer Macht!« wetterte der Alte los.

Einige Senatoren erhoben sich von ihren Plätzen, stürmten vor die Curia, um zu sehen, ob das Volk, angeführt von Gracchus, schon im Anmarsch sei, um die Senatoren aus ihrem Amtsgebäude zu werfen.

»Jetzt keine Panik, kommt wieder herein; wir müssen in Ruhe überlegen, wie wir gegen Gracchus vorgehen sollen!« versuchte der Alte, die aufgeregt herumflatternden Senatoren zu beruhigen.

»Publius Scaevola, sage uns deine Meinung! Du bist der beste Jurist unserer Zeit, wie denkst du über das neue Gesetz?«

Publius Mucius Scaevola erhob sich von seinem Sitz. Er war Mitte 50, drahtig, mit leicht verkniffenen Gesichtszügen. Es war der Rechtsgelehrte Scaevola gewesen, der vor einem Dutzend Jahren dem Tiberius Gracchus die alte Tafel mit dem Ackergesetz des Licinius Stolo gezeigt hatte.

Und Scaevola amtierte zwei Jahre später als Consul, als im Senat der Beschluß gefaßt worden war, den Tiberius Gracchus zu ermorden. Er hatte zwar jegliche Gewalt abgelehnt, sich aber gegenüber den anderen Senatoren nicht durchsetzen können. Seine Feinde behaupteten hinter seinem Rücken sogar, er habe sich nicht durchsetzen *wollen*, weil er mit den übrigen Senatoren der Meinung war, daß Tiberius inzwischen seine Macht mißbrauchte, die Grundfesten der römischen Republik erschütterte.

Und diese römische Republik galt es zu schützen: Seit Jahrzehnten war Scaevola damit beschäftigt, alle Gesetze, die im Laufe der Jahrhunderte erlassen worden waren, zusammenzustellen, systematisch zu ordnen und einem breiten Publikum zugänglich zu machen.

Und nicht nur das: Auch die Annalen seiner Vorgänger im Amt des obersten Priesters – er fungierte seit Jahren als Pontifex Maximus – faßte er überschaubar zusammen, und zwar in 80 Büchern. Die obersten Priester Roms hatten nämlich seit Bestehen der Republik alle Ereignisse Jahr für Jahr ordentlich auf weißen Tafeln notiert – die Namen der Magistrate ebenso wie besondere Vorkommnisse: Kriege, Hungersnöte, Seuchen, schlechte und gute Vorzeichen.

Die Arbeit seines Lebens hatte Scaevola darin bestärkt, daß kein Regierungssystem auf dem Erdkreis so weise eingerichtet war wie das römische. Natürlich waren Verbesserungen notwendig; Auswüchse mußten beschnitten werden, wie der ungeheure Landbesitz des Adels.

Als er dem Tiberius half, hatte er solche Korrekturen im Sinn gehabt, nicht aber, dem Volkstribun zur Königswürde zu verhelfen. Denn Scaevola glaubte später – wie die Mehrheit der Senatoren –, daß Gracchus die Absicht hatte, König zu werden. So ließ er es damals als Consul zu, daß Nasica und andere Optimaten sich mit Knütteln bewaffneten und zum Capitol hochstürmten, um Tiberius zu erschlagen.

Heute wußte er, daß er falsch gehandelt hatte: Gewalt erzeugt Gewalt; und Gaius Gracchus würde nicht eher Ruhe geben, bis eine der streitenden Parteien auf der Strecke bliebe: er oder die Optimaten. Im Augenblick sah es so aus, als ob er das Glück auf seiner Seite hätte, aber Fortuna ist launisch!

»Senatoren«, begann Scaevola seine Rede, »ich muß euch leider sagen, daß Gaius Gracchus den Finger in eine offene Wunde gelegt hat. Wir wissen alle, daß in unseren Provinzen Recht und Gesetze mit Füßen getreten werden. Wer hier in Rom ein ehrenwerter Mann ist, der weder stiehlt noch betrügt – weil sich sofort ein Ankläger auf dem Forum finden würde –, der glaubt, er könnte sich als Statthalter in einer Provinz alles erlauben.

Die Untertanen in den Provinzen sind Barbaren, also keine Menschen. Man kann ihnen ihr Geld, ihr Eigentum wegnehmen und braucht keine Strafe zu fürchten. Die Untertanen können natürlich in Rom Klage erheben, das haben wir ihnen großzügig zugestanden, nur ihr Recht bekommen sie auf keinen Fall in diesem Rom, das so stolz auf seine Gesetze ist.

Und warum bekommen die Untertanen nicht ihr Recht in Rom? Weil ihr alle, meine Freunde, es verhindert, denn ihr sitzt als Richter in den Gerichten, urteilt über einen von euch, denkt dabei, wie es euch ergehen könnte, wenn ihr nächstes oder übernächstes Jahr Statthalter einer Provinz sein werdet, die ihr ausrauben könnt, und daß ihr dann genauso milde Richter braucht wie der Senator, der als Angeklagter vor euch steht.

Was wir viele Jahre getrieben haben, und ich schließe mich da nicht aus, denn ich habe ja mitgemacht, selbst als Richter in solchen fatalen Prozessen gewirkt, was wir also jahrelang an Schuld auf uns geladen haben, das mußte einmal auf uns zurückfallen.

Ich schäme mich dafür, daß wir in Rom so das Recht mit Füßen getreten haben, denn nur die Gesetze sichern den Menschen ein gesittetes Leben, ein friedliches Miteinander, erheben uns über die Stufe der Tiere, die sich gegenseitig zerreißen, wenn sie Hunger haben oder sich in die Quere kommen.«

Scaevola schien seinen Vortrag beendet zu haben und wollte sich wieder setzen.

»Was schlägst du aber vor?« insistierte der Consul Fannius, dem es zuwenig erschien, daß der oberste Priester des römischen Volkes sich mit dem Ausdruck des Bedauerns zurückzog.

»Ich schlage vor, wir warten ab, wie die Ritter sich in den Gerichten verhalten. Vielleicht können wir ja mit ihnen zusammenarbeiten.«

Scaevola setzte sich nun wirklich und war nicht mehr bereit, sich weitere Äußerungen entlocken zu lassen.

Der Consul rief noch diesen und jenen Senator auf, aber keiner hatte ein Argument, um den Eindruck, den die Rede des obersten Priesters hinterlassen hatte, wegzuwischen. Vor allem sein »Ich schäme mich« brannte sich ihnen ein.

Das Fest auf dem Forum

Als die Senatoren die Curia verließen, hatten sich die Anhänger des Gracchus schon auf dem Forum versammelt. Es war gegen die Mittagszeit, und viele hatten bereits einen oder mehrere Becher Wein in einer der Kneipen am Wege getrunken. Entsprechend ausgelassen war die Stimmung.

Musikanten spielten zum Tanz auf; ihre Zuschauer hüpften auf dem Platz herum, warfen die Beine dabei nach vorn, auch nach hinten, was besonders bei den Beleibten sehr komisch wirkte. Eine Tänzerin in durchscheinendem Gewand klapperte graziös mit ihren Schellen, hob die Arme und wirbelte in wilder Drehung über das Pflaster. Ein Kreis hatte sich um sie gebildet; die umstehenden Gaffer, fast nur Männer, die jede ihrer Bewegungen mit gierigen Blicken verfolgten, klatschten im Rhythmus und stampften mit den Füßen.

Es war ein buntes Völkchen, das sich auf dem Forum vergnügte. Zur Abstimmung auf dem Marsfeld waren nur die freien Römer zugelassen; aber die Feier auf dem Forum zog auch viele der anderen Bewohner Roms an, die aus allen Teilen des Erdkreises stammten.

In Rom lebte gut eine halbe Million Menschen; dunkelhäutige, hochgewachsene Numider bevölkerten die Stadt ebenso wie die blonden, großen Kelten, deren Beinkleidung – Röhren aus Stoff – den Römern oft ein Grinsen entlockte. Auch ihre Frisuren, die mit Gips verklebten und zu einem hohen Hahnenkamm aufgerichteten Haare, riefen manchen Lacher hervor.

An blondes Haar waren die Römer allerdings bei sich selbst gewöhnt – Erbe von Einwanderern aus dem Norden –, und Beinamen wie »der Blonde« und »der Rote« waren häufig als Anhängsel des Familiennamens.

Groß war der Anteil der Griechen in Rom, nicht nur aus dem eigentlichen Griechenland, sondern vor allem aus dem hellenisierten Osten. Sie kamen aus den Küstenstädten der neuen Provinz Asia wie aus den Fürstentümern Syriens oder aus dem reichen Alexandria in Ägypten.

Sie waren zwar nicht so exotisch gekleidet wie die Kelten oder die barbarischen Asiaten mit ihren weiten Pluderhosen und großen Ringen, die durch ihre Ohrläppchen gezogen wurden, aber auch ihre Tracht war anders als die der Römer: Sie liebten es, ihr Obergewand, das Himation, gleich auf der Haut, ohne Untergewand, zu tragen, während ein anständiger Römer die nackte Haut mit einer Tunica bedeckte, über die er dann die Toga wickelte.

Während die Griechen viel Körperhaut zeigten, natürlich nur bei warmem Wetter, pflegten sie ihr Gesicht unter dichten Bärten zu verstecken; eine Mode, die die Römer verabscheuten, meinten sie doch, wer sich das Gesicht zuwachsen lasse, habe auch sonst viel zu verbergen. Die Auffassung, alle Griechen seien Heuchler, war in Rom weit verbreitet.

Ihr Auskommen fanden die Hellenen als Händler, außerdem als Hauslehrer oder Ärzte, zwei Berufszweige, die fest in ihren Händen waren. Auch die zahlreichen Künstler – vor allem Maler und Bildhauer – waren griechischer Herkunft, denn die Römer waren zwar vernarrt in griechische Statuen, aber ihnen fehlte das Talent zur Gestaltung.

Das große Potential an Sklaven für Haus- und Feldarbeit kam vorwiegend aus den Ländern östlich und südlich von Asia – so war Bithynien eins ihrer Herkunftsländer, ein anderes Syrien.

Fast jeder kleine Handwerker oder Händler in Rom konnte sich ein oder zwei Sklaven leisten, die die Arbeit für ihn machten, das Geschäft offenhielten, während er in den Volksversammlungen abstimmte oder auf dem Forum feierte.

Seit der Schlacht von Pydna vor 45 Jahren, als Rom Makedonien gewann, zahlten die Römer keine Steuern mehr; aus den Provinzen floß genügend Geld in den Staatsschatz. Außerdem waren die Feldherren aus zahlreichen Kriegen mit reicher Beute, an der die Legionäre beteiligt wurden, heimgekehrt; so nach der Zerstörung der beiden größten Konkurrenten Roms, des reichen Karthago vor einem Vierteljahrhundert und des ebenfalls mit Schätzen gesegneten Korinth im selben Jahr.

Dem freien Römer, dem Anhang von Gracchus, ging es also nicht schlecht; und er hätte für sein Getreide mühelos mehr bezahlen können als die paar Asse, die er dank des neuen Gesetzes nur noch hinlegen mußte. Aber die Senkung des Getreidepreises war eine politische Maßnahme, mit der Gaius sich die Plebs von Rom verpflichtete, sie zu treuen Anhängern machte – wie er meinte.

Gracchus hatte sich ein Podest vor der Basilika seines Vaters aufstellen lassen, darauf Klinen und kleine Tische. Er lehnte, halb ausgestreckt, bequem in den Kissen seines Lagers und betrachtete amüsiert das bunte Bild zu seinen Füßen.

Als sich Lentulus mit seinem Gefolge näherte, grölte Gracchus:

»Macht Platz für den Ersten Senator!«

Sulla bemerkte, daß der Alte den Kopf höher hob, in Erwartung von Schmähungen. Aber Gracchus war offenbar in friedfertiger Stimmung, denn er ließ Lentulus unbehelligt ziehen. Als sie an einer Gruppe von Tanzenden vorbeikamen, machte Sulla einen Hüpfer; die Musik war ihm in die Beine gefahren.

»Benimmt sich so ein Cornelier!« fauchte ihn der Alte sofort an, »mitten auf dem Platz hampelst du herum wie einer aus der Plebs!«

Sulla bemühte sich, den weiteren Weg genauso würdevoll und gemessen wie Lentulus einherzuschreiten, aber er war beleidigt.

Seit dieses Spießrutenlaufen begonnen hatte, seit Gracchus seinen Anhang auf ihn hetzte, war der Alte verändert – ständig gereizt. Er lachte nur noch selten über Sullas kleine Witze, nörgelte statt dessen immer häufiger an ihm herum.

Sulla merkte, daß sein Stern zu sinken begann, und er überlegte daher oft, wie er den Alten wieder für sich einnehmen konnte. Und es ging dem jungen Cornelier um mehr: Die ständigen Hänseleien, Anspielungen der Plebs auf das Testament des Alten beflügelten seine Phantasie; er suchte nach einer Gelegenheit, seinen Mentor dazu zu bringen, ihn zu adoptieren, ihn in den Zweig der Lentuler hochzuheben. Und das gewaltige Vermögen zu erben.

Lentulus war zweimal verheiratet gewesen; das erste Mal vor 60 Jahren. Die Kinder aus dieser Ehe waren früh gestorben oder in Kriegen ums Leben gekommen.

Nach dem Tod seiner ersten Frau vor 30 Jahren heiratete er einige Jahre später noch einmal: eine Valeria aus dem mächtigen Adelshaus der Valerier. Diese Gens hatte zwar nicht so viele Consuln gestellt wie die Cornelier, genoß aber ebenfalls ein hohes Ansehen. Ein Bruder von Valeria hatte erst vor einigen Jahren das Consulat bekleidet.

Aus dieser zweiten Ehe – Valeria war inzwischen gestorben – war nur der Sohn Publius hervorgegangen, der jetzt Anfang 20 war. Dieser Publius, ein Kind des Alters, kränkelte seit vielen Jahren; mehrfach hatten ihn die Ärzte schon aufgegeben. Er litt an schwerem Asthma, drohte in der schwülen, drückenden Luft Roms jedesmal zu ersticken, wenn er den Alten zu feierlichen Anlässen begleiten mußte. Denn seit seiner Kindheit lebte Publius in Baiae, im heiteren, milden Klima Campaniens, wo ihn ständig die salzige Meeresbrise umwehte und seinem Leiden Linderung verschaffte.

Sulla hatte von den anderen Schülern erfahren, daß der Alte nicht an ein langes Leben und schon gar nicht an eine große Karriere seines Sohnes glaubte. Wie jeder Römer aus altem Geschlecht sorgte sich auch der Cornelier Lentulus um das Weiterleben seines Hauses. Er blickte zurück auf eine endlose Kette von Ahnen, von denen jeder einzelne seinen Teil zur Größe der Gens beigetragen hatte, und es war seine Pflicht, diese Linie fortzusetzen, damit der Strom, der sich in eine ferne Zukunft ergießen sollte, nicht unterbrochen wurde.

Seit längerem hielt der Alte daher nach einem würdigen Nachkommen Ausschau, denn er wollte das Schicksal seines Hauses nicht allein seinem kränkelnden Sohn überlassen.

Viele Schüler hatte er inzwischen in die engere Wahl für eine Adoption gezogen, aber jeden wieder verworfen, bis der Stern Sulla an seinem Himmel aufging.

»Das ist er!« hatte Lentulus gejubelt, als Sulla ihm das Lied über den Ahn Rufinus vortrug; doch er ließ sich Zeit, um ihn weiter zu prüfen, wollte jeden Fehler bei einem so weitreichenden Schritt vermeiden. Seine täglichen Händel mit Gracchus beschäftigten ihn später so stark, daß er die Adoption für eine Weile aus den Augen verlor.

Sulla ahnte nichts von den Plänen des Alten, meinte, er müßte ihn erst zu einer Adoption überreden. Oder ihn so stark an sich binden, daß er ihn aus Dankbarkeit adoptieren würde. Da gab es nur eine Möglichkeit: Er mußte ihm den Gracchus vom Halse schaffen.

Den Volkstribun im Menschengewühl zu ermorden und danach unbemerkt zu entkommen war völlig unmöglich. Gracchus war gut beschützt; ständig umgab ihn eine Leibwache von schwerbewaffneten Gladiatoren. Sulla mußte einen anderen Weg finden, um ihn auszuschalten, und er durfte sich dabei nicht direkt einer Gefahr aussetzen. Sulla sann und sann, aber ihm kam keine zündende Idee.

Der Alte hatte Sulla geraten, auf seinem Weg nach Hause das Forum zu meiden, denn Gracchus feierte dort weiter seinen Sieg über die Optimaten. Der Volkstribun hatte noch mehr Musikanten kommen lassen: Trommler, Flötenbläser und Kitharisten spielten pausenlos die Lieblingslieder der Römer.

Ochsenkarren mit Weinfässern drängten sich durch das Getümmel; jeder neue Wagen wurde bejubelt und beklatscht, viele Hände fanden sich, um die schweren Tongefäße herunterzuheben.

Mit großem Geschrei wurde auch eine Herde von Rindern und Schafen begrüßt. Sklaven trieben die Tiere in eine Ecke, schlachteten, enthäuteten und zerteilten sie. Die Fleischstükke wurden auf großen Spießen gebraten.

Die schönsten Rinder hatte Gaius vorher aussortieren lassen; mit Kränzen und Bändern geschmückt, die Hörner vergoldet, ließ er sie vor den kleinen Tempel der Concordia führen, am Fuße des Capitols, und dort der Göttin der Eintracht opfern. Etruskische Priester, die die Eingeweide, vor allem die Leber, jedes einzelnen Tieres genau untersuchten, waren entzückt über den vorbildlichen Zustand der Organe.

Ein Priester verbeugte sich vor Gaius, der von seinem Podest herabgestiegen war, um die Opferhandlung zu leiten:

»Die Göttin ist dir wohlgesinnt; sie freut sich über dein Opfer und wird ihre schützende Hand über dich halten!«

Die Umstehenden klatschten, und Septumuleius, einer der Klienten des Gracchus, schrie: »Der Adel hat die Eintracht der Römer zerstört! Ein Gaius Gracchus mußte erst kommen, um den Adel in seine Schranken zu weisen. Der Adel hat sich zu weit von uns entfernt, er ist hochmütig und unverschämt geworden. Die Provinzen haben sie mit uns, mit unserem Blut, nur erobert, um sich dort das große Geld zu holen. Jetzt hat unser Gaius ihnen ihre Grenzen gezeigt! Er lebe hoch!«

Das Volk tobte; einige der Klienten packten Gracchus an den Armen, setzten ihn auf ihre Schultern und trugen ihn zu seinem Podest vor der großen Halle seines Vaters zurück. Musikanten schlossen sich dem Zug an, ein Sänger schritt voraus; die Plebs grölte das Loblied auf den Volkstribun mit und übertönte den schönen Baß des Sängers mit rauhen Kehlen.

Sulla hatte den Rat des Alten befolgen, einen Bogen um das Forum schlagen wollen, um durch die Gäßchen der Subura zum Haus seines Vaters auf dem Quirinal zu gelangen. Aber seine jugendliche Neugier war stärker; und auch der Musik konnte er nicht widerstehen.

Schon als Kind hatte er tanzen gelernt, war oft von seinem Vater zu den Gelagen bei Freunden mitgenommen, dort wie ein Äffchen vorgeführt worden. Allerdings brachte ein Sklave ihn nach Hause, wenn der »intime Teil«, wie sein Vater es nannte, begann, Hetären hereintänzelten und Lustknaben ihre Dienste anboten.

Seit er erwachsen war, also erst seit kurzem, konnte er länger bleiben und die späten Lustbarkeiten genießen. Aber als er einmal nach einem solchen Gastmahl unpünktlich beim Alten erschien, nach Wein aus allen Poren roch, weil keine Zeit zum Baden mehr gewesen war, hatte ihn der Alte kurzerhand vor die Wahl gestellt: ein ernsthaftes Studium bei ihm, Lentulus, oder ein Lotterleben bei seinem Vater. Natürlich war Sulla sofort eingeknickt, hatte allen Vergnügungen mit seinem Vater »auf ewig« abgeschworen.

Seitdem ging er brav zu Beginn der zweiten Nachtwache zu Bett, um am Morgen, kaum daß es dämmerte, aufzustehen, sich gründlich mit warmem und kaltem Wasser zu waschen und sich anschließend von einem Sklaven einölen zu lassen. Sauber und angenehm duftend erschien er vor dem Alten, der es mit Befriedigung registrierte.

Nun schob sich Sulla also durch die Menge auf dem Forum, von den Melodien angelockt. Als er das Podest erreichte, auf dem Gracchus wieder sein Lager bezogen hatte, spürte er plötzlich einen schmerzhaften Griff an seinem Arm.

»Ab mit dir nach oben, der Gracchus will dich sprechen!«

Sulla blickte in das grinsende Gesicht eines Gladiators, roch den heißen Weinatem, bemerkte den Gürtel mit dem Schwert und ließ sich widerstandslos auf das Podest ziehen, wo ihn der Gladiator vor dem Lager des Gracchus abstellte.

Sulla hatte den Volkstribun noch nie aus der Nähe gesehen und betrachtete aufmerksam das gutgeschnittene Gesicht, aus dem ihn die dunklen Augen belustigt anblitzten.

»Ich danke dir, daß du mich besuchst«, spöttelte Gracchus jetzt, und seine Leute lachten lauthals.

Sullas Angst, die unter dem harten Griff des Gladiators in seiner Magengrube gewühlt hatte, war in dem Moment verflogen, als er das Funkeln in den schwarzen Augen sah.

Er legte ein Strahlen in seine blauen Augen und sagte mit charmantem Lächeln: »Gracchus, wo sind deine Manieren geblieben, ich wäre deiner Einladung auch gefolgt, ohne daß du mir einen Leibwächter schicken mußtest! Sieh, die blauen Flecken«, und er schob anklagend den Ärmel seiner Tunica hoch, um Gracchus seinen nackten Arm zu zeigen, der blau angelaufen war.

»Bade ihn in Salzwasser, dann verschwinden die Flecken sofort«, riet ihm der Sklave Licinius.

Sulla kannte ihn, wie ganz Rom, denn Licinius pflegte stets mit einer Flöte hinter Gracchus auf der Rednertribüne zu stehen. Wenn der Volkstribun sich zu sehr erregte, seine Stimme schrillte und sich überschlug, blies Licinius auf seiner Flöte eine Tonleiter und half Gracchus, mit seiner Stimme wieder herabzusteigen wie auf einer Treppe.

»Ich habe dich herbringen lassen, Sulla«, sagte Gracchus liebenswürdig, »weil ich mit dir reden will. Ich habe gehört, daß du mehr Verstand hast als alle anderen Schüler des Lentulus zusammen. Sag mir ganz offen, wie unser Erster Senator den Schlag mit den Gerichten eingesteckt hat. Aber erzähl' mir bloß nicht, was er offiziell im Senat geredet hat, das weiß ich längst; die private Meinung des Lentulus will ich hören!«

»Erst einmal, Gracchus«, versuchte Sulla Zeit zu gewinnen, »woher kennst du mich, und woher weißt du meinen Namen?«

»Du versuchst, abzulenken; Rom ist ein Dorf, jeder aus unseren Kreisen kennt jeden. Und hat dich der Alte auf dem Forum nicht groß vorgestellt, als du neu in seinem Schwarm warst? Was ist, heraus mit der Sprache, gibt sich Lentulus nun geschlagen? Rede offen!« Das Blitzen der schwarzen Augen wurde bedrohlicher.

»Gracchus, das weißt du selbst; der Lentulus gibt sich nie geschlagen. Er ist mehr als 50 Jahre älter als du, und die Erfahrung, die er angehäuft hat, die mußt du erst einmal sammeln!«

»Ganz schön dreist, der junge Mann«, ließ sich ein Freund des Gracchus vernehmen.

»Laß ihn, Laetorius, es macht mir Spaß, auch mal ein offenes Wort zu hören. Ihr redet mir inzwischen alle zu sehr nach dem Munde. Du willst mir also sagen, Sulla, daß die Pfeile, die ich abgeschossen habe, noch nicht ausreichen. Der Senat hat ein dickes Fell, die Pfeile haben es nur angeritzt, aber nicht das Herz getroffen. Nun gut, ich habe noch mehr im Köcher!«

»Da bin ich aber neugierig«, Sulla setzte eine betont harmlose Miene auf, »willst du dem Volk nun das Getreide umsonst geben, also schenken?«

»Das ist nicht notwendig. Die Plebs zahlt gern die paar Asse für den Eimer, sie steht auch so voll hinter mir.«

Die Musikanten hatten während des Gesprächs eine Pause eingelegt, jetzt aber bliesen die Flötenspieler einen Tusch.

»Gracchus will uns das Getreide schenken!« erhob sich eine dröhnende Stimme, die Flöten schrillten noch lauter über den Platz, die Trommler schlugen wild auf die Felle ihrer Instrumente. Die Plebs begann zu toben.

Gracchus wurde bleich, er erhob sich von seinem Lager und versuchte, sich Gehör zu verschaffen.

»Das ist ein Mißverständnis, ihr habt mich nicht richtig verstanden. Natürlich bezahlt ihr weiter eure paar Asse.«

Als er merkte, daß er nicht durchdrang, setzte er sich wieder auf sein Lager.

»Ich muß ihnen den Blödsinn ausreden, wenn sie nüchtern sind, jetzt hat es keinen Zweck«, resignierte er und griff nach der Schale mit Wein vor ihm.

»Und jetzt zu dir, Freundchen!«

Aber er fand den jungen Mann nicht mehr auf seinem Podest. Sulla hatte den allgemeinen Wirrwarr, die Aufregung auf der Tribüne benutzt, um sich hindurchzuschlängeln und im Menschengewühl zu verschwinden.

Aufgeregt schlug er wieder den Weg zum Palatin ein, zum Haus des Alten, denn die Idee, der göttliche Einfall, um den er so lange gerungen hatte, war ihm endlich gekommen.

Lentulus hatte sich hingelegt, und Narcissus weigerte sich, ihn zu stören.

»In seinem Alter ist jede Ruhepause wichtig, zumal er nachts so schlecht schlafen kann, weil ihn die Sorgen quälen. Wenn wir doch endlich nach Baiae aufbrechen könnten, dort wird er sich rasch wieder erholen«, meinte Narcissus, während er Sulla in die Bibliothek führte, wo er sich die Zeit vertreiben sollte.

Sulla liebte diesen großen, hohen Raum mit den vielen Regalen, in denen unzählige Papyrusrollen lagerten. Sie steckten in hölzernen Rundungen, über denen kleine Wachstäfelchen mit den Namen der Autoren befestigt waren. Sulla fand hier das versammelte Wissen seiner Zeit, vor allem viele griechische Schriftsteller, denn die Römer waren zwar die Herren der Welt, aber die Geisteswelt beherrschten die Griechen.

Er trat vor die Wand mit den Rollen der griechischen Historiker und überlegte, ob ihn ein Thukydides, der über den Krieg zwischen Athen und Sparta vor fast 300 Jahren geschrieben hatte, interessieren würde, oder die Geschichte des Kallisthenes über den Zug des großen Alexander.

Sowohl Alkibiades, von dem Thukydides erzählte, als auch Alexander waren Personen, die ihn seit früher Jugend faszinierten; er wollte aber weder so jung sterben wie Alexander noch so schwankend in seiner Treue sein wie Alkibiades.

Da er sich für keinen der beiden Biographen entscheiden konnte, wanderte er weiter durch den Raum, betrachtete eine Weile versonnen die Statue der Minerva, der Göttin der Wissenschaft, und schritt dann die Reihe der Philosophen ab, die Büsten mit den Köpfen bärtiger Männer, wobei ihn das häßliche Antlitz des Sokrates mit der breiten, fleischigen Nase besonders fesselte.

»Wer bist du?« fragte Sulla das Gesicht mit dem satyrhaften Grinsen, »warst du wirklich der weise Philosoph, der die Menschen ausforschte, der wissen wollte, wer gerecht, wer weise und besonnen sei und wie der Mensch zu leben habe, wenn man ihn tugendhaft nennen sollte? So wie dich dein Schüler Plato in vielen Dialogen geschildert hat! Oder warst du ein verschlagener, geldgieriger Sophist, wie dich der Komödiendichter Aristophanes in den ›Wolken‹ dargestellt hat?«

Ein Geräusch ließ Sulla aufschrecken; der Alte war so leise hereingeschlurft, daß Sulla ihn erst wahrnahm, als er schon neben ihm stand.

»Willst du etwa mit mir über griechische Philosophie sprechen?« fragte er den Jungen gutgelaunt; der Schlaf hatte ihn offensichtlich erfrischt. Sulla lachte, und er erzählte seinem Mentor in allen Einzelheiten den Vorfall auf dem Forum.

»Interessant, wie du kleiner Fuchs deinen Kopf aus der Schlinge gezogen hast. Aber ich sehe dir an, dir liegt noch etwas auf der Zunge«, drängte der Alte, und Sulla sprudelte heraus:

»Der Gaius Gracchus hat Angst, dem Volk etwas zu versprechen, was er nicht halten kann, zum Beispiel das kostenlose Getreide. Er weiß genau, daß die Staatskasse dafür nicht ausreicht und ihr Senatoren ihm das Geld nicht bewilligen würdet. Also macht er kein solches Versprechen.

Aber ein anderer Volkstribun, ich denke da an einen von uns, aus einer Optimaten-Familie, könnte der Plebs goldene Berge in Aussicht stellen. Ob das Volk sie dann auch bekommt, wissen die Götter, Fortuna ändert gern ihren Sinn. Unser Volkstribun braucht nicht gerade mit kostenlosem Getreide die Plebs zu ködern; es gibt genug Dinge, mit denen er sie für den Senat einnehmen kann, ohne den Staatsschatz zu plündern. Es geht das Gerücht, daß Gracchus neue Bürgerkolonien gründen will, um seinen Anhang mit Land zu versorgen und sich große Klientelen außerhalb Roms aufzubauen. Die Rede ist von Capua, Tarent und einer neuen Stadt in Africa, auf dem Gebiet des zerstörten Karthago.«

Der Alte kicherte, und Sulla sah ihn erstaunt an.

»Du lernst schnell, mein Junge«, lobte Lentulus ihn, »wer in Rom herrschen will, muß seine Ohren überall haben, jedes Gerücht wichtig nehmen. Ich hätte nicht gedacht, daß dir der Plan des Gracchus, Kolonien aufzubauen, bekannt ist, denn er hat bisher alles im geheimen vorbereitet, damit wir Optimaten ihm keine Steine in den Weg legen!«

»Man hört so allerlei, wenn ihr in der Curia beratet und wir Schüler draußen warten«, murmelte Sulla stolz, »aber jetzt will ich dir erzählen, wie unser Volkstribun den Gracchus ausstechen könnte. Zum Beispiel schlägt er zwölf Kolonien vor, wenn der Gracchus drei anbietet, er muß ihn ständig übertrumpfen und dabei sagen, daß der Senat hinter ihm steht und alles billigt. Die Plebs von Rom ist gierig, sie jubelt dem zu, der ihr das meiste verspricht!«

Der Alte hatte verstanden, und er blickte den Jungen voller Hochachtung an. Der Plan war einfach, aber genial. Das sagte er aber seinem Schüler nicht, sondern überlegte schon den nächsten Schritt.

»Wenn der Gracchus in Karthago eine neue Kolonie schaffen will, dann verschwindet er wenigstens für einige Wochen aus Rom, und wir können hinter seinem Rücken gegen ihn agieren. Eigentlich dürfen Volkstribune Rom ja nicht verlassen, aber in diesem Fall muß man ihn überzeugen, daß Karthago ohne ihn nicht neu aus den Trümmern entstehen kann.«

»Du bist also einverstanden, Lentulus?« Sulla hatte bisher vergeblich auf ein Wort der Anerkennung gewartet.

Jetzt strich ihm der Alte liebevoll über das Haar.

»Ich bin stolz auf dich; wenn du einen besonderen Wunsch hast, will ich ihn dir gern erfüllen. Gefällt dir eine meiner Philosophenbüsten besonders gut, vielleicht der Sokrates, den du so versunken angestarrt hast, als ich in den Saal kam? Ich schenke dir den Kopf; es ist eine besonders gut gelungene Kopie des Werkes von Lysipp!«

Sulla hatte zwar ein anderes Geschenk erwartet, aber den Sokrates nahm er auch gern mit.

Iulia

Der Volkstribun, hinter den sich der Adel klemmen konnte, war schnell gefunden; es war Marcus Livius Drusus, aus hochadligem Hause, sein Vater hatte vor 25 Jahren das Consulat bekleidet. Verheiratet war er mit einer Cornelia, einer entfernten Verwandten des Alten, und dieser Umstand genügte, daß Lentulus ihn favorisierte. Das Volkstribunat sollte die erste Stufe auf seiner Karriereleiter sein, aber bisher hatte er sich nicht hervortun können, weil Gracchus mit seinen Initiativen alle anderen Tribunen beiseite drängte.

So war er begeistert, als der Senat ihm vorschlug, alle seine Gesetzesanträge zu unterstützen, und es störte ihn auch nicht, daß er nur Anträge stellen durfte, die das Hohe Haus ihm vorschrieb.

Den Alten hatte Sullas Vorschlag, den Gracchus mit der Gründung von Kolonien zu übertrumpfen, sehr beeindruckt, denn dieses Thema war beliebt beim Volk; viele Römer träumten von Landbesitz und davon, das laute, schmutzige Rom mit einem kleinen Paradies irgendwo in Italien einzutauschen.

Als Marcus Livius Drusus in seiner ersten, vom Senat gebilligten Rede das Volk mit zwölf neuen Kolonien betören sollte, stand Sulla ganz in der Nähe der Rostra, um kein Wort zu verpassen. Alles hing jetzt von Drusus ab, seiner Redekunst, seiner Fähigkeit, das Volk nicht nur zu begeistern, sondern auch dem Gracchus abspenstig zu machen!

Drusus stieg auf die Rostra, eilte mit großen Schritten zum vorderen Teil und sprach – wie Gracchus – zum Forum hin. Allerdings blieb ihm nichts anderes übrig, denn die Plebs hatte keine Anstalten gemacht, vom Forum zum Comitium überzuwechseln; sie wollte den neuen Zustand unbedingt beibehalten.

»Römer«, rief Drusus nun mit seiner vollen, weitreichenden Stimme, »heute ist es wieder besonders heiß in der Stadt; die Luft steht, in euren Wohngebieten in der Subura stinkt es nach Abfällen, und bis zum Velabrum zieht der Gestank der Gerbereien von der anderen Seite des Tibers. Wer möchte jetzt nicht auf dem Lande sein, dort ein Haus besitzen mit einem schattigen Garten, sein eigenes Gemüse essen und das Obst von seinen eigenen Bäumen holen?

Römer, *ich*, euer Volkstribun Drusus, will euch zu einem Leben auf dem Lande verhelfen, ich will den Antrag stellen, daß zwölf neue Kolonien gegründet werden sollen. Der Senat wird mir keine Steine in den Weg legen; ich habe die Optimaten überzeugen können, daß wir neue Kolonien brauchen, damit viele von euch auf dem Land siedeln können!«

Sulla hatte mehrere Dutzend Klienten des Alten nahe bei der Rednerbühne postiert und sie vorher genau instruiert. Er zog jetzt ein Taschentuch aus der großen Falte seiner Toga und putzte sich umständlich die Nase. Das war das vereinbarte Zeichen für die Klienten, mit dem Beifall zu beginnen und Drusus zu unterstützen.

»Drusus soll hochleben!« schrie einer, und die Plebs fiel ein, zuerst zögernd, aber als nun alle Klienten des Alten loslärmten, ließ sich die Menge mitreißen.

»Er lebe hoch!«

»Der Senat soll hochleben«, rief ein anderer Klient, und wieder fühlte sich die Plebs ermuntert, auch den Senat hochleben zu lassen. Immer mehr Volk wurde angelockt, je lauter das Geschrei wurde; die Leute kamen aus den Hallen der Gerichtsgebäude, sie verließen die Geschäfte der Bankiers und Geldwechsler, die Krämerläden und Kneipen; sie unterbrachen sogar ihr Würfelspiel, um zur Rostra zu eilen.

Drusus war in Fahrt gekommen, seine Rede wurde schwungvoller, in immer kräftigeren Farben malte er das Landleben aus und begeisterte seine Zuhörer.

»Zwölf Kolonien werden wir gründen, in den schönsten Landschaften Italiens, am Meer, in den Bergen; in jede Kolonie werden wir 6000 Bürger schicken. Jeder von euch, der will, kann ein kleines Landgut bekommen. Und der Senat ist auf eurer Seite, es wird keine neuen Kämpfe mehr geben wie zur Zeit des Tiberius Gracchus!«

Das Volk raste wie nach den besten Reden des Gaius Gracchus, und Drusus mußte fast so viele Hände schütteln wie sein College, als er die Tribüne verließ. Das Volk akzeptierte ihn nun als »Mann des Volkes«, der nur das Wohlergehen der Plebs im Auge hatte.

Sulla war zufrieden und wandte sich zum Gehen. Er war unschlüssig, was er jetzt machen sollte, denn der Alte war noch in der Curia, um dort den Drusus zu erwarten und das weitere Vorgehen mit ihm zu besprechen. Je mehr Einvernehmen der Volkstribun mit dem Senat zeigte, um so besser.

Während Sulla, in Gedanken versunken, langsam von der Rednertribüne wegschlenderte, hörte er die laute, geschulte Stimme des Lucius Crassus, jenes Liciniers, der dem Clan der Meteller verbunden war. Crassus, der nur wenig älter als Sulla war, stand in einer Gruppe von jungen Leuten; auch ein Mädchen von etwa 15 Jahren war dabei, das einen kleinen Jungen an der Hand hielt.

Crassus war hochgewachsen, sehr schlank; die intelligenten Gesichtszüge hatten etwas Lauerndes, und er blickte jetzt die beiden Älteren aus der Gruppe gespannt an. Sulla erkannte einen von ihnen; es war Quintus Catulus, aus dem Haus der Lutatier, aber den anderen hatte er noch nie in Rom gesehen. Das bäurische, kantige Gesicht mit den listigen Augen unter den buschigen Brauen wäre ihm aufgefallen, ebenso die massige Gestalt, die den Crassus noch überragte.

Neugierig trat er näher.

»Grüß dich, Catulus, grüß dich, Crassus«, sagte er höflich, als er zu der Gruppe kam.

Crassus runzelte die Stirn; es paßte ihm offensichtlich nicht, daß Sulla sich in das Gespräch drängte. Aber als guterzogener junger Römer erwiderte er ebenso höflich den Gruß, um dann gleich den Faden wiederaufzunehmen: »Nun, Catulus, sag mir endlich deine Meinung ...!«

Aber Catulus hörte ihm nicht mehr zu, denn Sulla hatte so auffordernd das junge Mädchen angestarrt, daß ihm nichts anderes übrigblieb, als sie vorzustellen.

Quintus Lutatius Catulus war um die 30; er hatte ein schmales, hübsches Gesicht mit gutmütigen, grauen Augen, die gelegentlich etwas einfältig blickten. Mit einem stolzen Lächeln wandte er sich jetzt zu Sulla:

»Das ist Iulia, meine Stiefschwester, und der Kleine ist Gaius, mein Stiefbruder, genannt Strabo, der ›Schieler‹!«

Der Kleine – er war ungefähr sechs Jahre alt – riß sich von der Hand der Schwester los, stemmte die Hände in die Hüften und rief empört:

»Ihr sollt nicht immer ›Schieler‹ zu mir sagen! Seit der neue griechische Arzt meine Augen behandelt, ist es mit dem Schielen schon viel besser geworden. Mutter sagt das auch! Stimmt doch, Iulia?«

Die Schwester lachte; und Sulla spürte, wie ihm das Blut in den Kopf schoß und sich seine Haut rot färbte.

Iulias Gesicht war noch sehr kindlich, die Wangen standen leicht gerundet hervor; wenn sie lachte, bildeten sich zwei Grübchen, und die kokett gedrehten Löckchen, die ihre Stirn bedeckten, flogen hin und her. Zwei lange, goldene Ohrringe mit einem grünen Stein an der Spitze kamen in Bewegung und klirrten leicht. Sie war von kleiner Gestalt, reichte Sulla gerade bis zum Kinn. Ihre Tunica und das Obergewand, die Palla, die einen Arm freiließ, waren aus dünnem Leinen, der Stoff schimmerte gelblich. Goldene Reifen zierten Hand- und Fußgelenke.

Wie tröstend legte sie dem Kleinen einen Arm um die Schulter:

»Laß dich nicht immer reizen, Brüderchen! Ich habe dir schon öfter erklärt, wie das bei uns Römern ist: Wenn wir jemanden den ›Dicken‹ nennen, so bleibt der Name noch an seinen Nachkommen haften, auch wenn sie dürr sind. Sieh dir Crassus an, da hast du das beste Beispiel vor Augen. Ist der dick?«

»Nein«, sagte der Kleine, »eher dünn.«

»Na siehst du, aber alle aus seinem Zweig der Licinier werden immer noch Crassus genannt, nur weil ein Vorfahr einmal besonders dick war!«

»Aber ›Schieler‹ gefällt mir gar nicht! Ich möchte den Namen gerne wieder loswerden«, maulte Strabo.

»Das ist schwierig, wir rufen dich schon mehrere Jahre so, und wir haben uns alle daran gewöhnt. Außerdem darfst du über jeden einen Witz machen, der dich ›Schieler‹ nennt. Dann kommst auch du auf deine Kosten. Wie wäre es, wenn du jetzt etwas Witziges über diesen charmanten jungen Mann sagst – ach, wie heißt er eigentlich, Catulus?« wandte sie sich lachend an den großen Bruder.

»Ich hätte es dir längst gesagt, wenn du mich auch einmal zu Wort kommen ließest«, sagte Catulus und zog die Schwester zärtlich an sich.

»Der junge Freund hier heißt Sulla, gehört zum Haus der erlauchten Cornelier und scheint ein neuer Stern am Himmel Roms zu sein.«

Sulla war so verlegen, daß ihn seine gewohnte Schlagfertigkeit verließ und er vergeblich nach einer passenden Erwiderung suchte.

»Besser würde schon ›Flavus‹, der Blonde, zu ihm passen; was bedeutet schon Sulla, das Wort kenne ich gar nicht«, ließ sich der kleine Strabo altklug vernehmen. Sulla war ihm beinahe dankbar für die harmlose Bemerkung: Er wollte gerade ansetzen zu erklären, daß »Sulla« sich von »Sibylle« ableitete, der alten Orakelfrau, die in einer Höhle bei Cumae hauste, als sich der Fremde mit den kantigen Zügen in das Gespräch mischte:

»Einer meiner Soldaten wurde auch ›Sulla‹ genannt; das hieß bei uns das ›Schorfgesicht‹, weil er so rote Flecken im Gesicht hatte. Und unser junger Freund hier, der neue Stern am Himmel Roms, wie du ihn so poetisch genannt hast, Catulus, läuft genauso rot an im Gesicht wie mein Legionär damals«, und dröhnend lachte er als erster über seinen Witz. Crassus lächelte amüsiert, Catulus und seine Schwester jedoch blickten verlegen, das Mädchen eher gespannt, auf Sulla. Dieses lauernde Funkeln in Iulias Augen reizte ihn mehr als die Unverschämtheit des Fremden. Er reckte das Kinn hoch und drehte sich langsam zu ihm hin, jeder Zoll ein Cornelier.

»Wo hast du gedient, mein Freund?« fragte er gönnerhaft. »Vielleicht sogar bei einem meiner Verwandten?«

Erst jetzt bemerkte er, daß der andere älter war, als er gedacht hatte, etwa 35 Jahre zählte.

»Gaius Marius ist kein einfacher Legionär«, beeilte sich Crassus nun, den Freund vorzustellen.

»Er war zuletzt Militärtribun, hat sich vor Numantia manche Narbe geholt, der alte Scipio Africanus, ein Cornelier wie du, hielt übrigens große Stücke auf ihn. Jetzt will sich Marius um das Volkstribunat bewerben, und die Meteller unterstützen ihn dabei, er ist ein Klient von ihnen.«

»Interessant«, Sulla sprach immer noch von oben herab, »ich wünsche ihm viel Glück dazu. Falls ich es nicht vergesse, werde ich gelegentlich mit dem Alten über ihn sprechen; die Unterstützung eines weiteren Corneliers könnte sehr hilfreich sein für jemanden, der in Rom völlig unbekannt ist!«

»So unbekannt bin ich auch nicht.« Gaius Marius wurde ärgerlich und blickte mürrisch auf Sulla. »Ich komme zwar nicht aus Rom, aber meine Heimatstadt Arpinum am Liris wurde schon vor fast 200 Jahren römische Kolonie, und seit 65 Jahren haben wir Arpiner das römische Bürgerrecht. Ich kann also in Rom wählen und auch in Ämter gewählt werden. Seit Numantia bin ich Militär, Tausende von Soldaten haben mich kennengelernt, und alle rühmen meine Tapferkeit. Sie alle, soweit sie Römer sind, werden mich wählen, und den Italikern, unseren Bundesgenossen, verschaffen wir auch noch das römische Bürgerrecht!«

Nachdem sich Crassus und Marius verabschiedet hatten, nahm Sulla seinen ganzen Mut zusammen, um sich mit Iulia zu verabreden.

»Schöne Dame«, strahlte er sie an, »ich möchte dich gern wiedersehen. Catulus, du hast doch nichts dagegen?«

Ehe Catulus antworten konnte, tönte der kleine Strabo:

»Sag ja, Catulus, Sulla gefällt mir, er hat so schöne blonde Haare. Und das mit dem Schorfgesicht von diesem Bauern war gemein!« Alle lachten, und Iulia meinte:

»Ist er nicht witzig, unser kleiner Strabo? Er sagt immer, was er denkt, aber er verletzt keinen dabei wie dieser Tölpel aus Arpinum.«

»Ach, was reden wir noch von dem! Ich wette, der schafft nicht einmal das Volkstribunat, und die anderen Ämter schon gar nicht. Er ist aufgeblasen wie ein Frosch, aber er kann Luft holen, sooft er will – er wird nie ein Ochse.«

Für Sulla war das Thema damit erledigt, und er fragte noch einmal:

»Catulus, wann kann ich deine Schwester wiedersehen?«

Catulus lachte: »Was du dir in den Kopf gesetzt hast, Sulla, das verfolgst du auch. Frag aber Iulia; wir, meine Mutter und ich, haben sie seit dem Tod ihres Vaters zur Selbständigkeit erzogen.«

Iulia zierte sich. Ihr gefiel dieser blonde, charmante Sulla, aber ihre Zofen hatten ihr beigebracht, das einem Mann nicht sofort zu zeigen.

Sie lächelte also und warf den Kopf in den Nacken; die Ohrringe klingelten dazu besonders heftig, und auch die Löckchen über der Stirn wippten auf und ab.

»Ob ich dich wiedersehen will, Sulla, weiß ich noch nicht.

Darüber muß ich erst nachdenken. Ich sage dann meinem Bruder Bescheid.«

Catulus warf Sulla einen resignierenden Blick zu; sie hoben die Hände zum Abschied und trennten sich.

Nach drei Tagen hatte Sulla immer noch nichts von Iulia gehört.

Seine Erfahrungen mit Frauen beschränkten sich auf gelegentliche Besuche bei Hetären, zu denen sein Vater ihn mitnahm. Der junge Mann hatte noch eine Schwester, Cornelia, zehn Jahre alt, die jedoch zu klein war, um ihn in die Geheimnisse der weiblichen Psyche einzuweihen.

Am ersten Tag nach der Begegnung mit Iulia auf dem Forum rechnete er stündlich mit einem Boten von Catulus, denn er war überzeugt, daß er großen Eindruck auf sie gemacht hatte und sie sich nach einem Wiedersehen genauso sehnte wie er. Als aber der zweite Tag verstrich und die Dämmerung des dritten einsetzte, dunkelte es auch in Sullas Gemüt. Er hatte sich in eine Ecke des Innenhofes seines Elternhauses auf dem Quirinal zurückgezogen und betrachtete voller Abscheu das hochaufgereckte, riesige Glied einer Statue des Gottes Priapus, der auf einem Podest neben dem Wasserbecken thronte.

Sullas Vater war ein großer Liebhaber erotischer Darstellungen. Zwischen den Säulen des überdeckten Ganges, der um den Innenhof lief, standen zahlreiche Figuren, die meisten vollkommen nackt; weibliche Gestalten mit vollendeten kleinen Brüsten und ausladendem Hinterteil, die alle den Namen Venus oder Aphrodite trugen; Nachbildungen berühmter Werke griechischer Künstler. Besonders stolz war sein Vater auf eine verkleinerte Kopie der Aphrodite von Knidos des großen Bildhauers Praxiteles.

Die männlichen Gestalten waren jugendliche Satyre und ältliche Silene, die Begleiter des Weingottes Dionysos. Sie tanzten auf einem Bein, ihre diabolischen Gesichtszüge grinsten trunken, einige hielten ihren Pferdeschweif umklammert, andere ihr gewaltiges erigiertes Glied.

Der Vater liebte es, während der Gelage, die im Sommer in diesem Peristyl gefeiert wurden, mit seinen Gästen die Galerie der Nackten abzuschreiten; er spielte dann den jungen Gott Dionysos und seine Freunde die Satyre und Silene. Jeder suchte sich eine Gestalt aus, die er imitierte und zu der er eine Geschichte erzählen oder singen mußte. Je obszöner, um so mehr wurde sie beklatscht, und auch Sulla hatte seine Phantasie dabei nie zügeln müssen.

Die Malereien an den Wänden des Säulenganges wurden von erotischen Szenen beherrscht, bei denen sich der Künstler keinen Zwang auferlegt hatte: Männer, die Frauen liebten, wurden ebenso direkt gezeigt wie Männer, die mit Knaben verkehrten.

Sulla wurde jäh aus seinen Betrachtungen gerissen. Sein Vater stürmte in den Innenhof, gefolgt von zwei elegant gekleideten Männern, die der Sohn flüchtig von Gastmählern her kannte.

»Sucht euch aus, was euch gefällt, nehmt diese Venus mit oder diesen Silen, nur laßt mich endlich mit euren Forderungen in Ruhe«, rief der Vater aufgebracht.

»Sulla, wir wollen dir nicht deine Schätze rauben, wir wollen Geld. Wir haben dir lange genug Zeit gelassen, die Summe aufzutreiben, aber unsere Geduld ist jetzt zu Ende.«

»Gebt mir noch zwei Tage Zeit, ich werde noch einmal mit meinem Schwiegervater sprechen, vielleicht gibt er mir doch den Kredit«, schmeichelte der Vater.

»Wir haben dir schon zuviel Zeit gelassen. Heute abend brauchen wir das Geld«, die Stimme des Freundes wurde weich, »Sulla, wir sind seit vielen Jahren mit dir befreundet, und du warst immer unterhaltsam und ein großzügiger Gastgeber. Und unsere Freundschaft soll nicht darunter leiden, daß Fortuna dich beim Spiel verlassen hat. Wir werden dir helfen, das Geld zu beschaffen, das du uns schuldest, denn deinen Schwiegervater Ancharius kannst du vergessen!«

Sullas Vater strahlte: »Ich wußte doch, ihr laßt mich nicht im Stich. Was soll ich also tun?«

»Laß uns einen kleinen Spaziergang machen, hier kann in jeder Ecke, hinter jeder Säule jemand lauern, der zuhört«, und beide Freunde griffen einen Arm des Vaters, um ihn schnell hinauszuziehen.

Sulla konnte es nicht fassen, daß sein Vater Geldsorgen hatte. Er wußte, daß er spielte, Glücksspiele waren seit einiger Zeit in Rom sehr beliebt, aber für ihn stand der Vater immer auf der Seite der Gewinner.

Seinem Vater war bisher alles geglückt; er würde auch jetzt das Geld auftreiben, denn seine Freunde hatten ihm ja ihre Hilfe angeboten, und er, der Sohn, brauchte sich keine Sorgen zu machen.

Der Auftritt des Vaters hatte ihn aus seiner schwermütigen Stimmung gerissen. Er warf noch einen Blick auf den Priapus, streckte ihm die Zunge heraus und beschloß, die Initiative zu ergreifen und nicht mehr länger auf eine Nachricht von Iulia zu warten. Er stieg die Treppe zur Galerie hoch, die über dem Peristyl lag, und betrat sein Zimmer. Sein Elternhaus lag am Rande des Quirinal-Hügels, auf einem Vorsprung, in der Nähe des Tempels Salus, und er hatte von seinem Fenster aus einen weiten Blick auf das östliche Marsfeld.

Ein Sklave war ihm gefolgt und zündete die Öllampen an, zuerst den großen Leuchter auf dem Schreibpult, wie es ihm sein Herr gesagt hatte. Sulla nahm eine neue Wachstafel aus einem Regal, hob den Griffel hoch und steckte das flache Ende in den Mund, während er überlegte, wie er den Brief an Iulia formulieren sollte.

Drei Wochen später war Sulla verheiratet. Nachdem Iulia auch auf seinen Brief nicht reagiert hatte, vertraute er sich dem Alten an, und danach ging alles sehr schnell.

Sulla hatte frühmorgens, nach Abfertigung der Klienten, mit Lentulus gesprochen, als sie zusammen an der Brüstung der Terrasse lehnten und den Einzug der Senatoren kommentierten. Am nächsten Tag bat ihn der Alte mit ernster Miene, ihn abends, zu Beginn der ersten Nachtwache, noch einmal aufzusuchen. Sulla erschrak und wollte wissen, ob etwas geschehen sei.

»Das wirst du heute abend noch früh genug erfahren«, lächelte Lentulus geheimnisvoll.

Narcissus führte ihn abends in das Tablinum, und da wartete sie schon auf ihn; sie saß gerade aufgerichtet auf einem der Korbstühle, sittsam die Hände im Schoß gefaltet: Iulia, die ihn so viele Tage auf die Folter gespannt, seinen Brief nicht beantwortet hatte.

»Hast du meinen Brief nicht bekommen?« wollte Sulla gleich wissen.

»Welchen Brief?« Die grauen Augen blickten ihn groß und unschuldig an, aber Sulla hatte das sichere Gefühl, daß sie log.

»Popilia, ich möchte dir meinen Verwandten Lucius Sulla vorstellen; Sulla, das ist Popilia, die Mutter deiner jungen Freundin«, unterbrach der Alte scharf die jungen Leute.

Sulla bekam einen roten Kopf; es war sehr unpassend, daß er sich nicht zuerst der Mutter Popilia zugewandt hatte. Um den schlechten Eindruck zu verwischen, begrüßte er jetzt Popilia mit besonderer Ehrerbietung.

Sie war die Tochter eines Consuls; auch ihr Bruder hatte das Consulat bekleidet, ein Jahr nach dem Tod des Tiberius Gracchus, gegen dessen Anhänger er mit besonderer Härte vorgegangen war. Als Gaius Gracchus das Volkstribunat erlangte, rächte er sich umgehend, indem er einen Volksbeschluß erwirkte, der den Publius Popilius Laenas – so der volle Name des Consulars – in die Verbannung schickte.

Popilia war etwa 45 Jahre alt; ihre hohen Wangenknochen gaben dem Gesicht etwas Apartes und milderten die scharfen Linien an der Nase und um die Mundwinkel. In erster Ehe hatte sie einen Quintus Catulus geheiratet aus dem begüterten Adelshaus der Lutatier. Der Sohn Quintus aus dieser Ehe war Sullas guter Bekannter vom Forum.

Nach dem frühen Tod ihres ersten Mannes heiratete Popilia

ein zweites Mal, einen Lucius Caesar aus dem alten, sehr angesehenen Adelshaus der Iulier. Die Verbindung mit diesem Geschlecht war glänzend, auch für eine Popilia ein Aufstieg, jedoch ihr Mann war schwächlich, kränkelte viel und starb vor fünf Jahren an den Folgen eines Fiebers. Immerhin hatte er es noch zum Aedil gebracht und war Mitglied des Senats gewesen. Aus dieser Ehe hatte Popilia drei Kinder: die 15jährige Iulia, Lucius, elf Jahre alt, und den sechsjährigen Gaius, genannt Strabo.

»Das ist also der junge Mann, der meine Iulia so durcheinandergebracht hat«, erwiderte sie jetzt Sullas charmantes Lächeln; die kleine Verstimmung über sein unpassendes Verhalten war schnell verflogen.

»Durcheinandergebracht? Und sie läßt nichts von sich hören«, wunderte sich Sulla, denn er hielt den Brief für ein kleines Meisterwerk, und es kränkte ihn, daß kein Echo erfolgt war.

»Ihre Zofen haben ihr Unfug eingeredet; leider hat sie mit mir nicht über eure Begegnung gesprochen, und mein Quintus Catulus ist so mit den Wahlen für seine Quaestur beschäftigt, daß er nichts anderes im Kopf hat. Natürlich ist die Verbindung mit dem Hause der Cornelier eine große Ehre für uns«, sprudelte sie nun hastig hervor.

Iulia schwieg, versuchte, weiter züchtig auf ihre Hände zu blicken, und gab sich große Mühe, alle schnippischen Anmerkungen, die ihr in den Sinn kamen, hinunterzuschlucken.

Am Tag zuvor hatte Lentulus die Popilia in sein Haus gebeten, und sie kam völlig aufgelöst von diesem Gespräch zurück.

»Warum hast du mir nichts davon erzählt, daß der junge Sulla, der den Lentulus um den Finger wickeln kann – wie ganz Rom inzwischen weiß –, ein Auge auf dich geworfen hat? Wo ist der Brief, den er dir geschrieben hat?«

Eine Zofe eilte mit zwei engbeschriebenen Wachstäfelchen herbei, und als Popilia sie gelesen hatte, leuchtete ihr Gesicht.

»Was Besseres kann uns gar nicht passieren! Der Junge hat sich ja richtig in dich verliebt! Warum weiß ich nichts davon?«

Iulia stotterte, daß ihre beiden Zofen ihr geraten hätten, den jungen Mann noch ein wenig zappeln zu lassen.

Popilias rechte Hand zuckte vor und klatschte heftig auf die runden Wangen ihrer Tochter.

»Einen solchen Goldfisch läßt man nicht auf diese Weise zappeln! Wir sagen einfach, der Brief sei dir nicht weitergegeben worden; und du, Eutyches«, wandte sich Popilia jetzt an den Hausverwalter, »sperr die beiden Zofen für zwei Tage in den Karzer, zuvor bekommt aber jede noch zehn Stockhiebe!«

Als Popilia am nächsten Tag im Hause des Alten sah, daß Sulla sich immer noch für ihre Tochter zu interessieren schien und nicht den Beleidigten spielte, atmete sie voller Erleichterung auf. Denn der Alte hatte ihr versprochen, sich dafür einzusetzen, daß ihr Bruder aus der Verbannung zurückgeholt wurde, vorausgesetzt, die Heirat kam zustande. Und dafür sorgte Popilia mit großer Energie. Sie bestellte Astrologen, die ihr den günstigsten Tag vorhersagen sollten, und zufällig lag dieser schon in naher Zukunft.

Am Morgen des Hochzeitstages versammelten sich die beiden Familien auf der Arx, dem Hügel zwischen Capitol und Quirinal. Dort hatte die Göttin Iuno, die Beschützerin der Ehe und der Frauen, ihren Tempel, der gleichzeitig die große Münzstätte Roms war.

Auf der Arx stand auch das Amtsgebäude der Auguren, jener neun staatlichen Priester, die aus dem Geschrei und aus dem Flug von Vögeln günstige oder schlechte Zeichen herauslasen. So durfte kein Feldzug begonnen werden, ohne daß vorher die Auspizien eingeholt wurden.

Im privaten Bereich wurden die Dienste der Auguren gern bei Heiraten in Anspruch genommen. Da die Vögel nicht immer so zur Verfügung standen, wie man sie gerade benötigte, griff man inzwischen bei der »Vogelschau« auf Hühner zurück. Sie wurden aus ihren Käfigen herausgelassen und bekamen Futter hingestreut. Der Augur deutete ihr Freßverhalten, beschrieb es als günstig oder schlecht für die Zukunft des Paares.

Der Augur Quintus Mucius Scaevola, ein Verwandter des obersten Priesters, der sein »Ich schäme mich!« in den Senat geschleudert hatte, las an Sullas Hochzeitstag die Auspizien.

Die Hühner stürzten sich so gierig auf das Futter, daß ihnen die Körner wieder aus dem Schlund fielen. Das wurde als gutes Vorzeichen gewertet, wie der Augur Scaevola lächelnd der Hochzeitsgesellschaft erklärte. Auch Popilia lächelte, denn von ihrem verbannten Bruder, der dem Collegium der Auguren angehört hatte, wußte sie, daß das Freßverhalten der Hühner manipulierbar war. Sie hatte daher den Hühnerwächter bestochen, damit der die Tiere hungern ließ und ihnen außerdem Bleikörner ins Futter schüttete. Als sie fraßen, sah es so aus, als ob sie in ihrer Gier viele Körner fallenließen. In Wirklichkeit spuckten sie das Blei aus.

Anschließend mußte Iulia der Göttin Iuno ein Opfer bringen: ihre Puppen und ihr Lieblingskleid.

Popilia suchte ein besonders schönes Kalb bei einem Händler aus, der seinen Stall in der Nähe hatte. Iulia schmückte es mit ihren Haarbändern, und als es geschlachtet war, ließ man einen Teil des Fleisches der Göttin als Opfer, den Rest schafften Sklaven in das Haus des Sulla, wo später die Hochzeit gefeiert werden sollte.

Abends, als es dunkelte, wurde die junge Braut in Sullas Elternhaus geführt. Der junge Mann erwartete den Hochzeitszug mit seiner Familie und der Dienerschaft auf dem Podest vor dem Haus. Fröhliche Lieder tönten ihnen entgegen, und im Schein der Fackeln sahen sie die Gesellschaft langsam die Gasse hochsteigen. Flötenspieler tänzelten voraus, gefolgt von jungen Künstlern, die zur Kithara die alte Weise auf den

Gott Hymen, den Gott der Hochzeit, in immer neuen Variationen anstimmten:

>»Hymen, o Hymen, dein Stern ist der Abendstern,
sein Leuchten besiegelt die Ehe,
möge Venus über ihr leuchten wie du.«

Der Zug näherte sich, und Sulla konnte jetzt Iulia erkennen; ihr rotes Kopftuch schimmerte im Fackelschein, und die gelbe Palla ließ sie größer und schlanker erscheinen.

Der alte Hochzeitsruf »Talassio, Talassio« übertönte die Klänge der Flöten und Kitharen; Sulla stimmte ein, während er überlegte, was dieses »Talassio« eigentlich bedeutete. Er fragte seinen Vater, der ebenso eifrig »Talassio« rief wie die anderen. Der Vater ließ sich nur unwillig unterbrechen:

»So genau weiß das keiner, ›Talassio‹ klingt eben hübsch; bei meiner Hochzeit mit deiner Mutter wurde es schon gerufen, bei der Hochzeit deiner Großeltern ebenso, und ich wette, dein von dir so geliebter Ahn Rufinus«, und jetzt grinste der Vater so spitzbübisch, wie nur er es konnte, »dein Ahn Rufinus und seine Braut wurden auch mit ›Talassio‹ gefeiert. Manche sagen, daß es mit dem Raub der Sabinerinnen zusammenhängt. Die schönste Sabinerin wurde nämlich in das Haus eines Talassio gebracht, und seine Sklaven riefen auf dem Weg dorthin, um zu verhindern, daß andere das Mädchen antasteten: ›Diese ist für Talassio, diese ist für Talassio.‹«

Und Sullas Vater fiel wieder in das »Talassio«-Geschrei ein.

Drei Knaben hatten die Braut inzwischen bis dicht an die Treppe geführt und schauten erwartungsvoll zu Sulla hinauf. Der Hausverwalter Hector stand neben ihm, er trug einen großen Korb mit Nüssen, die der Bräutigam gleich unter die Menge streuen sollte.

Aber jetzt drängten sich mehrere junge Burschen hindurch, stampften mit den Füßen, wirbelten die Beine durch die Luft, während die Musiker ein Tanzlied spielten. Mit obszönen Bewegungen faßten sie nach ihren Geschlechtsteilen, einer ahmte grimassierend die Braut nach, indem er seine Hände zu Brustschalen wölbte, und dann besangen sie den Geschlechtsakt in ungenierten Versen.

Iulia zog sich das rote Tuch über das Gesicht, wie es sich für die Braut gehörte. Die zotigen Verse kannte sie bereits von den Hochzeiten einiger Freundinnen, sie schockierten sie nicht. Es gehörte zu den römischen Sitten, sexuelle Handlungen beim Namen zu nennen, genauso offen, wie Maler den Geschlechtsakt auf die Wände in den Wohnhäusern pinselten.

»Nun die Nüsse«, forderte Hector den Bräutigam auf, als die Sänger ihr Lied beendet hatten. Sulla warf händeweise Nüsse unter die Zuschauer, dann konnte er endlich Iulia aus dem Arm des ältesten Knaben, des Brautführers, in Empfang nehmen und über die Schwelle des Hauses tragen.

Kaum hatte er sie abgesetzt, wurde sie ihm schon wieder entführt, diesmal von Ancharia, seiner Mutter, und ihrer Freundin Sosia, der Frau des Bankiers Sornatius, die Iulia in sein Zimmer, das Brautgemach leiten und dort auf das Hochzeitsbett legen sollten.

Auf dieses Bett war Sulla sehr gespannt, denn sein Vater hatte ihm zur Hochzeit ein besonders breites Lager geschenkt, das die Haussklaven erst kurz vor der Zeremonie ins Zimmer schaffen durften. Als Sulla nun die Tür zu seinem Raum öffnete, blieb sein Blick gleich auf den goldenen Löwenfüßen, auf denen das Gestell ruhte, haften; sein Vater hatte offensichtlich für das prächtige Möbel tief in die Tasche gegriffen.

»Echt Gold«, sagte er zu Iulia, die auf Kissen lagerte, die mit feinstem Purpurstoff aus Tarent bezogen waren, während er mit dem Fuß gegen die Löwentatzen auf dem Boden klopfte. Iulia zog einen Schmollmund, und Sulla beeilte sich, sie in seine Arme zu nehmen und sie langsam auszuziehen.

Er selbst zögerte allerdings, sich der Tunica zu entledigen. Er nahm den Lendenschurz ab, den er unter der Tunica trug, und begann, Iulias kleine Brüste zu streicheln, bis die Warzen hoch und fest herausragten und sie anfing, schwer zu atmen. Sie kicherte und blickte demonstrativ auf seine Tunica, die sich immer stärker wölbte.

»Das ist ungerecht«, meinte sie nach einer Weile, als er immer noch keine Anstalten machte, die Tunica auszuziehen. »Ich sitze hier nackt herum, und du verbirgst deine ganze Pracht. Ich sehe doch, wie dick dein Schwanz schon ist.«

Sulla wurde rot und atmete tief.

»Iulia, ich muß dir etwas sagen«, druckste er herum.

Iulias Augen funkelten spöttisch: »Willst du mir sagen, daß du nur mit Männern kannst? Ich weiß Bescheid darüber. Neulich habe ich nämlich – rein zufällig – ein Gespräch zwischen meiner Mutter und Catulus mitbekommen.«

»Was hast du da gehört?« fragte Sulla neugierig.

»Nun, meine Mutter war sehr zornig und fragte meinen Bruder, warum er die kleine Domitia nicht heiraten will.«

»Die Tochter des Consuls etwa?«

»Natürlich, von der rede ich ja. Meine Mutter sagte, es sei ein großes Glück für unsere Familie, daß sich unser Haus mit den Domitiern verbinden würde, außerdem sei das Mädchen hübsch und intelligent. Das finde ich zwar nicht, sie hat die Augen einer Kuh und nichts im Kopf als Kleider, Schmuck und ihre Frisur.«

Sulla grinste amüsiert, es gefiel ihm, wenn Iulia sich in lästerlichen Reden über gemeinsame Bekannte verbreitete, so brauchte er auch kein Blatt vor den Mund zu nehmen und seinen Hang zu scharfzüngigen Bemerkungen nicht zu zügeln.

»Und ihre Putzsucht stört deinen Bruder?«

»Ich glaube, daß der dir nicht einmal sagen kann, welche Farbe ihre Augen haben oder wie das Kleid aussah, das sie trug, als er das letztemal im Haus der Domitier war. Mein Bruder Catulus ist bereits verliebt aber in einen Mann, wie er meiner Mutter erzählte. Und jetzt, Sulla, will ich von dir wissen: Liebst du auch einen Mann?«

Sulla lächelte sie zärtlich an.

»Iulia, dich liebe ich, dich, meine süße kleine Ehefrau. Du bist so verständig und weißt mehr vom Leben, als ich dachte, deshalb kann ich auch offen mit dir reden. Sieh, das ist mein Problem!«

Mit einem energischen Ruck riß er die Tunica hoch; sein Penis war inzwischen wieder schlapp geworden.

»Was ist los? Du hast doch ein normales Schwänzchen! Weder zu groß noch zu klein!«

Mit zärtlicher Geste faßte sie an sein Glied, das sich sofort aufrichtete.

»Du hast ja nur einen Hoden!« rief sie verblüfft und ließ die Finger zu seinem Hodensack gleiten.

»Woher weißt du eigentlich, daß Männer normalerweise zwei Eier haben?«

»Aber Sulla! In unserem Peristyl stehen genug Statuen von schönen nackten Männern herum – mein Vater hatte eine Schwäche für griechische Sportler. Sprich jetzt offen mit mir: Bist du mit dem einen Hoden ein ganzer Mann oder nicht?«

Doch Sulla sprach nicht mehr, sondern bewies es ihr, und Iulia schien sehr zufrieden.

Die Venus der Iulier

Sullas Tagesablauf änderte sich nach seiner Heirat nur wenig. Morgens stand er auf, wenn es dämmerte, um rechtzeitig zum Dienst beim Alten zu erscheinen. Iulia maulte zwar jedesmal, wenn er aus dem Bett wollte und schlang heftig die Arme um seinen Hals. Er küßte sie behutsam, streichelte ihre Hände, um dann schnell aus dem Bett zu springen.

Im Haus auf dem Palatin half er dem Alten, die Klienten abzufertigen, und begleitete ihn anschließend zur Curia, wo er oft viele Stunden mit Scharen von anderen Schülern vor den geschlossenen Türen warten mußte, wenn Fragen im Senat besprochen wurden, die nicht für die Öffentlichkeit bestimmt waren. Langweilig wurde es den jungen Männern aber nie, denn fast jeden Morgen bestieg ein Redner die Rostra, um dem Volk Wichtiges mitzuteilen, und die Schüler der Senatoren studierten eifrig die verschiedenen Redestile.

Wenn ihn der Alte nicht brauchte, hatte er nachmittags frei; Sulla benutzte die Stunden gern, um lange Wege in Rom zurückzulegen. Auf diesen Märschen entspannte er seinen Geist und ermüdete gleichzeitig seinen Körper, denn die sportliche Betätigung auf dem Marsfeld – Lieblingsbeschäftigung seiner Altersgenossen – verwehrte er sich selbst.

Die Römer übten zwar die meisten Sportarten nicht nackt aus, wie die Griechen, aber beim anschließenden Bad im Tiber oder in einer der Thermen, die Privatleute in ihren Häusern eingerichtet hatten, zeigte man sich ohne Hüllen. Und Sulla scheute sich, seinen physischen Defekt in Rom bekanntwerden zu lassen, von seinen Altersgenossen gehänselt oder gar »Ein-Ei« genannt zu werden.

Ein Mann mit nur einem Hodensack galt als nicht vollwertig, denn es war fraglich, ob er Kinder zeugen und die Linie seines Hauses fortsetzen konnte.

So zog es Sulla vor, die Gelegenheiten zu meiden, die Nacktheit erforderten. Statt dessen wanderte er durch die Gassen Roms und erkundete einen Hügel nach dem anderen.

Er durchstreifte das vornehme Palatin-Viertel, in dem die Häuser von hohen Mauern umgeben waren oder, wenn sie direkt an die Straße stießen, abweisende Fassaden zeigten, die nur gelegentlich – im Obergeschoß – von kleinen, vergitterten Fenstern durchbrochen waren. Hinter den schweren Holztüren und roten Backsteinmauern verbargen sich prächtige Säle mit großen Reichtümern, außerdem Innenhöfe mit Wasserspielen, die von Säulengängen umgeben waren.

Es war für Sulla selbstverständlich, daß er bald auf dem Palatin wohnen würde, im Haus des Alten; und so konnte er ohne Neid die großen Paläste der Reichen betrachten.

Ein anderes vornehmes Wohnviertel, die Carinen, lag am

westlichen Abhang des Esquilin-Hügels; und auch auf dem sich nach Westen anschließenden Caelius-Hügel hatten vermögende Römer ihre Wohnsitze.

Sulla durchwanderte auch gern die dichtbevölkerten Stadtteile wie das Velabrum im Westen und die Subura im Osten des Forums. Selbst bei schlechtem Wetter waren die Straßen – zumindest die Hauptverkehrsadern – gut begehbar. Die Römer mußten sich nicht mehr durch Schmutz und Matsch kämpfen, denn seit einigen Jahrzehnten unternahm man große Anstrengungen, um die Wege zu pflastern.

Es gab Bürgersteige, auf denen die Fußgänger sich in Sicherheit bringen konnten, wenn sich Reiter oder Ochsenkarren rücksichtslos durch das Menschengewühl drängten. Die Magistrate versuchten zwar, den Wagenverkehr einzudämmen und ihn auf die Nachtstunden zu beschränken, aber viele Transporteure hielten sich nicht daran, weil die Erlasse nicht streng genug durchgesetzt wurden.

Während in den vornehmen Vierteln nur gelegentlich eine Taverne zum Verweilen einlud, häuften sich die Schenken in den Stadtteilen, in denen die Plebs drei- bis vierstöckige Mietshäuser füllte. Diese Tavernen boten nicht nur Getränke und kleine Imbisse an, sondern auch umfangreiche Gerichte zum Mitnehmen. Die Wohnungen in den großen Häusern der Subura und des Velabrums verfügten nämlich nicht über Küchen; die Magistrate hatten das Kochen wegen der Feuergefahr verboten.

Je mehr die Stadtbevölkerung wuchs, um so höher wurden die Häuser aufgestockt, schlechte Baumaterialien dabei verwendet, vor allem viel Holz, und die Zwischenräume in den Gefachen nur mit dünnen Backsteinen vermauert. Nebeneinanderstehende Häuser teilten sich die Trennwand; wenn in einem Haus ein Brand ausbrach, griff er sofort auf das nächste über. Da sich viele Römer nicht an das Kochverbot hielten, außerdem jede Nacht mit Kerzen und Öllampen hantierten, kam es häufig zu Feuersbrünsten, die viele Menschenleben forderten.

Eine Feuerwehr, die ständig einsatzbereit war, gab es nicht. Dem Aedil standen nur einige Beamte zur Verfügung, die bei Bränden die Rettungsmaßnahmen organisieren, der Bevölkerung helfen sollten, Ketten zu bilden.

Das Wasser wurde mit Eimern aus den Brunnen oder aus dem Fluß geschöpft und von einer Hand zur anderen weitergereicht. Meist konnten die Bewohner mit dieser Methode nur Häuser schützen, die von den Flammen gerade angeleckt wurden; war das Feuer erst einmal aufgelodert, so kamen alle Löschversuche zu spät.

Sulla liebte diese nachmittäglichen Streifzüge durch Rom. Er unterhielt sich gern mit den einfachen Leuten, die neben ihm am Tresen der Kneipe standen, einen Becher Wein tranken oder ein in Olivenöl gebackenes Fladenbrot aßen.

Sie versicherten sich gegenseitig, daß nirgendwo das Brot so kroß gebacken wurde wie beim Sextus.

»Keiner schneidet die Wurstscheiben so dick wie er!« lobte Sullas Nachbar.

»Stimmt! Und er spart auch nicht mit Oliven und Zwiebeln«, hielt Sulla das Gespräch in Gang, um sich anschließend nach den Lebensumständen des Mannes zu erkundigen. Denn der Cornelier war neugierig; es interessierte ihn wirklich, wie die kleinen Leute lebten. Er ließ sich ihre Wohnungen beschreiben, forderte sie auf, ihre wenigen Habseligkeiten, auf die sie stolz waren, aufzuzählen; ihm dann den neuesten Klatsch zu berichten, vor allem, was über die großen Adelshäuser in Umlauf war. Er spendierte ihnen einige Becher Wein, so kamen sie rasch in Fahrt. Der Wirt mischte den Wein mit warmem Wasser. Sulla forderte ihn sehr stark verdünnt, manchmal trank er nur erfrischendes Essigwasser. So war er, wenn er abends nach Hause kam, zu Iulia, zwar animiert, aber nie betrunken.

Denn die Abende, die früher dem Studium oder der Geselligkeit gewidmet waren, gehörten jetzt nur noch Iulia. Ihr Lieblingsort war, außer dem Schlafzimmer, jene Ecke im Peristyl, in der Sulla seinen trübsinnigen Gedanken nachgehangen hatte, als ihn keine Botschaft von Iulia erreichte.

Stunde um Stunde verbrachten sie dort, ausgestreckt auf bequemen Liegen, Schalen mit Wein auf kleinen Tischen vor sich, versunken in ihre Gespräche; begierig darauf, die kleine Welt des anderen zu erforschen. Sulla merkte schnell, daß Iulia gebildeter war, als sie sich auf den ersten Blick gab. Nach und nach ließ sie ihn teilhaben an ihren Geheimnissen, und eines Abends erzählte sie ihm, daß sie von der Göttin Venus abstammte.

Sulla lachte und zog die rechte Augenbraue hoch:

»Wenn du nackt bist, siehst du aus wie eine Venus, und ich hätte Lust, dich einmal von einem Maler oder Bildhauer als Göttin darstellen zu lassen. Aber wie willst du von jemandem abstammen, den es gar nicht gibt, nie gegeben hat?«

Iulias Gesicht verschloß sich, und Sulla korrigierte sich:

»Vielleicht gibt es ja *doch* die Götter, wer kann das so genau wissen? Das Leben ist einfacher, wenn man an das Walten unsterblicher Götter glaubt, sich in ihre Obhut begibt. Und wenn du meinst, daß es Venus ist, die dich beschützt, so hast du dir eine mächtige, aber auch gefährliche Göttin ausgesucht. Sie kann dich zu den höchsten Gipfeln führen und in Abgründe schleudern!

Aber jetzt erzähl mir, wie Venus in deinen Stammbaum gekommen ist!« Iulia zierte sich noch ein wenig, doch als er sie genug umschmeichelt hatte, begann sie:

»Du weißt, daß die Iulier aus Alba Longa stammen, der einstigen Konkurrentin Roms. Tullus Hostilius, der dritte König Roms, konnte die Stadt in seine Gewalt bringen; er machte sie dem Erdboden gleich und siedelte die Bevölkerung nach Rom um; den vornehmen Familien, darunter den Iuliern und den Cloeliern, gab er Land auf dem Caelius, wo wir ja heute noch unser Haus haben.«

»Ihr Iulier seid zu beneiden, daß ihr eure Linie so weit zurückverfolgen könnt. Meine Cornelier tauchen erst in der Republik auf. Wie bringt ihr nun aber die Venus in eurer Familiengeschichte unter? Ist sie schon in Alba Longa in euren Clan geraten oder erst in Rom?«

»Jetzt machst du schon wieder deine Witze, Sulla. Wenn du mich nicht ernst nimmst, erzähle ich nicht weiter«, schmollte Iulia und griff nach ihrer Weinschale.

»Ich schwöre dir bei der Venus von Knidos, auf die mein Vater so stolz ist, daß ich dich sehr ernst nehme. Also weiter!«

»Du kennst die Geschichte des Trojerfürsten Aeneas?«

»Mit Homer habe ich lesen und schreiben gelernt, also was willst du wissen?«

»So erinnerst du dich daran, daß Aeneas der Sohn eines Anchises und der Göttin Venus war, die ihn während der Kämpfe beschützte und ihm half, sich aus dem brennenden Troja zu retten?«

Sulla nickte nur, denn die »Ilias« des Homer war im Schulunterricht so gründlich behandelt worden, daß sie ihn heute noch langweilte. Sein griechischer Lehrer hatte ihn viele Passagen auswendig lernen lassen, mit Vorliebe solche, in denen das Blut spritzte und die Krieger vor Troja einen schrecklichen Tod starben, von Homer in immer neuen Variationen genüßlich ausgebreitet. Diese Einzelheiten über das »Sterben der Helden«, wie das Abschlachten von Homer genannt wurde, sollten die kleinen Römer emotional abhärten, sie psychologisch auf die Kriege, die sie einmal führen mußten, vorbereiten.

Sulla hatte nur mit Widerwillen diese Mordszenen memoriert und war froh, als der »Ilias« endlich Genüge getan war und der Lehrer zu den spannungsreichen Geschichten des Odysseus überging.

Auch die Geschichte des Aeneas – in ihrer römischen Version – hatte ihm gefallen. Römische Dichter wie Ennius und Naevius ließen den Trojerfürsten nach langer Irrfahrt an der Küste Latiums landen. Aeneas heiratete Lavinia, die Tochter eines Latinerfürsten, und ihr gemeinsamer Sohn Ascanius gründete die Stadt Alba Longa. Jahrhunderte später wurden dort die Zwillinge Romulus und Remus geboren, und zwar von einer Nachfahrin des Ascanius, die als Priesterin der Vesta allerdings mit keinem Mann verkehren durfte.

In ihrer Not erfand sie den Kriegsgott Mars als Vater der Kinder, aber da man ihr nicht glaubte, tötete man sie; die Kinder wurden in ein Körbchen gelegt und im Tiber ausgesetzt. Eine Wölfin rettete und säugte sie, wurde zur Stamm-Mutter der Römer. Romulus baute später die ersten Hütten auf dem Palatin und herrschte als König über ein Hirtenvolk, das sich Römer nannte.

Sullas Vater hatte gelacht, als er während einer Unterrichtsstunde hörte, wie der Lehrer die Geschichte von der Wölfin so ernsthaft erzählte, als ob er sie selbst glaubte.

»Verdummen sollst du mir meinen Sohn nicht«, sagte er zu dem Griechen, »er ist alt genug, um die Wahrheit über die ›Stamm-Mutter der Römer‹ zu erfahren. Diese ›Wölfin‹ war nämlich die Frau eines Hirten, der die Zwillinge aus dem seichten Wasser des Tibers gefischt hatte«, erklärte er seinem Sohn. »Weißt du, was ›Wölfin‹ in unserer Sprache außerdem bedeutet? So nennen wir eine Hure, und die Frau des Hirten wurde ›Wölfin‹ genannt, weil sie es mit vielen Männern trieb.«

Sulla schmunzelte, als er sich an diese unterhaltsame Unterrichtsstunde mit seinem Vater erinnerte, wurde aber jetzt aus seinen Gedanken gerissen, denn Iulia bespritzte ihn mit Wein.

»Wach auf, du schläfst ja! Kennst du nun die Geschichte von Aeneas oder nicht?«

»Doch, doch, ich habe sie mir gerade ins Gedächtnis zurückgerufen, und du ferkelst mich dafür mit Wein ein! Wie sehr ich mir aber den Kopf zerbreche, euch Iulier kann ich nicht mit Aeneas zusammenbringen. Die Nachfahren seines Sohnes Ascanius hießen Silvius oder Alba oder Tiberinus, aber nie Iulius!«

»Und sie hießen doch Iulius, denn Ascanius hieß gar nicht Ascanius, sondern Ilus – später wurde daraus Iulus –, und er war nicht der Sohn des Aeneas und der Frau aus Latium, sondern er kam schon aus Troja mit, aus Ilion, deshalb auch der Name Ilus.«

Sulla staunte; das Geschlecht der Iulier hatte sich große Mühe gegeben, um sich die Geschichte des Aeneas so zurechtzurücken, daß die Iulier hineinpaßten, auch wenn sie dabei Namen verändern, das heißt: verfälschen mußten.

»Wer hat sich denn das alles ausgedacht?« fragte er vorsichtig; er hatte eigentlich sagen wollen: »Wer hat sich *diesen Unfug* ausgedacht?«, aber um den weiteren Abend nicht zu gefährden, milderte er seine Frage ab.

»Ein Verwandter, der Gaius Caesar«, erwiderte Iulia stolz.

»Der Gaius Iulius Caesar, der mit Marcia verheiratet ist?« Sulla war noch erstaunter, denn den Verwandten Gaius kannte er natürlich; er hatte ihn bisher für einen Mann mit nüchternem Verstand gehalten.

»Du fragst so komisch! Willst du schon wieder spotten?«

»Damit du siehst, wie ernst ich deine Geschichte nehme und wie du mich überzeugt hast von der göttlichen Abstammung deines Geschlechts, werde ich dich in Zukunft nur noch Ilia nennen! Ilia gefällt dir doch?«

Sie sprang auf und kuschelte sich an ihn.

»Ilia ist der schönste Name der Welt! Ich wollte schon immer Ilia genannt werden, aber meine Mutter und Catulus haben nur darüber gelacht. Und weißt du, was Catulus noch gesagt hat: Das ist alles Unfug, was der Onkel Gaius sich ausgedacht hat, und ich sollte mit keinem darüber reden. Aber du, Sulla, du verstehst mich, und deshalb darfst du ›Ilia‹ zu mir sagen.«

Das Ende des Gaius Gracchus

Sullas Vater hatte sich verändert; er lachte nicht mehr soviel wie früher, ging weniger aus. Sulla überraschte ihn eines Abends im Tablinum; der Vater saß im Dunkeln, den Kopf in die Hände gestützt. Der Junge entschuldigte sich für die Störung und fragte besorgt, ob alles in Ordnung sei. Da lachte der Vater wieder wie früher und sagte:

»Mach dir keine Gedanken! Sag Hector Bescheid, er kann jetzt die Öllampen anzünden. Setz dich dann zu mir, erzähl mir, was du heute so getrieben hast.«

Der Saal wurde beleuchtet; Sulla setzte sich gehorsam und berichtete, wie er den Tag verbracht hatte. Allerdings wunderte er sich, warum sich der Vater plötzlich für sein Leben in der Politik interessierte.

»Der Livius Drusus hat dem Volk vor einigen Monaten auf dem Forum zwölf neue Kolonien versprochen. Wo genau will er sie eigentlich bauen?« wollte der Vater wissen.

»Seit wann interessieren dich solche Fragen, Vater?«

»Nun, ich möchte dem Schwiegervater Ancharius vorschlagen, in diesen neuen Kolonien Bankfilialen einzurichten; ich könnte die Leitung übernehmen und dem Ancharius beweisen, daß ich nicht nur Geld ausgeben, sondern auch verdienen kann«, und Sullas Vater senkte scheinbar betrübt den Kopf, während er seinem Sohn von unten einen lauernden Blick zuwarf.

Sulla war im Zwiespalt. Er hatte dem Alten erst neulich wieder schwören müssen, keine Einzelheiten der Machenschaften, die gegen Gracchus gerichtet waren, mit einer anderen Person zu besprechen. Lentulus hatte dabei eher an Iulia gedacht, denn er sah, wie verliebt Sulla war und daß er möglichst viele Geheimnisse mit seiner jungen Frau teilen wollte.

Als Sulla bei der Venus schwor, war der Alte erst recht alarmiert, aber Sulla konnte ihn beruhigen, indem er ihm die Geschichte von der göttlichen Abkunft der Iulier erzählte.

»Zuerst habe ich darüber gelacht, daß die Iulier die Göttin Venus für sich allein beanspruchen, dann mich geärgert, und inzwischen habe ich beschlossen, daß ich sie ihnen wegnehme und zu meiner Schutzgöttin deklariere. Vielleicht kannst du mir helfen, Lentulus, die Venus in den Stammbaum der Cornelier einzufügen?«

Aber da hatte der Alte heftig protestiert:

»Wenn du dich schon mit der Venus lächerlich machen willst, dann tu es, aber zieh nicht die Cornelier mit hinein!«

So war der Schwur bei der Venus nicht allzu ernst zu nehmen, da ihre Rolle in Sullas Leben noch unklar war. Die betrübte Miene des Vaters gab aber den Ausschlag.

»Vielleicht hilft es ihm, seine Melancholie zu überwinden, wenn ich ihm zeige, wie sehr ich ihm vertraue«, dachte der Junge. »Vater, du mußt mir versprechen, bei unseren Hausgöttern, daß du mit keinem anderen Menschen über das redest, was ich dir jetzt erzähle!«

»Mein Junge, mit wem sollte ich darüber reden. Du kennst meine sogenannten Freunde, die interessieren sich nur für Schauspieler und Hetären. Es geht mir wirklich nur darum, schon jetzt die Orte für die Kolonien zu erfahren, um die Bankgeschäfte vorzubereiten.«

»Also, Vater, wir gründen überhaupt keine Kolonien. Deshalb läßt sich Drusus auch nicht in eine Kommission zur Anlage von neuen Städten wählen, weil er gar nicht weiß, wo er sie einrichten soll. Italien ist aufgeteilt; wir können den Reichen nicht noch mehr Land wegnehmen; für die Armen hat Gracchus 75 000 neue Bauernstellen geschaffen, und die müssen wir ihnen natürlich lassen, sonst gibt es Aufruhr. Drusus hat dem Volk die zwölf neuen Kolonien nur versprochen, um es von Gracchus wegzulocken.«

Gaius Gracchus reiste kurze Zeit später in die Provinz Africa, um an der Stelle des vor einem Vierteljahrhundert – von Scipio Africanus – zerstörten Karthago eine neue Kolonie zu gründen. Er nannte sie Colonia Iunonia, die Kolonie der Göttin Iuno.

Der Gottheit schien dieser von Scipio verfluchte Ort aber nicht zu gefallen, und sie zeigte ihren Unwillen in aller Deutlichkeit: Opfer auf ihren Altären zerstreute der Wind; man fand sie später weit hinter den Abgrenzungen für die neue Stadt. Noch schlimmer war die Nachricht, daß Wölfe die Grenzsteine aus dem Boden gewühlt und weggeschleppt hatten.

Mit einem Täfelchen in der Hand eilte der Volkstribun Drusus zur Rostra und las vor, wie die Wölfe in der neuen Kolonie gewütet hatten. Dann fragte er:

»Wer von euch will in einer Stadt leben, in der Wölfe hausen? In einem Ort, der so verflucht ist, daß sich unsere große Göttin Iuno schaudernd abwendet und kein Opfer annehmen will! Römer, bleibt in Italien!«

Als Gracchus aus Africa zurückkam, schlug ihm in Rom ein kalter Wind entgegen. Die Plebs hatte sich von ihm abgewandt; Drusus war ihr neuer Heros, dem sie zujubelte.

Gracchus sprang mit seinem gewohnten Schwung auf die Rednertribüne; die Toga rutschte ihm von der Schulter, er rannte hin und her – alles war wie früher und doch ganz anders. Die Menge betrachtete ihn eher gelangweilt, nahm Anstoß an seinen heftigen Bewegungen und lachte höhnisch, als sich seine Stimme überschlug.

Gracchus war fassungslos, und sein Sklave Licinius brauchte mehr Töne als gewöhnlich, um ihn auf der Lauttreppe herabsteigen zu lassen. »Römer, wie könnt ihr nur auf die Lügen des Drusus reinfallen! Mir ist bekannt, daß Drusus keine einzige Kolonie gründen will; er hat euch betrogen, er hat euch an der Nase herumgeführt, er wollte einen Keil zwischen euch und mich stoßen!«

Sulla war unter den Zuhörern und wurde blaß bei diesen Worten. Woher konnte Gracchus das wissen, hatte etwa Drusus geschwatzt? Er nahm sich vor, den Alten über diesen Verdacht zu informieren.

»Der Gracchus soll sich bloß nicht so aufblasen«, sprach ihn jetzt sein Nachbar an, an seiner schnellen Sprechweise als Römer zu erkennen. »Da wir Römer nicht mehr auf sein Geschwätz reinfallen, ist er hinter den Bundesgenossen her. Alle Italiker sollen Römer werden, wenn es nach ihm ginge. Wo sollen wir Römer dann leben? Die Italiker ziehen natürlich sofort nach Rom, weil sie hier billiges Getreide bekommen, und für uns Römer wird es eng in unserer Heimatstadt.«

»Wenn du so denkst«, sagte Sulla, »darfst du den Gracchus nicht wieder wählen. Er will ja zum drittenmal Volkstribun werden.«

»Tu ich auch nicht. Unser Bezirk wählt den Gaius Marius, das ist ein feiner Mann. Ich war mit ihm vor Numantia zusammen und habe mit eigenen Ohren gehört, wie der Scipio Africanus sagte, der würde es einmal bis zum Consul bringen.«

Sulla war bestürzt; denn jener Gaius Marius mußte derselbe sein, der ihn vor einigen Monaten auf dem Forum beleidigt hatte. Sicherheitshalber fragte er aber:

»Meinst du den Klienten des Metellus?«

»Der ist nicht mehr lange der Klient des Metellus; der hat das Zeug zu was Besserem!«

Gaius Gracchus gelang es noch einmal, das Volk auf seine Seite zu ziehen.

Auf dem Forum wurden Gladiatorenspiele vorbereitet. Diese Spiele, bei denen Mann gegen Mann mit dem Schwert kämpfte, bis einer getötet wurde, stammten aus der Zeit der etruskischen Herrschaft. Die Römer liebten diese Art der Unterhaltung – viel mehr als die griechischen Komödien und Tragödien, die in lateinischer Sprache, von Italikern oder Römern bearbeitet, das Volk bilden sollten. Doch die Plebs langweilte sich bei diesen Theaterstücken; es gefiel ihr nicht, wenn die Schauspieler ihre Gesichter hinter Masken versteckten, auf hohen Schuhen einherstelzten und mit getragener Stimme die letzten Weisheiten verkündeten, die nichts mit dem Alltag in Rom zu tun hatten.

Amüsanter waren solche Theaterstücke, die Szenen aus dem Leben zeigten; in denen geprügelt, geliebt, getanzt und gesungen wurde, und je deftiger und schmutziger die Witze, um so größer war das Vergnügen der Zuschauer. Doch kein noch so lustiges und vulgäres Theaterstück konnte so viele Menschen anlocken und begeistern wie ein Gladiatorenkampf.

Die Römer rasten und tobten, wenn sich die Kämpfer vor ihren Augen zerfleischten; es konnten zwei sein, die miteinander rangen, aber auch ganze Gruppen. Noch größer war der Nervenkitzel, wenn wilde Tiere in die Arena gelassen wurden; wenn Bestie und Mensch sich Auge in Auge gegenüberstanden und die ausgehungerten Tiere anfingen, die Gladiatoren zu zerreißen und zu verschlingen. Allerdings waren solche Kämpfe mit Tieren selten, denn es war schwierig, wilde Tiere zu beschaffen.

»Warum hast du uns aus Africa nicht die Wölfe mitgebracht, die die Grenzsteine rausgerissen haben?« schrie ein Zuhörer zur Rostra hinauf, als Gracchus kurz vor den Wahlen zum Volkstribunat eine Rede hielt und um Stimmen kämpfte.

»Es gab dort keine Wölfe; Livius Drusus hat euch belogen. Ich habe das Gebiet für die Stadt ohne Störungen, ohne Belästigungen abstecken können.«

»Deine Kolonie in Africa interessiert uns nicht mehr«, tönte es wieder zu ihm empor, »wenn du aber etwas für uns tun willst, dann sorge für Plätze für uns beim Gladiatorenspiel. Auf der Tribüne ist schon alles verkauft!«

Gracchus fragte nach und erfuhr, daß die Plätze für das Spiel, dem das Volk so entgegenfieberte, bereits vollständig an Römer aus ländlichen Bezirken vergeben waren.

Ein Teil des Forums war abgesperrt; hohe Tribünen aus Holz wurden aufgerichtet und in einzelne Abschnitte aufgeteilt. Die neuen Bewerber für das Volkstribunat hatten die Abschnitte für viel Geld gemietet und Tontäfelchen für die Plätze in den Stimmbezirken auf dem Lande verteilt.

Die Stadt Rom war in nur vier Bezirke aufgeteilt; dort drängten sich Zehntausende von Wählern zusammen, und da jeder Bezirk bei der Wahl nur mit einer Stimme auftreten konnte, verloren sich die Stimmen der dichtbevölkerten Bezirke in der Masse.

So richteten die Kandidaten ihr Augenmerk hauptsächlich auf die 31 ländlichen Bezirke, denn hier erreichten sie mit weit weniger Geld und Mühe das gleiche Ergebnis: Die begehrte eine Stimme, mit der sich die gesamte Wählerschaft eines Bezirkes artikulierte.

Gracchus löste nun das Problem, den zahlreichen Stadtrömern ebenfalls Plätze zu verschaffen, auf seine Weise: Er heuerte einen Trupp Bauarbeiter an; Leute, die ihm ergeben waren, denn es waren dieselben, die für ihn Straßen ausgebaut und Getreidemagazine errichtet hatten. Er bestellte sie zum Beginn der zweiten Nachtwache auf das Forum, und als der Morgen dämmerte, stand keine einzige Tribüne mehr auf dem Platz.

Aus der dichtbesiedelten Subura eilten die Bewohner ebenso herbei wie aus dem stark bevölkerten Velabrum; die Leute drängten sich nah an die Absperrungen für die Kämpfe und harrten dort aus, bis die Spiele begannen.

Die Wähler aus den ländlichen Bezirken aber, die im Vertrauen auf ihre Täfelchen erst später erschienen, mußten am Rande des Forums stehenbleiben, denn es war nicht möglich, durch die dichtgedrängte Menge nach vorn durchzukommen.

Sulla war die Stufen zum Tempel des Castor hochgestiegen und beobachtete von dort das Treiben auf dem Platz. Gracchus lagerte wieder auf einem Podest, direkt an der Absperrung, und die Stadtrömer feierten ihn wie einen Heros.

Plötzlich spürte Sulla einen Stoß; Lucius Crassus war neben ihn getreten, wieder in Gesellschaft des Gaius Marius. »Was sagst du zu dieser Unverschämtheit, Sulla! Ich hatte gedacht, Gracchus ist am Ende, das Volk von Rom wählt endlich neue Leute wie meinen Freund Marius.« Crassus legte dem Marius vertraulich die Hand auf den Arm: »Und nun diese Frechheit! Wieder räkelt sich der Kerl dort auf seinem Lager, als würde ihm das ganze Forum gehören!«

»Ich könnte ihn umbringen«, wetterte Marius los, »ein Vermögen habe ich für die Plätze ausgegeben, die Stimmen mehrerer Bezirke waren mir sicher. Jetzt stehen meine Wähler da unten herum, sehen nichts von den Gladiatorenkämpfen. Ich konnte mich mit Crassus gerade noch die Treppe rauf retten, sonst hätten sie mich zerfleischt – wie Bestien führen sie sich auf!« Und er zeigte auf eine kleine Wunde am Arm, aus der einige Tropfen Blut sickerten.

»Aber Freundchen, du kommst mir gerade recht«, jetzt riß Marius an Sullas Arm, »mit dir wollte ich schon lange ein Wörtchen reden. Weißt du eigentlich, daß Iulia mir versprochen war? Catulus und ich, wir waren uns längst einig – wir sind nämlich Freunde seit Numantia. Da tauchst du plötzlich auf und nimmst mir die Frau weg!«

Sulla war überrascht, denn weder Iulia noch Catulus hatten jemals mit einem Wort erwähnt, daß eine Verbindung zwischen Iulia und diesem Bauern Marius geplant war.

»Hör auf, an meinem Arm zu zerren«, Sulla befreite sich mit einem Ruck und blitzte Marius an, »wenn du dich abreagieren willst, dann kämpfe mit einem Gladiator, aber laß mich in Ruhe.«

»Marius, er hat recht, du gehst zu weit«, vermittelte nun Crassus, und Marius zuckte sofort zurück.

»Entschuldige, Sulla, unser guter Marius ist eben ein Krieger, er sagt alles so, wie er es denkt. Und die Heirat mit Iulia hat er dir sehr übelgenommen. Er liebt sie immer noch, und die Wunde, die du ihm versetzt hast, als du ihm Iulia weggenommen hast, schmerzt ihn tief; es wird noch lange dauern, bis sie vernarbt.«

»Wenn dir eine *Iulia* so viel bedeutet«, sagte Sulla nun zu Marius, der ihm mit finsterer Miene zuhörte, »kann ich dir einen Rat geben. Meine Iulia hat zwar keine Schwester, aber eine Cousine, auch eine Iulia. Allerdings ist die erst fünf Jahre alt, du mußt also noch zehn Jahre warten, bis du sie heiraten kannst. Doch du wirst diese Zeit brauchen, um bessere Manieren zu lernen; die Iulier legen Wert auf kultivierte, gebildete Schwiegersöhne«, und lachend lief Sulla die Treppe hinunter, während Marius wütend die Faust hinter ihm herschüttelte.

Gaius Marius fiel bei diesen Wahlen durch, ebenso Gaius Gracchus – trotz der wiedergewonnenen Sympathien der

Plebs von Rom. Gracchus war der Meinung, daß die übrigen Volkstribune bei der Wahl betrogen und ihn um seine Stimmen gebracht hatten. Er konnte ihnen aber nichts nachweisen.

Der Verlust des Tribunats war für Gracchus gefährlich, denn das Amt hatte ihn bisher vor direkten Angriffen auf sein Leben geschützt.

Zum Consul für das Jahr, in dem Gracchus das Volkstribunat verlor, war Lucius Opimius gewählt worden, ein harter, rücksichtsloser Mann, der Gracchus mit persönlichem Haß verfolgte.

Opimius war schon im Jahr zuvor als Kandidat aufgetreten, aber Gracchus hatte ihn um das Consulat gebracht. Gracchus – auf dem Höhepunkt seiner Macht – präsentierte nämlich der Volksversammlung seinen Freund Fannius als Bewerber, und das Volk stimmte für *ihn*, nur auf die Empfehlung des Gracchus hin, und ließ Opimius fallen.

Opimius schwor Rache. Ein Jahr arbeitete er an seiner erneuten Bewerbung, und als er endlich das Consulat erreichte, war ihm keine Aufgabe so wichtig wie die Vernichtung des Gracchus.

Da Marcus Drusus sich kein zweites Mal für das Volkstribunat bewerben wollte, baute der Senat einen anderen jungen Mann auf, der im Sinne der Optimaten arbeiten sollte. Kaum hatte der Volkstribun sein Amt angetreten, beantragte er die Aufhebung der Gesetze des Gracchus, zuerst die Auflösung der neuen Kolonie in Karthago. Da Gaius Gracchus an diesem Projekt besonders hing, glaubte man, ihn damit stärker als mit anderen Angriffen treffen zu können.

Die Volksversammlung war auf dem Capitol einberufen worden, und sowohl Gracchus als auch Opimius waren mit viel Anhang erschienen. Als der Consul im Tempel des Iuppiter ein Opfer darbrachte, nahm sein Lictor die Eingeweide des geschlachteten Tieres heraus und wollte sie dem Volk zeigen. Neugierig umdrängten ihn auch die Leute des Gracchus, aber der Lictor fuhr sie an:

»Macht Platz, ihr seid schlechte Römer, nur die guten dürfen sich die Eingeweide ansehen!«

Marcus Flaccus, einer der Freunde des Gracchus, empörte sich:

»*Du* entscheidest, wer guter oder schlechter Römer ist, *du*, ein Amtsdiener«, denn Flaccus stammte aus dem Adelshaus der Fulvier, die seit Jahrhunderten hohe Positionen in der Republik innehatten; Flaccus selbst war erst vor vier Jahren Consul gewesen. Seine Klienten gerieten in Wut; es war ihnen unerträglich, daß ein Lictor ihren Patron und einen ehemaligen Consul als »schlechten« Römer beschimpfte. Sie griffen sich den Amtsdiener und schlugen ihn tot.

Auf einen solchen Anlaß hatte Opimius nur gewartet, ebenso Lentulus und die übrigen Optimaten.

Der Senat hatte sich zu einer Sitzung in der Curia versammelt. Lentulus malte ein düsteres Bild vom Zustand der Republik. »Senatoren«, rief er und hob theatralisch die langen, dünnen Arme in die Höhe, »heute ermorden die Leute des Gracchus einen Lictor, morgen ist es der Consul selbst. Dann steht dem Gracchus der Weg zur Königswürde offen! Er hat zwar das Volkstribunat verloren, aber das hindert ihn nicht, nach Größerem zu greifen: König will er werden, Tyrann, uns Römer unterjochen, zu seinen Sklaven machen!«

»Niemals, niemals«, grölten die Senatoren, und Lentulus wartete ab, bis wieder völlige Ruhe eingetreten war.

»Ich schlage vor, dem Consul Opimius alle Vollmachten zu erteilen, um uns von dem Tyrannen zu befreien und Rom vor dem Untergang zu retten. Mag also der Consul sehen, daß die Republik keinen Schaden nimmt!«

Ein Senatsbeschluß kam zustande, und dieser versetzte den Consul in die Lage, gegen römische Bürger ohne Gerichtsurteil vorzugehen, sie ermorden zu lassen. Es war das erste Mal in der römischen Republik, daß ein so weitreichender Beschluß gefaßt wurde; man bezeichnete ihn daher als »äußersten Senatsbeschluß«.

Opimius befahl den Optimaten, am nächsten Tag in Waffen

zu erscheinen, ebenso sollte jeder Ritter zwei bewaffnete Sklaven mitbringen.

Gaius Gracchus und sein Freund Marcus Flaccus zogen sich mit ihrem Anhang auf den Aventin, den heiligen Berg der Plebs, zurück. Sie schickten den minderjährigen Sohn des Flaccus als Unterhändler zu Opimius, der ihn jedoch verhöhnte:

»Dein Vater ist ein Feigling! Warum kommt er nicht selber? Sag dem Gracchus und deinem Vater: Ich will sie selber sehen! Wenn sie nicht sofort kommen, schicke ich meine Soldaten zum Aventin!«

Aber weder Gracchus noch Flaccus hatten den Mut, der Aufforderung Folge zu leisten. Noch einmal schickten sie den Jungen zu Opimius, in der Hoffnung, den Consul zu erweichen. Doch Opimius schrie:

»Meine Geduld ist am Ende. Lictor, nimm den Knaben fest und bringe ihn ins Gefängnis. Und du, Centurio«, wandte er sich an den Anführer von zwei Cohorten Soldaten, darunter eine Abteilung kretischer Bogenschützen, die neben dem Tempel des Castor auf ihren Einsatz warteten, »Centurio, ich befehle den Angriff. Zuvor schicke ich jedoch Herolde zum Aventin. Viele Verblendete hat Gracchus um sich geschart. Es sind römische Bürger, und ich will ihnen die Gelegenheit geben, ihr Leben zu retten. Warte noch etwas, damit die Herolde vor euch auf dem Aventin sind.«

Als die Soldaten schließlich den Aventin erreichten, waren die meisten Anhänger des Gracchus geflüchtet; nur einige hundert hielten ihm die Treue. Sullas Vater hatte einen Augenblick zu lange gezögert, und diese Unschlüssigkeit kostete ihn das Leben.

»Bleib hier!« befahl ihm Flaccus und hielt ihn an der Toga fest, »*mein Sohn* ist nicht zurückgekommen, wahrscheinlich wurde er von den Optimaten umgebracht. *Dein Sohn* hatte die Idee mit den – aus der Luft gegriffenen – Kolonien. Er stahl dem Gracchus damit die Sympathien der Plebs. *Dein Sohn* ist schuld am Untergang von Gracchus, am Tod meines Sohnes. Und *du* sollst dafür büßen!«

Voller Haß stürzte sich Flaccus mit seinem Dolch auf Sullas Vater. Lucius Sulla lebte noch, als die Soldaten den Aventin stürmten. Sie trampelten über ihn hinweg, bis er tot war.

Während sein Vater starb, verfolgte der junge Sulla die Flucht des Gracchus über den Holzsteg. Später mußte er miterleben, wie der Vater in der Jauche des Tiber verschwand.

Sornatius zerrte ihn fort und lieferte ihn nach einem mühsamen Fußmarsch durch das Gedränge endlich im Hause des Alten ab. Dort saß Sulla viele Stunden im Tablinum und brütete vor sich hin. Immer wieder ließ er die Ereignisse des letzten Jahres an sich vorbeiziehen, überlegte, wie sein Vater in den Sog des Gracchus geraten war, der ihn in den Abgrund zog. Und allmählich dämmerte ihm ein furchtbarer Gedanke!

Er war so in seine Grübeleien verloren, daß er den Alten erst bemerkte, als dieser direkt neben ihm stand. Erschreckt und erleichtert schnellte der Junge aus dem Korbstuhl hoch.

»Ich bin ja so froh, daß du da bist! Mein Vater, sie haben meinen Vater ermordet und die Leiche in den Tiber geworfen!« Sulla konnte kaum weitersprechen, die Tränen rollten ihm über das Gesicht; er wollte nach der Hand des Alten greifen wie nach einem Halt, aber Lentulus entzog sie ihm heftig.

»Hör auf, deinen Vater zu bejammern. Er hat den Tod bekommen, den er verdient, denn er war ein Verräter, er hat mein Vertrauen ausgenutzt, hat mich betrogen.

Und von dir will ich jetzt die Wahrheit wissen: Warst du mit ihm im Bunde? Hast du gewußt, daß er für Gracchus gearbeitet hat – für Geld?« Sulla war fassungslos. Er fing an zu schreien:

»Du lügst. Niemals war mein Vater ein Verräter ...«

Der Alte schlug ihm so heftig ins Gesicht, daß er taumelte. Sulla war überrascht, welche Kraft in dieser hageren Gestalt noch steckte; er atmete tief und antwortete so ruhig, wie er konnte:

»Lentulus, ich will dir erzählen, was ich weiß oder wie ich mir die Geschichte zusammenreime«, und er erzählte dem Alten die merkwürdige Begebenheit im Peristyl, nachdem sein Vater offenbar Geld im Spiel verloren hatte; ebenso das Gespräch an jenem Abend, als der Vater ihm entlockte, daß Drusus keine neuen Kolonien plante, sondern nur das Volk verführen wollte.

»Mehr war nicht?« wollte der Alte wissen.

»Ich schwöre es dir!«

»Aber nicht wieder bei der Venus! Den Schwur hast du ja nicht ernst genommen! Welcher Gott bedeutet dir etwas?«

Sulla überlegte eine Weile, dann meinte er:

»Apollo ist ein großer Gott: Er kann wahrsagen, er kann heilen, und er spielt gut die Kithara, mein Lieblingsinstrument.«

»Also gut, schwöre mir bei Apollo, daß du nur dieses eine Gespräch mit deinem Vater geführt und daß du keine weiteren Geheimnisse aus meinem Haus rausgetragen hast!«

Nachdem Sulla geschworen hatte, schien der Alte beruhigt und erklärte ihm, was er in die Wege geleitet hatte, um Sulla schnell aus Rom zu entfernen, denn der Consul Opimius jagte inzwischen allen Anhängern des Gracchus nach, auch denen, die sich rechtzeitig vom Aventin abgesetzt hatten.

»Sornatius hat mir erzählt, wie du dich am Leichnam deines Vaters aufgeführt hast; irgendeiner aus der Plebs hat dich mit Sicherheit erkannt und schleicht schon um Opimius herum, um dich zu verraten und eine Belohnung zu kassieren. Geradezu widerlich, diese Geldgier; auf die besten Freunde ist kein Verlaß mehr, wenn sie Gold riechen. Wie ist doch dieser Septumuleius immer um den Gracchus herumscharwenzelt, und jetzt spießt er seinen Kopf auf eine Lanze, rennt damit durch Rom und läßt ihn sich von Opimius mit Gold aufwiegen.«

»Was ist passiert? Gracchus ist also tot?« fragte Sulla aufgeregt.

»Ich vergaß, daß du ja die ganze Zeit hier oben hocktest

und nicht mitbekommen konntest, was nach der Flucht des Gracchus geschah: Er ist nicht weit gekommen, nur bis zum Fuß des Ianiculum, bis zum heiligen Hain der alten Gottheit Furrina. Dort gab er sich den Tod, oder sein Sklave hat ihn auf seinen Befehl hin erstochen, oder ein anderer.

Auf jeden Fall kam sein Klient Septumuleius gerade rechtzeitig dorthin, um ihm den Kopf abzuschlagen und ihn triumphierend auf einer Lanze zum Forum zu tragen. Noch jenseits des Tibers, wo die vielen kleinen Betriebe sind, kam er bei einem Handwerker vorbei, der Metalle schmilzt. Er verschwand in der Werkstatt, ließ dort den Kopf aushöhlen und mit Blei füllen, damit er schwerer wog.

Der Consul Opimius stellte das Haupt des Gracchus direkt vor der Curia auf eine Waage; er merkte natürlich, daß der gerissene Septumuleius ihn reinlegen wollte, aber er ließ ihm anstandslos den Goldbarren in die Hand drücken. Kurze Zeit später wurde Opimius auch das Haupt des Flaccus gebracht, aber er war so verärgert, daß er sich abwandte und es nicht sehen wollte. Den Sohn des Flaccus hat er übrigens inzwischen im Gefängnis umbringen lassen.«

Sulla wurde bleich; diese Nachricht traf ihn mehr als die über den Tod des Gracchus, denn den jungen Flaccus hatte er gut gekannt. Sie hatten sich oft vor der Curia unterhalten, und Sulla hatte sich jedesmal stark zu dem schönen Knaben hingezogen gefühlt.

Erst jetzt wurde ihm richtig bewußt, in welcher Gefahr er schwebte und wie recht der Alte hatte, wenn er ihm riet, so schnell wie möglich aus Rom zu verschwinden. Alles war schon vorbereitet. Ein Sklave des Bankiers Sornatius sollte Sulla noch am selben Abend nach Ostia bringen, ihn dort einige Tage in einer Wohnung über einem großen Lagerhaus verstecken, bis eins der Schiffe der Handelsflotte des Sornatius ausgerüstet war und als unverdächtiger Kauffahrer in See stechen konnte. Das Ziel war Massilia, die reiche griechische Hafenstadt im Westen des Inneren Meeres, Roms Verbündete seit vielen Jahrhunderten. Dort sollte Sulla einige Wochen im

Haus des Bevollmächtigten des Bank- und Handelshauses Sornatius leben.

Der Alte hielt es für klüger, daß Sulla, solange Opimius Consul war, Rom fernblieb, vielleicht sogar noch länger; und da bot sich in der Nähe Massilias ein hervorragendes Betätigungsfeld für einen jungen, kräftigen Mann an: der Krieg gegen die Gallier, den der Consul des Vorjahres, Gnaeus Domitius Ahenobarbus, begonnen und der sich inzwischen so ausgeweitet hatte, daß man Verstärkung brauchte.

Der College des Opimius, der Consul Quintus Fabius Maximus, hatte erst vor wenigen Tagen neue Truppen auf dem Marsfeld vereidigt und zog mit ihnen nach Norden. Wenn er die Alpen überquert und sich mit dem Heer des Ahenobarbus vereinigt hatte, würde ein Bote Sulla in der Handelsvertretung des Sornatius in Massilia aufsuchen, um ihn zu den Legionen zu bringen.

Sulla staunte und sah Lentulus voller Dankbarkeit an.

»Wie gut du dir alles überlegt hast«, sagte er und griff nach der rechten Hand seines Mentors, um sie an seine Lippen zu ziehen.

»Ich muß dir noch etwas sagen, und das wird dir nicht gefallen: Du darfst dich weder von deiner Frau noch von deiner Mutter verabschieden, du darfst ihnen auch nicht aus Massilia schreiben. Vom Feldlager schon, denn dort sehen dich zu viele Römer, deine Anwesenheit wird sich nicht verheimlichen lassen. Ich habe auch vor, einige meiner jungen Leute, vielleicht den Dolabella, dem Fabius nachzuschicken, damit sie mir berichten, was im Feldlager geschieht. Denn beide, Maximus wie Ahenobarbus, sind stolze Männer; Maximus gilt noch dazu als rücksichtslos, und sicher gibt es Spannungen zwischen ihnen.«

»Warum kann ich dir nicht berichten?« fragte Sulla, leicht beleidigt.

»Weil ich mich offiziell von dir lossagen muß, und Briefe könnten leicht abgefangen werden, zumal sie vom Heer aus ja mit Kurieren des Consuls nach Rom geschickt werden.«

Sulla fing an zu weinen, und der Alte versuchte ihn zu trösten:

»In ein oder zwei Jahren sieht alles ganz anders aus. Die Verhältnisse ändern sich schnell in Rom! Wahrscheinlich werde ich dich adoptieren, wenn du zurück bist!«

Sulla wollte dem Alten um den Hals fallen, doch Lentulus machte eine abwehrende Bewegung und sagte schnell:

»Ich habe übrigens ein Geschenk für dich, damit du etwas Unterhaltung hast.«

Er ging zur Tür, öffnete einen Flügel, und sofort tänzelte ein Wesen herein, das Sulla zuerst für ein Mädchen hielt, so anmutig und feminin waren die Bewegungen. Nur die kurze Tunica verriet bei einem eleganten, tänzerischen Sprung, daß es sich um einen Jungen handelte, denn sein Schwanz wedelte heftig durch die Luft.

»Das ist Metrobius, dein neuer Sklave, denn du kannst dir ja aus deinem Haus keinen mitnehmen. Ich habe ihn seit vier Jahren zum Schauspieler ausbilden lassen, er hat sehr viel Talent. Ein bißchen zu viel für meinen Haushalt; er setzt nämlich seine Studien gern im Hause fort und imitiert alles, was ihm in die Quere kommt, am liebsten Narcissus, und der kann das gar nicht leiden.

Ich denke, du, Sulla, wirst gut mit ihm auskommen! Du hast zwar versucht, deine Leidenschaft für das Theater vor mir zu verbergen, aber ich habe doch bemerkt, wie gern du tanzt, singst und daß du ein guter Schauspieler bist!«

Sulla wurde rot, fing sich aber schnell und fragte den Alten:

»Wie kommt es, daß ich dieses schöne Wesen nie in deinem Hause bemerkt habe?«

»Ich habe ein großes Haus, und es gibt viele Räume, die du nicht kennst. Außerdem war Metrobius im letzten Jahr sehr beschäftigt; er nahm seine Studien an der Schauspielschule des Sorix ernster, als wir ihm zugetraut hätten.

Allerdings will ich dir den wahren Grund nicht verheimlichen: Der Streit zwischen ihm und Narcissus nahm solche

Formen an, daß ich vor der Wahl stand – er oder Narcissus. Ich habe mich für meine alte Liebe Narcissus entschieden und Metrobius angewiesen, mir nicht mehr unter die Augen zu kommen. Behandle ihn gut, Sulla, er verdient es!«

ZWEITER TEIL

Der Komödiant

Der Streit der Feldherren

Es sollten zwei Jahre vergehen, bis Sulla nach Rom zurückkehren konnte.

Die römischen Legionen unter der Führung des Consuls Quintus Fabius Maximus sowie des Consuls vom Vorjahr, des Consulars Gnaeus Domitius Ahenobarbus, dehnten während dieser Zeit Roms Herrschaft über ein weiteres Stück des Erdkreises aus. Das südöstliche Gallien bildete nach dem Krieg die neue Provinz Gallia Narbonensis.

Wie der Alte vorausgesehen hatte, war es zum erbitterten Streit zwischen den beiden Feldherren gekommen, der den schon beendeten Krieg noch einmal verlängerte.

Der Feldzug richtete sich gegen einige gallische Stämme, die Roms Verbündeter, der griechischen Stadt Massilia, Schwierigkeiten bereiteten. Die Griechen riefen die Römer zu Hilfe, die nur zu gern ihre Pflichten als Schutzherren erfüllten, um weitere Eroberungen zu machen.

Begonnen hatte der Krieg gegen die Gallier zwischen Rhodanus und Alpen vor vier Jahren; damals standen die Legionäre unter dem Befehl des Marcus Fulvius Flaccus, des Freundes von Gaius Gracchus. Flaccus war in jenem

Jahr Consul, und der Hilferuf Massilias bedeutete für die Senatoren einen willkommenen Anlaß, den Unruhestifter Flaccus für den Rest seines Consulats aus Rom zu entfernen.

Richtete sich der Kampf zunächst nur gegen Salluvier und Vocontier im Norden Massilias, so weitete er sich bald aus, als die Allobroger, ihre nördlichen Nachbarn, eingriffen und schließlich auch die Arverner, die westlich des Rhodanus siedelten und als der reichste und mächtigste Stamm der Gallier galten.

Der Senat nahm den Krieg in diesem Teil des Erdkreises inzwischen so ernst, daß er den Consular Ahenobarbus nicht vom neuen Consul Maximus ablösen ließ, wie es in der Regel die Praxis war, sondern Maximus zur Verstärkung mit neuen Truppen nach Gallien schickte.

So standen die Dinge, als Sulla zu den Legionen stieß, die am östlichen Ufer des Rhodanus ihr Lager hatten. Innerhalb kurzer Zeit schloß er mit Lucius, dem jüngeren Sohn des Feldherrn Ahenobarbus, eine sehr enge Freundschaft.

Lucius war, wie Sulla, 17 Jahre alt; seine Haare schimmerten leicht rötlich, die Augen waren blau. Die vollen, sinnlichen Lippen und das fliehende Kinn gaben dem Gesicht etwas Weiches, Weibisches. Er war – wie Sulla – hoch gebildet, schätzte griechische Literatur, liebte das Theater, sang und tanzte gern.

Sie kannten sich seit ihrer Kindheit, denn sie hatten beide die Tanzschule eines griechischen Tanzlehrers besucht, die vom Adel Roms sehr geschätzt wurde, bis einer der Censoren auf die Idee kam, sie zu schließen.

So ließen sie ihre alte Bekanntschaft wiederaufleben, und Lucius erreichte bei seinem Vater, daß sie ein Zelt teilen konnten. Das brachte für Sulla viele Vorteile, denn er bekleidete keinen Posten im Stab des Feldherren, wäre ein Nichts gewesen ohne den Schutz durch Lucius. Die Soldaten grüßten ihn höflich, wenn er mit dem Sohn des Heerführers durch das Lager spazierte; er wurde zu den Gastmählern im Zelt des

Ahenobarbus eingeladen, und er konnte sich vor einem direkten Einsatz bei den Gefechten genauso drücken wie die Söhne des Feldherren und die anderen jungen adligen Herren, die ihre Militärzeit in Gallien absolvierten.

Die militärische Ausbildung, die die jungen Adligen über sich ergehen lassen mußten, war eher lasch; sie hatten ihr Geld zusammengelegt und dem Centurio, der sie schulen sollte, eine ansehnliche Summe in die Hand gedrückt. So nahm er es nicht so genau, wenn gelegentlich einer fehlte oder verspätet zum Morgenappell kam; grundsätzlich begann die Mittagspause früh und endete spät, denn im Tal des Rhodanus drückte die Hitze.

Sulla lernte auch hier schnell; schon bald konnte er mit dem kurzen Schwert ebenso gut umgehen wie mit dem langen Wurfspieß. Beim ersten Zusammenprall mit den Allobrogern hielt er sich aber wie seine Standesgenossen im Hintergrund; sie gehörten zur Reiterei, verfolgten den Kampf von einem entfernten Hügel aus und hatten den Befehl, nur im äußersten Notfall vorzupreschen, denn die Söhne des Ahenobarbus waren unter den Reitern, und der Feldherr wollte sie keiner Gefahr aussetzen.

Die Gallier stürzten sich zwar mit ungeheurem Geschrei auf die Römer, aber wichen sofort zurück, als die erste Reihe der Legionäre die Wurfspieße gegen sie schleuderte. Die zweite Reihe nutzte die Verwirrung der Feinde aus und drang mit erhobenen Schwertern auf sie ein. Wer von den Galliern nicht fliehen konnte, wurde abgestochen.

Der entscheidende Sieg gelang den Römern einige Monate später, im Hochsommer, und zwar gegen die verbündeten Arverner und Allobroger, die den Römern zahlenmäßig weit überlegen waren.

Der Arvernerkönig Bituitus ließ die Truppen aller seiner Clans vor der Schlacht an sich vorüberziehen. Die Gallier hatten eine Holzbrücke über den Rhodanus geschlagen, Flöße zusammengebaut, und endlose Scharen von Kriegern marschierten über die Bohlen auf das andere Flußufer, wo das römische Heer schon Aufstellung genommen hatte – nur ein Drittel so stark wie das der Gallier.

Bituitus, der, hoch aufgerichtet auf seinem Pferd, die Parade seiner Clans abnahm, spottete, wie später den Römern berichtet wurde:

»Mit den Leichen dieser Feinde können wir ja nicht einmal unsere Hunde satt bekommen.«

Die Gallier griffen zwar wieder, wie das ihre Art war, mit lautem Getöse an, sie schrien und schlugen mit ihren Waffen gegen die Schilde, aber sie waren der römischen Kampftaktik nicht gewachsen.

Als die Legionäre anfingen, im Kampf Mann gegen Mann mit ihren Kurzschwertern auf sie einzustechen, versuchten sie zu fliehen. Tausende drängten sich auf die Holzbrücke, die unter dem Ansturm der Menschenmassen zusammenbrach. Der größte Teil des gallischen Heeres kam dabei ums Leben.

Auch hier hielt sich Sulla wieder im Hintergrund, was ihn aber nicht hinderte, den Sieg so zu feiern, als hätte er in vorderster Linie mitgekämpft.

Nach dem Sieg lud Fabius Maximus zu einem Festmahl ein: Als Consul war er der Ranghöchste, daher beanspruchte er den Erfolg für sich.

Domitius Ahenobarbus folgte nur widerwillig der Einladung, eigentlich nur auf Anraten seines ältesten Sohnes Gnaeus, der verhindern wollte, daß sich die Rivalität zwischen den beiden Feldherren, die seit der Ankunft des Maximus spürbar war, zum offenen Streit entzündete.

»Der Adel muß Einigkeit zeigen. Ist das Volk von Rom, seit es von Tiberius Gracchus aufgewiegelt wurde, nicht schon genug zerstritten?« redete Gnaeus auf seinen Vater ein, während Lucius, der daneben stand, zustimmend nickte.

»Wollen wir, Angehörige der wenigen Familien, die in Rom das Sagen haben, vor unseren Soldaten ein erbärmliches

Schauspiel aufführen? Zeigen, daß die Nobilität sich nicht einig ist?«

So marschierten sie also zum Zelt des Maximus, der sie so liebenswürdig empfing, wie es ihm gegeben war, und lagerten nun auf ihren Liegen; nur mühsam kam ein Gespräch in Gang.

Das Zelt stand weit offen, damit es luftiger war, und sie sahen schon von ferne den Trupp Soldaten, zwischen denen drei Gallier liefen, auf sich zukommen.

Der Centurio, der den Trupp anführte, salutierte vor Maximus:

»Ich bringe dir eine Abordnung der Allobroger. Sie sagen, daß ihr Häuptling gefallen ist und daß sie seine nächsten Verwandten sind. Der König Bituitus – das ist der Häuptling der Arverner – schickt sie zu dir, Consul Maximus. Sie wollen dich um Frieden bitten.«

Die Römer betrachteten interessiert die hünenhaften Gestalten der Gallier, die sich vor Maximus auf den Boden warfen, als der Centurio seine Rede beendet hatte.

»Warum kommt Bituitus nicht auch und bittet um Frieden?« wandte sich Ahenobarbus an die Gallier. Der eine hatte ihn offensichtlich verstanden, denn er übersetzte die Worte des Consulars den beiden anderen.

»Das steht hier nicht zur Debatte!« sagte Fabius Maximus scharf zu Ahenobarbus. »Beachte bitte, daß sie zu mir gekommen sind und mich um Frieden bitten! So ist es doch?« fragte er den Gallier, der Latein verstand.

»So ist es. Der König Bituitus hat gesagt, daß du der König der Römer bist und wir nur mit dir Frieden schließen sollen. Dein Name ist doch Fabius Maximus?«

Der Consul strahlte, so heiter gab er sich selten.

»Euer König Bituitus hat völlig recht. Ich bin zwar kein König, sondern Consul, aber ich habe als römischer Consul mehr Macht als ein gallischer König.«

»Jetzt ist es aber genug«, rief Ahenobarbus, »was redest du für Unfug! Wir teilen uns das Kommando hier, und wir entscheiden auch zusammen, ob wir den Frieden der Allobroger annehmen oder nicht besser gleich morgen gegen die Arverner ziehen und ihren unverschämten König angreifen!«

»Du siehst das falsch, lieber Ahenobarbus«, lächelte Maximus, aber seine Augen blickten kalt und seine Stimme war schneidend, »*ich* bin der Consul, und *ich* entscheide. Ich nehme den Frieden der Allobroger an und erkläre damit diesen Krieg für beendet. Morgen breche ich mit meinen Truppen nach Rom auf, ich muß die Consulatswahlen für das nächste Jahr leiten. Und dir befehle ich, ebenfalls mit deinen Truppen nach Rom zu ziehen!«

Ahenobarbus erhob sich und verließ grußlos das Zelt, während die Schar seiner Leute sich beeilte, ihm zu folgen.

Quintus Fabius Maximus marschierte, wie angekündigt, über die Alpen in Richtung Rom, doch Ahenobarbus dachte nicht daran, das Zeltlager nach ihm zu verlassen. Er schickte eine Streife unter Führung seines besten Centurios los, mit dem Befehl, ihm den König Bituitus zu bringen. Die römischen Soldaten hatten Erfolg: Schon einen Tag später schleiften sie den gefesselten Bituitus vor Ahenobarbus. »Warum hast du den Allobrogern geraten, sich nur dem Consul Maximus zu unterwerfen?« fragte der Consular den Gallier und musterte die röhrenartigen, mit Gold durchwirkten Beinkleider und den schweren, goldenen Reif, der sich eng um den Hals des Gefangenen schloß. »Willst du Gold?« fragte der König in einwandfreiem Griechisch, als er den Blick des Römers bemerkte. »Ich bin der reichste Mann Galliens. In meiner Residenz stehen viele Truhen mit Goldschätzen. Geschirr, Schmuck, Kleidung. Du kannst haben, soviel du willst, wenn du mich freiläßt!«

Ahenobarbus zögerte, das Angebot war zu verlockend.

»Woher kannst du so gut Griechisch?« fragte er, um Zeit zu gewinnen.

»Seit Generationen handeln wir Arverner mit den Griechen aus Massilia. Wir sind gute Kunden bei ihnen, kaufen ihnen viel ab, denn wir Arverner sind reich. Es war dumm von den Griechen, daß sie römische Legionen nach Gallien geholt haben, nur weil einige kleine Stämme ihre Weinberge plünderten. Wir Arverner hätten die Vocontier und Salluvier schon zur Vernunft gebracht, wenn die Griechen sich an uns gewandt hätten. Jetzt haben sich die Massalioten das eigene Wasser abgegraben: Wo ihr Römer euch einmal festsetzt, da bleibt ihr, und alles muß nach eurer Pfeife tanzen!«

Ahenobarbus betrachtete den Gallier nachdenklich.

»Ihr Arverner seid reich, sagst du? Dann nützt ihr mir mehr, wenn ich dein Land für Rom unterwerfe als neue Provinz, die uns Tribute zahlt.«

»Ich dachte eher an deinen persönlichen Reichtum, Ahenobarbus. Warum willst du mit anderen Römern teilen?« insistierte der Gallier und glaubte sich schon am Ziel. Sulla, der mit den Söhnen des Ahenobarbus dieser Unterredung beiwohnte, beobachtete fasziniert den Kampf, der sich deutlich auf dem Gesicht des Feldherrn abspielte.

Der Cornelier überlegte einen Moment, wie er, Sulla, sich in einer solchen Situation entscheiden würde, und die Wahl fiel ihm nicht schwer: Es war besser, eine neue Provinz zu gewinnen mit der gesamten Bevölkerung als Klientel, als einige Truhen Gold nach Rom zu schleppen, für die irgendein Volkstribun einen dann noch zur Rechenschaft ziehen konnte.

»Centurio Quintus«, hörte Sulla jetzt den Consular sagen, »du bist mir persönlich für diesen Bituitus verantwortlich. Bring ihn nach Massilia und schaff ihn mit einem Kriegsschiff der griechischen Flotte nach Rom. Wenn ich meinen Triumph über die Arverner feiere, soll er vor meinem Wagen laufen.«

Massilia

Nach einigen kleinen Strafaktionen gegen die Arverner, die aber noch nicht die entscheidende Unterwerfung brachten, zog Ahenobarbus mit seinen Truppen ins Winterquartier nach Massilia.

Vor über 450 Jahren war die Stadt von Griechen aus Phokaia, in der Nähe Trojas in Asia gelegen, gegründet worden. Massalia – wie die Griechen ihre Stadt nannten – entwickelte sich bald zur führenden Metropole in diesem Teil des Erdkreises und schickte phokaische Expeditionen die Iberische Halbinsel hinunter, wo weitere Städte entstanden, so Rhoda und Emporion im Norden, Hemeroskopeion und Mainake im Süden.

Auch in der näheren Umgebung bauten die Griechen einige Handelsniederlassungen auf, wie Agathe, Nikaia und Olbia an der Küste sowie Glanon im Landesinneren.

Massilia beherrschte nicht nur den gesamten Handel mit Gallien, sondern das Einflußgebiet der Griechen erstreckte sich sogar bis zu den Germanen. Außerdem bestanden Beziehungen zu den Zinninseln im Norden Galliens und Verbindungen zu den Iberern, die über riesige Silbervorkommen verfügten. Allerdings waren im mittleren Teil Hispanias die Karthager den Griechen in die Quere gekommen, später gingen die ertragreichen Silbergruben in den Besitz der Römer über. Nur im Norden, im Gebiet der Pyrenäen, besaß das von Massilia abhängige Emporion noch ansehnliche Silbervorkommen.

Auch die großen Eisenvorräte in den inneren Pyrenäen, die von Bergvölkern bewohnt waren, die sich Roms Herrschaft bisher widersetzt hatten, konnten die Griechen den Iberern abkaufen, ohne deswegen mit der Schutzmacht Rom in Konflikt zu geraten. Denn seit Rom die Nachfolge Karthagos im Westen des Inneren Meeres angetreten hatte, war Massilia nicht mehr gleichberechtigte Verbündete wie in früheren Jahrhunderten. Die Römer behandelten sie zwar formal noch als Partnerstadt, aber in Wirklichkeit war sie abhängig, mußte ihre Flotte zur Verfügung Roms halten und die Truppen, die gegen die Gallier kämpften, im Winterquartier aufnehmen und verpflegen.

Sulla war mit den beiden Söhnen des Ahenobarbus im Haus des Euthymenes, einem der höchsten Magistrate der Stadt, untergebracht.

Euthymenes war ein reicher Weinhändler, dessen Familie auf eine lange Tradition zurückblicken konnte. Die Vorfahren waren mit den ersten Einwanderern aus Phokaia nach Gallien gekommen. Der Urahn aus Phokaia war gerade erst in Massilia seßhaft geworden, hatte einen Hügel nach dem anderen mit Weinstöcken bepflanzt und damit den Grundstock für ein großes Vermögen gelegt, als es einen seiner Söhne schon wieder hinaus aufs Meer, in ferne Welten zog.

Dieser Euthymenes – in der Familie war es üblich, den ältesten Sohn immer Euthymenes zu nennen – segelte die Küste Hispanias bis zu den Säulen des Hercules hinunter, dann an einer weiteren Küste entlang nach Süden, bis er an einen großen Fluß gelangte. Er hielt ihn für den Oberlauf des Nils, und erst zwei Jahrhunderte später konnten Reisende, die von Ägypten aus den oberen Teil des Nils erforschten, nachweisen, daß er sich geirrt hatte. Das tat jedoch seinem Ruhm keinen Abbruch: Er galt als einer der großen Weltreisenden und Forscher, dem die griechische Welt Anerkennung und Achtung entgegenbrachte.

Stolz führte sein Nachkomme Euthymenes den jungen Gästen die vielen Erinnerungsstücke vor, die das große Haus schmückten: Karten mit dem Küstenverlauf Hispanias und des Erdteils im Süden; engbeschriebene Papyrusrollen und Zeichnungen von seltsamen Tieren, die Sulla neugierig betrachtete. Eins paddelte im Wasser und erinnerte ihn an ein plumpes Pferd.

Der Gastgeber lachte gemütlich:

»Richtig beobachtet! Deshalb heißt es auch Flußpferd, und dieses Drachenungetüm hier ist ein Krokodil.«

Das Haus des Euthymenes lag im oberen Teil der Stadt, über den Felsen, die Massilia zum offenen Meer hin abriegelten. Eine zweite Seite der Stadt senkte sich in sanfter Neigung zum Hafenbecken hin, das nur durch einen schmalen Einlaß, zwischen Felsen hindurch, zu erreichen war. Die zum Land hin offenen Flanken der Stadt hatten die Griechen mit gewaltigen Mauern geschützt. Ungefähr 50 000 Menschen bevölkerten diesen westlichen Vorposten der zivilisierten Welt.

Sulla stand am Fenster des großen Zimmers, das er mit Lucius und Metrobius zusammen bewohnte. Der Sklave des Lucius mußte vor der Tür schlafen.

»Der Blick von hier oben ist noch besser als der vom Haus des Sornatius aus«, sagte Sulla anerkennend, nachdem er eine Weile die Aussicht auf das weite, glitzernde Meer, auf dem zahlreiche Schiffe kreuzten, große Kauffahrer wie kleine Fischerbarken, bewundert hatte.

»Sornatius mußte natürlich ein Haus kaufen, das weiter unten liegt, damit seine Kunden nicht die vielen Stufen hochsteigen müssen, die wir jedesmal vor uns haben, wenn wir aus einer Schenke am Hafen kommen. Das wird ein Spaß! Denn das Leben spielt sich am Hafen ab, hier oben findest du nur Tavernen für das bessere Publikum dieses Wohnviertels – wie langweilig!«

Lucius lachte: »Du denkst nur an Musik, Tanz und Weiber! Laß das bloß nicht meinen Bruder hören! Der hat mir schon im Lager gesagt, daß nun die Zeit des losen Lebens vorbei sei. Wir würden bei Griechen untergebracht, die als streng und zurückhaltend bekannt sind. Allerdings ist mein Eindruck von Euthymenes ein anderer. Er scheint mir den Freuden des Lebens sehr zugeneigt zu sein. Mein Bruder hat jedenfalls vor, sich hier im Haus in diesem Winter in griechischer Philosophie weiterzubilden; er sagt, Euthymenes habe eine bedeutende Sammlung von Schriftrollen.«

Sulla grinste: »Alles zu seiner Zeit! Natürlich werde auch ich mir griechische Philosophen vornehmen, damit dein Bruder jemanden zum Diskutieren hat, denn allein kommt er bestimmt nicht weiter. Aber heute abend muß ich in eine bestimmte Taverne, nicht weit vom Haus des Sornatius, und nachsehen, ob die kleine syrische Tänzerin noch dort auftritt!«

Ein lautes Schluchzen ertönte draußen auf dem Flur, dann die Geräusche eines Falles. Sulla stürzte zur Tür, und als er sie aufriß, stolperte er fast über seinen Sklaven Metrobius.

»Was ist mit dir, mein Junge? Warum weinst du?« rief Sulla besorgt und versuchte, Metrobius hochzuziehen.

Das Schluchzen wurde heftiger, der Junge stemmte sich mit seinem ganzen Gewicht gegen den Boden, und Sulla setzte sich schließlich neben ihn und streichelte die langen, weichen Haare.

»Wer hat dich beleidigt? Sag es mir! Den werde ich mir vorknöpfen, und wenn es der Hausherr persönlich ist!«

»Schweig, Sulla«, und Lucius legte ihm die Hand auf den Mund, dann versuchte er, den Sklaven ins Zimmer zu zerren. Metrobius machte sich jetzt weniger steif, aber als er endlich im Zimmer war und Lucius die Tür geschlossen hatte, heulte er erst richtig los:

»Ich stürze mich in den Abgrund!« kreischte er und raste zum Fenster. »Laß ihn«, sagte Lucius zu Sulla, der hinterherlief, »das Fenster ist vergittert, da besteht keine Gefahr.«

Sulla warf seinem Freund einen wütenden Blick zu und nahm den Jungen in die Arme; er sträubte sich kaum noch, preßte sich dann an ihn und zerrte ihn zum Bett, während er unter den langen Wimpern kurz auf Sulla blickte.

»Was willst du wieder bei der Syrerin? Du hast doch mich!«

Sulla seufzte.

»Das haben wir doch so oft besprochen, mein geliebter Metrobius. Du bist mein Licht, meine Sonne, ein Tag ohne dich wird mir zur Qual, aber manchmal brauche ich auch eine Frau.«

»Eine Frau«, die hohe Stimme des Metrobius überschlug sich fast. »Willst du dich wieder von einem dummen Weib als

›Krüppel‹ beschimpfen lassen, wie es deine letzte Lagerhure tat, als ihr aus deinem einen Ei zuwenig herauströpfelte!«

Flammende Röte bedeckte Sullas Gesicht.

»Das hast du gehört? Bist du mir wieder nachgeschlichen?«

»Nur um dich zu beschützen! Zum Glück grölten die Legionäre in der Nachbarschaft so laut, daß außer mir keiner das Gekreisch der Lagerhure gehört hat. Warum nimmst du nicht endlich Vernunft an, Sulla?«

Die Stimme des Metrobius wurde weich, und Sulla schluckte vor Rührung.

»Hast du nicht an uns beiden genug, an Lucius und mir? Wir lieben dich so, wie du bist, mit nur einem Hoden. Hat dich je einer von uns deswegen gehänselt?«

Sullas Augen wurden feucht; noch vor wenigen Monaten hätte er es nicht für möglich gehalten, daß er einem Menschen so verfallen könnte wie dem weibischen Sklaven Metrobius, der gerade 15 Jahre alt war. Dieses seltsame Wesen – weder Mann noch Frau – bezauberte ihn immer wieder, seine wechselnden Stimmungen beschäftigten ihn; er litt mit ihm, wenn er traurig war, und das kam häufig vor, und wie es Sulla erschien, meist ohne Grund. Metrobius war schnell gekränkt; er war beleidigt, wenn Sulla sich einem anderen Menschen zu stark zuwandte, und alles Unglück der Welt brach über ihn herein, wenn Sulla mit einer Frau schlief.

Sullas Verhältnis zu Lucius störte ihn weniger, zumal die beiden den Jungen oft in ihre Liebesspiele einbezogen.

Frauen jedoch verabscheute Metrobius. Als Sulla während der ersten Zeit im Lager eine der Huren im Troß besuchte, schlich der Sklave hinterher und führte vor dem Zelt, in dem Sulla versuchte mit der Frau zu schlafen, solch ein Theater auf, daß ihm jegliche Lust verging. Der Cornelier stürzte heraus und prügelte heftig auf seinen Sklaven ein. Metrobius schrie fast das ganze Lager zusammen, und etliche Legionäre nahmen eine feindliche Haltung gegenüber Sulla ein. Nur die Tatsache, daß er mit dem Sohn des Feldherrn eng befreundet war, verhinderte, daß er selbst von den Soldaten Prügel bezog.

Später, wenn es ihn wieder zu einer der Lagerhuren zog, stellte er es geschickter an und bat Lucius, den Jungen so abzulenken, daß sein Verschwinden nicht auffiel.

Nun überlegte er angestrengt, womit er den Jungen beschäftigen konnte, denn Lucius wollte mit ihm das Nachtleben Massilias erforschen und nicht wieder Amme des verwöhnten Sklaven spielen.

»Ach was«, dachte er, »ich bin sein Herr und befehle ihm einfach, daß er hier im Zimmer zu bleiben hat.«

»Metrobius, ich gebe dir einen freien Abend«, sagte er schmeichelnd und wickelte zärtlich eine lange Haarsträhne um einen Finger, während der Junge sich immer heftiger an ihn preßte.

»Ich will aber keinen freien Abend«, maulte Metrobius, »ich bin dein Sklave, ich muß dich begleiten. Wer soll dir sonst das Licht tragen, wenn du spät zurückkommst. In diesem Viertel ist es ganz dunkel, und ihr werdet nie das Haus des Euthymenes finden.«

Sulla gab sich geschlagen, diesem Einwand hatte er nichts entgegenzusetzen. Vielleicht fand sich später eine Gelegenheit, den Sklaven wieder einmal in die Obhut des Lucius zu geben.

Eine breite, gepflasterte Straße führte vom Haus des Weinhändlers zu den beiden großen Tempeln, die auf dem höchsten Punkt des Hügels, der Akropolis, thronten und weit über das Meer hin leuchteten. Ihre hohen, farbigen Säulen hoben sich scharf von dem weißen Hintergrund des Tempelgebäudes ab.

Ein Tempel war Sitz des Gottes Apollon, im anderen wohnte seine Schwester Artemis, die die Phokaier aus Ephesos mitgebracht hatten. Bevor nämlich die Phokaier aufgebrochen waren, um weit im Westen eine neue Heimat zu suchen, war ihnen durch ein Orakel befohlen worden, sich Rat bei der Artemis von Ephesos zu holen. Die Göttin selbst wollte sie zwar nicht begleiten, wie die Phokaier gehofft hatten, aber sie befahl ihnen – durch den Mund einer Priesterin –, eine Kopie ihrer Statue mitzunehmen und ihr am neuen Wohnort einen Tempel zu bauen. Die Auswanderer befolgten diesen Rat; sie errichteten nicht nur in Massilia einen Tempel, sondern auch in den anderen Kolonien, die sie später von ihrer neuen Stadt aus gründeten.

Über ein Gewirr von Treppen erreichten Sulla und seine Freunde schließlich das Viertel am Hafen. Kneipe reihte sich an Kneipe oder wechselte mit Geschäften ab, in denen Lebensmittel, Töpferwaren sowie billige Kleidung verkauft wurden. Natürlich gab es in Massilia auch viele Läden mit Luxuswaren, wie Schmuck, kostbare Gläser, Parfüms, feine Gewebe, aber die befanden sich längs der Agora im oberen Bereich der Stadt oder in der Nähe des großen Tores, ebenfalls oben auf dem Hügel.

»Ich kann kaum noch laufen, ich brauche dringend eine Stärkung«, klagte Metrobius und sprach das aus, was Sulla und Lucius schon seit einiger Zeit dachten. Fast gleichzeitig blieben sie vor der Theke einer Schenke stehen, die zur Straße hin offen war. In den Tresen waren große Tongefäße eingelassen, die mit Wein und warmem Wasser gefüllt waren.

Sie bestellten für jeden eine Schale Wein, und der Wirt mischte ihnen das beliebte Getränk, das zu einem Teil aus Wein und zu drei Teilen aus warmem Wasser bestand.

»Woher kommt der Wein?« fragte Sulla den Wirt.

»Natürlich aus dem Gebiet von Massalia«, erwiderte der Grieche stolz. So natürlich fand Sulla das gar nicht. Während der Wochen im Haus des Sornatius hatte er viele römische und italische Kaufleute kennengelernt und wußte, daß Massilia mit Wein aus Italien überschwemmt wurde. Die Weinberge im Gebiet Massilias, das durch die Überfälle der Salluvier und Vocontier teilweise verwüstet war, konnten nicht im entferntesten die Mengen liefern, die der Markt in Gallien verschlang.

»Ihr könnt euch gar nicht vorstellen, wieviel die Gallier saufen! Und sie trinken den Wein nicht verdünnt mit Wasser, sondern schlucken ihn pur runter!« erklärte Sulla seinen Freunden, und Lucius schüttelte sich bei der Vorstellung, ungemischten Wein trinken zu müssen. »Die Kaufleute, die ich hier kennengelernt habe, verdienen riesige Vermögen mit dem Durst der Gallier. Obwohl sie ständig über die hohen Hafenzölle in Massilia klagen!«

Sie kehrten noch in zwei weiteren Tavernen ein, denn in jeder tranken sie nur eine Schale, und allmählich wurden sie hungrig. So beschlossen sie, im Haus der römischen Kaufleute, das ganz in der Nähe lag, zu Abend zu essen.

Es war ein elegantes Gebäude mit einem großen Atrium, das als Speisesaal genutzt wurde, ebenso das sich anschließende Tablinum. Weitere Räume im Untergeschoß standen den Kaufleuten für Besprechungen zur Verfügung, andere als Leseräume, denn eine Bibliothek gehörte ebenso zu den Annehmlichkeiten des Hauses wie ein Badetrakt.

Im Säulengang des Peristyls wurden bei schönem Wetter ebenfalls Speisen gereicht, und Sulla steuerte gleich eine Ecke mit drei Liegen an, die noch frei waren.

Im ersten Stockwerk, über dem Peristyl, vermietete die Gesellschaft, die dieses Haus betrieb, zahlreiche Zimmer, denn viele italische Kaufleute zogen es vor, möglichst wenig mit Griechen in Berührung zu kommen. Die Stimmung unter den Kaufleuten wurde immer schlechter, je mehr sich der Krieg gegen die Gallier in die Länge zog.

Zunächst hatte es die Händler gefreut, als Salluvier und Vocontier die Weinberge der Griechen verheerten und sie in diese Lücke einbrechen konnten. Roms Einsatz für Massilia hatten sie ebenfalls begrüßt. Erfahrungsgemäß half Rom nie aus reiner Menschenliebe. Die Kaufleute hofften, daß aus den eroberten gallischen Ländern eine neue römische Provinz entstehen würde – mit römischen Häfen, in denen sie nicht von geldgierigen Griechen geschröpft werden konnten.

Doch jahrelang geschah nichts; der hohe Senat ließ unfähige Feldherren wie den Flaccus herumspielen, nur um ihn von Rom fernzuhalten; der nächste Consul, ein Gaius Sextius Calvinus, kurierte seine Gicht in den warmen Quellen in der Nähe und legte dort sogar ein ständiges befestigtes Lager an, das er Aquae Sextiae nannte. Und dessen Nachfolger Ahenobarbus gelang es, den Krieg noch weiter nach Norden auszuweiten und ihre guten Kunden, die Allobroger, mit hineinzuziehen.

»He, Sulla«, hörte Sulla plötzlich seinen Namen rufen und sah den römischen Ritter Titinius auf sich zukommen. Er kannte diesen Titinius gut; er war ein Freund des Sornatius, und sie hatten manche Schale Wein zusammen geleert.

»Ist es wahr, Sulla, daß Zehntausende von Allobrogern und Arvernern im Rhodanus ertrunken sind? Und weitere Zehntausende wurden von unseren Legionären abgeschlachtet? Seid ihr Militärs wahnsinnig geworden! Zehntausende von unseren besten Kunden einfach so in den Orkus zu schikken!« regte sich Titinius auf, während Sulla den Kaufmann amüsiert betrachtete.

Nervös spielte Titinius mit dem protzigen goldenen Ring an seiner linken Hand – dem neuen Symbol seines Standes, das die Ritter dem Gaius Gracchus verdankten.

»Wer soll den vielen Wein, den wir aus Italien heranschaffen, denn noch trinken, wenn ihr Militärs alle unsere Kunden tötet«, klagte er weiter, »meine ganzen Gewinne aus dem Gallienhandel habe ich in Ligurien investiert, mir Ländereien gekauft, die ich für ein Vermögen terrassieren lasse, um neue Weinberge für all die Säufer in Gallien anzulegen. Und da kommt ihr und schickt die Kunden gleich massenweise ins Schattenreich!«

Sulla überlegte, wie er diesen Schwätzer am besten loswerden konnte, denn er brachte es fertig, ihnen noch das Essen zu verderben – mit seinen Klagegesängen.

Sie hatten eine große Fischmahlzeit bestellt: Austern, Garnelen, verschiedene Seefische, am Spieß gebraten. Gerade wurden ihnen die Austern als Vorspeise gebracht. Sulla gefiel diese Art, ein Essen zu beginnen. Die Römer schätzten Eier in jeder Art der Zubereitung als erstes Gericht, aber Sulla verabscheute Eierspeisen, weil sie ihn an seinen körperlichen Makel erinnerten.

»Titinius, sei so gut und laß uns allein essen«, sagte er liebenswürdig, aber bestimmt, »bei der Mahlzeit spreche ich nicht gern von Geschäften. Wenn du willst, können wir uns morgen vormittag treffen. Das hier ist übrigens Lucius, der Sohn des Ahenobarbus, aber das weißt du sicher schon. Vielleicht hat er ein Ohr für eure Probleme.«

Titinius strahlte und verabschiedete sich eilig, nachdem sie sich für den nächsten Morgen verabredet hatten.

Der Absturz

Aus dem Atrium drangen die hohen Töne einer Flöte zu ihnen herüber und erinnerten Sulla an seine Absicht, die syrische Flötenspielerin zu besuchen. Während er darüber nachdachte, wie dem eifersüchtigen Metrobius zu entkommen sei, trat ein Sklave an ihn heran.

»Nunnius bittet dich in sein Büro. Er hat Nachrichten für dich!« Nunnius war der Vorsteher des Verbandes der römischen Kaufleute von Massilia und leitete das Haus.

»Vielleicht von deinem Vater?« meinte Lucius.

Sulla erschrak: »Wie meinst du das? Von meinem Vater?«

»Nun, es wird doch Zeit, daß du etwas von ihm hörst. Es sind inzwischen viele Monate vergangen, seit er nach Asia aufgebrochen ist! Denkst du denn gar nicht mehr an ihn«, neckte Lucius den Freund, »weil du nur noch mich und Metrobius im Kopf hast?«

»Du hast es erraten. Ihr beide seid jetzt meine Familie, mehr noch: mein Leben«, gab Sulla ebenfalls scherzend zurück. Aber er war beunruhigt. Der Alte hatte sich – während ihres letzten Gesprächs – genau überlegt, wie sie das plötzliche Verschwinden des Vaters der römischen Gesellschaft erklären und gleichzeitig abstreiten konnten, daß der Vater auf dem Aventin den Tod gefunden hatte. Lentulus wollte verbreiten, Sullas Vater habe überraschend eine Reise nach Asia antreten müssen wegen Schwierigkeiten mit Sklaven in den Marmorbrüchen der Gesellschaft des Ancharius. Entweder sei er auf der Schiffsreise umgekommen oder von den Sklaven umgebracht worden.

Bei Sullas Abreise war der Plan des Alten noch nicht ausgereift, aber er versprach, ihm eine Nachricht zu schicken. Auf diesen Brief hatte Sulla bisher vergebens gewartet; er wußte kaum noch, was er auf die teilnahmsvollen Fragen von Lucius antworten sollte.

Der Ritter Nunnius arbeitete an seinem Schreibpult, kam Sulla aber sofort entgegen, mit einer versiegelten Schreibtafel in der Hand, als der Sklave ihn in das Büro führte. Nunnius war etwa 50 Jahre alt; klein, rundlich, immer gut gelaunt. Wie bei den anderen römischen Rittern, die sich in Massilia zusammengeschlossen hatten, kam sein Vermögen aus dem Weinhandel mit den Galliern, und Sulla erwartete weitere spitze Bemerkungen über den Verlust von guten Kunden, nur etwas humorvoller formuliert als die von Titinius. Doch Nunnius bemühte sich um eine ernste Miene, als er Sulla den Brief reichte.

»Er kam erst vor wenigen Tagen hier an. Wir hatten gerade einen Transport zusammengestellt – mit Nachschub für euer Lager –, als wir von den Kämpfen und eurem Sieg hörten und daß Maximus schon über die Alpen nach Rom zurückmarschiere und Ahenobarbus auf dem Weg nach Massilia sei. So behielt ich den Brief solange bei mir – da doch nichts mehr zu ändern ist!«

»Woher weißt du, was in dem Brief steht? Das Siegel ist doch nicht aufgebrochen?« fragte Sulla, leicht befremdet.

»Schlechte Nachrichten reisen schnell. Mein Sohn Aulus brachte den Brief mit, doch er hatte bereits in Rom von dem Unglück gehört, das die Götter dir zugedacht haben.«

Sulla wurde blaß und riß das Siegel auf.

»Popilia grüßt ihren Schwiegersohn Lucius«, las er, »Iulia wollte nicht, daß du erfährst, daß sie ein Kind von dir erwartet. Sie war zu sehr gekränkt über deine plötzliche Abreise – ohne Abschied. Ich ahnte zwar, daß dein überstürzter Aufbruch aus Rom mit diesem unseligen Gracchus in Zusammenhang stand, der schon einmal Unglück über meine Familie gebracht hat – die Verbannung meines Bruders, wie du weißt. Aber da mich Lentulus beschwor, mit keinem über meinen Verdacht zu sprechen, durfte ich meine kleine Tochter nicht trösten.

Für Iulia brach eine Welt zusammen, als du von ihr gingst, und auch deine gelegentlichen Briefe aus dem Lager am Rhodanus halfen ihr nicht aus der tiefen Melancholie heraus, die sie befallen hatte. Zumal sie erfahren mußte – woher, weiß ich nicht, aber Rom ist voller Schlangen –, daß du dich schnell mit einem schönen Sklaven und dem schönen Sohn Lucius des Ahenobarbus getröstet hast.

Ihr Geist verwirrte sich, und der Tod war eine Erlösung für sie.

Du hast richtig gelesen, Lucius: Deine Iulia ist tot, gestorben bei der Geburt deines Kindes, einer Tochter, die gesund ist, blaue Augen hat – wie du – und auch schon einige blonde Haare. Ich habe sie zu mir genommen; deine Mutter Ancharia, die unter dem Verschwinden deines Vaters ebenfalls sehr leidet, war damit einverstanden.

Mein Bruder Publius Laenas ist übrigens aus der Verbannung zurückgekehrt, wofür ich dem alten Lentulus sehr dankbar bin. Leb wohl.«

Zwei Tage lang verließ Sulla nicht sein Zimmer; er aß kaum etwas, aber trank viel Wein. Lucius und Metrobius machten sich möglichst unsichtbar, sorgten für Nachschub an Wein, und Metrobius leerte gelegentlich den Nachttopf. Als der Sklave einen Krug Wasser zum Waschen brachte und eine Schale damit füllte, fegte Sulla sie vom Tisch, aber das war die einzige heftige Reaktion während dieser Tage. Die meiste

Zeit saß er am Fenster, brütete vor sich hin oder streckte sich auf dem Bett aus, wenn sich sein Verstand vernebelte.

»Ilia hatte recht: Sie stammt von Venus ab, und Venus straft mich jetzt dafür, daß ich sie im Stich gelassen habe«, murmelte er vor sich hin, und Lucius, der gerade im Zimmer war, um sich für einen Bummel durch Massilia umzuziehen, blickte ihn bestürzt an.

»Sulla, hat sich dein Geist verwirrt? Was hat Venus damit zu tun, daß deine Frau bei der Geburt eures Kindes gestorben ist?«

»Schweig, Lucius, sprich nicht mehr von Ilia, du weißt nichts von ihren Geschichten, das soll für immer ein Geheimnis zwischen ihr und mir bleiben!«

Am dritten Tag ging es Sulla so schlecht, daß Lucius einen Arzt holen ließ.

»Zuerst muß er aufhören, Wein zu trinken, er ist ja schon vergiftet. Dann muß er baden, der Gestank ist kaum auszuhalten«, sagte der Grieche energisch, nachdem er einen Blick auf Sulla und das Zimmer geworfen hatte.

Sulla leistete keinen Widerstand, als ihn zwei kräftige Sklaven des Euthymenes in die Baderäume im Erdgeschoß führten, wo Mägde zwei große Holzbottiche mit Wasser füllten: einen mit heißem, den anderen mit kaltem Wasser. Auf Anraten des Arztes wurde er mehrfach von einem Bottich in den anderen gehoben, später von einer Sklavin massiert und mit parfümiertem Olivenöl eingerieben.

Allmählich merkte Sulla, wie das Blut wieder in seinem Körper kreiste und die Mattigkeit aus den Gliedern verschwand. »Ich glaube, ich sehe mich jetzt nach der syrischen Flötenspielerin um«, grinste er.

Metrobius sprang auf ihn zu, küßte ihm die Hände und versprach Apollo ein Zicklein für die Heilung seines Herrn.

»Du läßt mich einfach so gehen, Metrobius? Du bist nicht eifersüchtig?« fragte Sulla beunruhigt.

»Wie könnte ich, Herr! Ich bin nur dankbar, daß du wieder so wie früher bist! Suche alle Syrerinnen auf, die du in Massilia finden kannst. Das ist immer noch besser als eine Ehefrau in Rom oder ein Sulla, der so um eine Frau trauert, wie du es getan hast! Aber das ist vorbei – jetzt gehörst du nur noch mir!«

Das Gespräch mit dem Kaufmann Titinius, zu dem auch Nunnius und andere Ritter erschienen waren, fand einige Tage später statt.

»Wir danken dir, Lucius Ahenobarbus, daß du dich bei deinem Vater für uns einsetzen willst«, sagte Nunnius ölig lächelnd, und Sulla gab es einen Stich, daß nicht er die Hauptperson in dieser Runde war, sondern sein Freund Lucius. Noch vor wenigen Monaten – als er in der Gunst des Alten stand – hätten sie ihn genauso umworben wie jetzt den Lucius, vielleicht noch mehr, da Lentulus als Erster Senator höher im Rang stand als der Consular Ahenobarbus.

»Jetzt bin ich in ihren Augen ein Nichts«, dachte er, »nur dazu da, um ihnen Lucius zuzuführen. Das ist geschehen, und schon beachten sie mich nicht mehr.«

Er ballte die Fäuste in den Falten seiner Toga, zwang sich zu einer gelassenen Miene und hörte sich an, was die Kaufleute dem Lucius vortrugen.

»Wir wollen endlich eine eigene Hafenstadt an dieser Küste! Die Griechen nehmen uns von jeder Ladung fünf Prozent ab, die sie in die eigene Tasche stecken! Und dafür hilft ihnen Rom gegen die Gallier!«

»Immerhin müssen sie eine Flotte für uns ausrüsten«, warf Lucius ein, »und daß ihr mit euren Frachtschiffen die vielen Amphoren mit Wein oder mit Öl sicher nach Gallien schaffen könnt, verdankt ihr nur der griechischen Flotte, die euch die Piraten vom Halse hält!«

Das Gespräch ging noch eine Weile hin und her, erschöpfte sich aber schließlich in ständigen Wiederholungen über die Geldgier der Griechen und ihre hohen Hafenzölle.

Als Lucius seinem Vater später die Bitte der Kaufleute vortrug, sich für sie im Senat einzusetzen, sprang Ahenobarbus verärgert von seinem Stuhl auf. Er wohnte im Haus des Pytheas, eines anderen Magistrats, der zusammen mit Euthymenes und einem Dionysios an der Spitze der Regierung von Massilia stand. Insgesamt verfügte die Stadt über 15 hohe Beamte, die von 600 Bürgern beraten wurden.

»Die Kaufleute haben sich also jetzt hinter dich geklemmt, nachdem Gnaeus ihnen schon eine Abfuhr erteilt hatte«, rief er.

Sulla war erstaunt und etwas beleidigt, denn er hatte gedacht, die Kaufleute hätten sich nur an ihn gewandt.

»Was hast du gegen den Plan der Kaufleute, in Gallien eine römische Kolonie zu gründen?« fragte Lucius. »Es klingt alles vernünftig, was sie vorbringen. Warum sollen Römer den Griechen von Massilia so viel Geld bezahlen, nur damit sie ihre Waren hier ausladen dürfen! Wir führen Krieg für sie, und sie nehmen unseren Kaufleuten hohe Zölle ab!«

»Die Kaufleute verdienen genug an den Galliern, die paar Drachmen für den Zoll können sie leicht verkraften«, Ahenobarbus ärgerte sich, denn nach seiner Meinung stand sein Sohn auf der falschen Seite, »versuche die Sache von uns Adligen aus zu betrachten. Die Ritter sind, seit Gracchus ihnen die Gerichte gegeben hat, viel zu stark geworden. Ihnen hier eine neue Stadt zu bauen, mit dem riesigen Markt Gallien im Hintergrund, würde sie noch mehr stärken, die Gewichte zu unseren Ungunsten senken.

Außerdem ist es gegen unsere Politik, außerhalb von Italien römische Kolonien zu gründen. Erinnere dich, wie wir den Gracchus bekämpft haben, als er in Karthago diese Kolonie Iunonia einrichten wollte.

Hier in Massilia hast du das beste Beispiel vor Augen, daß es Unglück bringt für die Mutterstadt, wenn weit von ihr entfernt eine Kolonie entsteht. Was ist aus Phokaia geworden? Ein verschlafenes Nest! Überrundet von der reichen Kolonie Massilia! Und was ist aus Tyros geworden, nachdem die Punier von Karthago aus die Meere beherrschten? Ebenfalls eine unbedeutende Stadt!

Die Götter wollen nicht, daß Römer außerhalb von Italien siedeln. Rom ist die Stadt, auf der der Segen der Götter liegt, und diesen Segen darf man nicht in ferne Länder forttragen!«

Sulla mußte sich beherrschen, um nicht laut herauszulachen, so konfus schienen ihm die Argumente des Ahenobarbus. Aber eines verstand er: Die Zeit war nicht reif für eine neue Kolonie außerhalb Italiens, denn der Geist des Gaius Gracchus spukte immer noch in solchen Plänen. Jede Diskussion dieser Art riß die alten Wunden wieder auf, erinnerte das Volk an die Gracchen, die allmählich zu Heroen wurden.

Die Plebs hatte bereits die umgeworfenen Standbilder aufgestellt, wußte Sulla von Kaufleuten, die kürzlich erst in Rom waren. Die Statuen von Tiberius und Gaius Gracchus wurden bekränzt und verehrt wie die von Göttern; und der Senat wagte nicht, dagegen einzuschreiten, aus Angst vor Unruhen und Tumulten.

Auch die Gesetze des Gracchus waren in Kraft geblieben: die Versorgung der Plebs mit billigem Getreide ebenso wie die Besetzung von Gerichten mit Rittern oder die Steuerpachten in Asia. Nur Karthago wurde nicht wieder neu besiedelt.

Sulla kam strahlend aus dem Haus der römischen Kaufleute heraus und schwenkte einen versiegelten Brief.

»Gute Nachrichten?« fragte Metrobius, der draußen auf ihn wartete.

»Dummchen, das weiß ich noch nicht, du siehst doch, das Siegel ist unversehrt. Aber wenigstens hat er mir endlich geantwortet!«

Die Rede war von Ancharius, seinem Großvater, an den er vor einiger Zeit geschrieben hatte, denn Sulla war in Geldschwierigkeiten. Lentulus hatte zwar für ihn eine größere Summe bei Sornatius hinterlegt, aber inzwischen war dieses Geld zusammengeschmolzen, ebenso ein Kredit, den er bei dem Bankier aufgenommen hatte, als dieser sich wieder einmal in Massilia aufhielt.

»Es tut mir leid, einen weiteren Kredit kann ich dir nicht

geben«, hatte Sornatius kühl geantwortet, als Sulla ihn einige Zeit später um weiteres Geld anging, »du mußt mir erst zurückzahlen, was du mir schuldest!«

»Das ist doch kein Problem. Das wird der Alte schon für mich erledigen!« meinte Sulla großspurig.

»Sulla, ich muß dir etwas sagen: Es geht dem Alten sehr schlecht; er verbringt die meiste Zeit in Baiae, kommt zwar gelegentlich in den Senat, aber dort hat er nicht mehr den Überblick. Er merkt das selbst, will immer schnell zurück in sein geliebtes Baiae, wo er die Tage entweder auf der Terrasse über dem Meer oder in den heißen Becken verdämmert. Er ist völlig von Narcissus abhängig, den er inzwischen freigelassen und in seinem Testament mit einem Vermögen bedacht hat. Mit Narcissus hat sich nun Publius, der Sohn, verbündet, dem es offenbar zur Zeit gutgeht. Beide zusammen haben heftig gegen dich gearbeitet, um deine Adoption zu verhindern!«

»Aber der Alte war doch fest entschlossen, er hat es mir selbst gesagt!« unterbrach ihn Sulla.

»Das war er wohl bei deiner Abreise, aber unter dem Einfluß von Publius und vor allem von Narcissus hat er seine Meinung geändert. Als ich ihn neulich in Baiae aufsuchte, war Narcissus bei der ganzen Unterredung dabei.

Es war schwer, mit dem Alten zu sprechen, immer wieder schweifte sein Geist ab, er ist schon sehr wirr im Kopf. Als er etwas vom ›undankbaren Sulla‹ murmelte und der ›Schlange, die ich an meinem Busen aufgezogen habe‹, war Narcissus sofort bei ihm, streichelte ihn und sagte: ›Von dem sprechen wir nicht mehr in diesem Hause.‹

Ich war beunruhigt und wollte wissen, was hier gespielt wird. Da nahm mich Narcissus am Arm, führte mich hinaus und sagte kalt zu mir, daß ich das Thema Sulla nie wieder in diesem Hause anschneiden dürfe, sonst wäre ich die längste Zeit Bankier der Lentuler und anderer Cornelier gewesen.«

Sulla war kreidebleich geworden. »Morgen reise ich zu dem Alten. Ich werfe mich vor ihm nieder, decke die schmut-

zige Intrige auf, und alles wird wieder wie früher«, schluchzte er verzweifelt.

»Nichts wird mehr so wie früher. Hast du mich nicht verstanden: Der Alte ist verwirrt, er würde nicht begreifen, was
du ihm sagst. Außerdem kämst du erst gar nicht zu ihm. Die
Sklaven, ob in Rom oder in Baiae, haben den Befehl, dich sofort zu greifen und dem Consul Opimius auszuliefern. Narcissus hat dein Gespräch mit dem Alten belauscht, weiß über
alles Bescheid und wartet nur darauf, dich endgültig loszuwerden. Noch ist Opimius Consul; auch wenn das Volk wieder die Statuen der Gracchen bekränzt, bedeutet das noch
längst nicht, daß die Jagd auf die Anhänger des Gaius vorbei
ist.«

Der Verlust des Alten, denn so mußte Sulla die Situation
einschätzen, traf ihn fast ebenso hart wie der Tod Ilias. Nur
ließ er sich nicht mehr so gehen, vielleicht, weil ihm das Publikum fehlte, denn weder Lucius noch Metrobius durften erfahren, aus welcher Höhe er abgestürzt war. Zunächst versuchte er seine Geldprobleme zu lösen, indem er an den
Großvater Ancharius schrieb und ihn bat, eine größere Summe des Geldes, das sein Vater in der Bank hinterlegt hatte,
dem Sornatius auszuhändigen. Ancharius unterhielt keine
Niederlassung in Massilia, arbeitete aber mit seinem Nachbarn eng zusammen.

Die Antwort des Ancharius hatte Sulla jetzt in den Händen; aufgeregt riß er das Siegel ab und schlug die Wachstafeln auf.

»Ancharius grüßt Sulla«, las er, »ich muß dich enttäuschen: Dein Vater hatte kein einziges As bei mir hinterlegt, so
kann ich dir auch kein Geld schicken. Die letzten Jahre hat
dein Vater seine Vergnügungen mit dem Geld finanziert, das
meine Tochter als Mitgift in die Ehe gebracht und bei mir deponiert hatte. Von dieser Mitgift wurde übrigens auch der
Haushalt seit Jahren bestritten.

Ich möchte nicht, daß du dich jetzt an meine Tochter Ancharia wendest und sie um Geld bittest. Ich werde ihr jeden-

falls raten, dir keins zu geben. Was ihr verblieben ist, braucht sie für ein anständiges Leben für sich und ihre Tochter oder als Mitgift, falls sie noch einmal heiratet. Denn ich rechne nicht mehr damit, daß dein Vater zurückkommen wird.

Es gehen in Rom Gerüchte um, daß er sich mit einer Hetäre nach Asia davongemacht hat, um seinen Gläubigern zu entfliehen. Wie mir zu Ohren gekommen ist, hat er große Summen im Spiel verloren.

Meine Tochter Ancharia hat genug unter deinem Vater gelitten, deshalb lasse ich nicht zu, daß ein weiterer Cornelier, nämlich du, neue Verwirrung in ihr Leben bringt. So lies nun, was du eigentlich nie erfahren solltest, aber die Umstände zwingen mich dazu, es dir zu sagen:

Du bist weder mein Enkel noch der Sohn meiner Tochter. Deine Mutter ist eine Hetäre – ihren Namen kenne ich nicht –, mit der dein Vater ein Liebesverhältnis hatte, zwei Jahre nach der Heirat mit meiner Tochter.

Die Hetäre starb im Kindbett; dein Vater hatte ihr leider – in seiner Verliebtheit – versprochen, das Kind aufzuziehen. In der Regel töten wir Römer einen Krüppel, wie du einer bist, gleich nach der Geburt. Dein Vater jedoch brachte dich zu Ancharia, die damals glaubte, daß sie keine Kinder bekommen könne. Die gutherzige Ancharia zog dich wie einen eigenen Sohn auf und hielt dich auch weiter wie ihr eigenes Kind, als zehn Jahre später doch eine Tochter, deine Schwester Cornelia, geboren wurde.

Jetzt fordere ich dich dringend auf, das Haus meiner Tochter auf dem Quirinal nie mehr zu betreten. Du siehst deinem Vater zu ähnlich, und alles Leid, das er über Ancharia gebracht hat, würde erneut auf sie einstürzen.

Leb wohl!«

Die Schauspieler

»Die Götter haben Großes mit dir vor«, hörte er wie aus weiter Ferne die weiche, tröstende Stimme des Metrobius, »sie schicken dir so viel Leid, um deine Seele stark zu machen. Denn du kennst den alten Spruch: Fortuna ist nur mit dem Starken. Was hast du alles einstecken müssen: den Tod Ilias, den Verlust deines Vaters, denn es sieht so aus, als käme er nie mehr zurück, und jetzt noch den Verlust deiner Herkunft.«

»Und du weißt nichts von der Verwirrung des Lentulus und der entgangenen Adoption«, ergänzte Sulla im stillen die Liste der Schläge, die ihn getroffen hatten. Laut sagte er:

»Du redest Unfug, Metrobius. Du hast mir über die Schulter gesehen und gelesen, daß ich nur der Sohn einer Hetäre bin, zur Plebs gehöre. Wie sollen mich aber die Götter in der dumpfen Masse der Plebs überhaupt erkennen! Ihr Blick fällt auf die, die herausragen, im Lichte stehen, aber nicht auf einen, der im Menschengewimmel verschwindet.«

»Und wer hindert dich daran, dich über diesen Ameisenhaufen zu erheben, dich als Adler in die Höhe zu schwingen! Auch einer aus der Plebs kann stark sein und zum Liebling der Fortuna werden. Außerdem: Für die Welt bist du ein Cornelier, auch wenn du jetzt mit der Plebs kokettierst!« Sulla lachte; er mußte zugeben, daß sein junger, verwöhnter Freund erstaunlich kluge Worte gefunden hatte, um ihn zu trösten. Doch gleich darauf fing Sulla noch einmal an zu jammern:

»Ich bin nichts, ich habe kein Geld, wovon soll ich nur leben?«

»Du kannst so weiterleben wie bisher – als Klient des Lucius«, stichelte Metrobius, und Sulla reagierte genauso, wie der Sklave es gewollt hatte: Er wurde wütend.

»Niemals«, schrie er, »vergeude ich mein Leben als Klient, als Speichellecker, als Parasit. Lucius ist mein Freund, und ich will sein Freund bleiben, aber nicht – als sein Klient – in seinem Schwarm mitlaufen. Ich muß mir überlegen, wie ich zu Geld komme und angenehm dabei lebe. Es macht mir nun einmal Spaß, gut zu essen, meine Freunde zu Gastmählern einzuladen, hin und wieder eine Nacht mit einer syrischen Tänzerin zu verbringen.

Ich könnte zum Beispiel«, überlegte Sulla sachlich, »eine Hetäre halten, die ich an andere Männer vermiete. Das hat mein Vater auch getan: Immer lief irgendein Mädchen hinter ihm her, das er dann an seine Freunde auslieh – gegen Geld natürlich, wenn er es brauchte.«

»Das machst du nicht. Ich habe einen besseren Vorschlag: Du vermietest mich«, flötete Metrobius.

Sulla, der sich schon beruhigt hatte, wurde wieder zornig: »Dich! Daß die alten, fetten Kaufleute deine weiche Haut beschmutzen, sich in deine seidigen Haare schneuzen. Du gehörst mir allein!«

»Du hast mich falsch verstanden«, Metrobius sah ihn mit seinen bernsteinfarbenen Augen direkt an, kühl und traurig zugleich, »mein Lebensziel ist keineswegs, alten, fetten Kaufleuten als Lustknabe zu dienen. Vielleicht erinnerst du dich nicht mehr daran, aber ich habe schließlich etwas gelernt, habe einen Beruf: Ich bin Schauspieler. Und wie mir mein Lehrer sagte, sogar ein sehr begabter. Wir suchen noch drei oder vier andere Schauspieler, damit wir eine Truppe bilden können. Du bist der Direktor, schreibst uns auch die Stükke – denn dazu hast du Talent –, und wir führen sie vor den römischen und italischen Kaufleuten auf.

In Rom würden sie sich die Mäuler zerreißen, wenn du als Adliger – denn für die Welt bist du immer noch ein Cornelier – eine Truppe mit Schauspielern betreibst, aber hier in der Griechenstadt wird dich keiner deshalb verachten.«

Nachdenklich betrachtete Sulla das seltsame Wesen Metrobius, wie er seinen Sklaven manchmal zärtlich nannte.

Metrobius war sehr schlank, fast zerbrechlich; das schmale Gesicht mit den mädchenhaften Zügen wurde umrahmt von bräunlichen Locken, die ihm bis auf die Schultern reichten und die er gern mit kokettem Schwung hin und her warf. Lan-

136

ge, dunkle Wimpern bedeckten die Augen in der ungewöhnlichen Farbe des Bernsteins, so daß der Blick oft etwas Unergründliches bekam. Die Augenbrauen zog er sorgfältig nach, um die gesamte Augenpartie noch stärker zu betonen; außerdem malte er sich gern die Lippen rot an.

Um die dünnen, haarlosen Arme streifte er viele Reifen, aus Elfenbein, aus Silber oder auch mit dünnen Goldplatten besetzt, ebenso um die Fußgelenke.

Die kurze Tunica, seine Tracht als Sklave, gab ihm die Gelegenheit, seine wohlgeformten, langen Beine, die er – wie die Arme – sorgfältig mit Bimsstein glättete, in voller Länge zu zeigen. Im Haus trug er mit Vorliebe Frauenkleider, die hoch über den Knien zusammengerafft waren, so daß auch hier seine Beine zur Geltung kamen.

Als er eines Tages Sulla in Frauenkleidern, die so durchsichtig waren, daß sich sein Gemächt vollständig darunter abzeichnete, in die Stadt begleiten wollte, wurde er wieder zurückgeschickt, um sich umzuziehen.

»Willst du mich zum Gespött der Leute machen?« fuhr ihn Sulla streng an, »es reicht schon, wenn du im Frauenkleid in der Küche aufkreuzt. Ich lasse das nur zu, weil sie im Haus des Euthymenes sowieso alle über mich und dich Bescheid wissen und die Griechen nichts gegen die Liebe zwischen Männern einzuwenden haben. Aber ins Haus der römischen Kaufleute, denn dort essen wir ja meist zu Abend, begleitest du mich nicht als Frau.«

Es gab eine der üblichen Szenen mit Weinkrämpfen, die die zarte Gestalt des Metrobius hin und her schüttelten, und Sulla verließ ohne Gruß das Zimmer.

Als er einige Zeit später bei den römischen Kaufleuten erschien, wartete dort schon sein Sklave auf ihn, ungeschminkt, ohne Armreifen, mit einer Tunica aus dickem Wollstoff bekleidet. Diensteifrig sprang er auf Sulla zu und entfernte einen Fussel von dessen Toga. Er führte sich auch den Rest des Abends als Sklave auf, weigerte sich, auf der Kline zum Essen Platz zu nehmen, sondern stand während der ganzen

Mahlzeit hinter Sulla, dirigierte die Sklaven, die die Speisen auftrugen, und schenkte Sulla den gemischten Wein ein.

Eine Weile ertrug Sulla dieses Benehmen, aber schließlich wurde ihm das Essen ohne die munteren Reden und Scherze, die sonst zwischen ihnen hin und her flogen, zu langweilig, und er entschuldigte sich bei Metrobius.

»Du bist wunderschön in durchsichtigen Kleidern«, schmeichelte er dem Jungen, »aber ich will deine Schönheit nur für mich haben; es gefällt mir nicht, daß Männer wie Frauen dich ungeniert anstarren.«

»Nur deswegen warst du so böse mit mir?« insistierte Metrobius, »und ich dachte schon, du liebst mich nicht mehr und willst mich nur als Sklaven zum Arbeiten halten. Aber du weißt, zum Arbeiten taugen meine Hände nicht«, und verliebt betrachtete er die schmalen Hände mit den langen Fingern, deren Nägel er häufig rot anmalte.

Die Herkunft des Sklaven Metrobius war unklar. Er selbst war der Meinung, wie er Sulla einmal in einer vertrauten Stunde offenbart hatte, daß seine Mutter eine römische Hetäre war, sein Vater aber von hohem Adel und er der Sproß aus einem Haus kurz vor dem Niedergang, dessen letzter Vertreter nur noch so eine seltsame Blüte wie ihn hervorbringen konnte.

Seine Mutter hatte ihn gleich nach seiner Geburt verkauft, an einen römischen Händler, der ein Heim unterhielt, in dem solche Kinder wie er aufgezogen wurden, für den Markt der Lustknaben.

Metrobius konnte sich noch schwach an dieses Waisenhaus erinnern: Zahlreiche Ammen kümmerten sich dort um die Kinder, die – gut genährt und gut gekleidet – wie eine kostbare Ware behandelt wurden, die einmal viel Geld bringen sollte.

Als er sechs oder acht Jahre alt war, entdeckte ihn Narcissus und nahm ihn sofort mit. Im Haus des Lentulus war es ihm ebenfalls gutgegangen; die übrigen Sklaven respektierten die Fremdheit des Jungen, unterstützten seine Andersartigkeit sogar noch, indem sie ihm Mädchenkleider und Puppen schenkten.

Er saß in Mädchenkleidern an der Tafel des Lentulus, unterhielt mit seinen kindlich-altklugen Bemerkungen den Alten und seine Gäste, wurde gehätschelt und verwöhnt wie ein Schoßhündchen.

Als sich sein Talent, andere zu imitieren, immer stärker zeigte, schickte ihn Lentulus in die Schauspielschule des Griechen Sorix. Dort lernte er singen und tanzen, außerdem die Lyra und später die Kithara spielen. Sorix bildete ihn nur in weiblichen Rollen aus; so hatte Metrobius fast alle Frauenrollen in den Komödien des Plautus, des Terentius und des neuen Sterns am Dichterhimmel, des Afranius, gespielt, mit Vorliebe die Hetären. Er liebte aber auch die Posse, das derbe Volksstück, in dem er mal mit, mal ohne Maske auftrat.

Proben seines Talents gab er gern: Im Lager lernte Sulla viel aus seinem Repertoire kennen, und gelegentlich unterhielt er auch die Tischgesellschaft des Feldherrn Ahenobarbus mit Szenen aus Stücken römischer Dichter, vor allem Terentius, dessen Witz feiner und gebildeter war als der des Plautus.

Im mehr privaten Kreis um Sulla, Lucius und einige junge Militärtribunen konnte sich Metrobius aber als Possenreißer austoben. Er hängte sich ein Fell um die Schultern, band sich einen riesigen Phallus um die Hüften und polsterte sich Bauch und Hinterfront mit Kissen aus. Über das Gesicht stülpte er sich eine Maske, deren hervorstechende Merkmale große Kinnbacken und vorstehende Zähne waren.

In Versen, die meist zotig waren, verulkte er die Gefräßigkeit, die Gier nach Essen und Trinken ebenso wie die Gier nach Geld und Besitz seiner Umwelt.

Aber er verspottete nicht nur die Schwächen der Menschen, sondern auch die Götter des Olymp mußten sich manche freche Bemerkung gefallen lassen, vor allem das ausschweifende Liebesleben des Göttervaters Zeus nahm er gern aufs Korn.

Seine jungen römischen Zuhörer fröstelte es zunächst bei diesen Unverschämtheiten gegen göttliche Personen; es war unrömisch, so gegen Gottheiten vorzugehen, auf deren Wohlwollen der Mensch doch angewiesen war.

Aber Metrobius erklärte ihnen, daß die Griechen im südlichen Italien es schon seit Jahrhunderten so mit der großen Götterfamilie trieben, ohne daß das Verderben über sie hereingebrochen wäre, und das überzeugte sein Publikum. Zumal diese derbe Art von Spott und Witz einen Nerv bei den jungen Zuschauern traf, denn die Römer machten sich gern über andere Leute lustig.

Als sich der Vorrat des Metrobius erschöpft hatte und sein Publikum die meisten seiner Witze beinahe mitsingen konnte, dachte sich Sulla weitere Szenen für ihn aus, allerdings weniger derb, sondern eher ironisch: So verspottete er eine Lagerhure, zu der – der sonst so strenge – älteste Sohn des Ahenobarbus eine Leidenschaft gefaßt hatte. Er nannte das kleine Stück »Der verliebte Gockel.«

Sulla selbst spielte – mit Maske – den Gnaeus Ahenobarbus, Metrobius die Lagerhure, und sie ernteten viel Applaus. Gnaeus hörte natürlich davon, und er redete mit Sulla für den Rest des Feldzuges kein Wort mehr.

»Wie konnte ich ihn nur so unterschätzen«, dachte Sulla, nachdem der Vorschlag des Metrobius wie ein Blitz bei ihm eingeschlagen hatte, »er hat mehr Verstand als viele meiner Bekannten vom Adel, und er scheint mich wirklich zu lieben. Bisher dachte ich, alles ist Theater bei ihm, er liebt nur sich selbst.«

Gerührt legte Sulla den Arm um seinen Sklaven.

»Ich bin dir sehr dankbar, daß du mir helfen willst, Metrobius, und ich denke, mit Theaterstücken ist tatsächlich Geld zu holen. Nur eins beunruhigt mich etwas, ich sage es dir ganz offen: Du hast den Brief des Ancharius gelesen und weißt jetzt alles über mich. Wie kann ich sicher sein, daß du zu keinem Menschen darüber reden wirst, daß meine Abstammung ein Geheimnis – für immer – zwischen uns bleiben wird?«

Der Sklave war empört und schüttelte Sullas Arm ab.

»Hältst du mich für einen Schwätzer? Habe ich dir je Einzelheiten von mir und Lentulus erzählt?«

»Ich habe dich auch nie danach gefragt!«

»Ich hätte dir selbst dann nichts erzählt! Aber wenn es dich beruhigt: Ich schwöre beim Gott Apollo, dem Gott der Leier und des Gesangs, dem Helfenden, dem Gott, der Unheil abwehrt!« rief Metrobius und hob die Arme zum Himmel.

»Bei Apollo – das gefällt mir. Aber wir müssen das viel feierlicher gestalten. Laß uns zum Tempel des Apollo hochsteigen, und dort beim Altar mußt du den Schwur leisten. In einem der Läden am Platz kaufen wir uns Bildchen, die wir uns gegenseitig umhängen, als Amulett«, schlug Sulla vor.

Als sie den großen Platz beim Tempel des Apollo erreichten, schlenderten sie zu den zahlreichen Geschäften, die sich – rund um den Platz, hinter einem Säulengang – aufreihten. Sie waren wie schmale Schläuche, die sich zum Platz hin nur in der Breite der beiden großen Flügel des Holztores öffneten, mit dem sie nachts verschlossen wurden. Zur Straße grenzte sie ein Tresen ab, gemauert oder aus Holz, auf dem die Händler einen Teil ihrer Ware auslegten. Das meiste lagerte jedoch im Innern auf langgestreckten Regalen oder hing von der Decke herunter. Oft war unterhalb der Decke noch ein Zwischengeschoß eingebaut, nur über eine steile Treppe zu erreichen. Dort wohnte der Händler mit seiner Familie, oder es diente als Warenlager.

In vielen dieser Geschäfte wurden Dinge verkauft, die mit dem Apollokult zu tun hatten. Sehr beliebt waren kleine Gemälde auf Papyrus oder Holz, die den großen Gott als Lichtgestalt in einem langen Gewand zeigten; die Haare fielen ihm bis auf die Schultern, in der Hand hielt er die Kithara.

»Das könnte ein Bild von dir sein, Metrobius«, witzelte

Sulla, »nur der Rock müßte noch gerafft sein! Egal, ich werde zwei davon kaufen, eins für dich und eins für mich.«

Sie erstanden anschließend bei einem Silberschmied, der auch Händler war, zwei kunstvoll gearbeitete Anhänger, in die sie die Bildchen einpassen ließen. In einem anderen Laden kauften sie Lorbeerzweige, denn der Lorbeer war der Lieblingsbaum des Gottes. Feierlich schritten sie nun zum Altar vor dem Tempel, legten ihren Lorbeer zu den vielen anderen Zweigen, die dort allmählich verwelkten, und Metrobius streckte seine Hände auf den Steinen des Altars aus:

»Ich schwöre dir, Sulla, vor dem Angesicht des Gottes Apollo, daß deine Herkunft auf ewig ein Geheimnis zwischen uns bleiben wird. Sollte ich diesen Schwur brechen, so wird mich ein tödlicher Pfeil des Gottes treffen, und keine ärztliche Kunst kann mich heilen.«

Sulla war zufrieden; er wußte, daß Metrobius fromm war und daß er, das rätselhafte Wesen, sich dem rätselhaften Apollo seelenverwandt fühlte. Denn dieser Gott half den Menschen, ebenso wie er ihnen schadete, wenn sein Zorn erregt war. Gern zitierte Metrobius Verse aus der Eingangsszene der »Ilias«, in der Homer schildert, wie Apollo an den Griechen, die Troja belagern, Rache übt, weil sie einen seiner Priester beleidigt haben.

Auch vor dem Altar des Apollo wollte Sulla diese Verse noch einmal hören.

»Fürchtet den Sohn des Zeus, den Schützen Apollo«,

deklamierte Metrobius und übersprang dann eine Passage:

»Von den Höhen des Olymp eilte er herab, Zorn im Herzen,

über die Schulter hingen der Bogen und der verschlossene Köcher.

Und er bewegte sich wie die düstere Nacht.«

Während Metrobius mit seiner hohen Stimme ergreifend vortrug, wie der Gott neun Tage seine Geschosse ins Heer der Griechen sandte und viele Krieger tötete, versammelten sich immer mehr Zuhörer am Altar, klatschten Beifall und baten um eine Zugabe.

Metrobius winkte Sulla herbei, der am Rande des Kreises stand:

»Bevor ich das Volk weiter unterhalte, geh herum und sammle Geld. Zier dich nicht, Apollo beschützt uns. Ein besseres Zeichen von ihm konnten wir uns gar nicht wünschen!«

Sulla nickte, holte seine leere Geldbörse aus der Falte seiner Toga und ging von Zuschauer zu Zuschauer. Kaum einer, der nicht ein Geldstück hineinwarf. Als sie später ihren Verdienst zählten, fanden sie mehr Silber- als Bronzestücke, genug für ein großes Fischessen im Haus der römischen Kaufleute, zu dem sie auch Lucius einluden.

Einige Wochen später reisten aus Rom die Schauspieler an, um die Metrobius seinen früheren Lehrer Sorix gebeten hatte. Sie kamen mit einem Frachtschiff des Sornatius. Sulla und seine Freunde erwarteten seit zwei Tagen ihre Ankunft. Im Morgengrauen eilten sie zum Hafen, denn die Schiffe segelten vorwiegend nachts, weil sich dann die Seeleute nach den Sternen richten konnten, nicht an der Küste entlangfahren mußten und so den Weg abkürzten.

Die jungen Römer warteten an der Mole, an der die Schiffe des Sornatius gewöhnlich anlegten; gleich dahinter stand ein großes Speicherhaus, das sich der Bankier mit anderen Mitgliedern des Verbandes der Kaufleute teilte.

Sulla war immer wieder fasziniert von dem riesigen Hafen der Griechenstadt und verbrachte viele Stunden am Kai, von dem die hölzernen Landungsstege in das langgestreckte Becken ragten. Oft strich er um die Hangare herum, in die die Schiffe der Kriegsflotte gezogen wurden. Diese Trieren, wie die Griechen sie nannten, waren mehr als 20 Doppelschritte lang und vier Doppelschritte breit. Ihre Ruderbänke waren in drei Reihen übereinander angeordnet und boten Platz für 170 Ruderer. Aus dem Bug, knapp unterhalb der Wasserlinie, ragte der lange Rammsporn, der die feindlichen Schiffe aufschlitzen sollte.

Aber auch die bauchigen Handelsschiffe, die an den Landungsstegen festgemacht waren, erregten stets aufs neue sein Interesse. Während er mit seinen Freunden auf den Kauffahrer mit den Schauspielern wartete, zog ein italisches Handelsschiff, das an der Pier nebenan entladen wurde, ihre Aufmerksamkeit auf sich. Der Bug, den die hölzerne, buntbemalte Figur des Castor – eine der Schutzgottheiten der Seefahrt – schmückte, lag flach im Wasser, während das Heck, das mit einem großen Auge bemalt war, steil aufragte. Die Luke des Laderaumes war geöffnet, und ein Sklave hob eine Amphore auf seine Schultern, die ihm von einem anderen von unten heraufgereicht wurde. Ein dritter nahm die nächste in Empfang, und beide eilten über die Bretter zwischen Schiff und Pier zum Speicher.

»Holt mehr Sklaven zum Entladen«, rief ihnen der italische Kaufmann nach, der mit einer Schreibtafel am Kai stand, jede Amphore auf Schäden untersuchte und dann auf seiner Tafel mit einem Strich notierte.

»Wieder Wein für die durstigen Kehlen der Gallier?« fragte ihn Sulla.

»Nein, für die durstigen Kehlen unserer Legionäre«, lachte der Händler. »Sie kommen, sie kommen«, tönte die hohe Stimme des Metrobius zu Sulla hinüber, und wirklich näherte sich das Handelsschiff des Sornatius in schneller Fahrt dem Landungssteg. Das große quadratische Hauptsegel war schon gerefft, während in die beiden kleinen noch der Morgenwind blies. Ein Lotse stand an den gewaltigen Steuerbrettern und manövrierte das Schiff geschickt durch das Gewimmel der vielen Barken. Sulla konnte schon den Sornatius erkennen, der an der Bordwand lehnte, und neben ihm drei junge Männer.

»Das müssen sie sein«, rief er aufgeregt, »du hast mir ja verschwiegen, Metrobius, wie schön sie sind.«

Metrobius warf ihm einen giftigen Blick zu und drehte sich um. Sofort war Sulla bei ihm und legte den Arm um ihn:

»Wir wollen uns doch nicht diesen Tag, mit dem ein neues Leben für uns beginnt, mit Streit und Eifersucht verderben. Für mich sind diese drei Schauspieler so etwas wie Statuen oder Gemälde; je schöner sie sind, um so mehr Leute kommen, um sie zu sehen, und um so größer werden unsere Einnahmen sein.«

Metrobius lächelte, aber es war sein »Schauspielerlächeln«, wie Sulla es nannte, und die schlechte Laune konnte beim geringsten Anlaß wieder durchbrechen. Sulla nahm sich vor, auf jedes seiner Worte genau zu achten, um seinem Unternehmen zu einem guten Start zu verhelfen.

»Da ist ja unsere Schöne, unsere Grazie«, hörte er eine warme, volle Stimme rufen, und einer der jungen Männer kam von Bord mit ausgebreiteten Armen auf Metrobius zugelaufen. »Wie haben wir dich in Rom vermißt! Keiner spielt eine Frauenrolle so gut wie du, Metrobius, und keiner singt mit mir ein Liebeslied so verführerisch wie du!«

Sulla spürte, wie die Eifersucht jetzt in ihm hochwallte, als sich Metrobius und der Fremde in den Armen lagen und sein junger Freund auch noch in heftiges Schluchzen ausbrach.

»Du hast dich überhaupt nicht verändert, du, den die Göttin der Anmut so reich beschenkt hat. Immer noch kommen dir gleich die Tränen, auch wenn es ein Anlaß zur Freude ist. Aber jetzt stell mich deinen Freunden vor, ich bin schon sehr gespannt auf unseren Direktor!«

»Du bist also Roscius«, sagte Sulla, nachdem Metrobius die jungen Männer bekannt gemacht hatte, »jetzt wundere ich mich nicht mehr darüber, daß mein Freund Metrobius so von dir schwärmt: Ich habe noch nie einen so schönen und eleganten Mann wie dich gesehen!«

Quintus Roscius Gallus, so sein voller Name, lächelte geschmeichelt. Komplimente war er seit seiner Kindheit gewohnt, aber es freute ihn, daß sein zukünftiger Direktor ihm sofort den überragenden Platz in seiner Truppe einräumte, der ihm zustand.

Roscius war mittelgroß, sehr schlank und hatte den Körper

eines Tänzers. Seine Bewegungen waren von erstaunlicher Grazie, ohne jedoch weibisch zu wirken; er verfügte über die Behendigkeit und Eleganz einer großen Katze. Seine Gesichtszüge waren männlich-scharf; die dunklen Augen blickten fast immer freundlich. Allerdings schielte er leicht, was seine Anhänger aber als pikant und reizend empfanden. Sein Wesen war angenehm, auf Harmonie bedacht.

Roscius war etwa 20 Jahre alt und stand am Anfang einer großen Karriere. Seit zwei Jahren brillierte er in den Rollen jugendlicher Liebhaber; es gab in den Komödien des Plautus, Afranius oder Terentius kaum einen jungen Mann, den er nicht verkörpert hatte. Aber nicht nur sein Spiel begeisterte, auch mit seiner Stimme betörte er das Publikum, denn in den Komödien des Plautus wurde fast soviel gesungen wie gesprochen. Der Komödiendichter Terentius hingegen, der vor 40 Jahren gestorben war, hatte den Gesang vernachlässigt, und so war es nicht verwunderlich, daß die sangesfreudigen Römer ihm während der Aufführung seiner Stücke davonliefen.

Das große Talent des Roscius zeigte sich besonders bei Komödien, in denen die Schauspieler ohne Maske auftraten. Kein anderer Schauspieler konnte so spöttisch eine Augenbraue hochziehen wie er oder alles Leid der Welt in seinem Gesicht spiegeln, wenn ihm sein Liebchen untreu wurde.

»Wie komme ich eigentlich zu der Ehre, Roscius«, fragte ihn Sulla gleich nach der Begrüßung, »daß du in meiner Schauspieltruppe mitmachst? Du hast doch in Rom genügend Möglichkeiten aufzutreten – in großen Adelshäusern, wo viel Geld für eine Vorführung ausgegeben wird.«

»Nun«, lächelte Roscius geheimnisvoll, »vielleicht brauchte ich eine Luftveränderung. Außerdem spiele ich gern in griechischen Städten. Ich war schon einmal in Großgriechenland, in Tarent und Locri. Dort haben wir zwar auch im Haus der römischen Kaufleute gespielt, wie du es hier vorhast, aber es kamen häufig mehr Griechen als Römer zu den Vorstellungen, und sie waren begeistert von meiner Kunst!«

146

»Ein bißchen auch von unserer«, lachte einer der beiden Begleiter des Roscius, die bisher bescheiden im Hintergrund gewartet hatten. Sie waren ebenfalls um die 20 Jahre alt; hübsche, junge Männer, aber neben der überragenden Persönlichkeit des Roscius wirkten sie eher durchschnittlich. Der eine, Sorix, war der Sohn des Schauspiellehrers in Rom. Er hatte vor allem den Auftrag, ein Auge auf die Einnahmen der Truppe zu werfen, die sich Sulla mit dem Vater Sorix teilen mußte. Denn der Schauspiellehrer hatte die drei jungen Männer ausgebildet und beanspruchte jetzt einen Teil ihrer Gage als Lohn für die Schulung. Der dritte Schauspieler, Mnemon, den Sorix geschickt hatte, war ein Sklave, und sein Herr wollte ebenfalls Geld sehen. So hatte Sorix in Rom eine Gesellschaft gegründet, an der er selbst, Sulla, der Herr des Mnemon und Roscius beteiligt waren.

Sorix, der Sohn, zeigte Sulla später den Vertrag, den sein Vater aufgesetzt hatte und der mit dem nächsten Schiff des Sornatius wieder nach Rom geschickt werden sollte.

»Was bleibt noch für mich übrig, wenn so viele Leute an meiner Truppe mitverdienen wollen«, jammerte Sulla, als er den Vertrag durchlas, »bisher war doch nur die Rede von Sorix und mir als Kompagnons.«

Er und Sorix saßen mit Sornatius in dessen Büro zusammen, denn der Bankier sollte als Zeuge fungieren.

»Sornatius, ich verstehe nichts von Geschäften. Lies den Vertrag durch und sage mir, ob mich Sorix und seine Collegen übers Ohr hauen wollen.«

Der Bankier studierte sorgfältig die Wachstafel.

»Günstig ist der Vertrag für dich nicht, Sulla. Du bekommst zwei Zwölftel der Einnahmen, vier Zwölftel gehen an Sorix, drei Zwölftel an Mnemon, der aber zehn Zwölftel davon an seinen Herrn abliefert, der wiederum einen Teil davon dem Sorix für die Ausbildung des Sklaven schuldet. Roscius erhält die letzten drei Zwölftel, bezahlt davon seine Ausbildung, wieviel, das regelt ein besonderer Vertrag zwischen ihm und Sorix.«

»Jetzt habe ich den Haken im Vertrag: Sorix hat meinen Metrobius vergessen, für den muß er auch Geld lockermachen«, rief Sulla erfreut.

Der junge Sorix sah ihn kühl an: »Metrobius wurde keineswegs vergessen. Er ist dein Sklave und steckt in deinen zwei Zwölfteln mit drin. Wenn dir aber der Vertrag so nicht paßt, Sulla, reise ich mit Roscius und Mnemon sofort wieder zurück. Mein Vater hat genug Schüler, die gern Direktor einer Truppe werden möchten und sich freuen, wenn er sie mit zwei Zwölfteln bedenkt.

Was bringst du schon mit, Sulla? Du hast keine Ausbildung, spielst nur gern, singst gern, tanzt gern – aber ob das reicht? Wir lassen uns mit dir hier auf ein Abenteuer ein, das uns viel Geld kosten kann. Denn: wie du nur mit zwei Zwölfteln am Gewinn beteiligt bist, trägst du auch nur zwei Zwölftel des Verlustes.«

Sulla hatte schweigend zugehört. Als Sorix fertig war, griff er nach der Wachstafel und warf sie auf den Boden. Sornatius winkte einem seiner Schreiber, der an einem Pult arbeitete. »Heb die Tafel auf, sie ist zum Glück nicht zerbrochen. Und dir, Sulla, rate ich zu unterschreiben. Du hast wohl vergessen, daß du mir noch eine größere Summe schuldest. Dir werden also nicht einmal zwei Zwölftel bleiben!«

Und Sulla unterschrieb.

Das Spiel mit Ahenobarbus

Einige Tage später stand Sulla wieder im Morgengrauen am Hafen, diesmal mit den beiden Söhnen des Ahenobarbus. Sie erwarteten den Vater; schlechte Nachrichten waren ihm schon vorausgeeilt.

Sulla wußte eigentlich nicht, was er bei diesem Familientreffen sollte, aber Lucius hatte ihn unter Tränen um seinen Beistand gebeten. Denn er rechnete damit, daß sein Bruder ihn bei seinem Vater bloßstellen, sich über seinen »liederlichen Lebenswandel« beklagen würde, und hoffte, daß Sulla mit seinem Charme und seiner Schlagfertigkeit die Szene entschärfen könnte. Während des Feldzuges war es Sulla wiederholt gelungen, den alten Ahenobarbus mit witzigen Erzählungen zu fesseln, und besonders die ironischen Bemerkungen, mit denen Sulla gelegentlich den Consul Maximus bedachte – hinter dessen Rücken natürlich –, hatten dem Feldherrn gefallen.

Die drei jungen Männer waren darauf gefaßt, daß der Consular in schlechter Stimmung in Massilia ankam, denn in Rom war ihm übel mitgespielt worden. Sein Rivale Quintus Fabius Maximus war vor kurzem im Triumph durch die Hauptstadt gezogen – mit dem Arvernerkönig Bituitus vor seinem Wagen.

Maximus hatte sich dafür gerächt, daß Ahenobarbus nicht seinen Befehlen gefolgt war. Er bestach mit dem Geld aus der Beute der Allobroger viele Senatoren und erwirkte den Senatsbeschluß für einen Triumph, den er nicht mit seinem Collegen teilen mußte. Er erreichte noch mehr: Der Gefangene des Ahenobarbus, der Arvernerkönig Bituitus, wurde nicht für einen späteren Triumph des Rivalen aufgespart, sondern ihm zugesprochen.

Das war eine Kränkung, die ihm Ahenobarbus besonders übelnahm. Auch viele Senatoren fanden, das ginge zu weit. So kam ein weiterer Senatsbeschluß zustande: Ahenobarbus wurde gestattet, *allein* den Krieg gegen die Arverner zu beenden, sich einen eigenen Triumph zu erkämpfen.

»Ohne Bituitus ist dieser Triumph nichts wert«, maulte der Consular in der Curia.

»Weil Maximus so schnell abrückte, um seinen Triumph in Rom zu bekommen, hat er versäumt, eine neue Provinz in Gallien einzurichten«, sagte ein befreundeter Senator zu Ahenobarbus, »das kannst du nachholen! Und damit kannst du mehr Ruhm einheimsen als Maximus mit dem Triumph!«

Ahenobarbus nickte zustimmend und beschloß, noch einen Schritt weiter zu gehen: Mit der Gründung einer neuen Kolonie konnte er den Feind richtig vor den Kopf stoßen. Denn die Kolonie würde ihm, Ahenobarbus, nicht nur die Sympathien der Plebs, sondern auch eine große Klientel eintragen.

Als der Feldherr von Bord kam, begrüßte er seine Söhne militärisch knapp, schien aber erfreut, Sulla zu sehen.

»Ich wußte gar nicht, daß du dich noch in Massilia aufhältst. Du kannst mir in einer Angelegenheit nützlich sein, die ich später mit dir besprechen möchte. Komm gegen die dritte Stunde zu mir!« befahl er Sulla und wandte sich dann seinem Gastgeber Pytheas zu, der ebenfalls am Kai auf ihn wartete.

Pytheas war ein Nachfahre jenes berühmten Seefahrers und Geographen, der vor 200 Jahren die Küste Galliens bis nach Britannien erforscht hatte und von dort so weit nach Norden vorgedrungen war, daß er die kurzen, hellen Nächte in der Nähe des Polarkreises erleben konnte. Die Kenntnisse, die die griechisch-römische Welt vom grauen Norden und dem »gefrorenen Meer« besaß, gingen im wesentlichen auf ihn zurück.

Ahenobarbus unterhielt sich oft mit seinem Gastgeber über die Reisen – denn es waren mehrere – dieses Vorfahren, zumal das Haus vollgestopft war mit Mitbringseln aus dem fernen Norden und jeder Gast fast über die Erinnerungen an den Seefahrer stolperte. Die Wände eines der Säle waren vollständig mit Bernstein verkleidet und stellten ein ungeheures Vermögen dar. Bernstein war auch der Lieblingsschmuck der Frau und der Töchter des Pytheas. Ihre Ohrringe, Ketten, Arm- und Fußreifen sowie die Gürtel enthielten entweder einzelne Steine in silbernen Fassungen oder waren ganz aus dem warm schimmernden Material gefertigt.

An den Wänden der Eingangshalle hingen zahlreiche Karten, die der Geograph selbst gezeichnet hatte.

Sulla studierte aufmerksam einen großen Plan mit dem Küstenverlauf des »gefrorenen Meeres« im Norden Galliens, während er darauf wartete, von Ahenobarbus empfangen zu werden. »Wie können Menschen in einem Land wohnen, das ständig von Nebel bedeckt ist und in dem das Wasser gefriert«, dachte er und schüttelte sich. Gelegentlich schneite es in Rom während des Winters, aber der Schnee blieb kaum liegen. Ein Sklave des Ahenobarbus trat auf ihn zu und führte ihn zu den Räumen des Feldherrn.

»Ich will gleich zur Sache kommen, Sulla«, begann Ahenobarbus und bot ihm nicht einmal einen Platz an. »Die römischen Kaufleute sind sicher immer noch an einer römischen Kolonie mit eigenem Hafen an der Küste in Gallien interessiert. Vor einigen Monaten wollte ich sie nicht anhören, aber inzwischen habe ich meine Meinung geändert. Warum? Das geht dich gar nichts an!«

Sulla grinste und überlegte, ob der Consular nur dumm oder naiv oder beides sei, denn die gesamte römische Kaufmannschaft wußte inzwischen ebenso Bescheid über die Kränkung durch Fabius Maximus wie die Armee, die vor der Stadt im Winterquartier lag.

»Ahenobarbus, wenn du von mir einen Dienst willst – zu dem ich nicht verpflichtet bin, denn ich gehöre nicht zu deinem Stab, bin in Massilia als Privatmann –, solltest du mich nicht wie einen Schuljungen behandeln.«

Ahenobarbus stutzte, lächelte verkrampft und bot Sulla einen Sessel an. Die Haare des Feldherrn schimmerten ebenso rötlich wie die seiner Söhne, und hätte er einen Bart getragen, so wäre dieser auch rötlich gewesen – wie bei jenem Vorfahren, der diesem Zweig der Domitier den Beinamen »Kupferbart« verschafft hatte. »Außerdem ziehe ich es vor«, fuhr Sulla fort, »offen mit dir zu reden, wenn es um Geschäfte geht. Denn ein Geschäft willst du mir doch vorschlagen?«

»Eigentlich wollte ich dich nur um einen Gefallen bitten«, meinte der Consular, der nicht damit gerechnet hatte, daß Sulla ihm so selbstbewußt gegenübertreten würde. Als Feldherr war er es gewohnt, zu befehlen, und daß Sulla nicht mehr in einer seiner Legionen diente, hatte er völlig vergessen.

»So, du bist also als Privatmann in Massilia. Was treibst du hier, arbeitest du mit einem Kaufmann zusammen?« forschte Ahenobarbus.

»Ich bin mein eigener Herr, ich bin Direktor einer Schauspieltruppe, die zweimal wöchentlich im Haus der römischen Kaufleute spielt.«

Dem Ahenobarbus verschlug es für einen Moment die Sprache.

»Du, ein Cornelier, ein Sproß des mächtigsten Adelshauses in Rom, du bist Direktor einen Schauspieltruppe?« empörte er sich. »Machst die Arbeit eines Sklaven!«

»Die Direktoren sind gewöhnlich keine Sklaven!«

»Aber es ist eine unwürdige Tätigkeit für einen Adligen! Wenn man ein Schauspiel sehen will, dann mietet man sich eine Truppe, bezahlt sie, aber ein Adliger arbeitet doch nicht mit Schauspielern zusammen, diesem losen Völkchen, das in allen Betten Roms zu Hause ist, nur sein Vergnügen im Kopf hat, unsere Frauen verführt ...«

»Das müßt ihr mit euren Frauen ausmachen, Ahenobarbus«, unterbrach ihn Sulla, »aber ich möchte, daß wir dieses Thema jetzt fallenlassen, denn da gehen unsere Ansichten zu weit auseinander. Ich schlage noch einmal vor, daß wir offen miteinander reden, und sage dir daher, daß ganz Massilia, einschließlich deiner Soldaten, inzwischen weiß, was in Rom vorgefallen ist und was Maximus dir angetan hat.«

Ahenobarbus sprang auf, und auch Sulla erhob sich. Sie standen sich Auge in Auge gegenüber: der ältere, strenge Mann, der nie einen Widerspruch duldete, und der junge, der ihn freundlich anlächelte.

»Ahenobarbus, ich verstehe deine Wut und deinen Ärger«, sagte er jetzt mit schmeichelnder Stimme, »ich bin auch gern bereit, dir zu helfen. Aber es wird nicht leicht sein. Du hast die römischen Kaufleute hier ebenso vor den Kopf gestoßen – wie dich der Senat brüskiert hat! Seit aber die Ritter über die Gerichte verfügen können, sind sie ungeheuer selbstbewußt geworden! Sie zeigen gern dem Adel, daß er von ihnen abhängig ist. Der letzte Statthalter des diesseitigen Hispania hat das bereits zu spüren bekommen. Die Kaufleute in Massilia haben ausführlich über den Fall gesprochen, daher bin auch ich gut informiert. Willst du hören, was dem Statthalter in Tarraco passiert ist?«

Ahenobarbus nickte; das gab ihm Zeit zum Nachdenken. Während der Überfahrt hatte er sich lange überlegt, wie er wieder Kontakt zu den Kaufleuten, deren Unterstützung er für die neue Kolonie dringend brauchte, bekommen konnte, ohne sein Gesicht zu verlieren. Er konnte nicht direkt auf sie zugehen, ohne sich etwas zu vergeben, und seine Söhne konnte er aus diesem Grund ebensowenig einschalten.

Gnaeus hatte ihm erzählt, daß der Vorstoß seines Sohnes Lucius für die Kaufleute nur auf Betreiben Sullas zustande gekommen war. Ahenobarbus war empört darüber gewesen. Doch nun lagen die Dinge anders: Er war erleichtert, als ihm nach langem Nachdenken die guten Beziehungen Sullas zu den Rittern wieder einfielen. Er beschloß, Sulla für seine Zwecke zu benutzen. Nie im Leben hätte er damit gerechnet, daß Sulla es wagen würde, ihm die Stirn zu bieten; Widerspruch war er nicht gewohnt.

»Also höre!« begann der junge Mann seine Erzählung. »Der Statthalter von Tarraco hatte die Griechen von Emporion gezwungen, große Mengen Getreide zu einem sehr niedrigen Preis für seinen eigenen Haushalt zu liefern, mehr als er brauchte. Er verkaufte die Überschüsse und konnte hohe Gewinne in die eigene Tasche stecken. Nun ist Emporion eine Rom verbündete Stadt wie Massilia und zahlt keine Tribute. Wenn Rom oder ein Vertreter Roms, wie der Statthalter, in Emporion kauft, dann ist er verpflichtet, einen vernünftigen Preis zu zahlen – aber das ist dir als Senator ja gut bekannt.

Die Griechen beschwerten sich bei römischen Kaufleuten, mit denen sie zusammenarbeiteten, und diese ermunterten sie, in Rom gegen den Statthalter zu klagen, nachdem sein Amtsjahr abgelaufen war. Die Klage hatte Erfolg, denn die Gerichte waren mit Rittern besetzt, denselben Kaufleuten, die mit den Griechen zusammenarbeiteten. Früher, als die Gerichte noch in den Händen der Senatoren waren, wäre unser Statthalter freigesprochen worden, jetzt mußte er das Doppelte des gestohlenen Getreides ersetzen, was ihn fast ruinierte, und wurde noch in die Verbannung geschickt.

Ich will dir an diesem Fall nur zeigen, daß du den Einfluß der Kaufleute nicht unterschätzen darfst und daß es inzwischen für einen Senator, der in der Provinz arbeitet, gefährlich ist, sie zum Gegner zu haben.«

Ahenobarbus nickte nur und blickte eine Weile schweigend vor sich hin. Dann gab er sich einen Ruck.

»Du hast gewonnen, Sulla. Wieviel forderst du für deine Dienste?«

Sulla strahlte ihn aus unschuldigen blauen Augen an:

»Sagen wir, jetzt gleich, bei Vertragsabschluß: 25 000 Sesterzen. Die gleiche Summe noch einmal, wenn dir die Unterstützung der Kaufleute sicher ist.«

»Du raubst mich aus, Sulla«, stöhnte Ahenobarbus.

Die blauen Augen strahlten ihn weiter an:

»Maximus hat dir einen erheblichen Teil aus der Beute, die er bei den Allobrogern gemacht hat, gelassen. Du hast zwar einiges an deine Soldaten verteilt, aber dir ist noch viel geblieben. Wenn du aber erst die Arverner besiegt hast, dann bist du nicht nur reich, sondern ein Croesus. Ich war doch dabei, als Bituitus damals vor deinem Zelt mit seinen Schätzen prahlte, und inzwischen weiß ich von den Kaufleuten, daß er nicht gelogen hat.

Übrigens – vor wenigen Monaten hätte dich das Geschäft nicht ein As gekostet. Die Kaufleute hätten dir die Knie umschlungen, wenn du sie nur empfangen hättest. Jetzt hat sich die Lage völlig geändert. Du hast sie beleidigt und willst trotzdem etwas von ihnen. Sie könnten ja gelassen abwarten, bis ein anderer Feldherr den Krieg in Gallien fortsetzt. Denn mit dem Sieg über die Arverner, den du dir holen willst, ist Gallien noch längst nicht unter römischer Herrschaft! Hier gibt es noch viel zu tun.«

Vom Haus des Pytheas eilte Sulla mit den beiden Sklaven, die die 25 000 Sesterzen in zwei Körben trugen, wie sie zum Einkaufen benutzt wurden, zum Bankhaus des Sornatius. Er zahlte sofort seine Schulden zurück und deponierte das restliche Geld im Bankhaus, nachdem er einige tausend Sesterzen für seinen privaten Verbrauch eingesteckt hatte.

Sein nächstes Ziel war das Haus der römischen Kaufleute, in dem er und die anderen Schauspieler zur Miete wohnten. Lucius hatte zwar protestiert, als er bei ihm ausgezogen war, aber Euthymenes war sehr zufrieden, daß er für zwei Gäste weniger aufkommen mußte.

Sulla hatte anschließend mit Metrobius im Haus der römischen Kaufleute ein Zimmerchen bezogen, das eher als Kleiderkammer, aber nicht als Gästequartier zu bezeichnen war: Zwei schmale Liegen standen an den Wänden; ein kleiner, dreifüßiger Tisch und zwei Klappstühle vervollständigten die Einrichtung. Die Wasserschale zum Waschen und der Tonkrug waren in einer Ecke abgestellt und mußten zur Morgentoilette jedesmal auf den Tisch gehoben werden. Da der Raum für Truhen, in die sie ihre Kleidung hätten legen können, zu klein war, hatten sie ihre Sachen in den Reisekörben gelassen.

»Hier sollen wir wohnen?« hatte Metrobius gemault, als ein Sklave des Hauses ihnen die Tür aufgeschlossen hatte.

»Doch nur für kurze Zeit! Nach den ersten Einnahmen wechseln wir sofort das Quartier«, hatte ihn Sulla getröstet.

Aber die ersten Einnahmen waren fast vollständig für die Rückzahlung des Kredits weggegangen, denn Sornatius hatte keinen Aufschub mehr geduldet und auf angemessenen Ratenzahlungen bestanden. Ihre Geldmittel waren so knapp gewesen, daß sie viele Abende in ihrer Kammer speisten: Brot, Käse, Wurst, Oliven. Dazu hatten sie so große Mengen Wein getrunken, daß ihnen die engen Mauern bald weiter wurden und die weißen, nur gekalkten Wände bunt vor den Augen verschwammen.

Als Roscius bemerkt hatte, daß sich Sulla und Metrobius

abends so frühzeitig zurückzogen, weil sie kein Geld für das Essen bei den Kaufleuten hatten, hatte er sie einige Male hintereinander eingeladen. Auch Lucius hatte bald beobachtet, in welch prekärer Situation sich seine Freunde befanden, und hatte Sulla wiederholt eine größere Summe aufgedrängt. »Es kann lange dauern, bis ich dir das Geld zurückzahle«, hatte ihn Sulla gewarnt.

»Ich kann warten, bis du einmal Consul bist«, hatte der Freund lachend geantwortet, »allerdings wirst du es mir schon früher, als Praetor, zurückgeben. Dann bist du Statthalter einer Provinz, und wie ich dich kenne, wirst du dir von den dummen Untertanen die geraubten Gelder nicht wieder abjagen lassen. Dazu bist du zu schlau!«

Nun konnte Sulla auch diese Schulden begleichen, die sich auf 5000 Sesterzen summiert hatten. Er amüsierte sich über die Verblüffung des Freundes.

»Hast du geerbt?« wollte Lucius wissen.

Sulla lächelte nur und hob theatralisch die Hände: »Vielleicht, aber das bleibt mein Geheimnis! Soviel kann ich dir verraten: Fortuna hat ihr Füllhorn über mich ausgegossen.«

Anschließend bezog er mit Metrobius das schönste Quartier, das das Haus der Kaufleute zu vergeben hatte: eine Wohnung, die aus drei Sälen, einer Vorhalle und einem kleinen Bad mit zwei Wannen aus Marmor bestand. Jeder hatte nun sein eigenes, komfortables Schlafzimmer mit einem Wohnbereich; so konnten sie gelegentlich die Partner wechseln, ohne den anderen allzusehr zu verletzen. Denn je vertrauter sie sich waren, um so mehr wehrte sich Metrobius selbst gegen die Gegenwart des Lucius, und auch Sulla ließ es nicht unberührt, als sich Metrobius das erste Mal mit Roscius einschloß.

Prächtig war der große Speisesaal mit einem vorgelagerten kleinen Säulengang, von dem aus man auf den Hafen blickte. Die Wände des Saales waren mit Szenen aus der griechischen Mythologie bemalt: Eine Wand wurde vollständig von einem riesigen Gemälde mit einer Venus bedeckt, die – natürlich nackt – auf einer rötlich schimmernden Muschel über der blaugrünen Fläche des Meeres schwebte. Niedliche Knaben mit Flügeln, die Eroten, segelten um sie herum; einer ritt auf einem Delphin, ein anderer hielt einen Sonnenschirm über das Haupt der strahlenden Göttin, deren kunstvoll geringelte Löckchen bis auf die Schultern fielen.

Als Sulla die Wohnung besichtigte und dort gleich auf das bezaubernde Lächeln der Venus stieß, warf er ihr eine Kußhand zu:

»Ich danke dir, Göttin des Glücks und der Liebe, daß du wieder in mein Leben zurückgekehrt bist! Ein besseres Zeichen konntest du mir gar nicht schicken! *Du* selbst bist zu mir herabgestiegen und wirst mir meine Abende verschönern. Denn was gibt es Schöneres, als mit geliebten Freunden zusammen zu essen und zusammen zu trinken und den Abend nur dem Scherzen und dem Vergnügen zu widmen!

Ich schließe einen Pakt mit dir, meine Venus: Ich ernenne dich zu *meiner* persönlichen Göttin, denn Iulia kannst du jetzt nichts mehr nützen, und die Iulier haben dich nicht verdient. Solange ich dich gebührend verehre, gibst du mir reichlich von deinen Gaben, der Liebe und dem Glück.«

Allerdings drohte der erste Abend unter den strahlenden Augen der Venus nicht sehr glücklich zu verlaufen. Sulla hatte seine Schauspieler eingeladen, außerdem Lucius.

»Wie froh bin ich, daß wir hier ohne Publikum essen können«, sagte Roscius, »es wurde mir doch sehr lästig, daß immer wieder Kaufleute an unsere Liegen kamen, um uns zu beglückwünschen!«

»Ich hatte nicht den Eindruck, daß dir das mißfallen hat«, lachte Lucius, »jeder Schauspieler hat es doch gern, wenn er bewundert und gelobt wird! Und gerade unser Roscius ist so vom Applaus abhängig.«

»Warum bist auch du so häßlich zu mir, Lucius? Deine Familie hat mir schon genug Schmerz zugefügt, und jetzt mußt auch du mich verhöhnen«, klagte Roscius und setzte seine berühmte Leidensmiene auf. Er drehte sich auf die andere Seite, so daß er den Freunden den Rücken zeigte, und blickte verloren vor sich hin.

Seine Gefährten sahen sich fassungslos an. Sie kannten Roscius als stets gutgelaunten, amüsanten Unterhalter, der auch im alltäglichen Leben gern schauspielerte, aber immer seinem Fach, der Komödie, treu blieb. »Ich wußte gar nicht, Roscius, daß du inzwischen zur Tragödie übergewechselt bist«, meinte Sorix trocken, und alle lachten – außer Roscius. »Wer tut dir Unrecht, Alter, wer beleidigt dich, wer versetzt dein Herz in Unruh?« deklamierte Mnemon aus den »Bakchen« des Euripides, und jetzt lachten sie noch lauter.

»So klingt es, wenn ein Komödiant zum tragischen Schauspieler wird. Alles gerät ihm zum Spaß!«

Roscius sprang auf und lief – heftig schluchzend – in das Schlafzimmer des Metrobius.

»Ich glaube, für ihn ist das hier kein Spaß mehr«, sagte Sulla, »ich werde mich um ihn kümmern. Wenn das Essen kommt, fangt ruhig mit den Austern an, aber mit dem Bratfisch soll die Küche warten, bis ich Roscius beruhigt habe.«

Es war nicht schwer, Roscius sein Geheimnis zu entlocken, denn er war ein mitteilsamer Mensch und hatte nur auf eine Gelegenheit gewartet, sich Sulla anzuvertrauen. Kurze Zeit spielte er noch den Beleidigten und Gekränkten, bevor er zu seinem normalen lässigen Tonfall überwechselte.

»Du bist nun mehr als ein Jahr aus Rom fort, Sulla«, begann er, »und nicht alle Gerüchte sind bis Massilia gedrungen. Allerdings haben wir auch sehr darauf geachtet, daß nicht ganz Rom unser Geheimnis erfuhr. In Schauspielerkreisen war es nur zu gut bekannt, aber das war ja bisher nicht deine Welt.«

»Roscius, deine schöne Stimme begeistert mich immer wieder! Aber darf ich dich daran erinnern, daß draußen bestimmt schon die Austern auf uns warten?«

»Wenn dir die Austern wichtiger sind als die Probleme deines Freundes bitte, geh essen!«

»Roscius, wir kommen nicht weiter, wenn du schon wieder

beleidigt bist. Du bist mir wichtig, aber ich möchte auch gern mit dir und den anderen Freunden zu Abend essen, schließlich habe ich eingeladen.«

Statt einer Antwort griff Roscius in eine Tasche seiner Tunica, holte ein Stück Papyrus heraus und las vor:

»Da stand ich und grüßte die aufgehende Sonne,
als zur Linken mir Roscius plötzlich aufwacht!
O Götter, erlaubt mir, euch zu sagen:
Der Sterbliche erschien mir schöner als ein Gott!«

Roscius ließ das Blatt sinken und starrte mit leerem Silberblick vor sich hin.

»Solche schönen Verse schickt er mir, und jetzt heiratet dieser Schuft!« Sulla atmete tief auf vor Erleichterung, als endlich die dramatische Wende eingetreten war und Roscius sein Geheimnis preisgegeben hatte. Jetzt galt es nur noch, zu erfahren, wer die große Liebe und Enttäuschung des Roscius war, und dann konnten sie endlich die Austern genießen.

Behutsam versuchte Sulla, zum Kern der Geschichte vorzustoßen:

»Könnte es sein, daß ich den Verfasser dieser wunderschönen Verse kenne?«

Roscius begann wieder zu schluchzen, und Sulla streichelte zart seine Hand, die immer noch den Papyrusfetzen hielt.

»Es ist dein Freund und Schwager Quintus Catulus, und er heiratet Domitia, die Schwester des Lucius.«

Es war nicht schwer, den Kaufmann Nunnius sowie die anderen römischen Handelsleute und Bankiers zu einem Gespräch mit Ahenobarbus zu überreden. Im Gegenteil, sie drängten Sulla, die Zusammenkunft mit dem Consular weit früher als geplant anzusetzen, aber Sulla mußte aus taktischen Gründen an seinem Termin festhalten. Zweimal sprach er beim Feldherrn vor und berichtete von dem Zaudern und Zögern der

Kaufleute, die nicht vergessen könnten, wie sehr Ahenobarbus sie gedemütigt hatte.

Es gelang Sulla, seine Vermittlungsprovision um weitere 25 000 Sesterzen hochzutreiben, und er legte das Geld bei Sornatius fest an, für sechs Monate zu einem Zinssatz von sechs Prozent.

Als der Tag gekommen war, an dem Ahenobarbus eine Kommission von fünf Kaufleuten empfangen wollte, traf sich Sulla vorher mit ihnen und gab ihnen genaue Anweisungen:

»Ich habe euch bereits geschildert, wie schwer es war, den Consular zu einem Gespräch mit euch zu bewegen. Wir wissen alle, daß er es nur mit eurer Hilfe dem Senat heimzahlen kann, aber sein Adelsstolz verbietet es ihm, das zuzugeben.

Andererseits dürft ihr Ritter *euren* Stolz auch nicht vergessen, wenn ihr mit ihm redet. Er hat euch gekränkt, er wollte euch nicht empfangen; jetzt lauft nicht mit ausgebreiteten Armen auf ihn zu. Zeigt ihm deutlich, daß *ihr* die Richter über die Senatoren seid!«

Während des Gesprächs konnte Sulla befriedigt feststellen, daß sich die Kaufleute an seine Ermahnungen hielten: Sie traten selbstbewußt auf, nicht mehr so kriecherisch, wie sie noch vor einigen Jahren mit Vertretern der Nobilität zu verkehren pflegten. Beim Reden drehten sie häufig an ihren protzigen goldenen Ringen, den neuen Symbolen ihres Standes und ihrer Macht. Sulla hatte sie mehrfach beschworen, sich nicht dafür zu bedanken, daß der Consular sie endlich zu einem Gespräch holen ließ, und auch diesen Rat befolgten sie zu seiner großen Erleichterung.

Nach der kurzen Vorstellung holte Nunnius einen Plan des südlichen Gallien aus seiner Toga und breitete ihn auf einem Tisch aus. Er zeigte auf eine Stelle, nicht weit von den Pyrenäen, nah an der Küste:

»Diesen Ort haben wir uns ausgesucht für die neue Stadt. Dort treffen zwei große Handelsstraßen aufeinander: der alte Heraklesweg, der von Massilia nach Hispania läuft, und eine

Straße, die Gallien in westlicher Richtung durchquert, bis zum Ocean führt.«

»Wir Römer würden also von diesem Ort aus den Handel sowohl mit Hispania wie mit dem südlichen und westlichen Gallien und sogar mit den Zinn-Inseln im hohen Norden kontrollieren«, ergänzte der Kaufmann Fannius.

»Mich interessieren mehr die militärischen Aspekte«, warf Ahenobarbus ein. »Der Platz scheint mir gut gewählt als Basis für spätere Operationen im nördlichen Hispania, das wir über kurz oder lang unterwerfen müssen, weil wir an den Erzgruben in den Pyrenäen interessiert sind. Auch das westliche Gallien ist von dort aus leicht zu besetzen. Wie sieht es aber mit einem Hafen für die Kriegsflotte aus, wenn wir unsere Legionen über das Meer dort hinschaffen wollen?«

»Ganz ausgezeichnet, Ahenobarbus«, erklärte Titinius, ein weiteres Mitglied der Fünferkommission. »Der Ort – er heißt übrigens Narbo – liegt an einer Flußmündung, diese wiederum an einer tief eingeschnittenen Bucht. Unsere großen Kauffahrer, aber auch deine Kriegsschiffe, können im Schutz der Bucht vor Anker gehen, werden dort entladen und dann schaffen wir die Waren entweder mit Ochsenkarren oder in flachen Flußkähnen bis Narbo.«

»Was ist dieses Narbo, von dem ihr ständig redet, für eine Stadt? Liegt sie auf einem Hügel, ist sie stark befestigt wie viele gallische Städte?« wollte Ahenobarbus wissen.

»Du wirst sie leicht erobern. Die Gegend dort ist flach; der gallische Stamm, der in dieser Ebene siedelt, konnte Narbo nicht so schützen, wie es die Gallier gewöhnlich tun, wenn sie ihre Fluchtburgen auf die Kuppen von Hügeln setzen. Für deine Legionen und deine Kriegsmaschinen wird es ein leichtes sein, diese Ansammlung von armseligen Steinhütten dem Boden gleichzumachen. Und dann bauen wir Römer dort *unsere* Stadt: mit gradlinig verlaufenden Straßen, in der Mitte das Forum mit dem Tempel des Iuppiter, mit Säulengängen um den Platz und längs der Straßen, mit großen Speichern für unsere Waren, mit Bädern ...«

»Genug«, unterbrach ihn Ahenobarbus, »wir wissen alle, wie eine römische Stadt aussieht. Was mich noch interessiert: Wie heißt der Stamm, der dort siedelt? Ist er sehr kriegerisch? Muß ich ihn völlig vernichten, oder kann ich ihn zu meiner Klientel erklären?«

»Es sind die Volker«, antwortete Nunnius, »wir machen schon lange Geschäfte mit ihnen und kommen gut mit ihnen zurecht. Sie sind eher Handelsleute als Krieger, und es dürfte einem römischen Feldherrn nicht schwerfallen, sie zu unterwerfen. Das Gebiet um Narbo ist dicht besiedelt. Auch wenn du einige tausend Volker tötest, bleiben dir noch genug Klienten. Und für uns genügend Sklaven, die unsere Stadt bauen können.«

Narbo

Wie erwartet war der Feldzug des Ahenobarbus äußerst erfolgreich: In wenigen Monaten unterwarf er die Arverner, die von inneren Zwistigkeiten zerrissen waren. Die vielen Clans dieses Stammes stritten sich um die Nachfolge in der Führung; die Söhne des Bituitus waren schwach und wurden von den Oberhäuptern der Clans nicht anerkannt. Keinem Arverner gelang es, den Stamm zu einem gemeinsamen Angriff auf die Römer zu vereinen, und so eroberte Ahenobarbus eine Fluchtburg nach der anderen, auch die Residenz des ehemaligen Königs mit den Reichtümern, die seine Erwartungen noch übertrafen.

Je weiter er nach Süden vordrang, um so mehr Clans baten ihn um Frieden, und auch die reichen volkischen Händler schickten eine Abordnung zu ihm, um ihre Unterwerfung anzubieten. Das hinderte den Römer allerdings nicht, die Stadt Narbo – wie mit den Kaufleuten besprochen – dem Erdboden gleichzumachen.

In Gallien war also das Terrain für die Anlage einer neuen römischen Stadt, der ersten außerhalb Italiens, vorbereitet;

jetzt galt es, den Kampf in Rom zu gewinnen, und der schien dem Ahenobarbus inzwischen mühsamer als die Eroberung eines großen gallischen Landstriches.

Neue Strömungen bestimmten die Senatspolitik; die Clique, mit der Ahenobarbus seit Jahrzehnten zusammengearbeitet, die seine Bewerbung für alle Ämter unterstützt hatte, war zurückgedrängt worden. Lange Jahre beherrschten die Cornelier den Senat; im Mittelpunkt stand der große Cornelius Scipio Africanus, um den sich andere Vertreter der Nobilität – Fabier, Domitier, Valerier, Popilier – scharten. Es waren auch Cornelier, die als Erste Senatoren auftraten; so vor dem alten Lentulus schon sein Vetter Cornelius Lupus.

Lentulus war zwar noch immer der Erste im Senat, doch die Zügel waren ihm völlig aus der Hand geglitten. Die Senatoren warteten begierig auf sein Ableben; ihn abzusetzen und einen anderen Senator zu seinen Lebzeiten zum Ersten zu wählen, widersprach den Gepflogenheiten dieses Gremiums.

Es war die Clique der Meteller, die nun die Richtlinien der Politik bestimmte; sie dominierte vor allem durch die Zahl ihrer Mitglieder den Senat.

Aber mit diesen neuen Männern verbanden den Ahenobarbus keinerlei Beziehungen, im Gegenteil, er war ihnen gram, weil sie den Maximus unterstützt hatten.

Doch ohne die Meteller lief nichts mehr in Rom. Wenn er seine Kolonie durchsetzen wollte, mußte er mit ihnen ins Geschäft kommen. Denn gegen ihren Willen würde es keinen Volksbeschluß zur Gründung der Kolonie Narbo geben.

Ahenobarbus schlug sein Winterquartier nicht in Massilia auf, sondern er belastete die Bevölkerung der ehemaligen Stadt Narbo mit der Versorgung seiner Soldaten.

Die Volker hatten sich auf einen Hügel in der Nähe ihrer früheren Siedlung zurückgezogen. Sie mußten ihre reichgefüllten Kornspeicher den Römern überlassen und ihre großen Schafherden ins Lager der Legionäre treiben. Und sie mußten alle Schätze, die sie vor den Soldaten vergraben hatten, herausrücken, damit die vielen Amphoren mit Öl und Wein bezahlt werden konnten, die aus Italien herangeschafft wurden.

Denn die Gallier bauten weder Wein noch Oliven an. Vor den italischen Handelsleuten lagen viele fette Handelsjahre – ohne die räuberischen Hafenzölle von Massilia.

Die Siedler der neuen Stadt Narbo würden zwar sofort Weinstöcke und Olivenbäumchen pflanzen, aber die ersten kleinen Ernten waren erst in zehn Jahren zu erwarten. Und in dieser Zeit konnten sich Hunderte italischer Kaufleute ein Vermögen verdienen!

Eigentlich hätte der Feldherr die Legionen längst zurück nach Italien schicken müssen. Das südöstliche Gallien war erobert, hatte den offiziellen Status einer Provinz bekommen; erster Statthalter wurde Ahenobarbus. Weitere gallische Stämme sollten vorerst nicht unterworfen werden. Es bestand auch kein Anlaß dazu, denn die Häuptlinge der benachbarten Clans reisten eilig zum Proconsul – so der neue Titel des Ahenobarbus als Statthalter der Provinz –, um ihre Freundschaft anzubieten.

Ahenobarbus brauchte seine Truppen für einen anderen Zweck: den Ausbau des alten Heraklesweges, der Straße zwischen Massilia und Hispania. Auch hier trafen sich seine Interessen mit denen der Kaufleute, die ihm das Projekt nahegelegt hatten. Die Händler benötigten für den Transport der Waren ins Landesinnere eine breite, gutgepflasterte Straße, die sich nicht bei jedem Regen in eine unpassierbare Schlammpiste verwandelte.

Und der Proconsul Gnaeus Domitius Ahenobarbus sah in einer Landverbindung zwischen Italien und Hispania, einem Bauwerk, das solide genug sein sollte, um Jahrhunderte zu überstehen, eine einmalige Möglichkeit, Ruhm zu erwerben. Über die Via Domitia, so der Name der neuen Straße, würden noch Wagen rollen, Legionen marschieren, wenn er und seine Familie längst vom Erdkreis verschwunden sein würden und kaum einer sich an sie erinnerte.

Ahenobarbus kam ins Schwärmen, wenn er an die Menschen in einer fernen Zukunft dachte, die den Namen seines Hauses nennen würden, wenn ihr Weg sie auf die Via Domitia führte.

»Das ist der einzige Ruhm, der zählt: noch in 1000 Jahren bekannt zu sein, ein Werk vollbracht zu haben, das über das Heute hinausgeht, vielen Generationen nach uns noch nützen wird«, pflegte er seinen Pionieren zu sagen, um sie anzufeuern.

Um zu verhindern, daß sein Feind Maximus im Senat alle Hebel in Bewegung setzte, um die Truppen nach Italien zurückzurufen, täuschte Ahenobarbus gelegentliche Scharmützel vor, ließ friedliche Gallierdörfer überfallen und schickte Katastrophenberichte nach Rom. Es waren jedoch nur wenige Cohorten, die er zu diesem Scheinkrieg abkommandierte; der größte Teil seiner Soldaten baute, zusammen mit Tausenden von Sklaven, seine neue Straße.

Bevor Ahenobarbus aber seine Soldaten an den Bau der Via Domitia setzen konnte, mußte er ihnen eine längere Ruhepause im Winterquartier von Narbo gestatten. Denn sie hatten zu murren begonnen, als sie erfuhren, daß ihnen nach dem Ende des Feldzuges gegen die Arverner eine weitere Aufgabe zugemutet werden sollte.

Viele Legionäre hatten schon seit längerer Zeit die Heimat nicht mehr gesehen und sehnten sich nach ihrem gewohnten zivilen Leben. Vor allem die Römer klagten über zuwenig Abwechslung im Lager. Es mangelte ihnen zwar nicht an Vergnügungen mit Frauen, denn wie immer folgte dem Heer ein gewaltiger Troß von Händlern und Freudenmädchen. Aber als die Sprecher der Soldaten behaupteten, daß sie das Theater vermißten – eigentlich meinten sie die Gladiatorenkämpfe –, schlug ihnen der schlaue Ahenobarbus vor, die Schauspieltruppe des Sulla aus Massilia zu engagieren.

Die Soldaten stimmten zu, allerdings unter der Bedingung, daß ihnen kein Theater zu ihrer Bildung vorgesetzt würde, wie Terentius, sondern nur zur Unterhaltung, also

Possen, in denen die Schauspieler mal mit, mal ohne Maske auftraten.

So wurde Sulla vom Statthalter Ahenobarbus zu einem Gastspiel in Narbo verpflichtet. Der Wunsch der Soldaten nach seichter Unterhaltung kam dem Schauspieldirektor und seiner Truppe entgegen: Für eine Komödie des Terentius oder Plautus hätten sie weitere Schauspieler bei Sorix anfordern müssen, denn die Stücke dieser beiden Dichter verlangten mehr Personen als die Possen.

Und auch sie selbst hatten mehr Vergnügen an den kleinen, meist obszönen Spielen mit den vielen Liedern und Tanzeinlagen, die das Publikum schnell mitrissen.

Für diese Singspiele würden sie zusätzlich einige Freudenmädchen einstellen, die hübsch die Doppelflöte blasen konnten. Das hatte sich schon in Massilia bei den römischen Kaufleuten bewährt. Denn diese Mädchen, die hauchdünne kurze Kleider trugen, waren deshalb so beliebt bei den Zuschauern, weil sie sich während des Tanzes nach und nach entkleideten, dann nackt zwischen dem Publikum herumwirbelten und die Männer zum Toben brachten.

Auch Mnemon und Metrobius ließen in vielen Stücken ihre Hüllen fallen, aber nicht alle Männer wußten ihre Schönheit zu schätzen; der überwiegende Teil verlangte nach prallen Brüsten und feisten Hintern.

Als Sulla mit seinen Schauspielern im Lager bei Narbo ankam, veranstaltete Ahenobarbus gerade ein mehrtägiges Fest. Er dankte den Göttern für seinen Sieg und opferte viele Schafe der Volker. Das Fleisch brieten die Soldaten an Spießen, nachdem sie einen kleinen Teil den Göttern gelassen hatten. Den Wein bezahlte der Statthalter aus seiner Privatschatulle, die er zuvor bei den Galliern aufgefüllt hatte.

Für seinen Stab und die Gäste aus Massilia richtete der Feldherr ein Festessen in seinem Zelt aus. Zufrieden blickte er in die Runde, sah diesmal nur freundliche Gesichter.

Das Gespräch drehte sich um die »große Politik« in Rom.

»Der alte Lentulus soll nur noch wirres Zeug reden, wenn er in der Curia auftritt«, erzählte der Militärtribun Lucius Lucullus, dessen Vater Senator war.

Sulla war alarmiert; alles, was er über Lentulus erfahren konnte, saugte er auf wie ein Schwamm.

»Was hat er gesagt? Worüber hat er gesprochen?« wollte er wissen.

»Keine Ahnung«, lachte Lucullus, »eben wirres Zeug! Sein Geist soll krank sein!«

»Aber wenn Lentulus nicht mehr den Ton angibt, wer bestimmt dann in Rom, welche Politik gemacht wird?« insistierte Sulla. Eigentlich konnte er sich einen Senat ohne seinen früheren Mentor nicht vorstellen. Im Geist sah er ein Schiff vor sich, das – vom Steuermann verlassen – wie eine Nußschale auf den Wogen hin und her tanzte. Er blickte in die Runde, aber niemand antwortete ihm. Die jungen Leute waren der Meinung, daß es nur dem Statthalter zustand, sich dazu zu äußern.

»Ahenobarbus, wer steht am Steuer des Staatsschiffes?« wandte sich Sulla direkt an den Proconsul. Die Frage interessierte den Cornelier wirklich, denn seine Rückkehr nach Rom hing davon ab, ob Opimius noch Einfluß hatte.

Ahenobarbus schrak auf. Er war ins Träumen geraten, hatte an seine Via Domitia gedacht, sich Meile um Meile einer sauber gepflasterten Straße vorgestellt. »Hoffentlich haben meine Soldaten bald wieder bessere Laune«, dachte er, »damit ich endlich mit dem Bau beginnen kann. Und dieser Sulla muß mir helfen, ihre Stimmung zu heben.«

Er antwortete daher freundlicher, als es sonst seine Art war:

»Es sieht so aus, als ob die Meteller das Steuer ergriffen haben. Sie haben einen Volkstribun vorgeschickt, um dem ehemaligen Consul Opimius den Prozeß zu machen – weil er den Tod vieler Römer befohlen hatte ohne ein Gerichtsurteil.«

»Aber er hatte doch auf Beschluß des Senats gehandelt«,

wandte Marcus Antonius ein, ein anderer Militärtribun. »Damit waren seine Handlungen gedeckt. Das hat auch das Volk bei dem Prozeß so gesehen: Es hat ihn nämlich freigesprochen. Und das, obwohl er ja gegen die Interessen der Plebs gehandelt hatte, als er so viele Bürger hinrichten ließ. So dumm ist die Plebs!« Und Marcus Antonius lachte hämisch.

»Das laß bloß nicht die Soldaten hören, mit denen du soviel zusammensteckst«, erwiderte ihm Sulla scharf, »ich wette, du hast noch nie zu den Soldaten gesagt, daß du die Plebs für dumm hältst! Für mich bist du ein Heuchler!«

Sulla war das Blut zu Kopfe gestiegen, als er vom Freispruch des Opimius erfuhr. Es war ihm unmöglich, seine Wut zu bezähmen, und so beleidigte er Antonius, den Überbringer der Nachricht.

Antonius war 22 Jahre alt, groß, etwas plump und hatte derbe Gesichtszüge. »Wie ein Bauer«, dachte Sulla. Wenn Antonius jedoch den Mund aufmachte, so redete er nicht in der bedächtigen Art des Landmannes, sondern in der temporeichen Diktion des Stadtrömers.

Seine Familie gehörte zum niederen Adel, konnte zwar Vorfahren benennen, die sich vor 300 Jahren hervorgetan hatten, aber bis zum Consulat war keiner aufgestiegen. Im Grunde war das Haus Antonius so unbedeutend, daß kein Zweig sich eines Beinamens rühmen konnte.

Antonius schien jedoch stolz auf seine plebejischen Wurzeln zu sein, denn man sah ihn häufiger in Gesellschaft von Soldaten als im Zirkel der jungen Adligen. Als ihn Ahenobarbus deswegen zur Rede stellte, antwortete ihm der Militärtribun schlagfertig:

»Ich muß dem Volk aufs Maul schauen, hören, wie es spricht. Ich will einmal ein großer Redner werden, und wie kann ich das Volk von Rom überzeugen, wenn ich nicht seine Sprache spreche!«

Und tatsächlich konnte Antonius schon auf Erfolge bei Prozessen auf dem Forum verweisen. Auch Sulla, der ihm einige Male zugehört hatte, mußte zugeben, daß Antonius mit seiner schlichten, aber prägnanten Art zu reden bei den Massen gut ankam.

Antonius wies gern in seinen Reden darauf hin, daß er nie Griechisch gelernt habe und daß die Römer mit ihrer neumodischen Begeisterung für alles Griechische bald ebensolche Wortverdreher und Speichellecker wie die Griechen sein würden. Für solche Sentenzen erntete er viel Beifall, und es gelang ihm oft, seine Gegner in Prozessen in die Enge zu treiben, nur weil er ihnen ihre Vorliebe für die griechische Sprache und Kunst vorwarf und ihnen das »Römische« absprach.

Sulla hatte aber Antonius in seinem Zelt einmal mit einem griechischen Buch überrascht, und seitdem stand für ihn fest, daß Antonius log, wenn er sich als Gegner des Griechischen aufspielte.

Nach Sullas scharfen Worten zu Antonius herrschte einen Augenblick betretenes Schweigen. Ahenobarbus schluckte jedoch den Verweis hinunter, den er für Sulla bereits auf der Zunge hatte. Statt dessen setzte er seine übliche strenge Miene auf und sagte, ohne Sulla anzusehen: »In meinem Zelt dulde ich keine Streitereien und Beleidigungen. Wir haben also gerade festgestellt, daß die Meteller das Schiff lenken. Weiß jemand weitere Einzelheiten?«

Diese Frage stellte er fast lauernd und blickte dabei forschend in die Runde.

»Du hast recht, Ahenobarbus, die Meteller haben das Steuer fest in der Hand«, sagte fröhlich Lucullus, der mit Antonius etwa gleichaltrig war. »Ihre Helfer sind die Aurelier und die Servilier.«

Im Gegensatz zu Antonius konnte Lucullus auf die Herkunft aus hohem plebejischem Adel stolz sein; die Luculler, ein Zweig des mächtigen Hauses der ehemals etruskischen Licinier, gehörten sogar zur Nobilität – zu den zwei Dutzend Familien, die in Rom die Oberschicht des Senats bildeten.

»Und wie man hört«, neckte ihn Lucius Ahenobarbus, »wirst du in Kürze enge Bande zu den Metellern knüpfen, und vielleicht wird dann auch ein Luculler gelegentlich das Steuer halten dürfen.«

Lucullus hielt sich mit gespielter Überraschung die Hände vors Gesicht: »Nichts ist in Rom sicher, kein Geheimnis bleibt zwei Liebenden. Aber wenn ihr es doch schon alle wißt, so könnt ihr es von mir nun offiziell erfahren: Sobald ich vom Feldzug zurück bin, heirate ich Caecilia Metella, die Tochter des Calvus und die Nichte des Macedonicus!«

Die jungen Leute begannen zu klatschen, einer nach dem anderen erhob seinen Becher, um Lucullus zuzutrinken und ihm Glück zu wünschen. Die Verbindung war glänzend, denn der Bruder der Metella war zum Consul für das kommende Jahr gewählt worden, zusammen mit einem Aurelius Cotta, so daß nun die Clique der Meteller mit ihrem Anhang völlig die politische Bühne beherrschte.

»Vielleicht sollte ich mich am besten gleich an Lucullus wenden, um seine neuen Verbindungen zu den Metellern zu nutzen«, überlegte der Proconsul. Er betrachtete aufmerksam das weiche, sinnliche Gesicht des Lucullus, die weinseligen Augen, das eitle Gehabe, mit dem er die schmeichlerischen Reden der anderen aufnahm – und verwarf diesen Gedanken. »Wenn er einige Becher zuviel getrunken hat, plustert er sich bei jedem Gelage damit auf, daß er dem Proconsul Ahenobarbus einen Dienst erweist. Ich bleibe lieber bei meinem bewährten Compagnon Sulla, auch wenn mir dieser Fuchs wieder ein Vermögen aus der Tasche zieht.«

Sulla merkte, daß Ahenobarbus ihn anstarrte, und hob, liebenswürdig lächelnd, seinen Becher. Der Feldherr befahl ihn mit einer kurzen Geste auf seine Kline.

»Die Stimmung ist inzwischen so ausgelassen, daß wir hier etwas Geschäftliches besser besprechen können als morgen in meinem Zelt. Dort haben die Felle der Wände immer noch große Ohren! Und wie ich sehe, hast du dich beim Trinken zurückgehalten, so daß wir beide eine nüchterne Unterredung führen können. Mein Anliegen – kurz und knapp: Schaff mir eine Verbindung zu den Metellern. Ich – als alter Anhänger des Africanus – kann auf keinen Fall den ersten Schritt tun. Die Meteller sollen auf mich zukommen und mir ihre Unterstützung bei der Gründung von Narbo zusagen.«

Sulla schwieg einen Augenblick und überlegte, ob er sich nicht verhört hatte. Ahenobarbus verlangte also von der mächtigsten Clique in Rom, daß sie ihm zu Willen sei; und dann begriff er, womit der Feldherr winkte und was ihm Macht verlieh, Macht über den Senat und besonders über die Meteller:

»Der Goldschatz des Bituitus ist sicher gewaltig, und in Rom ist alles käuflich!« flüsterte er dem Ahenobarbus zu, und der nickte zufrieden, weil Sulla ihn so schnell verstanden hatte.

Der Tag der letzten Vorstellung im Lager war gekommen; zum Abschied wollten sie das bei den Legionären so beliebte Stück »Die geraubte Braut« spielen. Es war ein sonniger Herbsttag, Ende Oktober, der Frühnebel hob sich gerade, bald würde die Sonne die leichtbekleideten Schauspieler wärmen. Denn die Aufführung fand am Vormittag statt, und die Legionäre versammelten sich schon früh beim hölzernen Theater, um sich gute Plätze zu sichern. Auch der Feldherr hatte sein Kommen zugesagt, und Sulla überlegte, ob er nicht die Entkleidungsszenen streichen sollte.

»Dann behalten uns die Soldaten in schlechter Erinnerung«, gab Sorix zu bedenken, »und vergiß nicht: Viele der Legionäre sind auch in Rom unsere Zuschauer. Wenn dem Proconsul nackte Tänzerinnen nicht passen, soll er in seinem Zelt bleiben, wie er es bisher auch getan hat!«

Sulla stimmte zu und begrüßte einen der höheren Centurios, der seinen Leuten ihre Plätze anwies. Kurze Zeit später waren die hölzernen Bänke dicht besetzt.

Trompeter der Legion bliesen einen Tusch, als Ahenobarbus mit seinem Gefolge einzog und in der untersten Reihe Platz nahm. Dann tänzelten aus dem Bühnenhaus fünf Flötenspielerinnen heraus, in durchsichtigen, kurzen Gewändern, die anmutig um ihre Schenkel flatterten. Goldene Reifen klirrten um Arme und Beine; sie bewegten graziös ihre nackten Füße, wackelten mit dem Hintern und brachten die Legionäre gleich in Stimmung.

Als sie mit ihren Flöten zum Auftrittslied des Metrobius ansetzten, grölten die Soldaten die oft gehörte Melodie sofort mit, denn sie war einer der Gassenhauer des Lagers geworden.

Metrobius wartete hinter der Bühne, bis sie die ersten beiden Strophen beendet hatten; nun gingen ihnen die Worte aus, und ihr Summen konnte er mit seiner hellen, hohen Stimme leicht übertönen.

Die Handlung des Stückes war einfach und erfreute sich deshalb großer Beliebtheit. Fünfmal war dieses Stück im Lager bereits gespielt worden; in Massilia hatte es sogar alle zwei Wochen auf dem Spielplan gestanden.

Ein schönes Mädchen war von Räubern, die ihr Elternhaus ausräumten, mitgeschleppt worden und wurde nun in ihrer Hütte, dem Hauptquartier, festgehalten. Die Räuber waren zu neuen Untaten ausgeflogen; bewacht wurde die Schöne nur von einem alten Weib – eine Rolle für Mnemon.

Ein dritter Hausgenosse war ein lahmer Esel. Wie es sich später herausstellte, war dieser Esel ein junger Mann aus reichem Hause, den eine Hexe verzaubert hatte. Roscius spielte den Esel, wogegen er sich zwar zunächst gesträubt hatte, aber um so glänzender konnte er dann seine Verwandlung in die frühere Gestalt darstellen.

Sulla trat als Verlobter der Schönen auf; er mußte sich später einen heftigen Kampf mit dem ehemaligen Esel liefern, während Sorix einen angeschlagenen Räuber mimte. Er war als einziger den Soldaten des Statthalters entkommen, die der Verlobte auf die Räuber gehetzt hatte.

Es wurde mchr gesungen als gesprochen in dieser Posse; die meisten Lieder waren so schlicht, daß es keines besonderen musikalischen Empfindens bedurfte, um sich die Melodie einzuprägen. Fast jedes Lied mußte mindestens einmal wiederholt werden, damit das Publikum mitsingen konnte.

Wenn Metrobius – als »Schöne« – mit seinen langen Beinen auf der Bühne herumstakste und mit seiner hohen Stimme einen der Schlager trällerte, war das Publikum zwar begeistert, aber noch mehr gefiel ihm der Esel Roscius. Seine besonderen Merkmale waren die großen Ohren, die breiten Eselsfüße und ein riesiger Phallus, den sich der Schauspieler um die Hüften gebunden hatte und dessen Eichel rot angemalt war.

Die Bühnenfassung dieser Geschichte, die auch als Roman in griechischer Sprache vorlag, stammte von einem Dichter namens Atta, aber Sulla hatte den Text stark überarbeitet, wie er es mit fast allen Vorlagen für die Possen machte.

Besonders stolz war er auf eine Szene, in der die Schöne mit dem Esel ein mit vielen Kissen ausgepolstertes Lager teilte. Ahenobarbus hatte seinen Legionären zwar die Flötenbläserinnen gestatten müssen, aber die Bettszene verbat er sich energisch.

»Bei den römischen Kaufleuten in Massilia kam gerade dieser Teil des Stücks besonders gut an! Zumal das anschließende Liebesduett der beiden große Kunst ist«, versuchte Sulla ihn umzustimmen, und Lucius, der ihn unterstützen sollte, nickte begeistert:

»Eins der schönsten Lieder des Jahres! Du müßtest das zufriedene Ia-Ia des Esels einmal hören, Vater!«

»Das Lied können sie auch singen, ohne daß der Esel vorher das Mädchen beschlafen hat«, lenkte Ahenobarbus ein, denn er fürchtete die Proteste seiner Soldaten, wenn er zu sehr den Censor im Lager spielte.

»Sie singen aber ständig davon, wie schön es war, miteinander geschlafen zu haben«, meinte Sulla grinsend, »die Soldaten merken dann, was wir ihnen vorenthalten haben, und werden erst richtig wütend.«

»Dann muß das Lied gestrichen werden«, war das abschließende Wort des Feldherrn.

Die Flötenbläserinnen gaben sich bei der letzten Vorstellung große Mühe, wie eine seriöse Musiktruppe zu wirken.

Sie wackelten zwar – wie gewohnt – mit dem Hintern und rollten den Oberkörper, um ihre Brüste hervorspringen zu lassen, aber sie waren diesmal nicht nackt unter ihren dünnen Kleidchen, sondern hatten sich Binden um die Brüste geschlungen und Tücher um die Hüften gewickelt. Sie blieben wie ein sittsamer griechischer Chor während des Spiels in der Orchestra; stiegen nicht wie sonst die Bankreihen empor, um sich ihren Zuschauern aus der Nähe zu präsentieren.

Als sie sich zum Schluß des Stücks artig verbeugten und die Soldaten merkten, daß ihnen das eigentliche Finale, die Entkleidungsszene, vorenthalten werden sollte, ging ein aufgebrachtes Murren durch die Reihen. Doch die Centurios hatten ihre Abteilungen so gut im Griff, daß die Äußerungen des Unmuts nach kurzer Zeit wieder verstummten.

Der Beifall war mäßig. Metrobius und die Flötenbläserinnen warfen zwar viele Kußhändchen nach allen Seiten, die anderen Schauspieler verbeugten sich mehrfach, aber der gewohnte, lang anhaltende Beifall blieb aus.

Da erhob sich Ahenobarbus:

»Soldaten, ich weiß eure Rücksicht auf mich zu schätzen«, rief er mit seiner harten Feldherrenstimme, »das Stück soll so enden, wie ihr es gewohnt seid. Ich verlasse jetzt das Theater, und ihr fordert die Tänzerinnen auf, sich auszuziehen.«

Die Soldaten begannen vor Begeisterung zu johlen, und von ihrem rhythmischen Applaus begleitet, zog Ahenobarbus mit seinem Sohn Gnaeus und zwei Militärtribunen, die sich ihm anschlossen, aus dem Theater.

Neue Freunde

Zwei Wochen nach dieser Vorstellung waren Sulla und seine Schauspieler wieder in Rom.

Sorix war zufrieden mit den Einnahmen, die Sulla bei ihm ablieferte; der Trupp hatte im Haus der römischen Kaufleute gut verdient, aber die Gage für die kurze Spielzeit im Lager des Ahenobarbus überstieg die Spielgelder von Massilia bei weitem.

»Wenn du willst, kannst du auch in Rom mit den Schauspielern auftreten. Mein Sohn hat mir erzählt, daß ihr euch gut verstanden habt«, bot ihm Sorix an, nachdem er das Geld gezählt hatte.

»Da müssen wir aber einen neuen Vertrag aushandeln. Ich bin kein Anfänger mehr, der sich mit zwei Zwölfteln zufriedengibt«, lachte Sulla, »aber das hat noch Zeit. Ich muß andere Geschäfte erledigen und kann mich eine Weile nicht um das Theater kümmern.«

Sie trennten sich als Freunde.

Sulla bezog eine große Wohnung in der Subura, nicht weit vom Forum entfernt, an der Straße, die zum Quirinal anstieg. Die neue Wohnung lag im Erdgeschoß eines zweistöckigen Eckhauses und hatte den Vorteil, daß sie über einen kleinen Garten mit einem Säulengang verfügte.

Über ihm wohnte der Freigelassene Aemilius Vitalis, ein ehemaliger Sklave des Marcus Aemilius Scaurus, jenes »Senators Hinkebein«, der oft die Zielscheibe des Spottes für Sulla und den Alten gewesen war, wenn er mit seinem Gefolge über das Forum stolzierte.

Vitalis hatte, als er noch Sklave war, lange Jahre für Scaurus als Schreiber und Gehilfe gearbeitet. Auch als Freigelassener war er weiter für die Geldgeschäfte verantwortlich, die der Senator im verborgenen betrieb. Dem Scaurus war inzwischen eine glänzende politische Karriere geglückt: Er amtierte in diesem Jahr als Praetor, und ganz Rom war überzeugt, daß er in drei Jahren auch den Sprung zum Consulat schaffen würde – mit Hilfe der Meteller. Da er sein Fähnlein stets nach dem Wind drehte, hatte er sich ihnen angeschlossen.

Dieser Umstand hatte Sulla dazu bewogen, die Wohnung unter der des ehemaligen Sklaven des Scaurus zu mieten – für 3000 Sesterzen im Jahr. Das war ein hoher Preis, nur für Luxusquartiere zu erzielen. Ein Senator war vor fünf Jahren von den Censoren sogar gerügt worden, weil er eine Wohnung für 6000 Sesterzen bezogen hatte.

Der Freigelassene Vitalis bezahlte immerhin noch 2000 Sesterzen für seine Räume, die sich im ersten Stock längs der Straße hinzogen.

Die Wohnungen Sullas und des Vitalis waren Teil einer Insula, eines größeren, geschlossenen Blockes, der in viele verschachtelte Einheiten aufgeteilt war, die meistens noch über ein Obergeschoß verfügten. Die Häuser im unteren Teil der Subura, näher am Forum, hatten sogar drei bis fünf Stockwerke, die sich um einen Innenhof gruppierten, von dem Treppen zu den Wohnungen hochführten.

Sullas Block, am Hang des Quirinals, galt als »bessere Insula«, in der sich bisher noch nicht die Etagen stapelten. Seine Wohnung hatte zur Straße hin keine Fenster. Das Obergeschoß des Vitalis wurde durch mehrere kleine, vergitterte Fenster beleuchtet, besaß zudem zwei große Terrassen, deren Dächer auf Säulen ruhten. Vitalis hielt sich gern auf seinen Terrassen auf, denn von dort aus konnte er das Geschehen auf der Straße verfolgen, ohne selbst gesehen zu werden.

Trat man in Sullas Etage, so durchschritt man zunächst einen kleinen Flur, neben dem die Kammer eines Pförtners lag, und erreichte dann das Atrium, die Eingangshalle, in deren Mitte ein Wasserbecken, das Impluvium, eingelassen war.

Eine große Öffnung im Dach, das Compluvium, sorgte für die Beleuchtung der Halle und lieferte gleichzeitig das Regenwasser für eine Zisterne, die mit dem Becken in Verbindung stand und die sich unter der Halle hinzog. Da es in Rom häufig regnete, auch im Sommer, war die Zisterne immer gut gefüllt, und die Bewohner konnten ihren Wasserbedarf im eigenen Haus decken.

Wenn das Wasser doch einmal knapp wurde, so ging man zu einem der zahlreichen öffentlichen Wasserspeier oder Bekken, die über die großen Wasserleitungen versorgt wurden.

Erst vor 20 Jahren war wieder so eine breite Wasserrinne, die Aqua Marcia, fertiggestellt worden, die aus dem Anio gespeist wurde.

In Sullas Atrium reihte sich Tür an Tür. Dahinter lagen kleine Schlafzimmer, Kleiderkammern oder Vorratsräume, die alle nur mit schmalen Fenstern belüftet wurden. Die Öffnungen waren im oberen Teil der Wand eingelassen, an der Seite des Atriums.

Die Küche, ebenfalls klein, lag neben dem Säulengang des Innenhofs, so daß der Rauch des Herdes durch ein Fenster oder durch die Tür ins Freie abziehen konnte. Das Wasser für die Küche mußte aus der Zisterne geschöpft werden, in die für diese Zwecke eine runde, verschließbare Öffnung eingebaut war.

Das Abwasser aus der Küche wurde – über ein Becken – in eine kleine geschlossene Rinne gegossen, die auch durch die danebenliegende Toilette lief, als Spülung, dann weiter zur Straße und dort in einen breiten, unterirdischen Kanal mündete, der zur riesigen Cloaca Maxima führte. Diese Kloake, schon von den römischen Königen gebaut und so breit, daß ein Heuwagen hindurchfahren konnte, leitete die Abwässer direkt in den Tiber.

Sullas Haus verfügte auch über ein Badezimmer mit hölzernen Zubern, für die das Wasser ebenfalls aus der Zisterne geschöpft werden mußte. Entleert wurden die Wannen in die Wasserrinne in der Toilette.

Als Sulla seinem Freund Metrobius das Haus zeigte, war er darauf gefaßt gewesen, daß der verwöhnte Sklave, der so viele Jahre in einem der größten Paläste Roms gelebt hatte, über die Bescheidenheit des Quartiers eine spitze Bemerkung machen würde. Aber Metrobius war an diesem Tag in guter Stimmung und zeigte sich sogar begeistert. »Wie entzückend!« flötete er, klatschte in die Hände und bewegte sich mit eleganten Hüpfern durch die Halle, »endlich ein eigenes Heim, nur für dich und mich, Sulla! Zeig mir das Peristyl, das dir so gut gefallen hat! Dort werden wir jetzt unsere Abende verbringen, nur du und ich, oder auch große Gastmähler für unsere Freunde geben. Ich wäre gestorben, wenn du in Rom wieder mit deiner Frau zusammengelebt hättest. Ich kann Pluto gar nicht genug danken, daß er Iulia in die Unterwelt geholt hat. Soll ich dir ein Geheimnis verraten: Ich habe mir schon in Massilia ein Gift besorgt, für den Fall, daß du mich verlassen würdest.«

Sulla erschrak.

»Wo hast du das Gift?« fragte er. »Gib es mir, damit ich es wegschließe.« So wie Sulla den Freund einschätzte, mußte er damit rechnen, daß Metrobius aus einer bloßen Laune heraus, dem Gefühl einer Kränkung oder aus Eifersucht, zu dem Gift greifen konnte.

Metrobius kicherte erfreut, war es ihm doch gelungen, Sulla aus der Fassung zu bringen.

»Ich denke nicht daran, dir das Gift zu geben! Ich habe es gut versteckt und verspreche dir, daß ich es nur nehme, wenn du mich wegen einer Frau verläßt.«

Sulla überlegte kurz und fand, daß der Moment gekommen war, dem Metrobius anzubieten, ihn freizulassen.

»Was hältst du von einem Geschäft, mein Metrobius? Ich lasse dich frei, und dafür gibst du mir das Gift in Verwahrung!«

Doch Metrobius ließ keineswegs die Freudenrufe hören, die Sulla jetzt von ihm erwartete.

»Ich fühle mich eigentlich ganz wohl als dein Sklave«, sagte er lässig, »du behandelst mich gut, du sorgst für mich, bist für mich verantwortlich. Als Freigelassener muß ich für mich selbst aufkommen, eine eigene Wohnung nehmen.«

»Was redest du da!« Sulla war verärgert. »Auch wenn ich dich freilasse, bin ich weiter für dich verantwortlich, so will es unser Gesetz. Ich bin dein Patron, du bist mein Klient – wir werden also ewig aneinanderhängen. Und das hier ist unsere *gemeinsame* Wohnung; du brauchst dir doch keine eigene zu suchen. Außerdem: Ich stelle jetzt vier oder fünf Sklaven für den Haushalt ein, die dich ebenso bedienen müssen wie mich.«

Aber auch dieses Argument zog nicht.

»Es ist mir nie in den Sinn gekommen, in Rom für dich Sklavenarbeit zu leisten«, sagte Metrobius und grinste spöttisch, »für niedere Dienste hat mich Lentulus nicht großgezogen! Aber Sulla«, und jetzt setzte der Schauspieler sein charmantestes Lächeln auf, »wenn es dir Freude macht, mich freizulassen, so will ich dir diesen Spaß nicht verderben. Das Gift gebe ich dir trotzdem nicht!«

Caecilia Metella, die 15jährige Verlobte des Lucullus, war eins der schönsten Mädchen von Rom, fand Sulla, und er beneidete den Licinier ein wenig um diese Partie.

»Wieviel leichter wäre meine Mission für Ahenobarbus, wenn die Metella noch frei wäre und ich mich mit ihr verloben könnte!« dachte er. »Aber um für ihre Familie akzeptabel zu sein, hätte mich der Alte adoptieren müssen. So bin ich ein Nichts, der Freund von Schauspielern, über den die gute Gesellschaft von Rom die Nase rümpft.«

Hatte der Hochadel Roms Sullas schnellen Aufstieg an der Seite des Alten mit Mißbilligung registriert, so nahm er jetzt den Sturz des Corneliers mit Befriedigung zur Kenntnis. Die römische Adelsgesellschaft schottete sich gegen alle Aufsteiger ab, auch wenn einer aus dem Haus der Cornelier kam.

Die Nobilität, stark der Tradition verhaftet, maß den Wert eines Menschen nur nach den Taten seiner Vorfahren und machte es jedem schwer, der sich aus eigener Kraft hochzuarbeiten versuchte.

Sulla erschien ihr besonders verachtenswert, weil er sich in der Gesellschaft von Komödianten treiben ließ, nichts unternahm, um wieder auf der politischen Bühne Fuß zu fassen, sei es durch glänzende Reden auf dem Forum oder durch Bindung an eine der großen Familien. Man nahm es Sulla auch übel, daß er aus seinem Verhältnis zu einem Schauspieler und

Tänzer keinen Hehl machte, sich nicht mit einer Ehefrau tarnte, wie es die Sitte verlangte.

Sulla begegnete der Caecilia Metella das erste Mal auf dem Forum, *dem* Treffpunkt Roms. Sie war in Begleitung des Lucullus; hinter ihnen watschelte eine dicke Zofe, die genau darauf achtgeben mußte, daß die beiden Verlobten nicht in der Öffentlichkeit turtelten.

Lucullus hatte versucht, die alte Zofe mit Geld zu bestechen, damit sie wegsah, wenn er die Metella an sich drücken wollte, aber das hatte ihn fast die Verlobung gekostet.

Er wurde zum designierten Consul Lucius Caecilius Metellus zitiert und mußte sich einen längeren Vortrag über den Sittenverfall in Rom anhören. Der künftige Consul Metellus war der älteste Bruder des Mädchens und vertrat die Vaterstelle, denn der Vater, der alte Calvus, war seit Jahren tot.

Lucius Metellus war groß und knochig, sein langer Schädel nur von spärlichem Haarwuchs bedeckt. Auffallend war die große, spitze Nase, die dem Gesicht etwas von einem Habicht gab, der sich gleich auf seine Beute stürzen will. Sulla hatte einmal auf der Terrasse des Lentulus den Alten mit dieser Kennzeichnung amüsiert.

Lucullus wußte, daß er sich bei diesem Gespräch mit Metellus in acht nehmen mußte, wenn er nicht – wie eine Beute – zerstückelt werden wollte.

Die grauen Augen des Metellus blickten kalt, und sein Zeigefinger fuchtelte vor dem Gesicht des Lucullus herum, als er auf ihn einredete.

»Ich weiß nicht, was mit deiner Generation los ist«, sagte er streng, »ihr jungen Leute habt nur euer Vergnügen im Kopf, denkt nur an euch selbst, wißt nicht mehr, was sich gehört und was nicht. Und alles ist für euch käuflich! Sogar die alte Zofe meiner Schwester wolltest du bestechen! Da bist du aber an die Falsche geraten! In unserem Haus wissen selbst die Sklaven, was sich schickt. Und für eine Metella, die

Schwester des zukünftigen Consuls, schickt sich ein züchtiges Verhalten – in der Öffentlichkeit ganz besonders.

Meine Schwester ist noch sehr jung, gerade erst 15, und wie alle Nachkömmlinge natürlich verwöhnt und verzogen. Sie braucht eine strenge Hand, und wenn du ihr die nicht bieten kannst, sehe ich mich gezwungen, euer Verlöbnis zu lösen!«

Lucullus lächelte höflich und zurückhaltend; Widerworte waren hier nicht angebracht, und ein Bruch dieses Verlöbnisses, dieser so förderlichen Verbindung zu den Metellern, konnte ihn die Karriere kosten.

»Ich verstehe deine Aufregung nicht«, sagte er liebenswürdig, »die alte Zofe ist wohl etwas taub! Ich habe sie gelobt wegen ihrer Wachsamkeit und ihrer Fürsorge für das Haus der Meteller, und aus Dankbarkeit für die Dienste, die sie für meine Verlobte geleistet hat, wollte ich ihr ein kleines Geschenk machen. Das muß sie falsch verstanden haben!«

Lucius Metellus mußte sich mit dieser Erklärung zufriedengeben, und Lucullus achtete in Zukunft sehr darauf, ernst und würdevoll an der Seite seiner Verlobten durch die Öffentlichkeit zu schreiten.

Dieses Verhalten nahm ihm jedoch die Metella übel, denn sie lachte und flirtete gern. Sie war beleidigt, als ihre koketten Seitenblicke nicht beantwortet wurden.

»Warum habe ich mich bloß mit einem Stock verlobt?« rief sie wütend. »Früher warst du doch ganz anders! Hast du dich in eine andere Frau verliebt?«

Ihre Augen funkelten zornig, sie stampfte mit dem Fuß auf, und Lucullus stand steif und hilflos neben ihr. Als er in diesem Augenblick Sulla in der Menge entdeckte, war das für ihn wie ein Geschenk des Himmels. Er rief und winkte, bis Sulla ihn bemerkte, und die Metella hörte sofort auf zu wüten, als der hübsche junge Mann mit den strahlenden blauen Augen auf sie zukam.

»Sulla, wie schön, dich in Rom wiederzusehen«, rief Lucullus so überschwenglich, als wären sie die besten Freunde und nicht flüchtige Bekannte aus dem Lager in Narbo, »ich möchte dich dem reizendsten Mädchen von ganz Rom vorstellen, meiner Verlobten Caecilia Metella.« Das Mädchen starrte Sulla mit offenem Munde an; die dunklen Kinderaugen glänzten vor Begeisterung.

»Du bist also der verruchte Sulla, der Freund der Komödianten, mit dem ein anständiges Mädchen sich nicht in der Öffentlichkeit zeigen darf!« Sulla wollte sich gerade umdrehen und grußlos fortgehen, als Metella ihn an der Toga festhielt.

»Bleib doch! Ich mache doch nur Spaß! So reden sie in meiner Familie über dich, aber dein Ruf ist mir egal, du gefällst mir mit deinen blonden Haaren und blauen Augen. Ich gehe auch gern ins Theater, und wenn Lucullus und ich verheiratet sind, gehen wir alle zusammen, am liebsten in solche Stücke wie die ›Geraubte Braut‹.«

Und zu Sullas Erstaunen summte sie jetzt die Melodie des »Ia-Ia«-Schlagers. Auch Lucullus lachte und legte die würdige Miene ab. Während Metella abwechselnd plapperte und obszöne Lieder summte, schlenderten sie vergnügt über das Forum.

Sulla mußte nach dem Gespräch mit der Metella einsehen, daß ihm dieses Mädchen nicht den Zugang zu ihrer mächtigen Familie öffnen konnte und daß sein Ruf in Adelskreisen schlechter war, als er geahnt hatte. Nach längerem Nachdenken entschied er sich für einen Vorstoß beim Praetor Marcus Aemilius Scaurus. Vermitteln sollte das Gespräch der Freigelassene Vitalis, und Sulla begann nun, ihn systematisch zu umwerben. Wenn er sich dem Haus näherte und Vitalis im Hintergrund der Terrasse lauern sah, winkte er jedesmal fröhlich zu ihm hoch, bis der Freigelassene an die Säulen trat und mit Sulla ein Gespräch anfing. Der Cornelier beobachtete dabei den Hang des Vitalis für Süßes, denn meistens kaute dieser an einem Honigbrot, an getrockneten Datteln oder Feigen, und so gewöhnte sich Sulla an, ihm regelmäßig kleine, süße Geschenke mitzubringen.

Vitalis war Mitte 50, Sohn eines iberischen Sklaven. Er war im Haus des Vaters des Senators Scaurus geboren; seine Mutter, eine Sklavin aus Sardinien, starb bei der Geburt. Um dem schwächlichen Säugling bessere Chancen im Leben zu prophezeien, gab man ihm den Namen »Vitalis«, der Lebensfähige.

»Nomen est omen«: Das winzige Kind wuchs sich zu einem kräftigen, intelligenten Knaben aus. Sein Herr sorgte dafür, daß er Lesen und Schreiben lernte, außerdem Rechnen, wozu sich sein Kopf besonders gut eignete.

Als er 14 Jahre alt war, starb sein Vater, der gerade die 40 erreicht hatte. Der Iberer war von der Familie Scaurus im Alter von 15 Jahren für wenig Geld gekauft worden, nachdem der Feldherr Cato einen Aufstand in der neuen nördlichen Provinz von Hispania niedergeschlagen hatte und der römische Markt danach mit Sklaven überschwemmt wurde.

Der Vater des Vitalis stammte aus dem Nordosten, aus der Gegend um die Griechenstadt Emporion, die die Römer zu Hilfe gerufen hatte, als sie sich von dem Punier Hannibal bedroht fühlte. 16 Jahre später wurde Hannibal in Africa besiegt; das mächtige Karthago lag am Boden, und Rom trat die Nachfolge der Karthager in Hispania an. Auch Emporion geriet unter den Einfluß der Römer, durfte sich aber »verbündete Stadt« nennen, was nach außen hin den Schein der Selbständigkeit wahrte.

Rom ordnete die Verhältnisse in Hispania neu, richtete zwei Provinzen ein, eine nördliche und eine südliche, und begann über die Steuerpächter bei den Iberern Tribute einzuziehen. Die rüden Methoden der Steuerpächter stießen auf Widerstand; die Stämme rotteten sich zusammen und versuchten die römische Herrschaft abzuschütteln.

Der Consul Marcus Porcius Cato wurde mit zwei Legionen nach Hispania geschickt. Er setzte nach Emporion über und schlug sein Lager in einiger Entfernung der Stadt auf, weil er den Einwohnern offensichtlich nicht traute. Die Griechen unterhielten seit Jahrhunderten enge Beziehungen zu den Barbaren der Umgebung und waren auch vielfach mit ihnen versippt.

Es gelang den Griechen, sich aus den Kämpfen der Römer gegen die Iberer geschickt herauszuhalten. In einer gewaltigen Schlacht nahe bei Emporion kamen 40 000 Iberer ums Leben. Cato ließ ihre Fluchtburgen zerstören und die überlebenden Bewohner in die Sklaverei verkaufen.

Der Vater von Vitalis kam aus einer solchen befestigten Anlage, einem Dorf mit einfachen, kleinen Häusern, 15 Meilen von Emporion entfernt. Er erzählte seinem kleinen Sohn oft von den schönen Tagen seiner Kindheit und Jugend, als er mit seinen Freunden in den Wäldern der Umgebung Hasen mit Netzen und Vögel mit Leimruten fing. Oft angelten sie auch in dem großen See, der sich in der Ebene unterhalb des Hügels erstreckte, auf dem das Dorf angelegt war.

Vitalis sah dann die Augen des Vaters aufleuchten, spürte, wie das Leben in den ausgemergelten Körper zurückkehrte. Wenn er diesen Erzählungen lauschte, vergaß er den Ekel, der ihn überkam, wenn ihn der Vater mit seinen schwarzen Händen berührte oder wenn er auf die schmutzigen Füße in den ausgetretenen Sandalen blickte. Denn der Vater schleppte von morgens bis abends Säcke mit Kohlen, und der schwarze Staub hatte sich so tief in seine Poren eingefressen, daß keine noch so gründliche Wäsche sie hätte säubern können. Er versuchte es auch gar nicht; es war ihm gleichgültig, wie er aussah, und daß sein Kind vor seinen Berührungen zurückzuckte, merkte er nicht.

Die Vorfahren des Senators Scaurus, auch sein Vater noch, handelten nämlich mit Kohlen, nachdem ein Ahn sie, die zur alten patricischen Gens Aemilia gehörten, in den Ruin getrieben hatte. Erst Marcus Scaurus, dem Praetor, war es gelungen, den verdorrten Ast, den seine Familie darstellte, wieder zum Treiben zu bringen, sich als würdiger Nachfahr der vielen Aemilier zu zeigen, die den Ruhm dieses großen Fürstenhauses begründet hatten.

Mit dem Geld, das sein Vater beim Kohlenhandel verdient

hatte, spekulierte er im Bankgewerbe, hatte Glück und scheffelte ein kleines Vermögen. Sein Gehilfe und Vertrauter bei den geschäftlichen Unternehmungen wurde Vitalis, der zehn Jahre älter als er und viel gewitzter war.

Der Sklave erklärte ihm in langen Gesprächen die Verflechtungen von Beteiligungsgesellschaften und sagte ihm, bei welchen Steuerpachten oder welchen Handelsflotten das Geld am besten anzulegen sei. Vitalis hatte seine Ohren überall; es war selten, daß eine seiner Empfehlungen nicht dazu beitrug, das Vermögen des Scaurus zu vermehren.

Natürlich gelang es Vitalis, aus den Geschäften des Scaurus so viel Geld abzuzweigen, daß er sich vor einigen Jahren freikaufen konnte. Aber einen Traum, den er seit frühester Jugend hegte, den die Erzählungen seines Vaters hervorgerufen hatten, konnte er sich nicht erfüllen: den Kauf eines Landgutes in der Nähe des Sees, beim zerstörten Dorf seines Vaters. Als er vor zwei Jahrzehnten geschäftlich für Scaurus in Emporion zu tun hatte, war er mit einem gemieteten Wagen gleich nach seiner Ankunft zu den verfallenen Mauern der einstigen Heimat seines Vaters geeilt, und die sanfte Hügellandschaft rund um den See hatte ihn bezaubert.

Ganz in der Nähe, an der Hügelkette, von der man das Meer in der Ferne sehen konnte, entdeckte er das große Landgut einer römischen Familie. Es war auf »öffentlichem Land« angelegt, ehemaligem Besitz der Iberer, den der Feldherr Cato nach seinem Sieg seinen Landsleuten zur Bewirtschaftung überlassen hatte. Die Hügelkette war über viele Meilen von iberischen Sklaven terrassiert und mit Weinstöcken bepflanzt worden. Der Verwalter erzählte Vitalis, sie hätten gute Ernten, auch an Oliven, die auf Hängen mit sanftem Gefälle ihre knorrigen Äste aufragen ließen.

»Kann ich dieses Gut kaufen?« fragte Vitalis und spürte plötzlich, daß er bisher nichts im Leben so gewünscht hatte, wie dieses Stück Erde zu besitzen.

»Hast du soviel Geld?« fragte der Verwalter, auch ein Sklave, mißtrauisch.

»Darüber mach dir keine Gedanken«, lachte Vitalis und nahm sich vor, den Scaurus in Zukunft noch mehr zu betrügen als bisher.

Aber es kam anders. Als Scaurus ihn später freiließ, stellte er die Bedingung, daß Vitalis in Rom bleiben und weiter als sein Finanzberater fungieren sollte. Außerdem als Klient, der bei Bedarf das Gefolge zu verstärken hatte.

Wenn Vitalis auf seiner Terrasse saß und auf die Mauern der gegenüberliegenden Häuser starrte, schloß er oft die Augen und sah die weite, sanfte Hügellandschaft östlich des Sees vor sich; die sorgfältig angelegten Weinberge ebenso wie das große Haus, das die leicht gewellte Ebene bis hin zum Meer und dem angrenzenden Küstengebirge überblickte.

Langsam tastete er zu dem Schälchen mit den Süßigkeiten neben sich, stopfte sich eine Feige in den Mund und seufzte tief.

»Vielleicht kommt diese Feige ja von ›meinem Landgut‹ bei Emporion«, träumte er.

Nachdem Sulla eine gute nachbarschaftliche Beziehung zu Vitalis angebahnt hatte, lud er ihn zum Abendessen ein und hörte sich geduldig die ausführlichen Berichte über die wichtige Tätigkeit als Schreiber des Scaurus an.

Sie speisten im Triclinium, einem großen Raum zwischen dem Atrium und dem Innenhof, zu dem die Tür mit den breiten Flügeln allerdings geschlossen war, um die winterliche Kälte auszusperren. Holzkohle glühte in mehreren bronzenen Becken, die auf zierlichen, ebenfalls bronzenen Gestellen ruhten, und verströmte angenehme Wärme.

Sie waren nur zu dritt, jeder lag allein auf seiner Kline. Das Essen war bereits beendet, die Tische waren abgeräumt, und sie begannen nun mit dem Symposion, dem Weingelage.

»Ich esse gern zum Wein etwas Süßes«, meinte Vitalis leicht verschämt, als ein Sklave die Schälchen mit frischen, in Honig eingelegten Feigen und Pflaumen wegnehmen wollte, weil er dachte, daß der Gast genug hatte.

»Bringt ihm noch mehr Süßigkeiten«, grinste Sulla, »vor allem das Honiggebäck, das mit Pfeffer bestreut ist.«

»Wie gut du mich kennst, Sulla«, lächelte Vitalis erfreut, »das ist zur Zeit mein Lieblingsgebäck.«

Der ständige Genuß von Süßigkeiten hatte Spuren hinterlassen. Das Gesicht des Gastes wurde beherrscht von Apfelbäckchen, und unter der Tunica wölbte sich der Bauch wie eine vollreife Quitte. Der runde Schädel war kahl und im hinteren Teil von spärlichen grauen Haaren umrandet, die an die Speckfalte des Nackens anstießen.

Gierig griff Vitalis nun mit seinen fleischigen Händen nach dem Honigbrot und verschluckte sich fast an den Pfefferkörnern, als er hineinbiß. »Wo war ich stehengeblieben?« fragte er, als er wieder zu Atem kam. Sein Kranz aus Rosenblättern und Efeu, der auf der öligen Glatze kaum Halt fand, war verrutscht, und er nestelte ungeschickt an ihm herum. Sulla gab einem Sklaven einen Wink, damit er ihm helfen sollte, den Kranz wieder zu arrangieren, und nahm selbst schnell eine Serviette vor den Mund, um sein Lachen zu unterdrücken. Metrobius blickte gelangweilt im Saal herum.

»Du hast erzählt, daß Scaurus keine wichtige Entscheidung trifft, ohne dich vorher zu konsultieren«, sagte Sulla verschmitzt.

»Hast du das so verstanden?« Vitalis schluckte erschrocken einen Rest Honigbrot herunter, an dem er vorsichtig gekaut hatte, denn ihm fehlten die Backenzähne. »Da habe ich mich falsch ausgedrückt; Scaurus bespricht vieles mit mir, aber natürlich nicht alles!«

»Es ist aber doch eine Kleinigkeit für dich, ein Treffen zwischen mir und Scaurus zu arrangieren!«

»Wieviel zahlst du dafür?« Vitalis wirkte jetzt nicht mehr jovial und tolpatschig; er sah Sulla kühl und lauernd an. »10 000 Sesterzen!«

»Das Doppelte!«

Sie einigten sich schließlich auf 15 000. Vitalis wollte wissen, aus welchem Grund Sulla dieses Treffen wünschte: »Ich frage nicht aus Neugier«, meinte er scheinheilig, »aber Scaurus muß natürlich vorher erfahren, worum es sich handelt. Viele Leute wünschen etwas von ihm!«

»Da bin ich aber enttäuscht! Ich hatte dich für einen so engen Vertrauten des Scaurus gehalten, daß er mich – schon um dir einen Gefallen zu tun – empfängt, ohne daß ich vorher mein Anliegen vor dir ausbreiten muß. Du mußt wissen, ich handele im Auftrag einer wichtigen Persönlichkeit und bin nur befugt, mit Scaurus über die Angelegenheit zu sprechen!«

Vitalis schien sichtlich betroffen. Er stopfte eine Feige nach der anderen in den Mund, während er überlegte. »Eins wirst du mir aber sagen müssen: Springt für Scaurus Geld dabei heraus, ich meine: sehr viel Geld, vielleicht eine Million Sesterzen?«

»Möglich!«

»Dann will ich 50 000 von dir, wenn ich dir helfen soll!«

Sulla tobte, als Vitalis nach zwei endlosen Stunden, in denen der Freigelassene sehr zufrieden Wein schlürfte und dazu Süßes schlang, gegangen war.

»l00 000 habe ich mit Ahenobarbus für dieses Geschäft vereinbart, und dieser Misthaufen von einem Freigelassenen raubt mir die Hälfte davon!«

»Du mußt noch einiges in Gelddingen lernen, Sulla«, erwiderte Metrobius kühl, »und bitte, mäßige dich im Ton! Ich bin jetzt auch ein Freigelassener, und die Bezeichnung ›Misthaufen‹ paßt mir nicht!«

Schon zwei Tage später kam das Gespräch mit Aemilius Scaurus zustande. Als Sulla die Straße zu seiner Insula entlangging, sah er bereits von weitem Vitalis zwischen seinen Säulen mit den dicken Armen herumfuchteln. Betont lässig und langsam steuerte Sulla auf das Haus zu und warf dann dem Freigelassenen einen kalten Blick zu.

»Heute abend! Heute abend! Bin ich froh, daß du da bist! Ich dachte schon, du kommst nicht mehr rechtzeitig! Warte, ich komme runter!«

Kurze Zeit später öffnete er seine Tür; er war verschwitzt und roch unangenehm.

»Laß uns in deine Wohnung gehen!« flüsterte Vitalis Sulla zu. Die Straße war belebt; einige Ladenbesitzer standen vor ihren Türen und beobachteten die Szene.

»Scaurus erwartet dich zu Beginn der ersten Nachtwache in seinem Haus auf dem Palatin, du mußt dich also beeilen, wir haben schon die zehnte Stunde«, informierte ihn der Freigelassene und drängte ihn dann, »das Geschäftliche« zu erledigen, ihm die 50 000 Sesterzen auszuhändigen. Da Sulla eine solche Summe nicht in seinem Haus deponiert hatte, mußte er noch zu Sornatius eilen, denn Vitalis bestand auf sofortiger Bezahlung.

Das Geschäft mit Marcus Aemilius Scaurus

Abgehetzt langte Sulla pünktlich zu Beginn der ersten Nachtwache auf dem Palatin an. Da aber Scaurus – wie alle Menschen, die von ihrer Wichtigkeit eingenommen sind – die Gewohnheit pflegte, unter ihm stehende Besucher lange warten zu lassen, blieb Sulla genügend Zeit, um das riesige Atrium zu betrachten und sich dabei zu fangen.

Das Haus war neu; Scaurus hatte es erst vor einigen Jahren bauen lassen, während seiner Zeit als Aedil, um seinen Aufstieg in den Senat ganz Rom zu demonstrieren. Beeindruckend waren die Ausmaße der Halle: Hunderte von Klienten konnten dort auf den Senator warten. Die Wände des Atriums waren teilweise mit Marmorplatten aus Asia verkleidet, teilweise bemalt; auffallend war eine gewaltige Fortuna mit Füllhorn, aus dem reichlich Gaben flossen. Es sah so aus, als ob Scaurus jedem seiner Besucher mitteilen wollte:

»Das Glück wohnt in diesem Haus! Fortuna schüttet wieder ihre Reichtümer über meine Familie aus!«

Der Herr über diese Reichtümer, der Praetor Marcus Aemilius Scaurus, saß würdevoll in einem hohen Korbstuhl, in eine Papyrusrolle vertieft, und dachte nicht daran, aufzublikken, als ein Sklave Sulla hereinführte und seinen Namen nannte.

Sulla biß die Zähne zusammen und zwang sich, das freundliche Lächeln beizubehalten, mit dem er das Tablinum betreten hatte. Die Wände des Saales waren mit dicken Teppichen behängt; die glühende Holzkohle in zahlreichen bronzenen Schalen erwärmte den großen Raum, und viele Öllampen tauchten ihn in ein mildes Licht.

»Vielleicht ist er schwerhörig, er ist ja bereits Anfang 40«, dachte Sulla und beschloß, der Warterei ein Ende zu setzen. Strahlend ging er auf Scaurus zu, bis er direkt vor ihm stand. Scaurus hob den Kopf und nickte nur kurz, was wohl als Begrüßung zu deuten war.

»Wenn ich dir ungelegen komme, Scaurus, sag es mir. Vielleicht hast du meinen Namen nicht verstanden: Ich bin Lucius Cornelius Sulla«, wobei der junge Besucher die Betonung auf Cornelius legte und dabei hochmütig den Kopf in den Nacken warf.

»Wie? Wohl ein Freigelassener eines Corneliers?« Die dunklen Augen des Scaurus blickten stechend und funkelten vor Bosheit.

»Beim Hercules! Er weiß von dem ›Senator Hinkebein‹«, fuhr es Sulla durch den Kopf, »und will es mir jetzt heimzahlen.«

Während sie sich einen Moment mit Blicken maßen, überlegte Sulla, wie er vorgehen sollte, und entschied sich dann dafür, offen mit dem Senator zu sprechen.

»Wenn dir Dummheiten aus meiner Jugend zu Ohren gekommen sind, Dummheiten, die dich vielleicht verletzt haben, so bitte ich dich um Verzeihung.«

Scaurus sah ihn weiter stumm an, machte schließlich eine Handbewegung zu einem Sessel hin, und Sulla setzte sich.

»Vitalis deutete mir etwas von einer Million Sesterzen an, ist das richtig?«

Sulla nickte: »Vielleicht auch mehr, auf keinen Fall weniger.« Die kalten, dunklen Augen des Scaurus begannen zu leuchten, in die starren Züge kam Bewegung; die Mundwinkel hoben sich und deuteten ein Lächeln an.

»Nun erzähle!« befahl er. Die große, schwere Gestalt beugte sich leicht vor, als Sulla von den Plänen des Ahenobarbus und der römischen Kaufleute berichtete. Als der Cornelier geendet hatte, schwieg Scaurus längere Zeit, und Sulla überlegte, ob ein Punkt seiner Erklärungen den Senator beleidigt haben könnte.

Doch plötzlich erhob sich Scaurus; Sulla tat ein Gleiches und sah überrascht seine Hand in der des Senators verschwinden.

»Abgemacht! Ich bin auf eurer Seite«, die Mundwinkel gingen wieder nach oben und ließen die blendendweißen Zähne sehen, »eine Million, und noch eine dazu? Abgemacht?«

Sulla nickte nur beklommen, legte dann aber ein Strahlen auf sein Gesicht:

»Ich danke dir, Scaurus! Aber verrate mir doch, wie du vorgehen willst! Was soll ich dem Ahenobarbus sagen?«

Scaurus ließ Sullas Hand los, lächelte geheimnisvoll und begleitete ihn zur Tür. Er ging schwerfällig, seine massige Gestalt überragte Sulla um eine Handbreit. »Komm in drei Tagen wieder! Zur gleichen Stunde! Dann erfährst du mehr!«

So begann die Zusammenarbeit zwischen Ahenobarbus und den Metellern, die zwei Jahre später zur Gründung der römischen Kolonie Narbo führen sollte. Sulla erfuhr nie, wieviel der Senator Scaurus von den zwei Millionen an den neuen Consul Lucius Caecilius Metellus abführen mußte.

Als Sulla drei Tage später – wie verabredet – im Haus auf dem Palatin erschien, wurde er bereits nach kurzer Wartezeit in das Tablinum geführt; Scaurus kam ihm sogar einige Schritte entgegen

»Du kannst dem Ahenobarbus mitteilen, daß die Meteller ihn unterstützen werden«, kam er gleich zur Sache, »sicher wirst du nach Gallien reisen, um mit ihm persönlich zu sprechen, denn solche delikaten Angelegenheiten vertraut man keinem Boten an. Außerdem muß der Proconsul bald die Anweisung an ein Bankhaus in Rom geben; wir können erst richtig tätig werden, wenn wir das Geld in Händen haben.«

Sulla sah sich gezwungen, die mühsame Reise nach Gallien zu unternehmen. Er benutzte dazu ein kleines Küstenschiff, denn die großen Handelsfrachter scheuten während der Winterstürme die Fahrt quer über das Meer und stachen erst im März wieder in See. Da aber auch der Winter am Inneren Meer viele sonnige, windstille Tage hatte, konnten die Küstenschiffe ohne größere Gefahr hin- und herpendeln.

Das Schiff legte im neuen Hafen von Narbo neben den großen Kauffahrern an, die hier überwinterten. Sulla quartierte sich im Haus der römischen Kaufleute ein, das sich die Händler von volkischen Sklaven in den vergangenen Monaten hatten bauen lassen.

Den Proconsul traf er nach einer schnellen Fahrt über den prächtig angelegten Heraklesweg, der jetzt Via Domitia hieß, 60 Meilen nördlich von Narbo an, wo Ahenobarbus den weiteren Ausbau beaufsichtigte.

Die Straße war so breit, daß zwei Ochsenkarren bequem aneinander vorbeifahren konnten. Sie verlief schnurgerade durch die breite Küstenebene; ohne Kurven durchschnitt sie auch die Hügelketten.

Der Bau begann mit zwei Abflußgräben, die an beiden Seiten der Trasse gezogen wurden. Dann trugen die Arbeiter das Erdreich zwischen den Gräben ab; die Vertiefung füllten sie mit Kies und Mörtel, einer Mischung aus Sand und Kalk. Auf diesen soliden Unterboden wurde ein Quaderstein nach dem anderen eingepaßt, und zwar so geschichtet, daß in der Mitte eine Wölbung entstand, an deren beiden Seiten das Regenwasser ablaufen konnte.

Als Sulla die Baustelle erreichte, schien es ihm, als sei er in einen Ameisenhaufen geraten. Tausende von Legionären, nur mit Tunicas bekleidet, wieselten herum, zwischen ihnen große, blonde Kelten in Röhrenhosen. Beaufsichtigt wurden die Arbeiter von den Centurios und Hunderten von Baumeistern.

Die Steine für den Oberbau kamen in großen Blöcken aus den Steinbrüchen der Umgebung und mußten vor Ort so bearbeitet werden, daß sie aneinander fugten. An vielen Stellen längs der Trasse waren große Steinhaufen aufgeschüttet, oder es wurden gerade neue Blöcke abgeladen.

Es klopfte, es hämmerte, es schrie durcheinander; Sulla konnte nur mit Mühe Steinbrocken ausweichen, die an ihm vorbeischleuderten. Er hustete, weil ihm der Staub den Atem nahm; oft mußte er stehenbleiben, um sich die Tränen aus den Augen zu wischen und Luft zu schöpfen.

Der Bauherr war schon von weitem an seinem roten Überwurf zu erkennen, der ihn umflatterte. Ein scharfer Wind wehte vom nahen Meer herüber. Ahenobarbus wohnte gerade einem feierlichen Akt bei: der Aufstellung eines Meilensteines, der sechs Fuß hoch war und die Form eines Zylinders hatte.

Als Sulla näher kam, konnte er erkennen, daß im oberen Teil der Name des Statthalters eingemeißelt war, dazu die Zahl der Meilen. An jeder Meile, alle 1000 Doppelschritte, wurde ein solcher Stein aufgestellt, und jedesmal wieder war es eine bedeutsame Handlung.

»Grüß dich, Ahenobarbus«, sagte Sulla zum Proconsul, nachdem er sich zu ihm durchgekämpft hatte, »ich beglückwünsche dich zu deiner neuen Straße. Es wird die schönste und solideste vom ganzen Erdkreis. Möge sie zweimal 1000 Jahre halten!«

Über die strengen Züge des Ahenobarbus glitt ein Lächeln; er war stolz auf die Via Domitia und konnte gar nicht oft genug hören, welch großartiges Bauwerk er der Menschheit hinterlassen würde.

Das Lächeln verschwand, und er setzte die übliche würdige Miene auf. »Du kommst mit guten Nachrichten, Sulla?« fragte er lauernd und schob mit einer Handbewegung die Umstehenden beiseite. Sie standen nun inmitten eines großen freien Raumes und konnten ohne Lauscher miteinander reden.

Sulla berichtete von seinen Verhandlungen mit Scaurus. Erstaunt stellte er fest, daß den Feldherrn die Forderung des Praetors keineswegs erschreckte. Ahenobarbus mußte über ungeheure Geldmittel verfügen.

»Ich hatte mit mehr gerechnet«, gab er auch noch zu, »das hast du gut gemacht, Sulla. Ich werde deinen Anteil um 20 000 erhöhen, zuzüglich der Auslagen für die Reise.«

»Das ist sehr großzügig von dir. Aber mehr als an Geld liegt mir an deiner Unterstützung – für ein politisches Amt!« Es fiel Sulla schwer, auf die Erhöhung seiner Kommission zu verzichten. Während der Reise nach Narbo hatte er sich jedoch überlegt, daß es sicher den Statthalter beeindrucken würde, wenn er weniger geldgierig auftrat.

»Ein politisches Amt? Du bist doch ein Jugendlicher, keine 20 Jahre alt und mußt dir die Hörner abstoßen; bis zur Quaestur hast du noch gut zehn Jahre Zeit«, erwiderte Ahenobarbus erstaunt.

»Ich dachte eher an ein Sonderamt außerhalb der Reihe unserer Ämterlaufbahn. Ich möchte mich in die Kommission zur Gründung von Narbo wählen lassen!«

»Du! Aber auch dafür bist du zu jung! Allerdings: Ich habe vor, meinen Sohn Gnaeus in diese Kommission hineinzubringen; er ist gerade zwei Jahre älter als du und hat sich auf dem Forum ebensowenig hervorgetan!«

Ahenobarbus betrachtete nachdenklich seinen jungen Partner, und Sulla lächelte ihn so gewinnend an, wie es ihm nur möglich war: »Das mit Gnaeus ist ein guter Gedanke. Wenn du mich unterstützt, bin ich auf deiner Seite, und die Meteller können nur *einen* Mann in die Gründungskommission schikken, weil solche Kommissionen ja höchstens aus drei Männern bestehen.«

Ahenobarbus schien immer noch nicht überzeugt: »Ich will dir nicht verbergen, Sulla, daß mir eins bei dieser Angelegenheit Kopfzerbrechen macht: dein schlechter Ruf! Du hast dich als Direktor deiner Schauspieltruppe zu sehr mit deiner Arbeit identifiziert, und du weißt, was meine Standesgenossen von Schauspielern, Sängern und Tänzern halten. Wie ich beobachtet habe, hast du dich mit diesem losen Völkchen sogar angefreundet und verkehrst lieber mit Leuten von der Komödie als mit jungen Männern deines Standes!«

»Du darfst Lucius nicht vergessen! Dein Sohn ist einer meiner besten Freunde!«

»Ich hatte vor, ihm den Umgang mit dir zu verbieten. Alles, was mir an ihm nicht gefällt, das Weichliche, Weibische, hat sich noch verstärkt, seit ihr soviel zusammenseid!«

Sulla merkte, daß ihm das Blut zu Kopf stieg und seine Hände feucht wurden – trotz der frischen winterlichen Temperaturen. Am liebsten hätte er geschrien und getobt, seinem Jähzorn freien Lauf gelassen, aber er mußte sich beherrschen, denn der Feldherr verfügte über unbeschränkte Gewalt im Lager und konnte ihn verhaften lassen. So ballte Sulla nur die Hände in den weiten Falten der Toga, atmete tief und preßte heraus:

»Ich bin ein Cornelier, ein Standesgenosse von dir. Hast du nicht selbst gesagt, daß wir römischen Jugendlichen bis zum Alter von 30 Jahren uns etwas austoben können? Ich verspreche dir, daß es mit dem Theater vorbei ist, wenn du mir hilfst, in die Kommission zu kommen.«

Ahenobarbus schien nachdenklich zu werden, und Sulla wagte einen neuen Vorstoß: »Und mit Lucius ist es genauso. Dem mußt du Zeit geben, bis er erwachsen wird. Ich könnte mir vorstellen«, und jetzt schmeichelten die blauen Augen des Sulla wieder, »daß es für Lucius und für mich nur gut ist, wenn du uns mit Strenge leitest. Wir waren ja in Massilia uns selbst überlassen, und mir«, jetzt fing Sulla an zu schluchzen und griff nach der Hand des Ahenobarbus, »mir fehlt überhaupt eine strenge, väterliche Hand, seit sich der alte Lentulus nicht mehr um mich kümmern kann.«

Während Sulla die Tränen über das Gesicht flossen, sah er

verschwommen, wie die harten Züge des Feldherrn weicher wurden.

»Nun gut, mein Junge«, hörte er dann die Stimme des Feldherrn, »ich werde dich unterstützen. Aber unter einer Bedingung: Du brichst alle Kontakte zu den Komödianten ab.«

Während der Rückfahrt nach Rom hatte sich Sulla nur mit einem Gedanken beschäftigt: Wie konnte er sich von Metrobius für einige Zeit trennen, ohne den Freund zu sehr zu verletzen? Denn Metrobius mußte für eine Weile das Haus verlassen; Sulla war sicher, daß Ahenobarbus einige Klienten als Spitzel auf ihn ansetzen würde, um jede Verfehlung sofort zu erfahren.

Als Sulla die Tür seines Hauses aufschloß, schallte ihm wüster Lärm entgegen: Stimmen kreischten, Flöten jaulten, Füße trampelten. Offensichtlich fand in seinen Räumen ein fröhliches Fest statt. Er durchquerte schnell den Flur und fand seinen Verdacht bestätigt.

Die Flügel zum Tablinum standen weit offen. Zahlreiche Klinen waren im Speisesaal aufgestellt; überall lagerten junge Männer, nebeneinander oder auch aufeinander. Die kleinen Eßtische waren mit Speiseresten bedeckt; viel Unrat lag auf dem Boden, denn die Sklaven des Hauses feierten mit und hatten offensichtlich schon lange nicht mehr gearbeitet.

Als sich Sullas Augen an den Wirrwarr gewöhnt hatten, versuchte er die Gesichter der Gäste zu erkennen, aber sie waren ihm fremd. Metrobius mußte sie auf der Straße aufgelesen haben.

Seinen Freund konnte er nirgends entdecken. Er stieg die steile Treppe zum Obergeschoß hinauf, das über dem Peristyl lag und in dem er und Metrobius ihre Schlafzimmer hatten, weil es dort oben luftiger war als neben dem Atrium.

Einen Augenblick zögerte er vor der Tür des Schlafzimmers seines Freundes, dann riß er sie mit einem Ruck auf. Metrobius und sein Partner waren so vertieft in den Geschlechtsakt, daß sie Sulla erst wahrnahmen, als er sie brutal auseinanderriß.

»Raus!« schrie er und zerrte Kleidungsstücke des Metrobius aus einer Truhe, um sie von der Galerie ins Atrium zu werfen, »macht euch davon! Alle!«

Sulla raste durch den Speisesaal, scheuchte die drei Sklaven von den Klinen herunter, von ihren Liebespartnern weg, und schubste sie in eine Kleiderkammer, die er fest zuschloß. Als er ins Triclinium zurückkam, war es leer – alle Gäste waren verschwunden.

Die Köchin stand plötzlich neben ihm, fiel auf den Boden und umschlang seine Knie: »Ich bin unschuldig! Mich wollten sie ja nicht dabeihaben, sie wollten unter sich sein!« plärrte sie.

»Wie lange geht das schon so?«

»Du warst gerade zwei Tage fort, da brachte Metrobius schon die ersten Gäste mit! Dann wurden es jeden Tag mehr! Und ich allein mußte sie alle bekochen, weil meine Mitsklaven ja als Liebhaber gebraucht wurden!«

»Woher hatte Metrobius das Geld für die vielen Gelage?«

»Du hattest ihm ja genügend dagelassen, aber dann hat er Schulden gemacht. Bei Vitalis hat er sich 30 000 Sesterzen geliehen, die aber du zurückzahlen sollst! Ich habe gehört, wie Metrobius dem Vitalis gesagt hat, du kämest mit Körben voller Geld aus Narbo zurück, und notfalls könntest du auch viel mehr zurückgeben!«

Sulla wurde schwindlig; er ließ sich auf den Boden gleiten und bedeckte das Gesicht mit den Händen. Da spürte er eine zarte Berührung am Nacken: Metrobius kauerte neben ihm und schlang die Arme um seinen Hals.

»Du Misthaufen, laß mich los!«

Sulla sprang auf die Füße und schlug seinen Freund heftig ins Gesicht; Metrobius wehrte sich nicht, versuchte nicht einmal, sich gegen die Schläge zu schützen.

»Es tut mir so leid, Sulla! Ich wollte dir nicht weh tun! Aber woher konnte ich wissen, daß du schon so schnell zurück bist! In gewisser Weise ist das hier alles deine Schuld. Du hättest mich eben nicht allein lassen dürfen!«

Und nackt, wie er war, ließ er sich auf den kalten Lehmboden fallen, während ein Weinkrampf seinen zarten Körper erschütterte. Sulla sagte nichts mehr; er wanderte im Atrium umher, blieb vor dem Hausaltar stehen und bemerkte, daß sämtliche Laren, die kleinen Hausgötter, verschwunden waren. Offenbar gestohlen waren auch alle Statuen, die zum Haus gehörten oder die er sich gekauft hatte.

Seine Bibliothek, die noch in den Anfängen stand, war ausgeräumt; die Kleiderkisten waren leer. Er besaß jetzt nur noch die Kleidung, die er auf dem Leibe trug.

Sein Zorn gegen Metrobius, der sich schon gelegt hatte, als er ihn wimmernd auf dem Boden zurückließ, flammte wieder auf; er stieß mit dem Fuß gegen ihn und schrie:

»Ausgeraubt hast du mich! Es ist aus zwischen uns! Nimm deine Sachen und verschwinde! Du bist frei, du kannst gehen, wohin du willst. Liebhaber findest du an jeder Ecke!«

Metrobius stand langsam auf, zog sich an und verließ das Haus, ohne Sulla eines weiteren Blickes zu würdigen.

Die Hetäre Nikopolis

Schon am nächsten Tag bedauerte Sulla die Trennung von seinem Freund, aber er zwang sich, nicht in den Kreisen der Komödianten nach ihm zu forschen. Um sich abzulenken, begann er seine Vormittage auf dem Forum zu verbringen.

Überrascht sah er eines Morgens, wie Gaius Marius auf die Rednertribüne stapfte. »Ist der etwa Volkstribun geworden?« erkundigte sich Sulla bei einem Mann, der neben ihm stand.

»Der ist der beste Volkstribun seit Gracchus! Der gibt es dem Adel so richtig!«

Immer mehr Zuschauer fanden sich vor der Rostra ein.

»Sag den Adligen, was du von ihnen hältst!« forderten sie Marius auf. Der Volkstribun ließ sich nicht lange bitten.

»Seht euch diese feinen, parfümierten Bürschchen aus dem Adel an!« höhnte Marius. »Was können sie schon an eigenen Taten aufweisen! Sie führen nur ihre Ahnen im Mund, haben nichts geleistet, kennen das Kriegshandwerk nur aus griechischen Büchern.

Mich verachten sie, weil ich ein ›Homo novus‹ bin, nicht zum Adel gehöre. Sie verachten aber auch euch, das ganze Volk von Rom! Und verlangen, daß wir sie achten und verehren! Wie können wir aber Männer respektieren, an deren Händen das Blut so vieler Römer klebt!«

Die Zuschauer klatschten begeistert; Marius hatte genau das ausgesprochen, was die Plebs dachte und empfand.

Nach der Rede des Marius schlenderte Sulla ziellos auf dem Forum herum, erbittert über die Sympathien der Zuschauer für den Volkstribun.

»Ich bin offenbar der einzige, der merkt, was für ein Heuchler das ist«, dachte er verärgert, »ein mürrischer Bauerntrampel, der sich maßlos überschätzt.«

Er wollte gerade den Weg zu seiner Wohnung einschlagen, als sein Blick mit dem einer hübschen Frau zusammentraf. Sie stand bei zwei jungen Männern und langweilte sich offensichtlich mit ihnen.

Sie war ungefähr 30 Jahre alt, mit niedlichen, jedoch schon verlebten Zügen, stark geschminkt und mit viel Schmuck behängt, wie Sulla gleich registrierte.

»Ein Freudenmädchen, aber in gehobener Stellung, eine Hetäre«, dachte er und grinste zurück, als sie ihn anlächelte. Lässig schlenderte er auf die Gruppe zu und überlegte, woher er einen der beiden jungen Männer kannte. »Das muß Gaius Servilius Glaucia sein«, fiel es ihm plötzlich ein, »ein Schüler des alten Metellus Macedonicus.«

Strahlend trat er auf ihn zu: »Grüß dich, Glaucia, bist du immer noch beim Macedonicus?«

Glaucia wandte sich ihm erstaunt zu und schien Mühe zu haben, ihn zu erkennen.

»Hast du mich vergessen? Wir haben doch oft genug vor

der Curia nebeneinander gestanden und halb Rom durchgehechelt!«

»Natürlich, der Sulla! Ohne dich, nach deinem Sturz, war die Warterei vor der Curia nur noch halb so lustig!«

Glaucia lachte dröhnend; er war zwei Jahre älter als Sulla und gehörte einem unbedeutenden Zweig des mächtigen Patricierhauses der Servilier an. Wie Sulla hatte er den Ehrgeiz, seinem Zweig zu Glanz und Ansehen zu verhelfen; wie Sulla liebte er Tanz und Theater. Außerdem den Umgang mit Hetären.

»Das ist unsere schöne Nikopolis«, stellte er vor, »wie der Name schon sagt: Sie siegt immer. Im Moment hat sie mich besiegt, und auch meinen Freund Crassus Dives.«

Sie hoben die Hände zur Begrüßung, und Sulla blickte dem jungen Mann neugierig ins Gesicht. Dives war ein Licinier aus dem ehemals reichsten Zweig dieser Gens, was einem Ahn vor 100 Jahren den Beinamen »dick und reich« eingetragen hatte. Ein anderer Ahn hatte später das riesige Vermögen verschleudert, und die Nachfahren hatten nie wieder solche Geldmengen ansammeln können, um den Beinamen »reich« zu rechtfertigen. Unbeirrt hielten sie aber daran fest, in der Hoffnung, daß es einem Familienmitglied schon gelingen würde, noch einmal große Reichtümer anzuhäufen.

»Du kommst gerade recht, um unseren Streit zu schlichten«, sagte Crassus Dives zu Sulla, nachdem sie einige Höflichkeitsfloskeln ausgetauscht hatten, »mein Freund Glaucia sagt diesem bäurischen Marius eine große Karriere in Rom voraus, während ich meine, daß in einem Jahr kein Mensch mehr über ihn redet oder gar ihn zum Aedil wählt.«

»Da bin ich aber froh: Du scheinst der einzige auf dem Forum zu sein – außer mir –, der diesen widerlichen Marius richtig einschätzt! Ich bin keineswegs gegen Aufsteiger, aber ich bin gegen Menschen, die unseren Stand verunglimpfen und damit das Volk verführen«, rief Sulla heftig, und Glaucia sah ihn erstaunt an.

»Du hast ein völlig falsches Bild von Marius, wie auch

mein Freund Crassus Dives: Marius ist grundehrlich, kein bißchen korrupt! Das will etwas heißen in unserem Rom, in dem ja alle käuflich sind. Ich verrate euch damit keine Geheimnisse«, meinte Glaucia lachend. Sulla schwieg betreten, denn mit der Korruption hatte er bereits seine Erfahrungen gemacht und mußte Glaucia daher beipflichten.

»Und daß Marius noch auf den untersten Stufen der Karriereleiter steht, liegt daran, daß er ein Kriegsmann ist und viele Jahre seines Lebens im Felde verbracht hat. Ich weiß von Bekannten, die ihn mit seinen Soldaten erlebt haben, wie sehr Marius von ihnen geachtet, sogar geliebt wird. Er teilt alle Strapazen mit ihnen, hilft eigenhändig bei Schanzarbeiten, marschiert mit ihnen viele Meilen, trägt selbst sein Gepäck. Bei Kämpfen hat er vielen Legionären das Leben gerettet. Eins kann ich euch prophezeien: Sollte Rom wieder einen Krieg führen müssen wie gegen Hannibal, so ist Marius der richtige Mann dafür!«

Sulla schwieg, denn er merkte, daß jeder weitere Einwand Glaucia nur anregen würde, die positiven Seiten des Marius noch stärker hervorzuheben. Aber er war nachdenklich geworden; sein analytischer Verstand sagte ihm, daß in diesem Marius mehr stecken mußte, als er geglaubt hatte, wenn selbst der Spötter Glaucia ihn ernsthaft verteidigte.

»Mögen die Götter unser Rom vor einem Krieg verschonen, der das Volk nach einem Marius rufen läßt!« dachte er, nachdem er sich von den dreien verabschiedet hatte.

»Warte, warum hast du es denn so eilig?« hörte Sulla Nikopolis rufen. Gleich darauf hielt sie ihn an der Toga fest. »Mich langweilt das Geschwätz über diesen Marius genauso wie dich! So habe ich die beiden einfach stehenlassen, und zum Glück konnte ich dir noch folgen!« sagte sie, noch etwas außer Atem. Sie ließ die Toga los und strich – mit einer koketten Armbewegung – einige der gedrehten Löckchen aus dem Gesicht. Sulla sah dabei, daß das Kleid unter dem Überwurf sehr durchscheinend war und daß die Brust von keiner Binde gehalten wurde. Er wurde rot, und sie zog die stark nachgemalten Brauen über den einfältigen Augen hoch.

»Du scheinst schon lange keine Frau mehr aus der Nähe gesehen zu haben! Wenn du willst, kannst du noch mehr sehen, ich wohne auf dem Quirinal, nicht weit von hier!«

»Ich, ich habe nicht soviel Geld wie deine Freunde Glaucia und Crassus Dives«, sagte er tapfer, aber sie lachte nur.

»Die haben auch nicht viel Geld! Ihre Väter halten sie reichlich kurz! Ihr jungen Männer seid für die Liebe, ich meine, für das Gefühl, und die Alten sind für das Geld! Und Alte mit Geld habe ich genug; da kann ich mir auch hin und wieder Junge ohne Geld leisten. Also komm, wenn du willst!«

Nikopolis wohnte eine Insula höher als Sulla; ihre Wohnung lag ebenfalls im Erdgeschoß und verfügte über ein Atrium und ein Peristyl. Das Haus war vollgestopft mit neckischem Kleinkram. Überall sah Sulla kleine bronzene Tischchen, auf denen allerlei Figuren wie Götter und Tiere verteilt waren; viele dienten als Öllampen, andere waren bloßer Zierat.

Das Peristyl enthielt eine Sammlung von Statuen nackter Frauen- und Männergestalten, die die von Sullas Vater noch übertraf. Auch die Wände erinnerten Sulla sehr an sein Elternhaus: Zahlreiche Paare waren dort – in verschiedenen Stellungen – beim Geschlechtsakt abgebildet, dazwischen gab es sogar Darstellungen von der Liebe mit Tieren. Sulla entdeckte erfreut die Szene mit dem Esel und der Schönen, unter die der Anfang des »Ia-Ia-Liedes« gekritzelt war.

Natürlich fehlte auch der Gott Priapus nicht an dieser Stätte der Obszönitäten: Er überschaute von einem hohen Podest aus den kleinen Innenhof und ließ Wasser aus seinem gewaltigen Glied in ein Marmorbecken spritzen.

Sulla war etwas beklommen zumute; er war schon lange nicht mehr mit einer Frau zusammengewesen. Der Gedanke an seinen Hoden quälte ihn, und er fragte sich, wie die Hetäre die Verkrüppelung aufnehmen würde.

Nikopolis hatte seine Unsicherheit gespürt, hielt sie aber

für jugendliche Schüchternheit. Deshalb schickte sie ihn in das Peristyl, denn die »nackten Tatsachen« dort pflegten auch schwierige Liebhaber in Stimmung zu bringen.

Sie selbst war mit Anweisungen für ein intimes Mahl beschäftigt; sie wollte diesen Tag festlich gestalten, denn Sulla gefiel ihr gut. In den vergangenen Wochen hatte sie sich viele Tage mit einem alten, aber sehr reichen Liebhaber abgemüht; nun wollte sie sich etwas Gutes gönnen. Sie war daher zum Forum geschlendert, in der sicheren Annahme, dort einige ihrer jugendlichen Liebhaber zu treffen. Erfreut war sie auf Glaucia und Crassus Dives gestoßen, die ihr aber die Laune mit der Diskussion über Gaius Marius verdarben.

»Fortuna meint es heute gut mit mir«, sagte sie zu einer Sklavin, die ihr – nachdem sie zwei Diener mit Einkäufen für das Gelage beauftragt hatte – mehrere hauchdünne Gewänder vorlegte, »sie schickte mir auf der Stelle diesen Sulla, als sich das mit den beiden Bekannten als Fehlschlag erwies. Und mit diesem jungen, hübschen Cornelier habe ich mir einen besonders dicken Fisch geangelt! Er jammert zwar wie alle adligen Söhnchen, daß er kein Geld habe, aber in Wirklichkeit stinken diese feinen Herren vor Geld. Wenn der Vater ihnen nicht genug rausrückt, so finden sich immer noch Wucherer, die ihnen auf ihren guten Namen hin Kredit geben!«

Zwei weitere Sklavinnen waren damit beschäftigt, Wasser für das Bad, das neben dem Innenhof lag, vorzubereiten, denn vor der Mahlzeit mußte gebadet werden. Die Sklavinnen füllten einen großen Zuber mit warmem Wasser. Als sie fertig waren, streckte sich Sulla wohlig in der Wanne aus. Bald tänzelte auch Nikopolis herein und hüpfte zu ihm.

Während eine Sklavin Sullas Rücken mit einem Schabeisen bearbeitete, richtete er sich etwas auf, so daß sein körperlicher Defekt sichtbar wurde. Nikopolis stieß einen spitzen Schrei aus:

»Was ist denn mit dir los? Du hast ja nur ein Ei! Sieht das komisch aus! Das habe ich bisher nur zweimal gesehen! Und jetzt bei dir!« Und sie fing an, aufgeregt an seinem Sack herumzutasten. Dabei kicherte sie albern.

»Hör auf!« sagte Sulla grob, schlug ihr auf die Hände und sprang aus der Wanne. »Meine Kleider! Gebt mir sofort meine Kleider!« herrschte er die beiden Sklavinnen an. »Und du, blödes Weib, halt den Mund.«

Nikopolis verstummte sofort, offensichtlich brauchte sie einen strengen Ton.

»Ich wollte dich nicht verletzen, Sulla«, flehte sie und begann zu weinen, »ich war nur überrascht! So was sieht man nicht alle Tage! Wir wollen uns doch nicht das Essen verderben, ich habe mich so darauf gefreut! Und damit du siehst, wie gern ich dich habe, trotz, trotz – na, du weißt schon –, kannst du hin und wieder zu mir kommen, ohne zu bezahlen. Kleine Geschenke, oder auch große, nehme ich natürlich gern an ...«

Sulla hörte sie noch plappern, als er den Säulengang, zum Ausgang hin, entlangeilte. Er drehte sich um und drohte Priapus mit der Faust.

Einige Tage später traf er Nikopolis zufällig auf der Straße, die zu seinem Haus führte. Er blickte betont zur anderen Seite, aber sie zupfte ihn wieder an der Toga und zwang ihn stehenzubleiben.

»Das war dumm von mir, wie ich mich in der Badewanne benommen habe! Es tut mir leid, und ich verspreche dir, nie wieder darüber, na, du weißt schon, zu reden!«

Sulla wollte ihr auf die Finger klopfen, aber sie hatte bereits die Hand von der Toga genommen und war einen Schritt zurückgetreten. Sie war an diesem Tag nicht so stark geschminkt wie auf dem Forum, und ihr Gesicht gefiel ihm so viel besser. Ihre dümmlichen Augen füllten sich mit Tränen, als sie seine Abwehr spürte, und Sulla sagte, um eine Szene auf offener Straße zu vermeiden:

»Ist schon gut! Ich verzeihe dir! Aber nun muß ich weiter. Ich habe zu tun!«

»Hast du morgen Zeit? Wir könnten das Gelage nachholen. Du brauchst nicht zu bezahlen! Ich habe viel Geld!«

Sulla horchte auf, denn seine Mittel waren so stark zusammengeschmolzen, nachdem ihn Metrobius und dessen Kumpane ausgeraubt hatten, daß die Situation anfing schwierig für ihn zu werden.

Vitalis hatte auf der sofortigen Rückzahlung des an Metrobius verliehenen Geldes bestanden und dazu noch Wucherzinsen von 25 Prozent verlangt. Um die Beziehung zu ihm nicht zu gefährden, denn er konnte ihm ja noch einmal nützlich sein, hatte Sulla mit lässiger Geste die Schulden seines Freundes beglichen.

»Jederzeit gern zu Diensten«, grinste Vitalis, »hast du eigentlich noch etwas von dem vorzüglichen Honiggebäck in deiner Küche?«

Als sich dort keine Vorräte mehr fanden, schickte Sulla die Köchin zu einem Bäcker und orderte gleich eine Menge, die für eine fünfköpfige Familie eine Woche lang gereicht hätte.

»Knauserig bist du nicht«, meine Vitalis anerkennend, als er den Korb voller Backwaren sah, »da werde ich für zwei Tage genug zum Knabbern haben.«

Um an Bargeld zu kommen, hatte Sulla sofort die drei Sklaven verkauft, die sowieso durch die Gelage verdorben und für tägliche Arbeiten nicht mehr zu gebrauchen waren. Die Köchin fing an zu klagen, weil ihr noch der Hausputz aufgebürdet wurde, und Sulla dachte ernsthaft über einen Wechsel in ein kleines, bescheidenes Quartier nach. Wiederholt machte er sich Vorwürfe, weil er das Angebot des Ahenobarbus, ihm weitere 20 000 Sesterzen zu bezahlen, so leichtfertig zurückgewiesen hatte. Sein Freund Lucius, den er bedenkenlos um Geld hätte bitten können, war bei seinem Vater in Gallien geblieben, um zu lernen, wie eine große römische Straße gebaut wurde. Roscius hätte ihm sicher sofort Geld geliehen, aber Sulla hatte sich vorgenommen, die Komödiantenkreise so lange wie möglich zu meiden.

Daher ging von der Hetäre plötzlich eine seltsame Anzie-

hungskraft aus; ihre etwas plumpe Gestalt erschien ihm graziös und elegant, die Augen leuchtend und klug, nachdem Nikopolis verkündet hatte: »Ich habe viel Geld!«

»Du würdest mir auch ohne Geld gefallen, liebe Nikopolis«, sagte er scheinheilig und verströmte seinen gefährlichen
Charme, während er die Hand auf ihre breite Hüfte legte,
»gerade weil ich mich auf den ersten Blick in dich verliebt
hatte, hast du mich mit deinen – nun sagen wir: ›etwas rohen
Worten‹ so gekränkt! Seit Tagen, seit ich weggegangen bin,
kann ich nicht mehr schlafen, immer muß ich an dich denken!«

»Ist das wahr?« Nikopolis faßte nach seiner rechten Hand.
»Du, ein Cornelier, hast dich in mich verliebt?«

Da Sulla sich vor weiteren Liebkosungen auf offener Straße fürchtete, denn er war sicher, daß Vitalis wieder wie eine
Kröte im Hintergrund der Terrasse lauerte und ihn anschließend mit lästigen Fragen bestürmen würde, schlug er vor:

»Laß uns zu dir gehen! Meine Geschäfte können bis morgen warten!«

Glücklich trippelte Nikopolis auf den hohen Absätzen ihrer
Sandalen neben ihm her und überschüttete ihn mit einem Re-
deschwall. Sulla merkte bald, daß es gar nicht nötig war, ihr
zuzuhören. Er nickte gelegentlich, wenn er ihren auffordern-
den Blick spürte, aber hing während des weiteren Weges seinen eigenen Gedanken nach, die alle um einen Punkt krei-
sten: Wie konnte er Nikopolis möglichst viel Geld entlocken,
ohne zu sehr von ihr vereinnahmt zu werden?

Die Mahlzeit, die Nikopolis auftischen ließ, erschien Sulla als
die beste seines Lebens. Seit Tagen hatte er sich, wie damals
in Massilia, nur einfache Speisen leisten können: grobes, billiges Brot, Oliven und Bauernkäse. Die Köchin murrte inzwischen über diese karge Kost, aber Sulla war überzeugt, daß
sie sich von dem Geld, das er ihr zum Einkaufen gab, genug
abzweigte, um Leckereien kaufen zu können oder auch ein
Stück Fleisch, das sie sich briet, wenn er auf dem Forum war.

Die große Flügeltür des Speisezimmers stand weit offen, denn es war ein sehr warmer Abend Ende März. Sulla und Nikopolis blickten von ihren Klinen aus auf den Innenhof, in dem die ersten Rosen in kleinen, von niedrigen Buchsbaumhecken eingefaßten Beeten blühten. Die friedliche Stimmung dieser Stunde wurde noch durch das Geplätscher des Wassers verstärkt, das unablässig aus dem Glied des Priapus in ein Marmorbecken strömte und von dort in eine mit Ziegeln ausgelegte Rinne floß, die in ein kleines Becken vor dem Speiseraum mündete.

»Woher bekommt eigentlich der Priapus sein Wasser?« fragte Sulla, denn an technischen Problemen war er seit seiner Kindheit interessiert. »Siehst du die dünne bronzene Leitung, die in seinen Kopf führt? Sie kommt aus einem kleinen Becken, das ich auf einem flachen Dach habe. Wenn es nicht der Regen füllt, müssen es eben meine Sklaven tun!«

»Du mußt viel Geld haben, wenn du dir mehrere Sklaven leisten kannst, und dann dieses große Haus in der guten Wohngegend«, tastete sich Sulla langsam vor, während er sich eifrig mit der Vorspeise beschäftigte: Es gab Würstchen, deren Fleisch mit Pinienkernen, Pfeffer und Kümmel vermengt war. Gekocht waren sie in einem Sud, der aus Garum – einer Fischsoße –, Öl und Kräutern wie Dill und Lauch bestand. Sie lagen, in kleine, mundgerechte Stücke geschnitten, in silbernen Schälchen, und Sulla griff sich ein Stück nach dem anderen, während er gespannt auf die Antwort der Nikopolis wartete, die sich gerade die Finger ableckte. Sulla nahm die Serviette auf, die neben den Schälchen mit den Würstchen ausgebreitet war, und rieb sich zierlich die Hände ab.

»Die Würstchen lasse ich immer lange in der Fischsoße schmoren, das schmeckt man deutlich! Ich habe dem Koch auch gesagt, er soll heute besonders viele Pinienkerne in das Gehackte tun. Sie sind zwar teuer, aber was sein muß, muß sein!« plapperte Nikopolis, ohne auf Sullas Bemerkung einzugehen.

»Wunderbar, wie du dich um alles kümmerst! Und wieviel du über die Zubereitung von Speisen weißt. Woher hast du das bloß?« forschte er weiter.

»Das gehört zu meinem Beruf. Viele der feinen Herren haben auch einen feinen Geschmack und sagen mir dann: Nikopolis, mach das so! Oder nimm das! Und inzwischen weiß ich soviel wie der beste Koch von Rom.« Als zweite Vorspeise wurde ein Gericht serviert, das aus einer Mischung von gekochten Linsen und Kastanien bestand. Gewürzt war es mit verschiedenen Kräutern, dazu kräftig gepfeffert, dann mit Essig, Honig und Fischsoße bestrichen. Alles zusammen war noch einmal mit Öl aufgekocht und vor dem Servieren dick mit Öl beträufelt worden.

Sulla fand auch dieses Gericht »wunderbar« und löffelte sein Schälchen vollständig leer.

»Man könnte meinen, du hast seit Tagen nichts Richtiges mehr gegessen«, neckte ihn Nikopolis.

Er bekam einen roten Kopf und nahm sich vor, in Zukunft besser auf der Hut zu sein, denn die Hetäre verfügte offenbar über eine gute Beobachtungsgabe und gesunden Menschenverstand.

Nun wurde – auf einer großen silbernen Platte – das Hauptgericht hereingetragen: ein gefüllter Hase. Der Koch hatte ihn nach dem Braten wieder in sein Fell gehüllt und die langen Ohren mit Hühnerfedern vollgestopft. Auch im Schwanz steckten Federn, die auf und ab wippten, als der Diener mit elegantem Schwung die Platte vor ihren Köpfen hin und her bewegte. Beide applaudierten.

Während Sulla kaum den ersten Bissen abwarten konnte, zählte ihm Nikopolis alle Zutaten für die Füllung auf; erst dann zerteilte der Diener den Hasen und legte ihnen kleine Stücke auf neue Schälchen. Außerdem reichte er ihnen Gefäße, die mit parfümiertem Wasser gefüllt waren, damit sie sich die Hände waschen konnten.

Langsam löffelte Sulla zuerst den Brei der Füllung; er schmeckte die Mandeln, Nüsse, Eicheln heraus, die mit den

Innereien des Hasen vermischt waren. Und ebenso langsam steckte er ein Stückchen des vorzüglich gebratenen Hasenfleisches in den Mund, und dann noch eins und hörte schließlich auf zu essen. Nikopolis mußte ihm erst eine Weile gut zureden, bevor er wieder Zugriff.

Die Nachspeise, ein Omelett, das mit Honig und Pfeffer bestrichen war, ließ er stehen. Das fiel ihm allerdings nicht schwer, da er Eiergerichte verabscheute.

Nach dem Essen setzte ihm Nikopolis einen Kranz aus Rosenblüten und Efeublättern auf, schmückte sich selbst mit einem Diadem aus dünnen Goldblättern und ließ den gemischten Wein bringen. Sie wechselte auf seine Kline über und kuschelte sich an seine Brust.

»Nun, wie gefällt es dir bei mir?« fragte sie und hob ihr gerötetes Gesicht zu ihm empor.

»Ich glaube, ich habe mich in die eleganteste Hetäre Roms verliebt«, antwortete er zärtlich und strich mit den Fingern über ihr dünnes Gewand, das von leuchtendem Blau war, »und sie hat einen erlesenen Geschmack, führt die beste Küche der Stadt und hat die besten Weine im Keller!«

»Das ist ein Caecuber, der wird an der Küste von Latium angebaut und schmeckt mir besser als der Falerner aus Campanien«, sagte sie, sichtlich stolz, daß sie ihn auch noch mit Kenntnissen über Weinbaugebiete beeindrucken konnte.

Als Sulla kurze Zeit später mit ihr schlief, war sie, wie er erfreut feststellte, überrascht über die Kraft, die in seinem einen Hoden steckte. Er blieb über Nacht bei ihr und verließ sie am Morgen mit dem Versprechen, am Abend wiederzukommen.

So verbrachten sie fast eine ganze Woche; jeden Abend veranstaltete Nikopolis ein festliches Mahl – nur für sie beide. Sie turtelten viel, und Sulla spielte so überzeugend die Rolle des Verliebten, daß die Hetäre oft, besonders wenn sie viel Wein getrunken hatte, in Tränen ausbrach und rief:

»Das mir! Das mir! Fortuna hat mir einen Cornelier geschickt, der sich in mich verliebt hat! Wie oft habe ich mich schon in einen feinen jungen Herrn verliebt, aber wenn er das merkte, ist er nicht mehr wiedergekommen.«

Heftig schlang sie beide Arme um seinen Hals:

»Schwöre mir, daß du mich nie verlassen wirst!«

Sulla befreite sich zart aus ihrer Umklammerung: »Einmal werde ich heiraten müssen!«

»Das macht mir nichts aus! Ich weiß doch, wie das ist: Die Frau aus deinen Kreisen brauchst du für deine Karriere, aber mich für die Liebe! Schwöre mir bei Fortuna, daß sich nichts zwischen uns ändert, wenn du einmal heiraten mußt.«

Und geduldig schwor Sulla bei Fortuna, während er darüber nachsann, wie er ihr endlich eine größere Summe Geld entlocken konnte. Denn in Gelddingen war sie durchtrieben, und jede direkte Frage nach ihren Vermögensverhältnissen ließ sie unbeantwortet.

Nikopolis war die Tochter einer Sklavin, die irgendwoher aus dem Osten stammte. Die Mutter war als kleines Mädchen von Seeräubern verschleppt und auf dem Sklavenmarkt der Insel Rhodos verkauft worden; die Erinnerung an ihre Herkunft wurde durch die vielen Ereignisse, die dem Raub folgten, ausgelöscht.

Sie kam mit anderen Sklaven nach Puteoli, dem großen Hafen für Luxusgüter in Campanien; dort wurden sie auf ein kleines Küstenschiff verladen und nach Ostia gebracht. Den schlecht ausgebauten und den Stürmen ausgesetzten Hafen von Ostia mieden die Händler mit ihren großen Kauffahrern, wenn sie kostbare Fracht wie Sklaven oder Gläser aus Sidon nach Rom transportierten; sie zogen das mehrmalige Umladen vor, von Ostia schließlich auf Flußschiffe nach Rom, bis zum Emporium, dem Handelshafen am Fuße des Aventin.

Ein Töpfer kaufte das Mädchen bei einem der zahlreichen Sklavenhändler; er nannte es Lydia, nach einer Landschaft, die später zur römischen Provinz Asia gehörte. Der Töpfer stellte seine Waren in einem kleinen Gewerbegebiet auf der anderen Tiberseite her. Er verkaufte sie in einem Laden in der Subura, über dem er und seine Familie auch wohnten.

In der Töpferei arbeiteten zwei Sklaven, Fachkräfte für die Produktion von Tonwaren. Im Grunde machten sie die Arbeit allein, denn der Töpfer Sextus war ein eifriger römischer Bürger; er fehlte bei keiner Abstimmung auf dem Marsfeld und trieb sich täglich mehrere Stunden auf dem Forum herum, um über alles, was in Rom geschah, auf dem laufenden zu sein.

Die Waren verkauften seine Frau und eine Tochter von zehn Jahren; die älteren Kinder waren aus dem Hause – das Mädchen verheiratet, der Junge auf einem Feldzug.

Die kleine Lydia – sie war erst sieben Jahre alt – war als Arbeitskraft für den Haushalt eingekauft worden. Die kleine Sklavin mauserte sich innerhalb weniger Jahre zu einer Schönheit mit ihrer grazilen Gestalt, den schwarzen, brennenden Augen und den dunklen Locken. Die Männer im Viertel pfiffen hinter ihr her, wenn sie mit wiegendem Gang, die Amphore auf dem Kopf, zum Brunnen schritt.

Die Frau des Töpfers ärgerte sich zuerst über das Aufsehen, das die inzwischen Zwölfjährige erregte, dann kam ihr aber die Idee, die Reize der Kleinen zu vermarkten. Ihr Mann war sofort einverstanden, und so mieteten sie eine der schmutzigen Kammern im Circus Maximus, wo die Huren von Rom ihre Dienste anboten. Möbliert war dieser Raum mit einer großen Matratze, auf der ein Fell lag; dann gab es noch einen kleinen Tisch mit einer Wasserschale; ein Vorhang schützte den Raum vor Blicken.

Die kleine Lydia machte ihre Arbeit gut; es herrschte ein ständiges Kommen und Gehen bei ihr, und der Töpfer nahm bald mehr Geld mit dem neuen Gewerbe seiner Sklavin ein als mit dem Verkauf seiner Tonwaren. Zwei Jahre später bekam sie ein Kind, das die Töpfersfrau großzog.

Irgendwann war Lydia verschwunden, ob weggelaufen oder von einem Freier ermordet, hatte Nikopolis, die Tochter, nie in Erfahrung bringen können. Als sie im Hause des Töpfers aufwuchs, wurde sie ebenfalls »Lydia« gerufen, denn ihre Herren hatten sich an diesen Namen gewöhnt; erst später legte sie sich den Hetärennamen »Nikopolis« zu, die »Siegesstadt«.

Sie wuchs wie ein römisches Kind auf, war sehr gewitzt, lernte sogar etwas Lesen und Schreiben. Mit zwölf Jahren wurde auch sie in eine der Kammern im Circus Maximus gebracht. Sie war zwar nicht so schön wie ihre Mutter, die sie kaum gekannt hatte, aber ihre jugendliche Rundlichkeit zog viele Freier an, und Lydia vermehrte das Einkommen der Töpfersleute ebensogut wie ihre Mutter.

Nachdem andere Huren, Sklavinnen wie sie, ihr erzählt hatten, daß sie einen Teil der Einnahmen behalten konnten, um sich später damit freizukaufen, setzte sie diese Regelung – nach harten Kämpfen – auch bei den Töpfersleuten durch. Sie sparte das Geld und konnte wirklich damit einige Jahre später die Freiheit erlangen. Zuvor hatte sie ihre Herren aber noch mit zwei kräftigen Mädchen beglückt, die das gleiche Schicksal erwartete wie Großmutter und Mutter: zuerst Arbeit im Haus, dann in einer schmutzigen Kammer im Circus Maximus.

Sulla hörte sich die Erzählung der Nikopolis sichtlich betroffen an und überlegte, während sie weiterplapperte, ob seine Mutter auch so angefangen hatte – auf einer verdreckten Matratze im Circus Maximus.

»Dann hatte ich aber Glück, ich bin ja überhaupt ein Glückskind«, schwatzte Nikopolis, »während eines Spaziergangs lernte ich einen reichen alten Herrn kennen, der mir eine kleine Wohnung in der Subura mietete, wo er mich regelmäßig besuchte, später auch seine Freunde – die natürlich gegen Geld, das ich mit dem Alten teilen mußte.

Aber ich bin ja schlau: Ich erzählte ihm nie genau, wieviel ich den reichen Herren abschmeichelte, und behielt den größten Teil für mich. Als er starb, besaß ich schon ein kleines Vermögen – denn ich bin sparsam – und dazu einen guten Stamm von Freiern. Und wieder hatte ich Glück: Ich lernte einen sehr reichen Senator kennen, der mir dieses Haus kaufte.«

»Wie heißt denn dein Senator?« Sulla war alarmiert; bestimmt war ihm der großzügige Liebhaber der Hetäre bekannt.

»Wird nicht verraten! Das habe ich dem Alten versprochen!«

Sulla bedrängte sie zwar mit immer neuen Anläufen, aber er konnte ihr den Namen nicht entreißen. Später erwähnte sie einmal nebenbei, daß der Alte inzwischen verstorben sei, und Sulla gewann die Überzeugung, daß sie sich mit dem senatorischen Liebhaber nur hatte aufspielen wollen.

»Eins interessiert mich: Hast du – außer den Töchtern, die du dem Töpfer überlassen hast – noch mehr Kinder?« erkundigte sich der Cornelier. Nikopolis lachte: »Die zwei Geburten haben mich so mitgenommen, daß sie für den Rest des Lebens reichen!«

»Aber was hast du denn gemacht, um weitere Geburten zu verhüten?«

»Dummchen, weißt du denn wirklich nicht, was Frauen dagegen tun?«

Sulla bekam einen roten Kopf und mußte gestehen, daß er sich bisher noch keine Gedanken darüber gemacht hatte.

»Ich will es dir erklären«, tönte Nikopolis voller Stolz, daß sie dem so gebildeten Cornelier etwas beibringen konnte, »ich nehme einen Bausch aus Wolle, den ich mit Öl und Zitronensaft tränke. Den führe ich vor dem Geschlechtsverkehr ein und bin so geschützt!«

»Warum habe ich bisher nichts davon gemerkt?«

»Wir Frauen verraten nicht gern unsere kleinen Geheimnisse. Ich lenke dich etwas ab, und schwupp! ist es passiert.«

Der Adel feiert

Während seiner Vormittage auf dem Forum unterhielt sich Sulla gern mit Lucullus, der dort ebenfalls viel Zeit verbrachte. Oft hing Caecilia Metella an seinem Arm, mit der er inzwischen verheiratet war.

»Das Eheleben ist herrlich«, schwärmte die niedliche Metella und warf ihrem Lucullus einen koketten Seitenblick zu, »keine Amme verfolgt uns mehr, und mein Bruder Lucius hat auch aufgehört, mich zu erziehen!« Sulla lachte und wollte sich gerade verabschieden, weil er seinen Freund Catulus gesehen hatte, als die Metella rief:

»Bleib noch einen Moment! Ich habe etwas mit dir zu besprechen. Mein Schwiegervater will bald ein großes Fest in seinem Hause geben. Ich möchte gern eure ›Geraubte Braut‹ sehen, Lucullus hat mir immer wieder davon erzählt. Willst du mit deiner Truppe, genauso wie sie in Narbo war, bei uns auftreten?«

»Genauso wie sie in Narbo war?« grinste Sulla. »Da müßte ich aber erst die Flötenbläserinnen aus dem Troß der Legionäre holen, und das dürfte die Aufführung sehr verzögern!«

Sulla hatte gehofft, sie mit diesem Hindernis abzulenken, aber sie ließ nicht locker, bis er schließlich zugeben mußte, daß er seine Schauspieler in Rom aus den Augen verloren hatte.

»Aber über den Sorix werden sie sich doch finden lassen«, hörte er die Stimme des Catulus, der mit Glaucia und anderen zu ihnen gestoßen war. Sulla blickte zu Catulus hoch, sah ein Glitzern in dessen Augen und wußte, daß sich der Freund genauso danach sehnte, Roscius wiederzusehen wie er den Metrobius.

Sorix war geschmeichelt, als Sulla ihm das Angebot für eine Aufführung im Hause der Luculler unterbreitete.

Die Luculler, ein Zweig der Licinier, agierten noch nicht lange auf der politischen Bühne in Rom: seit gut zwei Generationen. Und erst der Vater des Lucius hatte die Familie in die

Nobilität eingeführt, als er vor 30 Jahren das Consulat erreichte. Danach regierte er als Statthalter das diesseitige Hispania, war aber mehr an kriegerischen Unternehmungen als an einer guten Verwaltung interessiert.

Lucullus überfiel einen keltiberischen Stamm, der noch von Rom unabhängig war und bisher in gutem Einvernehmen mit den Römern gelebt hatte. Er ließ sich mit hohen Summen bestechen und metzelte dann doch Tausende von Iberern nieder, die sich bereits ergeben hatten.

Mit dem Statthalter der südlichen Provinz griff er die Lusitaner an, die er nach dem gleichen Muster wie die Iberer behandelte: Stämme, die sich ergeben hatten, wurden in die Sklaverei verkauft oder niedergemacht, nachdem er sie ausgeraubt hatte.

Mit großen Schätzen kehrte Lucullus nach Rom zurück und entging einer Anklage, weil sein Gold alle Münder verschloß. Er baute sich ein prächtiges Haus auf dem Palatin, kaufte sich ausgedehnte Ländereien, auf denen er sich gleichfalls großartige Bauten errichten ließ. Sein Lebensstil war aufwendig; aber noch Jahrzehnte nach den Raubzügen in Hispania schien das Haus der Luculler über ungeheure Geldmittel zu verfügen.

Als Sulla mit dem alten Lucullus wegen der Theateraufführung verhandelte, ging dieser sofort auf die geforderten 20 000 Sesterzen ein.

»Und die Flötenbläserinnen sollen sich nach der Aufführung genauso entkleiden wie in Narbo!« schmunzelte der alte Lebemann.

Sulla betrachtete aufmerksam das gutmütige Gesicht des Lucullus: Aus den Augen funkelte immer noch unbändige Lebenslust, und die füllige Figur zeigte seine Freude an gutem Essen und Trinken. Leibliche Genüsse waren ihm zwar wichtig, aber seine Sinne waren auch für alle Schönheiten, die der Geist erfassen konnte, aufgeschlossen: Noch nie hatte Sulla so viele Skulpturen gesehen, Originale und Kopien, wie im Hause der Luculler.

»Und dieser geistreiche, sinnenfreudige Mann soll so grausame Taten in Hispania begangen haben?« fragte sich Sulla erstaunt, als ihm der Alte liebenswürdig den Arm um die Schulter legte und ihn zur Tür begleitete.

»Und denk daran: Alles wie in Narbo! Wir spielen Theater in *meinem* Haus, und die Censoren haben hier gar nichts zu sagen«, meinte er augenzwinkernd.

Sulla stutzte. Er hatte nicht gewagt, die Liebesszene mit dem Esel noch einmal anzubieten, nachdem ihm Ahenobarbus damals eine so schroffe Abfuhr erteilt hatte. Und schon gar nicht in Rom, wo die Censoren scharf darüber wachten, daß sich die Zügellosigkeiten des Adels in Grenzen hielten.

»Da gibt es eine Szene, die wir in Narbo nicht zeigen durften ...«, begann er vorsichtig.

»Dann ist sie genau richtig für mein Haus!« unterbrach ihn der alte Lebemann begeistert.

Die Aufführung der »Geraubten Braut« im Hause der Luculler wurde ein großer Erfolg, aber weder für Catulus noch für Sulla brachte dieser Abend das erhoffte Ergebnis: die Versöhnung mit ihren Freunden.

Schon bei der Probe – es war nur eine notwendig gewesen – hatte Sulla gemerkt, daß zwischen Roscius und Metrobius ein heftiges Feuer loderte, das sie offenbar gegen alle Einflüsse von außen abschirmte. So überzeugend hatten sie noch nie ein Liebespaar gespielt, so voller Schmelz noch nie ihre Duette gesungen.

Das Zusammenspiel steigerte sich sogar bei der Aufführung, und die feine Gesellschaft von Rom, die zu Hunderten erschienen war, raste und tobte während des Stückes wie die Legionäre in Narbo. Viele Lieder mußten ein dutzendmal wiederholt, viele Szenen noch einmal gespielt werden. Da es bei den Lucullern keine Tabus gab, ergötzte sich das Publikum auch am Liebesspiel der Schönen und des Esels, und das »Ia-Ia-Lied« wurde zum Schlager des Abends. Besonders Caecilia Metella trällerte es ungeniert und in vollem Wortlaut mit, ohne auf die mißbilligenden Blicke zu achten, die ihr ihr Bruder Lucius, der Consul, zuwarf, der natürlich auch geladen war.

Die Aufführung fand im Freien statt, in dem großen Innenhof, auf dessen mit Mosaiken verziertem Boden Hunderte von bequemen Korbstühlen im Halbkreis aufgereiht waren. Ein Podest diente als Bühne, von der aber die Schauspieler oft herunterstiegen, um zwischen den Zuschauern ihre Lieder zu singen.

Wegen der ständigen Wiederholungen zog sich die Aufführung über viele Stunden hin. Um die Zuschauer bei Kräften zu halten, reichten Sklaven schon bald Erfrischungen: Gebäck und Obst; kleingeschnittene Stücke von gebratenem Geflügel, Wild, Lamm oder Zicklein; dazu Oliven, eingelegte Zwiebeln, Gurken, Kürbisse.

Kleine Tischchen vor jedem Sitz dienten als Ablage für die Eßschälchen, ebenso für die Weinbecher, die nach dem Imbiß verteilt und mit gemischtem oder purem Wein gefüllt wurden.

Eine Gruppe fiel im Verlauf des Abends durch besondere Ausgelassenheit und Trunkenheit auf: Es waren zwei bis drei Dutzend Senatoren, die sich um den Praetor Lucius Geta scharten, einen Angehörigen der Gens Licinia.

Die Herren waren im gereiften Alter, einige Greise auch darunter, die es besonders toll trieben. Sie schlugen sich auf die Schenkel und kreischten mit hochroten Köpfen, als die Flötenbläserinnen zum Schluß des Stückes ihre dünnen Kleidchen auszogen, ihre Brustbinden und schließlich ihre Lendenwickel langsam und graziös abwarfen.

Schlangengleich glitten die nackten Mädchen durch die Zuschauerreihen, und viele der würdigen Herren hielten es nicht mehr auf ihren Sitzen aus. Sie sprangen auf und versuchten eins der Mädchen zu erhaschen. Doch die Flötenbläserinnen entzogen sich immer wieder geschickt ihrem Zugriff, spielten mit ihnen, lockten sie aus dem Innenhof heraus in dunkle Kammern.

Das Gejohle wurde so schrill, das Menschengewimmel so

unübersichtlich, daß Sulla beschloß, diese Gelegenheit zu nutzen, um sich unauffällig Metrobius zu nähern, den er eben noch auf dem Bühnenpodest gesehen hatte.

»Auf diese Gelegenheit habe ich lange gewartet«, hörte er die Stimme der Metella, die schon sehr unklar war; offensichtlich hatte sie zuviel Wein getrunken. »Sulla, ich liebe dich! Komm mit mir!«

Sie schlang die Arme um seinen Hals und versuchte ihn auf den Mund zu küssen. Sulla trat einen Schritt zurück, während sie gegen ihn torkelte. Um sie am Fallen zu hindern, griff er nach ihrer Hand, bekam aber plötzlich einen heftigen Schlag versetzt. Er sah in das wütende Gesicht des Consuls Metellus. »Du läßt meine Schwester in Ruh!« fauchte Metellus und zerrte Caecilia weg.

Als Sulla endlich zur Bühne kam, war Metrobius verschwunden. Er suchte ihn in den Räumen hinter dem Säulengang, der um den Innenhof lief, und stieß in einer der Kammern, in denen sich die Schauspieler umgezogen hatten, beinahe mit Catulus zusammen.

Sie lachten beide.

»Was hältst du davon, wenn wir beide, wir verlassenen Liebhaber, noch in die eine oder andere Taverne gehen«, schlug Catulus vor, »meine Domitia bekommt in wenigen Tagen das Kind. Sie kann schlecht schlafen und will von mir die ganze Nacht unterhalten werden. Und dann quält sie mich mit Fragen nach Roscius, denn natürlich haben ihr gute Freundinnen längst von meiner Liebe zu ihm berichtet.«

Arm in Arm verließen sie das Haus, um durch das nächtliche Rom zu streifen.

Der Sieg des Gaius Marius

Einige Tage später saß Sulla auf den obersten Stufen des Castor-Tempels, um das Hin und Her auf dem Forum zu beobachten.

Der Tempel war in den frühen Jahren der Republik zu Ehren eines göttlichen Zwillingspaares – Castor und Pollux – errichtet worden. Die Überlieferung wußte, daß ein unbekanntes Zwillingspaar den Römern in einer ihrer zahlreichen Schlachten beigestanden, die Siegesbotschaft nach Rom gebracht hatte und danach verschwunden war. Diese Zwillinge wurden sofort mit den göttlichen Dioskuren, wie sie auch genannt wurden, identifiziert.

Homer hatte den beiden Nothelfern ein literarisches Denkmal gesetzt: In seiner »Ilias« trat Castor als Rossebändiger und Pollux als Faustkämpfer auf. Später hob sie die Sage sogar an den Himmel, wo sie als Sternbild »Zwillinge« den Seefahrern den Weg weisen sollten.

Sulla erkor sich den Castor-Tempel jedoch nicht als Lieblingsplatz, weil er die göttlichen Zwillinge besonders verehrte, sondern weil das Bauwerk die beste Aussichtsplattform bot. Er hatte von dort einen weiten Blick auf das Treiben zu seinen Füßen, bis hin zur Rostra und zur Curia.

Der Morgen verlief langweilig, bis er Marius zur Rednertribüne stürmen sah. Sulla verließ, wie Hunderte anderer Müßiggänger, seinen Platz und strebte eilig zur Rostra, denn der Volkstribun trat so wichtigtuerisch auf, als ob er der Plebs von Rom etwas Bedeutendes zu verkünden habe.

Und so war es auch.

»Römer«, schallte die ungeschliffene, etwas heisere Stimme des Marius über das Forum, »Römer, der Adel hat sich wieder etwas Neues ausgedacht, um euch einzuwickeln. Er will kostenlos Getreide an euch verteilen ...«

Aus Hunderten von Kehlen jubelte es; das Volk schrie und klatschte; die Leute schlugen sich gegenseitig auf die Schultern, sie sprangen in die Luft und umarmten sich.

»Das hast du gut gemacht, Marius«, krähte Sullas Nachbar, »daß du das durchgesetzt hast!«

Und andere riefen: »Unser Marius, er lebe hoch!«

Als sich der Tumult etwas gelegt hatte, sprach Marius weiter, sichtlich verärgert:

»Ihr habt mich falsch verstanden! *Ich* habe die kostenlose Getreideverteilung nicht durchgesetzt, im Gegenteil, *ich* will sie verhindern. Und ich will euch auch sagen: warum!«

»Du Misthaufen!«

»Du Schiffsjauche!« ertönten vereinzelte Rufe, aber bevor die Menge sich davon mitreißen ließ, hatte Marius sich durchgesetzt. Mit harter, befehlsgewohnter Stimme forderte er Ruhe, und die Zwischenrufer verstummten sofort.

»Römer, ihr kennt mich, ihr wißt, daß ich nur euer Bestes will. Habt ihr vergessen, was euch der Adel angetan hat, wie viele er ohne Gerichtsurteil getötet hat! Und wie sehr der Adel euch verachtet! Der Adel erkennt keine Leistung an, keine Tüchtigkeit, er lebt nur von den Taten seiner Vorfahren.

Aber was ist das für ein schändliches Leben, wenn einer nichts leistet, nichts tut, seine Tage mit Müßiggang verbringt. Das ist ein Leben, dessen sich jeder tüchtige Mann schämen muß!

Römer, Rom ist groß geworden durch eure Tüchtigkeit, durch eure Leistung, und jetzt wollt ihr euch – wie die Säuglinge – mit Brei füttern lassen! Wollt nur herumsitzen, träge und schlaff werden – wie der Adel es schon ist! Was soll werden, wenn Feinde in Italien einfallen, wie damals die Gallier? Wie wollt ihr Kriege führen, wenn ihr fett und kraftlos seid?

Und merkt ihr nicht, daß ihr dann völlig abhängig vom Adel seid, wenn der euch füttert wie seine Sklaven? Genau das werdet ihr sein: Sklaven des Adels, aber keine freien Menschen mehr!«

Marius schwieg einen Moment, denn er hatte alles gesagt, was ihm zu diesem Thema einfiel. Als auch das Publikum stumm blieb, griff er seine letzten Worte auf und donnerte über den Platz:

»Wollt ihr Sklaven des Adels sein? Wollt ihr das, Römer?«

»Nein, nein«, antworteten ihm endlich seine Zuhörer, und Marius blickte zufrieden in die Runde. Das Volk schrie jetzt und klatschte Beifall; die Argumente des Volkstribunen waren in die Köpfe gedrungen, immer wieder waren Stimmen zu hören:

»Wir lassen uns nicht einwickeln!«

»Sollen sie ihr kostenloses Getreide selber fressen!«

»Nie im Leben machen sie uns zu ihren Sklaven!« Über die mürrischen Züge des Gaius Marius glitt ein zufriedenes Lächeln, als er sah, daß er gewonnen hatte. Viele Leute kletterten auf die Tribüne, griffen nach seinen Händen, bedankten sich bei ihm.

Sulla, der noch vom Fuße der Tribüne aus Marius beobachtete, war erneut abgestoßen von der prahlerischen, großmäuligen Art, mit der der Volkstribun die Ovationen entgegennahm.

Ein Lictor, Beamter beim Consul Lucius Aurelius Cotta, bahnte sich rücksichtslos einen Weg durch die Menge zu Marius:

»Komm in die Curia, der Consul will dich sprechen!«

Marius folgte ihm, während seine Anhänger ihm zuriefen:

»Laß dir nichts gefallen, Marius! Zeig es den hohen Herren!«

So bestärkt und noch berauscht von seinem Sieg auf dem Forum, betrat Gaius Marius die Curia.

Cotta, der zweite Consul des Jahres und ein Freund des Lucius Metellus, stand auf dem Podest an der Rückfront und blickte ihm streng entgegen. Auch die Senatoren, die zahlreich auf den Bänken vertreten waren, zeigten feindliche Mienen. Hatten sie geglaubt, damit den Volkstribun einschüchtern zu können, so erreichten sie genau das Gegenteil. Marius war Kriegsmann; schon frühzeitig hatte er gelernt, vor dem Feind keine Angst zu zeigen, und hier sah er sich umzingelt von Feinden. Er straffte seinen ungeschlachten Körper, warf den Kopf in den Nacken und setzte eine betont finstere Miene auf, indem er die Unterlippe vorschob.

»Was willst du von mir, Cotta?« fragte er herrisch.

Das Adelshaus der Aurelier, zu dem der Cotta-Zweig gehörte, stammte aus den Sabiner Bergen, gehörte seit 130 Jahren zur Nobilität und regierte zur Zeit mit den Metellern das römische Weltreich.

Lucius Cotta, der in diesem Monat als Consul den Vorsitz im Senat hatte, war ein typischer Vertreter des ahnenstolzen Adels, den Marius so sehr verachtete. Der Consul verzog die Züge zu einem arroganten Lächeln, was Marius weiter reizte. Er wartete die Antwort auf seine Frage nicht ab, sondern fuhr fort:

»Es interessiert mich nicht, was du von mir willst, denn *ich* habe dir etwas zu sagen: Macht den Senatsbeschluß zur kostenlosen Getreideverteilung rückgängig!«

»Was nimmst du dir heraus, Marius?« schrie Cotta, der seine Selbstbeherrschung verloren hatte. »Weißt du nicht mehr, wo du hier bist?«

»Wie soll ich das nicht wissen?« Die Miene des Marius wurde noch düsterer, »du hältst wohl alle, die keine Ahnenbilder haben, für blöd, Cotta? Aber ich bin nicht hier, um mit dir zu streiten. Ich fordere dich noch einmal auf: Heb diesen verbrecherischen Beschluß auf, mit dem ihr das Volk zu euren Sklaven machen wollt!«

Als Cotta merkte, daß Marius bei seiner Forderung bleiben und ihn weiter in die Enge treiben würde, befahl er ihm, die Curia wieder zu verlassen. Aber Marius wollte seinen Sieg bis zum Letzten auskosten. Er grinste hämisch:

»Ich gehe erst, wenn ihr diesen Beschluß aufgehoben habt!«

Cotta rief seine Lictoren, und auch für diesen Fehler mußte er büßen.

»Hast du vergessen, daß ein Volkstribun vor dir steht?« donnerte die Stimme des Marius durch den Saal. »Wenn es einer wagt, mich anzurühren, bringe ich ihn wegen Majestätsbeleidigung vor das Gericht des Volkes! Und die Strafen sind euch bekannt: Verbannung oder Tod! Und dich, Cotta, lasse ich ins Gefängnis werfen, wenn du nicht sofort den Senatsbeschluß zurückziehst!«

Hilflos blickte Cotta zu seinem Freund und Collegen Metellus hinüber, aber dieser schien in Gedanken versunken und starrte vor sich hin.

»College«, rief Cotta jetzt und zwang Metellus, den Kopf zu heben, »was sagst du dazu?«

Metellus ging zu Marius und legte ihm vertraulich die Hand auf die Schulter.

»Lieber Marius«, sagte er betont liebenswürdig, »ich verstehe deine Erregung, aber so einfach kann Cotta den Beschluß des Senats nicht zurücknehmen ...«

»Aber so einfach lasse ich dich jetzt ins Gefängnis werfen! Lictor, führ den Metellus ab!«

Der Consul war so überrascht, daß sein Klient in dieser Weise mit ihm umsprang, daß er vergaß, die Hand von der Schulter des Marius zu nehmen, und mit offenem Mund neben ihm verharrte. Mit einer unwirschen Bewegung befreite sich Marius von der Berührung. Das löste auch den Consul aus seiner Erstarrung:

»Ihr anderen Volkstribunen – helft mir, laßt nicht zu, daß mich dieser Mann so schändlich behandelt.«

Aber keiner fühlte sich angesprochen, keiner kam ihm zu Hilfe.

Als Marius noch einmal dem Lictor befahl, den Consul Metellus hinauszuschaffen, gab sich sein College Cotta einen Ruck.

»Also gut, wir werden den Beschluß aufheben!«

»Sofort?« fragte Marius lauernd.

Und auch darauf mußte Cotta eingehen. Nachdem der Senat seinen Beschluß zur kostenlosen Verteilung von Getreide annulliert hatte, stampfte Marius aus dem Saal. Noch vor der Curia, vom erhöhten Eingang aus, schrie Marius seinen Triumph ins Volk.

Die Consuln und die Senatoren mußten ein zweites Mal miterleben, wie Marius über sie gesiegt hatte; keine Einzelheit ließ der Volkstribun aus, seine eigenen Reden wie die Reaktionen des Cotta und des Metellus zitierte er aus dem Gedächtnis. Und erntete Beifall dafür wie ein Schauspieler oder Gladiator.

Der Verlierer im Spiel um Narbo

Der Schachzug der Clique der Meteller, die Gunst des Volkes mit kostenlosem Getreide zu gewinnen, um es empfänglich für alle seine Vorhaben zu machen, war also nicht geglückt, von Marius vereitelt worden. Die Meteller rächten sich im folgenden Jahr, indem sie ihren ganzen Einfluß aufboten, um die Wahl des Marius zum Aedil zu verhindern.

Auch als er sich ein zweites Mal aufstellen ließ, fiel er durch, aber zäh, wie Marius war, gab er die Ämterlaufbahn nicht auf, sondern bewarb sich noch einmal, diesmal gleich um die Praetur. Diesen Sprung schaffte er zwar, doch als letzter. Die Meteller waren jedenfalls der Meinung, daß sie ihn erfolgreich beiseite gedrängt hätten.

Nach dem Auftritt des Marius in der Curia mußten sich nun die Meteller von neuem den Kopf darüber zerbrechen, wie sie das Volk auf ihre Seite ziehen konnten. Marcus Scaurus hatte inzwischen die Millionen des Ahenobarbus kassiert, und dieser drängte auf die Gegenleistung, den Beschluß für die Gründung seiner Kolonie Narbo.

Lucius Metellus brachte das Thema sofort im Senat zur Sprache, als er nach Cotta den Vorsitz übernahm. Aber der Widerstand des Kreises um den Consular Quintus Fabius Maximus, der nach seinem Triumph den Beinamen Allobrogicus führen durfte, war stärker als erwartet.

Maximus mißgönnte seinem Feind Ahenobarbus weitere Erfolge in Gallien. Nur widerwillig hatte er – mit der Mehrheit der Senatoren – zugelassen, daß die Legionäre weiter im Straßenbau beschäftigt wurden. Denn Ahenobarbus hatte nicht lange geheimhalten können, daß der Krieg im südöstlichen Gallien beendet war und die Soldaten seine »Via Domitia« bauten. Mußte Maximus schon die Anlage dieser Prachtstraße dulden, die dem Haus der Domitier den Ruhm der Nachwelt sichern würde, so wollte er seinem Rivalen aber nicht zu großen Klientelen in Gallien verhelfen.

So verwandte der Allobrogicus viel Zeit und Geld darauf, einen Senator nach dem anderen in seinem Sinne zu beeinflussen. Schließlich hatte er sein Ziel erreicht: Die Mehrheit des Senats sprach sich gegen das Projekt Narbo aus.

Die Amtszeit von Metellus und Cotta war darüber zu Ende gegangen, zwei neue Consuln traten am 1. Januar des folgenden Jahres ihren Dienst an: Quintus Marcius Rex und Marcus Porcius Cato, beide Plebejer, beide Angehörige der Nobilität.

Cato war ein Enkel des großen Cato, des Censors, dessen Sittenstrenge und Rigorosität längst sprichwörtlich waren. Der Censor war erst seit einer Generation tot, im hohen Alter von 85 Jahren gestorben, aber schon eine Legende in Rom, eine der großen Gestalten der Geschichte.

Er war aus dem nahen Tusculum gekommen, wo er ein Landgut besaß, das er mit Leidenschaft betrieben hatte. Seine Erfahrungen in der Landwirtschaft legte er in einer Schrift über »Agricultur« nieder. Er war berüchtigt wegen seiner scharfen Zunge; seine oft witzigen Sentenzen wurden sogar gesammelt und später veröffentlicht.

Als »Homo novus« setzte er sich in Adelskreisen durch, allerdings stark gefördert von dem Patricier Lucius Valerius Flaccus, mit dem er im selben Jahr das Consulat erlangte. Gleichfalls mit Flaccus wurde er zum Censor gewählt; und auch später, bis zu seinem Tod, hatte Cato großen Einfluß im politischen Leben Roms.

Nachdem die Römer Hannibal besiegt und die Führungsrolle im Westen übernommen hatten, beobachtete Cato mit Mißtrauen und Furcht, wie die Handelsstadt Karthago sich langsam wieder erholte und schließlich erstarkte. Er drängte darauf, die alte Rivalin Roms endgültig zu vernichten, und beendete jede Rede im Senat mit folgenden Worten: »Im übrigen meine ich, daß Karthago zerstört werden muß!«

Was dann auch geschah; es war der Cornelier Scipio, der die Stadt dem Erdboden gleichmachte, drei Jahre nach dem Tod des alten Cato.

Die knorrige Gestalt des großen Politikers lebte jedoch nicht nur in seinen Sentenzen und den hinterlassenen Schriften weiter. Zu Lebzeiten hatte sich der »Censorius« – so sein Beiname – schon ein Denkmal gesetzt: die Basilika Porcia, gleich neben der Curia. In dieser Halle richteten die Volkstribunen ihren Amtssitz ein, denn sie hatten von dort aus das Kommen und Gehen der Senatoren ebenso unter Kontrolle wie die Bewegungen auf der Rostra.

Der Enkel des alten Cato war mühelos zum Consulat gelangt, weil er vom Ruhm des »Censorius« zehren konnte. Aber er war schlaff, wie so oft die Nachkommen bedeutender Persönlichkeiten. Er liebte das angenehme Leben und war empfänglich für Geldgeschenke. Fabius Maximus hatte ihn gekauft wie viele andere.

Beim zweiten Consul Quintus Marcius Rex war ihm das jedoch nicht gelungen. Wahrscheinlich war er nur zu spät gekommen, denn Rex war habgierig wie sein College. Er stand bald unter dem Einfluß der Meteller, die ihn – mit Hilfe der Millionen des Ahenobarbus – dazu bewegen konnten, ein Gesetz zur Gründung von Narbo, auch gegen die Senatsmehrheit, zu beantragen.

Allerdings mußte dazu der Senat eingeschüchtert werden, und da gab es nur ein Mittel, das stets wirkte: die Mobilisierung der Plebs. Solange Marius Volkstribun war, hatten sich die Meteller zurückhalten müssen, die Plebs vor ihren Karren zu spannen. Die Consuln hatten ihre Lektion gelernt. Der Schlag, den ihnen Marius versetzt hatte, schmerzte lange.

Einige Zeit nach der Szene im Senat war Ahenobarbus nach Rom geeilt; Kaufleute hatten ihm von dem Vorfall berichtet; sie waren ebenso besorgt wie der Proconsul und zweifelten inzwischen an seiner politischen Durchsetzungskraft. Nur ungern hatte Ahenobarbus Gallien verlassen; er ging ganz im Bau »seiner Straße« auf, die über Hunderte von Meilen die neue Provinz durchzog.

In Rom traf er sich gleich nach seiner Ankunft mit Marcus

Scaurus und Lucius Metellus. Er ließ sich überzeugen, daß es besser wäre, die Amtszeit des Marius verstreichen zu lassen, erst dann die Plebs erneut zu umwerben.

»Was habt ihr noch für Pfeile im Köcher, nachdem euch Marius ja die kostenlose Getreideverteilung gestrichen hat?« fragte Gnaeus Ahenobarbus neugierig.

»Wir haben an unseren Freund Crassus gedacht, den glänzenden Redner«, antwortete ihm Lucius Metellus.

»Glaubt ihr, daß das reicht – eine Rede?« meinte der Proconsul zweifelnd.

Cotta lachte: »Crassus ist ein Redner, wie er nur einmal in 100 Jahren vorkommt! Und er ist ehrgeizig. Er will eine große politische Karriere machen und sieht jetzt die Möglichkeit, damit zu beginnen – obwohl er erst 22 Jahre alt ist. Kurz und gut: Er will als Mitglied der Kommission, die die Kolonie gründen soll, nach Narbo gehen. Er hat uns gesagt, wenn er in seiner Rede für die Gründung der Kolonie nicht die Plebs aufrufen kann, ihn in die Kommission zu wählen, hält er die Rede nicht!«

Ahenobarbus schmunzelte: »Diese jungen Leute! Sie sind doch alle gleich – heutzutage. Sagen uns Alten, was wir tun sollen, erpressen uns sogar mit ihren Forderungen. Mein ältester Sohn Gnaeus – er ist genauso alt wie Crassus – will ebenfalls in die Kommission, und unser gemeinsamer Freund Sulla auch.«

»Sulla!« riefen Scaurus und Metellus fast gleichzeitig.

»Dieser Komödiant!« ergänzte Lucius Metellus, »der unsere Frauen verführt!« Scaurus setzte noch hinzu: »Dieser Herumtreiber! Dieser Intrigant!«

»Meine Herren! Ich muß doch bitten! Sulla steht unter meinem Schutz«, sagte Ahenobarbus mit strenger Miene, »und ich lasse nicht zu, daß er beleidigt wird. Als der Alte sich nicht mehr um ihn kümmerte und sein Vater verschollen war, hatte er den Halt verloren. Aber inzwischen hat er ja dem Theater abgeschworen und ist wieder auf die richtige Bahn zurückgekehrt!«

»Dem Theater abgeschworen?« wunderte sich Lucius Metellus. »Vor kurzem hat er mit seiner Truppe ›Die geraubte Braut‹ bei den Lucullern aufgeführt!«

Ahenobarbus erfuhr nun von diesem denkwürdigen Abend bei den Lucullern, von dem ganz Rom sprach, besonders aber von der Liebesszene zwischen der Schönen und dem Esel, die er in Narbo verboten hatte. Er war empört, weil Sulla sein Wort nicht gehalten, auf den Umgang mit Komödianten nicht verzichtet hatte, zum Objekt gehässiger Bemerkungen geworden war.

»Es ist gut, daß ich von dieser Geschichte noch rechtzeitig erfahre, bevor ich mich weiter für Sulla einsetze«, meinte er, tief enttäuscht, daß er sich in diesem jungen Mann so geirrt hatte.

»Ich bin natürlich jetzt eurer Meinung, daß Sulla bei dieser großartigen Unternehmung, der Gründung einer neuen römischen Stadt, fehl am Platze ist. Noch in 1000 Jahren wird man von dieser Stadt und von meiner Straße, der Via Domitia, sprechen. Ich lasse mir dieses große Werk nicht beflecken – von so einem Misthaufen wie Sulla!«

Ahenobarbus fühlte sich so getäuscht, daß er sich weigerte, Sulla zu empfangen. Er schickte ihm nur eine kurze Botschaft:

»Ahenobarbus grüßt Sulla. Du hast mich hintergangen, hast mein Vertrauen mißbraucht. Ich weiß von der Aufführung der ›Geraubten Braut‹. Ich werde mich nicht mehr für Dich einsetzen und wünsche auch nicht, Dich zu sehen. Was ich Dir noch schulde, findest Du bei Sornatius.«

Im Bankhaus des Sornatius waren wirklich 20 000 Sesterzen für Sulla hinterlegt, so daß sich seine finanziellen Verhältnisse wieder einmal gewandelt hatten, zumal er auch 10 000 Sesterzen dem Sorix – von dem Geldsegen des Lucullus – abgerungen hatte.

Er überlegte ernsthaft, ob er das Verhältnis mit Nikopolis beenden sollte, denn sein neues Geldpolster machte es ihm schwer, weiter die Rolle des Verliebten zu spielen. Aber sein Fuchsverstand riet ihm, die »Liebe« zu Nikopolis warmzuhalten, wenn auch auf kleinem Feuer. Die Hetäre kam ihm bei diesem Plan entgegen, denn ihre älteren Liebhaber, die sie während der verliebten Zeit mit Sulla vernachlässigt hatte, bedrängten sie wieder.

»Sei nicht traurig, Sulla«, tröstete sie ihn zärtlich, »wenn ich jetzt weniger Zeit für dich habe, aber ich muß wieder ans Geldverdienen denken!« Sulla setzte eine betrübte Miene auf: »Wenn mir mein Vater doch endlich mein Erbe auszahlen würde! Oder nur einen Teil davon! Ich würde dann jeden, der an deine Tür klopft, so verprügeln, daß er sich nie mehr hier blicken läßt!«

Er hatte der Hetäre nichts von seinen wirklichen Verhältnissen erzählt, sondern eine Geschichte erfunden: Sein Vater, einer der reichsten Cornelier überhaupt, sei kränklich, lebe das ganze Jahr über in Baiae, habe sich schon längst von der politischen Bühne zurückgezogen. Die Mutter sei bei seiner Geburt gestorben. Der Vater würde ihm zwar die teure Wohnung bezahlen, ihn aber sonst so kurz halten, daß es gerade für sein Leben reiche.

»Und weißt du, wie mich mein Vater einmal beleidigt hat? Ich hatte mir Geld bei einem Wucherer geborgt, wie das ja alle jungen Männer in meinem Alter tun, und das Geld hat er einfach nicht zurückgezahlt! Der Wucherer hat prozessiert, aber verloren, weil er irgendeinen Fehler bei der Anmeldung des Prozesses beim Praetor gemacht hat.«

Mit dieser Geschichte hatte Sulla auch alle Versuche der Nikopolis vereitelt, ihn zu einem Wucherer zu schicken, mit dem sie zusammenarbeitete.

»Wie gern würde ich dir, liebe Nikopolis, hin und wieder ein kleines Geschenk mitbringen, aber ich habe kein Geld dafür!« Sullas Augen füllten sich mit Tränen, und die Hetäre war so gerührt von der guten Absicht, daß sie Sulla um den Hals fiel und ihn mit ihren Küssen fast erstickte.

Die Rede des Lucius Crassus war so glänzend, so mitreißend und überzeugend, daß die Plebs nichts lieber wünschte als die Gründung von Narbo. Mühelos kam der Volksbeschluß zustande.

Natürlich wurden Crassus und der junge Ahenobarbus in die Gründungskommission gewählt, die das Terrain in Narbo abstecken ließ und die Parzellierung überwachte. Keine Wölfe wühlten in Gallien die Grenzsteine heraus, wie sie es angeblich in der Colonia Iunonia, der Neugründung des Gaius Gracchus, auf dem Boden des zerstörten Karthagos getan hatten.

Es war diesmal der Kriegsgott Mars, der über die neue Stadt wachte; Ahenobarbus hatte darauf bestanden, die Kolonie »Narbo Martius« zu nennen, »Mars-Narbo«. Damit betonte er den militärischen Charakter der Anlage, denn seine Via Domitia sah er nur unter dem Blickwinkel, den Einmarsch von Legionen nach Gallien oder deren Durchzug nach Hispania zu erleichtern.

Bei der Verteilung der Parzellen wurden Veteranen bevorzugt, aus Umbrien, dem Picenum, Latium und Campanien. Es waren vorwiegend diejenigen Soldaten, deren Schicksal seinerzeit den Tiberius Gracchus so gerührt hatte; jene kleinen Landbesitzer, die während ihres Dienstes ihr Gütchen verloren hatten, nachdem ihre Familien von reichen Nachbarn vertrieben worden waren.

Die ehemaligen Soldaten bekamen nun in Gallien eine zweite Chance, ihren eigenen Acker zu bebauen, und vermehrten nicht das Proletariat von Rom, in dem es ohnedies genug gärte.

Der Schachzug erwies sich als geschickt: Als Veteranen sicherten sie die Neuerwerbungen in Gallien; als frühere Landbesitzer brachten sie – im Gegensatz zum städtischen Pöbel – Erfahrungen in Ackerbau und Viehzucht mit.

Der Statthalter Domitius Ahenobarbus, der inzwischen den Bau seiner Straße beendet hatte, kehrte, gestärkt durch eine große Klientel in Gallien, als neuer Machtfaktor auf die politische Bühne zurück. Der Senat bewilligte ihm den Triumph über die Arverner, und stolz zog er über die Via Sacra zum Capitol.

Als nächstes Amt strebte er die Censur an und rechnete sich gute Chancen aus, sie zu bekommen.

Auch die Meteller hatten durch den Sieg über die ursprüngliche Senatsmehrheit ihre Position nicht nur behauptet, sondern noch ausgebaut. Sie konnten für das kommende Jahr einen weiteren Meteller auf den Posten des Consuls heben: Er hieß, wie der Consul des Vorjahrs, Lucius Metellus, war ein Vetter von diesem, der zweite Sohn des Macedonicus.

Der Consular Lucius Metellus war übrigens beauftragt worden, einen Krieg gegen die Dalmater zu führen, was ihm, nach seinem Sieg, reiche Beute, einen Triumph und den Beinamen »Dalmaticus« eintrug.

Der Verlierer in diesem Spiel um Narbo war Sulla.

Er konnte sich zwar mit den 20 000 Sesterzen trösten, aber er fühlte sich von seinen Standesgenossen hintergangen, um seine politische Karriere gebracht. Nachdem er bei der Aufführung im Haus der Luculler erlebt hatte, wie der senatorische Adel feierte, sich für das Theater begeisterte, hielt er das Argument des Ahenobarbus, ihn wegen seiner Theaterleidenschaft nicht für würdig zu erachten, für reine Heuchelei. »Ich werde in Zukunft nur noch so leben, wie es mir Spaß macht, keine Rücksichten mehr auf meine Standesgenossen nehmen«, sagte er dem alten Lucullus, den er auf dem Forum getroffen hatte. Der Alte hatte seit der Aufführung in seinem Haus einen Narren an Sulla gefressen, und dieser konnte offener mit ihm reden als mit dem jungen Lucullus, der außerdem zur Zeit mit seinen eigenen Sorgen beschäftigt war.

Caecilia Metella hatte ihr erstes Kind geboren, ein Söhnchen, das wie Vater und Großvater Lucius genannt wurde. Murrend und schlecht gelaunt hatte sie die Schwangerschaft ertragen, mußte sie doch während vieler Monate auf Vergnügungen verzichten, und ein Leben ohne Spiele, Gelage und vor allem Flirts erschien ihr nicht lebenswert.

Kaum hatte sie das Kind einer Amme übergeben, zog es sie schon wieder auf das Forum hinaus, wo sie junge Männer treffen konnte. Lucius mußte miterleben, wie sie ständig versuchte, seinen Freunden den Kopf zu verdrehen. Er hatte deswegen zu Hause heftige Auseinandersetzungen mit ihr, doch sie fand Unterstützung bei seinem Vater, der das Temperament seiner Schwiegertochter bewunderte und sich über den Trubel in seinem Haus freute. Der einzige, der sie hätte zügeln können, ihr Bruder Lucius, führte noch Krieg in Dalmatien, wurde aber in Kürze zurückerwartet.

Als sie Sulla und ihren Schwiegervater im Menschengewühl entdeckte, ließ sie ihren Mann stehen und eilte auf die beiden zu.

»Reizend siehst du wieder aus«, sagte Sulla galant zu ihr, »die Schwangerschaft hat dir gutgetan; vorher warst du hübsch, aber jetzt bist du eine Schönheit!«

Caecilia Metella strahlte; schon wegen dieses Komplimentes hatte sich heute der Spaziergang zum Forum gelohnt. Um Sulla zu weiteren Äußerungen zu animieren, zog sie graziös das purpurfarbene, mit Goldfäden durchwirkte Tuch, das sie um ihren Körper gelegt hatte, auseinander und streckte ihren kleinen Busen vor.

»Wie gefällt dir mein neues Kleid, Sulla?«

Die Tunica aus feinstem Leinen war unter der Brust gegürtet und fiel in eleganten Falten nur so weit herunter, daß die Knöchel mit den Goldspangen noch zu sehen waren. Sie war wie das Schultertuch mit Purpur eingefärbt, aber ein weißes Netzwerk von zierlicher Stickerei, das Ranken und Blüten darstellen sollte, durchzog den Stoff so dicht, daß das Purpur nur dezent durchschimmerte.

»Du erinnerst mich an einen kostbaren Schmetterling, der gar nicht genug Nektar aus allen Blüten saugen kann.«

»Sie soll bloß aufpassen, daß sie dabei nicht an Sumpfblüten gerät«, fuhr der Ehemann Lucius grob dazwischen, der herbeigeeilt war und Sullas Antwort gehört hatte.

»Meinst du etwa mich damit?« Sulla war wütend geworden, aber der junge Lucius legte beschwichtigend den Arm auf seine Schulter, während der alte Lucullus schmunzelnd die Szene verfolgte.

»Nein, ich meine jene Herren Senatoren, die damals bei dem Fest in unserem Haus hinter den Tänzerinnen her waren. Einige von ihnen sind wie toll, pfeifen selbst auf dem Forum hinter jeder langen Tunica her. Bei Caecilia machten sie keine Ausnahme, als ich mit ihr vorüberging, und sie warf ihnen zum Dank noch ein Kußhändchen zu!«

Sulla lachte, und auch der Alte konnte die Sorgen seines Sohnes nicht ernst nehmen:

»Warum sollen sich meine Senatscollegen nicht amüsieren? Sie tun recht daran, wenn sie ihren Spaß suchen, jeden Tag genießen. Und du, mein Sohn, solltest das auch tun, deine Metella nicht weiter mit deiner Eifersucht verfolgen. Ich werde wieder ein Fest geben, das wird dich auf andere Gedanken bringen.«

»Wieder mit so einem tollen Stück wie ›Die geraubte Braut‹?« fragte Metella voller Eifer.

»Ich habe an etwas anderes gedacht, an eine Satire. Was hältst du davon, Sulla, einige deiner Standesgenossen, die dich mit ihrer Heuchelei gekränkt haben, einmal vorzuführen? Hast du den Mut?« fragte der Alte lauernd.

Sulla brauchte nicht lange zu überlegen. Die Wut über die Kränkung nagte noch an ihm, und eine solche Gelegenheit, wie der alte Lucullus sie ihm bot, kam so schnell nicht wieder.

»Mut? An Mut hat es mir noch nie gefehlt!« verkündete er großspurig, während Metella ihm einen bewundernden Blick zuwarf.

In satirischer Form seine Gegner und Feinde verspotten: das war so recht nach dem Geschmack des Römers. Als Meister der Satire galt ein Gaius Lucilius, der als sehr junger Mann vor Numantia gedient hatte, mit Scipio Africanus befreundet gewesen war. Unter dem Schutz des Feldherrn hatte er dessen persönliche Feinde lächerlich gemacht, vor allem die Meteller. Auch der Vorgänger des alten Lentulus im Amt des Ersten Senators, der Cornelier Lupus, war Zielscheibe von bissigen Versen des Lucilius geworden.

Zur Zeit lachte der Adel Roms über eine kleine Satire, in der der Augur Quintus Mucius Scaevola, der inzwischen Consul geworden war, einen jungen Mann namens Albucius verspottete, der vernarrt in alles Griechische war. Lucilius traf natürlich damit nicht nur jenen Albucius, sondern auch viele andere römische Adlige, die ihre Reden gern mit griechischen Brocken durchsetzten.

Sulla war einige Male mit Lucilius zusammengetroffen, fühlte sich aber von dessen Arroganz abgestoßen. Der Dichter war egozentrisch, ließ kein anderes Talent neben sich gelten – und keinen anderen Heros als Scipio Africanus, der seine große Liebe in jungen Jahren gewesen war. Die Egozentrik des Lucilius – oder sein »Individualismus«, wie sein anmaßendes Wesen von seinen Freunden genannt wurde – entsprach dem derzeitigen Lebensgefühl des Adels. Der Dichter verkehrte in allen großen Häusern, seine Satiren wurden häufig gezeigt, Spottverse gern zitiert.

Auch im Hause des Lucullus hatte er öfter mit seinen Parodien geglänzt. Um so mehr schmeichelte es Sulla, daß der alte Lucullus zur Unterhaltung seiner Gäste einmal nicht auf den Modedichter zurückgriff, sondern mit ihm, dem Neuling, einen Versuch wagen wollte.

Lucullus hatte ihm das Thema freigestellt, wollte aber das Stück mit ihm durchgehen, bevor die Proben begannen. Sulla wußte, daß zwar eine unterhaltsame Parodie auf hochstehende Persönlichkeiten von ihm erwartet wurde, aber sie durfte nicht so bissig oder verletzend sein, daß Feindschaften bis zum Tode oder darüber hinaus entstehen konnten. Das war auch nicht in seinem Sinne. Für den Augenblick hatte er jeglichen politischen Ehrgeiz fahrenlassen, aber auf die Dauer wollte er sich nicht festlegen.

Nach längerem Überlegen kam er zu der Entscheidung, keine direkten Angriffe gegen die Domitier oder die Meteller zu richten, obwohl er dem Ahenobarbus gern die Kränkung heimgezahlt hätte. Doch der Consular saß zu fest im Sattel, war als Censor im Gespräch, außerdem scheute sich Sulla, seinen Freund Lucius zu verletzen, mit dem er seit dessen Rückkehr aus der Provincia Narbonensis wieder viel zusammen war.

Die zündende Idee für seine Satire kam Sulla auf dem Forum, auf seinem beliebten Beobachtungsposten, den Stufen vor dem Castor-Tempel. Er entdeckte in der Menge unten die bäurisch-kantigen Züge des ehemaligen Kriegstribuns Marcus Antonius, der in Begleitung eines etwa gleichaltrigen Mannes war, den Sulla noch nie gesehen hatte. Der Fremde hatte ein hartes Gesicht, eine kräftige Statur und bewegte beim Reden ständig Arme und Hände.

»Auch wieder so ein ›Homo novus‹, wie dieser Gaius Marius. Denkt, daß ihm ganz Rom zu Füßen liegt, wenn er nur auf der Rostra seinen Mund aufmacht«, dachte Sulla und sprang gleich darauf in die Höhe:

»Ich hab's! Das ist es!« rief er laut, und einige Müßiggänger, die sich ebenfalls auf den Stufen zum Castor-Tempel drängten, blickten ihn erstaunt an. Sulla rannte in seine Wohnung, nahm Wachstafeln hervor und schrieb die Szene nieder, die er unterwegs bereits in seinem Kopf ausgeformt hatte: den Auftritt des ehemaligen Volkstribunen Gaius Marius in der Curia.

Er schönte die Konfrontation zwischen Marius und den Consuln aber im Sinne der Optimaten. Marius erschien noch plumper, bäurischer, großmäuliger, als er in Wirklichkeit war, die Consuln als Kontrast dazu fein, gebildet, zwar fähig, sich mit einem solchen Lümmel auseinanderzusetzen, aber nicht willens, weil das weit unter ihrer Würde war.

»Hübsch!« lachte der alte Lucullus, nachdem Sulla ihm die

Szene vorgelesen, eher vorgespielt hatte, denn Lucullus hatte schwache Augen und konnte keine Schriften mehr entziffern.

»Du hast recht! Wir Optimaten müssen zusammenhalten und können uns nicht von diesen Aufsteigern, die aus der Hefe des Volkes kommen, derart zusammenstauchen lassen. Und wenn das einmal wirklich passiert ist – unsere armen Consuln haben ja richtig vor diesem Bauern gezittert –, so müssen wir einen solchen Auftritt in der Überlieferung ändern; das hast du gut gemacht. Weißt du schon, wer mitspielen wird?«

Auch darüber hatte Sulla nachgedacht. Bei solchen kleinen Parodien traten die Schauspieler mit Masken auf. Es hatte sich eingebürgert, daß keine Berufsschauspieler dafür engagiert wurden, sondern daß junge Adlige auf der Bühne agierten. Da sie sich hinter Masken verstecken konnten, redeten sie freimütiger, veränderten manchmal den Text während des Spiels und erfanden aus dem Stegreif witzige oder bissige Bemerkungen, je nachdem, wie ihr Publikum sie anfeuerte.

»Den Gaius Marius kann nur ein einziger von meinen Bekannten wirklich überzeugend verkörpern, und zwar Marcus Antonius«, antwortete Sulla.

»Antonius, der Redner?« wollte Lucullus wissen, und als Sulla nickte, war er begeistert. »Das ist genau der richtige Typ! Wirkt wie ein Bauer, spricht aber wie ein gewitzter Römer! Gewitzt ist dieser Gaius Marius übrigens auch, wir sollten ihn nicht unterschätzen! Marcus Antonius ist ein Optimat durch und durch; er wird Spaß daran haben, den ehemaligen Volkstribun verächtlich zu machen, und unsere beiden Consulare stehen dann als große Helden da! Sulla, deine Satire wird immer besser!«

Am nächsten Morgen bezog Sulla schon früh seinen Posten auf den Stufen des Castor-Tempels. Als Marcus Antonius, wieder in Gesellschaft des Fremden mit den harten Gesichtszügen, unten vorbeiging, sprang Sulla die Treppe hinunter und begrüßte ihn wie einen alten Freund.

Antonius schien etwas überrascht, denn seit Sulla ihn so heftig im Lager von Narbo attackiert hatte, war er ihm beleidigt aus dem Wege gegangen. Der Cornelier hatte ebensowenig seine Nähe gesucht. Ohne Umschweife erzählte er ihm jetzt von seinem Plan mit der Satire; Antonius ließ die gekränkte Miene fahren und zeigte sich begeistert. Jede Gelegenheit, sich hervorzutun, der Öffentlichkeit seine Talente zu präsentieren, als Redner wie als Schauspieler, war ihm willkommen. Hier galt es noch, die Sache der Optimaten zu vertreten und einen ihrer Gegner gehörig zu verunglimpfen.

Er wollte einige Szenen hören; Sulla klappte erfreut die Wachstafeln auf, die er sich unter den Arm geklemmt hatte, und begann zu lesen. Schon nach einigen Sätzen dröhnte das tiefe Lachen des Antonius über den Platz. Anerkennend hieb er Sulla auf die Schulter.

»Das hätte ich dir Bürschchen gar nicht zugetraut! Obwohl: Deine spitze Zunge kenne ich ja seit Narbo. Aber was damals zwischen uns war, sei vergeben und vergessen, wir wollen jetzt mit diesem Stück zusammen unseren Spaß haben. Und lustig wird das, wenn ich den Marius in der Curia herumtrampeln lasse!«

Er lachte immer noch und stieß dabei seinen Freund, den er als einen Gaius Norbanus aus der Stadt Norba im südlichen Latium vorgestellt hatte, in die Seite:

»Was ist denn mit dir los? Stehst hier herum wie ein Stock!«

Norbanus blickte ihn kalt an:

»Ich kann an diesem Machwerk nichts Witziges finden! Es verunglimpft einen guten, ehrlichen Mann wie Marius in widerwärtiger Weise! Damals, vor zwei Jahren, war ich dabei, als Marius die Römer davon abbrachte, sich mit kostenlosem Getreide vom Adel bestechen, sich versklaven zu lassen. Es war eine ausgezeichnete Rede, und Marius hatte in allem recht.

Ich war auch dabei, als Marius vor der Curia erzählte, wie erbärmlich sich die Consuln Metellus und Cotta in ihrer Angst

237

aufgeführt hatten, und kein einziges Wort war gelogen, denn Marius stand noch unter dem Eindruck des Ereignisses!«

»Um so wichtiger, dieses Ereignis jetzt so zurechtzubiegen, daß wir Optimaten wieder besser daraus hervorgehen«, antwortete Antonius, und seine Augen blitzten kalt, »und das hat mein junger Freund vorzüglich hinbekommen.«

»Ich bin enttäuscht von dir, Antonius«, sagte Norbanus mit harter Stimme, »als ich dir vor kurzem Marius vorstellte, hatte ich den Eindruck, daß dir seine Rechtschaffenheit und Integrität imponierten. Jedenfalls hast du ihn schon nach kurzer Zeit wie einen Freund behandelt!«

»Aber er ist nun mal kein Optimat«, meinte Antonius spöttisch und legte vertraulich den Arm um Sullas Schulter. Norbanus blies die Backen auf, drehte sich wütend um und verschwand in der Menge.

»Na, der wird sich schon wieder beruhigen«, lachte Antonius hinter ihm her, »Norbanus ist ein Hitzkopf, wenn es um seine Ehre als Neuling geht. Er ist nämlich wie Marius ein ›Homo novus‹, will es weit bringen in Rom und sieht in uns Adligen bei jeder Gelegenheit seine Feinde. Aber er ist eine treue Seele; schade, daß er keinen Sinn für Humor hat und immer alles persönlich nimmt. Aber genug von Norbanus! Sag mir, wer noch alles in unserem Stück mitspielt!«

Sulla wollte gerade antworten, als er ein Gekicher hinter sich hörte, das ihm sehr bekannt vorkam. Er wandte sich um und sah Caecilia Metella, am Arm von Gaius Memmius, wenige Schritte von ihm entfernt vorbeitrippeln. Sie schien betrunken; ihr Gesicht war stark gerötet, und ihr Haar, das sie sonst am Hinterkopf hochgebunden hatte, hing ihr aufgelöst über die Schultern.

»Da ist ja Sulla!« rief sie, nachdem sie wohl seinen Blick gespürt hatte. Sie dirigierte ihren Begleiter zu Sulla hin und fing plötzlich an zu weinen.

»Ich hätte dich heiraten sollen«, brachte sie unter Schluchzen hervor, »du hättest mehr Verständnis für mich, würdest mir meinen Spaß lassen.«

238

Memmius hielt sie fester, denn sie konnte sich kaum auf den Beinen halten und drohte nach unten wegzurutschen.

»Du mußt mich nach Hause bringen. Lucius mag dich, wenn du dabei bist, wird er mir keine Szene machen«, sie weinte noch heftiger, während Memmius, verlegen grinsend, weiter ihre Arme umklammert hielt.

Gaius Memmius war etwa Ende 30, eine elegante Erscheinung mit gutgeschnittenem Gesicht. Er kam aus dem niederen Adel; der Vater hatte es nur bis zur Praetur gebracht.

Als junger Militärtribun hatte Memmuis den Zorn des Scipio Africanus vor Numantia erregt, weil er bei den Gelagen gern mit seinem kostbaren Silbergeschirr protzte. Später gab sich Scipio alle Mühe, den jungen Adligen von der politischen Bühne fernzuhalten. Nach dem Tod des Africanus agierten seine Freunde in seinem Sinne und machten Memmius Schwierigkeiten, wo sie nur konnten.

Bei Memmius schlug die anfängliche Wut auf Scipio bald in allgemeinen Haß auf die großen Adligen um. Da er sich nun, fast zehn Jahre später als üblich, um die Quaestur bewerben wollte, hielt er sich zwar mit gehässigen Bemerkungen zurück, aber wo er den großen Häusern Schaden zufügen konnte, tat er es.

So spannte er gern den Angehörigen der Nobilität ihre Frauen aus und brüstete sich vor den Römern mit seinen Eroberungen. Diesmal war Caecilia Metella an der Reihe: Er hatte sie während eines nächtlichen Gelages umgarnt und schleppte sie wie eine Beute über das Forum.

»Sulla, bring mich nach Hause«, jammerte Metella wieder.

»Gute Idee von der Kleinen, daß du sie nach Hause bringst. Wir hatten eine schöne Nacht, und so früh am Morgen schlage ich mich nicht gern mit eifersüchtigen Ehemännern herum!« lachte Memmius und schob Metella zu Sulla hinüber.

»Sehen wir uns heute abend?« lallte Metella und verdrehte die Augen.

»Heute habe ich keine Zeit und morgen auch nicht!«

»Aber du hast mich doch deine große Liebe genannt – und daß alle anderen Frauen vor mir verblassen!« weinte Metella. »Man redet viel, wenn die Nacht lang ist«, erwiderte Memmius grob und ging.

»Das wirst du mir büßen!« kreischte Caecilia Metella hinter ihm her, während Sulla beruhigend ihren Arm streichelte.

Antonius hatte mit spöttischem Grinsen die Szene verfolgt. »Man langweilt sich nie auf unserem Forum«, meinte er schließlich, »treffen wir uns hier morgen um die gleiche Zeit, um deine Satire durchzugehen?« Sulla nickte strahlend.

Iugurtha

Lucius Lucullus, der Ehemann, kam die Treppe vom Obergeschoß herabgestürzt, kaum daß Sulla und Metella das Atrium betreten hatten. Der Pförtner mußte sie durch sein kleines Fenster schon von weitem gesehen und die Nachricht im Hause verbreitet haben. Als Lucius seine Metella mit den aufgelösten Haaren sah, hob er die Hand zum Schlag, aber Sulla hielt seinen Arm fest.

»Laß sie in Ruh! Sie braucht jetzt ein Bad und viel Schlaf, und danach solltet ihr in Ruhe eure Eheprobleme besprechen«, riet er ihm, und Lucullus nickte gequält. Er rief eine Zofe, gab ihr die nötigen Anweisungen und wollte Sulla gerade in sein Arbeitszimmer im oberen Stock führen, als die Flügeltüren des Tablinums geöffnet wurden und der alte Lucullus mit drei fremdländisch gekleideten Männern in der Türöffnung erschien.

Es waren Numider, wie Sulla an ihrer bräunlichen Haut erkannte, ebenso an den gekräuselten schwarzen Haaren und an den dunklen Augen, die wie Kohlen im Gesicht brannten. Gekleidet waren sie in weite, weiße Mäntel mit einer Kapuze.

Der alte Lucullus drückte ihnen zum Abschied betont herzlich die Hände; seine Augen glänzten, und seine Apfelbäckchen glühten.

»Das ist mein Sohn Lucius, das ist unser Freund Lucius Cornelius Sulla«, stellte er die beiden jungen Leute vor, und die Numider verneigten sich höflich.

»Ein Cornelier? Ist der Vater auch Senator?« fragte einer der Dunkelhäutigen gespannt in einwandfreiem Latein.

»Nein, der Vater lebt nicht mehr!«

»Das tut uns leid«, sagte der Numider, und weiter höflich lächelnd gingen sie aus dem Haus.

»Kommt in mein Zimmer, ich habe Lust, mit euch zu plaudern«, lachte der Alte; der Besuch der Numider hatte ihn sichtlich in beste Laune versetzt. Er rieb sich die Hände und deutete auf eine große Schatulle, die auf seinem Schreibtisch stand: »Mein Lucius«, sagte er fröhlich, »meine Göttin Felicitas meint es wieder gut mit uns!«

Er wandte sich zu Sulla, der mit großen Augen auf die Schatulle starrte, und legte ihm die Hand auf die Schulter: »Mein lieber Sulla, mir fällt ein, daß wir noch gar nicht über das Honorar für dein Stück gesprochen haben. Bist du mit 10 000 Sesterzen einverstanden?«

Sulla nickte nur; mit so viel Geld hatte er für das kleine Stück nicht gerechnet.

»Seit wann gehören denn die Numider zu deinen Klienten, Vater?« fragte Lucius neugierig.

»Nun, Klienten, persönliche Klienten, würde ich sie gerade nicht nennen, obwohl das Königreich Numidien ein Klientelstaat Roms ist. Diese Herren waren Gesandte des Königs Iugurtha von Numidien. Sie sind in wichtiger Mission in Rom.«

Sullas Interesse war geweckt. Der alte Lucullus erstickte beinahe an den Erlebnissen dieses Morgens; man sah es ihm an, daß er sein Glück am liebsten aller Welt mitgeteilt hätte. Die Numider hatten ihm offenbar nicht nur ihre Aufwartung gemacht, sondern viel Geld dagelassen.

»Aber wofür?« überlegte Sulla bei sich, »Numidien ist, seit wir Hannibal – mit Hilfe des numidischen Fürsten Massinissa – vor Zama vernichtend geschlagen und Karthago besiegt haben, ein treuer, verbündeter Staat von Rom. Meines Wissens gab es in den 85 Jahren seit dem Sieg von Zama nie Probleme mit Numidien. Warum laufen jetzt plötzlich Gesandte in Rom herum und bestechen Consulare? Denn es ist klar, daß der alte Lucullus Geld bekommen hat. Er konnte bisher nicht über den Preis für mein Stück sprechen, weil er nicht wußte, wie er es finanzieren sollte.«

»Nun, worüber denkst du nach, Sulla?« schreckte ihn Lucullus aus seinen Überlegungen hoch. »Ich wette, du möchtest wissen, was numidische Gesandte von römischen Consularen wollen.«

»Du kannst Gedanken lesen, Lucullus«, antwortete Sulla mit charmantem Lächeln, »und ich beneide deinen Sohn, der alles von dir erfahren wird, sobald ich diesen Raum verlassen habe. Ach, warum habe ich keinen Vater mehr«, und jetzt gelang es ihm sogar, einige Tränen herauszudrücken, die er verschämt abwischte, »warum ist der Geist des alten Lentulus so krank geworden, daß er alles vergessen hat, und mich ganz besonders!«

»Sulla, mein Junge«, rief der alte Lucullus bestürzt, »so kenne ich dich ja gar nicht! So melancholisch! Aber damit du siehst, daß du nicht allein auf der Welt bist, daß die Luculler deine Freunde sind, daß wir Vertrauen zu dir haben, will ich dir alles über die Numider erzählen, meinem Sohn und dir.«

Und Sulla erfuhr nun eine spannende Geschichte, die zwar einige Zeit später auch die Runde in ganz Rom machte, aber er war stolz darauf, daß er zu den ersten gehörte, die informiert waren.

Nach dem Sieg über Hannibal ließ Rom die alte Rivalin Karthago zwar weiter bestehen, verkleinerte aber deren Gebiet erheblich. Massinissa, der numidische Fürst und Bundesgenosse Roms, der bisher über ein Nomadenvolk geherrscht hatte, konnte sich ein eigenes Reich aufbauen, sich mit römischer Billigung weite Teile Karthagos angliedern und die alte

Handelsstadt, die frühere Königin der westlichen Meere, von drei Seiten eng umklammern.

Es war in Roms Sinne, daß numidische Krieger immer wieder in das Gebiet Karthagos eindrangen, Felder verwüsteten, Landhäuser zerstörten, die Bewohner ermordeten oder in die Sklaverei verschleppten. Mehr als ein halbes Jahrhundert mußten die Punier die blutigen Übergriffe ertragen, sich von zügellosen Horden terrorisieren lassen.

Doch diese Bestrafung war vielen Römern, allen voran dem alten Cato, nicht hart genug; Karthago wurde schließlich völlig zerstört, und Rom gründete auf dem Boden des Punierstaates die neue Provinz Africa, für die jetzt Numidien keine Umklammerung, sondern einen Schutz bedeutete.

Massinissa war es gelungen, in den langen Jahren seiner Herrschaft – er wurde 90 Jahre alt – sein Nomadenvolk in seßhafte Landbewohner umzuwandeln. Auf den fruchtbaren Besitzungen Karthagos wurden Hirten angesiedelt, angrenzende Flächen urbar gemacht und bebaut. Seine wilden Reiterscharen disziplinierte der Fürst, bildete sie zu Kriegern heran, die die römischen Legionen als Bundesgenossen in vielen Kämpfen unterstützten.

Massinissa erlebte die endgültige Zerstörung Karthagos nicht mehr; er starb drei Jahre vorher – im selben Jahr übrigens wie der unversöhnliche alte Cato.

Scipio Africanus teilte das numidische Reich unter den drei Söhnen des Massinissa so auf, daß einer für die Residenz und die Staatskasse, der zweite für kriegerische Unternehmungen und der dritte für die Gerichtsbarkeit zuständig war.

Massinissa hatte friedfertige Söhne hinterlassen. Sie waren nicht nur gezähmt durch die strenge Hand des Vaters, sondern die Beschäftigung mit griechischer Philosophie hatte ebenfalls ihren Sinn verfeinert. Drei Jahrzehnte regierten sie gemeinsam das große Reich, ohne sich in Zwistigkeiten und Zerwürfnissen zu zerfleischen, wie man es vielfach in Rom befürchtet hatte.

Nachdem zwei der Söhne Massinissas gestorben waren, regierte der älteste, Micipsa, zunächst allein weiter, überließ aber später das politische Geschäft seinem Neffen Iugurtha. Der alte König versenkte sich lieber in die Lektüre philosophischer Schriften, als sich mit lästigen Regierungsproblemen zu plagen. Seine Söhne waren noch nicht erwachsen, so hatte Iugurtha zu Lebzeiten des Micipsa keine Rivalen beim Herrschen.

Als der alte König vor einem Jahr gestorben war, zählte Iugurtha 40 Jahre, war im besten Mannesalter, gewöhnt ans Herrschen und nicht gewillt, die Macht mit den viel jüngeren Söhnen des Königs zu teilen. Er hatte das Reich allein, in Vertretung seines Onkels, gut verwaltet, war beliebt bei seinen Untertanen.

Iugurtha war ein schöner Mann, mit schwarzen blitzenden Augen und den eleganten Bewegungen eines Raubtiers. Er hatte einen scharfen Verstand; er war grausam, und er war skrupellos.

In jungen Jahren war er von seinem Onkel als Führer eines numidischen Reiterkorps nach Numantia geschickt worden und hatte schnell die Gunst des Scipio Africanus erworben. Er schloß Freundschaft mit jungen römischen Adligen, Männern aus alten Familien wie solchen, die aufsteigen wollten. Von ihnen erfuhr er in vielen nächtlichen Gesprächen, wie in Rom Politik gemacht wurde und wer an den Fäden zog.

Und eine Mitteilung machte besonderen Eindruck auf ihn: »In Rom ist alles käuflich«, vertrauten ihm seine neuen Freunde an, »es könnte ja sein, daß du einmal allein in Numidien regieren willst. Dann helfen dir keine schönen Reden im Senat, und auch alles, was du für uns Römer vor Numantia geleistet hast, zählt dann nicht. Überzeugen kannst du die ehrwürdigen Väter, die Senatoren, nur mit Geschenken und Geld.«

»In Rom ist alles käuflich« – dieser Satz prägte sich ihm tief ein. Was waren dagegen die Ermahnungen des Scipio Africanus, der von den Einflüsterungen erfahren hatte und auch erkannte, wie gefährlich sie für einen Machtmenschen wie Iugurtha waren.

Nach dem Sieg über die Numantiner hatte Scipio die Hilfstruppen entlassen, beschenkte Iugurtha und strich dessen Verdienste auf einer öffentlichen Versammlung heraus. Anschließend führte er ihn in sein Feldherrenzelt.

»Iugurtha«, sagte er zu ihm, »ich weiß, daß deine jungen römischen Freunde dir den Rat gegeben haben, gewissen Leuten Spenden zukommen zu lassen, wenn du in Rom etwas erreichen willst. Aber *ich* warne dich: Es ist besser, von Staats wegen als auf privater Basis die Freundschaft mit dem römischen Volk zu pflegen. Und es ist gefährlich, von wenigen zu kaufen, was vielen gehört.«

Iugurtha lachte und versprach Scipio Africanus, diesen Rat zu beherzigen. Nun war Scipio schon lange tot, und Iugurtha fühlte sich an sein Versprechen nicht mehr gebunden.

Zielstrebig hatte er nach dem Tod seines Onkels Micipsa begonnen, sich den Weg zur Alleinherrschaft zu ebnen. Zuerst ließ er seinen jüngeren Vetter Hiempsal beseitigen, einen ungestümen jungen Mann, der ihn gleich bei ihrem ersten Gespräch über die Verwaltung des Reiches schwer beleidigt hatte.

Hiempsal machte dem viel älteren Iugurtha den Ehrenplatz streitig, dann erinnerte er ihn daran, daß seine Mutter nur eine Nebenfrau seines Vaters, einem der drei Söhne des Massinissa, gewesen war. Iugurtha war aus diesem Grunde nicht berechtigt, den Thron zu besteigen. Erst die Adoption durch seinen Onkel Micipsa vor drei Jahren hatte ihn auf eine Stufe mit dessen leiblichen Söhnen gestellt. Zur Zeit der Adoption sei Micipsa aber nicht mehr aller Sinne mächtig gewesen, meinte sein Sohn Hiempsal hämisch.

Iugurtha sah seitdem seine Ansprüche auf den Thron gefährdet und benutzte die erste Gelegenheit, die sich ihm bot, um seinen Vetter ermorden zu lassen. Hiempsal hatte sich während einer Reise im Hause eines Gastfreundes einquartiert, der ein treuer Gefolgsmann des Iugurtha war und der sich überreden ließ, Iugurthas Soldaten nachts eine Tür zu öffnen. Hiempsal konnte fliehen, wurde aber noch auf dem Anwesen gefunden und getötet.

»Das haben dir die Gesandten in aller Offenheit erzählt«, staunte Sulla, »eigentlich wäre es doch klüger, so einen Mord zu vertuschen!«

»Das war nicht möglich«, antwortete der alte Lucullus, »die Einwohner der kleinen Stadt, in der der Mord geschah, hatten alles mitbekommen; die Soldaten sollen bei ihrer Suche nach Hiempsal ein großes Getöse veranstaltet haben. Natürlich verbreitete sich die Kunde von dieser Tat schnell in Numidien und in unserer Provinz Africa. Das war übrigens ganz im Sinne Iugurthas; er wollte den zweiten Vetter Adherbal einschüchtern und ihn zum freiwilligen Verzicht auf den Thron bewegen. Beide bewaffneten ihre Anhänger, aber Iugurtha besaß die größere Erfahrung im Kämpfen und besiegte seinen Vetter schon im ersten Treffen. Adherbal floh nach Africa und dann nach Rom.«

»Und Iugurtha bekam Angst, daß Adherbal den Senat überreden könnte, ihn zu beschützen und – mit Hilfe römischer Legionen – wieder in seine alten Rechte einzusetzen«, ergänzte Lucius.

»Genauso war es. Iugurtha erinnerte sich also daran, daß hier in Rom alles käuflich sei, und schickte Gesandte mit viel Gold und Silber in die Hauptstadt der Welt. Aber, beim Hercules, als mir die Gesandten heute morgen erzählten, wie der eingebildete kleine Prinz Hiempsal seinen Vetter Iugurtha beleidigt hat, einen Freund des römischen Volkes, einen tapferen Bundesgenossen – da kochte in mir der Zorn hoch. Für uns Römer zählt immer noch die Leistung; es schert uns wenig, ob einer von einer Nebenfrau abstammt oder nicht!«

»Denkst du wirklich so?« fragte Sulla und hätte dem alten Lucullus am liebsten sein Geheimnis gebeichtet, daß nämlich seine Mutter eine Hetäre gewesen war; so vertraut und gut aufgenommen fühlte er sich in diesem Kreis.

Sulla wollte gerade mit seiner Geschichte beginnen, als ein

246

Sklave in den Raum huschte. Der alte Lucullus blickte ihn fragend an.

»Der junge Herr ist aufgewacht! Herr, du hattest doch den Befehl gegeben, ihn sofort zu dir zu bringen, wenn er wach ist!«

»Herein mit dem jungen Mann! Für meinen Enkel habe ich immer Zeit, und sein Vater und Sulla sicher auch«, rief der Großvater aufgeräumt.

»Einer muß sich ja um den Kleinen kümmern, wenn die Mutter den ganzen Tag verschläft und die Nächte bei Gelagen verbringt«, sagte der junge Lucius mit anklägerischer Miene und verzog schmerzlich das Gesicht.

Der kleine Lucius wurde wie ein Königskind hereingetragen: Die Amme, eine gutaussehende syrische Sklavin, hatte ihn auf ein großes purpurnes Kissen gebettet; zahlreiche Diener folgten ihr mit strahlenden Gesichtern.

Vorsichtig legte die Amme das Kissen mit dem Säugling auf ein Sofa; der alte Lucullus und sein Sohn sprangen aus ihren Korbsesseln hoch und eilten mit leuchtenden Augen zu dem Kind. Auch Sulla erhob sich, aber langsam; er fand dieses Getue etwas übertrieben.

»Ist unser Lucius nicht das schönste Kind von ganz Rom?« fragte der stolze Großvater, und Sulla bestätigte es sofort, obwohl eigentlich keine Antwort erwartet wurde.

Die beiden Männer, Vater und Großvater, wetteiferten nun darin, die Augen des Säuglings auf sich zu ziehen. Jeder hatte sich ein kleines Händchen gegriffen, und beide schnitten eine Grimasse nach der anderen. Dem kleinen Lucius schien dieses kindische Theater gut zu gefallen, er lachte vergnügt, quietschte sogar und beschenkte bald den Vater, bald den Großvater mit seiner Gunst, indem er den Blick mal auf den einen, mal auf den anderen heftete.

Sulla nahm sich vor, bei seinem nächsten Besuch im Hause der Luculler eine Klapper mitzubringen, um mit dem Lärminstrument den Kleinen zu beeindrucken. Um nicht ganz ins Hintertreffen zu geraten, faßte er nach den beiden dicken Füßen und wippte sie hoch und nieder. Das schien dem Säugling noch besser zu gefallen als die Grimassen seiner Verwandten: Er kreischte vor Vergnügen.

»Er mag dich, Sulla«, sagte der Großvater anerkennend; Sulla lächelte geschmeichelt, während der Vater ihm einen eifersüchtigen Blick zuwarf.

»Hat *mein* kleiner Lucius nicht ein reizendes Näschen?« fragte sein Vater und berührte zart die Stupsnase. »Und diese klugen Augen! Alles sieht er, alles beobachtet er!«

»Ich finde, die Augen hat er von dir«, beeilte sich Sulla zu versichern, und der Erzeuger Lucius dankte ihm für dieses Kompliment mit einem erfreuten Blick; die Mißstimmung, die die Bemerkung seines Vaters hervorgerufen hatte, war schon wieder verflogen.

»Er ist dir, Lucullus, überhaupt wie aus dem Gesicht geschnitten, von Metella ist nichts zu entdecken.«

»Ich danke dir, Sulla, daß du das sagst.« Der Vater griff nach der Hand des Freundes, während ihm Tränen in den Augen standen. »Ich hatte manchmal meine Zweifel, ob er mein Sohn ist: Du weißt ja, Metella ...«

»Mach dir keine Gedanken! Ich habe mir das Kind genau angesehen. Die Augen, der Schnitt des Gesichts, alles ist von dir, und der Großvater ist auch zu erkennen.«

Der Großvater war selig; er hatte inzwischen beide Händchen ergriffen und kitzelte leicht die Handflächen, während der Kleine zufrieden vor sich hin girrte.

Nach einiger Zeit wurde Lucius schläfrig, und die Amme verkündete energisch: »Die Besuchszeit ist um. Er muß wieder in sein Reich.« Sie hatte Angst, daß der Säugling vor Übermüdung weinen könnte, und schreiende Kinder hatten die Herrschaften nicht gern um sich, wie sie aus Erfahrung wußte. So nahm sie das Kissen auf die Arme; die drei Männer umringten noch einmal den Kleinen, streichelten zärtlich die weiche Haut der rundlichen Beine, die kaum von der kleinen Tunica bedeckt waren, dann setzte sich der Zug in Bewegung. Lucius Lucullus wurde – wieder wie ein Kleinod – hinausgetragen, während der Großvater, der Vater und auch Sulla mit verklärten Gesichtern hinter dem purpurnen Kissen herwinkten.

»Wißt ihr, wie wir diesen schönen Morgen beschließen sollten?« fragte der alte Lucullus und rieb sich die Hände. »Wir steigen zum Velabrum hinunter und opfern meiner Göttin Felicitas ein Kälbchen. Den Rest essen wir dann gemeinsam – mit anderen guten Sachen!« Die beiden jungen Männer waren begeistert.

Felicitas, neben Fortuna eine weitere Göttin des Glücks, hatte erst vor einem Vierteljahrhundert ihren Einzug in Rom gehalten. Während Fortuna oft launisch war wie die griechischen Tyche, ihre Gunst mal schenkte, mal entzog, ihrem Wesen nichts Verläßliches anhaftete, bedeutete Felicitas das Glück, das schon errungen war: das Glück des Tüchtigen, den Erfolg.

Lucius Licinius Lucullus hatte den Kult der Göttin Felicitas in Rom eingeführt, ihr einen Tempel im Velabrum gebaut, unterhalb seines Hauses auf dem Palatin. Es waren seine Erfolge in Hispania gewesen, die Schätze, die er den Keltiberern und Lusitanern abnehmen und auch in Rom behalten konnte, die ihn in der Überzeugung stärkten, daß Felicitas ihn beschützte, nicht aber Fortuna, die ihn irgendwann wieder verlassen hätte.

»Ich habe nie verstanden, warum die Leute eine Göttin wie Fortuna verehren, deren Launenhaftigkeit und Wankelmut allgemein bekannt sind«, sagte der Consular, als sie die Stufen zum Velabrum hinabstiegen. »Vielleicht, weil sie dann einen Grund haben, sich nicht anstrengen zu müssen«, überlegte Sulla laut. »Wer Fortuna um etwas bittet, hat im Hinterkopf, daß daraus nichts werden könnte. Nehmt die Frauen aus dem Volk, die um ›Glück bei Männern‹ flehen. Wenn sie dann keins haben, weil sie nicht attraktiv, dick und schlampig sind, dann geben sie Fortuna die Schuld, aber nicht sich selbst. Um Felicitas aber muß man kämpfen; wenn Felicitas mir nicht gewogen ist, ich keinen Erfolg habe, dann habe ich mich nicht genügend bemüht.«

Sulla hatte sich selbst in Begeisterung geredet. »Weißt du, Lucullus, je mehr ich über deine Felicitas nachdenke, um so besser gefällt sie mir. Hast du etwas dagegen, wenn auch ich sie zu meiner Göttin erkläre?« fragte er eifrig den alten Lucullus.

»Deshalb habe ich ihr ja mit so viel Geld in Rom den Tempel gebaut, damit ihr jungen Leute das begreift, was Sulla uns so schön erklärt hat.«

Das Getändel um den kleinen Lucius Lucullus hatte Sulla daran erinnert, daß auch er Vater war, ein kleines Kind hatte, und daß es Zeit wurde, seine Tochter Cornelia wieder einmal zu besuchen. Das Mädchen war inzwischen fast fünf Jahre alt, lebte bei der Großmutter Popilia, die mit zärtlicher Liebe an dem Kind ihrer einzigen Tochter hing. Popilia wohnte abwechselnd im Haus ihres verstorbenen zweiten Mannes auf dem Caelius und im Palast ihres Bruders, in ihrem Elternhaus auf dem Palatin. Sulla beschloß, zunächst auf dem Palatin nach ihr zu forschen, denn es war in Rom bekannt, daß sich Popilia nicht gut mit ihrer Schwiegertochter Domitia verstand. Domitia hatte ihr Kind geboren; es war ein Junge, der wie sein Vater Quintus genannt wurde. Aber auch der kleine Quintus brachte die Eltern einander nicht näher. Nachdem Catulus einen Stammhalter gezeugt hatte und damit der Fortbestand seines Hauses gesichert war, weigerte er sich, mit Domitia zu schlafen, und strich nachts oft durch die Straßen im Velabrum, in denen sich Lustknaben anboten. In Wirklichkeit suchte er Roscius, der aber jeder Begegnung auswich.

Domitia litt unter den homoerotischen Neigungen ihres Mannes und schob alle Schuld auf Popilia. Sie warf ihr vor, ihren ältesten Sohn nicht streng genug erzogen, seine Vorliebe für Männer geduldet zu haben. Um diesen ständigen Sticheleien zu entgehen, zog Popilia ihr Elternhaus als Wohnung vor, das genügend Platz bot für sie, ihre beiden Söhne Lucius und Gaius, genannt Strabo, sowie die Enkelin Cornelia.

Und Domitia verbitterte immer mehr auf dem Caelius. Als

sehr junges Mädchen hatte sie sich in Catulus verliebt wie in keinen anderen Mann vorher, und sie liebte ihn immer noch. Sie fand keinen Gefallen an Vergnügungen wie Caecilia Metella und mied Kontakte zu jungen Männern, weil sie fürchtete, wieder an jemanden zu geraten, der nur Männer liebte.

Als Sulla an einem Morgen, wenige Tage nach dem Festtag im Hause der Luculler, das Atrium des Palastes der Popilier betrat, sah er sogleich drei dunkelhäutige Herren in langen weißen Mänteln, die inmitten einer Schar von Klienten warteten. Es waren aber nicht dieselben Numider, die er bei Lucullus getroffen hatte.

»Iugurtha muß ganz Rom mit Gesandten überschüttet haben«, dachte er, »aber es sind ja auch einige Dutzend Consulare zu bearbeiten.«

Als der Hausverwalter aus dem Tablinum kam, bat er die drei Numider sofort zu Popilius.

»In Kürze wird es wohl in diesem Haus ähnlich fröhlich zugehen wie bei den Lucullern«, lachte Sulla, und ein Klient, der neben ihm stand, sah ihn erstaunt an.

»Papa, Papa«, hörte er es gleich darauf rufen; Cornelia kam die Treppe heruntergestürmt, gefolgt von einer Zofe. Sulla nahm die Kleine in seine Arme und schwenkte sie durch die Luft. Die Klienten des Publius Popilius Laenas beobachteten gerührt die Szene; ihr Patron hatte die Vaterrolle für das Kind übernommen, nicht nur aus Pflichtgefühl, sondern weil ihm die temperamentvolle Kleine gefiel, die ihn oft mit intelligenten Fragen bestürmte.

»Papa, was hast du mir mitgebracht?« Cornelia strampelte jetzt, und Sulla ließ sie herunter. Er griff in die Falte seiner Toga und holte einige Schmuckstücke hervor, die fast die Hälfte seines Honorars für die Satire verschlungen hatten, aber im Hause der Popilier wollte er nicht mit billigem Glitzerwerk erscheinen. Es waren eine silberne Kette mit Bernsteinen sowie lange silberne Ohrringe mit Bernsteintropfen an den Spitzen. Seit er im Hause des Pytheas in Massilia das

»Gold des Nordens«, wie er den Bernstein nannte, kennengelernt hatte, liebte er dieses warm schimmernde Material; und auch, weil die Augen des Metrobius wie Bernstein funkeln konnten!

Er beugte sich herunter und legte dem Kind die Kette um das dünne Hälschen, dann befestigte er die Ohrringe. Als er die Haare, die in kleinen Löckchen über die Ohren fielen, zurückschob, sah er, daß er seiner Tochter keinen Gefallen mit diesem Geschenk erwiesen hatte: Sie hatte nämlich seine abstehenden Ohren geerbt, was die Zofen mit den sorgfältig gedrehten Löckchen zu verbergen suchten, er jetzt jedoch mit den auffallenden Ohrringen herausstrich. Doch die Klienten applaudierten artig und überboten sich gegenseitig in Ausrufen der Bewunderung über die Schönheit des Mädchens.

»Einen Spiegel, ich will einen Spiegel«, rief Cornelia, und schon eilte eine andere Zofe mit einem Spiegel aus Bronze herbei, den sie ihr vor das Gesicht hielt.

Cornelia klatschte in die Hände. »Wie schön, wie schön!«

Sulla war erleichtert, nahm die Küsse seiner Tochter entgegen und streichelte ihr zärtlich über die blonden Haare, die genauso rötlich-seidig schimmerten wie seine eigenen. An die Mutter Iulia erinnerten die hohen Wangenknochen, die dem Gesicht etwas Pausbäckiges gaben.

»Führt dich denn keiner zu mir hoch?« hörte er jetzt Popilia rufen, die ihm mit ausgestreckten Händen entgegenkam. »Ich muß mir unseren Hausverwalter wieder einmal vorknöpfen. Er hat sich um *meine* Gäste genauso zu kümmern wie um die meines Bruders.«

»Verzeih ihm diesmal«, sagte Sulla mit geheimnisvoller Miene, »dein Bruder empfängt gerade besonders interessante Gäste, und das darf euer Verwalter nicht versäumen. Außerdem waren wir so beschäftigt, daß wir noch gar keine Zeit hatten, zu dir hochzugehen. Sieht sie nicht reizend aus?«

Cornelia hatte schon ungeduldig am Arm ihrer Großmutter gezogen, um sich mit ihren neuen Schmuckstücken bewundern zu lassen. Sulla beobachtete amüsiert, wie Popilia ebenfalls leicht erschrak, als sie die großen Ohren so betont hervorstehen sah, aber wie alle anderen brach auch sie in Entzückensrufe aus, um dem kleinen Mädchen zu schmeicheln.

Ein Fest im Hause der Luculler

Der Tag des großen Festes bei Lucullus war gekommen. Diener schleppten Korbstühle in den Innenhof, in dem wieder das Spiel stattfinden sollte, Zimmerleute schlugen die letzten Nägel in das Podest, das als Bühne fungierte.

Die Masken für die Parodie waren auf einem Tisch neben der Bühne aufgereiht, und Sulla betrachtete sie zufrieden. »Gute Arbeit«, sagte er zum Maskenbildner, der ihn gespannt beobachtete. Die Masken waren aus Kork geschnitzt, farbig bemalt, hoben besondere Merkmale der Gesichter übertrieben hervor: Bei Marius die dicken Brauen über den tiefliegenden Augen, die mürrisch heruntergezogenen Mundwinkel, das breite, kantige Kinn; beim Consular Lucius Metellus, der inzwischen den Beinamen Dalmaticus führen durfte, die dünnen Brauen über hervorstehenden Augen, die schmalen, strichartigen Lippen und die lange, spitze Nase, die an einen Habicht erinnerte. Beim Consular Cotta waren die Augenbrauen halbmondförmig eingezeichnet, die Wangen eingefallen und die Lippen gepreßt auseinandergezogen, was dem Gesicht ein starres, arrogantes Aussehen gab.

Nachdem Sullas Mitspieler erschienen waren, setzten sie alle ihre Masken auf und bewunderten gegenseitig ihr Aussehen. Sulla hatte – als weitere Hauptperson – den jungen Crassus Dives gewinnen können, der seinerzeit auf dem Forum den Marius so abstoßend gefunden hatte.

Crassus Dives spielte den Consular Cotta, während sich Sulla mit der kleineren Rolle des Dalmaticus begnügt hatte. Den Lictor, hin- und hergerissen zwischen Marius und Cotta, mimte Memmius, während die Senatoren sogar echt waren: die zwei Dutzend Lebemänner, die auf dem Forum hinter jeder langen Tunica herpfiffen, der Kreis um den ehemaligen Praetor Gaius Licinius Geta, der zum Consul für das kommende Jahr designiert war.

Der lebenslustige Geta war beliebt bei den Römern; er hatte ein heiteres Naturell, war immer zu Scherzen aufgelegt – und sehr freigebig. Er gehörte zur Clique des Quintus Fabius Maximus, des Allobrogicus, der geholfen hatte, den Wahlkampf zu finanzieren, um den Höhenflug der Meteller zu stoppen. Nachdem im Jahr zuvor ein Meteller das Consulat bekleidet hatte, sollte jetzt wieder jemand aus ihrem Klüngel, nämlich Marcus Aemilius Scaurus, dieses Amt übernehmen.

Obwohl Scaurus den Wahlkampf mit viel Geld führte, unterlag er gegen Geta und einen Verwandten des Allobrogicus, der ebenfalls Quintus Fabius Maximus hieß, zur Unterscheidung aber den Beinamen Eburnus, der Elfenbeinerne, führte – wegen der großen Mengen Elfenbein, die er während seiner Quaestur in Sicilien, einem Umschlagplatz für dieses Material, geraubt hatte. Er selbst behauptete allerdings, daß der Beiname von seiner blassen Gesichtsfarbe herrühre.

Als Sulla den designierten Consul Geta gefragt hatte, ob einige seiner Compagnons sowohl die Senatoren wie auch die Volkstribunen als richtige Personen, ohne Masken, darstellen könnten, hatte Geta sofort fröhlich zugestimmt.

In bester Stimmung standen die mitspielenden Senatoren nun um die Mimen herum und ließen sich von Sulla bereitwillig Stichworte und Zwischenrufe vorsagen. Die unglückselige Rolle, die sie bei der echten Szene im Senat gespielt hatten, als sie schweigend und eingeschüchtert die Frechheiten des Marius geschluckt hatten, war vergessen; fast jeder steuerte jetzt großspurig die eine oder andere Sentenz bei, die er angeblich gegen Marius geschleudert hatte.

Gaius Memmius lehnte an einer Säule; er hatte seine Maske abgesetzt, spielte mit seinem Lictorstab und betrachtete amüsiert die heftig gestikulierenden Senatoren, als Lucius Lucullus auf ihn zutrat.

»Ich kann mich darauf verlassen, Memmius, daß du dich

genau an die Spielregeln hältst?« fragte er besorgt. Memmius schmunzelte und legte ihm beschwichtigend die Hand auf den Arm.

»Keine Sorge, Lucullus, ich bin heute hinter einem anderen Wild her. Wenn Caecilia Metella auf mich zukommt, werde ich ihr deutlich sagen, daß sie mir nichts bedeutet.«

»Aber du darfst sie auch nicht beleidigen oder gar verletzen. Sie ist so sensibel!«

»Davon habe ich zwar nicht viel gemerkt, aber du als Ehemann mußt das ja besser wissen«, grinste Memmius.

Sulla hatte die Szene aus den Augenwinkeln beobachtet und eilte herbei, weil er einen Streit zwischen den Rivalen fürchtete.

Es hatte ihn viel Mühe gekostet, Lucullus zu überreden, auch Memmius einzuladen. Denn Lucullus zürnte zwar seiner Caecilia Metella, weil sie eine Nacht mit einem anderen verbracht hatte, aber seine große Wut richtete sich gegen Memmius, dem er alle Schuld zuschob. Metella war die arme Verführte, die unschuldig in die Falle getappt war, die ihr dieser Weiberheld gestellt hatte!

»Niemals!« hatte Lucullus geschrien, als Sulla ihm vor einigen Tagen vorschlug, Memmius zu seinem Fest zu bitten. »Niemals betritt dieser Schuft, dieser Frauenschänder, mein Haus!«

»Was würdest du sagen, wenn Memmius deiner Metella eine Lektion erteilt und sie gar nicht beachtet, weil er hinter einer anderen Frau her ist?« fragte Sulla lauernd. »Erst neulich hast du dich bei mir beklagt, daß Metella ständig von ihm redet, sogar gedroht hat, dich zu verlassen, weil angeblich Memmius voller Sehnsucht auf sie wartet. Von Memmius selbst aber weiß ich nun, daß er mit Metella nichts mehr zu tun haben will, weil er sich in eine andere verliebt hat!«

»Ist das wirklich wahr, Sulla?« Lucius hatte gestrahlt, den Freund dankbar angesehen und eingewilligt, Memmius als Gast zu akzeptieren.

Als Sulla nun beobachtete, wie in Lucullus wieder der

Zorn hochwallte, kaum daß er des Rivalen ansichtig wurde, entschloß er sich, seinem Freund Lucullus einen weiteren Grund zu verraten, der ihn bewogen hatte, sich für Memmius einzusetzen.

»Ich will euer interessantes Gespräch zwar nicht unterbrechen«, sagte er liebenswürdig, »aber ich muß mit unserem Gastgeber etwas Wichtiges besprechen, bevor die Probe beginnt. Komm, wir gehen in eine der Kammern, Lucullus. Entschuldige, Memmius!«

Der vermeintliche Nebenbuhler nickte erfreut; er war Sulla sehr dankbar, daß er ihn von dem eifersüchtigen Ehemann befreite.

»Bei unserer Freundschaft, Lucullus«, beschwor Sulla den Licinier, als sie allein waren, »fang bitte keinen Streit mit Memmius an, auch wenn dich sein Anblick noch so sehr reizt. Memmius ist genauso heftig wie du und könnte voller Wut das Fest verlassen, während wir beide ihn hier brauchen.« Als Lucullus ihn erstaunt anblickte, erklärte ihm Sulla:

»Du hast richtig gehört: Ich brauche ihn auch. Dein Vater hat ja den Satiriker Lucilius eingeladen, der in Rom keinen anderen neben sich gelten läßt. Nun sind Memmius und Lucilius Feinde, seit Numantia, wo sich Lucilius in der Gunst des Scipio Africanus sonnte, während Memmius vom Feldherrn gedemütigt wurde. Ich habe mit Memmius ein Geschäft vereinbart: Wenn ich ihm die Einladung auf dein Fest verschaffe, wo er sich seiner neuen Flamme nähern kann, hilft er mir gegen Lucilius, wenn das nötig sein sollte.«

Einen Augenblick sah ihn Lucullus verblüfft an, dann fing er an zu lachen, klopfte Sulla auf die Schulter und meinte: »Das muß ich meinem Vater erzählen. An solchen Geschäften hat er immer seinen Spaß!«

»Aber erst nach dem Fest. Du weißt, überall lauern große Ohren. Und willst du, daß Metella auf ihrem Zimmer bleibt, weil sie keine Lektion erhalten will?«

Die Satire kam beim Publikum gut an; viele Szenen mußten

wiederholt werden, besonders Antonius erntete großen Beifall. Sulla stand glücklich im Kreise seiner Mitspieler, hörte sich dankbar die Lobessprüche an und genoß seine Popularität. Plötzlich sprang ein helles, hohes Lachen an sein Ohr, und er sah, wie sich für den designierten Consul Geta eine Gasse öffnete. Geta war in Begleitung einer schönen jungen Dame, deren Rock sich über den Knien bauschte und lange, wohlgeformte Beine sehen ließ.

»Du irrst dich nicht. Ich bin's!« tönte die hohe Stimme des Metrobius an Sullas Ohr, und Gaius Geta lachte schallend.

»Es wird Zeit, daß ihr euren Zwist begrabt und wieder Freunde seid wie früher«, meinte Geta versöhnlich, »immer wenn Metrobius zuviel getrunken hat, erzählt er mir von seiner großen Liebe, und die heißt Sulla! Also steht nicht so verlegen herum, umarmt euch! Nach so langer Zeit habt ihr euch sicher viel zu erzählen!«

Sulla war noch immer fassungslos, und erst als Metrobius anfing zu schluchzen, zog er ihn zart an sich. Allerdings kamen sie nicht dazu, sich gegenseitig ihr Herz auszuschütten, denn Lucilius schlenderte heran, gefolgt von einem Schwarm von Anhängern.

Der Dichter Lucilius war Mitte 30, groß, schlank; er trug die Haare etwas länger als üblich, denn solche Extravaganzen erwartete man von einem Künstler. Seine Augen funkelten spöttisch, als er betont gönnerhaft zu Sulla sagte:

»Für den Anfang nicht schlecht, mein Junge. Allerdings hätte ich den Marius ganz anders parodiert ...«

»Was du gemacht hättest, Lucilius«, fuhr Memmius grob dazwischen, »interessiert hier keinen! Schreib du erst mal die Szene so, wie du sie dir vorstellst, laß sie uns dann spielen, und dann sehen wir, was dem Publikum besser gefällt. Du rühmst dich doch oft, wie schnell du schreiben kannst, Hunderte von Versen gleich nach dem Mittagessen. Ich schlage dir vor: Während wir jetzt essen, schreibst du eine neue Satire, die wir dann später spielen, gleich vom Blatt weg!«

Die Senatoren johlten, und Geta rief begeistert:

»Ein Dichter-Wettstreit! Wie in Griechenland! Stimmst du zu, Lucilius?«

»Nun, etwas mehr Zeit würde ich schon brauchen«, stotterte Lucilius, der plötzlich auf ein menschliches Maß beschränkt schien, nicht mehr hoch oben im Dichterhimmel thronte.

Alles lachte; aber Memmius höhnte weiter, er wollte seinen Triumph voll auskosten:

»Wir sind bereit; wir stärken uns kräftig, dann spielen wir eine zweite Satire. Du wirst doch in drei, vier Stunden so ein läppisches Stückchen zustande bringen!«

Die Senatoren klatschten in die Hände:

»Her mit dem Stück! Wer alles besser weiß, soll es auch besser machen!«

Lucilius wurde blaß, als er merkte, daß er wirklich beim Wort genommen werden sollte. Er drehte sich um und verschwand unter den Gästen.

Der weitere Verlauf des Festes, die große Mahlzeit, verging für Sulla wie im Traum. Er lag zusammen mit Metrobius auf einer Kline, hörte nur auf die Erzählungen seines Freundes, merkte kaum, was er aß. Dabei boten die Luculler, die in Rom einen Ruf als Feinschmecker zu verteidigen hatten, eine Köstlichkeit nach der anderen: als Vorspeise, neben den obligaten Eiergerichten, die Sulla sich gar nicht erst reichen ließ, Appetithäppchen aus frischem Schweinespeck, der mit Kräutern gewürzt, in einer Marinade aufgekocht und darin tagelang durchgezogen war. Oder Schweineleber, die mit Feigen gespickt und dann knusprig in der Pfanne gebraten war. Als Hauptgang wurde verschiedenes Wild aus den Wäldern von Umbrien serviert: Schulter vom Wildschwein, mit vielen Kräutern gefüllt; gebratener Hirschrücken, mit Honig bestrichen; Rehragout mit der beliebten scharfen Fischsauce.

Wer Fisch liebte oder zusätzlich essen wollte, kam ebenfalls auf seine Kosten: Austern, Muscheln, Seeigel trugen die Sklaven auf großen silbernen Platten herein, dann Tintenfische in einer Marinade aus Eidotter, Kräutern und Honig sowie gerösteten Thunfisch.

Nach den süßen Nachspeisen begann das Weingelage; zum Vorsitzenden wurde – nach griechischer Sitte – der designierte Consul Gaius Geta ernannt. Sklaven reichten Kränze herum, schenkten dann den Wein ein, der wieder leicht verdünnt getrunken wurde, obwohl zahlreiche senatorische Lebemänner ihn ungemischt forderten.

»Meine Freunde«, beschwichtigte Geta mit fröhlichem Lachen die Runde, »das Fest bei Lucullus ist bisher so heiter und so kultiviert verlaufen. Wollt ihr es euch nun verderben, indem ihr euch mit Wein zuschüttet wie der Pöbel in den Tavernen in der Subura? Genießen wir weiter die angenehmen Plaudereien unter Freunden, zögern wir die Trunkenheit noch ein wenig hinaus!«

Geta, der neben dem alten Lucullus auf der Kline des Ehrengastes lag, wandte sich an den Gastgeber:

»Ich glaube, es ist Zeit für die Flötenbläserinnen und die Tänzerinnen, meine Senatoren scheinen etwas Abwechslung zu brauchen.«

Lucullus gab seinem Hausverwalter ein Zeichen, der wiederum zwei Sklaven, die neben der Tür standen, anwies, die großen Flügel schwungvoll aufzureißen. Sofort schrillte die wilde Musik von Flöten. Tänzerinnen in kurzen, durchscheinenden Gewändern wirbelten herein, gefolgt von Mädchen mit Doppelflöten. Schöne Knaben mit Leiern in den Händen bildeten den Abschluß des Zuges; sie würden später Lieder zur Kithara vortragen.

Sulla und Metrobius hatten ihr Gespräch unterbrochen, um sich an den anmutigen Bewegungen der Tänzerinnen und den aufreizenden Klängen der Flöten zu erfreuen. Das Intermezzo zur Unterhaltung der Gäste brachte Sulla wieder in die Wirklichkeit zurück; der Zauber, der sich um ihn und Metrobius wie Nebelschwaden gelegt hatte, verflog für einen Moment; der Blick wurde frei für das Geschehen um ihn herum.

Er suchte Memmius mit den Augen und stellte bewundernd

fest, daß es diesem gelungen war, die Kline direkt gegenüber von Lucius Crassus, dem Redner, und dessen Frau Mucia zu erobern.

Crassus hatte in den vergangenen Jahren nicht nur in der Politik den Grundstein für eine große Karriere gelegt, auch gesellschaftlich war er hochgerückt: Er hatte Mucia geheiratet, die Tochter des Consuls Quintus Mucius Scaevola, jenes Augurs, der Sullas Ehe mit Iulia eine lange, glückliche Zukunft prophezeit hatte.

Quintus Scaevola war bereits 53 Jahre alt, als er das Consulat erreichte, also zehn Jahre über die übliche Zeit hinaus. Vor drei Jahren hatte er als Praetor die reiche römische Provinz Asia verwaltet; und offensichtlich hatte er der Versuchung nicht widerstehen können, sich dort – wie viele andere Statthalter vor ihm – schamlos zu bereichern. In Rom wurde er bei seiner Rückkehr deswegen von dem jungen Titus Albucius angeklagt.

Da dieser Albucius aber unerfahren als Redner war, sich die ersten Sporen verdienen wollte, fiel es dem alten Fuchs Scaevola, der als großer Rechtskundiger galt, nicht schwer, seinen Kopf aus der Schlinge zu ziehen.

Er rettete nicht nur seine bürgerliche Existenz, sondern auch sein großes Vermögen, und Mucia konnte mit einer ansehnlichen Mitgift in die Ehe gehen. Der junge Crassus war einer seiner Schüler gewesen und hatte die etwas ältere Mucia schon seit Jahren angebetet. Aber erst nach den Erfolgen auf dem Forum und seiner Wahl in die Gründungskommission von Narbo war er für würdig befunden worden, sie zu heiraten.

Nun räkelte er sich voller Besitzerstolz neben ihr auf der Kline, kraulte ihr zärtlich den Nacken unter den hochgesteckten Haaren und merkte gar nicht, daß Mucia die gehobene Stimmung, die sich nach dem Einzug der Tänzerinnen eingestellt hatte, benutzte, um die schmachtenden Blicke des Memmius zu erwidern.

Mucia war Ende 20, keine Schönheit – dazu waren ihre

Gesichtszüge zu herb und ihre Glieder zu knochig –, aber sie konnte viel Charme versprühen, wenn sie lachte, und sie lachte gern.

Memmius hob lässig seinen Becher, um ihr zuzutrinken, und sie dankte ihm liebenswürdig. Das war das Zeichen für Sulla, einzugreifen, denn sie schien angebissen zu haben, und ihr Ehemann mußte abgelenkt werden. Um keinen Mißklang in das neue Glück mit Metrobius zu bringen, erklärte ihm Sulla, daß er kurz etwas Geschäftliches mit Crassus zu besprechen habe, und Metrobius nickte gnädig.

»Crassus, ich brauche dringend deinen Rat in einer etwas delikaten Angelegenheit«, biederte sich Sulla bei dem Redner an, »können wir uns für eine Weile in eine ruhige Ecke zurückziehen?«

Crassus fühlte sich, wie erwartet, geschmeichelt und erhob sich sofort. »Du erlaubst doch, Mucia?« fragte er höflich. Mucia verzog zwar schmollend ihren Mund, aber Sulla sah beim Hinausgehen, daß Memmius bereits neben ihr Platz genommen hatte und sie lachend den Kopf in den Nacken warf, als er etwas zu ihr sagte.

Die »delikate Angelegenheit«, mit der Sulla längere Zeit den jungen Ehemann fesseln konnte, bestand zunächst aus Schmeicheleien über das rhetorische Talent des Crassus, und dann rückte Sulla mit seinem eigentlichen Anliegen heraus: Er wollte sich von Crassus in die Geheimnisse der Redekunst einweihen lassen, Kniffe und Tricks bei ihm lernen. »Aber in Rom gibt es so viele gute Redner, die viel mehr Erfahrung als ich haben«, zierte sich Crassus.

»Aber keiner ist ein solches Genie wie du, und ich lerne am liebsten von den Besten.«

Damit war Crassus gewonnen, und sie verabredeten Tag und Stunde für den ersten Unterricht.

Als sie in den Speisesaal zurückkehrten, stand Memmius sofort höflich auf, um den jungen Ehemann wieder auf seinen Platz zu lassen. Aber Sulla entging nicht der Blick heimlichen Einvernehmens, den er und Mucia noch tauschten.

Caecilia Metella lag wie versteinert neben ihrem Ehemann Lucius. Sie hatte Memmius keinen Moment aus den Augen gelassen, vom ersten Blickkontakt an, den er mit Mucia hatte, bis zu der Plauderei, die immer intimer wurde, je länger Memmius bei seiner neuen Liebe verweilte. Und daß er verliebt, von der anderen Frau gefesselt war, konnte sie nicht übersehen.

Als sie voller Wut aufspringen und Memmius zur Rede stellen wollte, umklammerte Lucius sie so fest, daß es schmerzte.

»Du bleibst hier«, zischte er ihr ins Ohr, »oder willst du dich lächerlich machen – in deinem eigenen Hause?«

Sie zuckte zusammen, so energisch hatte er schon lange nicht mehr mit ihr gesprochen. So blieb sie also in angespannter Haltung auf ihrer Kline liegen und warf abwechselnd giftige Blicke auf Memmius, der inzwischen mit einigen Lebemännern aus dem Senat plauderte, und auf Mucia, die sich scheinbar zärtlich an ihren Ehemann lehnte.

Sulla war zufrieden mit dem Verlauf der kleinen Intrige, zumal er Metrobius in bester Stimmung vorfand. Der designierte Consul Geta hatte es übernommen, ihm die Zeit zu vertreiben, räumte aber bereitwillig die Kline.

»Endlich, Sulla, endlich«, lachte er, »hast du vergessen, daß man Metrobius stets bei Laune halten muß? Unsere Diva ist verwöhnt und duldet es nicht, wenn sie vernachlässigt wird.«

Das Testament der Hetäre

Metrobius zog wieder in Sullas Haus ein. Sein Umzug fand nachts, kurz vor Sonnenaufgang, statt, denn tagsüber war Rom für Ochsenkarren und überhaupt alle Wagen gesperrt. Seit einiger Zeit griffen die Magistrate bei der Durchsetzung des Fahrverbotes strenger durch. Die Einwohner mußten zu Fuß ihre Wege zurücklegen, und das waren oft große Entfernungen – hügelauf und hügelab. Wer sich nicht bewegen wollte oder konnte, ließ sich in Sänften durch die Stadt tragen; allerdings war die Schaukelei so unangenehm, daß Sänften selten zu sehen waren.

Die Römer gingen gern zu Fuß. Die Adligen, die in politische Ämter gewählt werden wollten, brauchten den direkten Kontakt zur Plebs, zu ihren Wählern; außerdem liebten sie das Gepränge, die Bewunderung, die sie erregten, wenn sie mit großem Gefolge von den Hügeln, auf denen sie wohnten, zum Forum hinabschritten.

Die Anlieferung von Waren, die in Karren transportiert wurden, erfolgte also ab Sonnenuntergang. Die ganze Nacht hindurch, bis zum Sonnenaufgang, rumpelten die Wagen von den Stadttoren zu den dichtbesiedelten Wohngebieten mit ihren vielen Geschäften, außerdem zu den zahlreichen Märkten. Die eisenbereiften Holzräder der Fahrzeuge ratterten laut über das Pflaster aus unregelmäßigen Quadern; die Wagenlenker schrien, wenn sie nicht weiterkamen, weil ein anderes Fahrzeug umgekippt war oder zum Entladen den Weg blockierte. Rom war auch nachts eine sehr laute Stadt.

Da Metrobius in den zwei Jahren der Trennung von Sulla einen beachtlichen Hausrat angesammelt hatte, mußte Sulla einen Wagen für den Umzug mieten. Zahlreiche Kisten mit Kleidern wurden ausgeladen, große Körbe mit kleinen Statuen aus Marmor und Bronze, Gerät für den Haushalt, sogar kostbares Silber. Metrobius hatte in der letzten Zeit eine kleine Wohnung auf dem Esquilin bewohnt, zusammen mit einem anderen Schauspieler, von dem er sich ohne Tränen trennte. Als die Körbe im Atrium abgestellt, der Transporteur bezahlt worden war, natürlich von Sulla, lief Metrobius wie ein aufgeregtes Kind durch das Haus und schien glücklich zu sein, daß er alles wieder wie früher vorfand.

Sie erwähnten mit keinem Wort die geraubten Statuen und Hausgötter, die Sulla zwar teilweise ersetzt hatte, doch viele Podeste standen noch leer und gemahnten an den Diebstahl.

Die Köchin kam mit einem zweiten Sklaven, den sie Sulla inzwischen abgetrotzt hatte, von Einkäufen zurück. Sie erledigte die Besorgungen gern in aller Frühe, weil die Märkte dann nicht so voll waren. Den Hausrat von Metrobius, der sich in der Halle stapelte, bedachte sie mit gehässigen Blikken: »Geht das wieder los!« murmelte sie.

Der junge Schauspieler wollte sie strahlend begrüßen, aber sie nickte nur kurz und eilte in die Küche, um gleich darauf mit einem Wachstäfelchen zurückzukommen.

»Eine Nachricht von Nikopolis, die vorhin abgegeben wurde«, sagte sie eifrig zu Sulla und warf dann einen lauernden Blick auf Metrobius.

»Geliebter«, las Sulla, wobei ihm der Junge über die Schulter sah, »kannst Du heute abend zu mir kommen? Ich habe eine herrliche Mahlzeit vorbereitet. Und noch eine große Überraschung. Ich liebe Dich! Nikopolis.«

»Du Schuft!« kreischte Metrobius, entriß Sulla die Tafel und warf sie so heftig auf den Boden, daß sie zerbrach. Die Köchin grinste zufrieden und schlurfte in die Küche.

»Du elender Schuft! Du hast ein Verhältnis mit einer Frau!«

»Laß dir erklären! Nikopolis ist nur eine Hetäre, das siehst du doch schon am Namen!«

»Wirklich!« Metrobius lächelte erfreut. »Aber warum nennt sie dich ›Geliebter‹?«

»Ich habe mir ein bißchen mit ihr die Zeit vertrieben, als du weg warst.«

»Liebst du sie? Wie damals Ilia?«

»Du würdest nicht so fragen, wenn du sie sehen würdest. Sie ist viel älter als ich, dicklich, ordinär – eben eine Hetäre. Aber sie hat Geld, und ich habe sie kennengelernt, als ich wieder einmal – wie damals in Massilia – von Oliven und Käse leben mußte.«

Metrobius schossen die Tränen in die Augen; er streichelte Sulla zärtlich.

»So schlecht ging es dir, als ich weg war!«

Dann lachte er zufrieden: »Die Götter haben dich bestraft, weil du mich verstoßen hattest, die Götter sind gerecht.«

Ein Schatten fiel über seine Züge, traurig fragte er: »Willst du wirklich heute zu dieser Nikopolis gehen und mich allein lassen?«

Sulla rang mit sich und überlegte, ob er Metrobius ins Vertrauen ziehen sollte.

»Ich muß! Weißt du, ich habe sie endlich so weit, daß sie ihr Testament neu schreiben und mich als Erben einsetzen will. Länger als ein Jahr habe ich daran gearbeitet, und es wäre dumm, das alles aufs Spiel zu setzen.«

Metrobius sah ihn nachdenklich an: »Hat sie viel?«

»Eine halbe Million Sesterzen in bar und ein großes Haus, das man für 5000 im Jahr vermieten kann! Übrigens mit vielen Statuen, die man auch zu Geld machen kann.«

»Und deine Geldverhältnisse stehen wieder einmal schlecht?«

»Sagen wir: nicht glänzend. Ich habe Aufträge für Satiren, von Geta und seinem Kreis; die bringen zwischen 5000 und 10 000 Sesterzen. Aber ich bin ja jetzt nicht mehr allein, ich muß auch für meinen geliebten Metrobius sorgen, und der ist offensichtlich noch verwöhnter, als er früher war!«

Metrobius nickte kühl. Geta, mit dem er mehrere Monate ein Verhältnis gehabt hatte, war immer großzügig gewesen, hatte ihn mit eleganter Garderobe ausgestattet, ihm viel Schmuck geschenkt, dazu Kunstschätze. Eigentlich war der gesamte Hausrat, den der Sklave gerade auspackte, von Gaius Geta finanziert worden. Und Metrobius war nicht gewillt, ein Stück nach dem anderen zu verkaufen, wenn es einen Goldschatz bei einer Hetäre zu plündern gab.

»Geh also zu Nikopolis«, sagte er bestimmt, »sieh zu, daß sie endlich ihr Testament ändert. Für alles weitere weiß ich auch schon einen Rat«, und er nickte Sulla bedeutungsvoll zu. Es war besser, dieses Thema an einem Ort zu besprechen, wo keine Lauscher zu befürchten waren.

Nikopolis setzte an jenem Abend wirklich Sulla als ihren Erben ein, und seitdem behandelte sie ihn wie ihr Eigentum. Sie verlangte fast täglich sein Erscheinen; sie wollte von ihm aufs Forum geführt werden, und sie sonnte sich sichtlich im Glanz des Namens Cornelius. Oft waren Sulla die Spaziergänge über das Forum peinlich, besonders wenn sie wieder zu grell geschminkt war und zu bunte Kleidung trug. Er bat sie, sich in der Öffentlichkeit etwas dezenter zu kleiden, aber sie lachte ihn aus:

»Ich bin eine Hetäre, und so kleiden wir uns eben!«

Er merkte bald, daß sie ihn benutzte, um neue reiche Männer kennenzulernen, und war froh über die enge Bekanntschaft mit den senatorischen Lebemännern. Nachdem er sie in diesen Kreis eingeführt hatte, ließ sie ihn eine Weile in Ruhe. Sie fand unter den älteren Senatoren etliche neue Liebhaber nach ihrem Geschmack, aber keinen für die Dauer, wie sie gehofft hatte, denn die Senatoren liebten die Abwechslung.

Monatelang mußte Sulla sie nur gelegentlich besuchen, aber als ein Senator nach dem anderen nichts mehr von ihr wissen wollte, forderte sie wieder fast tägliche Präsenz. Als er sich ein- oder zweimal wegen »dringender Geschäfte« entschuldigen ließ, erhielt er einen unfreundlichen Brief:

»Kein Geschäft kann so dringend sein wie ein Besuch bei mir! Wenn du noch einmal absagst, warst du die längste Zeit mein Erbe!«

Sulla wurde blaß, als er diese Zeilen las, und Metrobius, der wieder über seine Schulter gesehen hatte, schrie erbost:

»Was denkt sich dieses blöde Huhn! Springt mit dir um, als wärst du einer aus der Subura! Wir müssen etwas unternehmen! Ich kenne diese Sorte von Huren. Wenn diese Nikopolis erst einmal angefangen hat, dir mit Enterbung zu drohen, geht das immer weiter, bis sie es wirklich tut! Laß uns einen kleinen Spaziergang machen, damit ich dir von meinem Plan erzählen kann.«

Der Plan war einfach: Mit dem Gift, das Metrobius seinerzeit in Massilia besorgt und das er sorgsam aufbewahrt hatte, sollte Nikopolis umgebracht werden. Nachdenklich betrachtete Sulla von der Seite den Freund. Er wußte seit langem, seit sie in Massilia die Idee gehabt hatten, eine Schauspieltruppe ins Leben zu rufen, daß Metrobius ein Ziel ausdauernd und unbeugsam verfolgte.

Unter der Maske eines verwöhnten, launenhaften Kindes verbarg sich eine harte, mitleidlose Persönlichkeit.

»Eins muß ich noch wissen«, sagte Metrobius, nachdem sie eine Weile schweigend den Weg fortgesetzt hatten. »Hat Nikopolis enge Kontakte zu ihrem Patron, dem Töpfer? Wird er sie vermissen?«

»Nein, Nikopolis hat die Töpfersleute nicht mehr gesehen, seit sie sich aus dem Circus Maximus abgesetzt hat. Sie hat alle Spuren sorgfältig verwischt, sich einen neuen Namen zugelegt, denn sie fürchtet die Habgier dieser Leute.«

Metrobius schien mit dieser Auskunft zufrieden, aber Sulla merkte, daß ihn noch etwas bewegte.

»Du hast doch keine Skrupel? Sie tut dir doch nicht leid?« fragte ihn jetzt der Schauspieler. Er blieb stehen, um Sulla in die Augen sehen zu können, aber der Cornelier wandte verlegen den Blick ab.

»Also doch! Ich dachte es mir ja!« meinte Metrobius verächtlich. »Du hängst an diesem fetten Weibsstück. Dir gefällt es, dich von ihr wie ein Hündchen über das Forum führen zu lassen!«

Zorn wallte in Sulla hoch, wütend wollte er weglaufen. Doch Metrobius hielt ihn an der Toga fest:

»Ich hatte gehofft, daß du in den zwei Jahren erwachsen geworden seist. Aber du benimmst dich immer noch wie ein kleines Kind, das schreit, wenn es seinen Willen nicht bekommt!«

»Das ist mein sanguinisches Temperament. Ich sehe dann rot und möchte am liebsten alles kurz und klein schlagen. Das wird sich auch nicht ändern, wenn ich alt bin. Mein Vater war übrigens genauso.«

»Also gut, lassen wir das. Ich sehe, daß ich die Sache in die Hand nehmen muß«, stichelte Metrobius, »der Herr Direktor ist so aufgeregt, daß er nicht mehr Regie führen kann. Aber beim zweiten Mal ist es leichter!«

»Beim zweiten ... was?« wunderte sich Sulla.

»Na, wenn du das zweite Mal jemanden umbringst, beim zweiten Mord!«

»Hast du etwa schon jemanden umgebracht?«

»Nein, natürlich nicht! Das denke ich mir bloß so.«

Und Sulla glaubte ihm kein Wort.

Während sie durch Rom wanderten, diskutierten sie lange darüber, wo Nikopolis verschwinden sollte. Es erschien ihnen zu riskant, ihr das Gift in einem der Häuser in ein Getränk zu schütten; überall lauerten Sklaven, die sie beobachten konnten. Schließlich schlug der Schauspieler eine Reise nach Campanien vor. Unterwegs würden sich genügend Möglichkeiten finden, um der Hetäre das Gift zu verabreichen und die Leiche verschwinden zu lassen. Nach einigem Nachdenken stimmte Sulla dem Plan zu.

Nikopolis war außer sich vor Begeisterung, als Sulla ihr vorschlug, mit ihm nach Misenum oder Baiae zu fahren. »Nach Baiae? Dann lerne ich auch deinen Vater kennen?«

»Das wird nicht gehen. Mein Vater reist seit einigen Monaten durch Africa, um Ländereien zu kaufen.«

»Ich dachte, dein Vater ist zu krank für solche Abenteuer!«

»Ist er auch! Aber das trockene Klima von Africa tut ihm gut.«

Selbst diese rasche Lüge Sullas schluckte die alternde Hetäre nur zu bereitwillig: Campanien lockte.

Am Tag vor der Abreise begleitete Sulla sie zu Einkäufen in Luxusläden auf der Via Sacra. Als sie in das Comitium, den Platz vor der Curia, einbogen, sahen sie einen großen Menschenauflauf vor dem Senatsgebäude. Sulla bat Nikopolis, einen Augenblick zu warten; er sprang die Stufen hoch, wo Scharen von Schülern der Senatoren herumstanden. Inzwischen war eine neue Generation herangewachsen; seine Altersgenossen begleiteten Feldherren als Militärtribune oder lernten im Gefolge von Statthaltern, wie man Provinzen ausplündert.

Als Sulla sich suchend umblickte, entdeckte er einen flüchtigen Bekannten, den jungen Gnaeus Pompeius, mit Beinamen Strabo, der Schieler, weil er als Kind ebenso geschielt hatte wie der kleine Gaius, sein jüngster Schwager. Auch als sich das Augenleiden ausgewachsen hatte, blieb der Beiname an ihm haften.

»Grüß dich«, sagte Sulla liebenswürdig zu Strabo, »heute scheint der Senat ja so gut wie vollständig versammelt zu sein, so viele Schüler habe ich lange nicht mehr vor der Curia gesehen. Was wird denn Wichtiges verhandelt?«

Strabo sah ihn hochmütig von oben herab an und überlegte, ob er so tun sollte, als würde er ihn nicht kennen. Dann fiel ihm aber ein, daß Sulla die Protektion des Consulars Lucullus genoß, auch die des designierten Consuls Gaius Geta. So entschloß er sich, ihm die gewünschte Auskunft zu geben, allerdings mürrisch, wie es seine Art war:

»Das weiß doch jedes Kind in Rom«, muffelte er, »heute sind die Numider im Senat!«

»Auch König Adherbal persönlich?«

»Der mit seinem Gefolge und auch die Gesandten, die überall in Rom ihr Geld gelassen haben.«

Da auch der alte Lucullus an dieser Senatssitzung teilnahm, um die Sache seines Freundes Iugurtha zu unterstützen, hoffte Sulla, später die Einzelheiten der Sitzung von ihm zu erfahren. Er verabschiedete sich von Pompeius, der nur gnädig nickte, und eilte zurück zu Nikopolis.

»Wieso läßt du mich so lange warten«, fauchte ihn die Hetäre an, »ich habe noch viel zu erledigen, und du verplemperst meine kostbare Zeit mit dummem Geschwätz da oben.«

Das Blut schoß Sulla in die Schläfen; er hätte Nikopolis am liebsten geschlagen. Aber er ballte nur die Hände zu Fäusten in den Falten seiner Toga und verzog die Mundwinkel zu einem Lächeln.

»Reg dich nicht auf, Nikopolis, das schadet deiner Schönheit. Erzähl mir lieber, was du alles kaufen willst.«

Aber Nikopolis war weiter in schlechter Laune und schüttelte unwillig den Kopf.

»Was verdüstert dein Gemüt? Befreie dich davon!« versuchte Sulla zu scherzen, denn er merkte deutlich, daß sie sich mit einem Kummer quälte. Wie immer, bezog er alles auf sich und das Testament.

Nach längerem Zureden erzählte ihm Nikopolis von einem Traum, der sie auch am hellen Tag nicht verließ. Sulla erschrak, denn er hielt viel von Träumen, die für ihn Wegweiser in die Zukunft und daher ernst zu nehmen waren.

»Mir träumte«, berichtete die Hetäre, »daß ich am Ufer eines Meeres stand und mich plötzlich dichter Nebel einhüllte. Ich rief nach dir, aber du gabst keine Antwort. Statt dessen hörte ich ein hohes, perlendes Lachen, dann bekam ich einen Stoß in den Rücken und fiel und fiel ... Ich wachte schreiend auf, meine Zofe kam herein, und ich erzählte ihr den Traum. Daher weiß ich ihn noch, denn sonst vergesse ich meine Träume sofort.«

Sulla war glücklich: Nikopolis hatte ihren Tod geträumt, von der Hand des Metrobius. Alles würde also nach Plan verlaufen. Er setzte eine betrübte Miene auf, griff nach der Hand der Hetäre und streichelte sie sanft:

»Du bist zu früh aufgewacht! Hättest du weiter geträumt, dann hättest du erlebt, daß ich unten auf dich wartete, dich in meinen Armen auffing und jetzt für immer festhalte!«

Er umarmte sie. Dankbar sah ihn Nikopolis an.

»Wie hübsch du das wieder gesagt hast, Sulla. Jetzt geht es mir viel besser; wir machen uns einen schönen Tag, und ich werde dir eine elegante Tunica kaufen.«

Es wurde eine fröhliche Fahrt nach Campanien. Sulla hatte einen kleinen, gedeckten Reisewagen gemietet, in dem sie nur mühsam das viele Gepäck verstauen konnten, das Niko-polis unbedingt mitschleppen mußte. Sie hatte sich erst nach längeren Diskussionen bereit erklärt, ihre Sklaven zu Hause zu lassen. Zu gerne wäre sie wie eine große Dame mit viel Gefolge gereist!

Aber Sulla rechnete ihr vor, wie teuer der Aufenthalt in Campanien sie dann käme, denn sie planten, in Gasthäusern zu übernachten. So einigten sie sich auf je einen Sklaven. Geizig, wie sie war, wollte sie ihm später seinen Sklaven wie-der streichen, doch Sulla kehrte den Cornelier heraus, und sie mußte zurückstecken.

Metrobius spielte seine Rolle als Sklave überzeugend. Er hatte sich sogar von seinen langen Haaren getrennt und schwieg während der Fahrt die meiste Zeit.

Um so gesprächiger war Nikopolis; sie plapperte ständig vor sich hin, sang alle Schlager, die zur Zeit in Rom die Run-de machten, und Sulla fiel jedesmal begeistert ein, täuschte gute Laune vor und war froh, daß er nicht mit ihr zu reden brauchte.

Sie fuhren die Via Appia entlang. Die älteste der römischen Überlandstraßen, vor fast 200 Jahren vom Censor Appius Claudius Caecus gebaut, ging zunächst 90 Meilen weit bis Formiae. Sie führte an den Hängen der Albaner Berge vorbei, die sanft zum Meer hin abfielen, durchschnitt dann die weite Küstenebene im Süden Latiums, um ab Tarracina bis Sinuessa an der Küste entlangzulaufen. Hier bog sie scharf ins Lan-desinnere ab, schlängelte sich quer durch den Apennin, später durch die Ebenen und Hügellandschaften Lucaniens und Apuliens bis zum Adriatischen Meer, nach Brundisium.

Nach Appius Claudius hatten viele Consuln den Bau dieser bedeutenden Verbindung zwischen Rom und Brundisium, dem Hafen für die Überfahrt nach Griechenland, vorangetrie-ben, bis zu einer Länge von insgesamt 360 Meilen.

Sie brauchten zwei Tage bis Formiae, und hier entschied Metrobius:

»Das Ende der Reise für diese Ziege ist gekommen. Wenn

ich noch einen Tag länger mit der im Reisewagen sitzen muß, steche ich sie mit einem Küchenmesser ab!«

Da das Gift, das aus den getrockneten Blättern und Blüten der Schierlingspflanze gewonnen war, besser wirkte, wenn der Todeskandidat nichts im Magen hatte, mußten sie die Ausführung ihrer Tat auf den nächsten Morgen verschieben. Nikopolis ließ sich zu keinem Spaziergang mehr überreden, als ihr die Gerüche der Küche in die Nase wehten.

Sie schickten den Kutscher mit seinem Gefährt nach Rom zurück und mieteten im Gasthaus einen Wagen, den Sulla selbst lenken wollte. »Das ist billiger so!« erklärte er der erstaunten Nikopolis, und sie nickte, erfreut über seine Sparsamkeit. Sulla trieb am nächsten Morgen die Gesellschaft früh aus den Betten, denn er hatte der Hetäre während des Nachtmahls viel von einem Sonnenaufgang am Meer vorgeschwärmt. Es war ihr übrigens nicht aufgefallen, daß Sullas Sonne im Westen aufgog.

Als sich die Straße dem Meer näherte, lenkte Sulla das Fahrzeug bald in einen Feldweg und rumpelte die Piste so weit entlang wie nur möglich. Er hielt an und zog einen Schlauch, der aus der Haut einer Ziege genäht war, aus dem Gepäck. Er war mit Wein gefüllt. Metrobius nahm vier Becher mit, denn auch die Zofe mußte den Sonnenaufgang bewundern. Dann stiegen sie aus und wanderten zu Fuß weiter.

Sie erreichten einige Felsen über dem Meer gerade in dem Augenblick, als die Sonne über den Hügeln im Osten aufging, und Nikopolis fragte erstaunt:

»Wieso ist die Sonne so weit da hinten? Wann kommt sie zum Meer?«

»Gedulde dich etwas! Das dauert nicht mehr lange«, beruhigte sie Sulla.

Sie setzten sich auf eine Felsklippe, die steil zum Meer hin abfiel. Während Sulla die Hetäre und die Zofe mit munteren Späßen unterhielt und ablenkte, füllte Metrobius den Wein in die vorbereiteten Becher und reichte sie den beiden Frauen.

Sie tranken hastig; Nikopolis wunderte sich über den merkwürdigen Geschmack.

»Das ist ein Landwein aus der Gegend, ich habe ihn gestern im Gasthaus gekauft. Den aus Rom haben wir ja während der Fahrt ausgetrunken«, meinte Sulla leichthin.

»Egal, ich habe Durst«, sagte Nikopolis, und zufrieden beobachteten Sulla und Metrobius, wie die Frauen ihre Becher völlig leerten.

»Meine Glieder werden plötzlich so schwer«, teilte Nikopolis mit.

»Meine auch«, klagte die Zofe.

»Die Nacht war kurz, und Seeluft macht müde.« Sulla klopfte der Hetäre auf die Füße, dann auf die Beine:

»Spürst du etwas?«

Sie antwortete schwach: »Nein! Mir verschwimmt alles – Nebel ist um mich – wie in meinem Traum ...«

Kurze Zeit später erreichte die Lähmung das Herz; Nikopolis war sofort tot. Die Zofe starb fast im gleichen Augenblick.

Sulla und Metrobius sahen sich erleichtert an und warfen die Leichen über die Klippen ins Meer.

Der Consul Geta und die strengen Censoren

Im Consulatsjahr des Gaius Licinius Geta und des Quintus Fabius Maximus, genannt der Elfenbeinerne, jagten sich in Rom die Festlichkeiten wie nie zuvor. Nicht nur die öffentlichen Spiele, die für die Plebs veranstaltet wurden, zeigten mehr Gepränge als gewohnt; auch die Feiern im privaten Kreis wurden immer üppiger. Die großen Adelshäuser überboten sich gegenseitig bei ihren Festen; die Spiele auf der Bühne konnten gar nicht frivol und die Satiren nicht bissig genug sein.

Jedes Theaterstück mußte mit einer Entkleidungsszene enden. Es kam inzwischen weniger auf das Spiel als auf den

Auftritt der Tänzerinnen am Schluß an. Gleich zu zwei oder drei Dutzend mußten sie eingekauft werden, damit sich nach der Vorstellung jeder der vergnügungssüchtigen Senatoren aus dem Kreis um Geta ein Mädchen fangen und mit ihm in einer der Kammern verschwinden konnte.

Ebenso wie die Entkleidungsszene wurde jedesmal ein Liebesakt mit Tieren gefordert: Die Schauspieler bellten, miauten, wieherten und muhten, als gelte es, einen Bauernhof auf die Bühne zu bringen.

Sulla war in diesem Jahr sehr beschäftigt; er schrieb viele Stücke in der Art der »Geraubten Braut«, überließ aber die Inszenierung anderen Direktoren aus der Schauspielschule des Sorix. Seine seit der Erbschaft prall gefüllte Schatulle im Bankhaus des Sornatius erlaubte es ihm, sich im Hintergrund zu halten, zwar die Fäden für die Aufführungen in den Händen zu haben, aber sich nicht selbst auf der Bühne bewegen zu müssen.

Als geachteter Gast saß er unter den Zuschauern und nahm als Autor später die Glückwünsche entgegen. Und man dankte ihm immer, denn jedes Stück, das genügend Obszönitäten bot, wurde bejubelt. Wenn außerdem die Musik der Lieder schmissig war und der Text sich leicht einprägte, sprach das Publikum gleich von einem »Jahrhundertwerk«.

Der Plebs kam natürlich zu Ohren, was sich in den großen Adelshäusern abspielte, und sie verlangte ebenfalls nach diesen Theaterstücken bei den großen öffentlichen Festen. Der Consul Geta bewog die Aedile, die für die Ausrichtung der Volksfeste zuständig waren, viele von Sullas Stücken einzukaufen, was dessen Beutel weiter füllte.

Nur auf die Entkleidungsszenen mußte die Plebs verzichten – bis auf eine Ausnahme. Bei den Floralien, dem Fest zu Ehren der Blumengöttin Flora, durften die Tänzerinnen am Ende eines Spieles ihre Hüllen abwerfen, wenn die Plebs es forderte. Und sie forderte es immer.

Mit den Floralien feierten die Römer das anschwellende Leben in der Natur, die Blütenpracht, die sich überall entfaltete und die Menschen in eine glückliche, euphorische Stimmung versetzte.

Nur noch die Saturnalien, die zur Wintersonnenwende gefeiert wurden, verbreiteten einen ähnlichen Festrausch in Rom wie die Floralien. Die Ausgelassenheit der Menschen kannte kaum Grenzen; die strengen römischen Magistrate ließen die Zügel schleifen und gestatteten dem Volk Vergnügungen, die sonst strikt untersagt waren, wie den Spaß an nackten Tänzerinnen.

Üblich war bei den Floralien nur *eine* Aufführung, bei der die Plebs am Schluß die Tänzerinnen johlend auffordern durfte, ein Kleidungsstück nach dem anderen abzuwerfen. Geta wies nun die Aedile an, *mehrere* Spiele dieser Art bei Sulla einzukaufen und jeden Tag eins aufführen zu lassen. Das Volk war darüber so begeistert, daß es sogar die Liebhaber von Gladiatorenkämpfen niederbrüllte, als diese lautstark nach den tödlichen Gemetzeln verlangten.

»Vielleicht läßt sich die Plebs doch noch kultivieren und von diesen Scheußlichkeiten aus etruskischer Vorzeit abbringen«, sagte Quintus Catulus zu Sulla und Lucius Lucullus, als sie am dritten Tag der Floralien eine Aufführung des Stückes »Der bellende Liebhaber« besuchten. Der feinsinnige, empfindsame Catulus hielt nicht viel von der Lieblingsunterhaltung der Römer, während Sulla den Standpunkt vertrat, daß für die Verbrecher ein Tod in der Arena noch zu milde war.

Sie saßen inmitten der zügellosen Senatoren in einer der unteren Reihen des Theaters, einem hölzernen Bauwerk, das eigens für das Blütenfest auf dem Forum errichtet worden war.

Roscius, mit der riesigen Maske eines großen schwarzen Hundes auf dem Kopf, bewegte sich mit raubtierhafter Grazie auf der Bühne; wild kläffend verfolgte er eine ängstliche Schönheit, die natürlich wieder von Metrobius gespielt wurde.

Roscius schlüpfte inzwischen gern in die Gestalt von Tieren, besonders in die von Hunden oder Katzen, denn in diese

Rollen konnte er so viel von seiner natürlichen Anmut legen, daß die »Grazie des Roscius« in Rom sprichwörtlich wurde. Da sich die bellenden oder miauenden Liebhaber regelmäßig im Verlauf des Spiels in ehrenwerte, reiche junge Männer zurückverwandelten, war Roscius der männliche Star jeder Aufführung.

Den Bühnenausgang umlagerten nach der Vorstellung Scharen von Frauen, alte wie junge, die ihn selig-verklärt anlächelten oder dreist nach seiner Toga griffen. Sie begleiteten ihn bis zu seiner Wohnung, am Hang des Viminalis gelegen, und bildeten einen Schweif, der manchen Senator vor Neid erblassen ließ. Da viele seiner Fans Stunde um Stunde vor dem Haus ausharrten, mußte Roscius später einen Hinterausgang benutzen, um sich vor ihren Liebesbeweisen zu retten. Einige schlaue Bewunderinnen hatten bald den zweiten Ausgang entdeckt und bezogen dort Posten.

Ihnen entkam Roscius in wechselnden Frauenkleidern, mit immer neuen Perücken. Der Schauspieler war für seine weiblichen Anhänger der Inbegriff der Männlichkeit; sie hätten jeden beschimpft und bespuckt, der ihnen gesagt hätte, daß Roscius schwul war. Keine der Frauen kam auf die Idee, daß das Dämchen, das da an ihnen vorbeitrippelte und mit hoher, puppiger Stimme auf ihre Scherze antwortete, ihr verehrtes männliches Idol sein könnte.

War Roscius glücklich durch den Belagerungsring um sein Haus geschlüpft, schlug er noch einige Haken, bog in die eine oder andere Gasse ein, bis er sicher war, daß niemand ihm folgte. Dann eilte er zu Sullas Haus, in dem Quintus Catulus bereits auf ihn wartete.

Denn auch dieses Paar hatte sich wiedergefunden, durch die Vermittlung von Metrobius und Sulla.

So saßen jetzt Sulla und Catulus, sehr zufrieden mit sich und dem Leben überhaupt, im Theater und verfolgten begeistert das neckische und frivole Spiel ihrer Partner auf der Bühne.

Nur Lucius Lucullus, der Sohn, schien an den Späßen der

Mimen kein Vergnügen zu haben. Trübsinnig starrte er vor sich hin, mechanisch klatschte er mit. Nachdem Sulla eine Weile versucht hatte, das merkwürdige Verhalten seines Freundes zu ignorieren, hörte er, wie Lucullus plötzlich aufschluchzte, an einer Stelle, an der sich das Publikum vor Lachen ausschüttete.

»Lucullus, was ist heute mit dir los?« konnte Sulla nicht umhin zu fragen, und erleichtert hörte der Freund auf zu weinen.

»Sie hat mir heute morgen gesagt, daß das Kind nicht von mir ist!« brach es aus ihm heraus, und wieder liefen Tränen über sein Gesicht. Er sprach von Caecilia Metella. Sie hatte vor kurzem einen zweiten Sohn, Marcus, geboren, der ebenso auf purpurnen Kissen durch das Haus getragen wurde wie Lucius, und ebenso von Großvater und Vater verhätschelt wurde.

Caecilia Metella hätte sich gern gleich nach der Geburt wieder in sämtliche Vergnügungen Roms gestürzt, aber der Arzt hatte ihr geraten, sich noch einige Wochen zu schonen, da sie die zweite Schwangerschaft, die unmittelbar der ersten gefolgt war, sehr entkräftet hatte. Als Lucullus sie am Morgen in ihrem Schlafzimmer besuchte, thronte sie mürrisch inmitten von Kissenbergen, die alle in ihrer Lieblingsfarbe Purpur leuchteten.

»Du bist so elegant angezogen«, fauchte sie anstelle einer Begrüßung, »willst du ausgehen, mich schon wieder allein lassen?«

Lucullus berichtete seinem Freund Sulla, wie ein Wort das andere gab, er sie an ihre Mutterpflichten erinnerte, was sie nur noch wütender machte! Dieses Balg Marcus habe sie nie gewollt, sie wolle es nie mehr im Leben sehen, schrie sie.

»Ich war fassungslos, wie sie über unseren gemeinsamen Sohn sprach, und gab ihr eine Ohrfeige. Da sprang sie aus dem Bett und lachte höhnisch. ›Wenn du wüßtest, wenn du wüßtest ...‹, kreischte sie«, Lucullus hatte Mühe, weiterzusprechen, und schluckte mehrmals heftig, »als ich sie fragte, was sie meinte, keifte sie: ›Das Kind ist nicht von dir, sondern von Memmius!‹

Bevor ich etwas sagen konnte, war sie schon aus dem Zimmer. Wahrscheinlich hatte sie Angst, ich würde sie verprügeln. Und ich schwöre dir: Ich hätte es getan!«

»Was willst du jetzt machen?« fragte Sulla sachlich; es hatte keinen Sinn, den Freund in seinem Jammer zu unterstützen.

»Am liebsten würde ich das Kind nicht annehmen!«

»Das wäre ungeschickt. Ganz Rom weiß, daß die Geburt gut verlaufen und das Kind bei bester Gesundheit ist. Wenn du es nicht anerkennst, dann gestehst du ein, daß es nicht von dir ist.«

»Aber ich werde es nie so lieben können wie Lucius!«

»Warte ab! Wenn ich das nächste Mal zu dir komme, dann sehe ich dich genauso glücklich nach den Händchen des kleinen Marcus greifen wie nach denen des kleinen Lucius.«

Aber so war es nicht. Marcus Lucullus wurde zwar mit ebensoviel Aufwand großgezogen wie sein Bruder, aber ihm strömte nicht die gleiche Zuneigung entgegen. Seine Mutter beachtete ihn überhaupt nicht, ließ ihn auch nie zu sich hereintragen, um nicht an Memmius, den sie inzwischen haßte, erinnert zu werden. Sein Vater behandelte ihn mit großer Distanz, überschüttete nur den älteren Lucius mit all der Liebe, zu der er fähig war.

Nur der Großvater, der sich über das merkwürdige Gebaren der Eltern wunderte, aber wohl ahnte, was sich abgespielt hatte, beschäftigte sich mit ihm genauso intensiv und stolzverliebt wie mit dem anderen Kind. Caecilia Metella nahm nach dem Streit keine Rücksichten mehr auf ihren Ehemann. Kaum war sie wieder bei Kräften, schwirrte sie auf allen Festen in den großen Adelshäusern herum, gelegentlich in Begleitung von Lucius Lucullus, aber viel häufiger in Gesellschaft von wechselnden Liebhabern.

Sie hatte sich bei mehreren griechischen Ärzten über Verhütung informiert, schluckte regelmäßig verschiedene Kräutermixturen und hatte offenbar Erfolg damit. Auf jeden Fall wurde sie nie mehr schwanger, oder sie konnte jede Schwangerschaft mit Hilfe der Ärzte so geschickt abbrechen, daß ihre Umgebung nichts davon bemerkte.

Kam es auch zu keinen Szenen mehr zwischen den Eheleuten, so bedeutete das nicht, daß Lucius den Liebhabern seiner Frau kampflos das Feld räumte. Da sein eigener Vater von seiner Macht als Hausherr keinen Gebrauch machte, Caecilia Metella nicht in ihre Schranken verwies, klemmte Lucius sich hinter ihren Bruder, den Dalmaticus. Dem war das Treiben seiner kleinen, verwöhnten Schwester schon lange ein Dorn im Auge; er machte sich Vorwürfe, daß er keinen strengen Ehemann für sie ausgesucht hatte, denn er schob alle Schuld dem Lucullus zu, den er für zu nachsichtig hielt.

Als ihn Lucius eines Morgens in seinem Haus aufsuchte und ihn unter vier Augen zu sprechen wünschte, empfing ihn der Dalmaticus mit einer strengen Miene. Lucius ließ sich nicht einschüchtern, sondern breitete vor dem Schwager in aller Offenheit sein Eheleben aus.

Der Dalmaticus war bestürzt; er schnob heftig die Luft durch die großen Löcher seiner Habichtsnase ein und aus:

»Ich weiß deine Offenheit zu schätzen, Lucius. Bisher hatte ich geglaubt, daß du meiner Schwester gegenüber zu weich und zu nachsichtig bist. Nun muß ich aber erfahren, daß du alles getan hast, um sie zügeln, sie sogar geschlagen hast – was ich mißbillige – und mit ihr nicht fertig wirst. Warum schickst du sie nicht für eine Weile aus Rom fort, auf eins deiner abgelegenen Landgüter?«

»Da kennst du Caecilia Metella schlecht! Auch wenn ich sie mit einem Opiumgetränk betäubte – denn anders könnte ich sie aus Rom nicht hinausschaffen –, am nächsten Tag würde ich sie schon wieder auf einem der Feste treffen. Ich habe an eine andere Lösung gedacht, die viel radikaler ist! Du bist für die nächsten 18 Monate zum Censor gewählt, zusammen mit dem Gnaeus Ahenobarbus, dem Schwiegervater des Quintus Catulus. Könntet ihr nicht – für die Dauer eurer Amtszeit – diese frivolen Theateraufführungen verbieten? Dann würden die Römer die Lust am Feiern verlieren, denn die Theaterstücke sind ja die Würze aller Feste; sie heizen die Stimmung an, schaffen diese erotisierte Atmosphäre.«

Der Dalmaticus nickte nachdenklich; so einen vernünftigen Vorschlag hätte er seinem Schwager gar nicht zugetraut, er hatte ihn bisher für so leichtlebig und vergnügungssüchtig gehalten wie seine Schwester.

Als Lucullus merkte, daß er einen Nerv beim Dalmaticus getroffen hatte, setzte er eine würdige Miene auf und schoß einen weiteren Pfeil ab:

»Wir Römer sollten uns wieder an die Sitten unserer Vorfahren erinnern. Das zügellose Leben nach griechischer Manier verdirbt die Jugend, zerstört alle Werte, die für unsere Ahnen von Bedeutung waren:

Die Ehe als lebenslange Gemeinschaft, die Erziehung unserer Söhne zu Menschen, die wissen, was sich schickt. Alles ist heute erlaubt; die Frauen wechseln die Liebhaber wie ihre Schuhe, treiben es sogar mit Tieren, wie Sulla es ihnen in seinen Stücken schmackhaft macht.«

»Und meine Collegen aus dem Senat laufen in der Öffentlichkeit hinter nackten Frauen her«, ergänzte der Dalmaticus. Seine große Nase war vor Erregung ganz blaß geworden.

»In der Öffentlichkeit?« wunderte sich Lucullus, denn davon war ihm noch nichts zu Ohren gekommen.

»In den großen Adelshäusern, in denen sich halb Rom versammelt! Hunderte von Augen sehen da die Senatoren aus dem Kreis um unseren Consul mit nackten Tänzerinnen durch die Gegend schwirren und dann ungeniert in den Kammern mit ihnen verschwinden.«

Lucius Caecilius Metellus, genannt der Dalmaticus, hatte sich in Zorn geredet. Sein sonst so beherrschtes Gesicht glühte vor Erregung, nur die Nase stach weiter auffallend weiß daraus hervor. Er stand auf und klopfte seinem Schwager auf die Schulter.

»Ich bin dir dankbar, daß du zu mir gekommen bist, Lucullus«, sagte er und verzog die strengen Züge zu einem leichten Lächeln, »ich werde mit Gnaeus Ahenobarbus reden, und ich bin sicher, daß er auf unserer Linie liegt. Denn immerhin ist es ja sein Schwiegersohn Catulus, der mit dem Star dieser schweinischen Stücke, diesem Roscius, verliebt durch die Gegend zieht und seine Frau Domitia, die Tochter meines Collegen, lächerlich macht! Dieses schamlose Treiben muß ein Ende haben!«

Es war die erste Amtshandlung der neuen Censoren: Sie sprachen ein Verbot für sämtliche Theaterstücke aus, die dem Adel und der Plebs Vergnügen bereiteten. Es traf nicht nur die frivolen, obszönen, sondern auch die harmlosen Komödien und Possen, denn die Grenzen waren fließend, und auch ein Werk von Terentius konnte schnell so umgeändert werden, daß es dem Geschmack dieser sittenlosen Zeit entsprach. Und die neuen Censoren Metellus und Ahenobarbus gingen noch einen Schritt weiter: Sie warfen den Consular Gaius Licinius Geta und seine vergnügungssüchtigen Senatoren aus der Curia hinaus, insgesamt 32 Personen.

Das bedeutete aber keine Bestrafung auf Lebenszeit: Die nächsten Censoren konnten, wenn sie wollten, diese Entscheidung wieder rückgängig machen. Das sollte sieben Jahre später auch geschehen, durch Geta selbst, dem es gelungen war, in dieses mächtige Amt aufzusteigen, zusammen mit seinem Collegen Eburnus. Bis es aber so weit war, würde noch viel Tiberwasser ins Meer fließen.

Für Sulla bedeutete das Verbot aller Theateraufführungen eine Maßnahme, die ihn persönlich hart traf. Ein Jahr lang war er gefeierter Autor vieler Possen, gern gesehener Gast in den großen Adelshäusern gewesen, und nun versank er wieder in der früheren Bedeutungslosigkeit.

Er nahm seine alte Gewohnheit auf und verbrachte viel

Zeit auf dem Forum, verfolgte die Prozesse und studierte die Redestile. Oder er schlenderte die Via Sacra auf und ab, schwamm im Strom unzähliger Flaneure mit.

Als er eines Morgens wieder auf der Heiligen Straße auf und ab ging, sah er ein kleines Mädchen vor sich, von dessen sorgfältig mit Haaren bedeckten Ohren zwei silberne Gehänge mit großen Bernsteinen herabbaumelten. Er legte ihm von hinten die Hände auf die Augen; das Kind wirbelte herum, und er blickte in ein zorniges kleines Gesicht, das ihm fremd war.

Gleichzeitig hörte er es neben sich »Papa, Papa!« rufen, und seine Tochter Cornelia zupfte an seiner Toga.

»Das ist dein Papa! Warum hält er mir die Augen zu und nicht dir?« fragte die fremde Kleine.

»Warum trägt dieses Mädchen deine Ohrringe?« wandte sich Sulla streng an seine Tochter, denn tatsächlich klirrte der Schmuck, den er Cornelia geschenkt hatte, um das niedliche Gesicht der Kleinen.

»Sei nicht böse, Papa«, erklärte Cornelia verlegen, »Caecilia Metella ist meine beste Freundin, und wir tauschen oft unsere Sachen. Sieh, ich trage ihre Ohrringe«, und sie wies stolz auf ihre großen Ohren, von denen goldene Gehänge mit einem Smaragd so groß wie ein Wachtelei fast bis auf ihre Schultern fielen. Sulla staunte. »Diese Ohrringe sind mindestens 50 000 Sesterzen wert!« dachte er. »Das Kind muß sehr reiche Eltern haben!«

Er drehte sich mit einem charmanten Lächeln zu der Kleinen, die ihn neugierig anstarrte.

»Caecilia Metella? Aus dem großen Haus der Meteller! Wer ist denn dein Vater?«

»Der Dalmaticus!« krähte sie stolz, und Sulla trat überrascht einen Schritt zurück.

Dieses aufgeputzte Wesen, behängt mit kostbarem Schmuck – denn um den Hals trug sie noch eine goldene Kette mit Smaragden, die zu den Ohrringen paßte –, ausstaffiert mit teurer Kleidung, sollte die Tochter des sittenstrengen Dalmaticus sein, der die Römer wieder zum einfachen, nüchternen Leben der Vorfahren zurückbringen wollte?

»Und du bist der Sulla mit den schlechten Theaterstücken, die unsere Jugend verderben, wie mein Vater sagt«, plapperte sie und klatschte begeistert in die Hände.

»Und wieso spielst du mit meiner Tochter Cornelia, wenn du von ihrem Vater so eine schlechte Meinung hast?« fragte Sulla die Metella wütend. »Weil mein Vater gesagt hat, daß sie eigentlich ein Kind der Popilier ist. Sie wächst im Hause Popilius auf, und das sind sehr geachtete Römer im Gegensatz zu dir!«

Sulla zuckte es in den Fingern; am liebsten hätte er diesem verwöhnten, ungezogenen Wesen eine Ohrfeige gegeben. Die Zofe, die das Kind begleitete, mußte das gespürt haben, denn sie legte schützend den Arm um die kleine Metella. Auch ein Sklave, den Sulla bisher nicht bemerkt hatte, stand plötzlich neben ihr.

»Der muß wohl aufpassen, daß ihr keiner im Gedränge den teuren Schmuck abreißt«, dachte er.

Mit kalten Augen blickte er auf das Mädchen:

»Du kannst deinem Vater ausrichten, daß er sich eine zweite Caecilia Metella in seinem Haus großzieht. Und er soll sich beizeiten nach einem strengen Ehemann für dich umsehen! Wie alt bist? Sechs oder sieben?«

»Schon sieben!« tönte sie stolz.

»Dann hast du noch acht Jahre Zeit bis zur Heirat. Bis dahin kann er dich so verwöhnen, daß du deine Tante Caecilia Metella später noch übertreffen wirst – was schamlose Sitten anbelangt. Du hast das Zeug dazu!«

»Papa, warum beleidigst du meine beste Freundin?« versuchte Cornelia zu vermitteln. »Sie ist sonst sehr nett, nur wenn ein Mann auftaucht, muß sie sich immer so aufspielen. Popilia sagt, das hat sie von ihrer Tante, der Frau des Lucullus!«

»Ich habe es ihr ja schon gesagt, sie ist das Ebenbild dieser Tante und wird noch schlimmer.«

Die kleine Caecilia Metella lächelte geschmeichelt; wieder einmal war es ihr gelungen, sich in den Vordergrund zu drängen und einen Mann zu provozieren. Sie überlegte, womit sie Sulla noch reizen könnte, doch sie kam nicht weit; das Geschrei von einigen Sklaven fesselte ihre Aufmerksamkeit:

»Macht Platz für den Ersten Senator! Macht Platz für Marcus Aemilius Scaurus!«

Bereitwillig wich die Menschenmenge auf der Via Sacra beiseite, um den Consul und Ersten Senator Scaurus vorbeiziehen zu lassen.

Während des Consulats des Geta und des Eburnus hatte Scaurus, nachdem er im Jahr zuvor bei den Wahlen durchgefallen war, einen zweiten Anlauf genommen, um Consul zu werden. Und diesmal hatte er es geschafft.

Das war ungewöhnlich, denn in der Regel standen die Chancen schlecht für einen Kandidaten, den die Plebs einmal verschmäht hatte. Das Volk verlangte nach neuen Gesichtern; und als neue Bewerber standen die Männer bereit, die zwei Jahre zuvor die Praetur bekleidet hatten. Für einen zurückgewiesenen Kandidaten war also die Konkurrenz noch größer geworden.

»Er muß sehr viel Geld unter die Wähler verteilt haben, Geld von Iugurtha«, dachte Sulla, während er, eingekeilt in eine dichte Menschenmenge, den Vorbeimarsch des Scaurus und seines Gefolges beobachtete.

»Sein Schweif ist größer als der des Lentulus in seiner besten Zeit«, mußte Sulla anerkennend feststellen; der Zug der Freunde, Schüler und Klienten schien kein Ende zu nehmen, es mußten Hunderte sein.

Lentulus war vor einigen Wochen endlich gestorben, und die vakante Stelle des Ersten Senators konnte in aller Form neu besetzt werden. Es stand für die Mehrheit der Senatoren außer Frage, daß nur einem die Position zukam, nämlich dem Scaurus. Er war seit einigen Jahren mehr und mehr in diese Rolle hineingewachsen, fungierte faktisch schon längst als Sprecher und beherrschte mit seiner imposanten, Würde ausstrahlenden Erscheinung das Gremium. Die Senatoren schätzten an ihm, daß er sich knapp und präzise ausdrückte, sie nicht mit langen Reden einnebelte, wie es Lentulus getan hatte, als seine Kräfte immer weiter abbauten.

Die Wahl des Scaurus hatten natürlich die Meteller und ihr Anhang unterstützt. Sie halfen ihm auch, die einzige Hürde zu überwinden, die seiner Ernennung im Wege stand: Es fehlte ihm, um für die Position voll geeignet zu sein, das Amt des Censors. Denn bisher hatte der Kandidat für den Ersten Senator drei Bedingungen zu erfüllen: Er mußte Patricier sein und sowohl das Consulat als auch die Censur durchlaufen haben.

Doch mit dieser Tradition hatte man diesmal brechen müssen; es hatte sich keine Persönlichkeit unter den Senatoren gefunden, die diese drei Kriterien erfüllte und nur annähernd die Würde und Autorität des Scaurus besaß. Und über das Geld verfügte, das Marcus Scaurus den Senatoren auszahlte, die an den Sitten der Vorfahren hingen.

Sulla wurde aus seinen Gedanken gerissen, als Caecilia Metella heftig nach seiner Hand griff:

»Gefällt dir Scaurus auch so gut?« seufzte sie und hob kokett die Augen; heftig schnob sie die Luft durch die großen Löcher ihrer Stupsnase. »Ich finde, er ist der schönste Mann von Rom! Und er hat so ein liebes Lächeln, wenn er mich auf seinen Schoß nimmt! Bei anderen lächelt er ja nie! Da guckt er nur streng!«

»Er nimmt dich auf seinen Schoß?« staunte Sulla, während er merkte, daß seine Tochter Cornelia an seine andere Hand faßte und eifersüchtig versuchte, ihn von der Freundin wegzuzerren.

»Natürlich, er fragt immer nach mir, wenn er in unser Haus kommt. Dann unterhält er sich mit mir, und ich sitze dabei auf seinem Schoß. Mir gefällt das gut, wenn es dann unter seiner Toga so hart wird ... Neulich hat er zu mir gesagt, daß es schade ist, daß ich noch so klein bin, sonst würde er mich sofort heiraten.«

»Nun, acht Jahre vergehen schnell«, schmunzelte Sulla,

dem allmählich die Unterhaltung mit dem altklugen Mädchen Spaß machte, »du mußt nur aufpassen, daß keine andere Frau in seine Nähe kommt und ihn dir wegschnappt!«

»Soll ich dir etwas sagen, Sulla«, und die kleine Metella hob die Hände, um seinen Kopf zu sich herunterzuziehen.

Sulla ging in die Hocke, und sie flüsterte ihm ins Ohr, während Cornelia mit zornigen Augen auf jedes Wort lauschte:

»Ich glaube, du gefällst mir noch besser als Scaurus! Cornelia hat mir gesagt, daß du keine Frau hast. Willst du nicht auf mich warten? Du hast ja selbst gesagt: Acht Jahre sind keine lange Zeit!«

»Die Kimbern kommen!«

Zwei Jahre waren seit Sullas Flirt mit der kleinen Metella vergangen, zwei Jahre, die ruhig, ohne viel Auf und Ab, vergangen waren. Sulla hatte vor kurzem seinen 25. Geburtstag gefeiert und die Gelegenheit genutzt, um eine Bilanz seines bisherigen Lebens zu ziehen. Er erinnerte sich an die Träume seiner Kindheit und Jugend, an den Ehrgeiz, der ihn damals beflügelt, an die Ziele, die er sich gesetzt hatte.

Und er mußte sich eingestehen, daß er nichts von dem, was er im Sinn gehabt hatte, erreicht hatte: Es war ihm nicht gelungen, sich an eins der mächtigen Adelshäuser zu binden, von einem großen Adligen adoptiert zu werden, um als Sproß einer angesehenen Familie mühelos die Ämterlaufbahn zu bewältigen. Er war immer noch Sulla, Angehöriger eines unbedeutenden Zweiges der Gens Cornelia; keiner der Mächtigen Roms protegierte ihn – im Gegenteil, mit dem Sturz des Geta war er selbst in einen Abgrund gefallen, und nirgendwo sah er eine Hand, die ihn herausziehen konnte.

Die Männer, die zur Zeit in Rom am Steuer des Staatsschiffes standen, verachteten ihn, schmähten ihn selbst im engsten Familienkreis, gaben ihre schlechte Meinung von ihm an ihre Kinder weiter.

Auch das Zusammenleben mit Metrobius verlief ohne Höhen und Tiefen. Das lag aber weniger an der Gewöhnung, die sich inzwischen eingestellt hatte, als an der häufigen Abwesenheit des Freundes von Rom. Da in der Metropole immer noch das Verbot für alle Komödien galt, war Metrobius gezwungen, seinen Beruf in anderen Städten auszuüben. Er reiste häufig mit einem Trupp von Sorix-Schauspielern in die Städte in Großgriechenland, so daß die beiden monatelang getrennt waren.

Sulla argwöhnte zwar, daß Metrobius in eine heftige Liebe zu einem anderen Schauspieler verstrickt war. Aber da sich sein Freund während der Besuche in Rom besonders reizend zu ihm verhielt, forschte er nicht nach und ging auch auf Andeutungen nicht ein, die Metrobius machte, wenn er zuviel Wein getrunken hatte.

Eines bereitete Sulla jedoch Sorgen: Das große Vermögen der Nikopolis war dahingeschmolzen, eine neue Einnahmequelle nicht in Sicht. Metrobius verdiente zwar einiges, das er aber genauso schnell wieder ausgab. Wenn er in Rom war, schmeichelte er Sulla große Summen ab, die er offensichtlich für seinen Liebhaber brauchte. Sulla folgerte daraus, daß es sich bei dem neuen Freund um einen ganz jungen Schauspieler handeln mußte, wohl einen Sklaven, der über wenig Geld verfügte. Ein paarmal war der Cornelier versucht, Metrobius nahezulegen, sich wieder einen Liebhaber wie Geta zu suchen, aber um des guten Einvernehmens willen schnitt er dieses Thema nicht an.

Es war ein warmer Morgen im Mai des Jahres, in dem der vierte Sohn des Macedonicus Consul war, ein Gaius Caecilius Metellus, den Scipio Africanus vor Numantia einmal »den Bruder eines Esels« genannt hatte. Zwei Jahre zuvor hatte der dritte Sohn des Macedonicus, Marcus, zusammen mit Marcus Scaurus das Consulat erreicht, und jetzt also auch der letzte, dessen Dummheit sprichwörtlich war.

»So weit ist es mit Rom gekommen, jeder Esel wird Consul, wenn er nur aus einem großen Adelshaus stammt«, hatte

Memmius zu Sulla gehöhnt, als die Wahlprozedur auf dem Marsfeld vorüber war und Gaius Metellus sich mit einfältig-stolzem Grinsen als Consul feiern ließ.

Zweiter Consul wurde ein Gnaeus Papirius Carbo.

Die ersten Monate der Amtszeit der neuen Consuln verliefen ohne besondere Ereignisse. In den Provinzen war es ruhig; allenfalls konnte es wieder Probleme mit den Skordiskern geben, die nördlich der Provinz Makedonien ihr Unwesen trieben.

Sulla schlenderte an diesem sonnigen Maimorgen, der einen heißen Tag versprach, in Richtung Forum und beschloß unterwegs, dem Bankhaus Sornatius einen Besuch abzustatten, um sich Klarheit über seine Finanzlage zu verschaffen. Als er die Zeile der Bankgeschäfte gegenüber der Curia erreichte, erschrak er über den Menschenauflauf vor den Läden. Überall standen Gruppen, die in sichtlicher Erregung diskutierten.

Er stürmte in das Bankhaus Sornatius und fragte einen der Freigelassenen, was passiert sei.

»Schlechte Nachrichten aus Aquileia! Kelten haben das Norikum erobert und marschieren in Richtung Italien!« sagte der Freigelassene, der an einem Schreibpult stand und auf einem Rechenbrett, dem Abakus, Zahlen addierte. Mit dieser Auskunft war für ihn das Gespräch beendet. Sulla sah sich nach einem kompetenteren Gesprächspartner um. Kurz entschlossen öffnete er die Tür zu den hinteren Geschäftsräumen des Sornatius und stieß dort auf eine größere Anzahl von Männern, die ebenso erregt schienen wie die Leute draußen auf dem Platz. Er erkannte den kleinen, dicklichen Nunnius, der mit sorgenvoller Miene etwas abseits stand und nachzudenken schien.

»Nunnius, was sind das für Nachrichten über Kelten, die nach Rom marschieren?« fragte er den Kaufmann, »die Kelten haben wir doch in Gallien besiegt! Wo kommen die neuen Scharen her?«

Nunnius drehte sich um, und Sulla bemerkte, daß das Gesicht grau und eingefallen war.

»Nachdem Marcus Scaurus uns vor zwei Jahren die Taurisker vom Hals geschafft hat, habe ich viel Geld in Aquileia investiert«, murmelte er, »mein zweiter Sohn sollte sich dort ein Handelshaus aufbauen, für meinen ersten habe ich ja in Narbo die Niederlassung eingerichtet ...«

Sulla unterbrach ihn: »Erzähl mir doch bitte, was in Aquileia passiert ist!« Aber Nunnius hing weiter seinen düsteren Gedanken nach:

»Diese neuen Kelten, diese Kimbern, sollen noch blutrünstiger sein als die Stämme in Gallien. Man erzählt, daß sie ihre Feinde in Bäumen aufknüpfen, am liebsten in Eichen, das ist der heilige Baum ihres obersten Gottes Wodan. Wenn ich mir vorstelle, daß mein Sohn Marcus in einer Eiche hängt ...« Er stöhnte, Tränen liefen ihm über die Wangen.

»Das Aufknüpfen geht ja noch, viel schlimmer ist das Abschlachten«, sagte ein anderer Kaufmann, der zu ihnen gestoßen war, »man erzählt, daß sie ihre Gefangenen wie Opfertiere abschlachten! Und das machen keine Priester, sondern alte Weiber! Die schneiden den Feinden, die in ihre Hände geraten sind, die Kehle durch, lassen das Blut in eine Schale rinnen und lesen die Zukunft daraus!«

Sulla schüttelte sich vor Ekel. Als er mit Fabius Maximus und Domitius Ahenobarbus gegen die Allobroger kämpfte, waren sie einmal in eine verlassene Fluchtburg geraten, in der die Eingänge der Häuser mit verschrumpelten Köpfen geschmückt waren, die die Gallier dort als Siegestrophäen aufgehängt hatten. Diese barbarische Sitte hatte ihn mit großem Abscheu erfüllt; doch offensichtlich wurde die Grausamkeit der Gallier von den Kimbern noch übertroffen.

»Und sie sind wie ein Heuschreckenschwarm! Man sagt: eine Million – Männer, Frauen, Kinder, Tiere. Wo sie hinkommen, bleibt keine Ähre mehr auf dem Halm«, erzählte ein anderer Ritter.

Nach und nach scharten sich immer mehr Kaufleute um Sulla und Nunnius; sie waren froh, daß sie wieder jemanden gefunden hatten, bei dem sie sich ihr Entsetzen von der Seele reden konnten. Denn sie alle hatten Handelsvertretungen in der römischen Stadt Aquileia, die am nördlichsten Zipfel des Adriatischen Meeres lag; in ihren Häusern dort arbeiteten ihre Söhne oder andere nahe Verwandte, um deren Leben sie jetzt fürchteten.

»Ihre Krieger sind riesig, mindestens sechs Fuß hoch«, sagte Nunnius, »aber das sind die kleinsten. Viele messen auch sieben Fuß!«

Sulla rechnete schnell nach. Er maß fünfeinhalb Fuß; eine Größe, die in Rom längst nicht alle Männer erreichten. Gaius Marius übertraf ihn um eine Handbreit und galt als groß.

»Diese Kelten müssen in der Tat eine bemerkenswerte Statur haben«, stellte er als abschließendes Ergebnis seiner Berechnungen fest, »aber sind ihre Krieger auch so gut ausgebildet wie unsere Legionäre?«

»Disziplin haben sie keine, aber dafür um so mehr Mut. Sie kämpfen oft mit nacktem Oberkörper, auch bei großer Kälte, die sie ja gewohnt sind«, erklärte Nunnius, »bevor es aber zur Schlacht kommt, bieten sie gern einen Zweikampf zwischen den Anführern an. Wenn ihre Feinde nicht darauf eingehen, dann beginnen die Krieger die Schlacht mit einem solchen Geschrei, daß den Gegnern Hören und Sehen vergeht. Ihre Weiber unterstützen sie dabei: Sie hauen auf die Lederdächer ihrer Wagen und kreischen, während die Männer ihre Schilde gegeneinanderschlagen.

Ihre Schwerter sind viel größer als unsere, dazu haben sie noch eine gefährliche Wurfwaffe. Mit wildem Gejohle stürzen sie sich dann auf die Feinde; sie kennen nur Sieg oder Tod im Kampf, denn ein Tod im Bett daheim gilt bei ihnen als Schande.«

Sulla hatte atemlos zugehört. »Und sie marschieren wirklich nach Rom? Mit einer Million Kriegern?« fragte er verstört.

»Nicht eine Million Krieger, vielleicht einige Hunderttausend. Aber die sind schon fürchterlich genug!«

Das germanische Volk der Kimbern, das die Römer für Kelten hielten, denn alle Menschen, die aus nördlichen Gegenden kamen, galten bei ihnen als Kelten, hatte schon eine lange Wanderschaft hinter sich, als es das Norikum erreichte.

Seine Heimat lag hoch oben im Norden, zwischen Nord- und Ostsee, einem Gebiet, in das nicht nur der massaliotische Seefahrer Pytheas vorgedrungen war, sondern auch römische und italische Kaufleute, die dort den kostbaren Bernstein gegen Waren aus dem Süden eintauschten.

Die Kimbern hörten sich begierig die Geschichten über ein Land an, in dem die Menschen in großen Städten mit vielen gemauerten Häusern lebten, denn ihre eigenen Wohnstätten waren aus Holz gezimmert und mit Schilfrohr gedeckt. Sie kannten keine Städte; sie lebten in verstreut liegenden Siedlungen inmitten ihrer Felder.

Die Kaufleute brachten ihnen Wein, eingelegte Oliven und Feigen mit und erzählten von dem milden Klima, den heißen Sommern und angenehmen Wintern und der Leichtigkeit eines Lebens unter einem Himmel, der nicht ständig von düsteren Wolken verdeckt wurde.

Je mehr die Kimbern von einer Welt erfuhren, die auf der Sonnenseite des Lebens lag, um so stärker wuchs in ihnen die Sehnsucht, dorthin zu ziehen. Der Entschluß zum Aufbruch fiel ihnen um so leichter, als ihre Äcker um die armseligen Behausungen längst ausgelaugt waren, kaum noch Ernten abwarfen und sie ohnedies ihren Lebensraum hätten wechseln müssen. Warum also in einem Land bleiben, in dem die Sonnentage verhangen und die Winter eisig waren, warum nicht gleich in das sonnige Italien wandern?

Sie machten sich auf mit ihrer ganzen Habe, die sie auf Planwagen verstauten; mit ihren Herden, die hauptsächlich aus Kühen bestanden; ein riesiger Schwarm, der noch weiter anschwoll, je mehr sie nach Süden kamen.

Im Land der Boier stießen sie auf Widerstand; es kam zu Kämpfen, die sie veranlaßten, in Zukunft den Durchzug auszuhandeln. Denn es lag nicht in ihrem Interesse, sich ihre

Bahn mit dem Schwert freizukämpfen; ihr Ziel war Italien, und sie alle wollten möglichst unversehrt dieses Land erreichen.

Nur langsam kamen sie voran. Im Winter gruben sie sich Löcher in die Erde, in denen sie hausten, oder bastelten sich rohe Hütten zusammen. Und im Sommer bewegten sich diese Menschenmassen wie die Schnecken voran. Ihr Weg verlief selten gradlinig nach Süden; sie scherten mal nach rechts, mal nach links aus, immer auf der Suche nach Nahrung, denn ihre Herden hatten sie längst geschlachtet, und was sie an Vieh noch mitschleppten, brauchten sie wegen der Milch. Ihre Körnervorräte waren ebenfalls schnell zur Neige gegangen.

Alle Stämme, durch deren Gebiet sich dieser Lindwurm fraß, hatten hinterher unter Hungersnöten zu leiden, brauchten Jahre, um sich von den Verwüstungen zu erholen.

Geschickte Völker versuchten daher, in langwierigen Verhandlungen die Kimbern umzuleiten, sie den Nachbarn auf den Hals zu schicken und sich selbst diese Plage vom Leibe zu halten.

Ein Meisterstück war den Skordiskern gelungen, einem wilden, heimtückischen Menschenschlag, der nördlich der römischen Provinz Makedonien siedelte und seit Jahrzehnten immer wieder in das Herrschaftsgebiet der Römer einfiel. Die Skordisker waren den Römern so gefährlich geworden, daß im Jahr zuvor der Senat ein Heer unter dem Consul Gaius Porcius Cato, einem Enkel des alten Censorius, nach Makedonien geschickt hatte. Cato wurde in den zerklüfteten Bergen von den Skordiskern überfallen, sein Heer vernichtend geschlagen; er selbst konnte entkommen.

Die Kimbern hatten von dem Sieg der Skordisker erfahren; ihr Respekt vor den kriegerischen Fähigkeiten dieses Volkes war groß, und entsprechend ehrerbietig traten ihre Gesandten auf, die über den Durchzug verhandeln sollten.

Die Gesandtschaft leitete der junge Boiorix, denn viele junge Männer vom Stamm der Boier hatte sich den Germanen angeschlossen und führten die Verhandlungen mit anderen keltischen Völkern. Boiorix war nicht nur zum Anführer gewählt worden, weil er gut reden konnte, sondern auch wegen seiner hünenhaften Gestalt, mit der er seine Umgebung überragte.

Als er mit dem König der Skordisker zusammentraf, gab er sich Mühe, sein hochfahrendes, herrisches Wesen zu zügeln.

»Ihr Skordisker seid große Krieger«, sagte er betont unterwürfig, »ihr habt die Römer besiegt! Bisher haben wir immer nur gehört, daß die Römer allen anderen Völkern überlegen sind!«

Der König der Skordisker war geschmeichelt.

»Das sind sie auch, nur *wir* sind stärker als sie«, prahlte er, »ich weiß nicht, wie viele Legionen sie gegen uns geschickt haben; auf jeden von uns kamen bestimmt zehn Legionäre, und wir haben sie alle getötet!«

Boiorix hatte mit offenem Mund zugehört.

»Dann ist es also ganz leicht, die Römer zu schlagen und aus Italien zu vertreiben?« fragte er lauernd.

Der König der Skordisker merkte, daß er einen Fehler gemacht hatte, und versuchte ihn zu übertünchen.

»Nein, nein«, sagte er schnell, »die Römer sind in der Regel unbesiegbar, nur uns Skordiskern waren sie nicht gewachsen. Keiner ist uns gewachsen!« Drohend blickte er auf die kimbrischen Gesandten und hoffte, daß diese Einschüchterung genügen würde, um den Durchzug zu verhindern.

»Natürlich, keiner ist euch gewachsen! Wir wollen auch nicht gegen euch kämpfen«, versicherte Boiorix hastig, »wir wollen nur durch euer Gebiet nach Süden wandern, nach Italien!«

»Nach Italien wollt ihr? Aber wenn ihr durch unser Land zieht, kommt ihr nach Griechenland!«

»Scheint da auch immer die Sonne, und gibt es dort Wein?«

Als der Skordisker diese Frage bejahte, jubelte Boiorix: »Dann ziehen wir eben nach Griechenland und nicht nach Italien. Das ist sogar noch besser, da brauchen wir nicht gegen die Römer zu kämpfen!«

Der Skordisker sah sich in die Enge getrieben, doch plötzlich blitzten seine Augen auf:

»Ich bin ein guter Freund, daher gebe ich euch jetzt einen guten Rat. Ich werde euch sagen, wie ihr Italien erobern könnt, ohne euch in große Gefahr zu begeben. Griechenland als Heimat kann ich euch nicht empfehlen, da ist kein Platz für neue Siedler, die Griechen selbst verlassen seit Jahrhunderten ihre engen Täler und die schmalen Küstenstreifen und gründen neue Städte in anderen Ländern. Aber Italien ist groß! Da findet ihr genug fruchtbare Äcker, die keinem gehören, die öffentliches Land sind, habe ich mir sagen lassen.«

Boiorix wurde ungeduldig: »Und dein guter Rat?«

»Den sollt ihr gleich haben. Schlagt euch den Gedanken aus dem Kopf, die Römer mit Gewalt aus Italien zu vertreiben. Ihnen gehört der halbe Erdkreis, sie schaffen Soldaten aus ihren Provinzen Asia, Africa, Hispania und Gallien heran – mindestens eine Million! Gegen die seid ihr verloren! Aber die Römer haben eine große Schwäche: Sie lieben das Gold zu sehr! Kauft ihre Könige, die Senatoren, mit Gold, dann gehört euch Italien!«

Boiorix war enttäuscht. »Wir haben kein Gold! Woher sollen wir Gold nehmen, um die römischen Könige zu bezahlen? Wie viele sind es denn?«

»300 Senatoren! Aber damit ihr seht, daß ich euer Freund bin, will ich euch auch sagen, wo ihr euch das Gold holen könnt!«

Und der Skordisker erzählte ihnen ausführlich vom Königreich Norikum ganz in der Nähe, das sie bald erreichen könnten, wenn sie in einem großen Flußtal stromaufwärts ziehen würden. Er erzählte ihnen von dem vielen Gold, das in den Bergen lagerte; aber nicht nur dort, auch in der Hauptstadt Noreia, die sich, mächtig und reich, mit vielen steinernen Gebäuden an einem Berghang ausdehnte. Der Palast des Königs sei jedoch ganz aus Gold; sie bräuchten es nur herauszubrechen wie Steine, ihre Planwagen damit zu beladen und nach Rom zu ziehen.

Alle Tore würden sich ihnen dort öffnen, kampflos könnten sie die Stadt einnehmen. Die Senatoren ständen an den Toren zu ihrem Empfang bereit; sie müßten ihnen dann gleich die Körbe mit Gold füllen, und dann seien sie, die Kimbern, Herren der Welt.

Der Skordisker hatte sich immer mehr in Eifer geredet, und ehrfürchtig hörten die fremden Gesandten ihm zu. Als er geendet hatte, sprang Boiorix auf:

»So machen wir es! Wir marschieren sofort ins Königreich Norikum, brechen das Gold aus dem Palast, und dann geht es nach Rom!«

Ein alter Kelte, der mit verschlossener Miene dem Skordisker zugehört hatte, meldete sich zu Wort: »Wenn das alles so einfach ist, warum habt ihr Skordisker nicht schon längst das Gold geholt und Rom gekauft?«

Der König geriet für einen Augenblick in Bedrängnis, aber gleich darauf strahlte er den Alten an und blickte ihm fest in die Augen: »Wir wollen ja gar nicht nach Rom! Wir lieben unsere Heimat, und keine Macht der Welt kann uns daraus vertreiben!«

Das Königreich Norikum lag in den östlichen Alpen und wurde von verschiedenen keltischen Stämmen bewohnt, die unter die Herrschaft des Stammes der Noriker geraten waren. Das Gebiet war reich an Eisenerzminen, Goldgruben und Salzlagern.

Der Reichtum dieses kleinen Landes zog die Italiker in Scharen an; sie ließen sich in der römischen Kolonie Aquileia im Nordosten des Adriatischen Meeres nieder und betrieben von dort den Handel mit dem Norikum, das unter dem Schutz des römischen Volkes stand.

Aquileia war vor zwei Jahren von den Tauriskern bedroht worden, einem keltischen Volk, das die Noriker nach Süden abgedrängt hatten. Es war so viel römisches Kapital in der

Handelsstadt konzentriert, daß der Senat sich gezwungen sah, den Kaufleuten zu Hilfe zu kommen und eine Strafexpedition gegen die Taurisker zu entsenden.

Das spielte sich in jenem Jahr ab, als Scaurus Consul war. Er ließ es sich nicht nehmen, selbst die Legionen zu führen, wohl in der Hoffnung, sich mit einem Triumph schmücken zu können. Aber die Taurisker gaben klein bei, baten um die Freundschaft des römischen Volkes, die Scaurus ihnen nicht abschlagen konnte.

Als jetzt die Kunde nach Rom kam, die Kimbern zögen durch tauriskisches Gebiet und bedrängten die Freunde der Römer, war das der willkommene Anlaß, um einen Krieg gegen dieses Volk aus dem Norden anzuzetteln.

Der Senat beschloß, zwei Legionen, unter Führung des Consuls Gnaeus Papirius Carbo, in Marsch zu setzen, bevor der wilde Nomadenschwarm in das Norikum oder gar in die Kolonie Aquileia einfallen konnte.

Sulla marschierte mit. Die Nachricht von einem Kriegszug gegen die Kimbern hatte ihn elektrisiert; nach den vergangenen erlebnislosen Jahren fieberten Körper und Geist neuen Abenteuern entgegen. Er träumte von Gefahren, die er siegreich bestehen würde, von Heldentaten, die ihn über alle Mitstreiter erheben, ihm Ehre und Ruhm eintragen würden. Das war *die* Gelegenheit, auf die er gewartet hatte, um wieder zu Ansehen bei seinen Standesgenossen zu kommen, den Grundstein für eine großartige politische Karriere zu legen.

Mit Eifer zog er die Fäden, um in den Stab des Feldherrn zu gelangen, denn er wollte keineswegs in der Masse der Legionäre untertauchen.

Es war Popilius, der Onkel seiner verstorbenen Ilia, den er bedrängte, sich für ihn einzusetzen. Und da Sulla keine Hemmungen hatte, ihn daran zu erinnern, daß Lentulus sich nur für die Rückkehr des Popilius aus der Verbannung eingesetzt hatte, um ihm, Sulla, einen Gefallen zu tun, willigte Popilius schließlich ein.

Im Stab des Carbo traf Sulla alte Bekannte wieder, wie seinen Verwandten Lucius Dolabella, der wie er Schüler beim Alten gewesen war. Aber auch Gaius Servilius Glaucia, das Lästermaul von der Curia, den ehemaligen Liebhaber von Nikopolis.

In seiner lärmenden Art kam Glaucia gleich nach der Vereidigung auf dem Marsfeld auf Sulla zu und erkundigte sich nach der Hetäre. Sulla lächelte ihn strahlend an:

»Hast du denn ganz vergessen, wie sie war? Heute mit dem, morgen mit jenem! Ich kann mich noch genau erinnern, wie sie dich und Crassus Dives auf dem Forum stehenließ und hinter mir herlief.«

Glaucia schnitt seitdem das Thema »Nikopolis« nie wieder an, denn er argwöhnte, Sulla werde ihn beim nächsten Mal noch unverblümter an die Treulosigkeit der Hetäre erinnern.

Sulla und Glaucia teilten während des Feldzuges ein Zelt. Sie gerieten schon nach kurzer Zeit in Opposition zum Sohn Gnaeus des Feldherrn, der zwar erst 17 war und keine offizielle Funktion bekleidete, sich aber aufspielte, als sei er der maßgebliche Berater seines Vaters. Unterstützt wurde Gnaeus von seinem gleichaltrigen Freund Lucius Cornelius Cinna, einem entfernten Verwandten von Sulla. Da Cinnas Vater vor 14 Jahren Consul gewesen war, blickte der junge Mann voller Hochmut auf den acht Jahre älteren Sulla herab.

Als der Consul Carbo mit seinen beiden Legionen die prächtige Handelsstadt Aquileia erreichte, mußte er erfahren, daß die Kimbern das Land der Taurisker bereits verlassen hatten und sich auf die Königsstadt Noreia zubewegten. Da der riesige Nomadenschwarm aber keine gerade Richtung einhielt, konnten die Späher nicht genau ausmachen, ob er nicht doch in Richtung Italien einschwenken würde. Carbo hielt es für ratsam, den Kimbern entgegenzueilen, um ihnen den Weg nach Italien abzuschneiden. Er ließ das Lager in einem schmalen Tal aufschlagen und setzte seine Truppen in Alarmbereitschaft.

Als ihm gemeldet wurde, die Krieger der Kimbern seien im Anmarsch, wartete er auf den Angriff. Doch nichts geschah. Carbo berief seinen Stab ein. An der Besprechung nahmen, wie gewöhnlich, auch sein Sohn Gnaeus und dessen Freund Lucius Cinna teil. Carbo blickte in die Runde:

»Greifen wir die Kimbern an, oder weisen wir sie aus dem Land?«

Bevor sein Legat oder einer der ranghöchsten Centurios das Wort ergreifen konnte, krähte schon sein Sohn Gnaeus:

»Wir machen beides! Wir lassen sie ziehen, und dann greifen wir sie an – aus einem Hinterhalt heraus! Das habe ich mir mit Cinna zusammen genau überlegt!«

Sein Vater warf ihm einen mißbilligenden Blick zu, aber der Vorschlag schien ihm zu gefallen. Er wandte sich an seinen Legaten: »Was sagst du dazu, Caepio?«

Quintus Servilius Caepio gehörte zum Klüngel der Meteller und hatte den Auftrag, Carbo während des Feldzugs zu überwachen. Er zögerte; der Vorschlag war nicht von der Hand zu weisen, aber es ärgerte ihn, daß er von dem vorlauten Sohn des Consuls gekommen war. Daher sagte er nur knapp:

»Ich finde, wir sollten sie direkt angreifen. Das ist Römerart!«

»Ihr immer mit den alten Sitten!« lachte der junge Carbo, der 20 Jahre jünger war als Caepio. »Man muß doch auch etwas Neues ausprobieren.«

»Der Junge hat recht«, meinte jetzt der ranghöchste Centurio, »die Kimbern sind uns zahlenmäßig weit überlegen, und wenn wir sie besiegen wollen, müssen wir uns eine List ausdenken.«

Die Meinung des erfahrenen Centurios gab den Ausschlag. Es wurde beschlossen, den Kimbern anzubieten, sie mit kundigen Führern aus den gefährlichen Alpentälern herauszubringen, und sie dann an einer für die Römer günstigen Stelle zu überfallen.

Unterdessen waren Gesandte der Kimbern im Lager eingetroffen, um mit den Römern zu verhandeln. Sie waren bestürzt, als sie hörten, daß die Taurisker Freunde der Römer seien, und sie versprachen, nie mehr durch tauriskisches Gebiet zu ziehen und damit den Römerfreunden großen Schaden zuzufügen. Und sie waren dankbar, als Carbo ihnen anbot, sie aus den engen Alpentälern, die ihnen Furcht einjagten, hinausführen zu lassen, und zwar zu Gebieten, in denen sie siedeln konnten.

»Scheint dort die Sonne, und gibt es dort Wein?« ließ Boiorix, der wieder die Gesandtschaft leitete, den Dolmetscher fragen.

Carbo setzte sein jovialstes Lächeln auf: »Soviel Sonne, wie ihr wollt, und mehr Wein, als ihr vertragen könnt!«

Das Unternehmen endete für die Römer mit einer Katastrophe. Zunächst lief alles nach Plan. Carbo hatte sich von den Norikern einen Ort beschreiben lassen, der für den Überfall geeignet erschien. Es handelte sich um einen Engpaß, hinter dem sich die Römer verstecken konnten. Die Stelle war schmal genug, um jeweils nur wenigen kimbrischen Kriegern den Durchgang zu ermöglichen, und reichte gerade für die Passage eines einzigen Karrens. Die Römer konnten so einen Krieger nach dem anderen in Empfang nehmen und niedermachen.

Es dauerte viele Tage, bis der kimbrische Troß schließlich gesichtet wurde; Tage, in denen die Ungeduld der Römer immer größer wurde.

Vor dem Engpaß öffnete sich ein weiter Talkessel, in dem sich die Nomaden niederließen. Zahlreiche römische Legionäre waren auf die umliegenden, dichtbewaldeten Berge geklettert, um einen Blick auf das seltsame Volk zu werfen. Carbo hatte nichts dagegen einzuwenden; im Gegenteil, er begrüßte es sogar, wenn seine Soldaten die Ungeheuer aus dem Norden vor dem Kampf in Augenschein nehmen und sich überzeugen konnten, daß sie Menschen und keine Riesen waren.

Am Abend kam einer der norikischen Führer ins Lager und wollte Carbo sprechen. Der tafelte mit seinem Stab in seinem Zelt, als ihm der Mann gemeldet wurde.

»Ihr müßt euch noch gedulden«, sagte der Kelte, »die Kimbern haben vor, einige Zeit in dem Talkessel zu bleiben. Es gefällt ihnen dort; sie haben genügend Wasser von einem Bach, und sie sagen, daß sie in den großen Wäldern im Umkreis viel Wild jagen können. Sie brauchen dringend Nahrung!«

Carbo richtete sich auf: »Das ist unmöglich! Wenn sie in den Wäldern herumstreifen, entdecken sie uns bald! Hindere sie am Jagen!«

Der Noriker begann zu zittern: »Wie soll ich das! Sie sind furchtbar! Sie brausen schnell auf, ziehen gleich ihr Schwert, wenn ihnen etwas nicht paßt! Wir Führer sind froh, daß wir sie endlich hier haben, bei den römischen Legionären!«

»Da haben wir den Schlamassel«, ließ sich Caepio vernehmen, »ich wußte ja, daß das mit dem Hinterhalt schiefgeht!«

Der junge Carbo warf ihm einen wütenden Blick zu:

»Nichts ist bisher schiefgegangen!« rief er aufgebracht. »Die Kimbern wissen nicht, daß wir hier sind, und sie sitzen in dem Talkessel wie in einer Falle. Warum greifen wir sie nicht morgen früh an, im Morgengrauen, wenn sie noch halb im Schlaf sind?«

»Das ist kein schlechter Vorschlag«, sagte der Noriker, »sie trinken abends viel Wein und sind morgens oft beduselt. Nur eins macht mir Sorgen: Es ziehen immer mehr Wolken heran, als wenn sich ein Unwetter zusammenbraute. Und ein Unwetter im Gebirge ...«

Carbo stand auf, ging vor das Zelt und sah prüfend in den Himmel.

»Einige kleine Wolken«, sagte er leichthin, »so schlimm wird das nicht werden. Wenn wir nicht entdeckt werden wollen, müssen wir die Kimbern morgen in aller Frühe angreifen.«

So geschah es. Die römischen Legionäre stürmten in den Talkessel, als es gerade dämmerte und die Nomaden noch in tiefem Schlaf lagen. Es waren keine Wachen aufgestellt, weil die norikischen Führer ihnen eingeredet hatten, daß sie in dem Tal sicher seien. Aber das Getrampel von zwei Legionen riß sie sofort aus dem Schlaf. Die Kimbern griffen nach ihren Schwertern, die dicht neben ihnen lagen, und stürzten sich mit einer Kraft auf die Römer, die einer Naturgewalt glich.

Hatte ein Legionär einen Germanen getötet, so sah er sich gleich zehn weiteren gegenüber; sie schienen aus dem Boden zu wachsen und von den Bäumen zu fallen. In kurzer Zeit starben Tausende von Legionären.

Der Himmel verfinsterte sich immer mehr, und das Unwetter, das der Noriker vorhergesehen hatte, brach über das Schlachtfeld herein. In wilder Panik ließen die siegreichen Kimbern von ihren Feinden ab, denn ihr Gott Wodan mochte es nicht, wenn sie bei Donner und Blitz kämpften.

Die wenigen Römer, die noch am Leben waren, konnten flüchten und sich in den Wäldern verstecken.

Sulla hatte eine Reiterschwadron befehligt und sich zunächst im Hintergrund gehalten, wie die anderen Militärtribunen auch. Als er sah, daß die Schlacht in ein Gemetzel umschlug und ein Legionär nach dem anderen fiel, gab er seinem Pferd die Sporen und sprengte davon – in die rettenden Wälder. Er traf dort Carbo, Caepio, Glaucia – alle immer noch zu Pferd und half mit, die Soldaten zusammenzusuchen, die dem Schlachtfeld entkommen waren.

»Wo ist mein Sohn? Hast du meinen Sohn nicht gesehen?« fragte Carbo verzweifelt, als Sulla am zweiten Tag nach ihrer Niederlage im neuen Lager erschien, das sie als Sammelpunkt eingerichtet hatten. Sulla brachte einige Verletzte mit, hatte aber den jungen Carbo nirgendwo entdecken können.

Der Feldherr ließ sich auf einem Stein nieder, vergrub das Gesicht in den Händen und begann hemmungslos zu schluchzen. Der Verlust seines Sohnes schien ihn mehr zu erschüttern als der Tod von mindestens 20 000 Römern und Bundesgenossen, den er zu verantworten hatte.

Sulla blickte mitleidig auf ihn herunter. »Ich mache mich

noch einmal auf die Suche«, sagte er, eigentlich gegen seinen Willen, denn er war völlig übermüdet.

Nach zwei Stunden erreichte er eine Almhütte; Gelächter und laute Stimmen schallten heraus. Er stieg vom Pferd, öffnete die Tür und erstarrte. Gnaeus Carbo und sein Freund Cinna saßen nackt auf Holzpritschen; jeder hatte ein nacktes Mädchen im Arm und einen Becher Wein in der Hand. Etliche leere Weinschläuche waren auf dem Boden verstreut; das Zechgelage dauerte wohl schon einige Zeit an, Tage, in denen Sulla vergeblich nach den Jungen gesucht hatte.

»Grüß dich«, lallte Cinna, als er Sulla erkannte, »da ist ja unser kleiner Komödiant, der behauptet, ein Cornelier zu sein.«

Mit einem Schritt hatte Sulla ihn erreicht. Er schlug ihn so heftig ins Gesicht, daß die Backe sofort anschwoll.

»Das wirst du mir noch büßen«, fauchte Cinna.

Carbo war inzwischen von der Pritsche gerutscht und versuchte, sich die Tunica überzustreifen.

»Wo habt ihr den Wein her? Auf der Alm gibt es doch nur Milch!« forschte Sulla.

»Den haben wir uns aus einem kimbrischen Planwagen geholt. Der stand gleich am Eingang zum Talkessel, und dann waren da noch diese beiden Weiber drin. Sind sie nicht süß – die kimbrischen Mädchen?«

»Ihr seid also mit Wein und Mädchen geflohen, anstatt mit euren Kameraden zu kämpfen!«

»Wieso kämpfen! Das können die auch allein! Es ist gut, daß du kommst! Wir brauchen neuen Wein und wissen nicht mehr, wie wir zu dem Lager der Kimbern kommen. Ich hoffe, die Legionäre haben nicht schon alles geplündert!«

»Ihr wißt also nicht, was passiert ist?«

»Woher? Wir haben uns doch gleich davongemacht, als das Gemetzel losging. Aber natürlich haben wir Römer gesiegt – das willst du uns doch erzählen!«

Als Sulla berichtete, was geschehen war, brach der junge Carbo zusammen.

»Erzähl bloß nichts meinem Vater!« jammerte er, aber Sulla sagte kalt:

»Steigt auf die Pferde. *Du* wirst deinem Vater erzählen, was ihr angestellt habt.«

Aber weder Carbo noch Cinna erwähnten mit einem Wort, daß sie fröhlich gefeiert hatten, während die römischen Soldaten in der Schlacht umkamen.

Sulla besprach sich mit Caepio und Glaucia, ob er dem Feldherrn Bericht erstatten sollte, und da ihn beide dazu drängten, tat er es. Die Jungen standen dabei, wollten erst alles abstreiten, aber als Sulla sie in die Enge trieb, gaben sie das Abenteuer zu.

Cinna wurde sofort nach Hause geschickt, unter Bewachung, mit einem Schreiben an seinen Vater, während der junge Carbo Arrest bekam. Als sie das Zelt verließen, zischelte Cinna dem Cornelier zu:

»Du schmutziger Komödiant, das werde ich dir heimzahlen!«

Und Carbo rempelte ihn sogar an, als er an ihm vorbeiging: »Auf ewig dein Feind, Sulla!« sagte er und drohte ihm mit der Faust.

Der Consul Gnaeus Papirius Carbo überlebte die zweifache Schande nicht: die Vernichtung der Legionen und die Feigheit seines Sohnes, die ihn mehr erschütterte als der Tod so vieler Soldaten, wie böse Zungen in Rom tuschelten. Als Carbo sich wegen der Niederlage gegen die Kimbern verantworten sollte, zog er es vor, sich das Leben zu nehmen.

Der Tod der Händler von Cirta

Auch Sulla trug sich nach seiner Rückkehr mit düsteren Gedanken. Ziellos streifte er durch Rom; er fühlte sich wie eine Nußschale, die auf den Wellen dahintrieb, gebeutelt vom Schicksal, verlassen von seinen Göttinnen Felicitas und Venus.

Metrobius war wieder einmal aus seinem Leben verschwunden; diesmal hatte er zwar nicht das ganze Haus ausgeräumt, aber doch einiges an Silbergeschirr und Statuen mitgehen lassen.

»Wahrscheinlich wußte er nicht genau, was ihm und was mir gehörte; und es ist auch gleichgültig, wir sahen ja alles als gemeinsamen Besitz an«, dachte Sulla, als er an den leeren Podesten in seinem Peristyl vorbeischlenderte, »aber er hätte mir wenigstens eine Nachricht hinterlassen können.«

Er forschte die Köchin aus und merkte, daß die Frau nur zu gerne Negatives über Metrobius berichtet hätte, aber es gab nur dies zu erzählen: »Eines Nachts hielt eine große Kutsche vor der Haustür, Metrobius kam mit zwei Sklaven herein und wies sie an, was sie alles in den Wagen bringen sollten«, berichtete sie zum wiederholten Male, denn Sulla fragte immer wieder, in der Hoffnung, daß ihr doch noch etwas einfallen könnte. »Hat er dir wenigstens einen Gruß aufgetragen?«

»Nichts! Als sie fertig waren und er hinausging, sagte er nicht einmal ›Auf Wiedersehen‹ zu mir. Er zog einfach die Tür hinter sich zu.«

Sulla erkundigte sich bei Sorix, bei Roscius, sogar bei Geta, aber keiner wußte, wohin die geheimnisvolle Kutsche Metrobius entführt hatte.

»Die Gelegenheit ist günstig«, dachte Sulla trotzig, »jetzt kann ich mir wieder eine Frau anlachen.« Aber sosehr er auch die Blicke schweifen ließ – kein weibliches Gesicht zog ihn an, kein weibliches Lachen bezauberte ihn.

Als er eines Tages an der Zeile der Banken entlangging, stieß er fast mit einer Frau zusammen, die aus dem Geschäft des Ancharius kam. Er lächelte entschuldigend, während die Frau ihn wütend anstarrte. Dann lachten sie beide und fielen sich um den Hals.

»Ancharia«, rief er fröhlich, und sie:

»Mein kleiner Lucius, mein lieber Junge. Du bist ja ein richtiger Mann geworden!«

»Und du bist immer noch eine schöne Frau.« Er rechnete schnell nach, sie mußte knapp über 40 sein.

Ancharia hatte die dunklen, langen Haare zu einem Knoten aufgesteckt, der von einem Netz gehalten wurde. Das Netz war übersät mit hellschimmernden Perlen, die einen scharfen Kontrast zum Schwarz ihres Haares bildeten. Kein einziges Löckchen fiel ihr in die Stirn und über die Ohren; sie schien an den koketten Frisuren der Zeit keinen Gefallen zu finden, wohl weil sie wußte, daß die Klarheit ihres Gesichtes am besten zur Geltung kam, wenn auch die hohe Stirn sichtbar blieb.

Sulla blickte fasziniert in ihre offenen, freundlichen Züge und wunderte sich, daß er diese Frau so vollständig vergessen hatte. »Das hängt sicher mit meinem Vater zusammen«, dachte er, »alles, was mich an ihn erinnern konnte, habe ich verdrängt.«

Ancharia hatte sich bei ihm eingehängt und zog ihn weiter.

»Du begleitest mich jetzt nach Hause und erzählst mir von deinem Leben«, forderte sie ihn auf, »ein bißchen weiß ich über dich Bescheid, denn *ich* habe dich all die Jahre nicht aus den Augen verloren. Dir ist ja bekannt, daß Sornatius und mein Vater enge Freunde sind.«

»Dann weißt du auch, daß mir dein Vater verboten hat, dich zu besuchen. Bekommst du keine Schwierigkeiten, wenn er erfährt, daß du mich mit nach Hause nimmst?«

»Mach dir keine Gedanken! Die Zeiten haben sich geändert! Meinem Vater tut es längst leid, daß er dir damals diesen häßlichen Brief geschrieben hat, und er würde dir gern wieder die Hand reichen. Von Sornatius wissen wir, was sich wirklich zugetragen hat und daß dein Vater mich nicht wegen einer Hetäre verlassen hat.«

Sie begann zu schluchzen; die Erinnerung an ihren verstorbenen Mann wühlte sie immer noch auf.

»Ich war so froh, als ich endlich die Wahrheit erfuhr«, brachte sie mühsam heraus, »der Gedanke, daß dein Vater im Tiber endete, ist leichter für mich zu ertragen als die Vorstellung, er lebe herrlich und in Freuden mit einer Hetäre in Asia.«

Sulla drückte ihr die Hand, und schweigend legten sie den Weg zu seinem Elternhaus hoch oben auf dem Quirinal zurück. In der Wohnung war alles unverändert, sogar Sullas Zimmer sah aus, als sei er eben erst fortgegangen. Er hielt sich dort kaum auf, denn alles erinnerte ihn zu sehr an Ilia.

Lange wanderte er im Peristyl herum, betrachtete die nackten Statuen und die Bilder an den Wänden mit ihren Liebesszenen. Ein paarmal zuckte er zusammen; er meinte, die schnellen Schritte seines Vaters zu hören, und wartete auf das liebenswürdige Lachen.

Gerade wollte er diesem Ort der Gespenster entfliehen, als seine Schwester Cornelia vor ihm stand und ihn wieder in die Gegenwart zurückrief. Staunend blickte Sulla sie an. Cornelia, inzwischen 18 Jahre alt, war ein Abbild ihrer Mutter; nur waren ihre Haare blond wie die des Vaters und seine eigenen.

Sie fielen sich um den Hals, und Arm in Arm schlenderten sie durch den kleinen Garten, der plötzlich hell und freundlich wirkte.

Als Sulla die Anzeichen einer Wölbung unter ihrem Kleid bemerkte, reckte sie stolz den Bauch vor und erklärte, daß sie ihr erstes Kind erwarte.

»Ja, bist du denn schon verheiratet?« stotterte Sulla überrascht. Sie war für ihn immer noch das zehnjährige Mädchen, das mit Puppen spielte. Sie lachte stolz: »Ich bin 18 Jahre alt, vor einem Jahr habe ich endlich geheiratet. Großvater war sehr wählerisch, keiner der jungen Männer aus den anderen Bankhäusern war ihm gut genug. Dann verliebte ich mich in Sextus Nonius. Die Nonier haben ihre Bank ja nicht weit vom Geschäft des Großvaters, und ich kenne Sextus schon seit meiner Kindheit. Obwohl Großvater immer noch nach einem jungen Adligen Ausschau hielt, konnten Ancharia und ich ihn überzeugen, daß Sextus der Richtige sei. Sein Vater hat ihm ein kleines Handelshaus in Cirta eingerichtet, er arbeitet schon dort, und sobald das Kind geboren ist, ziehe ich auch nach Numidien.«

»Cirta?« fragte Sulla befremdet. »Hast du denn nicht gehört ...?«

Bevor er weitersprechen konnte, fühlte er sich sanft in den Arm gekniffen. Ancharia lächelte ihn und Cornelia freundlich an:

»Entschuldige, Cornelia, ich muß dir Lucius für einen Augenblick entführen. Etwas Geschäftliches!«

Sie ging mit ihm in ihr Zimmer, das im oberen Stock des Hauses lag, nicht weit von Sullas Schlafraum entfernt.

»Wir versuchen, die Gerüchte, die in der Stadt wegen Cirta herumschwirren, vor ihr geheimzuhalten. Du hast ja gesehen, daß sie ein Kind bekommt; sie ist sehr sensibel, Angst und Sorge würden dem Kind schaden. Man weiß ja auch nichts Genaues, vielleicht ist alles nur dummes Geschwätz.«

Aber die Gerüchte um Cirta erwiesen sich keineswegs als Geschwätz; die Wahrheit übertraf die schlimmsten Befürchtungen.

Cirta war die Hauptstadt des Teils von Numidien, den eine Senatskommission vor einigen Jahren dem jungen König Adherbal zugesprochen hatte. Iugurtha war in den Besitz eines Gebietes gelangt, das viel größer und fruchtbarer war. Der Senat hatte gehofft, mit der ungleichen Teilung das Problem »Numidien« im Sinne Iugurthas gelöst zu haben. Der König hatte zwar dieser Teilung scheinheilig zugestimmt, aber sein Trachten richtete sich in den folgenden Jahren nur darauf, sich zum Herrscher von ganz Numidien aufzuwerfen.

So versuchte er, Adherbal zu reizen, indem er mit Reitertrupps in dessen Gebiet einfiel, plünderte, zerstörte, die Untertanen versklavte. Schließlich rüstete er sogar ein Heer aus, um zum großen Schlag auszuholen.

Auf diese Bedrohung mußte der friedfertige Adherbal reagieren; er zog Truppen zusammen, um sich dem Kampf gegen seinen Adoptivbruder zu stellen.

Beide Heere lagen, nicht weit voneinander entfernt, in der Nähe von Cirta. Iugurtha nutzte das Morgengrauen, um Adherbal zu überfallen, dessen Soldaten in panischer Angst flüchteten. Adherbal rettete sich mit einigen Getreuen in seine Hauptstadt, die von römischen und italischen Kaufleuten, die sich dort in großer Zahl niedergelassen hatten, verteidigt wurde.

Iugurtha belagerte das gutbefestigte Cirta mehrere Monate lang. Den Italikern gelang es, sich gegen Kriegsmaschinen aller Art, die Iugurtha einsetzte, zu behaupten.

Adherbal schickte einen Hilferuf nach Rom an den Senat. Es wurde eine Kommission nach Numidien gesandt, die sich vor Ort ein Bild machen sollte. Die Bedeutung, die die Optimaten dieser Kommission beimaßen, ließ sich daran erkennen, daß ihr keiner der einflußreichen Senatoren angehörte, sondern daß sie ausschließlich aus jungen Leuten bestand, die kaum politische Erfahrung besaßen.

Es waren der Redner Lucius Crassus und sein Freund Quintus Scaevola, ein Sohn des großen Rechtsgelehrten, der jene denkwürdige Rede im Senat gehalten hatte, nachdem Gaius Gracchus den Senatoren die Gerichte weggenommen hatte; außerdem Quintus Metellus Nepos, ein Sohn des Balearicus, der die beiden im Auge behalten sollte.

Crassus hatte sich zu dieser Aufgabe gedrängt, wiederholt die Meteller an seine rednerischen Leistungen erinnert und an sein diplomatisches Geschick. Er hoffte, in Numidien seine Schatulle auffüllen zu können. Seine Auftritte als Anwalt brachten ihm nicht viel ein, denn ein Redner durfte sich nicht bezahlen lassen. Natürlich erhielt er Geschenke, auch Geld, für seine Prozeßreden, aber diese Honorierung hielt sich am Anfang seiner Karriere noch in bescheidenem Rahmen.

Crassus verfügte zwar über ein beträchtliches Vermögen, doch seine Frau Mucia lebte auf großem Fuße. Er fragte sich oft, wo die Gelder blieben, die sie immer wieder von ihm forderte. Schnippisch verwies sie ihn dann auf ihre teure Garderobe oder ihren kostbaren Schmuck, und um des ehelichen Friedens willen forschte Crassus nicht weiter nach.

Die jungen Leute hatten den Auftrag, zu beiden Königen zu gehen, aber Iugurtha gelang es, sie von Adherbal in der belagerten Stadt fernzuhalten. Als er mit ihnen zusammentraf, eilte er mit seinem gewinnendsten Lächeln auf sie zu, umarmte alle innig und beteuerte dann immer wieder, daß Rom keinen besseren Freund als ihn habe.

»Meine Tüchtigkeit war es, die Scipio Africanus so sehr an mir schätzte«, erklärte er prahlerisch, »wollt ihr eurem großen Mitbürger absprechen, daß er einen Blick für Menschen hatte? Nie hätte der große Scipio einen Menschen gefördert, der boshaft und treulos von Charakter ist. Adherbal, der leider durch Adoption mein Stiefbruder geworden ist – ihn hätte Scipio sofort aus seinem Lager gejagt, denn schlechte Menschen konnte Scipio nicht um sich dulden.«

So ging es weiter. Iugurtha beschwerte sich bitterlich über das heimtückische Wesen seines Bruders, der sich nicht mit dem Reich zufriedengeben wollte, das ihm die Senatskommission zugewiesen hatte.

Natürlich wußten Crassus und seine Freunde genau, daß Iugurtha log und die Dinge auf den Kopf stellte. Aber als der König befahl, mehrere Kisten mit Gold heranzuschleppen, die er dann mit großer Geste den jungen Römern schenkte, beteuerten sie, daß sie ihm jedes Wort glaubten.

Sie waren kaum wieder in Rom, als ein verzweifelter Brief von Adherbal den Senat erreichte. Der junge König beklagte sein unglückliches Leben, und die Freunde des Iugurtha fühlten sich von seinem Gejammer nur abgestoßen.

Aber da man um das Leben von römischen Kaufleuten fürchten mußte, machte sich noch einmal eine Kommission nach Numidien auf, diesmal unter Führung von Marcus Scaurus. Die Senatoren landeten in Utica, der Hauptstadt der römischen Provinz Africa. Um Iugurtha die Machtverhältnisse klar vor Augen zu führen, zitierten sie ihn in die Hafenstadt.

Er kam sofort, mit wenigen Reitern und vielen Säcken

Gold. Mit würdevoller, ernster Miene befahl ihm Scaurus, von der Belagerung Cirtas abzulassen und den Krieg zu beenden. Iugurtha versprach alles und übergab die Säcke mit dem Gold den Senatoren.

Sie schieden als beste Freunde.

Die Italiker in der eingeschlossenen Stadt schöpften neue Hoffnung, als sie von den erfolgreichen Verhandlungen hörten. Sie rieten Adherbal, sich zu ergeben. Für ihr eigenes Leben fürchteten sie nicht mehr, denn sie hielten es für ausgeschlossen, daß Iugurtha Hand an römische und italische Kaufleute legen würde.

Doch er tat es. Zuerst tötete er Adherbal, nachdem er ihn gefoltert hatte. Dann ließ er alle männlichen Einwohner der Stadt umbringen, auch die römischen und italischen Händler.

Die Nachricht vom Tod so vieler Bürger erschütterte Rom wie schon lange kein Ereignis mehr. Sulla hatte auf dem Forum davon erfahren, und er lief gleich zu seinem Vaterhaus, um Cornelia zu trösten. Sie hatte vor kurzem ihr Kind bekommen, einen Sohn, den sie Sextus nannte, nach seinem Vater.

Es war ein schöner Tag im Spätherbst, Anfang November. Sulla fand Cornelia im Peristyl; der kleine Sextus lag in seiner Wiege und schlief. Cornelia war mit einer Handarbeit beschäftigt, hin und wieder hob sie die Augen und blickte mit glücklichem Lächeln auf ihr Kind. Als Sulla vom Eingang des Innenhofes aus dieses Bild des Friedens sah, zögerte er einen Augenblick, drehte sich dann um und stieg die Treppe zu Ancharias Zimmer hoch.

Ancharia saß in einem hohen Korbsessel und beaufsichtigte die Arbeit von zwei Zofen an einem großen Webstuhl. Sulla trat auf sie zu und küßte sie zärtlich auf den Mund. Sie zog seinen Kopf zu sich herunter, wühlte in seinem blonden Schopf, während ihr klares Gesicht leuchtete.

Seit einigen Monaten waren Sulla und Ancharia ein Liebespaar. Nach der Begegnung auf dem Forum verkehrte Sulla fast täglich in seinem Elternhaus, verbrachte gern die Abende in der Gesellschaft der beiden Frauen, die ihm halfen, die dunklen Schatten der Melancholie zu vertreiben. Allmählich merkte er, daß die offenen Züge der Ancharia eine immer größere Anziehungskraft auf ihn ausübten; er empfand den Klang ihrer Stimme als wohltuend, beobachtete sie gern bei kleinen Verrichtungen, hatte Gefallen an den Bewegungen ihres Körpers. Und eines Tages mußte er sich eingestehen, daß er sich verliebt hatte.

Spontan, wie er war, teilte er ihr sofort seine Gefühle mit und erkannte an ihrer Reaktion, daß sie ihm ebenfalls Empfindungen entgegenbrachte, die keineswegs nur mütterlich waren. Sie verstanden sich auch im Bett sehr gut, zumal Sulla ihr ohne Scheu gegenübertreten konnte, denn sein körperlicher Makel, der eine Hoden, war ihr bekannt, seit sie ihn als Säugling auf ihren Armen getragen hatte.

So erlebten sie unbeschwerte, heitere Wochen, bis die Nachricht vom Tod des Sextus Nonius eintraf. Sulla erzählte Ancharia ohne Umstände, was er auf dem Forum erfahren hatte, und gemeinsam überlegten sie, wie sie die Nachricht an Cornelia weitergeben sollten.

»Die Senatoren haben Sextus auf dem Gewissen; sie haben fast alle Iugurthas Gold angenommen, beide Augen zugedrückt«, brach es aus Sulla heraus. Er mußte sich erst seine Wut aus dem Leibe schreien, bevor er zu Cornelia gehen konnte. »Bei den unsterblichen Göttern, diesmal kommt diese korrupte Bande nicht so einfach davon! Ich werde dafür sorgen, daß sie zur Rechenschaft gezogen wird!«

»Du?« lächelte Ancharia beschwichtigend. »Du bist doch noch so jung, hast kein Amt! Ein Volkstribun müßte den Mut haben, die Plebs aufzuhetzen und den Optimaten so einzuheizen, daß sie ein Heer auf die Beine stellen und den Tod des Sextus und der anderen Kaufleute rächen! Aber die Volkstribune, die jetzt auf dem Forum herumlaufen, tanzen doch nur nach der Pfeife des Senats.«

311

»Alle nicht! Ich kenne einen, der die Senatoren das Fürchten lehren kann«, rief Sulla und sprang im Raum herum, beglückt über den plötzlichen Einfall, »den Gaius Memmius! Er ist dieses Jahr zum Volkstribun gewählt worden und tritt sein Amt in Kürze an. Ich muß sofort zu ihm.« Sulla beugte sich zu Ancharia und gab ihr einen flüchtigen Kuß.

»Aber, wir wollten doch gemeinsam ...«, stotterte sie.

»Du kannst das viel besser allein! Ihr Frauen seid so zartfühlend. Wir Männer wissen in solchen Situationen nie so recht, was wir sagen sollen! Außerdem helfe ich Cornelia viel mehr, wenn ich Memmius dazu bringe, die Plebs in Unruhe zu versetzen, sie so aufzuwühlen, daß sie nach Rache schreit.«

Er warf ihr eine Kußhand von der Tür aus zu und rannte zum Forum, so schnell die Toga es ihm erlaubte.

Er fand Memmius, wie erwartet, auf dem Forum, nachdem er eine Weile im Gewühl gesucht hatte. Überall standen die Menschen in Gruppen zusammen und diskutierten; eine ähnlich aufgeladene Atmosphäre hatte Sulla nur erlebt, als der Einmarsch der Kimbern nach Italien befürchtet wurde.

Gaius Memmius war in Gesellschaft seines Bruders Lucius, der es inzwischen bis zum Praetor gebracht hatte. Neben ihm standen das Lästermaul Glaucia und ein junger Mann von Anfang 20, der Sulla als Lucius Apuleius Saturninus vorgestellt wurde.

Saturninus hatte schwarze, funkelnde Augen, eine dunkle Haarmähne und war von aufbrausendem Wesen. Beim Reden fuchtelte er ständig mit den Armen herum; die Worte sprudelten hitzig und schnell aus ihm heraus.

»Was glaubt der Adel eigentlich? Hält er uns alle inzwischen für seine Sklaven, die nicht aufmucken, tatenlos zusehen, wie Iugurtha einen Römer nach dem anderen abschlachten läßt! Jetzt hat sich der Numider das Reich seines Bruders geholt, als nächstes besetzt er unsere Provinz Africa, und die Herren Senatoren liegen auf den Goldsäcken, die Iugurtha ihnen geschenkt hat, und kriegen ihre fetten Ärsche nicht in die Höhe!«

Sulla rümpfte über diese plebejische Ausdrucksweise die Nase, aber er fand, daß dieser junge Mann, der offensichtlich aus einfachen Verhältnissen kam, in der Sache recht hatte.

»Memmius, deine Stunde ist gekommen«, wandte sich der Cornelier nun an den Freund, »jetzt ist die Gelegenheit da für deine Rache am Adel! Du bist zum Volkstribun gewählt und hast Macht! Räche meinen Schwager Nonius und alle die anderen Römer und Italiker!«

Memmius nickte nur und straffte sich. Sie begleiteten ihn bis zur Rostra und blieben erwartungsvoll unterhalb der Schiffsschnäbel stehen, die als Trophäen einer siegreichen Seeschlacht seit über 200 Jahren das Bauwerk schmückten.

»Römer«, gellte die volle, weittragende Stimme des Memmius über den Platz, »Römer, ich habe euch etwas Wichtiges zu sagen, laßt mich nicht im Stich, hört mir zu.«

Nach und nach gelang es ihm, die Aufmerksamkeit auf sich zu ziehen; erst die der Umstehenden, dann die immer weiterer Kreise, bis er schließlich mit seiner Stimme den Platz beherrschte.

»Seit 20 Jahren laßt ihr euch vom Adel verhöhnen; eine kleine Gruppe, die in Rom die Macht hat, springt mit euch nach Belieben um. Sie hat den Tiberius Gracchus getötet, dann den Gaius und viele andere. Die Mörder sind ungestraft davongekommen. Nicht das Gesetz beendete das Blutvergießen, sondern eine Laune des Adels.

Römer, ihr laßt es euch gefallen, daß die Adligen, die das Staatsschiff lenken, den Staatsschatz plündern, die Tribute der Untergebenen an sich persönlich zahlen lassen, Reichtümer auf Reichtümer häufen. Ihre Habgier ist unersättlich, ihre Rücksichtslosigkeit grenzenlos!«

Und je mehr Memmius die Clique der Regierenden geißelte, um so atemloser hörte das Volk ihm zu. Gelegentliche Rufe wie »Recht hat er!« – »Genauso sind sie!« feuerten

Memmius an, das Bild noch düsterer zu malen, die Verbrechen noch schärfer herauszustreichen.

»Römer, eure Geduld mit diesen Mächtigen, an deren Händen Blut klebt, ist fehl am Platze; sie behandeln euch wie die Sklaven; wenn ihr weiter vor ihnen im Staub kriecht, helft ihr mit, Rom zugrunde zu richten!«

Als Memmius geendet hatte, erhob sich ein Beifall und Tosen wie bei den besten Reden des Gaius Gracchus. Die Plebs stürmte die Rednertribüne; einige Männer hoben den designierten Volkstribun auf ihre Schultern und trugen ihn auf dem Forum herum.

Sulla freute sich, mit Tränen in den Augen, über den Erfolg seines Freundes. Plötzlich spürte er eine leichte Berührung am Arm. Der Redner Lucius Crassus stand neben ihm und blickte mit kalten, haßerfüllten Augen auf das Treiben um Memmius.

»Auf den Schultern der Plebs ist er so groß, daß er oben am Fabius-Bogen anstoßen wird«, spottete er und meinte damit den großen Triumphbogen, der am Eingang zum Forum die Via Sacra überspannte; ein Monument des Quintus Fabius Maximus, das der Feldherr hatte errichten lassen, um seinen Triumph über die Allobroger über den Tag hinaus den Römern ins Gedächtnis zu meißeln.

Der Senat hatte eigentlich auf Zeit spielen wollen und gehofft, daß sich die Empörung der Plebs über die Ermordung der Händler in Cirta allmählich legen, von anderen Ereignissen überdeckt werden würde. Aber Memmius blieb am Ball, schürte fast täglich die Wut der Römer und erreichte endlich, daß der Senat beschloß, ein Heer nach Numidien zu schikken.

Das neue Jahr hatte begonnen, und neue Consuln traten ihr Amt an. Der eine war der Vater des kleinen Nasica, der inzwischen seine Rundlichkeit ausgewachsen und ein gutaussehender junger Mann, allerdings von etwas untersetzter Statur, geworden war.

Der andere Consul hieß Lucius Calpurnius Bestia, gehörte einem Haus an, das bisher noch nicht sonderlich hervorgetreten war. So brannte er vor Ehrgeiz, seiner Familie endlich den Zugang zur Nobilität zu öffnen. Bestia wurde mit der Führung des Feldzuges gegen Iugurtha betraut. In seinen Stab berief er mächtige Adlige, denn er hoffte, sich hinter ihnen verstecken zu können, falls er etwas falsch machen sollte. Unter ihnen war Marcus Scaurus.

Der Feldzug ließ sich gut an, die Legionen drangen entschlossen in Numidien ein, eroberten Städte und machten viele Gefangene. Als aber die ersten Schwierigkeiten auftauchten, schickte Iugurtha Gesandte zu Bestia und Scaurus – mit viel Gold. Bestia, nicht nur gierig nach Ruhm, sondern auch nach Geld, ließ sich nicht lange bitten, die Geschenke anzunehmen.

Scaurus bezähmte zunächst sein leidenschaftliches Verlangen nach dem Golde, denn es erschien ihm ungeschickt, sich so öffentlich – wie der Consul – bestechen zu lassen. War es doch Scaurus viele Jahre gelungen, seine Geschäfte im geheimen abzuwickeln und sich den Römern als Ehrenmann zu präsentieren.

Iugurtha lachte, als ihm die Gesandten berichteten, wie der Erste Senator sich zierte.

»Bietet ihm dreimal soviel an«, befahl er, »und wenn er dann noch standhält, noch einmal dreimal soviel. Jeder Mensch hat seinen Preis. Den Scaurus habe ich schon einmal heimlich gekauft; es wird mir auch gelingen, ihn öffentlich mit Gold zuzustopfen!«

Iugurtha, der schlaue Menschenkenner, hatte Scaurus richtig eingeschätzt: Die Gesandten verdreifachten zweimal ihr Angebot, und da wurde der Sprecher des Senats schwach.

Es gelang Iugurtha nun, mit dem Consul Bestia und dem Senator Scaurus ein geheimes Abkommen zu treffen: Der König sollte im römischen Lager vor den Legionären seine Unterwerfung anbieten, um eine Verzögerung des Krieges zu erreichen. Während dieser Waffenpause wollte Iugurtha in Rom mit seinem Gold tätig werden und erreichen, daß das römische Heer zurückgezogen wurde.

Doch all dies wurde in Rom bekannt, und Memmius begann erneut, von der Rostra aus gegen »das verbrecherische Regime des Adels« zu wüten. Und er schien Erfolg zu haben. Der Praetor Lucius Cassius wurde vom Senat beauftragt, Iugurtha nach Rom zu bringen, wo eine öffentliche Untersuchung der Angelegenheit stattfinden sollte. Memmius hoffte, den König von Numidien zu der Aussage zwingen zu können, daß Scaurus, Bestia und andere Geld von ihm bekommen hatten.

Der Redner Lucius Crassus lachte spöttisch, als Memmius das Volk in einer Versammlung auf dem Marsfeld darüber unterrichtete, daß Iugurtha auf dem Weg zum Marsfeld sei, um dem Volkstribun Rede und Antwort zu stehen.

»Dieser Memmius meint immer noch, daß er am Fabius-Bogen anstößt, jetzt sogar, wenn er zu Fuß unten durchgeht! Aber bald wird er merken müssen, daß er genauso klein ist wie andere Leute, dafür haben wir gesorgt«, schloß er geheimnisvoll.

Er war mit seinen Freunden Quintus Mucius Scaevola und Quintus Metellus Nepos zu der Versammlung erschienen, und alle drei wirkten sehr nervös, wie Sulla feststellte, der von einer Gruppe zur anderen schlenderte, um zu hören, was geredet wurde.

Die Stimmung war am Sieden, und Memmius hatte große Mühe, die Plebs zu beruhigen, die sich auf König Iugurtha stürzen und ihn in Stücke reißen wollte. Denn der Numider war inzwischen angekommen und saß in demütiger Haltung auf dem Rednerpodest. Er trug einen alten, fleckigen Mantel, die Haare fielen ihm strähnig ins Gesicht; kein Diadem, kein Schmuck zierte ihn.

Memmius ließ sich von diesem Aufzug nicht erbarmen; er zählte die Verbrechen Iugurthas auf, forderte ihn auf, die Wahrheit zu sagen.

»Nur so kannst du auf die Nachsicht des römischen Volkes hoffen!« donnerte er los, während Iugurtha zusammenzuckte, als hätte er Schläge erhalten.

»Sprich jetzt! Wer hat von dir Gold genommen! Nenne uns die Namen!« Die Menge – sie zählte nach Zehntausenden – hielt den Atem an; einige fingen an, vor Aufregung zu husten, und bekamen dafür Knüffe von den Umstehenden.

»Die Namen, wir wollen die Namen wissen!« schrie Memmius, als Iugurtha weiter schwieg. Der König hob den Kopf, hielt aber die Lippen fest verschlossen. Memmius sprang auf ihn zu und riß ihn am Mantel. »Jetzt reicht es! Hat der Scaurus von dir Gold genommen, der Bestia, der Crassus ...?«

Seine weiteren Worte waren nicht mehr zu verstehen. Die Plebs schrie, tobte, einzelne versuchten, das Podest zu stürmen. Memmius stellte sich schützend vor Iugurtha, denn dem König war versprochen worden, ihm würde in Rom nichts geschehen, und der Volkstribun achtete gewissenhaft darauf, daß die römischen Zusagen eingehalten wurden.

»Römer«, schrie er, »ich verspreche euch, daß Iugurtha bestraft wird, aber nach unseren Gesetzen, nicht nach den Sitten der Barbaren, die über ihre Feinde wie die Tiere herfallen! Und jetzt sprich endlich!« rief er und zerrte wieder am Mantel des Königs.

Iugurtha sah sich hilfesuchend um, schien aber denjenigen nicht zu entdecken, den er mit den Augen herbeiflehte. Als die Plebs wieder eine drohende Haltung einnahm, öffnete er den Mund.

In diesem Augenblick sprang ein anderer Volkstribun auf das Podest und stürmte zu Iugurtha.

»Schweig! Ich, der Volkstribun Gaius Baebius, befehle dir zu schweigen!«

Erleichtert klappte der König den Mund wieder zu, während es in seinen Augen spöttisch aufblitzte, als er zu Memmius hinüberschaute.

Der war außer sich vor Wut. Er wollte Baebius vom Podest werfen, wurde aber von Freunden daran gehindert.

»Du Schwein, du gekauftes Schwein!« brüllte er nur immer wieder, machtlos gegen das Veto, das der College gegen seine Initiative eingelegt hatte.

Noch eine Erbschaft

Vor Sullas Augen tanzten rote Punkte, am liebsten hätte er einen Knüttel aus dem hölzernen Podest herausgebrochen, um Iugurtha damit zu erschlagen. Aber der König war von seinen Getreuen schon in Sicherheit gebracht worden.

Als Sulla sein Elternhaus auf dem Quirinal erreichte, fand er Ancharia in großer Aufregung vor.

»Er lebt, er lebt«, rief sie immer wieder, und nur mühsam brachte Sulla in Erfahrung, daß sie ihren Mann, seinen Vater, meinte. Sullas Herz begann zu hämmern, das Blut brauste in seinem Kopf.

»Woher weißt du das? Wer sagt das?« stotterte er.

Ancharia nahm mit zitternden Händen eine Wachstafel von einem Tischchen.

»Geliebte Ancharia«, las Sulla, während ihm die Knie weich wurden, »ich hoffe, du verzeihst mir, daß du so viele Jahre kein Lebenszeichen von mir erhalten hast. Aber ich war lange Jahre in Gefangenschaft und konnte dir nicht schreiben. Jetzt bin ich frei, halte mich ganz in deiner Nähe auf. Da ich immer noch in großer Gefahr bin, kann ich nicht offen vor dich hintreten. Aber ich werde eine Lösung finden! Ich hoffe, du hast mir die Treue gehalten! In Liebe, dein Lucius.«

»Das ist ein übler Scherz«, rief Sulla empört und warf die Tafel auf den Boden. »Vater ist tot! Ich selbst habe seine Leiche auf dem Karren gesehen, und Sornatius auch.«

»Wer läßt sich so etwas einfallen? Wer will mich so ängstigen?«

In Sulla keimte ein Verdacht, aber er unterdrückte ihn schnell und forschte Ancharia nach dem Boten aus, der den Brief abgegeben hatte.

»Ich weiß nicht, wer es war. Meine Zofe, die den Brief annahm, sagte etwas von ›einem Kind‹, das dann schnell verschwand.«

»Wahrscheinlich hat der Verfasser einem Kind von der
Straße Geld in die Hand gedrückt; dann beobachtete er aus sicherer Entfernung, daß sein Auftrag ausgeführt wurde.«

Ancharias Blick ging ins Leere. Sulla merkte, daß sie ihm
nicht mehr zuhörte. Plötzlich stöhnte sie auf, griff nach ihrem
Herzen und rutschte vom Sessel.

Der griechische Arzt stellte einen Herzanfall fest, riet zu gro
ßer Ruhe und Schonung.

»Sie hatte schon seit längerem Probleme mit dem Herzen.
Jede weitere Aufregung könnte ihr Tod sein«, warnte der
Arzt. Sulla gab dem Hausverwalter die strenge Anweisung,
ihr keinen Brief mehr zu geben, falls noch einer kommen
sollte.

Einige Tage später ließ ihn Ancharia in ihr Schlafzimmer
rufen. Sie sah sehr blaß und schmal aus, aber ihre Augen
leuchteten ihn so klar und liebevoll an wie früher. Er küßte
sie zart auf den Mund und setzte sich dann neben das Bett.

»Ich habe dich rufen lassen, weil ich etwas Wichtiges mit
dir zu bereden habe«, begann sie, »wahrscheinlich war dieser
Brief ein Racheakt, obwohl ich nicht weiß, von wem. Aber
für mich ist er ein Zeichen, ein Wink der Götter. Ich habe
mich nämlich, seit der Brief kam, wieder so intensiv mit deinem Vater beschäftigt, daß ich jede Nacht von ihm träume.
Und immer das gleiche: Er steht lächelnd vor mir, nimmt
mich bei der Hand und sagt, daß ich ihm folgen soll. Mein
Platz sei bei ihm und nicht bei dir.«

Sulla stiegen die Tränen in die Augen; er griff nach Ancharias Hand und küßte sie heftig.

»Das darfst du nicht sagen«, rief er verzweifelt, »mein Vater ist tot! *Wir* gehören jetzt zusammen! Sind wir nicht glücklich, haben wir nicht eine schöne Zeit?«

Doch Ancharia lächelte nur:

»Nichts ist so zuverlässig und sicher wie das, was durch Träume gesagt wird. Dein Vater hat mich daran erinnert, daß du mein Sohn bist, zwar nicht mein leiblicher, aber ich habe dich großgezogen. Und dein Vater will, daß ich zu ihm komme. Ich bin bereit dazu! Zuvor muß ich noch etwas in Ordnung bringen: Ich habe in meinem Testament nur Cornelia bedacht, aber du bist mein Sohn und hast Anspruch auf den größten Teil des Vermögens. Laß bitte meinen Vater kommen, der weitere Zeugen mitbringen soll, so daß ich ein neues Testament aufsetzen kann.«

Ancharia vermachte Sulla eine halbe Million Sesterzen, ihrer Tochter Cornelia das Haus und eine viertel Million.

Zwei Tage später starb sie.

Sulla hatte nicht viel Muße zum Trauern; Rom war in Aufruhr; immer neue Ereignisse um den König Iugurtha erregten die Bürger.

Der Consul für das kommende Jahr, Spurius Postumius Albinus, hatte einen weiteren Enkel des Massinissa, der in Rom Zuflucht vor Iugurtha gesucht hatte, überredet, vom Senat die Königsherrschaft über Numidien zu erbitten. Als Iugurtha, der sich immer noch in Rom aufhielt, davon erfuhr, ließ er den Rivalen kurzerhand von einem seiner Getreuen ermorden. In der Plebs rumorte es gefährlich; ein solches Verbrechen, in Rom verübt, ging entschieden zu weit. Der Senat sah sich gezwungen, Iugurtha aufzufordern, Italien zu verlassen.

Nachdem die Mission des Numiderkönigs in Rom fehlgeschlagen war, er nicht durchgesetzt hatte, daß die Legionen abgezogen wurden, versuchte er, das Heer durch Bestechung zu besiegen. Er kaufte viele Centurios; ganze Cohorten von Bundesgenossen aus Ligurien und Thrakien liefen zu ihm über; einer der ranghöchsten römischen Hauptleute öffnete den Numidern sogar das Lager für einen nächtlichen Überfall.

Iugurtha diktierte den besiegten Römern einen schmählichen Frieden: Sie sollten innerhalb von zehn Tagen Numidien verlassen. Als diese Nachricht Rom erreichte, war es der Volkstribun Gaius Mamilius, der die Wut der Plebs ausnutzte, um gegen den Adel vorzugehen.

Memmius hatte sich nach der Niederlage vor Iugurtha kein zweites Mal wählen lassen; außerdem hatte er Höheres im Sinn und bereitete sich auf die Kandidatur zum Aedil vor.

Mamilius setzte beim Volk einen Antrag durch, wonach die Bestechungen durch Iugurtha von einer Kommission gründlich untersucht werden sollten. Die Untersuchungsrichter waren Senatoren, ihr Vorsitzender war – Marcus Scaurus!

Sulla staunte, als er davon erfuhr. »Wie hat dieser Fuchs das nur fertiggebracht?« fragte er seinen Freund Lucius Ahenobarbus, mit dem er jetzt wieder viel zusammen war.

Sie hatten sich gerade eine Rede des Anwalts Lucius Crassus angehört, in einer Streitsache um eine Erbschaft. Der Fall hatte Sulla nicht sonderlich interessiert, aber er mußte zugeben, daß Crassus wieder einmal glänzend formuliert und viel Witz versprüht hatte. Er gehörte inzwischen, erst 31 Jahre alt, zu den am meisten beschäftigten Anwälten von Rom. Die Leute rissen sich um ihn, und entsprechend selbstbewußt trat er auf.

Er übersah Sulla grundsätzlich, denn er hatte erfahren, welche Rolle der Cornelier bei der Anbahnung der Liebelei zwischen Memmius und Mucia gespielt hatte. Obwohl die Beziehung längst in die Brüche gegangen war, blieb er Sulla gegenüber nachtragend. Aus dem Rhetorikunterricht war natürlich auch nichts geworden.

»Persönlich kann ich Crassus zwar nicht mehr leiden, seine Arroganz geht mir auf die Nerven«, sagte Sulla zu Lucius, nachdem der Redner in einer Traube von Menschen grußlos an ihnen vorbeigerauscht war, »aber sein Redetalent muß ich anerkennen. Hätte ich mich frühzeitig auf dem Forum so im Reden geübt wie Crassus, sähe heute meine Zukunft nicht so düster aus!«

»Was soll die Melancholie!« versuchte Lucius ihn zu trösten, »du hast genügend Geld, du kannst leben, wie es dir gefällt, keiner macht dir Vorschriften. Nimm mich! Dauernd drängt mich mein Vater in die politische Laufbahn; nächstes Jahr schon muß ich für die Quaestur kandidieren. Und ich würde lieber mit dir – wie bisher – meine Tage im Theater, mit Schauspielern verbringen! Sulla, da kommt mir eine Idee: Du bewirbst dich auch für die Quaestur; wir machen gemeinsam Wahlkampf und helfen uns gegenseitig.«

Sulla sah ihn überrascht an. Tatsächlich hatte er in den vergangenen Monaten, seit ihn Ancharias Vermögen in die Lage versetzt hatte, einen kostspieligen Wahlkampf zu finanzieren, an eine politische Karriere gedacht.

Die alten Träume von der Macht, vom Glanz eines bedeutenden Amtes, vom Einzug auf das Forum als einer der Großen Roms – alle diese Jugendträume stiegen immer öfter hoch, quälten ihn und verleideten ihm manchen Tag.

»Würde dein Vater mich denn unterstützen?« fragte er vorsichtig, denn ohne die Hilfe eines hohen Adligen war selbst die Quaestur kaum zu erreichen. Der alte Lucullus, der ihm sicher die Wege geebnet hätte, war vor einigen Jahren gestorben.

»Wenn ich ihm sage, daß ich nur zur Wahl antrete, wenn er auch dir hilft, kann er nicht anders«, lachte der junge Ahenobarbus, »aber mir fällt etwas Besseres ein: Dein alter Freund Geta hat alle Chancen, Censor zu werden, zusammen mit Eburnus, und wenn du ihn um einen Gefallen bittest, wird er ihn dir nicht abschlagen. Aber ein anderes Problem sehe ich noch: Du brauchst eine Frau!«

Sulla nickte betrübt; für Lucius war es leicht gewesen, in den höchsten Kreisen eine Ehefrau zu finden, um die er sich aber kaum kümmerte.

Er, Sulla, stand jedoch so niedrig in der Achtung seiner Standesgenossen, daß an eine vorteilhafte Heirat nicht zu denken war.

Während er noch überlegte, bemerkte er, wie ein Strahlen über die rundlichen Züge seines Freundes zog. Sulla versuchte, seinem Blick zu folgen, doch da wurden ihm von hinten die Augen zugehalten:

»Kuckuck!« hörte er die vertraute hohe Stimme hinter sich, und gleich perlte auch das geliebte Lachen. »Nun rate mal, wer das ist!«

Der Cornelier wirbelte herum und befreite sich von den Händen auf seinen Augen.

»Metrobius«, rief er begeistert, »du bist ja noch schöner geworden!«

Der Schauspieler war jetzt 27 Jahre alt und wirkte bereits etwas verlebt, aber Sulla sah ihn mit den Augen der Liebe. Er stellte mit Genugtuung fest, daß die Bernsteine im Gesicht noch genauso koboldhaft funkelten, das braune lange Haar so seidig glänzte wie früher; daß sich das elegante grüne Seidenkleid, das von Goldfäden durchwirkt war, über den Knien so bauschte, daß die langen, schlanken Beine vorteilhaft zur Geltung kamen.

»Du siehst männlicher aus, Sulla, und das gefällt mir«, meinte Metrobius, während er anerkennend die schlanke Gestalt des Freundes musterte. »Wie alt bist du jetzt? 29? Nicht wahr? Deine Züge sind in den vier Jahren, die wir uns nicht mehr gesehen haben, schärfer geworden, deine Augen stechender. Aber sie funkeln immer noch so blau wie das Meer in Campanien, und deine Haare schimmern golden in der Sonne! Und deine Ohren stehen noch genauso ab wie früher«, lachte der Schauspieler, während er seinen Freund zärtlich am rechten Ohrläppchen zupfte.

»Und was hast du zu Lucius zu sagen?« fragte Sulla hastig, um von seinen abstehenden Ohren abzulenken. Außerdem schien Lucius gekränkt zu sein, weil ihn Metrobius bisher nicht beachtet hatte. Doch der Schauspieler meisterte sofort die Situation, indem er Ahenobarbus herzlich umarmte, ihn dann etwas von sich schob und betrachtete:

»Lucius hat zugenommen, aber das steht ihm gut!« stellte er fest. »Und sein Haar kommt mir rötlicher als früher vor!«

Lucius war offensichtlich mit diesem Kompliment zufrieden, denn die Verstimmung, die seine vorgeschobene Unterlippe angezeigt hatte, wich aus seinem Gesicht.

»Wo warst du während der ganzen Zeit?« platzte Sulla heraus. »Warum hast du mir nie geschrieben?«

»Ich habe dir geschrieben! Aber vielleicht hat Ancharia meine Briefe abgefangen und nicht an dich weitergegeben.«

Zorn wallte in Sulla auf.

»Hast du etwa den perfiden Brief an Ancharia geschrieben und damit ihren Herzanfall herbeigeführt?«

»Hatte sie einen Herzanfall? Das ist mehr, als ich zu hoffen wagte. Ich wollte sie eigentlich nur daran erinnern, daß du ihr Sohn bist und daß es unpassend ist, wenn es die Mutter mit ihrem Sohn treibt! Wie ich erfahren habe, hat sie das auch eingesehen und dich als Sohn in ihrem Testament bedacht.«

Er lachte, und die hohen melodischen Töne bezauberten Sulla wie früher; seine Wut verrauschte. Er zog Metrobius an sich.

Über die vergangenen vier Jahre war ihm nur wenig zu entlocken.

»Ich war viel unterwegs, habe längere Zeit in Athen gelebt und auch in Alexandria. Die Griechen in beiden Städten sind ein dankbares Publikum, das mein Spiel zu würdigen wußte wie kaum ein anderes.«

Das Lachen perlte wieder; das Thema schien für ihn erledigt, und Sulla wagte nicht, weitere Fragen zu stellen.

»Morgen abend spiele ich übrigens in der Komödie ›Amphitruo‹ des Plautus die Alcumena. Der Consul Quintus Metellus gibt ein Abschiedsfest in seinem Haus auf dem Palatin, und ich werde meinen Freund Aelius bitten, euch eine Einladung zu verschaffen. Aelius hat die angestaubte Komödie des alten Plautus etwas aufgepeppt; sie entspricht nun dem Geschmack unserer Zeit. Ihr werdet von mir begeistert sein; die Alcumena ist zu einer meiner Glanzrollen geworden. Also abgemacht, ich spreche mit Aelius, und ihr könnt mich dann morgen im Hause Metellus bewundern.«

Lucius lachte amüsiert: »Meine Familie ist bereits durch

Metellus persönlich eingeladen; ich wollte eigentlich nicht hingehen, weil Sulla keine Einladung bekommen hat.«

Das Gesicht des Corneliers verfinsterte sich; er war es nun schon seit vielen Jahren, seit die damaligen Censoren Ahenobarbus und Dalmaticus seine Stücke verboten hatten, gewohnt, daß er zu den Festen in den Palästen keine Einladungen mehr erhielt. Aber es kränkte ihn immer wieder.

Das generelle Verbot von Komödien war längst aufgehoben, doch die frivolen Possen blieben verpönt; man griff lieber zu Stücken von Plautus und Terentius, wenn auch in überarbeiteter, zeitgemäßer Form.

Als Bearbeiter dieser Dichter, vor allem von Plautus, tat sich der Ritter Lucius Aelius hervor, der den Beinamen Stilo, »Griffel«, führte, weil er vielen Adligen die Reden für das Forum verfaßte. Man munkelte, daß er sogar dem Consul Quintus Caecilius Metellus bei seinen Reden half, was Sulla nicht wunderte, denn auch dieser Meteller war nicht mit großen Geistesgaben ausgestattet. Allerdings galt er als korrekt und unbestechlich, was im käuflichen Rom viel bedeutete.

Der Höhenflug der Meteller hielt, mit kleinen Unterbrechungen, nun schon ein gutes Dutzend Jahre an. Der Dalmaticus, der ältere Bruder des derzeitigen Consuls, hatte eins der höchsten Ämter der Republik erlangt: Er fungierte seit fünf Jahren als Pontifex Maximus.

Als Oberpriester stand er einem Collegium von neun Priestern vor, die darüber zu wachen hatten, daß die vielen Vorschriften im öffentlichen wie im privaten Götterdienst penibel eingehalten wurden.

Die Römer waren Formalisten; bei jedem Gebet, Gelübde und Opfer waren die Worte seit alters her vorgeschrieben, die Gesten vorgegeben, und alles mußte in der gleichen Weise vollzogen werden, wie es die Vorfahren getan hatten. Wenn einem Priester bei einem Opfer für Iuppiter auch nur ein Versprecher unterlief, mußte die ganze Zeremonie wiederholt werden.

Die Priester mischten sich auch in das private Leben der Römer ein. Sie hatten beispielsweise dafür zu sorgen, daß bei der Bestattung der Ritus eingehalten und die Trauerzeit nicht übermäßig in die Länge gezogen wurde.

Ihre wesentliche Aufgabe lag allerdings im öffentlichen Bereich: Die Fest- und Feiertage standen unter ihrer Regie, außerdem der Kalender, der mit dem tatsächlichen Sonnenjahr durch das Einfügen von Schalttagen in Einklang gebracht werden mußte.

Die Priester hatten auch die Annalen zu führen, das heißt die wichtigsten Ereignisse des Jahres auf Tafeln festzuhalten, die in der Regia, dem Amtssitz des Oberpriesters, aufbewahrt wurden. Sie mußten sich in Rechtsfragen auskennen; ihre Gutachten besaßen großes Gewicht bei Prozessen.

Ihr politischer Einfluß war bedeutend, denn sie hatten es in der Hand, Vorzeichen so zurechtzubiegen, als »Willen der Götter« auszulegen, daß sich die Plebs ihnen beugen mußte.

Die Tochter des Oberpriesters war die kleine Metella, die Sulla seinerzeit auf dem Forum mit ihren altklugen, unverschämten Bemerkungen gereizt hatte. Inzwischen waren sie aber gute Freunde; Sulla traf sie häufig im Haus der Popilier, wenn er seine Tochter besuchte, um die er sich, seit er Ancharia und seine Stiefschwester wiedergefunden hatte, verstärkt kümmerte.

Die Metella war jetzt 13 Jahre alt, sehr frühreif und versuchte alles, was männlich war, in ihre Fänge zu locken. Nach wie vor umschmeichelte sie Marcus Scaurus, den Ersten Senator, der fast 55 Jahre alt war. Wie sie Sulla berichtete, nahm Scaurus sie schon seit einiger Zeit nicht mehr auf seinen Schoß, aber er streichelte ihr gern die nur mühsam gebändigte Lockenpracht und gelegentlich, wenn sie allein waren, auch die kleinen Brüste.

Sullas Tochter Cornelia, die sich leider zu keiner Schönheit ausgewachsen hatte – dazu waren die Ohren zu groß und die Nase an der Spitze zu dick –, hörte sich gutmütig die Erzählungen ihrer Freundin an. Sie hatte die Rolle der Vertrauten

und Beraterin angenommen und schien sich damit zufrieden-
zugeben.

Nur wenn Metella zu heftig mit Sulla flirtete, regte sich in
ihr die Eifersucht, und sie versuchte dann, den Vater mit einem ernsthaften Gesprächsthema von der verführerischen
Freundin wegzulocken.

DRITTER TEIL

Der lange Weg zur Macht

Bei den Metellern

Metrobius hatte nicht übertrieben: Der Einfluß des »Griffels« Aelius auf den Consul Metellus war offenbar groß genug, um Sulla zu einer Einladung in den Palast auf dem Palatin zu verhelfen. Als er am nächsten Tag gemeinsam mit Lucius Ahenobarbus die Gasse zum Nobelhügel Roms hinaufstieg, erinnerte er sich an eine witzige Bemerkung des Iuliers Strabo, des »Schielers«, die vor kurzem in Rom die Runde gemacht hatte.

Gaius Strabo, inzwischen 17 oder 18 Jahre alt, war für den Numidienfeldzug, den Quintus Metellus in diesem Jahr zu beenden hoffte, gemustert worden. Offensichtlich hatte Strabo keine Lust, Soldat zu werden. Er hegte, wie Sulla, eine große Leidenschaft für das Theater, schrieb auch witzige, kleine Stücke, die er häufig dem Cornelier zur Begutachtung vorlegte.

Strabo hatte sich der Aushebung zu entziehen versucht, indem er sich für kriegsuntauglich erklärte: »Ich bin kurzsichtig!«

»Du siehst also nichts?« forschte der Consul Quintus Metellus, der die Aushebungen leitete. Der junge Witzbold Stra-

329

bo antwortete: »Nur in die Weite: So sehe ich vom Esquilinischen Tor aus deine prächtige Villa!«

Dieses Landhaus lag in Tibur, 20 Meilen vom Tor auf dem Esquilin entfernt, und übertraf in Größe und Ausstattung die Landvillen der anderen Adligen. Ganz Rom platzte vor Neid auf diesen Prachtbau, und der Ausspruch Strabos wurde viel belacht.

Als Sulla das Atrium des Palastes des Metellers betrat, blieb er verblüfft stehen: Die Halle war riesig; an den Wänden liefen bunte Fresken, Darstellungen aus der griechischen Mythologie, entlang; der Boden war mit einem Mosaik bedeckt, in dem sich Steinchen um Steinchen zu Ornamenten zusammenfügte. In den meisten anderen Häusern waren bloß einzelne Splitter in den Boden eingelassen.

Der Consul stand in der Halle und begrüßte die eintretenden Gäste. Fast alle kannte er persönlich, nur Sullas Namen mußte ihm der Nomenclator zuflüstern.

»Ich wußte gar nicht, daß bei den Corneliern ein Zweig ›Sulla‹ existiert«, stellte er fest, nicht unfreundlich, aber Sulla fühlte sich tief verletzt und wäre am liebsten hinausgelaufen. Da bekam er unversehens Hilfe.

»Du hast aber ein schlechtes Gedächtnis, Onkel Quintus«, hörte er die kindliche Stimme der Caecilia Metella. Die Umstehenden machten ihr Platz, und sie stellte sich wie beschützend neben den Cornelier und griff nach seiner Hand.

»Sulla ist der Vater von meiner Freundin Cornelia, die du schon oft in unserem Haus gesehen hast!«

»Ich dachte, sie käme aus dem Zweig der Lentuler«, sagte der Consul, etwas verlegen, »ich weiß nicht wieso, aber irgendwie hat sich mir eingeprägt, daß deine Cornelia zu den Lentulern gehört.«

Sullas Hände wurden feucht, aber als er die hämischen Gesichter der anderen Gäste bemerkte, straffte er sich und hob den Kopf:

»Der alte Lentulus war mein Mentor!«

Der Consul lachte erfreut:

»So war das! Ich hatte doch recht, daß deine Cornelia irgendwie mit den Lentulern zusammenhängt.«

Die Audienz war beendet, und Metellus wandte sich einem anderen Gast zu.

Metella hielt weiter Sullas Hand fest und lächelte ihn an:

»Mach dir nichts draus. Onkel Quintus ist sehr nett, aber er hat kein gutes Gedächtnis. Wenn du erst Consul bist, wird er sich bestimmt an dich erinnern. Wie lange dauert es, bis du Consul wirst? Ich heirate nämlich nur einen Consul oder einen Consular, das bin ich der Familienehre schuldig!«

Sulla schmunzelte und wunderte sich, wie es der Kleinen wieder einmal gelungen war, ihn mit ihren altklugen Bemerkungen zu erheitern.

»Dabei ist sie gar nicht mehr so klein. In zwei Jahren wird sie 15 und kann heiraten!« dachte er.

Laut sagte er, und seine blauen Augen blitzten vor Schalk:

»Bis zum Consul brauche ich noch 14 Jahre, und dann bist du alt und häßlich, und ich muß mich nach einer Jüngeren umsehen. Wenn du mich haben willst, mußt du mich ohne Consultitel heiraten.«

Sie überlegte einen Augenblick, dann leuchteten ihre Augen auf:

»Vielleicht könntest du eine Heldentat vollbringen, so etwas, worüber ganz Rom spricht und was noch nach Jahrhunderten in den Schulbüchern steht, wie die Sache vom Horatius Cocles, der die Etrusker nicht nach Rom gelassen hat!«

»Ach, das lernt ihr immer noch?« lachte er. »Aber deine Idee mit der großen Tat gefällt mir. Ich werde darüber nachdenken!«

Eine laute, rauhe Stimme schlug an sein Ohr; er hörte dröhnendes Gelächter und sah, wie der Consul Metellus dem Gaius Marius, seinem alten Feind, vertraulich auf die Schulter klopfte. Dann begrüßte der Consul ehrerbietig die junge Frau des Marius, Iulia, eine Cousine seiner Ilia.

Sulla hatte flüchtig davon gehört, daß dem Bauern Marius aus Arpinum im vergangenen Jahr der Einstieg in die vornehme Familie der Iulier geglückt war; offensichtlich mit Hilfe des Quintus Catulus, seines Waffengefährten von Numantia.

Catulus war in diesem Jahr Praetor und verwaltete als Statthalter Sicilien. Von Domitia hatte er sich scheiden lassen und eine Servilia aus dem Clan der mit den Metellern verbündeten Servilier geheiratet, weil er sich dadurch bessere Chancen bei seiner Bewerbung für die Praetur ausgerechnet hatte.

Doch das Ansehen des Adels hatte zu dem Zeitpunkt, als Catulus zum Praetor aufsteigen wollte, einen solchen Tiefpunkt erreicht, daß ungeheure Summen aufgebracht werden mußten, um die Gunst der Plebs zu erkaufen. Catulus verfügte nicht über solche Reichtümer, und so schien seine Kandidatur aussichtslos.

Bis Gaius Marius ihm unter die Arme griff und das Volk überzeugte, dem Catulus auch ohne viel Geld zahlreiche Stimmen zu geben.

Denn Marius, der ehemalige Volkstribun, der den Mächtigen die Stirn geboten hatte, stand hoch in der Gunst der Plebs. Im selben Jahr wie Scaurus das Consulat hatte er die Praetur erlangt, danach das südliche Hispania verwaltet. Er hielt sich mit Räubereien zurück, befleckte sich nicht die Hände. Sein Ruf als aufrechter, integrer Mann des Volkes festigte sich dadurch weiter; schlau hielt er sich während der folgenden Jahre zurück, als sich die Popularen und die Optimaten wegen der Bestechung durch Iugurtha bekämpften.

Als Saubermann stapfte er durch Rom, ließ sich von der Plebs bejubeln, ohne sie jedoch gegen den Adel aufzuhetzen, wie es die anderen Volkstribune taten. Diese Haltung verhalf ihm zu einer außerordentlichen militärischen Position: Der Consul Quintus Metellus ernannte ihn zu seinem Legaten im neuen Numidienfeldzug.

Die Achtung des hohen Adels hatte Marius zudem durch die Heirat mit Iulia gewonnen, der Tochter jenes Gaius Iulius Caesar, der in den Stammbaum der Gens Iulia die Venus hineingeflochten hatte. Und diese Verbindung wiederum war von Quintus Catulus und seiner energischen Mutter Popilia angebahnt worden, deren verstorbener Ehemann ein Vetter des Gaius Caesar gewesen war.

Als Popilia nämlich erkennen mußte, wie wacklig es um die Praetur ihres ältesten Sohnes Quintus stand, erinnerte sie sich an die alte Leidenschaft des Gaius Marius für ihre Tochter Iulia, Sullas Frau. Sie hoffte, daß der beliebte Volksmann für die Tochter Iulia ihres Vetters ebenso entflammen würde.

Marius tat es. Der Name »Iulia« reichte aus, um seine Gefühle in Schwingungen zu versetzen; das kleine, blasse Persönchen, das in nichts an die Ahnfrau Venus erinnerte, nahm er nur schemenhaft wahr. Schwieriger war es für Popilia, ihren Verwandten Gaius Caesar für eine Verbindung mit einem Mann aus dem Ritterstand und aus Arpinum zu erwärmen. Aber auch hier half das hohe Renommee des Marius bei der Plebs, denn der Adel hatte in jenen Jahren Furcht vor dem Volk.

Die Römer hatten durchgesetzt – auf einen Antrag des Volkstribunen Gaius Mamilius hin –, daß von Iugurtha bestochene Optimaten in die Verbannung geschickt wurden; so die Feldherren Lucius Bestia und Spurius Albinus sowie der Consular Lucius Opimius, der vor sieben Jahren Numidien zugunsten Iugurthas aufgeteilt hatte.

Nur einer kam aus diesem Verfahren nicht nur mit heiler Haut heraus, sondern gewann sogar an Ansehen und Macht: Marcus Scaurus, der Erste Senator, der als Vorsitzender der Untersuchungskommission mit Strenge und Härte gegen seine Standesgenossen vorgegangen war, was ihm die Plebs hoch anrechnete.

Das Volk kostete diesen Sieg über den Adel aus; und wen das Volk schätzte und liebte, den mußte auch der Adel akzeptieren. So konnten es sich die Iulier nicht leisten, einen Gaius Marius, der sich in der Gunst der Plebs sonnte, als Schwiegersohn zu verschmähen. Es gelang Popilia in vielen Gesprächen, ihrem Verwandten Gaius Caesar zu dieser Erkenntnis zu verhelfen. Marius heiratete also Iulia, und Catulus wurde Praetor.

Und nun stand Marius auf seinen kräftigen Beinen im Atrium des Hauses des Consuls Metellus als geachteter und geschätzter Legat des Metellus.

»Wie sich die Zeiten ändern«, dachte Sulla, und Verzweiflung überkam ihn, als er seine geringfügige Existenz und schlechtangesehene Person mit der seines Kontrahenten Marius verglich. Natürlich übersah ihn der Legat, als er später weitere Gäste begrüßte, wandte ihm sogar demonstrativ den Rücken zu, als Metella Sulla zu ihren Freundinnen Iulia und Aurelia zog, der Verlobten von Iulias Bruder Gaius.

»Iulia, komm her zu mir. Mit diesem Komödianten redest du kein Wort«, herrschte Marius seine Frau an, die klein und eingeschüchtert sofort hinter ihm herlief.

»Was hat der denn mit deiner Schwester angestellt, daß sie sich wie ein Hündchen benimmt?« rief Metella mit ihrer hohen Stimme so laut, daß Marius, der sich mit seiner Frau schon entfernt hatte, es hören mußte. »Dieser Marius kommt nicht aus unseren Kreisen und behandelt deine Schwester Iulia wie eine aus der Plebs!«

Iulias älterer Bruder Gaius Caesar, den Metella angesprochen hatte, wurde flammend rot, schwieg aber und sah hilfesuchend zu seinem Freund Quintus hinüber, dem 19jährigen Sohn des Consuls.

Quintus lachte. »Metella scheint einen neuen Schützling zu haben«, sagte er gehässig, »diesen Komödianten hat sie vorhin schon, als ihr noch nicht da wart, verteidigt. Schäm dich, Cousinchen, die Tochter des Oberpriesters sollte besser darauf achten, mit wem sie Umgang hat!«

»Da hat er recht!« ertönte die kalte Stimme des Marcus Scaurus, der sich der Gruppe genähert hatte. Scaurus hatte übrigens in diesem Jahr einen weiteren Gipfel der Macht erreicht: die Censur. Er nahm Metella bei der Hand, und über seine starren Züge glitt ein Lächeln.

»Wie schön du wieder bist, du meine Sonne. Laß uns ein wenig plaudern, ich höre so gern deine Stimme«, und Scaurus zog das Mädchen mit sich fort, das im Weggehen Sulla noch einen koketten Blick über die Schulter zuwarf.

»Da siehst du, Sulla«, sagte Quintus Metellus, der Sohn, hämisch, »mit einem Scaurus kannst du natürlich nicht konkurrieren! Aber nachdem wir nun wissen, daß die Freundin Cornelia keine Lentulus, sondern nur eine Sulla ist, werden wir dafür sorgen, daß Metella deine Tochter nicht mehr sieht. Eine Sulla ist wirklich kein Umgang für eine Metella!«

Sulla drehte sich um und strebte, so schnell es seine Toga zuließ, dem Ausgang zu. Er fühlte eine Berührung am Ärmel und versuchte unwillig, sich loszureißen.

»Junger Mann, gönne doch diesem Schnösel nicht den Triumph, dich aus dem Haus getrieben zu haben«, hörte er eine warme, liebenswürdige Stimme hinter sich. Als er sich umdrehte, sah er in die freundlichen Augen eines etwa 40jährigen Mannes, den er öfter im Gefolge des Consuls gesehen hatte, wenn dieser über das Forum schritt.

»Du mußt Lucius Aelius sein!«

»Ganz recht, genannt Stilo, der ›Griffel‹, weil viele Leute es schätzen, wenn ich die Reden für sie verfasse. Warum schreibst du keine Reden, Sulla, du hast doch Talent, viele deiner Satiren haben mir gut gefallen!«

»Du erinnerst dich noch? Das ist doch schon Jahre her«, sagte Sulla wegwerfend, und er machte erneut einen Schritt in Richtung des Ausgangs, um diesem Haus zu entfliehen.

»Sulla, jetzt hör mir gut zu!« Stilo hatte ihn wieder am Ärmel gepackt und blickte ihm fest in die Augen: »Wenn du den Rat eines älteren Mannes, den es im Leben viel umgetrieben hat, hören willst: Bleib da, überschütte sie alle hier, den unverschämten Sohn Quintus, den Tölpel Marius, den arroganten Scaurus, mit deiner ganzen Liebenswürdigkeit. Laß es dir nicht anmerken, wie sehr sie dich gekränkt haben. Stell dir einfach vor, daß einmal auch *deine* Stunde kommt und sie dann vor dir kriechen müssen. Was meinst du, was ich für Widerwärtigkeiten von diesem Sohn Quintus habe schlucken müssen! Ich lache ihn dann freundlich an und denke mir, daß Quintus noch genügend schwarze Stunden erleben wird. Die Götter werden ihn strafen, da bin ich mir ganz sicher.«

Sulla befolgte den Rat des Stilo und amüsierte sich sehr auf dem Fest. Er versprühte so viel Charme, daß es ihm sogar gelang, die Metella von Scaurus wegzulocken, aber in großmütiger Stimmung nahm er sie bei der Hand und führte sie dem Ersten Senator und Censor wieder zu.

Er umschmeichelte den jungen Quintus Metellus, indem er dessen plumpe Gestalt mit der eines Adonis verglich und ihm versprach, ihn nach dem Fest zu einer Hetäre zu bringen, denn Quintus schäumte vor überschüssiger Kraft und verfolgte alles, was weiblich war, mit gierigen Blicken.

Er rührte die junge Iulia, indem er ihr von seiner Liebe zu der verstorbenen Cousine erzählte, und bat sogar Marius, der sofort herbeieilte, als er seine Frau im vertraulichen Gespräch mit Sulla erblickte, um Verzeihung, falls er ihn früher mit kindischen Äußerungen gekränkt haben sollte.

Doch Marius starrte ihn nur mürrisch an, murmelte »Speichellecker!« und zog die junge Frau fort. Sulla hörte sie allerdings noch sagen: »Was hast du gegen den Cornelier? Er ist sehr nett, und er hat meine Cousine doch so geliebt!«

Auch Stilo hatte diese Bemerkung gehört, und er lächelte Sulla mit Verschwörermiene zu. Er war mit einem jungen Mädchen zu Sulla gekommen und stellte es als seine Verwandte Aelia vor. Sie war ungefähr 20 Jahre alt und hatte ein freundliches, intelligentes Gesicht. Aber das war auch alles, was man an Schmeichelhaftem über sie sagen konnte. Ihre Nase war zu groß, das Kinn zu spitz und die Gestalt zu hager.

»Das ist also der Sulla mit den berühmten Possen«, rief sie, und ihr Ton hatte etwas Kumpelhaftes, »mich wundert es nicht, daß dir Marius spinnefeind ist, du hast ihn damals – beim Fest bei den Lucullern – ja gehörig heruntergeputzt!«

»Warst du denn auf diesem Fest?« wunderte sich Sulla,

denn wie er das junge Mädchen einschätzte, war es nicht der Typ für die lockeren, losen Feste jener schönen Jahre.

»Nein, nein«, antwortete auch gleich Stilo, »an solchen ausschweifenden Vergnügungen hätte Aelia keinen Gefallen gefunden. Sie liebt die soliden Komödien wie die von Plautus und Terentius und hilft mir auch beim Überarbeiten.«

Er wandte sich zu seiner Verwandten: »Aelia, geh doch bitte zu den Schauspielern und sieh nach, ob sie noch Fragen zum Text des Stückes haben. In einer Stunde beginnt die Aufführung!«

Aelia nickte und strebte eilig dem Peristyl zu, wo das Stück gespielt werden sollte.

»Ich wollte mit dir ungestört sprechen«, begann Stilo, während er sich mit einem Blick überzeugte, ob das Mädchen auch wirklich verschwunden war, »und ich will nicht lange drum herumreden: Aelia sucht einen Mann – sie ist schon seit fünf Jahren im heiratsfähigen Alter –, und du brauchst eine Frau, wenn du zur Quaestur kandidieren willst, wie ich gehört habe. Warum tut ihr beide euch nicht zusammen?«

Sulla schluckte, an eine Frau wie Aelia hatte er bei seinen Heiratsplänen eigentlich nicht gedacht. Da er Stilo nicht kränken wollte, schob er Metrobius als Hinderungsgrund vor.

»Das kann ich Metrobius wirklich nicht antun«, rief er und verdrehte die Augen dabei, »gerade erst haben wir uns wiedergefunden, leben erneut zusammen – und jetzt soll ich ihn mit einer Ehefrau aus dem Haus treiben!« Stilo lachte und klopfte Sulla leicht auf die Schulter:

»Ich weiß natürlich von deiner Liebe zu Metrobius; als er mich bat, dir zu der Einladung beim Consul zu verhelfen, hat er mir in aller Offenheit davon erzählt. Und Aelia macht sich nichts aus Männern, sie liebt *Frauen* – ihr würdet also gut zusammenpassen!«

Sulla war etwas verwirrt über die Wendung, die das Gespräch nahm. »Warum bist du denn so begierig, Aelia zu verheiraten?« erkundigte er sich.

»Je älter sie wird, um so mehr reißt sie die Zügel in meinem Haushalt an sich«, erzählte Stilo. »Sie lebt schon seit sechs Jahren bei mir, sie ist die Tochter eines verstorbenen Verwandten. Als ich sie zu mir nahm, hatte ich gedacht, sie würde in Kürze heiraten, aber bald merkte ich, daß sie mit Männern nichts im Sinn hat. Jahrelang ging es ganz gut mit ihr; sie half mir bei der Arbeit, sie ist nicht nur gebildet, sondern auch intelligent. Jetzt will ich aber selbst heiraten – der Consul Metellus hat es mir nahegelegt, damit unsere Freundschaft nicht ins Gerede kommt –, und zwei Frauen in meinem Haushalt, davon eine so stark, wie Aelia es ist, könnte ich nicht ertragen.«

»Und mir mutest du Aelia zu?« grinste Sulla.

»Sie wird dich und Metrobius nicht stören, sie kennt es ja von mir, daß ein Mann einen anderen liebt; nur gegen eine Frau im Haus, die keine Lesbe ist, hat sie etwas. Überleg dir die Sache, Sulla, ich sehe nur Vorteile für uns alle – für dich, für mich, für Aelia.

Und noch etwas, was dir gefallen wird: Sie bringt eine schöne Mitgift in die Ehe, eine viertel Million Sesterzen, du kannst dir also den Wahlkampf zur Quaestur etwas kosten lassen.«

Dieses Argument gab den Ausschlag. Sulla nickte anerkennend, als er die Höhe der Mitgift erfuhr, und willigte in die Heirat ein.

Die Kimbern in Rom

Sulla gab ein großes Fest in seinem Hause, als Aelia als Ehefrau bei ihm einzog: Er verstreute wieder Nüsse, rief begeistert »Talassio« und nahm die Braut aus dem Arm des Brautführers entgegen. Er folgte ihr auch ins gemeinsame Schlafzimmer, schloß sorgfältig die Tür hinter sich und gab ihr einen flüchtigen Kuß auf die Wange.

Aelia lag nicht auf dem Bett ausgestreckt, sondern saß in einem Sessel. Neben ihr hatte es sich ihre derzeitige Freun-

338

din, eine Arria, bequem gemacht, die Tochter eines reichen Ritters, die von Sulla artig begrüßt wurde. Sie wechselten einige belanglose Worte, dann verschwand Sulla durch eine Nebentür und schlich sich in das Zimmer des Metrobius.

Oft begleitete ihn Aelia auf das Forum, und sie wandelten – Arm in Arm – auf dem Platz auf und ab oder gingen auf der Via Sacra spazieren, wo sie sich die Auslagen vor und in den Luxusläden ansahen – die elegante Kleidung, den Schmuck, das kostbare Mobiliar. Viele Läden dort verkauften die für die Gelage so begehrten Kränze, andere frisches Obst, mit dem sich die Flaneure, die sich auf dieser beliebten Promenade die Zeit vertrieben, gern erfrischten.

Eines Tages im Frühsommer, als Sulla und Aelia wieder einmal auf der Via Sacra von Geschäft zu Geschäft wanderten, merkten sie, daß das Menschengewimmel auf der Straße und auf dem Forum in Bewegung geriet und in Richtung Comitium zu strömen begann.

»Irgend etwas Aufregendes tut sich bei der Curia«, meinte Aelia, »komm, das dürfen wir nicht verpassen!«

Sie schoben also und drängten mit, bis sie die Curia erreichten. Sulla blieb vor Schreck der Mund offenstehen, als er die Männer erkannte, die sich vor dem Eingang des Senatsgebäudes mit einigen Senatoren unterhielten.

»Das ist ja Boiorix mit seinen Freunden!« stammelte er verblüfft.

»Gallier?« fragte Aelia. »Was ist denn an Galliern so Besonderes? Es leben doch so viele in Rom!«

»Es sind die Kimbern, die uns bei Noreia so schwer eins aufs Haupt gegeben haben! Und jetzt sind sie in Rom, oder Gesandte von ihnen, und unterhalten sich ganz friedlich mit unseren Senatoren, als seien Kimbern und Römer die besten Freunde!«

Tatsächlich war die Delegation der Kimbern, unter Führung von Boiorix und eines Teutoboduus, in friedlicher Absicht nach Rom gekommen. Die Kimbern waren nach ihrem Sieg über die Römer bei Noreia wieder nordwärts gezogen, denn die Worte des Königs der Skordisker, daß sie viel Gold brauchten, um den Senat in Rom zu kaufen, hatten sich ihnen tief eingeprägt. Da es ihnen nach der Schlacht nicht klargeworden war, daß sie die Römer besiegt hatten, wagten sie nicht, das »goldene Noreia« anzugreifen und die Goldsteine aus den Palästen herauszubrechen. Sie kamen in ein weites Tal, dem sie folgten und das sie wieder in den Norden brachte. Als sie auf das Gebiet der Helvetier stießen, wurde über den Durchzug verhandelt und anschließend alles, was eßbar war, abgeräumt.

Sie waren nun schon seit acht Jahren unterwegs; Italien schien in weite Ferne gerückt, und es mehrten sich die Stimmen, die diesen unglückseligen Zug verfluchten. So wurde der Beschluß gefaßt, wieder in die Heimat zurückzukehren, die sie in der Nähe wähnten. Doch der Weg zog und zog sich; ein Sommer verging und ein Winter, den viele Alte und kleine Kinder in den feuchten Erdlöchern oder zugigen, kalten Hütten nicht überlebten.

Während die Germanen in den ungemütlichen Behausungen hockten und die warme Jahreszeit herbeiflehten, griff die Sehnsucht nach dem sonnigen Süden wieder um sich, und der Beschluß, heimwärts, in den kalten Norden zu marschieren, wurde umgeworfen. Das fiel ihnen um so leichter, als sie kurze Zeit nach ihrem Aufbruch im Frühjahr auf andere Stämme aus dem Norden, die Teutonen und die Ambronen, stießen, die auf dem Weg in den Süden waren und ihnen berichten konnten, wie weit sie noch von der alten Heimat entfernt waren.

Die Teutonen und die Ambronen hatten von Kaufleuten die Wahrheit über Noreia erfahren, den eindeutigen Sieg der Kimbern, und sich sofort auf den Weg in den Süden gemacht, weil sie glaubten, ihre Landsleute hätten den Zugang nach Italien freigekämpft und das sonnige Weinland stünde nun allen Menschen offen, die dort hinwollten.

Nach einigen Beratungen kamen die Germanen zu der Entscheidung, gemeinsam neue Plätze zum Siedeln im Süden zu suchen. Die Teutonen waren der Meinung, daß sie sich notfalls mit Gewalt Land erobern sollten, doch die Kimbern, die immer noch nicht davon überzeugt waren, daß sie den Römern eine Niederlage beigebracht hatten, wiegelten ab und hielten an dem Plan fest, Rom mit Gold zu kaufen.

Zwei Jahre lang fraß sich der Lindwurm, dessen Schwanz immer länger wurde, durch die keltischen Landschaften, bis er den Rhodanus erreichte, die nördliche Grenze der römischen Provinz.

Das versetzte Rom in Alarmbereitschaft; der Senat faßte den Beschluß, den Collegen des Quintus Metellus, den Consul Marcus Iunius Silanus, mit Legionen in den Norden zu schicken, um einen möglichen Einfall der Kimbern und Teutonen nach Italien zu verhindern.

Marcus Silanus sperrte den Zugang zur Provinz und wartete ab. Wieder erschien eine Gesandtschaft im Lager der Römer, und wieder baten die Germanen um Land. Als der Consul, ein besonnener Mann, merkte, daß die Kimbern und Teutonen einen Kampf vermeiden wollten, es ihnen wirklich um Plätze zum Siedeln ging, schickte er sie nach Rom. Sollte doch der Senat dieses Problem lösen!

Und nun war die Gesandtschaft der Hünen aus dem Norden in Rom angelangt und wartete darauf, von den Senatoren, den 300 Königen, wie sie sie nannten, angehört zu werden. Als sie die Curia betraten, staunten sie über die Pracht des Inneren, die Größe des Raumes, die Fresken, die die Wände bedeckten. Die Mauern ihrer Häuser, die sie verlassen hatten, bestanden aus Flechtwerk und waren mit Lehm beworfen.

Die Germanen blickten in die arroganten und kalten Gesichter der Senatoren und spürten die Verachtung dieser »Könige« für alle, die keine Römer waren. Trotzdem brachten sie selbstbewußt ihr Anliegen vor:

»Warum habt nur ihr Römer das Recht, in einem Land mit viel Sonne zu wohnen, in dem das Leben leicht ist?«

Als der Dolmetscher diese Frage übersetzt hatte, antwortete Marcus Scaurus mit unbewegtem Gesicht:

»Weil die Götter uns dieses Land gegeben haben! Iuppiter, der größte und beste aller Götter, wohnt in Rom auf dem Capitol, wir werden euch später seinen Tempel zeigen, und er will nur Römer in dieser Stadt sehen!«

»Unser Gott Wodan ist auch ein großer Gott, und er kann genausogut auf dem Hügel dort wohnen, aber nicht im Tempel, wir sperren unsere Götter nicht in Häuser!«

Die Senatoren erschauerten bei der Vorstellung, daß der blutgierige Gott dieser Barbaren auf dem Capitol seinen Sitz nehmen könnte. Ihnen waren grausige Geschichten zu Ohren gekommen; Erzählungen darüber, wie die Ungeheuer aus dem Norden ihre Gefangenen in jenen Bäumen aufknüpften, die ihrem Gott heilig waren.

Marcus Scaurus beendete schnell das Thema über einen fremden Gott, der sich auf dem Capitol breitmachen wollte, und erklärte den hünenhaften Gestalten, daß in Italien nicht mal *ein* Iugera zum Siedeln frei wäre.

»Und wenn wir euch viel Gold geben?« fragte Boiorix direkt.

»Auch dann nicht! Außerdem sind wir reich, wir brauchen euer Gold nicht! Und ihr habt ja auch keins!« beschied ihm Scaurus mit strenger Miene.

»Wir könnten für euch Krieg führen! Unsere Krieger sind die besten der Welt!« prahlte Teutoboduus.

Den Senatoren lief eine Gänsehaut über den Rücken; auf solche wilden, rohen Bundesgenossen, die niemals etwas von römischer Disziplin begreifen würden, wollten sie sich nicht verlassen.

Das Gespräch ging noch eine Weile hin und her, dann wurden die Kimbern und Teutonen freundlich verabschiedet und von einigen Senatoren durch Rom geführt.

Am nächsten Tag reiste die Delegation ab. Als die Germanen nach einigen Wochen ihre Landsleute im Lager am Rhodanus erreichten, trafen sie auf Hunderttausende, die kaum zu bändigen waren. Während der Abwesenheit der Gesandten hatte sich die Meinung bei allen Zurückgebliebenen verfestigt, daß es sofort nach Italien, in die neue Heimat gehen würde. Die Enttäuschung über die negativen Nachrichten machte sich in wilden Tumulten Luft.

Der Consul Silanus erfuhr davon und befürchtete einen Angriff, dem er zuvorkommen wollte. Er gab, ohne vom Senat dazu befugt zu sein, den Befehl zum Sturm auf das Lager der Nomaden.

Er traf damit eine verhängnisvolle Entscheidung: Wie in Noreia waren die Römer der Kraft und Gewalttätigkeit des Naturvolkes nicht gewachsen. Alle Legionen wurden aufgerieben.

Hilfe bei der Wahl

Bei seiner Bewerbung für die Quaestur bekam Sulla unerwartete Hilfe:

Der Censor Marcus Livius Drusus, der College des Scaurus, bot ihm an, ihn bei seiner Bewerbung zu unterstützen.

Sulla schlenderte wieder einmal als verliebter Ehemann mit Aelia am Arm die Via Sacra auf und ab, als er die lauten Rufe von Sklaven hörte:

»Macht Platz für den Herrn! Macht Platz für den Censor Drusus!«

Wie alle anderen Passanten gingen er und Aelia brav beiseite, um Drusus mit seinem großen Gefolge vorbeiziehen zu lassen. Sulla bemerkte, daß der Blick des Censors auf ihm haftenblieb, und sah ihn dann einige Worte zu einem seiner Schüler sagen, der neben ihm ging. Kurze Zeit später kam ein Sklave aus dem Zug des Drusus zu ihm gelaufen.

»Du sollst morgen früh in das Haus des Censors kommen!«

Schon zur ersten Stunde fand sich Sulla im Haus des Drusus ein, der seinen Wohnsitz natürlich im Nobelviertel Palatin hatte. Drusus gehörte zu den reichsten Männern Roms; das große Vermögen, das er von seinem Vater geerbt hatte, konnte er im Dienste des römischen Volkes noch erheblich vermehren.

Während seines Consulats vor drei Jahren, ein Jahr nach der römischen Niederlage bei Noreia, hatte das kriegslüsterne Bergvolk der Skordisker wieder die römische Provinz Makedonien bedroht. Der Senat beauftragte den Consul Drusus, dort Ordnung zu schaffen – was nicht einfach war. Drusus schlug sich fast drei Jahre mit den Skordiskern herum und erreichte als erster römischer Feldherr einen großen Fluß im Norden, den die Römer später Danubis nannten.

Eine völlige Unterwerfung oder gar die Ausrottung dieses wilden Volkes gelang ihm nicht; aber er konnte die Skordisker von den Grenzen Makedoniens wegdrängen und der Provinz Ruhe verschaffen. Als er nach Rom zurückkehrte, war er mit Schätzen beladen, die er sowohl den Feinden wie den Untertanen in seiner Provinz geraubt hatte. Er wurde zum Censor gewählt und galt nun als einer der einflußreichsten Männer Roms.

Nach nicht sehr langer Wartezeit wurde Sulla von einem Diener ins Tablinum geführt. Drusus erhob sich und begrüßte ihn zuvorkommend.

»Ich habe dich rufen lassen«, sagte er ohne Umschweife, »weil ich dir bei deiner Kandidatur helfen will. Ich habe nicht vergessen, daß du es warst, der den Plan mit den zwölf Kolonien entworfen hat, und daß du mich bei meiner ersten Rede auf dem Forum unterstützt hast. Mir ist auch bekannt, daß Lentulus dich adoptieren wollte und daß dieses von seiner Umgebung hintertrieben wurde.«

Drusus machte eine Pause, und Sulla bemerkte, daß sich Schweißperlen auf der Stirn des Censors gebildet hatten. Er atmete schwer und begann zu husten.

»Ist dir nicht gut?« fragte Sulla bestürzt, während der Diener mit einem Glas Wasser herbeieilte.

Der Censor lächelte verkrampft und schüttelte den Kopf.

»Es ist weiter nichts! In diesem kalten Skordiskerland habe ich mir eine Erkältung zugezogen, die wohl nicht richtig ausgeheilt ist. Ich müßte in die heißen Quellen von Baiae, aber ich kann im Augenblick nicht aus Rom fort, sonst reißt der Scaurus alles an sich.

Und über Scaurus will ich mit dir sprechen! Er mag dich nicht und versucht, deiner Quaestur Steine in den Weg zu legen, was ich aber verhindern will.«

Sulla staunte. Es war ihm nicht in den Sinn gekommen, daß seine kleine, unbedeutende Person auf dem Spielbrett der Macht hin und her geschoben werden könnte; daß sich für seine Kandidatur die beiden höchsten römischen Magistrate interessieren würden. Zu lange war es her, seit er vom Alten mit der Cliquenwirtschaft, dem Intrigenspiel vertraut gemacht worden war.

Er hatte einfach vergessen, daß selbst die Quaestur, die unterste Stufe auf der Karriereleiter, im Blickfeld aller Optimaten stand, die argwöhnisch darüber wachten, daß nur einer aus ihrem Zirkel die Leiter bestieg.

Und Sulla gehörte nicht zu ihren Kreisen; er war für sie ein »Homo novus«, schlimmer noch, mit dem Makel seines Komödiantentums behaftet. So konnten sie ihn weder als Volksmann, wie Gaius Marius, akzeptieren noch als angesehenen Sprößling eines patricischen Geschlechts.

»Und du würdest mir wirklich helfen?« fragte Sulla, nachdem ihm die ganze Tragweite des Angebotes des Drusus klargeworden war.

»Schon um den Scaurus in seine Schranken zu verweisen«, sagte Drusus und lächelte, während erneut ein Hustenanfall anfing, ihn zu quälen.

»Scaurus meint inzwischen, daß nur sein Wort in Rom etwas gilt; daß er sich alles erlauben kann. Er ist übermütig geworden, nachdem er geschickt eine Anklage wegen seiner Bestechung durch Iugurtha umschiffen konnte. Ich glaube, er hat sich selbst Geld gegeben, damit er als Untersuchungsrichter nicht gegen sich ermitteln mußte!«

Beide lachten über den kleinen Scherz, bis Drusus mit zitternden Händen zum Wasserglas griff.

»Ich muß mich hinlegen«, murmelte er, »komm morgen um dieselbe Zeit wieder, damit wir besprechen können, wie wir vorgehen werden.«

Als Sulla am nächsten Morgen im Haus des Drusus erschien, hörte er, daß der Censor das Bett hüte und keine Besuche empfangen könne.

Eine Woche später starb Marcus Livius Drusus.

»Du weinst, als wäre dein bester Freund gestorben«, sagte Metrobius tadelnd zu Sulla, »dabei hat er sich die ganzen Jahre nicht an dich erinnert, und erst als es galt, dem Scaurus eins auszuwischen, kamst du ihm recht!«

Sie saßen zu viert – auch Aelia und Arria waren dabei – im Peristyl ihres Hauses und besprachen die neue Situation.

Sulla war in ein schwarzes Loch gestürzt, als er vom plötzlichen Tod des Censors erfuhr. Mit der Unterstützung dieses mächtigen Mannes, der auch bei der Plebs in hohem Ansehen gestanden hatte, wäre ihm die Quaestur sicher gewesen.

Nun aber erschien ihm alles noch viel schwerer als vor seinem Besuch bei Drusus, denn jetzt wußte er von der Abneigung des Scaurus gegen ihn, und daß dieser seine Quaestur verhindern wollte.

»Ich möchte nur wissen, was Scaurus gegen mich hat! Ich habe ihm damals im Narbo-Spiel zu viel Geld verholfen, ich habe ihn nie in einer meiner Satiren aufs Korn genommen. Scaurus war auch kein Feind des Alten, so daß er mir die Freundschaft zu Lentulus noch nachtragen könnte«, klagte er.

Aelia lachte: »Du weißt es wirklich nicht? Ganz Rom weiß es!«

Sulla schreckte auf und sah sie entsetzt an: »Was weiß ganz Rom?«

»Daß ihr Rivalen seid – um die Gunst der kleinen Metella!«

Während Sulla einen Moment sprachlos war und diese Nachricht zu verarbeiten versuchte, fiel sein Blick auf Metrobius. Die Bernsteinaugen des Freundes funkelten gefährlich, sie verengten sich zu Schlitzen.

»Wie bei einer Katze, die zum Sprung ansetzt!« dachte Sulla und erwartete den Angriff. Aber Metrobius bedachte ihn im nächsten Moment mit seinem schönsten Schauspielerlächeln und griff nach seiner Hand.

»Aelia, du redest Unfug«, sagte er spöttisch und schickte sein hohes, perlendes Lachen hinterher, »mein lieber Freund Sulla kennt doch seine Grenzen! Er und die Tochter des Oberpriesters! Die hat doch nichts mit einem kleinen Quaestor im Sinn! Und weiter als bis zum Quaestor wird Sulla es nicht gebracht haben, wenn die Metella 15 ist und heiraten kann.«

»Und ob ich es weiter gebracht habe!«

Sulla war wütend aufgesprungen und hätte seinen Freund am liebsten geohrfeigt.

»Ihr werdet euch noch wundern, ihr werdet von mir hören!«

»*Was* werden wir von dir hören?« Metrobius wippte mit einem Fuß in seiner eleganten Sandale.

»Eine große Tat! Ich werde eine große Tat begehen!«

Alle lachten.

»Dein sanguinisches Temperament! Ich weiß!« spottete Metrobius. »Laß uns wieder vernünftig miteinander reden. Ich schlage dir ein Geschäft vor: Du hängst dein Herz nicht an die kleine Metella, und *ich* verhelfe dir zur Quaestur!«

Metrobius erreichte, daß die neuen Censoren Gaius Licinius Geta und Quintus Fabius Maximus Eburnus seinen Freund unter ihre Fittiche nahmen. Sulla war zwar der Meinung, daß diese beiden Adligen ihm wegen der vielen gemeinsamen Feste, ihrer alten Freundschaft wegen verpflichtet waren, aber er war doch froh, daß er nicht lange in ihren großen Hallen antichambrieren mußte, um ihnen dann sein Anliegen vorzutragen.

So war alles von Metrobius vorbereitet, und Sulla argwöhnte, daß die Beziehung seines Freundes zu Geta enger war, als er bisher angenommen hatte, sogar noch in voller Intensität bestand.

Geta war so liebenswürdig wie vor sieben Jahren zu ihm, erkundigte sich nach seinen Lebensumständen und erwähnte beiläufig, daß er einige schöne Jahre in Athen und Alexandria verbracht hatte, bis es ihn wieder nach Rom gezogen und er auf wundersame Weise die Censur erlangt hatte.

»Noch etwas!« sagte Geta am Schluß des Gesprächs und klopfte Sulla vertraulich auf die Schulter. »Meide in der nächsten Zeit das Haus der Popilia! Es ist nicht unbedingt nötig, daß du dort auf die kleine Metella triffst!«

»Ich dachte, der Metella sei der Umgang mit meiner Tochter untersagt worden?«

Geta lachte: »Der gute Dalmaticus ist zwar ein strenger Censor gewesen, aber gegenüber seinem charmanten, klugen Töchterlein ist er mehr als nachgiebig. Metella hält sich einfach nicht an das Verbot und besucht weiter deine Tochter Cornelia!«

»Metella ist wirklich ein außergewöhnliches Persönchen«, lächelte Sulla geschmeichelt, als hätte Geta ihm selbst ein Kompliment gemacht.

Der Censor war sofort alarmiert:

»Also doch! Die Lästerzungen haben recht: Du bist verliebt in dieses Mädchen!«

Sulla lief rot an und wich Getas Blick aus: »Verliebt ...! Ich mag sie eben, ich kenne sie schon so lange, aber immer wieder, wenn ich sie sehe, überrascht sie mich. Sie ist so klug und so mutig! Du hast sicher erfahren, wie sie damals bei ihrem Onkel den Gaius Marius angefaucht hat, als der seine Frau Iulia von mir wegzerrte!«

Das sonst immer so fröhliche Gesicht des Censors verdüsterte sich:

»Erwähne bloß nicht diesen Marius! Dann bekomme ich schlechte Laune! Aber jetzt zu deinem Anliegen. Ich will offen mit dir sprechen: Ich unterstütze deine Kandidatur nur, wenn du die Finger von der Metella läßt. Das habe ich Metrobius versprechen müssen.«

Daß er auch bei seinem Freund Scaurus im Wort war, verriet er nicht.

Die Nachrichten, die aus Numidien über den Legaten Gaius Marius eintrafen, verdarben zwar den Adligen die Laune, versetzten aber das Volk in Begeisterung. Viele Briefe gingen in den Tavernen, in den Krämerläden, bei den Bankiers von Hand zu Hand; Schreiben von Kaufleuten aus Utica und Nachrichten von den römischen Legionären, und alle lobten sie den Mut und die Unbestechlichkeit des Marius und forderten die Ablösung des Metellus.

»Wir müssen Marius zum Consul wählen und den Senat zwingen, daß er – anstelle von Metellus – Feldherr wird. Metellus verschleppt den Krieg. Nur Marius kann diesen Krieg, der nun schon so lange dauert, zu einem glücklichen Ende bringen, Iugurtha in den Hades schicken«, las Sulla den Schluß eines Briefes laut vor, den ihm der Wirt einer Taverne in der Subura gezeigt hatte.

Sulla hatte wieder seine frühere Gewohnheit aufgenommen, stundenlang durch Rom, vor allem durch die Subura, zu streifen, von Taverne zu Taverne zu ziehen. Jetzt tat er es allerdings nicht nur zu seinem Vergnügen, sondern er war mitten im Wahlkampf. Zwei seiner Sklaven folgten ihm mit Geldsäcken, und er ließ in den Schenken viel Geld springen.

Noch größere Summen hatte er den »Verteilern« in seinem Wohnbezirk Subura ausgehändigt; das waren Männer, die den römischen Magistraten bei der Ausgabe von Getreide halfen, sich privat einiges dazu verdienten, indem sie die Kandidaten für Ämter unterstützten, in ihren Vierteln deren Gelder verteilten und so die Wähler kauften.

Da Sulla sich durch keine Prozeßreden hervorgetan hatte, sein Gesicht auf dem Forum nicht bekannt geworden war, mußte er jetzt den direkten Weg gehen, Kontakte zu Tausenden von Römern aufbauen, ihre Gunst durch Geldgeschenke und Schmeicheleien gewinnen.

Oft begleitete ihn Lucius Ahenobarbus, der sich ebenfalls nicht als Redner profiliert, es aber leichter als Sulla hatte, war er doch der Plebs als Sohn des Feldherrn und Gründers von Narbo bekannt. Allerdings stieß auch Sulla oft auf vertraute Gesichter aus seinen beiden Feldzügen; andere Römer erinnerten sich daran, mit ihm vor Jahren einen Becher getrunken zu haben und daß er damals ein angenehmer Zuhörer gewesen war.

Je mehr Runden er warf, um so sympathischer wurde er den Wählern; und wenn er ihnen beim Weggehen noch einige Silberstücke in die Hand drückte, nachdem sie über zu hohe Mieten und zu teures Fleisch oder Gemüse geklagt hatten, redeten sie nur Gutes über ihn.

Hauptthema war in den Kneipen der Krieg in Numidien und die Bewerbung des Gaius Marius zum Consulat. Der Feldherr Quintus Metellus versuchte seinem Legaten Steine in den Weg zu legen, indem er ihm keinen Urlaub gab. Denn die Bewerber waren verpflichtet, persönlich in Rom zu erscheinen, und die große Anhängerschaft des Marius machte sich Sorgen, ob ihrem Favoriten das gelingen würde.

»Weißt du, Sulla, was der Metellus zu Marius gesagt hat?« fragte ihn sein Nebenmann in der Taverne, nachdem Sulla wieder eine Runde bestellt hatte. Er erwartete keine Antwort und sprach gleich weiter:

»Metellus hat zu Marius gesagt, er soll so lange mit seiner Kandidatur warten, bis sein Sohn Quintus auch soweit ist – und dieser Quintus ist gerade erst 20 Jahre alt! Unser Marius ist aber bereits 50!«

Diese Äußerung des Consulars Metellus erregte großen Unmut, in den auch Sulla einfiel; diesmal brauchte er die Empörung über den Hochmut und Adelsstolz der Meteller nicht vorzutäuschen, denn die Erinnerung an jene Szene, als ihn der junge Quintus auf seinen niedrigen Rang unter den Adligen hingewiesen hatte, schmerzte immer noch.

»Der Marius wird sich schon durchsetzen«, sagte er beschwichtigend, »und als Consul dem hohen Adel zeigen, wie der Krieg gegen Iugurtha zu führen ist!«

Insgeheim hoffte Sulla, daß Metellus den Gaius Marius weiter in Numidien festhalten und so das Consulat verhindern würde, aber eine einzige Bemerkung dieser Art hätte ihn viele Stimmen, vielleicht sogar die Quaestur gekostet. So sang er viele Strophen lang das Loblied des Legaten, ging sogar so weit, sich als alten Freund zu bezeichnen.

»Den Marius kenne ich seit meiner Jugend«, prahlte er, »und ich habe immer schon gesagt, daß der das Zeug zu etwas Besserem hat, obwohl damals, vor gut einem Dutzend Jahren, noch keiner mir glauben wollte.«

»Ich schon!« versicherte ein kleiner Handwerker, ein Tischler, dessen drei Sklaven den Betrieb führten. »Ich war damals dabei, als er vor der Curia erzählte, wie er es dem Cotta und dem Lucius Metellus gegeben hat! Sag mal«, wandte er sich, einer plötzlichen Eingebung folgend, zu Sulla, »hast du darüber nicht später eine Satire geschrieben – und alles verkehrt herum dargestellt?«

Sulla spürte, wie sich die Röte von seinem Hals bis zu den großen Ohren hinzog, und wäre am liebsten hinausgelaufen. Aber er zwang sich zu einem charmanten Lächeln und log:

»Da mußt du mich verwechseln. Ich habe nie über Marius eine Satire geschrieben, vielleicht der Lucilius. Sextus, noch eine Runde!« rief er dem Wirt zu und warf einige Silberstükke auf die Theke, denn die Kneipe war gut besucht.

»Ich weiß nicht«, sagte der Tischler, immer noch zweifelnd, aber Sulla zog inzwischen einen anderen Nachbarn ins Gespräch und beachtete ihn nicht mehr.

Daß dem Feldherrn Metellus nun ein kalter Wind im heißen Numidien ins Gesicht schlug, hatte er den Intrigen seines Legaten, aber auch der launischen Fortuna zu verdanken.

Als er vor gut einem Jahr nach Africa übergesetzt hatte, schien zunächst das Glück auf seiner Seite zu sein. Es gelang ihm, den verlotterten Haufen, den er anstelle einer Armee vorfand, zu reorganisieren und zu disziplinieren. Er fiel mit seinen schlagkräftigen Truppen in Numidien ein, trieb Iugurtha so weit in die Enge, daß dieser um Frieden bat; allerdings sollte Metellus ihm versprechen, ihn am Leben zu lassen und das wollte der Consul nicht.

Metellus gab heimlich den Auftrag, den König ermorden zu lassen, was jedoch mißlang. Iugurtha versuchte sich zu rächen, indem er die Römer in einem Hinterhalt am Fluß Muthul überfiel; aber die Legionäre konnten eine fast sichere Niederlage noch in einen Sieg verwandeln. Danach durchstreifte Metellus Numidien, nahm viele Städte ein, die er verwüstete und deren Einwohner er umbringen ließ.

Die numidische Bevölkerung geriet in Aufruhr; in der großen Stadt Vaga wurde die römische Besatzung angegriffen und niedergemacht. Der Kommandant Turpilius, ein Freund des Metellus, konnte als einziger entkommen. Ein Kriegsgericht erhob gegen ihn Anklage; und vor allem Gaius Marius, der diesem Gericht angehörte, schäumte gegen den ehemaligen Kommandanten, bezichtigte ihn des Verrats, hetzte die anderen Richter so weit auf, daß Metellus den Freund zum Tode verurteilen mußte.

Einige Zeit später stellte sich die Unschuld des Turpilius heraus, was aber Marius nicht hinderte, weiter seine Freude über dessen Tod zu zeigen.

»Metellus wird nun von den Rachegeistern gejagt werden, weil er einen Unschuldigen getötet hat«, verkündete er großspurig im Lager.

Seitdem haßte ihn Metellus, zeigte ihm offen seine Feindschaft. Der Streit weitete sich aus, als Marius seine Absicht bekanntgab, sich um das Consulat zu bewerben.

Marius konnte sich auf einen Wink der Götter berufen. Ein etruskischer Priester, der die Leber eines Opfertieres untersucht hatte, mit dem Marius in Utica den Göttern dankte, hatte ihm Wunderbares geweissagt: Alles, was er sich vorgenommen habe, werde zum Guten ausschlagen, er solle es getrost in Angriff nehmen. Da Marius nur einen einzigen Gedanken im Kopf hatte, nämlich den an das Consulat, bezog er die Weissagung auf seine Kandidatur zum Consul.

Allerdings verließ er sich nicht allein auf die Götter. Nach dieser Prophezeiung begann er die Kaufleute in Utica und seine Soldaten systematisch zu bearbeiten. Die Folge war jene Flut von Briefen, die den Adel in schlechte Stimmung versetzte, aber für die Kandidatur des Marius ein Klima schuf, wie es gar nicht besser sein konnte.

Metellus sah sich schließlich gezwungen, seinem Legaten Urlaub zu geben, denn er hielt ihn nicht mehr für zuverlässig und wollte ihn auf einen neuen Feldzug gegen Iugurtha nicht mitnehmen.

Gaius Marius kam gerade noch rechtzeitig vor den Wahlen in Rom an und erlangte mühelos das Consulat.

Metellas Auftrag

Sulla wurde zum Quaestor gewählt, nachdem es ihm gelungen war, außer seinem Wohnbezirk, der Subura, noch 17 ländliche Tribus für sich einzunehmen. Das war sogar einfacher gewesen, als den einen städtischen Bezirk mit seinen gerissenen, großspurigen Bewohnern auf sich einzuschwören. Denn in den 31 ländlichen Tribus, die sich fast wie ein Gürtel um die Metropole legten, lebten viel weniger Wähler, es mußten also weniger Menschen bestochen werden.

Und diese Wähler waren leichter zu beeinflussen, weil sie unter dem Patronat großer Familien standen, die auf dem Land ihre Güter hatten. Für das Wohlwollen der Patrone sorgten die Censoren Geta und Eburnus. Die Adligen mußten Sulla in ihren Landvillen ihren Klienten vorstellen, natürlich mit dem Hinweis, daß er ihr Kandidat sei. Sie übernahmen auch die Verteilung der Gelder.

Wenn sich nun die Wähler in den einzelnen Bezirken ihre Meinung gebildet hatten, freiwillig oder erzwungen, immer mit viel Geld erkauft, trat jede Tribus bei den Wahlen, die auf dem Marsfeld stattfanden, mit nur *einer* Stimme auf, und um gewählt zu werden, reichte die einfache Mehrheit.

Auch Sullas Freunde waren erfolgreich. Lucius Ahenobarbus erreichte diese Mehrheit ebenso wie Lucius Lucullus die seine für das Amt des Aedils.

Lucullus hatte für den Wahlkampf noch mehr Geld ausgeben müssen als seine jüngeren Freunde. In Rom war es inzwischen Brauch, daß die Bewerber für die Aedilität ihre Wähler mit teuren Spielen umgarnten. Da sie später als Aedile für die öffentlichen Spiele verantwortlich waren, sollten sie schon vorher Kostproben geben, die sie allerdings selbst finanzieren mußten.

Lucullus hatte sich hoch verschuldet, um das Volk mit einem Gladiatorenkampf, den es so liebte, zu unterhalten. Das große Vermögen der Luculler war zusammengeschmolzen, neue Einnahmen erst wieder in Sicht, wenn Lucullus als Praetor eine Provinz ausrauben konnte. Das wäre aber erst in drei Jahren, natürlich vorausgesetzt, er würde auch die Wahlen für die Praetur gewinnen.

So feierte Lucullus seinen Sieg nur im engsten Freundeskreis; die Zeit der großen Feste, bei denen halb Rom in diesem Palast bewirtet wurde, war zunächst vorbei.

»Leider kann ich euch heute abend nur eine einzige Sorte Wein anbieten«, sagte Lucullus bedauernd, als nach dem Essen, das zwar gut, aber nicht üppig gewesen war, das Symposion begann, »aber dafür ist es ein besonderer Tropfen – aus dem Jahr, in dem Opimius Consul war.«

Seine Gäste klatschten begeistert, denn der Wein des Jahres, in dem Opimius so viele Anhänger des Gaius Gracchus in den Hades geschickt hatte, galt als der beste seit Menschengedenken.

»Lucullus«, lachte Sulla und hob seinen Becher, »besser ein Opimius im Becher als zwei Becher, die nur mit Luft gefüllt sind.«

Auch die anderen Gäste lachten, denn sie verstanden sehr

wohl die Anspielung auf den großen Redner Crassus, über den sich zur Zeit Rom ereiferte, weil er sich zwei silberne Becher gekauft hatte – Arbeiten des berühmten und legendären Silberschmieds Mentor, von dem keiner wußte, ob er wirklich gelebt hatte. Crassus führte nun seinen Gästen diese Becher zwar vor, erwähnte jedesmal, daß das Stück 100 000 Sesterzen gekostet hatte, aber er ließ keinen daraus trinken.

»Ich beneide den Crassus, er hat keine Geldsorgen«, seufzte Lucullus, »im Gegenteil, er muß sich den Kopf darüber zerbrechen, wofür er sein Geld ausgeben kann! Redner hätte man werden sollen!«

Die Redekünste des Crassus waren inzwischen so begehrt, daß er mit Aufträgen überschüttet wurde. Und er erntete viel Dankbarkeit: Testamente wurden zu seinen Gunsten geändert, großzügige Geschenke in sein Haus geschafft.

Auch Marcus Antonius, sein Rivale auf der Rednertribüne, wurde mit Aufträgen überhäuft, verdiente entsprechend gut und hatte sich gerade in Misenum ein prächtiges Landhaus gebaut.

Man munkelte, daß er sich dort mit Caecilia Metella, der Frau des Lucullus, vergnügte, denn beide fehlten bei dieser Einladung. Memmius, der unter den Gästen war, schien über die Abwesenheit von Caecilia sehr erleichtert zu sein, schoß sie doch ständig mit den Augen Giftpfeile auf ihn ab, wenn sie sich begegneten.

»Er könnte wirklich mein Sohn sein«, dachte Memmius, während er den jüngeren Sohn des Lucullus, Marcus, betrachtete, »seinem Vater sieht er überhaupt nicht ähnlich, während der ältere Sohn Lucius dem Lucullus wie aus dem Gesicht geschnitten ist!«

Die beiden Söhne des Lucullus, neun und acht Jahre alt, saßen mit dem etwa gleichaltrigen Quintus Catulus auf Stühlen, etwas abseits der Erwachsenen, zusammen an einem Tisch. Es war auffallend, wie der neunjährige Lucius die beiden anderen dominierte, den gutmütigen, etwas einfältigen Catulus ebenso wie seinen Bruder.

Lucullus bemerkte die Blicke seines Gastes:

»Mein Lucius kümmert sich um den Kleinen, wie man das selten bei Geschwistern sieht. Seit er gemerkt hat, daß die Mutter nichts von Marcus wissen will, versucht er die Kälte von Caecilia wettzumachen, indem er dem Kleinen immer wieder zeigt, wie sehr *er* ihn liebt. Und tatsächlich scheint Marcus die Mutter gar nicht zu vermissen, im Gegenteil, bei ihren seltenen Auftritten in diesem Haus versteckt er sich in seinem Zimmer.«

Lucullus lachte kurz, aber das Lachen klang bitter; er gab sich zwar Mühe, die Eskapaden seiner Frau zu übersehen oder ins Lächerliche zu ziehen, doch er konnte nicht verbergen, wie sehr sie ihn mit jeder neuen Liebschaft wiederum kränkte. Auch daß sie sich für seine Wahl, die ihn soviel Geld gekostet hatte, nicht im geringsten interessierte, schmerzte ihn tief.

»Wenn du einen guten Rat von mir hören willst«, wandte er sich jetzt an Sulla, »laß dich nie mit einer Metella ein! So streng und würdig sich die Männer aus diesem Clan geben, so locker und flatterhaft sind die Frauen!«

Sulla war betroffen, aber er hob nur lachend seinen Becher: »Es gibt auch Ausnahmen unter den Metellas! Wenn du auf die Tochter des Dalmaticus anspielst, so hatte ich bisher nicht den Eindruck, daß sie flatterhaft ist. Nun gut, sie flirtet gern«, räumte er ein, als er die ironischen Gesichter um sich herum bemerkte, »aber das tun heutzutage doch alle jungen Mädchen, und besonders, wenn sie so hübsch sind wie die kleine Metella.«

Memmius grinste spöttisch: »Das Flirten wird ihr schon noch vergehen, wenn sie die Frau des Scaurus wird. Denn diese Ehe gilt als sicher!«

»Vielleicht auch nicht!« lächelte Sulla geheimnisvoll.

Nachdem es dem Cornelier geglückt war, die Quaestur zu erlangen, hielt er sich nicht mehr an das Versprechen, das er Geta gegeben hatte. Er schickte einen Sklaven zu seiner

Tochter Cornelia und bat sie, ein Treffen zwischen ihm und ihrer Freundin Metella zu arrangieren. Als Ort schlug er die Säulenhalle beim Tempel der Iuno Regina vor, eine prächtige Anlage, bei der zum erstenmal in Rom Marmor für Säulen und Mauern verwendet worden war. Diesen Tempel, zusammen mit einem angrenzenden, der Iuppiter Stator geweiht war, hatte der alte Macedonicus aus der Beute des Makedonienfeldzuges vor fast 40 Jahren errichten lassen.

Sulla hatte aber kaum Augen für den weichen Glanz des Marmors und die Reihen der schlanken, eleganten Säulen, sondern blickte angestrengt nach Süden, in die Richtung des Capitols, aus der Metella und Cornelia kommen mußten. Denn die Tempelanlage befand sich auf dem südlichen Marsfeld, wo noch genügend Raum für ausgedehnte Prachtbauten dieser Art war.

Plötzlich stand sie vor ihm; sie war von der anderen Seite, der nördlichen, gekommen, nachdem sie mit ihrer Freundin einen Spaziergang über das Marsfeld gemacht hatte.

»Sie tut immer etwas anderes, als man erwartet«, dachte Sulla, glücklich, sie nach so vielen Monaten der Trennung wiederzusehen.

Sie war üppiger geworden, fraulicher, wie Sulla anerkennend feststellte. Ihr elegantes Kleid, das in hellem Purpur schimmerte, ließ ihre weiblichen Rundungen stark hervortreten, zumal die Palla so drapiert war, daß sie nur locker den linken Arm bedeckte.

»Du wirst dich erkälten«, sagte Sulla tadelnd. Es war Ende des Jahres, aber mittags verströmte die Sonne noch viel Wärme.

»Wir haben so schönes Wetter«, erwiderte sie, »und sollte ich frösteln, kannst du mich ja in deine Arme nehmen.«

Sulla warf einen Blick auf seine Tochter Cornelia, die mit den beiden Zofen auf einer entfernten Seite der Säulenhalle wandelte und betont in die andere Richtung blickte. Cornelia hoffte, daß ihre Diskretion später von der Metella mit einer eingehenden Schilderung des Gesprächs belohnt werden würde.

Sie waren zu dieser Mittagsstunde die einzigen Besucher in der Tempelanlage. So konnte Sulla es wagen, die Tochter des Oberpriesters in der Öffentlichkeit an sich zu ziehen. Sie schlang heftig die Arme um seinen Hals, und sie küßten sich lange. Es dauerte eine Weile, bis sich Sulla so weit gefangen hatte, daß er die Frage stellen konnte, die ihn seit Monaten bewegte:

»Ich möchte dich heiraten! Bist du einverstanden?«

»Und deine Frau Aelia?«

»Aelia? Von der lasse ich mich scheiden! Ich habe sie doch nur geheiratet, weil ich zur Kandidatur eine Frau vorweisen mußte. Und du warst noch zu jung!«

Sie bohrte weiter wegen Aelia, und erst als er ihr erklärte, daß Aelia Lesbe war, schien sie zufrieden. Sulla wartete gespannt und ängstlich auf eine Frage nach Metrobius, aber sie schien von seinem Verhältnis zu dem Schauspieler nichts zu wissen, denn sie erkundigte sich nicht nach ihm.

»Und dein Vater? Wird der Pontifex Maximus damit einverstanden sein, daß seine Tocher einen Quaestor heiratet? Der zwar ein Cornelier ist aber mit dem Beinamen Sulla?«

Metella hob die Arme, zog Sullas Kopf zu sich herunter und küßte ihn auf den Mund. Bevor er den Kuß erwidern konnte, war sie schon einen Schritt zurückgetreten. Ihre dunklen Augen funkelten ihn an, ihr kindliches Stupsnäschen war blaß vor Erregung:

»Der Quaestor hat so schöne blaue Augen und blonde Haare! Weißt du, daß ich mich schon damals in dich verliebt habe, als wir uns das erste Mal auf dem Forum trafen?«

»Aber warum hast du mir all die Jahre erzählt, daß dir Scaurus so gut gefällt?«

Sie lachte, wich wieder einen Schritt zurück, als er nach ihr greifen wollte:

»30 Jahre bist du alt, Sulla? Und verstehst so wenig von Frauen?«

Sulla merkte auf und erwartete im nächsten Augenblick eine Anspielung auf seine Liebesverhältnisse mit Männern.

Doch Metella sagte nur: »Wir haben nicht mehr viel Zeit, ich muß in den Palast zurück. Und wir haben noch so viel zu besprechen! Ich habe mir nämlich genau überlegt, wie wir vorgehen sollten, um meinen Vater zu gewinnen!«

Sulla zog die rechte Augenbraue hoch und lächelte, während seine blauen Augen blitzten:

»So ein kluges Mädchen! In meinem nächsten Theaterstück darfst du Regie führen.«

»Wirklich, Sulla? Da hätte ich Spaß dran! Und all die alten Schlangen in Rom würden zischen! Aber jetzt paß auf: Du mußt nach Numidien und dort eine große Tat vollbringen, von der ganz Rom sprechen wird! Wenn das Volk von dir so begeistert ist wie von Marius, dann muß mein Vater einwilligen, wie ja der Vater von Iulia auch nichts gegen ihre Heirat mit Marius hatte – nur weil der die Plebs um den Finger wickeln konnte!«

»Nach Numidien soll ich gehen? Als Quaestor in den Stab dieses hinterhältigen Marius! Das schlägst du mir vor, eine Metella! Du weißt doch genau, wie übel er deinem Onkel mitgespielt hat! Aufgehetzt hat dieser gemeine Marius die Legionäre, die Kaufleute – wie viele Briefe mußte ich mir im Wahlkampf ansehen; Briefe, in denen dein Onkel schlechtgemacht, der Adel beschimpft wurde. Und du mutest mir zu, daß ich in den Stab dieses intriganten Bauern gehe, mich von ihm schikanieren lasse, weil ich ein Adliger bin und er mich von früher her haßt ...«

»Marius haßt dich?« unterbrach ihn Metella begeistert. »Das wußte ich gar nicht! Aber das ist noch besser für meinen Plan. Und so, wie du dich in Zorn geredet hast, merke ich doch, daß er auch dein Feind ist – und zwar ein persönlicher Feind! Und *dein* Haß gegen ihn wird dich beflügeln, wird dich stark machen.

Du mußt diesen Marius nämlich ausstechen, ihn fertigmachen, so wie er meinen Onkel erniedrigt hat. Das verlange ich von dir! Das ist meine Bedingung für eine Heirat mit dir! Außer deinem hübschen Gesicht und deinem Charme hast du nicht viel zu bieten – im Augenblick. Aber wenn du den Marius demütigst, ihm den Sieg über Iugurtha wegnimmst – dann bist du nicht nur für das Volk der größte aller Römer, sondern auch für den Adel. Und für mich!«

Nachdenklich sah Sulla sie an:

»Für dich! Das ist das einzige, was für mich zählt!«

Berauscht, als hätte er zuviel Wein getrunken, verbrachte Sulla den Rest des Tages. Er wich Metrobius aus, zog sich in sein Zimmer zurück und gab vor, an einem neuen Theaterstück zu arbeiten. In Wirklichkeit wollte er nachdenken, und je mehr er Metellas Pläne im Kopfe herumwälzte, um so ernüchterter wurde er.

Marius stand auf dem Höhepunkt seiner Beliebtheit. Er war dabei, neue Legionen auszuheben – der Senat hatte ihm das widerwillig erlauben müssen –, und diese Armee war einmalig, stellte eine geradezu ungeheuerliche Neuerung dar.

Denn Marius nahm jeden in sein Heer auf, der dienen wollte; nicht nur die, die über Besitz oder Vermögen verfügten, so wie man es jahrhundertelang in Rom gehalten hatte.

Die Werber des Marius zogen durch die Schenken Roms, versprachen den Trinkern, die dort herumhingen, fette Beute in Numidien und hatten schon nach kurzer Zeit Tausende von jungen, kräftigen, aber besitzlosen Männern bei der Hand, die sich dem Heer des Marius anschließen wollten.

Die Werber durchkämmten Italien und fanden in den vielen kleinen Landstädten ebenfalls Tausende, die froh waren, ihre hochverschuldete Scholle verlassen zu können, oder die als dritter oder vierter Sohn eines armen Bauern keine Zukunft für sich sahen.

Der Adel Roms war entsetzt über dieses neue System, Soldaten zu gewinnen, und er prophezeite Marius den baldigen Untergang mit einer Armee von »Lumpenbrüdern«, die nichts besaßen, nichts zu verteidigen hatten, oft nicht einmal einen Hausaltar mit Laren und Penaten.

Aber der Adel duckte sich, denn Marius ließ keine Gelegenheit aus, um Schläge auf ihn niederprasseln zu lassen, ihm seine Unfähigkeit und Habgier vorzuwerfen. Nachdem Marius den Gipfel der Macht, das Consulat, erreicht hatte, brauchte er keine Rücksichten mehr zu nehmen. Sein Haß auf den Adel hatte sich in den vergangenen zehn Jahren nicht abgeschwächt.

Wenn Marius auf dem Forum vor der Plebs oder vor seinen neuen Soldaten Reden hielt, öffnete er gern seinen kurzen Feldherrnüberwurf und zog die Tunica von der Brust:

»Seht meine Narben!« schrie er mit seiner rauhen Stimme und klopfte sich an die Brust, »dies sind *meine* Ahnenbilder, dies ist *mein* Adel – nichts davon habe ich geerbt wie diese verweichlichten, parfümierten Bürschchen aus der Nobilität; alles habe ich mir selbst erworben durch meine Tüchtigkeit und Leistung.

Ich kann kein Griechisch, und ich werde es nie lernen; ich richte keine raffinierten Gastmähler aus und halte mir keine Schauspieler. Mein Schmuck sind die Waffen, die Lanzen, Schwerter – und die vielen Auszeichnungen, die ich im Feld erkämpft habe.

Tausende von Römern und Bundesgenossen haben mich bei vielen Gefechten und im Lager kennengelernt, sie wissen, daß ich alles mit meinen Soldaten teile, die Gefahr ebenso wie die Strapazen!«

Marius gelang es, ein großes Heer auszuheben, denn der Zulauf der Freiwilligen war gewaltig. Er belud seine Schiffe und erreichte nach wenigen Tagen Überfahrt Utica. Die Legionen, die in Numidien gekämpft hatten, wurden ihm von dem Legaten Rutilius Rufus übergeben.

Metellus haßte Marius so sehr, daß er dessen Anblick nicht ertragen konnte, nicht einmal bei einem dienstlichen Vorgang.

Der Quaestor Sulla

In Rom wurden die einzelnen Stellen für die Quaestoren ausgelost: Sie arbeiteten in der städtischen Verwaltung, begleiteten die Statthalter in die Provinzen oder waren auf Feldzügen für die Kriegskasse zuständig. Sulla zog das Los für die Provinz Asia und überlegte einen Augenblick ernsthaft, ob er diese Gelegenheit, sich an der Seite eines Statthalters zu bereichern, nicht wahrnehmen sollte. Dann bemerkte er, wie Lucius Ahenobarbus aufschluchzte und die Arme gegen den Himmel warf:

»O ihr Götter, warum tut ihr mir das an!« rief er, und ehe er weiter seinen Schmerz hinausschreien konnte, war Sulla bei ihm:

»Zeig mir dein Los!«

Auf dem Tontäfelchen stand der Name des Consuls Marius. Sulla nahm es und gab Lucius sein eigenes.

»Das war einfacher, als ich zu hoffen gewagt hatte«, flüsterte er ihm zu, »ich dachte, ich müßte mir dieses Täfelchen für viel Geld kaufen, aber du gibst es mir umsonst; du bist ja froh, daß du es los bist!«

Ahenobarbus war verblüfft, als er sah, daß auf seinem neuen Los Asia eingeritzt war:

»Ist dein Geist krank geworden, Sulla?« erkundigte er sich besorgt. »Du tauschst wirklich diese lukrative Stelle in Asia gegen den Posten im Heer des Marius ein; obwohl du schon heute weißt, wie der dich kränken, demütigen, fertigmachen wird?«

Sulla lachte nur. »Ich habe meine Gründe!«

Er summte einen neuen Gassenhauer und ließ den verdutzten Lucius Ahenobarbus stehen.

Es dauerte einige Monate, bis der Quaestor Sulla in Numidien anlangte, denn er hatte den Auftrag erhalten, eine Reitertruppe in Latium und anderen Teilen Italiens auszuheben.

Währenddessen verübte Marius in Numidien eine Großtat

nach der anderen; das Kriegsglück war auf seiner Seite. Er nahm einige Städte ein, in denen der König Iugurtha Schätze gelagert hatte. Die Beute verteilte Marius unter seinen Soldaten, die ihren Feldherrn dafür gar nicht genug preisen konnten. Die Gewinne aus dem Krieg übertrafen alle ihre Erwartungen.

Marius war mit seinen Unternehmungen weit nach Westen vorgedrungen und hatte den Fluß Muluccha erreicht, der Numidien von Mauretanien trennte, einem Königreich, das noch nicht unter römischem Einfluß stand. Der Herrscher in diesem Land, das an den Ocean grenzte, war König Bocchus. Er hatte am Anfang des Krieges Gesandte nach Rom geschickt und um Bündnis und Freundschaft mit dem römischen Volk gebeten, aber die Anhänger Iugurthas hatten einen Vertrag mit ihm hintertrieben.

Als sich nun Iugurtha in seiner Bedrängnis an Bocchus wandte, ihn aufstachelte, gemeinsam mit ihm gegen die Römer vorzugehen, fand er offene Ohren. Bocchus brannte darauf, die schlechte Behandlung, die seinen Gesandten in Rom widerfahren war, den Römern heimzuzahlen.

Bocchus war außerdem einer der zahlreichen Schwiegerväter des Iugurtha; da aber die Frauen bei den Wüstenvölkern wenig geachtet wurden, wäre diese Verwandtschaft bei einem Bündnis mit den Römern nicht ins Gewicht gefallen.

Als Sulla mit seinen Reitern das römische Lager in der Nähe des Flusses Muluccha erreichte, fand er Marius in bester Stimmung vor. Wenige Tage zuvor war es ihm geglückt, eine Bergfestung zu erobern, von der er – nach langer, ergebnisloser Belagerung – selbst geglaubt hatte, daß sie uneinnehmbar sei. Ein Ligurer, der gewandt wie eine Bergziege die steilsten Hänge erklimmen konnte, hatte aber einen Zugang über die Felsen entdeckt, so daß die Legionäre die Festung von hinten, über einen schwierigen Pfad, angreifen konnten.

Gaius Marius lag, umgeben von seinem Stab, in seinem Zelt, als Sulla zu ihm geführt wurde. Ein riesiger Becher, der beinahe einen halben Eimer Wein fassen konnte, stand vor ihm.

»Da ist ja unser parfümierter Komödiant«, grölte Marius mit schwerer Zunge, während einige junge Militärtribune kicherten.

»Hast dir aber Zeit gelassen, Sulla, bis du mit deinen Reitern zu uns gekommen bist. Hast gehofft, der Krieg ist vorbei, daß ich und meine Soldaten schon die Arbeit gemacht haben. Damit du in Rom erzählen kannst, der alte Marius, dieser Dummkopf, ist gut für die Dreckarbeit, wir feinen Jüngelchen aus dem Adel halten uns aber aus aller Gefahr raus!

Oder willst du alles verdrehen, wenn du wieder in Rom bist, wie du das ja schon einmal mit mir gemacht hast – in jener verdammten Satire, die dir soviel Applaus in den Adelshäusern eingebracht hat! Willst in Rom später erzählen, daß du den Iugurtha besiegt hast?«

Marius griff nach seinem Becher und wollte einen Schluck nehmen, stellte aber fest, daß der Humpen leer war.

»Schütt mir Wein nach!« herrschte er Sulla an. »Zeig, daß du wenigstens zu etwas nütze bist!«

»Ich melde mich mit meinen Reitern zur Stelle«, sagte Sulla, ohne auf die Bemerkungen des Marius einzugehen, »und ich verlange von dir, daß du dich wie ein Feldherr benimmst und die Männer, die dort hinten auf dich warten, begrüßt.«

Marius sah ihn scheel von unten her an; das Wort »Feldherr« schien in sein vernebeltes Gehirn eingedrungen zu sein. Er erhob sich mühsam, gab sich einen Ruck und befahl einem Centurio, die Reiter vor seinem Zelt aufmarschieren zu lassen. Seine Stimme klang wieder ganz nüchtern.

Vor dem Zelt des Feldherrn, an das sich die Quartiere seines Stabes anschlossen, also auch das Sullas, befand sich ein länglicher, rechtwinkliger Platz, durch den die Hauptstraße des Lagers hindurchführte. Nachdem Marius die Parade des italischen Reiterkorps abgenommen hatte, verteilten sich die Neuankömmlinge auf ihre Quartiere an den Längsseiten des

Lagers, jedoch nicht am äußersten Rand, wo die Hilfstruppen ihre Zelte hatten.

Jedes Lager, das römische Truppen aufbauten, wurde nach dem gleichen System eingerichtet: Zunächst wurde der Platz abgesteckt, dann ein Wall aufgeschüttet, der ausreichenden Schutz vor nächtlichen Überfällen bieten mußte. Selbst nach längeren Märschen oder schweren Kämpfen mußten die Soldaten noch »schanzen«, einen Graben ausheben und mit dem Erdreich und Hölzern zur Verstärkung eine Umwallung bauen.

Das Lager hatte jedesmal die Form eines Quadrates, das durch eine Längsverbindung in zwei gleiche Teile zerschnitten wurde. Die Querverbindung jedoch, die »Hauptstraße« – so genannt, weil sie vor dem Feldherrnzelt entlanglief –, zerteilte das Lager in ein kleineres Rechteck, das dem Stab und den Elitetruppen vorbehalten war, und ein größeres für Legionäre, Reiter und Hilfstruppen.

Die einzelnen Einheiten einer Legion campierten im Lagerensemble immer an der gleichen Stelle, die sie mit ihren Fähnchen und Standarten kennzeichneten. So wußte jeder Soldat, wenn ein neues Lager aufgebaut wurde, wo er hingehörte und welche Arbeiten er zu verrichten hatte.

Nachdem Marius wieder auf seiner Kline Platz genommen hatte, forderte er auch Sulla auf, an dem Weingelage teilzunehmen.

»Wirst Durst haben nach dem langen Ritt«, sagte er in versöhnlichem Ton, offensichtlich hatte er sich mit den Beleidigungen bei der Ankunft abreagiert und hatte nicht vor, Sulla weiter zu beschimpfen.

»Marius war sehr entsetzt, als er hörte, welcher Quaestor ihm durch das Los zugefallen war«, hörte Sulla eine Stimme, die ihm bekannt vorkam, aus dem hinteren Teil des Zeltes. Er drehte sich um und erkannte den jungen Carbo, den Sohn des Feldherrn, der sich nach der Katastrophe von Noreia das Leben genommen hatte, weil er die doppelte Schande, die verlorene Schlacht und die Fahnenflucht seines Sohnes, nicht ertragen konnte.

Gnaeus Papirius Carbo war jetzt Mitte 20; seine ehemals weichlichen Züge wirkten härter, seine Augen funkelten boshaft. Neben ihm auf der Kline lagerte noch ein alter Bekannter Sullas: jener entfernte Verwandte Cinna, mit dem Carbo schon im Kimbernfeldzug immer zusammengesteckt hatte. Die Freundschaft hatte sich offenbar all die Jahre nicht nur gehalten, sondern war noch enger geworden. Cinnas langer Schädel mit der großen Nase glühte vor Wein. Er hatte Mühe zu artikulieren und sprach daher besonders laut:

»Marius war nicht nur entsetzt, er hat getobt. Vor allem, als wir ihm erzählten, wie du dich im Kimbernfeldzug benommen hast!«

»Und wie habe ich mich im Kimbernfeldzug benommen?« fragte Sulla spöttisch, hatte aber Mühe, ruhig zu bleiben.

»Weggelaufen bist du doch, als die Schlacht losging. Hast dir ein kimbrisches Mädchen geschnappt und zwei Tage mit ihr in einer Berghütte verbracht. Carbo und ich, wir haben dich dort schließlich aufgestöbert, nachdem wir tagelang die versprengten Soldaten in den Wäldern gesucht hatten!«

»Was für Lügen habt ihr da verbreitet«, schrie Sulla und sprang auf, um die beiden jungen Männer zu verprügeln.

»Lügen!« grinste Carbo. »Das weise uns erst einmal nach, wir sind zu zweit! Außerdem – was gilt schon das Wort eines Komödianten, der noch dazu unseren großen Feldherrn Marius mit seiner dummen Satire beleidigt hat!«

»Jetzt ist es aber genug!« Unversehens bekam Sulla Hilfe. Jedoch nicht vom Feldherrn Marius, der wieder in seinen Dämmerzustand zurückgefallen war, sondern vom Legaten Aulus Manlius, dem Unterfeldherrn, einem Adligen aus der alten patricischen Gens der Manlier, die vor einem Vierteljahrtausend ihre große Zeit hatte – als die Gallier in Rom eingefallen waren.

Ein Manlier hatte erfolgreich das Capitol gegen die Barbaren verteidigt, nachdem ihn Gänse durch ihr Geschnatter geweckt hatten. Später durfte die Familie dann den Beinamen Capitolinus annehmen.

Der Legat Aulus Manlius nun hoffte, in diesem Feldzug eine Tat begehen zu können, die an die Ruhmestitel seiner Ahnen anknüpfte. Allerdings schien er nicht zu einem Heldendasein prädestiniert zu sein; er war klein, freundlich und zurückhaltend, zog es meist vor, im Hintergrund zu bleiben. Er hatte sich jetzt nur aufgerafft, den vorlauten Cinna in seine Schranken zu verweisen, weil er schon oft die Unverschämtheiten der Freunde Carbo und Cinna hatte dulden müssen und hoffte, beim Quaestor Sulla in Zukunft Unterstützung gegen die beiden zu finden.

Marius hatte an diesen dreisten Lümmeln einen Narren gefressen, so daß sie sich im Lager aufführten, als seien sie die Söhne des Feldherrn. »Sulla, ich freue mich, daß du hier bist«, sagte Manlius liebenswürdig und hob seinen Becher, »und mach dir nichts aus dem dummen Geschwätz der beiden. Wie mutig *die* sind, haben wir alle längst bemerkt. Wenn es brenzlig wird, halten sie sich im Hintergrund!«

»Das ist nicht wahr!« grölte Carbo. »Wir sind die Mutigsten aus dem ganzen Lager. Nur weil *du* dich immer im Hintergrund hältst, Manlius, siehst du nie, wie wir gegen den Feind vorpreschen.«

»Sie sind wirklich lästig, diese beiden«, ließ sich jetzt ein anderer Militärtribun vernehmen, und Sulla erkannte Publius Vatia aus der Gens der Servilier, vier Jahre jünger als er, »sie sind wie die Fliegen; man denkt, man hat sie verscheucht, und schon greifen sie wieder an.

Und daß *du*, Sulla, bei Noreia die beiden in der Hütte entdeckt hast und nicht umgekehrt, ist bekannt. Mein Vetter Glaucia hat mir die Geschichte erzählt, und auch, daß diese beiden Heimtücker zunächst vor dem alten Carbo alles abgestritten hatten.«

Sulla sah den jungen Vatia dankbar an, ebenso Manlius. Die zwei waren wenigstens schon auf seiner Seite; es würde aber noch vieler Anstrengungen bedürfen, um die Anerkennung im Lager zu finden, die er brauchte, um erfolgreich zu sein. Seine alten Feinde Carbo und Cinna hatten offensichtlich die Zeit seiner Abwesenheit genutzt, um gegen ihn zu intrigieren und Marius noch stärker gegen ihn aufzubringen.

Mit Hilfe von Manlius und Vatia gelang es Sulla schon nach wenigen Tagen, Kontakte zu den Soldaten zu knüpfen und sich bei ihnen beliebt zu machen. Sie marschierten mit ihm durch die Straßen des Lagers, die alle parallel zu den beiden Hauptverbindungen angelegt waren. Seine neuen Freunde machten ihn mit den Centurios bekannt – in jeder Legion gab es 60 –, und Sulla versuchte, sich Namen und Gesichter einzuprägen.

Oft blieben sie vor einem Mannschaftszelt stehen und unterhielten sich mit den Legionären, die dort ihr Essen zubereiteten oder mit Würfelspielen die Zeit totschlugen.

Zehn Mann teilten sich in der Regel ein Zelt. Bei schönem Wetter spielte sich das Leben vor dem Zelt ab, und so war es leicht, beim Vorbeischlendern mit den Soldaten ins Gespräch zu kommen. Sulla ließ sich verschiedene Arten von Würfelspielen erklären, und seine Erfahrungen im Umgang mit der Plebs von Rom kamen ihm bei allen Kontakten mit den Soldaten sehr zugute. Er entdeckte sogar alte Bekannte aus den Schenken der Subura, die bei ihren Kameraden verbreiteten, daß dieser »Adlige überhaupt nicht hochnäsig ist – wie gewisse Militärtribune, die immer um Marius herumscharwenzeln«. Sie erzählten auch, wie großzügig sich Sulla in den Tavernen gezeigt hatte und daß man mit ihm ohne Hemmungen über Geldsorgen sprechen konnte.

Als ein Legionär dem Quaestor eines Abends vorjammerte, daß er seine Ration Korn für die nächsten 14 Tage beim Spiel verloren habe, lachte Sulla:

»Hier nimm! Mehr habe ich heute abend nicht bei mir.«

Es waren aber zehn Denare, die Sulla aus einem Lederbeutel zog, den er um den Hals gehängt hatte. Im Lager trug er natürlich keine Toga, in deren Falte er gewöhnlich sein Geld aufbewahrte, sondern die Tracht des Kriegsmannes: die Tunica mit einem Überwurf, der bis zu den Beinen reichte und an einer Schulter mit einer Fibel verschlossen wurde. Dankbar betrachtete der Soldat das Geld: »Das ist mehr, als wir für einen Monat Sold bekommen! Jetzt werde ich mir beim Marketender gleich Korn kaufen, bevor ich die zehn Denare auch wieder verspiele.« Ein Kamerad, der sich gerade seine Kornration für den Tag mit einer Handmühle zerkleinerte, sagte aufgebracht:

»Na, hoffentlich! Tagelang haben wir dich durchgefüttert, bis wir beschlossen haben: Du bekommst nichts mehr von unserem Korn, damit du endlich mit dem verdammten Würfelspiel aufhörst. Warte!« Er sprang auf: »Gib mir das Geld, ich werde das Korn kaufen, sonst bleibst du bei der nächsten Würfelgesellschaft wieder hängen, und wir können die ganze Nacht nicht schlafen, weil dein Magen vor Hunger knurrt.«

Der Legionär, dem Sulla das Geld gegeben hatte, schloß die Hand und setzte eine trotzige Miene auf. Als er aber den stechenden Blick des Quaestors bemerkte, grinste er verlegen und händigte seinem Kameraden die zehn Denare aus.

Befriedigt ging Sulla weiter, um nach kurzer Zeit wieder vor einer Zeltgemeinschaft stehenzubleiben und ein Gespräch mit den Legionären anzuknüpfen. Oft wurde er zu einem Imbiß und einem Becher Wein eingeladen. Aber schon ein, zwei Abende später erschien er vor dem Zelt, bei dem er bewirtet worden war, gefolgt von seinem Sklaven, der zwei Körbe hinterherschleppte. Sulla ließ ihn die Lebensmittel, die er bei Marketendern erstanden hatte, ausbreiten und war zufrieden über die kindliche Freude der Männer an den Leckerbissen, die sie sich sonst nicht leisteten.

Bald nach Sullas Ankunft ließ Marius das Lager bei der eroberten Bergfestung abbrechen, um mit seinen Legionen ins Winterquartier zu marschieren, das sie in der römischen Provinz Africa aufschlagen wollten. Gleich während des ersten Tagesmarsches in Richtung Osten mußte Sulla anerkennen, daß Marius aus den zerlumpten Gestalten, die seine Werber aus den römischen Elendsquartieren und den verlotterten Bauereien in Italien herangeschleppt hatten, eine disziplinierte Truppe zusammengeschweißt hatte.

Wenn die Legionäre von ihrer Ausbildung erzählten, bekamen sie leuchtende Augen:

»Wir mußten fechten lernen wie die Gladiatoren in ihren Schulen – mit Holzknüppeln!« Es den Gladiatoren, ihren Helden in der Arena, gleichzutun, so hart wie sie gedrillt zu werden, erschien den meisten als eine Auszeichnung, die sie aus der dumpfen Masse, zu der sie bisher gehört hatten, heraushob.

Überhaupt war es ein berauschendes Gefühl für sie, daß ihre Tage nicht mehr im Gleichmaß dahinflossen und daß sie sich nicht mehr wie bisher als Einzelkämpfer durch das Leben schlagen mußten. Sie wurden nun von einer Gemeinschaft aufgefangen und gehalten, und der feste Wille ihres Feldherrn, auf den sie nichts kommen ließen, regierte sie.

Sulla hatte bereits bei den ersten Gesprächen mit den Soldaten gemerkt, wie diese Männer an Marius hingen, und er hütete sich, auch nur die geringste negative Bemerkung über ihn fallenzulassen. Wie damals beim Wahlkampf in den Tavernen Roms ging er sogar so weit, sich als alten Freund des Feldherrn zu rühmen und die abfälligen Bemerkungen des Marius, die natürlich auch den Soldaten zu Ohren gekommen waren, auf Intrigen der beiden »Bürschchen Carbo und Cinna« zurückzuführen.

»Die sollen sich in acht nehmen«, meinte ein Centurio zu Sulla, »meine Soldaten schlagen sie zusammen, wenn sie noch einmal schlecht über dich reden!«

Sulla atmete tief auf vor Erleichterung, denn er schien seinem Ziel, die Achtung der Legionäre zu gewinnen, ein gutes Teil näher gekommen zu sein.

Er gewöhnte sich an, viele Tage mit den Soldaten zusammen zu marschieren und nicht den Weg auf hohem Roß neben ihnen zurückzulegen, wie es Carbo und Cinna taten.

Sulla trug dann die gleiche Menge an Marschgepäck wie ein einfacher Legionär, erntete viele anerkennende Blicke deswegen, denn was Marius seinen Soldaten an Lasten aufbürdete, wog schwer auf den Schultern: die Schanzpfähle, Korn für einen halben Monat, Eß- und Trinkgeschirr, ein Bratspieß, verschiedene Werkzeuge.

Marius hatte die Idee gehabt, diese Ausrüstung an einer Stange zu befestigen, die abwechselnd auf die eine oder andere Schulter gelegt werden konnte.

Zu diesem »Stangengepäck« kamen Schutz und Bewaffnung: der Brustpanzer aus Leder auf dem Leib; der Helm, der über die Brust gehängt wurde; der Schild; das kurze, doppelschneidige Schwert in der Scheide und der Wurfspeer, sechs Fuß lang. Ein schwerer Überwurf, das Sagum, diente als Schutz bei schlechtem Wetter und als Decke für die Nacht.

»Wir sind die Maulesel des Marius«, sangen die Soldaten oft während des Marsches. Der Schlager erfreute sich während dieses Feldzugs so großer Beliebtheit wie seinerzeit das Ia-Ia-Lied in Rom.

Richtige Maulesel zogen allerdings auch mit, und zwar im Troß. Mit ihrer Hilfe wurde die schwere Ausrüstung befördert: die Zelte; die sperrigen Geräte wie schwere Geschütze und Belagerungsmaschinen; die Beute, Nahrungsreserven und die Handmühlen, die Marius seinen Soldaten – zu ihrer großen Erleichterung – nicht beim Stangengepäck zumutete.

Noch eine Neuerung hatte Marius eingeführt; eine Neuerung, auf die die Legionäre besonders stolz waren: den silbernen Adler, der ihrer Legion vorausgetragen wurde. Dieser Adler war für sie zum Symbol Roms geworden, des mächtigsten Landes des Erdkreises. Wenn der Adler seine silbernen Schwingen vor ihnen ausbreitete, ob im Felde oder auf dem Marsch, fühlten sie sich wirklich als die Herren der Welt.

Eine Legion war in 60 Hundertschaften, manchmal sogar weniger, aufgeteilt; zwei Hundertschaften, ein Manipel, bildeten eine taktische Einheit.

Auch hier griff Marius ein: Er faßte drei Manipel zu einer

Cohorte zusammen, und es bürgerte sich ein, von Cohorten, auf die jeweils 500 bis 600 Mann kamen, zu sprechen, wenn man die genaue Stärke einer Legion benennen wollte. Jede Cohorte hatte selbstverständlich ihr eigenes Feldzeichen.

Nach einem langen Marschtag mußte zur Nacht jedesmal das Lager eingerichtet werden. Sulla hatte sich gut gemerkt, daß Marius in Rom bei seinen Reden über die Strapazen, die er mit seinen Soldaten geteilt habe, die »Schanzarbeiten« oft besonders herausgestrichen hatte.

Also schanzte auch der Cornelier mit. Er bewegte große Mengen an Erde und schlug die Pfähle für die Palisaden in den Wall.

»Na, Komödiant, schmierst du dich jetzt bei den Soldaten an?« hörte er am Abend des ersten Marschtages die verhaßte Stimme des Carbo und gleich darauf das wiehernde Lachen des Cinna. Er hob seine Schaufel und holte zum Schlag aus, spürte aber sofort einen harten Griff um seinen Arm.

»Mach dich nicht unglücklich! Die kriegen wir auf andere Art!« flüsterte sein Nebenmann ihm zu, ein alter Bekannter aus den Tavernen Roms. Sulla bemerkte erst jetzt, daß hinter Carbo und Cinna, die ihn höhnisch angrinsten, ein gutes Dutzend Soldaten Aufstellung genommen hatte, außerdem ein Centurio.

Die Legionäre stürzten sich auf die beiden, stopften ihnen die Münder mit Erde so voll, daß sie nicht mehr schreien konnten, und rissen ihnen Panzer und Tunica vom Leib. Unter dem Gejohle der Umstehenden, die einen dichten Kreis gebildet hatten, wurden die nackten Gestalten in der frisch ausgehobenen Erde gewälzt, man würgte ihnen immer wieder Aushub in den Mund, sogar Pferdekot, den einige von Sullas Reitern eilig herbeischafften.

»Ein Wort zu Marius«, drohte der Centurio, der die Aktion geleitet hatte, »ein einziges Wort, und in der nächsten Schlacht halten wir euch für Numider!«

»So lange warten wir gar nicht«, warf Sullas Nebenmann ein, »ihr werdet ab heute beobachtet! Wir kriegen alles mit!

Ein Wort zu Marius, und ihr seht morgen Aurora nicht mehr.«

Carbo und Cinna schlichen in der Dunkelheit davon, und Sulla hatte Ruhe vor ihnen – jedenfalls auf diesem Feldzug.

Die Auslieferung des Iugurtha

Die Achtung des Marius erwarb sich Sulla kurze Zeit später, nach einem nächtlichen Überfall des Iugurtha auf die Truppen.

Iugurtha und Bocchus hatten ihre Armeen inzwischen vereinigt, waren den Legionen des Marius gefolgt und beschlossen den Angriff, bevor die Soldaten hinter dem Schutz der Umwallung verschwinden konnten. Die Numider und die Mauren näherten sich so überraschend, daß sich die Römer nicht einmal in Kampfordnung aufstellen konnten; ein wildes Durcheinander herrschte.

Marius eilte mit seiner berittenen Leibgarde allen zu Hilfe, die in Bedrängnis waren, und konnte schließlich seine versprengten Soldaten auf einem Hügel zusammenziehen. Er gab Sulla den Befehl, mit seinen Reitern einen daneben liegenden Hügel zu besetzen, der zu klein für ein Lager war, auf dem aber eine starke Quelle sprudelte.

»Rühr dich bloß nicht vom Fleck«, sagte Marius zu Sulla, »ohne das Wasser da oben haben die Numider ein leichtes Spiel mit uns!«

Sulla gelang es, den Hügel zu halten, und war am nächsten Morgen einer der ersten, der – mit seinen Reitern – gegen die am Fuß der Hügel lagernden Feinde vorging. Die Wüstensöhne hatten während der ganzen Nacht ihren nahen Sieg gefeiert und lagen beim Angriff der Römer noch benebelt im Schlaf. Wer von ihnen nicht flüchten konnte, wurde niedergemacht.

Marius ließ nun auf dem weiteren Marsch ins Winterquartier größere Vorsicht walten: Die Legionen mußten in einem geschlossenen Viereck vorrücken.

Sulla bekam den ehrenvollen Auftrag, mit seinen Reitern die rechte Flanke zu schützen.

»Bist doch nicht so ein parfümiertes Bürschchen, wie ich immer gedacht habe«, sagte Marius zu ihm, als er die neue Marschordnung bekanntgab. »Eigentlich sollte Carbo oder Cinna die Flanke schützen, aber denen trau ich nicht mehr so recht! Du kennst auch die Reiter besser, du hast sie ja ausgehoben.«

»Danke, Marius«, sagte Sulla und strahlte den Feldherrn an.

»Nun ja, manche müssen wohl erst ins Feld, damit sie richtige Männer werden«, grinste Marius zurück, »und mit deinen Ahnen ist es ja nicht so weit her, habe ich mir sagen lassen, auch wenn du ein Cornelier bist! Für die großen Herren vom Adel bist du genauso ein Aufsteiger wie ich!«

Sulla schluckte; dieses Kompliment des Marius, so freundlich es gemeint war, gab ihm doch einen Stich.

Der eigentliche Durchbruch in der Wertschätzung des Marius kam einige Tage später, als Sulla bei einem erneuten Gefecht die Flucht des römischen Heeres verhinderte. Die Legionen waren diesmal während des Marsches angegriffen worden, und Iugurtha hatte mitten im Kampf eine Kriegslist angewandt: Er verbreitete in einwandfreiem Latein, daß er Marius erschlagen habe!

Panik ergriff die Legionäre, und hätte nicht Sulla mit seiner Reiterei Iugurtha umzingelt und dessen Leute getötet, wäre Iugurtha aus diesem Treffen als Sieger hervorgegangen. So entkam der König nur knapp mit dem Leben.

Am Abend nach diesem Kampf wurde Sulla von Marius vor den versammelten Legionen gelobt. Der Cornelier bekam den Ehrenplatz beim Festessen im Feldherrnzelt. Zum erstenmal führten er und Marius ein entspanntes Gespräch, wie zwei Kriegskameraden.

»Wir wollen alles vergessen, was einmal zwischen uns war«, schlug der Feldherr vor, »für mich zählt nur die Leistung; das sage ich ja auch immer in meinen Reden. Du bist tüchtig, das hast du heute bewiesen, während die da«, und Marius zeigte auf Carbo und Cinna, die sich im Hintergrund herumdrückten, »sich vor Angst an die Beine gepinkelt haben. Das war der letzte Feldzug, auf den ich die mitgenommen habe!«

»Hast du eigentlich was von Metellus gehört?« fragte Sulla im weiteren Verlauf des Gesprächs, als Marius schon eine größere Menge Wein getrunken hatte. »Der Senat will ihm einen Triumph bewilligen, obwohl er den Krieg in Numidien doch gar nicht beendet hat!«

Die Miene des Marius verdüsterte sich: »Das wäre eine Schweinerei; er hat mit dem Krieg hier nichts mehr zu tun und kriegt einen Triumphzug. Danach kann er sogar den Beinamen ›Numidicus‹ führen! Aber das werde ich ihm schon noch versalzen!«

Das römische Heer gelangte ohne weitere Scharmützel nach Cirta, wo zunächst das Winterquartier vorgesehen war.

Sulla schlenderte durch die lebhafte Handelsstadt und kam an zahlreichen Niederlassungen römischer und italischer Kaufleute vorbei. Oft waren es die Brüder oder Söhne jener Händler, die hier vor sechs Jahren den Tod gefunden hatten, die die Arbeit ihrer ermordeten Verwandten fortsetzten.

»Wir Römer halten fest, was wir einmal haben«, dachte er, als er das Geschäft seines verstorbenen Schwagers Nonius erreichte, das jetzt von dessen jüngerem Bruder geführt wurde, »Cirta ist eine Goldgräberstadt, und auf große Gewinne verzichtet kein Römer, auch wenn ihn die Steine dieser Stadt immer wieder an den schrecklichen Tod eines Verwandten erinnern!«

Sulla trat in den Laden und fragte den Sklaven, der in Abwesenheit des Nonius die Geschäfte führte, nach einem Brief. Er hatte mit Metella mehrere Adressen verabredet, an die sie Post für ihn schicken konnte; eine davon war das Handelshaus Nonius in Cirta.

Der Sklave händigte ihm auch wirklich versiegelte Wachstafeln aus, und Sullas Herz begann zu hüpfen. Es war aber ein Schreiben von Metrobius.

»Mein geliebter Sulla«, las er, »mir sind da Dinge zu Ohren gekommen, die mir gar nicht gefallen: Du willst wieder heiraten, und zwar diesmal aus Liebe! Warum hast du diese Heiratspläne nicht mit mir besprochen? Noch vor deiner Abreise hast du mir geschworen, daß du dich in Numidien von allen Frauen fernhältst! Ha, ha: Du konntest gut für Numidien schwören, nachdem du in Rom schon in die Fallstricke einer Frau geraten warst! Hast du denn immer noch nicht begriffen, daß alle Weiber Schlangen sind, daß der einzige Mensch, auf den du dich wirklich verlassen kannst, dein Metrobius ist?

Soviel habe ich in Erfahrung gebracht: Deine neue große Liebe gaukelt dir ihre Liebe nur vor, und dein kleiner Metrobius wird dir mal wieder helfen müssen.

Leb wohl!«

Sulla war alarmiert, besonders die letzte Andeutung beunruhigte ihn.

»Er wird doch nicht an Gift gedacht haben!« murmelte er vor sich hin, während er eilig zu seinem Quartier strebte, um einen Brief an Metrobius zu schreiben, der den Freund beschwichtigen sollte. Aber er kam nicht mehr dazu; in seiner Wohnung wartete ein Centurio auf ihn, der ihn zu Marius beorderte, der im schönsten Haus der Stadt residierte.

Marius war nicht allein, sein Legat Manlius leistete ihm Gesellschaft.

»Endlich, endlich!« begrüßte Marius seinen Reiterobristen. »Interessante Neuigkeiten von König Bocchus: Er will mit uns Römern verhandeln, hat offensichtlich vor, seinem Schwiegersohn Iugurtha in den Rücken zu fallen. Er bittet, daß ich zwei meiner allertreuesten Leute zu ihm schicke, und da habe ich den Manlius und dich ausgewählt!«

Sulla fiel es schwer, seine Haltung zu bewahren; am liebsten hätte er – wie in seiner Jugendzeit – einen kleinen Tanzhüpfer vor Freude gemacht. Die Festung »Marius« war also erobert!

Während des Ritts zum Lager des Bocchus hatte Manlius dem jüngeren Sulla großzügig angeboten, bei den Verhandlungen mit dem König als Sprecher aufzutreten:

»Ich bin zwar der Ältere und außerdem der Stellvertreter von Marius«, lachte Manlius, »aber du kannst besser reden, bist flinker mit dem Mundwerk. Es ist wichtig, daß wir den Mauren erst gar nicht lange schwafeln lassen, sonst kommt er sich als der Größte vor. Die wahren Machtverhältnisse müssen ihm von vornherein klargemacht werden: Wir sind Römer, er ist ein Barbar!«

Sulla hielt sich an die Absprache, milderte nur seine Worte, wie es seine Art war, etwas ab:

»König Bocchus«, sagte er mit seinem charmantesten Lächeln, nachdem der Maure sie höflich begrüßt hatte, »wir freuen uns, daß die Götter dir eingegeben haben, endlich den Frieden zu wollen, und daß du dich von dem Verbrecher Iugurtha trennen willst. Dem römischen Volk liegt seit alters her viel daran, sich Freunde zu erwerben; Freunde sind uns lieber als Sklaven, wir herrschen lieber über die, die uns zu Willen sind, als über die, die wir zwingen müssen. Für dich, König Bocchus«, und Sullas Augen funkelten jetzt vor Ironie, »ist unsere Freundschaft aber besonders günstig, weil wir so weit entfernt von deinem Reich leben – da gibt es wenig Anlaß für Spannungen.

Zwar hättest du alle Vorteile, die ein Bündnis mit sich bringt, schon eher haben können, aber über die Menschen regiert das Glück – du hast das Üble einer Verbindung mit Iugurtha kennengelernt und wirst nun die Gunst unserer Freundschaft erfahren!«

Bocchus schien sichtlich beeindruckt von dieser Rede, mußte aber noch rechthaberisch anbringen, daß er sehr wohl schon früher das Bündnis mit Rom gesucht, dort jedoch keinen Widerhall gefunden habe.

Sosehr Sulla sich auch bemühte: auf eine bindende Abmachung ließ sich Bocchus bei diesem Treffen nicht ein.

»Ich muß mir alles reiflich überlegen«, sagte er schließlich,

»Iugurtha ist mein Schwiegersohn, so einfach kann ich ihn nicht fallenlassen. Ich lasse wieder von mir hören!«

Schon wenige Tage später schickte Bocchus fünf Gesandte nach Cirta, die Vollmacht hatten, den Krieg zu beenden. Unterwegs wurden sie von Räubern überfallen und so ausgeplündert, daß sie wie Bettler im Winterquartier der Römer anlangten.

Sie wurden zu Sulla geführt; der Cornelier war inzwischen zum Stellvertreter des Marius avanciert. Die Göttin des Glücks hielt ihre schützende Hand über ihn. Marius war mit einigen Cohorten zu einem kleinen Beutezug aufgebrochen, zu einer Festung in der Wüste, denn seine neuen Soldaten sollten die Freuden des Winterquartiers richtig genießen, und dazu brauchten sie Geld.

Sulla empfing die zerlumpten Gestalten in seinem Zelt im Lager; er bot ihnen Stühle an und behandelte sie wie Fürsten. Nachdem sie ihm ausführlich ihr Ungemach geschildert, ihn auch über ihre weitgehenden Vollmachten unterrichtet hatten, gab er Anweisung, für sie in Cirta prächtige Kleidung zu erstehen, damit sie standesgemäß auftreten konnten.

»Wir werden dir alles doppelt und dreifach zurückgeben«, versicherten sie ihm.

Sulla wehrte ab: »Ihr kommt als Freunde des römischen Volkes, daher bin ich auch euer Freund. Nehmt meine Geschenke als Beweise meiner Freundschaft!«

Die Gesandten fielen vor ihm nieder und küßten ihm die Hände. Sulla fühlte sich wie aufgebläht vor Glück.

»So muß sich damals der Gracchus vorgekommen sein, als die Plebs vor ihm niederfiel«, dachte er, »nur waren es natürlich viel mehr, nicht nur fünf Gesandte. Aber ein Anfang ist gemacht, endlich fange ich an, über Menschen zu herrschen!«

Er überschüttete die Gesandten weiter mit großer Liebenswürdigkeit, außerdem mit Geschenken, um dieses neue, berauschende Gefühl ganz auszukosten, und die Mauren baten schließlich um seine Hilfe und seinen Schutz bei allen ihren Unternehmungen.

»König Bocchus wird es dir danken, wenn du uns hilfst«, versprachen sie ihm, »seine Reichtümer sind unermeßlich!«

Sulla horchte auf; daß hier nicht nur Verehrung und Bewunderung zu ernten waren, sondern auch Schätze, stachelte ihn noch stärker an.

Als Marius mit seinen Cohorten, reich beladen mit Beute und in bester Laune, nach Cirta zurückkehrte, wurde im großen Kreis Rat gehalten, wie man mit den Gesandten zu verfahren habe. Dazu lud Marius den Statthalter der Provinz Africa sowie einige Senatoren ein, die sich auf ihren Gütern in der Provinz aufhielten.

Sulla hatte den Gesandten geraten, den Praetor auf ihre Seite zu ziehen, indem sie mit Geld winkten; seine eigene Fürsprache für sie überzeugte Marius und Manlius, so daß der Rat der Römer auf die Wünsche der Mauren einging: Drei von ihnen wurde gestattet, nach Rom zum Senat zu reisen, und für die Zeit ihrer Abwesenheit ein Waffenstillstand verabredet. Zwei Gesandte kehrten unverzüglich zu König Bocchus zurück, um ihm über alles zu berichten.

Kurze Zeit später erreichte Marius ein Schreiben von Bocchus.

»Er will dich, Sulla, nur dich will er sprechen«, rief Marius und schwenkte die Wachstafeln, »jetzt kommt es ganz auf dich an: Komm mir diesmal nicht wieder mit Halbheiten zurück!«

»Entweder bringe ich dir Iugurtha, oder ich komme nicht zurück«, meinte Sulla prahlerisch.

»Mein Lieber, mach keine Versprechungen, die dir später leid tun! Den Iugurtha kriegen wir schon noch, wenn er endlich keine Unterstützung mehr von Bocchus hat! Sieh zu, daß Bocchus wieder nach seinem Mauretanien verschwindet, dann hast du schon viel erreicht!«

Elitetruppen begleiteten Sulla bei seiner gefährlichen Unternehmung: balearische Schleuderer, kretische Bogenschützen, eine Cohorte von Legionären vom italischen Volk der Paeligner, die sich in vielen Kämpfen hervorgetan hatten, außerdem ein Trupp Reiter zur Bedeckung.

Fünf Tage waren sie schon unterwegs, als sich ihnen ein großer Schwarm Reiter ohne jegliche Ordnung näherte.

Sulla ließ seine Männer in Gefechtsstellung gehen, dann erkannte er aber Volux, den Sohn des Bocchus, der sich aus dem Reiterhaufen löste und allein auf ihn zuritt.

»Mein Vater schickt mich«, sagte Volux nach der Begrüßung, »wir sollen euch zu unserem Lager begleiten!«

Zwei Tage zogen sie zusammen weiter, und Sulla vertraute dem jungen Mann. Als sie abends das Lager aufschlugen, bemerkte er plötzlich, wie der Maure im Kreis von Vertrauten heftig gestikulierte, sich schließlich von seinen Freunden trennte und langsam auf ihn zukam.

»Schlechte Nachrichten, Sulla«, flüsterte Volux ihm zu, »meine Kundschafter haben erfahren, daß Iugurtha ganz in der Nähe campiert. Ich weiß aber Rat, wir verschwinden nachts von hier: nur du und ich!«

Sulla glaubte, nicht richtig gehört zu haben: »Was schlägst du mir vor, mir, einem Römer?« donnerte er so laut, daß seine Stimme im ganzen Lager zu hören war. »Ich soll vor Iugurtha davonlaufen, diesem Iugurtha, den wir Römer so oft geschlagen haben?«

Er hatte aber absichtlich so laut gesprochen, um sich Mut zu machen und sich jede Möglichkeit zu nehmen, heimlich mit Volux das Lager zu verlassen. Im Nu war er von seinen Kriegern umdrängt. Als er die vielen Augen sah, die erwartungsvoll, gespannt und ängstlich auf ihn gerichtet waren, atmete er tief und lächelte beruhigend in die Runde:

»Ich vertraue auf eure Tapferkeit«, sagte er zu seinen Leuten, »Marius hat die Besten ausgewählt, um mich zu begleiten. Auch wenn unser Untergang gewiß wäre, ich würde lieber mit euch zusammen kämpfen als euch verlassen. Aber nichts ist gewiß«, und jetzt lachte er fröhlich, »wer wird da an Flucht denken, um dann vielleicht später mit einer Krankheit bestraft zu werden! Laßt uns aber gleich aufbrechen und bei

Nacht marschieren, vielleicht entkommen wir so Iugurtha und seinen Kriegern, die ja jede Nacht feiern.«

Iugurtha feierte diese Nacht keineswegs; er folgte den Römern und den Mauren, und als diese – völlig übermüdet – im Morgengrauen ein Lager aufschlagen wollten, mußten sie von Kundschaftern erfahren, daß sich Iugurtha zwei Meilen vor ihnen bereits niedergelassen hatte.

»Volux ist ein Verräter«, schrie wütend ein Centurio zu Sulla, »die Numider feiern nachts immer, marschieren nie! Wie kann Iugurtha von unserem Aufbruch erfahren haben? Doch nur durch Volux!«

»Volux hat uns verraten!«

»Wir bringen ihn um!«

»Mauren, Numider, Punier – alles eine treulose Soße!«

Volux war bereits von den römischen Legionären umzingelt, während die kretischen Bogenschützen und die balearischen Schleuderer die maurischen Reiter in Schach hielten.

»Hört auf!« schrie Sulla und stellte sich schützend vor Volux. »Mit dem Verräter rechnen wir später ab! Seid mutig, Leute! Wie oft sind große Schlachten nur von einer kleinen Zahl von Tapferen entschieden worden! Kehrt nicht eure Hinterfront dem Feind zu; hinten seid ihr ungeschützt und wehrlos!«

Sulla warf einen wütenden Blick auf Volux, der bleich und zitternd neben ihm stand, dann warf er die Arme zum Himmel:

»Iuppiter, ich flehe dich an, räche die Treulosigkeit des Volux! Wir haben jetzt keine Zeit, uns mit ihm zu beschäftigen. Mach dich davon, du Verräter«, schrie er und lief rot an vor Wut.

Aber der Sohn des Bocchus bewies eine Standhaftigkeit, die Sulla ihm nicht zugetraut hätte. Er weinte zwar wie ein Kind, aber es gelang ihm doch, sich verständlich auszudrükken:

»Ich habe euch nicht verraten, Iugurtha ist eben schlau! Aber er wird euch nichts tun, wenn ich bei euch bin; er hängt jetzt völlig von meinem Vater ab, hat überhaupt keine Mittel mehr. Laßt uns zusammen durch Iugurthas Lager ziehen, er hat ja nicht viele Krieger bei sich. Wenn ich bei euch bin, wird er einen Angriff nicht wagen!«

Sulla blickte ihm in die Augen, sah dort nur Verzweiflung und nickte.

So ritt er mit Volux und allen Kriegern am hellichten Tag durch Iugurthas Lager, bestaunt von den Numidern. Sie kamen an Iugurtha vorbei, der aus seinem Zelt getreten war. Der Numiderkönig hob lächelnd die Hand zum Gruß, Sulla lächelte zurück, während ihm der Schweiß ausbrach. Fünf Minuten später war alles vorbei; die Zelte lagen hinter ihnen.

König Bocchus empfing Sulla wie einen guten Freund, und nachdem Volux seine Treue bewiesen hatte, zweifelte der Cornelier auch nicht am Vater und hoffte, daß ihm Iugurtha bald ausgeliefert würde. Doch Bocchus war inzwischen unter den Einfluß eines Numiders, eines Freundes von Iugurtha, geraten und dachte gar nicht daran, seinen Schwiegersohn den Römern preiszugeben.

Selbst das Bündnis mit dem römischen Volk, um das er selbst ja so dringlich gebeten hatte, war ihm wieder aus dem Sinn gekommen. Als Sulla ihn danach fragte, bat er um zehn Tage Bedenkzeit. Doch noch in derselben Nacht ließ er Sulla zu einer geheimen Unterredung zu sich bitten.

»Nie hätte ich gedacht«, begann er liebenswürdig das Gespräch, »daß ich einem Privatmann einmal Dank schulden würde! Aber *dir* schulde ich Dank, äußere einen Wunsch, und er wird dir erfüllt! Du kannst von mir alles bekommen, was dein Herz begehrt: Waffen, Leute, Geld – und nicht nur heute, sondern dein Leben lang. Du warst großmütig zu meinen Gesandten, und *ich* lasse mich lieber mit Waffen besiegen als mit Großherzigkeit!«

Sullas Herz fing an zu rasen; er atmete tief. Endlich schienen seine beiden Glücksgöttinnen, Venus und Felicitas, ihm die Hände zu reichen, ihn mit Reichtümern zu überschütten. Bilderfetzen flatterten vor seinen Augen: Er sah sich in einem großen Palast auf dem Palatin; er sah sich in einer Villa über dem Meer; er sah sich – umgeben von viel Gefolge – über das Forum schreiten, an seiner Seite Metella, stolz wie eine Königin.

Und der Gedanke an Metella ernüchterte ihn. Wo war die große Tat, die sie von ihm gefordert hatte? Nur mit Reichtümern konnte er sie nicht gewinnen, die bot ihr Scaurus im Überfluß. Und der tollkühne Ritt durch Iugurthas Lager war zwar eine hübsche Geschichte für Rom, aber mehr auch nicht.

»Ich will Iugurtha«, hörte er sich wie aus weiter Ferne sagen, »du mußt mir Iugurtha ausliefern, damit dir das römische Volk verpflichtet ist. Ohne Iugurtha bieten wir dir kein Bündnis mehr an. Du versprichst mir Reichtümer, aber ich kann dir auch viel versprechen, wenn du mir Iugurtha gibst: Wir schenken dir Land, der Fluß Muluccha ist nicht mehr deine Grenze, du bekommst große Teile von Numidien.«

Das Gespräch ging noch eine Weile hin und her, schließlich erklärte sich Bocchus bereit, den Numiderkönig an Sulla auszuliefern.

Das Spiel um Iugurtha zog sich weitere Tage hin, in denen der Maure wieder schwankte und ernsthaft überlegte, ob er nicht Sulla seinem Schwiegersohn schenken sollte. Zuletzt entschied er sich für Sulla, gegen Iugurtha.

Der Cornelier entwickelte einen Plan, wie dem Numider ein Hinterhalt zu legen sei, und diesmal hielt sich Bocchus an die Abmachung. Er lud zu einem Friedensgespräch auf einem Hügel ein, hinter dem Sulla aber seine Krieger versteckt hatte.

Lächelnd ging der Cornelier dem König Iugurtha entgegen, der, wie er, ohne Waffen war, ebenso die Begleiter. Der Numider blieb stehen und musterte mißtrauisch das Gelände, konnte aber nichts Verdächtiges entdecken.

»Laß uns dort Platz nehmen«, sagte Sulla ehrerbietig und wies zu einer Sitzgruppe in der Mitte des Hügels, die er dort hatte aufbauen lassen. Iugurtha wollte sich gerade hinsetzen,

als Pfeile auf seine Begleiter losschwirrten, Soldaten ihn um-
zingelten.

»Fesselt ihn«, sagte Sulla kalt, seine blauen Augen blickten
stechend, »und tötet alle Leute, die er mitgebracht hat!«

Sulla konnte es gar nicht erwarten, wieder nach Rom zu kommen. Nachdem er Iugurtha bei Marius abgeliefert und den
Krieg damit beendet hatte, entließ ihn der Feldherr großzügig.

Marius mußte sich noch einige Monate in Africa aufhalten,
um die Verhältnisse in den römischen Klientelstaaten neu zu
ordnen, Bocchus mit weiten Teilen Numidiens zu beschenken
– wie Sulla es ihm versprochen hatte. Als Nachfolger von
Iugurtha setzte er einen weiteren Enkel des Massinissa ein,
der etwas schwachsinnig und daher leicht zu lenken war.

In Rom war Sulla der Heros der Stadt. Auf dem Forum, in
den Gassen und Tavernen und auch in den Adelspalästen –
überall schwirrten seine Heldentaten herum, der Ritt durch
Iugurthas Lager ebenso wie die Auslieferung des Numiderkönigs.

Wenn Sulla jetzt die Via Sacra entlangschlenderte, tat er es
nicht mehr allein oder nur mit Aelia am Arm, sondern es zog
ein Schweif von Klienten und Bewunderern hinter ihm her.
Immer wieder mußte er seine Geschichten erzählen, jedes
Wort wurde begierig aufgesogen, und besonders die Ereignisse um die Gefangennahme auf dem Hügel konnten seine Zuhörer gar nicht oft genug hören.

Immer wieder beschrieb er, wie er, als Iugurtha überwältigt
und dessen Leute getötet waren, auf einem der Stühle auf
dem Hügel Platz genommen hatte. König Bocchus war vor
ihm niedergekniet und hatte ihm einen Ölzweig überreicht,
während der gefesselte Iugurtha neben ihm auf die Knie gefallen war.

Schließlich ließ Sulla diese Szene in einen Smaragd ein-
gravieren, der so groß wie ein Hühnerei war; der Stein wurde
in einen goldenen Ring eingefaßt, den Sulla täglich trug und

auch zum Siegeln benutzte. Wenn ihn seine Bewunderer umdrängten, hob er lässig die linke Hand und gestattete ihnen viele Blicke aus der Nähe auf sein Kleinod.

Geld spielte keine Rolle mehr für ihn; er besaß es nun in solchem Überfluß, wie er es früher selbst in seinen kühnsten Träumen nicht erhofft hätte. König Bocchus hatte Wort gehalten: Sulla hatte von ihm fordern können, was er wollte, und der Cornelier hatte viele Millionen gefordert.

So stolzierte Sulla als einer der großen Adligen durch Rom; die Plebs jubelte ihm zu, wo immer er erschien, ob auf dem Forum oder in den Tavernen. Sie liebte ihn auch, weil er freigebig war. Nie verschloß er sich einer Bitte um einige Silberstücke; oft drückte er ungefragt Sesterzen oder sogar Denare in die schmutzigen Hände, die ihn betatschten.

Durch gelegentliche gehässige Bemerkungen ließ er sich nicht provozieren. Neid war unter den Römer sehr verbreitet, und der eine oder andere fragte ihn:

»Wo hast du plötzlich das viele Geld her? Von deinem Sold als Quaestor kannst du dir doch nicht das Leben leisten, das du jetzt führst!«

Falls Sulla darauf überhaupt antwortete, so nur mit einem Lachen:

»Ehrlich erworben! Weder geraubt noch geplündert! Alles habe ich nur meiner Tüchtigkeit zu verdanken – und meinem Glück!«

Hatte er während der ersten Wochen nach seiner Rückkehr gern mit seinem »Glück« geprahlt, so nahm er später das Wort kaum noch in den Mund. Das Glück, das er begehrte, hatte ihn nämlich verlassen.

Gleich nach seiner Ankunft hatte er einen Brief an die Metella geschickt, direkt in ihr Vaterhaus, sie um ein Treffen gebeten, aber keine Antwort erhalten. So machte er sich dann – mit Wut im Bauch – an einem Morgen auf den Weg zum Palatin, um Metella persönlich zu sprechen.

Nach einiger Wartezeit wurde er auch empfangen, allerdings von ihrem Vater, dem Dalmaticus, dem Oberpriester.

Kühl beglückwünschte ihn Metellus zu seiner Leistung:

»Allerdings hatten wir Optimaten ein bißchen mehr von dir erwartet«, fuhr der Pontifex Maximus fort, »du hattest eine glänzende Gelegenheit, um Marius auszubooten, aber da hast du versagt!«

Sulla holte tief Luft: »Ich habe versagt? Ich habe – unter Lebensgefahr – Iugurtha gefangengenommen, den Krieg in Numidien beendet, der sechs Jahre lang Rom zu schaffen machte – und ich habe versagt? Das ist doch wohl nicht dein Ernst!«

»Das ist meine Meinung, und die der meisten Optimaten«, sagte der Dalmaticus beherrscht. Seine große Habichtsnase stach wieder weiß heraus, was bei ihm immer ein Zeichen von Erregung war. »Du hattest den Auftrag, uns den Marius vom Hals zu schaffen! Statt dessen müssen wir erfahren, daß du sein Günstling bist, er dich wie einen Sohn behandelt hat.«

»Aber ich mußte doch sein Vertrauen erwerben, damit er mich mit schwierigen Missionen betrauen konnte! Hätte er nicht große Stücke von mir gehalten, hätte er mich nie zu König Bocchus geschickt, nicht einmal zu den ersten Verhandlungen, die ich mit Manlius zusammen geführt habe!«

»Wie dem auch sei: Marius steht – nach *deinem* Erfolg in Numidien – besser da denn je zuvor, er soll sogar wieder zum Consul gewählt werden! Du stolzierst durch Rom, prahlst mit *euren* Taten, jawohl, mit *euren* Taten, denn wir haben bisher kein Wort von dir gehört, das Marius schlechtmacht.

Hast du denn vergessen, wie er meinen Bruder behandelt hat? Hast du die Flut von Briefen vergessen, mit denen Marius Rom überschwemmen ließ? So etwas hatten wir auch von dir erwartet! Briefe wären nicht einmal nötig gewesen, du bist ja selbst nach Rom geeilt!

Warum stehst du nicht jeden Tag auf der Rostra und schreist ins Volk, wie unfähig Marius ist und daß *du* der Sieger von Numidien bist? Du *und* mein Bruder Quintus! Wir Optimaten haben einen Triumph für ihn durchgesetzt, obwohl er den Krieg nicht beendet hat. Er darf sich jetzt Numidicus nennen! Du hättest seine Taten groß herausstellen sollen ...«

»Augenblick mal!« unterbrach ihn Sulla und sprang auf. »Ihr habt doch nicht im Ernst von mir erwartet, daß ich eine Leistung deines Bruders preise, die er gar nicht vollbracht hat! *Ich* habe Iugurtha gefangengenommen und so den Krieg beendet – gemeinsam mit Marius; dein Bruder war schon längst aus dem Rennen.«

»Du wirst noch sehen, was du davon hast, wenn du jetzt dem Marius ein Loblied singst. Solange er dich braucht, behandelt er dich gut, aber wenn du seinem eigenen Ruhm in die Quere kommst, gibt er dir einen Fußtritt!«

»Marius ist ganz anders«, verteidigte Sulla seinen neuen Freund, »ich habe ihn auch jahrelang falsch eingeschätzt, aber im Krieg habe ich einen ganz anderen Marius kennengelernt!«

»Denk an meine Worte!« sagte der Oberpriester streng. »Du hättest lieber auf unserer Seite mitspielen sollen, mit Marius hast du auf den falschen Rennwagen gesetzt! Aber du hast es so gewollt. Was nun meine Tochter betrifft, so schlage dir eine Heirat aus dem Kopf. Sie wird den Marcus Scaurus heiraten!«

»Wo ist sie?« rief Sulla. »Das soll sie mir selber sagen! Ich will sie sprechen!«

»Sie ist in Baiae und für dich nicht zu sprechen. Hier ...«, der Dalmaticus gab seinem Hausverwalter einen Wink und nahm Wachstafeln entgegen, »hier ist ein Schreiben von ihr an dich.«

Kaum hatte Sulla das Haus verlassen, so riß er das Siegel auf und las:

»Metella grüßt Sulla.

Wenn du diesen Brief in Händen hältst, weißt du bereits von meinem Vater, daß aus unserer Heirat nichts wird, weil du unseren Auftrag nicht erfüllt hast. Du liest richtig: Du hattest einen Auftrag, den ich dir bei unserem letzten Treffen übermittelt habe.

Nun denk aber nicht, ich habe ein falsches Spiel mit dir getrieben und Liebe nur vorgetäuscht, damit du unsere Familienehre wiederherstellst. Ich liebe dich wirklich, Sulla, habe dich geliebt seit meiner Kindheit.

Nur heiraten kann ich dich nicht mehr.

Ich hätte dich übrigens auch gegen den Widerstand meiner ganzen Familie geheiratet, du kennst meinen persönlichen Mut, und die Familienehre wäre mir nicht so wichtig gewesen, wenn, ja wenn mir die Geschichte mit Metrobius nicht zu Ohren gekommen wäre. Warum hast du mir verschwiegen, daß du seit vielen Jahren ein Liebesverhältnis mit diesem Schauspieler hast, daß dein Hang zu Männern stärker ist als der zu Frauen?

Ich habe erfahren, was Domitia mit ihrem früheren Ehemann Catulus mitgemacht hat, und *so* habe ich mir *mein* Zusammenleben mit einem Mann nicht vorgestellt.

Dein Metrobius ist übrigens ganz reizend, beinahe hätte ich mich auch in ihn verliebt. Leb wohl, Metella.«

Sulla stürmte zu seiner Wohnung am Hang des Quirinal. Er hatte zwar inzwischen eins der kleineren Häuser auf dem Palatin erworben, um standesgemäß leben zu können. Aber dieses Haus mußte völlig renoviert werden, was einige Zeit in Anspruch nahm, da Sulla auf den neuesten Luxus Wert legte und sich Zeit ließ, um sich zu informieren.

Von der Terrasse im Obergeschoß winkte ihm der Freigelassene Aemilius Fidelis ehrerbietig entgegen, aber Sulla beachtete ihn nicht; er haßte alles, was den Namen »Aemilius« trug, auch wenn der Freigelassene des Scaurus nichts für die Machenschaften seines Patrons konnte.

Vitalis war übrigens vor fünf Jahren gestorben – »an Süßigkeiten erstickt«, wie Sulla hämisch kommentiert hatte. Gleich nach seinem Tod zog Fidelis, der »Treue«, ins Obergeschoß. Diskret und ergeben betrieb auch er die Geldgeschäfte des Scaurus, wie er es von Vitalis gelernt hatte.

Sulla fand Metrobius bei Aelia und Arria im Peristyl. Er hatte sich von Aelia inzwischen scheiden lassen, indem er ihr einfach diese Absicht vor Zeugen mitgeteilt hatte. Ihre Mitgift gab er ihr ungeschmälert zurück. Sie wollte gern weiter in dem Haus bleiben, in das Mietverhältnis einsteigen, wenn er auf den Palatin umzog. Sulla hatte nichts dagegen, sie störte ihn nicht.

»Warum bist du zu Metella gegangen und hast ihr von unserem Verhältnis erzählt?« schrie Sulla und schwenkte die Wachstafeln vor dem Gesicht seines Freundes hin und her.

»Du irrst dich!« antwortete Metrobius kühl. »Sie ist hierher gekommen, nicht wahr, Aelia?«

Aelia nickte nur und freute sich auf die kommende Szene. Wenn Sulla und sein Freund auszogen, würden Arria und sie viel weniger Abwechslung in diesem Haus haben.

»Gut, dann ist *sie* in dieses Haus gekommen! Aber woher wußte sie von uns, Metrobius?«

»Ich habe ihr geschrieben und sie um einen Besuch gebeten und ihr dann alles erzählt.«

»Aber warum? Warum mußtest du mir meine Pläne zerstören?«

Die großen Bernsteinaugen hatten wieder etwas Unergründliches, als Sulla in ihnen zu forschen versuchte.

»Hast du Apollo vergessen? Trägst du eigentlich noch das Amulett?« fragte Metrobius leichthin.

Sulla wies eilig auf das kleine Medaillon und erzählte ausführlich, wie er vor jedem Gefecht, in jeder schwierigen Situation zu Apollo gebetet und um dessen Schutz gefleht hatte. Die Bernsteinaugen leuchteten auf; Sulla spürte, daß der Augenblick der Gefahr vorüber war.

»Nicht auszudenken, wenn er über meine Herkunft von einer Hetäre geplaudert hätte«, dachte Sulla erleichtert, »und er war nahe daran.«

Er legte den Arm um den Schauspieler und wühlte in den langen, seidigen Haaren:

»Du hast das richtig gemacht, Metrobius, alle Weiber sind Schlangen; Metella wollte mich nur benutzen, um ihre Familienehre zu retten.«

Metrobius lächelte zufrieden:

»Ich wußte es doch, dein kleiner Metrobius mußte dir wieder einmal aus der Patsche helfen!«

Trauer in Rom

Rom trauerte; die Menschen hatten schwarze Kleidung angelegt und schlichen mit bedrückten Mienen durch die Stadt.

Rom hatte 80 000 Soldaten verloren; über 40 000 vom Troß waren gestorben. Viele hatten einen schrecklichen Tod erlitten; sie waren in Bäumen aufgeknüpft, dem furchtbaren Gott der Kimbern und Teutonen geopfert worden. Oder die Priesterinnen dieses Gottes hatten ihnen die Kehlen durchgeschnitten, das Blut in großen Gefäßen aufgefangen und zu unheimlichen, barbarischen Ritualen benutzt.

Rom hatte nicht nur eine Schlacht verloren; es war eine so schwere Niederlage wie damals bei Cannae, als Hannibal in Italien siegte. Diesmal lag der Ort in Gallien, hieß Arausio, nahe beim Rhodanus, im Gebiet der Allobroger.

Nachdem die Kimbern und Teutonen vor vier Jahren den damaligen Consul Marcus Iunius Silanus geschlagen, seine Legionen vernichtet hatten, waren sie nicht, wie erwartet, nach Italien gezogen. Jahrelang trieben sie sich in den Teilen Galliens herum, die nicht von den Römern erobert waren, offensichtlich immer auf der Suche nach großen Schätzen. Sie verwüsteten weite Landstriche, belagerten die gutgeschützten Fluchtburgen und hungerten die Bevölkerung aus.

Kaufleute verbreiteten in Rom grauenvolle Geschichten über diese Belagerungen: Die verzweifelten Bewohner seien zu Kannibalen geworden, die sich gegenseitig zerfleischten.

Was die Kimbern und Teutonen in dem Jahr, in dem der Numidienfeldzug endlich seinem Ende entgegenging, bewog, sich nach Süden, nach Italien zu wenden, konnte niemand genau sagen. Vielleicht waren die Kimbern der Meinung, daß die in Gallien geraubten Schätze ausreichten, um die 300 Könige der Curia zu kaufen, während die Teutonen eher dem Kriegsglück vertrauten, das sie vier Jahre lang durch Gallien begleitet hatte.

Als die Nachricht Rom erreichte, daß sich der Zug der Kimbern und Teutonen langsam auf Italien zuwälzte, beschloß der Senat, ihn mit einem großen Aufgebot an Truppen abzuwehren. Da Marius seine Legionen noch in Numidien brauchte, mußten neue Truppen ausgehoben werden, was nicht leicht gewesen war. Italien und auch die Länder der Untertanen mußten alles an tauglichen Leuten hergeben, was sie besaßen.

Der Consul Gnaeus Mallius Maximus, ein »Homo novus«, wurde nach Gallien geschickt. Er sollte seine beiden Legionen mit Truppen vereinigen, die dort bereits von früheren Kämpfen her standen.

Zwei Jahre zuvor hatte nämlich schon ein anderer Feldherr, der damalige Consul Lucius Cassius Longinus, Krieg in Gallien geführt, und zwar gegen den helvetischen Stamm der Tiguriner, der seine Heimat verlassen hatte, um neue Siedlungsplätze im Süden zu suchen, vielleicht angestachelt von den Nachrichten über die Reichtümer, die sich die Kimbern und Teutonen aus vielen gallischen Residenzen holten. Longinus ließ sich in einen Hinterhalt locken und fand den Tod mit vielen seiner Soldaten.

Einer seiner Militärtribune mußte das Heer übernehmen, da auch der Legat gefallen war. Es blieb ihm nichts anderes übrig, als einen schimpflichen Vertrag mit den Helvetiern zu schließen, ihnen die Hälfte der Habe, die der Troß mitschleppte, zu überlassen, außerdem viele Geiseln zu stellen.

Diese Niederlage der Römer ermutigte die Einwohner der großen Stadt Tolosa, die ganz im Westen der römischen Provinz Narbonensis lag, sich gegen die Garnison in ihrer Stadt zu erheben und sie zu überwältigen.

Der Senat schickte den Proconsul Quintus Servilius Caepio

als Statthalter in die Narbonensis, um dort wieder die Ordnung herzustellen.

Caepio, ein Anhänger des Meteller-Clans, hatte sich während seines Consulats im Jahr zuvor besondere Meriten erworben: Er erwirkte einen Beschluß des Volkes, die Ritter aus den Gerichten zu werfen, die sich mit der Bereicherung in den Provinzen zu befassen hatten. Er hob damit die Regelung von Gracchus auf, die nun schon seit 16 Jahren bestand.

Da er mit der Dankbarkeit der Senatoren, die jetzt wieder in den Gerichten saßen, rechnen konnte, hatte er keine Hemmungen, dreist zu plündern, sogar richtig zuzuschlagen, als sich ihm die Gelegenheit bot. Nachdem er Tolosa zurückerobert hatte, raubte er aus einem Tempel, der dem Apollo geweiht war, gewaltige Gold- und Silberschätze.

Er ließ die Kostbarkeiten auf Ochsenkarren verladen, die in Richtung Rom in Marsch gesetzt wurden. Der Transport kam nicht weit; noch in Gallien wurde er von Räubern überfallen und ausgeplündert.

Sofort kursierten Gerüchte, daß Caepio Freunde beauftragt hatte, sich des Schatzes zu bemächtigen. Einer Untersuchung in Rom entging Caepio zunächst, weil er in Gallien als Feldherr gebraucht wurde.

Caepio nahm mit seinen Truppen am westlichen Ufer des Rhodanus Aufstellung, Mallius Maximus am östlichen, nicht weit von der Stadt Arausio entfernt. Weiter nördlich wartete ein drittes römisches Heer auf die Kimbern. Es wurde vom Legaten Marcus Aurelius Scaurus befehligt, der drei Jahre zuvor das Consulat innegehabt hatte.

Die drei Feldherren verfügten über 80 000 Soldaten, gutausgebildete Legionen, denen es nicht schwerfallen würde, den wilden Barbarenhaufen in die Flucht zu schlagen. Das war die einhellige Meinung bei den Truppen und auch in Rom.

Die Kimbern und Teutonen rückten aus nördlicher Richtung an und stießen auf das Heer des Aurelius Scaurus. Die Schlacht begann am Morgen, und bei Sonnenuntergang waren 25 000 römische Soldaten und ihre Bundesgenossen erschlagen, gefangengenommen oder geflüchtet.

Während der Schlacht hatte Scaurus immer wieder Boten an seine Collegen geschickt, sie angefleht, ihm mit frischen Truppen zu Hilfe zu kommen. Aber weder Caepio noch Maximus rührten sich vom Fleck; jeder hoffte, daß der andere zuerst die Nerven verlieren, dem Aurelius Scaurus zu Hilfe eilen und sich von den Barbaren vernichten lassen würde. Doch beide bewiesen gute Nerven, keiner ging.

Der Consular Aurelius Scaurus überlebte den Tag. Als er gegen Abend sah, daß alles verloren war, wollte er fliehen. Doch sein Pferd strauchelte, und er stürzte. Er wurde von Kimbern gegriffen und zu ihrem Häuptling geführt. Das war immer noch Boiorix, der in den vergangenen Jahren seine Machtstellung hatte ausbauen können.

Boiorix hatte die anderen Häuptlinge, die Anführer der Teutonen und Ambronen, um sich versammelt; gemeinsam wollten sie über das weitere Vorgehen beraten.

»Er soll zu seinen Freunden gehen, ihnen alles berichten, und die sollen dann zu uns kommen und um Frieden bitten«, verlangte Teutoboduus. Aurelius Scaurus, verwundet, erschöpft, aber nicht gebrochen, schüttelte heftig den Kopf:

»Ich will mit denen nicht sprechen, nie mehr im Leben will ich mit diesen Männern etwas zu tun haben!«

Die Sieger verstanden zwar nicht, was ihn hinderte, seine Landsleute zu treffen, denn sie hatten das Abwarten der anderen Feldherren für römische Taktik gehalten, aber sie mußten die Ablehnung des Legaten akzeptieren.

»Wozu sollen wir einen Frieden aushandeln?« tönte Boiorix mit seiner rauhen Stimme. »Wir sind die Sieger! Wir ziehen jetzt nach Italien und nehmen Rom ein!«

Aurelius Scaurus lachte, und es war mehr dieses Lachen, das den Kelten provozierte als die Worte des Besiegten:

»Nie werdet ihr Barbaren Rom einnehmen! Wir Römer

mögen eine Schlacht verlieren, aber zuletzt sind wir doch die Sieger!«

Boiorix sprang vor und schlug dem Römer mit seinem langen Schwert das Haupt ab.

Auch diesen Sieg kosteten die Kimbern und Teutonen nicht aus. Sie zogen weder sofort nach Italien, noch griffen sie die Legionen des Caepio und des Maximus an.

Und es wäre leicht für sie gewesen, die römischen Truppen zu überwältigen, denn die beiden Heere blieben weiter auf beiden Seiten des Rhodanus. Keiner der Feldherren machte Anstalten, seine Soldaten über den Fluß zu setzen und sie mit den anderen zu vereinigen.

Der Consul Maximus, der Ranghöchste, schickte Befehl auf Befehl an Caepio, doch dieser, der aus einer altadligen Familie stammte, fühlte sich dem Aufsteiger Maximus weit überlegen und dachte gar nicht daran, den Anordnungen eines »Homo novus« folge zu leisten.

»Ich beschütze mein Gebiet, du bist für deins zuständig«, so lautete immer wieder seine Antwort an Maximus.

Erst als Späher berichteten, daß die Nomaden im Aufbruch seien und die Spitze bald das römische Lager erreichen würde, erklärte sich Caepio bereit, den Rhodanus zu überqueren und seine Truppen dem Maximus zuzuführen. Allerdings war diese Entscheidung nicht freiwillig zustande gekommen: Sein Stab hatte ihn bei einem Weingelage außer Gefecht gesetzt, ihm die Zusage abgenommen und dann am nächsten Morgen die Truppen eilig über den Rhodanus gebracht.

Als Caepio anfing zu toben, wurde ihm ein Wachstäfelchen mit dem Marschbefehl, von ihm unterschrieben, vorgelegt, und zähneknirschend mußte der Proconsul zurückstecken.

Was sich dann später östlich des Rhodanus abspielte, war wochenlang Gespräch in allen Tavernen Roms. Die wenigen Überlebenden der Katastrophe von Arausio zogen von Schenke zu Schenke und mußten immer wieder ihre Geschichte erzählen. So wie Sulla die seine nur wenige Monate zuvor.

Die Römer erfuhren nun alle Einzelheiten des Streits zwischen den beiden Feldherren, der auch dann nicht beigelegt wurde, als die Truppen des Caepio auf das östliche Ufer übergesetzt hatten.

»Wir mußten unser eigenes Lager aufschlagen, mit Wall und allem«, erzählte der Centurio Sextus, der bei Caepio gedient hatte.

»Und wir durften nicht einmal aus unserem Lager rausgehen, um die Kameraden im anderen, oft enge Freunde von uns, zu besuchen«, ergänzte der Legionär Quintus, der zur Truppe des Maximus gehört hatte. Quintus war gerade 18 Jahre alt.

»Wenn Caepio und Maximus zusammentrafen, dann schrien sie sich an, beschimpften sich gegenseitig als Feiglinge, weil keiner dem Aurelius Scaurus zu Hilfe gekommen war. Sie dachten gar nicht daran, gemeinsam zu überlegen, wie sie gegen die Barbaren vorgehen sollten, die allmählich immer näher rückten«, erzählte der Centurio, und in der Taverne war nicht ein Laut zu vernehmen; alles hing an seinen Lippen.

»Die Kelten schickten eine Delegation, als sie kurz vor unseren Lagern standen. Solche Riesen hatte ich noch nie gesehen; ihre Haare leuchteten in der Sonne wie Feuer, ihre Gesichter waren grob und ihre Stimmen rauh und laut. Besonders einer schrie immer, auch wenn er sich normal mit seinen Freunden unterhielt.«

»Hieß der vielleicht Boiorix?« fragte Sulla. »Und überragte er noch die anderen um zwei Handbreit?«

»Wie der hieß, wissen wir nicht«, sprang der Legionär ein, »aber er war der Wortführer.«

Der Centurio leckte sich, während sein Leidensgenosse nun den Faden aufgenommen hatte, die Lippen, und Sulla beeilte sich, beim Wirt eine weitere Runde für alle in der Taverne zu bestellen. Es war nun schon die dritte, die er hier bezahlte.

»Der Anführer der Kimbern, dieser Riese, wollte den Consul sprechen, den ›König‹, wie ein Kelte übersetzte«, fuhr der Centurio mit dem Bericht fort, »und schon dieses Wort versetzte den Caepio in fürchterliche Wut. ›Hier gibt es keinen König, du Idiot‹, schrie Caepio, ›schert euch aus dem Lager, sonst lasse ich euch am nächsten Baum aufknüpfen, wie es ja bei euch der Brauch sein soll!‹

Als die Barbaren die Worte übersetzt bekamen, drehten sie sich auf der Stelle um und marschierten aus dem Lager. Am Ausgang blieb dann ihr Anführer stehen und schrie zurück: ›Ich schwöre bei unserem Gott Wodan, *wir* werden *euch* aufhängen – als Opfer für Wodan!‹ Uns lief eine Gänsehaut über den Rücken!«

Der Centurio Sextus starrte eine Weile vor sich hin; Tränen begannen über sein Gesicht zu laufen, und auch sein Kamerad Quintus fing an zu schluchzen. Sulla sah sich genötigt, ihnen noch einen Becher Wein zu spendieren; und als er die gierigen Blicke der Umstehenden bemerkte, eine Runde für alle in der Schenke.

»König Bocchus hat mir Reichtum für mein weiteres Leben versprochen, warum soll ich die armen Kerle dursten lassen«, dachte er und hob seinen Becher zu den beiden Soldaten, um sie an ihre Pflicht zu erinnern.

Der Centurio verstand sogleich und sprach weiter:

»Wir alle wußten, daß der Angriff am nächsten Tag kommen würde, und waren gespannt, ob die beiden Feldherren sich endlich zusammensetzen würden, um einen gemeinsamen Schlachtplan zu besprechen. Aber nichts geschah. Caepio verließ nicht das Lager, Maximus kam nicht. Es war zwar ein ständiges Hin und Her von Militärtribunen, aber bei den Nachrichten, die sie übermittelten, ging es nur darum, daß ein Feldherr dem anderen befahl, unverzüglich in seinem Lager zu erscheinen. Schließlich rief Caepio uns Centurios zusammen und teilte mit, daß wir im Morgengrauen die Barbaren angreifen würden, nur wir – ohne Maximus.

Der Morgen dämmerte, wir stürmten aus dem Lager, auf die Wagen der Barbaren zu, und hofften, sie dort im Schlaf zu überraschen. Aber sie mußten schon auf uns gewartet haben: Plötzlich waren sie da, quollen aus ihren Wagen, kamen dahinter vor – und machten ein Geschrei, wie ich es noch nie in meinem Leben gehört hatte. Und ich bin ein alter Krieger, ich war schon in vielen Kämpfen mit Barbaren dabei!

Sie schlugen ihre Schilde gegeneinander, und ihre Weiber waren auch da und hauten mit ihren Kochtöpfen auf die Felle der Wagen, daß es wie von Trommeln klang! Wir waren so verblüfft, daß wir stehenblieben, und damit war die Schlacht entschieden.«

Sulla nickte zustimmend. Der erste Ansturm war das Entscheidende; er war das Feuer, das in den Soldaten loderte, das die Angstgefühle betäubte. Alle Sinne waren dann bis zum Äußersten geschärft, der Geist von einem Rausch ergriffen, ein starkes Glücksgefühl durchströmte den Körper. Wenn dieser Impetus abgebremst, durch Ernüchterung zerstört wurde, hatte die Gegenseite schon halb gewonnen. Offenbar verstanden die Kimbern es meisterhaft, ihre Feinde mit Geschrei und Getöse aus dem Gleichgewicht zu werfen und den Vorteil auf ihre Seite zu ziehen.

»Wir blieben also stehen«, wiederholte der Centurio und erlebte noch einmal diese schrecklichen Minuten, »und danach wußten wir nicht mehr, was mit uns geschah. Sie drangen von allen Seiten auf uns ein, schrien weiter, ihre Weiber hörten nicht auf zu trommeln, und ich sah, wie meine Leute, einer nach dem anderen, niedergemacht wurden. Ich kämpfte und kämpfte, und als meine Kräfte nachließen, fiel ich um und blieb liegen – um dann später natürlich weiterzukämpfen!«

Sulla wußte sofort, daß es so nicht gewesen war; der Centurio hatte nur überlebt, weil er sich zwischen seinen toten Kameraden versteckt und später in der Dunkelheit das Weite gesucht hatte.

Der Legionär, der bei Maximus gedient hatte, kam seinem Kameraden zu Hilfe, fuhr rasch in der Erzählung fort, damit die Zuhörer keine Fragen stellen konnten.

Er berichtete, wie Maximus sich gegen Mittag doch noch entschlossen hatte einzugreifen, aber er konnte das Kriegsglück nicht mehr wenden, sondern schickte auch seine Soldaten ins Verderben.

»Ich konnte mich über den Rhodanus retten, ich bin ein guter Schwimmer«, prahlte der Legionär, nachdem er erzählt hatte, wie die Kimbern und ihre Landsleute bis zum Abend weitergewütet hatten, auch als schon längst gewiß war, daß sie gesiegt hatten.

»Sie waren wie im Blutrausch, sie konnten einfach nicht aufhören zu töten. Plötzlich hörte ich die schreckliche rauhe Stimme ihres Anführers, und sie hielten mit ihren Schwertern inne. Und dann geschah etwas Seltsames: Sie rissen unseren toten Soldaten die Rüstungen vom Leibe und trampelten darauf herum. Die Waffen schmissen sie in den Rhodanus. Das müßt ihr euch einmal vorstellen: die ganze schöne Beute! Nichts wollten sie davon haben, alles mußten sie zerstören oder wegwerfen!

Unter den Leichen fanden sie noch viele Überlebende, die sich dort versteckt hatten, und die zerrten sie heraus und knüpften sie in den Bäumen auf! Wie sie es ihrem Gott geschworen hatten!«

Nach dem ersten Schock und der verzweifelten Trauer wandelte sich die Erstarrung der Römer in Wut. Es kam überall zu Aufläufen, Tumulten; die Köpfe der Schuldigen wurden gefordert. Denn Maximus und Caepio hatten sich retten können. Der Consul zog mit Gepränge durch Rom, der Statthalter Caepio durch seine Provinz – als hätten sie nicht den Tod von 80 000 Soldaten und 40 000 Menschen vom Troß auf dem Gewissen.

Als Sulla eines Morgens, einige Wochen nach der Katastrophe von Arausio, auf dem Comitium anlangte, schallte

ihm die Stimme seines alten Bekannten Glaucia, des Läster-
maules, schon von weitem entgegen. Glaucia stand auf der
Rostra und donnerte wilde Beschimpfungen gegen Caepio
und Maximus ins Volk. Er war für das nächste Jahr zum
Volkstribun gewählt worden, führte sich aber schon jetzt so
auf, als hätte er sein Amt angetreten.

Direkt unter der Rostra hatten seine beiden besten Freunde
Aufstellung genommen, Norbanus und Saturninus. Beide
wollten sich erst im kommenden Jahr für das Volkstribunat
bewerben, eine Entscheidung, die sie inzwischen sehr bedauerten, weil es zu diesem Zeitpunkt »soviel zu tun gab«, wie
sie dauernd wiederholten. Sie assistierten jedoch ihrem
Freund Glaucia bei allen seinen Auftritten, obwohl der designierte Volkstribun Hilfe eigentlich nicht nötig hatte; er war
ein guter Redner, ideenreich und witzig.

Saturninus hielt sich für den direkten Nachfolger des Gaius
Gracchus und versuchte, ihn in Aussehen und Auftreten zu
imitieren. Das fiel ihm schon deshalb leicht, weil seine Mähne genauso schwer zu bändigen war wie die des Gracchus,
seine Augen ebenso schwarz funkelten und er bei allen Bewegungen eine unbändige Energie verströmte. Jeden Morgen
legte ihm sein Diener die Toga so sorgfältig um, daß der Faltenwurf untadelig war, doch wenn Saturninus auf dem Forum
erschien, war das Gewand verrutscht und wirkte unordent-
lich. Beim Reden gestikulierte er ständig; wo er ging und
stand, verbreitete er Unruhe und Hektik.

Als Redner war er nur mittelmäßig; glänzende Wendungen
standen ihm selten zu Gebote, weil ihm die Geistesgaben dafür fehlten. Da er jedoch mit der schnellen Diktion des Stadtrömers sprach, überzeugte er mehr mit der Fülle und dem
Wortschwall als mit sachlichen Argumenten.

Lucius Apuleius Saturninus kam aus kleinen Verhältnissen,
konnte keine Ahnenbilder vorweisen und galt als Günstling
von Gaius Marius. Glaucia hatte während der Consulatswahl
vor drei Jahren die Bekanntschaft vermittelt. Marius hatte ihn
auf den Numidienfeldzug mitnehmen wollen, aber Saturninus

konnte sich davor drücken, indem er behauptete, seine Quaestur vorbereiten zu müssen.

Da es ihm aber an der Unterstützung von hohen Adligen fehlte, fiel er bei der ersten Bewerbung durch, und erst die zweite war erfolgreich – durch den langen Arm des Marius. Als dessen Hand hatte übrigens Sulla wirken müssen.

Saturninus zog im Schweif des Corneliers mit, solange die Wahlkampagne andauerte. Als die Quaestur errungen war, löste sich Saturninus sofort aus Sullas Gefolge, um sich wieder mit den alten Freunden Glaucia und Norbanus zusammenzutun.

Gaius Norbanus war jener Freund des Redners Antonius, dessen Humorlosigkeit und Härte Sulla seinerzeit auf dem Forum abgestoßen hatten, als er Antonius für seine Satire über Marius anwarb.

Norbanus war bisher kein Sprung in ein Amt geglückt; auch Antonius, der in diesem Jahr als Aedil amtierte, hatte ihm nicht helfen können. Seine Herkunft aus der Kleinstadt Norba, sein Mangel an Liebenswürdigkeit und seine Rigorosität schlugen negativ auf seinem Konto zu Buche. Eine militärische Karriere, die den Gaius Marius an die Spitze der Macht katapultiert hatte, konnte er nicht vorweisen.

Das also waren die beiden besten Freunde des Gaius Servilius Glaucia, der von der Rednertribüne aus das Volk gegen den Consul Maximus und den Proconsul Caepio aufwiegelte.

Vor allem den sehr entfernten Verwandten Caepio traf die ganze Wucht seines Hasses: »Er muß sein Amt aufgeben, dieser Verbrecher! Er treibt sich immer noch in Gallien herum – als Statthalter! Mit großem Gefolge zieht er durch unsere Provinz, als sei nichts gewesen, als hätte er nicht 80 000 Soldaten in den Hades geschickt!«

»Und 40 000 vom Troß«, assistierte ihm Saturninus, und Glaucia schrie mit seiner weitreichenden Stimme:

»Und 40 000 vom Troß! Aber damit, daß wir den Verbrecher Caepio nur aus seinem Amt werfen, bestrafen wir ihn noch nicht genug! Er muß mit seinem Vermögen büßen! Als armer Mann soll er durch die Lande ziehen, sich wie ein Sklave von seiner Hände Arbeit ernähren!«

Das war die schlimmste Strafe, die einen freien Menschen treffen konnte, schlimmer als Verbannung oder Tod: arbeiten zu müssen wie ein Sklave, mit eigenen Händen für seinen Lebensunterhalt zu sorgen.

Die Plebs von Rom, die sich mit billigem Getreide füttern ließ, nie den Rücken krümmte, weil Sklaven ihre Arbeit verrichteten, jubelte begeistert. Die Strafe war nach ihrem Geschmack; Glaucia hatte wieder einmal die richtigen Worte gefunden.

Nachdem der künftige Volkstribun seine Rede beendet hatte und sich von seinen Anhängern feiern ließ, überlegte Sulla, womit er sich als nächstes die Zeit vertreiben konnte. Ein weiterer Redner war nicht in Sicht; ein Leichenzug ebensowenig, der genauso gut für Unterhaltung sorgen konnte. Denn die Leichen von Angehörigen der besseren Kreise wurden mit großem Pomp bis zum Forum getragen, und ihre Söhne oder andere nahe Verwandte hielten dann Lobreden, die auch für ein größeres Publikum interessant waren.

Während Sulla noch unschlüssig war und darüber nachdachte, ob er die Klienten, die er seit seiner Rückkehr aus Numidien in seinen Dienst genommen hatte, entlassen sollte, sah er Quintus Catulus auf sich zukommen.

Der Freund war nicht allein; außer von Klienten wurde er von seinem Sohn Quintus aus der Ehe mit Domitia begleitet. Sie begrüßten einander herzlich, und Sulla gab sich Mühe, den von Fortuna verlassenen Catulus nicht mitleidig oder gar von oben herab zu behandeln.

Catulus war das widerfahren, was jeder Adlige, der sein Glück in einer großen politischen Karriere suchte, als schweren Schicksalsschlag empfand: Er war bei den Consulatswahlen durchgefallen, und nicht nur einmal, sondern gleich dreimal.

Den ersten Anlauf hatte er in jenem Jahr genommen, in dem Marius sein Consulat antrat.

Zusammen mit seinem neuen Schwager Quintus Servilius Caepio hatte er sich der Wahl gestellt. Doch die Nobilität unterstützte zwar den Caepio, nicht aber Catulus. Denn sie stand noch unter dem Schock des Schlages, den Marius dem Quintus Metellus versetzt hatte, und zahlte dem Freund des Marius – und als solcher galt Catulus – die Verletzungen heim, sorgte dafür, daß ein Gaius Atilius Saranus aus einer alten plebejischen Gens mit Caepio an die Spitze des Staates gelangte.

Catulus bewarb sich im nächsten Jahr wieder – und verlor. Gewählt wurden der Adlige Publius Rutilius Rufus, den der Meteller-Clan unterstützte, weil Rufus als Legat im Numidienfeldzug treu zu Quintus Metellus gehalten hatte, außerdem der »Homo novus« Mallius Maximus, dem die Plebs anhing.

Der Proconsul Caepio, der gehofft hatte, mit Catulus zusammen die Kimbern und Teutonen besiegen zu können, ließ seine Wut über die Niederlage seines Schwagers am Aufsteiger Maximus aus. Die Wut steigerte sich zu Haß, der so weit ging, daß er jegliche Zusammenarbeit mit Maximus ablehnte und seine Soldaten blindwütig ins Verderben schickte.

Was den feinsinnigen Catulus, der Gespräche über Philosophie und Literatur, außerdem das Theater liebte, bewogen hatte, sich ein drittes Mal in den Wahlkampf zu stürzen, hatte keiner so recht verstanden.

Als sich Sulla deswegen vorsichtig bei ihm erkundigt hatte, hatte Catulus nur gelacht:

»Ich kann keine Niederlage ertragen, einmal muß ich gewinnen!«

Aber er verlor auch beim dritten Mal.

»Wirst du es noch einmal versuchen?« fragte ihn Sulla, als das Wahlergebnis vorlag und die neuen Consuln – Marius und ein Gaius Flavius Fimbria, ein »Homo novus« – bekanntgegeben wurden.

»Mit Sicherheit«, antwortete Catulus tapfer, »nur nicht schon wieder im nächsten Jahr.«

Und jetzt zogen Catulus und Sohn mit großem Gefolge

über das Forum, schüttelten viele Hände und erkundigten sich nach den Lebensumständen ihrer Gesprächspartner. Catulus schien es der Plebs nicht zu verübeln, daß sie ihn dreimal verschmäht hatte.

Nach der Begrüßung nahm Catulus seinen alten Freund Sulla ein wenig beiseite, die Klienten brauchten nicht jedes Wort mitzuhören.

»Es ist gut, daß ich dich treffe, ich hatte dich schon in deinem Haus aufsuchen wollen«, begann er ohne Umschweife, »weil ich dich nämlich um einen Gefallen bitten will. Ich hatte fest damit gerechnet, daß Marius in diesem Jahr meine Kandidatur unterstützt. Er steht so hoch in der Gunst der Plebs, es wäre ihm ein leichtes gewesen, auch meine Wahl durchzusetzen – sogar während seiner Abwesenheit. Er hat ja schließlich hier einen Stellvertreter!«

»Marius hat mir nichts gesagt«, verteidigte sich Sulla, »und wärst du schon eher zu mir gekommen, Catulus, es wäre mir ein Vergnügen gewesen, meinen Einfluß bei der Plebs für dich geltend zu machen!« Sullas Augen funkelten vor Ironie, und er drehte an seinem großen Ring. »Doch im Ernst: Ich habe auch nicht verstanden, warum Marius sich für diesen Fimbria eingesetzt hat und nicht für dich!«

»Das möchte ich aber gern wissen«, meinte Catulus, »und du sollst es für mich herausfinden! Es gehen ja Gerüchte um, daß Marius dich als seinen Legaten auf den neuen Kimbernfeldzug mitnehmen will, und da wirst du genügend Gelegenheiten haben, ein gutes Wort bei Marius für mich einzulegen.«

Emporion

Gaius Marius war – in Abwesenheit, denn er hatte immer noch in Africa zu tun – zum zweitenmal zum Consul gewählt worden. War eine Wahl, bei der der Kandidat nicht anwesend war, schon gegen Herkommen und Gesetz, so die kurze Aufeinanderfolge der Consulate erst recht. Vorgeschrieben war ein Intervall von mindestens zehn Jahren.

Aber in Zeiten großer Gefahr gelten die Sitten der Väter wenig. Rom erwartete täglich die Nachricht, daß sich die Kimbern und Teutonen nach Italien wenden würden; niemand verstand, warum sie nach ihrem überwältigenden Sieg nicht schon längst die Alpen überschritten hatten. Da das aber jederzeit passieren konnte, wurde Marius mit großen Mehrheiten zum Consul gewählt und vom Senat mit der Abwehr der Barbaren beauftragt.

Marius wollte schon mit seinen Truppen von Africa aus an die Nordküste des Tyrrhenischen Meeres übersetzen, um die Nomaden entweder vor Massilia oder in der Poebene abzufangen – je nachdem, welche Route sie gewählt hatten –, als ihn die Botschaft erreichte, daß diese seltsamen Nordleute wieder einmal ihre Meinung geändert hatten: Sie bewegten sich nach Süden, weiter in die Gallia Narbonensis hinein. Italien hatten sie sich offenbar aus dem Sinn geschlagen.

Marius konnte kaum verbergen, wie erleichtert er war, daß die Konfrontation nicht unmittelbar bevorstand.

»Jetzt kann ich wenigstens mit meinen Truppen in Richtung Rom ziehen«, sagte er zu Sulla, den er in sein Hauptquartier nach Utica beordert hatte, und zwar als seinen Stellvertreter für den neuen Feldzug, »diese wilden Nordleute hätten mir doch fast meinen Triumph verdorben! Dabei habe ich alles so schön geplant: Ende Dezember will ich in Rom auf dem Marsfeld ankommen, dort den Beginn meines Consulats abwarten und genau am ersten Tag im Triumph durch Rom ziehen – mit Iugurtha in Fesseln vor meinem Wagen!«

Sulla lächelte etwas verkniffen; er war zwar der eigentliche Sieger, aber ihm stand kein Triumph zu, und er mußte Marius leider den Iugurtha überlassen.

»Und um die Nomaden kannst *du* dich erst mal kümmern«, drang plötzlich die Stimme des Feldherrn an sein Ohr.

»Was hast du gesagt?« rief er erschrocken.

»Du hast doch keine Angst, mein Junge? Das wäre etwas ganz Neues an dir! Paß auf: Der Senat hat einen Hilferuf unserer verbündeten Stadt Emporion bekommen. Unseren Leuten in Narbo ist es gelungen, einen friedlichen Durchzug auszuhandeln; ein Teil der Nomaden, der sich Teutonen nennt, zieht nach Westen, Richtung Ocean, der andere nach Süden, auf die Pyrenäen zu. Sie fressen zwar alles kahl in der Narbonensis, aber sie haben versprochen, nicht anzugreifen. Und an solche Verträge haben sie sich bisher gehalten!

Die Teutonen sind wir also los, aber die Kimbern bleiben uns erhalten, denn sie marschieren in das Diesseitige Hispania hinein, zuerst direkt in das Gebiet der Griechenstadt Emporion.«

»Und was ist mit unserem Statthalter in Hispania? Warum kann der nicht wie der Caepio in Narbo einen Durchzug aushandeln? Wenigstens da war der Caepio zu was nütze!« sagte Sulla.

»Weil unser Statthalter in Tarraco Streit mit den Griechen von Emporion hat; er wollte von ihnen umsonst Getreide haben, was sie ihm aber verweigerten.«

»Immer das alte Lied!« lachte Sulla. »Und dieser Statthalter würde nun mit Freuden sehen, wie die Kimbern das ganze Emporion verwüsten, habe ich recht?«

»Hast einen guten Kopf, Sulla«, schmunzelte Marius.

»Warum habe ich ihn nur früher für mürrisch halten können«, dachte Sulla, »er ist doch gern zu Späßen aufgelegt, wenn er sich wohl fühlt.«

»Der Senat hat also beschlossen, den Emporianern zu helfen, und ich soll das übernehmen«, fuhr Marius fort, »ich will aber keine Kämpfe und schicke daher dich mit einigen Cohorten nach Hispania, um mit den Kimbern über den Durchzug zu verhandeln. Sieh zu, daß sie möglichst weit ins Landesinnere ziehen. Ich brauche Zeit, um meine Armee so zu schulen, daß wir aus dem nächsten Zusammenprall als Sieger hervorgehen. Und wenn du am 1. Januar nicht in Rom bist, siehst du auch Iugurtha nicht vor meinem Wagen.«

Gaius Marius lachte behäbig und legte vertraulich den Arm um die Schulter seines Legaten.

Sulla nickte dankbar.

Der Cornelier stand mit seinem Feldherrn am Kai, um zu beobachten, wie die Truppen auf die großen Transportschiffe marschierten: die Elitetruppen aus Italien, vom Völkchen der Paeligner, die balearischen Schleuderer und die kretischen Bogenschützen. Es waren dieselben Männer, die ihn in Numidien begleitet hatten, denn Sulla hatte Wert darauf gelegt, mit Leuten seines Vertrauens ins kimbrische Abenteuer zu ziehen.

Er war in bester Laune, fühlte sich geradezu euphorisch; er liebte das Kriegshandwerk inzwischen und war glücklich über die neue Aufgabe. »Hast du heute deinen schönen Ring vergessen?« fragte ihn Marius unvermittelt, und Sulla lief rot an. Er hatte es seit seiner Ankunft in Utica vermieden, den Ring zu tragen, und war erstaunt, daß Marius davon wußte.

»Ich habe übrigens eine kleine Überraschung für dich«, sagte Marius, breit grinsend, »du mußt noch zwei junge Leute mitnehmen, aus denen ich Männer machen will.«

»Wer sind die jungen Männer?« fragte Sulla; er argwöhnte, daß Marius ihm einen Streich spielen wollte.

»Du kennst sie schon: Carbo und Cinna. Nachdem sie sich im Numidienfeldzug nicht gerade als Helden gezeigt haben, will ich ihnen noch eine letzte Chance geben, damit sie beweisen können, was in ihnen steckt. Und bei wem könnten sie besseren Unterricht in Tapferkeit bekommen als bei meinem Legaten, über dessen Siegelring ganz Rom, ach was: der ganze Erdkreis, quatscht!«

Und Marius lachte dröhnend, während er Sulla auf die Schulter klopfte.

Doch der Cornelier ließ sich von dieser Jovialität nicht täuschen:

»Ich habe Marius also doch richtig eingeschätzt«, dachte er, »damals schon, bei der ersten Begegnung auf dem Forum. Er ist hinterhältig und rachsüchtig, will es mir jetzt heimzahlen, daß die Plebs mich für den wahren Sieger von Numidien hält, indem er mir diese Heimtücker Carbo und Cinna als Spione mitgibt!«

Er zwang sich zu einem ironischen Lächeln:

»Du mußt viel von diesen beiden halten, daß dir ihre Erziehung zu Männern so am Herzen liegt! Und dabei kannst du auf mich zählen: Ich werde dafür sorgen, daß sie sich nicht mehr im Hintergrund herumdrücken, wenn es gefährlich wird!«

Marius lächelte zufrieden, als er merkte, daß Sulla immer erregter wurde, während er sprach:

»Nun treibe es mir nicht zu toll mit den beiden! Du bist mir persönlich für sie verantwortlich!«

In Emporion wurde Sulla wie ein Fürst empfangen. Er stand am Bug des langgestreckten Kriegsschiffes, das von Ruderern vorangetrieben wurde, die in drei Reihen übereinander saßen. Als sie in die weite Bucht einbogen, an deren südlichem Ende sich Emporion ausbreitete, registrierte Sulla mit Befriedigung das Gewusel von Barken, die dort offensichtlich seit Stunden auf ihn warteten.

Ein großes Freudengeschrei erhob sich, als die Emporianer erkannten, daß die Kriegsschiffe, die sich in schneller Fahrt der Stadt näherten, auch wirklich den Legaten des großen Marius herbeibrachten.

Emporion, direkt am Meer gelegen, bestand aus zwei Stadtteilen. Der ältere zog sich an einem kleinen Hügel hinauf, von dessen Höhe der große Tempel der Artemis weithin über das Meer leuchtete. Zwei kleinere Tempel reckten in halber Höhe ihre schlanken Säulen auf. Griechen aus Phokaia hatten hier vor fünf Jahrhunderten eine kleine Siedlung angelegt, zunächst nur einen »Handelsplatz«, denn das war die Bedeutung des Namens »Emporion«. Der Hügel, ursprünglich eine Insel, lag im Mündungstrichter eines großen Flusses, war also gut zu verteidigen.

Einige Jahrzehnte später, als Kriegswirren die Heimat Phokaia erschütterten, strömten neue Kolonisten herbei, die die kleine Insel nicht mehr fassen konnte. Südlich der Flußmündung zog sich ein Hang hin, der in sanfter Neigung zum Meer hin abfiel und der den Griechen als ideal für die Vergrößerung ihrer Stadt erschien. Um das neue Siedlungsgebiet mit dem Hügel zu verbinden, versperrten sie einen Teil der Flußmündung mit einem Damm, so daß sie gleichzeitig ein sicheres Hafenbecken erhielten. Die neue Stadt am Hang schützten sie gegen die beiden Landseiten hin mit einer großen Mauer aus Zyklopensteinen.

Mit den iberischen Stämmen lebten die Einwanderer mehr oder minder friedlich, waren sie doch zunächst auf sie angewiesen, weil nur die Eingeborenen wußten, wo Metalle wie Silber, Eisen oder Kupfer lagerten, die die Griechen für Wein, Oliven und andere Erzeugnisse aus ihrer Heimat eintauschten.

Doch schon bald war es den Nachfahren der Leute aus Phokaia gelungen, die zahlreichen Metallgruben am Oberlauf des Flusses und in den umliegenden Küstengebirgen in ihren Besitz zu bringen. Diese Metalle begründeten den Wohlstand der kleinen Stadt in den folgenden Jahrhunderten.

Eine andere Quelle, aus der ihr Reichtum sprudelte, war der Handel mit Getreide. Die weite Ebene, die sich westlich und nördlich bis zu den Ausläufern der Pyrenäen hinzog, war von den Griechen zu Gemeindeland erklärt und urbar gemacht worden. Fast zwei Jahrhunderte lang segelten die bauchigen Kauffahrer, gefüllt mit Getreide, nach Athen. Nach dem Niedergang der griechischen Metropole wurde Rom der Handelspartner.

Rom war damit auch zur Schutzmacht der kleinen Griechenstadt geworden und wurde zu Hilfe gerufen, als Hannibal durch die hispanische Halbinsel nach Norden in Richtung Italien marschierte. Er umging allerdings das emporianische Gebiet und überquerte die Pyrenäen weiter westlich.

Nachdem Hannibal besiegt war, übernahm Rom die karthagischen Besitzungen im Süden und im mittleren Teil Hispanias. Emporion blieb weiter eine unabhängige, mit Rom befreundete Stadt.

Erst als sich die Iberer vor genau 90 Jahren weigerten, hohe Tribute an die Römer zu zahlen, und die Legionen des Consuls Cato 40 000 Aufständische in unmittelbarer Nähe von Emporion niedermetzelten, änderte sich das Verhältnis der Griechenstadt zu ihrer Schutzmacht. Cato legte ein befestigtes Lager direkt oberhalb der Neustadt an und ließ dort eine ständige Besatzung zurück. Die Römer trauten den Griechen nicht mehr, zu eng waren die familiären Bande, die diese im Laufe vieler Jahrhunderte zu den Iberern geknüpft hatten. Zwar war es den schlauen Griechen gelungen, den Kopf aus der Schlinge zu ziehen und weiter als Verbündete der Römer zu gelten, aber sie wurden jetzt vom römischen Castell, dem Praesidium, direkt über ihren Köpfen kontrolliert.

Da die Römer es meisterhaft verstanden, Honigbrot zu verteilen oder die Peitsche zu schwingen, belohnten sie die Emporianer für deren angebliche »Treue«, denn Verrat war ihnen nicht nachzuweisen, mit dem Gebiet der kleinen Konkurrentin Rhoda, am nördlichen Ende der Bucht, die Zentrum der Aufständischen gewesen war.

Rhoda, auch eine griechische Siedlung, aber nie so bedeutend wie Emporion, wurde zerstört; die Einwohner wurden getötet oder in die Sklaverei verkauft.

Das Umland der Besitzungen von Emporion, vor dem Aufruhr Eigentum der Iberer, erklärten die Römer, wie es bei ihnen üblich war, zu »öffentlichem Land«, und schon bald strömten Scharen von Römern und Italikern herbei, pachteten für geringe Summen große Ländereien und errichteten ein Landgut nach dem anderen. Als der Senat die Entscheidung faßte, den verbündeten Griechen zu helfen, und Marius beauftragt wurde, Cohorten in den Nordosten Hispanias zu schicken, ging es in erster Linie um die vielen Landsleute und das italische Kapital, das in dieser Gegend konzentriert war.

Die Barken, die zur Begrüßung ausgeschickt waren, dirigierten die römische Flotte zu den Piers, die vom Hafendamm weit ins Meer ragten. Dort wurden die Schiffe entladen, bevor man sie ins sichere Hafenbecken ruderte.

Auf dem Damm wimmelte es von Menschen, und auch der Hügel war belagert. Die Schaulustigen drängten sich auf den Dachterrassen der Häuser; sie standen dicht an dicht auf den breiten Treppen der Tempel, vor allem auf den Stufen der beiden unteren, in denen der Meeresgott Poseidon und die Liebesgöttin Aphrodite wohnten.

Als Sullas Triere am Landungssteg befestigt und er herausgesprungen war, sah er mit Erstaunen, wie sich nur ein einzelner junger Mann mit leuchtendroten Haaren aus der Masse der Menschen löste, die auf dem Damm auf ihn warteten. Ihm war bekannt, daß Emporion, wie Massilia, von drei hohen Magistraten gemeinsam regiert wurde, und er war darauf gefaßt gewesen, daß drei ältere Männer auf ihn zustürzen würden, um ihm die Hände zu küssen.

Der junge Rothaarige, der ihn inzwischen erreicht hatte, hob nur lässig den rechten Arm und sagte dann:

»Ich bin Marcus Cato, grüß dich, Sulla!«

Nur mühsam konnte Sulla seinen Ärger über diese Begrüßung unterdrücken und sich dazu zwingen, das freundliche, offene Lächeln des jungen Mannes – er mochte Mitte 20 sein – zu erwidern.

»Grüß dich, bist du ein Enkel oder ein Urenkel des alten Censorius? Und treibst du Handel mit den Griechen?« fragte Sulla, leicht von oben herab, immer noch befremdet, daß einer der vielen römischen Kaufleute seinen Empfang störte.

»Ich bin ein Enkel, mein Vater war der jüngere Sohn des Alten, der Sohn seiner zweiten Frau Salonia.«

»Über deine Familie können wir heute abend beim Wein sprechen«, unterbrach ihn Sulla ungeduldig, »jetzt sage mir: Was hast du mir so Wichtiges mitzuteilen, daß du als erster herkommst?«

»Meine Familie ist wichtig genug, sie ist der Grund, weshalb ich dich hier zuerst begrüße«, antwortete der junge Cato.

»Emporion gehört zu unserer Klientel. Immerhin war es mein Großvater, der vor 90 Jahren den Aufstand hier niederge-schlagen und den ganzen Landstrich für Rom erobert hat! Die Griechen haben sich an meine Familie gewandt und um Schutz gebeten, und da mein älterer Bruder Lucius mit den Wahlen für seine Quaestur beschäftigt ist, hat die Familie mich hierhergeschickt.

Wir sind also beide Schutzherren, Sulla, ich von alters her nach unserem Recht, und du als neuer mit militärischer Ge-walt!« Catos blaue Augen blitzten bei den letzten Worten vor Ironie, und Sulla mußte lachen, für Ironie war er immer emp-fänglich, nur durfte sie ihn nicht persönlich verletzen. Und es gefiel ihm, daß ein Nachfahre des großen Cato, ein Mitglied der Nobilität, ihn als ebenbürtig ansah aufgrund seiner militä-rischen Leistungen. Vertraulich legte er den Arm um die Schulter des jungen Marcus:

»Laß uns hier zusammenarbeiten, und die Geschichte dei-ner Großmutter Salonia interessiert mich wirklich! Du mußt sie mir heute abend ausführlich erzählen.«

Der junge Cato strahlte ihn aus seinen blauen Augen dank-bar an, und Sulla fühlte, daß er einen Freund gewonnen hatte.

Nun spielte sich der Empfang so ab, wie Sulla ihn erwartet hatte. Die drei Magistrate stürzten auf ihn zu, küßten ihm die Hände und versicherten ihm immer wieder, wie dankbar sie ihm und Rom seien, daß endlich Hilfe käme.

»Wo sind die Barbaren? Haben sie schon euer Gemeinde-land erreicht?« erkundigte sich Sulla.

»Sie warten jenseits der Pyrenäen, haben den Paß noch nicht überquert«, antwortete einer der Magistrate. »Wir konn-ten mit ihnen vereinbaren, daß sie dort so lange bleiben, bis unsere römischen Freunde kommen, um über den Durchzug durch die Provinz mit ihnen zu verhandeln.«

»Das ist gut«, freute sich Sulla, »ich hatte schon befürch-tet, ich müßte noch heute zu den Kimbern reiten! So habe ich Zeit, mich vorzubereiten – und für die Feiern, die ihr mir zu Ehren gebt.«

Während Sullas Gespräch mit den Beamten hatten Sklaven Teppiche auf der Pier ausgebreitet, und der Legat schritt nun mit Cato, gefolgt von den Magistraten, über den weichen Untergrund. Auf dem Damm bildete sich eine Gasse; an einer Seite erkannte Sulla ältere, an der anderen jüngere Knaben in festlichen Gewändern. Flötenklänge ertönten, und ein Zug mit weißgekleideten, bekränzten Männern näherte sich auf dem Damm. Die Magistrate erklärten ihm, daß es die Ratsherren der Stadt seien, die ihm einen Hymnus vortragen würden, den ein Poet der Stadt auf ihn verfaßt hatte.

Sulla wurde als der Bezwinger Iugurthas gefeiert, als der größte Römer nach Cato, und vor Rührung traten ihm die Tränen in die Augen.

»Besiege auch die Barbaren, befreie uns von den Monstern aus dem Norden«, lautete die Aufforderung am Schluß.

»Verlaßt euch ganz auf mich«, sagte der Cornelier großtuerisch, »wer mit einem Iugurtha fertig geworden ist, wird euch auch diese wilden Kimbern vom Hals schaffen!«

Jubel brandete auf; er wurde umringt von Leuten, die ihr Obergewand auszogen, um es vor seine Füße zu werfen. Sie griffen nicht nur nach seinen Händen, um sie zu küssen, sondern warfen sich sogar auf den Boden und umschlangen seine Beine.

»Haben sie das auch mit dir gemacht?« fragte Sulla seinen Begleiter, der ebenfalls mit Liebesbeweisen überflutet wurde.

»Jetzt ja«, lachte Cato, »aber als ich allein ankam, waren sie etwas zurückhaltender. Offensichtlich halten sie mehr von der militärischen Schutzmacht als von ihrem alten Patronat!«

Die Heilungen des Gottes Asklepios

Sulla drängte es, seinem Gott Apollo einen Besuch abzustatten, der seinen Tempel im Heilbezirk des Gottes Asklepios hatte.

Breite steinerne Treppen führten zu den Terrassen hinauf,

die mit Zypressen begrünt waren. Zwei Tempel erhoben sich auf der obersten Plattform, Wohnsitze des Asklepios und seines Vaters Apollo. Die eleganten Bauwerke stachen scharf vom klaren Blau des winterlichen Himmels ab.

»Schon wegen Apollo darf Emporion von den Barbaren kein Schaden zugefügt werden; Apollo ist mein persönlicher Schutzgott«, lachte Sulla, zerrte das Amulett unter der Tunica hervor und küßte es leicht.

»Und Venus? In Rom erzählt man viel über deine besondere Beziehung zu Venus?« forschte Cato und warf Sulla einen lauernden Blick zu.

»Ach Venus! Sie ist launisch wie Fortuna, mal hängt sie sich an den, dann an einen anderen!«

»Du willst also sagen, daß sie ihre Gunst im Augenblick von dir abgezogen hat? Du bist ein Günstling des Apollo, der Kriegsgott Mars liebt dich ebenfalls – verlangst du nicht ein bißchen viel, wenn auch Venus noch um dich herumtanzen soll?«

»Man bekommt immer so viel, wie man verlangt! Lange Jahre habe ich mich treiben lassen und wenig vom Leben erwartet – und daher keine Erfolge gehabt. Seit ich mich wieder bemühe, kommen auch die Erfolge! Wie sagte schon unser alter Appius Claudius Caecus: ›Jeder ist seines Glückes Schmied!‹«

»Und Fortuna ist nur mit den Tüchtigen«, steuerte Cato aus der Zitatenkiste bei. »Ich stimme dir zu, daß wir für unser Schicksal weitgehend selbst verantwortlich sind. Nur gehört auch ein bißchen Glück zum Leben, und Glück kann man selten erzwingen!«

»Mein lieber Cato«, sagte Sulla und blickte dem neuen Freund in die Augen, »deine Anspielungen auf das Glück sagen mir, daß du dich persönlich betroffen fühlst! Und vielleicht verrate *ich* dir kein Geheimnis – denn ganz Rom redet inzwischen darüber –, daß mich mein Glück verlassen hat!«

»Und Metella heißt! Wie mein Glück, das Livia heißt!«

»Etwa Livia, die Tochter des verstorbenen Censors, der damals den Gracchus mit seinen Kolonien aus dem Feld geschlagen hat?«

Sulla war hellhörig geworden; nachdem er wieder in den Kreisen der Nobilität verkehrte, interessierten ihn alle Verbindungen, die geplanten wie die geplatzten, der Angehörigen des Hochadels.

Cato nickte betrübt:

»Sie ist die einzige Tochter des Censors, und die Ehe zwischen mir und ihr war schon im Gespräch, als wir noch Kinder waren. Es war keine große Liebe, aber eine Freundschaft, die ich für verläßlich hielt. Nun war ich im vergangenen Jahr in Asia, im Gefolge des Statthalters, und als ich zurückkam, mußte ich erfahren, daß Livia in Kürze den Quintus Caepio heiraten wird!«

»Den Sohn des Caepio etwa, der uns das Schlamassel von Arausio eingebrockt hat? Wie kann sie nur?«

»Genau den! Nun kann man die Söhne nicht für die Taten ihrer Väter verantwortlich machen.«

»Da bin ich anderer Meinung! Wir Römer sind so stolz auf unsere Ahnen; wir schmücken uns mit ihren Heldentaten, da müssen wir es uns als Söhne auch gefallen lassen, für die Untaten der Väter zu büßen!« Sulla stockte, als ihm bewußt wurde, was er da eben verkündet hatte. Nach dieser Theorie hätte auch er zur Verantwortung gezogen werden müssen, weil sein Vater sich an Gracchus verkauft hatte. Opimius hatte jedenfalls eine ähnliche Anschauung vertreten und die Söhne der Freunde des Gracchus genauso gejagt wie ihre Väter.

»Vielleicht hast du recht«, drang die Stimme des Cato an sein Ohr, »aber Livia sah das anders. Zuerst hatte sie wohl Mitleid mit Caepio, und dann verliebte sie sich in ihn. Außerdem steht sie seit dem Tod ihres Vaters völlig unter dem Einfluß ihres Bruders Marcus, und der ist mit Caepio seit seiner Kindheit eng befreundet. Ich stand immer etwas außerhalb, weil sie mich ständig, wenn ich mit ihnen spielen wollte, mit meiner Großmutter Salonia hänselten! Ich habe sie manchmal verprügelt, denn ich war älter und stärker, und das haben sie mir übelgenommen. Besonders Drusus, der eine schwache Gesundheit hat. So tat er in meiner Abwesenheit voriges Jahr alles, um Livia gegen mich zu beeinflussen und für Caepio einzunehmen.«

»Jetzt hast du schon wieder von deiner Großmutter Salonia gesprochen, und inzwischen bin ich neugierig geworden.«

Cato erzählte, daß sein Großvater, nach dem Tod seiner Frau, noch im Alter von 80 Jahren einen so starken Geschlechtstrieb hatte, daß keine junge Sklavin in seinem Haus vor ihm sicher war.

»Nun wohnten sein einziger Sohn und dessen Ehefrau mit ihm zusammen«, berichtete er, »und vor allem die Schwiegertochter Aemilia mußte sich wohl manche Frechheit von den jungen Dingern gefallen lassen, wenn sie gerade die Nacht mit dem Alten verbracht hatten.

Aemilia kam aus einem großen Fürstenhaus, während mein Großvater direkt von Bauern aus Tusculum abstammmte. Je älter er wurde und je erfolgreicher er als Politiker war, um so mehr kehrte er den Bauern heraus und verspottete gern die Abkömmlinge aus den feinen Adelsfamilien.

Und Aemilia war offenbar so fein, daß sie über die Verhältnisse in ihrem Haus nur die Nase rümpfte, nicht offen aussprach, was sie dachte, was wiederum Großvater maßlos ärgerte, denn er war für alles Direkte und nahm nie ein Blatt vor den Mund.«

»Da ähnelst du ihm sehr«, spöttelte Sulla, »nicht nur äußerlich, er soll ja auch rothaarig, blauäugig und sehr kräftig gewesen sein.«

»Und ich bin stolz darauf, daß ich meinem Großvater nicht nur äußerlich nachschlage, sondern viel von seinem Wesen geerbt habe, wie mir mein Vater oft erzählt hat. Wenn ich von etwas überzeugt bin, dann verfolge ich es bis zum Ende, gleichgültig, ob ich mich dabei mit vielen Menschen anlegen muß.

Wußtest du, daß mein Großvater mindestens 50mal verklagt wurde, aber auch selber bestimmt genauso viele Leute vor die Gerichte gebracht hat? Nur einen Charakterzug, den er hatte, versuche ich bei mir zu zähmen: die Wut! Mich haben nämlich die Lehren der Stoiker, vor allem die von Panaitios, sehr beeindruckt. Die Stoiker raten ja dazu, die Leidenschaften zu zügeln und sich nur von der Vernunft leiten zu lassen!«

»Philosophengeschwätz!« rief Sulla aufgebracht, »ich habe ein sanguinisches Temperament wie mein Vater und kann mich oft nicht beherrschen.«

»Du mußt!« mahnte Cato streng. »Wenigstens mußt du es versuchen.«

»Aber dein Großvater hat es doch auch nicht gekonnt!«

Cato nickte betrübt: »Er hat es nicht einmal versucht, aber er kannte auch nicht die Schriften des Panaitios.«

»Wie gut für ihn«, entschied Sulla fröhlich, »viele seiner Bemerkungen, über die wir heute noch lachen, hätte er herunterschlucken müssen, wenn er nur nach der Vernunft gelebt hätte! Und du, mein lieber Cato, wärst gar nicht auf der Welt, wenn er als Weiser sein Alter beschlossen hätte; als Weiser, wie ihn die Stoiker sehen – ruhig und von keiner Leidenschaft verzehrt, im Gleichmaß lebend ohne Haß, aber auch ohne Liebe.«

»Das ist wahr!« nickte Cato zustimmend, »so habe ich den Rat der Stoiker, die Leidenschaften unbedingt zu unterdrücken, noch nie betrachtet!«

»Um es also der hochnäsigen Schwiegertochter Aemilia heimzuzahlen, heiratete Cato dann die Salonia?«

»So war es! Denn mit Bedacht suchte er sich eine Frau aus, mit der er Aemilia kränken konnte: Salonia, die Tochter eines Klienten.«

Während des Gespräches schlenderten sie an den zahlreichen Läden längs des großen, rechteckigen Platzes vorbei, blieben auch gelegentlich stehen und warfen interessierte Blicke auf die Auslagen. Alles, was hier verkauft wurde, hing mit dem Heilbetrieb zusammen: So boten Dutzende von Geschäften Salben in kleinen Gefäßen aus Alabaster oder Glas an.

Zahlreiche Tontäfelchen, die an den Wänden neben den Eingängen befestigt waren, beschrieben die Wirkungsweisen: »Salbe gegen Krätze«, »Salbe gegen Ausschläge«, »Salbe gegen Furunkel«, »Salbe gegen Schlangenbisse«, »Salbe gegen Mückenstiche«.

»Die ist besonders wirksam«, dienerte der Ladenbesitzer, als er sah, wie Sullas Augen an dem Täfelchen »Salbe gegen Mückenstiche« haftenblieben.

»Gib mir einen Behälter«, sagte Sulla, »im Winter geben diese Quälgeister zwar Ruhe, aber wer weiß, wo wir uns im Sommer mit den Kimbern herumschlagen!«

»Sehr empfehlen kann ich auch meine Salbe gegen Ausschläge und Hautjucken«, versuchte der Verkäufer den zahlungskräftigen Kunden weiter zu ködern. Sulla stutzte. Seit den heißen Sommern in Africa quälte ihn gelegentlich ein leichter Ausschlag, der aber meist nach wenigen Tagen wieder verschwand.

»Emporion ist bekannt wegen seiner Salben gegen alle Krankheiten der Haut und auch gegen Entzündungen der Augen«, erklärte Cato, »in Italien findest du nur in Capua so viele Geschäfte, die Salben verkaufen, wie hier. Allerdings haben die Händler in Capua einen schlechten Ruf; sie sollen oft die Salben mit Stoffen verlängern, die nichts taugen, und noch unverschämt viel Geld dafür verlangen. Wenn du Probleme mit deiner weißen Haut hast, kauf dir lieber hier die Salben!«

»Erklär mir, wie ihr in Emporion die Salben herstellt«, forderte Sulla den Ladenbesitzer auf.

»Nun, Herr«, zögerte der Mann, »vieles ist Geheimnis der Ärzte und der Priester der Tempel dort oben. Denn die Ärzte mischen selber die Salben zusammen, wir verkaufen sie nur. Aber so viel weiß ich: Die Grundlage von vielen ist die Kupferschlacke, die in den Öfen hängenbleibt, wenn Kupfer geschmolzen wird. Viele Bürger besitzen ja Kupfergruben in den Bergen und schmelzen das Kupfer in den Werkstätten gleich draußen hinter dem Tor.«

»Das stimmt«, warf Cato ein, »viele Emporianer verdienen Vermögen mit dem Kupfer, das sie hier in der Nähe schürfen. Und sie machen aus Dreck noch Geld! Ich habe mir einmal angesehen, wie sie die Schlacke sorgfältig aus den Öfen herauskratzen und an die Ärzte verkaufen.«

»Und wie weiter? Wie stellen sie die Salben her?«

»Manche vermischen die Schlacke mit Wein, andere mit Essig; manche schwören auf Urin von Knaben – so hat jeder sein Rezept. Aber alle nehmen sie Fette oder Olivenöl dazu, wobei Olivenöl besser, aber auch teurer ist.«

»Gib mir die beste und teuerste Salbe«, verlangte Sulla.

Der Verkäufer holte drei kleine Behälter, aus Alabaster gefertigt, aus einem Regal im Inneren des Ladens und stellte sie auf den Tresen.

»Diese Salbe besteht aus Kupferschlacke, die in Essig eingelegt wurde. Das Mittel ist nicht ganz so stark wie dieses mit Wein. Wenn du den Ausschlag auch auf der Kopfhaut hast, nimm dieses dritte; es ist mit Pech, dem Harz aus Pinien, hergestellt und löst auf der Kopfhaut besonders gut die Schuppen.«

Nachdem Sulla den Sklaven, der ihnen gefolgt war, angewiesen hatte, die Produkte zu bezahlen, zog der Händler noch ein Gefäß aus einem Regal hervor:

»Heute geben unsere Magistrate für den berühmten Legaten des großen Marius ein Fest, und vielleicht können die Herren dann dieses Mittelchen gut gebrauchen.«

»Was ist das?« fragte Sulla mißtrauisch und nahm das große gläserne Gefäß in die Hand, in dem eine bläuliche Flüssigkeit schwabbelte.

»Ein Getränk aus Kupferblüte, schmeckt gut, weil es mit Honig vermischt ist, und reinigt den Magen, wenn ihr zu gut gegessen habt.«

»Du willst sagen, daß es ein Brechmittel ist?«

»Genau! Ihr müßt nur wenige Schlucke davon nehmen, und schon spuckt ihr alles wieder aus, was ihr gerade zu euch genommen habt.«

»Da bist du an den Falschen geraten«, lachte Sulla, »ich halte es nämlich mit Epikur: Nur so viel essen und trinken, daß ich Lust dabei empfinde; alles Zuviel verursacht Unlust, und die will ich vermeiden. Aber wie ist es mit dir, Cato? Ich will dich nicht hindern, wenn du Verlangen nach dem Brechmittel hast!«

Cato schüttelte sich mit gespieltem Ekel:

»Ich habe nie verstanden, wie man sich eine schöne Mahlzeit verderben kann, indem man solche Mittel zwischendurch nimmt. Aber unsere Gelage werden immer üppiger, und ich beobachte bei vielen Römern eine immer größere Gier, alles in sich hineinzuschlingen, was aufgetischt wird. Und um sich zu erleichtern, müssen sie dann solche scheußlichen Mittel nehmen.

Vor kurzem erst habe ich ein Gelage in Rom verlassen, weil es mich anwiderte, wie die Gäste zwischen den Gängen in die Schalen würgten, die Sklaven ihnen unter das Kinn hielten. Mir ist jedenfalls jeglicher Appetit vergangen!«

Sie hatten sich von dem Laden abgewandt, um nicht noch weitere Mittel vorgesetzt zu bekommen, und gingen auf die breite Treppe zu, die zu den Terrassen des Asklepios-Heiligtums führte. Neben der Treppe sprudelte Wasser in ein kleines Becken, an dem ein emsiges Kommen und Gehen herrschte.

»Dem Wasser hier wird besondere Heilkraft zugeschrieben«, erklärte Cato, »aber in Wirklichkeit kommt es aus der großen Zisterne oben bei den Tempeln und enthält das gleiche Regenwasser wie die anderen Zisternen der Stadt.«

Als sie die oberste Terrasse mit den zwei Tempeln erreichten, zog es Sulla zunächst zum Haus des Apollo. Er betrat das Innere, die Cella, und betrachtete lange Zeit die nackte Statue des jugendlichen Gottes, dem nur ein Schal um die Schultern flatterte. An einer Seite kringelte sich eine große Schlange um einen Stab, an der anderen saß ein Hund; sie galten beide als Tiere des Apollo. Um den Tempel herum war ein kleiner Hain mit Zypressen angepflanzt, denn dieser Baum war ebenfalls dem Gott heilig.

Sulla erinnerte sich an eine Geschichte, die Metrobius ihm einmal erzählt hatte, der alles, was mit Apollo zusammenhing, sammelte, denn dieser Gott war ein großer Liebhaber von Knaben, und das gefiel dem Schauspieler. Einer dieser Geliebten hieß Kyparissos, die »Zypresse«, und sein Lieblingstier war ein junger Hirsch, den er gezähmt hatte. Kyparissos ritt auf dem Hirsch und nahm ihn auch mit, wenn er Jagd auf andere Tiere machte. Doch eines Tages verwechselte er ihn mit einem anderen Wild und tötete ihn.

Kyparissos flehte den Gott an, den Hirsch wieder lebendig zu machen oder ihn ewig um ihn trauern zu lassen. Da Apollo keine Toten zum Leben erwecken konnte, erfüllte er den zweiten Wunsch des schönen Knaben und verwandelte ihn in einen hohen schlanken Baum, in dem er ewig leben und trauern konnte.

Asklepios, einer der Söhne des Apollo, war der Liebelei mit einer Königstochter aus Nordgriechenland entsprungen. Aber noch während der Schwangerschaft verliebte sich die Frau in einen anderen Mann, einen Sterblichen, und der Zorn des Gottes war fürchterlich. Er tötete die Schwangere mit seinen Pfeilen und viele andere Frauen aus ihrer Umgebung ebenfalls.

Doch das gemeinsame Kind zog er aus der Leiche, die schon auf dem Scheiterhaufen brannte, brachte es zu einem heilkundigen Centauren einem Wesen, das halb Mensch, halb Pferd war – und wies ihn an, Asklepios, wie er den Sohn nannte, in der Heilkunst zu unterrichten.

In Rom hatte der Heilgott vor knapp 200 Jahren seinen Einzug gehalten. Eine Seuche wütete in der Stadt, und der Senat schickte eine Delegation zu Apollo nach Delphi, um göttliche Hilfe zu erflehen. Der Orakelgott wies die Römer zu seinem Sohn Asklepios nach Epidauros, aber die Priester des dortigen Heiligtums wollten sich nicht von ihrem Asklepios trennen. So kamen sie auf die Idee mit der Schlange. Sie erklärten eine der Schlangen des Tempels zum personifizierten Heilgott, und die Römer waren zufrieden, daß sie nicht mit leeren Händen in ihre Heimatstadt zurückkehren mußten.

Sie brachten also die Schlange nach Rom und bauten auf der Tiberinsel einen Tempel für den Heilgott, den sie Aesculapius nannten.

Während Sulla Wert darauf gelegt hatte, Apollo allein in der Cella zu besuchen, war ihm die Gegenwart des Cato angenehm, als er zu Asklepios, der in dem größeren Tempel wohnte, hinaufstieg.

Die Statue des Gottes war, wie auch die des Apollo, aus Marmor gearbeitet; die bärtige Figur stand auf einem Sockel und war mit einem Himation bekleidet. Ein Zug von Trauer lag auf dem Gesicht des Gottes, was wohl das Mitleiden mit den Gebrechen der Menschheit, vielleicht auch die Erinnerung an seine Geburt aus dem Tode ausdrücken sollte. Mit einem Arm stützte er sich auf einen Stamm, um den sich, wie bei Apollo, eine Schlange wand. Ein Hund, der treu zu ihm aufblickte, war gleichfalls sein Begleiter.

»Wie geschickt es doch die griechischen Ärzte aus dem Geschlecht des großen Hippokrates von der Insel Kos verstanden haben, sich diesen Gott in ihren Stammbaum zu holen«, erzählte Cato, und Sulla horchte auf, denn alle Versuche, Götter zu Stammvätern oder -müttern zu deklarieren, fanden seinen Beifall.

»Hier in Emporion ist es die Familie Dioskurides, die das Heilzentrum seit fast vier Jahrhunderten betreibt. Da Asklepios schon an die Familie Hippokrates vergeben war und sich kein anderer Gott finden ließ, der annähernd das Format des Asklepios besaß, mußte sich der Arzt Dioskurides nur mit der Statue begnügen. Man erzählt, daß dieser Dioskurides in Kos ausgebildet wurde, sich vergeblich bemühte, in das mächtige Ärztegeschlecht dort einzuheiraten, verärgert in seine Heimatstadt zurückkehrte und hier den ersten Tempel für Asklepios bauen ließ. Geld genug hatte er in Kos verdient, und zu Ansehen kam er schnell in Emporion, als es ihm gelang, die

Seuchen einzudämmen. Er brachte nämlich seinen Landsleuten bei, ihren Dreck nicht auf die Straße zu werfen und sich sauberer zu halten.

Seine Nachfahren experimentierten dann mit Salben herum, vor allem auf der Basis von Metallen, die es in der Umgebung ja reichlich gibt. Sie waren sehr erfolgreich bei der Behandlung von Geschwüren, zunächst denen, die sich aus Mückenstichen bildeten. Das Umland hier ist sumpfig und eine Brutstätte für Ungeziefer. Später lernten sie, alle Hautkrankheiten zu kurieren, außerdem Entzündungen an den Augen.

Jetzt laß uns noch zu dem Gebäude gehen, in dem sich die Kranken zum Heilschlaf niederlegen!«

Auf der Terrasse unterhalb des Tempelbezirks stand im rechten Winkel zu den Häusern der Götter ein langgestrecktes Gebäude, dem ein Säulengang vorgelagert war. Viele Türen gingen zu den einzelnen Kammern ab, in denen die Kranken ihren Heilschlaf hielten. Die Wand war mit Tontäfelchen bedeckt, auf denen die Geschichten wundersamer Genesung eingeritzt waren. Sulla las:

»Ein Hund heilte einen Mann aus Narbo, der ein Geschwür am Bein hatte. Als er im Haus des Gottes schlief, träumte ihm, daß ihm ein Hund das Geschwür leckte. Am nächsten Tag war das Geschwür eingezogen und trocken, schmerzte nicht mehr, und bald war der Mann gesund.« Auf einem Täfelchen darunter stand:

»Ein Knabe aus Tarraco wurde von einer Schlange geheilt. Er hatte ein bösartiges Gewächs am Fuß und konnte nicht mehr laufen. Ihm träumte, daß sich eine Schlange zu ihm hineinwand, an seinem Zeh leckte und sich zurückzog. Dann träumte ihm weiter, daß ein schöner Jüngling eine Arznei auf das Gewächs strich. Am nächsten Tag stand der Knabe auf und hatte keine Schmerzen mehr.«

Sulla nickte, nachdem er die beiden Geschichten gelesen hatte; Beklemmung ergriff ihn.

»Nichts ist so wunderbar, als was uns in unseren Träumen

geschieht. Das ist meine Überzeugung seit langem! Die Träume weisen uns die Zukunft, die Träume helfen sogar den Kranken, wieder gesund zu werden.«

Cato blickte ihn fassungslos an und lachte dann:

»Sulla, du überraschst mich! Daß du an Ammenmärchen glaubst, hätte ich nicht gedacht! Siehst du denn nicht, was hier passiert! Die Ärzte hier wie in den anderen Heiligtümern des Asklepios, ob in Kos oder in Athen oder in Epidaurus – sie alle nutzen den Kinderglauben der Menschen aus. Viele glauben ja noch wie kleine Kinder, daß Statuen leben, wirkliche Götter sind und daß der Gott Asklepios ihnen im Schlaf seine Hunde und Schlangen schickt, die sie dann heilen.

Es werden ihnen auch die Tiere geschickt, aber die Heilung bewirken die Ärzte. Damit die Kranken gut schlafen und alles, was ihnen im Schlaf passiert, für Traumgebilde halten, bekommen sie einen leichten Opiumtrank. Dann erhalten sie Besuch von den Ärzten, die oft auch Schlangen, die natürlich keine Giftzähne mehr haben, oder Hunde mitbringen, die heiligen Tiere des Apollo und des Asklepios. Auf die Geschwüre streicht man ihnen genau die Salben, die wir unten auf dem Platz gekauft haben. Die Geschwüre werden durch die Salben trockengelegt, aber das könnten sich die Kranken auch selber zu Hause besorgen. Da jedoch diese Heilung im Tempelbezirk des Asklepios passiert, und zwar auf wunderbare Weise im Traum, ist die Wirkung stärker, und meist können diese Fußkranken schneller laufen als andere, die nicht hier behandelt wurden.«

»Du meinst also nicht, daß die Ärzte Betrüger sind?«

»Auf keinen Fall! Sie verstehen ihr Handwerk, sie verwenden die richtigen Arzneien, und das Theater, das hier gespielt wird – denn so muß man das Geschehen wohl nennen –, hilft den Kranken, schneller gesund zu werden.«

Nachdenklich blieb Sulla stehen und blickte auf die prächtigen Tempel:

»Also ist es doch wahr, was uns die Träume erzählen, nur manchmal muß man auch den Träumen nachhelfen!«

Die Geschenke

Sulla war im Haus des reichsten Magistrates untergebracht, einem Mitglied der Ärztefamilie, der zweiter oder dritter Sohn war, Apollodoros hieß und sein Geld mit der Verarbeitung von Metallen machte. So belieferte er die römische Garnison mit Waffen.

Die Schlacke aus seinen Schmelzöfen verkaufte er an seinen Bruder Dioskurides, der mehrere Dutzend Ärzte in seinem Heilbetrieb beschäftigte. Apollodoros besaß ein großes Haus direkt an der Meerseite, im Viertel zwischen dem Platz vor dem Tempelbezirk und der Agora. Sulla bewohnte mehrere Zimmer im ersten Stock über dem Peristyl, zur Bucht hin, und war sehr zufrieden mit seiner Unterkunft.

Catos Quartier war im Haus des Arztes Dioskurides, nicht weit von der Tempelanlage. Der Arzt hatte ihm und seinen beiden, fast gleichaltrigen Freunden Gnaeus Octavius und Appius Claudius Pulcher ebenfalls eine ganze Flucht von Zimmern zur Verfügung gestellt.

Sulla lernte die beiden Freunde, die der römischen Nobilität angehörten, erst kennen, nachdem er als letzter den Festsaal der Stoa betreten hatte, in dem – ihm zu Ehren – ein großes Fest gegeben wurde.

»Sie sind meine Berater bei dieser Mission«, erklärte ihm Cato die Anwesenheit der beiden jungen Männer.

»Warum lerne ich euch erst jetzt kennen? Wo wart ihr den ganzen Tag?« fragte Sulla etwas befremdet.

»Cato ist der Patron dieses Gebietes«, lachte Pulcher, der seinem Beinamen »der Hübsche« durchaus gerecht wurde. Sein schmales Gesicht mit den regelmäßigen Zügen bestach durch die blitzenden schwarzen Augen; sein Naturell war liebenswürdig und heiter. Er neigte zu Spötteleien, was Sulla gut gefiel.

Er war der Sohn jenes Appius Claudius Pulcher, der dem Tiberius Gracchus eng verbunden gewesen war. Der junge Appius hatte aber Tiberius nie gekannt; er wurde kurz nach dem gewaltsamen Tod des Volkstribunen geboren. Sein Vater war damals schon Ende 50 und starb, als das Kind noch sehr klein war. Einer seiner Ahnen war übrigens jener Appius Claudius Caecus, der angefangen hatte, die Via Appia zu bauen. Die Familie gehörte zum alten patricischen Adel wie die Cornelier, Fabier, Aemilier und Valerier, zählte also zu den ersten Fürstenhäusern Roms.

Es schmeichelte Sullas Eitelkeit, daß sich jetzt ein Mitglied jenes Hochadels, der ihn noch vor wenigen Jahren verachtet und als »Komödiant« beschimpft hatte, sichtlich um sein Wohlwollen bemühte.

Auch Gnaeus Octavius, aus plebejischem Geschlecht, das erst seit zwei Generationen zur Nobilität gehörte, begrüßte ihn ehrerbietig. Octavius war ein unauffälliger junger Mann und hielt sich auch im weiteren Verlauf des Abends bei den Gesprächen zurück.

»Offen gestanden«, beeilte sich nun Cato, dem Freund Pulcher zu Hilfe zu kommen, als dieser auf Sullas Frage, warum er und Octavius sich den Tag über nicht gezeigt hatten, mit der Antwort ins Stocken geraten war, »ich wußte nicht, ob du über meine Anwesenheit hier empört sein würdest. Und es den Emporianern übelnehmen würdest, daß sie sich auch an die Familie Cato gewandt hatten. Und da man von deinen Wutanfällen einiges gehört hat«, jetzt lachte Cato beschwichtigend, während Sulla leicht säuerlich die Mundwinkel verzog, »wollte ich meine Freunde, die sich dankenswerterweise bereit erklärt hatten, mich zu begleiten, nicht mit hineinziehen.

Und weißt du, Sulla, ich bin froh über meine Entscheidung. Haben wir nicht interessante Gespräche geführt?«

Sulla nickte zustimmend. Er war zufrieden mit der Erklärung Catos, der ihn überzeugt hatte, daß die beiden Adligen nicht die Absicht gehabt hatten, ihn mit ihrer Abwesenheit zu brüskieren.

Viele Menschen warteten schon darauf, Sulla begrüßen zu dürfen. Als erster wurde ihm der Arzt Dioskurides vorgestellt, der auffallend der Statue des Asklepios glich.

»Wahrscheinlich muß sich jeder Erste dieses Ärzteclans die Haar- und Barttracht des Marmorbildes zulegen«, dachte Sulla, während er dem Arzt in die Augen blickte, die ebenfalls wie das große Vorbild einen leidenden Ausdruck zeigten.

»Es freut mich, daß sich der berühmte Legat des großen Marius soviel Zeit für unseren Tempel genommen hat«, sagte der Arzt liebenswürdig, und Sulla wurde bewußt, daß er in dieser kleinen Stadt offensichtlich keinen Schritt tun konnte, ohne beobachtet zu werden.

»Es ist eine beeindruckende Anlage«, sagte er höflich.

»Aber nicht zu vergleichen mit Epidaurus oder Kos«, antwortete der Arzt mit wehmütigem Ausdruck, »wir sind hier eben doch weit weg von der zivilisierten Welt, nur ein Vorposten unserer großen griechischen Kultur, eine kleine Insel in der Öde der Barbarei!«

»O du mein Griechenland, wie fern bist du doch!« tönte wehklagend ein älterer Mann, der neben dem Arzt stand und offensichtlich als nächste wichtige Persönlichkeit des Ortes vorgestellt werden sollte.

»Das ist mein Freund Hippokles aus Korinth, der immer noch nicht den Verlust seiner schönen Heimat verwunden hat«, beeilte sich der Arzt zu erklären.

»Aber Korinth existiert doch seit vier Jahrzehnten nicht mehr! Wie kann man so lange um etwas trauern«, meinte Pulcher mit einem fröhlichen Lächeln, was ihm einen giftigen Blick des alten Hippokles eintrug.

»Korinth war die schönste Stadt Griechenlands, dort habe ich meine Kindheit und Jugend verbracht, und jetzt muß ich als alter Mann im Barbarenland mein Leben beschließen!« jammerte der Alte und begann zu weinen.

»Führt ihn weg und gebt ihm Wein zu trinken, das wird ihn beruhigen«, ordnete der Arzt an. »Seid nicht verärgert über sein Wehklagen«, wandte er sich nun an die jungen Römer, »mein Freund Hippokles fühlt sich in Emporion sehr wohl, nur wenn er Römer sieht, erinnert er sich an die Zerstörung seiner Heimatstadt und gerät außer sich. Für Emporion war es übrigens ein großer Glücksfall, daß er und Freunde von ihm sich hier niederließen.«

Sein Bruder Apollodoros strahlte:

»Die Korinther brachten viel Geld mit, sie hatten ihr ganzes Vermögen noch vor der Belagerung der Stadt herausbringen können. Ich berichte euch Römern ja nichts Neues, wenn ich vom Reichtum Korinths spreche. Vier Jahrzehnte sind seit der Zerstörung vergangen, Griechenland ist eine euch ergebene Provinz, zwar nicht so reich wie Asia, aber bei euch Römern sehr beliebt wegen der Bildungsmöglichkeiten. Ihr pilgert ja in Scharen zu den großen Philosophen- und Rednerschulen in Athen und anderen Städten.«

»Das besiegte Griechenland hat inzwischen uns besiegt – mit seiner Kultur und seiner Sprache, die viele Römer sogar dem Latein vorziehen«, lachte Pulcher, und seine Augen blitzten. Sofort war die Atmosphäre entspannt, denn alle übrigen fielen in das Lachen ein.

Sulla drängte es aber, noch mehr über die Rolle der Korinther in Emporion zu erfahren, und er bohrte:

»Sprich weiter, Apollodorus, warum war es für euch ein Glücksfall, daß sich Hippokles und seine Freunde in Emporion niederließen?«

»Sie brachten viel Geld mit, und um zu Ansehen und Respekt in unserer Gemeinschaft zu gelangen, mußten sie etwas für Emporion tun: der Stadt Bauwerke schenken!«

»Und sie waren großzügig«, ergänzte der Arzt. »Einer der Freunde des Hippokles – er starb vor zehn Jahren – baute die Stoa neu, davor hatten wir nur ein kleines Gebäude, gerade halb so lang. Hippokles dankte den Göttern für seine Rettung, indem er den Asklepios-Tempel errichten ließ, und andere Korinther das Haus für Apollo.

Außerdem war es durch den Zuzug so vieler Menschen, es waren mehr als 1000, eng in Emporion geworden; wir mußten die Stadt vergrößern und die Mauer weiter nach Süden versetzen. Auch diese Erweiterung machten uns die Flüchtlinge zum Geschenk!

So bekamen wir viel Platz, nicht nur für die neuen Bürger, sondern auch für eine großartige Tempelanlage! Seitdem liegt der Segen der Götter auf unserer Stadt; das große, neue Heilzentrum zieht viele Menschen an, sogar von jenseits der Pyrenäen. Aber ich rede und rede«, unterbrach sich Dioskurides, »echt griechische Geschwätzigkeit! Dabei warten hier noch viele, die dir die Hände küssen wollen!«

Sulla nahm jetzt weitere Ehrenbezeigungen von Griechen entgegen, unterhielt sich auch kurz mit Römern und Italikern, die diese Region zahlreich bevölkerten.

»Wir haben etwas Wichtiges mit dir zu besprechen, aber ohne die Anwesenheit der Griechen«, sagte ein römischer Kaufmann, ein jüngerer Sohn seines alten Bekannten Nunnius.

»Ihr wollt doch nicht etwa hier eine Kolonie gründen«, scherzte der Cornelier.

»Genau darum geht es!« flüsterte der Kaufmann. »Wir wissen, was du damals für Narbo getan hast, als du noch ein ganz junger Mann warst! Jetzt bist du Legat des mächtigsten Mannes von Rom und hast ganz andere Möglichkeiten!«

Sulla nickte geschmeichelt und versprach den Kaufleuten, sich demnächst ihr Anliegen anzuhören.

Als Sulla Stunden später ins Haus des Apollodoros zurückkehrte, lag einer seiner Sklaven direkt vor der Tür zu seinen Räumen und schlief. Sulla stieß leicht mit dem Fuß gegen ihn, um ihn zu wecken, und der junge Mann sprang erschrocken hoch.

»Ich habe hier auf dich gewartet, wie es mir Apollodoros befohlen hat. Ich soll dir sagen, daß drinnen ein Geschenk auf dich wartet – oder besser: zwei!«

Der Legat riß die Tür auf und blieb erstaunt am Eingang stehen. Zwei Knaben, beide etwa 15 Jahre alt, kamen auf ihn zugestürzt und griffen nach seinen Händen, um sie zu küssen.

»Ich bin Chrysogonos«, sagte der eine und hob schmeichelnd die Augen zu ihm empor. Sulla erstarrte: Er blickte in

Bernsteinaugen, die er bisher für einmalig auf der Welt gehalten hatte – in die Augen des Metrobius. Auch das feine Gesicht mit den weichen, mädchenhaften Zügen erinnerte an den Schauspieler, wie er vor 17 Jahren gewesen war. Einen seltsamen Kontrast bildeten jedoch die schwarzen Locken zu den hellen Augen und der fahlen Haut.

»Chrysogonos«, murmelte Sulla, der immer noch in die Tiefe der goldenen Augen starrte, »selten war ein Name so passend: ›der aus dem Gold Geborene‹. Deine Augen funkeln wie goldener Bernstein!«

»Und ich bin Epicadus«, drängte sich jetzt der andere Junge vor, dessen Gesicht zwar auch hübsch war, aber längst nicht den Zauber auf Sulla ausübte wie das andere mit den goldenen Augen und den dunklen Locken.

»Und ich kann ebenso gut Latein sprechen wie Griechisch«, wechselte Epicadus ins Latein über, »während Chrysogonos nur Griechisch kann! Ich bin überhaupt viel gebildeter; ich führe schon seit Jahren die Korrespondenz bei Apollodoros, in Griechisch und Latein; ich schreibe in meiner Freizeit Gedichte und interessiere mich für die alten Geschichten von Griechen und Römern!«

Die großen Bernsteinaugen des Chrysogonos füllten sich mit Tränen während der selbstbewußten Rede seines Mitsklaven. Sulla schluckte vor Rührung, so sehr erinnerte ihn auch dieser Zug wieder an den jungen Metrobius.

»Ich freue mich, daß Apollodoros mir einen so klugen Sklaven geschenkt hat, so einen tüchtigen Sekretär wollte ich mir schon längst kaufen.«

»So einen gebildeten Sklaven wie mich wirst du schwer bei den Händlern finden«, sagte Epicadus jetzt auf griechisch, und stolz reckte er sein Kinn noch mehr in die Höhe, während er Sulla mit seinen klugen Augen fest anblickte, »und wenn, dann nur für viel Geld: mehr als eine halbe Million Sesterzen. Ich nenne dir den Preis gleich in eurer Währung, denn von Geldwechseln verstehe ich auch viel.«

Als ich noch klein war, merkte Apollodoros schon, was in

mir steckt. Er hat mich zusammen mit seinen Söhnen erziehen lassen, aber ich lernte schneller und wußte bald mehr als der Lehrer. Ich habe dann auch den anderen Sklavenkindern Unterricht gegeben, nur so, weil ich mein Wissen mit anderen teilen wollte. Darunter war auch Chrysogonos, und seitdem steht er unter meinem Schutz. Er lernt zwar nicht sehr leicht, aber er tat mir leid, weil er es früher so schwer hatte.«

Sulla blickte erstaunt auf das schöne Geschöpf, dessen Liebreiz und Hilflosigkeit seine Umgebung eigentlich provozieren mußten, ihm freundlich entgegenzutreten.

»Versteh das nicht falsch«, fuhr Epicadus hastig fort, als er Sullas erstaunten Ausdruck bemerkte, »hier im Haus geht es ihm sehr gut, alle sind freundlich zu ihm, und wenn ich höre, daß einer schlecht über ihn redet, greife ich sofort ein oder melde es Apollodoros. Was ich meine, ist: Er muß Schlimmes erlebt haben, bevor er zu uns kam, aber er redet nie darüber und sagt immer, ich weiß nichts mehr, wenn ich ihn bitte, sich auszusprechen.

Die Priester des Asklepios fanden ihn vor sechs Jahren vor dem Tempel, er war halb tot. Sie hatten Mitleid mit ihm und holten ihn herein; in der Regel nehmen sie ja im Heiligtum keine Sterbenden auf. Wie auch keine Schwangeren«, setzte er altklug hinzu. »Der Bruder unseres früheren Herrn, der große Arzt Dioskurides, konnte ihn heilen und brachte ihn in unser Haus, wo er uns alle mit seiner Schönheit und seinem gefälligen Wesen gleich bezauberte.«

Epicadus legte den Arm um seinen Mitsklaven, der sichtlich geschmeichelt der Erzählung, in der er die Hauptperson war, gefolgt war, während aber dennoch ohne Unterbrechung Tränen aus seinen Bernsteinaugen flossen.

»Im Rechnen bin ich schon viel besser geworden«, ließ er sich jetzt hören, und Epicadus nickte zustimmend.

»Aber nur, weil wir jetzt richtige Drachmen zum Zählen nehmen und nicht mehr Steine oder Kugeln!«

»Ich werde euch einige Goldstücke schenken, dann wird er noch schneller Rechnen lernen. Ich sage immer, daß die Namen Vorzeichen für das ganze Leben sind: Er heißt ›der aus dem Gold Geborene‹ und daher zieht es ihn zum Gold«, und Sulla holte mehrere Goldstücke aus einem Korb und drückte sie den Jungen in die Hände.

»Chrysogonos bleibt heute bei mir, und du Epicadus, schläfst bei den anderen Sklaven«, befahl er. Schmollend verließ Epicadus den Raum.

Bei den Kimbern

Es dämmerte noch, als Sulla am nächsten Morgen Römer und Griechen in seinen Räumen empfing, um über das Vorgehen gegen die Kimbern zu beraten.

»Sie werden alles kahlfressen, wovon sollen wir leben, wenn sie uns alles geraubt haben?« jammerte einer der Ratsherren, und andere unterstützten ihn, indem sie das Schrekkensbild einer Landschaft entwarfen, die öde und unbewohnbar geworden war.

»Ruhe«, unterbrach Sulla schließlich die Klagelieder, »ich will hören, wie man die Kimbern schnell aus dieser Gegend herausbekommt – aber ohne Kämpfe! Was habt ihr für Vorschläge?«

Er blickte in die Runde und sah nur betrübte Gesichter.

»Das habe ich mir gedacht«, und er grinste zufrieden, »ihr habt euch ganz auf den Legaten des Marius verlassen. Ich habe mir folgendes überlegt.« Und er entwickelte ihnen einen Plan, der wie alles, was seinem Fuchsgehirn entsprang, einfach war, aber durchschlagenden Erfolg versprach.

Das Gespräch hatte nur eine Stunde gedauert, denn Sulla duldete keine lange Diskussion, kein Hin und Wider, wie es die Griechen so sehr liebten. Als es sich herausstellte, daß die Emporianer nicht bereit waren, eine Abordnung der Kimbern in ihrer Stadt zu empfangen, nicht einmal in der Garnison der Römer, entschied Sulla, mit seinen Elitetruppen zum Lager der Barbaren jenseits des Pyrenäenpasses zu reiten.

»Ich möchte dich begleiten«, sagte Cato, und auch Pulcher und Octavius baten, mitkommen zu dürfen. Nur Carbo und Cinna hielten sich zurück, sahen sogar beiseite und duckten sich leicht, als Sulla sie auffordernd anblickte.

Der Legat hatte eigentlich vorgehabt, sie während der Überfahrt nicht zu beachten, aber sie schmeichelten sich schon nach wenigen Stunden so bei ihm ein, daß er nichts mehr gegen ihre Gegenwart hatte, im Gegenteil, sich gern von ihnen unterhalten ließ. Im Gespräch zeigte sich Carbo witzig und gebildet, auch Cinna lachte gern, war aber mehr Echo für Carbos Späße, steuerte kaum etwas an Einfällen bei.

»Sie sind wie so viele junge Männer aus reichen Häusern: gewohnt, immer alles zu bekommen, was sie fordern, unverschämt, wenn sie sich überlegen fühlen, aber feige, wenn sie an einen Stärkeren geraten«, dachte er, »Marius hat recht: Sie brauchen eine harte militärische Schulung, um zu Männern zu werden.«

Als er jetzt den Unwillen der beiden jungen Leute, die so alt wie Cato und seine Freunde waren, spürte, sich der gefährlichen Expedition anzuschließen, sagte er nur scharf zu ihnen:

»Versteckt euch bloß nicht! Ihr seid hier nicht als Privatleute wie Cato, Pulcher und Octavius!«

»Marius hat aber nichts davon gesagt, daß wir uns im Lager dieser Ungeheuer abschlachten lassen müssen«, maulte Carbo, und Cinna nickte bestätigend. Sulla reagierte nicht auf diese Bemerkung, obwohl ihm das Blut vor Ärger hochstieg. Er befahl nur: »Geht ins Lager und seht zu, daß die Truppen in wenigen Minuten marschbereit sind!«

Nach einigen Stunden kamen sie zum Pyrenäenpaß und schlugen dort an einer geschützten Stelle ihr Lager auf. Am nächsten Morgen ritt Sulla mit einem kleinen Trupp seiner besten Leute, auch Cato war dabei, so weit in die Ebene nördlich des Passes hinunter, bis sie das Lager der Kimbern erblicken konnten.

Sie sahen nur einen kleinen Teil der Menschenmassen, die

sich am Fuße der Pyrenäen breitmachten. Die Ebene war mit Buschwerk und Pinien bewachsen, und viele Wagen wurden von den weitausladenden Zweigen der Bäume verdeckt. Später konnte Sulla nicht sagen, ob er sich auch ins Lager gewagt hätte, wenn ihm die wahren Ausmaße bekannt gewesen wären, er gewußt hätte, daß die Barbaren zu Hunderttausenden das Land besetzt hatten.

»Was zögern wir hier?« rief er fröhlich. »Wir wollen ihnen gleich jetzt einen Besuch abstatten!« Er lachte und gab seinem Pferd die Sporen, und sein Trupp folgte ihm ebenso übermütig.

Kurze Zeit später erreichten sie die ersten Planwagen. Sie stiegen von den Pferden und hoben grüßend die Hände, als einige Kimbern auf sie zueilten. Sulla hatte mehrere Kelten mitgenommen, die übersetzen sollten.

»Ich will Boiorix sprechen«, ließ er sie sagen, »wir kommen als Freunde!«

Die Kimbern nickten, und einige machten sich sofort auf den Weg, um Boiorix zu holen. Sulla betrachtete interessiert seine Umgebung. Ein Kreis von Neugierigen hatte sich um ihn und seine Leute gebildet; ihm fiel auf, daß die Nordleute nur ernst starrten, kaum untereinander redeten und schon gar nicht aufgeregt schwatzten, wie es Südländer getan hätten.

Aus der Nähe gesehen, waren diese Menschen längst nicht so groß von Gestalt, wie berichtet wurde, aber sie überragten die Römer doch um Haupteslänge, auch die Frauen blickten auf sie herunter.

Fasziniert war Sulla vom Blond ihrer Haare, das in verschiedenen Schattierungen, von ganz hell bei den Kindern bis zu starkem Rot, leuchtete. Die blauen Augen, die meist bewegungslos auf die Römer gerichtet waren, hatten etwas Stechendes, Kaltes.

Bekleidet waren die Männer an den Beinen mit Röhren, wie sie von den Kelten her längst bekannt waren. Sie reichten nur bis zu den Knien, um die Unterschenkel waren Tücher gewickelt. Über den Beinröhren hing ein Kittel, manche trugen noch einen dicken Überwurf, denn es war frisch an diesem Morgen. Die Kleidung der Frauen bestand ebenfalls aus Kittel und Überwurf, um die Hüften hatten sie sich allerdings Tücher gewickelt.

Eine laute, heisere Stimme ließ die Menschen auseinanderstieben. Reiter stürmten heran und hielten so abrupt vor den Römern, daß Erdbrocken durch die Luft wirbelten. Der Anführer sprang vom Pferd, direkt neben Sulla.

Er war fast zwei Kopf höher, hatte eine massige Gestalt und Hände so groß wie Schaufeln. Das Gesicht war breit und fleischig; der mürrische Ausdruck wurde durch die langen, blonden Haare, die ihm bis auf die Schultern fielen, abgemildert.

»Du mußt Boiorix sein«, sagte Sulla und lächelte liebenswürdig.

»Und wer bis du? Was willst du hier?« fragte der andere streng, ohne das Lächeln zu erwidern.

»Ich bin Sulla, der beste Freund des römischen Königs Marius, und ich komme als dein Freund!«

»Aber der römische König heißt doch Maximus!«

»Den gibt es schon lange nicht mehr! Wir haben jetzt einen neuen König, und der heißt Marius!«

»Mit euren Königen soll sich einer auskennen! Mal sind es 300! Dann wieder nur einer! Ich, Boiorix, bin König der Kimbern seit vielen Jahren, seit sie durch das Land der Boier zogen. Ich bin Kelte, aber Kimbern und Kelten haben mich gemeinsam zu ihrem König gewählt, weil ich der Größte, Stärkste und Klügste bin!«

Der Trupp von jungen Männern, der Boiorix begleitete, stieß rauhe Laute aus, was Zustimmung bedeuten sollte, einige klatschten, andere grölten. Ein zufriedenes Lächeln legte sich über die derben Züge des Keltenkönigs.

»Ich habe dir Geschenke mitgebracht«, beeilte sich Sulla, den günstigen Moment der Friedfertigkeit von Boiorix auszunutzen, und holte aus den Taschen seines Sattels goldene Armreifen und Halsketten hervor.

434

Cato warf ihm einen verblüfften Blick zu: »Dann war das gar kein spontaner Einfall, zum Lager hinunterzureiten!«

»Nein«, lachte Sulla, »das war geplant, nur wollte ich euch nicht vorher ängstigen!«

Boiorix schien mit den Geschenken zufrieden. »Seid meine Gäste«, beschied er, »wir werden zusammen essen und trinken.«

Die Nordleute waren freundliche Gastgeber, und allmählich legte sich bei den Römern die Beklemmung, die sie ergriffen hatte, als der finstere Boiorix vor ihnen aufgetaucht war. Sie saßen auf grob zusammengebauten Bänken, die Speisen und Getränke standen auf langen Tischen. Um sie herum waren die königlichen Planwagen aufgebaut, alle mit Fellen bezogen, wie es die aus der Schlacht von Arausio entkommenen Legionäre geschildert hatten.

Ein hohes Tongefäß machte die Runde, und Sulla und seine Leute mußten sich jedesmal wieder zwingen, einen großen Schluck hinunterzustürzen, wenn die Reihe an sie kam. Boiorix hatte ihnen erklärt, daß dieses berauschende Getränk aus Getreide hergestellt und im Norden ausschließlich getrunken wurde, weil man dort keinen Wein anbaute.

»Wein trinken wir zwar auch sehr gern, aber wir haben keinen mehr, das heißt, die Römer, mit denen wir über den Durchzug bis zu den Pyrenäen verhandelt haben, waren geizig; sie haben uns zuwenig gegeben!« beklagte sich Boiorix.

»Das können wir ändern! Von mir bekommt ihr soviel, wie ihr wollt«, antwortete Sulla und erntete dafür einen dankbaren Blick des Barbaren. Je länger der Humpen mit dem Getreidebräu kreiste, um so aufgeschlossener erschien Boiorix, und Sulla hielt den Zeitpunkt für günstig, um die Verhandlungen zu beginnen.

»Wenn ihr morgen mit mir zieht, könnt ihr abends schon Wein trinken, den ich euch herbeischaffen lasse!« leitete er vorsichtig sein Anliegen ein.

»Mit dir ziehen!« rief der König und ließ die Keule eines

Schafes, die ihm gerade gebracht wurde, auf die Tischplatte fallen. »Wir wollen aber nicht weiterziehen, wir wollen hierbleiben.«

Sulla legte seine Keule auch auf die Holzplatte – Teller gab es keine – und sah Boiorix direkt an:

»Ihr könnt hier nicht bleiben, das ist römisches Gebiet, euch ist nur der Durchzug gestattet. Ich habe den Auftrag von König Marius, euch in ein Land zu bringen, wo ihr für immer bleiben könnt, das euch die Römer schenken wollen!«

Boiorix griff wieder nach der Keule und riß mit den Zähnen einige Fleischstücke herunter.

»Warum können wir nicht hierbleiben? Wir haben hier Wasser! Wir können in den Wäldern jagen!«

»Und woher soll euer Getreide kommen? Es wird Jahre dauern, bis ihr dieses Waldgebiet gerodet habt! Die Römer aus dieser Provinz haben euch alles gegeben, was sie haben, selbst allen Wein. Ihr könnt sie schütteln, aber es fallen keine Getreidekörner mehr aus ihnen heraus!« Nachdenklich riß Boiorix weiter an der Keule, warf die Reste einigen Hunden vor, die um die Tischgesellschaft herumschlichen, und bekam sofort von einer der Frauen, die die Männer bedienten, ein neues großes Stück Fleisch gebracht.

Es dauerte Stunden, bis Sulla ihn davon überzeugt hatte, daß es besser wäre, das Waldland bei den Pyrenäen zu verlassen und in das Gebiet zu ziehen, das die Römer ihnen zum Siedeln schenken würden. Daß ihnen schon einmal, vor vielen Jahren im Königreich der Noriker, ein solches Versprechen gemacht und dann nicht gehalten worden war, hatten die Germanen offenbar längst vergessen.

»Ich vertraue dir, weil du ein bißchen aussiehst wie einer von uns«, sagte Boiorix plötzlich, »mit deinen blauen Augen und hellen Haaren.«

»Dann ziehen wir morgen zusammen los?« fragte Sulla voller Hoffnung. Doch Boiorix lachte sein rauhes Lachen, und die vielen jungen Leute, die sein Gefolge bildeten, fielen ein.

»So schnell geht das bei uns nicht, wir müssen das in unserer großen Versammlung besprechen, und die kann ich erst zum Vollmond einberufen.«

Sulla rechnete nach: »Also in sieben Tagen!«

Der König zählte an den Fingern ab: »In acht Nächten, wir zählen nach Nächten! Komm dann wieder und hole dir Bescheid!«

Der Zug durch Hispania

Offensichtlich war es Sulla gelungen, den Keltenkönig zu beeindrucken, denn Boiorix konnte die übrigen Häuptlinge dazu überreden, in ein Land weiterzuziehen, das die Römer ihnen schenken wollten. Der Mangel an Getreide machte ihnen zu schaffen, und sie schreckten vor der Vorstellung zurück, das Waldgebiet roden und dabei schwer arbeiten zu müssen. Lieber ließen sie den Humpen mit Getreidesaft oder Wein kreisen, als daß sie sich mit Arbeit quälten.

»Wir sind Krieger. Wir haben schon mehrfach die Römer besiegt«, warf einer der Häuptlinge bei der großen Versammlung ein, »wir gehen mit unseren Waffen zu den Römern und zwingen sie, uns ihr Getreide zu geben!«

»Der Freund des römischen Königs hat gesagt, sie haben kein Getreide mehr«, sagte Boiorix finster, »wir können ihnen die Köpfe abschlagen, aber davon bekommen wir auch kein Getreide.«

Somit war die Angelegenheit entschieden; der Aufbruch wurde aber erst für den nächsten Vollmond angesetzt, weil die meisten Häuptlinge noch im Jagdfieber waren. In den Pyrenäen trieben sich viele Wildschweine und Hirsche herum.

Sulla hatte nicht daran gezweifelt, daß Boiorix sich behaupten würde, und schon während der einwöchigen Wartezeit einiges vorbereitet, um die Kimbern so schnell wie möglich durch das Gebiet Emporions zu schleusen. Die weitere Frist von einem Monat gab ihm die Möglichkeit, das Unternehmen perfekt durchzuplanen. Er hatte Berechnungen angestellt, wie viele Meilen ein Zug von mehreren hunderttausend Menschen mit Viehherden, die neben ihnen hertrabten, pro Tag zurücklegen konnte. An den abendlichen Haltestellen ließ er Lager einrichten, in die Getreide und Wein gerade für den täglichen Bedarf geschafft wurden, damit ein Anreiz gegeben war, am nächsten Morgen weiterzuziehen.

Die Via Domitia, die Ahenobarbus seinerzeit nur bis zum Nordhang der Pyrenäen ausgebaut hatte, war von immer neuen Statthaltern durch das Diesseitige Spanien weitergeführt worden, bis Tarraco.

Über diese breite, bequeme Straße ließ sich der Menschenstrom gut lenken. Sulla sah täglich nach dem Rechten, und seine Cohorten sorgten dafür, daß die Massen nicht ständig nach links und rechts ausscherten, wie es ihre Gewohnheit war.

Der Umgang mit den Kimbern erschien Sulla an manchen Tagen leichter als die Zusammenarbeit mit den Griechen. Was Sulla in den Lagerhäusern an Getreide vorfand, reichte gerade für die Mahlzeiten an den ersten Haltepunkten.

»Wie konnten wir ahnen, daß diese Pest aus dem Norden uns heimsuchen würde«, jammerten die Ratsherren von Emporion, als Sulla ihnen Vorwürfe wegen der geringen Vorräte machte.

»Ihr konntet zwar nicht ahnen, daß euch die Kimbern heimsuchen würden«, sagte er streng, »aber das viele Geld, das ihr aus den Getreideverkäufen erzielt habt, müßt ihr aus euren Körben und Krügen vorholen. Ich schicke Leute mit meinen Kriegsschiffen nach Sicilien und Africa, damit sie dort Getreide kaufen. Also räumt schön eure Geldkörbe aus!«

Die Getreide-Einkäufe in Sicilien und Africa besorgten Cato und Pulcher, während Octavius den Cornelier bei der Einrichtung der Lager unterstützte.

Carbo und Cinna verhandelten jeden Tag aufs neue mit den Griechen, um ihnen weitere Schätze zu entlocken, und besonders Carbo tat sich durch Geschick und Tatkraft bei diesen Gesprächen hervor. Cinna war wie immer sein Echo, aber auch das half, um die Griechen einzuschüchtern. Denn sie mußten alles hervorkehren und zusammenkratzen, was sie im Laufe ihres Lebens angesammelt, für ihr Alter, für ihre Erben gespart hatten.

Der Hunger der Kimbern schien weiter zu wachsen, je tiefer sie ins Gebiet von Emporion vordrangen; in Wirklichkeit hatte Sulla bei den ersten Etappen nicht gewußt, wieviel ein solcher Menschenschwarm in sich hineinstopfen konnte. Er schickte also auch Boten ins Gebiet von Tarraco, sogar weiter in den Süden bis nach Neu-Carthago, und kaufte auf, was auf dem Markt zu haben war, alles zu überhöhten Preisen.

»Wir haben kein Geld mehr!« klagten die Griechen.

»Dann holt euch Darlehen bei den Göttern!« befahl Sulla. »In den Tempeln sind genügend Schätze gehortet, die euch die Götter gern für eine Weile ausleihen. Wenn ihr wieder zu Geld gekommen seid, müßt ihr die Gaben natürlich ersetzen«, fügte er drohend hinzu.

»Aber Asklepios ist ein bescheidener Gott«, warfen die Griechen ein und kamen sich besonders schlau vor, »er gibt sich schon mit einem Huhn zufrieden, wenn einer ihm für seine Heilung danken will.«

Doch Sulla lachte nur: »Im Keller unter der Statue liegen bestimmt nicht nur Hühnerknochen! Holt alles heraus, was ihr dort versteckt habt! Die Tempel sind seit alters her auch Banken, und ich bin sicher, ihr habt dort viel aus euren Häusern hingeschleppt, was ihr vor den Kimbern und mir in Sicherheit bringen wolltet!«

Er zwang sie, ihn sofort zu den Tempeln zu begleiten, und fand wirklich in den Räumen unter der Cella gutverschlossene Metallbehälter, die bis zum Rand mit Drachmen gefüllt waren. Die Geldmenge reichte aus, um weitere Nahrungsmittel zu kaufen, und es war nicht einmal notwendig, das persönliche Eigentum der Götter, ihre Geschenke, anzutasten.

Cato kam aus Sicilien mit schlechten Nachrichten zurück:

»Ich konnte gerade Getreide für zwei Schiffe kaufen«, berichtete er, »sie horten dort selber. Es gibt Probleme mit den Sklaven, wie schon vor 30 Jahren, und sie befürchten Aufstände auf der ganzen Insel. Dann werden aber die Felder nicht mehr bestellt, nichts wird ausgesät, und sie wissen selber nicht, wie sie über die Runden kommen sollen!«

Auf den großen Landgütern Siciliens, auf denen hauptsächlich Getreide angebaut wurde, arbeiteten die Sklaven unter erbärmlichen Umständen. Um ihre Flucht zu verhindern, wurden sie bei der Arbeit im Freien aneinandergekettet; ebenso in ihren Schlafräumen, halb unterirdischen Löchern, die nur durch Schlitze an der oberen Wand belüftet wurden.

Solche Methoden im Umgang mit Massen von Sklaven, wie sie auf den ausgedehnten Gütern benötigt wurden, hatten sich im südlichen Italien ebenfalls eingebürgert. Auch dort war es in den vergangenen Jahrzehnten häufig zu Unruhen, zu Zusammenrottungen dieser Menschen gekommen, die von den Großgrundbesitzern schlechter als ihr Vieh gehalten wurden.

Da der Osten ein unerschöpfliches Reservoir für billige Arbeitskräfte darstellte, war es nicht notwendig, sie gut zu behandeln. Sklaven für die Feldarbeit waren für wenig Geld zu ersetzen, während für gebildete Sklaven wie Epicadus oder für schöne Lustknaben wie Chrysogonos ein Vermögen bezahlt werden mußte.

»Die Tumulte in Sicilien sollen an zwei Stellen gleichzeitig ausgebrochen sein«, erzählte Cato weiter, »an der Westküste und im Landesinnern. Beide Haufen von entlaufenen Sklaven, zu denen täglich neue strömen, haben Anführer, die sich ›König‹ nennen. Unser Statthalter hofft allerdings, daß sich die beiden Könige bald in den Haaren liegen werden und daß dadurch der Aufstand zusammenbricht. Ich halte das für einen frommen Wunsch: Zu viele Sklaven laufen hinter den beiden Königen her, sie sind aufgeputscht und nicht bereit, sich wieder in Ketten legen zu lassen.

Ich persönlich gönne es diesen Großgrundbesitzern, daß sie Schwierigkeiten bekommen; was sie mit den Sklaven getrieben haben, war Unrecht; auch Sklaven sind Menschen und verdienen besonders dann gute Behandlung, wenn sie schwer arbeiten.

Es ist auch falsch, so viele Sklaven zusammenzustecken, die dieselbe Sprache sprechen. Mein Großvater sorgte immer dafür, daß Sklaven aus verschiedenen Ländern zusammenarbeiteten, die sich schlecht verständigen konnten. Außerdem sah er es gern, wenn sie sich stritten und er dann als Schlichter gebraucht wurde.«

So gut Sulla den Zug durch Hispania auch geplant hatte: Es dauerte doch etliche Wochen länger als berechnet, bis die Germanen das Gebiet Emporions verließen. Nicht jeden Morgen waren sie bereit weiterzuziehen; wenn ihnen eine Stelle gut gefiel, trödelten sie herum, manchmal viele Tage lang. Immer wieder schwärmte er vor Boiorix und den anderen Häuptlingen von dem sagenhaften Land, das die Römer ihnen schenken wollten; ein Land, in dem der Wein schon berauschte, wenn er von der Pflanze gepflückt wurde; in dem das Getreide mehrfach im Jahr wuchs, so gut wie von allein.

»Warum sollen wir uns beeilen, dort hinzukommen«, antwortete ihm schließlich einer der Häuptlinge, »auch wenn du die Wahrheit sagst: Ein bißchen arbeiten müßten wir schon für unseren Getreidebrei und Wein! Hier aber bekommen wir alles vorgesetzt, ohne einen Finger krümmen zu müssen oder gar den Rücken! Sag selbst: Geht es uns hier nicht besser als in deinem Märchenland?«

Sulla biß die Zähne zusammen und mußte ihm recht geben. So unterließ er es in Zukunft, die Kimbern zu bedrängen.

Außerdem hatte er erst vor wenigen Tagen eine Nachricht von Marius bekommen: »Sieh zu, daß du die Kimbern möglichst lange in Hispania hältst«, schrieb der Consul, »ich brauche viele Monate, um die neuen Truppen, die ich ausgehoben habe, zu schulen.

Sicher hast du schon erfahren, wie großartig mein Triumph war. Besonders Iugurtha vor meinem Wagen wurde viel bestaunt. Er hat aber den Verstand verloren, als er vor mir herlaufen mußte. Nach dem Triumph wurde er in den Kerker geworfen, doch er lachte dazu nur und rief immer wieder: ›O Herakles, wie kalt ist euer Bad.‹ Ich gönnte ihm keinen schnellen Tod mit dem Schwert, er sollte im Kerker verhungern. Aber er war zäh: Sieben Tage dauerte es, bis er endlich starb.«

Das Schreiben hatte ein junger Militärtribun gebracht, ein Publius Sulpicius Rufus, den Cato gleich mit scheelen Blicken bedachte, denn Rufus war einer der besten Freunde des Drusus.

Rufus gehörte wie Sulla zu den Patriciern; seine Gens war, nach Höhepunkten in den frühen Jahren der Republik, in die Bedeutungslosigkeit gesunken. Nur der Zweig der Galba hatte in den letzten Jahrzehnten noch von sich reden gemacht, denn es war ein Servius Galba gewesen, der mit dem alten Lucius Lucullus zusammen die Lusitaner in die Sklaverei verkauft und damit den großen Krieg in Hispania entfacht hatte. Rufus nun, gerade 20 Jahre alt, brannte vor Ehrgeiz und sah sich berufen, die Gens Sulpicia wieder zu Macht und Ansehen zu bringen. Er hatte ein erstaunliches Redetalent, viele verglichen ihn mit dem jungen Crassus, und es war ihm gelungen, von Crassus als Schüler akzeptiert zu werden.

Als er jetzt vor Sulla stand und ihm mit einem Schwall von Worten, alles in der schnellen Diktion des Stadtrömers, den Brief des Marius überreichte, wunderte sich der Cornelier nicht mehr, warum der große Redner Crassus den jungen Sulpicius als Schüler aufgenommen hatte: Nie würde ihm Rufus wirklich gefährlich werden, ihn von seiner überragenden Position verdrängen können.

Rufus besaß weder den Charme des Crassus noch dessen Rationalität. Es sprudelte, purzelte alles aus ihm heraus; wenn es ihm aber bewußt wurde, daß er zu hastig gesprochen hatte, versuchte er, besonders langsam zu artikulieren. Und das wiederum geriet ihm zu pathetisch; er deklamierte dann wie ein schlechter tragischer Schauspieler.

»Was weißt du noch über das Ende von Iugurtha?« fragte ihn Sulla, nachdem er den Brief gelesen hatte.

»Oh, es war schrecklich, schrecklich«, deklamierte Sulpicius.

»Das ist mir bekannt«, unterbrach ihn Sulla scharf, »ich will Einzelheiten!«

»Nackt mußte er sein Ende erwarten«, tönte Sulpicius weiter, »nachdem die Henkersknechte ihm die Kleidung vom Leib gerissen, seine Ohrgehänge ihm weggenommen hatten – er verlor dabei beide Ohren. Nackt saß er im feuchten Keller, sieben Tage ohne Nahrung.«

»Hat er etwas über mich gesagt? Mir etwas ausrichten lassen?« forschte Sulla weiter. »Schließlich war er mein Gefangener, nicht der des Marius.«

Doch Sulpicius wußte nichts mehr, konnte aber zur allgemeinen Erheiterung noch eine Geschichte über den großen Marius beisteuern.

»Marius führte im Triumphzug alles vor, was er erbeutet hatte«, sprudelte Rufus hervor, ohne sich um langsames Sprechen zu bemühen, »3007 Pfund Gold, 5775 Pfund Silber und 287 000 Denare! Danach rief er den Senat zu einer Sitzung auf dem Capitol zusammen, und stellt euch vor, was für eine Tracht er trug, als er den Tempel betrat: sein Purpurgewand vom Triumph, und im Gesicht hatte er noch die rote Farbe! Die Senatoren waren entsetzt, und ich bin dann zu Marius gegangen und habe ihm gesagt, daß das unpassend ist!«

»Du«, rief Sulla spöttisch, »ich wußte gar nicht, welch wichtigen Mann mir Marius geschickt hat!«

Sulpicius war etwas verlegen: »Nun, ich nicht allein, noch andere, die Marius nahestehen, wie seine Freunde Glaucia und Saturninus. Marius wechselte dann jedenfalls die Kleidung und trat schließlich in der Toga vor die Senatoren.«

Sulla erfuhr nun, daß Glaucia, der in diesem Jahr Volkstribun, und Saturninus, der Quaestor war, als die besten Freunde des Marius galten und daß sogar von einem geheimen Bündnis der drei gemunkelt wurde. Als Sulla nachforschte, stellte es sich allerdings heraus, daß Sulpicius nicht zu dem engen Zirkel gehörte und daher auch nichts Näheres über Absprachen wußte.

»Mir ist aber zu Ohren gekommen«, sagte er wichtigtuerisch, »daß die Optimaten dieses Bündnis mit Sorge betrachten. Eine der ersten Amtshandlungen von Glaucia war, den Rittern wieder die Gerichte, die sich mit Bereicherungen in den Provinzen befassen, zurückzugeben. Marius und seine Freunde wollen sich damit die Unterstützung der Ritter sichern, wie es Gaius Gracchus auch getan hat. Wenn ich dir einen Rat geben darf: Leg dich bloß nicht mit den Rittern hier an! Sie können dir schaden.«

Sulla nickte verärgert. Seit die Ritter wieder über die Gerichte verfügten, bedrängten ihn die in Emporion Ansässigen immer ärger wegen der neuen römischen Stadt. Da ihn aber der Durchzug der Kimbern so stark beschäftigte, daß sich sein Geist für andere Probleme nicht öffnen wollte, hatte er mehrfach versucht, die Kaufleute auf einen späteren Zeitpunkt zu vertrösten. Doch bei der letzten Bemerkung dieser Art waren sie unverschämt geworden, hatten gedroht, ihn bei Marius zu verunglimpfen, weil er ihr Projekt nicht ernst nehmen würde.

»Marius hat andere Sorgen als eure kleine Stadt«, hatte Sulla nur gelacht, doch der Spott verging ihm, als der junge Kaufmann Nunnius kalt erwiderte:

»Wenn du nicht spurst, werden wir Glaucia einen Wink geben! Ich kann mindestens zehn Zeugen bereitstellen, die gesehen haben, wie die Griechen deine Taschen gefüllt haben. Falls es dir nicht bekannt ist: Glaucia hat uns Rittern die Gerichte zurückgegeben, und ihr Adligen seid wieder ganz von uns abhängig, wenn ihr in den Provinzen zu tun habt!«

Sulla lief rot an vor Zorn und mußte sich zügeln, um nicht Nunnius in das frech grinsende Gesicht zu schlagen. Doch wie immer in solchen Situationen gelang es ihm auch jetzt, liebenswürdig zu lächeln und seinem Gesprächspartner zu schmeicheln.

»Mein lieber Nunnius«, sagte er strahlend, »warum so aufgeregt! Natürlich bin ich auf eurer Seite und werde alles tun, damit ihr eure Stadt bekommt. Habe ich euch nicht Narbo verschafft? Und ist das Bank- und Handelshaus Nunnius nicht das größte in Narbo?« Er legte dem jungen Mann vertraulich einen Arm auf die Schulter und blickte ihm in die Augen. »Gib mir und Marius noch etwas Zeit. Wir haben große Gesetze in Vorbereitung, überall auf dem Erdkreis wollen wir Kolonien gründen. Und Emporion ist auch darunter!«

»Ist das wahr?« strahlte jetzt der junge Nunnius. »Du willst mich nicht nur vertrösten?«

»Ich schwöre dir bei, sagen wir ›bei Asklepios‹, daß ihr hier eine neue Stadt bekommen werdet.«

Tatsächlich hatte Marius Pläne entwickelt, überall auf dem Erdkreis neue Kolonien zu gründen. Sulla wußte davon seit Africa, denn in einer weinseligen Stunde hatte der Feldherr seinen Legaten ins Vertrauen gezogen.

Marius stand unter starkem Druck. Viele seiner Soldaten, die aus den übervölkerten Stadtteilen Roms oder aus kleinen verschuldeten Bauereien kamen, verlangten von ihm Land in der Provinz Africa. Die reiche, fruchtbare Gegend gefiel ihnen; sie träumten von einem sorgenfreien Alter auf eigener Scholle. Und Marius war bei ihnen im Wort; zu den Versprechungen, die seine Werber gemacht hatten, gehörte auch die Altersversorgung in Form eines größeren Stückes Land, das eine Familie ernähren konnte.

Marius brauchte daher viele Kolonien; er hatte nicht nur Africa, sondern auch Gallien, nach der Vernichtung der Kimbern und Teutonen, ins Auge gefaßt. Glaucia als Volkstribun sollte die Anträge für die Koloniegründungen stellen, aber da Sulla bisher nichts darübergehört hatte, mußte er annehmen, daß Marius und Glaucia ihre Pläne verschoben hatten, vielleicht bis nach dem Sieg über die Nordländer.

Auf jeden Fall konnte Sulla den römischen Kaufleuten von Emporion keine bindenden Zusagen geben, bevor er mit Marius gesprochen hatte. Hinzu kam, daß die Kaufleute die Fläche, auf der das Castell thronte, für ihre neue Stadt beanspruchten. Sie argumentierten, daß mit den Veteranen, die Marius ja sicher in der Stadt ansiedeln würde, keine Schutztruppen für Emporion mehr nötig sein würden.

Auch in Narbo hatten Veteranen als Schutz ausgereicht, in einem Land, das erst kürzlich unterworfen worden war, während man mit den Iberern seit langem in Frieden lebte.

Sulla mußte den Kaufleuten zustimmen; der Platz, mit direktem Zugang zum Hafen, war gut gewählt, auch psychologisch, da die Römer oberhalb der Griechen residierten. Und die Landschaft im Umkreis von Emporion war inzwischen so dicht mit Römern und Italikern besiedelt, daß ein städtisches Zentrum mit Forum, römischen Tempeln, Bädern und einer Arena dringend erforderlich wurde.

Für die Griechen jedoch würde die neue römische Stadt ein Verhängnis bedeuten. Die Römer, in ihren eigenen Mauern, brauchten keine Rücksicht mehr auf griechische Empfindlichkeiten zu nehmen, konnten ungeniert in die Märkte im Hinterland einbrechen, die seit Jahrhunderten die Domäne der Hellenen gewesen waren.

Sulla hatte noch einen Grund – außer Arbeitsüberlastung –, der ihn bewog, die Römer mit ihren Plänen zur Koloniegründung zu zügeln: Er war auf die guten Beziehungen der Griechen zu den Iberern angewiesen, waren sie doch wesentlicher Bestandteil seines Planes, mit den Kimbern fertig zu werden.

Marius hatte ihm nur geraten, die Kimbern so weit in die Gebirge im Innern Hispanias zu locken, daß sie lange brauchen würden, um wieder herauszufinden.

Sulla ging noch einen Schritt weiter. Während der Feier zu seinem Empfang hatten die Griechen häufig mit ihren guten Beziehungen zu ihren iberischen Nachbarn geprahlt. Er wollte seine Gastgeber schon gereizt zurechtweisen, als ihm die

Idee kam, sie in seine Pläne einzuspannen. Iberische Verwandte der Familie des Dioskurides, absolut vertrauenswürdig, wurden zu einem besonders kriegerischen Stamm im Landesinnern geschickt. Diesen Keltiberern wurde viel Geld geboten, um die Kimbern zu vernichten.

»Sie sollen die Kimbern in enge Talkessel locken! Und dann mit ihren Pfeilen von den Höhen herab erschießen!« lautete Sullas Anweisung an die Iberer.

Die Verwandten des Dioskurides waren inzwischen mit der Nachricht zurückgeeilt, daß die Keltiberer einverstanden seien, wenn die Summe verdoppelt würde. Das Geschrei, das die Griechen darüber erhoben, übertraf alles, was Sulla bisher erlebt hatte. Nur mühsam konnte er sich Gehör verschaffen:

»Wir werden jetzt Poseidon und Aphrodite besuchen«, verkündete er, aber weder bei Poseidon noch bei seiner persönlichen Göttin hatte er Glück. Alles war leer; die Griechen hatten, wohl gleich nach der Plünderung im Asklepios-Tempel, ihre Schätze abgeholt.

»Ich gebe euch eine Stunde Zeit, um mir alles herzubringen, was ihr bei Poseidon und Aphrodite ausgeräumt habt«, sagte er drohend, »sonst hole ich die Kimbern in eure Stadt!«

Er wunderte sich selbst, daß diese Drohung zog und daß die Griechen wirklich mit ihren Schatullen zu ihm rannten. Sulla zählte und stellte erfreut fest, daß sogar noch etwas für ihn übrigblieb, wenn der Anteil für die Keltiberer abgezogen war. Und für seine Soldaten, denn er hatte sich angewöhnt, alles, was er einsackte, mit ihnen zu teilen. Die Männer liebten ihn dafür.

Es dauerte mehrere Monate, bis Sulla mit den Kimbern endlich das Gebiet der Keltiberer erreichte. Nachdem er die Germanen durch das Land von Emporion gelotst hatte, wollte er sie, wie vereinbart, den Bevollmächtigten des Statthalters von Tarraco übergeben. Doch am Treffpunkt wartete der Praetor Lucius Valerius Flaccus persönlich auf ihn.

Sulla kannte den kleinen, farblosen Mann nur flüchtig.

»Hier übergebe ich dir die Kimbern«, sagte er förmlich, aber Flaccus winkte gleich ab.

»Wie wunderbar sie dir gehorchen! Sie folgen dir ja wie die Hündchen, habe ich gehört«, meinte er in scherzhaftem Ton. Sulla fühlte sich geschmeichelt und lächelte ihn dankbar an.

»Nachdem mir erstaunliche Nachrichten über den geordneten Durchzug zu Ohren kamen, habe ich gleich an Marius geschrieben – er ist inzwischen in der Gegend von Massilia angelangt. Ich habe ihn gebeten, dich weiter mit dieser Mission zu betrauen, und Marius hat mir geantwortet, daß er sich darüber freut, wie gut du diese schwierige Aufgabe meisterst.«

»Hat er das wirklich geschrieben?« fragte Sulla; Lobessprüche über sich hörte er zu gern.

»Genau wie ich es dir sage. Marius ist sehr stolz auf dich. Und er ist meiner Meinung, daß es Blödsinn wäre, jetzt die Führer für die Kimbern zu wechseln. Sie hören auf dich wie die Hündchen«, wiederholte er und lachte herzlich.

»Falls du noch Getreide brauchst«, fuhr er fort, »wir können dir noch viel verkaufen! Wie ich gehört habe, bringen dir die Griechen ja alle ihre Schätze, wenn du nur etwas die Stimme hebst!« Und er lachte wieder so fröhlich, daß auch Sulla einfiel, stolz darauf, seine Taten überall verbreitet zu sehen.

»Du hast Glück gehabt, daß ich bei den Griechen noch einiges lockermachen konnte, denn sonst müßtest du für alles aufkommen. Allerdings sehe ich nicht ein, daß ich die Arbeit habe und du den Gewinn: Von dem, was du an Ausgaben sparst, will ich die Hälfte!« Flaccus zuckte zusammen, das Lachen war ihm vergangen. Als Sulla merkte, daß er zögerte, holte er zu einem weiteren Schlag aus:

»Du hast zwei Möglichkeiten: Entweder teilst du die Beute mit mir, dann bleibt dir wenigstens die Hälfte, oder ich gebe meinem Freund Glaucia, dem Volkstribun, einen Wink. Und wenn er dich verklagt, weil du die Gelder aus der Staatskasse,

die für die Fütterung der Kimbern vorgesehen waren, in die
eigene Schatulle gesteckt hast, bleibt dir gar nichts, und du
riskierst noch die Verbannung!«

Flaccus lächelte säuerlich und willigte ein, mit dem Legaten zu teilen.

Sulla schwenkte in der Nähe des iberischen Dorfes Barcino
mit dem Volk der Kimbern von der Via Domitia ab. An der
Abzweigung erwarteten ihn jene Keltiberer, die die Nomaden
in ihr Verderben, in die engen, verschlungenen Bergtäler südlich der Pyrenäen, führen sollten.

Um sicher zu sein, daß sie auch wirklich im Landesinnern,
fernab der Küste, verschwanden, begleitete der Legat noch
mehrere Wochen lang den riesigen Menschenschwarm, sehr
zum Mißfallen der Iberer. Es ging durch ein Flußtal bergauf,
wieder in die nördliche Richtung; die Wege waren jetzt nur
Pfade, die sich die Kimbern mühsam freihauen mußten, um
mit ihren Planwagen weiterzukommen. Erst als sich Sulla davon überzeugt hatte, daß die Gegend immer unwirtlicher, die
Berge immer höher wurden, schlich er sich eines Nachts mit
seinen Cohorten davon und überließ die Kimbern ihrem
Schicksal.

Der Kanal des Marius

Wie von einer schweren Last befreit, stoben Sulla und seine
Männer dahin, nachdem sie die Via Domitia erreicht hatten.
Ihr Ziel war die Gegend von Massilia; dort wollten sie herausfinden, wo Marius sein Schulungslager aufgeschlagen hatte. Als sie in einiger Entfernung an Emporion vorbeiritten,
fiel dem Cornelier ein, daß in der Griechenstadt seine »Geschenke«, die beiden neuen Sklaven, auf ihn warteten, und er
schickte einen Centurio los, um sie abzuholen. Bei einem
Mansio, einem Gasthaus, zwischen Emporion und den Pyrenäen wollten sie abends rasten, und dorthin sollte der Centurio die beiden Jungen bringen.

Sulla lag mit seinen Freunden Cato, Pulcher und Octavius beim Abendessen, als die Knaben zu ihm gebracht wurden. Es waren viele Wochen vergangen, seit er sie das letztemal gesehen hatte, und die Schönheit des Chrysogonos berührte ihn auch diesmal so stark, daß er ein Kribbeln in der Leistengegend spürte.

»Wir dachten schon, wir gefallen dir nicht, weil du uns so lange bei Apollodoros gelassen hast«, sagte Epicadus gleich nach der Begrüßung, »besonders Chrysogonos hat viel geweint, weil er glaubte, du magst ihn nicht!« Und wirklich flossen gleich wieder die Tränen aus den großen Bernsteinaugen.

Cato blickte Sulla erstaunt an: »Ich dachte, du liebst Metella!«

Chrysogonos weinte stärker und preßte hervor: »Da hörst du es, Epicadus, ich hatte recht: Er liebt eine Frau, deshalb hat er mich so schnell vergessen!«

Sulla schrie: »Macht, daß ihr rauskommt! Seht zu, daß mein Zimmer in Ordnung ist!«

»Ich bin aber kein gewöhnlicher Haussklave«, bemerkte Epicadus höflich und rührte sich nicht von der Stelle, »und Chrysogonos genausowenig«.

»Das habe ich doch alles schon einmal erlebt«, stöhnte Sulla und verzog das Gesicht zu einer schmerzlichen Grimasse, »ein schöner Sklave mit Bernsteinaugen, der zur Arbeit nicht taugt! Und jetzt hat er noch Verstärkung: einen klugen, gebildeten Griechen! Also gut«, lachte er, »war ich damals schon dem einen nicht gewachsen, wie könnte ich jetzt mit euch beiden fertig werden! Sagt dem Wirt, er soll noch eine Kline für euch hereinstellen, und seid so unterhaltsam wie der eine es war, dem Chrysogonos so gleicht!«

»Aber Sulla«, Cato sah bestürzt auf den Freund, »findest du es nicht unpassend, daß Sklaven auf Klinen liegen und wie Gäste an unserem Essen teilnehmen? Mein Großvater hätte ...«

»Du weißt, wie sehr ich deinen Großvater schätze«, unterbrach ihn Sulla, »aber seine Sklaven hat er oft zu rigide behandelt. Weder Chrysogonos noch Epicadus sind für mich ›Sachen auf zwei Beinen‹, wie es einmal einer unserer Juristen formuliert hat. Und du als Stoiker müßtest eigentlich deinen Großvater tadeln für manches, was er über die Behandlung von Sklaven geschrieben hat.«

Cato blickte verlegen vor sich hin und schwieg, bekam aber Unterstützung von Pulcher:

»Dann hat Metella also doch recht gehabt, als sie meiner Verlobten erzählte, du liebst Männer mehr als Frauen!«

»Darüber hat sie mit deiner Verlobten gesprochen?« Jetzt wirkte Sulla verlegen, er hatte Metella für verschwiegen gehalten und nicht gedacht, daß alles, was nur ihn und sie anging, weiten Kreisen in Rom inzwischen bekannt war. »Metella hat also geklatscht, das hätte ich nicht von ihr gedacht«, empörte er sich, froh, daß er einen Anlaß hatte, von seiner Neigung zu Männern abzulenken.

»Meine Verlobte und Metella sind schließlich miteinander verwandt und kennen sich seit ihrer Kindheit«, verteidigte Pulcher die beiden Metellas. »Also Cousinen!« warf Octavius ein.

»Nicht direkt. Meine Metella ist die Tochter des Balearicus, und der ist ein Cousin des Dalmaticus, des Vaters der anderen«, erklärte Pulcher. »Auf jeden Fall finde ich es schade«, setzte er hinzu, an Sulla gewandt, »daß aus deiner Verbindung mit Metella nichts geworden ist, du wärst mir als Verwandter sehr lieb.«

Sulla strahlte und dankte Pulcher, indem er seinen Becher hob.

»Ganz im Vertrauen kann ich dir auch sagen«, fuhr Pulcher fort, nachdem er mit einem Zug den silbernen Weinbecher geleert hatte, den Sulla neben vielen anderen silbernen Stücken seines Geschirrs in seinem Legatengepäck mitschleppte, »Metella scheint nicht besonders glücklich in dieser Ehe. Der alte Scaurus kriegt kaum noch den Schwanz hoch, und Metella fragt sich, wie es ihr gelingen soll, Nachfahren in die Welt zu setzen. Du siehst, in Rom warten große Aufgaben auf dich!«

Alle lachten, nur die großen Augen des Chrysogonos füllten sich wieder mit Tränen. Sulla stand schnell auf, setzte sich zu dem schönen Knaben und sah mit Begeisterung, wie es in den goldenen Augen anfing zu blitzen und zu leuchten. »Als würden Sternschnuppen vom Himmel fallen«, sagte er fast ehrfürchtig.

Schon in Narbo erfuhr Sulla, daß Marius bei dem kleinen Ort Arelate, nahe der Mündung des Rhodanus, sein Lager aufgeschlagen hatte. Eine knappe Woche später erreichten sie die römischen Legionen. Im Lager schwirrte es wie in einem Wespennest; der große Platz vor dem Praetorium war schwarz von Menschen. Nur mühsam drängte sich Sulla bis zu dem geräumigen Zelt des Marius vor.

Der Feldherr begrüßte ihn zerstreut: »Endlich, endlich, Sulla! Ich habe dich schon vor Wochen erwartet. Es gibt viel Arbeit für dich. Wir sprechen hinterher darüber!«

»Was hast du denn so Wichtiges vor, daß du mich vertrösten mußt?« fragte Sulla beleidigt. »Schließlich bin ich dein Legat, und wir haben uns viele Monate nicht gesehen.«

»Nun mußt du nicht gleich gekränkt sein, mein Sulla«, meinte Marius beschwichtigend, »du hast ja alles gut erledigt, die Kimbern hast du mir geschickt vom Hals gehalten. Und wie du die Griechen geschröpft hast, das hat mir auch gut gefallen. Aber im Augenblick bin ich sehr beschäftigt!«

Er berichtete kurz von einer bevorstehenden Gerichtsverhandlung. Sein Neffe, ein Militärtribun, war von einem jungen Adligen namens Trebonius offensichtlich im Streit erschlagen worden. Dieser Trebonius sollte sich nun vor einem Militärgericht unter Vorsitz des Marius verantworten.

Trebonius wurde freigesprochen, denn er konnte beweisen, daß der Neffe ihn sexuell belästigt hatte, ihn mit dem Schwert zum Geschlechtsverkehr hatte zwingen wollen.

Die Soldaten waren begeistert über den Richterspruch ihres Feldherrn, bewies er ihnen doch, daß Marius keine Rücksichten auf familiäre Bindungen nahm, wenn es um die Gerechtigkeit ging.

Alle Schiffe, die in den nächsten Tagen von Massilia nach Rom abgingen, brachten die Nachricht über das Urteil in die Metropole. Die Plebs bejubelte den Freispruch ebenso wie die Armee. Das Volk wünschte sich abermals Marius an der Spitze des Staates; er war so beliebt wie kein anderer in Rom, und auch die Nobilität mußte dem Rechnung tragen. Die Wiederwahl war so sicher, daß der Feldherr ebensowenig zu den Wahlen in Rom erscheinen mußte wie vor einem Jahr, als er nach Beendigung des Krieges gegen Iugurtha die Verhältnisse in Numidien neu ordnete.

Marius war sehr froh darüber; er haßte es, mit den arroganten Herren der Nobilität zu verhandeln, in ihre spöttisch lächelnden Gesichter zu sehen. Wenn er in Rom war, mußte er zu den Sitzungen in der Curia erscheinen, in die Augen ausgesprochener Feinde blicken, wie der Numidicus einer war, der sich um das Amt des Censors bemühte und gute Aussichten hatte, in diese mächtige Position aufzusteigen.

Marius wollte aber auch in Gallien bleiben, weil er von einer neuen Aufgabe ganz ausgefüllt wurde: dem Bau eines Kanals von der Mündungsbucht des Rhodanus bis zum Dorf Arelate. Vom Aufgang der Sonne bis zu ihrem Untergang schufteten seine Legionäre in den sumpfigen Niederungen, geplagt von der Hitze, von Moskitos und Fliegen. Sie schaufelten Schippe um Schippe Sand beiseite, bis ein Graben entstand, in dem zwei bauchige Lastkähne mühelos aneinander vorbeifahren konnten. Wenn die Arbeiter gut vorankamen, schafften sie in einem Monat eine Meile. Bis zum Dorf Arelate waren es aber 20 Meilen.

Es handelte sich dabei um ein so gewaltiges Werk, wie es der Bau einer der großen Überlandstraßen war. Aber Marius hatte, im Gegensatz zu Gnaeus Domitius Ahenobarbus, weniger seinen Ruhm für die Nachwelt im Auge als die Schulung seiner Soldaten. Er wußte, daß er die gefährlichen Krieger aus dem Norden nur besiegen konnte, wenn seine Legionäre ihnen überlegen waren – an Kraft, an Ausdauer und an Mut.

Es war Marius nicht gelungen, ein Heer auf die Beine zu stellen, das nur annähernd die Stärke der Barbarenarmee besaß, obwohl er alle Männer ausgehoben hatte, die im wehrpflichtigen Alter waren. Gleich nach der Katastrophe von Arausio war ein Befehl des Senats an alle Kapitäne ergangen, keine jungen, kriegstauglichen Männer an Bord zu nehmen; denn man befürchtete eine Massenflucht, so groß war die Angst vor den Ungeheuern aus dem Norden.

Auch alle befreundeten Könige hatte der Senat um Hilfe gebeten, aber viel Unterstützung war nicht gekommen. Geradezu unverschämt war die Antwort des Königs von Bithynien, der nördlich der Provinz Asia sein Reich hatte. Er behauptete, seine waffenfähigen jungen Männer seien längst in römischen Diensten, allerdings als Sklaven, geraubt von Händlern, die den römischen Markt belieferten.

Marius hatte gehofft, daß bereits der Marsch über die Alpen aus den Rekruten »Männer« machen würde, wie er alle erfahrenen Kämpfer nannte. Er hatte die Legionäre erbarmungslos vorangetrieben, ihnen jeden Tag längere Märsche mit dem schweren Gepäck zugemutet. Doch als sie den Rhodanus erreichten, waren sie immer noch »Weicheier«, und der Feldherr dankte den Göttern dafür, daß Kimbern und Teutonen nicht schon auf ihn warteten.

Tagtäglich mußten die Legionäre nun wie Gladiatoren fechten, aber Marius wußte, daß es schwer war, die Moral in einer Truppe aufrechtzuerhalten, die ihre Tage nur mit Spielereien verbrachte.

Eines Tages beobachtete er, wie im kleinen Flußhafen von Arelate viele Barken anlegten, die bis zum Rand mit Amphoren gefüllt waren.

»Warum kommt ihr hier mit so winzigen Schiffen an?« fragte er die römischen Kaufleute, die beaufsichtigten, wie ihre Tonkrüge mit Wein und Olivenöl entladen wurden. »Der

Rhodanus ist doch sehr breit hier – 20 Meilen von der Mündung entfernt!«

Die Kaufleute lachten. »Du solltest dir mal die Mündung ansehen«, antwortete einer der Händler, »der Rhodanus teilt sich in mehrere Arme, die alle versandet sind. Immer wieder müssen wir kleine Rinnen freischaufeln, damit wir wenigstens mit Barken durchkommen.«

»Warum baust du keinen Kanal, Marius?« schlug ein anderer Kaufmann vor. »Du hast genügend Arbeiter, die etwas Nützliches tun könnten, während ihr auf die Kimbern wartet.«

»Und das gibt Kraft in die Arme«, scherzte ein Militärtribun.

Marius stutzte und legte die Stirn in Falten, während er nachdachte. »Du hast recht«, sagte er abschließend, »das gibt ihnen Kraft und Ausdauer – und läßt sie nicht übermütig werden.«

»Dieser Kanal hat noch einen Vorteil«, meinte Manius Aquilius, der Stellvertreter des Marius im Lager, »wir könnten den Griechen von Massilia ein Geschäft vorschlagen: Sie übernehmen die Kosten für den Proviant der Soldaten, und wir schenken ihnen dafür den Kanal. Sie können sich später goldene Nasen an den Zöllen verdienen, die sie den Kaufleuten abnehmen, die ihre Waren auf dem Rhodanus verschiffen wollen.«

Marius war begeistert von diesem Einfall, ebenso die Griechen von Massilia, die schon befürchtet hatten, daß sie die Legionen ohne Gegenleistung verpflegen sollten.

Unverzüglich begann nun Marius mit den Bauarbeiten, und jeder Tag, an dem sich seine Soldaten mit dem feuchten Sand im Rhodanus-Delta abplagten, brachte ihn ein Stück seinem Ziel näher: Seine Legionäre wurden zu gestählten, ausdauernden Kampfmaschinen, die allmählich die Ankunft der Kimbern und Teutonen herbeisehnten, um von der Arbeit im Sumpfgebiet erlöst zu werden.

Als Sulla nach Arelate kam, traf er auf eine eingespielte

Mannschaft, und der sieben Jahre ältere Manius Aquilius war nicht bereit, von seinem Posten als Stellvertreter des Marius bei den Bauarbeiten auch nur einen Fingerbreit abzurücken.

»Ich bin dein Legat«, trumpfte Sulla auf, »dann bin ich auch dein Stellvertreter bei den Bauarbeiten.«

»Sei froh, mein Sulla«, beruhigte ihn Marius, »daß sich Aquilius um diese Arbeit am Kanal so reißt. Das Klima in den Sümpfen ist unangenehm, vor allem für einen, der mitten im Sommer neu anfängt. Ich wollte dich eigentlich nach Tolosa schicken, weil mir Übergriffe von den Tektosagen gemeldet wurden. Diese Gallier haben Landhäuser von unseren Leuten überfallen und geplündert, außerdem Transporte von Kaufleuten ausgeraubt. Aber gestern bekam ich einen Brief des Kommandanten von Tolosa; er schreibt, daß er die Situation wieder im Griff hat. So kann ich dich mit einer anderen Aufgabe betrauen, die mir persönlich am Herzen liegt: Fahr nach Rom und überwache meine Wahl zum Consul. Hab auch einen Blick auf Glaucia und Saturninus, damit die es in Rom nicht zu toll treiben, solange die Wahl nicht entschieden ist.«

Der Pfeil des kleinen Fimbria

Sulla hoffte, einige Monate in Rom bleiben zu können, um die Einrichtung seines Hauses auf dem Palatin so weit voranzutreiben, daß es bald beziehbar war. Die Böden waren inzwischen fertig; vorsichtig schritt er über die kostbaren Mosaiken und bewunderte die Arbeiten der Handwerker.

Im Atrium war das quadratische Wasserbecken von vielen weißen und schwarzen Vierecken umgeben, um die sich an den Rändern ein breites Band mit einem Mäandermuster legte. Sulla liebte die klaren geometrischen Formen und hatte auch für das Tablinum Muster bestellt, in denen sich Streifen von Rechtecken, unterbrochen von sich schlängelnden Bändern, um ein Zentrum legten, in dem eine Rosette den Blick des Betrachters in die Tiefe zu ziehen schien. Im Triclinium hingegen rankten sich im Mittelpunkt des Raumes Girlanden von Trauben um Fische, die dem Gast in den Mund springen wollten.·

»Nun, habe ich deinen Geschmack getroffen?« erkundigte sich Metrobius besorgt, der die Arbeiten in Sullas Abwesenheit überwacht hatte und bereits in dem Haus wohnte, während sich Sulla zunächst wieder am Hang des Quirinal eingerichtet hatte.

»Wunderbar!« freute sich Sulla. »Und nun laß uns überlegen, welche Bilder wir an den Wänden haben wollen.«

Epicadus, mit einer Schreibtafel in der Hand, trat eifrig näher, um sofort jeden Gedanken, den Sulla äußerte, notieren zu können. Chrysogonos, ebenfalls mit einer Schreibtafel versehen, hielt sich im Hintergrund und ließ gelangweilt die Blicke durch die Säle schweifen.

Sulla hatte die beiden Jungen, als er mit ihnen das Haus betrat, beiläufig als »meine neuen Schreiber« vorgestellt, ihnen aber vorher eingeschärft, sich jeder Vertraulichkeit zu enthalten. Je älter Metrobius wurde, um so stärker wandte er sich schönen Knaben zu, und Sulla bemerkte, während er die Einlegearbeiten auf den Böden studierte, mit welch begehrlichen Blicken der Schauspieler die beiden, vor allem aber Chrysogonos, verfolgte.

»So, so, deine Schreiber also«, sagte Metrobius und grinste unverschämt, nachdem er eine Weile erst Chrysogonos und dann Sulla beobachtet hatte. »Erinnerst du dich an den Tag, als ich dir dein Geheimnis beschwören sollte?«

»Natürlich, mein lieber Metrobius«, beeilte sich Sulla mit der Antwort, »wie könnte ich diesen Tag vergessen: Erst war er einer der dunkelsten, dann einer der glücklichsten in meinem Leben. Aber worauf willst du hinaus?« forschte er, inzwischen mißtrauisch geworden.

»Nun, ich dachte nur gerade«, sagte Metrobius wie nebenbei und fixierte seinen Freund mit Bernsteinaugen, die jeglichen warmen Schimmer verloren hatten, »wie du nun als Adler über dem Ameisengewimmel schwebst, genauso wie ich es dir prophezeit habe. Alles, was du sagst, ist so wichtig, daß dir sogar zwei Schreiber folgen müssen, damit keines deiner kostbaren Worte verlorengeht!«

»Aber das ist doch heute so üblich! Aemilius Scaurus schreibt an seinen Memoiren, Catulus will sein Epos über große Römer zum Ausklang mit seinem eigenen Lebensbild schmücken – und keiner der beiden hat eine so große Tat vollbracht wie ich, nämlich den König Iugurtha gefangenge-nommen.«

»Und genau das wäre ein Motiv für ein Gemälde: König Bocchus übergibt dir den Iugurtha – wie du es auf deinem schönen Siegelring hast darstellen lassen!«

Sulla hatte Metrobius mit leuchtenden Augen zugehört: »Metrobius, mein Geliebter«, rief er theatralisch, »für diesen Vorschlag muß ich dich küssen! Keiner versteht mich so gut wie du, und keiner kennt mich so gut! Ich überlasse dir die weitere Ausgestaltung des Hauses, du wirst genau meinen Geschmack treffen. Ständige Verhandlungen mit Handwer-kern langweilen mich, außerdem muß ich mich um die große Politik kümmern.«

Auf der politischen Bühne jagte ein Ereignis das andere; es gärte in der Plebs, die in Glaucia und Saturninus neue Anfüh-rer gefunden hatte. Vor allem Saturninus hetzte fast täglich gegen die Optimaten, schimpfte über Korruption und Habgier bei der Nobilität. Wie aber bei den Gracchen, Memmius und anderen Volkshelden entsprang auch seine strikte Hinwen-dung zur Plebs keineswegs dem Drang, die Lebensverhältnis-se des Volkes zu verbessern, sondern seiner verletzten Eitel-keit.

Als Quaestor war er mit der Getreideversorgung für die Stadt Rom beauftragt worden, und er hatte diese Aufgabe nicht schlechter als seine Vorgänger bewältigt. Aber unterdes-sen hatte sich der Sklavenaufstand in Sicilien ausgeweitet; die Felder wurden nicht mehr bestellt, man säte kein Getreide aus, so daß der Nachschub für die Hauptstadt gefährdet war.

Der zweite Consul, Gaius Flavius Fimbria, ein neuer Mann,

war schwach genug, sich von Marcus Scaurus die Zügel aus der Hand nehmen zu lassen.

Eine der ersten Maßnahmen des Scaurus war, die Getreideversorgung an sich zu reißen. Dieses Amt war für einen korrupten Menschen wie ihn besonders attraktiv, weil die reichen Unternehmer, die das Getreide verschifften, von alters her gewohnt waren, an die ständig wechselnden Magistrate zu zahlen.

Auch Saturninus hatte sich Hoffnungen auf die Reichtümer gemacht, die aus diesem Amt üblicherweise flossen; außerdem reizte ihn die Machtstellung.

Als Scaurus den Senat dazu gebracht hatte, die Zuständigkeiten zu ändern, tobte Saturninus auf dem Forum herum und hätte am liebsten mit seinem Anhang die Curia gestürmt.

Sulla verbrachte während seines Aufenthaltes in Rom viele Stunden auf dem Forum, verfolgte Reden, unterhielt sich mit den Leuten und bedachte das politische Ränkespiel mit ironischen Bemerkungen. Er unterstützte auch den zweiten Consul Fimbria bei der Durchführung der Consulatswahlen, nachdem er Glaucia und Saturninus immer wieder auf die Rednertribünen getrieben hatte, um von den Taten des Marius zu künden, vor allem vom Freispruch des Trebonius und dem Bau des Kanals.

Iugurtha durfte nicht erwähnt werden, und wenn, dann mußte Sullas Anteil an der Gefangennahme gebührend herausgestrichen werden. Glaucia hielt sich an diese Absprache, nur Saturninus breitete gelegentlich aus, wie der König in Ketten vor dem Triumphwagen des Marius hergelaufen war, was Sulla schwer kränkte.

Da die Plebs genügend aufgestachelt worden war, ging die Wiederwahl des Marius glatt über die Bühne. Gaius Marius war nun zum drittenmal Consul geworden. Sein College war ein Lucius Aurelius Orestes, ein Mann der Meteller, gegen den Marius nichts einzuwenden gehabt hatte.

Catulus war nicht bereit gewesen, sich erneut zu bewerben,

weil er nicht in die Kämpfe gegen die Germanen verwickelt werden wollte.

Nach der Wahl stand Sulla neben dem Consul Fimbria und reichte vielen die Hände, denn der Legat war für die Plebs auch der Stellvertreter des Marius in Rom. Sulla genoß es sehr, so im Mittelpunkt zu stehen, fast hielt er sich selbst für den designierten Consul.

»Wie schade, Sulla«, spottete Memmius, der zu ihm getreten war, »daß du nicht angetreten bist! Bestimmt hätte das Volk dich in seiner Begeisterung für Marius gleich mitgewählt!«

»Wieso für Marius?« Sulla war etwas beleidigt. »Sie lieben *mich*, weil ich mit Iugurtha fertig geworden bin!«

»Das ist nun schon eine Weile her! Die Plebs braucht neue Taten, die sie bewundern kann. Besiege die Kimbern, und du wirst Consul weit vor der Zeit!«

Sulla runzelte die Stirn. »Genau das überlege ich mir auch! Aber vielleicht sind sie schon besiegt«, und er lächelte geheimnisvoll, als er sich vorstellte, wie die Nordleute unter den Pfeilen der Iberer zusammenbrachen.

Die Karriere des Gaius Memmius war steil aufwärts gegangen; er fungierte in diesem Jahr als städtischer Praetor, ebenso wie Lucius Lucullus. Den beiden Praetoren oblag das Gerichtswesen, in das sich seit alters her die Consuln nicht einmischen durften.

Vier weitere Praetoren waren mit der Verwaltung der Provinzen beauftragt. Nachdem sich jedoch die Zahl der Provinzen auf acht erhöht hatte, mußte oft die Amtszeit einiger Magistrate verlängert werden. So wurde den Consuln nach ihrer Tätigkeit in Rom eine Provinz zugewiesen und den städtischen Praetoren ebenfalls. Das war ganz im Sinne dieser vier hohen Magistrate, denn nur in den Provinzen konnten große Vermögen erworben werden.

Lucius Lucullus war durch die Wahlkämpfe zur Aedilität und zur Praetur finanziell fast ruiniert, und als ihm das Los eine der städtischen Praeturen zuwies, konnte er nur mühsam seinen Ärger zurückhalten. Zu sehr hatte er alle Hoffnungen auf die baldige Verwaltung einer Provinz gesetzt, in der er sich sanieren konnte! Und das Pech verfolgte ihn auch während seiner Amtszeit in Rom: Als Sklavenaufstände in Süditalien ausbrachen, beauftragte *ihn* der Senat mit dem Kampf gegen die zerlumpten Horden. Es war ein Krieg, in dem es weder Ruhm noch Beute zu gewinnen gab.

Memmius jedenfalls hatte im geheimen den Göttern gedankt, daß er in der Machtstellung eines Praetors in Rom zurückbleiben konnte. Er war inzwischen 50 Jahre alt, zehn Jahre älter, als es üblicherweise ein Praetor war. Sein Ehrgeiz richtete sich auf das Consulat, »denn alter Wein ist der beste«, pflegte der Genießer und Lebemann Memmius gern zu verkünden.

Er wollte gerade Sulla in sein Haus einladen, als der Consul Fimbria zu ihnen kam und sie förmlich bat, die erfolgreichen Consulatswahlen bei ihm zu feiern. Sulla und Memmius sagten höflich zu, hätten aber lieber im kleineren Kreis den neuesten Klatsch über Rom und die Welt ausgetauscht.

Der Aufsteiger Gaius Flavius Fimbria wirkte immer etwas aufgeregt, und wenn er sprach, dann meist schroff und heftig. Er war von kleiner, rundlicher Gestalt; sein breiter Schädel mit den tiefliegenden Augen saß direkt auf dem Nacken.

Sulla mochte ihn, weil er mit ihm über andere Leute lästern konnte und Fimbria dabei kein Blatt vor den Mund nahm. Der Flavier war bei seinen Schmähreden zwar nicht so witzig wie Glaucia, aber als Redner fesselte auch er sein Publikum.

Die Gens Flavia wohnte auf dem Quirinal; an der Straße, die auf der Höhe entlangführte, in einem eher bescheidenen Haus. Als Sulla, Fimbria und Memmius dort anlangten, drängten sich schon viele Menschen im Atrium.

Mittelpunkt der Gesellschaft war Aemilius Scaurus, und Sulla spürte ein leichtes Herzklopfen, als er auch Metella bemerkte, die mit einigen Frauen im Gespräch abseits stand. Der Cornelier gab sich einen Ruck und ging geradewegs auf sie zu. Als sie sein strahlendes Lächeln sah, leuchteten ihre braunen Augen ebenfalls auf. Ihre Wangen röteten sich leicht, während das niedliche Stupsnäschen weiß hervorstach.

»Meine liebe Metella«, rief Sulla, »du Schönste aller Frauen! Wie ich mich freue, dich wiederzusehen! Laß dich anschauen: Du hast die Frisur verändert, das macht dich noch reizvoller!« In Wirklichkeit hingen ihr die Löckchen genauso kokett in die Stirn und über die Ohren wie früher, und die Ohrringe waren – wie die Smaragde damals – zu lang und protzig. Metella schien über das Kompliment beglückt, zumal die beiden Frauen neben ihr gekränkt die Mienen verzogen, weil Sulla ihr das Prädikat »die Schönste« verliehen hatte.

»Du kommst dir wohl wie Paris vor«, piepste eine der Freundinnen spitz, »daß du den Schönheitsapfel verteilst!«

»Das ist Aurelia«, stellte Metella schnell vor, und Sulla grüßte artig die kleine Frau mit den scharfen Gesichtszügen. Er erinnerte sich, daß sie mit einem Gaius Iulius Caesar verheiratet war, einem Abkömmling jener Gens, die die Venus als persönliche Stamm-Mutter beanspruchte. Der trojanische Königssohn Paris hatte einen Streit der drei Göttinnen Aphrodite, Athena und Hera zu schlichten versucht, indem er der Göttin der Liebe, Aphrodite, die die Römer Venus nannten, den ersten Preis in Form eines Apfels reichte. Er entfachte damit den großen Brand des Trojanischen Krieges, denn Aphrodite belohnte ihn für sein günstiges Urteil mit der Griechin Helena, die jedoch schon mit einem König Menelaus verheiratet war. Paris entführte Helena; Menelaus wollte sie zurückholen und sammelte ein großes Heer, das zehn Jahre lang Troja belagerte und schließlich zerstörte.

»Wenn ich Paris sein soll und Metella die Venus«, sagte Sulla ironisch, »dann mußt du die streitbare Athena sein.« Aurelia zog einen Flunsch; sie wäre lieber schön als streitlustig genannt worden, aber Sulla hatte den Nagel auf den Kopf getroffen, denn die spitze Zunge des kleinen Persönchens war gefürchtet.

»Und dir, schöne Dame«, wandte sich Sulla jetzt an die andere Freundin, »bleibt dann noch die Rolle der großen Hera, der Frau des Obersten Gottes Zeus, unseres Iuppiter.«

»Das ist Caecilia Metella, meine Cousine«, stellte Metella weiter vor.

»Etwa die Verlobte meines Freundes Pulcher?« freute sich Sulla und betrachtete mit Wohlgefallen die elegante junge Frau, deren schwarze Augen ebenso fröhlich funkelten wie die von Pulcher.

»Ihr werdet ein schönes Paar abgeben«, stellte er abschließend fest, »was man von dir und Scaurus ja nicht gerade sagen kann, meine schöne Metella, du zweite Venus. Warum hast du nicht mich geheiratet, wir hätten als Paar noch Pulcher und Caecilia Metella ausgestochen!«

Metella schien diese Bemerkung zu gefallen, sie lachte herzlich.

»Wie alt ist dein Scaurus inzwischen?« stichelte Sulla weiter. »Bestimmt schon 60! Und du stehst in der Blüte deiner 18 Jahre! – Was ist das?« schrie er plötzlich. Ein Pfeil war dicht an seinem Kopf vorbeigeschossen und in einem Wandgemälde hinter ihm gelandet.

Sulla reagierte schnell. Mit wenigen Sätzen hatte er einen etwa zehnjährigen Jungen erreicht, der seinen kleinen Bogen gerade wieder spannte und den Cornelier frech angrinste. Sulla entriß ihm den Bogen, zerbrach ihn und griff mit der linken Hand den Jungen am Arm, während er ihm mit der rechten heftige Ohrfeigen ins Gesicht schlug. Der Kleine fing sofort an zu kreischen und zu trampeln.

»Das ist doch der Sohn des Consuls«, hörte Sulla eine Stimme neben sich und merkte, wie sein Arm festgehalten wurde: Memmius stand neben ihm. Unterdessen war auch Fimbria bei seinem Sprößling angelangt.

»Hast du hier zwischen meinen Gästen etwa mit Pfeil und Bogen gespielt?« schrie er, nahm dem Kind die Pfeile weg und versetzte ihm weitere Ohrfeigen.

»Du wirst dich sofort bei Sulla entschuldigen«, tönte der Vater aufgeregt. »Und auch bei den Damen«, rief Sulla heftig und zerrte das Kind zu den drei Frauen. Der kleine Fimbria krähte nur noch lauter, strampelte und befreite sich mit einem schnellen Ruck. Ehe Sulla ihn wieder fassen konnte, war er zwischen den Gästen verschwunden.

»Das ist ja ein Verrückter, Fimbria«, meinte Scaurus, der zu der weinenden Metella getreten war und schützend den Arm um sie gelegt hatte.

Fimbria wirkte ziemlich kleinlaut. »Ich weiß nicht mehr, was ich mit ihm machen soll«, sagte er und hob mit einer hilflosen Geste die Schultern, so daß sie fast seine großen Ohren berührten, »drei griechische Erzieher sind ständig um ihn herum, dazu noch ein halbes Dutzend Sklaven. Aber er ist so wild, er entkommt ihnen oft! Er tobt dann durchs Haus, verfolgt von seinen Bewachern, und schlägt alles kurz und klein. Wie viele schöne Gemälde und Statuen hat er mir schon zerstört!«

»Warum schenkst du ihm auch so gefährliches Spielzeug wie Pfeil und Bogen!« sagte Sulla streng.

»Nichts habe ich ihm geschenkt«, antwortete Fimbria heftig, »er hat weder ein kleines Schwert noch Pfeil und Bogen. Andere Kinder müssen ihm die Waffen mitgebracht haben, ich vermute, seine besten Freunde, Crassus und Sura.« Spähend blickte der Consul im Kreise herum, aber die kleinen Jungen, die er suchte, waren längst hinausgeschlichen.

Das Knabenbordell

Die Maler, die Sulla mit den Fresken in seinem Haus beauftragt hatte, waren gerade mit zwei großen Wandgemälden im Atrium fertig geworden: mit der Auslieferung des Iugurtha und mit dem Kriegsgott Mars, den Sulla auch verehrte. Weitere Bilder im Triclinium waren in Arbeit, so die Venus auf einer Muschel über dem Meer schwebend, ähnlich der Darstellung in Massilia, und noch einmal Venus, wie sie von Mars becirct wird. Die Fortsetzung dieser Liebesgeschichte war für

Sullas Schlafzimmer vorgesehen: Venus und Mars nackt im Bett beim Geschlechtsverkehr, während der eifersüchtige Ehemann der Venus, der hinkende Gott des Feuers und der Schmiede, Vulcanus, seine Fallstricke um sie zusammenzog. An den anderen Wänden sollte sich die vom betrogenen Ehemann herbeigerufene Götterschar versammeln, die mit großem Gelächter das Mißgeschick der beiden Liebenden verhöhnte.

»Nur weiter so«, sagte Sulla anerkennend zu den Malern und zu Metrobius. Er war gekommen, um sich von seinem Freund zu verabschieden, denn Marius hatte ihn dringlich zu sich befohlen. Er schrieb, daß die Tektosagen erneut römische Landgüter plünderten, und der Kommandant von Tolosa Hilfe brauchte.

»Ich könnte für die viele Arbeit, die ich mit deinem Haus habe, gut einen Schreiber brauchen«, sagte Metrobius lauernd, »von Abrechnungen verstehe ich nicht viel, und du willst ja wissen, wo dein Geld bleibt. Laß mir doch einen von deinen Schreibern hier; im Krieg wirst du keine zwei brauchen. Ich hatte an Chrysogonos gedacht; er ist längst nicht so tüchtig wie Epicadus, aber für mich wird es schon reichen.«

Sulla lief rot an vor Wut, denn er durchschaute den Schachzug des Freundes sofort.

»Dein sanguinisches Temperament«, lachte Metrobius und trat einen Schritt zurück, »nun ohrfeige mich nicht gleich, weil auch mir dein Liebling gefällt!«

»Du kannst Epicadus als Schreiber hierbehalten«, preßte Sulla hervor, »es ist gut, wenn die beiden mal getrennt sind, sie fangen allmählich an aufsässig zu werden!«

»Ich will aber Chrysogonos«, beharrte Metrobius und blickte mit verkniffener Miene auf Sulla, »wenn du mich nicht mehr liebst, sollst du wenigstens keinen anderen Liebling haben.«

Sulla war sofort bei ihm, nahm ihn in den Arm und streichelte ihn zärtlich. »Wie kommst du bloß darauf, daß ich dich nicht mehr liebe?« sagte er mit weicher Stimme und wischte

mit einem Finger die Tränen ab, die aus den großen Bernsteinaugen strömten. »Keinen Menschen habe ich so geliebt
wie dich, und keinen werde ich jemals wieder so lieben!«

»Ist das wahr?« strahlte Metrobius, und die goldenen
Pünktchen im Bernstein begannen zu blitzen. »Dann kannst
du mir doch auch Chrysogonos hierlassen?«

Sulla nickte betrübt: »Wie könnte ich meinem kleinen Metrobius eine Bitte abschlagen!«

Marius lobte Sulla sehr, weil die Wahlen zum Consulat rei-
bungslos verlaufen waren, hatte es aber eilig, den Legaten mit
dessen Cohorten, den bewährten Elitetruppen, wieder in
Marsch zu setzen. Nicht einmal, daß er Sulla die Fortschritte
besichtigen ließ, die die Bauarbeiten am Kanal inzwischen
gemacht hatten.

»Dafür ist Aquilius zuständig«, sagte der Feldherr knapp.
»Soll ja sehr schön geworden sein, das große Bild in deinem
Atrium«, fuhr er nach einer Pause fort, während seine Augen
tückisch funkelten.

»Du meinst den Mars?« fragte Sulla ironisch.

»Du weißt genau, was ich meine«, tobte Marius los, »das
dämliche Bild mit dem Iugurtha – genau wie auf deinem Siegelring!«

Sulla ließ sich nicht aus der Fassung bringen und lachte
nur: »Was du alles weißt! Mein Haus ist noch gar nicht fertig,
und schon geht offensichtlich halb Rom dort ein und aus! Wie
wird das erst werden, wenn ich dort wohne. Dann kann ich
mich vor Besuchern nicht retten!«

Alle Aufgaben, die Marius ihm zuwies, bewältigte Sulla glänzend. Er sorgte für Ruhe in der Narbonensis, indem er den
gallischen Häuptling Copillus, der hinter den Überfällen
stand, gefangennahm. Und er bewog das germanische Volk
der Marser, das sich mit den Kimbern und Teutonen vereinen
wollte, zur Rückkehr in heimische Gefilde.

Marius strahlte, als ihm Sulla von den Erfolgen berichtete.

Aber plötzlich verdüsterte sich die Miene des Feldherrn. Mürrisch starrte er auf Sulla und sagte dann abrupt: »Das Jahr ist ja nun bald zu Ende, und ich trete am 1. Januar mein drittes Consulat an. Da bist du aber nicht mehr mein Legat, sondern arbeitest als Militärtribun in meinem Stab.«

Sulla schluckte und konnte kein Wort herausbringen; dieser Schlag war zu unerwartet gekommen.

»Aber du bist doch mit mir zufrieden«, rief er dann, und seine Stimme bebte vor Verzweiflung, »warum nimmst du mir den Posten als dein Stellvertreter und machst mich zu einem von deinen vielen Militärtribunen?«

»Warum? Warum?« brummte Marius mürrisch. »Weil es mir so gefällt! Andere müssen auch mal aufsteigen! Der Aquilius hat nun so viel in den Sümpfen geschuftet, er ist einige Jahre älter als du, und er soll den Posten als Legat bekommen!«

»Wenn dich das Bild in meinem Haus stört«, schluchzte Sulla, »ich kann es übertünchen lassen, und den Siegelring werfe ich auch weg!«

»Was geschehen ist, ist geschehen!« rief Marius, und seine Augen blitzten vor Zorn. »Für alle bist du der Sieger über Iugurtha, und dabei war es doch mein Krieg. Meinst du, ich will mir von dir auch noch den Sieg über die Kimbern wegnehmen lassen? Sie sind übrigens auf dem Rückmarsch nach Gallien oder schon dort, irgendwo weit im Westen, am Oceanus.«

»Woher weißt du das?« staunte Sulla.

Marius lächelte nur geheimnisvoll: »Diesmal ist dein Plan nicht aufgegangen, die Iberer haben dich reingelegt und keineswegs die Kimbern in den Schluchten getötet. Sie haben die Barbaren auf dem schnellsten Weg aus Hispania rausgeführt, und zwar in westlicher Richtung. Die Ungeheuer sollen ihnen viel Geld dafür bezahlt haben, alle Schätze aus ihren Raubzügen in Gallien!

Das hätte dir so gepaßt, dich noch als Sieger über die Kimbern feiern zu lassen, nur weil du sie ins Gebirge gelockt hast.

Nein, sie bleiben mir erhalten, und es wird ein richtiger Kampf – Mann gegen Mann!«

Die Augen des Marius, unter den buschigen Brauen, begannen zu leuchten. »Man wird mich später den größten Feldherrn der Römer nennen!« fügte er hinzu. Dieser Gedanke hatte ihn offensichtlich in eine versöhnliche Stimmung versetzt.

»Kannst für eine Weile nach Rom gehen«, sagte er zu Sulla, »hier im Lager brauche ich dich nicht!«

Sulla war fast ein Jahr aus Rom fort gewesen, und voller Erwartung eilte er mit Epicadus zum Palatin, um sein Haus in Augenschein zu nehmen. Als er das Atrium betrat, blieb er verblüfft stehen. Das Gemälde mit der Auslieferung Iugurthas bildete zwar immer noch den Blickfang, aber es war umwallt von Stoffmassen in Rosa, und Mars war völlig unter rosa Vorhängen verschwunden.

Er öffnete die Tür zum Triclinium und sah hier die gleiche Dekoration: Überall Stoffe an den Wänden, die in den verschiedensten Tönen von Rosa bis Purpurrot leuchteten. Und überall standen kleine Tischchen, auf denen sich vergoldeter Zierat häufte: Kerzenhalter, Lämpchen für Öl, allerlei Figürchen ohne erkennbare Funktion, Nippes und Schnickschnack, oft in Form des Phallus.

Sulla raste die Treppe empor und riß die Tür zu seinem Schlafzimmer auf. Auch hier waren die Wände mit rosa Tüchern verhängt, nur Mars und Venus durften weiter ihre Lust beim Geschlechtsakt zeigen. Er hörte ein Geräusch hinter sich und sah mehrere hübsche Knaben im Alter von acht bis zwölf Jahren am Eingang stehen.

»Suchst du Metrobius?« fragte einer der Jungen. »Er ist gerade zum Forum gelaufen, dort sind so spannende Gerichtsverhandlungen!«

»Du lügst«, schrie Sulla aufgebracht, »bestimmt hat er sich eben davongeschlichen! Und wo ist Chrysogonos?« Rote Punkte begannen vor seinen Augen zu tanzen.

»Er hat sich versteckt, weil er Angst vor dir hat!«

»Holt ihn!« befahl Sulla und begann die Vorhänge von den Wänden zu reißen. Er trampelte wie ein Wahnsinniger auf den Stoffmassen herum, während ihm die Jungen belustigt zuschauten.

»Da ist er!« piepste eine Stimme, und Chrysogonos wurde zu ihm hereingeschoben. Der Junge warf sich sofort auf den Boden und versuchte, sich in den Vorhängen zu verstecken.

»Steh auf!« herrschte ihn Sulla an. »Ich will wissen, was hier los ist.«

»Metrobius brauchte Geld«, weinte Chrysogonos, während sich Epicadus mutig vor ihn stellte, »und da kam ihm die Idee mit dem Bordell mit Knaben.«

»Hat er dich auch angeboten?« fragte Epicadus.

»Nein, nein«, bestritt der Sklave und weinte heftiger. Sulla war sicher, daß er log.

»Woher hatte Metrobius aber das Geld, so viele Lustknaben zu kaufen? Die sind doch teuer!«

»Die sind nicht gekauft, nur gemietet«, erklärte Chrysogonos, schon weniger ängstlich, »Metrobius hat sie aus dem Waisenhaus geholt, in dem er auf gewachsen ist. Er hat mit dem Direktor eine Gesellschaft gegründet, und sie teilen sich die Gewinne.«

»Wieviel habt ihr denn verdient?« erkundigte sich Epicadus sachlich, während Sulla im Haus herumraste, weitere Vorhänge von den Wänden fetzte und die vergoldeten Figürchen mit Fußtritten zu Boden wirbelte. Dabei schrie er nach Sklaven, die ihm helfen sollten, aber die Diener kamen nicht zum Vorschein, offenbar hatten sie sich in irgendwelche Winkel verkrochen.

Eine Weile lauschten die beiden Griechen auf den Lärm, den ihr Herr veranstaltete, dann wiederholte Epicadus seine Frage: »Also wieviel?«

»Ausgezeichnet haben wir verdient«, strahlte Chrysogonos. »Ich könnte mich bald freikaufen, und dich auch.«

»Das will ich gar nicht«, sagte Epicadus streng, »ich will

bei ihm bleiben. Das Leben ist interessant bei ihm. Außerdem hat er angedeutet, daß er mich freilassen will. Ich könnte ein gutes Wort für dich einlegen – falls er dich noch behalten will.«

Chrysogonos begann wieder zu weinen: »Noch nie im Leben hatte ich soviel Geld! Ob er es mir wegnehmen wird?«

»Du brauchst ihm ja nicht alles zu zeigen. Behalte einen Teil, ich verstecke das meiste, und er bekommt den Rest!«

»Aber zu viel darfst du nicht verstecken! Immer wenn ich Zeit habe, zähle ich nämlich meine Silber- und Goldstücke, und ich komme schon ziemlich weit.«

»Ihr könnt runterkommen«, sagte einer der Jungen, der mit den anderen von der Galerie her Sullas Wüten gespannt verfolgt hatte, »er sitzt jetzt völlig erschöpft im Tablinum und könnte sicher einen Schluck Wein gebrauchen.«

Metrobius war es offensichtlich gelungen, die Kasse in Sicherheit zu bringen, denn soviel Sulla auch suchte, er fand kein Geld im Haus. So mußte er seine eigenen Ersparnisse angreifen, um die kleinen Jungen wieder im Waisenhaus unterbringen zu können.

Der Direktor behauptete nämlich, Metrobius würde ihm mehrere hunderttausend Sesterzen schulden, da sie nur einmal im Monat abrechneten, und das sei schon vier Wochen her. Die Jungen hätten ihm erzählt, wieviel sie in der letzten Zeit gearbeitet hätten. Wegen der Wahlen seien ja viele Menschen vom Lande nach Rom gekommen, und so ein exquisites Knabenbordell übe eine große Anziehungskraft aus.

»Wenn du nicht zahlen willst«, drohte der Direktor kalt, »verklage ich dich! Das Bordell war in deinem Haus untergebracht; Metrobius ist seit langer Zeit dein Freund. Keiner wird dir glauben, daß du nicht der eigentliche Betreiber bist.«

»Aber den Gesellschaftsvertrag hast du doch mit Metrobius abgeschlossen!« trumpfte Sulla auf.

»Er hat in deinem Auftrag unterschrieben«, stellte der Direktor richtig und zeigte Sulla die Papyrusrolle, auf der Metrobius als Beauftragter unterzeichnet hatte. Sulla stöhnte auf und zahlte die geforderte Summe, um weiteres Aufsehen, das ein Prozeß hervorrufen würde, zu vermeiden. Er hatte in den vergangenen Tagen mehrere hämische Anspielungen auf das Knabenbordell anhören müssen.

»In wenigen Wochen wird die Angelegenheit vergessen sein«, dachte er, »in Rom tun sich im Augenblick so viele spannende Dinge, daß sich bald keiner mehr an das kleine Bordell in meinem Haus erinnern wird.«

Aufruhr in Rom

Es war der Prozeß gegen Caepio, der für großes Aufsehen sorgte. Glaucia war es im vorigen Jahr nur gelungen, Caepio sein Vermögen zu nehmen und ihn aus dem Senat zu entfernen. Bei dem Prozeß, den die Volkstribunen Saturninus und Norbanus jetzt gegen Caepio anstrengten, ging es um Leben oder Tod.

Faktisch war die Todesstrafe in der römischen Rechtsprechung längst abgeschafft; die Verurteilten hatten die Möglichkeit, in die Verbannung zu gehen, bevor das Todesurteil offiziell vom Gericht des Volkes ausgesprochen wurde. Der Senat hatte mit nahen Städten wie Tibur und Praeneste sowie dem griechischen Neapolis Asylverträge abgeschlossen, damit die Exilierten wenigstens in der Nähe ihrer Heimat Rom leben konnten. Viele wurden auch von griechischen Städten jenseits des Meeres aufgenommen; so waren Massilia und Rhodos beliebte Orte bei den Verbannten.

Wer das Exil dem Tod vorgezogen hatte, durfte nie mehr einen Fuß auf den Boden Roms setzen – es sei denn, das Urteil wurde aufgehoben. Mit harten Strafen wurden diejenigen bedroht, die einem Verbannten in der Metropole Zuflucht gewährten.

Der Haß des Volkes auf Caepio, der 120 000 Menschen in den Tod geschickt hatte, war so groß, daß sich die Plebs diesmal nicht mit dem üblichen Urteil der Verbannung zufriedengeben wollte. Wo auch immer ein Grüppchen zusammenstand und über den ehemaligen Feldherrn diskutierte, forderte mindestens einer die Todesstrafe, und die anderen stimmten ihm bald zu.

Für die vier Verbündeten – zu Marius, Glaucia und Saturninus war noch Norbanus gestoßen – bedeutete die Wut des Volkes eine Strömung, die sie für ihre Zwecke kanalisieren konnten. Ihr Plan war, die Macht im Staate an sich zu reißen und das korrupte Optimatenregiment zu zerschlagen. Saturninus sah sich als zweiten Gracchus; Glaucia als der Intelligenteste war der Kopf der Bewegung, und den Volkshelden Marius wollten sie als Aushängeschild benutzen. Norbanus lief mit.

Zunächst galt es aber, die Optimaten so einzuschüchtern, daß sie es nicht wagen würden, mit Truppen gegen die Umstürzler vorzugehen, wie damals, als Gaius Gracchus ihnen zu gefährlich geworden war. Das Todesurteil gegen Caepio sollte der erste Schritt auf diesem Weg sein.

Sie durften den Prozeß daher nicht dem Gericht des Volkes überlassen und damit den »oberen Zehntausend«, die den Angeklagten lediglich in die Verbannung geschickt oder sogar freigesprochen hätten.

Das »Gericht des Volkes« hatte sich aus der Heeresversammlung entwickelt, die der König Servius Tullius vor mehr als 500 Jahren ersonnen hatte. Er faßte die Bürger in Hundertschaften, Centurien, zusammen – gemäß ihrem Vermögen. Denn in den Kriegen vor Marius hatte jeder Römer selbst für Ausrüstung und Bewaffnung zu sorgen.

In der Republik wurde die Centurienordnung nicht nur für den Heerdienst, sondern auch für politische Zwecke beibehalten, erwies sie sich doch als praktisch und nützlich für die Wahlen der hohen Magistrate und für die Urteile des Volkes bei bedeutenden Prozessen.

Die Römer marschierten in 193 Centurien auf, die in fünf Klassen unterteilt waren. Die erste Klasse umfaßte 88 Centurien, davon 18 für die Reiter, die Reichsten der Römer. Zu den folgenden Klassen, bei denen die Einkommensgrenze immer niedriger wurde, gehörten je 20 beziehungsweise 25 Centurien.

Bei den Abstimmungen reichte die einfache Mehrheit der 193 Centurien für den Sieg eines Kandidaten oder für ein Urteil aus. Die begüterte erste Klasse und die ersten Centurien der zweiten Klasse brauchten sich also nur zusammenzutun, um die ärmeren Massen der folgenden Centurien nicht zum Zuge kommen zu lassen. Denn wenn die einfache Mehrheit erreicht war, wurde der Abstimmungsvorgang abgebrochen.

Während die hohen Magistrate – Censoren, Consuln, Praetoren und Aedile – generell von dieser Centurienversammlung gewählt wurden, hatte es sich in der Rechtsprechung inzwischen eingebürgert, daß nur noch wenige Prozesse vor dem schwerfälligen Apparat des Volkes stattfanden: die großen Verfahren, in denen es um Hochverrat oder die »verletzte Würde des römischen Volkes« ging.

Glaucia und seine Freunde heckten nun aus, das »Gericht des Volkes« durch eine Spezialkommission zu ersetzen, nach dem Vorbild der Gerichte, die für die Bereicherung in den Provinzen zuständig waren. Wie dieser Tatbestand in ein eigenes Gesetz gefaßt worden war, so sollte auch die »Würde des römischen Volkes« durch ein besonderes Gesetz geschützt werden, das sich dann gut als Waffe gegen alle Feinde der Popularen benutzen ließ.

Als Saturninus und Norbanus dieses Gesetz beantragten, fanden sich sofort zwei von den Optimaten beeinflußte Volkstribune, die auf die Rostra stiegen und ihr Veto einlegten: Einer gehörte zur Gens der Aurelier, und der andere hieß Titus Didius, ein harter, ehrgeiziger Mann, dessen Familie bisher noch nicht hervorgetreten war.

Mit dem Veto dieser beiden Volkstribune wurde der Antrag für das neue Gesetz hinweggefegt, aber Saturninus und seine Freunde waren nicht bereit, sich den jahrhundertealten Regeln zu beugen.

»Wir setzen sie einfach ab«, schrie Saturninus, »wir werfen sie aus dem Volkstribunat, wie es damals Tiberius Gracchus mit dem Octavius getan hat!«

Saturninus war von Hunderten von Anhängern umgeben. Auch Glaucia und Norbanus zogen ständig einen Schweif von Mitläufern hinter sich her, doch ihre Leute waren längst nicht so gewalttätig wie die von Saturninus.

»Holt sie von der Tribüne«, brüllte einer seiner Männer. »Werft sie runter! Werft sie runter!« grölten andere, und schon stürmten Dutzende auf die Rostra und zerrten den Aurelier und Didius von der Tribüne herab. Die Senatoren hatten vom Eingang der Curia her den Vorfall beobachtet.

»Das geht zu weit«, rief der Erste Senator Scaurus, als er sah, wie den beiden Volkstribunen, die er vorgeschickt hatte, Gewalt angetan wurde. Scaurus raffte seine Toga hoch, rief den übrigen Senatoren »Folgt mir!« zu und eilte, so schnell es sein Gewand zuließ, zur Rostra. Er hoffte, seine Autorität würde genügen, um die Plebs zur Vernunft zu bringen.

Sulla hatte sich frühzeitig einen Platz auf den obersten Stufen des Castor-Tempels erobert und schoß verblüfft in die Höhe, als er sah, wie Scaurus nicht mehr auf seine Würde achtete, sondern im Eiltrab auf die Rostra zusteuerte. Bevor jedoch der Erste Senator die Tribüne erreichte, wurde ihm ein Stein vor die Füße geschleudert. »Sie wagen es wirklich, den mächtigen Senator anzugreifen«, murmelte Sulla, »so weit ist es mit Rom gekommen.«

Scaurus war stehengeblieben und blickte entsetzt auf den Stein zu seinen Füßen.

»Was fällt euch ein!« herrschte er die Umstehenden an. »Macht mir Platz, und laßt Cotta und Didius auf die Rostra!«

»Wer bist du denn, daß du uns befehlen willst!« kreischte Saturninus. »Los, Leute, drängt den Alten wieder zur Curia zurück, und verhindert, daß Cotta und Didius auf die Tribüne steigen. Führt sie zu mir. Sie sollen ihr Veto zurücknehmen! Packt sie!«

Die beiden Volkstribune wurden ergriffen und vor Saturninus geführt.

»Nehmt euer Veto zurück!«

Didius und Cotta standen nur stumm und rührten sich nicht.

»Ihr bleibt bei eurem Veto!« rief Scaurus, nicht weit von ihnen entfernt. »Halt du den Mund«, tobte Saturninus. »Was fällt dir ein, Volkstribunen etwas zu befehlen. Leute, bringt ihn zurück zur Curia.«

Scaurus wehrte sich gegen die Hände, die ihn anfaßten und zurückschoben. Wieder rollte ihm ein Stein vor die Füße, und er stolperte. Als er sich aufrichtete und die strengste Miene aufsetzte, zu der er fähig war, wurde noch ein Stein geschleudert, diesmal gezielt gegen die Beine.

Saturninus grinste höhnisch: »Willst du noch mehr! Du siehst, das Volk hat keine Angst mehr vor dir!« Ein weiterer Stein traf Scaurus am Arm, und als gleich mehrere gegen seine Beine prasselten, drehte er sich betont langsam um und schritt würdevoll, einen Fuß vor den anderen setzend, zur Curia zurück.

»Nun zu euch«, sagte Saturninus und blickte auf die eingeschüchterten Volkstribune, »wollt ihr Steine oder Stockschläge?«

Cotta und Didius sahen sich umringt von Männern, die Knüttel schwangen.

»Wir ziehen unser Veto zurück«, sagte Didius und senkte den Kopf.

Ein Lärmen erhob sich über den Platz, nachdem die Volkstribune davongeschlichen waren, und auch Epicadus und Chrysogonos, die Sulla begleitet hatten, schrien begeistert mit. »Haltet den Mund!« herrschte ihr Herr sie an. »Macht euch nicht mit dem Pöbel gemein! Hätte ich meine Cohorten hier, ich würde die Menge auseinanderjagen und diesem Saturninus den Kopf abschlagen!«

Der Angriff auf Scaurus hatte das Klima geschaffen, das Saturninus und seine Freunde für den Prozeß gegen Caepio brauchten. Die Spezialkommission unter Vorsitz des Norbanus konnte zusammentreten.

Die Verhandlung fand auf dem Marsfeld statt, und das riesige Gelände war schwarz von Menschen.

Auf einem Ehrenplatz thronte der Consul Marius, der sich gerade in Rom aufhielt, um die Wahlen zu leiten, denn sein College Orestes war gestorben.

Sulla war es geglückt, mit einigen Freunden einen Platz in der Nähe des Tribunals zu bekommen, und das nur, weil er seine Klienten schon am Abend vorher hingeschickt hatte. Sie hatten sich mit den Klienten anderer Adliger und Ritter herumprügeln müssen, bevor sie eine günstige Stelle besetzen konnten.

Nur die Familie des Caepio hatte sich nicht um Plätze zu kümmern brauchen; fast ehrfürchtig wichen die Zuschauer auseinander, als die schwarzgekleideten Gestalten erschienen. Sie hatten sich erbarmungswürdig zurechtgemacht, wollten Mitleid bei der Plebs erwecken, denn gelegentlich war es bei Prozessen vorgekommen, daß das Volk so vom leidenden Zustand der Familie angerührt wurde, daß es einen Freispruch forderte.

Der älteste Sohn Quintus Servilius Caepio war inzwischen mit Livia verheiratet. Ihr früherer Verlobter Cato stand neben Sulla und betrachtete mit Abscheu ihr ungepflegtes Äußeres, die strähnigen, mit Asche überschütteten Haare und das verschmutzte Gesicht. »Bei mir hätte sie diesen Hexenputz nicht nötig gehabt«, sagte er sarkastisch.

Als Livia den Caepio geheiratet hatte, war eine Doppelhochzeit ausgerichtet worden, denn ihr Bruder, der 20jährige Drusus, hatte am gleichen Tag die Schwester des Caepio, Servilia, zur Frau genommen. Auch sie glich beim Prozeß eher einem Putzlappen als einer jungen Dame aus den höchsten Kreisen.

Weitere Angehörige waren die beiden Schwestern des Angeklagten und ihre Ehemänner Catulus, Consul für das kommende Jahr, und Gnaeus Ahenobarbus, gerade erst zum Pontifex Maximus gewählt. Der Dalmaticus war vor kurzem gestorben. Die Männer demonstrierten äußerlich ihre Trauer, indem sie sich tagelang nicht rasierten. Da die Römer in dieser Zeit glatte Gesichter bevorzugten, fielen die langen Stoppeln bei Catulus und Ahenobarbus besonders unangenehm auf.

Saturninus hielt die Anklagerede. Er riß die alten Wunden der Katastrophe von Arausio, die nun zwei Jahre zurücklag, wieder auf, schilderte in allen Einzelheiten den Streit der Feldherren, die Rücksichtslosigkeit des Caepio wie die Unfähigkeit des Mallius Maximus, dem in wenigen Tagen auch der Prozeß vor der gleichen Kommission gemacht werden sollte.

Viele Angehörige der 120 000 gefallenen Römer und Bundesgenossen waren gekommen. Nach wenigen Minuten war die Stimmung so aufgewühlt, daß Saturninus, entgegen seiner sonstigen Gewohnheit, immer wieder lange Pausen einlegte, um den Menschen Gelegenheit zum Jammern zu geben. Es bestand am Ende seiner Rede kein Zweifel, daß das Urteil auf Tod lauten mußte, um die Zehntausende, die ihre Rache wollten, nicht zu enttäuschen.

Caepio hatte darauf verzichtet, sich einen Verteidiger zu nehmen, obwohl es seinem Schwager, dem Pontifex Maximus, gelungen war, den Redner Antonius für viel Geld anzuwerben.

Ahenobarbus hatte zuerst bei Crassus vorgesprochen, aber der hatte abgewinkt. Allerdings war das dem Redner schwergefallen, denn nichts beherrschte ihn so wie die Gier nach Geld. Je älter er wurde, um so mehr schätzte er den Luxus; alles mußte vom Besten und Teuersten sein. Im Fall des Caepio ließ sich Crassus jedoch nicht überreden, zu sehr fürchtete er den Zorn der Ritter.

Vor drei Jahren hatte er nämlich sein Rednergenie eingesetzt, um Caepio als Consul zu helfen, das Gesetz durchzubringen, das den Rittern die Gerichte über die Bereicherung in den Provinzen wegnahm.

Glaucia, als Volkstribun, holte den Rittern zwar die Gerichte wieder zurück, aber Crassus litt noch oft unter seinem Vorstoß von damals. Lukrative Geldanlagen, die ihm Freunde empfahlen, existierten plötzlich nicht mehr, wenn er sich danach erkundigte. »Mir bleibt gar nichts anderes übrig«, stöhnte er, »ich muß mein Geld mit vollen Händen ausgeben, weil die Ritter verhindern, daß ich es anlege!«

Antonius war da freier in seinen Handlungen, und er hätte gern Caepio verteidigt, wenn der Consular es gewollt hätte. Vor dem Volkszorn fürchtete er sich nicht, da mit Marius, mit dem ihn seit langer Zeit Sympathien verbanden, verabredet worden war, notfalls solle Saturninus mit seiner Horde die Plebs bändigen.

Aber Caepio lehnte jede Verteidigung ab, auch er selbst sprach nicht für sich. Verstockt schwieg er außerdem auf alle Fragen, die das Gold von Tolosa betrafen.

Wie erwartet, lautete der Spruch auf Tod.

Marius schickte einen seiner Lictoren, um Caepio abführen zu lassen. In diesem Moment lief ein Volkstribun, der nicht zur Saturninus-Clique gehörte, zum Tribunal und legte sein Veto gegen das Todesurteil ein.

»Mach dich fort, ich lasse dich zusammenschlagen«, tobte Saturninus sofort los; die schwarze Mähne fiel ihm ins Gesicht, und er warf wild den Kopf hin und her.

»Ruhig, mein Saturninus«, rief der Consul Marius von seinem Ehrenplatz auf dem Podest zu ihm hinüber, »vor den Augen des Consuls wird keiner verprügelt, und ein Veto eines Volkstribunen ist unumstößlich, so will es unsere Verfassung.«

»Soll etwa dieser Verbrecher, dieser Massenmörder, mit dem Leben davonkommen?« fragte Norbanus streng, und seine harten Züge wirkten wie aus Holz geschnitzt.

»Der Volkstribun, der das Veto eingelegt hat, soll eine Bürgschaft leisten«, bestimmte Marius, »sagen wir zwei Millionen.«

»Einverstanden«, freute sich Norbanus, denn sein Kontrahent kam aus kleinen Verhältnissen, und schon 50 000 Sesterzen bedeuteten für ihn ein Vermögen. Aber der Volkstribun war sofort bereit, die Kaution zu stellen, und zum Erstaunen aller ließ er innerhalb kürzester Zeit körbeweise Geld aus einem Bankhaus herbeiholen, genau die von Marius geforderte Summe.

Caepio wurde unter Bewachung von Soldaten, die die Leibgarde des Marius bildeten, abgeführt und verließ Rom, um sein lebenslanges Exil anzutreten.

Sulla und seine Freunde konnten die Wende, die der Prozeß genommen hatte, zuerst nicht fassen.

»Ich habe die Blicke gesehen, die Marius und der Pontifex Maximus ausgetauscht haben«, sagte Cato nach einer Weile, denn er hatte seine Augen meist bei den Angehörigen des Caepio gehabt, vor allem bei dessen Sohn und Livia.

»Daher weht der Wind«, folgerte Sulla, »der Pontifex Maximus hat die Kaution gestellt – im Einvernehmen mit unserem Consul Marius, der vielleicht einmal Freunde bei den Optimaten brauchen könnte!«

Ambronen und Teutonen

Nachdem Marius die Angelegenheiten in Rom geordnet hatte, zog er wieder zu seinen Legionen nach Arelate. Ihm war gemeldet worden, die Kimbern und Teutonen hätten den Westen Galliens verlassen und sich nach Osten gewandt.

»Du bist ja dieses Jahr noch Militärtribun«, sagte er zu Sulla, kurz vor seinem Abmarsch, »aber im Lager kann ich dich nicht brauchen. Hier bist du mir viel nützlicher«, fügte er schnell hinzu, als Sulla aufbrausen wollte. »Saturninus bereitet ein Ackergesetz vor zur Ansiedlung meiner Veteranen in Africa, und du sollst ihm dabei helfen, weil du Africa kennst und weißt, wo man Kolonien anlegen kann.«

So arbeitete Sulla mit Saturninus zusammen, und das Ackergesetz ging mühelos durch.

»Wenn ich noch daran denke«, sagte der Cornelier anschließend zum Volkstribun, »welche Kämpfe es damals um die Gründungen der Colonia Iunonia und um Narbo gegeben hat!«

»Die Legionen des Marius stehen hinter diesen Gesetzen«, erklärte Glaucia, der die Abstimmung verfolgt hatte, »wem die Legionen gehorchen, dem gehört heute Rom!«

Sulla nickte zustimmend, Glaucia hatte den Nagel auf den Kopf getroffen.

»Aber die Legionen brauchen Land«, warf Saturninus ein, »sie geben sich nicht mit leeren Versprechungen zufrieden, wie sie damals der Volkstribun Drusus gemacht hat. Wir werden noch weitere Ackergesetze beantragen und durchbringen.«

Sulla fiel in diesem Augenblick das Anliegen der Ritter von Emporion ein, das ihm während seiner Aktivitäten in Gallien aus dem Sinn gekommen war. »In Hispania könntet ihr eine Kolonie einrichten«, schlug er vor und erzählte von der freien Fläche über der Griechenstadt, die sich gut für die Veteranen eignen würde.

»In Hispania und auch in Gallien wird es viele Kolonien geben!« tönte Saturninus, während er versuchte, die verrutschte Toga hochzuziehen. »Ganz Gallien wird uns gehören, wenn wir die Kimbern und Teutonen besiegt haben! Es wird uns wie ein reifer Apfel in den Schoß fallen!«

»Interessant, wie weit die Pläne des Marius gehen«, sagte Sulla lauernd, »ich wußte gar nicht, daß er den Krieg auf Gallien ausweiten will.«

»Du weißt manches nicht«, meinte Norbanus harsch, »und brauchst es auch nicht zu wissen!«

»Aber lieber Norbanus«, beschwichtigte ihn Glaucia, »warum suchst du Streit? Nach unserem Kriegsrecht gehören uns alle Gebiete unserer besiegten Feinde. Und da die Barbaren Gallien in ihre Gewalt gebracht haben, können wir dieses Land in Besitz nehmen – ohne Krieg gegen die Gallier führen zu müssen. Ein Sieg über die Barbaren genügt. Sulla kennt unser Kriegsrecht genau. Warum also unsere Pläne für Gallien vor ihm verbergen? Außerdem will Marius unsere Absicht, das übrige Gallien zu okkupieren und dort Veteranen anzusiedeln, bald seinen Legionären mitteilen. Das wird sie zusätzlich anfeuern.«

Als Sulla nach Hause ging, dachte er lange über dieses Gespräch nach. Es ärgerte ihn, daß Marius ihn kaltgestellt, ihm die Gelegenheit genommen hatte, an der weiteren Eroberung des Erdkreises teilzunehmen.

»Nur wer über Legionen gebietet, hat heute noch Macht«, hämmerte es in seinem Kopf, »wenn ich Karriere machen will, brauche ich Soldaten, auf die ich mich verlassen kann. Marius weiß, daß ich fähig bin, Truppen so zu lenken, daß sie mit mir bis ans Ende der Welt marschieren würden – vorausgesetzt, es wartet dort fette Beute auf sie! Wenn aber Marius mir die Soldaten nicht geben will, dann muß es der zweite Consul tun!«

Und entschlossen lenkte er seine Schritte zum Haus des Catulus, des Collegen des Marius im kommenden Jahr.

Da die Kimberngefahr immer noch lauerte, hatte Catulus wenig Lust verspürt, sich zur Wahl zu stellen. Aber Marius wollte auf keinen Fall mit jemandem aus der Meteller-Clique zusammenarbeiten; und Saturninus fürchtete, daß Scaurus ihnen einen Parteigänger unterschieben könnte. So fiel ihr gemeinsamer Blick auf Catulus, der sich nach seinen Niederlagen völlig aus der großen Politik zurückgezogen hatte und nur für seine neue Liebe, den Dichter Furius, und das gemeinsame Werk lebte, ein Epos über die Römer.

In einem langen Gespräch konnte Marius ihn überzeugen, daß er allein die Barbaren im jenseitigen Gallien besiegen werde, Catulus sich also voll den Geschäften in Rom widmen könne. So willigte Catulus ein und wurde mühelos gewählt, weil Marius es so wollte.

Als Sulla ihn bat, ihn als Legat über seine Legionen einzusetzen, fragte Catulus erstaunt: »Wofür soll ich Legionen brauchen? Marius kämpft in Gallien, und eine Gefahr für Italien sehe ich nicht!«

»Und wenn die Nordleute sich teilen?« sagte Sulla. »Ein

481

Volk in Richtung Massilia und am Meer entlang zieht und das andere über die Alpenpässe nach Italien!«

»Davon weiß ich nichts«, lachte Catulus, »außerdem hat Marius mir versichert, daß er allein den Krieg führt.«

»Die Barbaren haben sich schon einmal getrennt, und es besteht die Gefahr, daß sie es wieder tun. Machst du mich dann zu deinem Legaten mit voller Verantwortung für die Truppen?«

»Ich verstehe nicht viel von Kriegführung«, meinte Catulus nachdenklich, »als wir damals vor Numantia kämpften, war ich noch sehr jung, nur ein kleiner Soldat. Du aber, Sulla, hast dich erst kürzlich hervorgetan, und deine Heldentat mit Iugurtha war ja mal in aller Munde! Abgemacht, du wirst mein Legat, falls ich Italien verteidigen muß. Aber soweit wird es nicht kommen!« Und er lachte herzlich. Sulla fiel zwar ein, aber nicht ganz so fröhlich.

Es kam doch soweit: Kimbern und Teutonen, die eine Zeitlang gemeinsam durch Gallien gestreift waren, trennten sich wieder. Die Kimbern zogen eine Weile am Nordrand der Alpen entlang, wandten sich dann nach Süden, um über den Brenner in das Tal der Etsch hinabzusteigen und Italien anzugreifen. Helvetische Führer zeigten ihnen diesen Weg, um sie in großem Bogen um ihr Gebiet herumzulotsen. Griechische Kaufleute, die in den nördlichen Gebieten Handel trieben, brachten die Nachricht zu Marius, der wiederum seinen Collegen Catulus in Alarmbereitschaft setzte.

Sulla freute sich: »Sei froh, daß wir schon längst alles besprochen haben«, sagte er großspurig, »du hast nun den besten Legaten zur Verfügung, den es für diesen Feldzug gibt. Außerdem ist es von Vorteil, daß wir uns die *Kimbern* vorknöpfen können – die kenne ich nämlich gut und kann den Soldaten die Angst ausreden.«

Die Legionen wurden ausgehoben, und Catulus und sein Legat marschierten das Etsch-Tal hinauf, wo sie lange auf die Ankunft der Kimbern warten mußten.

Die Teutonen und die bei ihnen gebliebenen Ambronen wälzten sich durch das Tal des Rhodanus und hatten bald die Ebene von Arelate erreicht. Sie ließen sich überall nieder, wo freier Platz war, und kamen dem römischen Lager so nah, daß die Legionäre sogar die derben Gesichtszüge erkennen konnten.

Gleich am ersten Tag rückten Tausende von Kriegern bis zur Verschanzung vor und lärmten draußen herum.

»Was wollen sie?« fragte Marius.

»Sie wollen kämpfen«, übersetzte der keltische Dolmetscher, »sie fordern dich zum Kampf auf!«

Marius lachte dröhnend: »Sie fordern mich zum Kampf auf! Das ist der beste Witz seit langem! Diese Barbaren, dieses Keltenpack will mir, dem größten Feldherrn aller Zeiten, vorschreiben, wann ich sie besiegen soll!«

»Das ist bei ihnen so Sitte«, wagte der Dolmetscher zu erwidern, »sie vereinbaren mit ihren Gegnern Ort und Stunde, und oft fordern sie auch zum Zweikampf der Führer auf.«

»Schluß mit dem Blödsinn!« schrie Marius wütend, und die Männer, die um ihn herumstanden, wichen einige Schritte zurück. »Die Sitten der Barbaren interessieren mich nicht! Ich bin Römer, und *ich* befehle hier!« Eine Weile blickte er auf die grölenden Nordleute, dann auf seine eingeschüchterten Soldaten.

»Martha soll kommen«, sagte er schließlich.

Kurze Zeit später bewegte sich eine Sänfte auf den Teil der Umwallung zu, den Marius als Aussichtspunkt gewählt hatte. Der breite Raum, eine Art Straße, zwischen der Einfriedung und den ersten Zelten war voller Legionäre, die keinen Platz auf der Verschanzung ergattert hatten. Ehrfürchtig wichen sie vor der Sänfte zurück und drängten dann hinterher, um möglichst alles mitzubekommen.

Als die Sänfte direkt vor Marius abgesetzt wurde, sah man zunächst eine Lanze, um die bunte Tücher flatterten, dann ein kleines etwas, von Purpurstoffen umweht, das mit hoher Stimme Marius begrüßte. Der Feldherr erwiderte den Gruß ehrerbietig und führte Martha an den Rand der Umwallung, um ihr das riesige Heerlager der Germanen vorzuführen.

Martha war Syrerin, galt als große Prophetin und hatte im Gefolge des Marius eine Ehrenstellung, nicht nur wegen ihrer übersinnlichen Fähigkeiten, sondern weil sie von seiner Frau Iulia geschickt worden war.

Iulia war längst nicht mehr ein unscheinbares, folgsames Persönchen. Nach der Geburt eines Sohnes vor acht Jahren war sie aufgeblüht und selbstbewußt geworden, denn Marius war vernarrt in dieses Kind, sein erstes, eheliches, das er mit knapp 50 Jahren gezeugt hatte. Während Marius mit zunehmendem Alter und in seiner Machtstellung keine Rücksichten mehr auf die Gefühle seiner Umgebung nahm, seine Wutausbrüche selten zügelte, behandelte er Frau und Kind stets liebevoll und zärtlich.

Was von Iulia kam, war für ihn wichtig. Er zweifelte keinen Moment an den prophetischen Gaben der Syrerin, da sie sich seiner Frau in aller Deutlichkeit offenbart hatten. Bei einem Gladiatorenspiel nämlich hatte Martha im voraus Sieger und Verlierer angeben können, was Iulia sehr beeindruckt hatte.

Es war eine Zeit, in der Aberglauben und Weissagerei blühten, denn die Menschen meinten, überall Zeichen, Hinweise auf den Umsturz, den Beginn einer neuen Epoche zu sehen. Die alte römische Welt, in der die Sitten der Vorfahren Maßstäbe für das eigene Handeln bildeten, brach auseinander. Wie der Senat die Macht im Staate verloren hatte, so büßte auch die Familie ihre zentrale Stellung ein. Für die Legionäre wurde der Feldherr die oberste Instanz, schließlich sogar der Gott.

Um die Astrologen, meist Männer aus dem Osten, scharten sich die Anhänger; was sie aus den Sternen herauslasen, wurde von der großen Menge gläubig aufgenommen. Und jeder, der aus dem eigenen Ich heraus oder in Verbindung mit einer Gottheit die Zukunft voraussagen konnte, fand nur allzu bereite Zuhörer.

An Orakel glaubte man seit alters her. Bisher waren sie jedoch dem Gott Apollo oder der Seherin Sibylle vorbehalten gewesen; jetzt wurde einer zum angebeteten Propheten, nur weil er beim Spiel die richtigen Würfel oder im Kampf den Sieger vorher anzugeben wußte.

Als Martha auf die wild gestikulierenden Krieger aus dem Norden blickte, war ihr klar, was Marius von ihr forderte. »Ich will opfern«, sagte sie nur, und eilig wurde auf der Umwallung ein Altar aus Grassoden aufgebaut und eine Ziege herbeigeschleift. Martha griff in ihre Sänfte und holte Kränze heraus, mit denen sie die Ziege schmückte. Ein Legionär, Metzger von Beruf, tötete das Tier, während Martha, in scheinbarer Verzückung die Hände zum Himmel erhoben, in ihr Inneres hineinzulauschen schien.

»O große Mutter Kybele«, beschwor sie eine alte, aus dem Osten stammende Gottheit, die auch in Rom Fuß gefaßt hatte, »o du Mutter aller Menschen und Tiere, erleuchte mich!«

Klappern und Rasseln ertönten, Trommeln wurden geschlagen; die Musiktruppe, die Martha begleitete, hatte nur auf ihr Stichwort gewartet. Als Martha die Eingeweide des geopferten Tieres betrachtete, kamen die Musiker immer näher, bis sie um Martha und Marius einen Kreis bildeten und kein anderer genau erkennen konnte, was innerhalb dieses Zirkels geschah.

Die Seherin schrie auf, begann zu tanzen, stieß wild mit der Lanze auf den Boden und brach schließlich zusammen. Marius beugte sich zu ihr herunter und legte das Ohr an ihre Lippen.

»Legionäre«, rief er kurze Zeit später, während Martha von ihrer Musiktruppe eilig in die Sänfte gehoben und das Opfertier beiseite geschafft wurde, »hört, was die Gottheit durch den Mund der Prophetin offenbart hat: Wir werden siegen! Wir werden siegen! Wir werden Rache für Arausio nehmen!«

Allerdings verließ sich Marius nicht allein auf die prophetischen Kräfte seiner Martha, sondern traf weitere Vorbereitungen, gab sich alle Mühe, den Soldaten die Furcht zu nehmen. Jeden Tag mußten sie sich viele Stunden auf der Umfriedung aufhalten, das Treiben im Lager der Feinde beobachten, sich an ihre Sprache, die ihnen tierisch erschien, an ihre heftigen Bewegungen und überhaupt an die ungeschlachten Gestalten gewöhnen. Und auch daran, daß die Feinde ihnen zahlenmäßig weit überlegen waren.

»Jetzt geht die Phantasie nicht mehr mit ihnen durch«, erklärte Marius seinem Stab, »was wir nicht kennen, macht uns angst; wir malen uns die Gefahren schrecklicher aus, als sie sind. Haben wir uns aber an eine Situation gewöhnt, so können wir sie auch bewältigen.«

Um die Germanen, die von den Römern nach wie vor für Kelten gehalten wurden, noch besser kennenzulernen, sollte sich einer der gallischen Dolmetscher in das Lager einschleichen, auf Gespräche hören und die genaue Stärke der Krieger erkunden. Aber keiner meldete sich freiwillig. Marius wollte sich gerade einen aus der zitternden Schar herausgreifen, als Quintus Sertorius, ein etwa 20jähriger Militärtribun, auf Marius zutrat: »Laß mich gehen«, bat er, »was kannst du von diesen ängstlichen Gestalten an Informationen erwarten!«

Marius sah ihn anerkennend an: »Deinen Mut hast du schon in Arausio bewiesen. Also geh!« Sertorius gehörte nämlich zu den wenigen Überlebenden von Arausio; er war jener Legionär Quintus, der schwimmend dem Inferno entronnen war und später mit dem Centurio Sextus durch alle Tavernen Roms zog, um über die Schrecken zu berichten. Sein sicheres Auftreten imponierte; man engagierte ihn als Prozeßredner. Er gewann sogar mehrere Verfahren, bevor er erneut Kriegsdienst leisten mußte.

Während der Zeit im Lager von Arelate lernte er keltisch bei einem Dolmetscher, mit dem er ein Verhältnis hatte. Inzwischen war er fast perfekt in dieser Sprache. In keltischer Kleidung schlich er sich bei den Barbaren ein, und er bewegte sich so geschickt durch das Gewühl, daß er keinen Verdacht erregte und schon nach wenigen Tagen Marius die gewünschten Informationen liefern konnte.

Der Feldherr lobte ihn vor der Versammlung des ganzen Heeres und zeichnete ihn mit einem Lorbeerkranz für seine Tapferkeit aus. Die Soldaten klatschten wie üblich, aber dann rief ein Legionär:

»Wir wollen auch ausgezeichnet werden!«

Und andere grölten: »Marius, warum hinderst du uns am Kämpfen!«

»Wir sind keine Feiglinge, wir sind auch keine Weiber, die man einsperren kann!«

»Wir wollen kämpfen!« forderten nun Zehntausende von Soldaten, und draußen hoben die Germanen erstaunt die Köpfe, weil nie vorher ein solcher Lärm aus dem Lager geschallt war.

Über das Gesicht des Marius glitt ein zufriedenes Grinsen; er wußte nun, daß er sein Ziel erreicht hatte: Die Soldaten brannten darauf, die Nordleute zu besiegen.

Den Germanen wurde die Warterei zu langweilig; sie beschlossen, nach Italien weiterzuziehen, und packten ihre Habseligkeiten auf die Planwagen. Acht Tage dauerte es, bis auch das letzte Gefährt die Ebene verlassen hatte. Ein großer Trupp von Reitern bildete den Abschluß. Während die Krieger am römischen Lager vorbeiritten, verhöhnten sie die Legionäre, machten obszöne Gesten und schrien immer wieder:

»Sagt uns, was wir euren Frauen in Rom bestellen sollen! Sie werden euch bald vergessen haben – wir Teutonen sind die besseren Liebhaber!«

»Und wir Ambronen auch«, riefen andere, und alles jauchzte vor Vergnügen.

Marius hatte Mühe, seine Leute zurückzuhalten.

Als die Reiter am Horizont untergetaucht waren, ließ der Feldherr das Lager abbrechen, um den Germanen zu folgen. Wochenlang rückten die Römer hinterher, ohne daß die Barbaren es merkten. Sie waren sorglos, schauten nur nach vorn.

Schließlich erreichten sie die heißen Quellen von Aquae Sextiae, die in einem Kessel lagen, der von bewaldeten Höhen umgeben war.

Marius prüfte die Gegend und fand sie für die Schlacht geeignet. Er bestimmte zum Lagern einen Hügel, der gut zu halten war, aber auf dem keine Quelle sprudelte.

»Wasser müßt ihr von dem Bach dort unten holen«, sagte er zu den Legionären, die erstaunt darauf hinwiesen, daß sie, entgegen aller Gewohnheit, an einem Ort ohne Wasser rasteten.

»Aber am Bach lagern doch die Feinde«, wandte ein Soldat ein.

Marius lachte nur gemütlich: »Dann bezahlt eben mit Blut für das Wasser!«

Die Troßknechte mußten sich allein auf den Weg machen, da Marius den Legionären befohlen hatte, das Lager zu errichten.

»Und wenn unsere Knechte angefallen werden?« murrten die Soldaten. »Dann müssen sie sich eben verteidigen«, befahl Marius, »sie sollen Schwerter und Lanzen mitnehmen.«

Die Stimmung im Lager war inzwischen so aufgeladen, wie der Feldherr sie sich nicht besser wünschen konnte. Wütend hoben die Soldaten die Gräben aus, ließen aber dabei ihre Troßknechte nicht aus den Augen.

Die Germanen glaubten erst an eine Sinnestäuschung, als sie die Scharen von bewaffneten Römern sahen, die aus dem Flüßchen neben ihrem Lager Wasser schöpften. Die Nordleute waren in entspannter Stimmung; sie hatten in den heißen Quellen gebadet, danach viel Wein getrunken und gut gespeist. Ihre Wahrnehmung war etwas getrübt, sie bewegten sich langsamer als gewöhnlich, stolperten über die eigenen Füße, als sie aufstehen wollten.

Ungeordnet stürzten sich dann die ersten auf die Troßknechte, die laut um Hilfe riefen. Die Legionäre ließen sich nicht mehr zurückhalten; sie rasten zu ihren Leuten und kamen gerade rechtzeitig, um den ersten geschlossenen Angriff der Ambronen abzuwehren.

Dieses kleine Völkchen war besonders streitlustig. Es hatte näher am Bach gelagert als die Teutonen und war schneller auf die Beine gekommen. Es gelang den Kriegern, sich in halbwegs geschlossener Formation am Ufer aufzustellen. Sie schlugen im Takt ihre Waffen gegeneinander und riefen: »Ambronen, Ambronen«, um sich gegenseitig anzufeuern.

Das versetzte die ligurischen Bundesgenossen der Römer in große Aufregung, denn diese Bewohner der felsigen Küste im Nordwesten Italiens nannten sich selbst ebenfalls »Ambronen«. Der Name stammte aus grauer Vorzeit, war von ihren Vorfahren mitgebracht worden, die nach einer großen Flut aus dem hohen Norden in den Süden gewandert waren.

Wütend durchquerten die Ligurer den Bach und hieben auf die Gegner so heftig ein, daß sie die geschlossene Reihe ins Wanken brachten.

»Ambronen, Ambronen«, riefen die einen wie die anderen, nicht wissend, daß sie aus einer Wurzel stammten, Reste eines Volkes waren, das sich vor vielen Jahrhunderten getrennt hatte. Die italischen Ambronen waren die Stärkeren, nachdem ihr Grimm so entfacht worden war, daß sie in einen Blutrausch gerieten. Tausende Ambronen aus dem Norden kamen an diesem Tag um, nur wenige Krieger konnten sich zu den Teutonen flüchten, die in das Gemetzel nicht eingegriffen hatten.

Die eigentliche Schlacht führte Marius einige Tage später herbei, nachdem Kundschafter, darunter Sertorius, ihm gemeldet hatten, daß die Teutonen den Schock überwunden hatten und zum Kampfe rüsteten.

Marius kesselte das Lager der Feinde ein, besetzte mit einem Teil seiner Soldaten einen Hang und ließ sich von anderen Cohorten die Teutonen dorthin treiben. Er selbst stand in der vordersten Reihe seiner Truppen und feuerte sie an, dem ersten Anprall standzuhalten, die Gegner dann schrittweise hinabzudrängen und zu töten. Wer floh, wurde von den Legionären, die auf der anderen Seite warteten, in Empfang genommen und niedergehauen.

Unzählige Germanen starben an diesem Tag. Später zäunten die Bewohner von Massilia mit den Gebeinen der Gefallenen ihre Weinberge ein.

Die Flucht von der Etsch

Sulla und Catulus hatten im Etsch-Tal ihr Lager aufgeschlagen. Schon nach wenigen Tagen hielt der Legat das Warten nicht mehr aus und zog mit einigen Cohorten das Tal hinauf, um die Gegend zu erkunden. Von Spähern hatte er erfahren, daß die Kimbern noch jenseits des Brenner-Passes waren, und er beschloß zu erforschen, ob es nicht besser wäre, diesen Übergang zu sperren, als im Süden das breite Etsch-Tal zu blockieren.

Immer wieder wurden sie von den Höhen aus angegriffen. Die Bergvölker waren kriegerisch, von den Römern noch nicht unterworfen und hatten vor, ihre Unabhängigkeit zu verteidigen. Sie kletterten wie die Gemsen, begleiteten die Cohorten über deren Köpfen und warfen Steine und große Felsbrocken herab. Enge Stellen versperrten sie mit Baumstämmen.

Sulla hatte mehrfach versucht, ihrer habhaft zu werden, aber wenn er und seine Soldaten mühsam einen Hang erklommen hatten, sahen sie keinen Menschen mehr. Die Römer waren an Bergsteigen nicht gewöhnt und wurden noch durch die Ausrüstung belastet. So gaben sie bald die Verfolgung auf und kämpften sich weiter im Tal voran.

Sie erreichten die Baumgrenze und fanden keine Bauern mehr, die sie verpflegen konnten. Die wenigen Almhütten lieferten ihnen gelegentlich Milch und auch Vieh, aber bald fingen die Soldaten an zu murren: »Wir wollen unseren Brei, wie sollen wir denn bei Kräften bleiben, wenn wir kein Getreide haben!« Denn mit Speisen aus Getreide waren sie aufgewachsen, daher schmeckte ihnen diese Nahrung auch am besten. Sie ließen es sich gefallen, gelegentlich Fleisch zu essen, lehnten es aber ab, sich ausschließlich davon zu ernähren.

Je höher sie kamen, um so mehr setzte den Südländern die Kälte zu. Kriege wurden fast nur im Sommer geführt; den Winter verbrachte man in bequemen Quartieren. Hatte unten im Tal der Etsch schon die Frühlingssonne gewärmt, so herrschten im Innern der Alpen noch winterliche Temperaturen.

Eines Morgens, als sie vor ihre Zelte traten, war die Landschaft unter einer dicken Schneedecke begraben, und es schneite weiter so stark, daß sie kaum das Nachbarzelt erkennen konnten. Um sich aufzuwärmen, schütteten die Legionäre einige Becher Wein in sich hinein, und als sie Nachschub verlangten, sagte ihnen der Troßknecht, daß die Vorräte zu Ende seien. Das gab den Ausschlag: »Wir werden erfrieren, wenn wir uns nicht mit Wein aufwärmen können!« klagten sie.

Sie umringten Sulla, der gerade seinen letzten Schluck trank und der ebenso entsetzt wie die Soldaten die Meldung des Troßknechtes aufgenommen hatte.

»Wie sollen wir Holz für Feuer unter diesen weißen Tüchern finden?« sagte er nachdenklich. Er hatte sich zwar, wie es seine Gewohnheit war, über den Weg genau unterrichtet, auch von plötzlichen Schnee-Einbrüchen um diese Jahreszeit erfahren, aber seine Phantasie hatte nicht ausgereicht, um sich eine Landschaft vorzustellen, die weiß, öde und kalt war.

»Wir kehren um«, befahl er entschlossen, »wir haben längst noch nicht den Paß erreicht und werden ohne Nahrung nie dort ankommen. Wir haben viel Zeit, um das Etsch-Tal dort zu blockieren, wo wir unser großes Lager haben.«

Auf dem Rückmarsch wurde Sulla von einer schweren Erkältung befallen; er hatte hohes Fieber und konnte sich nur mühsam auf dem Pferd halten. Die Führung des Zuges mußte der ranghöchste Centurio übernehmen, den zwei junge

Adlige unterstützten, die Sulla während des gefährlichen Aufstiegs schätzengelernt hatte. Der eine hieß Gaius Scribonius Curio, war noch keine 20 Jahre alt und kam aus einer Familie, die sich bisher nicht hervorgetan hatte. Sein Vater hatte nur die Praetur erreicht, war bei den Consulatswahlen gescheitert.

Curio war von kräftiger Statur, etwas derb und ertrug die Strapazen erstaunlich gut. Sulla hatte es zunächst gestört, daß der junge Mann nicht sehr gebildet war, kein Griechisch sprach, aber bald mußte er seine Zuverlässigkeit und Ausdauer anerkennen.

Der andere Adlige hieß Lucius Murena, war älter als Curio und Militärtribun. Er kam aus der großen Gens Licinia, allerdings von einem unbedeutenden Zweig. Immerhin war sein Vater für das nächste Jahr zum Praetor gewählt worden. Der junge Murena war Sulla von Anfang an so treu ergeben wie Curio, und beide versuchten oft, einander auszustechen, um ein Lächeln oder gar Lob des Corneliers zu gewinnen.

Beide ließen ihn während des beschwerlichen Ritts talabwärts, bei dem sie wieder von den menschlichen Bergziegen belästigt wurden, kaum aus den Augen, stützten ihn, wenn er vom Pferd zu gleiten drohte. »Laßt mich hier zurück, ich muß sterben«, stöhnte Sulla des öfteren, denn Krankheiten hatte er bisher nicht gekannt. Der leichte Ausschlag in Africa zählte nicht.

»Unsinn«, trösteten sie ihn dann, »du hast Fieber und eine kleine Erkältung wie viele Soldaten auch. Laß uns erst in die Wärme kommen, dann geht es dir sofort wieder gut.«

Doch in der Wärme des sommerlichen Etsch-Tales kämpfte Sulla weiter mit seiner Krankheit. Das Fieber hatte zwar nachgelassen, Husten und Schnupfen quälten ihn nicht mehr, aber er fühlte sich ständig müde, obwohl er früh zu Bett ging und die abendlichen Gelage mied.

Die starke Rötung seines Gesichts, die er zunächst auf das Fieber zurückgeführt hatte, entwickelte sich zu einem häßlichen Ausschlag. Über beide Wangen und über den Nasenrükken zogen sich rote Flecken in schmetterlingsartiger Ausdehnung. Auf den scharf umrandeten Stellen hafteten weiße Schuppen.

»Wie eine Maulbeere sehe ich aus«, dachte er, als er zum erstenmal die Rötung in einem Bronzespiegel betrachtete, »eine Maulbeere, mit Mehl bestäubt!«

Er ließ den Spiegel fallen, warf sich auf sein Lager und schluchzte hemmungslos. Nach einer Weile fielen ihm die Salben ein, die er vor zwei Jahren in Emporion gegen Hautkrankheiten gekauft hatte. Er befahl Epicadus, der hilflos in einer Ecke stand, in seinem Gepäck danach zu suchen. Als sich die kleinen Fläschchen auch endlich fanden, betupfte Sulla vorsichtig einige Stellen mit der leichten Salbe, die nur mit Essig versetzt war, während Epicadus ihm den Spiegel hielt. Im ersten Moment brannte es, aber schon bald fühlte er Linderung, die Schuppen lösten sich, und der starke Juckreiz ließ nach.

»Jetzt nur noch eine Maulbeere«, sagte er befriedigt, »ein rotes Gesicht hatte ich ja immer schon, wenn ich mich aufgeregt habe.«

»Die Flecken werden auch noch verschwinden«, versuchte Epicadus ihn zu beruhigen.

»Bist du Arzt?« antwortete Sulla aggressiv. »Hör auf, alles schönzureden! Unser Militärarzt hat mir gesagt, daß sie wiederkommen werden.«

»Er hat aber auch gesagt, daß du nicht in die Sonne gehen sollst«, sprach Epicadus unbeirrt weiter, »und du hältst dich nicht daran!«

»Ich kann ja wohl nicht mit einem Schirm herumlaufen wie die Frauen«, spöttelte Sulla, »außerdem halten mich die Soldaten für einen Schwächling, wenn ich nicht wieder so zupacke wie früher.«

Und Arbeit gab es genug in diesem Sommer, denn Catulus hatte entschieden, daß an beiden Ufern der Etsch befestigte Lager angelegt werden sollten, die eine Brücke verband. Sulla, in seinem geschwächten Zustand, hatte allem zugestimmt, obwohl es ihm in klaren Augenblicken fraglich erschien, ob diese Maßnahmen ausreichten, den Strom der Kimbern aufzuhalten.

Wenn er sich aufzuraffen versuchte, um mit Catulus ein ernsthaftes Gespräch zu führen, ergriff ihn eine seltsame Lähmung, noch bevor er das erste Wort geäußert hatte, und er ließ alles beim alten.

Die Arbeit in der prallen Sonne fiel ihm von Tag zu Tag schwerer, und als er merkte, daß der Ausschlag in früherer Heftigkeit zurückkehrte, verließ er tagelang sein Zelt nicht mehr.

Er meinte, in ein schwarzes Loch zu versinken, weinte viele Stunden und betrachtete lange sein Schwert.

»Wenn ich es nicht schaffe, wirst du mir dann helfen, Epicadus?« fragte er seinen Sekretär, der nicht wagte, das Zelt zu verlassen.

»Wobei?« sagte der Junge und weinte ebenfalls.

»Ich stürze mich in mein Schwert!«

Epicadus war mit einem Satz bei ihm und griff nach der Waffe.

»Das machst du nicht! Die Krankheit geht vorbei, bald bist du wieder so wie früher.«

Sulla schluchzte heftiger: »Nichts wird wieder wie früher! Die Flecken sind wiedergekommen, ich habe Fieber, mir geht es schlecht. Warum strafen mich die Götter bloß so? Ist es nicht schon genug, daß ich als Krüppel auf die Welt gekommen bin?«

»Du bist als Krüppel geboren?« fragte Epicadus fassungslos. »Welcher Arzt hat dich aber dann zu einem so schönen Mann gemacht?«

»Du weißt genau, was ich meine: Mein Hoden ist verkrüppelt, ich habe nur ein Ei. Je älter ich werde, um so weniger Saft kommt heraus. Wie soll ich da Kinder zeugen, um meine Linie fortzusetzen?«

»Kinder kann man adoptieren! Und wenn dich die Weiber

494

verspotten, läßt du wenigstens die Finger von ihnen. Metrobius, Chrysogonos und ich – wir alle lieben dich, wie du bist!«

»Auch mit den Flecken im Gesicht?«

»Die sehe ich überhaupt nicht. Und wie schön sind doch deine blonden Haare!«

Epicadus kauerte sich neben dem Bett nieder und begann zärtlich über Sullas Haare zu streichen. Erschreckt bemerkte er, daß die Haarfülle begonnen hatte, sich zu lichten.

Catulus zeigte viel Verständnis für seinen kranken Legaten und hoffte insgeheim, den Ruhm in diesem Feldzug allein zu ernten, denn mit der Sperrung des Etsch-Tales glaubte er den Sieg schon in der Tasche zu haben.

Viele Nachrichten waren der Ankunft der Kimbern vorausgeeilt, Erzählungen, die die Römer nicht nur erstaunten, sondern befremdeten.

»Sie wälzen sich jeden Morgen nackt im Schnee«, berichteten die Kundschafter, »bevor sie dann weiterziehen, steigen etliche auf die Berge und rutschen auf ihren Schilden ins Tal zurück!«

»Was machen sie auf den Bergen?« fragte Sulla. »Kämpfen sie mit den Gemsen dort oben?«

»Von Kämpfen hört man nichts. Sie sind fröhlich wie die Kinder, wenn sie auf den Schilden ins Tal sausen!«

»Wovon ernähren sie sich?«

»Die Bergvölker verpflegen sie, denn sie wollen, daß sie schnell durch ihr Gebiet ziehen.«

Als die Kimbern die Römer erreichten, ließen sie sich vor den Lagern nieder, ohne Anzeichen von Aggressivität.

Catulus war ratlos. »Was machen wir bloß?« fragte er seinen Legaten, der gerade wieder in einer Depression steckte.

»Ich weiß nicht«, sagte Sulla gleichgültig, »warten wir ab!«

Die Kimbern schienen ebenfalls abwarten zu wollen, aber

nach einigen Tagen wurde ihnen das Nichtstun zu langweilig, und sie begannen die Römer zu provozieren. Sie versammelten sich vor dem großen Lager, lärmten herum und schlugen die Schilde zusammen.

»Was wollen sie?« fragte Catulus den keltischen Dolmetscher.

»Sie wollen kämpfen, sie wollen Ort und Zeit mit dir vereinbaren«, übersetzte der Kelte. Die Legionäre, die sich neben Catulus und Sulla auf der Umwallung drängten, fingen an zu zittern. »Mit diesen Ungeheuern sollen wir kämpfen?« sagte einer der römischen Soldaten zu Catulus. »Du hast aber gesagt, daß sie sofort kehrtmachen, wenn wir das Tal gesperrt haben!«

Hilflos blickte der Consul zu seinem Legaten: »Was meinst du, Sulla? Du kennst die Kimbern. Warum kehren sie nicht um?«

»Weil sie nach Italien wollen«, antwortete Sulla mürrisch. Das Geschrei vor dem Lager wurde lauter und bedrohlicher.

»Was wollen sie jetzt?« wollte Catulus wissen.

»Sie haben Sulla erkannt«, erklärte der Dolmetscher, »und rufen: ›Tod dem Verräter!‹ Sie wollen, daß wir ihnen Sulla ausliefern.«

Die Legionäre blickten erschrocken auf den Legaten, der weiter apathisch vor sich hin starrte.

»Wieso ist Sulla ein Verräter?« fragte endlich ein Centurio.

Erst als Catulus ihn aufforderte, raffte sich der Legat zu einer kurzen Erklärung auf: »Marius wollte, daß ich sie ins Innere Hispanias führe. Das habe ich auch getan! Aber leider haben sie sich dort nicht das Genick gebrochen, sondern die Iberer haben sie wieder hinausgebracht!«

»Und jetzt müssen wir alle dafür büßen«, rief der Centurio heftig.

»Vielleicht ziehen sie ab, wenn wir ihnen Sulla ausliefern«, schlug einer der Legionäre vor.

»Das machen wir, das machen wir!« brüllte es aus vielen Kehlen.

Sulla sah weiter teilnahmslos vor sich hin, und Catulus merkte, daß er die Initiative ergreifen mußte.

»Soldaten«, schrie er, »seid ihr verrückt geworden? Ihr wißt ja nicht, was ihr sagt!

Wenn ihr meinen Legaten an die Kimbern ausliefert, dann müßt ihr mich auch hinschicken. Wollt ihr das?«

Die Legionäre sahen bestürzt auf ihren Feldherrn und murmelten: »Nein, nein.«

Catulus hatte zwar die Situation gerettet, aber die Stimmung blieb weiter schlecht. Ängstlich verfolgten die Soldaten alle Bewegungen bei den Kimbern. Entsetzen griff um sich, als sie beobachten mußten, wie die Germanen versuchten, den Fluß umzuleiten. Scheinbar mühelos rissen die hünenhaften Gestalten Bäume mit den Wurzeln aus der Erde und rollten riesige Felsbrocken herbei.

Steine und Stämme warfen sie in den Fluß. Die Bäume trudelten auf die Brücke zu, rammten die Pfeiler. Die Wasser schäumten, weitere Stämme rasten gegen das Bauwerk. Die Konstruktion hielt dem Aufprall nicht lange stand, und die Brücke krachte zusammen.

Der Lärm war so gewaltig, daß die Soldaten in Panik gerieten. Sie stürzten zu den Lagertoren, um zu fliehen.

Catulus und Sulla besprachen gerade im größeren Lager mit den Centurios, wie sie der Situation begegnen sollten, als die Flucht begann. Geistesgegenwärtig eilte Catulus nach draußen, stellte sich auf das Podest vor dem Feldherrnzelt und beschwor die Soldaten, stehenzubleiben. Aber keiner hörte auf ihn.

Da ergriff er einen der beiden Legionsadler, rannte, so schnell er konnte, zum südlichen Tor und brachte damit die Flucht ins Stocken. »Folgt mir!« rief er. »Keiner soll später sagen, daß ihr geflüchtet seid. Euer Feldherr hat euch den Rückzug befohlen!«

Und geordnet traten die Cohorten den Marsch aus dem Lager heraus an.

Den Soldaten des kleineren Castells auf der anderen Seite des Flusses war die Flucht nicht geglückt. Für dieses Lager war Sulla zuständig, dem aber nach dem Einsturz der Brücke der Rückweg abgeschnitten war, als Catulus seine Cohorten in Sicherheit gebracht hatte.

Später wurde gesagt, Sulla hätte seine Soldaten leicht schwimmend erreichen können, aber das war bösartiges Gerede, denn der von den Baumstämmen aufgewühlte Strom war voller Strudel und nur unter Lebensgefahr zu durchqueren. Sulla wäre auch gar nicht fähig gewesen, sich tollkühn in den Fluß zu werfen; apathisch und willenlos folgte er Catulus und sah sich schließlich neben dem Feldherrn vom Lager wegmarschieren.

Im kleineren Castell übernahm ein Centurio die Führung, und ihm gelang es, die Männer zu beruhigen. »Sie kommen uns zu Hilfe«, schrie er und zeigte auf die Cohorten, die auf der anderen Seite des Flusses entlangzogen, »sie werden weiter südlich eine Furt durchqueren und uns hier raushauen.«

Jedoch warteten sie vergebens auf ihre Kameraden. Sie konnten nicht mehr fliehen, denn die Barbaren hatten inzwischen die Umwallungen umzingelt und versuchten, ins Lager einzudringen. Die Römer und ihre Bundesgenossen wehrten sich nach Kräften, aber der Überzahl der Feinde waren sie nicht gewachsen.

»Ihr habt tapfer gekämpft«, ließ Boiorix ihnen über einen Dolmetscher sagen, »ich lasse euch ziehen, wir machen einen Vertrag darüber.«

Die Germanen schleppten einen Stier aus Bronze herbei, bei dem der Vertrag beschworen wurde, und die Legionäre durften das Standbild als Geschenk mitnehmen.

Während dieser Ereignisse im Tal der Etsch hatte Marius seinen großen Sieg über die Ambronen und Teutonen errungen. Kurze Zeit später wurde er zum fünftenmal zum Consul gewählt, wieder in Abwesenheit. Die Nachricht erreichte ihn an dem Tag, als er und seine Soldaten den Sieg bei den heißen Quellen feierten.

Der Senat bewilligte ihm einen Triumph, aber Marius verzichtete auf dieses grandiose Schauspiel, als er von der Flucht des römischen Heeres vor den Kimbern erfuhr. »Erst muß ich noch die Kimbern besiegen«, erklärte er. Sein Instinkt sagte ihm, daß ein Triumphzug vom Volk kaum geschätzt werden würde, solange die Germanen weiter eine Gefahr für Rom bedeuteten.

Eine Gefahr, die zudem so nahe gerückt war wie nie zuvor. Nachdem der Weg nach Italien frei war, hielten die Kimbern ihren Einzug in die weite Ebene des Padus und ließen es sich dort gutgehen. Die Bevölkerung, ohne Schutz, denn Catulus hatte sich jenseits des Padus in Sicherheit gebracht, war geflüchtet, hatte alles im Stich gelassen.

Die Kimbern fanden bequeme Häuser vor, die im Winter gut zu heizen waren; in den Scheunen lagerte reichlich Getreide, und in den Ställen drängte sich das Vieh. Und gerade erst war der neue Wein gekeltert und in die großen Tongefäße gefüllt worden.

»Wir sind endlich angekommen«, sagte Boiorix ehrfürchtig, nachdem er die Wunder des südlichen Lebens inspiziert hatte, »hier ist unsere neue Heimat, hier werden wir bleiben.«

Doch die Römer, allen voran der Consul Marius, sahen das anders. Nachdem ihm der Senat den Oberbefehl über den weiteren Feldzug gegen die Kimbern erteilt hatte, eilte er zu Catulus und versuchte ihn aufzurichten. Catulus war in eine ähnliche Depression wie Sulla verfallen und verließ, seit sich seine Legionäre südlich des Padus verschanzt hatten, kaum noch sein Zelt.

»Mach dir keine Sorgen«, tröstete ihn Marius, »ich hole jetzt meine Männer aus Gallien, und im Frühjahr besiege ich mit unseren gemeinsamen Legionen die Kimbern.«

Catulus nickte tapfer. Für Sulla hatte Marius bisher noch

keine Zeit gefunden, aber nach den aufmunternden Worten für Catulus wandte er sich auch seinem früheren Legaten zu.

»Hab' schon von deiner Krankheit gehört, und daß du dein Lager im Stich gelassen hast«, sagte er, »jetzt siehst du wirklich aus wie mein Legionär damals vor Numantia, das Schorfgesicht. Erinnerst du dich? Als wir uns auf dem Forum das erstemal trafen, habe ich dir davon erzählt. Du warst damals so ein aufgeblasener, kleiner Wicht«, und jetzt lachte Marius herzlich, »und wurdest richtig wütend. Aber *ich* wußte damals schon, daß du einmal genau so ein Schorfgesicht kriegen würdest wie mein Soldat. Du bist der Typ dafür!«

Großzügig schickte er Sulla dann in den Krankenurlaub und gestattete ihm, den ganzen Winter über in Rom zu bleiben.

Lucullus und die Schätze aus Sicilien

Zum zweiten Consul für das kommende Jahr war Manius Aquilius gewählt worden. Marius wäre lieber mit ihm als mit dem »Weichling« Catulus, wie er den Lutatier inzwischen nannte, gegen die Kimbern gezogen. Doch sein früherer Legat wurde in Sicilien gebraucht, wo sich der Sklavenkrieg zu einem Desaster ausgeweitet hatte. Die Schuld daran trug Lucius Lucullus, der als Propraetor auf der Insel die Aufgabe gehabt hatte, die Ordnung wiederherzustellen.

Führer der Sklavenbanden war ein gewisser Athenion geworden, ein ehemaliger Räuberhauptmann aus Kilikien. Ihm gelang es, die Sklaven so zu organisieren, daß sie ein kriegstüchtiges Heer bildeten. Er verbündete sich mit den Landbewohnern, den kleinen Pächtern, die bereits bei den früheren Aufständen zu den Sklaven gehalten hatten, denen sie sich näher fühlten als den großen Herren. Auch die Sklaven in den Städten, die in den Häusern in der Regel ein besseres Leben führten als die angeketteten Arbeiter auf den Feldern, erhoben sich und liefen zu Athenion über. Die ganze Insel war in Aufruhr.

Die Getreideversorgung für Rom brach zusammen. So schwer es dem Senat fiel, wurde doch ein Heer von 14 000 Soldaten ausgehoben und unter Führung von Lucullus nach Sicilien geschickt.

Das Sklavenheer hatte sich in die Berge zurückgezogen. Als aber Lucullus auftauchte, rückte ihm Athenion entgegen und stellte sich dem Kampf. Die Römer siegten, denn sie waren besser ausgerüstet und organisiert. Der Sieg wurde auch dadurch beschleunigt, daß Athenion während des Kampfes für tot erklärt wurde, worauf seine Männer in Panik gerieten und wegliefen. Lucullus gab jedoch keinen Befehl, die Flüchtenden zu verfolgen, sie einzufangen und zu töten. Im Gegenteil, er ließ alle Legionäre zurückrufen, die den Sklaven nachsetzten, brach das Lager ab und marschierte zur Küste zurück.

Wenige Tage später erhielt er die Nachricht, daß Athenion – sehr lebendig – wieder seine Sklaven um sich versammelt hatte und den Kampf fortsetzen wollte. Lucullus tat nichts, um ihn daran zu hindern. Während seiner weiteren Amtszeit als Statthalter vergnügte er sich mit einer Reihe von Frauen in seinem Palast in Syrakus oder hielt Gelage in luftigen Zelten am Strand ab. Er wurde oft im Hafen gesehen, wo er Sklaven beaufsichtigte, die ein großes Frachtschiff beluden: mit Statuen, Teppichen, Gemälden, vielen Amphoren mit Wein und Öl. Schon bald lief das Gerücht über die ganze Insel, daß die Schätze aus reichen Häusern stammten, die von den Sklavenbanden des Athenion ausgeraubt worden waren.

Nachrichten verbreiteten sich schnell: Noch bevor die Amtszeit des Lucullus in Sicilien zu Ende ging, wußte ganz Rom, daß der Propraetor mit Athenion gemeinsame Sache gemacht und dafür große Reichtümer geerntet hatte.

Nach dem Ende seiner Amtszeit fand sich gleich ein Ankläger, ein Gaius Servilius Vatia, der mit Lucullus persönlich verfeindet war. Dieser Vatia war gerade zum Praetor gewählt worden, dank seiner Verbindungen zu den Metellern, denn er war mit einer Metella, einer Tochter des alten Macedonicus, verheiratet. Die Ehefrau des Vatia und die Caecilia Metella des Lucullus waren also Cousinen und seit ihrer Kindheit eng befreundet. Je mehr das Ehepaar Lucullus sich zerstritt, um so stärker wütete Caecilia Metella gegen Lucius. Wenn es ihr auch nicht gelang, ihre ganze Verwandtschaft gegen ihn aufzuwiegeln, so doch wenigstens die Familie ihrer besten Freundin.

In ganz Rom redete man davon, daß Metella hinter der Anklage des Vatia gegen Lucullus steckte, ihren Haß damit ausleben wollte. Ihr war nämlich in allen Einzelheiten berichtet worden, wie ihr Ehemann mit sicilischen Frauen gefeiert hatte, und diese Vergnügungen wollte sie ihm heimzahlen.

Erst am Ende jenes Jahres, in dem Marius die Teutonen besiegt hatte, Sulla und Catulus vor den Kimbern geflüchtet waren, fand der Prozeß gegen Lucullus statt. Vatia hatte genug Zeit gehabt, um Material zu sammeln und Zeugen in Sicilien zu suchen, die die korrupte Amtsführung bestätigen sollten. Das Frachtschiff konnte er nicht auftreiben, doch Gewährsleute informierten ihn über die Route entlang der Küste des Ionischen Meeres in Richtung Tarent.

Er reiste sogar nach Tarent, erntete dort aber nur Gelächter, als er nach einem großen Kauffahrer aus Sicilien forschte.

»Wie sollen wir uns an jedes Schiff erinnern, das hier vor Monaten angelegt hat?« meinte der für den Hafen zuständige Beamte.

»Eure Bücher, ich will eure Bücher einsehen«, forderte Vatia.

»Du bist hier in einer griechischen Stadt und nicht in Rom«, höhnte der Beamte, »wir sind nicht so verrückt wie ihr, daß wir alles schriftlich festhalten.«

Auch wenn die Gegenstände, die Lucullus aus Sicilien fortgeschafft hatte, nicht aufzulisten waren, reichten die übrigen Beweise für eine Verurteilung aus. Zumal der Angeklagte keineswegs bestritt, daß er mit Athenion gemeinsame Sache gemacht hatte.

Der Spruch der Richter lautete: Verbannung.

Die Menge, die diesen Prozeß verfolgte, zählte zu Tausenden, doch Sulla und die Lucullus-Söhne waren die einzigen Zuschauer, die nach dem Urteil auf den Verbannten zutraten. Der Cornelier umarmte den Freund lange, und gerührt betrachteten die Umstehenden diese Szene.

Die beiden Söhne Lucius und Marcus, 15 und 14 Jahre alt, waren, wie es der Brauch bei solchen Prozessen forderte, in verdreckter, zerrissener Kleidung erschienen; bei Lucius zeigten sich die Stoppeln eines Bartes.

»Ich vertraue dir meine Söhne an«, sagte Lucullus, nachdem er sich aus Sullas Umarmung gelöst hatte.

»Ich werde sie so aufziehen, als wären sie meine eigenen Kinder«, versprach der Cornelier, und jetzt weinten alle vier.

»Wohin willst du ins Exil gehen?« erkundigte sich Sulla.

»Nach Lucanien, nach Tarent«, sagte Lucullus leichthin und grinste spitzbübisch.

»Wir werden dich rächen, Vater«, unterbrach Lucius ihn heftig, »in einem Jahr lege ich die Knabentoga ab, dann werde ich den Vatia anklagen!« Der Vater Lucullus schien zwar gerührt über diese Äußerung von Sohnesliebe, aber er bestärkte den Jungen nicht. Sulla hatte den Eindruck, daß er sich sogar auf das Exil in dem heiteren griechischen Tarent freute, denn das Lächeln wollte nicht von den Zügen des Freundes weichen. »Du weißt gar nicht, wie erleichtert ich bin«, sagte er schließlich und zog Sulla ein wenig beiseite, damit seine Söhne ihn nicht hören konnten, »die letzten Jahre, seit meiner Wahl zum Aedil, möchte ich selbst meinem schlimmsten Feind nicht wünschen. Nie war Geld im Hause; alles, was mein Vater gesammelt hatte, mußte ich verkaufen. Und dann diese ständig mürrische, klagende Caecilia Metella – beim Hercules, wie ich dieses Weib hasse!«

»Warum hast du dich nicht schon längst von ihr scheiden lassen?«

»Ich wollte weiter Karriere machen, und der Meteller-Clan hätte mir garantiert die Praetur versalzen, die ich ja dringend brauchte, um mich finanziell zu sanieren!«

»Was dir auch gelungen ist!« lachte Sulla. »Wenn man den Gerüchten über die kostbare Ladung eines verschwundenen Schiffes glauben darf.«

»Du darfst; ich weiß, mein Geheimnis ist bei dir gut aufgehoben! Mein neues Landgut in Lucanien wird es mit dem Haus meines Vaters, wie es früher war, durchaus aufnehmen können. Wie ich mich auf ein Leben in Muße freue!«

»Wenn sich der Wirbel um deinen Prozeß gelegt hat«, versprach Sulla, »werden wir dich in Lucanien besuchen!«

Die Söhne des Lucullus zogen in Sullas Haus, und der Cornelier sorgte dafür, daß ihre Erziehung so sorgfältig wie bisher fortgesetzt wurde. Wie es einst sein Vater bei ihm getan hatte, beaufsichtigte auch er den Unterricht der griechischen Lehrer, suchte die Werke der griechischen Philosophen aus, über die er mit den Jungen diskutieren wollte. Wie alle Kinder des Adels hatten sie bereits in jungen Jahren Griechisch gelernt und wechselten mühelos von einer Sprache in die andere.

Wenige Tage nach dem Einzug der Söhne erschien Caecilia Metella bei Sulla. Sie war jetzt Mitte 30, immer noch eine schöne Frau, die in üppiger Fülle prangte. Ihr kindliches Gebaren hatte sie nie abgelegt; sie schmollte gern und war gleich beleidigt, wenn sie nicht ihren Willen bekam.

»Du scheinst nicht älter zu werden«, sagte Sulla galant, und sie dankte ihm mit einem koketten Augenaufschlag.

»Ich bin gekommen, um meine Söhne abzuholen«, erklärte sie ohne Umschweife.

Sulla sah sie erstaunt an: »Hast du einen Brief von Lucullus, der mir sagt, daß er seine Meinung geändert hat? Er hat die Jungen nämlich mir persönlich anvertraut!«

»Was dieser Verbannte dir gesagt hat, interessiert mich nicht! Ich will meine Söhne! Außerdem ist das Haus des Censors passender für sie als ein ehemaliges Knabenbordell!«

Sulla mußte sich beherrschen, um ihr nicht ins Gesicht zu schlagen. Er spürte, wie die Flecken in seinem Gesicht wieder brannten.

»Reg dich nicht so auf«, riet ihm Caecilia Metella höhnisch, »dein Schorfgesicht wird dann noch röter!«

Der Cornelier lachte dazu nur spöttisch. »Wir fragen Lucius und Marcus, ob sie mit dir gehen wollen«, schlug er vor. Als er die Jungen rufen ließ, erschien nach einer Weile nur Lucius, der an der Tür stehenblieb und seine Mutter mit feindseligen Blicken bedachte.

»Was will die hier?« fragte er Sulla.

Als Sulla es ihm erzählte, fing er an zu schreien. »Sie hat das Leben meines Vaters zerstört, sie hat sich nie um meinen Bruder gekümmert, und jetzt sollen wir zu ihr ziehen! Geh fort, geh fort«, rief er, wild wie ein junger Löwe, »und laß dich nie wieder hier blicken.«

Wütend drehte sich Caecilia Metella um und verließ ohne ein weiteres Wort das Haus. Sie versuchte noch, den Numidicus, der inzwischen Censor geworden war, einzuspannen. Sulla hatte ein längeres Gespräch mit ihm und konnte ihn überzeugen, daß die Lucullus-Söhne bei einem Freund des Consuls Marius besser aufgehoben waren als bei ihrer Mutter, deren ständig wechselnde Liebhaber den Römern seit bald zwei Jahrzehnten reichlich Gesprächsstoff boten.

Metellas Problem

Während des Winters, in dem die Kimbern das leichte Leben unter südlichem Himmel genossen, vereinigte Marius seine Legionen mit denen des Catulus. Er begann, die Truppen, die vor den Kimbern geflüchtet waren, zu »Männern« zu erziehen. Sie wurden Tag für Tag gedrillt wie nie zuvor in ihrem Leben. Die Furcht, die ihnen immer noch in den Gliedern steckte, trieben ihnen aber ihre Kameraden, die Soldaten des Marius, aus, die nur *ein* Gesprächsthema kannten: Wie sie die Teutonen und Ambronen abgeschlachtet hatten.

Marius hatte die Legionen in den Unterkünften gemischt, so daß seine gestählten Soldaten ihre Kraft an die verängstigten Leute des Catulus weitergeben konnten. Und wieder hatte der schlaue Menschenkenner Erfolg mit seinen ungewöhnlichen Methoden: Am Ende des Winters brannten die Legionäre des Catulus darauf, es den Männern des Marius gleichzutun, sich so wild wie diese auf die Barbaren zu stürzen.

Sulla verlebte einen anregenden Winter in Rom, ganz der Muße und seiner neuen Aufgabe, der Erziehung der Lucullus-Söhne, hingegeben. Er kam innerlich zur Ruhe, und eines Tages stellte er begeistert fest, daß die Flecken so gut wie verschwunden waren.

»Dieser Ausschlag muß von der Sonne gekommen sein«, dachte er befriedigt, »so hatte der Militärarzt also recht.«

Nachdem sein Lebensmut wieder erwacht war, drängte es ihn, seine politische Karriere fortzusetzen. Er zählte inzwischen 37 Jahre und hatte das Alter für das Amt des Aedils erreicht. Sein gleichaltriger Bekannter Crassus Dives, jener Licinier, der einmal mit der Hetäre Nikopolis befreundet gewesen war, stolzierte im Ornat dieses mächtigen Beamten durch Rom.

Er und seine drei Collegen hatten die Aufsicht über die Märkte und Straßen, über Bäder und Bordelle, über die Getreideversorgung und die Wasserzufuhr. Außerdem waren sie für die großen öffentlichen Spiele zuständig und konnten, je nach Prachtentfaltung, die Sympathien oder die Abneigung der Plebs auf sich ziehen. Wer sich als Aedil beim Volk beliebt machte, hatte eine große Hürde im weiteren Kampf um die Macht genommen.

Sulla reiste ins Lager zu Marius, um zu erfahren, ob der Feldherr seine Bewerbung unterstützen würde.

»Du siehst ja wieder ganz gut aus«, meinte Marius, »und kannst bald deinen Dienst antreten! Wenn es ernst wird, brauche ich jeden Mann! Halte dich zu meiner Verfügung. Schlag dir also erst mal diese Wahl aus dem Kopf! Außerdem habe ich gehört, daß die Plebs nicht viel mit dir im Sinn hat, weil du dein Lager im Stich gelassen hast.«

Sulla stutzte. Da er während der letzten Monate in Rom kaum sein Haus verlassen hatte, war ihm die Stimmung der Plebs nicht bekannt. Seine Freunde hatten es vermieden, ihn mit schlechten Nachrichten zu beunruhigen, um seine Genesung nicht zu gefährden.

Marius nahm, wie gewöhnlich, auf die Gefühle seiner Umwelt keine Rücksicht und zeigte direkt auf das Problem.

»Wenn ich dir also einen Rat geben soll«, sprach er weiter, »denn deshalb bist du ja hergekommen: Laß das mit dem Aedil, bis die Plebs die Sache mit dem Lager vergessen hat. Kämpfe tapfer gegen die Kimbern, wenn es endlich zur Schlacht kommt, und dann sehen wir weiter. Jetzt kannst du dich noch in Rom erholen; ich lasse dich rufen, wenn ich dich brauche!«

»Aber es geht mir gut! Ich kann doch mit den Legionären hier arbeiten!« Doch Marius bestand darauf, Sulla vom Lager fernzuhalten, so sehr fürchtete er die Macht des Corneliers über Menschen.

In Rom verließ Sulla kaum noch sein Haus, nachdem er mehrfach auf dem Forum oder in den Tavernen angepöbelt worden war. Wie die einfachen Legionäre sah er nun ungeduldig dem Kampf gegen die Kimbern entgegen, um den Makel, mit dem er seit seiner Flucht von der Etsch behaftet war, wieder loszuwerden.

Eines Tages wurde ihm Metella, die Frau des Scaurus, gemeldet.

»Schönste aller Frauen, meine Aphrodite«, scherzte er, »was führt dich zu mir?«

Sie trug ein schwarzes, schmuckloses Gewand, war offensichtlich in Trauer.

»Wer ist gestorben?« wollte er gleich wissen.

»Marcus Scaurus, der Sohn meines Mannes aus seiner ersten Ehe«, erzählte sie.

Sulla war erschüttert, denn er hatte den jungen Mann gut gekannt. Scaurus hatte als Militärtribun bei Catulus gedient. Er war als einer der ersten aus dem großen Lager geflüchtet.

Metella erzählte nun, daß der junge Scaurus vor einigen Tagen an ihre Tür geklopft hatte, zu seinem Vater gestürzt und mit den Anzeichen großer Verwirrung vor ihm niedergefallen war. »Versteck mich, versteck mich«, hatte er gerufen, »ich habe solche Angst vor den Kimbern, ich kann nicht gegen sie kämpfen.« Der alte Scaurus entlockte schließlich seinem Sohn, daß dieser sich ohne Erlaubnis aus dem Lager am Padus entfernt hatte. »Du gehst sofort zurück, ich gebe dir ein Schreiben an Marius mit«, schrie der Alte.

»Der junge Mann weinte und flehte, aber sein Vater ließ sich nicht erweichen. Der Junge ging schließlich aus dem Haus. Am nächsten Morgen fanden Sklaven seine Leiche vor unserer Haustür; er hatte sich mit seinem Schwert erstochen«, berichtete Metella und schluchzte heftig in Erinnerung an die schreckliche Szene.

Sulla nahm sie behutsam in seine Arme und wiegte sie leicht hin und her. »Hast du ihn geliebt?« fragte er.

»Ich habe ihn geliebt, aber wie einen Bruder«, weinte sie, »er war doch noch so jung, genauso alt wie ich! Seine Mutter war bei seiner Geburt gestorben, und sein Vater behandelte ihn immer so streng. Er hat mir oft leid getan. Sein Tod schmerzt mich, aber deswegen bin ich nicht zu dir gekommen – das ist nicht das Problem. O, ich weiß nicht, wie ich darüber sprechen soll, ich schäme mich so! Aber Metrobius hat zu mir gesagt, ich soll Vertrauen zu dir haben!«

»Metrobius!« Sulla war alarmiert, denn der Schauspieler war bei ihm nicht wieder aufgetaucht, seit er sich mit der Kasse des Knabenbordells davongeschlichen hatte. Und das lag nun beinahe zwei Jahre zurück. »Metrobius ist in Rom?« fragte er, immer noch verblüfft.

Metella lachte amüsiert. »Wo sollte er sonst sein? Gelegentlich reist er nach Großgriechenland, aber die meiste Zeit lebt er in Rom und spielt in den großen Adelshäusern. Nach einer Aufführung in unserem Haus haben wir uns lange unterhalten, und seitdem sind wir befreundet. Natürlich nur als Seelenverwandte, da Metrobius ja nie eine Frau anrühren würde. Und da komme ich wieder zu meinem Problem!«

Sulla hatte nur mit halbem Ohr zugehört, weil ihm die Neuigkeiten über Metrobius im Kopf herumwirbelten. Als er aber zum zweitenmal bei Metella das Wort »Problem« hörte, wandte er ihr seine ganze Aufmerksamkeit zu.

»Seit wir uns kennen, seit deiner Kindheit, haben wir offen miteinander geredet«, ermunterte er sie.

Sie schluckte, und dann sprudelte es aus ihr hervor: »Scaurus ist impotent! Seit ich eine Frau bin, kriegt er bei mir den Schwanz nicht mehr hoch! Er kann offensichtlich nur mit Kindern, deshalb hat er mich auch so gern auf seinen Schoß genommen, als ich ein kleines Mädchen war. Nach unserer Heirat haben wir es etliche Male zusammen versucht, aber es war immer eine Quälerei; und schließlich haben wir es gelassen. Einen Nachfahren hatte er ja schon, und weitere Söhne waren ihm nicht wichtig. Und jetzt die Katastrophe mit dem jungen Marcus!«

Sie begann wieder zu schluchzen, und Sulla streichelte ihren Rücken, bis sie sich gefangen hatte. »Heute nacht rief er mich in sein Schlafzimmer und erklärte mir streng, ich solle mir ein bißchen mehr Mühe geben, er müsse einen Sohn zeugen. Und wie ich mich angestrengt habe! Es war nichts zu machen, der Schwanz blieb schlaff. Da wurde Scaurus zornig und schickte mich aus dem Zimmer. Heute morgen kam er aber zu mir ans Bett, entschuldigte sich und sagte, er habe mir einen Vorschlag zu machen!«

Gespannt hatte Sulla zugehört; die pikanten Einzelheiten aus dem Schlafgemach des Ehepaares Scaurus faszinierten ihn. Aber als er den Vorschlag des Ersten Senators erfuhr, war er bestürzt.

»Scaurus sagte, ich solle mit einem anderen Mann schlafen, um ein Kind zu bekommen. Und er fuhr fort: ›Meine Wahl ist auf Sulla gefallen, weil er so verschwiegen ist und dich seit deiner Kindheit liebt. Da müßte es eigentlich klappen!‹ Und hier bin ich nun«, lachte sie und schien sehr erleichtert, weil Sulla jetzt alles wußte.

»Aber Metrobius? Was hat er damit zu tun?« forschte der Cornelier, um Zeit zu gewinnen.

»Ich schämte mich so, mit dir darüber zu sprechen. Seit dem Tag bei den Flaviern hatten wir uns nicht mehr gesehen, und ich wußte nicht, ob du dich inzwischen in eine andere Frau verliebt hast. So habe ich Metrobius rufen lassen und mit ihm überlegt, was zu tun sei. Er hat mir Mut gemacht und mich zu dir geschickt!«

Sulla sprang auf und lief im Zimmer herum, während Metella gespannt auf seine Antwort wartete. Er blickte sie an, sah die erwartungsvollen Augen, das niedliche Stupsnäschen und erinnerte sich daran, wie verliebt er einmal gewesen war.

»Wir können es ja versuchen«, murmelte er, »aber damit du nicht erschrickst, wenn wir im Bett liegen, sage ich es dir lieber gleich vorher: Ich habe nur einen Hoden, ein Ei!«

»Das muß ich mir ansehen!« rief sie begeistert. »Das habe ich noch nie gesehen. Aber außer Scaurus kenne ich auch keinen Mann, und die griechischen Statuen in unserem Haus sind alle Jünglinge mit zwei Eiern!«

Die Leichenzählerei

Der Sommer war gekommen, und Marius entschied, die Kimbern aus ihren gemütlichen Unterkünften zu scheuchen und zum Kampf zu provozieren. Er überschritt mit den Legionen den Padus und bestellte Boiorix zu einem Gespräch.

Der Keltenkönig erschien mit großem Gefolge, ließ sich in einiger Entfernung vor dem römischen Lager nieder und bestand darauf, Marius draußen zu treffen. Der Feldherr umgab sich mit zwei Cohorten als Leibwache und teilte Boiorix ohne Umschweife mit, daß er den Kampf wünsche.

»Aber wir nicht«, lachte Boiorix, und sein Gefolge stimmte ein, »wir sind endlich angekommen, haben eine Heimat gefunden – warum sollen wir kämpfen!«

»Weil euch das Land nicht gehört!« antwortete Marius streng. »Die Bewohner sind aus Angst vor euch geflohen; es sind Freunde und Bundesgenossen von uns, und wir haben die Pflicht, ihnen zu helfen. Wenn ihr aber nicht kämpfen wollt, dann packt eure Sachen zusammen und verschwindet über die Alpen in eure Heimat! Und das für immer!«

Boiorix wurde wütend: »Wir lassen uns nicht befehlen, was wir tun sollen! Wir bleiben hier! Und wenn ihr uns das Land zum Siedeln nicht schenkt, dann werden wir eben darum kämpfen!« Sein Gefolge johlte und schlug die Schilde zusammen.

Marius wollte sich gerade umdrehen und grußlos fortgehen, als der Keltenkönig noch einmal das Wort ergriff. »Wir wollen kämpfen, aber nicht gleich«, meinte er listig, »wir wollen auf unsere Brüder warten, die Teutonen und Ambronen. Sie sind unterwegs zu uns und werden bald hiersein.«

Marius und seine Begleiter sahen sich fassungslos an. »Ist es möglich, daß die Kimbern noch nichts von der Vernichtung ihrer Landsleute wissen?« wunderte sich der Feldherr. »Haben sie keine Späher, keine Kundschafter, die sie über alles auf dem laufenden halten?«

»So ein Nachrichtensystem, wie wir es haben, kennen die nicht«, sagte Sulla, dem es geglückt war, wieder Legat bei Catulus zu werden, »sie sind so sorglos, verlassen sich ganz auf ihre Stärke und kümmern sich nicht um andere, wenn sie durch die Lande ziehen. So war es bei dem Marsch durch Hispania, und so halten sie es immer noch!«

Marius grinste hämisch, als er in die arglosen Gesichter der Kimbern blickte. »So, so, ihr wartet auf eure Brüder«, sagte er schließlich. »Um die braucht ihr euch keine Sorgen mehr zu machen. Wir haben ihnen viel Land geschenkt – für alle Zeiten!«

»Der Hohn in deinen Worten gefällt mir nicht«, schrie Boiorix mit einer Stimme, die noch rauher als gewöhnlich war, »wir zahlen dir das heim, sofort, und die Teutonen gleich nach ihrer Ankunft.«

»Aber sie sind doch schon da«, lachte Marius, und es klang richtig jovial und freundlich, »und ich will nicht unhöflich zu euch sein. Bevor ich euch entlasse, dürft ihr eure Brüder begrüßen. Hol sie her!« befahl er einem Centurio.

Kurze Zeit später erschienen der König Teutoboduus und zwei Häuptlinge der Teutonen. Sie waren aneinandergekettet, blickten starr auf den Boden und antworteten nicht, als Boiorix tierische Laute ausstieß. Erst vor zwei Tagen waren sie von Galliern aus dem Stamm der Sequaner zu Marius geschafft worden.

Dem König und den Häuptlingen war nämlich die Flucht aus dem Gemetzel von Aquae Sextiae geglückt; sie hatten sogar das Gebiet nördlich von Lugdunum erreicht und sich an die dort siedelnden Sequaner um Hilfe gewandt. Da die Germanen aber bei ihrem Durchzug vor langer Zeit das Gebiet des Stammes so verwüstet hatten, daß die Sequaner noch jahrelang unter Hungersnöten litten, rächten sich jetzt die Gallier und lieferten die Flüchtlinge in Ketten dem Consul Marius aus.

Nach dem ersten Schrecken über die Gefangenschaft seiner »Brüder« fing Boiorix an zu rasen und hätte am liebsten gleich mit dem Kampf begonnen. Einige Leute aus seinem Gefolge hielten ihn zurück, und so forderte der Keltenkönig den römischen Feldherrn nur auf, Tag und Ort mit ihm zu vereinbaren.

»Wir Römer haben noch nie vor einer Schlacht unsere Feinde zu Rate gezogen«, antwortete Marius kalt, »aber euch Kimbern tue ich den Gefallen.« Er hatte schon längst ein Gebiet für die Schlacht erkundet, die Ebene von Vercellae, die ihm günstig erschien, und war erfreut, daß er die Nordleute dorthin locken konnte.

Zwei Tage später fand der Kampf statt. Marius verfügte über 30 000 Soldaten, Catulus nur über 20 000. Die Truppen des

Catulus bildeten die Mitte, während Marius seine Legionen an den Seiten postiert hatte und er selbst den rechten Flügel kommandierte.

Das Fußvolk der Kimbern kam in geschlossener Formation angerückt und stellte sich zu einem Viereck auf, das sich an jeder Seite über vier Meilen hinzog. Prächtig war der Zug der 15 000 germanischen Reiter: Ihre Köpfe schützten sie mit Helmen, die den Häuptern von Tieren mit aufgerissenen Rachen ähnelten; darüber flatterten hohe Federbüsche, so daß die hünenhaften Gestalten noch größer wirkten. Ihre Körper umgaben eiserne Panzer, ihre Waffen waren lange Schwerter und Wurflanzen mit zwei Spitzen.

Die Reiter gingen sofort zum Angriff über, und zwar gegen den linken Flügel, den sie zwischen sich und ihr Fußvolk klemmten. Als Marius von seinem rechten Flügel aus diese Taktik durchschaute, warf er die Arme zum Himmel empor und gelobte den Göttern ein Opfer von 100 Rindern. Catulus hob ebenfalls die Arme zu den Göttern und gelobte ein Bauwerk, einen Tempel für Fortuna.

Doch die Göttin des Glücks schien wieder einmal ihren launischen Tag zu haben, denn als Marius seinem linken Flügel zu Hilfe eilen wollte, geriet er in eine Staubwolke, die der riesige Reiterschwarm der Kimbern aufgewirbelt hatte. Seit Monaten hatte es in der Ebene des Padus nicht mehr geregnet; das Land war ausgedörrt und trocken. Marius verfehlte den Gegner, jagte noch mehr Staub hoch und irrte auf der weiten Fläche umher.

So stieß das Fußvolk der Kimbern zwangsläufig auf die Legionen in der Mitte, die von Catulus und Sulla befehligt wurden. Die Sonne stand schon hoch am Himmel, brannte mit der vollen Kraft des Sommers und setzte den Kriegern aus dem Norden heftig zu. Sie schwitzten in ihren Panzern, fühlten sich matt und merkten bald, daß ihre Kräfte nachließen. Den gedrillten und gestählten Südländern aber stärkte die Hitze die Lebensgeister, und je mehr ihre Gegner erschlafften, um so heftiger griffen sie an. Sie liefen im Sturmschritt auf ihre Feinde los, und weder das Geschrei der Kimbern noch das Trommeln der Frauen konnte diesmal ihren Schwung bremsen.

Fortuna ist mit den Siegenden! Marius fand zu seinen Truppen zurück, und seine Soldaten kämpften nun besonders wild, um die Verirrung wettzumachen. Blutrausch überfiel die Römer; sie drangen wie rasend gegen die Kimbern vor, bis schließlich Tausende getötet waren und der Rest die Flucht ergriff. Viele der Fliehenden wurden aber von anderen germanischen Kriegern festgehalten und aneinandergekettet, fielen dadurch den Legionären um so leichter zum Opfer.

Als die Römer bis zu den Wagen vorgedrungen waren, bot sich ihnen ein schrecklicher Anblick: Die Frauen, schwarz gekleidet, standen auf den Karren und töteten jeden, der bei ihnen Schutz suchen wollte – Ehemänner, Söhne, Brüder. Dann erwürgten sie ihre kleinen Kinder und brachten sich selbst um: Sie erhängten sich an den Deichseln oder an den Hörnern der Ochsen. Mehr als 100 000 Germanen starben auf der Ebene bei Vercellae; 60 000 wurden gefangengenommen und als Sklaven verkauft.

Die Römer hatten die Kimbern besiegt, aber am Ende des Tages bekriegten sich ihre Anführer. Catulus beanspruchte für sich allein den Sieg, aufgehetzt von Sulla. Der Cornelier behauptete, daß Marius mit seinem rechten Flügel erst eingegriffen hatte, als die Mitte unter Catulus und seinem Legaten schon den Kampf entschieden hatte. Eilig ließ Sulla alle Waffen und Feldzeichen der Germanen in das Lager von Catulus schaffen und meinte, damit genug Beweise gesammelt zu haben.

Als aber auch unter den Legionären der Streit ausbrach, befahl er Magistrate einer nahen Stadt auf das Schlachtfeld. Er ging mit ihnen von Leiche zu Leiche und ließ die Schreiber, die ihnen folgten, über jeden Toten, der von einer Lanze mit dem Brandzeichen des Catulus erlegt war, Buch führen. Vor dem Kampf hatte Sulla nämlich alle Lanzen kennzeichnen lassen. Da aber der Großteil der Kimbern mit dem Schwert getötet worden war, kam es zu keiner Entscheidung.

Marius saß derweil in seinem Zelt und stürzte Humpen für Humpen mit Wein herunter.

»Laß sie die Leichen zählen«, sagte er höhnisch, »ich habe den Oberbefehl, und die Plebs und die Nachwelt werden mir den Sieg zuschreiben. Aber ich wußte ja, daß es mit Sulla Ärger geben würde. Immer will er den Ruhm für sich allein.«

Wie Marius vorausgesagt hatte, stand es für die Plebs von Rom außer Frage, daß *er* die Republik vor den Ungeheuern aus dem Norden gerettet hatte. Er allein hatte die Teutonen und Ambronen besiegt, ihm hatte der Senat den Oberbefehl über den Kampf gegen die Kimbern erteilt, nachdem Catulus und Sulla versagt hatten.

Die Kimbern waren nun vernichtet, und Marius wurde nicht nur wie ein Heros gefeiert, sondern wie ein Gott. Die Römer stellten ihm Statuen auf, bekränzten sie, brachten ihnen Speisen und Getränke als Opfer dar. Die Begeisterung der Plebs ging so weit, daß sie Marius den dritten Gründer Roms nannte, ihn mit zwei sagenhaften Helden gleichstellte: mit Romulus, der die Stadt vor 650 Jahren geschaffen, und mit Camillus, der sie vor 270 Jahren vor dem Untergang gerettet hatte, als die Kelten sie bedrohten.

Natürlich bewilligte ihm der Senat sofort den Triumph, und Marius war so großzügig, ihn mit Catulus teilen zu wollen. Diese noble Geste rechnete ihm das Volk hoch an, denn die Verdienste des Catulus wurden für gering gehalten. Von Sullas Taten redete kaum jemand, es sei denn negativ, daran erinnernd, daß er sein Lager an der Etsch im Stich gelassen hatte.

Marius hätte sich damit zufriedengeben können, daß Sullas Leichenzählerei auf dem Schlachtfeld von der Plebs nicht akzeptiert wurde und er, Marius, nicht einen Zipfel von seinem Ruhm hergeben mußte. Aber er war von Natur aus rachsüchtig. Es reichte ihm nicht, Sulla kaltgestellt zu haben, er mußte ihn noch demütigen – bis zur völligen Vernichtung, wie der

Consul hoffte. Er gab also Anweisung an einige Centurios, und diese wiederum beeinflußten die Masse der Legionäre im Sinne des Feldherrn.

Als der große Tag des Triumphes gekommen war, formierten sich die Legionen, die auf dem Marsfeld campierten, zum Zug, angeführt vom Legaten Sulla.

Marius und Catulus standen vor den Truppen auf ihren Triumphwagen, die jeweils von vier Pferden gezogen wurden. Über ihrer golddurchwirkten Tunica trugen sie eine purpurne Toga; ihre Gesichter waren mit Mennige rot gefärbt wie das Antlitz der tönernen Statue des Iuppiter Optimus Maximus, der im Tempel auf dem Capitol wohnte.

Ein Feldherr, der einen Triumph feierte, fühlte sich an diesem Tag dem höchsten Gott ähnlich, gesteigert zu einer Größe, die alles Menschliche überragte. Der nüchterne Sinn der Römer wies dem Triumphator allerdings seine Grenzen zu, holte ihn schon während der Fahrt durch die Stadt immer wieder auf den Boden der Wirklichkeit zurück. Ein Sklave stand hinter ihm, hielt ihm den riesigen Lorbeerkranz, der ihn erdrückt hätte, über den Kopf und flüsterte ihm zu: »Bedenke, daß du ein Mensch bist!«

Die Legionäre aber grölten Spottlieder auf ihren Feldherrn, machten sich über seine Schwächen und Eitelkeiten lustig oder erinnerten ihn an Situationen, die er nicht zufriedenstellend bewältigt hatte.

So war es auch an diesem Tag. Als sich der Zug in Bewegung setzte und dann am Circus Flaminius vorbei in Richtung Velabrum marschierte, begannen die Soldaten mit den ersten Spottversen auf Marius. Aber aus diesen harmlosen Liedchen über sein wildes oder auch mürrisches Wesen klang noch der Respekt, die Anerkennung dafür, daß er sie zu Leistungen getrieben hatte, die sie ohne ihn nie vollbracht hätten. So war es eigentlich nicht die übliche Verulkung, und das kam der Stimmung der Plebs entgegen, die an diesem Tag ihren Gott nicht beschmutzt sehen wollte.

Bei Catulus waren sie schon dreister, sie verhöhnten ihn wegen seiner Liebe zum Dichter Furius, denn von Roscius wußten sie nichts. Der Schauspieler hatte geschickt seit zwei Jahrzehnten seine schwulen Neigungen vor dem Volk verheimlicht, um weiter auch als Liebling der Frauen gelten zu können.

»Catulus besiegt die Kimbern, aber der Dichter Furius hat ihn besiegt«, sangen die Legionäre.

»Woher wissen sie das bloß?« wunderte sich Sulla, während er, von Neid zerrissen, auf die beiden Triumphwagen blickte. »Da muß Marius dahinterstecken!«

Sie hatten nun das Velabrum erreicht, wo sich die Menschenmassen nicht nur an den Straßenrändern drängten, sondern auch in den Häusern alle Balkons und Fenster besetzt hielten. Da ging es los:

»Der Sulla ist wie eine Maulbeer', mit Mehl bestreut«, hörte er hinter sich die rauhen Stimmen, und: »Wer läßt an der Etsch seine Soldaten im Stich? Der Sulla, der Sulla!«

Abwechselnd ertönten die beiden Liedchen, und die Plebs auf der Straße, auf den Terrassen und an den Fenstern klatschte im Takt mit. Der Weg zum Capitol war lang: Der Zug wand sich zum Rindermarkt, am Circus Maximus vorbei, am Fuß des Palatin-Hügels entlang, bis er die Via Sacra erreichte, in das Forum einbog und endlich zum Capitol hochstieg. Marius hatte sich die Route aussuchen dürfen, und er hatte die längste gewählt.

Während dieses ganzen Marsches grölten die Soldaten ihre Lieder, gelegentlich Verse auf Marius und Catulus, aber hauptsächlich schütteten sie ihre Häme über Sulla aus. Und die Plebs hatte ihren Spaß daran.

Noch nie hatte der Cornelier seinen Ausschlag so brennen und jucken gefühlt wie während dieses Triumphmarsches. Am liebsten hätte er sich das Gesicht zerkratzt oder wäre in einem Erdspalt versunken. Aber kein Gott half ihm, die Erde bebte nicht, öffnete sich nicht vor ihm. So mußte er weiterlaufen, mit lächelnder Miene, heißem Fieberkopf und einem

Juckreiz, der sich bis zum Unerträglichen steigerte. Nachdem sich der Zug auf dem Capitol aufgelöst hatte, schlich er davon zu seinem Haus, das er mit letzter Kraft erreichte. Im Atrium brach er zusammen.

Die Herrschaft von Glaucia und Saturninus

Wochenlang war Sulla schwer krank; das Fieber wütete in ihm, und sein Gesicht brannte. Er verdämmerte seine Tage, nahm die besorgten Gesichter kaum wahr, die sich über ihn beugten, fühlte nicht die Hände, die sanft sein Haar streichelten oder die Schweißtropfen von seiner Stirn wischten.

Metrobius war zu ihm zurückgekehrt und saß nun viele Stunden an seinem Bett, beteuerte ihm immer wieder, daß er ihn nie mehr verlassen würde. Er hatte alle Qualen Sullas mitgelitten, denn er war im Gewühl der Menschen neben ihm hergelaufen, später ihm zum Haus auf dem Palatin gefolgt, hatte den Kopf des Freundes gehalten, als Sklaven ihn ins Bett schafften.

Metella kam täglich zu Besuch und löste Metrobius oft am Bett des Corneliers ab. Sie war immer noch nicht schwanger, offenbar hatten sie damals nicht den richtigen Zeitpunkt gefunden, denn Metella weigerte sich zu glauben, daß Sulla unfähig war, Kinder zu zeugen. Scaurus ärgerte sich, weil der Beischlaf zu keinem Ergebnis geführt hatte, und schlug ihr andere Liebhaber vor. Sie setzte sich aber tapfer zur Wehr und hatte schließlich mit ihm vereinbaren können, wenigstens die Genesung von Sulla abzuwarten.

Auch Cato erschien fast täglich, häufig brachte er Pulcher und Octavius mit. Mit Pulcher kam manchmal seine Ehefrau, denn er und Caecilia Metella hatten inzwischen geheiratet. Von Catulus erhielt Sulla alle paar Tage große Präsentkörbe mit Früchten und Stärkungsmitteln. Catulus selbst war sofort nach dem Triumph mit seinem Freund Furius nach Baiae abgereist, tief gekränkt darüber, daß Marius seine Liebe zu dem

Dichter in den Schmutz der staubigen Straßen Roms gezogen hatte. Denn, wie Sulla, war auch er davon überzeugt, daß Marius hinter den Spottversen steckte.

Murena, der Militärtribun, der geholfen hatte, Sulla zum Lager an der Etsch zu bringen, war im Hause auf dem Palatin besonders gern gesehen, weil er den Kranken und seine Gäste mit großen Mengen an Fischen versorgte. Täglich schleppten seine Sklaven Körbe an, die mit allerlei Süßwasserfischen gefüllt waren. Murenas Vater hatte nämlich auf seinem großen Landgut bei Tibur eine Fischzucht aufgebaut – die erste dieser Art überhaupt –, und in den ausgedehnten Teichanlagen tummelten sich Forellen, Karpfen und Aale.

Die Familie besaß auch ein Landgut an der Küste von Campanien, bei Misenum, und dort hatte man kleine Buchten unterhalb des Hauses so gestaltet, daß sie Schwärme von Meeresfischen aufnehmen konnten, vor allem Muränen. Dieser Fischart verdankte die Familie ihren Beinamen, denn schon der Großvater hatte sich als Fischzüchter betätigt, aber erst der Vater aus der Liebhaberei ein Geschäft gemacht.

Dem jungen Mann war natürlich Sullas Vorliebe für Fischessen bekannt. Wochenlang war der Kranke nur mit Brei gefüttert worden, bis Metrobius eines Tages entschied: »Er muß etwas Kräftiges essen. Holt ihm Fisch.« Murena hinderte die Sklaven daran, zum Fischmarkt zu laufen, und ritt zum Landgut seines Vaters, um frische Forellen zu holen. Sie wurden am Spieß gebraten, und Sullas Augen leuchteten auf, als sie hereingetragen wurden. Murena war glücklich, war es ihm doch gelungen, in Sullas Gunst zu steigen.

Noch viele andere Besucher kümmerten sich um den Kranken, so Lucius Ahenobarbus, der sogar seinen Bruder, den Pontifex Maximus, bewegen konnte, mitzukommen. Gnaeus meinte zwar streng, daß er die Flucht von der Etsch in höchstem Grade mißbillige, aber noch mehr das Verhalten des Marius, der die Soldaten zur Verhöhnung von Sulla aufgehetzt habe.

Es war inzwischen Winter geworden, ein neues Jahr hatte begonnen. Sulla verließ gelegentlich das Bett und empfing Besucher, die ihm nicht nahestanden, im Tablinum. So auch den Pontifex Maximus. Sie saßen sich in hohen, dick ausgepolsterten Korbstühlen gegenüber, nur mühsam kam ein Gespräch zwischen ihnen in Gang. Lucius sorgte mit Anekdötchen aus dem Leben der römischen Gesellschaft dafür, daß das Schweigen nicht drückend wurde. Sulla verzog gelegentlich die Mundwinkel zu einem Grinsen, aber das meiste prallte an ihm ab.

Erst als sich der Pontifex Maximus zu einer Kritik am Verhalten des Marius bequemt hatte – die negative Äußerung über sich selbst nahm Sulla nicht zur Kenntnis –, horchte er auf. Über den Consul Marius wurde sonst in diesem Hause nicht gesprochen; jeder Besucher fürchtete, die Wunden wieder aufzureißen.

»Und daß der Numidicus in die Verbannung gehen mußte, ist ein Skandal«, fuhr Gnaeus fort.

»Der Numidicus ist verbannt?« wunderte sich Sulla. »Warum weiß ich davon nichts!«

»Wir wollten dich nicht aufregen«, warf Lucius schnell ein, »er ist nach Rhodos gegangen, sein Freund Aelius Stilo hat ihn begleitet. Als er abreiste, freute er sich sogar auf den Aufenthalt auf Rhodos. Er sagte, er habe immer schon vorgehabt, sich mit der Philosophie näher zu befassen, und da es auf der Insel von Philosophen wimmelt, wird es ihm nicht an Gesprächspartnern fehlen!«

»Die Haltung des Numidicus verdient Bewunderung«, sagte der oberste Priester mit würdevoller Miene, und wenn er so sprach, vergaß man, daß er gerade erst 40 Jahre alt war, »aber daß Saturninus ihn mit seinem Pöbelhaufen aus der Stadt gejagt hat, empört mich zutiefst!«

»Warum konntest du als Pontifex Maximus das nicht verhindern?« erkundigte sich Sulla sachlich.

»Du hast seit Monaten dein Haus nicht verlassen, wohnst abgeschottet auf dem Palatin und weißt nicht, was auf dem

Forum oder auf dem Marsfeld vor sich geht: Der Pöbel herrscht über Rom, angeführt von Saturninus, der wieder Volkstribun ist«, erzählte Gnaeus, »und wenn der Pöbel herrscht, dann macht sich die Gewalt breit. Schon vor drei Jahren, in seinem ersten Volkstribunat, flogen Steine, ließ Saturninus seine Bande mit Knüppeln auf die Gegner losgehen, aber inzwischen ist er noch brutaler geworden.

Unser Consul Marius tanzt nach seiner Pfeife, denn Saturninus hat wieder ein Ackergesetz durchgebracht, um die Veteranen mit Land zu versorgen, und nichts scheint Marius wichtiger zu sein als das Schicksal seiner Legionäre. Er hat sogar 1000 Männern aus Umbrien das römische Bürgerrecht verliehen – ganz gegen unsere Gesetze. Als wir ihn deswegen im Senat zur Rede stellten, sagte er nur: ›Im Waffenlärm konnte ich die Stimme des Gesetzes nicht hören.‹ Angeblich hatte er ihnen das Bürgerrecht in der Schlacht von Vercellae versprochen, um sie anzufeuern.«

»Aber warum wurde nun der Numidicus in die Verbannung geschickt?« fragte Sulla, um wieder auf das frühere Thema zu kommen.

»Marius hat ihn reingelegt«, rief Lucius aufgebracht, »dieser hinterhältige Kerl hatte mit Saturninus ausgeheckt, daß alle Senatoren das Ackergesetz des Saturninus beschwören sollten. So etwas war noch nie vom Senat verlangt worden! Die Senatoren waren empört, und viele, allen voran der Numidicus, weigerten sich. Da ergriff der Consul Marius das Wort und stimmte ihnen zu, sagte, das könne man von ihnen, den Senatoren, nicht verlangen; er jedenfalls würde den Eid nicht leisten. Aber er tat es ein paar Tage später doch, als Saturninus alle Senatoren auf die Rostra zitierte und den Eid forderte. Nur der Numidicus blieb standhaft, weigerte sich, zu schwören, während ein Senator nach dem anderen die Eidesformel sprach. Auch wir beide, ich und mein Bruder«, sagte er traurig, »wir hatten nämlich wie alle anderen Angst vor dem Pöbel, der betrunken herumgrölte, mit Knüppeln bewaffnet war und uns erschlagen wollte.«

»Aber der Numidicus wurde nicht getötet«, warf der Pontifex Maximus mit finsterer Miene ein, »wir hätten mehr Widerstand leisten sollen!«

Sie erzählten noch, daß sie sich so wegen ihrer Schwäche
geschämt hätten, daß sie mit einigen anderen Senatoren den
Marius nachts in seinem Haus aufsuchten.

»Wir forderten von ihm, sich von Saturninus zu trennen,
boten ihm auch Geld, aber das beeindruckte ihn nicht, er hat
ja genug aus seinen Feldzügen. Bei dem Gespräch wirkte er
merkwürdig zerstreut, lief mehrfach aus dem Zimmer«, berichtete Lucius weiter. »Als er wieder einmal aufstand, während Scaurus mitten im Satz war, fragte ihn mein Bruder
streng, was dieses sonderbare Verhalten zu bedeuten habe.
Und weißt du, was er antwortete?« Sulla schüttelte den Kopf.
»Er sagte, er habe Durchfall und müsse deswegen ständig
laufen. Wir gingen dann bald nach Hause, weil uns dieses
ständige Aufstehen und Weglaufen ärgerte.«

»Am nächsten Tag kam einer seiner Sklaven zu Scaurus
ins Haus«, fuhr Gnaeus fort, »unser Erster Senator hat ja
überall seine Spitzel. Der Sklave erzählte ihm, daß Marius
keineswegs von Durchfall geplagt gewesen sei. Im anderen
Teil des Hauses saß Saturninus, eilig von Marius herbeige-
rufen, und unser Consul mußte ständig zu ihm ins Zimmer,
um ihm Bericht zu erstatten. Marius hängt also völlig von
diesem Saturninus ab, der über den Pöbel von Rom
herrscht.«

Auch im weiteren Verlauf seines Consulats – es war das sech-
ste – gelang es Marius nicht, die Zügel zu ergreifen. Es zeigte
sich deutlich, daß er kein Talent zum Regieren besaß. Er war
Militär, konnte mit Legionen umgehen, die seinen Befehlen
gehorchten, aber war nicht fähig, Volksmassen zu lenken oder
auseinanderstrebende Richtungen in der Politik gegeneinander auszuspielen.

Gaius Marius war inzwischen fast 60 Jahre alt, ein harter,
rücksichtsloser Charakter, nicht gewillt, der Plebs zu

schmeicheln. Nachdem er einmal in einer Volksversammlung ausgelacht worden war, als er im Befehlston zum Volk seine kurzen, knappen Sätze schnarrte, vermied er es, Reden zu halten, schien sogar Angst vor der städtischen Plebs zu haben.

Auch Saturninus hatte die römischen Massen nicht mehr fest im Griff. In einem seiner Ackergesetze wies er italischen Bundesgenossen jenes Land für Kolonien zu, das die Kimbern ein halbes Jahr in Besitz gehalten hatten: das Gebiet nördlich des Padus. Damit war das Stadtvolk nicht einverstanden. Es fühlte sich benachteiligt, weil die fruchtbaren, noch in Italien liegenden Gebiete an Menschen verteilt wurden, die nicht das römische Bürgerrecht besaßen.

Seit Jahrzehnten gärte es unter Römern und Italikern wegen der Bürgerrechtsfrage. Die Italiker waren Bundesgenossen der Römer, hatten in vielen Kriegen geholfen, Roms Macht über den Erdkreis auszudehnen. Aber sie teilten nicht mit den Römern die Früchte der militärischen Erfolge.

Die Kriegsbeute wurde nach Rom verschleppt, im Triumphzug der Bevölkerung vorgeführt, dann dem Staatsschatz einverleibt oder für Bauten – Tempel, große Hallen, Säulengänge – ausgegeben, die die Metropole verschönerten.

Der Bürger einer italischen Stadt konnte in Rom weder einen Magistrat wählen noch sich selbst zur Wahl stellen. In ihren eigenen Städten waren die Italiker der Willkür römischer Magistrate ausgeliefert, im Heer war ihre Stellung schlechter als die der römischen Soldaten.

Allerdings wurden die Latiner, die, wie die Römer selbst zugeben mußten, vom selben Stamm waren wie sie, gegenüber den anderen Italikern bevorzugt. Sie konnten in der Volksversammlung in Rom mitstimmen und sich bei einer Übersiedlung nach Rom in die römische Bürgerliste eintragen lassen.

Marius hatte schon als junger Militär, seit Numantia, erkannt, daß die unterschiedliche Behandlung von Römern und Italikern im Heer auf die Dauer nicht zu halten war. Alle Versuche, das zu ändern, stießen aber auf großen Widerstand bei den Römern, die um ihre Privilegien wie das verbilligte Getreide fürchteten.

»Die Italiker fressen uns alles weg!« hieß es in Rom.

Als Saturninus im Auftrag von Marius Kolonien für Italiker im Padus-Gebiet beschließen ließ, läutete er damit das Ende seiner Beliebtheit ein. Er hoffte sich wieder einzuschmeicheln, indem er Kolonien für die römische Plebs in Africa, Asia und Hispania durchsetzte. Auch Emporion war darunter.

Die römischen Kaufleute hatten schon vor drei Jahren mit dem Bau ihrer neuen Stadt begonnen, nachdem das erste Akkergesetz für die Kolonien in Africa widerstandslos durchgegangen war. Die iberische Cohorte war zu den Legionären nach Arelate abgerückt, und die Kaufleute wollten vollendete Tatsachen schaffen, falls die iberischen Bundesgenossen, Freunde der Griechen, nach den Kämpfen zurückkehren sollten.

Die römischen und italischen Ritter versetzten die Mauern des Castells, um genügend Fläche zu erhalten, legten ein Straßennetz an, mit zwei sich kreuzenden Hauptadern, und parzellierten die Stadt. So war alles vorbereitet, als die ersten Veteranen mit ihren Familien anreisten, nachdem die Stadt, die die Römer Emporia nannten, offiziell vom Volk genehmigt worden war.

Die Griechen hatten mit Entsetzen die Bewegungen über ihren Köpfen verfolgt, konnten aber nichts dagegen unternehmen, weil die Kaufleute unter dem Schutz des Marius standen und es sich um römisches Gebiet handelte.

Die römische Plebs ließ sich mit den neuen Landzuweisungen nicht beruhigen. Da griff Saturninus zu einem stärkeren Mittel. Er setzte den Preis für den Eimer Getreide so weit herab, daß er nur noch eine Anerkennungsgebühr kostete: das Sechstel eines Asses, einen Sextans. Aber die Stimmung blieb

weiter gereizt, die Massen waren erregt, mit nichts zufrieden-
zustellen.

Als Glaucia und Saturninus merkten, daß ihnen das Ruder
aus der Hand glitt und Marius die Hoffnungen als großer
Volksführer enttäuschte, beschlossen sie, ihn als Ballast abzuwerfen, allein die Macht an sich zu reißen. Norbanus mit seiner Rigidität war ihnen schon früher lästig geworden, und sie
hatten es begrüßt, als er zwei Jahre zuvor mit dem Praetor
Marcus Antonius in den Kampf gegen Piraten ziehen mußte,
die in Kilikien ihre Schlupfwinkel hatten.

Während Marius seine Legionen bei Arelate den Kanal
bauen ließ, römische Soldaten in Sicilien gegen Sklavenbanden kämpften, tummelten sich die Seeräuber in aller Dreistigkeit an den Küsten Italiens. War bisher die See zwischen Asia
und Griechenland ihr Operationsgebiet gewesen, so drangen
sie jetzt ohne Scheu bis ins Tyrrhenische Meer vor, plünderten sogar die Landvillen reicher römischer Adliger. Ihre
Schiffe schmückten sie mit purpurnen Segeln, die Masten
waren vergoldet. Von den Gelagen, die sie nachts an den
Stränden feierten, hallte die ganze Gegend wider. In ihren
Diensten standen Orchester, Tänzerinnen und Sänger.

Solange sie im Osten jagten, ließen die Römer sie gewähren, denn sie waren ihnen nützlich, belieferten sie doch den
Sklavenmarkt der Metropole ständig mit dem Nachschub,
den dieser Moloch brauchte. Aber die Siege des Feldherrn
Marius in Numidien und später über die Teutonen schafften
ein so großes Potential an Menschen heran, daß die Preise in
ein Loch fielen, Sklaven aus dem Osten nicht mehr gefragt
waren. Die Seeräuber paßten sich der neuen Situation schnell
an: Sie wagten sich in die italischen Gewässer, raubten Landvillen aus und stahlen die Kinder der Reichen. Auch die kleine Tochter des Praetors Marcus Antonius hatten sie sich gegriffen, während eines Spaziergangs am Meer, nahe der Villa
ihres Vaters in Misenum. Antonius mußte sie für viel Geld
freikaufen.

Doch er schwor Rache. In Rom wandte er vor dem Senat

sein ganzes Rednertalent auf, um eine Strafexpedition gegen die Piraten durchzusetzen und den Oberbefehl dafür zu erhalten. Mit den Schiffen befreundeter Städte jagte er die Seeräuber bis zu ihren Schlupfwinkeln in Kilikien. Er konnte viele Piraten vernichten oder vertreiben und die Küstenlandschaft nördlich von Syrien als neue römische Provinz einrichten.

Norbanus war also wegen anderer Aufgaben aus dem Bündnis ausgeschieden, wurde auch nicht wieder aufgenommen, als er mit Antonius Ende des Jahres nach Rom zurückkehrte.

In Antonius fand die Plebs einen neuen Heros, obwohl sie der Krieg im fernen Kilikien nicht weiter berührt hatte, ebensowenig wie die Raubzüge der Piraten an der italischen Küste, wo sich deren Aktionen nur gegen die Reichen gerichtet hatten. Doch Antonius konnte der Plebs die Gefahr, aus der er Rom errettet hatte, so überzeugend darstellen, daß er als der aussichtsreichste Kandidat für die Wahlen zum Consulat galt.

Glaucia bewarb sich ebenfalls für das Consulat. Von allen Konkurrenten fürchtete er nur einen: Gaius Memmius, den das Volk wegen seines Kampfes gegen die korrupten Optimaten zur Zeit des Iugurtha-Krieges schätzte.

Glaucia war nicht gewillt, sich mit diesem Gegner zu messen; aufgehetzt von Saturninus, beschloß er, Memmius kurz vor der Wahl ermorden zu lassen.

Schon im vergangenen Jahr war es den beiden Verbündeten geglückt, einen Widersacher zu beseitigen und anschließend den Mord zu vertuschen. Der älteste Sohn des reichen Kaufmanns Nunnius war zum Volkstribun gewählt worden. Glaucia und Saturninus gerieten mit ihm in Streit, und da sie fürchteten, daß er sich an ihnen rächen würde, sobald er im Amt wäre, schickte Saturninus Leute aus seiner Horde gegen ihn los, mit der Anweisung, Nunnius im Menschengewühl niederzustechen. Der Plan gelang, und da Saturninus bereits zum Tribun gewählt worden war, wagte keiner, ihn zur Rechenschaft zu ziehen.

Mit der gleichen Dreistigkeit wie gegen Nunnius wollten

sie gegen Memmius vorgehen. Glaucia schickte am Tag der Wahl einen bewaffneten Haufen los, der den Konkurrenten töten sollte. Doch Memmius konnte entkommen und sich zum Marsfeld retten, wo er sich in Sicherheit glaubte.

»Was machen wir bloß?« fragte Glaucia seinen Freund Saturninus. »Die ersten Centurien haben für Memmius gestimmt; es sieht ganz so aus, als ob er gewinnt.«

»Wir dürfen nicht mehr zögern«, rief Saturninus, »wenn wir länger warten, wird er Consul, und alles, was wir aufgebaut haben, wird von den Optimaten zerschlagen. Memmius hat ja überall verkündet, daß er gegen meine Leute vorgehen, für Ordnung und Sicherheit in Rom sorgen will. Damit hat er die Optimaten auf seiner Seite, und die städtische Plebs jubelt ihm zu, wo immer er sich sehen läßt. Das muß ein Ende haben. *Mir* sollen sie wieder zujubeln, dir natürlich auch. Ich schicke meine Leute zu Memmius hin und lasse ihn erschlagen!«

»Du bist verrückt«, sagte Glaucia, aber voller Bewunderung, »du willst es wagen, mitten auf dem Marsfeld, vor den Augen einer großen Menge, diesen Memmius töten zu lassen?«

»Wer soll mich hindern?« rief Saturninus wild. »Etwa Marius, der die Wahlen leitet? Oder der zweite Consul? Dieser Schwächling Valerius Flaccus?« Es war übrigens derselbe Flaccus, mit dem sich Sulla vor vier Jahren in Hispania die Gelder zur Verpflegung der Kimbern geteilt hatte. Marius hatte nichts gegen ihn als Collegen einzuwenden gehabt, da er von freundlichem Wesen, aber ohne Durchsetzungskraft war.

Da weder von dem einen noch von dem anderen Consul ein ernsthaftes Einschreiten zu befürchten war, gab Saturninus dem Anführer seiner Horde den Befehl, den Konkurrenten anzufallen und mit Knütteln totzuschlagen.

Wenige Minuten später war Memmius umzingelt. Die rohen Burschen des Saturninus droschen von allen Seiten so heftig mit ihren Knüppeln auf ihn ein, daß er gleich zusammenbrach. Bevor er zu Boden fiel, konnte er sich noch die Toga über den Kopf ziehen.

Die Menge bekam erst mit, was geschehen war, als Memmius schon tot war, denn er hatte nicht um Hilfe geschrien. Entsetzen breitete sich aus; die Menschen stoben auseinander, flüchteten von dem Ort des Verbrechens. Ein Mord während der Wahlen zum Consulat an einem der Kandidaten – das war ungeheuerlich, hatte es nie gegeben, solange die Republik bestand, seit 400 Jahren. Das Ende Roms schien gekommen.

Doch nachdem das Ereignis in allen Tavernen genügend diskutiert worden war, die Plebs den ersten Schrecken überwunden hatte, hagelte es Proteste. Am nächsten Tag rottete sich das Volk auf dem Forum zusammen und forderte den Tod von Saturninus. Das gab den Senatoren, die sich in der Curia versammelt hatten, den Mut, von Marius zu verlangen, energisch gegen Glaucia und Saturninus vorzugehen. Besonders bedrängt wurde der amtierende Consul vom Pontifex Maximus, außerdem vom Consular Flavius Fimbria und von einem Lucius Marcius Philippus, der als zupackend und energisch bekannt war.

Marius beugte sich dem Druck der Optimaten; ein »Äußerster Senatsbeschluß« kam zustande, der dem Consul alle Freiheiten gab, die Gegner der Republik ohne Gerichtsurteil zu töten.

Während noch in der Curia beraten wurde, erschienen Glaucia und Saturninus mit Hunderten ihrer Anhänger, die alle bewaffnet waren, auf dem Forum. Sie hatten geglaubt, daß die Plebs, die tags zuvor so kopflos das Marsfeld verlassen hatte, auch heute noch eingeschüchtert wäre, und waren auf Tumulte und Reaktionen der Wut nicht gefaßt.

»Tod dem Saturninus!« schallte es ihnen entgegen. Und: »Tod dem Glaucia! Tod den Mördern von Memmius!«

Die Menge drängte gegen sie vor und ließ sich nicht von den Anhängern zurückschlagen. Saturninus, Glaucia und ihr Haufen flüchteten zum Capitol hinauf und wurden dort von der städtischen Plebs belagert, die ihnen zahlenmäßig weit überlegen war. Einige Tage konnten Saturninus und Glaucia ihre Stellung halten, bis einer ihrer Belagerer auf die Idee kam, die Wasserleitung, die zum Tempel des Iuppiter führte, zu unterbrechen. Die Eingeschlossenen hielten den Durst nicht lange aus und ergaben sich, wohl auch in der Hoffnung, daß Marius ihnen helfen würde.

Das Verhalten von Marius schien ihre Erwartungen zu bestätigen. Der Consul hatte zwar eine Cohorte um sich versammelt, dachte aber gar nicht daran, seine früheren Freunde in den Kerker zu werfen und sie enthaupten zu lassen, wie es vor 21 Jahren der Consul Opimius mit den Anhängern des Gracchus getan hatte, als er mit dem Äußersten Senatsbeschluß alle Vollmachten zum Handeln besaß. Marius befahl nur, Saturninus, Glaucia und ihren Haufen in der Curia gefangenzusetzen.

»Er wird sie heute nacht laufenlassen«, rief Marcus Scaurus. Die Senatoren hatten eilig die Curia verlassen, um mit Genugtuung den Gang der beiden Verbrecher zum Kerker zu verfolgen, und waren entsetzt, als ihr Amtsgebäude zum Gefängnis bestimmt wurde.

»Das können wir uns nicht gefallen lassen«, sagte der Pontifex Maximus streng, »wir müssen sie vorher töten!«

»Aber wie?« fragte Scaurus. »Wir haben keine Soldaten!«

»Verzeih, wenn ich dich unterbreche«, hörte der Erste Senator plötzlich eine Stimme hinter sich. Als er sich umdrehte, erkannte er den jungen Marcus Drusus.

»Ich und Freunde von mir, wir können etwas tun«, schlug Drusus vor, »wir haben alle gegen die Kimbern und Teutonen gekämpft; wir haben Waffen in unseren Häusern. Bis heute abend stelle ich dir eine Truppe auf die Beine, die diese Verbrecher in der Curia töten wird.«

»Wie viele kannst du aufstellen?« erkundigte sich Scaurus.

»Einige hundert.«

»Ich werde veranlassen, daß ihr noch Waffen aus unserem Arsenal bekommt für eure Sklaven«, bestimmte der Erste Senator.

In der Nacht marschierte die Truppe des Drusus in militärischer Formation auf das Forum. Neben Drusus war Scaurus, über 60 Jahre alt, der Anführer des Unternehmens. Vor der Curia lungerten Anhänger des Saturninus herum, die darauf hofften, daß Marius in der Nacht seine Freunde laufenlassen würde. Sie wurden von den jungen Adligen und ihren Sklaven überwältigt.

Da Marius den Schlüssel zu dem schweren Tor eingesteckt hatte, stiegen Drusus und seine Leute mit Leitern zum Dach hinauf, während Scaurus die Aktion von unten aus organisierte. Die jungen Männer deckten die Ziegel ab und warfen so lange Dachpfannen auf die erschrockenen Eingeschlossenen, bis alle tot waren.

Rückzug aus der Politik

Der Tod des Freundes Memmius berührte Sulla beinahe so stark, wie ihn vor Jahren das Ende seines Vaters und der Tod Ilias getroffen hatten.

Es war Mitte Dezember, und der Ausschlag, der sich, wie gewöhnlich im Winter, beruhigt hatte, bedeckte sein Gesicht von neuem mit einem Geflecht von roten Flecken, scharf konturiert und dick bestäubt mit Schuppen. Epicadus tupfte vorsichtig Salbe auf, die nach dem ersten Brennen Linderung brachte. An Nachschub mangelte es nicht, denn der dankbare junge Nunnius, Organisator der neuen Stadt Emporia, die Jahrzehnte später – nach der Vereinigung mit der Griechenstadt Emporion – den Namen »Emporiae« erhalten sollte, versorgte ihn regelmäßig mit neuen Alabasterfläschchen.

Mit leuchtenden Augen berichtete der Kaufmann über die Fortschritte seiner Stadt. Er hatte gerade sein Haus bezogen – »das größte und schönste«, wie er prahlte – und residierte über den Köpfen der Griechen mit weitem Blick über die Bucht.

Er kam gerade rechtzeitig mit frischen Salben, als Sulla

von dem neuen Anfall gequält wurde; außerdem war der Cornelier dankbar für den Besuch des Nunnius, weil er sich ihm in Schmerz und Haß verbunden fühlte: Vor einem Jahr hatte Saturninus ja den Bruder Aulus nach dessen Wahl zum Volkstribun erschlagen lassen, wie jetzt Sullas Freund Memmius.

»Ich hatte auch vor, in die Politik zu gehen«, sagte der junge Kaufmann, »aber nach dem Mord an meinem Bruder ist mir jegliche Lust vergangen.«

»Aber in deiner neuen Stadt wirst du sicher ein Amt übernehmen«, erkundigte sich Sulla, »du hast dich für die Gründung eingesetzt, alles organisiert; da steht es dir zu, höchster Beamter zu werden.«

»Das bin ich jetzt schon«, sagte Nunnius stolz, »ich verwalte zusammen mit einem ehemaligen Centurio die Stadt. Was ich meine ist: ein Amt in Rom!«

»Da geht es dir wie mir«, lachte Sulla, obwohl es ihm schwerfiel, denn beim Lachen schmerzte sein Gesicht besonders stark, »ich habe auch alle Pläne für eine politische Karriere aufgegeben.«

Und es war ihm Ernst damit. Hatte er bis vor wenigen Wochen nur ein oder zwei Jahre abwarten wollen, um für das Amt des Aedils zu kandidieren, so zerschlug ihm nun der gewaltsame Tod des Freundes alle Ambitionen.

»Was soll ich um die Macht kämpfen«, klagte er zu Cato und Pulcher, »wenn am Ende des langen Weges doch nur der Tod steht? Ich lebe zu gern, will nicht schon in jungen Jahren von meinen Feinden ermordet werden.«

»Dann mußt du ihnen zuvorkommen«, scherzte Pulcher, »rotte alle deine Feinde aus, bevor sie dich umbringen!«

»Pulcher, was für Worte!« ermahnte ihn Cato, der gerade seine politische Laufbahn mit dem Amt des Volkstribunen begonnen hatte. »Wir sind Römer und keine Barbaren! Wir leben in einem Staat, in dem die Gesetze herrschen und nicht die Waffen. Und du, Sulla«, wandte er sich an den Freund,

531

»solltest noch keine voreiligen Entschlüsse fassen. Marius und seine Freunde haben dir übel mitgespielt ...«

»Wofür ich mich noch rächen werde!« unterbrach ihn Sulla mit finsterer Miene.

»Na siehst du, also doch wieder in die Politik«, lachte Pulcher, »denn wie willst du dich rächen ohne Macht?«

»Dein Feind Marius hat sich ja erst einmal abgesetzt«, meinte Cato, »keiner in Rom will mehr etwas von ihm wissen. Ist das nicht Rache genug?«

Tatsächlich hatte es Marius vorgezogen – nach dem Sieg der Optimaten über seine Freunde –, Rom den Rücken zu kehren. Er reiste in den Osten, nach Kappadokien und Galatien, und gab als Grund an, daß er der Göttin »Große Mutter« ein Opfer schulde, das er ihr gelobt habe, als sie ihm durch den Mund der Prophetin Martha den Sieg über die Teutonen verkündete.

In Wirklichkeit war er vor dem Metellus Numidicus geflüchtet, den das Volk sofort nach dem Tod von Glaucia und Saturninus auf den Antrag eines Volkstribunen hin aus der Verbannung zurückgeholt hatte. Marius hatte zwar versucht, diesen Antrag zu Fall zu bringen, aber ohne Erfolg. Besonders gerührt war das Volk über den jungen Quintus Metellus, der sich sogar vor einem Volkstribun auf den Boden warf und um die Aufhebung der Verbannung flehte. Seitdem wurde der junge Mann nur noch Metellus Pius, »der Fromme«, genannt.

Als Sulla davon hörte, erinnerte er sich an das Gespräch mit Aelius, genannt »der Griffel«, nachdem ihn der junge Quintus auf dem Fest vor zehn Jahren so beleidigt hatte.

»Was kann es Schlimmeres für einen römischen Adligen geben«, sagte er voller Genugtuung zu seinen Freunden, »als vor einem Vertreter des Volkes auf den Knien herumzurutschen! Das Schicksal hat es ihm heimgezahlt, daß er damals so unverschämt zu mir war!«

»Und Marius wird für seine Untaten weiter büßen«, meinte Cato, »der Anfang ist doch schon gemacht.«

»Ich glaube, du irrst dich«, erwiderte ihm Quintus Pompeius Rufus, ein anderer Volkstribun, mit dem Cato zusammenarbeitete und der deshalb gleich Aufnahme in den Kreis um Sulla gefunden hatte, »Marius ist nicht aus Angst vor Metellus Numidicus oder wegen eines albernen Gelübdes in den Osten gereist. Er will einen neuen Krieg, damit er wieder der Größte sein kann, ihn die Römer wieder an die Spitze des Staates rufen. Marius ist durch den Krieg groß geworden, im Zivilleben hat er versagt, aber ein Krieg wird ihn noch einmal zum mächtigsten Mann in Rom machen, hofft er.«

»Im Osten ist es doch ruhig«, sagte Sulla erstaunt, »die Seeräuber sind besiegt, Kilikien ist eine neue Provinz.«

»Man merkt, daß du dich nicht mehr mit Politik beschäftigst«, spottete Pulcher, »im Osten macht sich ein König breit, der sogar Iugurtha noch übertreffen soll: der Mithridates von Pontus. Er ist heimtückisch, rücksichtslos und machtgierig. Bisher ließ der Senat ihn gewähren, weil wir in Rom mit anderen Dingen beschäftigt, und auch, weil viele Senatoren bestochen waren.«

»Marius hat nun mit Gesandten von anderen Königen im Osten gesprochen«, fuhr Pompeius fort, »und ihnen versprochen, etwas für sie zu tun. In Wahrheit will er die Könige gegeneinander hetzen, einen großen Krieg im Osten entfachen. Wenn unsere befreundeten Könige dann um Hilfe rufen, kann er mit seinen Legionen nach Asia übersetzen.«

Sulla hatte gelangweilt zugehört: »Hirngespinste!« sagte er spöttisch. »Erst kürzlich habe ich mit Marcus Antonius darüber geredet, und der muß es wissen, er war ja zwei Jahre in Kilikien. Im Osten ist es ruhig! Außerdem: Die Zeiten des Marius sind vorbei! Er ist beinahe 60 Jahre alt und soll sehr fett geworden sein, wie man hört. Und aus seinen großen Plänen für Gallien ist auch nichts geworden!«

Erschrocken hielt Sulla den Mund. Das Thema »Gallien« hätte er nicht anschneiden sollen. Natürlich hätten die Legionen des Marius nach dem Sieg bei Aquae Sextiae ganz Gallien besetzen können, ohne auf Widerstand zu stoßen. Aber sie mußten ja nach Osten marschieren, die Suppe auslöffeln, die er, Sulla, und Catulus an der Etsch eingebrockt hatten. Er war seinen Freunden sehr dankbar, daß sie ihm nicht widersprachen, als er – so ungeschickt – Gallien erwähnte. Die weitreichenden Pläne des Marius zum Ausbau der römischen Herrschaft waren nämlich allgemein bekannt in Rom, und auch die Gründe, die den Einmarsch der Legionen verhindert hatten. Jetzt war es zu spät, Gallien war wieder fest in der Hand der Könige und ihrer Clans.

Ein weiteres Leiden begann Sulla zu quälen: Schmerzen in den Gelenken, besonders an den Füßen. Wenn er längere Zeit gesessen oder gelegen hatte und aufstehen wollte, war es besonders schlimm. Er erinnerte sich daran, wie dem alten Lentulus die Bäder in den heißen Schwefelquellen von Baiae geholfen hatten, und beschloß, mit seinem ganzen Haushalt nach Campanien überzusiedeln.

Als er Metrobius bat, bei Geta anzufragen, ob sie für einige Monate dessen Haus in Misenum mieten könnten, teilte ihm sein Freund mit, daß Geta schon seit Jahren tot sei, seine Erben aber das Haus verkauft hätten.

»Wieso erfahre ich erst heute vom Tod des Geta?« wunderte sich Sulla. »Oh, das war in der Zeit, als du nichts von mir wissen wolltest«, sagte Metrobius leichthin, »und ich dachte, andere hätten dir davon berichtet.«

Nach einigem Nachdenken fiel Sulla ein, daß Antonius in Misenum eine Villa besaß. So raffte er sich eines Morgens zu einem Besuch beim Consul auf und wurde liebenswürdig als alter Freund empfangen.

»Natürlich kannst du meine Villa mieten«, stimmte Antonius mit gewinnendem Lächeln zu, »dem Haus tut es gut, wenn es im Winter durchgeheizt wird. Das Personal, das ich dort unten halte, steckt das Geld für Heizung nämlich in die eigene Tasche; wenn aber Besucher da sind, kann es das nicht.«

Es war ein Zug von zwei Dutzend Wagen, der sich auf der Via Appia nach Süden bewegte. Schon die Bibliothek, die

Sulla im Laufe der Jahre angeschafft hatte und die er dringend für den Unterricht der Lucullus-Söhne benötigte, füllte drei Reisewagen.

Lucius und Marcus waren begeistert über den Umzug, rückten sie doch dadurch ihrem Vater in Lucanien ein Stück näher. Lucius hatte im vergangenen Jahr wirklich seinen Vater zu rächen versucht und den Servilius Vatia angeklagt, der im Jahr zuvor als Praetor Makedonien verwaltet hatte. Der Prozeß hatte großes Aufsehen erregt, da es ungewöhnlich war, daß ein 17jähriger als Ankläger auftrat.

»Wie ein Hündchen von edler Rasse, das ein Wild jagt«, sagten die spottlustigen Römer, aber es klang viel Anerkennung dabei mit. Da Lucius jedoch weder über die Erfahrung noch über die Verbindungen verfügte, um die Verfehlungen Vatias zu beweisen, wurde der ehemalige Statthalter freigesprochen. Die Tumulte nach diesem Urteil benutzte die Saturninus-Bande zu einer allgemeinen Schlägerei, bei der es auch Verletzte gab.

Lucullus kehrte nach dem Freispruch seines Feindes zerschmettert in Sullas Haus zurück, und der Cornelier brauchte Tage, um den Jungen wieder aufzurichten.

»Was wird mein Vater nur von mir denken?« weinte Lucius immer wieder.

»Dasselbe, was ich von dir denke«, tröstete ihn Sulla, »du hast mehr Mut gezeigt als andere junge Männer in deinem Alter! Ganz Rom bewundert dich deswegen. Alle sagen, daß Vatia die Richter bestochen hat!«

»Warum konnte mein Vater das nicht auch tun? Geld hat er doch genug!«

»Er wollte es nicht«, lachte Sulla, »du mußt endlich begreifen, daß dein Vater in Lucanien glücklich ist. Er sehnte sich nach einem Leben in Muße, und das hat er nun.«

Auch Sulla richtete sich in Campanien für ein Leben in Muße ein, das ihn bald so fesselte, daß er sich vier Jahre lang nicht davon trennen konnte. Die Erinnerung an diese leichten, heiteren Jahre war es wohl, die in ihm später, als er endlich den Gipfel der Macht erreicht hatte, einen Entschluß reifen ließ, der vielen als ein großes Rätsel erschien.

Sulla kaufte sich auf den Höhen von Cumae, nahe der Akropolis mit dem Tempel des Apollo, ein großes Landhaus, das voll zum Meer hin ausgerichtet war. Einige Monate reichten für Umbauten, so daß der Cornelier umziehen konnte, bevor Antonius und seine Familie in Misenum eintrafen. Bei der Renovierung hatte Sulla großen Wert auf überdachte Säulengänge und Terrassen gelegt, um zu verhindern, daß ihn auch nur ein Strahl der Sonne berührte. Er ließ einen langen Laubengang, am dem sich Wein hochrankte, bis zum Meer anlegen, und sogar sein Badestrand wurde mit großen Stoffbahnen verschattet.

Sein elegantes, großzügig geschnittenes Haus war bald ein Zentrum des geselligen Lebens an der Küste. Sulla fand Spaß an den derben campanischen Possen, nachdem Metrobius mit Schauspieler-Collegen, die bei Theateraufführungen in den umliegenden Städten auftraten, einige Kostproben geliefert hatte.

Seit Generationen war in dieser Gegend eine besondere Art des Volksstückes beheimatet, die Atellane genannt wurde, nach einer Stadt bei Capua, die den Punier Hannibal unterstützt hatte und die deswegen später von den Römern zerstört worden war. In diesem – verschwundenen – Ort siedelten die Campaner nun alle Schwächen und Dummheiten ihrer Mitbürger an; sie konnten Wut und Ärger ablassen, verhaßte Personen mit ihrer Häme überziehen und dann augenzwinkernd sagen: »Wir meinen die Leute von Atella!«

Die Schauspieler trugen Masken, und so traten auch gern Privatleute in den kleinen Stücken auf. Sie versteckten sich hinter der Maske eines Narren, wenn sie ohne Hemmungen über mißliebige Magistrate oder einen verhaßten Nachbarn herziehen wollten.

Sehr beliebt waren Witze über körperliche Gebrechen; eine der gern verwendeten Figuren dieser Possen trug ständig einen Buckel mit sich herum. Die Neigung der Campaner, ihre Mitmenschen wegen einer Narbe im Gesicht oder eines verkürzten Beines auf der Bühne zu verspotten, hatte das Interesse von Metrobius erregt. Er bestellte bei dem bekannten campanischen Dichter Novius ein kleines Werk, in dem ein stadtbekannter Bürger von Cumae wegen seiner Taubheit verulkt wurde. In vielen komischen Szenen beschrieb Novius, wie der Schwerhörige seine Mitmenschen nicht richtig verstand und deshalb alles falsch machte, was von ihm verlangt wurde.

Metrobius hatte vorgehabt, Sulla damit vor Augen zu führen, daß andere Leute auch unter körperlichen Fehlern litten und seine Hautkrankheit harmlos war im Vergleich zum Leiden der Schwerhörigkeit. Der Plan gelang: Sulla lachte so herzlich wie schon lange nicht mehr und hörte auf, sein schweres Schicksal zu beklagen. Er fand so viel Gefallen an dem beißenden Spott des Novius, daß er weitere Atellanen bestellte und auch sogar selbst einige Possen schrieb.

Wie über Gebrechen amüsierte man sich auch über Mißgeschicke im täglichen Leben. So schickte Novius eine seiner Lieblingsfiguren, die Maccus, »Tölpel«, genannt wurde, in einem Stück auf eine Reise in die Fremde, nach Rom. Als Maccus dort zum erstenmal ein großes Adelshaus betrat, war er so aufgeregt, daß er beim Eintreten stolperte und sich die Zehen brach. Anschließend rutschte er auf den Mosaiken aus und fiel kopfüber in das große Wasserbecken des Atriums. Die Zuschauer japsten vor Vergnügen.

Viel gelacht wurde ebenfalls bei der Aufführung von Stükken, in denen sich Obszönitäten häuften. In einer der Possen stattete Maccus einem Bordell einen Besuch ab. Metrobius, der in die Gestalt des Tölpels geschlüpft war, konnte sich verbal und mit Gesten in dieser Rolle wieder so austoben wie seinerzeit im Lager des Ahenobarbus, als er Sulla die ersten Proben seines Könnens gab.

537

Campanische Liebschaften

Kultivierter und geistig hochstehender war jedoch die Unterhaltung, für die ein junger Syrer griechischer Abstammung sorgte. Er hieß Archias, war noch keine 20 Jahre alt, hatte sich aber in Neapolis und anderen griechischen Städten schon einen Namen gemacht. Archias war ein Dichter und verfügte über die Gabe, aus dem Stegreif Verse zu verfassen. In den Häusern der reichen Kaufleute sprühte er Funken und wurde deshalb oft eingeladen.

Auch ihn hatte Metrobius entdeckt, der zusammen mit Chrysogonos und Epicadus alle umliegenden Städte nach unterhaltsamen Personen für Sulla und seinen Kreis absuchte.

Er brachte Archias eines Abends mit, nachdem Sulla gerade die Philosophiestunde mit den Lucullus-Söhnen beendet hatte und mit ihnen auf der großen Terrasse auf und ab ging, um den Sonnenuntergang zu genießen.

Archias war von kleiner Gestalt; sein Gesicht, das von schwarzen Locken umrahmt wurde, die länger als üblich herabfielen, hatte fast mädchenhafte Züge. Der Schalk blitzte ihm aus den dunklen Augen, und sein Lachen wirkte ansteckend. Die Lucullus-Söhne gerieten vom ersten Augenblick an in seinen Bann. Sie waren fast gleichaltrig mit Archias.

Lucius und Marcus Lucullus hatten sich zu stattlichen jungen Männern ausgewachsen. Ihre schmalen, aristokratischen Gesichter zogen die Blicke auf sich, ihr gefälliges Wesen erwarb ihnen Sympathien. Lucius war immer noch der Beschützer seines um ein Jahr jüngeren Bruders, selten widersprach ihm Marcus. Beide hielten sich für etwas Besonderes, ihren Altersgenossen überlegen – an Bildung, Geist und Ausstrahlung.

Der einzige Mensch, zu dem sie aufblickten, war Sulla. An ihrem Vater hingen sie zwar mit zärtlicher Liebe, aber Sulla war das Idol, dem sie nacheiferten. Auch sein Scheitern und sein Rückzug aus der Politik hatten daran nichts geändert. Sie waren fest davon überzeugt, daß Sullas große Zeit noch kommen würde. Sie bewunderten seinen Verstand, seine Bildung, seinen Charme und seine Arroganz.

Lucius hielt sich oft einen Bronzespiegel vor das Gesicht und imitierte die Mimik des Corneliers: das spöttische Lächeln, das Hochziehen einer Augenbraue, den stechenden Blick. Marcus assistierte ihm bei diesen Übungen, spendete Beifall oder kritisierte.

Im Zusammenleben mit Sulla lernten sie, homoerotische Neigungen als etwas Natürliches zu betrachten, denn sie fühlten sich wie ihr Mentor stärker zu Männern hingezogen als zu Frauen. Als Archias in ihr Leben trat, verliebten sich beide in den brillanten Syrer mit dem femininen Aussehen. Wie sie aber in ihrem Leben bisher alles geteilt hatten, so betrachteten sie auch Archias als ihren gemeinsamen Besitz, wären nie auf den Gedanken gekommen, sich seinetwegen zu streiten.

Metrobius stellte seine neue Entdeckung Archias als den »größten Dichter der griechischen Welt« vor. Alle klatschten und verlangten, einige Kostproben zu hören. Archias schritt zur steinernen Brüstung der Terrasse und starrte wie verzaubert in das goldene Leuchten am Horizont. Mit seiner wohlklingenden Stimme pries er dann in schönen Jamben den Sonnengott Phoebus, der gerade seinen Wagen ins Meer lenkte.

Lucius und Marcus Lucullus lauschten ergriffen, während Sulla spöttisch lächelte und dachte: »Die Verse spricht er heute nicht zum ersten Mal! Aber meine Luculler sind beeindruckt; vielleicht regt sie das ja zum Dichten an!«

»Ist er nicht ein Genie, unser Archias«, flötete Metrobius, »er schüttelt solche Verse aus dem Handgelenk, während er das Sinken von Phoebus betrachtet. Er ist wahrhaftig inspiriert von unserem großen Apollo.« Denn der rätselhafte Gott Apollo wurde oft mit dem Sonnengott Phoebus – dem

»Leuchtenden« – identifiziert, was Metrobius begeistert aufgegriffen hatte, als er zum erstenmal davon hörte.

Archias lächelte bescheiden und wandte sich Sulla zu. »Auch für dich habe ich einige Zeilen gedichtet«, sagte er höflich, »allerdings habe ich das kleine Werk in meinem Haus vorbereitet, nachdem Metrobius mir von dir erzählt hatte. Darf ich?«

»Nicht so schüchtern, junger Mann«, ermunterte ihn der Cornelier.

Archias begann, und Sulla war so gerührt, daß ihm die Tränen kamen. Der Syrer feierte ihn als den Helden von Numidien, als Bezwinger Iugurthas, und anschließend als den Sieger von Vercellae.

»Redet man hier in den Städten so von mir?« wollte Sulla wissen. Seit seiner Ankunft in Campanien hatte er es vermieden, sich in den umliegenden Orten zu zeigen, hatte seine Wohnung nur verlassen, um in den Thermen von Baiae zu baden, wo er allmählich seine Gelenkkrankheit auskuriert hatte.

»In Neapolis spricht man mit großer Bewunderung von dir«, schmeichelte ihm Archias, »und man fragt sich, was dich an dieser schönen Stadt so stört, daß du dich dort nie blicken läßt.«

»Gleich morgen machen wir einen Ausflug dorthin«, beschloß Sulla, »ich liebe griechische Städte, und vor allem liebe ich die griechische Tracht, den leichten Überwurf, der den Körper nicht so erdrückt wie unsere Toga.«

Kurze Zeit nach dem ersten Besuch siedelte Archias in Sullas Landhaus über, denn die Freundschaft zu den Lucullus-Söhnen war so eng geworden, daß sie keine Minute getrennt sein wollten. Es war eine Verbindung, die ein Leben lang halten sollte.

Das geräumige Haus des Corneliers hallte in den folgenden Jahren vom Lärm vieler Gäste wider; manche kamen für Wochen oder gar Monate zu Besuch, andere blieben ständig, wie Archias und Cornelia.

Die Tochter war kurzzeitig mit einem römischen Ritter verheiratet gewesen, der den Kampf gegen die Teutonen nicht überlebt hatte. Sulla bemühte sich sehr, für sie einen neuen Ehemann zu finden, denn sie war inzwischen über 20 und ging auf ein Alter zu, in dem sie zur Matrone wurde. Aber bei der Suche nach einem Ehemann zeigte es sich, daß Marius mit der Verhöhnung während des Triumphmarsches ganze Arbeit geleistet hatte: Zahlreiche junge Männer aus guten Familien schreckten vor dem Makel zurück, mit dem der Name Sulla behaftet war. Und an bloßen Mitgiftjägern war der Cornelier nicht interessiert.

Eines Tages brachte Murena, der natürlich die heißen Sommermonate an der Küste Campaniens verlebte, einen Freund mit, den er als Lucius Fufidius vorstellte. Murena versorgte Sullas Haushalt weiterhin mit Fischen, vor allem mit Muränen aus den Becken am Meer.

Cornelia war ihm entgegengestürzt, um die Sklaven mit den Körben in die Küche zu dirigieren, denn sie hatte sofort nach ihrer Ankunft die Leitung des großen Haushalts an sich gerissen. Ihr Vater war dankbar, daß er sich nicht mehr um das »tägliche Allerlei«, wie er es nannte, zu kümmern brauchte, und ließ ihr völlig freie Hand.

Sie war so beschäftigt mit den Fischkörben, daß sie den Begleiter von Murena nicht bemerkte.

»Cornelia, das ist mein Freund Fufidius«, sagte Murena ein zweites Mal, diesmal laut und energisch, und jetzt erst blickte die junge Frau auf. Sie sah in zwei strahlendblaue Augen, ähnlich denen ihres Vaters, und auch das charmante Lächeln glich dem Sullas. Sie fühlte, wie ihre Knie weich wurden.

»Entschuldigt«, murmelte sie verwirrt, »ich war – mit den Gedanken bei den Fischen.«

»Cornelia ist nach Fisch noch verrückter als ich«, spottete Sulla, der wie üblich die großen Körbe begutachten kam. »Mein lieber Murena«, sagte er befriedigt, nachdem er einen Blick auf das Gewimmel der glitschigen, langen Leiber geworfen hatte, »ich wüßte nicht, wie ich den großen Haushalt ernähren sollte, wenn wir nicht deine Fischkörbe hätten.« Es war jeden Tag das gleiche Ritual.

Sulla hätte gern Murena zum Schwiegersohn gehabt, aber der junge Mann war bereits verheiratet und so verliebt in seine Frau, daß an Scheidung nicht zu denken war. Das gleiche galt für den zweiten treuen Adlatus, Curio.

Interessiert richtete Sulla nun den Blick auf den hübschen Lucius Fufidius, nachdem er die Verwirrung bei seiner Tochter wahrgenommen hatte.

Fufidius erschien täglich im Haus an den Hügeln von Cumae, und Sulla gewann den Eindruck, daß der junge Mann die Gefühle seiner Tocher erwiderte. Er beschloß, mit ihm ein offenes Gespräch zu führen.

Fufidius war aus gutem Haus, ein plebejischer Adliger, gehörte aber nicht zu den ersten Kreisen, zur Nobilität, und konnte daher auch keine zu großen Ansprüche stellen. Für Cornelia war er der »Richtige«, wie sie ihrem Vater gebeichtet hatte.

»Ihr Frauen seid doch heutzutage so selbständig«, scherzte Sulla, »du hast sicher schon mit ihm gesprochen. Ich kann also davon ausgehen, daß er deine Liebe erwidert?«

Cornelia wurde rot, was ihren herben Zügen mit der knubbeligen Nase und den abstehenden Ohren, die sie geschickt unter Haaren versteckte, etwas Anrührendes gab.

»Ich habe es versucht«, sagte sie verlegen, »aber jedesmal, wenn ich damit anfange, ist er irgendwie abgelenkt ... Könntest du nicht, Vater?«

Sulla wurde hellhörig und versprach, so bald wie möglich mit Fufidius zu reden.

Bevor es jedoch dazu kam, reiste Metella in Campanien an und wirbelte in Sullas Haus alles durcheinander. Sie hatte von seiner Genesung erfahren und war sicher, daß es ihm nun gelingen würde, den gewünschten Nachfahren zu zeugen.

Es war später Nachmittag, und Sulla hatte seine Getreuen auf der großen Terrasse versammelt, um sich mit ihnen daran zu erfreuen, »wie Phoebus seinen Sonnenwagen ins Meer lenkt«.

Es war die Stunde des Archias. Er lehnte wie bei seinem ersten Auftritt an der Brüstung und beschenkte Sulla und seine Gäste mit tiefempfundenen Versen. Phoebus erhielt die erste Gabe, Sulla die zweite. Hatte Archias bei seiner ersten Huldigung nur die Höhepunkte im Leben des Corneliers hervorgehoben, so erzählte er inzwischen der Reihe nach Sullas Aufstieg in Versen, jeden Abend ein neues Kapitel.

Sulla diktierte nämlich Epicadus seine Erinnerungen, und Archias dichtete sie zu einem Epos um.

Die Geschichte begann mit der Ankunft im Lager des Marius am Fluß Muluccha. Natürlich überging der Autor die Unverschämtheiten des Feldherrn und die Frechheiten der Militärtribunen Carbo und Cinna. Sullas Bericht war eine Kette von Heldentaten. Zur Zeit arbeitete er an den Ereignissen an der Etsch, kam aber nicht so recht voran, weil er nicht schreiben konnte, daß die Alpenbewohner sie belästigt und nicht verpflegt hatten. Auch Epicadus, der ihn oft mit nützlichen Vorschlägen versorgte, konnte nicht weiterhelfen.

Sulla vertraute sich schließlich den Lucullus-Brüdern an, und Lucius riet ihm, alles ins Gegenteil zu verkehren:

»Schreib einfach: Du hast die Bergvölker besiegt«, fuhr Lucius fort, »und du hast so viel an Lebensmitteln requiriert, daß du noch Marius von deinen Vorräten abgeben konntest.«

»Aber alle, die dabei waren, wissen es besser«, wandte Sulla ein.

»Deine Freunde Murena und Curio halten den Mund«, beschwichtigte Marcus, »so wird die Nachwelt die Wahrheit nie erfahren. Du schreibst doch für die Nachwelt?«

Sulla nickte und hielt sich genau an die Anweisungen seiner jungen Freunde. Er zog sie noch oft zu Rate, und da sie viele für ihn schmeichelhafte Gedanken beisteuern konnten, widmete er später seine Memoiren dem Lucius Lucullus.

Da der Cornelier sehr langsam diktierte, konnte auch Archias nur stückweise dichten, so daß die Zuhörer jeden Abend lediglich kleine Häppchen aus dem großen Epos vorgesetzt bekamen. Keiner wollte aber diese schöne Stunde schnell beenden, und so hatte sich Archias angewöhnt, auch die Gäste von Sulla in Versen zu rühmen. Natürlich hatte er mit den Brüdern Lucullus angefangen, denn die Liebe formte ihm wie von selbst die Jamben.

An diesem Abend wurde der »Tugend und der Schönheit von Cornelia« gehuldigt.

Als Metella hereinstürmte, war Archias mitten im Vortrag. Sie schenkte seiner Kunst keine Beachtung, sondern lief zu Sulla und bedeckte den Freund mit Küssen.

»Du hast mir ja so gefehlt«, schluchzte sie, »wie freue ich mich, daß es dir wieder gutgeht. Am liebsten würde ich gleich ...«

Sulla lachte und legte ihr leicht eine Hand auf den Mund. »Metella, ich habe Gäste«, sagte er und stellte ihr diejenigen vor, die sie noch nicht kannte, wie Fufidius und Archias.

»Rück etwas, auf deiner Kline ist genug Platz«, sagte sie zu Sulla, nachdem er die Sklaven angewiesen hatte, ein weiteres Lager auf die Terrasse zu stellen.

»Wie gut du wieder aussiehst, mein Sulla«, flötete sie schmeichelnd, und der Cornelier strahlte, denn ein Lob über sein hübsches Äußeres behagte ihm ebenso wie Verse über seine Heldentaten.

Den weiteren Verlauf des Abends führten sie sich wie ein Liebespaar auf. Als zu dem Wein, der vom Sonnenuntergang an reichlich getrunken worden war, kleine Stückchen Fleisch, Obst und Backwerk gereicht wurden, fütterten sie sich gegenseitig und kicherten dabei, wie es Verliebte tun, die in ihrer eigenen Welt gefangen sind.

Archias fuhr mit seinen Versen auf Cornelia fort, da aber der Hausherr abgelenkt war und sein fachmännisches Urteil fehlte, wußte keiner so recht, was er dazu sagen sollte. Auch Cornelia selbst war längst nicht so aufmerksam, wie man es von einer Angedichteten erwarten konnte. Aus den Augenwinkeln schoß sie einen Giftpfeil nach dem anderen auf Metella ab. Nachdem sie zwei Schalen Wein in sich hineingeschüttet hatte, beschloß sie, sich von Fufidius trösten zu lassen. Er machte ihr bereitwillig auf seiner Kline Platz und begann sofort, sie nach Metella auszufragen.

»So eine schöne Frau!« schwärmte er andächtig. »Immer haben die Falschen Glück!«

Cornelia erstarrte. Sie zwang sich zu einem höflichen Lächeln: »Gefällt sie dir?« fragte sie mit einem Kloß in der Kehle.

»Ich habe sie gelegentlich in Rom gesehen«, erzählte er begeistert, »aber aus der Nähe gefällt sie mir noch besser! Hoffentlich hat dein Vater bald genug von ihr – er soll ja Männer mehr lieben als Frauen! Dann habe ich vielleicht auch eine Chance.«

Fufidius bekam seine Chance schneller, als er gehofft hatte.

Als Metrobius vor Jahren die Metella zu Sulla geschickt hatte, war es seine Absicht gewesen, das kleine Feuer, das zwischen den beiden noch brannte, völlig zum Erlöschen zu bringen. Er hatte fest damit gerechnet, daß Metella, wie andere Frauen, ihren Hohn über den Cornelier ausschütten würde, wenn sie seinen körperlichen Defekt erblickte. Sein Plan war fehlgeschlagen, und während der vielen Monate an Sullas Krankenbett war eine Zuneigung zwischen dem Cornelier und Metella gewachsen, die dem Schauspieler Unbehagen bereitete.

Metrobius hatte gehofft, daß die Zeit in Campanien eine Entfremdung des Liebespaares bewirken würde. Er tat alles, um für Ablenkung und Unterhaltung zu sorgen, und mußte an diesem Abend feststellen, daß ein einziger Auftritt Metellas genügte, um den Freund wieder in ihren Bann zu schlagen.

Während Cornelia ihre Giftpfeile abschoß, lag Metrobius mit lächelnder Miene auf der Kline neben Sulla und Metella, betrachtete scheinbar mit Wohlwollen das junge Glück. In Wirklichkeit brannte in ihm das Feuer der Eifersucht mit derselben Heftigkeit wie in seiner Jugend. Während er überlegte, wie er einen Keil zwischen Sulla und seine Geliebte treiben konnte, fiel sein Blick auf den schmachtenden Fufidius.

»Er ähnelt Sulla sehr«, kam ihm die Erleuchtung, »Metella wird sich mit ihm trösten, und ich kann Sulla sogar einreden, daß ein eventuelles Kind von ihm ist. Wie wird das wieder seiner Eitelkeit schmeicheln!«

Metrobius schlenderte zu Fufidius und Cornelia, die jetzt schweigend nebeneinanderlagen.

»Wir alle haben große Lust auf gebratenen Fisch!« verkündete er mit seinem gewinnendsten Lächeln. »Könntest du mal nach dem Rechten sehen, Cornelia? Ich habe den Eindruck, daß die Sklaven in der Küche feiern und nicht arbeiten!«

Cornelia sprang sofort auf, froh, daß sie einen Grund hatte, dem peinlichen Lager mit Fufidius zu entfliehen.

»Dir gefällt Metella, mein Fufidius?« fragte Metrobius direkt. »Sie hat ein Problem und bedrängt Sulla damit«, fuhr er fort, »wie dir aber bekannt ist, liebt Sulla mich und kann mit Frauen nichts anfangen. Ich werde jetzt dafür sorgen, daß Sulla die Kline räumt und mit mir hinausgeht. Diese Zeit mußt du nutzen, um Metella für dich zu begeistern. Viel Glück!«

Fufidius war sprachlos, nickte nur mit strahlendem Lächeln und verschlang Metella weiter mit Blicken.

Als Metrobius seinen Freund bat, ihm einen Augenblick zu folgen, sprang Sulla sofort schuldbewußt auf, denn die Miene des Schauspielers flößte ihm Angst ein. Metrobius hielt sich nicht mit Vorreden auf.

»Wenn du weiter mit Metella in der Öffentlichkeit herumschmust«, sagte er mit kalten Bernsteinaugen, »wird alle Welt erfahren, daß deine Mutter eine Hetäre war.«

»Das ist mir gleichgültig«, trumpfte Sulla auf, »ich bin jetzt Privatmann und werde es bleiben.«

»Da bin ich mir nicht so sicher«, lachte Metrobius, »du brauchst den Ruhm, die Bewunderung deiner Mitwelt wie die Luft zum Atmen! In zwei, drei Jahren wird dich das Leben in Muße langweilen, und du wirst wieder deine Fäden ziehen, um Macht in Händen zu halten.«

Sulla war nachdenklich geworden und schwieg.

»Ich habe nichts dagegen, wenn du gelegentlich mit Metella ins Bett gehst«, fuhr Metrobius mit seiner melodischen Stimme fort, »nur verlieben sollst du dich nicht in sie! Außerdem machst du dich zum Gespött der Leute, wenn es mit dem Nachwuchs nicht klappt. Metella kann bestimmt nicht den Mund halten – das kann keine Frau – und plappert aus, daß du nur ein Ei hast, denn sie braucht ja jemanden, dem sie die Schuld geben kann, wenn sie nicht angebrütet ist. Ich habe mir da etwas überlegt!«

Und er entwickelte ihm seinen Plan mit Fufidius, der Sulla äußerlich so ähnlich sah, daß der Cornelier später behaupten konnte, das Kind sei von ihm, so daß alle Zweifel an seiner Zeugungskraft ausgeräumt seien.

»Mach dir gelegentlich eine schöne Stunde mit Metella«, sagte Metrobius, und sein Lachen perlte wie früher, als er merkte, daß er gewonnen hatte, »unterstütze eine Liebschaft mit Fufidius, aber schwöre mir bei Apollo, daß ich deine einzige Liebe bin!« Und Sulla schwor, wieder einmal.

So vergingen vier Jahre. Metella bekam nach neun Monaten ein Kind: eine Tochter Aemilia. Scaurus war zwar vernarrt in die Kleine, die auffallend blaue Augen und braune Haare hatte, aber er trieb Metella an, weiter mit ihren Liebhabern ins Bett zu gehen, um den gewünschten männlichen Erben zu erhalten. Ein Jahr später gebar Metella wirklich einen Sohn, der, wie der alte Scaurus, Marcus genannt wurde. Das Kind hatte braune Augen und blonde Haare.

Scaurus, inzwischen 65 Jahre alt, war sehr stolz auf seinen

Nachfahren, schmuste viel mit ihm und zog ihn wie ein Königskind auf. Gleich nach der Geburt bedankte er sich bei Metella artig für den Sohn, fügte dann aber streng hinzu: »Mit deinen beiden Liebhabern ist jetzt Schluß!«

Es hatte sich nämlich nicht verheimlichen lassen, daß sie mit Fufidius ebenfalls ein Verhältnis hatte, denn der junge Mann konnte seine Verliebtheit nicht verbergen, und auch Metella hing sehr an ihm, fast noch mehr als an Sulla. Aber das wechselte, eigentlich liebte sie beide. So war sie sehr entsetzt, als Scaurus ihr den intimen Verkehr verbieten wollte.

»Sie sind die Väter deiner Kinder«, erinnerte sie ihren Mann, »und wenn ich sie nicht mehr treffen darf, erzähle ich das überall!« Scaurus gab sich geschlagen, ging weiter im Ränkespiel der Politik und der Häufung eines gewaltigen Vermögens auf.

»Ich tue es für meine Kinder«, dachte er jetzt jedesmal, wenn er sich bestechen ließ.

Der vierte Winter, den die große Familie auf den Hügeln von Cumae verbrachte, war gekommen, und Sulla spürte, wie er zunehmend gereizter und nervöser wurde. Um sich abzulenken, ging er fast täglich auf die Jagd, eine Gewohnheit, die ihm inzwischen lieb geworden war. Es machte ihm Freude, stundenlang durch die Wälder zu streifen, begleitet von einigen Hunden, und die Hasen in ihren Verstecken aufzuspüren. Manchmal erlegte er mit seinen Pfeilen ein Tier, aber die meiste Zeit lief er durch das Gelände und stählte seinen Körper beim Auf und Ab in den Hügeln.

»Deine Zeit als Privatmann geht dem Ende zu«, sagte Metrobius, nachdem er bemerkt hatte, daß weder die Possen noch die geistreichen Verse des Archias Sullas Aufmerksamkeit fesselten. Chrysogonos nickte traurig dazu, während Epicadus strahlte. Die Arbeit an den Memoiren war beendet, weil Nachschub fehlte, es keine Heldentaten mehr zu diktieren gab.

»Jetzt wird es wieder interessant«, sagte er zu Chrysogonos, »wir gehen zurück in die Politik, endlich kommt Schwung in unser Leben!«

Chrysogonos fing an zu weinen. »Wenn er in einen Krieg zieht, nimmt er wieder nur dich mit und nicht mich! Wie soll ich es so lange ohne ihn aushalten?«

»Du hast ja Metrobius«, stichelte Epicadus, »und solange du, wie er, in Frauenkleidern herumläufst, hast du bei männlichen Unternehmungen nichts zu suchen.«

Denn während der Zeit, die Chrysogonos allein mit Metrobius im Haus auf dem Palatin verbracht hatte, verliebte er sich in Kleider, die sich über den Knien bauschten, und weigerte sich später, wieder die Tunica anzulegen. Sulla sah gern an seinen Freunden durchsichtige Gewänder, die in leuchtendem Meeresblau oder in dunklem Schneckenpurpur schimmerten, paßten sie doch zu dem heiteren Leben in Campanien. Er selbst bekleidete sich im Sommer nur mit dem griechischen Himation.

In Campanien brauchten sich die Adligen auch nicht an die strengen Farbvorschriften der Hauptstadt zu halten. Das langweilige, gleichmachende Weiß wurde ersetzt durch die ganze Palette der Purpurtöne. Beliebt war in jenen Jahren ein helleres Blau, der Farbe des Meeres am frühen Morgen ähnelnd. Die Damen bevorzugten Gelbtöne: alle Schattierungen von hell, wie beim Topas, bis zum kräftigen Orange des Sonnenuntergangs.

Bewerbung zur Praetur

Sullas Entscheidung, sich um ein Amt zu bewerben, fiel bei einem Besuch des Lucius Ahenobarbus.

»Der Redner Crassus und sein Freund Scaevola haben gerade ihr Consulat angetreten«, erzählte der Gast, »sie sind ja, wie wir beide, seit ihrer Jugend befreundet und haben alle Ämter gemeinsam durchlaufen. Und jetzt das Consulat!

Nachdem mein Bruder voriges Jahr Consul war, verlangt es die Familienehre von mir, mich dieses Jahr ebenfalls um das Consulat zu bewerben! Wie schön wäre es, wenn wir wieder gemeinsam Wahlkampf machen könnten – wie damals zur Quaestur!«

Eine Weile schwelgten sie in Erinnerungen an den Beginn ihrer Karriere, bis Sulla sich einen Ruck gab: »Mit meinen 42 Jahren habe ich zwar das Alter für eine Bewerbung zum Consulat, aber mir fehlen Aedilität und Praetur.«

»Weißt du was, überspringe einfach die Aedilität, und bewirb dich gleich um die Praetur, am besten um die städtische.«

Sulla nickte schnell: »Dann hinke ich immer noch hinter dir her, aber nicht mehr so wie ein Aedil!« Denn die städtische Praetur war nach dem Consulat das mächtigste Amt in Rom.

Der Haushalt siedelte in die Hauptstadt über, und Sulla fühlte sich belebt und in Hochstimmung, als er auf der Via Sacra entlangschlenderte und im Strom der Menschenmassen das Forum erreichte. Nach den beschaulichen Jahren in Cumae begeisterte er sich sogar für die Hektik der Großstadt, lachte über Rüpeleien und Knüffe im Gewühl und fand, daß die Reden von der Rostra herunter größeren Unterhaltungswert besaßen als die campanischen Possen.

Ein neuer Stern war am Rednerhimmel aufgegangen, und selbst die Consuln Crassus und Scaevola zollten ihm Bewunderung. Der junge Mann hieß Quintus Hortensius Hortalus, kam aus plebejischem Adel, war Sohn eines Praetors, der den Sprung zum Consulat nicht geschafft hatte.

Hortensius war erst 21 Jahre alt und wurde bereits mit dem großen Crassus in einem Atemzug genannt. Er fesselte vor allem die Jugend durch die Leidenschaft, mit der er von der Rostra seine Worte ins Publikum schleuderte; sein Feuer wirkte ansteckend. Sulla hörte ihm gelegentlich zu, fühlte sich aber jedesmal von dem eitlen Gebaren und den übertriebenen Gesten des ehrgeizigen jungen Mannes abgestoßen.

»Ich bin da altmodisch«, sagte er zu seinem Freund Catulus, der während einer der Reden des Hortalus neben ihm stand, »ich erwarte ein bißchen mehr Würde.«

»Seine Toga verrutscht nie«, verteidigte Catulus den Redner, »jede Falte bleibt ordentlich liegen! Beachte, wie die große Taschenfalte genau an die Brust anschließt. Und überhaupt versteht er es, sich zu kleiden! Er wirkt immer elegant.«

Das mußte Sulla zugeben; der Redner Hortensius war eine auffallend schöne Erscheinung mit seinem schmalen, intelligenten Gesicht und der schlanken Gestalt.

»Mir ist dein Urteil über ihn wichtig«, fuhr Catulus fort, »weil er meine Tochter Lutatia heiraten will.«

»Lutatia?« staunte Sulla, der sich nur an ein kleines Mädchen erinnerte. »Sie ist 15 und im heiratsfähigen Alter«, belehrte ihn der Freund.

»Für Hortensius, dessen Familie ja nicht zur Nobilität gehört«, überlegte Sulla, »würde die Heirat mit deiner Lutatia einen großen gesellschaftlichen Aufstieg bedeuten.«

»Deshalb ist er auch so hinter meinem Mädchen her«, lachte Catulus, »sie gilt als eine der besten Partien von Rom. Seit Marius als Politiker versagt hat, ist er für die Plebs nicht mehr der alleinige Retter aus der Kimberngefahr. *Mein* großer Anteil am Sieg wird inzwischen gebührend gewürdigt!«

»Ist das wahr?« freute sich Sulla. »Dann bin ich rehabilitiert, denn wir haben ja gemeinsam die Mitte befehligt.«

Catulus lächelte säuerlich, war es doch überhaupt nicht in seinem Sinn, sich den Lorbeer mit Sulla zu teilen.

»Ich wäre dir sehr verbunden, wenn du mich beim Wahlkampf unterstützt und wir uns gemeinsam als Sieger von Vercellae präsentieren könnten«, insistierte Sulla.

Da Catulus von Natur aus gutmütig war und sich Sulla in alter Freundschaft verbunden fühlte, willigte er ein.

Die Chancen standen nicht schlecht, der Plebs Sullas Anteil

am Sieg über die Kimbern nahezubringen, denn Marius hatte sich aus dem Getriebe des städtischen Lebens zurückgezogen, jeglichen Einfluß verloren.

Marius war im Osten gescheitert, hatte keinen neuen Krieg entfachen können. Die Nobilität strafte ihn nach seiner Rückkehr mit Mißachtung. Kein Adliger suchte ihn in seinem großen Haus in den Carinen auf; auf dem Forum drehten ihm die Nobiles den Rücken zu.

Marius redete sich ein, sein Haus würde beim Morgenempfang vom Adel nur gemieden, weil es zu weit vom Palatin, dem Wohnsitz der Mächtigen und Reichen, entfernt war. So kaufte er ein großes Haus unmittelbar neben dem Forum. Es lag auf der kleinen Erhebung Velia, neben der Regia, dem Sitz des Pontifex Maximus. Er ließ es prächtig renovieren, zu einem Palast ausbauen. Anfänglich trieb die Neugier einige Adlige zu seinem morgendlichen Empfang, aber als ganz Rom genau über das Interieur Bescheid wußte, erwarteten ihn wieder nur die Klienten und Leute aus seiner Heimatstadt Arpinum, genauso wie es in seinem Haus in den Carinen gewesen war.

Jeden Morgen erschien ein entfernter Verwandter aus Arpinum, ein Marcus Tullius Cicero, begleitet von seinen beiden Söhnen Marcus und Quintus. Cicero betrieb eine große Walkerei im Gewerbegebiet jenseits des Tibers, hatte aber die Aufsicht über den Betrieb in die Hände eines zuverlässigen Freigelassenen gelegt, denn die Erziehung seiner Söhne beschäftigte ihn von morgens bis abends.

Der ältere, Marcus, war im Jahr von Sullas Bewerbung zum Praetor elf Jahre alt und galt als kleines Genie. Der vier Jahre jüngere Quintus war normal begabt.

Der Kaufmann Cicero, der mit seiner Walkerei so viel Geld verdiente, daß er unter die Ritter eingereiht wurde, hatte seine Söhne einige Jahre lang in einer öffentlichen Schule unterrichten lassen. Marcus lernte so mühelos, in Latein wie in Griechisch, daß er bald alle Schüler überrundete. Da er seinen Mitschülern oft half, ordneten sie sich ihm unter, nahmen ihn in ihre Mitte, begleiteten ihn als Gefolge zu seinem Elternhaus, das in den Carinen neben dem früheren Palast des Marius lag.

Der schmale, hochaufgeschossene Marcus, dessen Hals auffallend lang und dünn war, schritt würdig wie ein Senatorenkind über das Forum, während unablässig Worte wie Perlen aus seinem Munde fielen.

Einige Väter, die auf dem Forum herumlungerten, beobachteten mit Neid den Zug des kleinen Cicero und hetzten anschließend ihre Söhne auf, aus dem Gefolge auszuscheiden und dem jungen Marcus das Leben schwerzumachen, wo sie nur konnten. Der alte Cicero sah sich genötigt, seine Söhne aus der öffentlichen Schule zu nehmen und sie privat unterrichten zu lassen.

Er besprach sich mit Marius und dessen Ehefrau Iulia. Ihr Sohn Gaius, drei Jahre älter als Marcus, wurde von ausgesuchten Lehrern im Hause unterwiesen, und man kam überein, die Kinder zusammen ausbilden zu lassen. Ein älterer Freund des Marcus, Titus Pomponius, Sohn eines Ritters, verstärkte den Kreis, und Marcus erreichte mühelos das weit höhere Niveau seiner neuen, älteren Mitschüler, während der kleine Quintus einen eigenen Lehrer bekam, damit er die Fortschritte der Großen nicht störte. Als vierter stieß ein Lucius Torquatus aus dem patricischen Geschlecht der Manlier zu den älteren Schülern.

Während der Vater Cicero fast täglich den Unterricht beaufsichtigte, ließ sich Marius nur selten sehen. Er hielt nichts von Bildung, vor allem griechischer, sah aber ein, daß sein Sohn sich möglichst viel Wissen aneignen mußte, um einmal Zugang zu der Welt des Adels zu finden.

»Was der Vater nicht geschafft hat, wird dem Sohn gelingen«, dachte Marius, während er in den Humpen Wein vor sich stierte. Er hatte es sich angewöhnt, schon am Morgen einen Krug nach dem anderen zu leeren. Nachmittags war er so betrunken, daß ihn seine Sklaven kaum ins Bett schaffen konnten.

Als seine Klienten ihm berichteten, daß Sulla für das Amt des städtischen Praetors kandidierte, fühlte er sich zu schlapp, um etwas dagegen zu unternehmen. Seit einiger Zeit plagten ihn auch Gichtanfälle, und er vermied es, viel herumzulaufen.

Iulia flüchtete aus dem tristen Ehealltag immer häufiger nach Misenum, wo Marius vor vielen Jahren eine Villa gekauft hatte, die einst Cornelia, der Mutter der Gracchen, gehört hatte. Hier konnte Iulia wieder frei atmen, das Leben genießen, das Bild des ständig betrunkenen, finsteren Ehemannes aus ihrem Geist verscheuchen. Wenn andere Adlige ihr Vorwürfe machten, daß sie sich nicht genügend um die Erziehung ihres Sohnes kümmerte, lachte sie nur: »Seine Freunde, allen voran Cicero, üben einen großen Einfluß auf ihn aus. So roh wie sein Vater wird er nie.«

Obwohl Sulla also von Marius nicht behindert, von Catulus und Ahenobarbus sogar unterstützt wurde, fiel er bei den Wahlen durch. Er war verzweifelt und konnte es nicht fassen.

»Was habe ich bloß falsch gemacht?« rief er immer wieder. Voller Scham war er vom Marsfeld in sein Haus geeilt; die Freunde Cato, Pulcher und Pompeius begleiteten ihn.

»Du hast offenbar zuwenig Geld verteilen lassen«, sagte Cato.

»Die Plebs hat genug bekommen«, wehrte sich Sulla, »ich habe ja schließlich die Kimbern besiegt; das hätten die Wähler honorieren müssen.«

»Brause nicht gleich auf«, lachte Pulcher mit blitzenden Augen, »wenn wir dir ein paar Wahrheiten sagen, die dir unangenehm sind. Aber wer sonst könnte offen mit dir sprechen? Doch nur wir, deine Freunde!«

Sulla blickte gespannt in die Runde und hörte sich interessiert an, was seine Freunde als Ursachen seines Scheiterns analysiert hatten. Offenbar hatte er als »Kimbern-Sieger« nicht überzeugt; der Titel war an Marius und Catulus fest vergeben. Dann hatten die Summen nicht ausgereicht, die er der Plebs hatte zukommen lassen.

»Das Volk ist sehr verwöhnt«, erklärte Cato, »es hat dir auch übelgenommen, daß du die Aedilität übersprungen hast. Jeder Kandidat für dieses Amt muß ja heutzutage Spiele ausrichten, Beweise seines Könnens geben. Die Römer wissen von deiner Freundschaft mit König Bocchus, du selbst hast überall davon erzählt. Sie sind nun der Meinung, daß es ein leichtes für dich wäre, Löwen und andere afrikanische Tiere von König Bocchus zu bekommen – für ein Gladiatorenspiel.«

Nachdenklich legte Sulla die Stirn in Falten. »Das ist alles: Bargeld und ein Gladiatorenspiel?« fragte er.

»Noch etwas«, meinte Cato und strahlte ihn an, »du brauchst eine Ehefrau; deine vielfältigen und selbst für uns komplizierten Beziehungen mögen von den Adligen toleriert werden, aber ein würdiger städtischer Praetor sollte eine respektable Ehefrau vorweisen. So sieht es die Plebs. Und ganz im Vertrauen, unter uns: In ordentlichen Verhältnissen lebt es sich besser, der Kopf ist freier für die vielen Aufgaben in der Politik!«

Sulla sah seine Freunde der Reihe nach an; alle drei waren verheiratet, führten bemerkenswert gute Ehen, hatten Kinder, auf die sie stolz waren. Quintus Pompeius Rufus brachte öfter seinen Sohn Quintus mit, der vor zwei Jahren die Knabentoga abgelegt hatte, 18 Jahre alt war. Appius Claudius Pulcher konnte einen Sohn von fünf Jahren sowie eine einjährige Tochter aufweisen, und seine Frau war schon wieder schwanger.

Geradezu aufgebläht vor Eheglück war Cato, denn er hatte Livia, die Tochter des ehemaligen Censors, geheiratet. Seit drei Jahren war Livia von Caepio geschieden, nach nur kurzer Ehe. Die Trennung von ihrem Mann war Livia nicht leichtgefallen; er war ihre erste große Liebe gewesen, und sie hatte ihm zwei Töchter, die ältere und die jüngere Servilia, sowie einen Sohn, Caepio, geboren.

Ihr Bruder und ihr Ehemann hatten sich aus nichtigem Anlaß so heftig gestritten, daß aus dem Zerwürfnis eine Todfeindschaft wurde: Ein Jahr etwa nach den Kämpfen auf dem Forum, nach dem Tod des Saturninus und seiner Anhänger, nahmen Drusus und Caepio an einer öffentlichen Versteigerung teil. Es wurde Schmuck angeboten, und jeder von ihnen war an einem protzigen Ring mit einem Smaragd interessiert. Keiner wollte zurückstecken, ein Wort gab das andere, und sie schieden so voller Haß aufeinander, daß der Riß zwischen ihnen nicht mehr zu reparieren war.

Livia argwöhnte, daß schon seit längerer Zeit das Verhältnis getrübt war. Caepio besaß kein Vermögen, da Glaucia, nach dem ersten Prozeß gegen seinen Vater, alles hatte einziehen lassen. Daher lebte er mit seiner Familie im Haus des Schwagers, der über gewaltige Reichtümer verfügte. Sicher fühlte er sich gedemütigt, weil er Wohltaten entgegennehmen mußte. Seine Familie hatte – vor der Verbannung des Vaters – zu den reichsten der Republik gehört, und Caepio war nicht gewöhnt, sich zu bedanken. Als ihn sein Schwager auf der Versteigerung damit brüskierte, daß er, Drusus, jede Summe für den Ring bieten könne, waren mit Caepio die Nerven durchgegangen.

Er war so wütend auf den Schwager, daß er seinen Zorn auch an Livia ausließ.

»Bleib hier, ich will dich nicht mehr sehen«, schrie er, als sie ebenfalls einige Sachen zusammensuchte, um mit ihm gemeinsam das Haus zu verlassen.

»Aber ich liebe dich doch! Ich will mit dir gehen«, weinte Livia.

In diesem Augenblick stürmte Drusus herein. »Willst du wie eine Sklavin arbeiten?« höhnte er. »Wovon wollt ihr denn leben, ihr habt doch kein Geld!«

»Ich habe meine Mitgift«, sagte Livia bestimmt, »das ist sehr viel Geld, das wird für ein ganzes Leben reichen.«

»Ich will deine Mitgift nicht«, schrie Caepio, »ich will dich nicht und auch dein Geld nicht. Nie mehr will ich mit dir und deinem Bruder etwas zu tun haben. Morgen schicke ich dir den formellen Scheidungsbrief.« Und nach diesen Worten rannte er aus dem Haus.

Livia litt sehr unter der Trennung, weinte viel und vernachlässigte sich. »So geht das nicht weiter«, entschied ihr Bruder, »du brauchst wieder einen Mann!« Er hatte keine Hemmungen, sich an Cato zu wenden und ihn an das alte Ehegelöbnis zu erinnern, denn es war ihm aufgefallen, daß der junge Mann die Schwester mit sehnsüchtigen Blicken verfolgte, wenn sie sich in der Öffentlichkeit begegneten. Cato war sofort einverstanden, und Livia war so apathisch, daß sie alles mit sich geschehen ließ.

Aber schon bald gelang es ihrem zweiten Ehemann, sie aus ihrer Lethargie zu reißen, ihr neuen Lebensmut zu geben, und aus der Zuneigung, die sie für ihn zunächst empfand, wurde schließlich Liebe. Denn Livia war eine leidenschaftliche Frau, fähig zu starken Gefühlen, und diese Veranlagung gab sie an ihre Kinder weiter – besonders an die beiden Töchter Servilia aus erster Ehe und an den jungen Marcus, der gerade wenige Wochen alt war, als Cato seinen Freund Sulla zur Heirat überreden wollte.

Der Cornelier war seinen Freunden für ihre Ratschläge dankbar und beschloß, sie zu befolgen. Es stellte sich heraus, daß sie bereits die Fäden wegen einer neuen Ehefrau gezogen hatten und ihm mehrere junge Mädchen vorschlagen konnten, deren Väter oder Brüder einverstanden waren.

In die engere Wahl kam eine Cloelia aus dem alten patricischen Geschlecht der Cloelier, das – wie die Iulier – aus Alba Longa stammte und nach der Zerstörung dieser Rivalin Roms ebenfalls auf dem Caelius angesiedelt worden war. Einer der Urahnen war sogar König von Alba Longa gewesen, und in der frühen Republik war die Gens Cloelia bis zum Consulat aufgestiegen, um aber später in die politische Bedeutungslosigkeit zu versinken.

Als der Etruskerkönig Porsenna nach der Vertreibung des

letzten römischen Alleinherrschers, des hochmütigen Tarquinius, Rom belagerte, hatte er sich mit seinen Truppen jenseits des Tibers, am Fuß des Berges Ianiculum, postiert. Bevor er die Stadt angriff, versuchte er auf dem Verhandlungswege die Probleme der etruskischen Adligen, die ihn zu Hilfe gerufen hatten, zu lösen. Die Römer waren einer gütlichen Einigung nicht abgeneigt und stellten ihm Geiseln – die Kinder der vornehmsten Familien, darunter eine Tochter des reichen Patriciers Cloelius. Diesem Mädchen, Cloelia, glückte es, mit einigen Freundinnen den Tiber zu durchschwimmen und sich zu den Eltern zu flüchten. Der Etruskerkönig bestand jedoch auf ihrer Auslieferung, und die Römer gaben nach.

Porsenna war so beeindruckt vom Mut Cloelias, daß er sie keineswegs bestrafte, wie befürchtet worden war, sondern sie vor seinem Heer wegen ihrer Tapferkeit lobte, sie reich beschenkte und in die Freiheit entließ. Sie konnte sogar etliche der Geiseln mit nach Rom nehmen, und sie wählte die jüngsten Knaben und Mädchen aus.

Die Römer aber wollten Porsennas Ehrung noch übertrumpfen. Sie bildeten Cloelia in Bronze ab, als draufgängerisches junges Mädchen auf einem Pferd. Das Standbild wurde an der Via Sacra aufgestellt, an der höchsten Stelle, neben dem kleinen Hügel Velia, und hier überdauerte es vier Jahrhunderte.

Sulla hatte diese mutige, intelligente Cloelia vor Augen, als er begeistert einer Verbindung mit der Nachfahrin zustimmte. Da die Cloelier wie die Iulier aus Alba Longa stammten, war die Erinnerung an seine Ilia zurückgekehrt, und er hoffte, noch einmal ein so großes Glück wie mit seiner ersten Frau zu finden.

Cloelia war ebenfalls erst 15 Jahre alt, klein und etwas pummelig wie damals Ilia bei ihrer ersten Begegnung. Aber damit hörten die Ähnlichkeiten auf. Sie war stark geschminkt, was für eine 15jährige unpassend war. Sie hatte ihr Gesicht mit Kreide geweißt, die Augen mit Asche umnachtet und die Lippen mit blutroter Farbe angemalt. Sie hoffte, den lebenserfahrenen Sulla mit diesem verruchten Aussehen beeindrucken zu können. Außerdem roch sie stark nach Parfüm, daß jedoch ihren starken Geruch nicht überdecken konnte.

»Sie muß sich seit Tagen nicht mehr gewaschen haben«, dachte Sulla, der sich um ein freundliches Lächeln bemühte. »Sie meint, wenn sie sich mit Parfüm zuschüttet, reicht das!«

Cloelia wurde von ihrem Bruder Titus Cloelius begleitet, der mehr als doppelt so alt war wie sie und die Vaterstelle bei ihr vertrat. Die Eltern waren bei einer Seereise vor zehn Jahren ums Leben gekommen.

Titus Cloelius war ein großer Lebemann, kaum an einer politischen Karriere interessiert. Vor einigen Jahren war er Münzmeister gewesen, hatte danach aber die Wahl zur Quaestur nicht geschafft und keine Lust verspürt, einen zweiten Anlauf zu nehmen. Die Familie besaß riesige Ländereien in Unteritalien mit großen Olivenpflanzungen und ausgedehnten Weinfeldern, so daß es den Geschwistern an nichts mangelte. Die Mitgift der Cloelia war beträchtlich, kam Sulla für seine erneute Kandidatur sehr gelegen und war der ausschlaggebende Grund für sein Einverständnis gewesen.

Sulla zwang die Haufen von Goldbarren und Silberstücken vor seine Augen, und mühelos legte sich ein Strahlen über sein Gesicht.

»Wie schön du bist, meine Cloelia«, sagte er galant und versprühte seinen gefährlichen Charme. »Warum ist mir dieses Schmuckstück in Rom noch nie aufgefallen?« wandte er sich an den Bruder Titus Cloelius, der die dunklen Schatten unter seinen Augen mit Kreide zugetüncht hatte. »Ich habe mich bemüht, Cloelia zu einem anständigen Mädchen zu erziehen«, antwortete Titus geschmeichelt, »die meiste Zeit mußte sie im Hause verbringen, die Zofen beim Weben oder anderen Arbeiten beaufsichtigen.«

»Ich wette, daß sie den ganzen Tag vor dem Spiegel verbringt«, dachte Sulla, aber er sagte nur spöttisch: »So eine tüchtige Hausfrau habe ich mir schon mein Leben lang gewünscht.«

Wie üblich wurde die Hochzeit großartig gefeiert, viel »Talassio« gerufen, nachdem die junge Braut mit ihrem Fakkelzug Sullas Haus auf dem Palatin erreicht hatte.

Als Sulla sie in seinem Schlafzimmer ausgestreckt auf dem Bett vorfand, war ihm der Gestank, gemischt mit Parfüm, so unerträglich, daß er den Zofen befahl, ein Bad zu richten und sie gründlich zu waschen. Er zog sich derweil in einen Nebenraum zurück und verschloß die Tür.

Als sie ihn endlich, frisch gebadet und nach Rosenöl duftend, zum zweitenmal erwartete, war er bezaubert von der üppigen Schönheit des jugendlichen Körpers. Er spürte eine Erregung wie schon lange nicht mehr. Schnell zog er die Tunica aus, riß sich den Lendenschurz vom Leib und drang in sie ein, bevor sie Gelegenheit hatte, seinen Hoden näher zu betrachten. Sie öffnete sich leicht, und erstaunt stellte Sulla fest, daß sie keine Jungfrau mehr war.

»Mit wem hast du schon geschlafen?« fragte er sie grob, als er sich später neben ihr ausstreckte. Sie kicherte verschämt. »Mein Bruder hat mir gesagt, davon darf nichts an die Öffentlichkeit!«

»Mir kannst du es sagen«, grinste Sulla. »War es dein Bruder?« Sie lächelte dümmlich und nickte. Als Sulla sich erhob, um sich anzuziehen, kreischte sie auf: »Du hast ja nur ein Ei!«

Sulla meinte, die Stimme von Nikopolis zu hören, und fühlte, wie die Wut in ihm hochstieg. Mit einem Satz war er beim Bett, riß Cloelia hoch und schlug ihr so heftig ins Gesicht, daß ihre Nase blutete.

»Davon darf auch nichts an die Öffentlichkeit«, schrie er aufgebracht, und als er das Blut überall im Bett sah, sagte er zufrieden: »Jetzt denken die Diener wenigstens, daß bei dir alles in Ordnung war, daß du als Jungfrau in die Ehe gekommen bist.«

Ein zweites Mal schlief Sulla nicht mit seiner Frau; es fiel ihm schwer, überhaupt ihre Gegenwart zu ertragen. Er mußte sich aber häufig mit ihr in der Öffentlichkeit zeigen, den verliebten Jungverheirateten spielen, sie an sich drücken, ihr leichte Küsse auf das fettige Haar hauchen. Vor jedem Ausgang ließ er sie in den Badezuber stecken, doch schon bald breitete sich der Gestank wieder um sie aus. Er gewöhnte sich an, ein Fläschchen mit starkem Parfüm in der Falte seiner Toga zu deponieren und ihr zu befehlen, sich gründlich mit der Essenz zu betupfen, wenn der Schweißgeruch anfing sich zu entwickeln.

Die Duftaura, die sie verströmte, belästigte seine Nase und ihr Geplapper seinen Verstand. Ihre Bildung war gering; sie hatte nie Griechisch gelernt und hielt Accius für einen Komödiendichter. Sie verfügte über keinen Mutterwitz, wie Nikopolis, oder irgendeine Begabung, die sie liebenswert gemacht hätte.

»Sie hat ihr Leben nur vor dem Spiegel verbracht«, klagte Sulla dem Metrobius, der befriedigt das neue Eheleben verfolgte, »oder die Beine für ihren Bruder breitgemacht.«

Ihr mangelte es zwar an Intelligenz und Geist, doch das hinderte sie nicht daran, pausenlos zu plappern. Alles, was ihr in den Sinn kam, fiel ihr im selben Moment aus dem Mund. Sulla mußte oft seinen Ärger zügeln, wenn er sich auf dem Forum mit Leuten unterhielt und sie das Gespräch unhöflich wie ein verwöhntes kleines Mädchen unterbrach, um mitzuteilen: »Sieht dieser Mann nicht komisch aus!« oder: »So ein Kleid wie diese Frau will ich auch haben!«

Sulla kniff sie dann heftig in den Arm, um sie zum Schweigen zu bringen, setzte sein charmantestes Lächeln auf und sagte: »Ist sie nicht reizend, meine kleine Cloelia! Ein richtiges Kind!«

Nachdem er gemerkt hatte, daß seine Versuche, ihr wenigstens die Grundlagen von Bildung beizubringen, ein sinnloses Unterfangen waren, unterließ er alle Bemühungen. Um aber während der Bewerbung zur Praetur den Römern ein glückliches häusliches Leben vortäuschen zu können, zwang er sich dazu, ein oder zwei Stunden des Tages beim Würfelspiel mit ihr zu verbringen.

Sie entwickelte sich zu einer leidenschaftlichen Spielerin, mogelte oft und brach in Tränen aus, wenn sie verlor. Um des lieben Friedens willen ließ Sulla sie immer gewinnen. Zeigte einer der aus Elfenbein gefertigten Würfel einmal sechs Augen, den Venuswurf, stieß er schnell mit der Hand dagegen, um eine niedrigere Zahl zu bekommen.

Ärgerlich waren ihre Tischmanieren. Sie hatte die Angewohnheit, sich beim Essen, wie ein kleines Kind, das Gesicht vollzuschmieren und sich die Finger an den Haaren oder an ihrer Kleidung abzuwischen. Nachdem sich die Lucullus-Brüder geweigert hatten, weiter an Mahlzeiten teilzunehmen, bei denen sie anwesend war, sperrte Sulla sie zum Essen in ein besonderes Zimmer ein. Sie beklagte sich darüber bei ihrem Bruder, der Sulla empört zur Rede stellte. Der Cornelier verfiel dann auf die Lösung, Epicadus und Chrysogonos zu Lehrern für Tischmanieren zu bestellen, nachdem Metrobius es strikt abgelehnt hatte, dieses Amt zu übernehmen. Es dauerte zwei Monate, bis die beiden kultivierten Sklaven mit dem Erfolg ihrer Bemühungen zufrieden waren und Cloelias verbesserte Manieren der großen Runde vorführen konnten.

Aus seiner Ehepein entfloh Sulla für einige Zeit nach Mauretanien, zu König Bocchus. Er wollte den Mauren beim Wort nehmen, denn Bocchus hatte ihm ja Reichtümer bis an sein Lebensende versprochen. Sulla war entschlossen, in die zweite Kandidatur so viel Geld zu investieren wie noch kein Römer vor ihm, und dazu reichten seine derzeitigen Mittel nicht aus. Außerdem brauchte er einige Tiere für das Gladiatorenspiel, das die Römer von ihm erwarteten, und auch hier wollte er alles, was bisher gezeigt worden war, überbieten.

»Nicht ein oder zwei Dutzend Tiere sollen in der Arena kämpfen«, prahlte er, »sondern mindestens 100.«

Als Sulla einige Monate später zurückkehrte, war sein Schiff mit Gold, Silber und Elfenbein gefüllt. Die 100 Löwen waren ihm zugesagt worden, sollten aber erst Anfang des nächsten Jahres eintreffen, denn Sulla wollte am Beginn seiner Praetur das große Spiel geben, nicht schon während der Kandidatur.

»Die Römer bekommen es fertig, daß sie sich heiße Köpfe beim Zuschauen holen und mich dann doch nicht wählen«, erklärte er Cato, der am Hafen auf ihn gewartet hatte.

»Ich bin froh, daß du zurück bist«, sagte Cato nach der Begrüßung. Wie unter guten Freunden üblich, hatten sie sich lange und herzlich umarmt. »Ich sitze in der Klemme«, fuhr Cato fort, »wie ich es drehe und wende: Ich weiß nicht, wie ich da rauskommen soll. Auch Pulcher und Pompeius wissen keinen Rat; du bist meine einzige Hoffnung.«

Cato erzählte nun ausführlich von seiner Bedrängnis: Sein Schwager Drusus war an ihn herangetreten und hatte ihn aufgefordert, einem Geheimbund beizutreten, der sich zum Ziel gesetzt hatte, allen Italikern das römische Bürgerrecht zu verschaffen.

Es gärte unter den italischen Bundesgenossen, nachdem vor einigen Monaten die damaligen Consuln Crassus und Mucius Scaevola ein Gesetz erlassen hatten, das alle Italiker mit Strafen bedrohte, die sich römische Bürger nannten, aber nicht in die Bürgerliste der Republik eingetragen waren.

Zwei Jahre zuvor hatten die Censoren Marcus Antonius – der Redner und Lucius Valerius Flaccus – Consul zusammen mit Marius in dessen letztem Consulat – die Bürgerlisten für viele Italiker geöffnet, eine Maßnahme, hinter der allgemein Gaius Marius vermutet wurde. Denn Marius hatte während seiner Feldzüge vielen Legionären, die nur Bundesgenossen waren, versprochen, sie zu Römern zu machen. Er war also bei Scharen von Menschen im Wort, und in einem neuen Krieg, den er so heiß begehrte, würde er sich auf die italischen Soldaten nur verlassen können, wenn er sein Versprechen eingelöst hatte. So klemmte er sich hinter Antonius und Flaccus und erreichte, daß zahlreiche Italiker den ersehnten Status als Römer bekamen.

Tausende aber nahmen das zum Anlaß, sich auch ohne offizielle Anerkennung »Römer« zu nennen. Das störte jedoch den Juristen Scaevola, dem der Buchstabe des Gesetzes mehr galt als die konkrete Situation von Menschen. Er konnte seinen Jugendfreund Crassus beschwatzen, ein Gesetz zu unterstützen, das sich nicht nur gegen die Anmaßung des Bürgerrechts wandte, sondern sogar mit Ausweisung aus der Stadt drohte.

»Und sind die Italiker nun ausgewiesen worden?« fragte Sulla gespannt. »Die Consuln haben damit angefangen, aber es gab Zusammenrottungen, beinahe Aufruhr. Da schreckten sie zurück«, antwortete Cato. »Ich persönlich glaube, reiche italische Kaufleute mit Handelshäusern in Rom haben den Consuln genügend dafür bezahlt, daß sie bleiben können. Weißt du übrigens, wie der Consular Crassus in Rom genannt wird?« Sulla wußte es nicht.

»Die palatinische Venus«, lachte Cato, »weil sein Lebensstil immer üppiger wird! In seinem Atrium hat er jetzt Säulen aus massivem Marmor aufstellen lassen, nicht bloß mit Platten verkleidet. Aber zurück zu meinem Problem: Dieses Hin und Her, erst die Einschreibung, dann die Drohung mit der Ausweisung, hat die Italiker so gereizt, daß sie eine härtere Gangart einschlagen wollen.

Die italischen Städte schließen sich zusammen zu einem Geheimbund, an dessen Spitze mein Schwager Drusus steht. Wenn alles organisiert ist, will er sich zum Volkstribun wählen lassen, um die Aufnahme der Bundesgenossen in die Bürgerliste legal durchzusetzen. Falls er damit scheitert, wollen die Italiker einen eigenen Staat gründen, ihre eigenen Herren werden. So oder so – mit dem Status der Untertanen soll endgültig Schluß sein!«

»Es wird auch Zeit«, sagte Sulla, »vor 200 Jahren haben wir als letztes italisches Volk die Samniten besiegt. Du weißt, daß mein Ahn Rufinus entscheidenden Anteil daran hatte«, setzte der Cornelier stolz hinzu, und der Freund nickte ergeben, »und hier muß ich dem Marius recht geben, aus eigener Erfahrung. Die Italiker als Soldaten werden immer aufsässiger, und man kann sie nur zähmen, wenn man ihnen das römische Bürgerrecht verspricht. Ich habe mir oft Klagen von italischen Centurios und Legionären anhören müssen, und als Feldherr nehme ich ernst, was sie bewegt.

So können sich unsere römischen Soldaten an das Gericht des Volkes wenden, wenn ein Gericht im Lager sie zum Tode verurteilt hat. Ein italischer Soldat kann das nicht, bei ihm wird das Todesurteil direkt im Lager vollstreckt. Das schafft böses Blut!

Das ist der eine Aspekt, den ich als Feldherr sehe«, fuhr der Cornelier fort, »aber es gibt noch einen anderen – wichtigeren – für mich. Ich bin überzeugter Optimat, stolz darauf, ein römischer Adliger zu sein, als Römer über den Rest des Erdkreises zu herrschen. Warum soll ich diese Herrschaft mit vielen anderen teilen?«

»Genauso sehe ich es auch«, sagte Cato erleichtert, »und ich bin froh, daß du mir zustimmst! Ich würde gegen meine innerste Überzeugung handeln, wenn ich mithelfen würde, Rom für die Italiker zu öffnen, unser Bürgerrecht zu verschleudern!«

»Da du nie gegen deine Überzeugung handelst«, scherzte Sulla, »ist die Angelegenheit doch schon entschieden. Du trittst nicht diesem Geheimbund bei!«

»Da kennst du meinen Schwager schlecht«, die Miene des Cato verdüsterte sich, »er hat mich unter Druck gesetzt! Er hat mir angedroht, daß mein Leben nichts mehr wert sei, wenn ich mich nicht seiner Sache verschreibe!«

»Das ist stark!« rief Sulla aufgebracht. »Was bildet der sich bloß ein, daß er so mit dir umgeht!«

»Aufgeblasen war er schon immer! Aber daß die Italiker ihn jetzt vor ihren Karren spannen, hat ihm völlig den Kopf verdreht. Er sieht sich als König der italischen Völker, hält sich für den besten der Römer. Alle anderen sind verblendet, nur er hat den klaren Blick. Er steht ganz unter dem Einfluß eines Marsers, eines Poppaedius Silo, der an Härte und Rücksichtslosigkeit kaum zu übertreffen ist. Drusus würde es nicht wagen, mich umbringen zu lassen, aber Poppaedius hätte nicht die geringsten Hemmungen!«

Sulla überlegte einen Augenblick: »Ich kaufe dir ein Dutzend Gladiatoren als Leibwache. Die werden dich schützen!«

Dankbar lächelte ihn Cato an: »Das würdest du tun! Ich kann mir das leider nicht leisten, meine Mittel reichen dazu nicht aus. Ein gutausgebildeter Gladiator kostet mindestens 100 000 Sesterzen!«

»Mach dir wegen des Geldes keine Gedanken. König Bocchus war sehr großzügig.« Und Sulla wies mit großer Geste auf das Schiff, aus dem immer noch Kisten und Körbe entladen und in gedeckte Wagen geschafft wurden. Eine schwerbewaffnete Eskorte begleitete den Zug zu seinem Haus, in dem der Schatz Tag und Nacht bewacht wurde.

Bevor Sulla die versprochenen Gladiatoren kaufen konnte, war Cato tot. Sulla argwöhnte, daß man ihr Gespräch beobachtet und gefürchtet hatte, daß Cato zu viele Geheimnisse ausplauderte. Er starb jedoch nicht in der Menge durch die Hand von Meuchelmördern; die Gladiatoren hätten ihn nicht schützen können. Seine Krankheit begann mit starken Schmerzen in der Seite, begleitet von Schüttelfrost und Fieber. Drei Tage nach den ersten Anzeichen brach Cato in seinem Haus zusammen, wenig später setzte das Herz aus.

»Eine rätselhafte Krankheit«, meinte der griechische Arzt ratlos. Sulla, den Livia sofort benachrichtigt hatte, stand neben dem Toten.

»Es war ein schleichendes Gift«, dachte er, »Drusus hat einen Sklaven des Hauses bestochen. Aber Livia darf nichts davon erfahren; leidenschaftlich wie sie ist, würde sie Wut und Haß in alle Welt hinausschreien – und ebenfalls umgebracht werden.«

Livia schien jedoch einen Verdacht zu hegen, denn sie weigerte sich, in das Haus ihres Bruders zu ziehen. Mit ihren vielen Kindern quartierte sie sich bei ihrer alten Mutter Cornelia ein.

Nach dem Tod des Cato glich Sulla wieder der »mit Mehl bestäubten Maulbeere«. Das Schmetterlingsgeflecht des Ausschlags bedeckte Wangen und Nasenrücken. Er fieberte leicht, war entweder mürrisch oder aggressiv zu seiner Umgebung. Wie bei ähnlichen Anfällen hätte er sich am liebsten in sein Schlafzimmer zurückgezogen, aber diesmal stand zuviel auf dem Spiel. Wenn er die zweite Chance, die Praetur zu erlangen, nicht wahrnahm, konnte er den Traum von der Macht endgültig vergessen.

So wanderte er mit roten Flecken und heißem Fieberkopf in Rom umher, schüttelte viele Hände, in die seine Sklaven dann Silberstücke steckten, übersah manches hämische Grinsen und überhörte das Liedlein von der »Maulbeere«, das oft im Hintergrund gesummt oder laut gesungen wurde. Nur Cloelia, die ihn gelegentlich begleitete, wurde heftiger als sonst in den Arm gekniffen, wenn sie den Mund aufmachte.

Meist spazierte er an der Seite des Consuls Lucius Ahenobarbus durch Rom, denn der Freund war mit großer Mehrheit gewählt worden, und die Beliebtheit des Consuls und seiner Familie hob Sullas Ansehen. Lucius Ahenobarbus verstand es inzwischen meisterhaft, in der Öffentlichkeit ebenso würdig einherzuschreiten und streng zu blicken wie sein älterer Bruder, der Pontifex Maximus, und oft genügte ein indignierter Blick, um die Sänger des Spottliedes zum Verstummen zu bringen. Sulla war ihm sehr dankbar dafür. Je mehr sich der Termin für die Wahlen näherte, um so größeren Wert legte Ahenobarbus darauf, Sulla ständig, als Berater sozusagen, um sich zu haben. So auch bei einem Prozeß, den der Consul von seinem Ehrenplatz aus verfolgte.

Der Angeklagte war Gaius Norbanus, der frühere Freund von Glaucia und Saturninus. Er sollte nach dem Gesetz über die »verletzte Würde des römischen Volkes« verurteilt werden. Dieses Gesetz hatte er selbst vor acht Jahren zusammen mit Saturninus ausgeheckt.

Ankläger war der Volkstribun Publius Sulpicius Rufus, der Schüler des Redners Crassus und Freund des Drusus. Es sollte sein erster Auftritt von Bedeutung sein, seinen Ruhm als Prozeßredner begründen. Mit Bedacht hatte sich Sulpicius den verhaßten Norbanus ausgesucht, den er wegen jener umstürzlerischen Umtriebe zur Rechenschaft ziehen wollte, die mit dem Tod von Saturninus und Glaucia geendet hatten.

Norbanus war damals mit dem Leben davongekommen, weil seine alten Kumpane nichts mehr von ihm wissen wollten.

»Konnte Sulpicius denn keine bessere Anklage finden als diese abgestandene Geschichte?« sagte Sulla zu Ahenobarbus, nachdem sie sich auf ihren Sitzen niedergelassen hatten: Sulla auf einem gewöhnlichen Klappstuhl, der Consul aber auf einem elfenbeinernen, der ihm als Zeichen seiner Würde ständig nachgetragen wurde.

»Er hofft, daß er die Plebs noch einmal so in Wut bringen kann wie damals, als sie gegen Saturninus vorging, nach der Ermordung des Memmius. Außerdem meint er, uns Optimaten einen Gefallen damit zu erweisen, daß er den Norbanus, der ja an der Pöbelherrschaft genauso beteiligt war wie Glaucia und Saturninus, dem Henker ausliefert«, erklärte der Consul.

Sulla schüttelte den Kopf: »Er hat falsch gedacht! Dem Antonius ist er nicht gewachsen!«

Und so war es. Der Consular Antonius, ehemaliger Censor, war neben Crassus immer noch der beste Redner Roms. Er hatte die Verteidigung des Norbanus übernommen, weil dieser sein Quaestor im Krieg gegen die Piraten gewesen war. Er tat es auch Marius zuliebe, der seinen alten Verbündeten Norbanus nicht im Stich lassen konnte.

Marius thronte breit und behäbig in der ersten Reihe vor dem Podest. Rechts neben ihm saß sein 15jähriger Sohn Gaius, ein hübscher Junge, der so stattlich zu werden versprach wie sein Vater, aber die feinen Gesichtszüge der Iulier aufwies. Auf dem Platz zur Linken des Marius durfte sich Cicero präsentieren. Sulla betrachtete ihn amüsiert.

»Wie kann ein so dünner Hals einen so großen Kopf tragen«, spottete er zu Ahenobarbus.

»Der Junge wird sich noch auswachsen«, antwortete der Consul gutmütig, »dann sieht er nicht mehr so komisch aus!«

»Ich möchte bloß wissen, worüber der ständig redet«, überlegte Sulla, »ich beobachte ihn seit einigen Minuten, und er hat kein einziges Mal eine Pause eingelegt.«

Erst als Sulpicius mit seiner Anklagerede begann, hielt Cicero den Mund. Aber schon bald machte er heftige Lippenbewegungen, fast synchron zu denen des Redners, und Sulla vermutete, daß er den Text leise mitsprach.

Sulpicius lebte bei seiner Rede seinen Hang zum tragischen Schauspieler voll aus. Mit großen Gesten und pathetischem Tonfall schilderte er in allen Einzelheiten den Aufruhr, den Norbanus, Saturninus und Glaucia entfacht hatten, als sie das Majestätsgesetz einbrachten und die zwei Volkstribunen hinderten, ihr Veto dagegen einzulegen. Er zählte jeden Stein auf, der gegen Scaurus geschleudert worden war, nannte Norbanus und seine Freunde roh und gefühllos, weil sie den armen Feldherrn Caepio, der vor Trauer um seine gefallenen Soldaten fast zerfloß, mit einem Prozeß überzogen hatten.

Als Sulpicius geendet hatte, breitete sich beim Publikum Rührung aus, und auch die Richter tendierten zu seiner Seite.

Antonius schien ebenfalls beeindruckt; zögernd und stockend begann er seine Rede, als ob er selbst nicht mehr an den Erfolg glaubte. Er entschuldigte sich sogar dafür, daß er die

Verteidigung übernommen hatte, begründete das aber mit seiner Fürsorgepflicht gegenüber dem ehemaligen Quaestor.

Dann wendete er mit raschem Stoß das Blatt. Er legte große Leidenschaft in seine Stimme, als er das Unglück ausbreitete, das Caepio mit der Katastrophe von Arausio über Rom gebracht hatte. Er beschrieb Leiden und Schmerz der Angehörigen so eindringlich, als hätten sie erst gestern die Nachricht vom Tod ihrer Väter, Söhne und Brüder erhalten. Das Feuer, das er legte, griff auf die Zuhörer über; am liebsten hätten sie Caepio ein zweites Mal verurteilt.

Norbanus wurde freigesprochen.

»Antonius ist der beste von unseren Rednern«, sagte der Consul anerkennend, nachdem er dem strahlenden Sieger als erster die Hände geschüttelt, dann Sulla vorgeschoben hatte, der vor den Augen von ganz Rom Antonius herzlich umarmte.

»Dieser Auftritt war genauso glänzend wie der vor einigen Jahren, als er den Manius Aquilius verteidigte. Erinnerst du dich?« fuhr Ahenobarbus fort. Sulla erinnerte sich nicht, denn während seiner campanischen Zeit hatte er sich wenig um römische Ereignisse gekümmert. Interessiert hörte er zu, als der Freund erzählte:

»Der Manius Aquilius war ja nun endlich mit den Sklaven in Sicilien fertig geworden, nachdem er den Athenion im Zweikampf besiegt hatte. Er entwaffnete die Horden und ließ die Aufwiegler ans Kreuz schlagen, das waren die meisten.

Die Besitzer der Latifundien waren so dankbar, daß wieder Ruhe herrschte, sie mit neuen Sklaven die Felder bestellen konnten, daß sie den Aquilius reich beschenkten. In Rom wurde ihm sofort übermäßige Bereicherung vorgeworfen. Einige Volkstribune klagten ihn an; Antonius verteidigte ihn.

Auch damals gelang es unserem Anwalt, große Gefühle beim Publikum zu wecken. Er schilderte die Taten des Aquilius, wie er Sicilien von den Sklavenbanden befreit und damit Rom vor einer Hungersnot gerettet hatte. Dann trat er vor Aquilius, zog ihm die Toga vom Körper und zerriß ihm die

Tunica: ›Römer‹, schrie er, ›seht die Narben auf der Brust dieses Mannes; Narben von Wunden, die er für euch im Zweikampf empfangen hat! Diesen Mann wollt ihr in die Verbannung schicken?‹ Die Menschen fingen an zu weinen, und selbst Marius, der wie heute in der ersten Reihe saß, konnte die Tränen nicht zurückhalten. Da hatte Antonius gewonnen, Aquilius wurde freigesprochen.«

Die Republik vor dem Untergang

Die Worte des Chaldaeers

Sulla spazierte stolz als städtischer Praetor durch Rom; zwei Lictoren bahnten ihm den Weg. Seine Amtstracht war die Toga Praetexta, ein Obergewand, das mit breiten Purpurstreifen eingefaßt war, und als Amtssitz diente ihm ein Elfenbeinklappstuhl, der ihm nachgetragen wurde.

Er war jetzt 45 Jahre alt und damit fünf Jahre über das übliche Alter eines Praetors hinaus.

Vor 90 Jahren waren in einem Gesetz Richtlinien für die Ämterlaufbahn aufgestellt worden: Ein Quaestor sollte mindestens 31 Jahre, ein Aedil 37 Jahre, ein Praetor 40 und ein Consul 43 Jahre alt sein. Vor zwei Jahren hätte er also schon Consul sein können. Die meisten Optimaten, die sich einer politischen Karriere verschrieben hatten, schafften den Aufstieg zum Gipfel der Macht in den vorgeschriebenen Zeiträumen.

»Hätte Marius mich nicht so behindert«, rechtfertigte Sulla sich oft vor seinen Freunden und vor sich selbst, »wäre auch bei mir alles glattgegangen! Einmal werde ich ihm noch heimzahlen, was er mir angetan hat!«

Nur ergab sich während seiner Praetur keine Gelegenheit

dazu; Sulla konnte seine Machtposition nicht ausnutzen, um dem Feind zu schaden. Marius lebte weiter zurückgezogen in seinem Haus neben dem Forum, und wenn er sich gelegentlich in der Öffentlichkeit zeigte, beispielsweise bei Prozessen, benahm er sich manierlich und zurückhaltend.

So versuchte Sulla, den Haß, den er für Marius empfand, an Mitgliedern von dessen Familie auszulassen. Erste Zielscheibe sollte der Schwager des Marius sein, jener Gaius Iulius Caesar, der mit der spitzzüngigen Aurelia verheiratet war. Caesar kandidierte für die Praetur und verteilte, wie es üblich war, viel Geld an die Plebs.

Bei seinen Wahlspaziergängen durch Rom ließ er sich gern von seinem etwa zehnjährigen Söhnchen Gaius begleiten. Der Junge war ausnehmend hübsch, feingliedrig von Gestalt, mit regelmäßigen und intelligenten Gesichtszügen. Er ergötzte die Plebs mit altklugen Reden, und Sulla, der ihm einmal zugehört hatte, mußte zugeben, daß der Knabe die Fähigkeit besaß, andere Menschen mit seinem Charme und der Brillanz seines Geistes um den Finger zu wickeln.

»So muß ich auch in diesem Alter gewesen sein«, dachte er und betrachtete den kleinen Gaius Caesar mit Rührung. Im nächsten Moment stieg Ärger in ihm hoch, vor allem über sich selbst, weil er sich dabei ertappt hatte, Sympathien für ein Mitglied der verhaßten Sippe des Marius zu empfinden. Um so heftiger war seine Reaktion.

»Caesar«, schrie er den Vater an, »mir ist zu Ohren gekommen, mit welchen Summen du dir deine Wahl erkaufen willst! Ich werde dich zur Rechenschaft ziehen, meine Amtsgewalt gegen dich einsetzen!«

Doch der Kandidat lachte nur spöttisch. »*Deine* Amtsgewalt?« höhnte er. »Du hast ganz recht, von *deiner* Amtsgewalt zu sprechen! Denn du hast sie dir ja gekauft!«

Gelächter breitete sich aus, so einen guten Witz hatte die Plebs schon lange nicht mehr gehört. Sulla schwieg bestürzt und zog mit seinem Gefolge schnell weiter.

In den vergangenen Jahrzehnten waren etliche Versuche

unternommen worden, dem Stimmenkauf Einhalt zu gebieten. Man hatte sogar eine Spezialkommission zur Untersuchung besonders eklatanter Fälle eingesetzt. Nur die Macht des Consuls Ahenobarbus hatte im vorigen Jahr verhindert, daß Sulla wegen der Bestechung des Wählervolkes, die er ja in großem Stil betrieben hatte, angeklagt wurde. Eine Drohung aus seinem Munde gegen einen Kandidaten, der viel weniger Geld als er verteilen ließ, wirkte daher besonders komisch.

Als Sulla bewußt geworden war, wie lächerlich er sich gemacht hatte, hielt er sich in Zukunft mit Äußerungen dieser Art zurück, mied auch alle Zusammenkünfte mit Gaius Caesar und dessen Söhnchen.

Außerdem füllte ihn sein Amt so aus, daß ihm nicht mehr der Sinn nach kleinlichen Streitereien stand. Täglich nahm er die Anmeldungen von Prozessen entgegen, oder er führte den Vorsitz bei Gericht. Und täglich erkannte er deutlicher die Schwächen des veralteten Rechtssystems.

Rom war in den vergangenen Jahrzehnten stark gewachsen, hatte wohl eine dreiviertel Million Einwohner. Nur ein einziger Praetor regelte die strittigen Angelegenheiten zwischen Römern und ein zweiter die zwischen Ausländern. Mit der Einwohnerzahl hatten die Verbrechen sprunghaft zugenommen; die Reichen trauten sich ohne Leibwache nicht mehr vor die Tür.

Es gab kein Polizeiwesen. Die Aedile, die für die öffentliche Sicherheit verantwortlich waren, verfügten zwar über einige Beamte, beispielsweise über Marktpolizisten, doch der Bürger konnte um keinen Schutz bitten, wenn er sich bedroht fühlte. Wer Geld hatte, kaufte sich Gladiatoren und bildete seine Haussklaven so aus, daß sie Schaden von ihm fernhalten konnten. Der Großteil der Bevölkerung war nächtlichen Überfällen, Einbrüchen in Häuser und Wohnungen hilflos ausgeliefert.

Eine Behörde zur Verfolgung und Anklage von Verbrechern gab es auch nicht. Sollte eine Straftat vor Gericht kommen, so mußte sich der Geschädigte an Adlige, gute Redner, wenden, die Anklage für ihn erhoben. Als Ankläger gegen hohe Magistrate traten oft die Volkstribune auf. Es war Sache des Anklägers, Material zu sammeln, Zeugen zu stellen.

War der Prozeß beim Praetor angemeldet, schlug dieser die »Richter« vor, Privatpersonen, die von den Parteien gebilligt werden mußten. Jahrhundertelang fungierten nur Senatoren als Richter; erst Gaius Gracchus betraute auch Ritter mit richterlichen Aufgaben und wertete damit diesen Stand sehr auf.

Bei Tätern aus den unteren Schichten – Sklaven, Fremden, Gesindel – machte man »kurzen Prozeß«: Drei untergeordnete Beamte urteilten sie auf dem Forum, gleich neben dem Gefängnis, ab.

»Wir brauchen mehr ständige Gerichtshöfe«, sagte Sulla zu seinen Freunden, nachdem er sich den ersten Durchblick verschafft hatte, »wie viele Verbrecher werden nicht verurteilt, weil unsere Richter überlastet oder bestochen sind! Nur strenge Strafen schrecken ab.

Ständige Gerichtshöfe haben wir ja nur für die Bereicherung in den Provinzen, für Wahlbetrug sowie für Giftmischerei und Mord eingerichtet. Saturninus und seine Freunde haben zwar viel Unfug getrieben, aber ihre Spezialkommission für alle Verbrechen gegen das römische Volk, jede Entehrung des römischen Namens war eine gute Neuerung. Das Gericht des Volkes ist zu schwerfällig.«

»Dann brauchen wir mehr Beamte«, warf Lucius Ahenobarbus ein, »wie soll ein einziger Praetor so viele neue Gerichtshöfe leiten?«

»Auch das habe ich mir überlegt«, fuhr Sulla fort, »um wirklich unser veraltetes und verlottertes Gerichtswesen in den Griff zu bekommen, brauchten wir acht Praetoren nur für die Stadt, als Vorsitzende der alten und neuen Gerichtshöfe.

Außer den schon bestehenden und der Spezialkommission des Saturninus würde ich noch Gerichtshöfe für Testaments- und Münzfälschung sowie für Zinswucher, für Unterschlagung öffentlicher Gelder, für Ehrverletzung, Ehebruch und Hausfriedensbruch einsetzen. Nachdem die Familienväter nicht mehr wie früher von ihrer Hausgewalt Gebrauch machen, muß sich der Staat darum kümmern, auch gegen die um sich greifende Sittenlosigkeit einschreiten.«

»Das tun doch unsere Censoren!« warf Pulcher lachend ein.

»Die kümmern sich inzwischen mehr darum, daß Italiker zu Römern werden«, erwiderte Sulla gehässig. »Und noch etwas müßte unbedingt geändert werden: Die Senatoren sollten die Gerichte für die Provinzen zurückbekommen! Die Klagen, die die Untertanen aus den Provinzen gegen die Steuerpächter, die Ritter, in Rom einreichen, sind alle berechtigt, aber recht bekommen sie nie, weil die Ritter zusammenhalten und alles abwimmeln!«

»Wie willst du diese Änderungen durchsetzen?« erkundigte sich Lucius Ahenobarbus. »Unser Regierungsapparat ist so schwerfällig geworden. Selbst notwendige Reformen, die der ganzen Bevölkerung zugute kämen, wie die Verbesserung des Gerichtswesens, würden bestimmt am Widerstand irgendeines Volkstribunen scheitern, der für die Interessen eines winzigen Grüppchens eintritt!«

»Darüber denke ich schon lange nach«, antwortete der Cornelier mit düsterer Miene, »und ich sehe nur eine Lösung: eine Dictatur. *Ein* Mann muß entscheiden, ein einzelner, der sieht, wo die Hebel anzusetzen sind.

Der korrupte Senat und die ebenfalls korrupten Volkstribune lähmen sich gegenseitig. Beide Machtgremien müssen für eine Weile ausgeschaltet werden, denn ich denke nicht an eine Dictatur von Dauer, sondern nur für die dringenden Reformen!«

»Du hast recht!« sagte Lucius mit Bewunderung in der Stimme. »Dieses Amt, das unsere Vorfahren ja kannten, haben wir völlig aus den Augen verloren. Wieviel Weisheit besaßen doch unsere Ahnen! In kritischen Situationen übergaben sie einem einzigen Mann das Ruder des Staatsschiffes!«

»Und ich halte *mich* für den richtigen Mann«, meinte Sulla mit ironischem Funkeln in den Augen, »und du, Ahenobarbus, wirst mein erster Berater.«

Die Meinung, daß er, Sulla, von allen Römern der fähigste sei, um die für den Fortbestand der Republik notwendigen Reformen durchzusetzen, festigte sich während seiner Amtszeit als Statthalter von Kilikien. Der Senat hatte ihn mit der Verwaltung der neuen Provinz, die Antonius vor acht Jahren eingerichtet hatte, beauftragt. Da es aber in dem kleinen Küstengebiet nördlich von Syrien kaum etwas zu verwalten gab, hatte er in Wirklichkeit eine andere Aufgabe: Er sollte mit den Cohorten der römischen Garnison und mit Truppen von Bundesgenossen für Ordnung in den angrenzenden Gebieten sorgen.

König Mithridates von Pontus, der die Wirren in Rom benutzt hatte, um seine Herrschaft auszudehnen, hatte sich Kappadokien, nördlich von Kilikien gelegen, angeeignet. Dort regierte nun einer der Freunde des Mithridates, nachdem der angestammte König ermordet worden war. Um in den östlichen Gebieten nach Belieben schalten zu können, hatte sich Mithridates mit dem König von Armenien, Tigranes, verbündet und ihm eine seiner Töchter zur Frau gegeben.

Sulla hatte sich noch in Rom über die Verhältnisse im Osten gründlich informiert. Als er in der Garnison in Kilikien ankam, bestellte er alle römischen Kaufleute, die an dieser Küste arbeiteten, zu sich, um soviel wie möglich über den Charakter des neuen Feindes zu erfahren. Erfreut stellte er fest, daß auch die Kaufleute Sornatius, ein jüngerer Sohn des Bankiers, und Ancharius, ein ebenfalls jüngerer Sohn eines Bruders seiner verstorbenen Stiefmutter, unter den Händlern waren.

Sornatius ähnelte in Aussehen und Auftreten seinem Vater: Er war hochmütig und wirkte unnahbar. Von dieser kühlen Aura, die ihn umgab, fühlte sich Lucius Lucullus, der mit seinem Bruder Marcus zum Gefolge des Statthalters gehörte, stark angezogen. Er verliebte sich in Sornatius, und der gleichaltrige Bankier erwiderte bald seine Gefühle. Ihre Freundschaft wurde so eng, daß Lucullus ihn auf späteren Feldzügen als Legat mitnahm.

Marcus hingegen blieb weiter Archias treu, der ebenfalls in Sullas Gefolge reiste. »Ich komme aus Syrien«, hatte er gesagt, als er um Erlaubnis bat, bei den Lucullern bleiben zu dürfen, »vielleicht können meine Kenntnisse der Gegend dir nützlich sein.«

Noch einer hatte Sulla geradezu angefleht, mit in See stechen zu können: Metrobius. Sulla war über den Wunsch seines Freundes sehr erstaunt gewesen. »Willst du etwa die Truppen mit Tanz und Gesang unterhalten?« fragte er ihn lachend.

»Ich werde euch bald nach der Ankunft verlassen«, antwortete Metrobius leicht beleidigt, »du sollst mir nur helfen, die Verbindungen zu Kaufleuten herzustellen, die ich für meine Geschäfte brauche!«

»Was für Geschäfte hast du im Sinn?«

Metrobius lachte, und es perlte wie in früheren Jahren. »Der kleine Metrobius hat vor, sich in Zukunft mehr um den großen Sulla zu kümmern«, sagte er geheimnisvoll. Das alarmierte Sulla erst recht.

»Zier dich nicht so, mein Metrobius«, sagte er schmeichelnd, »du hast zwar bisher immer meine Verhältnisse vorzüglich geordnet, aber wissen möchte ich doch gern, was du jetzt wieder im Sinn hast!«

»Ich habe mir heftige Vorwürfe gemacht«, platzte es aus Metrobius heraus, »daß ich dich im Stich ließ, als Marius dich kaltstellte, schließlich degradierte. Da hätte ich eingreifen sollen, dich von Marius befreien.«

»Aber wie?«

»Wie ich dich schon einmal von einer lästigen Person befreit habe, erinnerst du dich?«

Sulla lief eine Gänsehaut über den Rücken. »Wen hast du jetzt im Visier, etwa Metella oder Cloelia?«

Metrobius lächelte amüsiert: »Aber mit den beiden Frauen haben wir uns doch gut arrangiert! Nein, ich habe die Männer im Sinn, die dich daran hindern wollen, das Consulat zu erreichen!«

»Die erledige ich lieber mit dem Schwert!«

»So einfach ist das in unserem Rom nicht. Sie sind alle gut beschützt! Aber in jedem großen Adelshaus findet sich ein Sklave, der sich an seinem Herrn für irgendein Unrecht rächen will. Hast du deinen Freund Cato vergessen? Wie sie es mit ihm gemacht haben? Ein solches Gift, das ihn umgebracht hat, will ich kaufen! Im Giftmischen sind die östlichen Völker Experten!«

Sulla nickte nachdenklich: »Du kannst mitkommen, aber nur, wenn du die Frauenkleider und die Schminke zu Hause läßt – und kurze Haare wie ein Soldat hast!«

»Die Haare abschneiden! Selbst zu diesem Opfer bin ich für dich bereit.« Gerührt zog Sulla den Freund an sich.

Die Kaufleute wußten viel über den König Mithridates zu berichten: »Er hat eine so gewaltige Statur wie eins der Ungeheuer aus dem Norden«, erzählte Sornatius, »sein Körper ist gestählt und abgehärtet; schon als Kind soll Mithridates die größten Strapazen ertragen haben. Er kam nämlich bereits als Elfjähriger auf den Thron – jetzt mag er 40 Jahre alt sein –, aber seine eigene Mutter und die Vormünder wollten ihn ermorden. Da lief er davon, mit einigen Getreuen, und zog sieben Jahre durch die Lande; täglich wechselte er das Quartier.«

»Man sagt, er läuft schneller als das Wild«, fuhr Ancharius fort, »und er ist ein großartiger Reiter: Mit Pferden, die er häufig wechselt, legt er mehr als 100 Meilen am Tag zurück. Aber er ist gefährlich und tückisch: Menschenleben achtet er gering. Als er endlich stark genug war, um die Herrschaft anzutreten, ließ er gleich seine Mutter und alle, die ihn ums Leben bringen wollten, töten.

Vor Dolchen fühlt er sich sicher, aber vor Giften hat er Angst. Man erzählt, daß er daher seinen Körper seit seiner Kindheit an Gifte gewöhnt hat und es kein Gift mehr gibt, das ihm schaden könnte.«

»Unseren Kaufleuten gefällt überhaupt nicht«, meinte ein älterer Ritter, der seit Jahren als Steuerpächter in Asia tätig war, »daß er bei den Griechen in unserer Provinz so beliebt ist: Er gibt sich gern als Freund der Hellenen aus, täuscht Begeisterung für griechische Kunst vor. Dabei ist er roh und ungebildet, ein Barbar schlimmsten Kalibers. Wenn er griechische Kunstschätze sammelt, dann nur, um damit zu protzen!«

»Nun, das tun viele Römer auch«, sagte Sulla spöttisch. Der Kaufmann ließ sich nicht beirren: »Er hat die Griechen in vielen Städten unserer Provinz richtig becirct; sie sehen in ihm so etwas wie einen Befreier. Ich fürchte, da sind schon Verbindungen geknüpft, die uns einmal gefährlich werden könnten.«

Sulla horchte auf: »Was gibt es für Anzcichen?«

»Die Griechen sind säumig im Zahlen der Steuern. Wenn wir ihnen die Folter androhen oder den Verkauf in die Sklaverei, grinsen sie nur hämisch, als wenn sie sagen wollten: Das werdet ihr uns noch einmal büßen!«

»Foltert ihr die Schuldner denn oft?« wollte Sulla wissen, der noch in keiner Provinz gearbeitet und sich für das Treiben der Steuerpächter wenig interessiert hatte.

»Wie sollen wir sonst an unser Geld kommen?« jammerte der Kaufmann. »Wir haben große Summen für die Pacht in Rom vorlegen müssen, und dann fällt die Ernte schlecht aus! Die Griechen haben meist viel Geld in ihren Häusern oder in den Tempeln versteckt, womit sie uns den Ausfall ersetzen könnten. Ihr Geld rücken sie jedoch freiwillig nicht heraus. Erst wenn wir sie foltern lassen, werden sie gefügig. Haben sie wirklich kein Geld, so müssen sie uns ihre Kinder geben oder sich selber, damit wir sie auf dem Sklavenmarkt verkaufen können.«

Sulla hatte mit düsterer Miene zugehört. »Wenn die Steuerpächter es in Asia so schlimm treiben«, sagte er später zu den Lucullern, »müssen wir uns nicht wundern, wenn die Provinz den Abfall plant.«

Nach den Erzählungen der Kaufleute hatte Sulla mit mehr Widerstand in Kappadokien gerechnet. Als er mit seinen Truppen den Taurus überstiegen hatte, stellte sich ihm jedoch nur ein Heer des Freundes von Mithridates entgegen, verstärkt durch einige armenische Hilfstruppen.

Der König von Pontus hatte sich zurückgezogen und überließ seinen Freund seinem Schicksal. Sulla siegte, jagte den Freund aus dem Land und ordnete Wahlen an, die ein reicher Kappadokier, Ariobarzanes, gewann.

Sulla war bei seinen Unternehmungen weit nach Osten, bis an die Grenze zu Armenien, vorgedrungen, hatte dabei sogar den Euphrat überschritten. Damit gelangte er in das Einflußgebiet des Königs der Parther, Arsakes, dessen riesiges Reich sich bis Mesopotamien erstreckte. Als Arsakes von dem Eindringen der Römer erfuhr, schickte er sofort eine Gesandtschaft zu Sulla, um über Neutralität zu verhandeln.

Es war das erste Mal, daß ein Römer auf der politischen Ebene mit einem Parther zusammentraf; bisher hatten sich die Kontakte zwischen den beiden Völkern auf Handelsbeziehungen beschränkt.

Sulla fühlte sich geschmeichelt, als ihm die Ankunft der Parther gemeldet wurde.

»Sie kommen als Freunde«, übersetzte ein Kappadokier aus dem Gefolge des Ariobarzanes, nachdem er eine Weile mit den Gesandten gesprochen hatte.

»Stellt drei Stühle vor meinem Zelt auf«, befahl Sulla seinen Sklaven. Er blieb vor dem Eingang stehen und wartete, bis der Anführer der Delegation herangekommen war und ihn begrüßt hatte. Dann wies der Cornelier mit großer Geste auf den rechten Sessel, bat den Parther, dort Platz zu nehmen, während er Ariobarzanes auf dem Stuhl zur Linken plazierte.

Er selbst ließ sich schnell in der Mitte nieder, so daß den beiden Männern gar nichts anderes übrigblieb, als seinen Anweisungen zu folgen. Die gekränkten Mienen des Ariobarzanes und des Parthers zeigten deutlich, daß sowohl der eine wie der andere Anspruch auf den Ehrenplatz in der Mitte erhob.

Sulla ließ ihnen wenig Zeit, die Beleidigten zu spielen, sondern bat den Gesandten, ihm von seinem König zu erzählen sowie von Sitten und Gebräuchen im Partherreich. Er forderte ihn auf, mit ihm nach Rom zu reisen, da es Sache des Senates sei, andere Völker als Freunde und Bundesgenossen anzuerkennen.

»Das muß ich erst mit meinem König besprechen«, antwortete der Gesandte, und Sulla vereinbarte Zeit und Ort für ein erneutes Treffen. Der Parther kam aber nicht zurück. Er hatte seinem König Arsakes von der schmählichen Sitzordnung berichten müssen, und der Herrscher war darüber so in Zorn geraten, daß er ihm den Kopf abschlagen ließ.

Mit der parthischen Delegation war ein Chaldaeer gekommen, der vorhatte, bei den Römern zu bleiben, mit ihnen nach Rom zu ziehen und dort sein Gewerbe auszuüben. Die Chaldaeer bildeten eine Priesterkaste in den babylonischen Städten und galten als hervorragende Astrologen, Magier und Wahrsager. Dieser Chaldaeer beobachtete Sulla mehrere Tage lang.

Eines Abends, als Sulla seine Vertrauten in seinem Zelt bewirtete, näherte sich der Magier dem weitgeöffneten Eingang und erklärte, er habe dem Feldherrn etwas Wichtiges mitzuteilen.

Sulla war in guter Laune. Er hatte gerade das Abendessen beendet und das Weingelage begonnen; man scherzte und lachte viel. Der Chaldaeer schien weitere Unterhaltung zu versprechen.

Er verbeugte sich so ehrerbietig vor dem Cornelier, daß seine Stirn fast den Boden berührte. Dann hielt er eine längere Rede, die der Dolmetscher in allen Einzelheiten übersetzte.

»Herr«, sagte er, »ich habe dich nach allen Regeln meiner Kunst studiert. Ich habe dir ins Gesicht gesehen, ich habe beobachtet, wie du gehst, welche Bewegungen du beim Sprechen machst, wie du lachst und wie du aussiehst, wenn dich etwas bedrückt. Deine Seele liegt offen vor mir!«

Sulla fuhr hoch und wollte den Mann eigenhändig hinauswerfen, aber der Ausdruck im Gesicht des Chaldaeers ließ ihn einhalten. Selten hatte jemand den Blick mit so großer Bewunderung auf ihn gerichtet.

»Du bist der Größte aller Menschen, die mir je begegnet sind, du übertriffst alle Könige«, fuhr der Wahrsager fort, ohne sich beirren zu lassen. »In dir wohnt eine gewaltige Seelenkraft. Wie kannst du es nur ertragen, o Herr, daß du nicht der Erste von allen bist?«

Der Chaldaeer fiel vor Sulla auf die Knie und küßte ihm die Füße. Der Cornelier ließ es geschehen, und auch seine Freunde meinten, daß die Geste durchaus angemessen war. Lucius Lucullus war der erste, der aufsprang und Sulla lange und herzlich umarmte.

»Du *wirst* der Größte in Rom«, verkündete er anschließend feierlich, »und ich werde alles tun, um dich zu unterstützen.« Marcus folgte seinem Beispiel, und alle anderen versicherten ebenfalls dem Feldherrn, daß sie fest an seinen Aufstieg glaubten und er auf sie zählen könne.

»Selten habe ich einen so glücklichen Abend erlebt«, schwärmte Sulla und weinte vor Rührung, »und ich dachte schon, Venus hätte sich von mir abgewandt! Jetzt hat sie mir durch den Mund des Chaldaeers eine Botschaft zukommen lassen: Ich werde der Erste aller Römer und auch der glücklichste sein!«

Sulla beschenkte den Chaldaeer großzügig für die Prophezeiung. Mit dem Geld kaufte sich der Parther ein Haus in Rom, in dem er sein Gewerbe betrieb, die Astrologie. Er faszinierte die Menschen mit seiner Lehre vom persönlichen Schicksalsstern, erstellte viele Horoskope und verdiente sich ein Vermögen damit.

Der Tod des Redners Crassus

Als Sulla nach Rom zurückgekehrt war, schickte er eine Nachricht an Livia und bat um ihren Besuch und den ihrer Kinder. Seit dem Tod Catos fühlte er sich für dessen Familie verantwortlich. Solange er noch in Rom gewesen war, war kaum eine Woche vergangen, in der er nicht Livia mit ihren Kindern in seinem Haus gesehen hatte.

Besondere Zuneigung fühlte er zu dem kleinen Cato, der, rothaarig und blauäugig, seinem Vater sehr ähnelte. Nur die großen, abstehenden Ohren hatte der Junge nicht von seinem Vater geerbt. »Die hat er von dir!« pflegte Cato oft zu scherzen, und Sulla zog dann lachend den Kleinen an den Ohren, die tatsächlich seinen eigenen glichen. Da Livia über jeden Verdacht der Untreue erhaben war, amüsierte sie sich ebenfalls über den Witz.

Der kleine Cato jedoch war ein ernstes Kind; er fand es gar nicht lustig, an den Ohren gezogen zu werden. Da er wenig redete, sagte er aber nichts dazu. Überhaupt war er viel ruhiger als die anderen Kinder, lernte auch langsamer.

»Manchmal denke ich, er ist geistig zurückgeblieben«, sagte Livia einmal, aber Sulla widersprach ihr heftig. »Er ähnelt seinem Vater nicht nur äußerlich, er braucht eben etwas länger, um sich zu entwickeln.«

»Ich weiß nicht«, zweifelte Livia, »meine Töchter sind so ganz anders, immer quirlig. Sie plapperten schon, bevor sie laufen konnten ...«

»Das ist so üblich bei Frauen«, unterbrach Sulla sie lachend, »mit dem Mundwerk seid ihr uns Männern immer voraus!«

Sulla war überrascht, daß ihm nicht Livia, sondern deren Mutter Cornelia gemeldet wurde. Sie kam allein, ohne die Kinder. An ihrem Gewand erkannte Sulla, daß etwas Furchtbares geschehen war.

»Ist Livia tot?« fragte er sofort.

Cornelia fing an zu weinen und erzählte, daß ihre Tochter kurz nach seiner Abreise gestorben war, an genau der rätselhaften Krankheit wie ihr Mann.

»Also auch vergiftet«, dachte Sulla, während die Wut in ihm hochstieg.

»Wo sind die Kinder?« fragte er und versuchte sich zu beherrschen.

»Mein Sohn hat sie gleich nach Livias Tod von mir weggeholt«, schluchzte die Großmutter, »er hat gesagt, ich sei zu alt, um sie zu erziehen, das sei Männersache. Wir Frauen hätten ihnen zuviel durchgehen lassen!«

»Warum hat Lucius Cato sie nicht zu sich genommen?« unterbrach Sulla sie.

»Er wollte es ja, zumindest die Kinder seines Bruders, Cato und Porcia. Aber der kleine Cato wollte sich nicht von seinem Bruder Caepio trennen, und so gut war das Verhältnis zwischen meinem Schwiegersohn und seinem älteren Bruder Lucius auch nicht.«

Sulla nickte zustimmend. Der ältere Lucius war arrogant und hochfahrend, hatte sich im Kreis um Sulla nie wohl gefühlt. Anfangs hatte der jüngere Cato ihn gelegentlich mitgebracht, später waren die Besuche unterblieben.

»Komm morgen mit den Kindern wieder«, bat Sulla, »sie dürfen nicht nur von Drusus beeinflußt werden, vor allem der kleine Cato nicht!«

»Ich darf sie nicht mitbringen! Drusus hat angeordnet, daß sie dich nicht mehr sehen sollen«, sagte Cornelia, »du würdest einen schlechten Einfluß auf sie ausüben!«

»Ich! Der beste Freund ihres Vaters!« ereiferte sich Sulla und wäre am liebsten zu Drusus geeilt, um ihn zur Rede zu stellen.

»Mein Sohn ist jetzt ein mächtiger Mann«, warnte Cornelia, als ob sie seine Gedanken gelesen hätte, »er ist Volkstribun und plant große Reformen. Er wird bald der Erste in Rom sein!«

Während Sullas mehr als einjähriger Abwesenheit von der Hauptstadt hatte sich die Auseinandersetzung zwischen Senatoren und Rittern wegen der Gerichte weiter zugespitzt. Es war zum offenen Streit gekommen, als die Ritter, um ihre Macht über die Senatoren zu demonstrieren, den Consular Publius Rutilius Rufus verurteilten und in die Verbannung schickten.

Rufus hatte zwei Jahre zuvor seinen jüngeren Freund Mucius Scaevola in die Provinz Asia begleitet, die dieser nach seinem Consulat als Statthalter zugewiesen bekam. Der rigorose Jurist Scaevola verwaltete das Amt so, wie man es von einem römischen Statthalter erwartete. Als oberster Richter in der Provinz nahm er alle Klagen an, machte keinen Unterschied zwischen Untertanen, Römern und Italikern. Was aber noch mehr Aufsehen erregte: Er verhalf den Klagenden sogar zu ihrem Recht.

Konnte ein Provinziale beweisen, daß ein römischer Steuerpächter ihn geschädigt hatte, so wurde der Römer zu vollem Geldersatz verurteilt. Rücksichtslose Bevollmächtigte der Steuerpächter, die Freigelassene oder Sklaven waren, ließ Scaevola ans Kreuz schlagen. Für dieses Exempel, das er und sein Legat Rufus statuiert hatten, rächten sich die Ritter, indem sie Rufus in Rom vor Gericht zerrten. An Scaevola selbst wagten sie sich nicht heran.

Rutilius Rufus bewies den Rittern und aller Welt, wie absurd der Urteilsspruch war, indem er ausgerechnet die Provinz Asia zum Land seiner Verbannung wählte. Als er dort anlangte, wurde er von der Bevölkerung mit großer Begeisterung empfangen und bis zu seinem Lebensende in hohen Ehren gehalten. Denn er kehrte nie mehr nach Rom zurück.

Der Übermut der Ritter kannte nach diesem Urteil keine

Grenzen mehr; sie ließen sogar den fast 70jährigen Scaurus wegen seiner zahlreichen Erpressungen anklagen. Obwohl in Rom seit Jahrzehnten bekannt war, daß Scaurus überall die Hand aufhielt, wo es etwas zu holen gab, war die Empörung doch groß. Denn er war der Erste der Senatoren, eine hochgeachtete, mächtige Persönlichkeit, und seit dem Tode des Saturninus hatte keiner aus der Plebs es mehr gewagt, ihm zu nahe zu treten.

Zu einer Verurteilung kam es jedoch nicht, weil Scaurus mit der ganzen Würde seiner imponierenden Erscheinung den Volkstribun Drusus dazu aufrief, die Ritter endlich aus den Gerichten zu werfen.

Drusus und Scaurus waren – seit ihrer gemeinsamen Aktion gegen Saturninus und Glaucia – die besten Freunde. Der Erste Senator unterstützte den Volkstribun Drusus auch bei allen seinen Reformvorhaben. Der dritte im Bunde war der Redner Crassus, der momentan gemeinsam mit dem Pontifex Maximus Ahenobarbus die Censur innehatte.

Die drei Verbündeten tüftelten mehrere Gesetze aus, die sie in einem Durchgang vom Volk genehmigen lassen wollten, obwohl die Bündelung von Gesetzen nicht legal war.

Wichtigste Maßnahme war, den Rittern die Gerichte wegzunehmen und sie an die Senatoren zurückzugeben. Um die Ritter nicht allzusehr zu demütigen, sollte ihnen die Möglichkeit angeboten werden, in den Senat aufzusteigen. Die Zahl der Senatoren sollte daher von 300 auf 600 steigen.

Auch die Plebs wurde wieder einmal mit Geschenken bedacht: Jeder Römer sollte mehr Getreide als bisher erhalten. Die Gründung neuer Kolonien, dieses altbewährte Mittel, wurde als weiterer Köder ausgeworfen. Da Italien, bis auf Gebiete in Campanien, aufgeteilt war, sollte nach Sicilien übergegriffen werden.

War dieses Gesetzespaket erst genehmigt, kein Widerstand von Plebs, Rittern und Senatoren mehr zu erwarten, weil ihnen der Rachen mit Geschenken zugestopft war, wollte Drusus unverzüglich jenes Projekt in Angriff nehmen, das ihm am meisten am Herzen lag: Die Verleihung des römischen Bürgerrechts an alle Italiker.

Das waren die Verhältnisse, die Sulla nach seiner Rückkehr aus dem Osten vorfand. Er hatte in diesem Jahr für das Consulat kandidieren wollen, aber die Stimmung in Rom war keineswegs günstig für ihn. Scaurus, Crassus und Drusus behandelten ihn kühl und feindselig, wo immer sie ihm begegneten. Da die Plebs stark mit Drusus wegen der Getreidegabe und den neuen Kolonien sympathisierte, fürchtete Sulla, daß es dem Volkstribun gelingen könnte, die Wähler gegen ihn aufzuhetzen.

»Metrobius hat recht«, dachte er finster, »ich muß meine Feinde aus dem Weg räumen, ehe ich mich zur Wahl stellen kann.«

Sein Haß richtete sich vor allem gegen Drusus und Crassus. Der Redner war vor einigen Monaten zu Marius und dessen Familie in enge Beziehungen getreten: Seine 15jährige Tochter Licinia hatte den 17jährigen Gaius Marius geheiratet. Diese Verbindung überraschte die römischen Adelskreise, denn seit Crassus mit seinem Rednergenie geholfen hatte, den Rittern die Gerichte – wenn auch nur für kurze Zeit – wegzunehmen, galt er als aufrechter Optimat.

»Er muß die ganzen Jahre über weiter zu Marius gehalten haben« sagte Sulla zu seinen Freunden, als ihm von der Hochzeit berichtet wurde, »im Senat setzte er sich zwar für die Vernichtung von Glaucia und Saturninus ein, aber in privaten Gesprächen schützte er Marius. Wahrscheinlich hatte er ihm auch geraten, sich in den Osten abzusetzen, bis sich die Wogen geglättet hätten. Und mit dieser Heirat will Crassus ganz Rom auffordern, dem großen Feldherrn wieder die Ehre zukommen zu lassen, die ihm gebührt.«

»Außerdem hat die Familie der Frau des Marius Karriere gemacht«, warf Pompeius Rufus ein, »Iulias Bruder Sextus ist ja in diesem Jahr Consul, ihr Bruder Gaius Statthalter in Asia; er will sich nächstes Jahr um das Consulat bewerben.

Es gilt als sicher, daß er es schaffen wird, denn jeder ist bisher aus Asia mit großen Reichtümern zurückgekehrt.«

»Und der Censor Crassus wird ihm helfen, wie er dem Sextus Caesar letztes Jahr geholfen hat«, warf Pulcher ein, der als Aedil amtierte, »Crassus gilt inzwischen, nach Scaurus, als der mächtigste Mann im Senat und hat gute Aussichten, der Erste zu werden, sollte Scaurus sterben.«

»Mein Bruder, der zweite Censor, wird dich bei einer Kandidatur leider nicht unterstützen können«, meinte Lucius Ahenobarbus und blickte traurig vor sich hin. Die anderen schwiegen betreten, denn Lucius spielte auf einen für die Familie Ahenobarbus sehr peinlichen Vorfall an. Der strenge Censor Ahenobarbus hatte sich bemüßigt gefühlt, nicht nur gegen etliche Senatoren wegen übertriebenem Luxus einzuschreiten, sondern auch gegen seinen Collegen Crassus.

Der Palast des Crassus auf dem Palatin glich eher einem Ausstellungsgelände als einem Wohnhaus: Statuen aus weich schimmerndem Marmor oder blinkender Bronze standen dichtgedrängt im Atrium, in den anderen Sälen und im Peristyl; kostbare Teppiche bedeckten zusammen mit wertvollen Gemälden die Wände.

Bei den Gelagen bogen sich die Tische unter mehreren tausend Pfund ziselierten Silbers; der Wein wurde nur aus Schalen getrunken, die aus edelstem, in Sidon gefertigtem Glas bestanden.

Die Kleidung des Crassus beeindruckte ebenso durch die Erlesenheit der Stoffe wie durch den untadeligen Faltenwurf. Als ihn einmal ein junger Adliger im Gedränge leicht rammte, so daß einige Falten verrutschten, geriet Crassus in große Erregung und drohte mit Klage wegen seiner »angeschrammten, zerknautschten Hülle«.

Diesen üppigen Lebensstil griff nun der strenge Ahenobarbus an und erteilte dem Collegen eine Rüge. Crassus tat geknickt, bat darum, sich öffentlich rechtfertigen zu dürfen. Ahenobarbus ließ sich darauf ein, und es kam zu einem Rededuell auf dem Forum. Der Pontifex Maximus war jedoch seinem Gegner nicht gewachsen. Crassus trieb ihn zuerst mit viel Witz, später mit Hohn und Spott so in die Enge, daß Ahenobarbus am Schluß nur noch seine Würde einsetzen konnte. Ganz Mißbilligung, verließ er das Forum, auf dem eine riesige Menschenmenge ihren Spaß gehabt hatte.

Seitdem vermied er jede Auseinandersetzung mit Crassus und würde auch Sulla nicht unterstützen, wenn der Redner einen anderen Kandidaten favorisierte.

Nach dem Gespräch mit seinen Freunden stand es für den Cornelier fest, daß Crassus, der die größte Barriere auf seinem Weg nach ganz oben darstellte, als erster beiseite geräumt werden mußte.

Sulla beriet sich mit Metrobius auf einem Spaziergang am Meer, denn es war August, und sie waren der drückenden Hitze von Rom entflohen.

Da der Tag bedeckt war, konnte Sulla es wagen, den Schutz seiner Laubengänge zu verlassen, wo überall hinter den üppig wuchernden Pflanzen unerwünschte Lauscher lauern konnten. Sein Ausschlag, der sich nach den Worten des Chaldaeers von einem Tag zum anderen zurückgebildet hatte, war gleich wieder aufgeblüht, als er vom Tod Livias erfahren hatte. Das Schmetterlingsgeflecht hielt sich auch während der folgenden Monate hartnäckig im Gesicht, nur die Schuppen wurden durch die Salben aus Emporion weggeätzt.

»Mit wem sollen wir anfangen?« fragte Metrobius sachlich, nachdem Sulla ihm die Situation geschildert hatte.

»Mit Crassus! Er ist der Drahtzieher, inzwischen Verwandter des Marius«, sagte Sulla aufgebracht, denn er konnte nicht von Marius sprechen, ohne in Wut zu geraten, »und zwar muß der Redner in wenigen Wochen tot sein! Dann sieht nämlich kein Mensch einen Zusammenhang mit meiner Kandidatur im nächsten Jahr. Bist du bereit?«

»Ich habe in Asia hervorragende Gifte gekauft«, erwiderte

Metrobius stolz, »solche, die schnell wirken, und andere, die ein langsames Sterben herbeiführen, zwischen drei und sieben Tagen!«

»Der langsame Tod gefällt mir besser«, meinte Sulla nachdenklich, »so hat er während der Krankheit noch Zeit, über sein Leben nachzudenken. Er wird doch krank?«

»Er bekommt starke Schmerzen in der Seite«, beschrieb der Schauspieler die Wirkung des Giftes, »hat Schweißausbrüche und Schüttelfrost sowie hohes Fieber. Nach sieben Tagen ist er tot!«

»Ausgezeichnet!« freute sich Sulla. »Wie willst du aber in so kurzer Zeit einen Sklaven finden, der Wut auf Crassus hat und den wir bestechen können?«

»Diesen Plan habe ich fallengelassen, er ist mir zu riskant. Sklaven schwatzen, notfalls unter der Folter. Crassus liebt schöne, junge Männer, und er wird bestimmt auf Chrysogonos fliegen. Ich kenne einen der derzeitigen Liebhaber von Crassus gut, einen Velleius, der mir und Chrysogonos eine Einladung zu einem Gelage verschaffen muß. Dort wird es mir gelingen, dem Redner das Gift in das Weinglas zu schütten, während Chrysogonos ihn ablenkt.«

»Warum müssen wir Chrysogonos mit hineinziehen? Kannst du nicht alles allein machen?«

Das Lachen perlte wieder. »Mein lieber Sulla, ich bin gerührt! Du siehst mich immer noch mit den Augen der Liebe! Hast du vergessen, daß ich inzwischen auf die 50 zugehe und nicht mehr so taufrisch bin? Wie ich gehört habe, ist Crassus wild nach *jungen* Männern. Unser Chrysogonos ist zwar fast 30 Jahre alt, aber ich werde ihn so zurechtschminken, daß er als 20jähriger durchgehen kann. Übrigens«, und jetzt bekamen die Bernsteinaugen etwas Lauerndes, »meinst du nicht auch, daß du ihn allmählich freilassen könntest? Er ist doch so lange schon dein treuer Diener!«

»Hab' ich das noch nicht getan?« fragte Sulla zerstreut. »Ich hatte das seit langem vor. Mit Epicadus übrigens auch. Schick die beiden gleich zu mir, damit ich es ihnen sagen kann. Wenn wir in Rom sind, werde ich es offiziell beim Praetor bekanntgeben.«

Sulla blieb den ganzen September über in Cumae, um weit außerhalb jedes Verdachtes zu stehen. Daß an einem Gelage des Crassus zwei von Sullas Freunden teilgenommen hatten, wurde nicht bekannt, denn der Redner verlegte Feste, bei denen nur Männer und Knaben anwesend waren, auf sein Landgut in Tusculum, und alle Gäste bewahrten Stillschweigen über das, was sich dort abspielte.

Am Tag nach der Orgie eilte Crassus zu einer wichtigen Senatssitzung nach Rom. Sein größter Gegner im Senat war der Consul Lucius Marcius Philippus, der als jüngerer Mann aktiv am Kampf gegen Saturninus und Glaucia beteiligt gewesen war. Dieser Philippus hatte sich auf die Seite der Ritter geschlagen, war von ihnen gekauft worden, um ihre Sache vehement zu vertreten; denn er stand in dem Ruf – nach Crassus und Antonius – einer der besten Redner Roms zu sein.

Seine Reden sprühten vor Witz wie die des Crassus; und wer die Lacher auf seiner Seite hatte, gewann meist auch das Publikum oder bei Prozessen die Richter. Ihm war es gelungen, das Gesetzespaket des Drusus, das beim Volk begeisterte Aufnahme gefunden hatte, kassieren zu lassen, und zwar aus formalen Gründen, da es nicht zulässig war, verschiedene Gesetze gebündelt als eines vorzulegen.

Die Mehrheit des Senats war auf der Seite von Drusus und Crassus. Voller Erbitterung hatte Philippus in einer Versammlung dem Volk von Rom mitgeteilt, er werde sich einen anderen Senat suchen müssen, mit dem vorhandenen könne man keine Politik machen.

Diesen Ausspruch nahm Crassus in der Sitzung nach seinem Fest in Tusculum zum Anlaß, um über den Gegner herzufallen. Er drehte den Spieß um, beschuldigte den Consul, den Senat des Schutzes zu berauben, zu dem er als oberster Magistrat seit alters her verpflichtet sei. Er ging sogar so weit, dem Philippus vorzuwerfen, den Staat durch seine Politik, die einseitig die Ritter protegiere, zu vernichten. Philippus konterte, und es kam zu einer heftigen Auseinandersetzung zwischen den beiden. Die Senatoren lauschten begeistert und waren später der Meinung, daß die Worte des Crassus noch nie so golden geglänzt hatten wie an jenem Tag.

Es war seine letzte Rede. Als sich seine Argumentation dem Ende zuneigte, quälten ihn plötzlich heftige Schmerzen in der Seite, und der Schweiß brach ihm in Strömen aus, was er zunächst auf die sommerliche Hitze zurückführte. Gleich darauf fror ihn, und die Beine wurden ihm weich.

Nach der Rede umringten ihn fast alle Senatoren, beglückwünschten ihn immer wieder, wollten ihn nicht gehen lassen. Nur mit Mühe erreichte er schließlich sein Haus. Sieben Tage später war er tot. Er war nur 49 Jahre alt geworden.

Die Bundesgenossen

Als Sulla Anfang Oktober in Rom ankam, wurde noch viel vom Tod des Crassus gesprochen. Überall heuchelte er große Anteilnahme, stimmte zu, daß Rom den größten Redner aller Zeiten zu früh verloren habe.

Außerdem erfuhr er, daß ein gewisser Marcius Censorinus, ein ihm völlig unbekannter junger Adliger, während seiner Abwesenheit einen Prozeß beim Praetor gegen ihn angemeldet hatte – wegen unrechtmäßiger Bereicherung in der Provinz Kilikien während seiner Statthalterschaft. Nach dem Tod des Crassus zog Censorinus die Klage aber sofort zurück und verschwand aus Rom.

»Daher wehte der Wind«, meinte Sulla zu Metrobius, »Crassus, zusammen mit der Marius-Sippe, wollte nicht nur meine Kandidatur zum Consul verhindern, sondern auch meine Existenz vernichten. Wie gut, daß wir mit ihm nicht lange gefackelt haben! Der nächste ist Drusus, dann kommt Scaurus an die Reihe! Hast du schon eine Idee, wie wir an Drusus herankommen?«

Metrobius schüttelte den Kopf und erklärte dann ausführlich, wo die Schwierigkeiten lagen. Drusus war ein Tugendbold; er liebte weder Gelage noch Männer oder Frauen, er liebte nur sich selbst. Und die Plebs bestätigte ihn Tag für Tag in seiner Eitelkeit, die schon an Größenwahn grenzte. Die Ovationen, die das Volk ihm wegen seiner Gesetze oder – nach der Kassation – wegen seiner Demütigung durch die Ritterpartei darbrachte, erinnerten an die Begeisterung für Gaius Gracchus in seiner besten Zeit.

Wenn Drusus im Theater erschien, erhoben sich alle Zuschauer und begrüßten ihn mit Klatschen. Sein Zug über das Forum bis zur Rednertribüne oder zur Curia brachte die Menge jeden Tag aufs neue zur Raserei. Hunderte begleiteten ihn von seinen Geschäften bis zu seinem Haus zurück, drängten ihm nach bis in sein Atrium, als könnten sie sich nicht von ihm trennen.

»Wenn er dann Nahrung zu sich nimmt«, erzählte Metrobius, der seit Tagen abwechselnd mit Chrysogonos den Volkstribun beobachtete, »anders als Nahrungsaufnahme kann man den sonst so lustvollen Vorgang des Essens bei ihm nicht nennen, wenn er das also tut, so zieht er sich meist in ein einsames Zimmer zurück, wird nur von einem einzigen Sklaven bedient, der auch noch vorkosten muß. Drusus soll nämlich schon Morddrohungen bekommen haben und ist auf der Hut!«

»Also kein Gift!« entschied Sulla. »Hör dich bei den Rittern um, ob du nicht einen jungen Mann findest, der im Gedränge mit dem Dolch auf Drusus losgehen kann. Er hat ja keine Leibwächter, weil er so sehr das Bad in der Menge braucht.«

Schon wenige Tage nach diesem Gespräch geriet der Cornelier über Drusus so in Zorn, daß er ihn am liebsten eigenhändig niedergestochen hätte.

Sulla zog sich gerade für das abendliche Essen mit seinen Freunden um, als ihm die jüngere Servilia, die neunjährige Stiefschwester des Cato, gemeldet wurde. Der Junge hing an ihr mehr als an den beiden anderen Schwestern, der älteren Servilia und der Porcia, dem ersten Kind aus der Ehe von Cato und Livia.

Das Mädchen, das nur von einer einzigen Zofe begleitet wurde, stürzte sofort auf Sulla zu und umklammerte ihn schluchzend.

»Hilf uns«, flehte sie ihn an, »hol uns da raus! Das nächste Mal wirft er ihn wirklich von der Terrasse runter!«

Sulla streichelte Servilia, bis sie sich einigermaßen beruhigt hatte und abwechselnd mit der Zofe erzählen konnte, was sich im Haus des Drusus zugetragen hatte.

Der Italiker Poppaedius Silo vom kleinen Völkchen der Marser war wieder einmal zu Besuch gekommen. Da Drusus noch beschäftigt war und ihn nicht gleich empfangen konnte, ließ er ihn in einen der Säle führen, wo er abseits der Klienten warten sollte. Poppaedius langweilte sich bald, war es auch nicht gewöhnt, längere Zeit stillzusitzen, und verließ daher den Raum, um im Hause herumzustreifen.

Auf einer der Terrassen stieß er auf die fünf Kinder, die mit Knöchelchen würfelten. Poppaedius fragte die Kinder streng, ob sie keine Arbeiten für die Schule hätten, und begann sie zu examinieren. Die Älteren antworteten brav; nur Cato blieb weiter auf dem Boden sitzen, warf seine Knöchelchen und schien den Eindringling überhaupt nicht zu bemerken. Das reizte Poppaedius.

»Steh auf, Kind«, sagte er herrisch, »wenn du mit einem Erwachsenen redest!«

»Aber er redet ja gar nicht mit dir«, kicherte die ältere Servilia, »er kann dich nämlich nicht leiden.«

»Warum kann er mich nicht leiden?« erregte sich Poppaedius.

»Weil du Italiker bist und kein Römer und unsere Mutter ihm erzählt hat, daß die Italiker schuld am Tod seines Vaters sind!« plapperte die jüngere Servilia.

»Wie gut, daß eure Mutter auch tot ist und euch nicht weiter solchen Unfug erzählen kann«, freute sich Poppaedius.

»Und damit sich nicht jeder kleine Römer besser vorkommt als ein großer Italiker, wollen wir Bundesgenossen auch römische Bürger werden. Hört gut zu, was ich euch jetzt sage: Ich befehle euch, mir zu helfen. Immer, wenn ihr euren Onkel seht, bittet ihr ihn darum, sich für uns Italiker einzusetzen. Werdet ihr das tun?«

Die Mädchen und der kleine Caepio nickten gehorsam, denn sie hatten Angst vor Poppaedius, der selten lachte und dessen Stimme hart und rauh war. Nur Cato verzog keine Miene, blickte starr und trotzig auf den Fremden.

»Warum sagst du nichts, ich habe euch *alle* aufgefordert, beim Onkel ein gutes Wort für uns Italiker einzulegen!« fuhr Poppaedius den Jungen schließlich an. Als Cato weiter verstockt schwieg, griff der Marser nach dem Kind, hob es mit einem Ruck hoch und hängte es über die steinerne Brüstung der hohen Terrasse, so daß es über dem Abgrund baumelte. Der Palast lag an einem der Steilhänge des Palatin-Hügels; neben der Terrasse ging es mindestens 60 Fuß in die Tiefe.

»Poppaedius hielt den Kleinen an den Schultern«, erzählte die Zofe, »und schaukelte ihn hin und her, während er höhnisch dazu lachte. Cato sah mit weitaufgerissenen Augen in die Tiefe; er war ganz blaß, hatte große Angst, aber er gab keinen Mucks von sich. Da wurde dem Marser das Spiel wieder langweilig, er zog den Jungen rauf und setzte ihn so heftig auf dem Boden der Terrasse ab, daß Cato stolperte. Drusus war inzwischen erschienen und hatte mit amüsierter Miene verfolgt, wie sein Neffe in der Höhe hin und her geschaukelt wurde. Er dachte gar nicht daran, ihm zu helfen!«

»Denk dir, was Poppaedius dann zu Drusus gesagt hat«, fuhr Servilia fort, mit Stolz in der Stimme, »er sagte, was es für ein Glück für die Italiker wäre, daß Cato noch so klein ist. ›Als Mann würde der uns große Schwierigkeiten machen, alle Römer gegen uns aufhetzen‹, sagte er wörtlich. Das habe ich mir genau gemerkt! Aber Sulla«, und jetzt fing das Mädchen wieder an zu weinen, »du mußt etwas tun! Nächstes Mal läßt dieser Marser unseren Cato wirklich fallen! Oder mein Onkel tut ihm etwas an! Der kann meinen Bruder überhaupt nicht leiden, weil er ihn zu sehr an den Vater erinnert, hat er einmal geschimpft.«

Sulla handelte schnell. Er ließ nach dem Kaufmann Nunnius schicken, der sich gerade in Rom aufhielt. Nunnius brachte seinen Freund Publius Sornatius mit, den ältesten Bruder des Lucullus-Freundes. Nach dem Tod des Vaters führte Publius die Geschäfte des Bank- und Handelshauses.

Die Wut der Ritter auf Drusus, der ihnen ihre Macht über die Senatoren nehmen wollte, war so groß, daß sich die beiden Kaufleute zu offenen Worten hinreißen ließen, obwohl sich die Ritter geschworen hatten, gegenüber den Optimaten, zu denen ja auch Sulla gehörte, Stillschweigen zu bewahren.

Der Kaufmann Nunnius war einer der Führer der Bewegung gegen Drusus, zusammen mit Sornatius. Da sich ihre Familien seit Jahrzehnten dem Cornelier verbunden fühlten, weihten ihn die beiden in ihre Pläne ein. Sie hatten einen Spanier angeheuert, der sich Varius Hybrida nannte und behauptete, das römische Bürgerrecht zu besitzen, was sie aber bezweifelten.

»Diesem Varius ›Bastard‹« – denn das bedeutet Hybrida – »haben wir viel Geld bezahlt, damit er den Drusus im Gedränge ersticht«, berichtete Nunnius, der so rundlich geworden war wie sein Vater, »anders ist an Drusus nicht heranzukommen. Wir hatten erst an Gift gedacht, denn Hybrida ist auch ein guter Giftmischer. Er hat uns gestanden, daß er den Metellus Numidicus vergiftet hat – im Auftrag des Marius.«

Sulla horchte auf. Der Tod des Numidicus vor einigen Jahren hatte nicht viel Aufsehen erregt, weil der Consular schon um die 60 gewesen war und das Alter für einen natürlichen Abgang erreicht hatte.

»Wenn Hybrida aber ein stadtbekannter Mörder ist«, gab Sulla zu bedenken, »wird der Verdacht schnell auf ihn fallen.«

»Es ist ihm und uns gleichgültig, wenn er verdächtigt

wird«, sagte Sornatius hochmütig, »er soll nur nicht zur Rechenschaft gezogen werden! Und da kannst du uns helfen: Sieh zu, daß er zum Volkstribun gewählt wird, dann ist er vor juristischen Nachstellungen geschützt. Geld spielt keine Rolle! Wir Ritter haben zusammengelegt, um die Wahl zu finanzieren.«

Wenige Tage später war Drusus tot. Hybrida war dem Volkstribun mit einer großen Menge von Bewunderern in das Atrium seines Hauses gefolgt, hatte sich dicht an ihn gedrängt und ihm den Dolch in den Leib gerammt. Drusus war so entsetzt, daß er nicht einmal schreien konnte. Der Mörder trat einen Schritt zurück und tauchte dann schlangengleich im Gewühl unter.

Erst als Drusus zusammensackte und das Blut unter seiner Toga hervorquoll, begriffen die Menschen im Atrium, was geschehen war. Sie verdächtigten alle Umstehenden, durchsuchten einander gegenseitig nach Waffen. Der Täter aber hatte sich zu diesem Zeitpunkt schon weit vom Haus des Drusus entfernt.

Bevor der Volkstribun starb, beeindruckte er seine Anhänger noch mit einem Ausspruch, der später in ganz Rom die Runde machte: »Ein so guter Römer wie ich wird schwerlich noch einmal geboren!«

Der Tod des Drusus hatte Folgen, die seine Gegner in dieser Härte nicht erwartet hatten. Den Römern waren zwar Gerüchte über einen Geheimbund der Italiker zu Ohren gekommen; sie wußten aber nicht, daß in den italischen Waffenschmieden Tag und Nacht Schwerter und Lanzen hergestellt wurden – für eine Armee von 100 000 Soldaten.

Drusus war einer der Köpfe der Bewegung gewesen, doch er war ersetzbar. An seine Stelle trat Poppaedius Silo, der den Tod des Freundes dazu benutzte, die Wut unter den Italikern weiter zu schüren.

Er ordnete an, daß noch mehr Geiseln ausgetauscht werden

sollten, um die gegenseitige Abhängigkeit der Orte zu verstärken. Am dichtesten war das Netz zwischen den Städten im und um den Apennin geknüpft. In den weiten, fruchtbaren Tälern dieses langgestreckten Gebirgszuges lebten mehr freie Bauern als irgendwo sonst in Italien. Sie waren immer noch in Stammesverbänden zusammengeschlossen, nannten sich Marser, Paeligner, Marruciner, Samniten. Einige Völkchen bewohnten nur ein größeres Tal, andere weite Landstriche.

Den größten Raum nahmen die Samniten ein, die in den Bergen östlich von Campanien siedelten. Diese Samniten hatten vor mehr als 200 Jahren – über eine Generation lang – den Römern bei der Eroberung Italiens erbitterten Widerstand geleistet, in immer neuen Kriegen ihre Freiheit verteidigt, bis sie schließlich von Sullas Ahn Rufinus unterworfen worden waren.

Die Erinnerung an den langen Freiheitskampf war bei den Samniten nie in Vergessenheit geraten und wurde jetzt von den Führern belebt, um den Haß gegen die Römer hoch auflodern zu lassen.

Nach dem Tod des Drusus fehlte nur ein Funke, um den Flächenbrand zu entfachen.

Dieser Funke stob aus der Stadt Asculum empor. Der Ort lag an den östlichen Hängen des mittleren Apennin, oberhalb einer ausgedehnten Ebene, in der viele Römer Landgüter besaßen. Auch in der Stadt hatten sich die Gutsbesitzer Häuser gekauft. Diese Bürger nun beobachteten, wie zwischen Asculum und benachbarten Gemeinden Geiseln ausgetauscht wurden, und meldeten das sofort dem Praetor in Rom.

Der Magistrat eilte mit seinem Stellvertreter und einem Gefolge in die kleine Stadt, wo sich das Volk im Theater zu einem Festspiel versammelt hatte. Der Praetor befahl den Einwohnern, treu zu Rom zu halten und alle Geiseln zurückzuholen.

»Wir lassen uns von Römern nichts mehr befehlen!« johlte die Menge. Einer ihrer Anführer gab ein Zeichen: Der Praetor sah sich plötzlich umringt, er wurde an Armen und Beinen gepackt und hin und her gerissen, bis nur noch der Rumpf übrigblieb. Mit seinen Leuten verfuhr man in gleicher Weise. Nachdem das Volk sich am Leiden der Beamten geweidet hatte, ordneten die italischen Magistrate an, den Toten die Köpfe abzuschlagen.

Danach kannte das Wüten der Asculumer keine Grenzen mehr: Sie drangen in die Häuser ihrer römischen Mitbürger ein, plünderten deren Habe und töteten alle, die sie finden konnten.

Entsetzen breitete sich in Rom aus, als die Greuel von Asculum bekanntwurden. Die Plebs verlangte eine Bestrafung der gesamten Stadtbevölkerung und setzte den Senat schwer unter Druck. So sahen sich die Senatoren gezwungen, eine Delegation der Italiker, die von Poppaedius angeführt wurde, schroff abzuweisen. Der Marser hatte noch einmal offiziell um Aufnahme in das römische Bürgerrecht gebeten, um in letzter Minute den Krieg zu verhindern.

»Was verlangt ihr von uns: eine Belohnung dafür, daß ihr in Asculum so viele Römer getötet habt?« war die Antwort der Consuln Caesar und Philippus, die kurz vor dem Ende ihrer Amtszeit standen. Wütend zogen Poppaedius und sein Anhang aus der Curia.

Eine freundlichere Aufnahme fand König Bocchus von Mauretanien. Auf Drängen Sullas und seiner Freunde hatte ihm der Senat endlich den Titel »Bundesgenosse des römischen Volkes« verliehen.

Städtischer Praetor war in diesem Jahr Quintus Pompeius Rufus, der Sulla bei seinen Bemühungen für Bocchus unterstützt hatte, wie auch der designierte Consul Lucius Caesar, der ältere Bruder des Strabo und Sullas früherer Schwager. Catulus hatte ebenfalls an den Fäden gezogen, außerdem der Pontifex Maximus, der nach dem Tod des Crassus wie von einer Last befreit durch Rom schritt.

König Bocchus trat mit großem Gepränge in der Hauptstadt auf, und Sulla war immer an seiner Seite. Der Cornelier hatte ihm geraten, seiner Dankbarkeit für die große Ehrung sichtbaren Ausdruck zu verleihen und die Stadt Rom mit Statuen zu schmücken. So wurden unter Sullas sachkundiger Leitung in großen Bronze- und Marmorwerkstätten zahlreiche Figuren aus der römischen Vergangenheit gefertigt, große Gestalten der Geschichte. Natürlich war der Ahn Rufinus darunter – gleich in mehrfacher Ausfertigung –, außerdem der alte Cato und auch Appius Claudius Caecus, Vorfahr seines Freundes Pulcher.

»Was hast du doch für Glück, einen Freund wie Bocchus zu besitzen!« sagte Pulcher, als er zusammen mit Sulla die meisterhafte Darstellung seines Ahns betrachtete, die gerade auf dem Forum enthüllt wurde. »Ich mußte auf Betteltour durch Sicilien ziehen, um mir einige Statuen bei reichen Kaufleuten auszuleihen. Wie hätte ich anders das Forum dekorieren sollen, als ich für die Spiele des Apollo verantwortlich war? Und immer die Angst, diesen Kostbarkeiten passiert etwas! Wie wertvoll war doch dieser Cupido, den mir ein Gastfreund aus Messana überließ! Hoffentlich bekomme ich in drei Jahren eine gute Praetur, die meine Schatullen füllt! Eine Aedilität ruiniert jeden Römer, der keinen König Bocchus zum Freund hat.«

Sulla nickte zerstreut; wiederholt hatte er seinem Freund finanziell unter die Arme gegriffen und würde es bald wieder tun, denn der König zeigte nicht nur der Stadt Rom seine Dankbarkeit, sondern auch Sulla persönlich. Noch einmal hatten Millionen den Besitzer gewechselt.

Als Pulcher merkte, daß diesmal sein Gejammer keine Resonanz fand, zäumte er das Pferd anders auf.

»Warum schmückt dein Freund Bocchus die Stadt nur mit Statuen von Toten?« fragte er scheinheilig, und seine schwarzen Augen funkelten. »Er ist Bundesgenosse geworden, weil du ihn gehindert hast, sich an Iugurtha zu hängen. Du hast den Krieg in Numidien beendet, und ich meine, das sollte dem Volk vor Augen geführt werden!«

Sulla umarmte den Freund gerührt und nahm sich vor, noch am selben Abend einige Körbe mit Geld in Pulchers Haus schaffen zu lassen.

Die Auslieferung des Iugurtha wurde in Bronze gegossen, nach dem Vorbild des Siegelringes: Der überlebensgroße Sulla saß auf einem Stuhl, vor ihm kniete König Bocchus – in natürlicher Größe – mit einem Ölzweig, hinter dem Stuhl hockte der stark verkleinerte Iugurtha in Fesseln.

Täglich pilgerten Tausende an der Gruppe vorbei; die längst vergessene Heldentat des Corneliers war plötzlich wieder in aller Munde, und die Plebs beglückwünschte ihn, wo immer er auftrat. Im Theater wurde er mit Klatschen begrüßt, eine Auszeichnung, zu der sich die Römer nicht alle Tage hinreißen ließen.

»Wie schade, daß es noch zu früh für die nächsten Consulatswahlen ist«, sagte Sulla zu seinen Freunden, »die würde ich im Augenblick mit Leichtigkeit gewinnen. Aber bis zum Wahltermin kann viel passieren, Fortuna ist launisch!«

Er konnte jedoch mühelos sein Versprechen gegenüber Nunnius und Sornatius einlösen und Varius Hybrida zum Volkstribunat verhelfen. Sulla präsentierte sich mehrfach mit dem Kandidaten unter seinem Standbild, trug der Plebs den Wunsch vor, Hybrida als Vertreter des Volkes zu sehen, und die Wähler folgten ihm.

Sulla merkte bald, daß Hybrida ein guter Redner war, auch seine Zunge als Dolch gebrauchen konnte. So benutzte er ihn als Ankläger gegen Freunde des Drusus.

Inzwischen war durchgesickert, daß Drusus mit den Italikern im Bunde gestanden hatte. Nach den Verbrechen in Asculum richtete sich die Wut des Volkes nicht nur gegen alle Italiker, sondern auch gegen Drusus, der als mitschuldig galt.

Drusus wurde geschmäht, die Plebs redete – entgegen einer alten Gewohnheit – nur schlecht von dem Toten. Seine Freunde wurden angepöbelt, wo sie sich sehen ließen.

Sulpicius setzte sich schnell ab, auf eines seiner entfernten Landgüter. So traf die volle Wucht der Anklage wieder einmal den Scaurus, dann einen Aurelius Cotta, einen stillen, zurückhaltenden Menschen, der mehr im Hintergrund gewirkt hatte. Scaurus konnte sich freikaufen, was Sulla maßlos erbitterte, aber Cotta und andere wurden in die Verbannung geschickt.

Marius hatte nach der Aufstellung der Bronzegruppe wochenlang sein Haus nicht verlassen, seinen Kopf in große Humpen mit Wein gesteckt und seine Ohren zugehalten, wenn ihm jemand von Sullas neuer Beliebtheit erzählen wollte.

Doch sein Sohn und dessen Freunde mußten jeden Tag an der Heldentat des Corneliers vorbeimarschieren, denn sie liefen im Gefolge des Augurs Scaevola mit, des Großvaters von Licinia, der Frau des jungen Marius. Der weise Alte riet seinen Schülern, den Kopf zur anderen Seite zu wenden und sich die Ohren zuzustopfen, wenn Anhänger Sullas, die das Standbild Tag und Nacht bewachten, ihre Häme über sie ausschütteten.

Aber Gaius Marius, der Sohn, war heißblütig; seine Freunde Cicero und Pomponius hetzten ihn weiter auf, und eines Tages meinte der junge Mann, daß er die Schmach, die der Ehre seiner Familie angetan wurde, nicht länger ertragen konnte.

Zu Hause warf er sich vor seinem Vater auf den Boden, umklammerte die Knie des halb Betrunkenen und schluchzte wie ein kleines Kind.

»Wir können uns das nicht länger bieten lassen«, weinte er heftig, »noch heute nacht stürzen wir diese Schande für unser Haus um! Du kannst deine Feldherrnehre nicht so beschmutzen lassen!«

Marius war plötzlich nüchtern, wie es ihm immer ging, wenn er an soldatische Pflichten erinnert wurde.

»Du hast recht«, sagte er mürrisch, »wir müssen diesen unverschämten Sulla in seine Schranken weisen. Ruf alle Klienten zusammen, auch die von unseren neuen Verwandten, deiner Schwiegermutter Mucia und deren Vater Scaevola. Dann stürmst du heute nacht das Forum und zerschlägst die Bronze!«

Aber so einfach ließ sich die Zerstörung nicht bewerkstelligen, denn Sullas Klienten waren auf der Hut. Außerdem hatte der junge Marius nur eine kleine Truppe zusammenbringen können, weil ihm der Großvater seiner Frau die Unterstützung verweigert hatte.

»Das wird er mir noch büßen, der alte Drückeberger«, meinte Marius, der Sohn, zähneknirschend, als er sich wieder einmal vom Ort des Gefechtes zurückziehen mußte, weil sich Sullas Klienten überlegen gezeigt hatten.

»Ich hole jetzt deine Veteranen«, sagte er zu seinem Vater, »ich reise nach Africa und komme mit etlichen Cohorten von Veteranen zurück!« Der alte Marius war mit diesem Vorschlag einverstanden. Doch kurz vor der Abreise des jungen Mannes brach der Marsische Krieg aus. Vater und Sohn hatten nun größere Taten als die Zerstörung eines Standbildes aus Bronze im Sinn.

Der Marsische Krieg

Die schroffe Haltung des Senats hatte die Italiker zu dem Entschluß gebracht, sich schnell von Rom zu lösen, einen eigenen Staat zu gründen. Sie nannten das neue Land »Italia«. Zur Hauptstadt wurde Corfinium erkoren, das im Lande der Paeligner lag. Das Völkchen der Paeligner bewohnte das fruchtbare Tal des Pescara-Flusses.

Als Symboltier wählten die Italiker den »Stier«. Sie richteten eine Regierung genau nach römischem Vorbild ein, mit Senat und zwei Consuln an der Spitze. Neben dem Marser Poppaedius Silo war ein Samnite, Papius Mutilus, der zweite Mann im neuen italischen Staat. Amtssprachen waren das Lateinische und das Oskische, die Mundart der Samniten. Natürlich wurden eigene Münzen, nach römischen Mustern, geschlagen.

Als sich der neue Staat konstituiert hatte, erklärten die Marser als erstes Völkchen ihre Unabhängigkeit, weshalb später dieser Krieg auch der »Marsische« genannt wurde.

Rom war nicht gewillt, den Abfall der italischen Bundesgenossen hinzunehmen, und schickte große Heere gegen die Aufständischen. 100 000 Soldaten konnten ausgehoben werden; 14 Legionen wurden gebildet und in eine Nord- sowie eine Südarmee aufgeteilt, jeweils unter Führung eines Consuls.

Im Norden operierte ein Publius Rutilius Lupus, ein »Homo novus«, dem die Clique von Scaurus und Crassus zum Aufstieg verholfen hatte. So holte sich Lupus auch deren Freunde als Legaten, an erster Stelle den Gaius Marius. Ein anderer Unterfeldherr war ein Gnaeus Pompeius Strabo, ein ehemaliger Praetor, dem sich Sulpicius anschloß.

Die Südarmee wurde von Lucius Caesar kommandiert; sein wichtigster Legat war Sulla. Lucius hatte mit Freuden die Dienste des ehemaligen Schwagers angenommen, denn seit das Standbild an den Iugurtha-Krieg erinnerte, wurde Sulla überall als fähiger Kriegsmann gerühmt, ihm allein der Erfolg von Numidien zugeschrieben.

Die Italiker konnten, wie die Römer, 100 000 Mann aufbieten; erfahrene, gutausgebildete Soldaten, die noch dazu motiviert waren. Entschlossen traten sie für ihr Ziel – die Unabhängigkeit von Rom – ein und brachten ihren Feinden im ersten Kriegsjahr eine Niederlage nach der anderen bei. Nur ein politischer Schachzug konnte schließlich die Republik retten.

Der erste Sturm der Italiker richtete sich gegen die Städte, die einst, nach der Eroberung Italiens, als römische Vorposten im Apennin angelegt worden waren. In Samnium wurde gleich in den ersten Kriegstagen das Städtchen Aesernia erobert.

Sulla erhielt den Auftrag, den Ort zu befreien.

Die große Straße, die direkt nach Aesernia führte, war von

feindlichen Truppen gesperrt, so daß allein der Weg durch das Gebirge blieb. Sulla entschloß sich daher, mit nur wenigen Cohorten den schwierigen Zug zu wagen.

Bei seinen früheren Unternehmungen, bei der Auslieferung Iugurthas und den Missionen in Hispania und Gallien, waren seine besten Männer Paeligner gewesen, Bauernsöhne aus dem Gebiet der neuen italischen Hauptstadt Corfinium.

»Hoffentlich treffen wir niemals auf die als unsere Feinde«, sagte Sulla zu Curio und Murena, die ihn als Militärtribune begleiteten, »keiner meiner neuen Männer würde es mit ihnen aufnehmen können.«

Die Brüder Lucullus bekamen den Oberbefehl über seine restlichen Truppen, die in der Gegend von Capua am Fluß Volturnus lagerten. Unter den Soldaten war auch der 16jährige Cicero, den ein unglücklicher Zufall von seinem Freund Marius getrennt hatte, der natürlich bei seinem Vater diente.

Während der untätigen Zeit im Lager wurde Lucius Lucullus auf den jungen Mann aufmerksam, der unaufhörlich redete, immer neue Geschichten parat hatte, seine Kameraden häufig zum Lachen brachte. Lucullus gewöhnte sich an, diesen Cicero an seine Tafel zu ziehen, wo der Junge die Gesellschaft mit seinen altklugen und witzigen Erzählungen unterhielt. Er verblüffte seine Zuhörer durch seine Kenntnisse in griechischer Philosophie, und die zehn Jahre älteren Brüder Lucullus konnten gelegentlich noch etwas von ihm lernen.

Cicero verfaßte auch Gedichte, auf die er sehr stolz war, allerdings nicht aus dem Stegreif wie Archias, der als »Bundesgenosse« in diesem Krieg mitkämpfte. Abwechselnd trugen Cicero und Archias ihre Verse vor, und die Gesellschaft teilte mal an den einen, mal an den anderen den Lorbeer des Siegers aus.

Währenddessen versuchte Sulla, Aesernia auf Schleichwegen zu erreichen. Als Führer dienten ihm mehrere Bewohner der Stadt, die in Campanien Villen besaßen und die bei Kriegsbeginn auf ihre Güter geflüchtet waren.

Sie hatten sich dem Ort inzwischen bis auf wenige Meilen genähert und liefen durch einen Hohlweg, den Sulla vorher hatte erkunden lassen. Er marschierte, wie immer, an der Spitze seiner Cohorten, was sie ihm hoch anrechneten, wie seine Mitarbeit beim Schanzen und Einrichten des Lagers. So war es Sulla gelungen, aus den ihm fremden Cohorten während des Marsches eine Truppe zusammenzuschweißen, die auf ihn eingeschworen war.

Gerade hatten sie das Ende des Hohlweges erreicht, als es geschah: Lanzen flogen auf sie zu, laute Schreie sollten sie einschüchtern, und da stürzten auch schon Dutzende von Soldaten mit gezogenen Schwertern auf sie los. Es kam zum Kampf Mann gegen Mann. Sulla wurde schwerverletzt gefangengenommen und mit einigen hundert Überlebenden nach Aesernia gebracht.

Es dauerte viele Monate, bis seine Wunden, die sich als nicht lebensgefährlich herausgestellt hatten, verheilt waren. Als er in der Garnison, die die Samniten in Aesernia zur Bewachung eingerichtet hatten, herumlaufen konnte, stieß er wirklich auf einige seiner früheren Paeligner. Abends beim Wein tauschten sie Kriegserlebnisse aus, durchlebten die Zeiten in Numidien und Gallien noch einmal und konnten es eigentlich nicht fassen, daß sie sich als Feinde gegenüberstanden.

»Wenn ihr noch einen Funken der alten Liebe für mich empfindet«, sagte Sulla schließlich zu den Paelignern, »laßt mich und die anderen Gefangenen heute nacht aus der Festung und aus der Stadt raus!«

Die Soldaten beratschlagten eine Weile, dann trat der Centurio auf ihn zu. »Wir lassen dich und die anderen raus«, sagte er, »aber unter einer Bedingung: Wenn dieser Krieg vorbei ist und wir wieder mit euch Römern zusammen kämpfen – denn wir sind fest davon überzeugt, daß es so kommen wird! –, dann mußt du dich dafür einsetzen, daß wir zu deinen Truppen gehören. Die Unternehmungen mit dir waren die besten in unserem Leben!«

Sulla versprach es gerührt; er wurde freigelassen und erreichte nach einigen Tagen mit den Resten seiner Cohorten römische Truppen, die nördlich des Vesuv unter Führung des Consuls Caesar die Stadt Acerrae vor den Feinden schützten.

Sullas Legionen waren, da man ihn für tot gehalten hatte, in die Armee des Crassus Dives integriert worden, eines weiteren Legaten des Lucius Caesar.

Crassus Dives, der ehemalige Liebhaber der Nikopolis, hatte eine steile Karriere hinter sich, bereits vor sieben Jahren das Consulat bekleidet. Er war mit seinen und Sullas Soldaten weiter nach Süden marschiert, bis nach Lucanien, dort aber geschlagen worden.

Campanien war in der Zwischenzeit von samnitischen Legionen überschwemmt worden und verlorengegangen. Als der samnitische Consul Mutilus einen Sturm auf das Lager des Caesar bei Acerrae befahl, holten sich die Aufständischen ihre erste große Schlappe im Süden: Die Römer verteidigten nicht nur ihr Lager, sondern verfolgten mit der Reiterei die fliehenden Samniten und töteten 6000 Feinde.

Die Nordarmee der Römer hatte schon beim ersten Zusammentreffen mit den Marsern am Flüßchen Tolenus eine schwere Niederlage erlitten. Der Consul Lupus kam ums Leben, und Marius übernahm dessen Truppenverbände. Er konnte sich jedoch nur kurze Zeit als alleiniger Feldherr behaupten. Der Senat stellte ihm Caepio, den ersten Mann der Livia, als gleichberechtigt zur Seite, was Marius schwer erbitterte.

Caepio hatte sich nämlich, um seinem verhaßten ehemaligen Schwager Drusus zu schaden, auf die Seite der Ritter geschlagen und später dem Hybrida im Prozeßkrieg gegen Freunde des Drusus Material geliefert. Die Ritter dankten ihm diese Mithilfe, indem sie die eingeschüchterten Senatoren bewogen, Caepio mit einem hohen Kommando zu betrauen. Außerdem hatte man in Rom wenig Vertrauen in die Feld-

herrnfähigkeiten des fast 70jährigen Marius, dessen Weinex-
zesse bekannt waren.

Zu Caepio wurde eines Tages der Marser Poppaedius ge-
führt, der zwei aufgeputzte, kostbar gekleidete Kinder an der
Hand hielt. Poppaedius sagte mit finsterer Miene: »Ich kom-
me zu dir als Flüchtling. Wir Marser haben uns von den
Samniten getrennt. Wir haben nämlich erfahren, daß die
Samniten nach einem Sieg über euch Römer über uns Marser
herfallen wollen, um alleinige Herren Italiens zu werden.
Mich wollen sie schon vorher töten, deswegen suche ich
Schutz bei dir. Ich habe dir meine beiden Kinder als Geiseln
mitgebracht.«

Caepio war begeistert, umarmte den ehemaligen Bundesgenossen und bot ihm den Schutz, den er begehrte. Sein Vertrauen in Poppaedius wuchs noch, als dieser ihm schwere
Gold- und Silberbarren überreichte, die Sklaven in Körben
mitgeschleppt hatten. Auch die Gelegenheit zu einem großen
Sieg wollte ihm der Marser verschaffen.

»In der Nähe lagern meine Truppen«, sagte er, »sie haben
keinen Feldherrn, du wirst leicht mit ihnen fertig! Du mußt
nur auf der Stelle aufbrechen, damit wir ihre Verwirrung ausnutzen können.«

Arglos ließ sich Caepio mit seinen Legionären zu den Marsern führen. In der Nähe eines Hügels bat ihn Poppaedius zu
warten, weil er von der Höhe aus Ausschau halten wollte.
Kaum hatte er den höchsten Punkt erreicht, als sich die Truppen des Caepio von allen Seiten eingekreist und angegriffen
sahen. Die Verblüffung der Römer war so groß, daß die Marser leichtes Spiel mit ihnen hatten. Caepio wurde als einer der
ersten erschlagen, Tausende von Legionären starben.

Als man die Metallbarren, die Geschenke des Poppaedius,
später untersuchte, fand man Bleiplatten, die mit Gold und
Silber verkleidet waren. Die Kinder erwiesen sich als kleine
Sklaven, die der Marser hatte ausstaffieren lassen.

Marius führte nun allein die Legionen und konnte zeigen, daß er noch nicht zum alten Eisen gehörte. Er wiederholte nicht die Fehler von Lupus und Caepio, ließ sich keine Schlacht aufdrängen und nicht in einen Hinterhalt locken.

Er rückte tief in das Marserland vor, wo er noch einmal mit seinem alten Widersacher Sulla zusammenarbeiten mußte. Lucius Caesar hatte den Cornelier in das nördliche Kampfgebiet geschickt, nachdem Marius um Verstärkung gebeten hatte. Sulla nahm diesen Auftrag mit Freuden an, witterte er doch eine Gelegenheit, die Scharte seines verunglückten Zuges nach Aesernia auszuwetzen, möglichst noch auf Kosten des Marius.

Bevor der Cornelier aber zur Stelle war, hatte der alte Feldherr bereits einen Sieg gegen die Marser errungen. Erst beim zweiten Kampf wirkte er mit Sulla zusammen. Nach dem Sieg nahm der Cornelier mit seiner Reiterei die Verfolgung der Fliehenden auf und konnte mehr Feinde töten als in der Schlacht zusammen mit den Marius-Truppen.

Diesen Erfolg blies Sulla in alle Welt hinaus, schickte Boten nach Rom und zu den anderen Truppenverbänden, um zu verhindern, daß Marius anderslautende Meldungen in Umlauf brachte.

Auch in seinen Memoiren strich er später das Ereignis groß heraus. Für die schmähliche Niederlage bei Aesernia und die monatelange Gefangenschaft fand er erst nach Diskussionen mit seinen Freunden eine überzeugende Version.

»Schreibe doch«, sagte wieder einmal Lucius Lucullus, »nach einem tollkühnen Zug durchs Gebirge, ständig bedroht von feindlichen Scharen, ist es dir schließlich gelungen, Aesernia zu erreichen und zu befreien.«

»Aber es ist doch bekannt«, gab Sulla zu bedenken, »daß die Stadt im ersten Kriegsjahr nicht befreit wurde!«

»Das lösen wir ganz einfach«, schlug Lucullus vor, »kaum, daß du das Gebiet wieder verlassen hattest, fiel die Stadt noch einmal in die Hände der Feinde.«

Im nördlichen Teil der abgefallenen Landschaften kämpfte

der designierte Consul Gnaeus Pompeius Strabo, der dort große Güter besaß. Nach wechselvollem Verlauf beschränkte sich schließlich der Krieg in dieser Gegend auf die Belagerung von Asculum, dem Ort, in dem so viele Römer den Tod gefunden hatten.

Ein weiterer Kriegsherd tat sich in Umbrien und Etrurien auf, doch da es sich dort nicht um geschlossene Gebiete einzelner Völker handelte, waren die römischen Truppen bald Herr der Lage. Als Feldherr operierte hier Lucius Cato, der ältere Bruder von Sullas ermordetem Freund, neben Strabo zum Consul für das kommende Jahr gewählt.

Hatte man in Rom bei Ausbruch des Krieges nur mit einem Sommerfeldzug gerechnet, so war die Stimmung inzwischen in Pessimismus umgeschlagen. Die Situation war festgefahren, die römischen Truppen hatten an zu vielen Fronten zu kämpfen. Nach den zahlreichen Niederlagen rechnete kaum jemand mit einem Sieg über die vielen Völker Italiens, die sich von Roms jahrhundertelanger Herrschaft befreien wollten.

Die politischen Führer, allen voran der Consul Lucius Caesar, entschlossen sich zum Einlenken. Caesar brachte während der letzten Wochen seiner Amtszeit ein Gesetz durch, das die Einwohner jener Städte, die Rom nicht den Kampf angesagt hatten, zu römischen Bürgern erklärte.

Zwei Volkstribune, die gerade ihr Amt angetreten hatten, gingen sogar einen Schritt weiter. Ihr Gesetz bot *jedem* Bürger einer italischen Gemeinde die Möglichkeit, sich innerhalb von zwei Monaten bei einem römischen Beamten zu melden und das Bürgerrecht zu erlangen. Viele schwankende Städte wurden durch diese Maßnahmen gewonnen; mit dem Rest der Aufständischen hoffte man im neuen Jahr endgültig fertig zu werden.

Für Sulla ließ sich das Jahr glücklich an: Er bekam die Leitung über die Südarmee. Lucius Caesar, der nach seiner Amtszeit als Consul gleich die Censur antrat, hatte sich für ihn stark gemacht, ebenso der neue Consul Cato, der nach dem Tod des Drusus die Kinder seines verstorbenen Bruders in seinem Haus erzog und von ihnen nur begeisterte Reden über Sulla hörte.

Natürlich war auch Sullas eigene Propaganda nicht ohne Wirkung geblieben, hatte mitgeholfen, Senat und Plebs von den überragenden Fähigkeiten des Corneliers zu überzeugen. Wie von Sulla beabsichtigt, war Marius schwer angeschlagen aus dem Krieg zurückgekehrt. Er galt als Versager; der Sieg über die Marser wurde *ihm* nicht angerechnet. Der Senat entzog ihm das Kommando.

Sulla rückte mit seinen in Campanien zusammengezogenen Legionen zunächst gegen das abgefallene Stabiae vor, eroberte die Stadt und ließ sie zerstören. Der nächste Angriff richtete sich gegen Pompeji, das ebenfalls die Aufständischen unterstützte. Dieser Stadt nun kam einer der Feldherrn der Samniten, Cluentius, zu Hilfe. Sulla besiegte ihn vor den Toren Pompejis, setzte den Fliehenden nach und jagte sie um den Vesuv bis zu ihrem Lager bei der Stadt Nola. Die Römer konnten das Lager einnehmen und richteten dort ein Blutbad an.

Am Abend feierte Sulla mit seinen Getreuen den großen Sieg über die Samniten. Nach einiger Zeit fiel ihm auf, daß Curio und Murena fehlten. »Was ist los?« fragte er erstaunt. »Plündern sie etwa noch das Lager?« Die Brüder Lucullus, die rechts und links von ihm lagen, lächelten geheimnisvoll.

»Sie bereiten eine Überraschung vor«, antwortete Lucius schließlich, um Sulla nicht zu reizen.

Es war ein warmer Abend Ende Mai, und das Zelt stand weit offen. Erstaunt sah Sulla, wie ein Trupp Soldaten in einiger Entfernung ein Podest aufschlug. Er sprang auf und wollte hinausstürmen.

»Was machen die da?« schrie er aufgebracht. »Ich habe keinen Befehl für dieses Bauwerk gegeben!«

Lucius war auch hochgeschnellt und hielt Sulla am Arm.

»Das gehört zur Überraschung. Hab etwas Geduld! Es dauert nicht mehr lange!«

Gehorsam legte sich Sulla wieder auf die Kline, ließ aber das Treiben auf dem Platz vor seinem Zelt keinen Moment aus den Augen. »Merkwürdig«, sagte er nach einer Weile, »sonst wimmelt es um diese Zeit in den Gassen und auf dem Platz nur so von Soldaten, aber heute abend ist es ganz ruhig!«

Das Dröhnen von Trompeten unterbrach seine Überlegungen, und die vermißten Legionäre marschierten in militärischer Formation auf den Platz, wo sie um das Podest herum Aufstellung nahmen.

»Was geht hier vor?« brüllte Sulla.

»Ganz ruhig«, sagte Lucullus, »du steigst jetzt auf das Podest, dann wirst du es schon erfahren!« Und er lächelte so spitzbübisch, daß auch Sulla ein Grinsen nicht unterdrücken konnte. Natürlich ahnte er längst etwas, spielte aber mit Absicht den »wilden Mann«, um seinen Männern die Freude nicht zu verderben.

Als er auf dem Podest Platz genommen hatte, stieg der ranghöchste Centurio zu ihm hinauf, gefolgt von einigen Soldaten, die einen großen Kranz trugen, der aus Gräsern gefertigt war.

»Eine Graskrone«, sagte Sulla ehrfürchtig, und obwohl er nicht laut gesprochen hatte, herrschte eine solche Ruhe, daß auch der letzte Soldat ihn hörte, »ihr gebt mir die Graskrone! Was bin ich doch für ein glücklicher Feldherr!«

Diese Graskrone war die höchste Auszeichnung, die ein Heer seinem Führer verleihen konnte. In den frühen Zeiten der Republik waren damit nur Soldaten geschmückt worden, die einen Kameraden gerettet hatten. In den Kämpfen gegen die Samniten vor 250 Jahren war dieser schlichte Kranz zum erstenmal einem Heerführer, einem Decius Mus, aufgesetzt worden. Seitdem zeigte die Krone die innige Verbundenheit der Legionäre mit ihrem Feldherrn an.

Für die Lucullus-Brüder, die das Theater inszeniert hatten,

war ein anderer Aspekt wichtiger: Sie waren bei ihren histori-
schen Studien auf die Geschichte des Mus gestoßen. Als sie
mit Sullas Truppen den Cluentius verfolgten, waren ihnen die
Ereignisse aus den früheren Samnitenkriegen wieder in den
Sinn gekommen.

»Wenn Sulla siegt«, sagte Lucius zu seinem Bruder, »müssen wir das Heer dazu bringen, ihn mit der Graskrone zu ehren. Das wird unseren Freund hoffentlich so beflügeln, daß er
zum Angriff auf die Samniten übergeht, sich nicht weiter mit
der Belagerung campanischer Städte aufhält.«

Nachdem die Soldaten das Lager der Samniten geplündert hatten und zufrieden ihre Beutestücke betrachteten, war
es ein leichtes gewesen, die Centurios zu überreden. Die
Lucullus-Brüder hatten auch keine Hemmungen gehabt, die
Soldaten an einen Vorfall zu erinnern, der einige Tage zurücklag und über den eigentlich nicht mehr gesprochen werden sollte.

Nachdem Sulla Stabiae zerstört hatte, schickte er seinen
Legaten Postumius Albinus mit einigen Cohorten nach Pompeji voraus, um dort die Belagerung vorzubereiten. Albinus
war ein harter, alter Mann, und die Legionäre ärgerte es, daß
sie bei der Plünderung von Stabiae nicht dabei waren. Die
Stimmung war also gereizt, und der Legat, der mit Sullas eher
lascher Haltung gegenüber den Männern nicht einverstanden
war, schürte die Empörung, indem er auf »Zucht und Ordnung« pochte. Sie gaben Widerworte, schließlich flogen Steine; ein Wurf traf Albinus so unglücklich, daß er den Tod fand.

Als Sulla davon erfuhr, lachte er nur und sagte: »Jetzt haben meine Männer ein so schlechtes Gewissen, daß sie noch
besser als vorher kämpfen werden!«

Er hatte aber den Albinus, den ihm Scaurus und seine Cli-
que untergeschoben hatten, nie leiden können und war froh,
von ihm befreit zu sein. Und das »schlechte Gewissen« der
Soldaten half den Lucullus-Brüdern, die Ehrung ohne lange
Diskussionen durchzusetzen. Denn durch Sullas persönlichen
Einsatz war bisher noch kein Soldat mit dem Leben davonge-

kommen; strenggenommen hatte er die Graskrone gar nicht verdient.

Als Sulla später, mit dem Graskranz auf dem Kopf, das unterbrochene Gelage fortsetzte, war er so glücklich wie selten in seinem Leben.

»Eigentlich ging es mir nur zweimal so gut wie heute«, sagte er nachdenklich, »das erste Mal, als Iugurtha in meinen Händen war, und das zweite Mal damals am Euphrat, als der Chaldaeer mir eine große Zukunft voraussagte. Wenn das so weitergeht mit meinem Glück, kann ich mich bald Sulla Felix, der ›glückliche Sulla‹ nennen«, sagte er, und seine blauen Augen blitzten vor Ironie.

Die Verleihung der Graskrone beflügelte Sulla tatsächlich so, daß er seine Pläne änderte, die Belagerung Nolas fallenließ und ins Innere Samniums marschierte, um den Feind in seiner Höhle aufzustöbern und zu vernichten.

»Meine Soldaten haben mir den richtigen Weg gewiesen«, erklärte er den Lucullern, die bescheiden lächelten, »das Schicksal meiner Familie ist eng mit den Samniten verknüpft. Mein Ahn Rufinus hat seinen unsterblichen Ruhm in Kriegen gegen dieses Bergvolk erworben, und auch mir haben die Götter bestimmt, hier meinen Ruhm zu ernten. Solange die Samniten nicht völlig besiegt sind, wird Rom nie Ruhe haben!« Als die Luculler allein waren, beglückwünschten sie sich gegenseitig. Genau diesen Kampfgeist, den der Cornelier jetzt zeigte, hatten sie schüren wollen.

»Wenn er erst einmal etwas anpackt«, sagte Lucius zufrieden, »dann macht er es auch richtig. Aber manchmal ist es schwierig, ihn dorthin zu bringen.«

Die nächsten Monate bescherten Sulla Sieg auf Sieg. Er nahm mehrere Städte im Innern Samniums ein und richtete dann sein Augenmerk auf Bovianum, die Hauptstadt der Samniten, südlich von Aesernia gelegen.

Es war ein tollkühner Zug, denn den Paß vor Bovianum hatten die Samniten gesperrt. Sulla führte seine Legionen über Pfade, die sie sich oft erst freihauen mußten. Sie fielen dem Feind in den Rücken und konnten ihn bezwingen. Anschließend brachten sie in einem Kampf, der nur drei Stunden dauerte, das Gebirgsnest Bovianum in ihre Gewalt. Mit dem Sieg über die Truppen des Consuls Mutilus und der Eroberung der Hauptstadt war der Widerstand der Samniten gebrochen.

Campanien war, bis auf Nola, wieder fest in den Händen der Römer.

Die Nordarmee unter dem Consul Strabo konnte ebenfalls Erfolge vorweisen. Sie hatte Asculum eingenommen, später im marsischen Gebiet, in Mittelitalien, die römische Herrschaft wiederhergestellt, nachdem Strabo den Oberbefehl über die Truppen des Cato bekommen hatte. Der Consul Cato war am Fuciner See gefallen.

Im Herbst des zweiten Jahres nach dem Abfall der italischen Völker war der Marsische Krieg so gut wie beendet, Italien wieder unter der Kontrolle der Römer. Die Italiker hatten zwar nicht ihre Unabhängigkeit erlangt, aber ein anderes Ziel erreicht: Sie waren keine Untertanen mehr, Rom hatte sie als Vollbürger anerkennen müssen. Denn nach dem Gesetz der beiden Volkstribune – einer davon war Papirius Carbo, Sullas alter Feind – konnten sogar die abtrünnigen, besiegten Italiker Römer werden.

Als Grenze des Gebiets, für das das Bürgerrecht galt, wurde der Padus festgesetzt.

Der Consul Sulla und die Tänzerinnen

Bei den Wahlen für das kommende Jahr erntete Sulla die Früchte seiner Erfolge in Campanien und Samnium: Er wurde zum Consul gewählt.

Diesen Sieg feierte er in seiner neuen Villa in Tusculum. Der Palast thronte an den Hängen der Albaner Berge und bot eine phantastische Aussicht auf Rom. Wieder einmal war es

Metrobius gewesen, der die Bauarbeiten beaufsichtigt hatte, sich um die Gestaltung der Böden, um die Wandmalereien gekümmert hatte.

Es verschlug Sulla die Sprache, als er zum erstenmal das Atrium betrat. Ein riesiges Gemälde nahm die Wand gegenüber dem Eingang vollständig ein. Es zeigte den Cornelier in dreifacher Vergrößerung, wie ihm die gewaltige Graskrone von seinen – stark verkleinerten – Soldaten auf das Haupt gesetzt wurde.

»Das Bild ist noch schöner als die Auslieferung des Iugurtha unten auf dem Palatin«, sagte Sulla, nachdem er sich aus seiner Andacht gelöst hatte, »da haben die Römer wieder etwas, worüber sie sich die Mäuler zerfetzen können – allen voran Marius, der keine Graskrone von seinen Soldaten bekommen hat.«

Zu seinem Siegesfest lud Sulla die gesamte Nobilität ein, und alles, was in Rom Rang und Namen hatte, kam. Das Gemälde wurde gebührend bewundert, aber hinterher, im kleinen Zirkel, spotteten die Adligen über Protzerei und Großmannssucht des Aufsteigers Sulla, der nicht zu ihren Kreisen gehörte. Daß ein Ahn zweimal Consul gewesen war, zählte nicht; die Linie mußte ununterbrochen bis mindestens zum Großvater zurücklaufen.

Nur Scaurus, mit seiner Gattin Metella am Arm, verzog keine Miene, als er das Bild betrachtete. Metella zwitscherte zwar in den höchsten Tönen, lobte Ausführung und Farben ebenso wie das Ereignis als solches, konnte aber ihren Ehemann zu keiner Äußerung bewegen, auch zu keiner negativen. Dafür jubelten die beiden Kinder, der achtjährige Marcus und die neunjährige Aemilia, um so mehr, als Sulla sie in die Arme nahm und vor dem Gemälde durch die Luft schwenkte, erst das Mädchen und dann den Jungen.

Fufidius stand bescheiden daneben und lächelte. Für ihn stand fest, daß er der Vater war, jedenfalls hatte ihm das Metella in einer vertrauten Stunde einmal offenbart. Aber wenn Sulla ebenfalls gewisse Ansprüche erhob, so wollte er sie ihm nicht streitig machen – zu mächtig war die Position des designierten Consuls.

Scaurus allerdings betrachtete das Getändel um die Kinder mit verkniffenen Lippen. »Die Vaterschaft werde ich ihm versalzen«, dachte er, »ich widme meine Memoiren dem Fufidius, erkläre ihn damit zu einem guten Freund, der in meinem Sinne gehandelt hat.« Er lächelte befriedigt über den Einfall, was ihm einen erstaunten Seitenblick von Metella eintrug.

»Ich danke dir«, sagte sie glücklich, »wenigstens mit einem kleinen Lächeln hast du deine Bewunderung für das schöne Bild gezeigt.«

Scaurus schnaubte empört und strebte, so schnell es seine Würde zuließ, in das ausgedehnte Peristyl, in dem das Festessen stattfinden sollte. Der Säulengang war dem Palast vorgelagert und öffnete sich an der hinteren Schmalseite halbkreisförmig. Von dort hatte man die beste Aussicht auf die Ebene und die Hügel von Rom.

Sulla hatte in diesem Halbrund die Klinen für sich und seine Ehrengäste aufstellen lassen, für den Ersten Senator Scaurus und seinen Collegen im neuen Amt, den alten Freund Quintus Pompeius Rufus. Die Wahl des Rufus zum Consul hatte Sulla mühelos bei der Plebs durchsetzen können, ebenso die des Pulcher zum städtischen Praetor und die des – eigentlich zu jungen – Murena zum Praetor für eine Provinz; sogar dem entfernten Verwandten Quintus Ancharius hatte er die Praetur verschafft.

Dem Cornelier schwebten Änderungen im politischen System vor, die er während seines Consulats anpacken wollte, und so hatte er sich nicht nur auf seine Beliebtheit wegen der Siege über die Samniten verlassen, sondern viel Geld verteilt, um seine Freunde in die höchsten Ämter zu bringen.

Er hatte auch viel Geld dafür ausgegeben, Freunde des Marius abzudrängen, wie jenen Sertorius, der sich in das Lager der Teutonen eingeschlichen hatte. Sertorius hatte für das Volkstribunat kandidiert, mit guten Aussichten, die Wahl zu gewinnen. Im Marsischen Krieg war er der Quaestor des Marius gewesen, hatte tapfer gekämpft, dabei ein Auge verloren. Er war beliebt bei den Soldaten; und die Plebs von Rom favorisierte ihn. Es kostete Sulla ein kleines Vermögen, diese Wahl zu verhindern. Später stellte es sich heraus, daß er einen großen Fehler gemacht hatte, als er dem Sertorius den Zugang zum Volkstribunat versperrte.

Mit seinem Collegen Pompeius verbanden den Cornelier seit kurzem sogar enge verwandtschaftliche Beziehungen. Gleich nach seinen Erfolgen in Samnium hatte Sulla dem alten Freund angeboten, sich für ihn als Mitconsul stark zu machen, allerdings unter einer Bedingung: Der Sohn Quintus sollte die acht Jahre ältere Cornelia heiraten.

Da der charmante Lebemann Quintus nicht viel Lust zu einer Ehe mit der rührigen Hausfrau Cornelia verspürte, mußte Pompeius von seiner Hausgewalt Gebrauch machen und seinem Sohn den Befehl zur Heirat erteilen. Quintus fügte sich widerwillig, doch jetzt spielte er so überzeugend den verliebten Ehemann, daß beide Väter zufrieden waren.

Quintus war ein ausgesprochen hübscher junger Mann, und Sulla hoffte, daß seine zukünftigen Enkel äußerlich mehr seinem Schwiegersohn nachschlagen würden als seiner Tochter.

Zur Unterhaltung seiner Gäste hatte Sulla mehrere Atellanen bei dem campanischen Dichter Novius bestellt, der inzwischen Römer war und sich in der Hauptstadt niedergelassen hatte, wie Tausende andere ehemalige Italiker. Seine Possen mit dem gefräßigen Tölpel Maccus, dem Buckligen Dossenus und anderen gern verwendeten Figuren begeisterten die Römer; besonders wenn Novius, um sich einzuschmeicheln, die Neubürger verulkte, die sich in der Metropole breitmachten. Mit ihren bäuerlichen Dialekten und ihren ungehobelten Manieren reizten sie die Altbürger zu Hohn und Spott.

Ein College und Konkurrent des Novius war der Dichter Pomponius aus Bononia, im nördlichen Italien gelegen. Auch ihn hatte Sulla aufgefordert, für sein Fest einige kleine Stücke zu verfassen, denn ihm schwebte ein Dichterwettstreit vor. Es war schließlich der Neuling Pomponius, der den Lorbeer errang, mit einer Posse, die genau den Geschmack der Zeit traf.

Sie hieß »Der Tölpel als Jungfrau«. Hauptfiguren waren der so beliebte Maccus und der bucklige Dossenus. Maccus hatte sich als Mädchen verkleidet und versuchte, mit bäuerlich-derbem Charme den Schullehrer Dossenus zu becircen. Der erlag auch wirklich den Reizen des Bauerntrampels und ließ sich ins Bett zerren. Entzückt stellte er beim Liebesakt fest, daß Maccus dem männlichen Geschlecht angehörte. Als Dossenus mit dem riesigen vorgebundenen Phallus in den Maccus eindrang, kreischten die Zuschauer vor Vergnügen.

Sulla blieb noch einige Wochen in Tusculum, feierte viel mit seinen Freunden im kleinen Kreis und erholte sich von den Strapazen der Feldzüge. Sein Ausschlag, der im Sommer, als er seine Soldaten durch das Gebirge nach Bovianum führte, schmetterlingsförmig sein Gesicht bedeckt hatte, bildete sich zurück.

»Jetzt habe ich das höchste Amt im Staate erlangt, mein Ziel erreicht, dann dürfte ich auch nicht wie eine bestäubte Maulbeere aussehen, wenn ich das Consulat antrete«, sagte er zu seinen Freunden. Der Zusammenhang zwischen Aufregungen, seelischer Belastung und dem erneuten Aufblühen der Flechte in seinem Gesicht war ihm längst klargeworden.

Bei den abendlichen Gelagen ließen sich Sulla und seine Vertrauten gern von Tänzerinnen unterhalten. Das war eine neue Sitte, denn bisher waren es Männer gewesen, grazile Gestalten wie Metrobius, die zu »Tänzerinnen« ausgebildet wurden. Sie spielten nicht nur auf der Bühne, in den Komödien, den weiblichen Part, sondern unterhielten bei den Festen der Adligen auch die Gäste mit Tanzeinlagen.

Hetären wirbelten ebenfalls bei den Orgien herum, allerdings nur, wenn Ehefrauen nicht teilnahmen. Da sich inzwischen die Gattinnen nicht mehr von den Vergnügungen so leicht wie früher ausschließen ließen, mußte auf die Hetären verzichtet werden. Um diese Lücke zu füllen, hatten sich die

Damen der Gesellschaft etwas einfallen lassen: Zu vorgerückter Stunde und bei großer Ausgelassenheit der Gäste erhoben sich die eingeladenen Ehefrauen und ergötzten die Gesellschaft mit Tänzen.

Cloelia und Metella taten sich dabei besonders hervor; zu den schrillen Klängen der Flöten schwangen sie die hocherhobenen Arme hin und her, drehten die Hände, machten mit den Beinen kleine hüpfer vor und zurück.

»Sind sie nicht entzückend!« sagte Metrobius begeistert zu Sulla.

»Metella ja«, antwortete er grinsend, »aber Cloelia bewegt sich wie ein Bauerntrampel aus der Atellane. Während meiner Abwesenheit ist sie ja noch fetter geworden!«

Metrobius mußte ihm recht geben, konnte wegen der groben Bemerkung über seine Schülerin nicht einmal beleidigt sein. Denn es war Metrobius, der Scharen von Damen der Gesellschaft zu Tänzerinnen ausbildete. Vor einem Jahr, als Sulla in Gefangenschaft war und für tot gehalten wurde, hatte sich der Schauspieler ernste Gedanken um seine Zukunft gemacht. Er beriet sich mit Roscius, und sie faßten den Plan, gemeinsam eine Schule zu eröffnen.

Roscius, ebenfalls über das Alter hinaus, um auf der Bühne große Triumphe zu feiern, sollte Schauspielunterricht geben, Metrobius dem Nachwuchs Singen und Tanzen beibringen.

Als sich einige adlige Frauen, darunter Cloelia und Metella, für Tanzunterricht interessierten, erkannte Metrobius einen zusätzlichen Markt und bat die beiden, Werbung bei ihren Freundinnen zu betreiben. Bald konnte er sich vor Anmeldungen nicht mehr retten, mußte weitere Lehrer einstellen. Genauso erging es Roscius; wer an eine Karriere als Schauspieler dachte, wollte sich nur von ihm ausbilden lassen. Viele Adlige oder Ritter, die sich über die munteren Reden oder die Nachäfferei der jungen Sklaven in ihrem Haushalt amüsierten, witterten das große Geschäft und brachten sie zu Roscius in die Schule.

Sulla hatte mit Wohlwollen die neuen geschäftlichen Aktivitäten von Metrobius aufgenommen, und er war begeistert, als der Freund ihm seine Rechnungsbücher vorlegte und auf die hohen Einnahmen deutete. »Die Tanzausbildung bringt noch mehr als damals das Knabenbordell«, flötete Metrobius stolz, »und es ist ein ehrenwertes Geschäft, wenn sogar Damen von hohem Adel bei mir tanzen lernen wollen.«

Interessiert verfolgte nun Sulla die tänzerischen Arm- und Beinbewegungen der beiden Frauen. Die Plumpheit der Cloelia stach um so stärker von der Eleganz der Metella ab, je schneller der Rhythmus wurde. Metrobius sprach schließlich aus, was Sulla dachte. Er flüsterte: »Cloelia ist als Frau für den Consul Sulla nicht mehr passend! Ich habe mir so viel Mühe mit ihr gegeben, aber sie ist nun mal ein Dickerchen und hat soviel Gefühl für Rhythmen wie eine Sau. Für den Consul kommt nur die Metella als Ehefrau in Frage!«

Sulla nickte betrübt: »Das weiß ich auch! Sie ist nicht nur schön und klug, sondern gehört einer der besten Familien an. Aber leider hat sie einen Ehemann, und der alte Scaurus ist bei bester Gesundheit, wird wohl so alt wie Lentulus.«

Metrobius suchte die Augen Sullas, der gleich verstand, was das kalte Glitzern des Bernsteins von ihm wollte. Der Cornelier nickte und lachte dann zynisch.

Zwei Wochen später war Scaurus tot. Da er fast 75 Jahre alt war, wunderte sich niemand über sein plötzliches Ableben. Einige Tage, nachdem die Asche des Ersten Senators mit großem Pomp im prachtvollen Grabmal seiner Familie beigesetzt worden war, ließ sich Sulla von Cloelia scheiden.

»Wir sind jetzt sechs Jahre verheiratet«, sagte er mit betrübter Miene, »und du hast mir immer noch keinen Nachfahren geboren!«

»Wie sollte ich auch«, schrie sie trotzig, »wenn du nie mit mir schläfst!«

»Ich habe dir nicht verboten, mit anderen Männern ins Bett

zu gehen«, sagte er spöttisch, »und ich bin sicher, daß du es während meiner Abwesenheit auch getan hast, zum Beispiel mit deinem Bruder Titus.«

Sie schwieg verlegen und fing an zu weinen. Sulla drehte sich um und ging aus dem Raum. Am nächsten Tag ließ er sie in sein Arbeitszimmer rufen.

»Hier ist der Scheidungsbrief«, erklärte er sachlich und gab ihr eine Papyrusrolle, »als Scheidungsgrund habe ich ›Unfruchtbarkeit‹ eingetragen. In diesen Körben ist deine Mitgift, die ich dir bis auf das letzte As zurückgebe, außerdem viele Geschenke: Schmuck, Kleider, Tonpuppen. Zwei Sklaven werden dich jetzt zum Haus deines Bruders zurückbringen.«

Sie schrie auf und warf sich an seinen Hals. Mit einem heftigen Ruck löste er ihre Arme und schob sie aus seinem Tablinum. Er übergab sie dem Hausverwalter, der vor der Türe wartete. »Du bist mir persönlich dafür verantwortlich, daß sie mich nicht mehr belästigt«, sagte er kalt und ging in sein Zimmer.

Als Sulla wenige Tage später die Metella heiratete, erregte sich ganz Rom darüber. Bei der Nobilität herrschte allgemein die Ansicht, daß die Tochter eines Pontifex Maximus für einen »Homo novus« wie Sulla zu hoch im Rang stünde. Die Plebs schloß sich dieser Meinung an, die die Klienten des Hochadels überall verbreiteten, und sang Spottlieder auf Sullas Heirat.

»Sie haben mich für würdig befunden, das höchste Amt im Staat zu bekleiden«, beklagte sich der Consul bitter bei seinen Freunden, »aber sie halten mich nicht für wert, Ehemann einer Metella zu sein!«

Es drängte ihn, mit Nachfahren aus der Verbindung mit Metella zu glänzen. Aber die Samenproduktion seines einen Eies war mit den Jahren immer geringer geworden, und er zweifelte selbst an seiner Zeugungskraft.

Wenige Tage nach seiner Heirat ließ er Fufidius zu sich rufen. Der junge Mann hatte ein Alter erreicht, in dem sich andere Adlige um die Quaestur oder das Volkstribunat bewarben, aber er zeigte kein Interesse an einer politischen Karriere.

»Möchtest du, daß ich dir helfe?« fragte ihn Sulla direkt. Fufidius schüttelte den Kopf: »Die Politik ist nichts für mich. Ich bin Epikureer, einer von der Sorte, die nur dem Vergnügen lebt, nicht die reine Lehre des alten Philosophen befolgt, wie du es ja tust«, erklärte er lachend.

»So ein hedonistisches Leben kostet viel Geld. Hast du genug Vermögen?« fragte ihn Sulla lauernd.

»Um ganz offen zu sein: Was ich mal geerbt habe, ist weitgehend zerronnen. Der alte Scaurus hat mich die letzten Jahre unterstützt, wohl weil ich ihm bei der Abfassung seiner Memoiren geholfen habe. Er hat mir sein großes Werk ja auch gewidmet.«

Sulla lachte schallend und wischte sich einige Tränen aus den Augenwinkeln.

»Er hat dir seine Memoiren nicht nur wegen deiner schriftstellerischen Leistung gewidmet«, meinte er dann spöttisch. »Ich will dir einen Vorschlag machen: Du hast dich damals so gut in meinen Haushalt in Campanien eingefügt, daß ich dich auch in Rom oder auf meinen Landsitzen gern um mich hätte. Offiziell berätst du mich bei meinen Erinnerungen oder erledigst andere Geschäfte für mich. Inoffiziell setzen wir zu dritt das Leben so fort, wie wir es damals in Campanien führten. Allerdings verlange ich nun absolute Diskretion: Keine Schmusereien, keine verliebten Blicke mehr mit Metella in der Öffentlichkeit! Mit ihr habe ich schon darüber geredet; sie ist einverstanden. Also streng dich an«, sagte Sulla grinsend zum Abschluß, »in spätestens einem Jahr möchte ich mein erstes Kind sehen!«

Zehn Monate später wurde Metella von Zwillingen entbunden – einem Pärchen. Sulla war so glücklich über die beiden Nachfahren, daß er sie gleich nach der Geburt – gegen alle Regeln der römischen Namengebung – mit Beinamen bedachte, die zu Rufnamen wurden: Fausta und Faustus, »die Glückliche« und »der Glückliche«.

»Sie haben großes Glück, mich zum Vater zu haben«, verkündete er überall.

Der Marsch auf Rom

Sulla war sehr stolz auf sich gewesen, nachdem es ihm geglückt war, etliche seiner Freunde mit politischen Ämtern zu versorgen. Er hatte mit keinerlei Widerstand beim Regieren gerechnet, zumal auch der Senat nach dem Tod des Scaurus verunsichert war. So traf ihn das Schwert des Volkstribunen Sulpicius völlig unerwartet.

Sulpicius Rufus, einer der besten Freunde des Drusus, war geschickt der Anklage durch Hybrida entkommen. Im Marsischen Krieg hatte er im Heer des Pompeius Strabo gedient. Er konnte einige Erfolge für sich verbuchen und kandidierte dann für das Volkstribunat, nachdem er seinen patricischen Adel abgelegt hatte. Sein politisches Ziel war es, das Werk seines Freundes Drusus zu vollenden und alle Italiker zu gleichberechtigten Römern zu machen.

Die Aufständischen hatten zwar das Bürgerrecht bekommen, waren aber immer noch unzufrieden, weil sie nicht gleichmäßig auf alle Tribus aufgeteilt wurden. Die Optimaten wollten damit verhindern, daß die Neubürger das alte System völlig überrollten. Sie wendeten die bewährte Methode der Vorfahren an, die die besitzlose Masse in die vier städtischen Tribus eingeschrieben hatten.

Die Neubürger sowie die Freigelassenen sollten lediglich Zugang zu acht Tribus erhalten, so daß ihr Einfluß bei allen Wahlen eingedämmt war. Sulpicius stellte den Antrag für ein Gesetz, das den Italikern und den Freigelassenen den Weg in sämtliche 35 Tribus bahnen sollte. Die Aufregung bei den Optimaten war groß; der ganze Senat, angeführt von den Consuln, machte Front gegen den Antrag. Sulpicius fürchtete einen Anschlag auf sein Leben und umgab sich mit einer ständigen Leibwache von 3000 jungen Männern aus dem Ritterstand.

Als Sulla ihn das erste Mal mit seiner Eskorte über das Forum stolzieren sah, ließ er sofort die führenden Köpfe der großen römischen Bank- und Handelshäuser zu sich kommen, darunter auch Sornatius, Ancharius und Nunnius. Er machte ihnen heftige Vorwürfe, weil sie es zuließen, daß ihre Söhne und jüngeren Brüder dem Aufwiegler Sulpicius folgten.

»Du tust uns Unrecht«, verteidigte sich Publius Sornatius, »es sind nicht unsere Verwandten, sondern die Söhne von ehemaligen italischen Kaufleuten. Was denkst du von uns!« und jetzt blickte er mit seinen kalten Augen so hochmütig auf Sulla, daß der Cornelier den Vater vor sich zu haben meinte. »In unseren Familien herrscht Ordnung! Was der Sulpicius um sich versammelt, das sind die verzogenen Söhne reicher campanischer Händler, die sich aufgrund eurer Gesetze in Rom breitmachen!«

Sulla mußte beschämt die Delegation entlassen.

Der Volkstribun Sulpicius schien es darauf anzulegen, den Bruch mit den Optimaten herbeizuführen: Er entwarf ein weiteres Gesetz, das verfügte, alle Senatoren aus der Curia zu werfen, die mehr als 2000 Drachmen – 8000 Sesterzen – Schulden hatten. Das waren etliche, denn es war üblich, sich kurzfristig große Summen zu leihen, die man in Geschäfte investierte, die riesige Gewinne versprachen.

Da zu erwarten war, daß Sulpicius seine Gesetze durchbringen würde, verfiel Sulla auf eine List, um ihn zu blockieren: Er setzte Feiertage außer der Reihe an. Alle Aktivitäten und Geschäfte mußten während solcher Festtage ruhen.

Die Consuln beriefen auf dem Forum eine Versammlung ein, um der Plebs die Verordnung über die Arbeitsruhe mitzuteilen. Seit seinem Amtsantritt bevorzugte Sulla als erhöhten Punkt für Reden die obersten Stufen des Castor-Tempels, auf denen er sich schon als junger Mann gern den Überblick über das Treiben auf dem Forum verschafft hatte.

Seine Rede war kurz; als er geendet hatte, jubelte das Volk ihm zu, weil er zu den Festtagen eine großartige Bewirtung versprochen hatte.

»Diesen aufgeblasenen Sulpicius haben wir gut ausgetrickst«, sagte er zufrieden zu seinem Collegen Pompeius, der neben ihm stand.

»Ich habe ein schlechtes Gefühl«, meinte Pompeius mit düsterer Miene, »es ist alles zu glatt gegangen!«

»Sulpicius hat Angst vor euch«, schmeichelte der junge Pompeius, der die Stufen zu ihnen hochgestiegen war. Sulla sah mit Wohlgefallen auf das schmale, hübsche Gesicht seines Schwiegersohnes. Vor wenigen Tagen war der junge Mann Vater einer Tochter mit blauen Augen geworden. Sie hieß natürlich Pompeia, und der Cornelier war vernarrt in den Säugling.

»Was macht meine Enkelin?« wollte Sulla gerade fragen, als der Tumult losbrach. Mehrere tausend Mann stürmten das Forum, an ihrer Spitze Sulpicius. Die Plebs, die nach der Rede noch dichtgedrängt vor dem Tempel herumlungerte, stob auseinander.

»Hebt die Feiertage auf!« schrie Sulpicius zu den beiden Consuln.

»Wir lassen uns auf keine Diskussion mit dem Verrückten ein«, sagte Sulla zu seinem Collegen und drehte sich brüsk um. Mit wenigen Sätzen war Sulpicius bei ihm und riß an seiner Toga.

»Du sprichst gefälligst mit mir und tust, was ich dir sage«, brüllte er.

Sulla sah ihn nur spöttisch an und zog eine Augenbraue hoch: »Mein lieber Sulpicius«, höhnte er, »seit du ein Plebejer geworden bist, benimmst du dich auch wie einer. Ich muß sagen, als Patricier hast du mir besser gefallen!«

Sulpicius zog sein Schwert aus der Scheide und wollte damit auf Sulla losgehen. »Hör auf«! schrie der junge Pompeius. »Du bist ja verrückt!« Sulpicius hielt in der Bewegung inne, was Sulla ausnutzte, um zurückzuspringen und die Stufen hinunterzulaufen. Er wurde aber unten gleich von einigen Rittern festgehalten. »Wir haben ihn, Sulpicius«, riefen sie und umklammerten den Consul.

Der Volkstribun war jedoch beschäftigt: Er ließ seine Wut an dem jungen Pompeius aus, stach so heftig auf ihn ein, daß der Sohn des zweiten Consuls blutüberströmt zusammenbrach. Erst als sich der Vater Pompeius über den Toten warf, kam Sulpicius zu Bewußtsein, was er getan hatte. Er jagte die Stufen hinunter und wollte fliehen, doch einige seiner jungen Ritterfreunde stellten sich ihm in den Weg:

»Bleib hier«, befahl ihr Anführer, »du kannst uns jetzt nicht im Stich lassen! Zwing den Consul Sulla, daß er die Feiertage aufhebt und du endlich das Gesetz für uns durchbringen kannst. Wir werden überall verbreiten, daß der junge Mann zuerst die Waffe gezogen hat und dann im Handgemenge erstochen wurde. Und daß du damit nichts zu tun hast!« Sulpicius nickte nachdenklich. »Bringt Sulla in das Haus von Marius«, befahl er den Rittern, die immer noch den Consul fest im Griff hatten, »wenn wir zögern, kommen ihm seine Freunde zu Hilfe, und alles war umsonst.«

Es waren nur wenige Schritte bis zum Palast des Marius. Der Hausherr saß im Atrium und hatte durch die offene Tür die Vorfälle beim Castor-Tempel verfolgt. Neben ihm standen sein Sohn Marius und Cicero.

»Na, Sulla«, lachte Marius gemütlich, als der Consul hereingeführt wurde, »so sehen wir uns also wieder! Bist hoch gestiegen, nachdem du mir den Sieg gegen die Marser gestohlen hast.« Er nahm einen kräftigen Schluck aus dem Humpen, der auf einem Tischchen neben ihm stand, und rülpste.

»Du bist ja betrunken«, sagte Sulla kalt.

»Ich bin immer betrunken, aber trotzdem sehe ich dich völlig klar. Was ist von deiner Würde als Consul übriggeblieben!

Kannst froh sein, daß ich beim Sulpicius ein gutes Wort für dich eingelegt habe; er wollte dich nämlich umbringen.«

»Du und Sulpicius, ihr seid Freunde?« fragte Sulla verblüfft.

»Da staunst du! Bis heute haben wir das gut geheimgehalten! Ich habe dich zu mir ins Haus holen lassen, um dich zu warnen. Ich stehe voll hinter Sulpicius und seinen Anträgen, und *du* machst in Zukunft, was unser Volkstribun von dir verlangt. Ist nämlich alles vernünftig, er ist ein guter Junge.

Die Italiker müssen vollwertige Römer werden, da bin ich bei meinen Soldaten im Wort. Und meine Soldaten brauche ich bald, will doch mit ihnen in den Krieg gegen Mithridates ziehen.«

»Papa«, rief der junge Marius, »das geht den Sulla nichts an.«

»Solche Pläne hast du also«, sagte Sulla spöttisch, »wie willst du denn den Befehl über die Legionen bekommen, ohne daß du ein hohes Amt bekleidest: das Consulat oder die Praetur?«

»Schluß jetzt«, brüllte Sulpicius, »wir vertun unsere Zeit nur mit Geschwätz. Du, Sulla, gehst sofort mit mir auf das Forum und hebst die Arbeitsruhe auf!«

Um seinen Worten Nachdruck zu verleihen, zog er wieder das Schwert aus der Scheide. Sulla dachte an den jungen Pompeius und tat, was Sulpicius von ihm verlangte.

Anschließend eilte er in sein Haus, ließ sich ein Pferd satteln und ritt, ohne sich zwischendurch Ruhe zu gönnen, zu seinen Legionen. Er hatte sie vor einigen Monaten in Campanien zurückgelassen, unter der Führung des Metellus Pius, des Sohnes des Numidicus. Vorwand war die Belagerung von Nola. Der wahre Grund war jedoch ein möglicher Krieg gegen Mithridates von Pontus, der die Wirren des Marsischen Krieges benutzt hatte, um seine Herrschaft im Osten auszubauen.

»Jetzt ist meine Geduld mit Marius und seinem Gesindel zu Ende«, wirbelte es während des wilden Rittes immer wieder in Sullas Kopf herum, »wie gut, daß ich meine Legionen noch habe! Nur wer über eine Armee gebietet, hat heute die Macht! Und meine Macht lasse ich mir nicht nehmen – weder von Marius noch von einem anderen!«

Während Sulla seinen Legionen zustrebte, berief Sulpicius eine Volksversammlung ein, die den Beschluß fassen mußte, Marius als Befehlshaber über die Truppen vor Nola einzusetzen, mit dem Auftrag, in den Krieg gegen Mithridates zu ziehen.

Bei der Abstimmung der Centurien auf dem Marsfeld schüchterte Sulpicius das Wählervolk wieder mit seiner bewaffneten Rittertruppe ein. Denn das Ansinnen, dem alten Trunkenbold Marius, der gerade erst im Marsischen Krieg versagt hatte, das Kommando in einem so wichtigen Feldzug anzuvertrauen, stieß auf große Ablehnung bei den Römern.

In den folgenden Tagen versuchte Marius, seine Tauglichkeit zu beweisen, indem er sich in aller Frühe zum Marsfeld aufmachte und seinen verfetteten Körper sportlichen Übungen unterzog. Die Römer pilgerten in Scharen auf das Gelände, feuerten ihn scheinbar an, wenn er seine Runden drehte, aber in Wirklichkeit verspotteten sie ihn.

Nachdem Sulpicius den Volksbeschluß durchgesetzt hatte, schickte er zwei Militärtribune nach Campanien, um Sullas Truppen zu übernehmen und dem Marius zuzuführen.

Sulla hörte sich an, was die beiden Männer ihm zu sagen hatten, ohne eine Miene zu verziehen. Dann gab er den Befehl, eine Heeresversammlung einzuberufen. Er stieg auf das Podest vor seinem Zelt und postierte die beiden Militärtribune neben sich.

»Soldaten«, begann er, »meine Feinde in Rom haben meine Ablösung durchgesetzt. Marius wird das Kommando übernehmen, aber über neue Truppen aus Italikern. Sie sind ja inzwischen gleichberechtigte Römer. Der Freund des Marius, der Volkstribun Sulpicius, will sie auf alle Tribus gleichmäßig verteilen lassen. In Zukunft habt ihr in eurer Vaterstadt nichts mehr zu sagen, weil die ehemaligen Italiker in allen Stimmbezirken die Mehrheit haben.«

Die Soldaten hatte atemlos zugehört, und beim letzten Satz fingen sie an, unruhig zu werden.

»Haben wir deshalb so lange gekämpft, damit die Italiker in unserer Vaterstadt das Kommando übernehmen?« rief ein Centurio, der in der vordersten Reihe stand, mit lauter, aufgeregter Stimme.

»Männer«, schrie Sulla, »genau so ist es! Die Italiker können in Zukunft in Rom machen, was sie wollen! Davon haben sie schon eine Kostprobe gegeben. Sie haben beschlossen, einen neuen Krieg anzuzetteln und sich reiche Beute zu holen. Sie brauchen Geld, weil sie ihre Mittel in den Kämpfen gegen uns erschöpft haben.«

»Wo ist dieser neue Krieg?« rief wieder der Centurio. »Warum wissen *wir* nichts von einem Krieg, wo viel zu holen ist?«

»Weil Marius und seine Freunde das geheimgehalten haben! Mir haben eben erst diese beiden Militärtribune davon berichtet. Der neue Krieg ist in Asia, unserer reichsten Provinz. Männer, geht nach Hause! Man braucht euch nicht mehr, und ich habe kein Kommando mehr.«

Der Centurio, der das große Wort geführt hatte, sprang auf das Podest und baute sich vor den Militärtribunen auf.

»Ist das wahr?« grölte er. »Sulla hat nicht mehr das Kommando?« Die beiden Abgesandten nickten eingeschüchtert. »Und wir sollen nach Hause gehen, damit Marius mit seinen Italiker-Truppen allein in Asia Beute machen kann?«

Die Militärtribune hatten zwar nicht den Befehl, das Heer aufzulösen, aber sie wagten nichts mehr zu sagen, um die Wut des Centurios und der Soldaten nicht weiter zu schüren. Denn inzwischen hatte sich die Tribüne bis zum Bersten gefüllt.

»*Wir* wollen nach Asia«, riefen die Legionäre, »wir wollen mit Sulla nach Asia.«

»Aber ich bin nicht mehr euer Feldherr«, entgegnete der Cornelier scheinheilig.

»Wir wissen nichts davon, daß du abgesetzt worden bist«, rief ein anderer Centurio, »Männer, schlagt die beiden Boten tot!«

Die Tribune wurden vom Podest gezerrt und mit Steinen beworfen. Kein Stein verfehlte sein Ziel, und wenige Minuten später waren die Delegierten tot.

Sulla hatte mit Befriedigung verfolgt, was sich zu seinen Füßen abspielte. Als die Toten fortgeschafft waren, ließ er die Trompeten blasen, um die Soldaten wieder zur Aufmerksamkeit zu zwingen. Er tat so, als wenn er sich eine Träne aus den Augenwinkeln wischte.

»Soldaten«, rief er, »ich nehme alle Schuld auf mich! Ich bin gerührt über eure Treue! Aber jetzt erwartet auch mich der Tod, denn Sulpicius wird einen Volksbeschluß erwirken, um mich hinrichten zu lassen.«

»Wir schlagen auch Sulpicius tot«, rief wieder der Anführer der Soldaten und sprang auf das Podest, um sich neben Sulla zu stellen. »Sulpicius ist schuld, daß uns die Italiker aus unserer Vaterstadt vertreiben; er ist schuld, daß Marius sich mit anderen Truppen die Beute in Asia holen will. Sulla ist unser Feldherr, und Sulla soll uns nach Asia führen.«

»Wenn ihr das wollt«, schrie Sulla, »dann müßt ihr zuerst mit mir nach Rom, damit wir dort gegen unsere Feinde vorgehen können! Habt ihr den Mut?«

»Wenn du den Mut hast, haben wir ihn auch«, grölte der Centurio, und fast 35 000 Soldaten, die in sechs Legionen zusammengefaßt waren, trampelten und johlten: »Nur Mut, Sulla! Wenn du den Mut hast – wir gehen mit dir!«

So zog Sulla mit sechs Legionen gegen Rom. Es war das zweite Mal in der mehr als 650jährigen Geschichte der Stadt, daß ein Römer sich gegen den Ort seiner Väter wandte. Der erste Zug gehörte der Legende an, lag 400 Jahre zurück. Es wurde erzählt, daß ein gewisser Coriolanus aus dem Geschlecht der Marcier in der Frühzeit der Republik mit Volkstribunen in Streit geraten war. Die Männer setzten beim Volk seine Verbannung durch, und Coriolanus begab sich zum Stamm der Volsker, der östlich von Latium siedelte. Es gelang ihm, das Völkchen, das zu dieser Zeit mit Rom in Frieden lebte, so aufzuhetzen, daß er es zum Krieg gegen seine Vaterstadt bewegen konnte.

Mit Soldaten aus dem Volskerland zog er vor die Tore Roms. Alle Gesandtschaften, die der Senat ihm schickte, wies er schroff ab. Schließlich taten sich die Frauen seiner Vaterstadt zusammen, angeführt von der Mutter und von der Ehefrau des Coriolanus. Offensichtlich fand die Mutter die richtigen Worte, denn ihr Sohn ließ von seinem Vorhaben ab und marschierte wieder ins Land der Volsker zurück. Dort wurde er bald ermordet, weil er die Erwartungen des streitbaren Völkchens nicht erfüllt hatte.

Diese Geschichte wurde Sulla von seinem Legaten Metellus Pius und sämtlichen Militärtribunen vorgehalten. Pius hatte in Sullas Abwesenheit den Stab mit Freunden und Verwandten besetzt, so daß sich der Cornelier einer geschlossenen Front des Widerstandes gegenübersah. »Ich entlasse euch«, sagte Sulla verächtlich, »keiner soll gegen seinen Willen gegen Rom ziehen.« Er war aber froh über den Abgang, denn inzwischen waren viele Freunde bei ihm angekommen, die vor Marius und Sulpicius geflüchtet waren: der Consul Pompeius, die Lucullus-Brüder, Murena, Pulcher und zahlreiche andere. Die vakanten Stellen in seinem Stab füllte der Feldherr mit Leichtigkeit wieder auf.

Auch der Chaldaeer war erschienen.

»Ich möchte dir meine Dankbarkeit zeigen«, sagte er zu Sulla, »viele Wunderzeichen wurden gemeldet, und ich kann sie alle in deinem Sinne deuten.« Er erklärte Sulla, daß die Gottheit diese Wunderzeichen schicke, um aller Welt kundzutun, daß Sulla ihr Werkzeug für die Rache sei.

»Welche Gottheit?« fragte Sulla.

»Such dir die aus, die dir am besten gefällt«, schlug der

Chaldaeer vor. »Da kommt nur Venus in Frage!« lachte Pulcher, und seine schwarzen Augen blitzten.

»Venus ist aber eher eine Göttin des Friedens«, gab der gebildete Freigelassene Epicadus zu bedenken, »und bei Homer tut sie sich bei den Kämpfen um Troja nicht gerade durch kriegerische Leistungen hervor!«

»Sie ist auch die Geliebte des Mars«, sagte Metrobius zu Sulla und kicherte, »erinnere dich an das Gemälde in deinem Haus auf dem Palatin! Sie könnte sich gelegentlich die Waffen des Mars ausleihen, um dir zu helfen.«

»Das ist gut«, rief der Cornelier, »mir träumte heute nacht, daß Venus mir mit den Waffen des Mars erschienen ist. Sie sagte mir, ich sei ihr von allen Menschen der liebste, ein Kind des Glücks, dazu bestimmt, meine Vaterstadt Rom vor dem Untergang zu retten. Und nur mit Waffen ist Rom noch zu retten; Marius, Sulpicius und ihr Anhang müssen mit dem Schwert ausgerottet werden! Geht gleich im Lager herum«, befahl er seinen Freunden, »und verbreitet überall meinen Traum. Das wird die Soldaten anfeuern! Und du, Chaldaeer, mußt erklären, was es mit den Wunderzeichen auf sich hat.«

Die Wunderzeichen wurden als Vorboten einer neuen Zeit gedeutet: Das Alte hatte sich überlebt, mußte Neuem Platz machen. Beschlüsse des Volkes waren nicht mehr bindend, dem Senat mußte nicht mehr Folge geleistet werden.

Der Chaldaeer behauptete, er hätte Flammen gesehen, die von den Standarten auflöderten, und viele Legionäre bestätigten ihm die Erscheinung.

»Die Gottheit verkündet euch damit den Sieg«, erläuterte der Chaldaeer sofort dieses Phänomen.

Als eines Abends Trompeten erschallten, ohne daß eine menschliche Hand sie angerührt oder gar ein Mund in sie hineingeblasen hatte, war der Wahrsager außer sich vor Freude. »Das Zeichen für den Angriff«, rief er, und seine Worte verbreiteten sich schnell im Lager, »worauf wartet ihr noch!«

Das Heer hatte sich nun Rom bis auf einen Tagesmarsch genähert. Die günstigen Wunderzeichen hatten die Moral der Soldaten so gestärkt, daß sie den baldigen Angriff forderten. Eine Gesandtschaft, die der Senat ihnen entgegenschickte, wurde mißhandelt: Es waren zwei Praetoren, Anhänger des Marius. Die Legionäre zerbrachen den Lictoren die Rutenbündel, die Symbole ihrer Amtsgewalt, und rissen den Beamten die purpurverbrämten Kleider vom Leib. Als sie gesteinigt werden sollten, trat Sulla dazwischen.

»Laßt sie laufen!« schrie er. »Wenn sie halbnackt, ohne Zeichen ihrer Würde, nach Rom kommen, ist das eine größere Strafe für sie als ein schneller Tod.«

Die Soldaten sahen das ein, und johlend scheuchten sie die Praetoren aus dem Lager.

Am nächsten Morgen verteilte Sulla seine Truppen vor allen Pforten Roms, umzingelte die Metropole. Er selbst besetzte mit einer Legion das Tor am Esquilin im Osten der Stadt, Pompeius bekam das Collinische Tor, weiter nördlich, zugewiesen; ein anderer Legat rückte gegen das Tiberufer bei der Holzbrücke vor.

Hinter keinem der Tore warteten Soldaten oder die bewaffneten Horden des Sulpicius; weder Marius und seine Freunde noch die Senatoren hatten ernstlich an einen Angriff auf Rom geglaubt.

Sulla marschierte mit seiner Legion in die Stadt hinein. Er hatte mit Freudenrufen der Römer gerechnet, einen Empfang als Befreier erwartet. Doch ein Hagel von Wurfgeschossen ging auf seine Soldaten nieder. Die Bürger hatten sich auf den Dächern in Sicherheit gebracht und schleuderten Dachpfannen und Mauersteine herab. Sullas Soldaten waren genauso verblüfft wie ihr Feldherr; als der Geschoßhagel stärker wurde, drehten sich Hunderte um und wollten zum Tor zurückrennen. »Sind die Römer verrückt geworden?« brüllte Sulla und brachte damit die Flucht seiner Männer zum Stillstand. Das Blut schoß ihm in den Kopf, sein Denken setzte aus.

»Wir brennen ihre Häuser nieder«, wütete er, »her mit einer Fackel!«

Ein Soldat reichte ihm eine Fackel, und Sulla lief in das erste Haus am Wege und warf das Feuer ins Innere. Seine Soldaten machten es ihm nach, zündeten den ganzen Straßenzug an, schossen mit ihren Pfeilen Flammen auf die Menschen, die auf den Dächern hockten. Die leichtgebauten Häuser brannten in kürzester Zeit lichterloh; die Dächer stürzten ein, und Tausende von Römern kamen in dem Inferno um.

Inzwischen hatten Marius und Sulpicius die Ritterscharen zusammengetrommelt, zogen mit ihnen zum Marktplatz auf dem Esquilin und kämpften mit den Truppen des Pompeius. Die jungen Ritter waren den gutausgebildeten Legionären nicht gewachsen und ergriffen bald die Flucht.

Marius jagte Herolde durch die Gassen und bot allen Sklaven die Freiheit an, wenn sie für ihn kämpften. Nur drei folgten seinem Aufruf. Als Marius sah, daß seine Sache verloren war, verließ er die Stadt und versteckte sich bis zur Dunkelheit in der Umgebung Roms. Sulpicius hatte schon längst das Weite gesucht.

Sulla war Herr der Stadt. Seine Soldaten wollten sich an der Habe der Römer bedienen, aber der Cornelier ließ alle Plünderer bestrafen, setzte nachts Wachen ein und machte auch selbst die Runde. Er hoffte, damit den verheerenden Eindruck zu verwischen, den seine Brandfackel hinterlassen hatte.

Am nächsten Morgen beriefen er und Pompeius den Senat und das Volk auf dem Forum zu einer Versammlung ein. Sulla hielt eine lange Rede vom Castor-Tempel herunter, erinnerte an den Tod des jungen Pompeius und beklagte sich bitter darüber, daß das Volk sich von Sulpicius hatte verführen lassen. Er beantragte die Ächtung von Marius, Sulpicius und zehn anderen Drahtziehern, die er inzwischen ausgekundschaftet hatte.

Sulla war nicht überrascht, als er erfuhr, daß sein alter

Feind Carbo zum inneren Kreis der Verschwörer gehörte. Carbo hatte sich bereits aus Rom entfernt, als die Truppen noch im Anmarsch waren. Der Cornelier ließ heftig nach ihm suchen, aber ohne Erfolg. Mehrmals verhörte er Cinna, dem keine Mittäterschaft nachzuweisen war. Immer wieder behauptete dieser, er habe sich schon vor Jahren mit Carbo zerstritten. Sulla glaubte ihm nicht.

Die Feinde wurden für vogelfrei erklärt; jeder, der auf sie traf, konnte sie töten oder vor die Consuln führen. Ihre Habe verfiel dem Staat. Sulpicius wurde bald ergriffen und getötet. Seinen Kopf ließ Sulla neben der Rednertribüne ausstellen.

In der Nacht flüchtete Marius mit seinem Sohn und anderen Geächteten auf sein Landgut in der Nähe von Ostia, um sich mit dem Nötigsten auszustatten. Sein Sohn schlich sich in die benachbarte Villa des alten Mucius Scaevola, des Großvaters seiner Frau, wo er Mittel für die Flucht zu finden hoffte. Er entging nur knapp der Entdeckung, denn Sulla ließ von Soldaten alle Landhäuser des Marius-Clans durchsuchen.

Der Verwalter des alten Scaevola versteckte den jungen Mann unter Bohnen auf einem Wagen, fuhr damit direkt auf den Suchtrupp zu und erklärte, daß er gerade in die Stadt wollte, um zu melden, der junge Herr habe in der Nacht das Haus geplündert. Die Soldaten glaubten ihm und drehten um. Marius, der Sohn, ließ sich nach Ostia fahren, wo er ein Schiff mietete, das ihn geradewegs nach Africa brachte.

Weniger glücklich verlief die Flucht des alten Marius. Er hatte noch in der Nacht das Landhaus verlassen, sich nach Ostia gewandt und dort ein kleines Schiff bestiegen, das ihm ein Freund zur Verfügung stellte. Sie segelten in südlicher Richtung an der Küste entlang, bis zur Höhe von Tarracina. Der Wind schlug plötzlich um, hohe Wellen rollten auf das Ufer zu, und der Kapitän beschloß, die Fahrt abzubrechen und auf besseres Wetter zu warten. Nur mühsam erreichten sie das Land, zogen das Schiff auf den Strand und verbrachten zwei Tage in der engen Kajüte. Neptun hörte nicht auf zu wüten, und als den Flüchtigen die Lebensmittel zu Ende gingen, verließen sie ihren Unterschlupf, um Nahrung aufzutreiben.

Sie stießen nach Stunden des Umherirrens auf einige Hirten, die ihnen berichteten, daß gerade ein Trupp Reiter durchgezogen war, der nach den Geächteten forschte. So versteckten sich Marius und seine Freunde für den Rest des Tages in einem Gebüsch, um in der Nacht weiterzuwandern. Sie waren alle sehr erschöpft, und der Hunger wühlte in ihnen.

Marius war der Älteste; er war nicht weniger mit seinen Kräften am Ende als die anderen, aber er zeigte es nicht. »Ich erzähle euch jetzt eine Geschichte, die ein Geheimnis ist«, versuchte er seine Gefährten aufzurichten, »ihr teilt mit mir alle Gefahren, ihr sollt davon wissen.«

Die Männer horchten auf, an Geheimnissen war jeder interessiert.

»Als Junge entdeckte ich in einer hohen Eiche, dem Baum des Iuppiter, ein großes Adlernest«, erzählte Marius nun, »ich stieg hinauf und fand in dem Horst sieben kleine Adler.«

»Sieben Adler?« wunderte sich einer der Freunde. »Das gibt es doch nicht! Es ist bekannt, daß Adler nur zwei Eier legen!«

»Das ist ja gerade das Besondere an meiner Geschichte«, antwortete Marius, »ein Adlernest mit sieben Jungen, nicht nur sieben Eiern, sondern alle ausgebrütet. Ich schaffte das Nest mit den Vögeln, die noch sehr klein waren, vorsichtig auf den Boden und zeigte es meinen Eltern. Mein Vater war sehr aufgeregt und lief zu einem Augur, um ihn zu befragen. Als er zurückkam, betrachtete er mich lange Zeit mit einem merkwürdigen Blick. Ich bekam Angst und wollte wegrennen.

Da sagte er: ›Die Götter haben Großes mit dir vor! Die sieben Adler bedeuten sieben Consulate! Du wirst einmal der größte aller Römer!‹ Dieser Spruch hat mich mein Leben lang begleitet. Sechs Consulate habe ich erlangt, für das siebte bewahren die Götter, allen voran Iuppiter, mein Leben auf. Wollt ihr immer noch mutlos sein, meine Freunde?«

Gestärkt durch die wundersame Weissagung, zogen sie weiter und gelangten zwei Tage später in das Gebiet der Stadt Minturnae. Sie waren leichtsinnig geworden, marschierten auch während der hellen Stunden und wären beinahe einem Suchtrupp in die Hände gefallen. Um den Soldaten zu entkommen, warfen sie sich ins Meer, das sich inzwischen beruhigt hatte, und schwammen auf kleine Lastkähne zu, die in großer Zahl nahe am Ufer vorbeipendelten. Marius hatte Mühe, seinen gichtigen, massigen Körper schnell zu bewegen, und mußte von zwei Sklaven gezogen und in eins der Boote gehievt werden.

Es war Rettung in letzter Minute, denn die Reiter waren herangesprengt und schrien den Schiffern zu, die Männer herauszugeben. Aber die Bootsleute konnten sich nicht dazu entschließen; sie segelten weiter, berieten sich während der Fahrt eine Weile und warfen dann Anker in der Mündung des Liris. Sie redeten freundlich auf Marius ein, schlugen ihm vor, an Land zu gehen und Lebensmittel zu besorgen.

»Wir haben leider nichts bei uns«, sagten sie scheinheilig, »wir warten hier auf dich, der Wind hat sich ja gelegt, und wir können nicht weiter.« Marius stieg vom Schiff, und kaum, daß er den Händlern den Rücken gedreht hatte, ruderten sie mit aller Kraft vom Ufer weg. Marius war allein. Seine Freunde hatten schwimmend ein anderes Boot erreicht und mehr Glück gehabt. Er fand sie jedenfalls nicht am Strand wieder.

Als ihm seine Situation bewußt wurde, brach er zusammen und blieb stundenlang am Wasser liegen. Nachdem er etwas geschlafen hatte, erwachte sein alter Kampfgeist, und er schlug sich durch die morastige Niederung, bis er die Hütte eines Hirten erreichte.

Er fiel vor dem alten Mann auf die Knie: »Hilf mir«, beschwor er ihn, »wenn es mir wieder gutgeht, werde ich dir viel Geld geben.«

»Du bist Marius«, sagte der Alte, »und du bist in einer schlimmen Lage. Bei mir in der Hütte bist du nicht sicher vor deinen Feinden; jeden Tag kommen Suchtrupps vorbei. Ich werde dir einen Ort zeigen, wo du dich besser verstecken kannst.«

Er führte ihn in das Sumpfgebiet hinein, zeigte ihm eine Höhlung neben dem Fluß und deckte leichte Äste darüber, nachdem Marius hineingekrochen war.

Marius schlief sofort ein, wurde aber nach kurzer Zeit von lauten Stimmen geweckt. Er verließ eilig den Unterschlupf, zog seine Kleider aus und watete in den Sumpf. Doch die Soldaten erspähten ihn und zogen ihn aus dem Schlamm.

»Das soll der große Marius sein«, höhnten sie, »er gleicht eher einem Schwein, das im Dreck gewühlt hat.« Denn der nackte Körper war über und über mit Morast bedeckt.

Sie schleppten ihn nach Minturnae, wo er jedoch nicht ins Gefängnis geworfen, sondern bei einer reichen Frau einquartiert wurde. Die Achtung vor dem Retter aus der Kimbern-Gefahr und die Scheu vor der Würde des Marius waren so groß, daß die Bürger der Stadt erst nach langer Beratung zu dem Entschluß kamen, ihn durch einen Sklaven enthaupten zu lassen. Es war aber zufällig ein Kimber, den sie als Henker zu ihm schickten.

Als Marius den Mann sah, mit dem Schwert in der Hand, brüllte er ihn an: »Du also wagst es, den Gaius Marius umzubringen!«

Offensichtlich wurde der Germane von der Erinnerung an Vercellae überwältigt. Als er die Stimme des ehemaligen Feldherrn hörte, das drohende Blitzen seiner Augen sah, ließ er das Schwert fallen und rannte auf die Straße.

»Ich kann den Marius nicht töten«, rief er immer wieder.

Die Bürger von Minturnae waren bestürzt, aber bald dämmerte ihnen, daß eine Gottheit ihnen ein Zeichen gesandt hatte, als sie ausgerechnet einen kimbrischen Sklaven zum Henker des Marius bestimmt hatten.

»Durch unsere Hand darf er nicht sterben«, hörte man es überall in der Stadt, »wir dürfen uns nicht mit seinem Blut beflecken.« Sie beschlossen also, ihn laufenzulassen, und nicht nur das, ihn mit Kleidung und Nahrung auszurüsten.

Ein reicher Bürger stellte ihm sogar ein Schiff zur Verfügung. Marius stach sofort in See, setzte zur Insel Aenaria hinüber, wo er seine Freunde wieder traf. Gemeinsam segelten sie nach Sicilien, wurden dort vom Praetor vertrieben, das gleiche geschah ihnen in Africa. Sie wandten sich nun nach Numidien, denn sie hatten erfahren, daß Marius, der Sohn, am Hof des Königs Zuflucht gefunden hatte.

Sie steuerten den kleinen Hafen der Residenz an und waren noch mit dem Vertäuen des Bootes beschäftigt, als der junge Mann aufgeregt am Kai erschien, verfolgt von einem Trupp Reitern. Der Numiderkönig hatte seinen Sinn geändert und beabsichtigte, seinen Gastfreund an Sulla auszuliefern, was aber eine der Haremsfrauen dem hübschen Marius verraten hatte.

Bevor die numidischen Reiter von ihren Pferden springen konnten, warfen sich Marius, sein Sohn und ihre Freunde in das Boot, das sie mit aller Kraft aus dem Hafenbecken hinausruderten. Ein günstiger Wind trieb sie schnell von der Küste weg. Die nächsten Monate, bis zum Ende von Sullas Consulat, versteckten sie sich auf einer kleinen Insel vor der Küste, südlich von Karthago.

Mithridates in römischen Provinzen

Nach der Flucht oder dem Tod seiner Feinde setzte Sulla einige Reformen durch, die die Herrschaft des Senats wieder festigen sollten. Als erstes schränkte er die Macht der Volkstribune ein. Er erließ ein Gesetz, daß jeder Antrag eines Volkstribunen zunächst dem Senat vorgelegt und von ihm gebilligt werden mußte; erst dann konnte die Plebs darüber entscheiden. Bevor die Gracchen dem Senat die Stirn geboten hatten, war dieses Verfahren üblich gewesen, jedoch nicht ausdrücklich vom Gesetz befohlen.

»Wieviel Unheil haben Volkstribune seit den Gracchen angerichtet«, sagte der Cornelier zu seinen Freunden Ahenobarbus, Pulcher und Catulus, die als seine engsten Berater fungierten, aber auch den Redner Antonius zog er gern heran, »sie haben ihre Macht mißbraucht, sind wie Könige durch Rom stolziert! Damit ist jetzt Schluß; wir werden uns nicht mehr von Gesetzen terrorisieren lassen, die nur dem Größenwahn eines einzelnen dienen!«

Zielstrebig verfolgte er die weitere Entmachtung der städtischen Plebs. Seit 150 Jahren hatten sich die Entscheidungen immer mehr zu den Tribus verlagert, so daß auch die Bürger ohne Geld und Landbesitz in Rom mitsprechen konnten. Sulla verlegte sämtliche Abstimmungen – über Ämter wie über Gesetze – in die Versammlung der Centurien, wo nur die »oberen Zehntausend«, die Reichen und Begüterten, das Sagen hatten.

»Nur wer Geld hat, ist auch gebildet«, sagte er zynisch, »die Proletarier, die höchstens bis zehn zählen können, sind zu dumm, um politische Zusammenhänge zu begreifen. Sie laufen hinter jedem her, der ihnen Geld in die schmutzigen Pfoten steckt! Oder der ein großes Mundwerk hat, wie dieser Sulpicius.«

»Du hast recht«, pflichtete ihm Ahenobarbus bei, »dem Pöbel muß gesagt werden, wo es langgeht. Wenn man ihn um etwas bittet, etwa um ein Amt, fühlt sich jeder Wurm als der Größte. Wir Adligen müssen der Plebs wieder vor Augen führen, daß wir die Optimaten, die Besten sind. Wir haben ja erlebt, wohin die Herrschaft des Pöbels führt: in den Bürgerkrieg!«

Die Maßnahmen Sullas, die die Macht der Plebs und ihrer Anwälte, der Volkstribune, drastisch beschränkten, hatten zu schlechter Stimmung bei den Massen geführt. Sulla versuchte, die Laune wieder zu heben: Er versprach, neue Kolonien einzurichten und die Zinsen zu senken. Das brachte ihm zwar die Sympathien weiter Kreise der Bevölkerung zurück, verärgerte aber viele Ritter, die vom Geldgeschäft lebten. Sie zeigten Muskeln, boten ihren Einfluß bei den Wahlen in der Versammlung der Centurien auf und ließen Sullas Kandidaten durchfallen. Nicht nur das, sie hoben einen Mann in den Sattel, dem Sulla mißtraute: Lucius Cornelius Cinna, den früheren Freund und das Echo des Carbo.

Cinna war die Ämterleiter hinaufgeklettert: Vor zwei Jahren hatte er die Praetur bekleidet, war dann Legat des Pompeius Strabo geworden und hatte sich Meriten im Marsischen Krieg erworben. Sulla argwöhnte, daß der Consular Strabo, Freund der Ritterpartei, dem Cinna zum Consulat verholfen hatte.

Zum zweiten Consul war Octavius, aus dem früheren Kreis des Cato, gewählt worden, wie Sulla es gewünscht hatte.

»Octavius ist schlaff«, sagte er im vertraulichen Gespräch zu Ahenobarbus, »er macht zwar alles, was ich will, aber ich fürchte, er ist Cinna nicht gewachsen.«

»Laß Cinna doch schwören, am besten vor dem Altar des Iuppiter«, schlug Ahenobarbus vor, »daß er Politik in deinem Sinn machen, deine Reformen nicht rückgängig machen wird.«

Das war zwar eine ungewöhnliche Art, sich den Nachfolger gefügig zu machen, aber Cinna hatte gegen einen Schwur nichts einzuwenden. Er stieg mit Sulla zum Capitol hinauf, und unter dem Beifall einer großen Menge trat er vor den Altar des Iuppiter. Er sprach den verlangten Eid, hob einen Stein vom Boden auf und erklärte: »Iuppiter wird mich wie diesen Stein aus der Stadt hinauswerfen, wenn ich nicht mein Amt in Sullas Sinne führe!«

Dann schleuderte er den Stein weit von sich.

Sulla war erleichtert und sehr zufrieden, meinte er doch, in Rom alles vorzüglich geordnet zu haben. Denn er stand kurz vor der Abreise nach Asia, wo sich die Situation dramatisch zugespitzt hatte.

Sulla hatte seinerzeit zwar den König Mithridates von Pontus in seine Schranken verwiesen, aber nicht auf Dauer. Als in Rom die Wirren ausbrachen, die schließlich zum Marsischen Krieg führten, glaubte Mithridates, freie Hand im Osten zu haben, weil die Kräfte der Römer anderweitig gebunden waren. Er fiel wieder in Kappadokien ein und vertrieb den König Ariobarzanes. In Bithynien bedrohte er den mit Rom verbündeten Herrscher Nikomedes und unterstützte dessen jüngeren Bruder. Sowohl Ariobarzanes als auch Nikomedes riefen ihre Schutzherren um Hilfe.

Der Senat schickte den Consular Manius Aquilius in den Osten. An der Durchsetzungskraft und Rücksichtslosigkeit des Aquilius, der den Sklavenaufstand in Sicilien niedergeschlagen hatte, bestanden nicht die geringsten Zweifel. Die Senatoren waren überzeugt, daß Aquilius mit einigen Cohorten den Mithridates ebenso einschüchtern und zurückdrängen würde, wie es Sulla zwei Jahre zuvor getan hatte.

Aquilius entsprach den Erwartungen: Er marschierte in Bithynien und Kappadokien ein und hob die beiden romtreuen Könige wieder auf ihre Throne. Damit war der Auftrag des Consulars erledigt; er hätte sich aus dem Osten, wie damals Sulla, zurückziehen können.

Er tat es jedoch nicht, sondern hetzte den König Nikomedes von Bithynien auf, dem Mithridates den Krieg zu erklären. Aquilius war nicht in den Osten gereist, um Frieden zu stiften, sondern um einen großen Krieg zu entfachen, bei dem gewaltige Reichtümer zu gewinnen waren. Marius hatte seit Jahren von diesem Krieg geträumt; seine Ambitionen waren auf Aquilius übergesprungen. Die Männer besuchten sich gelegentlich, denn Aquilius war einer der wenigen Nobiles, die zu Marius hielten. Er war dem Feldherrn Marius sein Leben lang dankbar, weil dieser ihn zuerst zum Legaten und dann, in seinem fünften Consulat, zum Mitregenten gemacht hatte.

Der König von Bithynien schickte Truppen über die Grenze nach Pontus, um seiner Kriegserklärung den nötigen Nachdruck zu verleihen. Mithridates reagierte, wie Aquilius es erwartet hatte: Er rüstete auf und holte zum Gegenschlag aus. Seine Gesandten reisten im ganzen Osten herum, erreichten, daß das Bündnis mit dem König von Armenien wiederbelebt wurde und daß der parthische König, wegen der Kränkung durch Sulla, Neutralität bewahrte. Und in den Städten der Provinz Asia wiegelten sie die Bürger auf, die seit fast vier Jahrzehnten unter dem Druck der römischen Herrschaft ächzten.

Nach einem Jahr verfügte Mithridates über ein Heer von 250 000 Fußsoldaten und 40 000 Reitern, außerdem über eine Flotte von 400 Schiffen. Diese gewaltigen Scharen, zusammengewürfelte Söldner aus vielen Ländern des Ostens, beeindruckten durch ihre Masse und durch ihre Wildheit, konnten es jedoch an Disziplin und Ausbildung nicht mit römischen Legionen aufnehmen. Aber sie hatten es zunächst nur mit bithynischen Truppen und einigen Cohorten der römischen Garnison in Asia zu tun.

Im Frühjahr des Jahres, in dem Sulla Consul war und die Anträge des Sulpicius zu Fall zu bringen versuchte, ging Mithridates mit seinen Truppen in die Offensive. Er vernichtete zuerst die bithynische Armee, die in sein Gebiet einmarschiert war. Dann jagte er die Cohorten des Aquilius an den Grenzen der Provinz Asia auseinander und überschwemmte das römische Herrschaftsgebiet mit seinen Soldaten.

Kurze Zeit später verbreitete sich die Nachricht in den Städten der Provinz, daß der Consul Sulla mit seinen Legionen gegen Rom marschiert und damit beschäftigt war, seine Feinde in Italien zu vernichten. Jubel brach überall aus; die Bürger glaubten, das Ende der verhaßten römischen Regierung sei gekommen. In Mithridates feierten sie ihren Befreier und Retter.

»Ein neuer Gott wurde geboren«, freuten sich viele Hellenen.

»Es ist Dionysos selbst, der uns zu Hilfe gekommen ist«, verkündeten andere. Seitdem verehrten sie Mithridates wie den Weingott Dionysos, stellten Statuen auf, die sie mit Efeu, der Lieblingspflanze dieses Gottes, bekränzten, und tranken sich ihm zu Ehren viele Räusche an.

Manius Aquilius hatte sich nach seiner Niederlage auf die Insel Lesbos flüchten können, wurde aber von den Bürgern an die Soldaten des Mithridates ausgeliefert.

Der König gab den Befehl, Aquilius, der auf einem Esel festgebunden war, von einer Stadt in die andere zu schicken. Die Griechen bewarfen den Römer mit Kot, schlugen und quälten ihn.

Mithridates empfing Aquilius schließlich in seinem Palast in Pergamon. Er zwang ihn, flüssiges Gold zu trinken. »Du konntest ja den Rachen nicht voll kriegen!« höhnte der König.

Aus Rom erfolgte keine Reaktion auf den Tod des Aquilius. Mithridates wurde übermütig und beschloß, Asia von allen Römern zu säubern. Die Idee kam ihm in Ephesos, während einer Reise. Er erließ den Befehl an die Magistrate der Städte, alle Römer, ihre Freigelassenen und Sklaven an ein und demselben Tag zu töten. Willig folgten ihm die Beamten und die Bürger, nur die Einwohner der Insel Kos weigerten sich.

So starben an einem Tag, zur selben Stunde, 80 000 Römer und ihr Anhang. Ihre Leichen wurden den Vögeln zum Fraß vorgeworfen, ihre Habe wurde eingezogen, zur Hälfte den Städten und zur Hälfte dem König überlassen. Um die neuen Untertanen noch stärker an sich zu binden, forderte Mithridates keine Steuern mehr von ihnen.

In Rom herrschte zwar Entsetzen, als das Blutbad bekannt wurde, aber es wurden keineswegs auf der Stelle Legionen in Marsch gesetzt. Ein neues Unheil hatte Sulla getroffen: Sein Mitconsul Pompeius war von Soldaten des Pompeius Strabo getötet worden.

Da Sulla sich mehr auf Legionen als auf die Schwüre eines Cinna verließ, hatte er das Volk den Beschluß fassen lassen, seinem Collegen Pompeius den Oberbefehl über die Nordarmee zu erteilen, die noch unter dem Kommando des Strabo stand. Der Consular Strabo bezahlte einige Soldaten dafür, daß sie den Pompeius gleich nach dessen Ankunft im Lager niederstachen. Strabo ließ die Täter entkommen, äußerte kurz seine Mißbilligung über den Mord und übernahm wieder den Oberbefehl, als ob es keinen Beschluß des Volkes geben würde.

Sulla stand nun vor einer schweren Entscheidung. Seine Truppen warteten bei Capua seit Monaten darauf, nach Asia überzusetzen. Die Nachricht von der Ermordung so vieler Römer in Asia hatte große Erregung hervorgerufen; keiner der Soldaten verstand Sullas Zögern.

»Was soll ich bloß tun?« fragte der Cornelier nach dem Tod des Pompeius seine Freunde, »ich müßte mit meinen Legionen gegen Strabo ziehen und ihm das Kommando abnehmen. Dann kämpfen aber Römer gegen Römer!«

»Es ist gar nicht sicher, ob dir deine Legionen überhaupt folgen werden«, gab Lucius Lucullus zu bedenken, »sie sind auf einen Krieg gegen Barbaren eingestellt, aber nicht auf Kämpfe gegen Brüder!«

Sulla reiste nach Capua, um die Stimmung bei den Soldaten zu testen. »Geht es endlich los?« bestürmten ihn die Männer, als er im Lager erschien. Er nickte nur und wollte hinzufügen: »Mit einem kleinen Umweg. Wir müssen erst Ordnung bei der Nordarmee schaffen.« Aber bevor er etwas sagen konnte, brüllten Tausende von Legionären: »Nach Asia, nach Asia!«

Sie hätten ihn in Stücke gerissen, wenn er mit dem Vorschlag gekommen wäre, zuerst in Italien zu kämpfen.

So marschierte Sulla mit seinen sechs Legionen, 35 000 Soldaten, nach Brundisium, um sie von dort nach Griechenland einzuschiffen. Unterwegs trafen sie auf Boten, römische Adlige, die an der Küste von Epirus Landgüter besaßen. Sie kamen mit schlechten Nachrichten: Mithridates war dabei, ganz Hellas zu erobern, den Römern noch mehr Gebiete zu entreißen.

»Seine Truppen sind in Thrakien und Makedonien einmarschiert, haben Attika besetzt und Athen eingenommen«, erzählte einer der Boten, »in Athen herrscht einer der Freunde des Mithridates, der übrigens aus der griechischen Geistesmetropole stammt – ein Philosoph, ein Epikureer, der Karriere am Hof des Mithridates gemacht hat. Er heißt Aristion!«

»Noch mehr schlechte Nachrichten?« erkundigte sich Sulla bestürzt; er merkte, daß die Boten nicht am Ende waren. Sie drucksten herum, keiner wollte mit der Sprache heraus.

»Ich sehe doch, daß es noch etwas gibt«, drängte Sulla, »wer als erster redet, bekommt 10 000 Sesterzen!« Jetzt schwatzten sie alle durcheinander.

»Ruhe!« brüllte Sulla und wies auf einen jungen Mann, den er gelegentlich im Gefolge des alten Augurs Scaevola gesehen hatte. »Du redest.« Es war der junge Pomponius, der Freund des Marius und des Cicero. Er hatte sich nach der Flucht des Marius gleichfalls abgesetzt, einige Zeit in Athen gelebt, bis die Stadt in die Hände des Aristion fiel. Nun war er mit anderen Römern auf dem Rückweg in seine Heimatstadt.

»Mithridates hat seine Fußsoldaten zum Festland geschickt«, erzählte Pomponius, »und mit seiner Flotte beherrscht er die ganze Ägäis. 400 Schiffe kreuzen in den Gewässern. Die Bewohner der Inseln haben die Soldaten von der Flotte begeistert empfangen!«

»Und was ist mit Delos?« fragte Sulla, der Schreckliches zu ahnen begann. Die kleine Insel Delos, mitten in den Gewässern zwischen Griechenland und Asia gelegen, war Freihafen und der größte Umschlagplatz für den Handel im Osten. Tausende von Römern und Italikern, die inzwischen das römische Bürgerrecht besaßen, hatten sich auf der felsigen Insel angesiedelt und prachtvolle Bauten errichtet. Auf Delos konzentrierte sich mehr Kapital als in jedem anderen Ort vergleichbarer Größe.

»Unsere Bürger sind alle tot«, kam Pomponius endlich mit der vollen Wahrheit heraus, »die Marinesoldaten des Mithridates – es waren Zehntausende – zogen von Haus zu Haus, plünderten und töteten alles, was sich bewegte. Man spricht von 20 000 ermordeten Menschen.«

Sulla spürte, wie sein Ausschlag brannte, als ihm das Blut in den Kopf stieg: »Das wird er mir büßen, dieser Barbar«, brüllte er.

Als Sulla seine Truppen von Brundisium nach Epirus gebracht hatte, erreichte ihn die Mitteilung, daß der Römer Sura, Legat des Statthalters von Makedonien, nördlich von Attika erfolgreich gegen eine Armee des pontischen Königs gekämpft hatte. Sulla wurde wütend: »Nimm dir einige Cohorten«, sagte er zu Lucius Lucullus, der sein Quaestor und einer seiner Legaten war, »rücke nach Boiotien vor, und sag diesem Sura, daß er abziehen soll. Das ist mein Krieg, da soll sich kein anderer einmischen!«

Lucullus marschierte ab und erreichte, daß Sura sich nach Makedonien zurückzog. Die Truppen des Mithridates fielen sofort wieder in Attika ein. Sulla schlug sie kurz vor Athen und hoffte, Aristion eingeschüchtert zu haben. Doch der »Philosoph« blieb mit einer starken Besatzung in der griechischen Geistesmetropole hocken. Ein anderer Feldherr des Mithridates, Archelaos, hielt die Stellung in Piraeus, wo er die Zufahrt zum Hafen mit seinen Kriegsschiffen versperrte.

Sulla sah sich zu einer Belagerung gezwungen, die fast ein Jahr in Anspruch nehmen sollte. Denn Athen und die vorgelagerte Hafenstadt waren mit dicken Mauern umgeben, die der Staatsmann Perikles vor bald 400 Jahren, in der Blütezeit der Stadt, hatte errichten lassen.

Nachdem Sulla vor Athen sein Lager aufgeschlagen hatte und die Söldner des Mithridates nach Norden abgezogen waren, schickten viele griechische Städte Gesandtschaften zu den Römern. Sie entschuldigten sich dafür, daß sie ihre Tore kampflos den Truppen des Mithridates geöffnet hatten, und versprachen, in Zukunft treu zu Rom zu halten.

Sulla lachte spöttisch: »Geld ist mir lieber als eure guten Worte! Geht nach Hause und kommt mit Körben voller Geld zurück, nur so könnt ihr mir eure gute Gesinnung zeigen.«

Denn er war ohne Mittel aus Italien aufgebrochen, da der römische Staatsschatz nach den Kämpfen gegen die ehemaligen Bundesgenossen ausgeschöpft war. Nach dem Abfall von Asia füllte sich die römische Staatskasse nur wenig wieder auf, flossen doch aus keiner anderen Provinz so hohe Zahlungen nach Rom wie aus Asia.

Sulla stand vor der Verlegenheit, nicht nur seine 35 000 Männer gut zu ernähren, sondern sie mit Geschenken bei bester Laune zu halten. Sie murrten, als die Belagerung anfing sich hinzuziehen, die Plünderung des reichen Athen auf sich warten ließ. Da verfiel Sulla auf die Idee, die Tempel Griechenlands auszurauben.

»Wir fangen mit Apollo an«, erklärte er seinen Freunden bei einem der abendlichen Gelage, als ihn der Weingenuß zu kühnen Taten anfeuerte. »Apollo ist mein persönlicher Schutzgott! Einer meiner Schutzgötter«, verbesserte er sich schnell, denn er wollte es nicht mit Venus und Mars verderben, »kein Gott hat in seinen Häusern so viele Schätze angesammelt wie der Apollo von Delphi!«

Sulla ließ sich ein Täfelchen bringen und schrieb an die Priester von Delphi, sie sollten einem seiner griechischen Freunde die Reichtümer des Gottes übergeben: »Ich werde sie gut hüten«, fügte er hinzu, »sollte ich sie aber in Anspruch nehmen müssen, werde ich sie irgendwann voll erstatten.«

Nach wenigen Tagen kam der Grieche ohne die Schätze, nur mit einer Antwort der Priester zurück.

»Der Gott will sich nicht von seinem Besitz trennen«, schrieben die Diener des Apollo, »er hat uns eine Botschaft zukommen lassen.«

»Was für eine Botschaft?« wollte Sulla wissen. Der Grieche wand sich; über die Art der Botschaft hatte er mit den Priestern nicht gesprochen. Sie hatten gemeinsam überlegt, wie sie Sulla einschüchtern konnten, und gemeint, der Hinweis auf eine rätselhafte Botschaft des Orakelgottes würde ausreichen. Aber Sulla gab sich damit nicht zufrieden.

»Der Gott hat auf der Kithara gespielt«, sagte der Grieche in seiner Not. Sulla lachte wie schon lange nicht mehr.

»Die Fröhlichkeit des Gottes wirkt ansteckend«, sagte er schließlich und wischte sich die Tränen aus den Augen, »denn nur ein fröhlicher Gott spielt die Kithara. Wer musiziert, singt und tanzt, ist in bester Stimmung! Apollo fordert mich auf, zuzugreifen; er freut sich, daß er mir mit seinen Schätzen aushelfen kann!«

So mußte der Grieche wieder zurück nach Delphi reisen und den froh gestimmten Gott um sein Vermögen bringen.

Die Schätze des Apollo und anderer Götter wie Zeus, dessen Heiligtum Olympia Sulla ebenfalls heimsuchte, versetzten den Feldherrn in die Lage, seine Soldaten reich zu beschenken. Mit Eifer gingen sie daran, gewaltige Türme für die Erstürmung Athens zu bauen. Da Holz in der Umgebung der Stadt knapp war, hatte Sulla keine Hemmungen, die ehrwürdigen Bäume in den heiligen Hainen der Philosophen zu fällen. Die alten Platanen mit ihren wuchtigen Blätterkronen in der Akademie Platons fielen unter den Äxten der Legionäre ebenso wie die hohen Zypressen und die breiten Lorbeerbäume in Lykeion des Aristoteles.

10 000 Maultiergespanne pendelten ständig zwischen den Hainen der Philosophen und den Mauern der Städte hin und her, wo die mehrstöckigen Belagerungstürme errichtet wurden. Es waren Wunderwerke der Technik, Sullas Ingenieure konnten ihrem Spieltrieb freien Lauf lassen. Allerdings bauten sie oft zu hoch hinaus, so daß die Statik nicht mehr stimmte und die Türme zusammenbrachen. Oder die brennenden Pfeile der Griechen setzten das Holz in Brand, bevor die Soldaten von der obersten Plattform auf die Mauern klettern konnten. Sosehr sich Sulla mühte: es gelang ihm nicht, Athen oder Piraeus zu stürmen.

Je länger die Belagerung andauerte, um so unverschämter wurde Aristion. Er spazierte auf den Mauern herum, unerreichbar für die Waffen seiner Feinde, und verspottete die Römer. Auf den Feldherrn Sulla hatte er es besonders abgesehen. Das Liedchen von der »mit Mehl bestäubten Maulbeere« wurde der Gassenhauer der Saison. In immer neuen Varianten grölten es der »Philosoph« und seine Freunde über den Köpfen der Römer. Sie bauten auch Orchester auf dem breiten Umgang auf und ließen Tänzer und Tänzerinnen ihre wilden Drehungen zu den Melodien der Spottverse vollführen.

Als im Herbst Metella und ihre Kinder Zuflucht bei Sulla suchten, kannte die Häme der Griechen keine Grenzen mehr. Jetzt wurde Metella die Zielscheibe ihrer schmutzigen Witze; sie beschimpften Sullas Frau als die größte Hure Roms und dichteten viele Lieder auf die »Wölfin«. Hatte sich Sulla über den Hohn, den Aristion und sein Gefolge über ihn ausschütteten, zwar geärgert, so geriet er in Wut, wenn sie über Metella herfielen.

»Das werden sie mir büßen«, knirschte er und gab Befehl, noch höhere Belagerungstürme zu bauen.

»Er muß sterben!«

Metella und viele Anhänger Sullas waren in Rom knapp dem Tod entgangen. Marius war zurückgekehrt und hatte alle Freunde Sullas, deren er habhaft werden konnte, töten lassen. Als Sulla ein Jahr zuvor Marius, Sulpicius und andere Rädelsführer geächtet und verfolgt hatte, hatte er deren Familien und Freunde nicht angetastet. Marius nun tobte seine Rachsucht an allen Menschen aus, die der Cornelier geliebt, gut gekannt oder auch nur freundlich behandelt hatte, und das waren viele. Hunderte mußten sterben, nur weil Marius seinem Feind Sulla die Demütigungen während seiner Flucht heimzahlen wollte. Und sie erlitten oft einen schrecklichen Tod.

Es war Cinna gewesen, der dem alten Feldherrn den Weg gebahnt, ihm die Rückkehr nach Rom ermöglicht hatte. Kaum war Sulla mit seinen Legionen in Griechenland gelandet, als der Consul Cinna begann, Sullas Reformwerk zu zerstören. Er stellte die Anträge, die Volkstribune wieder in ihre frühere Machtposition einzusetzen und die Neubürger auf alle Tribus gleichmäßig zu verteilen. Außerdem befahl er, die Geächteten zurück nach Rom zu holen.

Als ihn sein Mitconsul Octavius an den Schwur vor dem Iuppiter-Altar erinnerte, lachte Cinna nur höhnisch: »Hast du wirklich geglaubt, daß es mir mit dem dämlichen Schwur Ernst war?« sagte er grob. »Ich habe Theater gespielt! Sulla ist ein aufgeblasener Komödiant; er war es sein Leben lang und ist es auch als Consul geblieben. Er hat den Namen ›Cornelius‹ beschmutzt, als er sich mit Schauspielerpack zusammentat. So einem schuldet man keinen Respekt, den schlägt man mit seinen eigenen Waffen. Und das habe ich mit Vergnügen getan!«

Der Consul Octavius blies empört die Backen auf und wußte nicht, was er darauf antworten sollte. Als aber der Tag gekommen war, an dem über die Gesetzesanträge des Cinna abgestimmt werden sollte, stellte Octavius eine Truppe von Bewaffneten zusammen und stürmte mit ihnen das Forum. Dort hatten sich Tausende von ehemaligen Italikern versammelt, die Cinna bei der Abstimmung notfalls mit Gewalt unterstützen wollten.

Zwischen den Neubürgern und den Leuten des Octavius kam es erst zu Handgreiflichkeiten, dann zu Kämpfen Mann gegen Mann. Die besser bewaffneten Scharen des Octavius behielten die Oberhand und erschlugen 10 000 Gegner. Das Forum schwamm in Blut.

Cinna hatte sich schnell abgesetzt, als die Gewalttätigkeiten begannen. Der Senat beschloß, ihn aus dem Consulat zu werfen und einen Cornelier aus dem Zweig der Merulas mit der Würde des Amtes zu betrauen.

Den Consul Octavius hatten vor vier Jahren die Worte des Chaldaeers stark beeindruckt, die Sullas Freunde nach der Rückkehr aus dem Osten überall verbreiteten. Als der Chaldaeer sein Haus in der Metropole eröffnete und sich halb

Rom in seinen Räumen drängte, um sich Horoskope stellen zu lassen, zog es auch Octavius zu dem Astrologen. Da einige Vorhersagen wirklich eintrafen, wurde Sullas alter Freund bald einer der treuesten Kunden. Nach der Flucht des Cinna war er wiederum zum Chaldaeer geeilt, um ihn über die Zukunft zu befragen.

»Sei guten Mutes«, beruhigte ihn der Astrologe, nachdem er in den Sternen geforscht hatte, »du hast ein langes und glückliches Leben vor dir! Deine Feinde aber werden schmachvoll untergehen!« So besänftigt, unterließ es Octavius, weitere Maßnahmen gegen den geflüchteten Cinna und dessen Freunde einzuleiten.

»Das Schicksal wird sie richten«, sagte er nur, wenn er gefragt wurde, weshalb er keine Soldaten hinter ihnen herjagte.

Ungehindert konnte Cinna Städte in der Umgebung Roms aufsuchen, wie Tibur und Praeneste, und dort die Neubürger gegen die Regierung in Rom aufhetzen. Er stand unter Druck, denn die ehemaligen Italiker hatten ihm viel Geld bezahlt, um ihre Interessen zu vertreten.

Unterstützt wurde er bei seinen Umtrieben durch seine Freunde Carbo und Sertorius. Natürlich hatte er die ganze Zeit über gewußt, wo Carbo sich versteckt hielt, sogar dessen Flucht aus Rom organisiert. Carbo glühte vor Haß gegen Sulla und hatte sich geschworen, nicht noch einmal zu unterliegen.

»Wir machen es wie Sulla«, schlug er seinen Freunden vor, »wir holen uns Soldaten, marschieren auf Rom und nehmen die Stadt mit den Legionen ein.«

Sie versuchten den Consular Strabo, der über die größten Truppenkontingente verfügte, zu überreden, sich ihnen anzuschließen, aber der winkte ab. Er wartete selbst auf einen günstigen Moment, um die Macht in Rom zu ergreifen, und wollte sie mit diesen Hitzköpfen nicht teilen. Wütend verließen sie das Lager des Strabo, das dieser in der Nähe der Hauptstadt aufgeschlagen hatte, um den richtigen Zeitpunkt zum Zuschlagen nicht zu verpassen.

»Wir müssen ihn umbringen«, sagte Carbo, »anders kommen wir an seine Truppen nicht heran.«

»Seinen Sohn müssen wir auch töten«, überlegte Cinna, »ich habe gehört, daß der junge Mann sehr beliebt bei den Soldaten ist, im Gegensatz zu seinem Vater. Den Alten können sie nicht leiden, weil er geizig ist und sie regelmäßig beim Beuteteilen betrügt. An dem Jungen hängen sie aber – die Götter wissen warum!«

»Also zuerst den Jungen, dann den Alten«, entschied Carbo.

Sie bestachen den Zeltgenossen des jungen Strabo, einen gewissen Terentius. Es fiel jedoch auf, daß der hochverschuldete Militärtribun plötzlich mit Geld um sich warf. Auch der junge Pompeius hörte davon und beschloß, auf der Hut zu sein.

Gnaeus Pompeius war knapp 20 Jahre alt und der einzige Sohn des Strabo. Seit den Anfängen des Marsischen Krieges diente er unter seinem Vater. Er war beliebt bei den Soldaten, weil er nicht so schroff und arrogant war wie der Alte, sondern jedermann in seiner Umgebung liebenswürdig und freundlich behandelte. So hatten es sich die Legionäre angewöhnt, alle Bitten an ihn zu richten, und wo er nur konnte, setzte er sich für die Untergebenen ein.

Pompeius war kräftig von Statur; seine leicht derben Züge erinnerten an seine bäuerliche Herkunft. Die Haare fielen ihm in einer hochstehenden Locke in die Stirn, was seinem Gesichtsausdruck etwas Keckes gab.

Am Abend des Tages, an dem er vom neuen Reichtum des Terentius erfahren hatte, veranstaltete er ein großes Gelage und animierte seinen Zeltgenossen zum häufigen Trinken, um dessen Mut anzuheizen. Pompeius zog sich nach einer Weile zurück, umstellte das Zelt seines Vaters mit Wachen und legte sich auf die Lauer. Kurze Zeit später erschien Terentius, zögerte nicht lange und stach auf die Bettstatt des Pompeius ein. Dann raste er hinaus und schrie: »Jetzt noch den Alten!«

Augenblicklich entstand große Bewegung im Lager; Hunderte von Soldaten stürzten zum Zelt des Feldherrn und überwältigten die Wachen. Der junge Pompeius mußte erkennen, daß der Haß gegen seinen Vater größer war, als er angenommen hatte. Er sprang vor den Eingang und hinderte die Soldaten am Eindringen. Unter Tränen flehte er um das Leben des Vaters.

Die Soldaten wagten nicht, den Sohn anzutasten.

»Wir müssen weg!« schrie Terentius. »Weg aus dem Lager!«

Die Legionäre wandten sich zur Flucht, aber der junge Pompeius war schneller. Er erreichte vor ihnen das Lagertor, warf sich auf den Boden und schrie immer wieder: »Trampelt mich doch tot!«

Beschämt blieben sie stehen und zogen sich dann rasch in ihre Zelte zurück.

Bei seinem Vater erreichte Pompeius später, daß der Feldherr den Vorfall überging, nicht nach den Schuldigen forschte. Das rechneten die Legionäre dem jungen Mann hoch an, taten eifrig alles, was er von ihnen verlangte. Als Pompeius, der Sohn, wenige Jahre später eine große Armee aufstellte, um Sulla zu helfen, waren es die alten Soldaten seines Vaters, die als erste zu ihm überliefen.

Cinna und Carbo hatten also ihr Ziel bei Strabos Truppen verfehlt und mußten anderweitig Soldaten anwerben. Sie reisten nach Nola, wo noch eine Legion mit der Belagerung beschäftigt war. Carbo war ein mitreißender Redner; er überzeugte die Männer, daß dem Consul Cinna bitteres Unrecht in Rom zugefügt worden war. Sie brauchten die Soldaten, die sich vor den Mauern von Nola langweilten, auch verärgert waren, weil Sulla sie nicht auf den Beutefeldzug mitgenommen hatte, nicht lange zu bitten, dem Cinna den Treueeid zu schwören.

Noch von anderer Seite bekamen Carbo und Cinna Unterstützung: Marius war mit 500 Leuten in Etrurien gelandet. Als Cinna davon hörte, ließ er sofort zu ihm schicken und ihn ersuchen, sich ihm und Carbo anzuschließen. Marius nahm das Angebot mit Freuden an und brachte innerhalb kürzester Zeit eine Armee zusammen, die 6000 Mann umfaßte: Er ließ auf den großen Gütern die Keller aufbrechen, in denen die Sklaven angekettet nächtigten, und rüstete die Befreiten mit Waffen aus. Außerdem schickte er Boten in die Dörfer und warb Bauernsöhne an, genauso wie er es für seine Kriege in Numidien und gegen die Germanen getan hatte.

Cinna und Carbo freuten sich, als sie erfuhren, mit wie vielen Soldaten ihnen Marius zu Hilfe kommen konnte. Sertorius jedoch war bestürzt. »Was haben wir mit Marius zu tun?« sagte er. »Wir brauchen ihn nicht, er wird uns mehr schaden als nützen. Er ist ein alter Mann, hat nur seine Rache im Kopf. Im Marsischen Krieg war ich Quaestor unter ihm. Er war oft unerträglich, es war schwierig, mit ihm zusammenzuarbeiten. Wenn er jetzt zu uns stößt, wird er alles an sich reißen, keinen neben sich dulden.«

»Wir kennen ihn auch gut«, wandte Carbo ein, »als junge Leute haben wir in Numidien und Gallien unter ihm gedient. Einen so fähigen Feldherrn haben wir nie wieder gehabt.«

»Im Teutonenfeldzug war er noch ganz anders: Er konnte die Soldaten mitreißen, und er war der erste, der sich ins Getümmel stürzte«, bestätigte Sertorius, »aber mehr als ein Dutzend Jahre später war nichts mehr von dem Schwung übrig. Er war nur noch ein gichtiger, mürrischer Alter, dem es Spaß machte, uns zu schikanieren. Ich warne euch: Wenn er zu uns kommt, gibt es nichts als Ärger!«

»Aber ich bin bei ihm im Wort«, gab Cinna zu bedenken, »schließlich habe ich ihn direkt gebeten, bei uns mitzumachen!«

»Wenn es so ist«, meinte Sertorius mit Bedauern in der Stimme, »müssen wir uns mit ihm abfinden. Was man verspricht, muß man halten.«

So blieb also Marius weiter ihr Verbündeter. Er war ihrer Bewegung zunächst sehr nützlich, denn er nahm an der Küste zahlreiche etrurische Städte ein und gelangte bis zur Tibermündung. Er sperrte die Zufahrt und machte Jagd auf alle Getreideschiffe, die nach Rom segeln wollten. Aus den gekaperten Schiffen bildete er eine Flotte, mit der er den Tiber hochruderte. Und weil die Getreidelieferungen ausblieben, waren die Römer nicht geneigt, großen Widerstand gegen die heranmarschierenden Armeen zu leisten.

Der Consul Octavius zog einige Truppen zusammen, um die Hauptstadt zu schützen; Strabo verhielt sich untätig. Da brach eine Seuche, die Pest, in den Lagern des Octavius und des Strabo aus. Tausende fielen ihr zum Opfer, darunter auch Gnaeus Pompeius, der Alte. Er war bei seinen Soldaten inzwischen so verhaßt, daß sie ihre Wut an dem Toten ausließen: Sie rissen ihn von der Bahre und trampelten auf ihm herum. Der junge Pompeius konnte ihnen nicht Einhalt gebieten, geriet selbst in Gefahr. Unter dem Schutz einer Cohorte, die ihm ergeben war, zog er aus dem Lager und suchte Zuflucht auf einem seiner Güter im Picenum.

Die Reste von Strabos Armee liefen nach der Mißhandlung ihres toten Feldherrn sofort in das nahe Lager von Carbo und Cinna. Als die Soldaten des Octavius davon erfuhren, taten sie es ihnen nach.

Die Regierung in Rom hatte nun keine Truppen mehr und mußte erkennen, daß ihre Sache verloren war. Sie schickte Delegierte zu Cinna, um mit ihm zu verhandeln. Als die Senatoren vor Cinna und Marius, der finster neben dem abgesetzten Consul stand, erschienen, waren sie so eingeschüchtert, daß sie lediglich baten, ein Blutbad zu vermeiden. Cinna lachte nur höhnisch dazu. Längst hatte er mit Marius verabredet, was zu tun sei: nicht nur die Führer der Gegenpartei zu töten, sondern alle umzubringen, die im Verdacht standen, mit Sulla zu sympathisieren.

Kaum waren Marius und seine Verbündeten mit ihren Legionen in die Stadt eingezogen, gaben sie den Befehl, alle Tore zu schließen. Fünf Tage und fünf Nächte richteten sie ein Blutbad an, wie es Rom noch nie erlebt hatte.

Das erste Opfer war der Consul Gnaeus Octavius. Er saß auf der Rostra auf seinem Elfenbeinstuhl, im prächtigen Ornat seines Amtes.

»Sie werden nicht wagen, Hand an mich zu legen«, sagte er zu seinem Gefolge, als die Soldateska die Via Sacra entlangtobte und dann das Forum überflutete.

»Aber der Chaldaeer hat mir doch ein langes und glückliches Leben prophezeit«, schrie er, als die ersten Legionäre mit gezückten Schwertern auf die Tribüne sprangen. Jeder wollte der erste sein, um dem Consul den Kopf abzuschlagen, denn Marius hatte für das Haupt des Octavius eine hohe Belohnung versprochen. Die Soldaten versuchten sich gegenseitig abzudrängen, und Octavius hätte leicht fliehen können. Doch er blieb wie versteinert sitzen.

»Die Sterne lügen nicht«, waren seine letzten Worte.

Seinen Kopf ließ Marius an der Rostra aufhängen.

»Das hat Sulla auch mit dem Kopf des Sulpicius getan«, sagte der alte Feldherr und betrachtete zufrieden die leeren, weitaufgerissenen Augen des Octavius.

Am Abend lud Marius in sein großes Haus am Forum ein. Er hatte es so vorgefunden, wie er es verlassen hatte. Sulla hatte strenge Strafen über alle verhängt, die die Häuser der Geächteten zu plündern versuchten. »Ihr Vermögen gehört dem Staat«, bestimmte er, »wir werden es demnächst auf dem Forum öffentlich versteigern.« Aber in den Wirren der politischen Geschehnisse verlor er die Anordnung aus dem Gedächtnis.

So konnte Marius in seinem Prachtbau ein großes Siegesfest veranstalten. In den Sälen drängten sich Menschen wie nie zuvor. Marius räkelte sich auf seiner Kline inmitten von Purpurkissen. Seine Frau Iulia war nicht an seiner Seite; sie hatte es vorgezogen, in Misenum zu bleiben, um nicht Zeugin der Rachsucht ihres Mannes zu werden. Marius vermißte sie nicht, denn Gelage waren für ihn »Männersache«. So war er es von seinen Feldzügen her gewohnt. Die Ehrengäste des Marius waren an diesem Abend seine Verbündeten Carbo, Cinna und Sertorius.

Sein Sohn und mehrere junge Leute flegelten sich auf Klinen in der Nähe des Marius herum. Unter den Gästen war Gaius Flavius Fimbria, der inzwischen fast 30jährige Sohn des ehemaligen Mitconsuls des Feldherrn. Mit den Jahren war er seinem Vater sehr ähnlich geworden: Der breite Schädel mit den tiefliegenden Augen saß ihm ebenfalls direkt auf dem Nacken. Jedoch hatte er weder den Witz noch den Verstand seines Vaters geerbt. Der Alte war übrigens im Marsischen Krieg gefallen.

Fimbria war Anführer einer Reiterabteilung, was seinem draufgängerischen Naturell entsprach. Auch in späteren Jahren war es weder seinem Vater noch seinen Lehrern gelungen, ihn zu zähmen: Er blieb ein wildes, ungezogenes Kind, das schrie und tobte, wenn es nicht seinen Willen bekam.

Seine Männer liebten ihn, weil er bei Angriffen stets an ihrer Spitze ritt, sich als erster auf die Feinde stürzte. Wenn er, wie ein Verrückter brüllend und das Schwert schwenkend, auf die Gegner losstürmte, stiftete er stets so große Verwirrung, daß er und sein Trupp die anderen leicht überwältigen konnten. Er gab sich aber nicht damit zufrieden, den Feinden gezielte Todesstreiche zu versetzen. Wie rasend stach er immer wieder auf die Toten ein, hörte erst auf, wenn er über und über mit Blut besprizt war.

»Warum machst du das?« fragte ihn der junge Gaius Marius einmal. »Weiter auf jemanden einstechen, der schon erledigt ist?«

»Willst du es genau wissen?« grölte Fimbria, hob seine Tunica und riß den Lendenschurz herunter: »Mein Schwanz geht mir dabei so schön hoch«, grinste er und schwenkte seinen schlaffen Penis hin und her, »so wie sonst nie! Am schönsten ist es, wenn viel Blut von einem Feind drauf spritzt – dann spritze ich auch!«

Er lachte dröhnend, und Marius fiel in das Lachen ein: »Das muß ich auch mal ausprobieren.«

In Erinnerung an dieses Gespräch stieß er jetzt den Freund in die Rippen. »Hast du heute wieder einen hochgekriegt?« fragte er scherzend.

»Noch nicht«, antwortete Fimbria mürrisch, »es war nicht viel los! Wir konnten ja die Stadt ohne Kämpfe nehmen. Wann fängt dein Alter endlich damit an, die ganze Sulla-Bande abzustechen?«

»Vater«, rief der junge Marius in das Gespräch hinein, das der Alte mit seinen Klinen-Nachbarn führte, »wenn ich mir überlege, wie wir uns auf dieser Insel vor Africa jeden Tag ausgemalt haben, was wir mit den Sulla-Freunden alles anstellen werden! Und jetzt sind wir in Rom, und gerade mal der Kopf von Octavius hängt an der Rostra!«

»Warum sollen wir noch mehr töten?« sagte Sertorius streng. »Wir sind ungehindert in Rom eingezogen; Cinna wurde vom Senat wieder als Consul eingesetzt, und der zweite, der Merula, wird tun, was wir von ihm wollen.«

Die Miene des alten Marius verfinsterte sich.

»Deshalb habe ich euch nicht geholfen«, sagte er mürrisch, »Cinna und Merula sind Consuln, und der alte Marius hockt wieder in seinem Haus am Forum und leert einen Humpen nach dem anderen. In Rom wird aufgeräumt«, brüllte er los, als hätte er ein Dutzend Legionen vor sich, »alle Freunde Sullas müssen sterben! Anschließend bekomme ich den Oberbefehl über die Truppen, setze nach Griechenland über, gebe dem unverschämten Sulla eins aufs Haupt und dann dem Mithridates. Genauso läuft es!«

Die jungen Leute klatschten Beifall wie im Theater.

»Habe ich euch nicht gewarnt?« flüsterte Sertorius Carbo und Cinna zu. »Er reißt alles an sich, fragt uns nicht, was wir wollen. Nur sein Wort gilt, und er hat nichts als Rache im Kopf!«

Der Hausverwalter trat zu Marius und flüsterte ihm etwas zu. Der Alte sprang behende hoch und klatschte begeistert.

»Sie haben ihn!« jubelte er. »Annius soll kommen.« Der Militärtribun Annius fand sich in einem der anderen Säle. »Nimm dir ein Dutzend Soldaten«, befahl Marius, »und reite zu einem Dorf in der Nähe; mein Hausverwalter wird es dir genau beschreiben. Töte ihn und bringe mir sofort das Haupt!«

»Von wem sprichst du eigentlich, Vater?« fragte der junge Marius.

»Von wem schon! Vom größten Heuchler, den Rom je gesehen hat«, antwortete der Alte finster, »mit schönen Worten hat er mich umgarnt; ich dache, ich sei sein Freund! Und dann verhöhnt er mich in dieser Satire des Sulla, dreht alles um, tischt Lügen auf! Da hab' ich geschworen, daß er mir das einmal büßen wird! Und jetzt ist es soweit: Drei Jahrzehnte habe ich darauf warten müssen!«

»Er meint Marcus Antonius«, erklärte einer der Gäste, Valerius Flaccus, College des Marius in dessen sechstem Consulat und Mitcensor des Antonius drei Jahre später, »die meisten von euch waren damals noch zu jung, um die Geschichte mitzubekommen. Aber Marius«, wandte er sich liebenswürdig an den Alten, »meinst du nicht, daß die Sache längst verjährt ist? Antonius hat doch in seiner Censur genau nach deiner Pfeife getanzt, so viele italische Legionäre von dir in die Bürgerliste eingetragen, wie du wolltest.«

»Habt ihr vergessen«, donnerte der Alte los, »wie Antonius erst vor kurzem den Sulla auf der Rostra umarmt hat, nach dem Freispruch für Norbanus?«

»Den Norbanus hat er doch herausgehauen, weil du es wolltest«, warf Sertorius ein.

»Schluß jetzt!« schrie der Alte. »Keine Widerworte mehr! Antonius muß sterben! Noch heute nacht will ich seinen Kopf!«

Annius drehte sich um und verließ eilig das Haus, um ein Dutzend Soldaten zusammenzutrommeln. Die Legionäre campierten auf dem Forum, so daß Annius schon kurze Zeit später zur Stadt hinausreiten konnte.

Dem Redner Antonius war es geglückt, aus der Stadt zu schlüpfen, bevor die Tore geschlossen wurden. Er lief einige Meilen zu einem kleinen Dorf, wo ein Klient wohnte, den er um Lebensmittel und ein Pferd bitten wollte. Antonius hatte vor, noch in der Nacht nach Misenum zu reiten, wo sich seine Familie aufhielt, und dann mit den seinen zu Sulla nach Athen zu flüchten. Seit seiner Censur war er kaum mit Marius zusammengekommen. Das rechthaberische, schroffe Wesen, das sich der Alte mit zunehmender Machtfülle zugelegt hatte, stieß ihn ab. Nie würde er aber die tückischen, haßerfüllten Blicke vergessen, die Marius auf ihn abschoß, als er, Antonius, auf der Rostra den Sulla umarmte.

Der Redner wußte, daß sein Leben in großer Gefahr war, und dachte nicht daran, in Rom zu bleiben und auf die Mörder zu warten. Er erreichte das Haus seines Klienten, ohne einer der Streifen, die um die Stadt patrouillierten, in die Hände zu fallen. Sein Klient sattelte sofort ein Pferd, packte die Taschen voll mit Lebensmitteln und verabschiedete sich von Antonius.

»So schnell wirst du mich nicht los«, scherzte der Redner, »ich bin todmüde, falle aus dem Sattel, wenn ich nicht zwei, drei Stunden schlafe. Gib mir einen großen Schluck Wein, damit ich gleich einschlafen kann, und dann wecke mich zu Beginn der dritten Nachtwache!« Der Klient nickte gehorsam und ging in den Keller, um in einen Krug Wein abzufüllen.

»Diesen schlechten Wein willst du wirklich dem Herrn anbieten?« sagte sein Sklave, der ihm gefolgt war. Der Klient besaß nur einen einzigen Sklaven, auf den er hörte und dem er vertraute.

»Du hast recht!« sagte er nachdenklich. »Wenn Antonius so saures Zeug schlucken muß, behält er mich in schlechter Erinnerung. Und er war immer gut und großzügig zu mir, auch als ich sein Sklave war. Geh in die Schenke des Quintus und kaufe den besten Wein, den er hat.«

Der Sklave lief los und hielt dem Wirt seinen Tonkrug hin.

Als Quintus den üblichen Landwein hineinschütten wollte, rief der Sklave: »Heute nicht! Gib mir deinen besten. Der Preis spielt keine Rolle!«

»Nanu«, wunderte sich der Wirt, »ihr trinkt doch nur den Landwein. Was sind das für neue Sitten!« Der Sklave sagte nichts, lächelte aber geheimnisvoll.

»Ich weiß, ihr habt einen Gast: euren Herrn, den Antonius.« Wieder ließ sich der Sklave zu keiner Äußerung hinreißen. Er nahm den gefüllten Tonkrug und ging schnell hinaus. Der Wirt schlich hinterher, lauschte an der Tür und erkannte die wohltönende Stimme des Redners. Er rannte zu seinem Pferd, ritt zu einem der Stadttore und wurde dort seine Neuigkeit los. Ein wachhabender Centurio begleitete ihn zum Haus des Marius, wo der Wirt dem Verwalter in allen Einzelheiten den Schlupfwinkel des Antonius beschrieb. Zum Dank bekam er einige Denare in die Hand gedrückt.

Der Militärtribun Annius war beim Haus des Klienten angekommen und ließ die Tür aufbrechen. »Wo ist er?« schrien die Soldaten und stürmten die Treppe zu den Schlafräumen hoch. Annius blieb draußen vor dem Haus; er war ein plebejischer Adliger und hatte nicht vor, sich die Hände mit dem Blut des Standesgenossen zu beschmutzen.

Die Soldaten rissen die Türen zu den wenigen Kammern auf und standen kurze Zeit später vor Antonius, der aus dem Bett gesprungen war, als er den Lärm hörte.

»Was wollt ihr von mir?« fragte er mit seiner gewohnten Liebenswürdigkeit und blickte jedem fest in die Augen. Die warme Stimme, die sie so oft von der Rostra gehört hatten, ließ sie einhalten. Einer schubste den anderen vor, aber keiner wagte es, den ersten Streich zu tun.

»Die Götter sind mir gnädig«, tönte Antonius weiter, »sie haben gute Menschen zu mir geschickt und keine Mörder. Wer hat euch den Befehl gegeben, mich zu töten? Marius, Cinna oder Carbo?« Sie schüttelten die Köpfe, denn sie wußten es nicht.

»Dem Marius ist nur Gutes von mir widerfahren«, sprach Antonius weiter. »Habe ich nicht seinen Freund Norbanus vor der Verbannung oder gar dem Tod gerettet? Habt ihr damals meine Rede gehört? Und so dankt er mir dafür! Hat nicht den Mut, es selbst zu tun, sondern schickt Römer gegen einen Römer. Das nächste Mal befiehlt er euch, eure eigenen Brüder zu töten! Würdet ihr das tun?«

Sie schüttelten wieder die Köpfe, einige fingen an zu weinen.

Auch Antonius strömten die Tränen aus den Augen. »Wie könnt ihr mich dann töten? Ich bin ein Römer, ein Bruder!«

Die Soldaten sahen sich an, wichen zurück; die ersten stiegen die Treppe hinunter. Da stürmte Annius, dem das Warten zu lang geworden war, herauf.

»Was ist hier los?« schrie er und wußte es sofort, als er die weinenden Soldaten sah.

»Feiglinge!« brüllte er, zog sein Schwert aus der Scheide und schlug Antonius den Kopf ab.

Hochbefriedigt betrachtete Marius das Haupt des Redners, das er auf einem Tischchen vor sich aufgebaut hatte. »Der nächste ist Catulus!« verkündete er. Seine Umgebung staunte, und Flaccus lief es kalt über den Rücken.

»Catulus!« rief er energisch. »Das meinst du nicht im Ernst! Er war dein Mitconsul wie ich! Ihr habt euch gut verstanden, sogar zusammen triumphiert! Warum willst du seinen Tod?«

»Er hat zusammen mit Sulla die Leichen bei Vercellae gezählt«, antwortete der Alte mürrisch, »außerdem ist er einer von Sullas besten Freunden, ist mit Sulla durch Rom gelaufen bei dessen Bewerbung zur Praetur und hat überall verkündet, nur er und Sulla hätten die Kimbern besiegt. Ich sei in einer Staubwolke herumgeirrt und hätte den Feind gesucht! Er muß sterben!« brüllte er mit seiner Feldherrnstimme, und keiner wagte es, zu widersprechen. »Und seine Brüder Lucius Caesar und Strabo gleich mit!«

»Wie ist es mit der Frau von Sulla, dieser Metella, und ihrer Brut, Vater?« fragte der junge Marius sachlich.

»Von Frauen war keine Rede!« warf Cinna schnell ein. »Und schon gar nicht von der Tochter eines Pontifex Maximus.«

»Sie muß sterben«, lallte Marius, der kurz vor dem Umfallen war.

»Das Schätzchen Metella nehme ich mir vor, und zwar nach deiner Methode, Fimbria«, grölte der junge Marius, und Fimbria lachte wiehernd. »Wie ist deine Methode?« fragte Sertorius scheinbar harmlos. Er ahnte Böses und wollte herausbekommen, was die beiden planten.

»Wollen wir es ihm verraten?« kicherte Fimbria.

»Ich bin ein alter Kriegskamerad und habe auch gern meinen Spaß«, ermunterte sie Sertorius, während Flaccus gespannt die Szene verfolgte.

»Das Blut muß spritzen«, erklärte der junge Marius, »dann spritzt er auch!«

Den Anwesenden krampfte sich der Magen zusammen. Flaccus stieß Sertorius leicht an und bedeutete ihm mit dem Kopf, ihm zu folgen. Als sie sicher waren, daß keiner sie im Menschengewühl beachtete, sagte Flaccus zu Sertorius: »Wir müssen Metella und ihre Kinder retten! Was die Burschen mit ihr vorhaben, geht zu weit.« Sertorius nickte: »Ich nehme es zwar Sulla immer noch übel, daß er meine Wahl zum Volkstribun verhindert hat, aber was Marius und seine Bande jetzt in Rom veranstalten, kann ich nicht unterstützen.«

»Eins mußt du auch bedenken«, argumentierte Flaccus, »wenn Sulla von den Massakern erfährt, vom Tod seiner Freunde, ist es möglich, daß er die Belagerung von Athen fallenläßt, mit seinen Legionen zurückeilt und hier aufräumt. Wie ich ihn einschätze, wird er uns aber schonen, wenn wir Metella retten. Sulla vergißt nie, was man ihm angetan hat ob im Guten oder im Bösen.«

»Ich will seinen Großmut nicht«, sagte Sertorius finster, »er ist mein Feind und wird es immer bleiben. Aber der Metella helfe ich trotzdem, denn ich kann nicht zulassen, daß sich diese Marius-Bande an der Tochter eines Pontifex Maximus austobt.«

Als die Stimmung im Palast des Marius ihren Höhepunkt erreichte, kaum jemand noch sein Gegenüber erkennen konnte, zogen sich Sertorius und Flaccus zurück. Sie eilten mit der Leibwache des Sertorius zu Sullas Haus auf dem Palatin und ließen sich bei Metella melden. Sie hatte noch nicht geschlafen, denn zahlreiche Freunde Sullas, darunter Ahenobarbus und Pulcher, waren bei ihr erschienen, um mit ihr zusammen zu überlegen, wie aus dem verschlossenen Rom zu entweichen sei. Keiner fand eine Lösung; schließlich verfaßten sie alle ihre Testamente und ergaben sich in ihr Schicksal.

»So sehen also meine Mörder aus«, sagte Metella kalt, als Flaccus und Sertorius zu ihr geführt wurden.

»So sehen deine Retter aus!« scherzte Flaccus. »Ich sehe, du bist bereit, hole die Kinder! Soldaten von meinem Freund Sertorius werden dich und deine Freunde bis Brundisium begleiten. Und vergeßt nicht, Sulla zu erzählen, wer euch gerettet hat!«

Als sich das Tor auf dem Esquilin hinter Metella und ihrer Schar geschlossen hatte, bestimmte Flaccus: »Jetzt bringen wir noch Catulus und seine Brüder hier raus! Leider waren die nicht bei Metella, sonst wäre das schon erledigt!«

Catulus war bereits gewarnt worden. Einer der Gäste des Marius, ein Centurio, hatte ihn über die Absichten seines ehemaligen Mitconsuls unterrichtet.

Der Centurio hatte im Kimbernfeldzug unter Catulus gedient, sich später in Etrurien angesiedelt und war zu Marius gestoßen, weil ihn Abenteuer und Beute mehr lockten als ein ruhiges Leben auf dem Lande. Wie viele andere Gäste hatte er auf die Gespräche der Marius-Runde gelauscht, nachdem der Kopf des Antonius vor dem Alten postiert worden war. Dem Centurio ging es mehr um Geld als um Humanität, als er sich zum Haus des Catulus schlich, um seinem früheren Anführer das Leben zu retten.

Als er an die Tür klopfte, diskutierten Catulus, seine Brüder und sein Sohn Quintus, der inzwischen über 30 Jahre alt war, gerade darüber, ob sie überhaupt in Gefahr seien.

»Wir sind Kriegskameraden seit Numantia«, sagte Catulus, »Marius wird es nicht wagen, mich und meinen Sohn töten zu lassen! Und ihr als meine Brüder steht unter meinem Schutz!«

Der Centurio berichtete ohne Umschweife vom Tod des Redners und führte ihnen damit die Gefahr, in der sie schwebten, mit aller Deutlichkeit vor Augen.

»Dem Antonius haben sie den Kopf abgeschlagen«, stöhnte Catulus und fing an zu weinen.

»Und du bist als nächster an der Reihe, weil du Marius den Sieg im Kimbernfeldzug streitig machen wolltest! Kommt, wir haben nicht viel Zeit!« drängte der Centurio.

Catulus schüttelte den Kopf: »Ich bin über 60, ich habe nicht mehr die Kraft für ein Leben auf der Flucht oder in der Verbannung. Geht ihr! Ich bleibe hier!«

»Willst du wie ein Kaninchen vor der Schlange hier warten, bis sie dir den Kopf abschlagen?« erkundigte sich Strabo besorgt.

»Ich beende selbst mein Leben! Aber ihr müßt los, ihr seid jünger, habt noch viele Jahre vor euch. Seit Furius gestorben ist, hat das Leben für mich alle Schönheit verloren. Der Tod wird mir eine Erlösung sein.«

Der Sohn und die Brüder schwiegen traurig. Vor einem halben Jahr erst hatte Catulus seinen geliebten Freund beigesetzt, und dieser Verlust zehrte noch immer an seiner Lebenskraft. Sie verabschiedeten sich unter vielen Tränen, denn sie wußten, daß die Trennung endgültig war.

Als die Brüder und der Sohn mit dem Centurio schließlich das Haus verlassen hatten, rief Catulus seinen Verwalter zu sich.

»Laß Kalk anrühren und ein kleines Zimmer, das keine

Fenster hat, damit tünchen«, befahl er, »nimm dir so viele Sklaven, wie in den Raum zum Arbeiten hineinpassen.«

Kurze Zeit später war das Werk vollendet. Catulus hatte die Arbeiten, zum Erstaunen seiner Diener, persönlich überwacht.

»Holt jetzt so viele Schalen mit Holzkohle, wie in den Raum hineingehen«, wies er seine Sklaven an. Als alles so gerichtet war, wie Catulus es wollte, ordnete er an, ein Lager mitten zwischen den Bronzeschalen aufzubauen. Er streckte sich auf der Bettstatt aus und gab seine letzten Anweisungen: »Jetzt zündet die Kohle an, und wenn alles brennt, geht hinaus und schließt fest die Tür hinter euch. Mein Testament liegt in meinem Tablinum. Ich habe euch alle freigelassen und mit genügend Geld für euer weiteres Leben bedacht. Öffnet die Tür erst in zwölf Stunden.«

Als Sertorius und Flaccus zwei Stunden später erschienen, war Catulus bereits bewußtlos, lebte aber noch.

»So viel Gifthauch übersteht er nicht«, sagte Sertorius, nachdem er in der Kammer umhergeblickt und Catulus geschüttelt hatte, »wir kriegen den Halbtoten auch nicht aus Rom raus. Wir legen ihn wieder zurück, damit die giftigen Dämpfe ihr Werk vollenden können.«

Im Morgengrauen verlangte ein Trupp Soldaten Einlaß. Der Hausverwalter weigerte sich, die Tür der Kammer noch einmal vor der Zwölf-Stunden-Frist aufzusperren. Er zitterte vor Angst, als er versuchte, die Soldaten am Eintreten zu hindern. Sie schlugen ihm den Kopf ab.

Auch das Haupt des Catulus trennten sie vom Rumpf, kaum daß sie im Raum waren. Catulus hatte sich nicht mehr bewegt, wahrscheinlich war er längst an den giftigen Dämpfen erstickt.

Seine Brüder trennten sich außerhalb der Mauern Roms.

Strabo wollte einen reichen Gastfreund in Tarquinii um ein Schiff bitten, das ihn zu Sulla bringen sollte. Sein Bruder Lucius scheute den Weg nach Tarquinii und zog es vor, sich bei einem Klienten zu verstecken, der in der Nähe Roms wohnte.

Der junge Catulus war unschlüssig, mit wem er gehen sollte. Nach kurzem Nachdenken entschied er bei sich, daß es besser wäre, sich allein durchzuschlagen. Das rettete ihm das Leben.

Lucius Caesar fiel noch vor dem Haus des Klienten einer Streife in die Hände. Die Soldaten erkannten den ehemaligen Consul und Censor, wunderten sich, daß er ohne Gefolge durch die Nacht irrte, und brachten ihn zum Haus des Marius.

Der Alte war völlig betrunken ins Bett getragen worden, aber der Junge wiederholte die Worte des Vaters: »Er muß sterben! Bringt ihn zur Rostra, haut ihm dort den Kopf ab und hängt ihn neben Octavius auf. Antonius könnt ihr gleich mitnehmen«, lachte er und warf das Haupt des Redners den Soldaten zu. Einer fing es geschickt auf.

Strabo wurde zwei Tage später ins Haus des Marius geschafft.

Mühelos war er nach Tarquinii gelangt, wo der Gastfreund ihn mit großer Herzlichkeit empfing. Strabo erzählte ihm, was in Rom vorgefallen war, und selbstverständlich war der Freund sofort bereit, ihm zu helfen.

Sie feierten die Rettung Strabos mit einem großen Gelage, das sich bis zum Morgen hinzog. Strabo hatte so viel Wein getrunken, daß ihn die Diener ins Bett tragen mußten.

»Warum rattert das Bett so merkwürdig?« dachte er, als er nach Stunden aus seinem Vollrausch erwachte. Er versuchte sich aufzurichten und merkte voller Entsetzen, daß er gefesselt war. Als er schrie, erhielt er einen Schlag auf den Kopf. Betäubt sackte er zusammen und kam erst wieder zu sich, als er vor den Toren Roms aus dem Wagen gezerrt wurde.

Die Sklaven des Gastfreundes, die ihn begleitet hatten, übergaben ihn den Wachen. Strabo wurde zu Marius geführt, der laut herauslachte: »Da ist ja unser kleiner Witzbold! Was wird ganz Rom erst über dich lachen, wenn dein Kopf an der Rostra hängt!«

Am Morgen nach der Einnahme Roms stapfte Marius zum Capitol empor, um dem obersten Gott Iuppiter für die glückliche Heimkehr zu danken. Er war umgeben von seinem Sohn und vielen Anhängern, aber das eigentliche Gefolge bildete seine Leibwache, die aus 4000 Sklaven bestand. Kerntruppe war eine Bande von Sklaven aus Illyrien. Marius hatte sie aus den Kellerräumen der großen Güter geholt, und der Haß, der sich in den Jahren der Gefangenschaft in Ketten bei ihnen angesammelt hatte, brach sich in der Freiheit ungezügelt Bahn. Als Marius zahlreiche Städte an der etrurischen Küste angriff und überwältigte, richteten die Illyrer dort schreckliche Massaker an.

Nun zogen sie also hinter Marius her, wo immer er auftauchte, johlend, grölend und betrunken. Vor dem Tempel des Iuppiter trat Quintus Ancharius, Sullas entfernter Verwandter und ehemaliger Praetor von seinen Gnaden, auf Marius zu und grüßte ihn ehrerbietig. Der Alte schaute mürrisch auf den Mann, ohne den Gruß zu erwidern. Dann blickte er auf den Anführer der Illyrer, und der Sklave verstand sofort. Mit erhobenem Schwert stürzte er sich auf Ancharius und schlug ihm den Kopf ab. Marius grinste zufrieden.

Diese Methode bürgerte sich in der Folgezeit ein: Wenn Marius einen Gruß nicht erwiderte, war dies das Zeichen für seine Illyrer, den Mann sofort zu enthaupten. Als sich auf offener Straße keiner mehr fand, an dessen Tod der Alte sich weiden konnte, schickte er die Illyrerbande in die Häuser seiner schon erschlagenen Feinde und ließ alle Bewohner töten – Frauen, Kinder, Sklaven.

»Von Frauen war nie die Rede«, sagte Cinna hilflos zum Alten, als er von den Greueln erfuhr. Marius lachte nur höhnisch: »Hier befehle ich! Wenn ihr euch nicht fügt, hole ich meine Illyrer!«

Sertorius hatte diese Worte mitgehört und blickte finster

vor sich hin. Später nahm er Cinna beiseite: »Na, kriegst du es inzwischen mit der Angst zu tun? Du hast den Alten gerufen, und jetzt bist du selbst in Gefahr!«

»Die Illyrer müssen weg«, entschied Cinna.

»Ich bin dabei«, lachte Sertorius, »ich habe nur darauf gewartet, daß du dich endlich zum Handeln entschließt. Du bist ja nun mal der Consul!«

Es war höchste Zeit, dem Wüten der Illyrer ein Ende zu bereiten. Wenn sie ein Haus heimsuchten, töteten sie nicht nur die Bewohner, sondern vergewaltigten zuvor alle, am liebsten aber die Kinder. Oft vergingen sie sich noch an den Leichen.

Die Sklavengarde war in einem Palast direkt neben dem Prachtbau des Marius untergebracht. Während eines Gelages, bei dem Marius wieder so betrunken war, daß er nicht mitbekam, was um ihn geschah, umstellte Sertorius mit einigen kampferprobten Cohorten das Quartier der Illyrer. Sie drangen ein und überraschten die Sklaven im Schlaf. Einen nach dem anderen ermordeten sie mit ihren Pfeilen.

Als sich Marius am nächsten Morgen wunderte, weil seine Leibwache nicht zur gewohnten Stunde anmarschierte, ging er selbst in das Nachbarhaus, um nach dem Rechten zu sehen. Er erstarrte, als er die vielen Leichen sah, sagte aber kein Wort.

»So konnte es nicht mehr weitergehen«, erklärte ihm Sertorius, der mit seinen Cohorten die Via Sacra besetzt hatte, »es ist Schluß mit dem Morden!« Der Alte wollte aufbrausen, blickte auf die Cohorten und schwieg mürrisch.

»Außerdem haben wir die Nachricht bekommen«, sagte Carbo, der im Hintergrund gelauert hatte, »daß der Krieg in Griechenland beendet ist, Sulla Asia zurückerobert hat und in Kürze nach Italien übersetzen wird.«

»Da können wir uns ja auf etwas gefaßt machen«, wieherte Cinna, der ebenfalls herangekommen war.

»Das gibt einen schönen Krieg«, freute sich der junge Marius.

Sie berieten noch eine Weile, dann beschlossen sie, Marius

zum Consul wählen zu lassen und ihm die Leitung über ein Heer zu geben, das sie gegen Sulla schicken wollten. Die Plebs wählte gehorsam Marius zum siebtenmal in das hohe Amt; die Prophezeiung hatte sich erfüllt. Wenige Tage später begann das neue Jahr, und Marius trat das Consulat an. Seine Kampfgefährten drängten ihn, an der Spitze der Truppen abzumarschieren, aber er konnte sich nicht entschließen. Allerdings war es nicht mehr dringend, da sich die Meldung vom Anrücken Sullas als falsch erwiesen hatte.

»Zieh los, Vater«, bestürmte ihn aber der junge Marius, »und nimm Sulla das Kommando ab. Du wolltest doch so gern gegen Mithridates Krieg führen! Jetzt bist du Consul, verfügst über so viele Legionen wie Sulla. Mit Leichtigkeit kannst du ihn aus dem Kommando stoßen; seine Soldaten werden zu dir überlaufen wie die des Pompeius Strabo und des Octavius.« Der Alte antwortete nicht, dämmerte vor sich hin, denn er hatte schon etliche Humpen mit Wein geleert. Er konnte schlecht schlafen; böse Träume quälten ihn, wenn er die Augen schloß, und so zog er es vor, in seinem Triclinium liegenzubleiben und sich bis zur Bewußtlosigkeit zu betrinken.

Zehn Tage nach Antritt seines Consulats befielen ihn heftige Schmerzen in der Seite. Er legte sich ins Bett und stand nicht wieder auf. Sieben Tage später war er tot.

Die Siege im Osten

Wenige Wochen nach dem Tod des Marius trafen Chrysogonos und Metrobius mit Schauspieler-Collegen in Sullas Lager ein. Metella hatte erst weit hinter Rom gemerkt, daß die beiden Freunde ihres Mannes nicht unter den Geretteten waren. Sulla machte ihr heftige Vorwürfe, weil sie seine beiden Getreuen im Stich gelassen hatte.

»Aber ich habe es doch nicht absichtlich getan«, weinte Metella, »sie waren dabei, als wir alle unsere Testamente machten, und später ging alles so schnell, daß ich nicht auf sie achtete. Ich mußte doch davon ausgehen, daß sie sich dem Zug angeschlossen hatten!«

Sulla starrte sie nur mürrisch an, drehte sich um und ließ seine Wut anschließend an den Technikern aus, die es nicht fertigbrachten, die Belagerungstürme so zu bauen, daß Athen eingenommen werden konnte. Als ihm die Lagerwachen die Ankunft seiner Freunde meldeten, ließ der Feldherr alles stehen und liegen, um ihnen entgegenzustürzen. Sie hatten sich als römisches Ehepaar verkleidet: Metrobius, mit kurzen Haaren, spielte den Ehemann, während Chrysogonos als seine Frau auftrat. Sulla umarmte beide lange und herzlich, ohne sich um die spöttischen Gesichter seiner Soldaten zu kümmern. Er brachte die Freunde selbst in eine nahe Stadt, in der er Winterquartier bezogen hatte und mit seiner Familie das größte Haus bewohnte.

Schon unterwegs, im Wagen, sprudelte es aus Metrobius heraus: »Du kannst stolz auf mich sein, Sulla! Ich hatte es dir versprochen, und ich habe es getan!«

»Was, mein Metrobius?«

»Ihn vergiftet! Genau zu dem Zeitpunkt, als er nach Griechenland aufbrechen wollte, um dir den Ruhm als Feldherr zu stehlen!«

Metrobius erzählte nun ausführlich, wie schwierig es gewesen war, sich in den Haushalt des Marius einzuschmuggeln:

»Der Alte war ständig besoffen! Der konnte kaum die Gesichter seiner Sklaven unterscheiden. Aber der Junge bewachte ihn wie ein Löwe sein Kleines. Es gelang mir schließlich, mit einem der Sklaven, die bei Tisch bedienten, ins Geschäft zu kommen. Für viel Geld überließ er mir einige Tage seine Arbeit. Ich machte mich so zurecht, daß ich ihm äußerlich wie ein Zwilling glich. Als die Wogen bei einem der Gelage wieder einmal besonders hoch gingen, konnte ich Marius das Gift in den Humpen schütten.«

»Welches hast du genommen?« fragte Sulla gespannt.

»Dein Lieblingsgift natürlich«, antwortete Metrobius stolz, »das erst nach sieben Tagen zum Tod führt. Leider hat Marius in dieser Zeit nicht über seine Schandtaten nachgedacht, sondern nur Soldaten kommandiert. Mit seinem kranken, vernebelten Gehirn sah er sich als den großen Feldherrn, der mit einer riesigen Armee Mithridates besiegt!«

»Das kann er nun im Hades tun!« sagte Sulla befriedigt, »denn Mithridates schicke ich auch bald ins Schattenreich.«

Metrobius erzählte noch, daß er nach dem Tod des Marius auch den Sklaven vergiftete, dessen Identität er sich ausgeborgt hatte. »Natürlich mit einem Gift, daß sofort wirkte«, meinte er stolz. Sulla lobte seinen Freund so ausgiebig, daß Metrobius Mut faßte und eine schlechte Nachricht anbrachte:

»Sie haben alle deine Häuser geplündert«, stieß er hastig hervor, »auf dem Palatin, in Tusculum und in Cumae. Und nach der Plünderung niedergebrannt! Die schönen Bilder!«

»Das werden sie mir büßen!« war Sullas einziger Kommentar.

Sulla war im Zwiespalt: Am liebsten wäre er sofort aufgebrochen, um seine Feinde aus Rom zu vertreiben. Denn erst nach den Berichten seiner Freunde war ihm das Ausmaß der Massaker bekannt geworden, hatte er erfahren, wie viele seiner Anhänger gestorben waren. Am stärksten erschütterte ihn der Tod von Catulus und Antonius. Tagelang lief er mit finsterer Miene durch das Lager, trieb die Baumeister an und erreichte nur, daß sie noch höhere Türme errichteten, die gleich wieder zusammenbrachen.

Nach ausführlichen Beratungen mit seinen Freunden kam er zu dem Entschluß, sich nicht gegen Rom zu wenden, bevor er Mithridates in seine Schranken verwiesen hatte.

»Man muß zu Ende bringen, was man angefangen hat!« bestärkte ihn Lucius Lucullus. »Außerdem werden deine Soldaten viel besser gegen ihre Brüder kämpfen, wenn du sie mit den Reichtümern Asias beschenkt hast!«

Im weiteren Verlauf des Gesprächs unterbreiteten die Lucullus-Brüder ihrem väterlichen Freund einen Vorschlag, über den sie seit längerem nachgedacht hatten. Nun schien der Zeitpunkt günstig, ihn vorzutragen: »Wir brauchen eine Flotte!« sagte Lucius Lucullus, »überall zwischen Asia und Hellas kreuzen die Schiffe des Mithridates. Wie willst du die abgefallenen Inseln zurückerobern, wenn du keine Kriegsschiffe hast?«

»Wir könnten Schiffe bauen«, überlegte Sulla. »Aber woher das Holz nehmen? Es steht kein einziger Baum mehr bei den Philosophen!«

»Laß das meine Sorge sein!« trumpfte Lucius Lucullus auf. »Ich segele nach Alexandria und leihe die Kriegsschiffe des Königs von Ägypten aus!«

»Mitten im Winter willst du dich auf das Meer wagen?«

»Wir haben Krieg! Hier und in der Heimat. Und die Götter werden mich beschützen!«

Sulla umarmte den Freund gerührt und erklärte sein Einverständnis zu diesem gefährlichen Unternehmen.

Die Mission des Lucullus, an der auch sein Bruder, Archias und Sornatius teilnahmen, ließ sich gut an: Sie kaperten bei einem nächtlichen Überfall – mit zwei Cohorten römischer Elitesoldaten – drei Kriegsschiffe aus dem Hafen von Piraeus, die ersten Trieren der zukünftigen Flotte. Drei kleine Schiffe von der Insel Rhodos, die weiter treu zu Rom hielt, verstärkten das Geschwader.

Neptun begleitete die Reise mit Wohlwollen: Kein winterlicher Sturm wühlte das Meer auf, und mit guten Winden machten sie rasche Fahrt. Nur auf die Seeräuber hatte der Meeresgott keinen Einfluß; nicht weit von Alexandria überfielen Piraten die kleine römische Flotte und versenkten alle Schiffe bis auf das größte, das Lucullus selbst kommandierte. Der Befehlshaber konnte fliehen und landete kurze Zeit später mit seinen Vertrauten, die bei ihm an Bord wohnten, im Hafen von Alexandria. Offensichtlich war der König über seine Ankunft informiert worden, denn er schickte ihm seine große Flotte zur Begrüßung entgegen.

»Merkwürdig!« wunderte sich Lucius Lucullus. »Wahrscheinlich hat uns dieser König Ptolemaeus schon vorher begrüßen wollen – mit den Piraten!« Sie beschlossen, besonders wachsam zu sein.

Der König empfing sie mit großer Herzlichkeit in seinem Palast und quartierte sie in besonders schönen Räumen ein. Er ließ ihnen prächtige Gewänder bringen, damit sie »ihrem Stand gemäß« bei seiner Tafel erscheinen konnten, wie er augenzwinkernd bemerkte. Nach der üppigen Bewirtung schlug er einen längeren Ausflug vor, den sie gleich am nächsten Tag antreten sollten:

»Nach Memphis und zu den vielen anderen Sehenswürdigkeiten, die unser schönes Ägypten zu bieten hat!«

»Ich habe viel von euren gewaltigen Monumenten, den Pyramiden, gehört«, sagte Lucius Lucullus liebenswürdig, »aber bei diesem Aufenthalt fehlt mir die Zeit, um sie zu besichtigen – so gern ich es auch wollte! Mein Feldherr ist in einer mißlichen Lage, braucht meine Hilfe! Mit wie vielen Schiffen kannst *du* mir aushelfen?« fragte er dann unvermittelt.

»Du willst Schiffe?« Ptolemaeus schien überrascht. »Aber ich brauche alle meine Schiffe hier vor Alexandria, um Ägypten zu schützen! Was mache ich, wenn Mithridates seine Flotte gegen mein Land schickt?«

»Mit deinen Schiffen werde ich die Flotte des Mithridates vernichten«, scherzte Lucullus, »keiner wird dich angreifen.«

»Ich ernenne dich zu meinem Flottenchef, wenn du so tüchtig bist«, spottete der König. So ging es noch eine Weile hin und her, aber sosehr Lucullus sich auch bemühte, Ptolemaeus zu überzeugen – der König blieb hart und rückte kein einziges Schiff heraus. Allerdings bot er den Römern an, daß einige Trieren sie bis Zypern begleiten sollten, wo Lucullus ebenfalls wegen einer Flotte anfragen wollte.

Sie segelten an der syrischen Küste entlang und liefen unter dem Schutz der ägyptischen Schiffe die Häfen von zahlreichen Städten an. Überall trug Lucullus den obersten Magistraten seine Bitte vor, versprach große Reichtümer nach dem Sieg über Mithridates und verließ kaum einen Hafen ohne eine weitere Triere.

Als sein Geschwader ein Dutzend Schiffe umfaßte, entließ er die alexandrinischen Begleiter und segelte nach Zypern. Unterwegs trafen sie ein kleines Handelsschiff. Der Kapitän erzählte, daß er mit knapper Not Piraten entkommen sei, die in einem Vorgebirge von Zypern auf Lucullus lauerten.

»Sie setzten mir nicht nach, um sich nicht zu verraten«, meinte er noch, bevor er weitersegelte.

Lucullus steuerte sofort die nächste Bucht an und ließ alle Schiffe auf den Strand ziehen. Dann verfaßte er mehrere Briefe an die Magistrate der Städte an der zyprischen Küste, bat um Winterquartier und Proviant und schickte die Boten mit den Wachstafeln auf dem Landweg zu den Beamten.

Als Lucullus sicher war, daß sie das Vorgebirge mit den Piraten erreicht hatten, gab er Order, bei Nacht die Schiffe wieder ins Wasser zu hieven und mit vollen Segeln davonzueilen. Ein günstiger Wind trieb sie am Versteck der Seeräuber vorbei. Lucullus vermied es, einen Hafen der Insel anzulaufen, die offenbar voll in der Hand von Piraten war, und nahm Kurs auf Rhodos, wo er seine Flotte um weitere Schiffe vergrößern konnte.

Sulla hatte zwar seine Anstrengungen verstärkt, um Athen zu erobern, aber nicht seine Belagerungstürme brachten die Entscheidung, sondern ein anderer Feind der Eingeschlossenen: der Hunger. Längst waren den Athenern die Vorräte ausgegangen, und was für sie eingeschmuggelt wurde, stahl ihnen der »Philosoph«. Aristion feierte weiter seine Feste, hielt ausschweifende Gelage, verspottete die Römer wie seine ausgehungerten Landsleute.

Als ihn die Priesterin der Athena, der Schutzgöttin der Stadt, um Weizen bat, ließ er ihr Pfeffer schicken. Die heilige

Lampe der Athena erlosch, weil Öl für den Nachschub fehlte. Während Aristion und sein Anhang vor den Augen der Athener tafelten, mußten sich die Bewohner der belagerten Stadt von Krautern ernähren, die um die Akropolis herum wuchsen. Viele kochten auch ihre Schuhe weich, um sie dann zu verzehren.

Schließlich begaben sich die Ratsherren in einer großen Prozession zu Aristion, um ihn anzuflehen, mit Sulla Frieden zu schließen und die Stadt zu übergeben.

»Was verlangt ihr von mir?« schrie der Philosoph wütend und gab den Befehl an seine Soldaten, mit Pfeilschüssen die Versammlung auseinanderzujagen.

»Du wirst sehen, morgen kommen sie wieder!« meinte einer seiner Zechgenossen.

»Wenn du nicht jeden Tag von ihnen belästigt werden willst«, sagte ein anderer listig, »verhandle zum Schein mit Sulla. Es verdirbt einem ja den Appetit, wenn diese Jammergestalten angeschlichen kommen.«

Aristion ließ sich überreden, und noch am selben Tag wurden drei seiner Freunde Sulla gemeldet. Sie waren betrunken, und entsprechend großtuerisch traten sie auf, schwatzten viel von der großen Vergangenheit ihrer Stadt. Nach einigen Minuten verlor Sulla die Geduld: »Packt eure großen Worte wieder ein!« schrie er. »Die Römer haben mich nicht nach Athen geschickt, um Geschichte zu studieren!« Wütend scheuchte er die Männer weg.

Geschickter fingen es einige alte Leute an, die in einem Vorort außerhalb der Mauern wohnten. Sie stellten sich so auf, daß römische Soldaten in ihrer Nähe jedes Wort, das sie redeten, verstehen mußten. Dann beklagten sie sich ausführlich darüber, daß ein Mauerstück zwischen zwei Toren nicht genügend gesichert sei.

»Warum die Römer nicht schon längst dort eingefallen sind?« wunderten sie sich lauthals.

Auch Sulla wunderte sich, als ihm die Stelle gezeigt wurde, denn die Soldaten hatten ihm sofort Meldung erstattet.

»Nanu, das war doch hier viel höher«, sagte er, »die Athener müssen heimlich ein Stück Mauer abgetragen haben, damit wir endlich in die Stadt kommen und sie von Aristion und dem Hunger erlösen können.«

Unter dem Dröhnen von Trompeten rückten um Mitternacht Sullas Truppen in die Stadt ein, nachdem sie mit Leichtigkeit die niedrige Mauer zerstört hatten. Sulla marschierte an der Spitze der Soldaten. Als er sah, daß ihn kein Widerstand erwartete, befahl er den Halt.

»Männer«, schrie er, »ich gebe euch jetzt die Stadt zum Plündern frei! Habt kein Mitleid mit den Athenern! Denkt daran, wie sie mich und Metella von den Mauern herab verhöhnt haben! Zahlt ihnen das heim!«

Die Legionäre klatschten und trampelten und stürmten johlend los. Sie hatten ihre Schwerter gezogen und stachen auf alles ein, was ihnen im Weg stand. »Erbarmen«, riefen viele Bewohner, die ihnen entgegegelaufen kamen, um sie als Befreier zu begrüßen. Ungerührt töteten die Soldaten sie.

Sulla spazierte durch die Stadtviertel und feuerte seine Männer an. Gegen Morgengrauen flehten ihn einige Senatoren, die sich in sein Lager geflüchtet hatten, an, dem Morden Einhalt zu gebieten. Pulcher und Ahenobarbus waren auch darunter.

»Wie könnte ich meinen Freunden eine Bitte abschlagen«, sagte Sulla spöttisch, als er den Befehl gab, das Massaker zu beenden, »aber ich tue es nicht wegen des Gesocks, das sich heutzutage ›Athener‹ nennt, diese Müllhaufen, die Aristion unterstützt haben. Ich tue es wegen der Großen aus dem alten Athen – einem Sokrates, Plato und Aristoteles zuliebe. Nur wegen dieser Toten verzeihe ich den Lebenden.«

Keiner konnte sagen, wie viele Menschen bei dem Gemetzel umgekommen waren. Später stellten die Athener Berechnungen nach der Breite des Blutstromes an, der durch die Gassen geflossen war. Es dauerte lange Zeit, bis starke Regenfälle das Pflaster wieder sauber gewaschen hatten.

Der »Philosoph« hatte sich auf die Akropolis flüchten können. Sulla wollte sich mit der weiteren Belagerung nicht mehr aufhalten und gab Curio, der einer seiner Legaten war, dazu den Auftrag. Hatte der Hunger die Athener besiegt, so erlag Aristion dem Durst. Nach fünf Tagen ergab er sich. Als Curio ihn abführte, zogen sich dunkle Wolken über Athen zusammen, und zwei Stunden später prasselten heftige Regenschauer auf die Stadt nieder.

»Die Götter haben uns ein Zeichen gesandt«, sagte Curio später ehrfürchtig beim Gelage in Sullas Zelt.

»Nicht: die Götter«, lachte Pulcher mit blitzenden schwarzen Augen, »nur eine, Sullas Venus. Es ist, als ob sie ständig in ihrer Muschel über unserem Feldherrn schweben würde! Wie wäre es«, wandte er sich an den Freund, »wenn du dich offiziell ›Liebling der Aphrodite‹ nennen würdest? Die Griechen lieben solche Titel, du wirst sie sicher damit beeindrukken.«

»Und den Unfug mit Dionysos können wir ihnen auf diese Weise austreiben«, rief Sulla, der Pulchers Vorschlag begeistert aufnahm, »laßt überall verkünden, daß Venus jeden bestrafen wird, der Mithridates als Dionysos verehrt!«

»Das machen sie ja nur in Asia«, wandte Ahenobarbus ein, »hier wagen sie es nicht mehr. Du mußt Mithridates erst aus Asia hinauswerfen, damit du ihm seinen Dionysos-Kult zerstören kannst.«

Unter dem offenkundigen Schutz von Venus eilte Sulla nun von Sieg zu Sieg. So ließ sich Piraeus plötzlich leicht einnehmen. Sulla befahl, die Stadt anzuzünden, wobei eins der Schmuckstücke verbrannte, ein riesiges Arsenal für Schiffe, das als Wunderwerk der Architektur galt. Nie wieder erstand der Hafen in seiner einstigen Größe und Schönheit, und damit büßte auch Athen seine Stellung als Handelsmetropole des Ostens ein.

Sulla verließ Attika, um nach Norden zu ziehen und über Makedonien und Thrakien Asia zu erreichen. Mithridates war diese Absicht bekannt geworden, und er schickte dem Cornelier ein Heer entgegen, das aus 100 000 Fußsoldaten und 10 000 Reitern bestand, an Stärke also die römischen Legionen um das Dreifache übertraf.

In Boiotien, der Landschaft nordwestlich von Attika, stießen die Truppen in der Nähe der Stadt Chaironeia aufeinander. Die Söldner des Königs hatten eine weite Ebene überflutet, und Sulla zog sich schnell auf einen Hügel zurück, um einen günstigen Moment für die Schlacht abzuwarten.

Für dieses Manöver erntete er Hohn und Spott von den Feinden, die gleich gemerkt hatten, daß die Römer nur mit einer kleinen Schar angerückt waren – im Vergleich zu den Massen, die sie aufbieten konnten. Die Elitekrieger rasten mit ihren Sichelwagen herum, und die Fußtruppen formierten sich zur Schlachtordnung. Sie beeindruckten mit der Pracht ihrer Rüstungen und Waffen, die in Gold und Silber schimmerten, und blendeten die Augen mit den leuchtenden Farben ihrer exotischen Gewänder.

Sulla ließ seine Legionäre antreten, um den Kampf aufzunehmen. Doch der ranghöchste Centurio, Marcus Tullius, warnte ihn vor dem Angriff. »Es hat keinen Zweck«, sagte er, »die Soldaten sind so verängstigt, daß ihnen der gewohnte Schwung fehlt. Du mußt erst ihren Mut und ihre Angriffslust anstacheln, bevor du sie gegen die Feinde schicken kannst!« Er wollte noch hinzufügen: »Wie es damals Marius vor dem Kampf gegen die Teutonen getan hat!« Aber er verkniff sich diese Bemerkung, denn jede Erwähnung des alten Widersachers reizte den Feldherrn bis zur Weißglut. Sulla hatte auch ohne den direkten Hinweis verstanden.

Er ließ die Legionen wieder abtreten, ging an die Verschanzung und betrachtete lange Zeit das Lärmen und Tosen unter ihm. Als die Söldner des Mithridates erkannten, daß die Römer die Schlacht verweigerten, wurde ihr Übermut noch größer, ihr Hohn noch frecher. Sulla ertrug alles, ohne eine Reaktion zu zeigen. Am nächsten Tag schon langweilte sie dieses Spiel; sie zerstreuten sich in der Ebene, schwärmten in gro

683

ßen Trupps aus, überfielen und plünderten umliegende Städte. Ihre Führer hatten die Kontrolle über sie verloren.

Auf diesen Moment hatte Sulla gewartet. Wieder ließ er seine Legionäre in gewohnter Ordnung Aufstellung nehmen.

»Männer«, rief er, »wenn ihr nicht kämpfen wollt, so sollt ihr arbeiten. Ihr werdet den Fluß, der unten am Hügel vorbeiläuft, so umleiten, daß er in größerer Entfernung unser Lager umschließt. So sind wir auf den Umwallungen vor den Pfeilen unserer Feinde sicher!«

Murrend setzten sich die Soldaten in Bewegung, und murrend schaufelten sie einen breiten Graben, in den sich das Wasser ergießen sollte. Sulla lief von einer Arbeitsgruppe zur anderen, schaufelte mit und feuerte an. Es war heißer Sommer, sein Ausschlag blühte in schmetterlingsförmiger Ausdehnung, und der Kopf wollte ihm zerspringen. Der Winter vor den Mauern Athens hatte auch ein Leiden zurückgebracht, das er für überwunden gehalten hatte: die Schmerzen in Beinen und Füßen. So schleppte er sich an dem Aushub des Grabens entlang, bemüht, fest aufzutreten und nicht zu zeigen, wie jeder Schritt ihm schwerfiel.

»Ich bin doch erst 52«, dachte er, »und würde mich am liebsten auf einen Stock stützen wie ein alter Mann!« Er straffte sich und ging so behende, wie er nur konnte, zur nächsten Arbeitsgruppe.

»Was ist das für eine Schlamperei!« brüllte er, als er sah, daß die Soldaten eine Pause einlegten. »Schlafen könnt ihr nachts! Jetzt wird gearbeitet!«

»Wir wollen lieber kämpfen als solch unnütze Arbeit tun!« erwiderte einer der Männer aufsässig.

»Was nützlich und was unnütz ist, entscheide ich!« schrie Sulla, und der Legionär, der die Widerworte gegeben hatte, duckte sich wie unter Hieben.

Während Sulla weiterschritt, mußte er lächeln.
»Seht ihr«, sagte er zu einigen Militärtribunen, die ihn begleiteten, »die Methode wirkt. Noch ein, zwei Tage, und meine Männer werden mich anflehen, kämpfen zu dürfen!«

Und er behielt recht. Sie schickten mehrere Abordnungen zu ihm; drei beschimpfte er nur, nannte sie »Faulpelze«, aber auf die Wünsche der vierten ging er ein.

Die Römer verließen den Hügel und schlugen ihr Lager in der Nähe von Söldnerscharen auf, die von dem Griechen Archelaos befehligt wurden. Nachts ließ Sulla den Kommandanten des Mithridates zu einer geheimen Zusammenkunft in sein Zelt bitten. Es war nämlich Archelaos gewesen, der ein Jahr lang die Stellung in Piraeus gehalten hatte. Nach dem Fall der Mauern war er nur mit dem Leben davongekommen, weil Sulla es so gewollt hatte.

»Du hast jetzt Gelegenheit, mir deine Dankbarkeit zu zeigen«, sagte der Cornelier gleich nach der Begrüßung, »meine Soldaten wollen die Schlacht, und ich kann sie nicht länger hinhalten.« Sie besprachen ausführlich das weitere Vorgehen, und am nächsten Morgen rückte Sulla ab. Seinen Legaten Murena ließ er mit einer Legion beim Lager des Archelaos zurück.

»Um ihn weiter zu beunruhigen«, war Sullas knappe Erklärung. In Wirklichkeit wollte er alle Bewegungen des Griechen beobachten lassen.

Archelaos hatte ihm verraten, daß sich ein großer Teil der Truppen des Mithridates auf einem schroffen Hügel verschanzt, ein anderer in der Ebene ein Lager aufgeschlagen hatte. Auf Schleichwegen schickte Sulla einige Cohorten gegen den Hügel vor, und es gelang den Römern, die Verwirrung der Überfallenen auszunutzen, viele zu töten und den Rest in das große Lager zu treiben. Dort brachten die Flüchtlinge alles durcheinander, so daß die Söldner des Königs keine Zeit hatten, sich wie gewohnt aufzustellen.

Inzwischen war Sulla mit dem größten Teil seiner Legionen so nahe an das Lager gerückt, daß die Krieger des Mithridates ihre gefährlichste Waffe, die Sichelwagen, nur mühsam einsetzen konnten. Die Fahrer brauchten lange Strecken, um in Schwung zu kommen; wenn sie nicht genügend ausholen konnten, war der Aufprall der Gefährte mäßig, ihre Wucht abgebremst.

Mit Leichtigkeit schlugen die Römer die ersten Wagen zurück, klatschten in die Hände, als die Feinde umdrehten, und schrien: »Mehr!« Genauso taten sie es im Circus bei Wagenrennen, wenn sie mit den Lenkern nicht zufrieden waren.

Es entbrannte nun ein Kampf der Fußtruppen. Sulla kommandierte den rechten Flügel, den er aber mit seinen Reitern kurzfristig im Stich ließ, weil einer seiner Legaten vom Hauptheer getrennt worden war und er diesem zu Hilfe kommen mußte. Gegen den führerlosen rechten Flügel wandte sich Archelaos mit seinen Scharen – ohne allerdings viel auszurichten. Als Sulla wieder bei seinem Truppenteil erschien, ergriff Archelaos schnell die Flucht und gab damit den übrigen Söldnern das Signal, ebenfalls das Weite zu suchen. Sulla hatte gesiegt. Bevor der Erfolg im privaten Kreis gefeiert wurde, ließ Sulla seine Legionen aufmarschieren, dankte ihnen und brachte seinen persönlichen Göttern ein Opfer: dem Kriegsgott Mars, der Glücksgöttin Venus und auch der Siegesgöttin Victoria, die er in seinen Kreis aufgenommen hatte.

Apollo dankte er später, indem er der nahen Stadt Theben, die lange zu Mithridates gehalten hatte, die Hälfte ihres Gemeindelandes wegnahm und damit das Heiligtum Delphi des Orakelgottes beschenkte.

»Mit den Einnahmen aus diesen Ländereien können die Priester meinen Apollo wieder reich machen«, sagte Sulla zufrieden, »so habe ich mein Versprechen gehalten, dem Gott seine Schätze zu ersetzen!«

Die Künste der Venus

Doch lange konnte sich Sulla auf seinen Siegeslorbeeren nicht ausruhen; er bekam Nachricht, daß römische Truppen in Epirus gelandet waren, die ihm aufgrund eines Volksbeschlusses das Kommando abnehmen sollten. Anführer war der College des Consuls Cinna, ein Lucius Valerius Flaccus, entfernter Verwandter des gleichnamigen Consulars und ehemaligen Censors, der Metella und viele Sulla-Freunde gerettet hatte. Der Consular Flaccus war inzwischen Erster Senator geworden.

Nach dem Tod des Marius hatten sich in Rom die Verhältnisse allmählich normalisiert. Cinna hielt sein Versprechen und ließ alle Neubürger gleichmäßig auf die 35 Tribus verteilen, so daß ihm Hunderttausende von Italikern verpflichtet waren. Da sich die Mordbefehle in erster Linie gegen die Aristokratie gerichtet hatten, konnte er ohne Widerstand seitens der Plebs regieren – oder was er regieren nannte, denn er ließ die Dinge laufen, was seinem Charakter als »Echo« entsprach. Er richtete sich während der Jahre, in denen Sulla in Griechenland und Asia um den Fortbestand der Römischen Republik kämpfte, angenehm in der Macht ein.

Seine beiden Töchter Cornelia waren begehrte Partien, aber er verheiratete sie an Adlige, die ihm politisch nichts nützten, weil sie noch zu jung, ihre Familien ohne Einfluß oder ausgerottet waren. Er tat es, weil seine hübschen Töchter es so wünschten.

Die ältere Cornelia hatte sich in Gnaeus Ahenobarbus verliebt, den ältesten Sohn des verstorbenen Pontifex Maximus. Der Onkel Lucius hatte den Neffen vergeblich beschworen, mit ihm zu Metella zu gehen. Der Junge weigerte sich und suchte Zuflucht in der Höhle der Löwin, seiner angebeteten Cornelia. Sie versteckte und beschützte ihn, solange das Morden anhielt. Ihr Vater war mit einer Heirat einverstanden, nachdem sie ihm gebeichtet hatte, daß sie und Gnaeus schon längst wie Mann und Frau zusammenlebten. Der Junge geriet so stark unter den Einfluß seiner Cornelia, daß er für immer auf seiten der Cinna-Familie blieb, sogar später mit dem Schwert die Partei der »Marianer« ergriff.

Die jüngere Cornelia, erst 15 Jahre alt, heiratete am selben Tag wie ihre Schwester. Ihr »Traumgemahl« war der 17jährige Gaius Iulius Caesar, der Sohn jenes Kandidaten für die Praetur, mit dem Sulla während seiner Amtszeit als städtischer Praetor aneinandergeraten war. Der Vater des Caesar war erst kürzlich gestorben.

Der junge Gaius bewunderte das Feldherrngenie seines Onkels Marius sehr. Die Vertreibung des Marius hatte er voller Empörung miterlebt, und die Rückkehr schien seinem Leben eine glückliche Wendung zu geben.

Nach dem Tod des Marius umwarb er die jüngste Tochter des Consuls Cinna, bestrickte sie mit seinem Charme, der mit den Jahren noch gewachsen war. Auch der Consul erlag der gefährlichen Ausstrahlung des bildschönen jungen Mannes und willigte erfreut in die Heirat ein. Im Sog des mächtigsten Mannes von Rom schien sich dem jungen Caesar mühelos eine glänzende Karriere zu öffnen. Er war bei der Planung seines Lebensweges genauso kühl kalkulierend vorgegangen, wie es seinerzeit Sulla getan hatte, als er den alten Lentulus umgarnte.

Um Cornelia heiraten zu können, löste Caesar die Verlobung mit Cossutia, der Tochter eines Architekten, was ihm nicht schwerfiel. Mit dieser Cossutia war er zwar seit seiner Kindheit befreundet, aber es war nie Liebe daraus geworden. Der Blitz der Liebe traf ihn das erste Mal in seinem Leben, als er mit der jüngeren Servilia, der Stiefschwester des kleinen Cato, zusammentraf.

Es war in dem Jahr, als Sulla Consul war; der Cornelier hatte gerade die Würde seines Amtes zurückerobert und herrschte als mächtiger Mann über den Erdkreis. Eine Verbindung mit Servilia, die unter dem persönlichen Schutz Sullas stand, erschien Caesar wie das Tor zur großen Welt. Er war erst 14, Servilia zwölf, aber einige Monate später waren sie ein Liebespaar. Er hatte ihr versprochen, sie zu heiraten, sobald die Knabentoga abgelegt war, also in kurzer Zeit.

Doch die Verhältnisse änderten sich: Sein Onkel Marius kehrte zurück, viele Sullaner wurden ermordet, und eine Heirat mit Servilia war inzwischen das letzte, was Caesar sich wünschte. Sie bestürmte ihn zwar heftig, denn sie erwartete ein Kind. Der junge Mann vertraute sich seiner Tante Iulia an.

»Wir werden sie mit einem anderen verheiraten«, sagte Iulia, »dann gibt sie Ruhe, und du kannst dich mit Cornelia verloben!«

Iulia fand einen Marcus Iunius Brutus als Ehemann, und Servilia fügte sich, um für das Kind einen respektablen Vater zu haben.

Der junge Pompeius war mit dem Leben davongekommen, weil er Rom verlassen hatte, nachdem die Soldaten seinen verstorbenen Vater mißhandelt hatten. Carbo und Cinna hatten ihre Wut am Eigentum der Familie ausgelassen: Sie hatten die Sklavenbande des Marius in den Stadtpalast der Pompeier geschickt, wo die Illyrer alles plünderten und zerstörten.

Nachdem sich die Verhältnisse in Rom beruhigt hatten, kehrte Pompeius zurück. Seine Feinde klagten ihn sofort an, weil sein Vater bei der Eroberung von Asculum zuviel Beute für sich selbst beiseite geschafft hatte.

»Die sind doch verrückt«, rief Pompeius zum Praetor Antistius, der den Prozeß leitete, »mein Vater hatte die Sachen in unser Haus in Rom bringen lassen, und das Haus haben sie ja geplündert! Wie können sie mich wegen etwas verklagen, das sie sich längst geholt haben!«

Antistius betrachtete mit Wohlgefallen den jungen Mann, der auf dem Forum die mächtigsten Männer von Rom als »verrückt« bezeichnete. Die Plebs klatschte begeistert. Verteidiger des Pompeius war der Redner Hortensius Hortalus, Ehemann von Lutatia, der Tochter des verstorbenen Catulus.

Hortalus war ein geschmeidiger junger Mann; er hatte die Wirren überlebt, weil er mit seinem Rednertalent Cicero, den Freund des jungen Marius, immer wieder beeindruckt hatte. Cicero verpaßte keinen Auftritt des Hortensius, nahm sogar Unterricht bei dem zehn Jahre Älteren und hatte schließlich ein gutes Wort für ihn eingelegt, als die Marianer das Haus des Redners plündern wollten, weil dieser mit der einzigen Tochter des verhaßten Catulus verheiratet war.

»Wie sich die Zeiten ändern«, hatte Hortensius zu Cicero gesagt, als er sich artig für die Rettung bedankte, »vor einigen Jahren noch dachte ich, ein größeres Glück könnte mir nicht widerfahren, als Ehemann einer Lutatia zu sein, und heute wäre diese Verbindung fast mein Unglück geworden.«

Beim Prozeß des Pompeius hielt sich Hortensius, im Gegensatz zu seiner sonstigen Gewohnheit, mit aufwühlenden Reden zur Verteidigung seines Schützlings zurück. Er fürchtete, den Unwillen Cinnas und des jungen Marius auf sich zu ziehen. Natürlich hatte er keine Hemmungen gehabt, die große Summe anzunehmen, die Pompeius ihm für eine wirkungsvolle Verteidigung geboten hatte. Denn Hortensius war eitel, lebte auf großem Fuße und umgab sich gern mit Dingen, die protzig waren und mit denen er seine Umgebung beeindrucken konnte.

Hätte Pompeius nicht im Praetor Antistius einen Gönner gefunden, der die Richter in seinem Sinne beeinflußte, wäre er verbannt oder zum Tode verurteilt worden. So wurde er freigesprochen.

Die Plebs kommentierte den Freispruch mit »Talassio«, dem Hochzeitsruf. Denn es war den Zuschauern nicht entgangen, daß die Tochter des Praetors, die den Prozeß verfolgte, den Angeklagten anhimmelte. In allen Pausen lief sie zu ihm, und er blickte ihr dann tief in die Augen. Wenige Tage später heirateten Pompeius und Antistia wirklich.

Sulla marschierte dem Heer des Flaccus entgegen, das inzwischen Thessalien erreicht hatte und in der Nähe der Stadt Meliteia campierte. Er schlug in einiger Entfernung sein Lager auf und wartete ab. Als auch nach zwei Tagen keine Bewegungen erfolgten, keine Delegation eingetroffen war, beriet er sich mit seinem Stab.

»Offensichtlich wollen sie nicht kämpfen«, sagte er, »und ich will das auch nicht. Es sind gutausgebildete Legionäre, die ich zur Verstärkung meiner Truppen gebrauchen kann. Ich will versuchen, sie dem Flaccus abspenstig zu machen!«

Seine Legaten Murena und Curio sowie die Militärtribune klatschten diesem Plan Beifall. So wurde beschlossen, einen Späher in das Lager des Flaccus zu schleusen, um die Stimmung bei den Truppen zu erkunden.

»Wer geht?« fragte Sulla. Es meldete sich ein etwa 25jähriger Militärtribun, ein Publius Cornelius Sulla, der als entfernter Verwandter des Feldherrn galt.

Bis vor wenigen Monaten hatte Sulla keine Ahnung von der Existenz dieses Publius gehabt. Er war im Schwarm Metellas in seinem Lager aufgetaucht, zusammen mit seiner Mutter, einer römischen Adligen, und seinem jüngeren Stiefbruder.

Seine Mutter hatte gleich nach ihrer Ankunft Sulla sprechen wollen. Sie erzählte ihm, daß sie in erster Ehe mit einem Publius Cornelius Sulla verheiratet gewesen war, einem römischen Ritter. Dieser Sulla hatte behauptet, vom Dictator Rufinus abzustammen, ein Nachkomme von dessen ältestem Sohn zu sein, der wie der legendäre Vorfahr »Publius« geheißen hatte.

Der Feldherr Sulla konnte seine Linie leider nur auf den zweiten Sohn Lucius des Ahn Rufinus zurückführen.

»Warum hat mir mein Vater nie davon erzählt, daß sich eine weitere Sulla-Linie erhalten hat?« wunderte sich der Cornelier.

»Mein Mann sagte einmal, daß sich die beiden Linien schon vor Generationen zerstritten hatten«, erwiderte die Mutter des Publius.

»Merkwürdig«, grübelte Sulla weiter, »mein Vater sprach über alles mit mir. So eine wichtige Familiengeschichte hätte er nicht vor mir verheimlicht.« Er hielt inne, denn ihm war eingefallen, daß sein Vater auch seine Geldsorgen und die Abhängigkeit von Gaius Gracchus vor ihm verborgen hatte.

»Und warum hast du dich in all den Jahren nicht bei mir gemeldet?« forschte er weiter. »Immerhin hast du ja einen Sohn mit dem Namen Sulla.«

Die Frau druckste verlegen herum: »Ich wollte es – nach

dem Tod meines Mannes. Aber da warst du ständig unterwegs: in Numidien, Gallien, wo auch immer. Dann habe ich ein zweites Mal geheiratet, einen Lucius Caecilius Rufus, und da kam mir die Angelegenheit aus dem Sinn. Rufus ist im Marsischen Krieg gefallen. Du wurdest Consul, und ich schämte mich, bei dir vorzusprechen. Es hätte so ausgesehen, als ob ich dich ausnutzen wollte. Finanziell ging es uns aber sehr gut! Als Marius in Rom einzog, dachte ich an keine Gefahr, weil wir ja nie mit dir Kontakt gehabt hatten. Doch am Abend klopfte ein Sklave aus dem Haus des Marius an unsere Tür, warnte uns und verlangte viel Geld, sonst würde er uns an Marius verraten. Ich gab ihm, was er wollte, und flüchtete mit meinen Kindern zu Metella. Das ist mein Sohn Rufus aus der zweiten Ehe«, sagte sie noch und schob einen etwa 15jährigen Jungen vor.

Sulla beachtete den jüngeren Sohn kaum, sondern blickte lange Zeit auf den angeblichen Verwandten Publius Sulla, der mit unbewegtem Gesicht die Geschichte seiner Mutter angehört hatte.

»Irgend etwas stimmt hier nicht«, ahnte der Cornelier, »allerdings hat der junge Mann blonde Haare und blaue Augen, wie es in unserer Familie üblich ist. Vielleicht hat das die Frau dazu bewogen, ihn als meinen Verwandten auszugeben.«

»Du könntest ja einen Versuch mit mir machen«, unterbrach Publius seine Überlegungen, »ich habe im Marsischen Krieg gedient, habe also Erfahrungen als Soldat. Nimm mich in deinen Stab auf und betraue mich mit besonders schwierigen Aufgaben.«

Sulla nickte und setzte den angeblichen Verwandten immer dort ein, wo es gefährlich war. Publius bewältigte alles glänzend, erwarb sich bald die Anerkennung des Feldherrn und stieg zu einem der ersten Militärtribune auf.

Auch jetzt war Sulla nicht erstaunt, daß sich der junge Mann um die heikle Mission bewarb. Früh am nächsten Morgen zog Publius los, spätabends war er zurück.

»Die Stimmung ist schlecht im Lager«, berichtete er, »die Legionen sind in zwei Parteien gespalten – eine ist für Flaccus, die andere für Fimbria.«

»Dieser Verrückte ist mit dabei?« wunderte sich Sulla. Von Metrobius hatte er erfahren, daß sich der »kleine Junge mit dem Pfeil« zu einem rücksichtslosen Mann, einem brutalen Schlächter ausgewachsen hatte. Während der Tage, die Metrobius – als Sklave verkleidet – im Hause des Marius verbracht hatte, war er Zeuge mancher Erzählung geworden, in der Fimbria sich seiner Grausamkeiten rühmte. Angestachelt vom jungen Marius, beschrieb er in allen Einzelheiten, wie er über die Frauen und Kinder der geflohenen Adligen herzufallen pflegte, mit seinem Schwert immer wieder auf die Wehrlosen einstach und sich dann auf den blutbesudelten Leichen wälzte.

»Diesen Fimbria muß ich kriegen«, knirschte Sulla jetzt, »ich werde ihn bei lebendigem Leibe in kleine Stücke hacken lassen!«

Er wollte sofort das Signal zum Angriff auf das Lager des Flaccus geben lassen, und nur mühsam konnten ihn Publius und die Legaten Murena und Curio davon abhalten.

»Es gäbe ein schreckliches Blutvergießen«, warnten sie, »verfolge weiter deinen schönen Plan, die anderen Truppen kampflos zu uns zu holen! Laß uns abwarten, wie sich die Sache drüben entwickelt.«

Am nächsten Tag schlich sich Publius noch einmal in das Lager. »Fimbria wiegelt seine Anhänger weiter auf! Sie sind entschlossen, den Flaccus zu erschlagen.«

Sulla überlegte: »Wenn die Kämpfe drüben beginnen, greifen wir ein und unterstützen den Flaccus«, sagte er, »dann ist er uns verpflichtet und wird seine Truppen mit unseren vereinigen.«

Frieden mit Mithridates

Soweit kam es aber nicht, denn bevor die Kämpfe im Lager des Flaccus ausbrachen, erhielt Sulla die Meldung, daß eine neue Armee des Mithridates in Boiotien eingefallen war. Das Menschenpotenial, über das der König verfügte, war so riesig, daß er noch einmal 100 000 Soldaten nach Griechenland schicken konnte. Den Oberbefehl hatte diesmal ein Grieche namens Dorylaos, der überall verkündete, daß die erste Schlacht nur verloren worden sei, weil Verrat im Spiel gewesen sei. Dorylaos wählte als Ort für das neue Treffen eine weite, baumlose Ebene bei Orchomenos, nördlich des Kopias-Sees, wo er hoffte, mit Sichelwagen und Reiterscharen besser als in der Gegend von Chaironeia operieren zu können.

Sulla überließ den Flaccus seinem Schicksal und marschierte zurück nach Boiotien, um zu verhindern, daß Griechenland ein zweites Mal verlorenging. Er schlug das Lager in der Nähe des Mithridates-Heeres auf und trieb sofort nach dem Schanzen seine Soldaten wieder hinaus, um Gräben vor den Umwallungen der Feinde zu ziehen. Der Cornelier wollte damit erreichen, daß weder Reiter noch Sichelwagen mit großem Schwung aus dem Lager hervorschießen konnten.

Natürlich erkannten die Gegner seine Absicht und versuchten, ihn und seine Legionäre zu verscheuchen. Sie machten einen Ausfall, und wirklich ließen die Römer alles stehen und liegen, um sich in Sicherheit zu bringen.

Sulla brüllte los und versuchte, mit Befehlen der Flucht Einhalt zu gebieten. Doch keiner gehorchte. Da sprang er vom Pferd, griff sich einen der Legionsadler und warf sich mitten unter die Fliehenden. So laut er konnte, rief er: »Für mich ist es ehrenvoll, hier zu sterben! Fragt man aber euch, Soldaten, wo ihr euren Feldherrn verraten habt, so sagt: ›Bei Orchomenos‹.«

Während er auf die Feinde zustürmte, schrie und schrie er:

»Wo habt ihr euren Feldherrn im Stich gelassen? Bei Orchomenos!«

Erst folgten ihm nur vereinzelte Trupps, dann blieben immer mehr Soldaten stehen, liefen schließlich hinter ihm her. Wer noch zögerte, wurde von zwei Cohorten, die Murena kommandierte, zu Sulla getrieben. Zwei weitere Cohorten unter dem Befehl Curios gingen im Galopp gegen die Feinde vor. Die Söldner waren so verblüfft über die plötzliche Wendung, daß sie sich hinter die Umfriedung ihres Lagers zurückzogen. Sulla stoppte seinen Lauf, als er sah, daß er gewonnen hatte, und lachte erleichtert. »Soldaten«, rief er, »ich bin stolz auf euch! Was bin ich doch für ein glücklicher Feldherr! Ihr wärt mir auch in den Tod gefolgt. Aber das Leben ist besser! Stärkt euch jetzt, eßt etwas, damit ihr wieder zu Kräften kommt!«

So angespornt, nahmen die Soldaten nach ihrem Imbiß die Arbeit an den Gräben wieder auf. Ein erneuter Ausfall der Feinde wurde mühelos zurückgeschlagen.

Am nächsten Tag fiel die Entscheidung. Als die Söldner wieder die Erdbewegungen unterbrechen wollten, ging Sulla in die Offensive, jagte seine Legionäre in den Kampf. Das Lager wurde im Sturm erobert; wer dort Rettung gesucht hatte, wurde getötet. Den Rest trieben die Römer in das dem See vorgelagerte Sumpfgebiet. Die Gewässer färbten sich rot vom Blut der Erschlagenen.

Der Anführer Dorylaos war gefallen, aber sein Legat Archelaos hatte sich mit einigen hundert Anhängern in den Sümpfen verstecken können; später floh er zur nächsten Hafenstadt und segelte nach Asia, wo Mithridates immer noch in Pergamon residierte.

Sulla blieb nach dem Sieg weiter in Boiotien, obwohl seine Truppen ihn bedrängten, endlich nach Asia zu marschieren und den König aus der Provinz zu vertreiben.

»Erholt euch noch!« sagte er nur, wenn Abordnungen erschienen und ihm den Wunsch vortrugen, das Lager abzubrechen. Nur seine Vertrauten wußten, weshalb der Cornelier zögerte. Er hatte Archelaos absichtlich entkommen lassen, um ihn als Botschafter zu Mithridates zu schicken.

Der Grieche sollte den König dazu bewegen, Sulla den Frieden anzubieten. Der Cornelier zweifelte nämlich daran, daß es ihm gelingen würde, mit seinen 35 000 Legionären Mithridates in Asia zu besiegen, wo alle von den Römern mißhandelten Städte dem König beistehen würden.

So hatte er den Plan entworfen, seinen Gegner mit Hilfe von Archelaos einzuschüchtern. Der Grieche sollte die Situation so schildern, daß Mithridates froh sein konnte, wenn Sulla ihm Frieden gewährte. In einer weiteren geheimen Zusammenkunft hatte Archelaos ihm versprochen, seinen ganzen Einfluß auf den König geltend zu machen, um diesen zum Abzug aus Asia zu bewegen.

Nach einigen Wochen kam Archelaos mit guten Nachrichten vom Hof des Königs zurück: Mithridates war bereit, Asia aufzugeben und sich in seine angestammten Gebiete zurückzuziehen. Sulla verlangte noch 70 Kriegsschiffe und eine größere Summe Geld als Bestrafung für die Ermordung der römischen Kaufleute. Archelaos meinte, auch damit werde der König einverstanden sein.

Sulla schien am Ziel seiner Wünsche und marschierte los, um Asia wieder als römische Provinz in Besitz zu nehmen. Während des Zuges durch Makedonien und Thrakien behandelte er den Archelaos wie einen guten Freund, hatte ihn ständig an seiner Tafel und verkündete, daß er ihn in Rom zum »Bundesgenossen des römischen Volkes« ernennen werde.

Als sie sich dem Hellespont näherten, erklärte Sulla, daß er alle Gefangenen laufenlassen würde, sogar Aristion, den er die ganze Zeit mitgeschleppt hatte.

»Vergifte ihn«, sagte er später heimlich zu Metrobius, »der Mann ist wie eine Schlange, wenn ich ihn freilasse, wird er weiteres Unheil anrichten. Ich kann ihn aber nicht öffentlich hinrichten lassen, weil ich Mithridates nicht unnötig reizen will. Der ›Philosoph‹ war schließlich einer seiner besten Freunde.«

Metrobius lächelte und bereitete alles vor.

»Zum Abschied wollen wir zusammen feiern«, erklärte Sulla den Gefangenen und lud sie zu einem Gelage ein. Am nächsten Tag ließ er sie frei. Aristion bekam nach wenigen Stunden Seitenstechen und starb sieben Tage später.

Archelaos hatte zuviel versprochen: Mithridates war nicht einverstanden, irgendwelche Zahlungen als Buße zu leisten, und sandte Delegierte zu Sulla, die neu verhandeln sollten. Der Cornelier wurde wütend, und Archelaos versuchte ihn zu besänftigen: »Ich spreche noch einmal mit Mithridates«, bot er an, und wirklich kam er nach einiger Zeit mit der Nachricht zurück, der König gehe auf alle Bedingungen ein, erbitte aber eine persönliche Zusammenkunft.

»Weil er nun in der Klemme sitzt«, freute sich Sulla, »kommt er zu mir. Weil er in die Enge getrieben ist!«

Es war Fimbria, vor dem Mithridates flüchtete, aber das erwähnte Sulla nicht. Während des Marsches durch Griechenland hatte Fimbria seine Anhänger weiter aufgehetzt, sie schließlich dahin getrieben, daß sie nach der Landung in Asia den Consul Flaccus erschlugen. Er führte seine Legionen nach Bithynien, warf dort die Soldaten des Mithridates hinaus und eroberte das Königreich für Rom zurück. Dann wandte er sich gegen Pergamon, das er nach kurzen Kämpfen einnahm. Seine Soldaten waren wild wie ihr Anführer; sie plünderten die Häuser und ermordeten die Bewohner.

Der König konnte sich mit seinem Gefolge in die nahe Hafenstadt Pitane retten und hoffte auf seine Flotte, um über das Meer dem Fimbria zu entkommen.

Der Römer hatte mit seinen beiden Legionen die Landseite völlig abgeriegelt.

»Es wird nicht lange dauern, bis die Kriegsschiffe des Königs in den Hafen einlaufen«, sagte Fimbria zu seinem Stab,

»und dann war unsere Mühe umsonst. Gegen die Flotte können wir nichts ausrichten!«

»Ich weiß, was wir machen«, schlug ein Militärtribun vor, der an Wildheit seinem Feldherrn kaum nachstand, »wir holen uns Schiffe aus den Städten der Griechen! Gib mir ein oder zwei Cohorten, und ich komme dir mit einem Geschwader zurück!«

Fimbria war begeistert und gab den Befehl zum Einsatz von zwei Cohorten.

Nach einer Woche kam der Militärtribun auf dem Landweg zurück. Er war sehr kleinlaut: »Die Städte haben keine Schiffe mehr«, erklärte er, »wir haben zwei oder drei Orte abgeklappert und keine einzige Triere in einem der Häfen gesehen. Die Magistrate sagten, so sei die Situation überall an der Küste.«

»Mithridates hat also alle Schiffe requiriert?« brüllte Fimbria.

»Noch schlimmer: Lucullus!«

»Lucullus!« wunderte sich Fimbria. »Dieser Schöngeist, dieser Griechenfreund hat es fertiggebracht, Schiffe zu kapern?«

»In den Städten erzählt man wahre Wunderdinge über ihn«, berichtete der Militärtribun, »er ist von Süden hochgesegelt mit einem einzigen Schiff, und jetzt soll er mehrere Dutzend haben! Viele Inseln hat er sogar dazu gebracht, sich wieder uns Römern anzuschließen!«

»Wo ist er jetzt?«

»Er soll ganz in der Nähe sein und sich mit Schiffen des Mithridates herumschlagen. Das wird auch der Grund sein, weshalb der König noch nicht vor unseren Augen aus Pitane absegeln konnte.«

Fimbria brütete eine Weile vor sich hin.

»Freunde, ich hab's«, rief er plötzlich und tanzte herum, oder was er dafür hielt, denn er vollführte nur einige Hüpfer mit seinem massigen, untersetzten Körper, »wir fordern den Lucullus auf, mit uns zusammenzuarbeiten! Er soll sich dem

Hafen von Pitane nähern, damit der König denkt, seine Schiffe kommen, um ihn zu holen. Wir ziehen uns völlig zurück, und wenn der König mit seiner großen Leibwache das Castell verläßt, greifen wir von der Landseite her an, während Lucullus ihn vom Hafen aus bedrängt.«

»Du willst doch nicht den Ruhm mit Lucullus teilen?«

»Bin ich blöd?« lachte Fimbria. »Wenn wir den Mithridates in Ketten gelegt haben, lade ich zu einer großen Siegesfeier ein, und mitten im Gelage stürzen Cohorten rein, die Lucullus und alle seine Leute abstechen. Da wird wieder Blut spritzen!« grölte er und hieb sich voller Vorfreude auf die Schenkel.

Als Lucullus einige Tage später in einen der Häfen in der Nähe von Pitane einlief, wurde ihm ein römischer Legionär gemeldet, der eine Nachricht für ihn hätte. Fimbria hatte eine Postenkette entlang der Küste gebildet, in der richtigen Annahme, daß Lucullus einen Hafen ansteuern mußte, um Wasser und Lebensmittel zu ergänzen. Lucullus entsiegelte die Wachstafel und las:

»Fimbria grüßt Lucullus!

Ich biete dir die Möglichkeit, Ruhm zu erwerben, der den des Sulla aus den Schlachten von Chaironeia und Orchomenos weit übertreffen wird. Mithridates sitzt in Pitane in der Falle; ich und du – wir können seine Flucht verhindern. Du mußt nur mit den Schiffen in den Hafen einlaufen, die Sache ist ganz einfach. Wir fangen dann gemeinsam den König; es wird die größte Tat des Krieges sein. Danach wird keiner mehr von Sulla reden!«

»Der ist ja verrückt«, rief Lucullus, nachdem er seinen Getreuen alles vorgelesen hatte, »wie kommt der dazu, Sulla den Ruhm streitig machen zu wollen!«

»Der Brief ist in der Tat ungeschickt formuliert«, meinte Archias, »dieser Fimbria hat nur ein kleines Gehirn und meint, es reicht, mit ›Ruhm‹ zu klappern, und schon beginnst du zu tanzen. Aber in der Sache hat er recht: Wenn du von der

Seeseite her kommst, er von der Landseite den König angreift, müßte Mithridates mühelos zu fangen sein!«

»Und dann wäre der Krieg beendet, Asia zurückgewonnen!« schwärmte Sornatius. »Wir könnten endlich wieder in der Provinz Geschäfte machen.« Marcus Lucullus hatte bisher geschwiegen, schien auch nicht die Absicht zu haben, sich zu äußern.

»Was meinst du?« sprach ihn sein Bruder direkt an.

»Wenn du mich so fragst«, antwortete Marcus finster, »ich bin entsetzt über euch! Daß ihr eine Zusammenarbeit mit Fimbria auch nur in Erwägung ziehen könnt! Archias, das hätte ich nicht von dir gedacht«, ging er auf seinen Freund los, und die mädchenhaften Züge des Syrers überzogen sich mit Röte. »Vielleicht willst du auch ein Epos auf die Heldentaten dieses Fimbria dichten?«

»Du bist gemein«, schluchzte Archias und lief zum anderen Ende des Schiffes, um seinen Schmerz über die Beleidigung in schönen Versen auf das Meer hinauszutönen.

Marcus ließ sich nicht beirren: »Habt ihr nicht die Briefe Sullas gelesen? In allen Einzelheiten schildert er uns, was dieses Ungeheuer in Rom angestellt hat, daß er Tiger und Löwe in Menschengestalt ist! Mit dem willst du wirklich zusammenarbeiten – sogar zum Schaden unseres Freundes Sulla?«

Lucius Lucullus senkte beschämt den Kopf: »Das hatte ich im Moment nicht bedacht.«

»Da ist noch ein anderer Aspekt«, warf Sornatius ein, dessen kühler Verstand während des leidenschaftlichen Vortrags von Marcus weitergearbeitet hatte. »Wer sagt uns denn, daß es Fimbria überhaupt ehrlich meint? Er benutzt uns, und wenn Mithridates gefangen ist, lädt er uns zur Siegesfeier ein und läßt uns alle abstechen, so wie er es mit vielen anderen Menschen gemacht hat. Wenn du meinen Rat willst, mein Lucullus: Segle an Pitane vorbei, gib den Schiffen des Mithridates Gelegenheit, den König aus dem Hafen herauszuholen, und mache dann auf See Jagd auf ihn, oder überlaß ihn Sulla

auf dem Lande! Reiche aber nicht dem Fimbria deine Hand;
er würde sie dir abhacken.«

Es kam so, wie Sornatius es ausgemalt hatte: Nachdem Lucullus mit seinen Schiffen die Gewässer von Pitane geräumt
hatte, entkam Mithridates mit Hilfe seiner Flotte. Der König
landete in der Gegend des ehemaligen Troja und entschloß
sich zu einem persönlichen Gespräch mit Sulla.

Der Cornelier hatte inzwischen mit den Schiffen des Lucullus die Meerenge zwischen Thrakien und Asia überquert
und war sehr ungeduldig, die Provinz wieder dem römischen
Machtbereich einzugliedern. Da ihm Archelaos versichert
hatte, daß von Mithridates nichts zu befürchten sei, erschien
Sulla mit nur zwei Cohorten zur Zusammenkunft, die unter
freiem Himmel in einiger Entfernung vom Lager des Königs
stattfinden sollte.

Mit Erstaunen sah er Scharen von Fußsoldaten, Tausende
von Reitern und Hunderte von Sichelwagen, die den König
umgaben.

»Hat er uns in eine Falle gelockt?« rief er zu Murena, der
ihn begleitete, während Curio bei den Legionen geblieben
war.

»Keine Sorge«, beruhigte ihn Archelaos, der an der anderen Seite Sullas ritt, »das macht er immer so! Er will dich
blenden! Nimm die Soldaten einfach nicht zur Kenntnis.«

Sulla sprang vom Pferd und blieb stehen, während der König mit ausgebreiteten Armen auf ihn zukam. Der Cornelier
rührte sich nicht, hob keine Hand zur Begrüßung, sondern
fragte nur kalt: »Willst du den Krieg beenden – zu den Bedingungen, die ich mit Archelaos abgemacht habe?«

Der König ließ die Arme sinken und schwieg verstockt.
Eine Weile starrten sie einander an, bis Sulla schließlich sag-
te: »Wer bittet, hat das erste Wort, der Sieger darf schweigen.
Also sprich!«

»Den Krieg habe ich nie gewollt!« begann Mithridates und
verdrehte die Augen. »Es war der Wille der unsterblichen

Götter, und gegen das Schicksal sind wir Menschen machtlos. Aber auch ihr Römer seid nicht ohne Schuld, deshalb wollten euch die Götter bestrafen ...«

Sulla merkte, wie ihm das Blut in den Kopf stieg, aber er zwang sich zu einem Lächeln.

»Wie oft habe ich es schon vernommen«, unterbrach er den König und grinste spöttisch, »aber nun höre ich es mit eigenen Ohren: Keiner redet so schön wie du, bei einem Rednerwettstreit müßte man dir den Lorbeer zusprechen. Was hast du doch für schreckliche Taten begangen«, fuhr er fort; seine Stimme war scharf geworden, und die blauen Augen blickten kalt und stechend, »du hast 80 000 Römer und ihren Anhang ermordet; du bist in unsere Provinzen eingefallen; du hast mir große Heere entgegengeschickt – und das alles haben die *Götter* gewollt? *Du* hast es gewollt, *du* wolltest den Frieden zerstören, den wir Römer über den ganzen Erdkreis ausbreiten, *du* wolltest das Werk vieler Generationen großer Römer kaputtmachen! Zwei Heere habe *ich* dir vernichtet, aus Pergamon bist du vertrieben – und immer noch hältst du dich für den Größten. Ich frage dich ein letztes Mal: Willst du Frieden zu meinen Bedingungen?«

Mithridates hatte mit gesenktem Kopf zugehört. So klar war ihm die Ausweglosigkeit seiner Situation noch nie vor Augen geführt worden. Er entschloß sich zum Einlenken:

»Nur dir will ich mich unterwerfen!« sagte er scheinbar demütig. »Von deinen Ruhmestaten hallt der ganze Erdkreis wider; für einen Mithridates ist es keine Schande, mit einem Sulla einen Vertrag zu schließen!«

Der Cornelier war so gerührt über die Wandlung des Königs, daß er auf ihn zutrat und ihn umarmte. Nach dieser Versöhnung befahl er die Könige von Bithynien und Kappadokien, die er mitgebracht hatte, zu sich. »Umarmt Mithridates ebenfalls«, ordnete er an, »zum Zeichen dafür, daß wieder Frieden zwischen euren Völkern herrscht!«

Sulla meinte, die Verhältnisse im Osten gut geregelt zu haben, zumal ihm Mithridates zu den 70 vereinbarten Schiffen noch 500 Bogenschützen überließ, außerdem viel Geld und kostbare Geschenke. Doch als er Gelder und Waren an seine Legionäre austeilen ließ, erhob sich kein Freudengeschrei.

»Was ist mit ihnen los?« fragte er seinen Stab.

»Die Bedingungen, die du mit Mithridates ausgehandelt hast, passen ihnen nicht«, antwortete sein Verwandter Publius, der in Sullas Gunst so hoch gestiegen war, daß er ein offenes Wort riskieren konnte, »sie sagen, daß sie immer an die ermordeten Römer denken müssen! Und du läßt den, der dafür verantwortlich ist, einfach ziehen – beladen mit reicher Beute, die er in unserer Provinz Asia gestohlen hat.«

»Daher weht der Wind«, meinte Sulla nachdenklich, »sie fürchten, Mithridates hat ihnen nicht genug übriggelassen!«

»Außerdem denken sie«, fuhr Murena fort, der eifersüchtig den rasanten Aufstieg des Publius verfolgt hatte, »daß es wieder zurück nach Italien geht und sie gegen ihre Brüder kämpfen sollen. Sie fühlen sich von dir um ihre Beute betrogen! Falls du wirklich die Absicht zur Rückkehr hast, Sulla«, sagte Murena jetzt in vertraulichem Ton, »ist der Zeitpunkt denkbar schlecht gewählt! Sie würden dir gleich nach der Landung in Brundisium davonlaufen!«

»Was soll ich also tun?« fragte Sulla resigniert.

»Längere Zeit in Asia bleiben!« riet ihm Lucius Lucullus, der herangekommen war, weil ihn das Getuschel Murenas störte. »Quartiere die Soldaten in den Städten ein, die dem Befehl des Mithridates zur Ermordung der Römer Folge geleistet haben, und das sind fast alle in unserer Provinz. Setze einen hohen Betrag zur Verpflegung und für Vergnügungen jedes einzelnen Legionärs fest. Du schlägst zwei Fliegen mit einer Klappe: Du bestrafst die abtrünnigen Bürger so, daß es ihnen wirklich weh tut, indem du ihnen viel Geld abnimmst. Und du verhilfst deinen Soldaten zu einem Wohlleben, wie sie es nie gekannt haben und wohl nie wieder führen werden.«

Sulla sah den jungen Freund mit Bewunderung an.

»Lucullus, ich kann stolz auf mich sein«, sagte er schließlich mit strahlendem Lächeln, »meine Schulung hat Früchte getragen, wie ich sie mir schöner nicht wünschen könnte. Du bist nicht nur klug und gebildet, sondern auch durchtrieben.«

Bevor die Legionäre in das süße Leben Asias eintauchen konnten, sollten sie noch gegen Fimbria und seine Truppen vorgehen, die in der Nähe von Pergamon lagerten. Auf dem Marsch dorthin hatte Sulla reichlich Gelegenheit, die Methode des Lucullus anzuwenden. Er quartierte seine Soldaten bei wohlhabenden Bürgern ein, die sie verwöhnen mußten. Er ordnete an, daß jeder »Gastgeber« einem Soldaten 16 Drachmen, umgerechnet 64 Sesterzen, einem Centurio aber 50 Drachmen, 200 Sesterzen, pro Tag auszuzahlen habe. Dazu kam die Verpflegung nicht nur für den Soldaten, sondern für alle Freunde, die es ihn gelüstete einzuladen. Außerdem hatten die Quartierwirte bei längerem Aufenthalt für die Kleidung aufzukommen. Diese Maßnahmen trafen die Bürger härter, als wenn Sulla jeden zehnten von ihnen mit dem Tode bestraft hätte.

Zusätzlich wurde den Magistraten eine hohe Buße auferlegt, die sie als Tribute bei den Einwohnern einzuziehen hatten. Insgesamt belief sich das Strafgeld auf eine halbe Milliarde Sesterzen.

Lucullus erhielt den Auftrag, die Steuern einzutreiben, und teilte dafür zusammen mit Sulla die Provinz in 44 Bezirke auf. Mit den Legionen im Hintergrund brauchte Lucullus nicht viel Druck auf die Magistrate auszuüben; er wurde wegen seines freundlichen Auftretens sogar gerühmt. Er wandte weder die Folter an, noch verkaufte er die Untertanen in die Sklaverei.

So waren die Steuerpächter zwar ausgeschaltet, aber die Ritter entdeckten einen anderen Markt: Sie verliehen große Summen zu hohen Zinsen, denn die Straftribute überstiegen die Kräfte der Einwohner von Asia bei weitem. Noch Jahrzehnte später sollte die Provinz unter den von Sulla geforderten Steuern, die sich durch die Zinsbelastung um ein Vielfaches erhöhten, zu leiden haben. Die römischen Bankleute jedoch und ihre adligen Kunden hatten Gewinne, die denen aus der Zeit vor dem Krieg kaum nachstanden.

Sulla ließ sich viele Monate Zeit, um gegen Pergamon vorzurücken, und langte dort schließlich mit gutgelaunten Männern an. Er befahl, das Lager unmittelbar neben dem des Fimbria aufzuschlagen, und ging hinaus zum Schanzen; tat so, als ob er helfen wollte, in Wirklichkeit wollte er beobachten, was passieren würde.

Während er von einem Arbeitstrupp zum anderen wanderte, seinen Leuten Scherzworte zurief, kamen nach und nach Soldaten des Fimbria aus den Toren und schlenderten zu seinen hinüber.

»Wie sehen sie aus!« sagte Sulla scheinbar mitleidig. »Abgerissen und verdreckt! Schaut sie euch an! Ihr tragt saubere, neue Tunicas selbst bei schweren Arbeiten!« Diese Bemerkung machte die Runde, und schon bald konnte Sulla hören, wie sich seine Legionäre aufblähten.

»Sieh dir meine Schuhe an«, tönte ein Centurio zu einem vom anderen Lager, »bestes Leder! Davon habe ich noch vier Paare in meinem Zelt. Und meine Tunica und meinen Überwurf zum Ausgehen müßtest du erst sehen! Die Mädchen verdrehen sich die Hälse nach mir!«

Der andere Centurio blickte traurig an sich herunter. »Wie siehst du denn aus!« höhnte der aus Sullas Lager. »Man sollte meinen, ihr lebt in der Wüste, aber nicht in der reichsten Provinz Roms. Das kommt eben davon, wenn man sich dem falschen Feldherrn anschließt. Euer Fimbria scheint ja nicht soviel Glück zu haben wie unser Sulla.«

»Das mit dem Feldherrn kann man ja ändern«, murmelte der andere Centurio, drehte sich um und rief seine Soldaten zusammen, die ebenso die Pracht der neuen Kleider hatten bewundern müssen wie er.

Gespannt verfolgte Sulla, wie überall die Centurios des

Fimbria ihre Männer zusammensuchten und eine Weile auf sie einredeten. Lachend liefen sie in ihr Lager und kamen nach kurzer Zeit mit dem Marschgepäck an der langen Stange heraus, darunter das Gerät zum Schanzen. Ohne ein Wort zu sagen, banden sie ihre Pfähle für die Einfriedung ab und rammten sie auf den aufgeworfenen Wall.

Sullas Soldaten hielten mit der Arbeit inne und begannen zu klatschen und zu trampeln. Der Feldherr ging zu jedem einzelnen der neuen Centurios, schüttelte ihm die Hand und erkundigte sich nach seinem Namen und seinem Leben.

Fimbria und sein Stab hatten lange Zeit nicht mitbekommen, was sich in ihrem Lager abspielte. Sie saßen beim Würfelspiel und waren betrunken. Erst als schon zehn Cohorten zu Sulla übergewechselt waren, wagten einige Centurios, die hoch in Fimbrias Gunst standen, weil sie die Männer gegen Flaccus aufgehetzt hatten, ihrem Feldherrn Meldung zu erstatten.

»Ihr seid verrückt! Oder betrunken! Oder beides!« brüllte Fimbria, nachdem sein benebeltes Gehirn endlich verstanden hatte. Er griff nach seinem Schwert und raste hinaus, um sich den abmarschierenden Cohorten vor die Füße zu werfen. Aber er fand die Gassen leer; wer nicht desertiert war, hatte sich vor dem sich anbahnenden Sturm in sein Zelt zurückgezogen.

»Zu den Waffen!« grölte Fimbria. »Wir holen uns die Überläufer zurück!« Es blieb ruhig im Lager. Fimbria stürzte in sein Zelt zurück und scheuchte seinen Stab hoch: »Ihr lauft von Zelt zu Zelt und holt meine Soldaten raus!«

Während die Militärtribune auf den Gassen herumtorkelten und Fimbria wirres Zeug lallte, schlichen sich weitere Soldaten aus dem Lager und rannten zu Sulla hinüber. Übrig blieben gerade 1000 Mann, nicht einmal zwei Cohorten, die sich in militärischer Formation aufstellen mußten.

»In den Kampf!« schrie Fimbria. »Stürmt das feindliche Lager!«

Der Centurio, der bisher den Flavier immer unterstützt hatte, trat vor: »Sie wollen nicht gegen ihre Brüder kämpfen. Sie wollen, daß du sie von hier wegführst und auch in reichen Häusern einquartierst wie Sulla seine Soldaten.«

Fimbria war sprachlos, stampfte mit einem Fuß auf wie ein trotziges Kind und fuchtelte mit dem Schwert herum: »Ich bringe euch alle um! Habt ihr vergessen, daß ihr mir den Treueeid geschworen habt!« Und er raste mit erhobenem Schwert auf die Soldaten zu.

Der Centurio stellte sich ihm entgegen, zwei Soldaten griffen ihm in die Arme und rissen ihm das Schwert weg. Fimbria ging in die Knie. »Was macht ihr mit eurem Feldherrn?« jammerte er.

»Schafft ihn ins Bett, damit er seinen Rausch ausschläft«, befahl der Centurio, »dann sehen wir weiter.«

Als Fimbria wieder nüchtern war, mußte er die Ausweglosigkeit seiner Situation einsehen. Ihm wurde gemeldet, daß ihn weitere 500 Soldaten verlassen hatten. Ein Militärtribun ging zu Sulla und bat um ein Schiff, damit sie Asia schnell verlassen konnten.

Sulla lachte nur: »Wer will, kann zu mir kommen! Aber mein Angebot gilt nur noch bis morgen. Dann stürmen wir euer Lager!«

Der Militärtribun beriet sich mit seinen Kameraden an einem Ort, wo Fimbria sie nicht belauschen konnte. Sie faßten den Entschluß, nachts aus dem Lager zu fliehen und ihr Glück bei den Seeräubern zu suchen. Viele Soldaten schlossen sich ihnen an.

Fimbria raffte sich erst zur Flucht auf, als bei Sulla die Trompeten zum Angriff dröhnten. Er wandte sich zum Tempel des Asklepios in Pergamon, um dort Asyl zu erbitten. Als er mit seinem kleinen Trupp den Tempelbezirk erreichte, fand er die Tore geschlossen.

»Wir schlagen uns zu den Seeräubern durch wie die anderen!« schlug der befreundete Centurio vor.

»Ich will mein Leben nicht auf den Meeren verbringen«,

brüllte Fimbria. »Ich will nach Rom, ich will Consul werden wie mein Vater!«

Immer mehr Menschen hatten sich genähert, die Menge nahm eine feindliche Haltung an. Die ersten Steine flogen, und Fimbria wurde getroffen.

»Ich lasse mich nicht totschlagen wie einen tollen Hund«, grölte er und stürzte sich in sein Schwert.

Nach dem Zugang der Legionäre Fimbrias blieb Sulla noch ein gutes Jahr in Asia. Die Provinz war dicht besiedelt; die Städte hatten reichlich Geld ansammeln können, nachdem Mithridates ihnen die Tribute erlassen hatte. Sullas Soldaten schwammen bald so im Wohlstand, daß sie sich über Anlagemöglichkeiten Gedanken machen mußten. Sie entwickelten sich zu Kennern von Kunstwerken, lernten den Wert einer Statue aus Bronze oder Marmor einzuschätzen; die Namen griechischer Bildhauer waren ihnen bald genauso vertraut wie früher diejenigen von Gladiatoren und Wagenlenkern. Sie verliebten sich in Geschirr aus getriebenem Silber ebenso wie in Gefäße aus Glas, die in den Farben des Regenbogens leuchteten.

Ein gigantischer Troß wälzte sich hinter ihnen her, wenn sie eine ausgeraubte Stadt verließen und zur nächsten marschierten. Denn ihr Eigentum schleppten ihnen Zehntausende von Troßknechten hinterher, ebenso wie ihr Gepäck, das sie früher selbst hatten schultern müssen. Unterwegs ließen sie sich von ihren eigenen Sklaven bedienen, in den Häusern der »Gastgeber« kommandierten sie die fremden. Wenn ihnen ein Mädchen oder Junge gefiel, kauften sie ihren Wirten die Sklaven für wenig Geld ab, meistens jedoch forderten sie sie als Geschenk.

Auch Sulla genoß die Zeit in Asia und verdrängte die Gedanken an Italien. Wenn ihn einer seiner Freunde zur Rückkehr mahnte, sagte er nur: »Die Zeit ist noch nicht reif!« Er hatte Kundschafter durch Italien geschickt und herausgefunden, daß mit großem Widerstand zu rechnen war. Die Neubürger standen geschlossen hinter Cinna und Carbo, der sich nach dem Tod des Flaccus selbst zum Consul ernannt hatte. Das zweite Jahr regierten die beiden nun schon gemeinsam.

Sulla war sicher, daß es zu schweren Kämpfen in Italien kommen würde, und er brauchte Soldaten, die bedingungslos zu ihm standen. Bisher hatten seine Männer ihm nicht zu erkennen gegeben, daß sie das Wohlleben in Asia aufgeben wollten.

Im November, kurz vor dem Einsetzen der Winterstürme, erschien endlich eine Abordnung der Soldaten vor Sulla:

»Bald vier Jahre haben wir unsere Familien nicht mehr gesehen«, begann der Sprecher, »wir besitzen so große Reichtümer, daß wir genug für unser weiteres Leben haben. Kurz und gut: Wir möchten nach Hause!«

Sulla war erleichtert; auf diesen Augenblick hatte er gewartet. Die Soldaten waren von sich aus bereit, das süße Leben in Asia zu verlassen, er brauchte keine murrenden Männer zu überreden. Das nächste Problem lag nun darin, ihnen klarzumachen, daß sie nicht einem friedlichen Dasein in der Heimat entgegenzogen, sondern daß ihnen schwere Kämpfe bevorstanden.

Vorbereitungen zum Bürgerkrieg

Wenige Tage später setzten sie von Ephesos nach Piraeus über. Während der Kämpfe in Boiotien und der Zeit in Asia hatten es die meisten Adligen, die aus Rom geflüchtet waren, vorgezogen, in Athen zu bleiben. Sie hatten einen »Gegensenat« gebildet, wie Sulla scherzend bemerkte. Mit ihnen besprach er sich, ließ sich beraten, wie gegen Carbo und Cinna vorzugehen sei.

»Schreibe einen Brief an den Senat«, riet Lucius Ahenobarbus, »berichte, daß der Krieg gegen Mithridates beendet ist und du mit deinen Legionen zurückkehren wirst.«

»Wichtig ist, daß du ihnen zusicherst, die Rechte der Neubürger zu achten«, fügte Pulcher hinzu, »dann können Cinna und Carbo nicht die ehemaligen Italiker gegen dich aufhetzen.«

»Sie sollen in Rom aber auch wissen«, sagte Sulla mit finsterer Miene, »daß ich die Schuldigen bestrafen werde!«

»Ob das klug ist«, zweifelte Ahenobarbus, »sie jetzt schon über deine Absichten zu unterrichten?«

Sulla mußte ihm recht geben, aber als er den Brief diktierte, konnte er nicht anders: »Die Mörder meiner Freunde werde ich bestrafen!« beendete er sein Schreiben an den Senat.

Sullas Nachricht wurde im Senat vom Ersten Senator Lucius Valerius Flaccus vorgelesen.

»Na, seht ihr«, sagte der kleine, rundliche Mann, »Sulla will einlenken. Klingt doch alles ganz vernünftig! Unsere Neubürger haben nichts zu befürchten.«

»Aber wir!« schrie Carbo. »Mit ›Mördern seiner Freunde‹ meint er ja wohl uns, mich, Cinna, Marius ...!«

»Wie man hört, sind Sullas Soldaten ins Wohlleben geraten«, versuchte ihn Flaccus zu besänftigen, »sie haben wahrscheinlich keine Lust zum Kämpfen. Deshalb lenkt Sulla ein, so interpretiere ich das Schreiben.«

Es wurde noch eine Weile diskutiert, dann beschloß die Mehrheit der Senatoren, auf Sullas Friedensangebot einzugehen.

»Wir fordern ihn auf, nach Italien zurückzukehren«, faßte Flaccus das Ergebnis zusammen, »er bekommt freies Geleit; die Consuln Cinna und Carbo rüsten nicht gegen ihn auf.«

»Ihr könnt ihm mitteilen, was ihr wollt«, rief Carbo erbost und sprang auf, »wir halten uns nicht daran! Wir heben Legionen aus und schiffen uns nach Griechenland ein, damit Sulla erst gar keinen Fuß auf den Boden Italiens setzen kann.«

Ohne auf die empörten Rufe der Senatoren zu achten, lief Carbo aus der Curia, gefolgt von Cinna.

Carbo gab sich selbst den Auftrag, bei den Neubürgern

Truppen anzuwerben, während er Cinna nach Asculum schickte, wo noch viele Cohorten lagen. So bald wie möglich wollte Carbo mit Verstärkung nach Asculum eilen, um mit Cinna gemeinsam die Truppen in einen illyrischen Hafen zu verschiffen. Es war Ende des Jahres, eigentlich nicht die Zeit für Seereisen. Sie wollten aber Sulla zuvorkommen, der für die Überfahrt seiner Legionen offenbar das Frühjahr abwartete.

Cinna traf die Soldaten in schlechter Stimmung an. Das Gerücht über eine Seefahrt auf dem stürmischen Meer war bereits bis zu ihnen gedrungen. Kaum hatte Cinna sein Zelt bezogen, mußte er eine Abordnung der Soldaten empfangen.

»Wir sind Krieger, keine Seeleute, mit Neptun haben wir nichts zu tun«, sagte ihr Anführer, ein Centurio, trotzig, »wir wollen hier warten, bis Sulla mit seinen Truppen in Italien gelandet ist.«

»Ihr bekommt den doppelten Sold«, lockte Cinna.

Der Centurio lachte nur: »Weißt du, was Sullas Soldaten in Asia pro Tag bekommen haben?« Cinna schüttelte den Kopf. »Nicht den doppelten oder dreifachen Sold – 500mal soviel! Sie sind alle reich, sie haben für ihr Leben ausgesorgt! Und du willst uns aufs Meer in unser Verderben schicken!«

Cinna sagte nichts mehr und entließ die Abordnung. Er befahl seinen Stab zu sich und forschte, woher die Soldaten die Informationen über den Reichtum von Sullas Legionären hatten.

»Es kann nur Pompeius gewesen sein«, überlegte ein Militärtribun, »er lief oft in den Gassen herum, und man sah ihn ständig mit den Leuten reden.«

»Pompeius!« rief Cinna. »Was hat der hier zu tun! Ich habe ihn nicht in meinen Stab berufen.«

»Er sagte, er sei privat hier«, erzählte der Militärtribun weiter, »er hat ja große Güter in der Nähe! Außerdem haben wir in den Cohorten viele Männer, die unter seinem Vater gedient haben. Die wollte er wohl besuchen. Der Centurio, der

711

eben die Abordnung führte, gehört übrigens zu den Männern des alten Strabo; Pompeius war viel mit ihm zusammen.«

»Dieser Pompeius hat also die Soldaten aufgehetzt«, folgerte Cinna, und seine Augen funkelten tückisch, »das soll er mir büßen! Führt ihn zu mir!«

Sosehr man im Lager suchte – Pompeius war nicht zu finden. Er hatte sich gleich nach der Ankunft Cinnas abgesetzt. Der Consul ließ den mit Pompeius befreundeten Centurio rufen, und erst nach einer ganzen Weile erschien der Mann, an der Spitze von mehreren Cohorten.

»Was willst du von mir?« fragte er finster den Feldherrn. Cinna sah auf seine Leibwache, die nur aus einigen Dutzend Soldaten bestand, dann auf Tausende von Legionären hinter dem Centurio, und er entschloß sich zu einer freundlichen Haltung.

»Ich wollte von dir nur wissen, wo Pompeius ist«, sagte er mit gewinnendem Lächeln.

»Du hast ihn umbringen lassen«, schrie der Centurio, »wir haben ihn überall gesucht, aber er ist fort!« Der Centurio zog plötzlich sein Schwert aus der Scheide und sprang vor.

»Das ist nicht wahr! Ich habe Pompeius nicht angerührt!« schrie Cinna und wollte fliehen. Der Centurio hatte ihn mit wenigen Sätzen eingeholt. Cinna fiel vor ihm auf die Knie und streckte ihm die Hand mit seinem kostbaren Siegelring entgegen. »Hier, nimm den! Später bekommst du noch mehr!« flehte er.

Der Centurio lachte höhnisch: »Ich bin nicht hier, um einen Vertrag mit dir zu schließen. Ich bin hier, um einen Tyrannen zu töten!« Er holte aus und stach Cinna in die Brust.

»Mir nach!« rief er seinen Leuten zu. »Wir marschieren jetzt zu Pompeius.« Einige Meilen entfernt wartete der junge Mann auf sie. Als er erfuhr, daß alles nach Plan verlaufen war, hüpfte er wie ein Kind im Kreise herum.

»Wir ziehen jetzt im Picenum von Stadt zu Stadt«, sagte er zu seinen Männern, nachdem er wieder die Haltung eines Feldherrn angenommen hatte, »und zwingen sie, uns Solda-

ten zu stellen. Wenn Sulla im Frühjahr in Italien landet, werde
ich ihn mit mehreren Legionen feierlich empfangen.«

Als Carbo vom Tod seines Freundes erfuhr, eilte er nach Asculum, um selbst die restlichen Cohorten nach Griechenland zu führen. Drei Schiffe erreichten wohlbehalten den illyrischen Hafen, ein viertes kenterte in einem Sturm nahe der italischen Küste. Die wenigen Soldaten, die sich retten konnten, flohen in ihre Heimatstädte; die übrigen im Lager weigerten sich, auch nur einen Fuß auf eine Schiffsplanke zu setzen. Carbo mußte sich ihrem Druck beugen und seinen Plan, Sulla in Griechenland anzugreifen, aufgeben.

Andere Probleme machten ihm zusätzlich zu schaffen. Selbstherrlich hatte er sich zum Consul für das kommende Jahr ernannt, die alte Verfassung der Republik wiederum außer Kraft gesetzt. Ermutigt durch die Meuterei der Truppen, ließen ihn nun einige Volkstribune nicht mehr gewähren: Sie forderten ihn auf, reguläre Wahlen abzuhalten.

Da Carbo sich auf keine Armee stützen konnte, mußte er auf das Verlangen eingehen. Das Wählervolk verpaßte ihm einen Denkzettel: Es verlieh nicht ihm die Würde des Consulats, sondern zwei anderen Kandidaten – dem Norbanus und einem Cornelier aus dem Zweig der Scipionen.

Gaius Norbanus hatte es inzwischen bis zum Praetor gebracht. Er hatte die städtische Praetur bekleidet in dem Jahr, in dem Cinna gegen Octavius kämpfte, später mit Marius zusammen die Hauptstadt einnahm. Er war immer dabeigewesen, wenn Marius und seine Kumpane Mordbefehle erteilten, und am meisten hatte er sich über das Haupt des Antonius auf dem Tischchen vor Marius gefreut.

»Ich dachte, Antonius war dein Freund«, sagte Valerius Flaccus entsetzt, als er die gierigen Blicke des Norbanus bemerkte, »er hat dich doch so gut verteidigt, daß du einer Verbannung entgangen bist!«

»Das mußte er auf Befehl des Marius tun«, antwortete Norbanus, dessen holzschnittartige Züge mit den Jahren noch härter geworden waren, »ich war für ihn ein Nichts, nicht gut genug für seine Tochter!«

»Du haßt ihn also, weil er dir seine Tochter nicht zur Frau geben wollte!« sagte Flaccus, befriedigt darüber, daß ihm die Enträtselung der Rachsucht des Norbanus geglückt war. »Aber nun ist Antonius bestraft! Willst du nicht helfen, seine Kinder zu retten? Du hast die Tochter doch geliebt!« Norbanus stimmte zu, wenn auch widerwillig, so daß die Tochter des Antonius und die beiden Söhne, die bereits Mitte 20 waren, gerettet werden konnten. Wie so viele andere Adlige flüchteten sie zu Sulla nach Griechenland.

Der College des Norbanus im Consulat, ein Lucius Cornelius Scipio, war so farblos, daß er die Wirren der marianischen Terrorherrschaft unbeschadet überstanden hatte. Als Praetor hatte er Makedonien in dem Jahr verwaltet, in dem Sulla mit Mithridates Frieden schloß. Er hielt sich fern von Sullas Truppen und war deshalb Carbo und Norbanus als Bewerber für das Consulat unverdächtig. Nach der Wahl zogen sie ihn gleich auf ihre Seite. Er mußte sich verpflichten, nach Sullas Landung im Frühjahr Truppen gegen ihn zu führen.

Carbo und sein Anhang konnten ein riesiges Heer ausheben: 100 000 Mann. Es bestand vor allem aus Neubürgern, die es Sulla verübelten, daß er als Consul ihre Einschreibung in sämtliche Tribus hintertrieben hatte.

Immer wieder frischten Carbo, Norbanus, der junge Marius und Sertorius, die als Spitzen der Bewegung durch die Lande zogen, die Erinnerung an Sullas politisches Ungeschick auf. Um die Neubürger aufzuhetzen, ihren Zorn so richtig zu entfachen, war ihnen noch ein Argument eingefallen: »Sulla will in ganz Italien Kolonien für seine Soldaten einrichten«, erklärten sie den verdutzten Zuhörern, »er setzt sie euch in eure Städte, nimmt euch eure Äcker weg!«

»Nur über unsere Leichen«, riefen die Einwohner der Städte in Italien und schworen Carbo und seinen Verbündeten den Treueeid.

Als Sulla von der Aufrüstung seiner Feinde erfuhr, verließ ihn der Mut. »l00 000 Soldaten gegen meine 40 000«, jammerte er, »und ich bin ein kranker, alter Mann!«

Denn in der Winterkälte von Athen waren die Schmerzen in Füßen und Beinen mit solcher Stärke zurückgekehrt, daß er kaum einen Schritt gehen konnte. Er biß die Zähne zusammen, zwang sich, sein Bett zu verlassen, und legte die Wege in einer Sänfte zurück.

Er empfing die Delegation des Senats, die ihm freies Geleit bei seiner Rückkehr nach Italien zusicherte. Sulla lachte nur: »Ich brauche euren Schutz nicht«, sagte er zynisch, »meine Legionäre werden mich beschützen: 40 000 Mann!«

»Du willst sie nicht entlassen?« fragten die Senatoren ängstlich.

»Wie komme ich dazu! Soll es mir so ergehen wie meinen Freunden Catulus und Antonius – und all den anderen! Mein Haupt wird nie auf der Rostra hängen, wohl aber die Köpfe von Marius, Carbo, Sertorius und ihren Spießgesellen! Das schwöre ich euch!« Seine Augen blitzten so kalt und stechend, seine Miene war so finster, daß den Senatoren eine Gänsehaut über den Rücken lief.

»Er meint es ernst«, flüsterten sie, »wehe unserem Vaterland!«

Sullas Freunde, allen voran Metrobius, rieten ihm zu Bädern in den Schwefelquellen von Aidepsos, einem Badeort auf der Insel Euboia. Und wirklich schäumte aus dem heißen Wasser die erhoffte Wunderwirkung: Die Schmerzen ließen nach und verschwanden nach zwei, drei Monaten vollständig.

»Es ist wie damals in Baiae«, schwärmte Sulla, als er das erste Mal den lindernden Effekt spürte. Damit hatte er Metrobius ein Stichwort gegeben; der Freund versuchte von nun an, den Aufenthalt so zu gestalten, daß sich Sulla häufig an die schöne Zeit in Campanien erinnert fühlte, die mehr als ein Dutzend Jahre zurücklag.

Metrobius engagierte Schauspieler aus Athen, die in griechischen Komödien glänzten. Es wurde wieder viel getanzt, gesungen und gelacht, und in Sullas Miene, die zuvor nur zwischen finster und mürrisch gewechselt hatte, kehrte der frühere Frohsinn, der spöttische Charme zurück.

Metella ließ sich gern zu Tanzeinlagen animieren, und ihr Ehemann klatschte so heftig im Rhythmus dazu, daß ihre Sprünge immer wilder und höher wurden.

Die Zwillinge Faustus und Fausta sowie die Enkelin Pompeia, die Sulla während seiner kranken Zeit in Athen nur gestört hatten, mußten ständig in seiner Nähe sein. Ihr Zwitschern und Plappern war nicht mehr unangenehmer Lärm, sondern Musik in seinen Ohren.

Zu der Stieftochter Aemilia, die gerade 15 Jahre alt geworden war, entwickelte er eine innige Zuneigung.

»Wie schön sie doch ist«, sagte er oft bewundernd, »mit ihren blauen Augen, die den meinen so ähneln, und ihren braunen Haaren. Wir müssen bald einen Ehemann finden, der ihrer würdig ist!«

Aemilia wurde rot und schwieg verlegen.

»Wer würde dir von meinen jungen Männern denn gefallen?« scherzte der Stiefvater. »Einer von meinen Lucullern oder Crassus etwa?«

»Vater, ich muß dir etwas sagen«, druckste Aemilia herum, aber Sulla hörte gar nicht zu, sondern winkte den jungen Crassus herbei, der sich selten weit von ihm entfernte. Marcus war der dritte Sohn des Crassus Dives, jenes alten Sulla-Freundes, der einmal Liebhaber der Hetäre Nikopolis gewesen war.

Crassus Dives hatte die jahrzehntelange Sympathie, die ihn mit Sulla verband, mit dem Tod bezahlen müssen: Verfolgt von den Marianern, brachte er zuerst seinen zweiten Sohn Lucius und dann sich selbst um. Der älteste Sohn Publius war im Marsischen Krieg gefallen, der jüngste, Marcus, konnte sich nach Hispania retten.

Marcus hielt sich viele Monate bei einem Freund der Familie versteckt, aber als er vom Tod Cinnas und Sullas bevorstehender Landung in Italien erfuhr, beschloß er, den Tod seines

Vaters und des Bruders zu rächen und sich dem Cornelier anzuschließen.

Er zog die spanische Küste hinunter und warb Leute an, bis er eine Schar von mehreren tausend um sich versammeln konnte. Mit diesem Heer setzte er nach Africa über, wo sich Metellus Pius aufhielt. Der Sohn des Numidicus war dem Massaker ebenfalls entkommen und organisierte von Africa aus den Widerstand. Crassus und Metellus Pius gerieten in Streit, weil sich keiner dem anderen unterordnen wollte, und erbittert verließ Crassus den Verbündeten, um Sulla in Griechenland seine Dienste anzubieten.

Der Cornelier war sehr erfreut über den Zuwachs an Soldaten, auch wenn es nur einige Cohorten waren. Die früheren Legionen des Fimbria hatte er unter Führung des Murena in Asia zurückgelassen, weil er dem Frieden mit Mithridates im tiefsten Innern nicht traute. Er war auch skeptisch gegenüber den Soldaten des Fimbria, zweifelte, ob er in einem Bürgerkrieg bei ihnen den Rückhalt wie bei seinen eigenen finden würde.

»Wie der Herr, so das Gescherr«, sagte er einmal zu Lucius Lucullus, »wenn Soldaten durch so eine schlechte Schule gegangen sind wie die des Flaviers, dann machen einige Monate Wohlleben in Asia keine guten Menschen aus ihnen.« Viele Jahre später sollte sich Lucullus an diesen Ausspruch erinnern.

Crassus war gleich nach seiner Ankunft zu einem der Favoriten Sullas geworden. Er hatte ein freundliches Wesen, war hilfsbereit. Sulla gefiel es auch, daß Crassus gebildet und im Griechischen bewandert war. Denn dieser Winter in Hellas stand ganz im Zeichen der Kultur des Gastlandes. Mit griechischen Komödien unterhielt und entspannte man sich, mit Philosophie stärkte und schulte man den Geist.

Sulla und sein Zirkel hatten einen Philosophen entdeckt, der zwei Jahrhunderte lang von dem Glanz des Platon und seiner sokratischen Dialoge überstrahlt worden war: Aristoteles.

Zur Wiederbelebung des Platon-Schülers Aristoteles hatte ein Fund beigetragen, der in der hellenistischen Welt großes Aufsehen erregt hatte: Hunderte von Papyrusrollen aus dem Nachlaß des Aristoteles fanden sich im Geburtshaus eines seiner Schüler in Asia. Ein reicher Athener namens Apellikon kaufte den Erben, einfachen Bauern, die nichts von Philosophie, aber um so mehr vom materiellen Wert des Gedankengutes verstanden, die stark beschädigten Schriften für ein Vermögen ab. Er brachte die Papyrusrollen in der Schule des Aristoteles und seiner Nachfahren in Athen unter, ergänzte die vorhandenen Schriften um wertvolle Notizen und Vorträge aus des Meisters Hand. Die Schule war jenes Lykeion, in dem die Äxte von Sullas Soldaten so gewütet hatten. Kurz vor der Ankunft Sullas in Athen war Apellikon gestorben. Mit dem Recht des Siegers hatte der Römer kurzerhand die Bibliothek des Aristoteles konfiszieren und in das Schwefelbad mitschleppen lassen.

Da einige Philosophen des Lykeions in Sullas Schwarm nach Euboia aufgebrochen waren, mangelte es nicht an kompetenten Gesprächspartnern, und man verbrachte viele Stunden in tiefsinnigen Diskussionen.

Was Sulla an Aristoteles faszinierte, war die Klarheit des Denkens, der Wille zur Ordnung der geistigen und materiellen Welt, die der Philosoph in die Disziplinen Logik, Ethik, Politik und Naturwissenschaft aufteilte. Für alle Gebiete hatte Aristoteles weitgehende Untersuchungen und Forschungen angestellt, viel Material gesammelt, durchdacht, eingeordnet und große Gebäude des menschlichen Geistes errichtet.

Tief beeindruckt war Sulla, der sein Leben lang den Wert von Bildung geschätzt hatte, von der Arroganz eines Ausspruchs des großen Philosophen.

»Wie unterscheidet sich ein gebildeter Mensch von einem ungebildeten?« pflegte Aristoteles die Menschen in seiner Umgebung zu fragen, und Sulla tat es ihm nach und gab gleich die Antwort: »Wie ein Lebender von einem Toten!«

Das Frühjahr nahte, und der Zeitpunkt für die Landung in Italien war gekommen. Sulla fühlte sich bei Kräften; er konnte ohne Schmerzen laufen, sah den Strapazen eines Feldzuges nicht mehr mit Sorge entgegen. Seine Umgebung wartete täglich auf den Befehl zum Abmarsch der Truppen. Doch Sulla zögerte, schob die Entscheidung von einem Tag zum anderen hinaus.

Lucius Lucullus beriet sich mit seinem Bruder, und sie beschlossen, Sullas persönliche Göttin Venus, die die Griechen Aphrodite oder Kypris nannten, um Hilfe zu bitten. Mit strahlenden Gesichtern liefen sie eines Morgens zu ihrem väterlichen Freund.

»Sie ist da, sie ist heute morgen mit einem meiner Schiffe angekommen«, rief Lucius und schwenkte eine Wachstafel.

»Wieder eine Nachricht vom Senat?« fragte Sulla finster.

Lucius lachte: »Eine Botschaft von deiner Göttin Venus persönlich! Hör zu!« Und er las vor: »Glaube mir, Römer, gewaltige Macht hat Kypris dir gegeben! Schicke den Göttern ihre jährlichen Opfer, aber Aphrodite verlangt nach etwas Besonderem: Sende ihr eine Axt nach Karien, in jene Stadt auf schneeiger Höhe im Gebirge, die ihren Namen trägt! Dann wirst du die oberste Herrschaft erringen!«

Sulla hatte schweigend zugehört, dann grinste er spitzbübisch: »Gut gemacht, meine Luculler! Existiert diese Stadt in Karien wirklich, oder habt ihr sie erfunden?«

»Was denkst du von uns«, sagte Marcus empört, »die Stadt heißt Aphrodisias. Deine Göttin hat dort seit Urzeiten einen Tempel, aber Mithridates hat ihn und auch die Stadt zerstören lassen, nachdem du in Boiotien seine Heere vernichtet hattest. Er wußte natürlich von deiner besonderen Beziehung zu Venus und ließ seine Wut an ihrem Heiligtum im Gebirge aus. Die Bewohner wurden niedergemacht oder flüchteten, so daß wir den Ort nicht aufsuchen konnten, als wir die Städte überall in Asia mit unserer Gegenwart beglückten.

Murena erfuhr durch Zufall von dem Heiligtum; er ließ den Tempel wieder aufbauen, und zum Dank schickt dir die Göttin diese Prophezeiung. Wichtig ist der Hinweis auf die Axt, denn das bedeutet, daß sie helfen wird, allen deinen Feinden den Kopf abzuschlagen.«

Sulla ließ eine Axt aus Gold schmieden, die er mit einem goldenen Kranz schmückte.

Er berief seine Soldaten zu einer Versammlung ein und zeigte ihnen das Geschenk für die Göttin:

»Männer«, rief er, »es wird alles gut enden! Wir werden über unsere Feinde siegen, den Tod so vieler guter Römer rächen. Venus persönlich schützt mich – eine Venus mit den Waffen des Mars! Morgen marschieren wir nach Dyrrachium!«

Wieder klatschten und trampelten die Legionäre, und die Begeisterung wuchs zur Raserei, als Sulla die Botschaft der Venus vorlas.

Der ranghöchste Centurio Marcus Tullius trat vor: »Die Männer wollen dir jetzt den Eid schwören, daß sie bei der Fahne bleiben, keiner nach der Landung in Italien davonlaufen wird. Wir alle glauben wie du, daß wir siegen werden. Die Götter sind auf unserer Seite. Sie haben veranlaßt, daß der Consul Cinna ermordet wurde, und sie haben das Schiff mit den Soldaten zum Kentern gebracht. Und nun die Botschaft der Venus! Das Glück ist mit dir, Imperator!«

Nachdem die Soldaten den Eid abgelegt hatten, trat der Centurio noch einmal vor. »Die Männer haben eine Überraschung für dich! Sie wollen dir mit Geld aushelfen, denn nachdem die Städte in Asia soviel für uns Soldaten aufbringen mußten, ist sicher kaum etwas für dich übriggeblieben!«

Sulla war so gerührt über diesen Beweis der Anhänglichkeit seiner Soldaten, daß ihm die Tränen kamen. Verstohlen wischte er die Tropfen aus den Augenwinkeln, räusperte sich und bedankte sich überschwenglich für das Angebot.

»So viel Treue hat noch nie ein Feldherr von seinen Soldaten erfahren«, rief er, »aber ich kann euer Geld nicht annehmen! Bewahrt es euch auf für schlechte Zeiten oder für euer

Alter! Wir werden über meine Feinde siegen, und bei denen gibt es genug zu holen.«

Daß er mit großen Gütern aus Asia in Piraeus gelandet war, erzählte er seinen Legionären nicht.

Sulla ließ Hunderte von Rindern zu Ehren seiner persönlichen Göttin schlachten. Nachdem Venus ihren Teil erhalten hatte, wurde das übrige Fleisch am Spieß gebraten und mit viel Wein im Lager verzehrt. Sulla machte die Runde durch die Gassen, überzeugte sich, daß alles im Überfluß vorhanden war, und ritt dann zu dem Palast am Meer, in dem er und seine Familie die Monate im Schwefelbad verbracht hatten.

Das Fest war schon weit fortgeschritten, die Stimmung entsprechend ausgelassen. Gefeiert wurde nicht nur die glückverheißende Botschaft der Venus, sondern auch die Verbindung von zwei Paaren, die der Cornelier kurzerhand angeordnet hatte. Lucius Lucullus heiratete die ältere Servilia, eine der Schwestern des kleinen Cato, und Aemilia wurde die Frau eines jungen Adligen, in den sie sich heftig verliebt hatte. Sulla empfand keine Sympathie für den jungen Mann, aber am »Tag der Venus« stimmte er dieser Heirat großmütig zu.

Lucius Lucullus war 34 Jahre alt. Seine Talente als Feldherr hatte er während des Krieges gegen Mithridates bewiesen. Als Sproß eines bedeutenden Adelshauses war ihm auch eine große politische Karriere vorgezeichnet.

»Wenn wir gesiegt haben und ich der mächtigste Mann in Rom bin«, hatte Sulla zu den Lucullern gesagt, bevor er in das Lager zu seinen Soldaten ritt, »helfe ich euch, in die höchsten Ämter aufzusteigen. Lucius, du bist bald reif für die Aedilität. Aber du brauchst eine Frau, um von der Plebs akzeptiert zu werden.«

»Muß das sein?« fragte Lucius Lucullus. Sulla lachte und erinnerte ihn an seine eigenen Zweckhochzeiten.

»Damit du nicht das gleiche durchmachen mußt wie ich

mit Cloelia, habe ich an Servilia gedacht. Ich habe dich öfter mit dem Mädchen flirten sehen und kann davon ausgehen, daß sie dir sympathisch ist.« Lucullus konnte nicht abstreiten, daß er eine gewisse Zuneigung zu Servilia empfand, jedenfalls mehr als zu der etwas phlegmatischen Porcia. Er erklärte sich zu einer Heirat bereit, und Servilia war glücklich, denn sie hatte schon die 20 erreicht, galt als ältliches Mädchen.

Die Kinderschar von Livia und Cato – außer der jüngeren Servilia – war mit Metella nach Athen geflüchtet und hatte die letzten Monate in dem großen Palast in Aidepsos verbracht. Die Obhut über die Kinder, die sich inzwischen zu jungen Leuten ausgewachsen hatten, lag bei Gnaeus Cornelius Dolabella, der einst mit Sulla zusammen Schüler beim alten Lentulus gewesen war.

Nachdem der Onkel Cato im Marsischen Krieg gefallen war, hatte die Großmutter Cornelia, die Mutter der Livia, die Enkel wieder zu sich geholt. Als auch sie zwei Jahre später starb, zogen die Kinder in das Haus des Verwandten Dolabella, der sie vor Sullas Feinden bei Metella in Sicherheit brachte und sich dann mit ihnen dem großen Zug der Flüchtlinge anschloß. Sulla war sehr froh über die Rettung seiner Schutzbefohlenen. Über die jüngere Servilia durfte allerdings nicht gesprochen werden; die Verbindung mit einem Anhänger des Marius hatte Sulla mit zornfunkelnden Augen aufgenommen. »Du hättest besser auf sie aufpassen sollen«, warf er Dolabella vor.

»Hüte du mal einen Sack Flöhe«, antwortete der Verwandte trocken.

Im Schwefelbad kümmerte sich Sulla besonders um den kleinen Cato, der inzwischen zwölf Jahre alt war. Cato war ein schweigsames Kind geblieben; er war langsam im Denken, aber was er begriffen hatte, prägte sich ihm für alle Zeit ein. Er hing sehr an seinem älteren Bruder Caepio, verabscheute jedoch dessen Neigung, sich herauszuputzen und zu schminken.

Mit Eifer studierte Cato die Schriften seines Urgroßvaters, nicht nur einmal, sondern mehrfach, und nach dem Vorbild des Censorius strebte er ein Leben im »altrömischen« Stil an: einfach, ohne Luxus, der Natur verbunden.

Als er von der Verehrung seines Vaters für die Stoiker erfuhr, ließ er sich von seinem Pädagogen in der Lehre der Stoa unterweisen und versuchte nun, sein Leben nach der Vernunft auszurichten. Seinem schweigsamen, introvertierten Wesen kam die Forderung der Stoiker entgegen, möglichst alle Regungen der Gefühle zu unterdrücken. Beeindruckt war der Junge auch von der Götterlehre dieser Philosophen. »Ist es nicht wunderbar«, sagte er einmal zu Sulla, »daß überall die Vernunft waltet; die Natur, die Gestirne, unser Leben von einem göttlichen Geist gelenkt werden?«

»Dann hat der göttliche Geist wohl auch dem Marius eingegeben, meine Freunde umzubringen!« fuhr ihn Sulla grob an. »Komm mir bloß nicht mit dem Unfug von der vernünftigen Macht, die alles fügt!« Er hielt inne, sagte nicht, was er noch auf der Zunge hatte: »Die Menschen haben die Götter für ihre Zwecke erfunden, um die ungebildeten Massen beherrschen zu können. Wie es mir nützlich erscheint, setze ich Venus oder die anderen Götter ein.«

Als Sulla die entsetzten Kinderaugen sah und Cato in ein trotziges Schweigen verfiel, strich er dem Jungen leicht über die rötlichen Haare und zog ihn am rechten, großen Ohr: »Vielleicht habt ihr Stoiker gar nicht so unrecht; mir fällt nämlich gerade ein, was Aristoteles zu dieser Frage gesagt hat. Er hat bei seinen Studien herausgefunden, daß sich ein Gegenstand nur bewegt, wenn ihn eine äußere Kraft dazu bringt, und vielleicht ist das ja euer Weltgeist, eure Vernunft, die das ganze All durchdringt.«

»Also stimmst du doch mit mir überein?« fragte Cato eifrig. Sulla lächelte charmant: »Ich sagte: vielleicht! Wie es sich wirklich verhält, werden wir Menschen wohl nie erfahren!«

»Aber ich weiß es bestimmt!« beharrte der kleine Cato.

»Mein Leben wird von einer göttlichen Macht gelenkt, die Großes mit mir vorhat!«

Der kampflose Sieg

Wenige Wochen nach der Feier landete Sulla mit seinen Truppen im Hafen von Brundisium. Gleich nach seiner Ankunft ließ er einen Stier zu Ehren der Venus schlachten.

»Die Göttin wird dir siegen helfen«, verkündete der Priester, nachdem er die Leber untersucht hatte. Sulla trat neugierig näher und sah mit Verblüffung, daß die Leberlappen die Form eines Lorbeerkranzes hatten. Stundenlang pilgerten seine Soldaten an diesem Wunder vorbei; und auch die Einwohner der Stadt, die zunächst ihre Tore verschlossen hatten, kamen heraus, um dieses günstige Vorzeichen zu bestaunen.

Die Nachricht darüber eilte Sulla durch ganz Apulien voraus, so daß er mit seinen Legionen unbehelligt nach Campanien marschieren konnte. Verstärkung erhielt er durch Metellus Pius, der auf die Meldung von der Landung des Corneliers sofort von Africa abgesegelt war.

Am meisten überrascht wurde Sulla jedoch durch die Hilfe, die der junge Pompeius ihm anbot, denn mit dem Vater hatte er nie auf gutem Fuße gestanden.

Pompeius hatte seine Truppen auf drei Legionen gebracht und auf dem Marsch vom Picenum nach Apulien etliche Angriffe der Gegenpartei abwehren müssen. In ein heftiges Gefecht hatte ihn Titus Cloelius, der Bruder von Sullas dritter Ehefrau, verwickelt. Cloelius hatte sich den Marianern angeschlossen, um sich für den Hinauswurf seiner Schwester zu rächen. Pompeius siegte, und bald erwarb er sich den Ruf, trotz seiner Jugend ein hervorragender Feldherr zu sein. Bevor er mit seinem Heer Sulla erreichte, gab er seinen Soldaten den Befehl, sich selbst, die Pferde und die Waffen glänzend herauszuputzen.

»Hier sind meine Truppen, Imperator«, sagte Pompeius und lächelte erwartungsvoll. Sulla inspizierte die Legionen genau, sprang anschließend vom Pferd und umarmte den jungen Mann herzlich.

»Ich danke dir für diese Armee, *Imperator«,* sagte er nach einer Weile. Die Umstehenden sahen sich an und trauten ihren Ohren nicht. »Imperator« war ein Ehrentitel, den eigentlich nur das Heer seinem erfolgreichen Feldherrn verlieh. Es hatte lange gedauert, bis Sulla selbst mit dieser Ehrenbezeichnung geschmückt worden war. Keinen seiner Legaten, selbst Metellus Pius nicht, hatte er jemals »Imperator« genannt.

Und jetzt sprach er einen jungen Mann, der noch kein politisches Amt bekleidet hatte, mit diesem großartigen Titel an. Auch später zeigte Sulla dem Pompeius immer wieder seine Wertschätzung: Er erhob sich sogar von seinem Sitz, wenn Pompeius ihn begrüßte.

Der junge Crassus fühlte sich zurückgesetzt, denn lange Wochen hatte er sich in der Rolle von Sullas Günstling gesonnt. Als der Cornelier nun so offensichtlich den Pompeius vorzog, wuchs in Crassus eine Eifersucht, die ihn ein Leben lang begleiten sollte. Er versuchte gar nicht, seine Abneigung zu verbergen, sparte nicht mit hämischen Bemerkungen, sogar vor Sulla. Pompeius stichelte zurück.

Um den Kleinkrieg zwischen den jungen Leuten zu beenden, ordnete Sulla an, daß Crassus im Land der Marser und Paeligner ein Heer aufstellen sollte – mit Hilfe der treuen Paeligner-Cohorte, die Sulla auf den Feldzug gegen Mithridates mitgenommen hatte. »Ich brauche aber mehr Leute zur Bedeckung«, sagte Crassus aufsässig, »was ist schon eine Cohorte!«

Sulla lief rot an. »Kennst du deine Bedeckung nicht?« schrie er wütend. »Ich gebe dir deinen Vater mit, deinen Bruder, Catulus, Antonius und all die anderen, die umgekommen sind! Reichen sie dir nicht als Schutz?« Crassus schwieg verlegen und ritt schnell aus dem Lager. Tausende von Menschen hatten Sullas Worte gehört und schöpften Kraft aus dem Gedanken an Rache.

In Campanien, bei Capua, kam es zum ersten Zusammenstoß zwischen Sullas Truppen und einem Heer der Gegenpartei, das vom Consul Norbanus angeführt wurde. Als sich die Armeen bis auf eine kurze Entfernung genähert hatten, versuchte Sulla, die Schlacht zu verhindern, und schickte einige Boten mit einem Verhandlungsangebot zu Norbanus. Die Delegation wurde erst gar nicht ins Lager gelassen, sondern vor den Toren mit Pfeilschüssen getötet. Sullas Soldaten waren darüber so empört, daß sie forderten, sofort in den Kampf geführt zu werden.

Sulla hatte sein Lager auf einer Anhöhe aufgeschlagen; die Truppen des Norbanus campierten in der darunter liegenden Ebene. Der Cornelier ließ die Trompeten das Signal zum Angriff blasen, und seine Soldaten stürmten mit so gewaltigem Stoß bergab, daß der erste Anlauf genügte, um die Feinde zu besiegen, Zehntausende zu töten. Die Reste zogen sich nach Capua zurück.

Am Abend nach dem Sieg ließ Sulla seine Soldaten vor sich antreten. Er dankte ihnen für den kämpferischen Einsatz und sagte dann: »Vertraut weiter auf Venus und Mars! Sie haben euch heute gegen die Truppen des Norbanus geholfen, die in der Überzahl waren, und sie werden euch auch in Zukunft beistehen!«

Der nächste Sieg war nur Venus zu verdanken, die die Waffen des Mars abgelegt hatte, um die ihr eigene Kunst der Verführung anzuwenden.

Auf der Appischen Straße rückte der College des Norbanus, der Consul Scipio, mit vielen Legionen heran und machte halt bei dem Ort Teanum, 20 Meilen nördlich von Capua.

Sulla berief seinen Stab ein. »Versuchen wir es noch einmal mit einem Friedensangebot?« fragte er.

»Willst du dir wieder die Boten erschießen lassen?« meinte Metellus Pius.

»Scipio ist kein Norbanus! Ich kenne ihn als gebildeten Menschen; vielleicht lenkt er ein.«

Tatsächlich hörte sich Scipio an, was die Boten zu sagen hatten, und ging auf den Vorschlag Sullas ein, sich zu Friedensverhandlungen zu treffen. Scipio brachte Sertorius mit, Sulla den Metellus Pius, und sie diskutierten viele Stunden über das weitere Vorgehen, die allgemeine politische Lage und die verschiedenen Personen, die sich ihnen angeschlossen hatten. Sulla zog das Gespräch absichtlich in die Länge, um seinen Soldaten Zeit zu geben, ihren Auftrag zu erledigen.

Er hatte seine geschicktesten Centurios, unter Führung des Tullius, in das feindliche Lager geschickt, um dort zu verhandeln. Tullius und seine Kameraden schleppten schwer an Körben mit Geschenken und Geld. Nachdem sie alles verteilt hatten, erzählten sie ausführlich von ihrem Wohlleben in Asia und konnten ihren Feldherrn gar nicht genug rühmen.

»Und er steht unter dem Schutz von Venus!« trumpfte Tullius auf. »Welcher Gott begleitet eigentlich den Scipio?«

Keiner wußte es, und schließlich mußten sie zugeben, daß dem Consul kein Gott zur Seite stand.

»Und Norbanus ist von allen Göttern verlassen!« höhnte Tullius weiter.

»War das ein leichter Sieg!«

Bald hatten Tullius und seine Leute die Mehrzahl von Scipios Legionären so weit umgarnt, daß sie ihr Angebot anbringen konnten.

»Kommt zu uns, wenn Scipio nicht Frieden mit Sulla schließen will!« sagten sie ganz direkt. Als Scipios Soldaten zögerten, legte Tullius nach: »In unserem Lager wartet noch mehr Gold aus Asia auf euch!« Das gab den Ausschlag. Sie kamen überein, nach einem Scheitern der Friedensverhandlungen keinem Befehl zum Kampf Folge zu leisten, sondern sofort ins Lager Sullas überzuwechseln.

Zunächst sah es so aus, als würden die beiden Feldherren Frieden miteinander schließen. Nach Stunden zähen Ringens hatte Sulla den Consul so weit, daß dieser ihm die Hand reichen wollte.

»Nein«, rief da plötzlich Sertorius, »so geht das nicht! Wir müssen Norbanus darüber informieren, sein Einverständnis einholen.«

Sulla blickte wütend auf den alten Weggefährten des Marius. »Was haben wir mit Norbanus zu tun?« fragte er finster. »Ich habe ihn besiegt, ein Kampf zwischen *unseren* Heeren steht bevor! Norbanus ist aus dem Rennen.«

Aber Sertorius beharrte auf seiner Meinung, und Scipio war zu schwach, um sich durchzusetzen. Enttäuscht zog Sulla ab, nachdem sie eine Waffenruhe bis zur Antwort des Norbanus vereinbart hatten.

Offensichtlich wollte aber Sertorius den Frieden hintertreiben, denn er wandte sich nicht direkt nach Capua, sondern ritt mit einigen Cohorten in die westliche Richtung zur nahen Stadt Suessa. Der Ort hatte sich zu Sulla bekannt – Anlaß genug für Sertorius, die Stadt in einem Handstreich einzunehmen, zu plündern und viele Bewohner zu töten.

Als die beiden Heere davon erfuhren, brach Empörung bei den Soldaten aus. Sulla ließ abmarschieren und dicht an das Lager des Scipio heranrücken. Tullius und seine Centurios liefen hinüber und kamen schon nach kurzer Zeit wieder zurück, gefolgt von einem endlosen Zug von Legionären, die alle ihr Marschgepäck geschultert hatten.

Sulla bestieg sein Podest, hielt eine kurze Rede und ließ viele Körbe mit Geld und Geschenken auf dem Platz aufbauen und an die neuen Soldaten verteilen.

Neugierig war der Stab des Scipio gefolgt. Sulla ging auf die Legaten und Militärtribune zu, erkannte frühere Feinde wie einen Cornelier Cethegus, der zum Kreis um Sulpicius und zu den Geächteten gehört hatte.

»Wer bei mir bleiben und mir den Treueeid schwören will«, rief Sulla großmütig, denn der Übertritt der Streitmacht von 50 000 Mann hatte ihn in glänzende Laune versetzt, »dem verzeihe ich alles, was er mir angetan hat!«

Und wirklich erklärte sich der ganze Stab, darunter Cethegus sowie ein anderer Gegner, ein Quintus Lucretius Ofella, bereit, Sulla die Treue zu schwören.

Sulla schickte Cethegus zu dessen Verwandten Scipio und bot auch dem Consul die Hand zur Versöhnung an. Cethegus fand Scipio und dessen Sohn allein, ohne Bewachung, in ihrem Zelt.

»Ich dachte, du hättest dich wenigstens in dein Schwert gestürzt!« scherzte Cethegus und schilderte die Großzügigkeit Sullas. Scipio war aber so betäubt, daß keine Worte in ihn eindrangen. Als Cethegus Sulla davon berichtete, sagte dieser nur kurz: »Führt ihn und seinen Sohn aus dem Zelt. Mit einer Eskorte. Er kann gehen, wohin er will.«

Sulla hatte seine Soldaten dazu angestiftet, ein Heer von 50 000 Mann zum Überlaufen zu bewegen. In ganz Italien sprach man mit Hochachtung über diesen kampflosen Sieg. Selbst der Consul Carbo, der in Etrurien Truppen anwarb, konnte seine Bewunderung für den alten Feind nicht verhehlen.

»In Sullas Brust wohnen ein Fuchs und ein Löwe beieinander«, sagte Carbo zu seinem Stab, »ich habe mit beiden zu kämpfen, aber der Fuchs macht mir am meisten zu schaffen!«

Die letzten Befehle des jungen Marius

Der Winter des ersten Kriegsjahres war herangekommen, und die Kampfhandlungen ruhten. Sulla quartierte seine Truppen in campanischen Städten ein, nachdem er noch Sertorius aus Suessa geworfen hatte. Sertorius wandte sich nach Hispania, sammelte ein neues Heer und setzte dort über zehn Jahre den Krieg gegen die Sullaner fort.

Sulla verbrachte den Winter in der Villa seiner Tochter Cornelia in Misenum, denn sein Landhaus in Cumae war zerstört, und es dauerte viele Monate, bis es im früheren Stil wieder aufgebaut war. Die Villa in Misenum war aus dem Besitz des alten Marius und befand sich in einwandfreiem Zustand. Nachdem Sulla den Palast besichtigt und als geeignet für den Winteraufenthalt akzeptiert hatte, schenkte er ihn kurzerhand seiner Tochter.

Cornelia hatte nach dem Tod des Pompeius vor sechs Jahren kein zweites Mal geheiratet. Sie war mit Metella nach Athen geflüchtet und übernahm im Haushalt der Schwägerin sofort die Oberaufsicht. Diese Tätigkeit füllte sie ganz aus, außerdem die Erziehung der kleinen Pompeia. Die Götter hatten die Bitte des Großvaters Sulla erhört: Das Kind war bildhübsch, blaue Augen blitzten aus einem Gesicht mit niedlichen Grübchen, das von schwarzen Locken umrahmt wurde. Sie wickelte Sulla sofort um den Finger, strahlte sie doch mehr Charme aus als seine eigene Tochter Fausta.

Ständig schwirrten kleine Jungen um sie herum. Ihr größter Verehrer war jedoch Publius Claudius Pulcher, der später als ihr Liebhaber Clodius viel Verwirrung stiften sollte.

Sulla widmete den Winter in der Villa in Misenum nicht nur der Muße und Entspannung, sondern er versuchte, viele Städte in der Umgebung Roms auf seine Seite zu ziehen. Der Süden und die Mitte Italiens waren ihm ergeben, außerdem an der Ostküste das Picenum, das Stammland des Pompeius. Die Feinde konzentrierten sich nach Sullas Siegen auf Etrurien und das Padus-Gebiet. Sie konnten dort noch einmal so viele Truppen ausheben, wie Sulla in Campanien besiegt oder zum Übertritt verleitet hatte.

Da Rom noch in der Hand der Gegenpartei war, konnte Sulla keinen Einfluß auf die Wahlen für das neue Jahr nehmen. Nachdem Norbanus und Scipio als Consuln völlig versagt hatten, ernannte sich Carbo wieder selbst zum Consul, wie er es schon einmal getan hatte. Sein College wurde, gegen alles Herkommen und Gesetz, der erst 28jährige Gaius Marius, der noch nie ein Amt bekleidet hatte.

Der junge Marius war es nun, der sich mit einer Armee von

fast 50 000 Mann Sulla entgegenstellte, als dieser im Frühjahr mit seinen Legionen nach Rom marschieren wollte.

Rund 50 Meilen südlich der Hauptstadt trafen die Heere auf der Latinischen Straße aufeinander.

Obwohl es schon auf den Nachmittag zuging, wollte Sulla sofort mit dem Kampf beginnen, denn er hatte nachts vom alten Marius geträumt, der seinen Sohn vor dem nächsten Tag warnte.

»Was uns die Gottheit im Traum verkündet, wird eintreffen«, teilte Sulla aufgeregt seinen Freunden mit, »wir müssen noch heute gegen Marius kämpfen. Dieser Tag wird ihm Unglück bringen!«

Zunächst sah es aber so aus, als ob sich die Gottheit geirrt hätte. Ein starker Regenguß nahm den Soldaten die Sicht. Erschöpft vom Marsch, legten sie eine Pause ein und suchten unter ihren Schilden Schutz. Die Militärtribune bedrängten Sulla, zum regulären Halt zu blasen und ein Lager aufschlagen zu lassen. Der Feldherr blickte auf die übermüdeten Soldaten und nickte erbittert.

Die Legionäre fingen gerade an zu schanzen, als Marius an der Spitze seiner Reiter auf sie zustürmte. Der junge Consul hoffte, im Regen leichtes Spiel zu haben. Aber der Wasserguß hatte Sullas Soldaten offenbar erfrischt; Zorn übermannte sie, und ihre Kraft kehrte zurück. Sie hoben ihre Schwerter auf, die sie beim Arbeiten neben sich gelegt hatten, und brachen schreiend in die Reihen der Gegner ein.

Kurze Zeit später brachten sie den linken Flügel des Marius ins Wanken. Viele Cohorten und einige Reiterabteilungen des Consuls warteten die Niederlage nicht ab, sondern liefen zu Sullas Heer über.

Als Marius sah, daß seine Sache verloren war, wandte er sich zur Flucht und kam bis nach Praeneste, einer mit ihm verbündeten Stadt. Die Tore waren verschlossen, doch die Einwohner ließen eine Strickleiter hinab und zogen den Consul über die Mauer zu sich herein.

Bevor Marius sich retten ließ, schickte er einen seiner Begleiter nach Rom zum Praetor Lucius Iunius Brutus Damasippus, mit dem Befehl, die Stadt zu räumen. Zuvor sollte der Praetor aber persönliche Gegner des Marius umbringen.

Damasippus stammte aus dem plebejischen Geschlecht der Iunier, vom Zweig des Brutus. Der Urahn Brutus, »der Blöde«, hatte sich viel Ruhm um die Entstehung der Republik erworben, denn er und ein Freund hatten den Etruskerkönig Tarquinius, den Hochmütigen, aus Rom vertrieben. Zu dem Beinamen »Brutus« war er gekommen, weil er sich jahrelang dumm gestellt, seinen Mut und seine Intelligenz versteckt hatte. Die Nachfahren waren sehr stolz darauf, die »Blöden« genannt zu werden.

Der Praetor Damasippus hatte im Marsischen Krieg unter Marius gedient und sich dessen Sohn angeschlossen. Er verehrte den jungen Marius wie einen Gott und folgte ihm aufs Wort.

Als Damasippus die Order seines Freundes Marius übermittelt worden war, ließ er sofort die Senatoren zu einer Sitzung in der Curia zusammenrufen. Persönlich begab er sich mit großem Gefolge zum Palast des Ersten Senators Valerius Flaccus, der Lucius Ahenobarbus, dessen Haus zerstört war, bei sich aufgenommen hatte.

Ahenobarbus stand an der Spitze einer Delegation von Senatoren, die Sulla gleich nach seinem Sieg über Marius nach Rom geschickt hatte, um über eine friedliche Übernahme der Stadt zu verhandeln.

»Ich gehe davon aus, daß du dein Amt als Senator wieder ausüben wirst«, sagte der junge Damasippus ehrerbietig zu dem würdigen Consular Ahenobarbus, »ich möchte dir meine Freundschaft anbieten! Von Marius habe ich mich losgesagt! Als städtischer Praetor, Stellvertreter der abwesenden Consuln, möchte ich dir helfen, für Ordnung in der Stadt zu sorgen. Laß uns zusammen zur Curia gehen, um den Römern unsere Verbundenheit zu demonstrieren.«

Lucius Ahenobarbus nickte erfreut; so einfach hatte er

sich die Übergabe der Stadt nicht vorgestellt. Sulla hatte ihm geraten, mit einzelnen Senatoren im Haus des Flaccus zu verhandeln, den sicheren Palast des Ersten Senators nicht zu verlassen, bis er, Sulla, mit seinen Legionen die Stadt besetzt hatte.

»Warum soll ich mich wie ein Feigling verschanzen«, dachte Ahenobarbus, »wenn mir die Hand zum Frieden gereicht wird.«

So zogen sie zu dritt los: Ahenobarbus, Flaccus und Damasippus, gefolgt von Hunderten von Klienten. Tausende von Römern säumten die Straßen, jubelten befreit, als sie einen Sullaner und zwei Marianer in trauter Einigkeit durch Rom schreiten sahen.

»Der Krieg ist vorbei!« schrien die Bürger. »Ein Bruder muß nicht mehr den anderen umbringen!«

Auch der Erste Senator Flaccus leitete die Sitzung in der Curia mit Worten der Freude über das Ende des Bürgerkrieges ein.

»Es wird doch kein Blutbad in Rom geben?« fragte er dann besorgt. »Was ist deine Meinung, Ahenobarbus? Du bist ja einer von Sullas besten Freunden und müßtest wissen, was der große Imperator plant!« Ahenobarbus erhob sich: »Ich kann euch beruhigen!« sagte er. »Wer ohne Schuld ist, hat nichts zu befürchten! Sulla wird nur die Schuldigen bestrafen. – Was ist da los?« schrie er plötzlich. Das breite Tor der Curia wurde aufgerissen, Soldaten stürmten herein.

»Wer schickt die Soldaten?« rief der Erste Senator in den Tumult.

»Sie kommen vom Consul Marius«, lachte Damasippus, »er will sich noch an einigen Herren rächen! Beruhigt euch, Senatoren, die meisten von euch haben nichts zu befürchten. Es sind nur vier persönliche Feinde, die sterben müssen: der Pontifex Maximus Scaevola, Ahenobarbus; der Schwiegervater des Pompeius, Antistius, und der ehemalige Praetor Carbo, der Vetter unseres Consuls.«

Während die ehrwürdigen Väter gespannt den Worten des

Damasippus lauschten, war es dem Pontifex Maximus und Ahenobarbus geglückt, aus der Curia zu schlüpfen.

»Soldaten, wir fangen mit dem Pontifex Maximus und mit Ahenobarbus an«, hörten sie noch die Stimme des Damasippus. Doch da hatten sie schon den Vorplatz erreicht; sie rafften die Toga und rannten die Stufen hinunter.

»Haltet sie fest!« kreischte Damasippus.

Mit wenigen Sätzen waren einige Soldaten bei Ahenobarbus und zerrten an seiner Toga. Verzweifelt hielt er sein Obergewand fest, versuchte, es über den Kopf zu ziehen. Es gelang ihm nicht mehr; ein schneller Hieb trennte sein Haupt vom Rumpf. Lachend hob einer der Soldaten den Kopf auf, um ihn Damasippus zu bringen.

»Hängt ihn an der Rostra auf«, befahl der Praetor, »zusammen mit den anderen beiden.« Und er deutete auf die abgeschlagenen Köpfe von Antistius und Carbo.

Antistius hatte sterben müssen, weil er gegen den Willen des jungen Marius den Pompeius freigesprochen, ihn sogar mit seiner Tochter verheiratet hatte.

Carbo, der Vetter des Consuls, war auf persönlichen Wunsch von Licinia, der Frau des Marius, getötet worden. Gaius Papirius Carbo war nämlich der älteste Sohn jenes Gracchus-Freundes und Consuls, den der große Redner Crassus als junger Mensch mit einer Anklagerede in den Selbstmord getrieben hatte.

Der Sohn war noch sehr klein gewesen, als sein Vater starb, aber seine Mutter schürte ständig den Haß gegen den Redner, dem sie persönlich die Schuld für das Verhängnis gab. Solange Crassus lebte, war er den Giftpfeilen und der Häme des jungen Carbo ausgesetzt, der keine Gelegenheit ausließ, um den Redner mit Schmutz zu bewerfen. Nach dem Tod des Crassus trieb er es besonders schlimm; er veranstaltete ein Freudenfest, stieg auf die Rostra und jubelte seine Erleichterung über das Ende des Feindes in die Massen hinein.

Licinia, die ihren Vater sehr geliebt hatte, schäumte vor Haß und Rachsucht. Sie lag ihrem Mann Marius oft in den Ohren, etwas gegen Carbo zu unternehmen, aber bisher hatte Marius es nicht gewagt, denn zu mächtig war der Schutz, den der Consul Carbo über den Vetter ausbreitete.

Während Ahenobarbus auf den Stufen der Curia den Tod fand, öffnete sich für den Pontifex Maximus im Menschengewühl eine Gasse, die sich gleich wieder hinter ihm schloß. Die Soldaten konnten nur mühsam folgen.

Scaevola, seit sieben Jahren Nachfolger des Gnaeus Ahenobarbus, erreichte den Tempel der Vestalinnen und glaubte sich in Sicherheit an der Stätte des ewig brennenden heiligen Feuers der Stadt Rom; denn nur der Pontifex Maximus hatte Zutritt zu dem Tempel der jungfräulichen Priesterinnen. Die Soldaten zögerten vor dem Eingang, sahen sich an und wußten nicht, was sie tun sollten. Damasippus drängte sich rücksichtslos zu ihnen durch, um die letzte Trophäe in Empfang nehmen zu können.

»Geht rein!« schrie er, als er sie vor dem Vesta-Tempel zaudern sah. »Habt keine Angst: Iuppiter schickt keine Blitze, nichts wird euch passieren. Wer mir den Kopf bringt, bekommt ihn in Gold aufgewogen!«

Ein Centurio warf sich entschlossen gegen die Tür, die sofort aufsprang. Er mußte den Pontifex Maximus zwischen den Vestalinnen hervorzerren, denn sie umstanden ihn schützend. Mit einem einzigen Hieb schlug er ihm den Kopf ab.

Quintus Mucius Scaevola, der Freund und Weggenosse des Redners Crassus, war gegen den Willen von Licinia auf die Liste gesetzt worden. Er mußte sterben, weil der junge Marius seine Rachsucht nicht mehr an dem alten Augur Scaevola, dem Großvater von Licinia, austoben konnte. Der Augur hatte hochbetagt vor einigen Jahren einen natürlichen Tod gefunden.

Der junge Marius verzieh es dem Alten nie, daß dieser seinen Beitrag zur Zerstörung der verhaßten Bronzegruppe, die die Auslieferung des Iugurtha an Sulla darstellte, verweigert hatte. »So soll wenigstens noch sein Verwandter, der von ihm so geliebte Pontifex Maximus, dran glauben«, knirschte er, als er den Namen zu den übrigen Todeskandidaten hinzufügte.

Ein erster Versuch, den Pontifex Maximus umzubringen, war ihm vor einigen Jahren fehlgeschlagen, und das nahm er Scaevola persönlich übel. Als der Vater Marius gestorben war und beigesetzt werden sollte, wiegelte der Sohn seinen Freund Fimbria auf, den Menschenauflauf zu nutzen, um Scaevola zu erdolchen. »Das Blut eines Pontifex Maximus spritzt besonders hoch«, heizte er Fimbria an.

Der Flavier, bei allen Verwegenheiten dabei, ging auch wirklich auf Scaevola los und versuchte ihn zu erstechen. Nach dem ersten Stoß wurde er aber von Klienten überwältigt.

Der Pontifex Maximus genas von der schweren Wunde, umgab sich später mit einer Leibwache von Gladiatoren und war so allen direkten Angriffen auf sein Leben entrückt. Da versuchte es Fimbria, wieder angestiftet vom jungen Marius, auf legalem Wege: Er verklagte den Pontifex Maximus und gab als Grund an: »Er hat sich von mir nicht töten lassen!«

Natürlich endete der Prozeß mit einem Freispruch für Scaevola, und Fimbria stand seitdem in dem Ruf, ein »Verrückter« zu sein. Die Römer atmeten auf, als er mit den Truppen des Flaccus abmarschierte, ahnten sie doch nicht, daß der junge Marius hinter diesen »Verrücktheiten« gestanden hatte.

»Wir hätten Marius mit Fimbria nach Asia schicken sollen«, sagte der Consul Carbo zu seinem Stab, als er vom Tod seines Vetters erfuhr, »der unfähige Maulheld hat nicht nur eine große Schlacht verloren, sondern auch Sullas Rachsucht geschürt. Die Götter mögen uns schützen, wenn wir den Krieg verlieren! Auf Sullas Großmut können wir nicht mehr hoffen!«

Carbo hatte große Streitkräfte im Norden Italiens zusammengezogen. Er selbst kommandierte Truppen in Etrurien, Norbanus im Tal des Padus.

Die Samniten vor Rom

Als Sulla gegen Rom anrückte, fand er die Tore geöffnet, sämtliche Gegner geflohen, die zurückgebliebenen Senatoren devot und allen seinen Wünschen gefügig. Er zügelte seine Rachegelüste, ließ nur den Besitz einiger Feinde öffentlich versteigern, denn er brauchte Geld für seine Soldaten.

Die Leitung der Versteigerung legte er in die Hände von Chrysogonos, der sich nach seiner Freilassung Lucius Cornelius Chrysogonus nannte. Nur im privaten Zirkel ließ er sich weiter mit seinem griechischen Namen anreden, sonst legte er Wert auf die latinisierte Form.

Chrysogonus stellte sich bei der Versteigerung so geschickt an, daß er riesige Summen herausschlagen konnte. Einen beträchtlichen Teil zweigte er für sich selbst ab, was niemandem auffiel, als Grundstock eines späteren gewaltigen Vermögens.

Metrobius und Epicadus überraschten ihn eines Abends in seinem Zimmer beim Geldzählen. Mit hochrotem Kopf ließ er Sesterzen und Denare durch die Finger gleiten, während er Zahlen dabei murmelte.

»Wieviel hast du denn in deinen Krügen?« fragte Epicadus neugierig und suchte mit den Augen nach einer Schreibtafel mit Notizen.

»Wird nicht verraten!« lachte Chrysogonus. »Das bleibt mein Geheimnis! Du brauchst dich gar nicht nach einer Tafel umzusehen, ich habe alles im Kopf, da ist es am sichersten aufgehoben. Wenn du übrigens Geld brauchst, kannst du von mir etwas bekommen!«

»Sehr großzügig!« sagte Epicadus, »aber du weißt, meine Bedürfnisse sind gering. Buchrollen sind mir das Wichtigste im Leben, und alle Bücher, die mich interessieren, hat Sulla in seiner Bibliothek, oder er gibt mir Geld, um sie zu kaufen. Als nächstes muß ich dafür sorgen, daß die Bibliothek des Aristoteles nach Rom kommt und hier bearbeitet wird.«

Metrobius stand während des Gesprächs am Fenster und blickte gelangweilt in die Gegend. Die große Familie bewohnte jetzt einen Palast in der besten Wohnlage auf dem Palatin, direkt neben dem Bau des alten Lentulus, oberhalb des Vesta-Tempels und des großen Wohnhauses der Vestalinnen.

Sulla hatte eigentlich mit dem Palast des alten Lentulus geliebäugelt, doch er brachte es nicht über sich, ihn kurzerhand zu requirieren. Zwar lebte der Sohn des Alten nicht mehr, doch es gab einen Enkel, den Sulla nicht aus dem Haus der Väter vertreiben wollte.

Der Sohn Publius, der sein Leben lang kränklich geblieben war, hatte für die kurze Freundschaft zwischen seinem Vater und dem jungen Sulla mit seinem Leben büßen müssen. Es zählte für Marius nicht, daß Publius seinerzeit den jungen Verwandten mit seinem Haß verfolgt, die Adoption vereitelt hatte. Publius Lentulus war ein Cornelier und »mußte sterben.«

Dem Sohn Lentulus Sura, etwa 30 Jahre alt, war die Flucht nach Athen gelungen. Da es gegen Sullas Grundsätze war, Freunden Schaden zuzufügen, begnügte er sich mit dem Nachbarhaus, dessen Bewohner, Anhänger des Marius, aus Rom verschwunden waren.

Metrobius hatte nun die Aufgabe, den Palast so zu schmükken, wie Sulla es liebte: mit Wandgemälden, die die Heldentaten des Corneliers zeigten; mit Mosaiken, die klare, rechteckige Formen aufwiesen.

An den Böden fand er nicht viel zu ändern, doch die Wände mußten durchgehend neu gestaltet werden. Überall arbeiteten die Handwerker; die Bewohner bewegten sich nur mit Schwierigkeiten zwischen den Geräten und Baumaterialien, die über die Säle verstreut waren.

Jedoch die Schlafräume in dem abgelegenen Teil, in dem Chrysogonus wohnte, bildeten Oasen der Ruhe. Metrobius hatte eigentlich entspannt mit seinem Freund plaudern wollen, aber Chrysogonus war so in seine Geldzählerei vertieft, daß er nicht ansprechbar war. Als er sogar anfing, zornige Blicke auf seine beiden Besucher zu werfen, weil sie ihn in seiner Konzentration behinderten, verließen Metrobius und Epicadus verärgert den Raum.

Sulla hielt sich nur kurze Zeit in Rom auf, regelte das Notwendigste und versorgte seine Soldaten, die auf dem Marsfeld lagerten, mit genügend Geld, um sie bei Laune zu halten. Nachdem sie ihren Sold gezählt hatten, waren sie in glänzender Stimmung und gleich bereit, zu neuen Kämpfen loszuziehen.

Carbo war von seinem Hauptquartier bei Ariminum aufgebrochen und bewegte sich durch die Täler des Apennin in Richtung Rom. Sulla und seine Legionen mußten sich beeilen, um ihn am weiteren Vordringen zu hindern. Bei Clusium, am Oberlauf des Tibers, stießen die Heere aufeinander. Sie kämpften vom Morgen bis nach Sonnenuntergang, aber es kam zu keiner Entscheidung.

Am folgenden Tag erreichte Sulla die Nachricht, daß ein gewaltiges Heer von Samniten dabei war, nach Praeneste zu marschieren, um den jungen Marius zu befreien.

Ungehindert hatten die Samniten, Sullas persönliche Feinde, in ihrem Stammland große Menschenmassen unter ihre Fahnen sammeln können. Sie folgten nur zu gern dem Ruf des Carbo, ihm zu Hilfe zu eilen, mit dem Umweg über Praeneste, wo große Vorräte an Waffen und der gesamte römische Staatsschatz lagerten.

Ihr eigentliches Ziel war jedoch Rom, das sie zerstören wollten. Denn sie kämpften immer noch für ihre Freiheit, wollten einen eigenen Staat errichten, hatten sich nur scheinbar den Marianern angeschlossen, um sich an Sulla zu rächen.

»Wir werden die Wölfin in ihrer Höhle ausräuchern«, sagte der Anführer der Samniten, ein Pontius Telesinus, »erst wenn in Rom die Ruinen qualmen, werden wir Samniten Ruhe haben, wirklich freie Menschen sein.«

Das Ende der Republik war noch nie so nah wie zu dem Zeitpunkt, als 70 000 Samniten und die mit ihnen verbündeten Lucaner die Hauptstadt der Welt anzünden wollten.

Sulla langte vor den Samniten in der Gegend von Praeneste an und versperrte ihnen den einzigen Zugang zu dem Bergnest, einen Engpaß. Die Kämpfe im nördlichen Teil Italiens überließ er seinen Legaten, die sich als fähige Truppenführer erwiesen. Zum erstenmal konnte sich auch Marcus Lucullus hervortun, der bisher immer im Schatten seines nur ein Jahr älteren Bruders Lucius gestanden hatte.

Marcus war von einer dreifachen Übermacht von Feinden überrascht worden, als er und seine knapp 10 000 Soldaten auf einer Wiese lagerten, die sich neben einem ausgedehnten Obstgarten erstreckte. In allzu großer Sorglosigkeit hatten sie ihre Waffen in ihren Zelten gelassen.

»Das ist das Ende«, schoß es Lucullus durch den Kopf, »das ist die Stunde meines Todes!« Ein leichter Wind erhob sich und trieb Tausende von Blüten auf ihre Wiese, bedeckte Gesichter und Haare der Soldaten mit rötlichem Flor. Sie alle sahen wie göttlich bekränzt aus.

Die Feinde, die sich gerade mit viel Geschrei auf sie stürzen wollten, hielten im Angriff inne, verblüfft über den festlichen Blütenschmuck ihrer Gegner. Dieser Augenblick raubte ihnen den Schwung, die Angriffswut. Die Soldaten des Lucullus nutzten die Verwirrung, um auf die Beine zu springen. Sie rasten zu den Zelten und holten ihre Waffen. Ihr Mut steigerte sich noch, als sie merkten, daß die Feinde weiter verstört zögerten. Sie besiegten die Übermacht, eroberten das gegnerische Lager und machten reiche Beute.

Pompeius und Crassus hatten Erfolge in der Ebene vor Spoletium; Metellus konnte im Picenum einen Überraschungsangriff von Carbo und Norbanus abschlagen, die nach dem Abmarsch von Sulla ihre Heere vereinigt hatten. Die Gegner verloren Tausende von Soldaten, 6000 liefen über, der Rest zerstreute sich.

Nachdem weitere Legionen zu Metellus desertiert waren, ein Legat des Norbanus sogar seine eigenen Kameraden getötet hatte, um vor Sulla Gnade zu finden, gaben Norbanus und Carbo auf. Beide ließen die Reste ihrer Truppen im Stich.

Norbanus bestieg ein Schiff in einem östlichen Hafen und segelte nach Rhodos, wo er um Asyl bat. Die Ratsherren debattierten Stunde um Stunde, bis schließlich Norbanus ihren Urteilsspruch nicht länger abwarten wollte. Mitten auf dem Marktplatz von Rhodos stürzte er sich in sein Schwert.

Carbo ging an der Westküste an Bord eines Schiffes, um nach Sicilien zu segeln, wo ein Freund, der Praetor Perperna, als Statthalter amtierte.

So hatten es Pompeius und Crassus in Etrurien nur noch mit einigen führerlosen Resttruppen zu tun. Sie besiegten sie mühelos und beendeten damit den Krieg im Norden Italiens. Anschließend marschierten sie eilig nach Praeneste, um Sulla zu unterstützen.

Als die Samniten davon erfuhren, brachen sie ihr Lager ab und zogen gegen Rom. Sie befürchteten, zwischen zwei Heeren eingeklemmt zu werden, wenn sie weiter vor dem Engpaß lagerten. Verstärkt wurden die samnitischen Truppen durch Cohorten, die der Praetor Damasippus kommandierte, einer der wenigen Anhänger des Marius, die nicht geflohen oder übergelaufen waren. Hatte sein Urahn Brutus einst die Republik begründet, so fiel nun ihm die Rolle zu, sie fast 430 Jahre später ihrem Untergang zuzutreiben.

Die Samniten schlichen sich nachts davon und schlugen eine gute Meile vom Collinischen Tor entfernt ein neues Lager auf. Panik brach in Rom aus, und einige hundert junge Leute taten sich zusammen, um in einem tollkühnen Ausfall die Samniten zu vertreiben. Keiner der Römer überlebte das verzweifelte Unternehmen. Die Menschen in der Stadt holten die schwarze Kleidung aus den Truhen und jammerten und klagten, als ob Rom schon gefallen wäre.

Nachdem Sulla im Morgengrauen der Aufbruch der Samniten gemeldet worden war, schickte er einen seiner Tribunen mit 700 Reitern los, um den Feind bei einem Angriff auf die Hauptstadt wenigstens zu stören. Er selbst erreichte mittags mit völlig erschöpften Soldaten die Gegend beim Collinischen Tor.

»Sie sollen essen, sich stärken, dann schlagen wir los«, befahl er.

»Das ist Wahnsinn«, beschwor ihn sein Legat Dolabella, »nach dem Essen sind sie müde und brauchen etwas Schlaf! Warte lieber bis morgen früh!«

Sulla blickte finster. »Und wenn es morgen früh zu spät ist? Wenn die Samniten nachts die Stadt stürmen?« überlegte er.

»Das wird ein Kampf, in dem es ums Ganze geht«, meinte Dolabella, »die Samniten kämpfen um ihre Freiheit, sie wollen sich an Rom für die Jahrhunderte als Untertanen rächen. Du hast es hier nicht mit Feiglingen wie Carbo oder Marius zu tun, die ihre Heere im Stich gelassen haben.«

»Mein Ahn Rufinus hat die Samniten zu Untertanen Roms gemacht«, brüllte Sulla, und die Männer in seiner Umgebung duckten sich wie unter Hieben, »und ich soll zulassen, daß sie unsere Vaterstadt zerstören! Die Trompeten sollen zum Angriff blasen!«

Der Kampf war so hart wie kein anderer in diesem Krieg. Schließlich siegte der rechte Flügel, den Crassus kommandierte. Sulla war überall, feuerte jeden an, der in Bedrängnis geriet. Als der linke Flügel wankte, sprengte er auf seinem Schimmel dorthin, begleitet von seinem Reitknecht.

»Was soll das?« schrie Sulla erschreckt, als der Legionär plötzlich so heftig auf den Schimmel einschlug, daß das Tier einen gewaltigen Satz machte. Zwei Lanzen fuhren neben dem Pferd in den Boden, und Sulla sah zwei Samniten eiligst wegreiten.

Der Cornelier zog das Amulett mit dem Apollo-Bild unter seinem Panzer hervor, öffnete es und küßte den Gott: »Apollo von Delphi«, rief er, »hast du Sulla so lange begleitet, bis auf den Gipfel der Macht, damit er vor den Toren seiner Vaterstadt den Tod findet! Hilf mir siegen, dann werde ich der glücklichste aller Menschen sein!«

Das Gebet stärkte nicht nur die Kraft des Feldherrn, sondern auch die seiner Soldaten, und die Kämpfe am linken Flügel lebten noch einmal erbittert auf. Doch sosehr die Römer sich wehrten – die Samniten besiegten schließlich diesen

Truppenteil. Sulla, der bis zuletzt seine Männer angefeuert hatte, mußte fliehen, erreichte mit knapper Not das Lager.

Während der Feldherr von seinen persönlichen Göttern Apollo und Venus verlassen schien, hatte Fortuna mit Crassus angebandelt. Nach dem Sieg seines rechten Flügels verfolgte er die Fliehenden bis zur Mündung des Anio in den Tiber, vier Meilen von Rom entfernt, und schlug dort sein Lager auf. Nachts schickte er einen Boten zu Sulla, weil ihm der Proviant ausgegangen war.

Sulla machte sich mit den Resten seiner Legionen sofort zu Crassus auf den Weg, um die Truppenteile zu einem neuen Angriff zu vereinigen.

Es kam aber nicht mehr dazu, denn Sulla gelang es, Samniten gegen Samniten zu hetzen. Er hatte sich gerade im Lager am Anio eingerichtet, als ihm eine Delegation gemeldet wurde.

»Wir sind 3000«, sagte der Anführer, ein Centurio, »und wir wollen alle zu dir kommen.«

»Warum wollt ihr eure Kameraden verlassen?« fragte Sulla.

»Wir Samniten haben Streit mit den Lucanern«, erklärte der Centurio, »ich weiß nicht mehr, gegen wen ich kämpfen soll, wenn es wieder zur Schlacht kommt – ob gegen Lucaner oder gegen Römer. Weil ich nicht weiß, von welcher Seite mich ein Pfeil oder Hieb treffen kann, gehe ich lieber gleich zu euch Römern. Und meine Kameraden auch!«

Sulla dachte eine Weile nach. Dann richtete er seinen kalten, stechenden Blick auf den Mann: »Ihr müßt euch den Übertritt erst verdienen! Überfallt heute nacht im Lager die Lucaner und alle Samniten, die nicht auf eurer Seite sind, dann könnt ihr zu mir kommen.«

Der Centurio war einverstanden und zog mit seinen fünf Cohorten ab. Sulla ließ ihn beobachten und erhielt im Morgengrauen die Meldung, daß die Überläufer seinen Befehl ausgeführt und ein schlimmes Blutbad im eigenen Lager angerichtet hatten. Wer sich retten konnte, war in Richtung Samnium geflüchtet.

Als kurze Zeit später der Centurio mit seinen Cohorten vor

Sullas Lager erschien, gab der Cornelier die Order, die Samniten in den Circus Flaminius auf dem Marsfeld zu bringen und alle Tore hinter ihnen zu schließen. Auch die 3000 Gefangenen, die während der Kämpfe gemacht worden waren, wurden in den Circus geschleppt. Damasippus und der Feldherr der Samniten, Pontius, waren unter den Gefangenen.

Es war der dritte Tag nach der Schlacht am Collinischen Tor, Anfang November. Sulla hatte den Senat in den Tempel der Kriegsgöttin Bellona, der in der Nähe des Circus Flaminius lag, zur ersten Sitzung nach seinem Sieg über die Samniten einberufen. Er ergriff sofort das Wort.

»Senatoren«, begann er, »ihr seht einen glücklichen Feldherrn vor euch. Ich habe alle Feinde besiegt, die äußeren wie die inneren. Ich habe Mithridates in seine Schranken verwiesen, die verlorenen Provinzen Griechenland und Asia zurückgeholt. Als junger Mensch habe ich schon große Taten vollbracht, als ich Iugurtha gefangennahm und den Krieg in Numidien beendete.«

Während er in allen Einzelheiten seine Heldentaten seit Numidien aufzählte, schallten wilde Schreie vom Circus Flaminius herüber.

»Was geht da vor?« rief der Erste Senator Flaccus. Sulla blickte nur mit kalten Augen auf ihn, und Flaccus verstummte sofort. Erst als die Schreie, das Stöhnen, Wimmern und Ächzen kaum noch zu ertragen waren, einige Senatoren sich die Hände auf die Ohren hielten, ließ Sulla sich zu einer Erklärung herab:

»Es werden im Circus nur einige Verbrecher bestraft«, sagte er mit liebenswürdigem Lächeln, »das ist doch nichts Neues für euch! Ihr liebt doch die Gladiatorenspiele! Ich konnte euch leider nicht direkt einladen, alle Plätze sind von meinen Soldaten besetzt, die die gefangenen Verbrecher erschießen. Sie schreien aber so laut, daß ihr euch hier im Tempel ebenso gut daran ergötzen könnt!«

FÜNFTER TEIL

Der »Glückliche«

»Den Feinden schrecklich ...«

Sulla hatte grausam Rache genommen an den Samniten, den alten Feinden Roms, die im Begriff gewesen waren, seine Heimatstadt, das Zentrum des Erdkreises, zu zerstören. Nicht weniger grausam rechnete er mit allen Anhängern des Marius ab, den »Marianern«, wie diese Parteigänger inzwischen genannt wurden. Für die Gefolgsleute des Corneliers bildete sich die Bezeichnung »Sullaner« heraus.

Als Sulla nach dem Sieg über den jungen Marius in Rom einmarschiert war, hing noch das Haupt des Lucius Ahenobarbus an der Rostra. Sulla war herangetreten und hatte eine lange Zwiesprache mit dem alten Freund gehalten. Sein Wesen war seitdem schroff und finster geworden; während des Marsches nach Clusium und zurück nach Praeneste hatte er kein einziges Mal gelächelt.

Die Schmetterlingsflechte blühte so heftig wie seit Jahren nicht mehr. Wenn er vom Bett oder einem Stuhl aufstand, hatte er Mühe, Tritt zu fassen, mußte sich zunächst auf den Arm eines Freundes oder Sklaven stützen, bevor er die ersten Schritte tun konnte. Er gewöhnte sich an, im Zelt oder im Haus mit einem Stock zu laufen. Nur vor seinen Soldaten straffte er sich stets, gab sich den Anschein, drahtig und ge-stählt zu sein.

Ein weiteres Übel quälte ihn seit der Landung in Brundisi-um häufig: Er war anfällig für Erkältungskrankheiten gewor-den. Wenn der Himmel grau und bedeckt war, Regengüsse die Erde tränkten, begann er zu niesen und zu husten, hatte verquollene Augen und einen dicken Kopf. Bei Sonnenschein legte sich die Erkältung meist rasch, dafür blühte der Aus-schlag stärker.

»Wenn ich alle meine Feinde vernichtet habe, wird es mir wieder gutgehen«, sagte Sulla zu seinen Freunden, »das war immer so: War meine Seele leicht, mein Geist gesund und fröhlich, verschwand der Ausschlag im Gesicht, und auch die Füße schmerzten kaum noch.«

»Fahren wir wieder nach Campanien?« fragte Metrobius mit leuchtenden Augen. Sulla legte den Arm um die Schulter des Freundes: »Wie gern würde ich heute schon aufbrechen!« sagte er mit Bedauern in der Stimme. »Aber erst muß ich in Rom das zu Ende bringen, was ich angefangen habe. Alle meine Feinde müssen sterben!« fuhr er mit finsterer Miene fort. »Ich habe einmal eine halbe Sache gemacht, als ich nur zwölf Feinde ächtete und lediglich den Sulpicius töten ließ. Wie viele meiner Freunde haben das mit dem Leben bezahlen müssen! Ich bin schuld am Tod von Catulus, Antonius, Ahenobarbus und all den anderen! Jede Nacht erscheinen sie mir im Traum und fordern mich auf, sie zu rächen!«

Seine Freunde schwiegen bestürzt; schon lange hatte Sulla nicht mehr offenbart, was in ihm vorging. Sie hatten mit Trauer bemerkt, wie er sich verschloß, immer abweisender wurde, hofften aber, daß mit dem Ende des Bürgerkrieges sei-ne frühere Fröhlichkeit zurückkehren würde. Nun mußten sie erkennen, daß er von Haß und Rachsucht zerfressen war; die Furien seiner ermordeten Freunde jagten ihn und drängten ihn zu weiteren Morden.

»Und an allem war Marius schuld!« schrie Sulla plötzlich auf. »Er hat so viele Römer gegen mich aufgehetzt, mir meine Siege streitig gemacht, den Tod meiner Freunde befohlen. Noch immer stehen seine Statuen in Rom herum, liegen seine Gebeine unberührt im Grab! Wir wollen ihn herausreißen, ihn in alle Winde zerstreuen! Und laßt alle seine Statuen in Rom zerschlagen! Ich will der Fratze des Verbrechers nie mehr begegnen!«

Es geschah alles nach dem Willen Sullas: Man riß das große Grabmonument auf; die Knochen des Marius wurden zertrümmert und in den Anio geworfen. Die Marmorstatuen, die die Stadt in großer Zahl schmückten, wurden in tausend Stükke zerhämmert, die Bronzestandbilder eingeschmolzen.

Um Praeneste zur Übergabe und Auslieferung des jungen Marius zu zwingen, ließ Sulla die Köpfe von Damasippus und Pontius unter lautem Geschrei um die Stadt tragen. Dieses Mittel zur Einschüchterung wirkte tatsächlich: Die Praenester beschlossen, sich zu ergeben, zumal ihnen Herolde Straffreiheit zugesichert hatten, für den Fall, daß sie den jungen Marius auslieferten. Sie berieten lange über diese Forderung und kamen schließlich zu dem Ergebnis, ihn durch einen unterirdischen Gang entkommen zu lassen.

»So beflecken wir uns nicht mit seinem Blut«, sagte der oberste Magistrat, »wir behaupten einfach, er sei uns weggelaufen.«

Er führte Marius zu dem Geheimgang und wünschte ihm viel Glück. Von der Mauer jedoch ließ er eine Nachricht fallen, auf der der Ausgang eingezeichnet war. Als Marius die Tür öffnete und sich schon in der Freiheit wähnte, sah er Sullas Soldaten vor sich. Bevor sie sich auf ihn stürzen konnten, rammte er sich seinen Dolch in die Brust.

Sulla hielt sich in seinem Palast auf dem Palatin auf, als der Kopf des jungen Marius in Rom eintraf.

»Sollen wir ihn an der Rostra aufhängen?« fragte der Centurio. Sulla konnte den Blick nicht von dem schmalen, hübschen Gesicht mit den weitaufgerissenen Augen wenden; es war, als wollte er es verschlingen. »Nein«, antwortete er, »hängt ihn in meinem Atrium auf! Ich will ihn heute abend bei meiner Feier dabei haben! Morgen kann er auf die Rostra!«

Das Fest vereinte Sullas Freunde nicht nur zu einem der üblichen Gelage, sondern auch, um seinen neuen Ehrentitel gebührend zu begehen. Der Cornelier hatte nämlich beschlossen, sich mit einem weiteren Beinamen zu schmükken, den er schon oft im Munde geführt hatte: »Sulla Felix«, der »Glückliche«, wollte er in Zukunft genannt werden. Die andere Bezeichnung für »glücklich« – Faustus – hatte er an seine Kinder vergeben können, weil er für sich selbst »Felix« für passender hielt. Irgendwann auf einem der Feldzüge der letzten Jahre hatte er sich wieder an die Göttin Felicitas erinnert, jene Göttin des Erfolges, für die der alte Lucullus im Velabrum einen Tempel gestiftet hatte. Die abstrakte, farblose Felicitas war von der strahlenden, lieblichen Venus zwar verdrängt worden, aber als Namengeberin gut zu gebrauchen. So befahl Sulla gleich nach der Ankunft des Marius-Hauptes, ihr zu Ehren viele Rinder zu schlachten, ihr einen gebührenden Anteil zu lassen und den Rest in seinen Palast zu schaffen.

Während der Feier mußten die Lucullus-Brüder ihm zur Seite liegen, und er schwelgte lange Zeit in Erinnerungen an jenen schönen Tag im Hause ihres Großvaters, als dieser ihm die Bekanntschaft mit der Göttin Felicitas vermittelte.

»Ich bin der erste Römer, der sich der ›Glückliche‹ nennt«, prahlte er, »keiner vor mir hat solche Erfolge errungen, und keiner wird es nach mir tun.«

Die Lucullus-Brüder schwiegen höflich, aber Lucius empörte sich innerlich, denn er eiferte ja bereits heftig seinem Idol Sulla nach, war auf dem besten Wege, ebenfalls ein bedeutender Feldherr und Politiker zu werden.

Um Sulla wieder auf den Boden der Wirklichkeit zu holen, begann Lucius Lucullus: »Der Consul Marius ist tot, der Consul Carbo ist nach Sicilien geflüchtet – Rom ist also ohne politische Führung. Ernennst du dich selbst zum Consul, oder hältst du Wahlen ab?«

Sulla lächelte verschmitzt: »Weder das eine noch das andere«, sagte er zum Erstaunen seiner Umgebung. »Flaccus soll kommen«, befahl er. Eilfertig erhob sich der Erste Senator und verließ seine Kline.

»Marcus, mach mal Platz für Flaccus«, ordnete Sulla an, und als Flaccus sich neben ihm niedergelassen hatte, entwickelte der Cornelier seinen Plan.

»Ich kann die Verhältnisse in Rom nur neu ordnen, wenn ich Dictator bin, als einziger die Macht im Staate habe«, erläuterte er seinen staunenden Zuhörern, »ich habe so viele Reformen, die die Republik wiederbeleben sollen, im Sinn, daß ich keinen zweiten Mann neben mir dulden kann. Unsere klugen Vorfahren kannten für eine solche Situation das Amt des Dictators. Ihr wißt ja alle, daß mein Urahn Rufinus diese Würde innehatte. Ich habe – wie er – die Samniten besiegt, die ärgsten Feinde Roms, und ich habe – wie er – ein Recht auf dieses Amt.

Ich will alles nach Gesetz und Herkommen unserer Vorfahren tun; sie haben mit unendlicher Weisheit einen Staat aufgebaut, der viele Jahrhunderte überdauert hat, und ich will diesen Staat wiederherstellen. Flaccus«, sprach er jetzt den Ersten Senator direkt an, »du hast Metella und viele meiner Freunde gerettet. Deshalb soll dir nichts geschehen, obwohl du oft an der Tafel des Marius warst, wie ich gehört habe.« Der kleine, rundliche Mann senkte betreten den Kopf.

»Du bleibst Erster Senator«, fuhr Sulla fort, »bist jetzt der erste Mann im Staat, da wir ja keine Consuln mehr haben. Unsere Vorfahren nannten diesen Senator in einer solchen Situation ›Interrex‹, Zwischenkönig; er mußte sein Amt aber schon nach fünf Tagen an einen anderen weitergeben. Das wiederholte sich so lange, bis neue Consuln gewählt waren. Ich werde den Senat auffordern, *dich* so lange als Interrex fungieren zu lassen, wie es mir beliebt. Du hast dann dem Volk vorzuschlagen, ein Gesetz über die Notwendigkeit einer Dictatur zu beschließen. Und ernennst *mich* zum Dictator!«

»Meinst du, die Plebs wird so beschließen, wie du es willst?« fragte Pulcher, der gespannt Sullas Ausführungen angehört hatte.

»Die Plebs wird so eingeschüchtert sein, daß sie macht, was ich will«, sagte Sulla finster, »jahrelang haben sie Marius zugejubelt, jetzt werden sie nach meiner Pfeife tanzen. Aber damit sie das tun, muß viel Blut in Rom fließen!«

Und es begannen die Ächtungen, die Sullas Ansehen bei der Nachwelt schwer schädigen sollten. Marius hatte fünf Tage die Tore Roms geschlossen gehalten und gewütet. Sulla ließ seine Gegner fast sieben Monate lang verfolgen.

Den Anfang machte er mit den Einwohnern von Praeneste. Da sie dem jungen Marius die Gelegenheit zur Flucht gegeben hatten, befahl er, die gesamte Bevölkerung, 12 000 Menschen, auszurotten. Nur dem obersten Magistrat, der die Nachricht über die Mauer geworfen hatte, schenkte er das Leben.

»Ich will dem Henker meiner Mitbürger nicht mein Leben verdanken«, erklärte der Mann freimütig dem Cornelier, der persönlich die Hinrichtungen überwachte. Der Magistrat stellte sich zu den übrigen Bewohnern und ließ sich mit ihnen erschießen.

»Warum alle?« fragte Lucius Lucullus. »Du könntest jeden Zehnten töten lassen, dann wären sie bestraft genug! Oder quartiere deine Veteranen in der Stadt ein, wie in Asia, dann sind sie noch mehr bestraft.«

Sulla blickte finster. »Sie haben mit Marius gemeinsame Sache gemacht, sie haben ihm sogar zur Flucht verholfen. Sie wollten, daß diese Pest noch mehr Unheil in die Welt bringt. Jede Nacht besuchen mich die Schatten meiner toten Freunde und beschwören mich, alle zu vernichten, die zu Marius gehalten haben.«

Lucullus schwieg; gegen die vielen Toten, die der alte und

der junge Marius auf dem Gewissen hatten, gab es keinen Einwand mehr.

Am Tag nach dem Massaker in Praeneste begann die Jagd auf die Anhänger des Marius. Sulla erklärte in Rom und in ganz Italien jeden für vogelfrei, der nach dem Tag, an dem das Heer des Scipio zu ihm übergelaufen war, Marius noch unterstützt hatte.

Wer Sulla den Kopf eines Geächteten brachte, bekam als Belohnung 12 000 Denare, 48 000 Sesterzen. So brauchte der Cornelier keine Sklavenbanden in die Häuser zu schicken, wie Marius es getan hatte, sondern hetzte Römer gegen Römer. Der Versuchung der großen Summe, die er für das Töten anbot, konnten nicht viele widerstehen. Sklaven ermordeten ihre Herren, Brüder ihre Miterben, Söhne ihre Väter. Da Sulla aber den Söhnen der Marianer auf Lebenszeit das Bürgerrecht aberkannt, sie des Erbes beraubt und von allen Ämtern ausgeschlossen hatte, hielten sich die Gewalttaten in den Familien in Grenzen.

Nachdem einige hundert schon den Tod gefunden hatten, berief Sulla den Senat zu einer Sitzung ein. Viele Senatoren, die Marius, dem alten wie dem jungen, stets zu Willen gewesen waren, konnten nicht mehr kommen. Sulla füllte die gelichteten Reihen mit seinen Anhängern auf; so stolzierte Fufidius, der noch nie ein Amt bekleidet hatte, als Senator durch Rom, ebenso der Centurio Tullius und andere Männer aus Sullas Legionen.

Sulla wollte gerade die Sitzung, in der nichts von Bedeutung besprochen worden war, schließen, als der junge Gaius Metellus, ein Vetter des Pius, aufstand und fragte: »Wie lange werden die Ächtungen noch andauern?«

»Warum? Fürchtest du für dein Leben?« scherzte Sulla.

»Nein«, sagte Metellus, »sicher nicht! Aber es gibt andere, die nicht wissen, ob du ihnen den Tod bestimmt hast. Nimm ihnen diese Ungewißheit!«

»Ich weiß noch nicht, wen ich am Leben lassen werde«, erwiderte Sulla, »jeden Tag erfahre ich von neuen Greueln, die Marius und seine Spießgesellen verübt haben! Jeden Abend versammelte sich halb Rom in den Sälen des Marius, wo offen darüber gesprochen wurde, wer als nächster umgebracht werden sollte. Die meisten Gäste haben die Namen meiner Freunde gehört, hatten Gelegenheit, sie zu warnen – und haben nichts getan. So wie der alte Marius immer sagte: ›Er muß sterben!‹, so sage ich jetzt: ›Er wird geächtet‹ – was ja auf dasselbe hinausläuft«, fügte er hinzu und lachte zynisch.

Die Senatoren schwiegen, nur Fufidius stimmte in Sullas Lachen ein: »Ein Vorschlag!« meinte er. »Wenn du nicht weißt, wen du am Leben lassen willst, dann mache wenigstens öffentlich bekannt, wen du mit dem Tode bestrafen willst!«

»Das ist gut!« pflichtete Sulla ihm bei. »Ich werde gleich nach der Sitzung darüber nachdenken und bringe morgen eine Liste mit!«

Die Senatoren klatschten Beifall.

Am nächsten Tag ließ Sulla auf dem Forum eine Tafel anschlagen, auf der 80 Namen verzeichnet waren. Am übernächsten Tag wurde die Liste um weitere 120 Namen ergänzt und anschließend noch einmal um 120. Seitdem hießen die Ächtungen »Proscriptionen«, weil sie durch öffentlichen Aushang bekanntgemacht wurden.

Sulla berief das Volk zu einer Versammlung ein und stieg auf die Rostra. »Römer«, rief er mit schneidender Stimme, »denkt nicht, daß das alle Namen sind! Die Liste bleibt offen bis zum 1. Juni kommenden Jahres. Wenn mir weitere Verräter und Mörder meiner Freunde bekannt werden, kommen sie auch auf die Tafel. Inzwischen kenne ich die genauen Zahlen der Ermordeten! Ihr sollt sie erfahren: Marius und seine Bande haben 50 Senatoren und 1000 Ritter umbringen lassen! Wie viele Frauen, Kinder, Klienten und Sklaven den Tod fanden, fast immer auf schreckliche Art ermordet wurden – das weiß ich nicht. Aber es waren viele Tausende! Wißt ihr, wie das ist, jede Nacht von Scharen von Furien gehetzt zu werden? Ich weiß es! Und ich werde erst Ruhe finden, wenn alle meine Toten gerächt sind – nicht nur einmal, sondern dreifach! Jetzt könnt ihr euch ausrechnen, wie viele Marianer noch geächtet werden müssen!«

»... und den Freunden liebevoll!«

Kurz nach der Landung in Brundisium war ein etwa 25jähriger Patricier, der sich Lucius Sergius Catilina nannte, zu Sullas Heer gestoßen und hatte seine Dienste angeboten. Er hatte sich bald mit dem gleichaltrigen Publius Sulla angefreundet, sich wie dieser zu allen tollkühnen Unternehmungen gemeldet und sich so die Anerkennung des Feldherrn erworben. Im weiteren Verlauf des Krieges hatte Sulla den Catilina sogar zu seinem Legaten gemacht.

Nachdem der Cornelier den Römern Tausende von Toten angekündigt hatte, baten ihn Publius Sulla und Catilina noch am selben Tag um ein vertrauliches Gespräch. Sulla saß in seinem Tablinum und arbeitete an einer Liste mit weiteren Namen.

»Wir möchten dir einige Marianer nennen«, begann Publius strahlend und las von einem Wachstäfelchen die Namen von Personen ab, die vom Tod von Sullas Freunden profitiert hatten. Es waren Ritter, die bei öffentlichen Versteigerungen wertvolle Gegenstände aus den Häusern von Sullanern zu einem Spottpreis aufgekauft und mit großem Gewinn wieder veräußert hatten. Seitdem wurden diese Ritter nur die »Einsäckler« genannt.

Sulla nickte zufrieden, ließ sich alle Einzelheiten über die Geschäfte der Kaufleute berichten und wies dann Epicadus an, die Namen auf die Liste zu setzen.

»Wen willst *du* mir nennen?« fragte Sulla den Catilina, der bisher schweigend neben seinem Freund gestanden hatte.

»Marcus Sergius Catilina!«

»Ist das ein Verwandter?«

»Ja, mein Bruder!«

»Dein Bruder ist Marianer? Warum hast du mir das verschwiegen?«

Catilina druckste verlegen herum, so daß Publius sich bemüßigt fühlte, für ihn zu reden. »Sulla«, sagte er, »wir wollen nicht lügen, du würdest es doch herausfinden! Catilina hat gestern im Streit seinen Bruder erschlagen. Er möchte dich um den Gefallen bitten, den Namen des Bruders auf die Liste zu setzen, damit er nicht wegen Mordes angeklagt und verurteilt wird.«

Sulla lachte schallend. »Wenn es weiter nichts ist!« sagte er mit liebenswürdigem Lächeln, »Catilina hat während des Krieges oft das Leben für mich riskiert, da werde ich ihm doch einen Gefallen nicht verweigern. Epicadus«, wandte er sich an seinen Sekretär, »mit Tragödien kenne ich mich nicht so gut aus! Hilf mir doch weiter! Was ließ Euripides seine Medea über Freunde und Feinde sagen?«

Epicadus lächelte geschmeichelt und trat beflissen näher. »Ich bin aus anderem Stoff gemacht«, zitierte er, »den Feinden schrecklich und den Freunden liebevoll.«

»Das kommt als Inschrift auf mein Grabmal«, sagte Sulla, »natürlich etwas geändert. Vielleicht so: ›Kein Mensch hat seinen Freunden so viel Gutes erwiesen und seinen Feinden so viel Böses angetan, daß ich, Sulla, ihn nicht noch übertroffen hätte.‹ Nun, wie findet ihr das?«

Sie klatschten Beifall, rühmten die Weisheit und Richtigkeit dieses Spruches, den Sulla wiederholen mußte, damit Epicadus ihn in vollem Wortlaut notieren konnte.

Catilina hatte schon am nächsten Tag Gelegenheit, sich für Sullas Entgegenkommen erkenntlich zu zeigen.

Einige von Sullas Veteranen, die in Italien herumzogen, um Geächtete zu jagen, hatten einen bedeutenden Fang gemacht: den letzten Träger des Namens Marius, einen Marcus Marius Gratidianus. Dieser Mann, ein Verwandter des alten

Marius aus Arpinum, war nach dem frühen Tod des Vaters vom Bruder des Marius adoptiert worden. Während Cinnas Herrschaft bekleidete er zunächst das Volkstribunat und anschließend zweimal hintereinander die städtische Praetur, war also der mächtigste Magistrat nach den Consuln.

Er erwarb sich große Sympathien bei der Plebs, als er ein Edikt erließ, das die Bürger weitgehend von ihren Schulden befreite: Jede Forderung eines Gläubigers wurde auf ein Viertel herabgesetzt. Diese Maßnahme ging auf einen Vorschlag aller zehn Volkstribune zurück. Gemeinsam hatten sie eines Tages den Praetor aufgesucht und verabredet, zusammen mit ihm am Nachmittag die Rednertribüne zu besteigen, um der Bevölkerung den Schuldenerlaß mitzuteilen. Doch der Praetor hielt sich nicht an diese Abmachung. Kaum hatten die Volkstribune ihn verlassen, da eilte er zur Rostra und verkündete allein die Senkung der Schulden, erwähnte mit keinem Wort den Anteil der anderen Männer.

Die Plebs war begeistert; sie zeigte ihre Dankbarkeit und stellte überall in der Stadt Statuen des Praetors auf. Und nicht nur das: Sie verehrte ihn wie einen Gott, bekränzte seine Standbilder und verbrannte Weihrauch in den Opferschalen. Gratidianus war so beliebt, daß er alle Aussichten hatte, Consul zu werden. Der Bürgerkrieg zerschlug ihm die Pläne; von Mördern gehetzt, irrte er durch das Land, bis er eines Tages gefaßt wurde.

Sulla saß auf der Plattform vor dem Eingang des Castor-Tempels, seinem Lieblingsplatz, als ihm die Gefangennahme des Marius Gratidianus gemeldet wurde.

Auf dem Forum, zu seinen Füßen, fand eine Versteigerung statt, die er persönlich beaufsichtigte. Angeboten wurden Hab und Gut von Geächteten, und Sulla entschied, wer den Zuschlag bekam. Priorität hatten natürlich seine Freunde und Anhänger, die für einen Bruchteil des wahren Wertes kostbare Güter erstanden, die sie dann weiterverkaufen konnten. Chrysogonus verpaßte keine Versteigerung; er hatte endlich eine Aufgabe gefunden, die ihn restlos ausfüllte. Sulla betrachtete mit Wohlgefallen den Eifer seines immer noch schönen Freundes und sorgte dafür, daß Chrysogonus jedesmal das bekam, was er begehrte, auch wenn er überboten wurde.

Neben Sulla saß sein Verwandter Publius, der gelegentlich die Lanze schwingen durfte, mit der der Zuschlag erteilt wurde. Catilina war wie immer in der Nähe seines Freundes und bedeutete ihm mal diesen, mal jenen, dem er einen Gefallen tun wollte.

Auch Catulus ließ selten eine Versteigerung aus, denn kaum etwas bereitete ihm mehr Vergnügen, als zu beobachten, wie die wertvollen Güter seiner Feinde »unter die Lanze kamen«. Die Nachricht vom Fang des Gratidianus begeisterte ihn ebenso wie Sulla.

»Laß ihn am Grabmal meiner Familie töten«, bat er den Cornelier, »und unter solchen Qualen, wie sie mein Vater erleiden mußte, als er an den Giftdämpfen erstickte.«

Sulla nickte; er konnte den Wunsch des jungen Catulus nur zu gut verstehen, denn Gratidianus war dem Sohn seines alten Freundes nicht nur als Mitglied der Marius-Familie verhaßt, sondern auch als persönlicher Feind seines Vaters. Bevor nämlich Cinna und Marius in die Stadt einzogen, hatte Gratidianus als Volkstribun versucht, die Existenz des Catulus zu vernichten, indem er Klage gegen ihn erhob. Zu einem Urteil war es nicht gekommen; Marius hatte den obersten Richter gespielt und den Tod des Rivalen bestimmt.

»*Ich* werde dafür sorgen, daß Gratidianus den Tod erhält, den er verdient«, rief Catilina plötzlich. Sulla sah erstaunt auf den bleichen jungen Mann, dessen Augen wie irr flackerten. Er verstand, daß Catilina seine Dankbarkeit zeigen wollte.

»Geh mit, Catulus«, sagte er lachend, »wenn du dir den Tod des Gratidianus ansiehst, hetzen dich die Furien deines Vaters nicht mehr.«

»Mir reicht es, das Haupt auf der Rostra zu wissen«, wehrte Catulus höflich ab.

»Genauso ein Schöngeist wie der Vater«, scherzte Sulla, »dem graute es auch vor Blut!«

Catilina, Publius und einige andere junge Männer strebten eilig zum Grabmal der Gens Lutatia am Ianiculum. Kurze Zeit später erschien ein Trupp Soldaten, der den Gratidianus in Ketten heranschleifte.

Unterwegs hatten Catilina und seine Freunde ausführlich darüber gesprochen, welche Martern der ehemalige Praetor vor seinem Tod erleiden sollte.

»Stich ihm die Augen aus«, riet einer der Freunde.

»Zerbrich ihm dann alle Glieder!«

»Fang mit den Beinen an, dann nimm die Arme!«

»Und zerpeitsche ihm den Rücken!«

Catilina befolgte genau diese Anregungen und richtete den Gratidianus in einer Prozedur, die fast eine Stunde dauerte, Stück um Stück hin. Eine große Menge umstand das Grabmal, denn die Nachricht hatte sich schnell in der ganzen Stadt verbreitet.

Einige Zuschauer fielen in Ohnmacht, andere hielten sich die Hände auf die Ohren, als die Schreie des Gequälten immer entsetzlicher schallten. Aber sie harrten alle bis zum Ende aus. Zum Schluß hackte Catilina das Haupt ab und steckte es auf eine Lanze.

An der Spitze eines riesigen Zuges marschierte er zum Forum, stieg die Stufen hoch und pflanzte die Lanze mit dem Kopf vor Sulla und Catulus auf.

»Hat er gelitten?« fragte Catulus begierig. Catilina schilderte in allen Einzelheiten, wie der ehemalige Praetor langsam gestorben war.

»Du mußt dich entsühnen«, bestimmte Sulla, »geh zum Apollo-Tempel und wasche dir dort die Hände. Das wird reichen!«

Sulla hatte Hunderte seiner Feinde hinrichten lassen, aber der Widerstand seiner Gegner war längst nicht gebrochen. Marcus Perperna, Sohn eines ehemaligen Consuls, war Statthalter in Sicilien und nahm dort alle flüchtigen Marianer auf. Carbo war auch zu ihm gestoßen, hatte sich aus den

Häfen der griechischen Städte Schiffe geholt und machte mit seiner Flotte Jagd auf Kauffahrer, die er plünderte. So raffte er als Pirat ein Vermögen zusammen, um Truppen besolden zu können. In Africa stellte der junge Gnaeus Domitius Ahenobarbus ein Heer auf, während in Hispania Sertorius Soldaten anwarb.

Als Sulla das Ausmaß der Bedrohungen erkannte, beschloß er, den jungen Pompeius, seinen fähigsten Legaten, mit sechs Legionen nach Sicilien und Africa zu schicken. Ein anderer Unterführer, den Sulla seit dem Krieg in Numidien kannte und schätzte, sollte gegen Sertorius vorgehen.

Um die ehrenvolle Aufgabe, den Feind Carbo zu fangen, rissen sich Crassus und Lucullus ebenfalls, aber Sulla entschied sich für Pompeius. »Dich brauche ich hier in Rom als Berater«, versuchte er Lucullus die Zurücksetzung zu versüßen, »außerdem bestimme ich in meinem Testament, daß du Vormund meiner Kinder wirst, wenn ich sterbe.«

Sulla gab diese Auszeichnung überall bekannt, mit dem Erfolg, daß Pompeius beleidigt war.

»Wenn du mich so wenig schätzt, daß ich nicht Vormund deiner Kinder sein darf«, beklagte er sich würdevoll, »kannst du das Kommando einem anderen geben.«

»Warum so gekränkt, mein Pompeius«, sagte Sulla mit seinem gewinnendsten Lächeln, das seine alten Weggefährten an den jungen Cornelier erinnerte, »ich habe mir für dich etwas Besseres ausgedacht! Lucullus muß bis zu meinem Tod warten, damit er über meine Kinder bestimmen kann. Du aber kannst es – wenn du willst! – schon morgen: Ich gebe dir meine Tochter Aemilia zur Frau. Ich habe mit Metella darüber gesprochen. Sie freut sich sehr, einen Schwiegersohn zu bekommen, der ihrer Tochter würdig ist!«

»Aber, aber«, stotterte Pompeius, »ich bin doch schon mit Antistia verheiratet! Und Aemilia ist ebenfalls verheiratet und bekommt sogar ein Kind, wenn ich die Wölbung unter ihrer Palla richtig deute.«

»Seit wann sind Ehen ein Hinderungsgrund, wenn es gilt,

der Schwiegersohn Sullas zu werden?« fragte Sulla streng, und seine Augen bekamen etwas Stechendes.

»Meine nicht!« beeilte sich Pompeius zu antworten. »Ich hatte eher an die Ehe von Aemilia gedacht.«

»Die schon gar nicht!« sagte Sulla und lachte fröhlich. »Ihr Ehemann gefällt mir nicht! Und das Kind können wir weggeben, wenn dich das stört. Vielleicht verliert es Aemilia auch – sie hatte ja schon einmal eine Fehlgeburt!«

Zwei Tage später wurde die Hochzeit mit großem Pomp gefeiert. Pompeius besaß ein Haus in den Carinen, das er um einen Palast aus dem Nachlaß eines Geächteten erweitert hatte. Als der Fackelzug mit der Braut, die – wie es der Brauch war – ein rotes Kopftuch umgebunden hatte, bei Pompeius ankam, rief die Plebs so laut »Talassio« wie damals nach dem Prozeß vor dem Praetor Antistius. Pompeius fühlte sich an jene Szene erinnert, und verstohlen wischte er sich eine Träne aus den Augenwinkeln. Er hatte Antistia wirklich geliebt, aber nicht gewagt, sich dem Befehl des mächtigsten Mannes des Erdkreises zu widersetzen.

Auch Aemilia machte keinen glücklichen Eindruck, als sie ins Brautgemach geführt wurde. Mit Rücksicht auf ihren fortgeschrittenen Zustand drückte ihr Pompeius nur einen Kuß auf die Stirn, bevor er ins Nebenzimmer ging, wo er sich mit einer Sklavin vergnügte. Aemilia schlief bald ein, und Pompeius begab sich in die unteren Säle, um sich zu betrinken.

Sulla hatte zur Unterhaltung der Hochzeitsgäste ein Dutzend Atellanen bei seinen Lieblingsdichtern Pomponius und Novius bestellt, und die derben Späße eines Maccus, Dossenus und der anderen Tölpel erheiterten wie immer das Publikum. Auch Sulla amüsierte sich köstlich, oft kamen ihm die Tränen vor Lachen.

»Wie gefallen dir meine Schauspieler?« fragte ihn Roscius, der mit Metrobius zum alten Freund aus seinen besten Komödiantenjahren geschlendert war.

»Sind sie alle aus deiner Schule?« erkundigte sich Sulla interessiert.

»Alle, ohne Ausnahme! Wer nur einen Funken Talent hat, kommt zu mir«, freute sich Roscius, »und aus dem Funken schlage ich Feuer! Und für dein Fest habe ich selbstverständlich die Besten ausgesucht.«

Sulla betrachtete ihn gerührt. Roscius war fast 60 Jahre alt, immer noch ein gutaussehender Mann mit schlohweißen, dichten Haaren. Sein Körper war schlank geblieben, denn er drehte regelmäßig seine Runden auf dem Marsfeld, tanzte auch viel, um die Glieder elastisch zu halten. Die Sparte »Tanz« in seiner Schauspielschule wurde aber von Metrobius betreut, der gleich nach der Rückkehr aus Griechenland seine alten Ansprüche geltend gemacht hatte. Selbstverständlich hatte ihn Roscius ohne Murren auf den früheren Posten gelassen, den Gesellschaftsvertrag erneuert.

Mit großzügiger Geste bot Sulla den beiden Freunden auf seiner Kline Platz an, denn er hatte Lust, mit Roscius, den er seit Jahren nicht gesehen hatte, zu plaudern.

»Du mußt doch unterdessen ein Vermögen angesammelt haben, mein Roscius«, begann er, und der nickte stolz. »Leider sind Schauspieler in unserer Gesellschaft nicht sehr geachtet«, fuhr Sulla fort, »wie hat man mich in meiner Jugend beschimpft und verlacht, nur weil ich gerne mit euch Komödianten zusammen war! Ich möchte dich oft an meiner Tafel sehen, mein Roscius, und deshalb werde ich dich in den Stand der Ritter erheben, damit du keinen Schmähungen ausgesetzt bist, und sei es auch nur hinter vorgehaltener Hand, denn ins Gesicht wird dir keiner etwas zu sagen wagen!«

»Ich soll Ritter werden!« jubelte Roscius. »Wie danke ich dir für diese Ehrung!«

»Dein Vermögen wird doch reichen?« erkundigte sich Sulla besorgt. »Du hast doch mehr als 400 000 Sesterzen? Falls nicht, komm morgen zur Versteigerung, da schanze ich dir einige Millionen zu!«

»Ich habe zwar genug für den Ritterstand«, meinte Roscius

mit bescheidenem Lächeln, »aber wenn du mir einige Millionen aus deiner Beute zukommen lassen willst, sage ich nicht nein!«

»Das ist gut, mein Roscius«, lachte Sulla schallend, »du hast genau das richtige Wort gefunden! Alles, was auf dem Forum versteigert wird, ist ›meine Beute‹! Ich habe Krieg geführt, und ich habe gesiegt, und mit dem Recht des Siegers gehört mir alles, was ich den Feinden abgenommen habe!«

Sie plänkelten noch eine Weile herum, bis Metrobius den Augenblick für geeignet hielt, Roscius sein eigentliches Anliegen vortragen zu lassen.

»Habe ich dir eigentlich erzählt, wie es kam, daß Roscius von Marius und seinen Spießgesellen verschont wurde?« flötete er.

»Nein«, sagte Sulla, »darüber haben wir nie gesprochen. Warst du denn die ganze Zeit in Rom?« wandte er sich an Roscius.

Der Schauspieler nickte: »Ich hatte mich verkleidet und versteckt, bis mir die Idee mit Cicero kam!«

»Mit Cicero? Wer ist das?« fragte Sulla.

»Ein Jugendfreund des jungen Marius. Sie wurden zusammen unterrichtet. Später kam Cicero zu mir in die Schule. Er will ein großer Redner werden, und ich sollte ihm helfen, seine Stimme auszubilden und die Bewegungen des Körpers zu beherrschen«, erklärte Roscius.

»Ich erinnere mich jetzt an diesen Freund des Marius! Er hatte einen viel zu dünnen Hals und redete unablässig«, kramte Sulla in seinem Gedächtnis.

»Aber was er redete, war unterhaltsam, oft sogar intelligent«, warf Lucius Lucullus ein, der dem Gespräch schon eine Weile interessiert gefolgt war, »er war im Marsischen Krieg bei deinen Truppen, als du in Aesernia in Gefangenschaft warst, und ich lud ihn häufig an meine Tafel. Sein Verstand und sein Witz gefielen mir.«

»Was ist mit diesem Cicero?« forschte Sulla.

»Er hat Roscius vor dem Terror des Marius gerettet«, erzählte Metrobius, »als Roscius ihn eines Tages im Gefolge des Alten entdeckte, schlich er sich in Frauenkleidern zu ihm und bat ihn um Hilfe. Cicero legte ein gutes Wort für ihn bei seinen Verwandten ein, dem alten und dem jungen Marius, und seitdem stand Roscius unter seinem Schutz. Er konnte offen die Schauspielschule weiterführen und hat die ganzen Jahre einen Teil der Einnahmen für mich als Gesellschafter zurückgelegt.«

»Und du bist dem Cicero verpflichtet und willst für ihn bitten?« fragte Sulla direkt.

»So ist es!« antwortete Roscius und blickte dem Jugendfreund fest in die Augen. »Und ich hoffe, daß du mir diese Bitte nicht abschlagen wirst!«

»Wie könnte ich, mein Roscius«, lachte Sulla fröhlich, »habe ich dir jemals einen Wunsch nicht erfüllt? Ich habe sogar meinen Appetit auf Austern bezähmt, als du deinen Kummer mit Catulus hattest – damals in Massilia, als wir das erste Mal unter dem Bild der Venus speisen wollten!«

Und sie verloren sich in Erinnerungen an ihre Komödiantenjahre in Massilia. Am nächsten Tag gab Sulla den Befehl, den Cicero nicht anzutasten.

»Er steht unter meinem persönlichen Schutz!« war seine knappe Erklärung. »Auch wenn er ein Freund des jungen Marius war!«

Der Dictator und sein Triumph

Ende des Jahres hielt Sulla den Zeitpunkt für gekommen, sich von Flaccus zum Dictator ernennen zu lassen. Er hatte dem Ersten Senator befohlen, den Antrag für ein Gesetz zu stellen, in dem die Dictatur gefordert wurde.

»Wenn du dem Senat und dem Volk deinen Antrag begründest, werde ich nicht in Rom sein«, sagte Sulla zu Flaccus, den er zu einem Gespräch in seinen Palast auf dem Palatin gebeten hatte, »ich will die Römer durch meine Anwesenheit nicht einschüchtern. Es soll so aussehen, als ob sie freiwillig und mit Freuden mir das hohe Amt übertragen. Ich kann mich doch voll auf dich verlassen?«

Flaccus nickte heftig und wollte noch Einzelheiten zur Formulierung wissen.

»Ich werde zum Dictator ernannt, um Gesetze abzufassen und die Ordnung in der Republik wiederherzustellen«, wies ihn Sulla an, »außerdem muß in das Gesetz mit rein, daß alle meine Handlungen als Consul und später als Feldherr rechtens waren, die Regelungen für Asia ebenso wie die Proscriptionen und die Beschlagnahme des Vermögens der Geächteten.«

In der Curia brauchte Flaccus nicht viele Worte, um die Senatoren zu überzeugen; auch die Plebs folgte wie gewünscht dem Gesetzantrag. Die immer noch offene Ächtungsliste war Druck genug. Sulla hatte einige Tage in seiner wieder aufgebauten Villa in Tusculum verbracht und dann vor den Toren der Stadt die Annahme des Gesetzes abgewartet.

Sämtliche Senatoren, begleitet von Tausenden von Bürgern, zogen hinaus, um ihn zu seinem neuen Amt zu beglückwünschen.

Als Sulla in Rom erschien, schritten 24 Lictoren ihm voraus, wie früher einem etruskischen König. Einem Consul bahnten nur zwölf Lictoren den Weg.

Auf dem Forum wartete eine Überraschung auf ihn: Ein goldenes Standbild. In herrscherhafter Pose, die rechte Hand zum Gruß erhoben, saß Sulla auf einem Pferd, das stolz das Haupt reckte. »Lucius Sulla Felix Dictator« war in das Podest eingemeißelt. Die Statue war auf Beschluß des Senats direkt vor der Rostra aufgestellt worden, so daß jeder Redner bei allem, was er sagte, mit dem Dictator konfrontiert wurde.

Sulla betrachtete lange sein goldenes Abbild. »Das ist noch schöner als die Bronzegruppe mit der Auslieferung Iugurthas«, sagte er schließlich, während ihm Tränen über die Wangen liefen.

»Du bist der erste Römer, dem eine solche Ehrung schon

während seines Lebens zuteil wird«, erklärte der Erste Senator Flaccus stolz, auf dessen Initiative die goldene Huldigung zurückging.

Sulla war zwar Alleinherrscher, wollte aber das Consulat nicht abschaffen. Zwei Consuln, die ihm zu Willen waren, sollten unter ihm stehen. Da die Lucullus-Brüder und Pulcher noch zu jung waren, fiel seine Wahl auf Dolabella und den Centurio Marcus Tullius.

Die Entscheidung für den Patricier Dolabella sollte der Plebs vor Augen führen, daß die Optimaten wieder am Ruder des Staatsschiffes standen. Tullius war ein Zugeständnis an seine Veteranen, deren Zahl inzwischen auf 120 000 angewachsen war und die er weiter bei Laune halten mußte. Denn sie sicherten ihm mit ihren Waffen die Macht.

Noch bevor der Dictator seine Günstlinge zu Consuln wählen lassen konnte, meldete Ofella seine Ansprüche an. Quintus Lucretius Ofella, früher Anhänger des Marius, war aus dem Lager des Scipio zu ihm übergelaufen und wegen seiner Tüchtigkeit bald einer der Legaten geworden. Sulla hatte ihm schließlich die Belagerung von Praeneste anvertraut, als sich der junge Marius dorthin gerettet hatte.

»Warum Tullius und nicht ich?« fragte Ofella trotzig, als Sulla seinen Anhängern die Namen der Kandidaten für das Consulat mitteilte.

»Weil ich es so will!« antwortete Sulla kalt, und Ofella verstummte.

Einige Tage später saß Sulla auf seinem Elfenbeinstuhl vor dem Eingang des Castor-Tempels und beaufsichtigte eine Versteigerung. Chrysogonus, Crassus und ein weiterer Sullaner stritten sich um das silberne Tafelgeschirr aus dem Haus eines Ritters.

Sulla wollte gerade Chrysogonus den Zuschlag geben, als Bewegung in die Masse der Neugierigen kam, die bei der Auktion zugesehen hatten. Sie strömten in Richtung Rostra, weil offensichtlich auf der Rednertribüne ein interessantes Schauspiel erwartet wurde.

»Geht hin und seht nach«, befahl Sulla seinem Verwandten Publius und dessen Freund Catilina. Eilfertig liefen beide die Stufen hinab und bahnten sich mit Hilfe einer Schar von Sklaven den Weg durch die Menge.

Sie waren bald wieder zurück und erstatteten Bericht: »Ofella will eine Rede halten und seine Bewerbung zum Consulat bekanntgeben.«

Sulla lief rot an und sprang von seinem Stuhl auf. »Gegen meinen Willen wird hier keiner Consul«, schrie er.

»Vielleicht sind das alles Gerüchte«, versuchte Publius ihn zu beruhigen, »laß uns hören, was er zu sagen hat. Er steigt ja schon zur Rostra rauf!« Sulla befahl »Ruhe«, so daß sie jedes Wort deutlich hören konnten. Tatsächlich stellte sich Ofella als Kandidat vor und rühmte sich seiner Verdienste um den Fall von Praeneste und die Beendigung des Bürgerkrieges.

»Jetzt reicht's«, brüllte Sulla, »er macht mir sogar meinen Ruhm um den Frieden streitig. Tötet ihn!«

Catilina schoß vor, wurde aber von seinem Onkel Gaius Bellienus an der Toga festgehalten. »Laß mich das machen«, bat der 65jährige Mann, »ich will auch etwas für ihn tun!«

Freundlich lächelnd trat Catilina zurück, machte eine weitausholende Geste und sagte: »Gern tue ich dir den Gefallen!«

Bellienus nahm einige Sklaven als Schutz mit und wartete ab, bis Ofella die Rednertribüne verließ und sich von der Plebs als neuer Kandidat feiern ließ.

»Platz da!« schrien die Sklaven, und bevor Ofella die Gefahr erkannte, war Bellienus bei ihm und erdolchte ihn. Die Umstehenden schrien auf, einige Mutige jedoch ergriffen Bellienus und schleiften ihn zum Castortempel. »Wir bringen dir den Mörder von Ofella«, verkündeten sie stolz. Sulla erhob sich. »Ofella ist wirklich tot?« rief er mit leuchtenden Augen. Als ihm das bestätigt wurde, schrie er zornig: »Laßt sofort diesen Mann los! *Ich* habe die Tat befohlen! Die Herolde sollen das Volk zu einer Versammlung herbeirufen; ich will erklären, warum Ofella sterben mußte.« Als sich die Menschenmenge beim Castor-Tempel eingefunden hatte, begann Sulla: »Römer! Ihr sollt es von *mir* wissen: *Ich* habe Ofella hinrichten lassen, weil er mir den Gehorsam verweigerte!«

Die Zuhörer begannen zu murren, die Erklärung reichte ihnen nicht aus. »So hört«, fuhr Sulla mit harter Stimme fort, »ich will euch eine Fabel erzählen! Flöhe bissen einen Bauern beim Pflügen. Sie störten ihn so, daß er seine Arbeit unterbrechen mußte. Er zog die Tunica aus und schüttelte sie. Als sie ihn aber weiter bissen, riß er sich noch einmal die Tunica vom Leib und verbrannte sie. Und ich warne alle«, brüllte er jetzt mit rauher Stimme, »wer mich stört, wie die Flöhe den Bauern, wird einmal geschüttelt, aber beim zweiten Mal lege ich Feuer.«

Sulla setzte sich wieder und betrachtete lange die schweigende Masse, die zu ihm hochstarrte. »Wir machen weiter mit den Versteigerungen«, befahl er schließlich.

Als die Versteigerung fortgesetzt wurde, flammte auch der Streit zwischen Chrysogonus, Crassus und dem Sullaner Marcus Aemilius Lepidus von neuem auf. Jeder hatte eine Hand auf Stücke des silbernen Tafelgeschirrs gelegt.

»Chrysogonus bekommt den Zuschlag«, rief Sulla, und Publius senkte die Lanze. Chrysogonus grinste die beiden Konkurrenten frech an und gab seinen Sklaven den Auftrag, die vielen Teile in Körbe zu packen.

Chrysogonus hatte sich verändert: Seit er auf dem Forum mitsteigerte, trat er wie ein seriöser Geschäftsmann auf. Er kleidete sich nur noch mit kurzer Tunica und eleganter Toga; die geliebten langen Gewänder waren Festen im vertrauten Kreis vorbehalten. Die Haare hatte er männlich kurz schneiden lassen, und die Lockenfülle glättete er mit Öl.

Innerhalb weniger Wochen war er ein reicher Mann geworden, denn die Wertsachen, die er meist für einige hundert Sesterzen ersteigerte, verkaufte er für Zehntausende. Sulla hatte ihm ein Haus auf dem Palatin aus dem Besitz eines Geächteten geschenkt; es war in einwandfreiem Zustand, brauchte nur noch mit Kostbarkeiten wie Tafelsilber, Gläsern, Gemälden und Statuen ausgestattet zu werden. Das Tafelgeschirr, für das er eben den Zuschlag bekommen hatte, sollte den Anfang machen; denn bisher hatte Chrysogonus die Kostbarkeiten vom Forum in Bargeld umgemünzt, sich Sklaven und Klienten gekauft, um mit großem Gefolge vom Palatin auf das Forum ziehen zu können.

Metrobius spottete jedesmal, wenn er die Wichtigtuerei des früheren Sklaven beobachtete, bis Epicadus ihn eines Tages zurechtwies: »Hör auf damit! Er hat Schlimmes in seiner Kindheit erlebt! Jetzt endlich scheint er das Glück seines Lebens gefunden zu haben.«

»Und Sulla, der Glückliche, will nur glückliche Gesichter bei seinen alten Freunden sehen«, verkündete der Dictator, »schon als ich Chrysogonus das erste Mal sah und seinen Namen hörte, wußte ich, daß er viel Geld braucht, um glücklich zu sein! So wie ich die Macht brauche! Und Epicadus seine Bücher.«

»Und Crassus seine Häuser!« ergänzte Metrobius. »Er hat vor, halb Rom aufzukaufen – mit dem Gewinn aus den Versteigerungen.«

»Wie schade, daß sein Vater das nicht mehr erleben konnte«, sagte Sulla traurig, »Crassus Dives, ›Dick und Reich‹, ist der Beiname dieses Zweiges der Licinier. Auch als ein Urahn das riesige Vermögen, das ihnen einmal diese Bezeichnung eingebracht hatte, verschleuderte, hielten sie weiter an ›Dick und Reich‹ fest. Mein Freund Crassus Dives konnte als Praetor zwar wieder etwas Geld ansammeln, aber ›reich‹ konnte man ihn nicht nennen.

Weil er mein Freund war, mußte er sterben; ich bin es ihm schuldig, daß sein letzter Sohn Marcus sich mit Recht Dives, ›Reich‹ nennen kann. *Er* soll in nächster Zeit den Zuschlag bekommen«, ordnete Sulla an, »Chrysogonus hat schon sehr viel zusammen, Lepidus ebenfalls, außerdem bin ich dem Lepidus nicht sonderlich verpflichtet.«

»Er ist aber sofort nach der Landung in Brundisium zu dir gekommen«, gab der Verwandte Publius zu bedenken, »und hat später für dich die Stadt Norba eingenommen.«

»Durch Verrat«, sagte der Dictator verächtlich.

»Außerdem ist er ein Mitglied des mächtigen Hauses der Aemilier«, fuhr Publius unbeirrt fort, »und hat eine große Gefolgschaft. Es wäre nicht klug, ihn gegen dich aufzubringen.«

Sulla überlegte kurz: »Ich lasse ihn zum Praetor für Sicilien wählen. Pompeius räumt dort ordentlich auf, wie mir berichtet wird. Perperna ist schon geflüchtet; wir brauchen auf der Insel einen Statthalter. Lepidus bekommt bis zu seiner Abreise alles, was er will, damit er zufrieden ist. Danach ist Crassus an der Reihe – seinem Vater zuliebe!«

Pompeius war in Sicilien so tüchtig, wie Sulla es von ihm erwartet hatte. Viele Städte, die Perperna schamlos ausgeplündert hatte, öffneten ihm mit Freuden die Tore und lieferten Marianer aus, die bei ihnen Schutz gesucht hatten.

Auch Carbo wurde gefaßt und vor Pompeius geschleppt, der auf einem Podest thronte und Gericht hielt. Pompeius, 25 Jahre jünger als der Consular, machte sich einen Spaß daraus, den Gefangenen vor seinem Tode noch zu verhöhnen. Er fragte ihn, warum er damals in der Schlacht von Noreia das Weite gesucht habe. Sulla gab diese Geschichte gern zum besten, um seinen jungen Leuten die Furcht vor dem angeblich mächtigen Gegner zu nehmen.

Carbo antwortete nicht, sondern blickte nur voller Haß zu Pompeius hoch.

»Und wie war das in Numidien«, höhnte der junge Feldherr weiter, »als die Soldaten dir und Cinna das freche Maul mit Dreck stopften? Wie hast du dich damals gefühlt? So erniedrigt wie jetzt?«

Als Carbo weiter schwieg, wurde Pompeius das Spiel zu langweilig, und er gab Befehl, Carbo zu enthaupten. Dieser witterte eine letzte Möglichkeit zu entkommen und bat kurz vor der Hinrichtungsstätte, noch einmal austreten zu dürfen.

Alles lachte, man gab seinem Wunsch nach, bewachte ihn aber.

»So ein unwürdiger Abgang«, war der Kommentar des Pompeius, als ihm von diesem Vorfall vor dem Tode des Feindes berichtet wurde.

Kurze Zeit später trat Lepidus in Sicilien sein Amt als Statthalter an. Sie trafen sich oft zu Gelagen, zu denen sie die schönsten Frauen von Syrakus einluden.

»Ich muß mich betrinken, ich muß mich vergnügen«, stöhnte Pompeius bei diesen Festen, »sonst hetzen mich die Rachegeister.«

Lepidus hatte ihm den Tod Aemilias bei der Geburt des Kindes mitgeteilt.

»Keiner Frau habe ich Glück gebracht«, weinte Pompeius zu vorgerückter Stunde, »die eine, die ich geliebt habe, mußte ich verstoßen, die andere, die ich hätte lieben können, ist gestorben.«

Doch lange konnte er sich seinem Schmerz nicht hingeben. Sulla wies ihn an, nach Africa zu segeln, um mit seinen sechs Legionen Gnaeus Domitius Ahenobarbus zu bekämpfen. In einer großen Schlacht besiegte Pompeius die Legionen des Marianers. Ahenobarbus fiel bei der Erstürmung seines Lagers.

Anschließend marschierte Pompeius nach Numidien, ließ den König, der mit Ahenobarbus paktiert hatte, töten und einen neuen Herrscher einsetzen. Der Feldzug in Africa und Numidien hatte nur 40 Tage gedauert.

Auch in Italien gab es keinen nennenswerten Widerstand mehr. Nur das Bergnest Volaterrae in Etrurien hielt noch zwei Jahre der Belagerung stand. Als die Einwohner aufgaben, nahm ihnen Sulla zur Bestrafung das Bürgerrecht weg.

Viele Gemeinden, die zu den Marianern gehalten hatten, büßten mit ihrem Landbesitz, so Praeneste, Norba und Spoletium. Am härtesten ging der Dictator gegen das verhaßte Samnium vor: Er ließ durch seine Soldaten alle Städte plündern und dann zerstören. Samnium wurde zu einer Öde und blieb es 2000 Jahre.

In den reichen, blühenden Landschaften Italiens siedelte Sulla seine Veteranen an. Er gründete neue Kolonien, setzte seine Männer mit ihren Familien aber auch oft in vorhandene Städte, vertrieb die Einwohner aus ihren Häusern und von ihren Äckern.

So wurden Praeneste und Pompeji sullanische Kolonien. In Praeneste fanden die Veteranen nur leere Häuser vor, während sie in Pompeji ein großes Stadtviertel beschlagnahmten. Sulla ließ in der reichen campanischen Stadt einen prächtigen Tempel zu Ehren seiner persönlichen Göttin Venus bauen, und seine Veteranen zwangen die eingeschüchterte Restbevölkerung, der neuen Schutzpatronin täglich Opfergaben zu bringen.

Insgesamt siedelte Sulla 120 000 Veteranen mit ihren Familien in Italien an.

Es kam zu vielen Übergriffen von Sullas Soldaten: Sie jagten nicht nur die Geächteten, deren Namen auf den Tafeln in Rom eingeritzt waren, sondern sie töteten viele ehemalige Italiker, deren Besitz ihnen gefiel. Sulla sanktionierte auch die Morde seiner Veteranen nachträglich – genauso lässiggroßzügig, wie er es bei Catilina getan hatte.

»Den Feinden schrecklich und den Freunden liebevoll«, pflegte der Cornelier den Tragödiendichter Euripides zu zitieren, wenn er wieder einer Bitte nachgegeben hatte. Dieser Spruch ging bald als geflügeltes Wort durch Italien.

Für die persönliche Sicherheit Sullas sorgten 10 000 ehemalige Sklaven. Der Dictator hatte aus dem Besitz von Geächteten die kräftigsten und intelligentesten jungen Männer ausgesucht und sie freigelassen. Er beschenkte sie mit dem Bürgerrecht und gab ihnen seinen eigenen Namen: Lucius Cornelius. Diese Cornelier sorgten dafür, daß der Name der alten patricischen Gens noch Jahrtausende später auf dem Erdkreis verbreitet war.

Natürlich bedachte Sulla die neuen Cornelier und Klienten großzügig mit Geld und schweißte sie bald zu einer ihm völlig ergebenen Truppe zusammen. Jeden Auftritt des Dictators begleiteten seine »Cornelier«. Kein Fremder konnte sich ihm nähern, ohne daß sie ihn argwöhnisch nach Waffen durchsuchten.

Sie unterstützten sein Reformwerk, indem sie in der Volksversammlung die Plebs einschüchterten. Wenn sie während einer Rede Beifall jubelten, mußten auch alle anderen klatschen. Sulla hatte ein System entwickelt, sie so unter die Massen zu mischen, daß er die Bürger Roms völlig beherrschte. Jedes Murren wurde erstickt, es gab keine Rufe des Unmuts mehr oder gar Tumulte.

Ende Januar des neuen Jahres, in dem Sulla Dictator, Dolabella und Tullius Consuln waren, schien Sulla die Zeit reif für seinen großen Triumph. Die Bevölkerung war so verängstigt, daß sie es nicht wagen würde, Spottlieder auf ihn zu singen.

Sulla triumphierte über Mithridates, aber er konnte den pontischen König nicht vor seinem Wagen herlaufen lassen. Er hatte ihn als Freund verabschiedet. Er konnte auch keine Feldherren des Mithridates vorweisen, denn entweder waren sie gefallen wie Dorylaos, vergiftet wie Aristion oder ein Bundesgenosse des römischen Volkes wie Archelaos. Er konnte keine Beute aus dem Reich des Mithridates den Römern präsentieren, kein geraubtes Gold, keine Perlen.

Es wurden zwar im Triumphzug viele Tafeln hochgehalten, auf denen jedes der 70 Schiffe einzeln aufgemalt war; und die 500 Bogenschützen konnte er sogar leibhaftig vorzeigen. Aber das war schon alles. Sulla konnte auf keine Eroberungen stolz sein; keine Tafel verkündete, daß Rom seine Herrschaft über den Erdkreis um ein Stück erweitert hatte. Lediglich den früheren Zustand in Griechenland und Asia hatte er wiederhergestellt.

Wenige Tage vor dem Triumph langte eine Meldung in

Rom an, die Sulla daran zweifeln ließ, ob es überhaupt klug war, den Sieg über Mithridates zu feiern. Murena hatte sich von den Legionären des Fimbria überreden lassen, in die Gebiete des Königs einzubrechen, um Beute zu machen. Asia war ausgesaugt, und die beiden Legionen, die der Statthalter Murena kommandierte, hatten sich beklagt, weil ihre Erwartungen vom großen Reichtum nicht erfüllt waren.

Der Raubzug endete mit einem Desaster; Mithridates ließ Truppen aufmarschieren und die Römer aus seinem Gebiet hinauswerfen. Um sich zu rächen, vertrieb er erneut den König von Kappadokien und bereitete weitere Eroberungen vor. Was Sulla im Osten geregelt hatte, war in Unordnung geraten.

»Mithridates ist ein Lügner«, beschwerte sich Sulla, »er hat den Pakt mit mir gebrochen.« Keiner seiner Freunde wagte, darauf hinzuweisen, daß die Aggression von Murena ausgegangen war.

»Wie kann ich triumphieren, wenn sich Mithridates im Osten wieder wie vorher breitmacht?« jammerte der Dictator weiter.

»So schlimm ist es auch nicht«, tröstete ihn Lucius Lucullus, »er hat zwar wieder Kappadokien besetzt, aber Asia ist noch in unserer Hand.«

»Und du triumphierst ja weniger über Mithridates als über die Marianer«, fügte Publius hinzu, »du hast den Bürgerkrieg beendet! Wir zeigen dir alle unsere Dankbarkeit, indem wir hinter deinem Wagen herlaufen natürlich nicht vorweg, wie die Gefangenen!«

Sulla war begeistert: »Ihr bekränzt euch alle und singt Lieder zu meinen Ehren!«

So wurde es doch noch ein schöner Triumph. An Sullas Wagen, der von sechs Schimmeln gezogen wurde, schlossen sich Hunderte von vornehmen Römern an. Sie waren festlich gekleidet, trugen Kränze auf den Köpfen und hielten Tafeln hoch, auf denen Dankesworte für ihre Rettung standen. Musikanten hatten sich unter sie gemischt, Flötenbläser und Kitharisten.

Angenehm tönten dem großen Dictator ihre Weisen in den Ohren; nur Erfreuliches klang zu ihm herauf – Verse der Huldigung und der Verehrung. Von Archias stammten die Worte, aber die göttlichen Musen, die Töchter des Zeus, hatten sie ihm in den Mund gelegt. Jedenfalls war das die Meinung aller Zuschauer, die ergriffen lauschten.

Sullas Flechte im Gesicht brannte zwar heftig, doch kein Römer bemerkte das, da der Triumphator seine Haut mit Mennige rot eingefärbt hatte. Auch ohne den deckenden Belag hätte keiner gewagt, ein einziges Wort über seinen Ausschlag zu verlieren oder ihn gar eine »Maulbeere« zu nennen. Die Menschen jubelten und schrien, klatschten, tanzten und sangen, so daß Sulla tatsächlich den Eindruck gewann, von ihnen geliebt zu werden.

Mit glücklichem Lächeln stand er in seinem Purpurgewand hoch oben auf dem Triumphwagen; ein großer Lorbeerkranz, von einem Sklaven gehalten, schwebte über seinem Haupt. Der Diener flüsterte, wie der Brauch es wollte: »Bedenke, daß du ein Mensch bist!« – jedoch so leise, daß Sulla es nicht hörte. Der Dictator hatte dem Sklaven ausdrücklich die Anweisung gegeben, nur die Lippen zu bewegen; er wollte sich als Gott fühlen, sein Dasein als Mensch für eine Weile vergessen.

Stundenlang wälzte sich der Triumphzug, dem alle Veteranen Sullas folgten, durch Rom. Sogar die Soldaten verzichteten auf die üblichen Spottlieder, denn ihre Centurios hatten sie ihnen ausdrücklich untersagt.

Als der Dictator das Capitol erreicht und dem obersten Gott Iuppiter geopfert und gedankt hatte, stieg er zum Marsfeld hinunter, wo er eine Volksversammlung einberufen hatte.

»Römer«, teilte er den Menschenmassen mit, »ab heute nenne ich mich offiziell ›Sulla Felix‹. Alle Statuen von mir sollen diese Inschrift tragen; jeder, der das Wort an mich richtet, hat ›Sulla Felix‹ zu mir zu sagen!«

Damit entließ er die Römer zu einem üppigen Fest, das viele Tage andauerte. Der Wein war vom besten Jahrgang, aus dem Consulatsjahr des Opimius, 40 Jahre alt. Sulla hatte alles aufkaufen lassen, was in den Kellern aufzutreiben war. Noch spätere Jahrhunderte sprachen vom »Opimier«, auch wenn keiner mehr wußte, wie dieser Wein eigentlich geschmeckt hatte. Aber da die Plebs nur selten so gut bewirtet worden war wie anläßlich des Triumphes von Sulla Felix, nahm die Erinnerung, vom Vater an den Sohn und schließlich an den Enkel weitergegeben, immer verklärtere Formen an.

Der Dictator gab für die tagelange Speisung von Hunderttausenden von Menschen den zehnten Teil seines Vermögens aus. Nach römischer Sitte »opferte« er Hercules, dem Gott der Kaufleute, des Gewinns und der Kriegsbeute, den »Zehnten«. Doch dieser Zehnte hatte in Naturalien zu erfolgen, so daß das Volk genügend zu essen und zu trinken bekam. Was nicht verzehrt wurde, durfte nicht aufbewahrt, sondern mußte verbrannt oder ins Wasser geworfen werden.

Sulla Felix hatte die Straßen und Plätze in Rom mit solchen Mengen an Fleisch, Backwaren, Käse, Obst sowie Wein überschwemmen lassen, daß jeden Tag Speisen in Hülle und Fülle den Tiber hinuntertrieben. Nur der Wein wurde nicht weggeschüttet.

Während des mehrtägigen Hercules-Festes starb Metella. Das Verhältnis zwischen den Eheleuten war seit Metellas Ankunft in Athen getrübt gewesen. Sulla hatte es ihr nie verziehen, daß sie sich bei ihrer Flucht nicht um Metrobius und Chrysogonos gekümmert hatte. Er machte ihr oft Vorwürfe deswegen, sie verteidigte sich unter Tränen. Ein Wort gab das andere; es kam zu heftigem Streit, denn beide zügelten ihr Temperament nicht. Manche Bemerkung hinterließ Wunden und später brennende Narben.

Als sich Metella bei einer Auseinandersetzung so weit hinreißen ließ, daß sie ihm seinen körperlichen Makel vorwarf, hätte Sulla sie am liebsten umgebracht. Nur mühsam bezähmte er seine Wut, ging ihr seitdem aus dem Weg.

Auch die Ankunft von Metrobius und Chrysogonos half nicht, die Eheleute zu versöhnen. Sie mieden sich, und die lange Abwesenheit Sullas trug dazu bei, daß sie sich fremd wurden.

Metella vermißte eigentlich nichts, denn Fufidius umgab sie ständig mit seiner Liebe. Sie wurde wieder schwanger, allerdings zu einem Zeitpunkt, der Sullas Vaterschaft in große Zweifel zog: während seines Aufenthaltes in Asia.

Das Kind, ein Junge, wurde kurz nach Sullas Landung in Piraeus geboren.

»Hast du deine Schwangerschaft verheimlicht?« fragte Sulla nach der Begrüßung.

»So gut es ging«, druckste sie herum, »aber einige Römer haben sicher bemerkt, daß ich ein Kind erwartete. Es war ja heißer Sommer, und ich konnte mich nicht mit vielen Gewändern verhüllen.«

Wütend rannte Sulla aus dem Zimmer, um Metrobius auszufragen, der schon vor einigen Monaten nach Griechenland zurückgekehrt war.

»Es war noch schlimmer«, flötete der Freund, »sie und Fufidius führten sich wie ein Liebespaar auf – in aller Öffentlichkeit!«

»Aber ich hatte Fufidius ausdrücklich um Diskretion gebeten!« ereiferte sich Sulla.

»Asia ist weit«, lächelte Metrobius.

»Was soll ich jetzt tun?« fragte Sulla finster. »Ich will auf keinen Fall das Kind, ich will auch Metella nicht mehr, und Fufidius schon gar nicht!«

»Eins nach dem anderen«, riet Metrobius, und seine Bernsteinaugen leuchteten kalt, »ich vergifte zuerst das Kind; es ist erst wenige Wochen alt, da sterben Säuglinge oft. So gibt es kein Gerede. Was Metella betrifft: Da müssen wir auf eine günstige Gelegenheit warten. Es soll ja so aussehen, als ob sie einen natürlichen Tod gefunden hat. Und Fufidius ist ein kräftiger Mann, verwende ihn bei deinen Feldzügen, wo es gefährlich wird. Bisher hat er sich vor Kriegsdiensten drücken können! Hättest du ihn nach Chaironeia oder Orchomenos mitgenommen, wäre das mit Metella nicht passiert.«

Sulla nickte bedrückt. Metrobius zögerte nicht: Wenige Tage nach dem Gespräch war Metellas Kind tot.

Sulla ernannte Fufidius zu einem seiner Militärtribune im Bürgerkrieg, schickte ihn oft auf gefährliche Unternehmungen, aber Fufidius erwies sich als talentiert für das Kriegshandwerk und als Überlebenskünstler. Von jedem Einsatz kehrte er unversehrt zurück.

Während der Kämpfe in Italien und der Verfolgung der Marianer vergaß Sulla seine persönliche Rache an Metella und Fufidius. Erst als er im Januar, eine Woche vor seinem Triumph, bemerkte, daß Metella wieder schwanger war, erinnerte er sich daran, wie sie ihn in Athen gedemütigt hatte.

Er ließ Metrobius rufen und vergewisserte sich, daß sie nicht belauscht wurden.

»Und du bist ganz sicher, daß das Kind nicht von dir ist?« erkundigte sich Metrobius scheinbar besorgt.

»Seit sie mich vor fünf Jahren in Athen einen ›Krüppel‹ genannt hat, habe ich sie nicht mehr angerührt«, antwortete Sulla mürrisch.

»Und du bist ganz sicher, daß du kein Kind mehr willst?« fragte Metrobius mit süßem Lächeln. »Von der Zeit her könntest *du* der Erzeuger sein, – ihr lebt ja seit Monaten wieder unter einem Dach!«

»Unter einem Dach! Aber nicht in einem Raum!« sagte Sulla finster, »die ganze Dienerschaft weiß, daß ich mit Metella nicht mehr schlafe. Und was die Diener wissen, ist auch den Römern kein Geheimnis. Am Tag meines Triumphes werde ich bekanntgeben, daß ich ›Sulla Felix‹ bin! Sieh zu, daß mich die Plebs nicht Sulla ›der Unglückliche‹ nennt, wenn herauskommt, daß Metella von einem anderen schwanger ist.«

»Drei oder sieben Tage?« fragte Metrobius sachlich.

»Ich habe mich so an die sieben Tage gewöhnt«, sagte Sulla mit zynischem Lachen, »also bleiben wir dabei.«

Metrobius terminierte den Tod Metellas so, daß sie während der Feiern zu Ehren des Hercules starb. Als am sechsten Tag nach Ausbruch der Krankheit der nahe Tod Metellas Züge zeichnete, ließ Sulla sie in ein anderes Haus schaffen.

»Die Priester haben mir geraten, mein Haus nicht mit einer Toten zu beflecken. Das wäre ein schlechtes Omen für mein neues Leben als ›Sulla Felix‹«, war seine Erklärung. In Wirklichkeit wollte er nicht Zeuge ihres Sterbens sein.

»Ich habe sie doch einmal so geliebt!« jammerte er zu Metrobius.

»Das hättest du dir eher überlegen müssen«, antwortete ihm der Freund kalt.

Kaum war aber Metella in einer Sänfte aus dem Haus getragen, schickte Sulla ihr den Scheidungsbrief hinterher.

Am nächsten Tag starb Metella, gerade 40 Jahre alt. Sulla Felix ließ eine prächtige Leichenfeier für sie ausrichten, die allerdings in der Üppigkeit des Hercules-Festes unterging.

Fufidius ernannte er zum Praetor und schickte ihn später als Statthalter nach Hispania, wo er im Kampf gegen Sertorius fiel.

Caesars Rettung

Die städtischen Massen waren noch vom großen Hercules-Fest gesättigt, als Sulla Felix sie mit einer Neuigkeit überraschte, die unter anderen Umständen schwere Unruhen ausgelöst hätte: Er strich den Römern das verbilligte Getreide. Er ließ diese Nachricht neben der Tafel mit den Namen der Todeskandidaten anschlagen und schickte außerdem Herolde durch die Stadt, die von Hunderten von bewaffneten Corneliern eskortiert wurden.

Die Leibwache des Dictators verhinderte, daß sich die Menschen zusammenrotteten und in großer Erregung darüber diskutierten, daß ihnen das Geschenk des Gaius Gracchus nach 40 Jahren weggenommen wurde.

Wochenlang patrouillierten die Cornelier durch Rom, stellten sich zu jedem Grüppchen, um auf die Gespräche zu lauschen. Die Leute wurden rücksichtslos auseinandergetrieben, sobald sie anfingen, über die Streichung des verbilligten Getreides zu lamentieren.

Bevor sich Sulla Felix zu dieser Maßnahme entschloß, die jeden römischen Bürger persönlich traf, hatte er sich lange mit seinen Freunden beraten.

»Ich muß es tun«, begann er, »um den Staatsschatz zu entlasten. Aber das ist nicht der entscheidende Grund: Jahrzehntelang hat die Kasse die hohen Ausgaben gut getragen – selbst in den schwierigen Zeiten des Marsischen Krieges und als die Einnahmen aus Asia ausfielen.

Ich muß den Römern das billige Getreide wegnehmen, um sie aus ihrer Trägheit zu reißen. Sie sollen sich wieder Gedanken darüber machen, was morgen ist, Initiativen für ihr Leben entwickeln. Viel zu lange haben sie sich wie Säuglinge füttern lassen, sind schlaff geworden, haben jeden Kampfgeist verloren. Wer ihnen noch billigeres oder gar kostenloses Getreide verspricht – dem jubeln sie zu!«

»Du schadest dir selbst«, gab der Consul Tullius, dessen Sinn auf das Praktische gerichtet war, zu bedenken, »satte Massen sind zufrieden und leicht zu lenken. Und erinnere dich an deine Soldaten: Nachdem sie das fette Leben in Asia genossen hatten, waren sie bereit, durch dick und dünn für dich zu gehen. Sie waren zwar eine Zeitlang faul und träge, aber als du sie brauchtest, kehrte sofort der alte Kampfgeist zurück! Und haben sie nicht alles für dich getan und schließlich dir zum Sieg verholfen?«

Sulla Felix mußte ihm in diesem Punkt recht geben. »Es gibt noch ein anderes Argument«, fuhr er fort, »ich will die städtischen Massen bestrafen! Sie haben Marius und seinen Spießgesellen zugejubelt, wo immer diese Verbrecher sich sehen ließen. Ich kann deswegen nicht halb Rom ausrotten, aber ich kann den Bürgern weh tun, indem ich sie zwinge, sich wieder selbst darum zu kümmern, wie sie ihre Mägen füllen. Zu Zehntausenden sind sie an den Köpfen von Ahenobarbus, Catulus, Antonius und den vielen anderen vorbeigepilgert und haben sich am schrecklichen Tod meiner Freunde delektiert! Die Rachedämonen befehlen mir, den Römern das Getreide zu streichen!«

Seine Freunde und Berater schwiegen; gegen die Furien gab es keine Einwände.

Eine weitere Maßnahme, die den Unwillen der Plebs erregte, hatte Sulla bereits während seines Consulats vor sieben Jahren angeordnet: Die Volkstribune mußten alle ihre Anträge dem Senat zur Genehmigung vorlegen. Ihnen war damit das Recht genommen, sich direkt an das Volk zu wenden. Diese Regelung war aber von Cinna sofort nach seinem Amtsantritt kassiert worden.

Als Dictator gab sich Sulla Felix nicht damit zufrieden, den Volkstribunen lediglich vorzuschreiben, sich ihre Anträge von Senat zensieren zu lassen. Er reduzierte das Amt auf seine Anfänge, ließ den Volkstribunen nur das »Recht auf Hilfe«, das sich die Plebs mit ihrem Auszug aus Rom vor über 400 Jahren erkämpft hatte.

So konnte ein Volkstribun weiter sein Veto gegen eine Anweisung oder Handlung eines Magistrats einlegen und den Beamten vor Gericht zur Rechenschaft ziehen. Stellten sich jedoch die Vorwürfe als falsch heraus, hatte der Volkstribun mit einer hohen Strafe zu büßen, die seine Existenz vernichtete. Diese Regelung war neu, ließ die Wogen der Empörung hochschäumen, aber erreichte den Zweck, daß nicht jeder junge Heißsporn sich auf Kosten eines hohen Magistrats profilierte.

Um überhaupt zu verhindern, daß ehrgeizige Adlige ihre Karriere mit dem mächtigen Amt des Volkstribunats begannen, verfügte der Dictator, daß den Volkstribunen in Zukunft die weitere Laufbahn im Staat versperrt war.

»Wer die hohen Ämter bekleiden will, muß ganz unten anfangen«, erklärte Sulla Felix der Plebs, als er die Gesetzesanträge vom Castor-Tempel aus bekanntgab, »nur wer gelernt hat zu gehorchen, ist es wert, auch einmal zu befehlen. Wer als junger Mensch mit der Macht eines Volkstribunen wie ein König durch Rom schreitet, wird als Consul wie ein Tyrann herrschen. Nehmt als Beispiel mich! Ich habe als Quaestor angefangen, habe mühsam eine Stufe nach der anderen erklommen! Nur deshalb weiß ich, was euch guttut, kann euch befehlen, euch den Weg zeigen!«

Und Sulla Felix teilte den Römern anschließend mit, daß in der Ämterlaufbahn wieder genau die Zeiten einzuhalten seien, die vor 100 Jahren schon ein Gesetz festgelegt hatte:

»Erst wer 31 Jahre alt ist, kann Quaestor werden. Ein Kandidat für die Aedilität muß mindestens 37 Jahre zählen, für die Praetur 40 und für das Consulat 43. Und zwischen zwei Amtszeiten als Consul haben zehn Jahre zu liegen! Marius konnte nur so viel Unglück über Rom bringen, weil er sechsmal hintereinander Consul war. Diese Häufung der Consulate hat seinen Verstand krank gemacht!«

Die von Sulla Felix erhoffte Besserung seines körperlichen Zustandes war nach dem Triumph nicht eingetreten. Im Gegenteil: Während der vielen Stunden, die er bewegungslos auf dem zugigen Wagen verbrachte, hatte er sich eine schwere Erkältung zugezogen. Ein Husten quälte ihn, er fieberte leicht, aber er zwang sich, jeden Morgen aufzustehen und seine Amtsgeschäfte zu erledigen.

In würdevoller Haltung stand er im Tablinum und empfing seine Klienten. Später saß er über den Listen mit den Todeskandidaten oder zog mit einem Gefolge von Zehntausenden zum Forum und in die Curia. Als das Fieber stieg, rieten ihm die griechischen Ärzte, mehrere Tage im Bett zu bleiben. Da ihn auch wieder die Gicht plagte, fügte er sich. »Bringt mir die Köpfe der Marianer zuerst ins Haus, bevor ihr sie an der Rostra aufhängt«, befahl er. Nach wie vor war er begierig, seinen Feinden in die weitaufgerissenen, toten Augen zu blikken.

»Mit jedem dieser Toten verschwindet ein Rachegeist«, erklärte er seinen Freunden, »wenn ich nur *einen* abgeschlagenen Kopf nicht sehe, quälen mich nachts die Furien weiter.« Selbst aus den entferntesten Gebieten Italiens mußten ihm die Häupter der Ermordeten herbeigeschafft werden.

Wie üblich kam auch während Sullas Krankheit der junge Cato mit seinem Erzieher in den Palast auf dem Palatin. Der 14jährige wohnte bei seiner älteren Schwester Servilia. Lucullus, der Ehemann, überwachte gelegentlich den Unterricht, fand aber kaum Kontakt zu dem verschlossenen, schweigsamen Jungen. So war Lucullus froh, als Sulla Felix die frühere Gewohnheit wiederaufnahm, Cato mehrmals wöchentlich bei sich zu sehen, mit ihm zu plaudern und nach Fortschritten im Unterricht zu fragen.

Als Cato an diesem Morgen ins Atrium trat, wurden gerade Köpfe von Erschlagenen hinausgetragen, die Sulla Felix kurz vorher lange angestarrt hatte. Noch nie war Cato so direkt mit der Tatsache konfrontiert worden, daß der Dictator der Urheber der vielen Morde war.

»Er ist ein grausamer Tyrann!« rief Cato entsetzt. Der Erzieher stieß ihn heftig in die Seite und flüsterte: »Schweig!« Dann zerrte er ihn schnell aus dem Haus.

»Warum findet sich keiner, der auch ihn umbringt?« fragte der Junge auf der Straße.

»Er hat eine Leibwache, die vielen Cornelier, und keiner kommt an ihn heran«, sagte der Erzieher.

»*Ich* könnte es tun!« überlegte Cato. »Wenn wir zusammen reden, bin ich ihm so nah, daß ich ihm einen Dolch ins Herz stoßen kann!«

Der Erzieher erschrak und durchsuchte vor dem nächsten Besuch den Jungen genau nach Waffen. Er fand aber keine.

Sulla Felix erfuhr von einigen Corneliern, daß Cato ihn einen »grausamen Tyrannen« genannt hatte und anschließend von seinem Erzieher aus dem Haus geschafft worden war.

Beim nächsten Gespräch versuchte der Dictator, Cato seine Beweggründe zu erklären, erzählte von den vielen toten

Freunden und daß Marius-Anhänger die Schuld am Tod der Eltern des Jungen trugen.

»Ich bin kein Tyrann, und jetzt verrate ich dir ein Geheimnis, das du für dich behalten mußt!« sagte er mit Verschwörermiene. »Wenn ich die alte Ordnung wiederhergestellt habe, lege ich mein Amt als Dictator nieder. Wäre ich ein Tyrann, täte ich das nicht! Dann würde ich weiterregieren, solange ich lebe. Hast du begriffen, was ein Tyrann ist?«

Cato nickte heftig.

»Und wirst du mich nie wieder ›Tyrann‹ nennen?«

Cato überlegte lange. »Das weiß ich erst, wenn du dein Amt wirklich niedergelegt hast«, sagte er schließlich. Sulla Felix mußte lachen.

»Laß uns einen Vertrag schließen: Du sprichst das Wort ›Tyrann‹ wenigstens so lange nicht aus, bis du genau Bescheid weißt. Wenn ich in drei Jahren immer noch Dictator bin, kannst du mich ›Tyrann‹ nennen!«

»Es gibt nichts Schlimmeres als Tyrannen, hat mir mein Erzieher gesagt«, bemerkte Cato altklug, »und ein Stoiker muß gegen Tyrannen kämpfen. Wenn du aber wirklich keiner bist, brauche ich dich nicht zu töten.«

Das nächste Mal brachte Cato die jüngere Servilia mit, die nun fast 20 Jahre alt war. An der Hand hielt Servilia einen vierjährigen Jungen.

Die früher so kokette und altkluge Servilia trat sehr bescheiden auf, grüßte ehrerbietig und hielt sich im Hintergrund, als Cato – erstaunlich genug – beredt den Grund ihres Besuches erklärte.

»Hör mich an«, bat er, als Sulla Felix zornige Blicke auf die junge Frau schleuderte, »wirf sie nicht gleich hinaus! Sie ist schließlich meine Lieblingsschwester«, fügte er trotzig hinzu.

Sulla Felix erinnerte sich, wie vor zehn Jahren das kleine Mädchen mutig zu ihm gekommen war, um ihm mitzuteilen, daß der Marser Poppaedius Silo den Bruder gequält hatte.

Seine Wut legte sich, und interessiert betrachtete er das hübsche Kind von Servilia, während er Cato zuhörte.

»Dieser Junge, mein Neffe Marcus Brutus, ist nicht das Kind von Servilias Ehemann Brutus. Der Vater ist Gaius Iulius Caesar, der Neffe des Marius, der meiner Schwester die große Liebe vortäuschte, sie aber dann sitzenließ.«

»So war es nicht!« weinte Servilia aus dem Hintergrund. »Er hat mich wirklich geliebt! Und liebt mich immer noch!«

»Sei still! Er hat dich reingelegt«, fuhr ihr Bruder sie an, »warum hat er nicht dich geheiratet, als das Kind unterwegs war, sondern Cornelia, die Tochter des Cinna? Er ist eiskalt, denkt nur an seine Karriere! Als die Sullaner verfolgt wurden, war eine Heirat mit dir für ihn nicht mehr opportun, die Tochter des Consuls Cinna plötzlich interessanter! Und du willst diesen Windhund jetzt retten! Weiber!« schloß er voller Empörung. Sulla Felix mußte über die Erregung des jungen Stoikers grinsen, und Servilia wußte, daß sie gewonnen hatte. Sie warf sich vor dem Dictator auf den Boden. »Hilf ihm! Hilf ihm – meinem Kind zuliebe!« flehte sie.

»Steh auf!« befahl Sulla Felix streng. »Ich bin kein Tyrann, vor dem man auf den Knien herumrutscht!« Er warf einen kurzen Blick zu Cato hinüber und sah mit Befriedigung, daß dieser heftig nickte.

»Er ist kein Tyrann«, wiederholte der Junge, »steh auf!« Gehorsam erhob sich Servilia, und Sulla Felix wies mit höflicher Geste auf einen Sessel. Die junge Frau nahm das Kind auf ihren Schoß, während Cato mit der Miene eines Beschützers – hinter ihr stehenblieb.

»Wo steckte dieser Caesar die ganze Zeit?« fragte der Dictator. »Er ist noch nicht auf die Liste gekommen!«

»Bei mir«, antwortete Servilia mutig, »er hatte sich zu mir geflüchtet, als die Jagd auf die Marianer losging. Mit seiner Tante Iulia und leider auch mit seiner Frau Cornelia.«

»Und dein Ehemann? Wie heißt er doch?«

»Marcus Iunius Brutus!«

»Ist er auch in deinem Haus?«

Servilia schwieg, doch Cato stieß sie leicht gegen den Arm. »Wenn du willst, daß Sulla Felix dir hilft, mußt du alles sagen«, befahl er.

Sie erzählte nun, daß ihr Ehemann Brutus, der zum Freundeskreis des jungen Marius gehört hatte, sich in Capua versteckt hielt. Brutus hatte als Volkstribun in dem Jahr amtiert, in dem Sulla in Brundisium landete. Auf seine Initiative ging die Gründung einer neuen Kolonie für die Plebs in Capua zurück, die den Marianern viele Sympathien bei den Massen eingetragen hatte.

In Capua hatte Norbanus Schutz gefunden, nach der Niederlage gegen Sulla, und in dieser Kolonie hatten später viele Flüchtlinge Unterschlupf gesucht, bis die Stadt schließlich von Sullas Veteranen ausgeräuchert wurde.

»Du lügst«, schrie Sulla Felix nun, »meine Soldaten haben die Kolonie zerstört! Dein Mann ist auch in deinem Haus!«

Servilia fing an zu weinen und nickte nur.

»Wenn du noch einmal lügst«, sagte Cato streng, »werde ich dir nie mehr helfen.«

»Du willst also, daß ich alle Leute in deinem Haus verschone, sogar deinen Mann, der ein enger Freund des jungen Marius war?« forschte Sulla Felix. »Caesar, der Vater deines Kindes, scheint sich von diesem Kreis ferngehalten zu haben; jedenfalls habe ich nicht gehört, daß er ständig mit Marius und Fimbria und den anderen Mördern zusammensteckte!«

»Er war viel zu klug für einen Marius und einen Fimbria«, erklärte Servilia stolz, »er sagte mir oft, daß ihn deren Geschwätz nur langweile, und kam lieber zu mir, wenn bei Marius die wüsten Gelage stattfanden!«

»Das mit euch ging immer weiter?« rief Cato mit hoher, erregter Stimme. »Das hast du mir verschwiegen!«

Servilia senkte beschämt den Kopf und drückte das Kind an sich. »Er hat nur seinen Sohn besucht«, versuchte sie sich zu verteidigen. Sulla Felix betrachtete sie eine Weile, dann stand sein Entschluß fest. »Bringt Caesar zu mir!« befahl er.

Schon nach einer Stunde wurden sie gemeldet: Caesar, Cato und Servilia. Neugierig starrte Sulla Felix auf den jungen Caesar, der vor zwölf Jahren – als Zehnjähriger – die Plebs mit seinem Charme und Witz begeistert hatte.

Er war von schlanker Gestalt; das gutgeschnittene, etwas rundliche Gesicht zeigte ein höfliches Lächeln. »Du hast mich rufen lassen, Sulla Felix?« fragte er reserviert. »Was hast du mit mir vor?«

»Ich will, daß du dich von Cornelia scheiden läßt und Servilia, die Mutter deines Kindes, heiratest!« sagte der Dictator mit kalten Augen.

»Ich habe auch von Cornelia ein Kind, eine einjährige Tochter, Iulia«, erwiderte Caesar und lächelte weiter höflich, »außerdem liebe ich Cornelia und trage die Verantwortung für sie!«

Sulla Felix war über diese freimütige Antwort überrascht. »Liebe! Liebe!« höhnte er. »Servilia liebst du doch auch, oder hast du ihr das nur vorgespielt?«

»Servilia liebe ich auch«, sagte Caesar, und der Blick seiner dunklen Augen war genauso kalt und stechend wie der von Sullas blauen, »aber mit Cornelia bin ich verheiratet! Nur um mein Leben zu retten, werde ich mich nicht scheiden lassen!«

»Du hast Mut, Caesar«, sagte Sulla Felix mit gewinnendem Lächeln, »und vor Mut habe ich Respekt! Außerdem habe ich erfahren, daß du dich vom Zirkel um Marius und Fimbria ferngehalten hast! Ich werde dich nicht auf die Liste setzen! Damit mir aber nicht doch ein eifriger Verfolger aller Marianer demnächst deinen Kopf anbringt, schicke ich dich in eine ferne Provinz. Am besten nach Asia, in den Stab des Statthalters.«

»Und was geschieht mit meiner Frau, meiner Tante Iulia und meiner Tochter?«

»Ihnen wird nichts passieren.«

»Und Marcus Brutus, der meinen Jungen aufzieht?«

Sulla Felix lachte amüsiert: »Wie viele stehen noch auf deiner Liste? Auch Brutus soll leben, aber damit ist Schluß!«

Caesar bedankte sich artig und war entlassen.

Cato und Servilia, die heftig weinte, blieben noch eine Weile. Sulla Felix stand am Fenster und blickte lange auf das Forum: »Rom sollte sich vor diesem Knaben hüten! In dem steckt mehr als nur ein Marius! – Cato«, rief er plötzlich. Der Junge lief eilig zu ihm hin. »Du mußt mir etwas versprechen! Du erinnerst dich an unseren Vertrag?« fragte er, und Cato nickte heftig.

»*Ich* werde nicht als Tyrann über Rom herrschen. Aber wenn es ein anderer versuchen sollte: Wirst du den bekämpfen? Bis auf den Tod? Caesar hat das Zeug zu einem Tyrannen! Du schwörst es mir – bei meinem Gott Apollo?«

Und begeistert schwor Cato, jeden zu verfolgen, der sich zum Tyrannen über Rom aufschwingen wollte.

Die Landgüter des Chrysogonus

Sulla Felix hatte die Macht der Optimaten wirkungsvoll gestärkt, indem er die Popularen in Fesseln legte. Ohne Widerstand setzte er anschließend ein weiteres Reformvorhaben durch, das ihn seit einem Dutzend Jahren, seit seiner städtischen Praetur, beschäftigte: den Ausbau des Gerichtswesens. Wie er es seinerzeit mit Lucius Ahenobarbus und anderen Beratern diskutiert hatte, richtete er neue ständige Gerichtshöfe ein, ergänzte so die bestehenden.

Er fand ein Gericht vor, das sich mit den Bereicherungen in den Provinzen befaßte, ein weiteres, vor dem Ämterkauf und Wahlbetrug verhandelt wurden, und eines für Mordsachen. Auch für »Majestätsverbrechen«, jede Entehrung des römischen Namens, war – seit dem von Norbanus und Saturninus eingebrachten Gesetz – eine ständige Kommission zuständig.

Für die Unterschlagung öffentlicher Gelder richtete Sulla Felix jetzt gleichfalls ein besonderes Gericht ein, ebenso für die Fälschung von Testamenten und Münzen und für Beleidigungen sowie Hausfriedensbruch.

Die Richter waren ausschließlich Senatoren. Kein Ritter durfte mehr ein Urteil sprechen; die Machtstellung, die Gaius Gracchus dem Stand der Ritter zugewiesen hatte, wurde völlig gebrochen. Was Sulla Felix anfing, das führte er auch zu Ende: Er nahm den Rittern nicht nur die Gerichte über Bereicherung in den Provinzen weg, sondern senkte ihren Status in der Öffentlichkeit.

»Sie dürfen im Theater und im Circus nicht mehr auf den unteren Bänken bei den Senatoren sitzen«, verkündete er vom Castor-Tempel hinunter, »sondern müssen zwischen die Plebejer!«

Das Volk nahm diese Demütigung begeistert auf, und die Ritter fühlten sich durch die neue Sitzordnung stärker getroffen als durch ihre Entfernung aus den Gerichten. Statussymbole galten viel in Rom; die bevorzugten Plätze bei Theaterspielen, Wagenrennen und Gladiatorenkämpfen waren den Rittern genauso wichtig gewesen wie die goldenen Ringe – die ihnen Sulla großzügig ließ.

Den Vorsitz in den ständigen Gerichten bekamen die Praetoren. Sulla Felix schuf zwei neue Stellen zusätzlich und verfügte, daß alle acht Praetoren während ihrer Amtszeit in Rom bleiben sollten, ebenso die Consuln. Erst in einem zweiten Amtsjahr, das jetzt obligatorisch wurde, konnten die Praetoren – dann »Propraetoren« genannt – eine Provinz verwalten.

»Bisher haben nur die städtischen Praetoren wirklich gearbeitet«, erklärte Sulla Felix seinen Freunden, »viele Magistrate, die gleich in eine Provinz gingen, hatten nichts anderes im Sinn, als sich zu bereichern und sich von den Untertanen noch dafür feiern zu lassen! Selten haben sie ihre Aufgabe als oberste Richter wahrgenommen. Wer in Rom als Praetor amtierte, war zwar ein mächtiger Mann, aber er mußte schwer arbeiten. Ich spreche aus Erfahrung«, fügte er stolz hinzu, »wie viele Römer kamen zu mir, um Prozesse anzumelden, und bei wie vielen Verhandlungen mußte ich den Vorsitz führen! Die meisten meiner juristischen Kenntnisse stammen aus der Zeit meiner Praetur. Es wird unseren Provinzen nur helfen, wenn wir in Zukunft Statthalter hinschicken, die schon eine Ausbildung als Jurist in Rom hinter sich haben!«

Die Zahl der Provinzen wuchs auf zehn an. Denn Sulla Felix erklärte das Padus-Gebiet zu einer neuen Provinz: zu »Gallia Cisalpina«, dem Diesseitigen Gallien. Diese Provinz verfügte nur über das latinische Recht; Italien endete am Rubicon. Aber bis zu diesem Fluß war ganz Italien mit dem römischen Bürgerrecht ausgestattet, der Stadt Rom gleichgestellt.

Nachdem Sulla Felix die Ritter aus den Gerichten geworfen hatte, war die Stellung der Senatoren wieder so stark wie in früherer Zeit.

»Der Senat wurde einmal eine ›Versammlung von Königen‹ genannt«, sagte Sulla Felix zu seinen Freunden, »die Senatoren sollen in Zukunft wieder wie Könige herrschen. Welcher Praetor oder Consul welche Provinz bekommt, entscheidet allein der Senat!«

»Ist das hohe Gremium mit 600 Mitgliedern nicht zu schwerfällig geworden?« erkundigte sich besorgt Metellus Pius, der als Berater inzwischen den ersten Platz einnahm. Er mußte sich unentbehrlich machen, um nicht wieder als Kandidat für das Consulat übergangen zu werden. Allerdings hatte Sulla gleich nach der Einnahme Roms dafür gesorgt, daß Metellus Pius die Nachfolge des ermordeten Scaevola als Pontifex Maximus antreten konnte. »Was sollte ich tun?« gab Sulla Felix zu. »Ich hatte so viele Freunde mit Ämtern zu versorgen! Nachdem die Ritter an Ansehen verloren hatten, mußte ich meine Anhänger unter ihnen trösten, indem ich sie zu Senatoren machte. Ich konnte auch vielen Centurios, die mir zum Sieg verholfen haben, nicht die läppische Bitte abschlagen, Senatoren zu werden.«

Sulla Felix sorgte außerdem dafür, daß Freunde, deren Lebenswandel Anstoß erregte, nicht von den Censoren aus dem Senat entfernt werden konnten.

»Wenn kein Censor da ist«, sagte er lachend zu seinen Beratern, »gibt es auch keinen Sittenrichter!«

»Du willst wirklich dieses ehrwürdige Amt abschaffen?« fragte Pius erstaunt.

»So weit will ich nicht gehen. Ihr wißt, wie sehr ich alles schätze, was unsere Vorfahren in ihrer Weisheit einst geschaffen haben. Ich habe mir etwas anderes überlegt: Die Censur ruht!«

Am 1. Juni wurden die Proscriptions-Listen geschlossen. Der Aufbau der neuen Gerichte war beendet, die Vorsitzenden standen fest, und aus einer umfangreichen Liste von Senatoren konnten die Richter gewählt werden. Das neue Gericht für Morde, das auch Giftmischerei und Brandstiftung abzuurteilen hatte, bekam viel Arbeit, denn die Morde ließen sich nicht mehr als »Ächtungen« vertuschen.

Chrysogonus jedoch kümmerte sich nicht darum, daß die Zeit der Proscriptionen endgültig vorbei war. Als ihm im Herbst zwei Freunde vorschlugen, ein Dutzend Güter im Wert von sechs Millionen Sesterzen, die einem ihrer Verwandten gehörten, zu einem Spottpreis zu erwerben, setzte er den Namen des Besitzers Sextus Roscius auf die Liste. Kurze Zeit später erdolchte einer der Freunde seinen Verwandten in einer dunklen Gasse auf dem Marsfeld, in der Nähe des Capitols. Er wurde später von Chrysogonus für die Tat reich belohnt.

Dieser Sextus Roscius stammte aus der Stadt Ameria in Umbrien, 60 Meilen von Rom entfernt. Mit dem Schauspieler Roscius, inzwischen zum Ritter erhoben, verbanden ihn keinerlei Beziehungen.

Metrobius erfuhr von diesem Mord, weil Chrysogonus bei einem Gelage in seinem Haus mit seinen neuen Gütern am mittleren Tiber prahlte.

Es wurde viel gefeiert bei Chrysogonus, denn der schöne Grieche liebte es, mit seinem Reichtum zu protzen. Sein Haus quoll von Kostbarkeiten über; Sullas Freund wußte kaum noch, wo er weitere Statuen aufstellen oder Gemälde und Wandteppiche aufhängen sollte. So verlegte er sich auf den Erwerb von Landgütern, und zu den vorhandenen in Süditalien fügte er nun das Dutzend in Umbrien hinzu.

»Was willst du mit den vielen Ländereien?« fragte ihn Metrobius, der auf der Kline neben ihm lag. »Von deinen Besitzungen in Lucanien bekommst du vielleicht dreimal im Jahr Nachricht!«

»Nicht nur Nachricht – die Gewinne aus den Verkäufen der Schafe, der Oliven, der Weinfelder werden nach Rom geschleppt«, sagte Chrysogonus mit funkelnden Bernsteinaugen, »tage- und nächtelang bin ich dann mit Geldzählen beschäftigt! Rate mal, was ich für die neuen Güter in Umbrien bezahlt habe?«

»Das mußt du mir schon erzählen!«

»2000 Sesterzen! Und sie haben einen Wert von sechs Millionen!«

Metrobius erschrak; dieses Mißverhältnis gab ihm zu denken: »Wie bist du daran gekommen – für diesen Preis? Die Ächtungsliste ist doch seit Monaten geschlossen«, erkundigte er sich besorgt.

»Man kann sie immer noch verlängern«, erklärte Chrysogonus geheimnisvoll.

»Weiß Sulla Felix davon?«

»Er hat soviel Arbeit! Außerdem interessieren ihn solche Kleinigkeiten nicht!« meinte Chrysogonus mit wegwerfender Geste.

Der Tod des Sextus Roscius aus Ameria erregte jedoch mehr Aufsehen, als der Grieche und seine Freunde, die Verwandten des Sextus, erwartet hatten. Denn Roscius war in seiner Heimatstadt ein einflußreicher Mann gewesen und hatte in Rom in Häusern von hohen Adligen, wie bei den Metellern, verkehrt.

Metellus Pius, der als Sullas Kandidat für das Consulat durch Rom stolzierte, wurde wiederholt wegen des Mordes an einem Gastfreund seiner Familie angesprochen. Er bat

Sulla Felix, die Tafeln mit den Namen der Todeskandidaten zu überprüfen.

Der Dictator ließ sich gleich die Listen kommen und stellte fest, daß Sextus Roscius tatsächlich nachträglich eingeritzt worden war. Die Tafeln wurden in einem besonderen Archiv aufbewahrt und waren für die Nachwelt weggeschlossen. Chrysogonus mußte einem Schreiber viel Geld bezahlt haben, um den Namen noch auf die Liste bringen zu können.

»Warum mußte er mit den Gütern herumprahlen«, beklagte sich Sulla Felix bei Metrobius, der ihm bei der Überprüfung der Tafeln über die Schulter sah, »hätte er sich ein paar Monate ruhig verhalten, hätte niemand ihn verdächtigt. Jetzt habe ich den Metellus Pius als Kandidaten aufgestellt; Pius wird ständig mit dem Tod des Gastfreundes seiner Familie konfrontiert, und ich bin gezwungen, etwas zu unternehmen! Die Zeit der Anarchie ist vorbei. Ich habe Gerichte eingesetzt, die für Mordsachen zuständig sind. Ich müßte Chrysogonus eigentlich anklagen lassen!«

»Dann müßtest du viele deiner Freunde anklagen, die sich an den Proscriptionen bereichert haben – Crassus, Catilina und unzählige andere«, gab Metrobius zu bedenken. »Und du wirst doch nicht gegen deine Freunde vorgehen wollen?«

Sulla Felix schüttelte heftig den Kopf: »Den Freunden liebevoll! Jeder macht einmal einen Fehler«, sagte er, »vergessen wir einfach die ganze Angelegenheit!«

Aber so einfach ließ sich die Tat nicht aus der Welt schaffen; die Wogen der Entrüstung türmten sich immer höher. Chrysogonus geriet schwer unter Druck, als der Magistrat der Stadt Ameria eine Abordnung zu Sulla Felix ins Lager nach Volaterrae schickte.

Das Bergnest in Etrurien leistete immer noch Widerstand, und Sulla Felix informierte sich gerade mit vielen seiner Freunde über die Situation. Chrysogonus schloß sich ihm schnell an, als er erfahren hatte, daß die Bewohner von Ameria sich zum Handeln entschlossen hatten und gegen ihn beim

Dictator Beschwerde führen wollten. Es gelang ihm, die Ratsherren abzufangen und mit griechischer Beredsamkeit um den Finger zu wickeln. Natürlich stritt er ab, etwas mit dem Mord zu tun zu haben.

»Mir wurden die Güter zum Kauf angeboten«, versicherte er honigsüß, »es ist ja mein Beruf, den Besitz von Proscribierten aufzukaufen, und da ich den Namen des Roscius auf der Tafel fand, war ich der Meinung, alles sei rechtens.«

»Man sagt, *du* hast den Namen nachträglich einritzen lassen!« sagte mutig einer der Magistrate aus Ameria.

»Das ist eine infame Lüge«, brauste Chrysogonus auf, »wenn du das noch einmal behauptest, verklage ich dich vor dem neuen Gerichtshof wegen Beleidigung und Ehrverletzung!«

Eingeschüchtert verließen die Männer das Lager, ohne bis zu Sulla Felix vorgedrungen zu sein.

»Ich persönlich werde mich um die Angelegenheit kümmern«, versprach ihnen Chrysogonus noch mit charmantem Lächeln beim Abschied.

Er beriet sich mit seinen beiden Freunden, den entfernten Verwandten des ermordeten Roscius, und sie heckten einen Plan aus, den sie für genial hielten.

»Wozu hat Sulla das neue Gericht für Morde eingesetzt?« sagte der eine Freund. »Wir verklagen einfach den Sohn wegen Vatermord.«

»Der Alte hatte einen Sohn?« fragte Chrysogonus erstaunt. »Warum habt ihr mir das früher nicht erzählt?«

»Der Junge ist gleich geflüchtet, weil er um sein Leben fürchtete«, meinte der andere Freund, »er hat sich übrigens bei den Metellern versteckt, bei einer Tochter des Balearicus, sonst hätten wir ihn schon längst umgebracht.«

»Das wird ja immer schlimmer«, stöhnte Chrysogonus, »ihr seid mir feine Freunde! Wie kann man nur solche halben Sachen liegenlassen! Also gut, verklagt ihn! Aber bereitet das besser vor!«

Doch die Verwicklungen nahmen weiter zu. Empört berichtete Metellus Pius, inzwischen designierter Consul, von der Klage gegen den jungen Roscius, der unter dem Schutz seiner Verwandten Caecilia Metella stand.

»Und Chrysogonus steht unter meinem Schutz«, seufzte Sulla Felix, ebenfalls designierter Consul und College des Pius für das kommende Jahr. Sulla Felix regierte weiter als Dictator, hatte sich aber zum Consul wählen lassen, um jederzeit die Dictatur niederlegen zu können – und doch die Macht in den Händen zu behalten.

Als Pius gegangen war, ließ der Dictator Metrobius und Epicadus rufen und schilderte ihnen die neue Situation.

»Unser Chrysogonus ist und bleibt ein Esel«, stöhnte Epicadus, »inzwischen zwar ein goldener, aber sein Verstand reicht nur zum Geldzählen. Wie holen wir ihn bloß aus diesem Schlamassel heraus?«

»Eigentlich hat er einen Denkzettel verdient«, flötete Metrobius, »er hat es zu toll getrieben, die Geldgier beherrscht ihn völlig! Wärst du, Sulla Felix, damit einverstanden, wenn ich ihn in seine Schranken verweise? Mit Hilfe des Gesetzes? Wenn wir ihm nicht in die Zügel fallen, finden wir bald neue Namen auf den Tafeln!«

»Mit den Proscriptionen ist Schluß!« rief Sulla Felix wütend. »Ich habe einen neuen Staat geschaffen, in dem wieder Recht und Ordnung gelten, und auch meine besten Freunde haben sich nach den Gesetzen zu richten!«

»Gerade das habe ich im Auge, wir schlagen ihn mit Hilfe des Gerichts und stellen ihn vor ganz Rom bloß. Dann wird er nicht mehr wagen, gegen deine neue Ordnung zu verstoßen!«

Mit Sullas Einverständnis warb Metrobius den Marcus Cicero als Verteidiger für den jungen Roscius an. Cicero brannte vor Ehrgeiz, endlich als Prozeßredner aufzutreten. Er war 25 Jahre alt und – wie er meinte – auf dem Wege, der beste Redner Roms zu werden. Bisher hatte er kaum Gelegenheit gehabt, öffentliche Proben seines Talents zu geben.

Während der Jahre, in denen er das Alter für Reden auf dem Forum erreichte, ruhte die Tätigkeit der Gerichte. So konnte er die vielen Reden, die er studienhalber ausarbeitete, nur vor einem kleinen Kreis von Freunden halten. Zuhörer waren häufig die Schauspieler Metrobius und Roscius, die seine Gesten und seine Mimik korrigierten, oft auch seine Stimmführung.

»Achte darauf, dich nicht so zu erregen, daß sich deine Stimme überschlägt«, gab ihm Metrobius noch als letzten Rat vor dem großen Auftritt mit. Die Rede war ihm zur Censur vorgelegt worden, und Cicero mußte manchen Hieb gegen Chrysogonus, den er als Anstifter des Mordes bloßstellte, verstärken.

»Mein Freund soll sich so sehr schämen, daß er sich für viele Monate auf seine Güter in Lucanien zurückzieht«, erklärte Metrobius dem erstaunten Cicero, »wenn du ihn so heruntergeputzt hast, daß die Römer seine Macht nicht mehr fürchten, wird er in Zukunft die Eseleien lassen.«

»Und wenn er sich an mir rächen will? Oder noch schlimmer: der Dictator, weil ich so offene Worte über seinen Liebling wage?«

»Ich bin schließlich auch sein Liebling«, antwortete Metrobius gekränkt, »und zwar sein erster! Von Sulla Felix hast du nichts zu befürchten. Aber Chrysogonus kann tückisch sein! Weißt du was?« flötete er. »Nach dem Prozeß gehst du auf eine längere Reise, vielleicht nach Griechenland. Das wird überhaupt gut für dich sein; in Rom kommst du mit deinen Studien nicht mehr weiter, du brauchst neue Lehrer. Mit genügend Geld werde ich dich schon ausstatten!«

Die Verteidigungsrede des Cicero für den jungen Roscius aus Ameria war so glänzend, daß das Gericht ihn freisprechen mußte. Später überarbeitete Cicero ein wenig sein »erstes Meisterwerk« – wie er die Rede Freunden gegenüber nannte – und veröffentlichte es, um es für die Nachwelt zu erhalten.

Gleich nach dem Prozeß befolgte er übrigens den Rat des

Metrobius: Er setzte sich nach Athen ab. Auch Chrysogonus verschwand für einige Monate aus Rom.

»Die untergehende Sonne«

Metrobius konnte sich nicht lange als konkurrenzloser Favorit in der Gunst von Sulla Felix sonnen.

Nachdem der Dictator sein Reformwerk abgeschlossen hatte, begann eine Zeit der großen Feste auf dem Palatin, die oft mehrere Tage andauerten. Um auch das Volk bei Laune zu halten, ließ Sulla Felix häufig Gladiatorenspiele, nicht selten mit Tieren, veranstalten. Metrobius aber mied diese ihm verhaßte Belustigung, und so konnte er nicht verhindern, daß Sulla Felix sich noch einmal – ein letztes Mal – verliebte, und wieder in eine Frau.

Der Dictator war gerade mit großem Gepränge unter dem Jubel der Massen im Circus Flaminius eingezogen, in dem das Gladiatorenspiel stattfand. Als letzter nahm er auf seinem weich ausgepolsterten Sitz in der untersten Reihe Platz.

Ein schweres Gitter trennte die Zuschauerbänke von der Arena, denn häufig warfen sich die gehetzten Tiere mit großer Wucht gegen die Absperrung. Viele Male hatten sie das Gitter durchbrochen und sich in die Menge geflüchtet. Sulla Felix hatte jedoch die Eisen so verstärken lassen, daß keine Gefahr mehr bestand.

Die Atmosphäre war aufgeladen, die Menge erregt in Erwartung des Blutrausches. Auch Sulla Felix spürte ein Prikkeln; er war in bester Stimmung.

Als er eine leichte Berührung am Rücken wahrnahm, drehte er sich lachend um. Erstaunt sah er in das Gesicht einer hübschen jungen Frau, die mit glücklichem Lächeln einen Faden in ihrer Hand betrachtete. »Sei mir nicht böse, Sulla Felix«, sagte sie charmant, »ich habe einen Faden aus deiner Toga gezogen! Jetzt halte ich einen Zipfel von deinem Glück in meinen Händen!« rief sie strahlend und schwenkte ihren Arm mit weiter Geste, um ihr Glück allen zu demonstrieren.

Bevor Sulla Felix ein Gespräch mit ihr beginnen konnte, war sie weitergegangen und hatte sich auf ihren Platz in einer der unteren Reihen gesetzt.

Sulla Felix verfolgte sie mit Blicken und stellte fest, daß neben ihr der Redner Hortensius und dessen Frau Lutatia saßen.

»Wer ist die junge Dame?« fragte Sulla Felix den neuen Consul Metellus Pius, der neben ihm saß.

»Valeria, eine Nichte des Redners«, gab Pius Auskunft, »die Tochter seiner älteren Schwester, die mit einem Valerius Messala verheiratet ist.«

»Ist Valeria verheiratet?« fragte Sulla Felix interessiert.

»Sie war es. Aber seit kurzem ist sie geschieden!«

Sulla Felix drehte sich wieder um und sah, daß auch Valeria ihre Blicke auf ihn geheftet hatte. Grüßend hob er die Hand, und sie dankte mit einem bezaubernden Lächeln.

Die Menge wurde unruhig, und Metellus Pius flüsterte ihm zu, daß er endlich das Zeichen zum Beginn der Spiele geben solle. Sulla Felix tat es, aber er merkte bald, daß ihn die Kämpfe nicht sonderlich fesselten. Es war wie ein Zwang: Immer wieder wandte er den Kopf zu Valeria, um festzustellen, ob auch sie ihn beobachtete. Und jedesmal sah er in ihre strahlenden Augen. Ihr Mund bot ihm ein Lächeln, und Grübchen lockten in ihren Wangen.

Am Schluß der Spiele ließ er zu ihr schicken, aber sie war im Menschengewühl verschwunden.

Auch in seinem Palast auf dem Palatin, bei seinen Amtsgeschäften und bei den Gelagen ging sie ihm nicht aus dem Kopf. Er ließ genaue Erkundigungen über sie einziehen, erfuhr, daß sie 25 Jahre alt war und kinderlos. Über ihren Lebenswandel war nichts Nachteiliges bekannt, im Gegenteil, sie galt als zurückhaltend gegenüber Männern.

»Und wie ist es mit Frauen? Liebt sie Frauen?« fragte Sulla Felix seine Informanten, einige Cornelier, die das ganze Umfeld von Valeria erforscht hatten.

»Sie hat Freundinnen wie jede Frau, aber keine Liebesverhältnisse.«

»Wie ist es mit ihrer Bildung? Spricht sie Griechisch?«

»Sie soll eine sehr gute Erziehung erhalten haben. Dafür hat schon ihr Onkel, der Redner, gesorgt! Sie spricht genauso gut Griechisch wie Latein, kennt sich auch in der Literatur aus.«

»Kann sie singen und tanzen? Aber das ist nicht so wichtig – das kann ihr Metrobius beibringen«, entschied Sulla Felix, und sein Freund verdrehte die Augen. »Das ist die Frau, die ich heiraten werde«, verkündete der Dictator, »sie ist nicht nur gebildet, sie hat auch Charme und Witz. Davon konnte ich mich persönlich überzeugen! Holt sie her, damit ich ihr sagen kann, daß ich sie heiraten will!«

Kurze Zeit später zog Valeria als fünfte Frau des Corneliers in den Palast ein. Sulla Felix hatte nicht viele Worte für seine Werbung gebraucht. Gleich nach der Begrüßung erklärte sie ihm freimütig:

»Seit deinem Triumphzug vor einem Jahr bin ich in dich verliebt. Ich wußte nur nicht, wie ich es dir sagen sollte. Du bist ja immer von deinen Corneliern umgeben; es war unmöglich, in deine Nähe zu kommen.«

»Und wie ist es dir bei dem Gladiatorenspiel gelungen?« fragte Sulla Felix leicht beunruhigt.

»Das hat mein Onkel für mich geregelt«, lachte sie, »ich bat ihn, mir einen Rat zu geben, und er sagte, darüber würde er nachdenken. Als das Gladiatorenspiel angesagt war, riet er mir, dicht an dir vorbeizugehen; kein Cornelier würde dich aufhalten.«

»Er hat meine Cornelier bestochen?« wütete Sulla Felix.

»Verzeih ihm«, bat Valeria, »er wollte mir nur helfen.«

»Hat er dir auch geraten, das mit dem ›Glück‹ zu sagen?«

»Nein, das habe ich mir selbst ausgedacht!« strahlte sie ihn an. »Dein Glück ist sprichwörtlich in Rom. Man hört oft: ›Ich möchte etwas von Sullas Glück haben!‹«

»Sagen die Leute das? Das ist gut so. Sie sollen ruhig alle denken, daß ich ein Leben lang ein Liebling der Götter war.«

»Dein Glück hat uns zusammengeführt!« rief Valeria. »Ein größeres Glück, als dich zu heiraten, konnte mir nicht passieren!«

Die Ehe mit Valeria gestaltete sich angenehm, aber ohne Höhen und Tiefen. Valeria war freundlich und liebenswürdig, jedoch schien es, als sei sie mit der Heirat am Ziel ihres Lebens angekommen und bräuchte keinen weiteren Ehrgeiz zu entfalten.

Die täglichen Gelage, die schon mittags begannen, verfolgte sie von ihrem Ehrenplatz neben Sulla mit gleichbleibend lächelnder Miene. Sie aß und trank in Maßen, tauchte nie in die allgemeine Weinseligkeit ein, die spätestens ab Sonnenuntergang die Gesellschaft beherrschte.

Gleich nach ihrer Heirat hatte Sulla Felix sie aufgefordert, ein Lied zur Kithara vorzutragen. Sie erhob sich artig, ließ sich das Instrument geben und sang ein kleines Liedchen. Ihre Stimme war hübsch, aber ohne Schmelz oder gar Zauber. Valeria veränderte beim Singen kaum den Gesichtsausdruck; ihr Lächeln wirkte wie aufgeklebt.

Der Ehemann Sulla Felix klatschte höflich, als sie geendet hatte, die Gäste taten es ihm nach, und Valeria dankte mit glücklichem Lächeln.

Als kurze Zeit später ein professioneller Sänger und Tänzer – aus der Schule von Roscius und Metrobius – ein Lied schmetterte, geschah dies auf so mitreißende Weise, daß die Gesellschaft in lauten Jubel ausbrach. Nach seinem Vortrag wirbelten Tänzerinnen durch die Luft, verfolgt von Tänzern; ihre hohen, ekstatischen Sprünge, ihre schlangengleichen Bewegungen zeugten von meisterhaftem Können.

»Ich glaube, wir verzichten auf deine Tanzeinlage«, scherzte Sulla Felix nach der Darbietung, und Valeria nickte erfreut.

Als das Treiben zu später Stunde immer ausgelassener wurde, erhob sich Valeria und ging mit liebenswürdigem Lächeln hinaus. Sulla Felix folgte ihr bald, denn eine Zeitlang mußte er wenigstens den Schein wahren, daß mit seiner Ehe alles in Ordnung war.

Es gab auch keine Probleme – nur daß sie ihn sexuell kaum erregte. Er hatte einige Male mit ihr geschlafen; freundlich lächelnd hatte sie seinen körperlichen Makel zur Kenntnis genommen, keinen spitzen Schrei ausgestoßen, keine störende Bemerkung gemacht.

Wenn Sulla Felix zu ihr ins Bett kam, war er meist so betrunken, daß er sofort einschlief. Seit einiger Zeit trank er mehr, als es bisher seine Gewohnheit gewesen war. Das lag sicher auch daran, daß die Gelage bereits mittags begannen und nicht erst nach Sonnenuntergang.

Zunächst hatte er als Begründung angegeben: »Ich feiere meine Siege, ich feiere die Rettung der Republik!« Er feierte viele Wochen, aus denen schließlich Monate wurden. Endlich mußte er sich eingestehen, daß er aus Langeweile feierte, nicht wußte, wie er die Tage sonst hinbringen sollte. »Es ist alles getan, es ist alles erreicht«, verkündete er seinen Freunden, »überall sitzen tüchtige Männer, die die Arbeit für mich machen! Was soll ich ihnen in ihre Geschäfte hineinreden, sie gar kontrollieren! Was habe ich doch für ein Glück mit meinen Freunden«, rief er lachend, »mein Mitconsul Pius arbeitet für zwei, um die Amtsgeschäfte zu erledigen. Einen besseren Collegen könnte ich mir gar nicht wünschen! So kann ich auch alles Üble, was er mir einmal angetan hat, vergessen«, brach es unvermittelt aus ihm heraus, und seine Miene wurde finster.

Um zu verhindern, daß er sich an jenen Tag vor fast 30 Jahren verlor, an dem der junge Sohn des damaligen Consuls Metellus, des späteren Numidicus, ihn gedemütigt hatte, schlug Metrobius schnell vor: »Warum gehen wir nicht für einige Monate nach Campanien?«

Sulla Felix nickte begeistert; die täglichen Feste langweilten ihn inzwischen, sein Geist lechzte nach Abwechslung.

Als der große Haushalt im September nach Rom zurückkehrte, war Sulla Felix an Körper und Seele so gestärkt, daß er wieder in die Amtsgeschäfte eingriff.

Der junge Pompeius – nach seinen Siegen in Sicilien und Africa – begehrte einen Triumph. Sulla Felix persönlich hatte nichts gegen diese Ehrung einzuwenden, aber seine Freunde, allen voran Metellus Pius, Catulus und Lucullus, bedrängten ihn, den erst 26jährigen Pompeius nicht zu hoch steigen zu lassen.

»Nach Gesetz und Herkommen darf nur ein Praetor oder ein Consul triumphieren«, sagte Metellus Pius, »Pompeius hat noch kein politisches Amt bekleidet! Nimm mich! Ich bin fast 50 Jahre alt, hatte große militärische Erfolge, bin Consul – aber triumphiert habe ich noch kein einziges Mal!«

Sulla Felix seufzte: »Es ist wohl mein Schicksal, als alter Mann noch mit Kindern fechten zu müssen – erst mit dem jungen Marius, jetzt mit dem jungen Pompeius!«

»Ich würde es nicht auf einen Kampf ankommen lassen«, warf Pulcher ein. Sulla Felix hatte ihn – zusammen mit einem alten Freund aus dem Numidienfeldzug, einem Servilius Vatia – zum Consul bestimmt, und das Volk war selbstverständlich seinem Wunsch gefolgt.

»Hinter Pompeius stehen seine sechs Legionen«, fuhr Pulcher fort, »und deine übrigen Veteranen wollen bestimmt nicht gegen ihre Brüder kämpfen. Versuche, das Problem auf friedliche Weise zu lösen.«

Sulla Felix dachte eine Weile nach. »Pompeius ist eitel«, meinte er schließlich, »so werde ich seiner Eitelkeit gehörig schmeicheln.«

Als Pompeius sich an der Spitze seiner Legionen der Hauptstadt näherte, machte sich halb Rom auf den Weg, um ihn vor den Toren zu begrüßen.

Auch Sulla Felix zog hinaus und war der erste, der Pompeius zu seinen Erfolgen beglückwünschte.

»Pompeius der *Große*«, rief der Dictator mit weit hallender Stimme, »ich begrüße dich als ›Pompeius den Großen‹,

Pompeius Magnus. Du hast in jungen Jahren Großes geleistet und bist dieses Beinamens würdig, den bisher nur ganz wenige Römer getragen haben. Die Menschen haben recht, wenn sie dich mit Alexander dem Großen vergleichen! Du ähnelst ihm nicht nur in deiner Schönheit, sondern in der Größe der Taten, die du bereits in jungen Jahren vollbracht hast. Römer«, brüllte Sulla Felix, so laut er konnte, »nennt meinen jungen Freund in Zukunft nur noch ›Pompeius Magnus‹.«

»Pompeius Magnus, Pompeius Magnus«, grölte die Menge, die nach Hunderttausenden zählte.

Sulla Felix hatte zwar dem Pompeius mehr geschmeichelt als anderen Menschen in seiner Umgebung, aber seine Rechnung ging nicht auf. Die Ehrung vor den Toren der Stadt bestärkte Pompeius erst recht in seiner Auffassung, daß ihm ein Triumph zustünde. Er bohrte und bohrte, war keinen Vernunftgründen zugänglich.

Als Sulla Felix ihm wieder einmal vorhielt, daß er zu jung und nicht einmal Mitglied des Senats sei, erwiderte ihm der junge Mann in würdevoller Haltung:

»Vor der aufgehenden Sonne fallen mehr Menschen auf die Knie als vor der untergehenden!«

Sulla Felix stutzte, dann mußte er lachen, denn einen so tiefsinnigen Spruch hatte er dem Pompeius nicht zugetraut. Um sicher zu sein, hakte er nach: »Meinst du mit der ›untergehenden Sonne‹ etwa mich?«

Pompeius nickte eifrig, froh darüber, daß er verstanden worden war. »Das nenne ich Mut, mein Pompeius«, sagte Sulla mit charmantem Lächeln, »für diesen Ausspruch sollst du deinen Triumph haben!«

Als am 1. Januar die neuen Consuln Appius Claudius Pulcher und Publis Servilius Vatia ihr Amt antraten, legte Sulla Felix offiziell die Dictatur nieder. Er stieg zum Castor-Tempel hinauf und teilte dem Volk seinen Entschluß mit.

»Römer«, rief er, »ich bin jetzt wieder Privatmann. Ich entlasse meine Leibgarde; wer will, kann mich zur Rechenschaft ziehen.«

Begleitet von einigen Freunden, ohne den Schutz der Cornelier, ging Sulla Felix eine Stunde lang auf dem Forum auf und ab. Die Menge wich scheu auseinander; ehrfürchtig starrten die Menschen auf den ehemaligen Dictator. Niemand trat vor, niemand fragte ihn etwas oder machte ihm gar Vorwürfe. Es wäre leicht gewesen, ihn zu ermorden. Während der nächsten Tage spazierte Sulla Felix noch oft auf dem Forum herum, von Freunden umgeben, von Klienten gefolgt, aber niemand belästigte ihn.

»Also will mich wirklich kein Römer zur Rechenschaft ziehen«, sagte Sulla Felix fröhlich, »ich kann mich endlich in Campanien zur Ruhe setzen.« Er drehte sich um und schlenderte die Via Sacra entlang. Als er in die Straße zum Palatin einbog, versuchte ein junger Mann, sich an ihn heranzudrängen.

»Tyrann, Tyrann!« rief der Junge.

»Wer ist das?« fragte Sulla Felix erstaunt.

»Einer aus der Plebs«, sagte Cato, der ihn begleitete, »sieh dir doch seine schlechte Kleidung an! Halt den Mund«, rief Cato dann wütend zu dem Plebejer, »Sulla Felix ist kein Tyrann, er hat ja sein Amt niedergelegt.«

Der junge Plebejer folgte ihnen weiter, beschimpfte Sulla Felix sogar als »Mörder«.

»Das darfst du dir nicht gefallen lassen!« rief Cato empört.

»Laß ihn nur«, beruhigte ihn Sulla Felix, »er ist für mich eine Laus, wenn ich mich einmal schüttele, ist er weg! Aber eins ist sicher: Leute wie diese Laus werden in Zukunft verhindern, daß noch einmal ein Dictator sein Amt freiwillig niederlegt! Aber *du*, Cato, weißt ja, was dann zu tun ist!« Er drückte den Jungen leicht an sich, während Cato heftig nickte.

Es war wieder eine schöne Zeit in Campanien. Metrobius tat alles, um für Unterhaltung zu sorgen. Kein Tag verging ohne

Lustbarkeiten, Aufführungen von Atellanen, Tanzdarbietungen und Gesängen.

Sulla Felix fühlte sich wohl in diesem Jahr. In den heißen Wassern von Baiae linderte er die Schmerzen in Beinen und Füßen; die häufigen Erkältungen verschwanden meist rasch in der Sonne. Er hatte gelernt, mit der Schmetterlingsflechte zu leben.

Ärger gab es nur einmal mit Pompeius Magnus, der nach seinem Triumph wie ein aufgeblasener Frosch durch Rom stolzierte, sich sogar berufen fühlte, in die große Politik einzugreifen.

Sulla Felix hatte für das kommende Jahr Catulus zum Consul bestimmt; als zweiten einen Decimus Iunius Brutus, einen farblosen Mann, der in Gegnerschaft zu seinen Verwandten Damasippus und Marcus Brutus, dem Gatten der jüngeren Servilia, geraten war. Von Anfang an hatte er auf Sullas Seite gekämpft. Mit der Ernennung dieses Brutus hoffte Sulla Felix, dem Catulus die Regierungsgeschäfte zu erleichtern.

Decimus Brutus fiel durch, weil Pompeius sich für Aemilius Lepidus stark machte, mit dem ihn seit Sicilien eine Männerfreundschaft verband.

Sulla Felix war zu den Wahlen nach Rom gereist und konnte nach der Niederlage des Brutus seinen Zorn nicht verbergen.

»Junger Freund«, sagte er zu Pompeius Magnus, der aufgebläht vor Stolz zu der »untergehenden Sonne« herangeschlendert war, »freu dich ruhig über deinen Sieg! Aber wenn du dich genug gefreut hast, gebrauche deinen Verstand! Lepidus ist ein Heimtücker, du hast dir einen Gegenspieler aufgebaut, der dir noch schwer zu schaffen machen wird!«

Trotz aller Vernügungen in Cumae fand Sulla Felix die Zeit, weiter an seinen Memoiren zu arbeiten. Anfang des folgenden Jahres war das große Werk vollendet: Epicadus hatte – nach dem Diktat Sullas – viele Wachstafeln beschrieben. Die »Lebenserinnerungen« waren in 22 Bücher aufgeteilt. Sulla

Felix widmete sie Lucius Lucullus, der ihm auch später – wie bei den Anfängen – manchen nützlichen Hinweis zur »Schönung« von unangenehmen Tatsachen gegeben hatte.

»Jetzt ist alles getan«, stellte Sulla Felix während der Feier zum Abschluß der Memoiren fest, »bald werden die Worte des Chaldaeers in Erfüllung gehen, daß ich auf der Höhe meines Glücks sterben werde!«

Marcus Lucullus wunderte sich zwar über diese Erweiterung der Prophezeiung, die dem Chaldaeer in den Mund gelegt wurde, aber er lächelte nur höflich. Sein Bruder Lucius amtierte in diesem Jahr als Praetor in Rom und hatte die Stadt wegen dringender Geschäfte nicht verlassen können.

Wenige Tage nach der Memoiren-Feier wuchs sich eine von Sullas üblichen Erkältungen zu einer schweren Lungenentzündung aus. Als Sulla Felix sein Ende nahen spürte, diktierte er Epicadus sein Testament. Lucius Lucullus bestimmte er zum Vormund seiner Kinder Faustus und Fausta. Der älteste Sohn von Metella, Marcus Aemilius Scaurus, war bereits volljährig. Pompeius wurde im Letzten Willen nicht erwähnt.

In der Nacht starb Sulla Felix an einem Blutsturz. Er war 60 Jahre alt.

Gleich nach seinem Tod begannen in Rom die Streitereien. Der Consul Aemilius Lepidus versuchte zu verhindern, daß Sulla ein Staatsbegräbnis erhielt. Pompeius jedoch machte sich dafür stark und setzte sich durch, gestützt auf Sullas Veteranen. So zeigte Pompeius Magnus trotz seiner Jugend wahre Größe, denn er trug es dem väterlichen Freund nicht nach, im Testament übergangen worden zu sein.

Es war ein Begräbnis, wie es noch keinem Römer zuteil geworden war: Der tote Sulla Felix wurde auf einem goldenen Prunkbett von Cumae nach Rom getragen, unter dem Dröhnen Tausender von Trompeten, deren Töne bald klagend, bald triumphierend klangen.

Dem Zug folgten sämtliche Freunde und Cornelier. Aus allen Teilen Italiens strömten die Veteranen herbei und schlossen sich an. In den Städten waren in aller Eile goldene Kränze gefertigt worden, die den Weg des Zuges zusätzlich schmückten.

In Rom wurde die Leiche auf der Rostra aufgebahrt, und Hortensius Hortalus hielt die Leichenrede. Anschließend trugen besonders kräftige Senatoren die Bahre zum Marsfeld. Sulla Felix hatte verfügt, daß er verbrannt werden wollte – im Gegensatz zur Tradition der Cornelier.

Denn er wollte nicht, daß es seinen Gebeinen einmal so ergehen sollte wie denen des Marius, die – zerhackt – im jauchigen Wasser des Flusses Anio hin und her geschleudert wurden.

Bereits auf dem Rückweg vom Marsfeld brach der Zwist zwischen den Consuln Catulus und Lepidus aus. Lepidus kündigte an, er werde sofort viele Reformen Sullas rückgängig machen. Die Plebs sollte wieder verbilligtes Getreide bekommen, und den Volkstribunen wollte er ihre frühere Macht zurückgeben.

Der Streit führte zu einem neuen Bürgerkrieg. Lepidus sammelte Truppen, zog gegen Catulus und wurde auf dem Marsfeld besiegt. Der Freund des Lepidus, Marcus Brutus, von Sulla begnadigter Ehemann der jüngeren Servilia, unterlag in Norditalien dem Pompeius Magnus. So hatten die Reformen des Sulla Felix noch einige Jahre Bestand.

Daten zur römischen Geschichte

Sämtliche Ereignisse sind vor der Zeitenwende angesiedelt, so daß bei den Jahreszahlen der übliche Zusatz »v. Chr.« weggelassen werden konnte.

Seit etwa 1200:	Indogermanische Einwanderer kommen über die Alpen nach Italien.
Seit etwa 1000:	Einwanderung der Etrusker (keine Indogermanen) aus dem heutigen Kleinasien (?).
Um 750:	Die griechische Kolonisation in Süditalien (Großgriechenland) beginnt.
753:	Gründung der Stadt Rom – nach der Legende.
750–508:	Herrschaft von sieben Königen über Rom: Romulus, Numa Pompilius, Tullus Hostilius, Ancus Marcius, Tarquinius Priscus, Servius Tullius, Tarquinius Superbus.
ab 600:	Herrschaft der etruskischen Tarquinier.
508/07:	Tarquinius Superbus wird aus Rom gejagt. Der etruskische König Porsenna erobert Rom und setzt zwei Consuln als Herrscher ein.
494:	Auszug der Plebs; die ersten beiden Volkstribune im Amt.
451:	Eine Kommission von zehn Männern legt Rechtsbestimmungen als Zwölf-Tafel-Gesetz schriftlich fest.
387:	Keltische Stämme zerstören Rom.
um 380:	Rom wird wieder aufgebaut.
361:	Der Plebejer Gaius Licinius Stolo wird Consul.
290:	»Ahn« Rufinus ist Consul: Friede mit den Samniten.
218–201:	Krieg gegen den Punier Hannibal.
197:	Zwei Provinzen werden in Hispania eingerichtet.
195:	Aufstand in Hispania wird von Cato niedergeschlagen.
168:	Lucius Aemilius Paullus besiegt den Makedonierkönig Perseus bei Pydna.
157:	Geburt des Gaius Marius.

146:	Zerstörung Karthagos und Korinths.
138:	Geburt des Lucius Cornelius Sulla.
133:	Ackergesetz des Tiberius Sempronius Gracchus. Tod im selben Jahr.
	Rom erbt Pergamon.
	Publius Cornelius Scipio nimmt Numantia ein.
123–122:	Reformen des Gaius Sempronius Gracchus.
121:	Tod des Gracchus.
	Krieg gegen die Allobroger in Gallien.
120:	Der Proconsul Gnaeus Domitius Ahenobarbus besiegt die Arverner und richtet die Provinz Gallia Narbonensis ein. Bau der Via Domitia.
	Die Kimbern verlassen ihre Heimat Jütland.
118:	Gründung von Narbo.
113:	Die Römer werden von den Kimbern bei Noreia besiegt.
112:	Tod der Händler von Cirta.
111–105:	Krieg gegen Iugurtha.
109:	Consulat des Quintus Caecilius Metellus.
	Der zweite Consul Marcus Iunius Silanus wird von den Kimbern in Gallien geschlagen.
108:	Bewerbung Sullas zur Quaestur.
	Bewerbung des Gaius Marius zum Consulat.
107:	Erstes Consulat des Marius.
	Sulla ist Quaestor.
105:	Auslieferung des Iugurtha an Sulla.
	Schlacht bei Arausio.
104:	Zug der Kimbern durch Hispania.
	Sklavenkrieg in Sicilien.
103:	Erstes Volkstribunat des Saturninus.
102:	Sieg über die Ambronen und Teutonen bei Aquae Sextiae.
101:	Sieg über die Kimbern bei Vercellae.
100:	Tod von Glaucia und Saturninus.
95:	Sullas erste Bewerbung zur Praetur.
94:	Sullas zweite Bewerbung.
93:	Sulla ist städtischer Praetor.
92:	Sulla in Kilikien.
91:	Marcus Livius Drusus ist Volkstribun.
91–88:	Marsischer Krieg.
88:	Sullas Consulat.

88–85:	Krieg gegen Mithridates.
87:	Consulat des Cinna, Massaker in Rom.
86:	Siebtes Consulat des Marius – und Tod.
83:	Landung Sullas in Brundisium.
83–82:	Bürgerkrieg.
Herbst 82:	Sieg Sullas über die Samniten.
	Beginn der Ächtungen.
81:	Sulla ist Dictator.
80:	Sulla ist Dictator und Consul.
Ende 80:	Sulla legt die Dictatur nieder.
78:	Tod Sullas.

Erläuterungen

I. Anmerkungen zu Schreibweisen

Die Namen erscheinen in der lateinischen Schreibweise: also »Gaius« statt »Gajus«. Nur sehr bekannte geographische Bezeichnungen stehen in der heute im Deutschen üblichen Schreibweise: also »Troja« statt »Troia«; »Rom« statt »Roma«; »Athen« statt »Athenai«. Für »Marseille« jedoch wurde das römische »Massilia« (griechisch: »Massalia«) gelassen, da sich der heutige Name in der Aussprache vom antiken zu weit entfernt hat.

Bei griechischen Geographie-Namen, wie »Makedonien«, wurde das »k« erhalten, beim römischen Beinamen »Macedonicus« aber mit »c« geschrieben.

II. Über römische Personennamen

Die römischen Adligen hatten drei Namen: den Vornamen, den Namen ihres Geschlechts (der Gens) und den Namen ihres Zweiges, den Beinamen. Für besondere Verdienste, wie die Eroberung eines Landstriches, durfte ein weiterer Beiname angefügt werden.

Die Zahl der Vornamen war beschränkt; in vielen Familien wurden über Generationen hinweg dieselben Vornamen weitergegeben. Der älteste Sohn bekam grundsätzlich den Vornamen des Vaters.

Rufname war nur selten der Vorname, sondern in der Regel der Beiname, der häufig ein hervorragendes Merkmal eines Vorfahren wie »dick« (Crassus), »blöd« (Brutus) oder einen körperlichen Makel wie »Plattfuß« (Plautus), »Klumpfuß« (Scaurus) bezeichnete.

Die Frauen führten meist nur den Namen der Gens, manchmal wurde noch der Beiname hinzugefügt (»Caecilia Metella«). Jede Tochter aus dem Haus der Cornelier hieß »Cornelia« – die »Cornelische«. Mehrere Töchter unterschied man in Cornelia Maior, Cornelia Minor, Cornelia Tertia – die ältere, die jüngere, die dritte Cornelia.

Zärtliche Anrede war die Verkleinerungsform; Marcus Tullius Cicero nannte seine Tochter Tullia oft *Tulliola*.

Nach der Heirat behielten die Frauen immer den Namen des väterlichen Geschlechts.

Sklaven bekamen nach der Freilassung den Gentilnamen ihres Herrn, später auch den Vornamen. Als Beinamen behielten sie ihren Rufnamen.

III. Einige Maße, Gewichte und Münzen

Um ein möglichst geschlossenes Denkgebäude zu bewahren, wurden in diesem Buch die römischen Ausdrücke für Entfernungen, Gewichte und Münzen beibehalten.

1 Iugera = 1 Morgen (1/4 ha); die Fläche, die mit einem Joch (iugum) Ochsen an einem Tag umgepflügt werden konnte.

1 Meile = 1000 Doppelschritte = 1,5 km; 1 Doppelschritt = 1,5 m.

1 Fuß = 30 cm.

1 römisches Pfund = 326 Gramm.

Modius: Die im Deutschen übliche Übersetzung mit »Scheffel« für das lateinische Maß »Modius« wurde fallengelassen, da sie veraltet ist.

1 Modius umfaßte 8 Liter, also die Menge, die in einen »Eimer« paßt, wie er heute in den Haushalten in Gebrauch ist. So wurde für »Modius« das Wort »Eimer« eingeführt.

1 Denar = 4 Sesterzen = 16 Asse.

Denare und Sesterzen waren Silbermünzen, der As bestand aus Bronze.

Der römische Denar wurde in der Regel mit der griechischen Drachme gleichgesetzt, auch wenn diese weniger Gewicht besaß.

Umrechnungen in unsere Währung sind fast unmöglich.

Um einen Begriff davon zu geben, welche Einnahmen und Ausgaben die Menschen in Sullas Zeit hatten, wurden viele Angaben von antiken Schriftstellern im Buch verwandt. Der Preis für die Miete von Sullas Wohnung auf dem Quirinal findet sich bei Plutarch.

IV. Zeiteinteilung

Die Römer – wie die Griechen – teilten die Zeit von Sonnenaufgang bis Sonnenuntergang ein. So begann zur Zeit der Sonnenwende im Sommer der Tag schon um 4.27 Uhr, im Winter erst um 7.33 Uhr.

Der längste Tag im Sommer endete um 19.33 Uhr und der kürzeste Tag im Winter schon um 16.27 Uhr. So hatte der längste Sommertag – nach unseren Zeitbegriffen – 15 Stunden und der kürzeste Wintertag nur neun! Da die Römer aber die Stunde nicht in 60 Minuten aufteilten, sondern die Zeit zwischen Sonnenaufgang und Sonnenuntergang nach den tatsächlichen Lichtverhältnissen dehnten oder verkürzten, blieben ihnen die »12 Stunden« immer erhalten.

Die Nacht wurde in vier Abschnitte – Nachtwachen – eingeteilt, die sich ebenfalls den tatsächlichen Lichtverhältnissen anpaßten, im Sommer kürzer und im Winter länger waren.

810

Die Abschnitte des Tages wurden von den Amtsdienern öffentlich ausgerufen. Sonnenuhren waren zuerst bei den Griechen in Gebrauch.

Nachts und an Regentagen benutzte man Wasseruhren.

Die antike Welt zur Zeit Sullas

1: Aesernia
2: Ameria
3: Asculum
4: Baiae
5: Bovianum
6: Capua
7: Corifinium
8: Formiae
9: Minturnae
10: Misenum
11: Nola
12: Norba
13: Puteoli
14: Sinuessa

15: Stabiae
16: Suessa
17: Tarquinii
18: Tarracina
19: Teanum
20: Tibur
21: Tusculum

A: Aidespos
B: Chaironeia
C: Orchomenos
D: Piraeus
E: Theben

Adria

Spoletium

Tyrrhenisches
Meer

Rom

Neapolis

Paestum

km
0 20 40 60 80 100

Epirus

Makedonien

Thrakien

Pontus

Armenien

Dyrrhachium

Brundisium

Troja

Bithynien

Kappadokien

Thessalien

Pergamon

Tarentum

Asia

Delphi

Athen

Ephesus

Kilikien

Antiochia

Olympia

Attika

Kos

Rhodos

Kypros

Syrien

Sidon

Kreta

Alexandria

Memphis

Ägypten

ROM
zur Zeit Sullas

Via Salaria

Collini-Tor

Via Flaminia

Tiber

Marsfield

Abstimmungsplatz

Salus-Tempel

Quirinal

Vicus Longus

Viminal

Cispius

Subura

Circus
Flaminius

Arx

Capitol

Forum

Argiletum

Via Sacra

Oppius

Carinen

Esquilin

Velabrum

Via Aurelia

Rinder-
markt

Palatin

Caelius

Via Campana

Circus Maximus

Ianiculum

Tiber

Diana-
Tempel
Aventin

Hain der
Furrina

Hafen
(Emporium)

Via

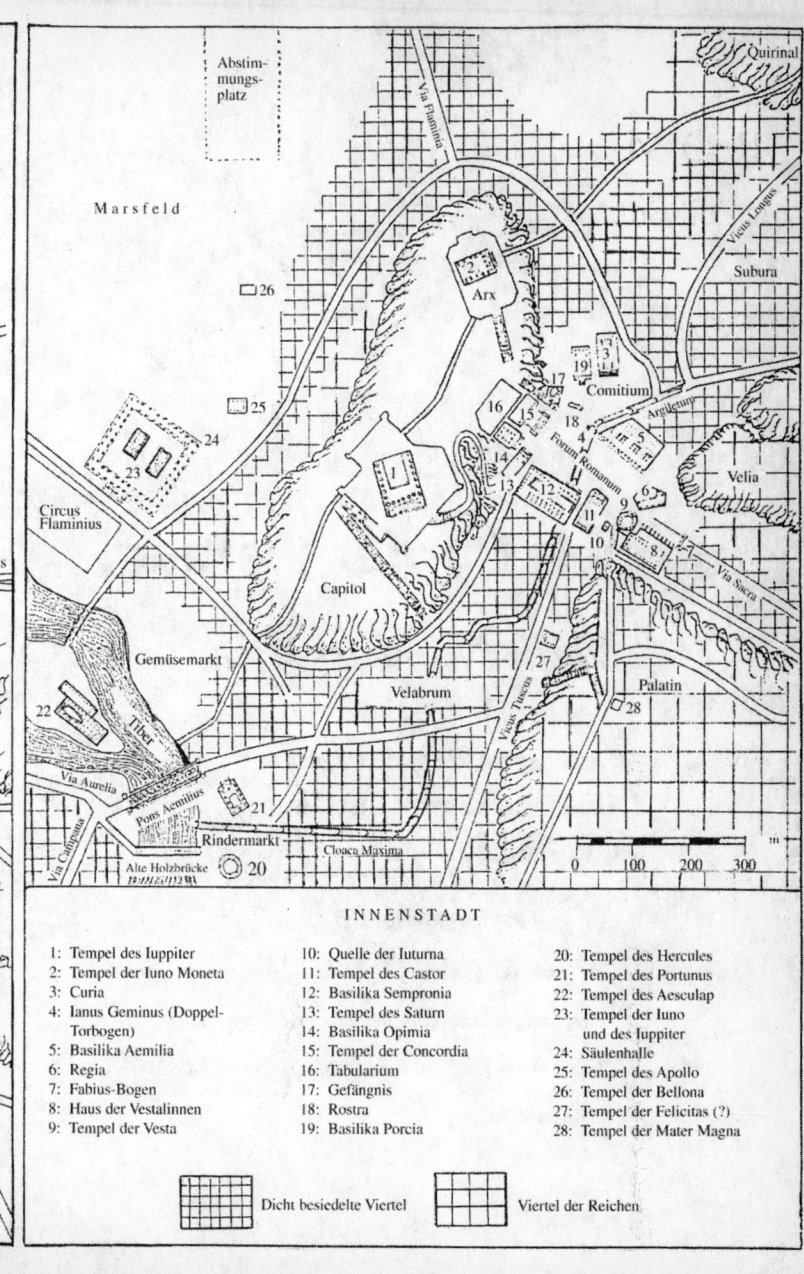

Quirinal

Abstimmungsplatz

Marsfeld

Via Flaminia

Subura

Via Longus

□ 26

Arx
2

3
19 Comitium
17
16 15 18 4 Argiletum
14
13 12 Forum Romanum Velia
1 6
9 7 Via Sacra
11 10 8

□ 25

24

23

Circus
Flaminius

isches

Capitol

Gemüsemarkt

Velabrum

Palatin

Vicus Tuscus

22 Tiber

Via Aurelia

Pons Aemilius 21

Rindermarkt
Alte Holzbrücke 20
Cloaca Maxima

Via Campana

tina

27

□ 28

0   100   200   300

INNENSTADT

1: Tempel des Iuppiter	10: Quelle der Iuturna	20: Tempel des Hercules
2: Tempel der Iuno Moneta	11: Tempel des Castor	21: Tempel des Portunus
3: Curia	12: Basilika Sempronia	22: Tempel des Aesculap
4: Ianus Geminus (Doppel-Torbogen)	13: Tempel des Saturn	23: Tempel der Iuno und des Iuppiter
5: Basilika Aemilia	14: Basilika Opimia	24: Säulenhalle
6: Regia	15: Tempel der Concordia	25: Tempel des Apollo
7: Fabius-Bogen	16: Tabularium	26: Tempel der Bellona
8: Haus der Vestalinnen	17: Gefängnis	27: Tempel der Felicitas (?)
9: Tempel der Vesta	18: Rostra	28: Tempel der Mater Magna
	19: Basilika Porcia	

Dicht besiedelte Viertel   Viertel der Reichen

336 Seiten, ISBN 3-7766-2185-0

Angela Dopfer-Werner

Mein Name ist Afra

**Faszinierendes Mittelalter:
Eine Frau kämpft um Liebe
und Freiheit**

*Fesselnder Historienroman und gleichzeitig Frauenroman –
auf Tatsachen basierend, blendend recherchiert, atmosphärisch
dicht und plastisch. Eine lebendig und farbig erzählte
Geschichte, die sich um Bauernalltag, Liebe und die Macht
der Kirche dreht.*

Herbig